U0622433

國家清史編纂委員會·文獻叢刊

（清）陳廷敬 著　王道成 點校

午亭文編

人民出版社

總　序

戴　逸

　　二〇〇二年八月，國家批准建議纂修清史之報告，十一月成立由十四部委組成之領導小組，十二月十二日成立清史編纂委員會，清史編纂工程於焉肇始。

　　清史之編纂醞釀已久，清亡以後，北洋政府曾聘專家編寫《清史稿》，歷時十四年成書。識者議其評判不公，記載多誤，難成信史，久欲重撰新史，以世事多亂不果。中華人民共和國成立後，中央領導亦多次推動修清史之事，皆因故中輟。新世紀之始，國家安定，經濟發展，建設成績輝煌，而清史研究亦有重大進步，學界又倡修史之議，國家採納衆見，決定啓動此新世紀標誌性文化工程。

　　清代爲我國最後之封建王朝，統治中國二百六十八年之久，距今未遠。清代衆多之歷史和社會問題與今日息息相關。欲知今日中國國情，必當追溯清代之歷史，故而編纂一部詳細、可信、公允之清代歷史實屬切要之舉。

　　編史要務，首在採集史料，廣搜確証，以爲依據。必藉此史料，乃能窺見歷史陳跡。故史料爲歷史研究之基礎，研究者必須積累大量史料，勤於梳理，善於分析，去粗取精，去僞存真，由此及彼，由表及裏，進行科學之抽象，上陞爲理性之認識，才能洞察過去，認識歷史規律。史料之於歷史研究，猶如水之於魚，空氣之於鳥，水涸則魚逝，氣盈則鳥飛。歷史科學之輝煌殿堂必須巋然聳立於豐富、確鑿、可靠之史料基礎上，不能構建於虛無飄渺之中。吾儕於編史之始，即整理、出版"文獻叢刊"、"檔案叢刊"，二者廣收各種史料，均爲清史編纂工程之重要組成部分，一以供修撰清史之用，提高著作質量；二爲搶救、保護、開發清代之文化資源，繼承和弘揚歷史文化遺產。

　　清代之史料，具有自身之特點，可以概括爲多、亂、散、新四字。

　　一曰多。我國素稱詩書禮義之邦，存世典籍汗牛充棟，尤以清代爲盛。蓋清代統治較久，文化發達，學士才人，比肩相望，傳世之經籍史乘、諸子百家、文字聲韻、目録金石、書畫藝術、詩文小説，遠軼前朝，積貯文獻之多，如恒河沙數，不可勝計。昔梁元帝聚書十四萬卷於江陵，西魏軍攻掠，悉燔於火，人謂喪失天下典籍之半數，是五世紀時中國書籍總數尚不甚多。宋代印刷術推廣，載籍日衆，至清代而浩如烟海，難窺其涯涘矣。《清史稿藝文志》著録清代書籍九千六百三十三種，人議其疏漏太多。武作成作《清史稿藝文志補編》，增補書一萬零四百三十八種，超過原志著録之數。彭國棟亦重修《清史稿藝文志》，著録書一萬八千零五十九種。近年王紹曾更求詳備，致力十餘年，遍覽群籍，手抄目驗，成《清史稿藝文志拾遺》，增補書至五萬四千八百八十種，超過原志五倍半，此尚非清代存留書之全豹。王紹曾先生言："余等未見書目尚多，即已見之目，因工作粗疏，未盡鈎稽而失之眉睫者，所在多有。"清代書籍總數若干，至今尚未能確知。

　　清代不僅書籍浩繁，尚有大量政府檔案留存於世。中國歷朝歷代檔案已喪失殆盡（除近代考古發掘所得甲骨、簡牘外），而清朝中樞機關（内閣、軍機處）檔案，秘藏内廷，尚稱完整。加上地方存留之檔案，多達二千萬件。檔案爲歷史事件發生過程中形成之文件，出之於當事人親身經歷和直接記録，具有較高之真實性、可靠性。大量檔案之留存極大地改善了研究條件，俾歷史學家得以運用第一手資料追踪往事，瞭解歷史真相。

　　二曰亂。清代以前之典籍，經歷代學者整理、研究，對其數量、類別、版本、流傳、收藏、真僞及價值已有大致瞭解。清代編纂《四庫全書》，大規模清理、甄別存世之古籍。因政治原因，查禁、篡改、銷燬所謂"悖逆"、"違礙"書籍，造成文化之浩劫。但此時經師大儒，聯袂入館，勤力校理，盡瘁編務。政府亦投入鉅資以修明文治，故所獲成果甚豐。對收録之三千多種書籍和未收之六千多種存目書撰寫詳明精切之提要，撮其内容要旨，述其體例篇章，論其學術是非，叙其版本源流，編成二百卷《四庫全書總目》，洵爲讀書之典要、後學之津梁。乾隆以後，至於清末，文字之獄漸戢，印刷之術益精，故而人競著述，家嫻詩文，各握靈蛇之珠，衆懷崑岡之璧，千舸齊發，萬木爭榮，學風大盛，典籍之積累遠邁從前。惟晚清以來，外强侵凌，干戈四起，國家多難，人民離散，未能投入力量對大量新出之典籍再作整理，而政府檔案，深藏中秘，更無由一見。故不僅不知存世清代文獻檔案之總數，即書籍分類如何變通、版本庋藏應否標明，加以部居舛誤，界劃難清，亥豕魯魚，訂正未遑。大量稿本、鈔本、孤本、珍本，土埋塵封，行將澌滅。殿刻本、局刊本、精校本與坊間劣本混淆雜陳。我國自有典籍以來，其繁雜混亂未有甚於清代典籍者矣！

　　三曰散。清代文獻、檔案，非常分散，分別庋藏於中央與地方各個圖書館、檔案館、博物館、教學研究機構與私人手中。即以清代中央一級之檔案言，除北京中國第一歷史檔案館所藏一千萬件以外，尚有一大部分檔案在戰爭時期流離播遷，現存於臺北故宮博物院。此外，尚有藏於瀋陽遼寧省檔案館之聖訓、玉牒、滿文老檔、黑圖檔等，藏於大連市檔案館之內務府檔案,藏於江蘇泰州市博物館之題本、奏摺、録副奏摺。至於清代各地方政府之檔案文書,損毀極大,但尚有劫後殘餘,璞玉渾金,含章藴秀,數量頗豐,價值亦高。如河北獲鹿縣檔案、吉林省邊務檔案、黑龍江將軍衙門檔案、河南巡撫藩司衙門檔案、湖南安化縣永曆帝與吳三桂檔案、四川巴縣與南部縣檔案、浙江安徽江西等省之魚鱗册、徽州契約文書、内蒙古各盟旗蒙文檔案、廣東粵海關檔案、雲南省彝文傣文檔案、西藏噶厦政府藏文檔案等等分別藏於全國各省市自治區,甚至清代兩廣總督衙門檔案(亦稱《葉名琛檔案》),被英法聯軍搶掠西運,今藏於英國倫敦。

　　清代流傳下之稿本、鈔本,數量豐富,因其從未刻印,彌足珍貴,如曾國藩、李鴻章、翁同龢、盛宣懷、張謇、趙鳳昌之家藏資料。至於清代之詩文集、尺牘、家譜、日記、筆記、方誌、碑刻等品類繁多,數量浩瀚,北京、上海、南京、廣州、天津、武漢及各大學圖書館中,均有不少貯存。豐城之劍氣騰霄,合浦之珠光射日,尋訪必有所獲。最近,余有江南之行,在蘇州、常熟兩地圖書館、博物館中,得見所存稿本、鈔本之目録,即有數百種之多。

　　某些書籍,在中國大陸已甚稀少,在海外各國反能見到,如太平天國之文書。當年在太平軍區域内,爲通行之書籍,太平天國失敗後,悉遭清政府查禁焚燬,現在中國,已難見到,而在海外,由於各國外交官、傳教士、商人競相搜求,携赴海外,故今日在外國圖書館中保存之太平天國文書較多。二十世紀内,向達、蕭一山、王重民、王慶成諸先生曾在世界各地尋覓太平天國文獻,收穫甚豐。

　　四曰新。清代爲傳統社會向近代社會之過渡階段,處於中西文化衝突與交融之中,產生一大批内容新穎、形式多樣之文化典籍。清朝初年,西方耶穌會傳教士來華,携來自然科學、藝術和西方宗教知識。乾隆時編《四庫全書》,曾收録歐幾里得《幾何原本》、利瑪竇《乾坤體儀》、熊三拔《泰西水法》、《簡平儀說》等書。迄至晚清,中國力圖自強,學習西方,翻譯各類西方著作,如上海墨海書館、江南製造局譯書館所譯聲光化電之書,後嚴復所譯《天演論》、《原富》、《法意》等名著,林紓所譯《茶花女遺事》、《黑奴籲天録》等文藝小說。中學西學,摩蕩激勵,舊學新學,鬥妍争勝,知識劇增,推陳出新,晚清典籍多別開生面、石破天驚之論,數千年來所未見,飽學宿儒所不知。突破中國傳統之知識框架,書籍之内容、形式,超經史子集之範圍,越子曰詩云之牢籠,發生前所未有之革命性變化,出現衆多新類目、新體例、新内容。

　　清朝實現國家之大統一,組成中國之多民族大家庭,出現以滿文、蒙古文、藏文、維吾爾文、傣文、彝文書寫之文書,構成爲清代文獻之組成部分,使得清代文獻、檔案更加豐富,更加充實,更加絢麗多彩。

　　清代之文獻、檔案爲我國珍貴之歷史文化遺產,其數量之龐大、品類之多樣、涵蓋之寬廣、内容之豐富在全世界之文獻、檔案寶庫中實屬罕見。正因其具有多、亂、散、新之特點，故必須投入鉅大之人力、財力進行搜集、整理、出版。吾儕因編纂清史之需，賈其餘力，整理出版其中一小部分；且欲安裝網絡，設數據庫，運用現代科技手段，進行貯存、檢索，以利研究工作。惟清代典籍浩瀚，吾儕汲深綆短，蟻衒蚊負，力薄難任，望洋興嘆，未能做更大規模之工作。觀歷代文獻檔案，頻遭浩劫，水火兵蟲，紛至沓來，古代典籍，百不存五，可爲浩嘆。切望後來之政府學人重視保護文獻檔案之工程，投入力量，持續努力，再接再厲，使卷帙長存，瑰寶永駐，中華民族數千年之文獻檔案得以流傳永遠，霑溉將來，是所願也。

二○○四年

目　録

《午亭文編》卷三

古體詩一

《午亭文編》卷四

古體詩二

《午亭文編》卷五

古體詩三

《午亭文編》卷六

古體詩四

《午亭文編》卷七

古體詩五

《午亭文編》卷八

今體詩一

《午亭文編》卷九

今體詩二

《午亭文編》卷十

今體詩三

《午亭文編》卷十一

今體詩四

《午亭文編》卷十二

今體詩五

《午亭文編》卷十三

今體詩六

《午亭文編》卷十四

今體詩七

《午亭文編》卷十五

今體詩八

《午亭文編》卷十六

今體詩九

《午亭文編》卷十七

今體詩十

《午亭文編》卷十八

今體詩十一

《午亭文編》卷十九

今體詩十二

《午亭文編》卷二十

今體詩十三

《午亭文編》卷二十一

賦

雜著一

《午亭文編》卷二十二

雜著二

《午亭文編》卷二十三

雜著三

《午亭文編》卷二十四

雜著四

《午亭文編》卷二十五

經解一
《易》上

《午亭文編》卷二十六

經解二
《易》中

《午亭文編》卷二十七

經解三

《易》下

《午亭文編》卷二十八

經解四

《書》

《詩》

《禮》

《午亭文編》卷二十九

録

《午亭文編》卷三十

奏疏一

《午亭文編》卷三十一

奏疏二

《午亭文編》卷三十二

表

論

《午亭文編》卷三十三

史評一
《漢書》

《午亭文編》卷三十四

史評二

《後漢書》

《三國志》

《午亭文編》卷三十七

序三

《午亭文編》卷三十八

記

《午亭文編》卷三十九

書

《午亭文編》卷四十

頌

箴

銘

贊

《午亭文編》卷四十一

傳一

《午亭文編》卷四十二

傳二

《午亭文編》卷四十三

阡表

《午亭文編》卷四十四

墓誌銘一

《午亭文編》卷四十五

墓誌銘二

《午亭文編》卷四十六

墓誌銘三

《午亭文編》卷四十七

神道碑

墓碑

墓表

《午亭文編》卷四十八

題跋

雜文

《午亭文編》卷四十九

《杜律詩話》上

《午亭文編》卷五十

《杜律詩話》下

附　錄

《午亭文編》序

戴　逸

　　陳廷敬(1639—1712),山西澤州人(今山西陽城縣),清順治十五年進士。在此後五十多年的仕途生活中,他一路升遷,青雲直上。曾供職于翰林院、南書房、都察院以及吏、户、禮、刑、工各部,直至康熙四十二年出任文淵閣大學士。位極人臣,是一位"太平宰相"。康熙五十一年病逝,年七十五歲。

　　康熙皇帝曾任用一批漢族文人學士,賜以高官,委以重任,其中一些人參加了南書房。南書房是皇帝的祕書班子,除隨侍皇帝讀書和講論詩文、品評書畫之外,也參預某些軍國要務。其中有李天馥、張英、張玉書、徐乾學、高士奇、王鴻緒等,陳廷敬亦在其列。

　　陳廷敬是一位勤政愛民的官員。《清史稿》《清史列傳》中引録了他的四篇有代表性的奏摺。第一篇,討論錢幣。當時,社會上盛行毁錢取銅,雖立法甚嚴而屢禁不止。陳廷敬建議:減輕銅錢的重量,並多多開採銅礦,則毁錢者無利可圖,不禁自止。第二篇,提倡節儉。他主張凡冠服衣飾,婚喪之禮,應規定體例,擯斥奢華。"節儉之風,庶可漸致"。第三篇,談災荒以後,減免稅收。舊例煩瑣,稅收的減免,往往拖延甚久,一年半載,難以實行。請勿循舊例,改進效率,以惠下民。第四篇,談督撫的職責,重在正身率吏,教化人民,使人遷善遠過,以期政清刑簡。從這幾篇奏摺中可見他很注意民生國用和轉移社會風氣,他是輔佐康熙帝的得力大臣。

　　陳廷敬也是康熙朝的著名詩人。當時和陳廷敬同科成進士的王士禎,詩名最高,主壇坫數十年。王士禎標舉"神韻說",以"不著一字,盡得風流"為詩的極致。王擅長歌詠河山風光。陳廷敬和王士禎是同年至好,常在一起詩歌唱和,並向康熙推薦過王士禎的詩才。但論詩主張,作詩風格和王士禎截然不同。《四庫全書總目提要》稱:"廷敬論詩宗杜甫,不為流連光景之詞,頗不與王士禎①相合,而士禎甚奇其詩。……(陳廷敬)生平迴翔館閣,遭際昌期,出入禁闥幾四十年。值文運昌隆之日,從容載筆,典司文章,雖不似王士禎籠罩群才,廣於結納,而文章宿老,人望所歸,燕許大手,海內無異詞焉。"(《四庫全書總目提要》集部七《午亭文編》)四庫館臣對陳廷敬的文才揄揚備至,評價很高。陳的詩文有不少反映政治事件和社會生活的,如對平定三藩、平定噶爾丹、康熙南巡均有詩作,對清初戰爭之後社會殘破的情況也有很出色的描寫,如《桑林午食二首》:

> 底柱山前亂石村,十家今有一家存。
> 千岩萬壑人蹤在,正是皇朝賜復恩。

> 石田漠漠草菲菲,破屋炊煙四散飛。
> 行到村前還悵望,五年不見一人歸。

　　長期戰亂帶來了浩劫,給人民造成重大的苦難。儘管清初休養生息,但農村依然貧窮凋敝。"十家今有一家存","五年不見一人歸"。詩人抒發的傷痛之情,何等強烈!

　　陳廷敬雖然不寫"流連光景",但他賞景思友,也不乏佳作,如他赴山東途中寄王士禎的詩:

> 千里江湖夢,三春雨雪遊。
> 風帆出渤海,星野入齊州。
> 九點煙仍在,長河日自流。
> 相思若汶水,不斷繞行舟。

　　這首詩寫旅途中思念朋友之情,頗見真摯。陳廷敬的詩自成一家,不與他人苟同,一生留下兩千多首詩,可稱多產。康熙帝說他從政"恪慎清勤",寫詩"清雅醇厚"。這樣的評價是頗為中肯的。

　　清人詩文集現在存世者極多,共四萬多種,兩萬多家。其中不少是稀刻本,抄本,稿本,還有一些分散的文稿,這是一筆極為豐富的歷史文化遺產,其中蘊藏有清一代 268 年

---

　　①　王士禎:原名王士禎,字貽上,號阮亭,清初著名詩人。1722 年,康熙病逝,皇四子胤禛即位,是為雍正。為了避諱,改名士正。1775 年,乾隆令改為士禎。此後的清代文獻多稱王士禎,他的原名卻鮮為人知了。

豐富而珍貴的知識和信息,是研究當時政治,經濟,文化,社會極有價值的第一手史料。開發這一部分文化財富,是一項艱巨而重要的任務。需要較長時間,投入大量的人力財力。近年來已有一些重要的清人全集和文集陸續整理出版,如王夫之、黃宗羲、戴震、錢大昕以及晚清的曾國藩、左宗棠、李鴻章、張之洞、章太炎等。陳廷敬的《午亭文編》亦是其中的一種。近兩萬家清人文集的整理出版,是一項巨大的文化工程。為使工程順利展開,應當進行全面規劃,分工合作。最好像陳廷敬《午亭文編》一樣,由原籍地方上的專家選定先賢文集的整理出版項目,外地學者和出版社積極參與,促成其事。這樣通力合作,眾擎易舉。刊刻公佈大量重要的清人詩文集當非難事。可為學術界提供珍貴的研究資料,推動人文科學社會科學之發展。

當此陳廷敬《午亭文編》即將出版之時,贅此短文,以為序言。

凡　　例

　　《午亭文編》現有四種版本,即康熙四十七年(戊子)本,乾隆四十三年(戊戌)本、《四庫全書》本和 2011 年 11 月中州古籍出版社出版的馬甫平點校本。康熙四十七年本,文稿為陳廷敬親自改定,門人林佶編輯、繕寫,陳廷敬雇工刊刻,其子陳壯履奉命校讎的木刻本。乾隆四十三年本,是用原雕版重印,除刪去林佶《午亭文編後序》和陳壯履《後記》,並在陳廷敬《午亭文編自叙》之後增加徐昆的《跋》之外,其他部分的内容、版式、文字完全相同。《四庫全書》本,是經四庫全書館館臣刪改後的手寫本。馬甫平點校本,是以木刻本為底本進行標點,并與《四庫全書》本通校,内容、版式、文字均有改動。在四個版本中,康熙四十七年本内容完整,錯誤少,校刻精,最能反映陳廷敬著作的原貌。故以此本為底本,與其他版本互校。

　　一、底本不誤而他本誤者,底本誤而他本不誤者,底本、他本文字不同而文義皆通者,均出校記。

　　一、底本訛、脱、衍、倒者,不径行改正,均出校記說明。

　　一、他本對底本的改動,有正確的,有錯誤的,有言之有理而底本不必改動的,均出校記,並對一些重要問題進行考辨。

　　一、底本中的文字,兼用行書和楷書。其行書均改為楷書通行的繁體字,不出校記。

　　一、底本中容易識別之古體字、異體字、俗體字、假借字均改為常用的繁體字,不出校記。不易識別之古體字、異體字則適當保留,并出校記說明。

　　一、底本之筆劃訛舛,字形混同等明顯錯誤,一般均徑行改正,不出校記。個別需說明者,出校記。

　　一、因避諱而改動或缺笔的字,均予以保留。為避清諱而改動的古代人名、書名、年號也予以保留,均出校記說明。

　　一、原書涉及民族、宗教以及中外關係方面的文字,如需改動,均在校記中說明。

一、校記文字均以注的形式，置於該頁之下。

一、本書標點，以 1996 年中華人民共和國制定的《標點符號使用法》為依據，常用頓號、逗號、句號、冒號、引號、括號、書名號，偶用分號、問號、嘆號、間隔號、省略號，不用破折號、着重號和連接號。

一、頓號用於詞語並列而易引起誤解處，不致引起誤解的並列詞語不用頓號。

一、分號用於並列的分句，凡能用逗號或句號之處，不用分號。

一、引號分雙引號和單引號。凡直接引用的文字用雙引號，引文中又有引文的則加單引號。如系摘取大意或節略其文則不用引號。

一、引文是完整的句子，前面加冒號，如不是完整的句子，前面不加冒號。引號、冒號俱全的，引文末尾的標點置於引號之內，只用引號，不用冒號的，引文末尾的標點置於引號之外。

一、括號用於表示文字的正誤刪補。凡圓括號內的文字表示訛誤或刪除，方括號內的文字表示改正或增補。

一、書名號用於書名或篇名。看似人名而實指書名、篇名，簡稱而實指書名、篇名者，均用書名號。

一、書中原有夾注，用比正文小一號的字體表示。一句者不加標點，一句以上者則加標點。

《午亭文編》自敘

　　吾六七歲，從塾師受句讀。見《左氏》、《尚書傳》，喜而竊誦之。雖訶其不急，弗顧也。後每見古文，輒喜誦之。家故多書。世父道莊府君，有文為廉吏。以御史視江南學政，皎皎潔嚴。踰太行而北也，橐中蕭然，不足具芻糧。顧獨載書卷以歸，詒吾兄庶常君。庶常尤好古文，先太宰公命余從之學。乃盡發其新舊書，得縱觀焉。為詩詞古文辭。年二十，釋褐登朝，優遊詞館。與二三同學獨多為詩。新城王阮亭方有高名，吾詩不與之合。王奇吾詩，益因以自負。然卒亦不求與之合。非苟求異，其才質使然也。其間亦復稍稍為古文以自娛。長洲汪鈍翁見而大異之。茗文故世父所知士。吾感汪言，遂肆力於古文，若自有得焉。後召見殿中，余言詒上。詔求文學之士，余言茗文。兩人皆官翰林，益礪礪切靡為學以求進於道。汪未久告歸吳中，王今且為名臣，而余隤然將老矣。始吾於汪、王，顧頗自得，不欲苟雷同。豈惟才質乎？將以力之所近者求至於吾道焉已耳。古之為文者，非以其辭，期於明道也。故或即道以為文，或因文以見道。其致一，其勞逸殊也。見今世有有道而能文如二子者與？吾忻慕焉。頃理舊蘽，因自敘其為學之大意如此。

澤州陳廷敬

《午亭文編》卷一

門人侯官林佶輯録

樂　府　一

朝會燕饗樂章十四篇 并序

　　康熙二十年十二月,定饗祀樂章,詔禮部、翰林院議。明年正月,尚書臣帥顏保、學士臣陳廷敬等集議,言郊廟樂章,世祖章皇帝所親定,臣等不敢變易。獨朝會燕饗,沿習前明,典章未備。祈勅下臣等,考古樂之原,定聲律之節,作為雅歌,用昭盛美。詔曰:"可"。於是禮臣曰:此詞臣職也,以屬臣廷敬。臣待罪掌院事,乃集諸詞臣謂之曰:廷敬材能淺薄,不足以光制述之事。樂歌之作,無如公等為宜。諸詞臣固以讓臣,臣不得辭。嘗考古樂之備者莫如《詩》。朝會之樂正,《大雅》之詩是也。燕饗之樂正,《小雅》之詩是也。漢以來失《雅》詩之義,魏得杜夔所傳古樂四篇,遂倣《鹿鳴》作《於赫篇》以祀武帝,倣《騶虞》作《巍巍篇》以祀文帝,倣《文王》作《洋洋篇》以祀明帝,則直以《雅》為《頌》,且亂以《風》,又烏能得《雅》詩正義乎?晉以後去古雖遠,間存《雅》詩之遺。逮梁武帝,南北郊、明堂、太廟,三朝悉名為《雅》,則是《頌》聲亡而正《雅》之用混也。唐分雅俗二部,然所謂雅者,以別俗之名耳。其實皆俗樂也。宋郊廟之樂曰安,其義亦猶唐曰和,隋曰夏也。而朝會燕饗之樂亦以安名。詞皆短歌,其亦猶有《雅》詩之遺意者與?惟六變之曲,聲調靡曼,實皆五字長句也。及乎明之樂,無有足觀者矣。我朝郊廟之樂名曰平。今臣所撰樂章,實先定名義。朝會,皇帝升坐曰《隆平》,還宮曰《顯平》。萬壽,升坐曰《乾平》,還宮曰《泰平》。元旦,升坐曰《元平》,還宮曰《和平》。冬至,升坐曰《遂平》,還宮曰《允平》。小宴,升坐曰《協平》,還宮曰《興平》。郊祀導迎曰《祐平》,廟祀導迎曰《禧平》。謝見曰《慶平》,外藩謝見曰《治平》。雖略倣乎宋而要皆以《雅》詩之義為準。至於六變之曲,則概無取焉。臣又嘗誦正《雅》朝會之《詩》曰:"無念爾祖。"曰:"無遏爾躬。"燕饗之詩曰:"視民不佻。"曰:"徧為爾德。"罔不盡其反覆丁寧之意而不專主乎鋪張揚厲之辭。臣雖愚陋,竊取此義。故十四章之中,所以陳述天命之不易,大業之艱難者,雖不能盡其辭,亦略舉其指焉。臣不任惶恐、頓首,謹序。

朝會

皇帝升坐,《中和韶樂》作,奏《隆平》之章。

赫矣天鑒,眷求惟聖。保右我清,既集有命。假樂大君,天位以正。涵下有容,監于萬方。念茲崇功,駿命孔常。

右《隆平》之章,十句。

皇帝還宮,《中和韶樂》作,奏《顯平》之章。

於昭三后,誕降世德。亹亹我皇,克艱衷職。治定功成,中和建極。龍飛在天,鳳儀于庭。式奏王夏,垂億萬齡。

右《顯平》之章,十句。

萬壽

皇帝升坐,《中和韶樂》作,奏《乾平》之章。

二儀清寧,三辰順則。維帝凝命,函冒區域。仁恩廣覃,訖於動植。久道化成,隆功駿德。聖人多壽,年世萬億。

右《乾平》之章,十句。

皇帝還宮,《中和韶樂》作,奏《泰平》之章。

鑒觀惟德,丕命惟皇。肇茲壽域,薄海要荒。物性育茂,謠俗樂康。冠帶之國,望斗辨方。曰惟萬年,同于昊蒼。

右《泰平》之章,十句。

元旦

皇帝升坐,《中和韶樂》作,奏《元平》之章。

於穆元后,敬授人時。四始和令,三陽肇基。鸞路倉龍,載青其旂。迎氣布德,百工允釐。行慶施惠,及我烝黎。

右《元平》之章,十句。

皇帝還宮,《中和韶樂》作,奏《和平》之章。

有奕元會，天子穆穆。蹌蹌羣公，至自九服。正朔所加，海外臣僕。率土惠懷，萬民子育。千齡億祀，永綏茀祿。

右《和平》之章，十句。

冬至

皇帝升坐，《中和韶樂》作，奏《遂平》之章。

乾符在握，道轉鴻鈞。天心見復，物始資元。景長舜日，紀協堯春。玉琯應瑞，寶曆肇新。衆正在位，輔翼一人。

右《遂平》之章，十句。

皇帝還宮，《中和韶樂》作，奏《允平》之章。

皇帝在宥，一陽斯溥。淵黙臨朝，天職修舉。君子道長，駢珪聯組。占日書雲，產祥降嘏。宜暘而暘，宜雨而雨。

右《允平》之章，十句。

小宴

皇帝升坐，《丹陛大樂》作，奏《協平》之章。

聖皇蒞止，穆穆皇皇。百爾卿士，章服斯光。吹笙鼓琴，式燕嘉賓。萬福既同，歸美一人。

右《協平》之章，八句。

皇帝還宮，《丹陛大樂》作，奏《興平》之章。

湛湛露零，維豐之芑。猗與在公，思皇多士。宴示慈惠，以洽百禮。敬慎威儀，福祿來只。

右《興平》之章，八句。

〔郊祀導迎〕

郊祀導迎，樂作，奏《祐平》之章。

皇天有命，列聖承之。我后配德，文匡武綏。海隅寧謐，神靈宴娛。於萬斯年，流慶降釐。

右《祐平》之章，八句。

〔廟祀導迎〕

廟祀導迎，樂作，奏《禧平》之章。

於皇紹烈，累熙重光。銷鑠羣慝，我武奮揚。肅肅清廟，我我奉璋。莫匑斯馨，祚命無疆。

右《禧平》之章，八句。

〔謝見〕

謝見，《丹陛大樂》作，奏《慶平》之章。

皇覆萬寓，品物咸亨。九賓在列，百譯輸誠。濟濟卿士，式造在庭。帝仁如天，帝明如日。親賢任能，愛民育物。禮備樂成，聲教四訖。

右《慶平》之章，十二句。

〔外藩謝見〕

外藩謝見，《丹陛大樂》作，奏《治平》之章。

天盡所覆，以畀我清。我德配命，涵濡羣生。萬國蹈舞，來享來庭。俣俣傳傳，視彼干戚。天威式臨，其儀不忒。

右《治平》之章，十句。

獻《平滇雅》表一首

臣廷敬嘗誦《詩》，見大小《雅》：《六月》《采芑》《江漢》《常武》，皆言周宣王南征北伐，興治撥亂，以定四方、平天下之功。臣嘗竊歎，以為如《詩》所載，可謂盛哉。後讀柳宗元《平淮雅表》，言宣王之形容與其輔佐，由今望之，若神人然。直以《雅》之故也。臣按宗元意，以謂宣王定四方、平天下，苟非其臣尹吉甫、召穆公輩作為《雅》詩，傳之於今，今雖欲望宣王之形容及其輔佐之盛，其道無從。而宣王定四方、平天下之功，亦不能赫赫必傳於後世。烏虖！宣王之功，後罕匹矣。迺推較往古，驗之方今，功德盛隆，邁於周《雅》，而適無有尹吉甫、召穆公其人，播為聲詩，彰大其道，其何以昭宣治績，丕揚成功，傳之於後？然則《雅》之作，厥義重矣哉！臣伏見皇上，文武神聖，天錫智勇。光宅天下，奠安八荒。仁威所加，率土內外，罔不鬐服。乃有孽臣，潛伏伺釁，煽搆禍亂。震搖我疆圉，俶擾我人民。皇上赫然一怒，命將授鉞。頃年以來，定秦、隴，降閩、海，平兩粵，收巴、蜀。天兵所向，次第告捷。而滇逆竊據南楚，實為亂首。皇上神機中斷，指授規略。埽清湖湘，進克黔南。破堅摧險，直薄滇城之下。師久不解，朝旨督進。軍麾一動，氛祲消滅。皆由廟堂動罔遺策，是以疆場舉必有功。海外怖駭，臣黎懽躍。太平之會，實當今日。臣嘗計滇逆之興亂干誅也，耗糜帑賦，私籍甲兵。招納亡命，擅行威福。尾大不掉，反勢已成。正如漢削七國，唐縱藩鎮。蚤發則易圖，優容則難拔。故三藩之事，聖慮先覺。不辭大創之勞，永奠萬年之治。臣所謂功德過於宣王，而《大雅》不作，不勝惑焉。顧朝臣至多，豈無尹吉甫、召穆公其人者以颺大清之盛美於無窮？臣獨何人，敢專斯事？然臣備員法從，尤以文章為職業。不得以能薄材譾，不足以自効為解。謹撰《平滇雅》三篇，再拜以獻。臣廷敬誠惶誠恐,稽首頓首,謹言。

《平滇雅》三篇并序

《岳湖》逐冠也。

岳湖洋洋,我武洸洸。謂南有藩,無敢撼我疆。岳湖滔滔,我武啒啒。謂南有藩,無敢闞我郊。一章

我疆大矣,我圉溢矣。牙蘗其間,竦棘合蝐。昔我南藩,化為異類。二章

帝曰大君,以覆以載。推食以食,解衣以衣。遷之善地,勿剪勿拔。三章

彼惟狂昏,狡焉生心。肆為誅首,啟戎於南。如螳奮臂,如蚋決眥。首仰臆張,如豕斯鷙。四章

惟帝咨嗟,惠威是崇。薄往禽之,孰佐予功。予矜下民,救此一方。取其殘凶,是類是造。禡于臨衝,楛矢敦弓。五章

我弓我矢,靡旌摩壘。兵無遺鏃,耕無失耜。天壍茫茫,限此江水。既斷其趾,且斬其頄。六章

盜負險阻,距趯躍跟。翾飛饑歠,羽翅以張。候在太白,占於天狼。我淫我隓,是震是驚。七章

維彼閩粵,波瀁海垠。帝屢下顧,哀此墊昏。盜往連結,倚以父母。乃餌乃誘,乃為盜守。八章

帝援天矛,鍛羽截鱗。嶺海革面,蒙羞來臣。禽賦於威,柔肌于恩。盜失厥助,飛魄殞命。九章

老雄野死,梟雛棲棲。巢湖飲江,傾搖于波。爾居脆脆,我步逶遲。大祖高驤,賊焉遯逃。十章

洞庭湯湯,岳陽峨峨。載驅載馳,爰拔厥家。十一章

惟人歸德,惟帝之謨。窮經窟宅,是剪是屠。我武煇燿,式廓鬼區。百蠻萬國,俟我來蘇。十二章

《岳湖》十有二章。八章章八句,二章章六句,一章十句,一章四句。

《湘東》克衡也。衡,盜倚為巢。克之,武功將成也。

師蹹于江,于湘之東。師如雷馮,震衡岳以尊。一夫為逆,多方則病。播虐抗有德,我人斯奮,卒歸厥命。一章

歸命伊何?衡人之災。衡盜所家,追奔逐北。犀甲雕戈,虎旅龍節,天威所加。二章

帝臣如虎,帝師貙武。烈烈旃旐,淵淵金鼓。嶷嶷緌章,嘽嘽戎路,莫我敢拒。三章

右刈武陵,左埽星沙。磨岯岣嶁,我功孔嘉。戎馬晨服,候烽夕遮。剟絶惡本,敢遺萌芽。四章

其恃楓木,其恃辰龍。震之拔之,自西自東。陟嶺踰徼,于山于川。遂招邇歸,囚豪解顏。五章

東西合師,進次于沅。孼童日戄,怙兇忍頑。左擣其虛,右攻其堅。載鬭載袚,會于中權。六章

既克于沅,沅人嬰嬰。如日之昇,如霖遇晞。以肉其枯,以勑其羸。式歌且舞,以樂我師。七章

南訖羅施,來迎壺漿。鳴鞞銅鼓,洗兵盤江。彼寇興屍,晝匿宵奔。滇人荒荼,待我于門。八章

凡此滇功,惟天子①乃成。古者推轂,梱外以行。今者決勝,一秉廟庭。孰是遺孼,而廑睿明。九章

師徒渾渾,漸集于滇,惟天威式監。官臣恪守,乃獲其醜。保大定功,流聲焉窮。十章

　　《湘東》十章。一章九句,三章章七句,六章章八句。

《**滇池**》盜伏于滇,師受聖策平之,武功成也。

滇池洶洶,帝乃平之。匪彼元戎,惟帝之功。高居北極,洞視下方。惟仁智勇,克靖萬邦。一章

帝命臣塔,汝從西粵,急擣其窟。塔拜受命,銜枚束刃。環滇其來,龍駁鵬騫。軍聲轟然,如墜自天。二章

帝命臣里,汝從巴蜀,橫剪側入。里拜受命,量沙追蓐。有疾其驅,無暴我邦。蹄柵跐壘,言壁其東。三章

帝命臣泰,汝從黔趨。惟此蟊賊,數載曠誅。汝將士用命,賊其敢逋?泰拜受命,于皇之訓。四章

我旟我旗,于苗于蠻。度幕輕留,彌險蔽關。奪其阻隘,掀其籬藩。獸窮負嵎,我師固以完。五章

帝命我師,勢為掎角。廑城撕邑,萬里手握。維彼豰䴟,敢抗喬岳。維彼萌枿,敢傲霜雹。六章

彼枿繁矣,于焉蟠根。雨露既濡,忘帝力之勤。聖人神武,施設芟夷。斬彼梟騺,張我

熊螭。七章。

　　傛鐔批亢，下甲陷堅。箕張翼舒，合圍于原。獸窮于阱，人或獸哀。快彼凶醜，覆卵毀胎。八章

　　帝曰吁嗟，勞我人師。日費百萬，大農不支。滇人望拯，如餔療饑。載礮載攻，天策攸宜。九章

　　孟冬月杪，師薄于城。降旛夕豎，逆駭縱橫。林野塗腦，郵驛遞顚。滇人歌舞，于屋于衢。十章

　　夜半捷來，天心惻楚。閔憐下氓，罹此荼苦。我將我師，于野暴露。布惠釂功，急疾如火。十一章

　　于廟于郊，其儀孔熾。華俎腯牲，永言昭事。都人士女，白叟黃童。歡呀嘻笑，祝我聖躬。十二章

　　帝曰歸來，予開明堂。制禮興樂，登賢拔良。孩養無告，施厚仁滂。熙我庶績，綱舉目張。永萬斯年，率由不忘。十三章

　　《滇池》十三章。十章章八句，二章章九句，一章十句。

北征大捷，功成振旅，凱歌二十首并序

　　日者，皇上北顧邊陲，永惟戡定。聖心獨斷，決策親征。羣臣震悚，表請遣命將士，毋煩車駕遠行。蒙詔旨開諭，弗允。臣廷敬伏念皇上為天下勤勞，歷涉沙磧，躬蒞戰陣，而臣下晏然安處，其何以自寧？於時謹詣宮門，奏乞扈從。蒙天心矜憐，謂臣年力就衰。恩旨下頒，臣恭聽之頃，不覺涕零。伏念臣以衰薄，不克備戎行、効職役。今者，天戈一指，兇醜破滅。朝至暮捷，功成漏刻。敷天率土，罔不懽忻。臣受恩高厚，無所報稱。惟譔述文句，以導揚盛德於萬一。而臣愧非其才，惶恐踰時，復不能自已。臣伏見皇上覆育四海，撫有萬邦。東西朔南，懷仁歸義。聲教所通，遐荒異域。侯王君長，稽顙闕廷。至若聖略天威，武功丕顯。御極以來，平察哈爾，定三逆，取臺灣，服倭羅斯，收喀爾喀。埽蕩邊塵，廓清疆宇。固已烜赫炳耀，亙古今而昭天壤，弘恢服而奠生民矣。迺厄魯特噶爾丹者，違我德化，自絕生成。梟獍猖狂，侵我屬國。泂法所必討，師出有名。皇上躬御六龍，親護諸將。驅鷹揚螭虎之士，臨大荒，盡窮幕。風行電激，聲震雷霆。而天申顯佑，百靈効順。風雨不驚，水草應候。時日吉良，士馬利賴。殲廿年逋誅之寇，建萬世不拔之功。此誠開闢迄今，簡冊所宣布，宇宙所流傳，聖績神猷，曠古無匹者也。臣雖不能侍行幄，至營壘，親見剪獯屠戎之盛，猶欲形之篇翰，製為詠歌，以敬颺我神武之光明，亦臣之至幸也。謹按：王師大

獻，奏愷樂，《周禮》始著其義。釋者曰："愷，兵樂也。"《司馬法》云："得意則愷樂，所以示喜也。"漢有《短簫鐃歌》，魏克官渡，晉征遼東，皆製歌曲，被之聲樂。凡以諷道戰伐之事而申寫三軍凱樂之情。唐柳宗元有《鐃歌鼓吹曲》，宋有姜夔《聖宋鐃歌曲》。皆其所自作以進之朝廷，此皆古體詩也。然自岑參、劉禹錫諸人，已自以今體為凱歌，聲調具有《風》《雅》之遺。臣今竊取宗元、夔進詩之義，詩用參、禹錫之體，作《北征大捷，功成振旅，凱歌二十首》。臣目雖昏眵，勉自繕寫，字畫蕪穢，仰塵慈覽。臣不任榮忭，不任兢惕之至。

　　皇家本意為銷兵，刻日邊沙一戰清。九伐元從天子出，翠華親總六師行。

　　聞道神功斷乃成，盈庭連表諫親征。誰知聖算高千古，一著戎衣定太平。

　　蕭蕭龍笛出關聲，雲旆晴翻朔吹輕。十萬羽林眠夜月，迴看北斗挂南營。

　　汗馬河源飲欲乾，夕陽萬竈冷炊烟。玉鞭應有山靈護，指處三軍見井泉。

　　宜晹時節草芊芊，便是窮荒大有年。風伯雨師齊効順，可知聖德格皇天。

　　算得西營計日糧，玉音纔罷見封章。懸知宿飽三軍士，金革銜恩在戰場。

　　祇為生民事遠征，前軍馬上捷書成。絲綸簿載蛟龍筆，批答人知出塞情。

　　月上旌門映細斿，旄頭影落斷狼烟。尚衣高鎖黃金甲，長記龍韜決勝年。

　　開拓皇輿①四接天，職方環海浩無邊。黃雲萬疊青霄外，收取山河直到燕。

　　苗格於今正七旬，兩階干羽更森森。全收瀚海為靈囿，要置天山列禁林。

　　幕南庭北接王畿，一道清塵捷騎飛。四十九藩先拜舞，朔天生養在皇威。

　　漠漠雲隨露布生，人知天意為親征。朝衣半溼蒼龍雨，點點分明凈洗兵。

　　迴軍吹角罷連營，疊鼓風多破陣聲。寫入天朝新樂府，流傳奕世見昇平。

　　武功文德並崔巍，聖藻篇章每獨裁。萬古燕然留片石，磨崖親與②勒銘迴。

　　春歸苑樹別長安，六月龍沙草露溥。邊柳千條花萬朵，一時留取待回鑾③。

　　今來楊柳正依依，昔去關山雨雪霏。魚海輕陰猶未散，五雲常繞六龍飛。

　　天廐驕騰汗血斑，嘶風別去簫雲還。瓜時不遣黃龍戍，苜蓿青青意自閒。

　　九邊萬里抱神京，地盡遙荒戍不驚。夜夜閽門開曉月，天家本不用長城。

　　劍花弓月拂雲還，歸路邊庭障塞閒。數首新詞翻鼓吹，凱歌聲里舊關山。

　　帝德天威日正中，九賓王享百蠻通。炎黃以降多青史，萬乘臨戎第一功。

---

① 皇輿：國土。四庫全書本作邊疆。
② 親與：四庫全書本作共仰。
③ 取待回鑾：四庫全書本作助凱歌歡。

謹獻大駕三臨沙漠、親平僭逆《聖武雅》表一首

　　臣廷敬伏見我皇上撫御萬方，盡有四海。內外恩德鴻厖，聲教遐暨。比年以來，天下宴安。而推溯武功所由，戡定則誅三逆以平滇、黔、粵、閩、楚、蜀，外闢察哈爾、臺灣、倭羅斯、喀爾喀之地。幅員之廣，超越前古；治化之隆，巍煥莫並。今神謀獨斷，聖武布昭。伐罪救民，躬行天討。大憝授首，餘黨歸誠。厄魯特全國蕩平，捷書至日，雷動嵩呼。中外臣士，閭巷小民，罔不歡欣忭慶。蓋是時，車駕親征，馳驅戎壘，凡三出朔塞矣。當天衷決策，初御六師。中朝悚慄，僚庶攀留。臣以年力就衰，蒙恩矜憐，弗允扈從之請。自是以來，祗遵成命，不敢再瀆天慈。而違離聖顏，日夕虔惕。伏念皇上為天下掃除殘賊，為邊疆永致廓清，跋歷窮荒，經涉寒暑。勤勞軍務，旰食宵興。而臣子安居，略無寸効。今已無事，言念國恩，無所報稱。猶欲俯竭愚誠，撰儗文句，敬屬聖烈之無窮。而臣嫓鄙無學，尋繹累日，莫知所擇。竊惟自古帝王有功於天下，其名聲彰著於後世者，方策之所紀載，金石之所刊錄，聲詩之所流傳，後之人攬其事而遐想其盛焉，是以昭昭然若昨日事也。然而，其盛者亦不數數覯矣。阪泉、涿鹿以還，古今稱善用兵者，漢之高帝，唐之太宗，皆自興事之始，乘時搆會，底於成功。若我皇上，聖德而踐天位，躬居大寶，志切生民。仁育羣倫，義征不讋。尊臨九重，制勝萬里。天威所至，攻戰多方。撲滅兇殘，蕩埽巢窟。宿寇遺孽，一朝頓除。伏卅載之逋誅，樹九邊之壯觀。殲其渠魁，降其支黨。燧烽永息，亭堠不施。曠古難平之部落，盡為臣僕；普天所有之土宇，咸入版圖。自此寰海清平，兆民樂業。集萬年之鴻慶，成千古之大功。臣仰窺聖烈，俯稽往古。漢祖、唐宗，起於側陋。角一時之雄，乘末流之敝。雖精於兵事，而我皇上文謨武烈、聖德神功、實遠邁前徽矣。若夫書冊所載，既有天下，優游宮禁之中，不過遣將興師，身居其逸，坐收其効。間有親征，如宋藝祖之北伐，明成祖之行邊，宋則失利，明則鮮功。是以方策金石聲詩之文，仿彿儗比，可導揚盛美之萬一者，蓋徬徨震掉而莫知所擇焉。求之於《詩》，惟周宣王身為天子，南征北伐，有定天下之功。雖淮夷諸小敵，未為甚難平之寇。而獫狁之伐，止於太原。皆命臣士以行，事蹟殊不類。然其臣詠歌之詞，孔子有取焉。唐臣柳宗元，本其義作《唐雅》。臣於嚮者滇逆之平，不度固陋，竊取其義，進《平滇雅》，曾上塵聖覽。今臣伏思，後世鐃歌鼓吹之曲，未足以盡聖武之形容。仍依古體，謹譔大駕三臨沙漠親平僭逆《聖武雅》三篇，繕錄以進。臣之愚意，固以敷宣人事之盛美，而其義則歸本於天。我皇上即天也。覆載照臨，雷霆風雨，天之所以為道；栽培傾覆，治亂侑亡，皇上之所以為功。彼噶爾丹自外於覆載照臨之內，干雷霆之誅，絕風雨之澤，蓋所謂逆天者亡也。我皇上天威所臨，賊始則沙塓糜敗，妻孥磔屠。繼

則衆叛親離，孤雛就縛。其卒也，我皇上親揮將士，迫抵賊巢。賊知逆天必誅，飲藥自殺。遡始訖終，我皇上馳驅萬里，勞苦艱難。若非親征大舉，必不克迅致膚功。此人事也，即天也。至若晴暘以時，靈泉表異；水草應候，百神致祥。旋師之先，甘雨灑郊；飲至之日，雲陰開霽。臣僚擁道恭迎，都人父老孺子瓣香欣躍，愷樂慶成。臣推本於天之義，由茲益自信焉。臣不任榮幸歡忭之至。

《聖武雅》三篇 并序

《惟天》初臨沙漠，安邊靖寇。破敵大捷，行慶於民。振旅還京，武功盛也。

惟天惟帝，惟帝乃天。盡天所覆，我徼我邊。何彼逆鷙，為我人患。帝自伐之，往取其殘。一章

衆曰至尊，毋勞萬乘。我師武臣，孰不恭命？帝曰吁哉，自昔弔民。如水斯溺，如火斯焚。二章

帝謂卿士，朕必親往。彼惡貫盈，煽虐滋廣。擣其腹心，離其支黨。安我荒服，除彼狙獷。三章

諏春吉日，是類是宜。聖謨先定，叶於神祇。既攻我車，既秣我馬。峙我餱糧，于塞之下。四章

六龍遄飛，闔雲四開。師行如山，如霆如雷。蠲租已賦，民有慶哉。屬國讙呀，天子自來。五章

茫茫荒磧，伐薪孔遐。浥烟不爨，萬竈以馪。我軍之行，晴空洋洋。雨師避道，宜暘而暘。六章

帝減尚食，哺我士飢。飲我士渴，朝斯暮斯。野曠無水，何以為糜？玉鞭所指，靈泉瀰瀰。七章

無人之鄉，絕巘之野。五日窮追，賊衆解瓦。彼狂何知，竄徙顛魄。不謂帝來，初猶笑啞。八章

寇昏以驚，聞帝自將。獸窮突奔，心膽墮喪。軍扼于途，大殲巨創。瀚海塵揚，天山簸蕩。九章

築顱于丘，波血于河。九州百蠻，為鑒孔多。燕然之山，蒼崪嵯峨。伐石紀功，萬載不磨。十章

都人黃耇，扶攜來迎。鐃吹所歌，告武之成。桑麻在郊，民熙以耕。戎衣一著，四海永清。十一章

《惟天》十有一章,章八句。

《**皇矣**》再临沙漠,相机宜,抚降人,安兵民,武功再盛也。

皇矣圣功,边氓孔安。惟帝念兹,冀即于完。自我来归,由暑讫寒。旅师在野,雨雪其漫。一章

天初生人,岂择莠良。帝德好生,并包八荒。从化者存,不袭者亡。汝尚能来,无或汝戕。二章

汝家糜矣,汝徒嫠矣。羁孤单栖,云何嬉矣。汝尚能来,食之衣之。天无不帱,天无不持。三章

怙终者诛,国有明纪。彼顽不悛,盗我储峙。师进逐之,原野万里。皆我职方,何奔何止?四章

皇命于廷,是礪是攻。拔本塞乱,惟义之中。朕不亲往,边人茕茕。我怙我恃,岂惮征行?五章

朔风萧萧,捲我斾旃。翠华载临,俨涉我郊。藩落老稚,箪壶以劳。帝来抚我,于险于遥。六章

或拥道周,或控马首。帝颜霁温,下拊以手。如燠如春,恩语勤厚。坐使来前,薄飨其有。七章

言幸师营,言迫贼垒。烜赫天声,贼党破徙。其降如归,其趋如市。来者既多,惟恐后至。八章

帝待降人,曰彼大辜。汝则何罪?罹彼毒荼。致汝于锋,致汝于屠。其来汝拔,爰止爰居。九章

帝谓降人,我黎我赤。草枯于原,冰坚于碛。蔼蔼阳和,于疆于陌。尽降其人,大醜斯获。十章

我士我旅,岁其云遷。帝念我人,言归言旋。凯声载路,士女阗阗。帝威帝德,振古无前。十一章

《皇矣》十有一章,章八句。

《**武成**》三临沙漠,擒其孽子,殲其渠兇,馀党归命,武功大成也。

武成自初,三援天戈。惟皇之命,神人以和。长彼蟊螟,奈此嘉禾。既化其类,胥颠其窠。一章

载袚载严,式张我武。云旗飘翩,日绕熊虎。风飈烈烈,扬于金鼓。弧矢朱弓,不殊干羽。二章

皇眷西土,我理我疆。于阗于塞,于边之墙。于陇于畎,于河之阳。下民何幸,近天子

光。三章

　　皇撫吾民，以覆以載。是幸是臨，恩逾汪濊。帝來人歡，帝行人思。六師所過，言錫我釐。四章

　　帝行天中，如日正車。咨遣兩師，以翼漠沙。尅日並進，毋謂逶遲。角之掎之，天威所加。五章

　　爰陟爰止，狼居胥山。四顧藩部，于川于原。皆我在宥，矜茲彈丸。如毒斯螫，如爪斯搴。六章

　　彼梟日蠚，孤雛棲棲。我擒獼之，檻致于畿。人之無良，不保妻子。惟汝之為，求禍自爾。七章

　　我師日進，言迫其巢。卵傾翼折，梟困以嘷。臘斯焚斯，不復逶跳。乃如之賊，為戒茲昭。八章

　　戮屍于軍，傳首于邊。變容慄股，孰敢不虔？皇赫斯怒，遂人所觀。如帶如礪，如石之磐。九章

　　載馳載旋，言歸凱樂。于以慶成，于郊于廟。載沛德音，四方是告。帝開明堂，萬邦畢照。十章

　　惟天同符，以清以寧。自此無事，泰階永平。惟帝之功，與天無極。斯歲斯年，于萬于億。十一章

　　《武成》十有一章，章八句。

《南巡歌》十二章并序

　　聖駕親視河工，弘恤民隱。恩膏廣沛，遠邇同庥。臣廷敬誠懽誠忭，稽首頓首，上言①：

　　臣備員戶曹，於今六易年所。每蒙天語垂問郡國水旱、年歲豐歉。仰見我皇上天覆四海，子育兆民。尊居九重，慮周萬里。無時不以黎庶為念，無事不以仁愛為心。茲以黃、運兩河，關漕輓之安危，繫民生之休戚。乘輿臨歷，指示規為。翠華所蒞，皇澤覃敷。臣所不及知者多矣。以臣所領職事，奉明詔而宣德意者，數日之中，新綸徧於寰宇，湛恩普於遐方②。郵驛所傳，源源而未有涯也③。臣等謹循職守，恭繹恩綸。俯同官僚，欣感聖政。惟

----

① 臣廷敬誠懽誠忭，稽首頓首，上言：四庫全書本刪去此十三字。
② 數日之中，新綸徧於寰宇，湛恩普於遐方：四庫全書本刪去此十六字。
③ 而未有涯也：四庫全書本作靡已。

我皇上，德盛功高，仁深澤厚。際天蟠地，曠古振今。生民以來所未有也。臣等雖未獲與
扈蹕之榮，而實竊幸遭逢之盛。每接詔旨，仰遵宣布，傳示遐邇。朝臣颺頌，閭巷歡舞，以
及四遠之人，無不手額稱慶。僉曰："聖德厚矣、至矣，無以加矣。吾曹何幸而生聖人之世
也。"臣伏惟皇上，念切民依，特事巡省。恩波肆暨，江海同沾。而始也，以河決不治，患及
吾民，仰煩聖慮。夫治河，誠國之大事也。臣嘗稽之往古，禹底九河之績，《禹貢》詳其文。
漢築宣房之宮，作歌紀其事。蓋篇籍所傳，詠歌所述，厥務亦綦重矣。我皇上仰符天道，俯
愜輿情。盼睞之間，指揮斯定。已收數十年不奏之功，肇億萬載平成之績。聖謨廣運，媲
隆神禹。而恩澤弘普，恤民之災，謀其生計，憫民之乏，免其正供，有《禹貢》之所不能載
者。扈從諸臣，宜備書方冊，垂休奕禩矣。若夫漢塞瓠子，作宮其上，是名宣房。而作《瓠
子之歌》章美其事，載在《漢書》中。臣以謂漢塞一決河耳，且猶詠歌之。我皇上治河，上
下數千里，至於江海之廣，咸蒙聖恩，誠有非漢代之所能幾及萬一者。而《樂府》不作，其
何以闡揚盛美？臣不揣固陋，謹因臣部所奉詔旨，每譔一歌，仰識聖德神功於永永無極，且
以慶幸臣之榮遇焉。至若寬恤有司，矜釋刑獄，事下他部而臣所及知者亦謹併識焉。詞雖
不文，然其聲調，頗取漢、魏以來《樂府》。夫《樂府》之作，皆以被之金石絲竹，薦之朝廟，
用之家國，非徒為文字觀美而已。今臣所譔，雖不敢妄擬古之作者，實欲俾奕世知我國家
功德，誠遠侔三代之隆，斷非漢以來盛時所可比擬萬一。於治定功成，播朝廷之美，宣天地
之和，庶幾其義有取焉爾。臣不任兢惕，不任忭怵以聞。

《歲二月》第一頌奉皇太后鑾輿時巡也。

歲二月巡狩，惟虞帝之則。其始由岱宗，順時布令德。我皇握天樞，舉事合經籍。煌
煌大業初，慈闈共夙昔。及茲撫金甌，九圍覩式廓。晨昏在帷鑾，玉顏正怡懌。孝理通烝
民，歡心洽萬國。

右《歲二月》十四句。

《平成》第二紀閱河也。

平成際時雍，聖人肇興萬世功。以仁為涵濡，義為繩約，禮為隄防，智為疏鑿。清河排
決萬斛泥，高堰水落蛟鼉移。上下河海，吾皇不來，民其將焉如？爰取其陳，惠此貧者。士
女歌舞金堤下。

右《平成》十四句。

《淮水清》第三述留漕也。

淮水清，黃水波，中有漕船過。率三十鍾才致一石多。淮揚水，流潒沱，水中人，營巢
居，其能免乎為魚？寒者待衣，饑者待餔。留船漕二十萬石，行者得休，居者得食。感皇
恩，歌以易泣。稼穡艱難，一粒一珠，皇恩浩汗。

右《淮水清》十九句。

《江南北》第四紀免江南北道賦也。

江南北,江茫茫。吾君恩澤,江流與長。江以南,江以北,頌洋洋。緩新除舊賦,婦子偕樂康。江天高,高崇隆。上天施雨露,時乘駕六龍。瞻雲而就日,萬姓來邕邕。視聽自我民,民依與天通。壽萬億年福祿同,年年三月春風中。

右《江南北》十九句。

《時和》第五紀免淮揚額賦也。

時和景鴻長,聖人蒞阼萬斯年。恩膏溥,流布我民。一時違作息,潤枯甘雨澍。盡賜舊年租,新穀登場在旦暮。曲體民生,從來王道本人情。仁且明,愛民如此,所以致昇平。

右《時和》十三句。

《吳山》第六紀免浙江道賦也。

吳山高,越水長,江流無波海不揚。引領望幸,慰我耕桑。攀留鑾輿,福我子婦。復其民,無有所與。長吏安所事蒲鞭?九年耕賜三年賦。

右《吳山》十一句。

《海濱田》第七紀恤商也。

海濱田,川貢珍。皎玉雪,莽若雲。民所重,儷耕芸。聖澤隆,瑞氣氳。沛汪濊,潤下土。寬餘筴,惠萬估。靈露零,錫嘉祜。敘八政,修九府。鼘殷殷,爛揚光。若農畮,禾稼穰。四時榮,和眾芳。聖人出,萬寶昌。

右《海濱田》二十四句。

《江湖盤》第八述廣入學額也。

江湖盤坡陀,美哉磊犖而英多。菁菁者莪在中阿,言采其芹,于泮之沚。芃芃棫樸,薪橾是以。奕奕龍光,濟濟多士。萬年以寧媚天子。

右《江湖盤》十句。

《淮南》第九紀免鳳陽額賦也。

淮南涘渚混牛馬,禾穟生耳臥原野。秋穀在田中,困篅蓋寡。帝南巡,恩澤滂,欲令里閭富蓄藏。天意豈獨私一方,十行詔下通雨暘。不事金木占饑穰,穀我婦子,千倉萬箱。祝聖君,萬壽昌。

右《淮南》十四句。

《岱峰》第十紀免山東額賦,并賜緩征逋租也。

岱峰觸雲根,膏雨來天門。自皇之來矣,解網賜生存。天下民自以不冤。自皇之旋矣,頻施除復恩。岱峰峨峨,肅然祥風。乘朝曦,播神功。周覽滄海,聖澤龐洪。道光素王,心傳魯東。躋民仁壽中,刑措銷兵戎。

右《岱峰》十七句。

《於昭》第十一 <small>頌天藻留題,聖書頒賜也。</small>

於昭惟天惟聖皇,盡覆下土臨萬方。文思被格侔陶唐,讀書萬卷摘天章。倬哉雲漢神龍翔,彤池灑墨江海光。山川留題奕葉長,從官拜賜羅御牀。賁及守土同巖廊。舊臣何幸趨帝傍,鸞迴鳳舞親攜將。心依日月身江鄉。我皇文治洵煒煌,輝映百彙皆蕃昌。微臣奉職占農祥,欲請未敢中傍徨。作歌傳後示不忘。

右《於昭》十七句。

《擊壤》第十二 <small>頌太平也。皇上創興鴻基,連歲北伐。率土臣服,四方晏然。猶復治益求治,宵旰不遑。茲者巡歷吳、越,乘輿所蒞,自守土之臣及四方靡不沾被湛恩。蠲租除賦,赦過省刑。太和之化,洋溢萬國。《記》曰:"心和形和,則天地之和應之,此作樂之本也。"</small>

擊壤歌太平,惟吾君聖神。萬里絕沙幕,掃除妖氛安黎元。尚慮疾苦壅上聞,歲在木曰營室,皇乃時巡。供張不復煩吾民。枯者以濡,寒者以暄,除租賦以裕其儲蓄。方伯二千石,復其爵秩,俾謹身撫字,子養有若父與昆。蠲釋苛與煩,囹圄之幽同春溫。天子實活我,不知獄吏尊。自兖沿吳越,愷澤流無垠。路無拾遺之夫,卹商惠農時,吏不呼門。九歌既敘兮、九敘惟歌,九州懽愉兮、九奏孔多,億萬斯年兮、舞蹈太和。

右《擊壤》三十句。

《午亭文編》卷一　男壯履恭較

《午亭文編》卷二

門人侯官林佶輯録

樂　府　二

遠　遊　篇

遠遊何所之？乃在大海隅。海波何澹澹，雲氣何舒舒。赤螭為我駕，翠虯為我驅。神魚如山長，電目丘松鬣。緑髮兩仙童，指引神所居。飄緲白玉闕，照耀黃金鋪。珊瑚為階砌，木難為門樞。星娥倚東廂，微笑玉齒殊。仙老三五人，龐眉曳輕裾。食我以瓊蕤，遺我石函書。書中何所云？保汝千年軀。永同金石固，日月齊靈符。下視人間世，榮華真斯須。

白　馬　篇

白馬驕秋霜，銀鞍照路傍。黃金為馬銜，珊瑚為劍裝。被服閑且都，雜以綺羅香。交遊競意氣，俯仰垂榮光。長兄二千石，小弟侍中郎。身冠羽林籍，名艷鬭雞塲。腰間烏號弓，右發左挽強。一縱連兩禽，鳴鏑隨低昂。歸來道狹邪，緩帶傾華觴。猗嗟《陽阿》舞，迭奏邯鄲倡。為樂苦不極，紅顏坐凋傷。

關　山　月

烽冷天山色,霜明瀚海流。臨關弓抱影,度隴劍橫秋。玉笛三更夢,金閨萬里愁。龍堆看夜夜,長歎上邊樓。

陌　上　桑

曉日渭橋東,行人春思中。桑間秦樓女,綠映顏花紅。玉釧低枝露,香羅隔葉風。鹽饢正歸去,五馬立烟空。

班　婕　妤

顏色春桃李,東風寧久留?昭陽飛燕寵,長信婕妤愁。玉階惟見月,團扇已驚秋。試問承恩者,常懷衰謝憂。

明　妃　怨

千古蛾眉意,丹青畫不成。生綃空有恨,披寢本無情。紅淚邊花色,朱絃磧雁聲。那堪孤塚月,還照漢時營。

銅　雀　臺

昔時銅雀伎,曾薦綺羅香。遺恨千秋令,雄心六尺牀。舞餘金鳳冷,望極玉蛾長。日暮西陵道,悲風生濁漳。

折楊柳二首

樓下與君別,柳條初覆肩。柳今與樓長,搖曳金窓烟。春暗黃龍塞,花明黑水川。含情忍攀折,遠寄東風前。

楊柳三春樹,年年別恨長。曲中官渡月,枝上塞門霜。紅粉倡園色,黃沙劍客妝。金鞭不可贈,攀折暮情傷。

山　鷓　鴣

何處鷓鴣飛,湘江斑竹枝。夕烟人影外,斜日客行時。斷續虞妃淚,蒼黃屈子辭。更聞賈太傅,鵩鳥賦深悲。

猗　蘭　操

猗猗其蘭,迺在空谷。我行四野,奚處奚宿?其蘭猗猗,幽幽其香。雜彼蕃蕪,我心相羊。蘭其如何?維霜及霰。時節晚暮,不我能見。子不我見,我心則夷。悠哉以老,樂天弗疑。

將　歸　操

河之水湯湯,我欲濟兮川無梁。豈緊川無梁,我褰我裳。河之水幽幽,我欲濟兮波無舟。豈緊波無舟,我曳我裾。我裳我裾不可以濡兮,吾將焉求?

雉　朝　飛　操

雉夜兩兩朝雙飛,雄者氣盈挾其雌。雌欲啄,雄欲飛,雌不敢以東西。彼獨何者?羣遊中野。雉子斑,奏鳴絃,羈孤向人生自憐。

梁　父　吟

我歌《梁父吟》,慨慷誰與陳?君不見,公旦巧能世絕倫,吐哺握髮衆士親。嗛嗛赤烏下白屋,後來豈有如公人?君不見,吹簫販繒士所羞,得時辟倪①輕儒流。賈生歎鵩陸生老,刀筆之吏為通侯。

———————————

① 辟倪:四庫全書本作睥睨。

烏 夜 啼

　　寒夜夜長夜不明,五更盼斷霜禽聲。紅顏易歇綠窗裏,塞鴻欲度林鴉起。金井雙桐露葉低,秋閨月落玉關西。年年為伴相思老,莫向高樓別處啼。

冉冉孤生竹

　　冉冉孤生竹,今為薊丘篁。地寒出不高,枝葉稀飄揚。不恨枝葉稀,三冬被嚴霜。豈無雨露滋,時至則萎黃。託根失處所,撫心多慨傷。

幽 澗 泉

　　白石爛爛流泉深,松風寂歷吹素琴。山窗明月弔孤影,別來五度秋蝯吟。蝯吟人不歸,怨鶴空山飛。泉水波,木葉稀,緝商綴羽張急徽。

北 邙 行

　　洛陽城北山峨峨,城中人少山墓多。白烏半夜啄大屋,青燐當晝燔陵谷。自經喪亂墓無主,野田髑髏悲自語。寒食誰家送紙錢,魂孤眼望愁鷗鳶。客來遊眺蒼茫裏,東見虎牢西熊耳。山川酹酒一高歌,光武陵邊杏最美。

君子有所思行

　　生民皇古前,心志自澹泊。迨彼喜怒煩,憂患抵中惡。聖人急其病,道和抹以藥。作樂反性初,緣情禮乃託。悠哉《咸》《韶》音,風淳合冥漠。綑桐通神明,截竹諧葦籥。千秋鳳一鳴,四海皆安樂。

艾 如 張

　　艾如張,羅旌門。蕭蕭馬鳴。獸噪于田非好殺,取足盈大庖。白露下來,麛鹿始交。

鹿有匹兮山有羅,吹聲象匹鹿奈何?

芳　樹

　　芳樹長搖搖,四邊多烈風。黃鵠在其上,養子芳樹中。寒影濯清露,羽毛亦不豐。託身寧非高,心欲陵蒼穹。迴頭謂芳樹,勿作風中蓬。大者拔本根,小能傷青蔥。稀枝兼落葉,與子分西東。芳樹謝黃鵠,此言何愚蒙?風來無時休,將吾誰適從。汝自慎身口,大造無全功。黃鵠舉翅飛,携子躡雲蹤。後來見芳樹。低摧橫烟空。

種　葛　篇

　　鬱鬱南山葛,離離東井瓜。本自不同生,兎絲緣女蘿。葛藟亦已長,瓜蔓亦已多。霜天各刈除,棄捐於中阿。種瓜瓜有種,種葛葛有芽。瓜葛相結連,我心則匪他。拳拳執明信,歲寒夫如何?

蒲生行浮萍篇

　　浮萍東西流,離離青蒲間。小年事君子,不知心所歡。錦衾生恐慄,半臂承夜寒。恪勤在婦道,冰雪灑肺肝。霜天弄機杼,繰絲織縑紈。充君下體服,自顧衣裳單。米鹽碎小務,家室粗以完。懍懍三十載,一日無歡顏。容色不再好,罪尤誠有端。故人足可棄,新人亦可憐。人誰不娶婦,君家婦良難。新人不待故,聞聲發永歎。蒲生何離褷,浮萍何汎瀾①。此曲不可竟,曲竟增悲酸。

蒿　里　行

　　青青松柏原,鬱鬱古蒿里。留待市朝人,容華謝桃李。桃李春光搖曳時,東風未老已先悲。蟲蝕葉,雨摧枝,成陰結子難豫知。人生朝露日易晞,滿堂歡笑翻涕洟。言駕幽山去,親戚相攀追。遺君舊劍佩,卷君舊羅幃。清酒安可酌,餘閣空盈卮。狐兎夜深語,賓朋四散歸。各各有一日,不必相歔欷。蒿里路,遠在百年近旦暮。生時不自縱意樂,坐見春

---

　　①　汎瀾:四庫全書本作汍瀾。

花委芳樹。

隴頭吟

生不願為隴頭客,亦不願聞隴水聲。隴頭作客腸應斷,隴水聲多帶別情。別情未已紅顏老,北流是向龍城道。一箭烽傳瀚海雲,三時馬絕交河草。隴阪回看隴樹春,隴闕四外戰塵昏。行人莫作隴頭客,從此邊心不可論。

豫章行

秋風吹白楊,搖搖豫章山。落葉辭本根,隨風不復還。男兒遠別離,戚戚成頹顏。跳丸有迅晷,逝波無停川。生短嗟世長,何況寡所歡。賢聖齊窮達,流坎天命然。委順全遠節,去日難重攀。介福自已求,鬢髮誰令斑。

猛虎行

朝從猛虎食,暮從野雀棲。野雀無定端,猛虎還苦饑。水濁不見底,水清石纍纍。清濁各有以,溝水流東西。天風吹海色,昏昏渺無涯。遊心三神山,百年曾幾時?

長歌行

鰕魱細小蟲,生長潢潦間。燕雀自儕侶,寄命于柴藩。豈知六月鵬,高翅摩雲天。潛鱗濯鬐鬣,遊戲于深淵。物生各有分,吾終慕羲軒。

空城雀

鴻鵠翔寥廓,鶖鶬聲啾啾。翩翩嗟汝雀,嗷嗷云何求?回顧黃口兒,常有羅網憂。烏鳶各異態,爪觜每見投。摧頹太倉粟,口腹身所仇。物生有天命,知此絕禍尤。

節　雁　行 史館僚友語近事

羅者獲雄雁,雁活翎翅全。置之樊籠中,哀鳴欲有宣。每當秋春時,塞雁來翩翩。顧步忍長繫,飲啄苟自存。賴彼牧豎兒,飢眠兩踰年。其秋其雌來,聞聲於九天。夜半翔而下,悲吟何闐闐。以頸投籠中,咽吭交相纏。晨起人眠之,雁則雙死焉。適予在史館,有官屯民田。屯夫既來告,官因為予言。風檐展書坐,雁唳過前軒。聽者盡訏歎,終朝掩遺編。思用屬堅操,作此節雁篇。

東　海　頭

東海頭,古來白骨成荒丘。天生海水向東注,日出月沒滄波流。嗟我人民,何用相讐?東海頭,長城起,秦人築怨海水深,不見長城見海水。

堠　傍　路

堠傍路,日日征人從此去。古人行盡今人行,春草春花只如故。莫言今人與古人,昨日車輪疊馬蹄。寒風一夜吹何處?

雁　門　行

雁門關,雁不度。關上長城高插天,鴻雁高飛從此去。雁飛長城間,遊子關門還。雁南君北向,相望何由扳?塞山連縣秋雲起,西度五原東遼水。傳語幽并輕俠兒,雄飛雌伏休相疑。

饑　烏　行

北風吹樹樹怒呼,深枝饑啄雙老烏。身微願違心羈孤,野日凍雪霜蓬枯。天寒夜昏何時旦,黃鵠單飛淚如綫。

鳴　雁　行

鴻雁鳴,度雁門,風霜慘懍羽翮存。養子俱高飛,中有斷雁陵雲翻,渺然獨宿沙磧間。江湖適遠伴侶非,稻粱雖多身不肥,羈孤畏人行色微。心志皎潔衆雁知,君有矰繳慎莫施,彈射孤鳥古所悲。

門有萬里客

門有萬里客,落日照顏色。問客適何鄉?未言先歎息。生長西蜀人,故里多荊棘。荊棘不可居,虎豹嗥相索。離鄉客四野,席草蔭松柏。草長茵以厚,松柏上鬱錯。不虞幕府書,催令還鄉陌。鄉陌不可居,竟言雙淚落。

白　鳩　篇

古之紀官,或以四時,以雲。其在於物,或以龍、鳥。至於鳩,蓋鳥之一耳,而以名官。《左氏》郯子曰:"祝鳩氏司徒,鴡鳩氏司馬,鳲鳩氏司空,爽鳩氏司寇,鶻鳩氏司事。"鳩亦異於凡為鳥者哉!余有感焉,作《白鳩篇》,亦古詩遺意也。

拂舞歌《白鳧》,吳歌且吳舞。感此清商音,淚下不能語。亦有白鳩辭,新聲翻舊譜。白鳩之白性安馴,其子雖七恩平均。食之朝上暮自下,鳥有如此義且仁。丹山鳳皇五色文,身將九子凌青旻。豈惟九子身自將,百鳥不間疎與親。嗚呼鳳德殊絕倫,白鳩一遇三千春。

《午亭文編》卷二　男壯履恭較

《午亭文編》卷三

門人侯官林佶輯録

古 體 詩 一

詠 古 四 首

託志在《大雅》,講德觀《王風》。永言播聲律,和平民所衷。五絃奮逸響,竽瑟難為工。《詩》亡演別體,綺靡將焉終?我聖放鄭聲,偉哉刪述功。爛然三千篇,磨滅浮烟空。

伊傅起巖野,千載道寥寥。子房王者佐,英風振孤標。報韓計不就,椎秦功已高。嗚呼博浪中,舉事輕鴻毛。後來劉項輩,以此氣益豪。匹夫定王霸,片言勝蕭曹。晚從赤松遊,黃石可相邀。

虞帝善使民,造父善使馬。吾生良有涯,精爽詎相假。人命如蟲蛾,膏火競塗赭。達人且樂天,悠然以陶寫。日月從跳丸,匡坐自瀟灑。

孟門雖嶮巇,洪濤尚容楫。大行盤羊腸,輴車可馮式。君子貴自信,流俗亂珠礫。聞言識爽明,聽歌知甯戚。哲人領其微,而況目所擊。

石 鼓 歌

石鼓歌者韓與蘇,我今捉筆捋虎鬚。蚍蜉撼樹何為乎?推尋鳥跡聞自娛。皇頡古愁凝斯須,浮雲變化萬事徂。斗宿下天羣靈趨,羲娥掩苒焚刼余。陳倉之野纍纍俱,高穹如屋厚土鋪。古物敢侮明神扶，博士西顧空嗟吁。偉哉餘慶亦一夫，鳳翔廟置熕枝梧。是時十鼓一鼓殊，偽有作者其誰與？傅師向氏何雅儒？殷勤求訪鼓不孤。辟雍保和皆埤汙，大觀靖康尾畢逋。東遷北徙鳳在笯，王宣撫宅湮榛蕪。虞集矯矯真吾徒，羅列國子森津途。安頓妥帖星當樞，聖道無害兹無虞。天作石鼓宣籀書，歐陽雖疑理不誣。獻襄宇文宣所奴，寶玉詎可方碔砆。嗚呼石鼓窮鏤鏤，流浪豈憚馳與驅。艱難盡歷形糢糊，鱗甲剗落中不枯。人生誰能汝鼓如？時哉不遇生良虛。我歌石鼓排鬱紆，韓蘇歌後補所無。

昌化寺吴偉畫壁歌

峰巔折屐下半嶺，霜蘿煙昏白日冥。松風吹鐙山殿開，粉圖黯黮丹青冷。問誰畫者留古牆？江夏吴生逺擅場。神光出沒視不定，動搖地軸天低昂。崑崙磊嵬坼四壁，倒翻河源走霹靂。陽池蒲類皆細流，瀛海茫茫喪歸魄。殊形奇詭殫莫論，蠻人鬼伯頭如黿。僧言五百阿羅漢，細觀一一皆緇髠。古今人貌誰相同？吴生作筆如化工。想其用意極變態，上下萬古羅心胷。生也畫手一世雄，當時待詔金門中，仁智殿西被召見，短褐垢臉雙鬢蓬。豈知圖寫偶然事，後來攬古尋遺踪。君不見，功德寺、望湖亭，昔日宣宗遊幸處，東風依舊春草青。新豐翠華莽岑寂，遊人往往知生名。人生不如一筆畫，千秋萬載傳其情。

東嶽廟像元劉元塑元字秉元，薊之寶坻人。官至昭文館大學士、正奉大夫、祕書監卿。

上都塑像今誰存。劉其同姓鑾與元。元昔黄冠事青帝，既貴惝怳營精魂。神居青霄清且尊，碧雲騰湧連朝暾。真仙上謁不可以面覿，况能摶捖以手捫。元也執藝高絶倫，帝命象教如通神。雕梁繡户不入眼，石閭日觀皆微塵。運意豈覺滄海濶，凝思暗與春天親。駕言岱宗夫如何？設像已覺驚生民。其西炳靈公，其東司命君。絳紗玉斧蒼龍仗，宰執介士俱天人。元乎今也不可作，高墳何處荒麒麟？又聞大都城，遺廟秋原斜。古像亦元製，淒迷沉風沙。塞長路逺跡不到，撫卷稽古空咨嗟。人生一藝足自命，流傳百古稱專家。亦知虛名竟何益，吾生有涯憐無涯。

萬壽寺華嚴鐘歌永樂四年，姚少師廣孝所製。

萬石之鐘誰所作？矗立平地嵬然高。不屋而壇豈謂是，土花緑碧松蕭梢。鐘踣於地。我行其下驚突兀，兩屐倦著纔周遭。夙知徧寫貝葉文，五指欲捫心鬱陶。《華嚴》八十一卷字,星離雲布撐煙霄。初如恒河算沙數,忽如大地吹秋毫。又如天門下鈎鎖,隄防撇捽神龍跳。縮形極意謹條鏇,豈知鵬路容搏翱。玉繩勾劃有餘境,沈郎運筆光動搖。^{華亭沈}濃點垂露灑銀漢,纖波倒海抽琳條。寶書諸品補隙罅,下者銑于高蒲牢。盡劃雷回雲紜跡,直豎昆城鶯嶺標。良工鏤刻心亦苦,藕絲鍼鋒憐攫搔。邇來漂轉三百載,覆以風雨棲蓬蒿。詎有石硋厭贔屭,空令金鈕閟鼉蛟。姚師組鉢遊市朝,鼎鐺有耳為爾曹。鑄此那數九州鐵,金精焜燿飛廉號。吾聞先王古有制,不過鈞石諧《簫韶》。師也佐命專魁杓,徒令天樂聲迢迢。《雲門》《大呂》神降格,何必萬石為鐘豪。嗚呼!何必萬石為鐘豪?

右軍書《樂毅論》真蹟歌^{觀于張吏部家}

刻石多有《樂毅論》,風格獨讓快雪堂。摩挲卷帙老將至,想像用意分豪芒。藤陰別館見真蹟,得此令我書傳香。昔者晉室遭喪亂,南渡士民何倉皇。兵革未偃盛文藻,風流墨妙傳兩王。大令學書特從橫,右軍作此嚴其防。庖丁遊刃中肯綮,東野鈎百看騰驤。金繩玉鎖不受縛,天馬脫轡羣鴻翔。神光陸離勢欲動,洛靈容與駿鷟皇。又如大海迴波瀾,珊瑚碧樹枝柯長。夏瑚周鼎歷世寶,法墨直欲與頡頏。展轉六朝誰所得,漂零百戰同興亡。晉陽之甲雜儒翰,貞觀御府親收藏。太平主家借摹寫,明珠翡翠羅縹緗。如雲賓客一朝散,丹青豪素空篋箱。大索十日閉朱邸,老嫗衣縫潛攜將。投之爨下實虛語,人間那得知其詳?世上小兒學解事,詆誚正士嫌鋒鋩。蛟龍豈無角牙厲,雷霆變化誰能量?岐陽石鼓久漫滅,昭陵繭本沈芬芳。我貧詎有千金直,過眼矜燿神揚揚。是日聚觀如堵牆,擊撞舐觸頭低昂。檐花正落飄不入,燕泥欲下能禁當。心記指畫爭俄頃,焉得常置几案傍?黙囑鬼物善訶護,干戈時代遙相望。斷行短紙人愛惜,晉家陵土今荒涼。對此涕淚翻淋浪。人壽幾何徒羨女,日斜掩卷魂黯傷。

牆 花

牆花繁香新葉肥,苔徑漠漠蛺蝶飛。鄰軒可假非我樂,故園此時音信稀。我生鄙野性放散,池魚籠鳥愁罥罬。青門送客一惆悵,烟縣草長柳十圍。黙記舊日所來道,行店歷歷雙板扉。我家南谿富泉石,兩山夾流邨路微。幽處窈窕出林屋,山紅澗碧含芳菲。試歌韓公《崒确》句,安得至老不更歸?

城南黑龍潭寺西樓對酒歌

春殘龍尾橫斜道,羸驂退食隨年少。文書叢裏過東風,欲寫幽懷何處好?天晴古陂南城南,城陰水碧金沙潭。是日宿雨林景澹,微波流影青于藍。寺前野亭向冥寞,狂飆吹塵暗寥廓。雜花紅蕊寒且禁,幸不逢花悵零落。亭中裊宛西樓開,遠烟空翠山光來。溴陂波濤琉璃色,漢江春酒蒲桃醅。直須對此銜金杯,搯琴擊筑心徒哀。蒼茫萬事渺如昨,幾度落日軒轅臺。鳳兮栖栖不得意,東山繡斧流言忌。古來賢聖亦復爾,醉舞高歌吾老矣。回頭笑謝新少年,有才無命古所憐。

貽上、湘北同遊放生池作

王生矯矯殊絕倫,李生氣骨何嶙峋?高秋風日稍晴美,出遊得與二子頻。城南滄池鬱滃沆,彷彿置我江湖濱。雲棲弟子真隱淪,閉闌晝坐淨六塵。猛獸不搏鷙鳥伏,勅龍取水需枯鱗。靈雞喔咿鈴磬寂,白兔撲朔當階馴。世上網罟足怖駭,爾曹此地娛秋春。可憐四海數兵革,感事觸物含悲辛。天狗墮地走郊野,熊貔豺虎生攫人。蒼生性命等螻蟻,刀俎往往屠麒麟。吾衰念此涕沾臆,買放蟲鰕隨細民。兩生才可登要津,向我肝膽傾輪囷。會當萬里策驥足,努力斯世謀致身。

九日,宋玉叔招同諸子譙集梁家園池亭,兼送繹堂之中州,訪愚山嵩嶽,以“秋菊有佳色”為韻五首

佳日樂清曠,登臨池上樓。蕭條鴻雁來,城闕颯已秋。四邊木葉下,亭午寒翠流。頻察林樹變,仰眠天雲浮。何意京陌間,臺榭豁遠眸。含歡媚短景,步屧延阻修。陟危興屢奇,永念數子遊。

結軫來西園,佳辰快休沐。況有舟楫具,林風方謖謖。谿渚委寒卉,時節秀芳菊。水汎忻始遊,波搖駭流目。靡靡葭葵開,泂泂蘋藻逐。遠窮林塘幽,不異在深谷。鼓棹入莽蒼,興酣欲往復。還擬挂輕帆,去逐鳧鷖速。

冉冉節序高,風雨懷重九。及此弄晴暉,清歡亦希有。南原恣羣遊,北亭饗朋酒。坐密觥籌交,語多藩籬剖。明霞散林薄,落日延户牖。暝色蒼然來,嚴城急刁斗。明月懸中林,欲去更回首。

回首立躊躇,念此秋氣佳。娛樂豈終極,戚戚動中懷。美人適梁宋,驪駒發天街。朔色起離筵,霜露泫前階。列宿參差明,參辰何由偕。客子感遠遊,願期金石諧。

宛陵含清真,論詩造精域。憶昨遊嵩峰,飄然辭京國。君今定相訪,雲壑想行色。同宿玉女窻,朗吟三花側。羽客鍊金骨,於此生雲翼。相攜掇瑤草,寶訣自茲得。奇蹤入紫冥,化心合窅默。下界瞰九州,中天擎四極。惜哉緇塵人,臨風空歎息。

沈繹堂翰林殿廷橐筆閣門賜貂圖

憶昔先朝①策士年,手披射策春風前。雲間才子擢上第,掩映金閨榜墨鮮。羽獵長楊時扈從,校書東觀欻聯翩。詔言中外須敏歷,入為公輔出旬宣。舳艫回首青霄上,榮戟還開嵩少邊。一自鼎湖弓劍遠,寂寞蒼梧生野烟。龍飛鳳起旋天柄,人文際會風雲盛。濰州學士領機要,風裁奕奕清操勁。浙東葛公招不來,益使清時重徵聘。侍從當時更幾人?聲華寥落才難并。白頭宮監閣門東,勑旨傳宣沈侍中。曾見章華工作賦,紅綾分餅賜恩濃。政事堂前昔待詔,集賢學士新年少。咨嗟沈君天下奇,文采風流傳墨妙。重過承明舊直廬,螭頭行上近宸居。便殿召來臨玉几,內庭不用輦金輿。尚方筆札鵞谿絹,龍團墨花埽飛電。生平所學惟正心,天子斂容知筆諫。欲將《無逸》進箴規,不數《清平》供奉詩。是時積雪明丹陛,好景斜陽度玉墀。自此乾清頻侍直,往往公卿伺顏色。有時揮翰晚從容,漏下重城歸不得。溫語親承退食遲,鍾王楷法鬬風姿。特上漢家寬大詔,間書唐代頌歌辭。賜對夾城又移日,左右微聞潛太息。九重解賜御貂裘,中使催頒鏤金織。丹青寫與異時看,覽圖暗憶魚水歡。近代遭逢誰似此?天顏有喜畫來難。男兒致身在報國,恥學時人甘肉食。恩深不醻良可惜。我聞豪俊頻煩側席求,曾誰能緩旰宵憂。柏梁詞賦詎偶爾,宣室蒼生須借籌。

送李同年之桂林

昔者子往官京縣,李昔為大成令。寒廳夜雪來相見。雪花盈盈墮酒杯,鐙前細酌成歡宴。有客曾為百粵遊,耳熱高歌騁雄辯。却話嶺表山水奇,足跡未到目已眴。中州邢生,舊令永福,是日談粵中山水。沈吟別子不能寐,起坐題詩廢朝飯。回首離堂夜雪時,人生流景如犇電。子今尋客舊遊處,水石風流吾所羨。五斗折腰且莫辭,四十青衫應未倦。莫言天驥

---

① 憶昔先朝:四庫全書本作為憶疇昔。

隨嬴牛，要使昆吾淬百鍊。獞猺①能為《襦袴歌》，桑麻久已銷刀劍。藤江花落雁來時，薦
書應奏明光殿。

秋日，祖氏園同肇余、湘北以"秋水席邊多"為韻五首

日高出南城，郊野紛晚秋。蒼茫微徑開，蒲葦風颾颶。紅葉捎鞭絲，紫花羅馬頭。興
來忘嬾漫，我行如有求。

苔徑連野橋，池塘落秋水。飄搖臨虛亭，寒流通其裏。始至孤雲飛，坐久白鷗起。獨
遊良已歡，幽懷同二子。

甫白渺千載，美人接瑤席。飛閣如扁舟，寒空下遙碧。樂幽趣屢同，懷古思逾積。落
葉滿深林，惆悵來時跡。

將軍東橋竹，乃在韋曲邊。軒窗新結搆，臺榭已百年。林疏出遠岫，谿回凝寒煙。風
景長不殊，昔遊思渺然。

為樂雖及時，日暮哀情多。平生滄洲想，江海今如何？秋高急戰鼓，烽火鬱嵯峨。獨
愧此亭上，臨風空歡歌。

詠漢事六首

漢高續秦虐，開國乏遠猷。作偽導其下，雲夢胡為遊？既貴忘急難，畏惡如敵讐。婦
言惟是用，功勳滋怨尤。嗟哉青衣路，已去不復憂。道逢呂后來，泣涕翻見收。牝雞伏猛
士，羞中鍾室謀。惜無周身智，辟穀從留侯。

沛公破咸陽，仗劍入秦宮。美人充帷帳，珍寶如山崇。一朝意已得，遑復恤其終。興
亡在轉瞬，虎眠眈重瞳。自非樊將軍，禍亂如影從。寧待鴻門會，脫身刀俎中。噲也起屠
狗，所見真豪雄。儒冠故可溺，齷齪多凡庸。

項王起隴畝，意已無強秦。矯矯名將家，所敵必萬人。大戰鉅鹿下，諸侯莫敢前。事
定從壁上，膝行趨轅門。偉哉戲西會，制命杯酒間。項王東向坐，沛公獨騎奔。如何去咸
陽，宮室皆燒燔。亞夫無一語，韓生空殺身。伊昔割鴻溝，天下約均分。太公脫高祖，呂后
辭下陳。漢王欲罷歸，子房勸進軍。楚歌四面起，往事真酸辛。至今下相祠，黯淡荒荊榛。

---

① 　獞猺：四庫全書本同。按：獞猺，均為我國廣西境內少數民族，在民族名稱中用"犭"是封建統治
者對這兩個民族的侮辱性稱呼。中華人民共和國成立後，改猺為瑤，改獞為壯。

虞兮色彫落,帷帳凝流塵。坐傍伏烏騅,猛氣慘不伸。英雄遭成敗,懷古一霑巾。

安劉必絳勃,平智足交驩。王陵雖少戇,大義折其端。知人誠匪易,處婦良獨難。娥姁牝司晨,祿產虎而冠。自非朱虛侯,非種除方艱。辟陽遊臥內,人彘棲廁間。骨肉亦何辜,酖飲裂胃肝。呂公奇此女,與之遺禍患。

漢文恭儉主,止輦事最傳。亦復事羽獵,不敢盤遊田。萬乘登虎圈,嗥獻羅滿前。山禽與原獸,名數方紛然。顧問上林尉,十問十不言。蒼黃左右眂,嗇夫代尉宣。口對如響應,帝曰此吏賢。釋之汝受詔,特拜嗇夫官。逡巡不肯拜,謂佞奚取焉。上言周張輩,下言秦漢間。納諫誠可貴,聽言古所難。謁者論嗇夫,嗇夫罷超遷。絳灌短賈生,賈生亦棄捐。

田橫能得士,高義陵千秋。橫來大者王,橫來小者侯。慷慨五百人,不與韓彭儔。富貴苟不樂,沈殞遂所求。至今滄海上,天風激清流。

黃鶴樓歌送魏使君

我初旅食京華遊,結髮願識韓荊州。掖垣蕭蕭苑花寂,憶昨含香西殿頭。是時武英數奏事,九重動色親嗟異。驄馬朝回白玉鞍,銅龍夜直青綾被。使君幾載為清郎,我曹文采爭輝光。宣武水樓烟柳碧,城南古臺野菊黃。聯翩不惺尚書期,龔宗伯芝麓。婉孌能傾翰墨塲。即今會合亦何有?汪王程董仳離久。苕文、西樵、阮亭、湟埄、玉虬。別夢初驚朔塞鴻,離筵又醉都亭酒。青霄使者下南雲,翼軫星文拱北斗。使君家世清忠臣,步武流風應絕塵。要與丹青爭氣象,足令琬琰重嶙岣。江表人才席上珍,驊騮造父遇有神。送君車騎翩然行,仰視白日霜天清。秋色已老漢陽樹,春風空憶武昌城。我聞崔顥詩中語,黃鶴長江萬里情。白雲縹緲楚天外,黃鶴飛去樓空在。使君登樓黃鶴來,烟波渺渺心悠哉。

書上官松石所蔵程鵠畫梅,即送之還河東

我觀程生所畫梅,宛在萬里厓壑間。寒驢風雪曉陵競,便欲跨之尋寒山。樓角嗚嗚笛聲起,燈前花落清霜裏。曲中畫圖相向開,吳綃一幅天如水。北風曠野凉蕭騷,平林低亞生輕濤。屈鐵溜雨蟠積石,瓊英拂地連蘅臯。上官中丞好奇賞,對此亦足生清豪。掉頭携畫不肯住,野宿谿行任芒屩。藐姑神人冰玉肌,散作寒花亦無數。却憶少年行樂時,綺窗狼藉羅浮姿。山中雪深疏影亂,紅橋界出橫斜枝。橋下沽酒橋上醉,耳熱狂吟百不思。舊遊已散空雲樹,酒醒鐘微隔烟霧。回憶三更挂月村,夢魂十載還家路。殘香冷艷真愁予,隴頭驛使誰寄書。君歸試過草堂問,梅花遠屋今何如?

憶樊川梅花用東坡《松風亭梅花》韻

半林喬木樊川邨,數株梅花牽夢魂。嫦娥靡曼不挂眼,夭桃野杏為狂昏。一廛未安揚子宅,五畝欲老香山園。玉妃鬖影露身手,暗香冷艷來相溫。有時先生春睡美,綺窗喚起驚朝暾。經寒故嘗却羅幰,避風勤與闔柴門。翻笑孤山林處士,擁衾對花花無言。只今人去花寂寞,誰憐落月聞清尊。

送富雲麓少宗伯還閩中

瑤華易衰歇,相識紅顏稀。往者公卿人,至老不更歸。我病卧送子,心與閒雲飛。秋月照離席,挂帆揚澄輝。滄溟波萬里,客夢相因依。築堂面海水,島嶼開巖扉。敷榮日南花,荔子生已肥。一噉三百顆,孰與斗粟饑。予亦同流萍,浩蕩江湖違。茫然惜遽別,白首思音徽。

赴北鎮發京作三首

塞雨作雪花,春風落庭樹。時節尚苦寒,遠行生百慮。蒼涼城東亭,門外舊京路。驅馬覽大荒,黽俛戒徒御。離鴻何翩翩,黃鵠已軒翥。平生曠逸懷,海山得奇遇。

銜命出皇邑[1],含情向朔塞。春色蒼然來,雄關渺安在。征馬蕭蕭鳴,東風卷旌斾。鄉國別已久,況復窮荒外。前臨碣石古,頫視滄海大。朱輪日交馳,山靈邀我輩。豈無江湖樂,茲遊亦已最。

舊披《遼海圖》,天地疑將窮。遠遊足自豪,萬里浮空濛。日月出海水,乃在扶桑東。男兒志四方,蹙廹以自終。翻慕遊俠兒,鞍馬生雄風。行行盡絕漠,仗劍陵長虹。

曉 發 通 州

陵晨命凤駕,旌斾風悠悠。連蜷沙浦隈,浩渺開滄洲。回首見樓堞,孤城如浮舟。荒陂下遠雁,細浪迴輕鷗。烟中出颿影,仿彿不可求。誰能捨短策,萬里乘春流。

---

[1] 皇邑:四庫全書本作京邑。按:皇邑,京城。一作京邑。南齊謝朓詩有《晚登三山還望京邑》。

射　虎　行

北平太守飛將軍，城南射獵天風昏。射虎中石沒羽箭，至今石戴霜花痕。蕭關昔日良家子，結髮從軍動邊鄙。寂寞南山憶夜行，霸陵亭尉醉呵止。一朝飛蓋來北平，三邊夜無刁斗聲。將軍善射出天性，射敵欲盡兼射生。虎也騰傷上猿臂，將軍意氣輕搏刺。怒形威振萬物伏，精爽足可貫厚地。我來訪古盧龍傍，廣不逢時吾黯傷。吹簫屠狗有異表，時來起作諸侯王。

食榆關驛，有老卒語世父侍御公令樂亭時事

下馬食驛亭，杯酒乾欲去。憫此人凋殘，停驂詰其故。驛卒老記事，灑泣踞而語。此地古要衝，車馬繁徒御。小縣丁徭稀，取足外協助。樂亭籍民夫，十人九饑仆。當時陳縣尹，吾民賴調護。走謁大府官，抵掌借前箸。庶人者在官，定祿出丘賦。枵腹事公家，公事亦繆悞。是時大府賢，立為尹拜疏。催直餘賫糧，行役乃犇赴。尹去民寒饑，尹來有衣袴。驛東古神祠，尹至常此駐。驛南荒沙磧，是向樂亭路。邇來四十年，吾民思乳哺。我聞驛卒言，雙淚零如雨。尹吾先伯父，宰木已拱墓。縣路邈難踰，古祠在何處？馳馬往視之，祠門日斜暮。故額宛猶存，戊寅字細署。戊寅吾以降，老大凜百慮。酹酒再拜行，春風吹獨樹。

澂海樓觀海

燕山蜿蜒如遊龍，東將入海陵虛空。巒壑洶湧變形狀，騰波赴勢隨飛虹。長城枕山尾掉海，海樓倒挂長城外。地坼天分界混茫，山迴城轉橫烟靄。樓腳插入大海頭，巨靈觸搏海怒流，呼吸萬里走雷電，嶄鑿中湧堆山丘。乍到魂慮忽變愔，意象懍慌難尋求。五岳拳石渺一粟，九州小嶼浮輕漚。滄溟浩蕩乾坤窄，弱水流沙在咫尺。扶桑弄影杳何處？空青一綫搖金碧。却憶洪濤汎濫時，蒼茫神禹經營跡。百川既導萬穴歸，天吳海若安窟宅。四海以內真彈丸，秦還漢往如翻瀾。海月萬古堆玉盤，願得一食青琅玕。乘風破浪生羽翰，我來手拍洪厓肩。仰天大笑忘愁歡。

出　塞　行

平沙漠漠虎跡高,春風蕭蕭馬鳴號。雕弓韔服箭在腰,南登碣石東度遼。江湖細瑣不足數,滄溟萬里觀雲濤。丈夫得時展壯畧,坐擁爵印麾旌旄。不然五嶽及四海,笑看珪俎如秋毫。安得白首事文翰,苦吟寂莫隨蓬蒿。新購龍鱗雙寶刀,雪華照地寒生毛。佩之金鐶紫錦縧。酬恩未忍便歸去,且向沙塲看射鵰。

首　　山

塞外山益奇,《圖經》無其名。土荒昧勝蹟,問之傷我情。首山名頗佳,三峰何崢嶸。上有古時戍,下有今時城。南山如龍卧,北山如象行。中裂忽如鑿,漠漠春水生。厓寺面怪石,角立森從橫。林岨繡苔蘚,丹碧含晶英。山川既盤鬱,風氣亦高閌。太息炊烟稀,沃野無人耕。

宿十三山下

暝憩投孤烟,野宿臨大荒。夜窓過虎豹,青狐歡空梁。摩挲玉函字,凜凜置我傍。精禱寡宵寐,明發嚴晨裝。禹跡昧疏鑿,《虞書》分紀疆。齋祓入神境,王事肅有常。豈敢憚險遠,皇命被寵光。萬靈應來格,鎮此枌榆鄉。

醫巫閭山登覽

我尋桃花洞,花源寒蕊遲。縹緲呂公巖,遺蹟不可追。古松千年物,下有無字碑。黯慘積鐵色,石苔銅綠滋。雕斲慨秦漢,混濛思黃羲。靈風生兩腋,扶轂凌歎危。羽節儼前導,雲旗紛後隨。神人展歡盼,賜我金莖芝。服之身力健,延年以樂嬉。

塗　河　行

拍天風滾邊沙來,亂石却走如崩雷。馬蹄摧裂車輪折,塗河三日鳥飛絕。野陰晝昏對面疑,猛虎在前何由知。黃熊赤豹紛相追,勸君早宿荒茅茨。

入盤山，至中盤寺，望李靖菴絕頂諸勝蹟。
顧念歸路，不得徧遊，為詩寫懷。

我聞盤山七十二佛寺，寺寺落花流水中。古木分徑延客入，谷口往往聞微鐘。稍喜怪石堆磊砢，位置天巧煩神工。飛巖百尺下硐水，谿流時帶殘香紅。山深日斜意惆悵，車顛馬僕何悤悤。中盤崚嶒倦登陟，山靈奇詭焉能窮。衛公舞劍臺最古，磨厓勒石真豪雄。天門中開飛鳥過，巉巖峭壁雙青銅。絕頂塔輪照西日，影落塞外隨長虹。我行荒徼困鞍馬，親按唐壘尋遺踪。春風血染邊花赤，夜雨苔生戰骨空。誓臺草木莽岑寂，將軍片石青山崇。此來探勝樂幽閴，翻增惋歎愁心胷。孤峰飄忽不可到，還顧所歷烟濛濛。歸途草草罷遊覽，他時蠟屐扶短筇。

高陽公生孫作歌

名家父子至宰輔，漢有韋平宋韓呂。高陽吾師真天人，風雲接跡夔龍武。門地朝廷舊羽儀，沙隄凤昔經行處。西平有子生更奇，兩人並是麒麟兒。長君娟靜玉雪質，次君矯厲鷥鶴姿。仙李盤根久碩大，謝家玉樹恒華滋。前年次君引鳳雛，我公退朝清讌娛。錦筵繡茵紅氍毹，彈絲擊鼓吹笙竽。賓客合遝臨交衢，後堂高會羅生徒。今年長君懷明珠，瑤環瑜珥嗟不如。我公不樂胡為乎？側聞聖主勞宵旰，邊機日奏明光殿。廟謀勝算倚元公，軍檄詔書駐馬辦。嗚呼為臣既不易，我公精忠日月貫。所以當筵再三歎。太平指日定戎行，我公名與凌烟長。一身常繫安危望，頷首兒孫笏滿牀。君不見，裴晉公、郭汾陽。

八月十四夜月

五更雨作漏點歇，涼風吹衣坐東闕。正恐秋陰欺出日，翻愁雨色礙行月。騎馬掖門雨細微，黃昏茅堂燈火稀。登樓高雲亦解駁，暉暉月上古城角。天寒野曠沙場多，嗚呼奈此明月何！

中秋夜，王北山給諫見過，有懷吳玉隨、孫惟一兩編修

昔者與孫吳，翫月城西亭。蕭蕭天風來，萬里搖青冥。寒空盪圜魄，驚鳥羣悲鳴。明

鐙曜曲房,淥酒淒以清。短歌易慷慨,良時傷我情。奄忽浮雲馳,躑躅東南征。光景不可
駐,犇落如流星。二子渺江湖,芳顏坐凋零。四海何寂寥,獨處思平生。惟我與君子,綢繆
結至精。遙夜命儔匹,羽觴羅中庭。清淺河漢流,金波正泠泠。濡翰發妙製,朱絃激新聲。
今日不為樂,別後徒屏營。

書湘北《秋水漁父圖》

吾聞瀟湘洞庭烟塵中,滄洲不合容漁翁。今之畫圖尚復爾,孤舟渺渺寒林東。遠峰青
冥水雲白,秋樹莽蒼楓葉赤。草木曾無戰伐愁,谿山欲老菰蘆客。李生雅好江海奇,張騧
鼓楫遊何時?且當結束事鞍馬,與子射獵南山陲。

吳大理宅觀菊行

自為燕山十載客,軒窓寂莫無黃花。今年何處花最盛?走馬來尋大理家。九日傳聞
思一見,人事經秋阻遊宴。十月向盡開未殘,天寒野陰颯霜霰。小闌曲幕雲錦張,屏風隔
花花低昂。想君位次有深意,宛然置我東籬傍。坐中豪健富與王,亦有兩吳成清狂。逡巡
相視不欲去,白日漸沒冬夜長。冬夜沈沈鐘漏度,鐙火交橫花影互。不知雨雪空中多,銅
槃絳蠟銷烟霧。萬點繁英豈等閒,百罰深杯莫論數。君不見,去年花貴京城裏,朱門進花
如流水。今年花賤軍興時,公侯邊頭征馬嘶。世間萬事反覆俱如斯,與君傾倒且盡花
前卮。

孫籜菴贈篆章歌

射州學士才力健,上慕稷契羞管晏。天生文采兼奇懷,在於敬也徒然羨。方寸之石珍
南金,篆刻變化窮古今。怳然置我秦漢上,熟視歎絕誰能禁。想君拭石初經營,意匠鑿石
石怒生。弩張劍拔相盤礴,捉刀如筆刀從橫。自言工巧不貴物,藝技那與流輩爭。憶交學
士十載餘,太學釋褐同時趨。門前石鼓纍纍俱,字勢蝌蚪分鎦銖。我初開口恨詰曲,學士
發聲如貫珠。寶符玉璽今焉如?絲綸手握承明廬。太史大篆訝贔屭,中郎《石經》紛魯
魚。天子今年開石渠,校書同異羅諸儒。今君請急何為乎?吁嗟汝歸形影孤,古人戀闕憂
江湖。

題容齋所藏畫松

曉躡掖垣松色濃,宮樹綠陰宮日紅。歸來臥想西窓中,西窓恰對西山峰。雕闌玉碼紛瓏瓏,碧雲寺前雙老松。別久霜風應更長,當時蠟屐曾同往。幾人雲散與星飛,只今惟有松濤響。山徑冥冥松有聲,苑松山松無限情。急呼濁醪堛醉墨,為作李侯松樹行。

立秋日,子顧、繹堂、貽上、湘北、幼華過集

遊子感時節,含意難獨立。秋色蕭條來,西日忽已入。風落庭草低,雨過檐禽集。高月夕尚圜,明星露猶溼。兵出吟笳稀,戌遠擣衣急。良時今欲暮,無為苦憂悒。請看頭上絲,日夜不可戢。危塗行潦深,白駒願維縶。

九日,同貽上、湘北集城南水閣

高閣峨峨凌寒空,眼底城闕秋光濃。雜木葉丹晚菊瘦,杯影遙度長天鴻。殘陽未斂浦烟積,渚波細浪涵青銅。明霞吹落山勢動,蒼茫檐際聞悲風。頹身願接兩羽翰,探奇何必扶短筇。

送張簣山歸廬陵

秋陰匽景光,淒淒增暮寒。鴻雁應候起,黃鵠臨風翻。高飛覽九州,誰能鍛羽翰。念我同袍士,矯矯青雲端。北風吹河梁,車徒不可攀。高林集天霜,大海激回瀾。君子抱亮節,志士多苦顏。君恩當識察,臣義擇所安。肉食等藜藿,榮名配芳蘭。勗哉千歲業,離別何足歡。

益詠堂歌 為宋玉叔先人作

頓丘之野古臺側,宋公几筵儼在茲。杲日對峙霽雲廟,朱暉映射青霞祠。宋公昔時治茲土,摘擢姦良桑穀滋。召去民若失慈母,待公不來交涕洟。我民立祀謹伏臘,桂棟蘭橑施華榱。公來翠輅驂鸞螭,流雲前戒翼兩旗。朱衣仿彿靈風吹,高冠長佩紛陸離。耇耊傴

僂薦酒犧,老巫起舞韶穉嬉。進跪再拜前致詞,我民報事無盡期。君不見,南山松柏斧聲悲,不知何王陵,蔓草縈縈縈。野棠開落無寒食,麥飯淒凉記歲時。又不見,朱邑桐鄉冢,羊公墮淚碑。千秋終古英靈在,留與遺民作去思。

送宋荔裳觀察赴成都因寄艾石方伯

當余束髮負奇氣,草莽夢想英雄人。黃塵走馬京華道,逆旅蒼茫會有神。片語交懽如故久,更兩王生夙所友。謂子底、貽上。步屧春風日往還,韋曲殘花灞陵柳。錦貂數付黃公壚,劍歌蕭條白日徂。龍鸞之文奮奇響,傳觀賓客爭嗟吁。才名舊壓金華省,畫戟清香輟朝請。忽漫扁舟掉五湖,輕鷗浩蕩烟波冷。盛世求賢重外臺,玉驄金絡日邊來。隋堤楊柳蜀岡道,驛樓官閣為君開。吳洲渺渺楚鄉去,斜日西川在何處?送遠秋風萬里橋,懷人暮雨三巴路。津亭解纜彩雲生,岸草汀花紛古情。江帆箛鼓黃陵廟,野戍旌旗白帝城。君家吏事兼文藻,伯氏并州吾舊好。與君前後間清塵,相逢為道相思老。阿戎七歲筆陳①強,草書大字森琳琅。更煩傳語寄一幅,我欲攜之貢玉堂。艾石幼子七歲能草書。

贈賈中丞

尚書奇瑋姿,騰踔萬夫上。徒步霄漢間,談笑躡卿相。風雲入高懷,眉宇展清曠。自余韶穉年,轟雷激犇放。聞聲慕執鞭,拘牽屢惘悵。當公撫豫還,余獲拜天仗。相識交戟下,退朝覺神王。聖皇念才臣,秦闕迫亭障。詔曰汝往哉,厥績今孰讓。《石經》魯壁餘,散缺亂纖纆。七篇爛熳出,炳如日星亮。是時邊陲靜,舉事愜人望。棧道細雲連,行旅色沮喪。下臨不測江,中有魚腹葬。火攻出上策,慘澹勞意匠。此時又用兵,通行得無恙。餘威動絶域,猛氣快所向。今之新將軍,公之舊門將。廉頗尚善飯,審琦加酒量。城南獨樂園,紅亭枕清漾。彊健歸林泉,念時增惻愴。同之喬山鄉,風義不可忘。公言此宅舍,身外即冗長。乃知英雄人,出處有殊狀。雜記公生平,挂一恐失當。他日尊酒間,從容或細訪。

---

① 筆陳:四庫全書本作筆陣。按:《玉篇》:"陣,本作陳。"《左傳》成公七年:"巫臣使吳,教吳乘車,教之戰陳。"

吳耕方翰林自其先世三為國學官詩

世祖臨御日，邊隅宴無事。向用文學臣，豁達少拘忌。曰惟嚴制科，始進絕流弊。南北上賢書，殿廷詔歷試。曉風含元側，儒衣飄翩侍。輦路細草菲，抽毫發遙思。漏鼓隔花外，宮鶯囀蒼翠。閤門下題目，重瞳校文藝。翰林冠南彥，三試名不二。雖匪一戰霸，十上徒顑頷。至今《春雨》詩，雅縟稱經義。帝歎此奇材，準以貢士例。對策銅龍前，帝喜在高第。竟至越春官，此人上所置。回首蒼梧雲，往事橫涕泗。穰穰時會殊，冉冉日月逝。左遷學署丞，經年獨留滯。朗吟百寮底，脫略公卿勢。屈賈才見疏，皋稷時所致。吁嗟老鄭虔，三絕今猶記。朅來惠長謠，風流鬱清製。上言陳主恩，下言引家世。君之高王父，亦仕成均地。是時貴生徒，人文實振厲。蕭蕭胄子行，落落青衿意。磨丹漬墨間，關國家大計。名臣三數公，皆先生高弟。逮君之王父，先後清塵繼。緬懷莊烈時，臨雍步階阤。公班立館下，望見容狀異。顧問此何官？厥官何姓字？引坐黃幄右，傾耳聆論議。琅琅《魯頌》音，大吐儒生氣。錦綺出上方，小臣前拜賜。故知人重官，初不以祿位。君今繩祖武，肯使聲華替。迺者聖天子，羅賢充中祕。東馬嚴枚流，登用各以次。嘗欲開薦口，揣分輒遜避。中原方治兵，豪英手戎轡。幕府資參謀，朝廷望開濟。君其務韜晦，寶玉豈終棄。名譽起賤貧，君臣視遭際。古來賢將相，靜養俟所至。

送崔定齋還百泉

讀書不求聲跡高，棄如涕唾輕鴻毛。譬之飲酒不盡醉，此中為樂方陶陶。十年閉戶閱《墳》《典》，千秋懷古相遊翱。朅來登車意慷慨，掔彎奮袖干雲霄。一髮凜凜引鈞石，百川浩浩驚狂濤。世人遭戒但指口，坐令志士空疲勞。我戀微官尚爾耳，跌宕文史惟嬉遨。少壯幾時堪把翫，意思蕭颯枯蓬蒿。晚聞至道頭欲白，嬰觸塵網非賢豪。君歸待我蘇門上，攜家欲往從招要。買田築室可終老，安能頻仰隨桔槔。

贈孝感相公

十有四載春，惟三月日吉。枚卜擇近臣，學士登密勿。搢紳賀於朝，處士慶於室。僉曰帝知人，吾等夙願畢。公無得志容，庭館轉蕭瑟。公誠王者佐，生平學稷契。致君慕堯舜，自此見施設。銅扉半夜開，沙隄帶月出。暮讀書百篇，朝入語移日。勞瘁咫尺地，欲使萬國活。時方事南征,戎馬久未歇。黎元尚瘡痍,原野肯騷屑。晴風卷軍旗,禾稼委未折。況我仁義師,忍此田間物。公為民請命,聞者涕淚落。數日政事堂,絲綸慰飢渴。中朝相司馬,姓字及走卒。身當畫凌烟,名其懸日月。昔時同學人,雲霄歎蹇劣。

《午亭文編》卷三　男壯履恭較

《午亭文編》卷四

門人侯官林佶輯録

古 體 詩 二

春遊摩訶菴三首

微雲如婳娥,峰嶺立鱗次。幽尋即郊野,山遠已愜意。落花委清晨,疎雨淫宿翠。繫馬柳陰斜,尋僧殿廡閟。松風吹冷院,憩寂吾所嗜。

涉徑憐青蕪,尋花悵細荂。覽遊登故墟,裴回感今昨。荒庭步野鸛,廢谿委石礐。寥寥悲風鳴,觀身轉靡託。聲聞自狹劣,即事動心魄。

娟娟西軒竹,生此祇樹林。疎磬度寒翠,時聞天籟音。頗覺衆緣盡,泠然清客心。落景下遠堞,孤霞斂夕岑。回鞭拂暝色,歎彼歸巢禽。

施愚山見寄長歌和答

闌珊夜雨雞鳴號,關山夢回心魂勞。我所懷思渺天末,凉風一起秋蕭條。美人昔贈《相逢篇》,吳綃三尺森瓊瑤。今晨曉窗坐展翫,我欲報之情鬱陶。憶昔相逢客京輦,城南華徑紛招要。酒酣惆悵秋燈紅,羨我鬢髮漆黑同。即今倏忽別四載,頭上已有霜枯蓬。眼前諸子幾人在?浮雲溝水馳西東。萬事回頭淚沾臆,人生朝露誰能必。楚澤難招宋玉魂,緱山不返王喬舄。指荔裳、西樵。二子歌詞自絕塵,聲華爛熳今何益。男兒七尺良可哀,生存華屋終黃埃。儒術用世行已矣,浮名寂寞何為哉?不如放意遊八極,埽除文字栖淵默。塵根未斷幽憂來,相思茫茫江南北。

述舊贈胡海若

昔者在瑣闈,下簾過春風。給諫吾朋鄰,接膝視聽同。寢食雜鉛槧,文墨羅青紅。《尚書契祕解》,洞矚疏心胷。兼旬秉華燭,往往連晨鐘。君壯我年少,意氣陵雲鴻。翻飛却垂翼,頭腦非冬烘。至今封事草,烜赫動九重。悠悠二十年,別君如轉蓬。吾壯行及衰,君復何豪雄。託志在忠雅,夔契可比蹤。功成思歸來,與子尋赤松。

題汪蛟門《百尺梧桐閣圖》

別館秀雲木,碧梧散層陰。高閣與之齊,登茲靜客心。映簾出修枝,開窗面平林。清暉滿瑤席,含情託書琴。美人獨晤言,舉世難知音。

送杜翰讀還南宮

二月急霰零,微緑蔽春草。飄搖離筵花,嘉會苦不蚤。生平嬰世網,簪紱自紛繞。至人貴樂行,所憂為其道。炳燿《乾》初爻,觀玩可終老。悵別盈酒觴,贈言傾懷抱。灝灝將安窮,己大萬物小。古之英雄士,進退凜師保。時來樹功名,浮雲點蒼昊。

豆 葉

我家谿谷間,陰陋岨田多。細岑驅羸牛,如蟻緣嵯峨。高秋八九月,豆葉紛交加。婦子散丘野,採擷窮烟蘿。盛之維筐莒,湘之匪鹹醝。菹之老瓦盆,濯之清流河。潔比金薤露,美如瓊山禾。條枚感時節,調饞發吟哦。

贈于子龍秀才

天地大晝夜,終古旦暮間。渺然思洪荒,忽已幾萬年。子夜及晝辰,五時去翩翩。堯舜適在己,文明麗中天。仲尼丁我會,日午今少偏。炯炯青春遂,淒淒草木繁。天工窮藻續，聖道芟榛菅。未過而戍來，人物皆磨鑴。堯夫有此語，紫陽著之篇。且娛圖書側，聊想羲文前。一息而萬古，不隨運世遷。于生畚契道，謂予云之然。

《治家》一首喻家僮

治家良獨難，僮僕恣面欺。文誠悵徒設，鞭撻憐屢施。我乏克己功，訓化乖所宜。每玩《家人》爻，嗃嗃無嘻嘻。終然悔厲集，喜怒生姸媸。我愛未果是，我憎未果非。渺然八口多，紛於將六師。旨哉古昔云，人固不易知。何況天下廣，利巧爭芒絲。謠諑工嚘媚，忠信經嶮巇。結髮已白首，那用相乖違。感此諭汝曹，愴惻垂涕洟。

祝氏園同王幼華給諫汪蛟門舍人作

斜日秋城隅，丘塚如履綦。念我為娛遊，懷古心翻悲。花荒奉誠園，草積平泉池。食客一朝散，朱門生棘茨。昔者場牧地，高樓浮雲齊。飛除通窈窱，曲榭迂攀躋。夜凉增脂燭，柔指彈哀絲。迴谿激清風，音響何凄迷。椎牛擊肥豕，行爵正逶迤。東方日欲出，霜落凋華滋。不見幽居客，貧賤甘如飴。

為汪鈍菴作

聖路久充塞，百家羣背馳。弱齡謬志道，中與夫子期。斯文映朝著，每見慰渴飢。高詞媲《墳》《典》，渺論窮黃羲。往牒徒紛紜，踪緒幸可追。迢迢數千載，此理不復疑。傾膝接誦說，辟呬將焉師。摻袪詎忍別，抽簪去若遺。江湖逾千里，日月垂十朞。聖皇重儒雅，詔使舉所知。是時忝從臣，玉楊侍右螭。下直金明門，羸馬驅何遲。呼燭夜草奏，晨謁前致詞。為言此人賢，邀焉超班資。至尊鑒樸鄙，耿耿勤睿思。每蒙再四問，願見心則夷。堯峰臥未起，敦迫煩有司。君抱移疾志，我懷將母悲。寒暄語未竟，驚喜翻涕洟。倉皇聞閔凶，號天失我慈。青門灑血泣，此恨無津涯。隴阡得書札，報我還山時。盛名不易居，精理寧淺闚。行身凜尺寸，涉俗虞磷緇。大賢民所仰，永言福履綏。

贈　日　者

學道無定力，忽忽悲其生。願得如雲翮，振奮乘風行。我辰命在乙，酉金來伏藏。譬彼松柏姿,徑寸遭殘戕。園林植弱木,所喜隣春陽。萌芽雖蟠屈,節幹森微茫。虛乏棟梁用,懼為斤斧傷。間尋日者語,聊寄樗散情。謂如月在天,雲卷三霄晴。微纖不受污,皎皎金水清。我何落世網?婚宦相牽縈。紈野向瓢笠,識分遺簪纓。輕肥恥蔡澤,揮手辭唐生。

春 日 遣 懷

人生誰百年?一愁一回老。愁斷還復來,人老不再好。青春能幾時?落花已堪埽。夜窓盈觴酒,蹔輟憂心擣。寄語金閨人,山中長瑤草。

送吳孟舉還語溪

雪晴夜闌鐙花長,西園祖席飛華觴。風笛數聲迴塞雁,驪歌同聽是他鄉。燕山城頭落月白,罷酒登樓念遙昔。江上桃花春水生,孤舟惆悵南歸客。

贈施硯山侍御

北斗挂席銀漢橫,秋晴炯炯明長庚。遙思避馬棲烏地,錦燭華堂觴緩行。丈夫五十如少壯,努力清時致卿相。璝瑋大衡東序懸,威稜喬木干霄上。憶昔迴翔郎署辰,傾朝才調更無倫。詔試明光傳制草①,批答淋漓御墨新。柱史東臺分鈇鉞,霜驄遙度關山月。坐挹南薰解鬱陶,行經隴水聞嗚咽。回首流光十五秋,我初通籍從公遊。只今老大看如此,公也聲華罕與儔。天子宵衣臨玉楊,對仗朝回趨入閤。霖雨吹噓徧野烟,風雲指顧生閶闔。珥筆儒臣上景鐘,猶龍異世繼仙蹤。身有葛洪丹竈術,名成王掾黑頭公。棲遲金馬看銅狄,十五年間事歷歷。殿門執手繡衣人,猶是當時好顏色。

送孫古嵀赴南靖

當時應詔②蓬萊宮,孫郎射策實第一。紅綾分賜上三頭,榜墨中更臚唱日。故事科名

---

① 詔試明光傳制草:四庫全書本作奏賦明光傳制草。
② 應詔:四庫全書本作策士。

領石渠,校書初入承明廬。不然翱翔郎署含香趨,折腰手版胡為乎?竭來詞賦遊鴻都,留滯山公啓事書。未老馮唐顏色在,豈應騎省鬢毛疏。萬事反覆浮雲徂,人生意氣無時無。一朝懷綏閩天去,驪駒躑春草色暮。十載親闈奉檄歸,版輿門外芳菲路。落日蛟龍江水深,烟濤鼓枻鳴素琴。縣道荔香雲錦爛,訟庭花合海風陰。青衫皂蓋行春地,急牒繁詞滿巾笥。虛左名王毒冐牀,征南幕府樓船騎。足令島嶼坐銷兵,炎荒盡處無烽燧。天隅民社重書生①,漢家功勳重邊吏。君不見,長安貴人簪華纓,撫時坐論空深情。朝擁文書夕鞍馬,羨爾騰驤萬里行。

《出守行》送程使君之桂林

使君去歲當于役,道出并州不十日。明月關山塞上樓,長歌為報長相憶。使君今年出守行,翩然五馬西南征。一別青門無近遠,況爾迢迢萬里情。吁嗟往事重回首,舍人供奉金門久。校書我在日華東,橐筆君隨丞相後。紫薇典故問西廳,鸞紙詞頭歸大手。窈窕清禁步逶迤,欲出往往呼曹偶。長安水樓三月時,畫簾柳影青交枝。御溝殘紅引吟興,草橋暮雨同襋期。自從輟直承明殿,畫省回翔阻歡讌。飄零海內寶朋稀,經旬不覿故人面。雖不覿,故人面,跨馬城南走相見。火雲突兀山崎嶔,五嶺炎熱愁人心。君今朝辭燕嶠日,夢魂夕到湘灕潯。君不見,劉賁上書翻見抑,同時數輩無顏色。李廣難封數果奇,延之出守情於邑。丈夫身為二千石,通侯爵印唾手得。行矣風塵須努力,獨有別離心日夜。隨君去蒼茫,百粵烟巒深。相思江上相思處,若過橫江見李卿,李令永福。為道新知不如故。

書張滄溪畫花鳥

山北山南春十里,兩岸桃花夾谿水。畫圖相向春風開,山草山花紛未已。水漫漫兮山嵓嵓,張侯邀我題畫尾。問侯胡為獨閉門?巖檻冥冥花氣昏。水禽陸禽各相命,千樹萬樹春風翻。君不見,張侯昔日官滄谿,邨邨花柳流鶯啼。秋錦山前紅溼處,至今猶憶海棠谿。

照　　鏡

多照湖州鏡,容華能幾時?霜風吹暮雪,短鬢怯成絲。此夜《關山月》,空懸萬里思。

---

① 重書生:四庫全書本作仗書生。

萬泉寺二首

　　野峰青巉巉,濤瀧或相似。北遊慕江湖,眄眴久非是。塵沙激箭鏃,聒聒困人耳。眼明柳邨樹,草徑披烟水。落雁隨綠波,放鴨逐紅蕊。輕濤不容楫,濺沫纏濡軌。空陂自擊撞,枯荷鬱填委。渺然想滄洲,駕颿涉涯涘。

　　寺門落花時,決決流泉注。我昔遊南邨,小丘柳夾路。馬箠颭迴風,帽簷岸斜樹。豁然登土城,堁垣憟晚暮。濁醪蕩羈情,殘陽竆野步。禁鑰下急符,昏鴉屢相赴。及茲頗放浪,悲樂亦更互。且復遶吏舍,無妨日歌呼。

為王黃麋給事題戴蒼《五君圖》

　　黃門逸氣空雲烟,翰林風度豪且妍。舟次。眼中兩人吾所賢,餘子意態皆翩翩。摩挲久視心茫然,羣游憶昔城南園。禹生畫我黃門間,盉衰影入秋毫顛。我為生誦蘇公篇,潞州別駕電目懸。浩然吟詩肩聳山,飢寒富貴雲在天。仿彿圖畫空流傳,人生是幻繭自纏。童牙華髮俱可憐,不見戴蒼寫真年,黃門顏色得似前。

和子瞻《飲酒》四首

　　市朝遞相欺,幽獨娛吾真。自非飲者流,百感危其身。蕭然杯觴進,宛爾顏頰新。指口但此物,掉頭謝時人。

　　我生命在天,舉杯屬雲漢。疇能却老病,聊用緩憂患。幻影悉破除,風霜一銷散。夜長忽復醒,愁來每投間。

　　少寐甘獨眠,枯腸輒夜茗。嘐嘐①晨雞鳴,睞睞鰥魚醒。今來紅塵中,頗涉黑甜境。所幸肺病蘇,一杯還酩酊。

　　梅蕊忽在眼,蕉葉時霑唇。自識甕頭味,不數梨花春。英英林開府,此事功莫鄰。空傳梅麓翁,白首為波神。林開府家有甕頭春酒。世傳河督朱公為河神。

---

　　①　嘐嘐:四庫全書本作膠膠。

《夢松歌》寄素心

前年百鶴阡,種松宿山家。去年客京洛,兩見寒梅華。松小隔丘隴,人老長天涯。我生一飄蓬,翻如繫匏瓜。夜夢過石閭,明滅隨陰霞。山僧色冥黙,問訊松如何?旅魂知歲寒,鬱鬱霜中柯。流風響深谷,疎影吹交加。龍雛無卑勢,蒼然鬱爪牙。對面天馬山,高樹聲相摩。歸來關塞黑,林木猶紛挐。殘鐙記往路,別淚落滂沱。得句如春草,為此《夢松歌》。

十二月二十六日,湘北、貽上、幼華、蛟門見過,
用東坡《饋歲》《別歲》《守歲》韻三首

為客心久孤,踽踽孰予佐。冠盍富烟海,取友譬權貨。錦衾混裋褐,物豈在細大?以茲寡歡遊,窮年掩關臥。至竟二三子,邀賓必在座。東風迴龍杓,西日遁蟻磨。別時已屢多,歲闌詎重過。相對各衰鬢,陳跡留賡和。

歡多歲易速,愁多歲易遲。我今既不樂,歲往焉用追。載賡別歲吟,與子俱天涯。城南菊花候,水亭楊柳時。江東有歸客,蓴美鱸魚肥。謂若文。人生聚與散,念此能不悲?舊歲及舊人,去去長若辭。歲去還復來,人老終就衰。

歲宴方羣蟄,吾道如龍蛇。天運有節宣,存神以自遮。但可勤飲酒,苦志將如何?空堂久蕭瑟,今夕同笑譁。巾車既投轄,櫪馬且置撾。生涯須爛醉,暮景亦太斜。座中汪舍人,少年未蹉跎。豈惟爭一歲,一日猶可誇。蛟門長予一歲。

蛟門見和,復次前韻三首

邈矣燧人氏,實始命四佐。譬彼構廣厦,程材市其貨。匠伯引繩墨,宗楅中細大。蕭蕭櫟社木,輪囷空偃臥。誰能為犧尊,青黄光照座。同生天宇內,如蟻共在磨。來風一披拂,沃若青陽過。請君聆此歌,意卑非寡和。

鵻雁縈繳疾,羅鷙鼓孤遲。黄鵠遊萬里,一舉何能追。井蛙笑東海,鰌鮒安津涯。長蛟在泥滓,雲雨貴及時。丈夫自齟齬,奚能事甘肥?一嚇食海鳥,顧視增憂悲。眈洋見渚崖,潗潗將焉辭。願為逍遙遊,無使翎羽衰。

駟不及吾舌,遂為添足蛇。茹之則逆己,吐之誰可遮。不知汪夫子,背面謂我何?六

街漸鐙火,兒鼓已競譁。且為犀首飲,不學漁陽撾。君看如眉月,清影又復斜。良辰難合并,一笑無蹉跎。吟詩自喁嗋,軒軒謝眾誇。

人日雪,宿左掖,用坡公《聚星堂》韻

春氣涉七荚弄葉,魯陽戈迴六瓣雪。花神作意爭日時,青帝行空渺愁絕。掖梧弱枝不勝寒,苑松老榦渾欲折。斷續銅龍漏有無,離披鳷鵲光明滅。細草應知兔跡深,錦韝乍見鷹翎掣。坐憶屏窓隔翠微,生憐綾被消紅纈。已堪羈夢溼如雲,賴有清言飛似屑。閉簾寬睡何陰森,呼童試問還飄瞥。千秋出守杳流風,十韻強哦供笑說。雖無玉月梨李梅,用意宜如金點鐵。

夕垣與南溟、容齋

夕垣鳥喞啾,棲樹求朋行。而我悵交友,相逢如面墻。曹署谿野性,二妙同疎狂。名理摻險語,幽賞娛中腸。東除簾户閉,曉暮接一牀。自吟各有以,妍媚非時妝。刻燭驚童奴,不知老鬢蒼。蛾眉弄新影,所惜在景光。

同南溟、湘北春宿左掖,聞貽上將至,用坡公《喜劉景文至》韻迎之

李生晝眠驚相呼,謂言數子不滿隅。歷下髯王久不見,只今如髯天下無。俄而起舞忽離立,問言不答歌夫夫。故知斯人有真賞,何論醉倒蛾眉扶。同時聚集者三子,張公九尺美鬢鬚。為人風義好文藻,亦云此理良非迂。蒼龍奮蟄烟景媚,萬象品物皆昭蘇。星光下燭耀眾采,誰能謠諑驚彼姝。我顧二子發長歔,碧山差樂寧負吾。髯兮與爾俱白首,扁舟可載終江湖。

放歌再用坡公韻

明月在窓誰與呼?數枝風竹鳴墻隅。先生宴坐百不思,更鼓未起人聲無。三旬九食天所病,霍然中夜歌可夫。絲竹不解作陶寫,藥餌頗賴相撐扶。銅鏡顒顉已上面。更堪揀摘霜髭鬚。敝屋青山何太晚,殘經白首正坐迂。得句淺澹取押韻,哦詩漫浪非和蘇。朝餐暮臥聊爾耳,雖百年活豈復殊。先王道在古聖遠,茫茫天壤乃有吾。明月與汝生為徒,隨

風一棹遊江湖。

雙 鐙 檠

雙檠便且光,雖雙同一足。量之尺不盈,夜夜棲雙燭。雙燭照殘書,開卷愁已續。揩摩老眼困,一字屢詰曲。念昔年少時,六籍高閣束。時文侮聖言,詍語中流毒。背人探古冊,未齔若嗜慾。羣童守師説,每見遭誚辱。及今半面識,炎冷豈同俗。閒退轉益親,雙檠對相朂。單檠不努力,坐待華顏促。寄語少俊生,檠燭寸如玉。無為墻角棄,此義韓公告。

書于章雲所藏惲慶仿王摩詰《晴川覽勝圖》

丹青亦小藝,粉墨留終古。華縟走黃埃,過眼誰復數? 藍田老畫師,生綃在何許? 歷歷晴川花,翳翳淨初吐。正恐隨春風,飄零作紅雨。

祀夜,壇門呈張南溟侍郎

凍髭呵復解,滴衣如淫雨。殘夜月逾明,天寒翳更吐。風枝鳴幽禽,藉草命徒侶。是夜冬節長,坐久數更鼓。引氣溫丹田,聊以救疲苦。老面新多紋,熨冷手數舉。我本田家夫,日出事獻畝。故嘗把鉏犁,所願畢雞黍。請看兩鬢絲,量力守環堵。

虎坊南別墅健菴招同西溟、竹垞燕集

掩關過春風,吟謳害寢食。朋遊豈不佳,舊故頗遁匿。類別微尚殊,嬾性況偪側。夫君磊落人,二子不雕飾。折簡呼相從,高樓展顏色。檻牖俛遠林,尋尺納衆域。野桃斂纈紅,壇樹積鐵黑。杳窱初來徑,欲記自閟黙。廊迴惜行深,石危訝步仄。羣巒像犖埆,交檐解掎踣。飲酣屏幬帳,語讙露挺特。外俗誓早捐,幽清幸兩得。懲忿除咿嚅①,為樂爭晷刻。虛亭改斜影,昏鳥接歸翼。夜魄棲空窗,醉歌寫胷臆。

---

① 咿嚅:四庫全書本作咿嚘。

同健菴、竹垞登黑窰廠高處讌集

吾曹文字飲,同遊無擇行。虎坊南尋春,龍潭北探勝。北臺風搖搖,所貴豁野興。空
瀾不礙目,四天垂欲竟。峰堆衆嵐昏,水漾一波淨。日下松壇陰,深碧鬱交暎。俛仰乃自
適,飛躍各相命。夫君獨棲棲,曷不師尼聖? 刪述志千秋,反魯樂則正。吾歌或可夫,安能
獨無懔? 亦有木強韓,窄韻長詩稱。嗚乎敢望公,窘曲押競病。

豐臺看芍藥

東方射窓一寸白,殘夢猶為看花惜。玉街清酒隔夜沽,提壺喚起驚僮客。豐臺花盡芍
藥新,狂香浩態愁殺人。黃金買醉不快意,與君空負頭上巾。

次韻宋稺恭,兼寄孫止瀾

磊落同歲生,吾愛孫射州。聖道雖浩邈,志士耽林丘。朝寄詎不任,避榮追前修。五
年三請急,歸必與予謀。斯文在草澤,才俊勤羅搜。宋生清門子,偉盼俯匹儔。矯矯有父
風,弓箕傳吳歐。高情慕蓧簣①,塵鞅辭由求。洪河方奔決,誰輓滔滔流。結駟誠漫浪,枕
石亦繆悠。時潛或樂行,試上金閨遊。問知射州信,神往不得休。皇天老眼明,日月雙瞳
眸。胡不照幽清? 痼疾紛相繆。狀笫困此人,恐為衆士羞。取友豪賢必,可與學孔周。宋
生父子間,逸氣橫霜秋。淮水出桐柏,近為禾稻憂。忍飢誦古書,吐氣却頓柔。芒刃終不
頓,目久無全牛。生觀上國光,我欲棲汀洲。逝將遂悔吝,寧獨嫌傴僂。閒為秧馬歌,或與
漁者謳。因風寄故人,此意誰為優。故人昔喜酒,為我傾一甌。回頭謝世上,不知蘭與蕕。

送稺恭兼寄尊甫射陵先生

鳳鳥千仞翔,遺音渺八極。麟角世亦稀,見之渾未識。宋生名父子,清流展物色。淮
水行舒舒,乃出桐柏側。金莖露高潔,朱絲絃正直。壯筆戲海鴻,野鶩豈茲得。欲作綵衣

---

① 蓧簣:四庫全書本同。按:蓧簣,當作蓧蕢。《論語·微子》:"子路從而後,遇丈人,以杖荷蓧。"
《論語·憲問》:"子擊磬於衛,有荷蕢而遇孔氏之門者。"蓧、蕢均為用草編織之器,這裏用作荷蓧者和荷
蕢者的代稱。荷:扛、擔。

歸,不願龍巾拭。先生山嶽姿,亦復弄毫墨。寄我空中書,千秋石不泐。臨風景豪賢,絮語不能默。

送張南溟侍郎還京口

離堂起蕭瑟,絲管淒微風。夫子秉遐尚,高揖辭羣公。結歡二十載,往往連孤踪。餞酒不能飲,淥波盈樽中。揮手且勿道,會合安所窮。潞河雲水清,倒影秋花重。殘月挂海樹,芳蘭靡汀叢。江樓繫烟艇,晴日天冲融。隴岡盤龍目,作鎮金焦雄。采秀玉蕊亭,鐵甕森芙蓉。長笑青雲人,別久巖户空。他時或相訪,騎鹿茅山東。

送徐健菴尚書歸吳門

青春帝座傍,紫垣明一宿。尚書森寒芒,璇衡相左右。公真天人姿,神寄邈巘岫。九重念別深,三接動連書。造膝語不聞,宮壺每添漏。賓狀扶龍鱗,華茵映鳳味。賜書墨猶湮,鑪烟裊歸袖。南窓驚儕輩,東華問門候。聖朝禮賢臣,歷古不一覯。公其愛玉體,名在金甌覆。

聞　　道

晚歲得聞道,懶不復吟詩。今茲理藥餌,因病多閒時。呻吟秋蟬聲,斷續春繭絲。知希則我貴,綺麗安足為?古昔賢達士,陶白良可師。以我觀二子,猶未掀藩籬。不免文字習,恐為聖者嗤。今之雕蟲人,聞此必反訾。而我欲無言,溟濛順希夷。

新　　年

新年塵事靜,歌笑亦已闌。喈喈午雞聲,空簾風攀翻①。人生渺滄海,一波幻影閑②。得此且為樂,不慕天上仙。海波本無意,隨彼春風還。仙者多畏忌,竦息蓬萊班。花開青綺窓,酒半生朱顏。看花酌美酒,與子娛新年。

---

① 攀翻:四庫全書本作搴翻。按:作搴是。搴,掀起。
② 影閑:四庫全書本作影間。

新 年 送 別

曉駕午在門,離堂語難久。君歸愴朱顏,我留傷白首。微霰欲成花,輕烟未著柳。長恨送別心,不在春風後。

燈夕醉歌示廖、樊兩生

東風作寒波泛酒,出遊不如杯在手。六街塵土吾所憐,萬事沉冥輸笑口。眼前物態輕鴻毛,閉門明月春天高。燈火如山坐如塊,醉歌亦復尋二豪。西樓烟窗寂如此,有酒盈樽呼不起。玉京仙人騎鶴還,午朝碧落暮三山。謂言汝曹酒謫仙,即今不飲空百年。

行廬贈張上舍琇瞻,敦復尚書猶子也

行廬周微垣,索鈴連禁籞。張公江海姿,魚帶必雙縎。匿狀非浩然,伴直得小阮。森如玉樹質,會是竹林選。釣車吾方營,刑柄詎當攬。謁謝上東門,經過華陽館。瞥然見公子,耳目頓清遠。野花紅始然,園果綠何纂。山鳥嚶其鳴,林風泠逾善。欲別上馬遲,垂鞭不覺緩。

醉眠對月放歌

落日已遠烟雲殘,三兩星宿森芒寒。頃之月出庭南端,醉臥短檐天地寬。咫尺不疑星漢遠,放眼那覺關山難。玉京金闕隔何許?狂吟驚絕難攀緣。黃帝乘龍所蹋路,微茫陡絕一髮懸。葛許之徒可詫異,白晝直上攜飛仙。沈想此事心如顛,使我竟夕不得終歡顏。洗醆更酌酒,蕩滌萬古愁。寂莫此形骸,昔人無良謀。堯舜之名如浮漚,秋風蔓草縈荒丘。歌終渺渺增繁憂。

錢宮聲《松屋圖》歌

春風射策明光殿,玉勒蹋花共遊宴。風塵澒洞歲序移,十年不見錢郎面。江路漫漫江水深,携畫遠涉時悲吟。東華輭紅沒鞍馬,秋城寒山勞寸心。歸來細視松十尋,長風謖謖吹衣巾。蒼濤飛翻白日出,窈窕為我開深林。青山空濛落瀑布,石痕杈枒水洄洏。流入萬里之長江,遊龍行天挾烟霧。錢郎、錢郎何為鬱鬱久居此?舊隱如斯不歸去。君不見,昨日東園花,夭桃穠李空霜露。天寒歲暮百卉凋,惟有青松尚如故。古來材大非偶然,坎壈豈受時人憐。

京東贈張玉田兼寄張廣寧

京東至陪京,郡縣連亭障。文武吏士中,所見或冗長。千里得二張,每念不能忘。玉田楚才士,風操鬱清壯。夕陽城西亭,接語領微尚。使署開早花,窗月暎帷帳。客路役夢魂,憶子頗神王。晨別燕山側,黃雲迷背向。回飆遵塞垣,驚濤鳴瓮盎。行行灤江濱,秀色稍奔放。十日見大海,長城亦殊狀。關門野雞鳴,方軌狹而妨。豁達忽無際,天開眇空曠。相顧徒侶單,邊心增惻愴。竄墟想人民,戰壘恥將相。軍壕委白骨,蔓草甘所葬。經過狐兔踪,豺虎步塞冗。半月抵醫閭,縣令非漫浪。廣寧昔重地,亂後色凋喪。祀事亦孔明,經營到纖纊。萋萋木葉山,陵土豈無恙。並馬行東路,鴨江引春望。窮塞得鄉彥,精意矧神諒。平生足跡窄,茲遊已云暢。寤言懷二子,浩歌雜忻悵。

角山贈程淄川

昔我出關東,登望關門樓。羣山連波濤,騰湧天龍遊。長城為鱗鬣,角山為舌喉。尾蟠荒陬外,首注大海頭。高亭冠山巔,步檻俯滄洲。程生傑雄人,翱翔夫舊丘。蓬萊與方丈,眼底自拍浮。縹緲三神山,脫躧萬戶侯。奚為客京輦,遊戲驅羸驂。關樓留我詩,君歸試一謳。

喜　雨

久旱氣始潤,五月生新凉。霧宿林景碧,雨過斜照黃。未知黍豆色,已覺花藥香,京城百萬家,糧餱仰四方。小人習獄市。朝宁憂農桑。昨者下詔書,切責在官常。委職操文墨,忼慨中徬徨。高雲閉赤日,太白晝遯藏。今當見開霽,青空絕纖芒。理數相感召,天心為低昂。乃知帝好生,此身逢時康。

晚眺，贈吳玉隨編修，時移居東鄰

橫絕城頭山，放眼不到地。蒼然百萬峰，杳杳落檐際。雲樹無兩色，天嶺但一氣。連縣亘明霞，嵒谷積空翠。城中端居人，戶牖分遠勢。荒庭稀遊從，長夏寡人事。山色時時來，短牆得羅致。喜我素心友，巷南新移至。雖未晨夕俱，客情覺中遂。焉知君看山。非我看山意。

即事憶山園

陰雲滿中閨，曉露泫金井。種花三徑荒，落葉萬山靜。玉徽流凄響，錦禽弄孤影。歸來早閉闔，水樹歡朝景。

聞雁懷張公孚

陽景翳飄風，孤雁行且吟。不見過庭影，空聞天外音。之子渺江渚，悠悠春水深。新裁一書札，遂寄南飛禽。

月下懷樊葦村

門掩春院月，無人與我共。娟娟照庭樹，花落影遙送。迴飆懸砌陰，含烟嵌窗縫。清泠閒七絲，思君聊一弄。

《午亭文編》卷四　　男壯履恭較

《午亭文編》卷五

门人侯官林佶輯録

古 體 詩 三

《立夏氣始至》,贈湯潛菴司空

立夏氣始至,晝日昏昏然。歲月真白駒,悔吝成華顛。歎恨晚學道,欲老今衰顏。先生玉潤姿,眸子瞭且妍。修辭寡則要,妙理無支繁。物我通冥悟,冲和相盤旋。對之心融釋,追往徒險艱。景光不肯留,此日足可憐。別後三數晨,示我以文篇。浩浩河江流,漭漭星宿源。聖路久充塞,百家翻狂瀾。誰能艾淫詖,默識天無言。遊心《墳》《索》外,斂精義皇前。誓將奮遲暮,矯厲思孤騫。

瀛臺進講,贈孫屺瞻學士

歷歷河上柳,宛宛城邊路。夜短雞始號,月出天已曙。驅馬瀛臺門,神居渺烟霧。玉繩低繚垣,金波耿迴渡。屢修獨對辭,一邀重瞳顧。湖州真天人,秀眉心膽露。上闡義軒文,下晰王霸務。至尊時霽顏,鄙儒謬學步。荷風翻縹緗,鑪香裊章句。終恐徒冰兢,感激愧恩遇。忽復秋風涼,疎雨滴瑤樹。

《破屋行》,贈葉子吉侍講

破屋不任葺,四壁空嵯峨。夜半風雨至,屋漏成洪河。漂搖增繁憂,夏秋連滂沱。崩騰奪視聽,耳目被傾邪。詎惟錯昏晝,實恐陰陽譌。重茅卷驚湍,餘花委迴波。空梁燕雀飛,蝙蝠伺其窠。禽鳥飢為身,所見理則那。黃鵠翅翎溼,亦如嬰虞羅。悲鳴欲有訴,翻懼彈射加。侷側南巷士,移居近西家。書籍正捆載,瓶罍亦紛拏。君如遷喬鶯,我如樊室蝸。破屋雨不止,壓覆將如何?感君有同患,寫意於詩歌。

御府藏翰歌 時,上御乾清宮,召臣賜觀名賢法書。越日,臣為詩以獻。

聖皇稽古典制作,覃敷文命流荒朔。玉榻引近親儒臣,縹緗羅列探祕閣。書法無過王右軍,淋漓寶墨今尚存。龍跳虎臥在眼底,置身鳳闕當天門。草聖昔時誰獨步?漢有張芝唐懷素。長沙自言得三昧,快筆風飆與神遇。平原大節何嶙峋,端人正士儼垂紳。世人學書工側媚,塗飾形貌無其真。五代以來推趙宋,眉山作勢看飛動。大海紫瀾波濤雄,琅玕碧樹枝柯重。米家書畫滿載船,字跡逸宕尤爭妍。近來董王皆自出,翰墨風流天下傳。考亭樂道亦游藝,縱橫妙得蒼史意。頓挫盤礴勢最奇,行空天馬羣鴻戲。其餘書者紛紛多,承旨秀出誰能過。東晉遺法宛猶在,戈鋋波磔含冲和。數卷蛟螭盤玉軸,名家豪素藏天祿。寶篋開封近御頻,光華偏入重瞳目。丹霄綵几鑪烟浮,宸章五色兼銀鈎。神姿結搆世無比,落筆萬象風雲收。至尊宵衣偶揮灑,复絕天巧非人謀。允惟睿聖超百辟,生知好古而敏求。

中秋,屺瞻送酒

去年登樓風雨夜,肺病不飲杯空把。今年明月夜登樓,有酒無病心何憂。湖州學士猶記某,遺以香醪可一斗。開瓶傾寫清光來,醉舞狂歌迴白首。却憶西清風露凉,殿門帷幄靜高張,影娥池畔金波月,曾照携書近御牀。

夜　　行

遠樹啼荒雞,秋城滴疎漏。起坐夜方宴,獨行念如舊。寒沙草色微,殘月人影瘦。詔華去已遠，朱顏不可又。千載笑子雲，投閣寧自救。

夜直懷屺瞻

窈窕洞門夕，持被入屏營。周廬爛官燭，列宿搖空明。民巖近崇高，夜久宮漏清。皎皎階月淨，漠漠池水平。羣居寡所諧，獨處懷友生。晨朝陪經席，鬢髮添霜莖。

韋蘇州詩書後

我觀韋公詩，澹然生道心。鮮食冰玉潔，浩歌流清音。疏絃下衆響，繁手聲方淫。誰能追《大雅》？辭多吾所箴。

《昔遊》，贈衞慎之明府

昔遊灤江上，落日弭輕榜。浪花暎圖蘇，魚泳出浮響。薄雲邀旅宿，孤霞駐清賞。沙邊桃花邨，野徑散遙想。君今鳴琴暇，遺蹤一相訪。

秋　夜

凜凜天氣變，冉冉時節違。明星帶檐樹，淒風吹荊扉。秋夜何漫漫，褰幃伺晨晞。黃葉旦夕賈，鴻雁東南飛。萬彙思本根，吾生亦何依。運遷感物理，時往悟世機。空軒獨寤言，穨然如委衣。

崴　暮

崢嶸崴華臨欲滿，一如寸寸彎強弓。十年往跡宛在眼，艱難黙數風中蓬。流光袞袞奔輪裹，暮景飛騰已如此。有酒且飲酣且歌，萬事無憂亦無喜。天晴斜陽窓雪明，紅梅蔫縣蕊半委。何處紫芝與石髓，濁醪此中有妙理。世上紛紛焉足齒。

廳 前 水 石

怪石誰所作？開池俛前窗。其上想丘壑，其下觀湖江。輕風澹微波，藻魚自擊撞。颯然風雨至，流聲亦淙淙。念此一曲水，不殊萬里瀧。時節逼炎燠，即物心屢降。

移居，別庭前山石

束書遊京國，世載無一椽。僦居胭脂巷，怪石羅堂前。僻性寡朋侶，對此情孤騫。落月偏曉勢，斜日迴遠烟。春花不岑寂，秋樹相連娟。閉門長兀傲，隱几舒沉緜。有時因塵鞅，芒角遭磨鐫。茲石不改色，專靜無尤愆。蕭條別汝去，況復當殘年。回首風雪夜，幽夢遙相憐。

《流求刀歌》，為汪舟次作

丈夫得志為雲龍，搏服蛟虯羞雕蟲。歸來晝笏奏天子，寶刀拜獻明光宮。餘者虎氣亦騰躍，拔鞘漠漠生凉風。滄波險絕窮髮東，乘槎使者浮空濛。圖書裝輕不滿篋，碧花鐫錯青芙蓉。含霞飲景霜鍔動，方口斫地如渴虹。麟角鷺趾詎所觸，剚割暴猛躪妖凶。古強入山豺虎逸，方平獨臥鬼物空。豈似此刀光熊熊，大食日本皆提封。三金合冶紫烟重，海日鼓橐波雲紅。洮鴨綠石不受礪，雪刀凌亂神鼇峰。東方侏儒飽斗粟，昔者賜出驚鳴鴻。君方入侍禮遇崇，身夾日月乘天風。遠人脫贈意有以，斷金切玉理則同。沙場此物久不試，來庭文齒兼穴胷。禁中頗牧揆翰藻，搖筆辟易千夫雄。清晝造膝三數公，英盼往往迴重瞳。男兒致身有如此，況值威德兼黃農。試看渭叟鼓刀者，干戈載戢橐強弓。

夏 夜

朱曦晝晷長，入夜絕衆緣。撫枕獨不寐，危坐臨前軒。自非蚤聞道，奈此百感纏。風埃苟不興，水鏡良復然。朗月生奇懷，皎皎光輝妍。易簡澹自足，何為紛險艱？以茲頗念世，人誰金石堅。

問　蝗　行

六月八日蝗暮飛,紛如接翅昏鴉歸。忽欺斜日夕影亂,漸掩列宿寒芒稀。汝曹璪璪行醜惡,能令天宇沈晶輝。昨者朝宁下明詔,憂旱問蝗何因依。公卿不語面平視,或舉五事及細微。某也昂首矯奮臆,上言主聖臣職違。下言小民吾根本,三時勤苦終歲饑。長官鞭笞吏卒怒,但向公府供輕肥。夏秋稅糧分應爾,緩之數月穀庶幾。自知無有大裨補,傳聞此語是耶非。天心至仁諒無他,涼雲吹雨蠲煩苛。傾注四野蘇黍禾,蝗欲下來愁奈何? 吾言不中理則那。

題禹尚基自寫真

禹生靜者懷孤騫,搖筆風雨落屋椽。雨收風止萬象寂,海霞島日相澄鮮。丹青好手衆所憐,幽樹卷石皆娟娟。水邨之圖世最傳,禁廬一見心悠然。集賢學士共嗟賞,瑣窗晴晝生雲烟。生也此圖儗水邨,神妙意若無王孫。更自寫真著蓑笠,便欲漁釣歸柴門。王孫遭時昔多故,齒豁頭童不歸去。丹青猶有身後名,富貴真如草頭露。生方年少豈長貧,奮飛一舉陵高旻。

録　別　二　首

皎皎明月光,照我清夜牀。欲寢不能寐,攬衣起徬徨。羈人思萬里,各在天一方。雙雙兩黃鵠,中道陵寒霜。羽翼一以乖,河漢遙相望。

北風吹河梁,明星隱歷歷。悠悠征馬嘶,驅車將安適? 白日照東隅,黃沙搰行跡。念我同袍人,高舉奮羽翮。離顏如卉草,霜露忽復易。時節已晚暮,窮賤竟何益。

出　門

十日嬾出門,萬事何叢殘。事如風中花,心如古井瀾。飛花投墮水,井瀾寂不起。此語解書紳,時行而時止。

浮山和敦復，時在直廬

我聞浮渡山，欲往情蕭騷。瑣窗閉晴晝，寫興于歌謠。崑嵍忽在眼，飛薄如奔濤。石罅粲可數，一一穿青霄。空靈駭湏洞，倒側疑簨搖。寥寥長風聲，萬竅皆怒號。中有千載雲，出岫不可招。蒸嵐自通透，濺瀑巧適遭。真宰工刻鏤，無乃用意勞。卓犖龍眠公，嘯詠冠偶曹。鳳鸞在巖廊，猿鶴空林皋。斐然繼有作，聊足以自豪。

夏日遣興四首

幽居臥青林，白日不得晚。語默失端倪，情欲爭舒卷。不如捨之遊，寓目成登覽。昔者古幽州，平沙曠浩衍。飛甍何參差？引流亦宛澶。此中英雄人，朽骨疇可辨。茫茫六合間，人命何能遣。誓從今日後，悠哉謀獨善。

西日既隱山，餘光樹顛明。赤雲帶連岡，綺霞散層城。虛櫩交微風，當窗落青冥。林景稍一動，翛然烟磬聲。寡欲性有託，息慮身無營。大雅久寂寞，苦吟誰見榮。勳名苟不立，章句老此生。

依依見新月，下照古時城。古人對新月，應如今人情。列星初爛漫，滅燭何杳冥。河霧宿近樹，竹烟羅前楹。風鳴弦素響，夜靜吹玉笙。閱世樂幽獨，外物身崢嶸。有酒起自酌，誰能關浮名。

我本蓬室士，田牧東山椒。山家閑歲月，即事以自勞。水碧日照色，麥黃風翻濤。西莊邀社酒，東鄰饗炰羔。遄歸方三載，行遊遶林皋。中情異絕裾，吾生希挂瓢。解愛《五千言》，日玩《乾》初爻。志士陵鴻鵠，小人爭牛毛。遯世以無悶，託興長消搖。

洞　陽　山

我家太行盡處郵，蛟龍欲落留爪痕。蜿蜿腹背故隆起，振鱗掉尾如雷奔。波濤隱見吞萬壑，似覽衆水窮河源。古稱上黨天下脊，茲山拔地尤騰騫。俯視砥柱一卷石，析城王屋雙杯樽。頗訝大禹所經畫，足跡未到回南轅。徑下河濟急疏瀹，北顧參井高莫捫。乃知龍性躍天漢，肯同蚯蜓尺水渾。太行以南多峻山，地勢愈下難並論。茲山何不列嶽鎮，使我歎息增煩冤。何為歎息增煩冤？萬古無害茲山尊。

開　元　鐘<small>後唐李嗣昭守上黨，勝梁，範銅為鐘，在開元寺。後置元妙觀。</small>

蒼茫陵谷開元寺，古鐘猶帶開元字。尋向桃花觀裏來，鐘聲依舊浮空翠。此鐘流傳自後唐，誰與作者李昭義。黃塵清水變須臾，鬥雞小兒聊角戲。昭義此時亦人傑，屹立孤城下無地。夾寨重雲鳥不飛，余吾殘營白晝閉。流矢拔足客不知，血暗淋漓痛劈臂。龍驤神捷等沙蟲，銘以蒲牢毋失墜。生子當如李亞子，進通忠孝先王識。我怪歐陽傳五代，嗣昭特書多可紀。當時亦有劉義叟，飄零頗恨文章躓。今我來觀開元鐘，與客談詠梁唐事。更數百年歌者誰，鐘聲未歇聞歎喟。

冬日雜詩四首

雪後落照紅，陰風黯中夕。蕭條闊塞情，杳然生咫尺。念我故鄉人，同作他鄉客。冰堅蛟龍深，山長鳥獸寂。戚戚傷精魂，悠悠阻筋力。寒鐙閉門時，明月照促膝。

流風舞迴雪，飄颻盈客衣。連雁去安極，路遠何時歸？含情掩房闥，憂來不可揮。觸物悔各集，觀身色相違。達人慎其端，託想謝危機。擁衾抱霜月，四壁生清暉。

仙人王子晉，霞舉陵太清。緬想鍊金液，呼吸獵至精。所以緱氏嶺，時聞吹玉笙。逸響久歇絕，誰聆空外聲？徒令千載下，寂寞傳其名。

少負英邁氣，索居逃人羣。偶然事詩書，遣情遊天雲。一自落世網，昏宦相糾紛。起舞擊短劍，忼慨雞鳴晨。流浪時忽徂，三十無令聞。空名竟何益，心懷難重陳。

東　岡　獨　遊

亭午風日佳，陟高循前澗。石古徑杳冥，溪長水清淺。巘中熏疏蘭，汀曲蔭蒼蘚。臺行既修迴，樹坐乃幽緬。挂蘿弱可捫，落花多愁踐。懷古事豈殊？人往跡空顯。依依楊柳華，萋萋葛葉展。時序催物情，悠哉誰與遣？

東岡同子弟及張王二客

樊川美風日，羣遊陟東岡。少長各異趣，曹偶森成行。張卿頗解事，王郎興亦長。子姓復朗拔，矯矯凌雲翔。伊余少欣悅，頗怪鬢髮蒼。叢祠晚雲薄，哀歌何激昂。遲暮賴陶寫,此意成悲涼。登高望古城,墟里烟微茫。俛仰已今昔,塵世鬱中腸。寄言少俊人,及時為樂方。

空　山

空山悽心魂,中夜四五起。憭慄天蚤寒,悲風鳴不已。六月草閣涼,況乃秋節邇。窓月炯殘明,壁燈凝暮紫。稚兒睡爛漫,倦僕坐觸抵。人生雖殊塗,勞逸本一理。念我徒自傷,多憂應爾耳。呼僮使之卧,抱膝當隱几。

石　閒　晚　眺

山高墟落出,社鼓晚欲歇。林陰暝色來,邨燈見復沒。獨立聞虎風,小步躑松月。羣動又已息,幽尋愧倉卒。農人夜早眠,鼾睡侵卧榻。更多秋蟲聲,仰枕兩耳聒。誰與寫愁憂,野宿寄傲兀。

返舍,留三日,復往石閒

秋風前日來,我亦薄言歸。雞鳴發山館,日高到柴扉。寄跡如飛鴻,爪雪相因依。一墮泥塗中,膠擾森重圍。算口計米鹽,將老生事微。兀兀困細瑣,愁卧至夕暉。開我所居室,凝塵蔽敗幃。拂拭愴孤懷,坐念百事違。明鐙飢鼠竄,昏院蝙蝠飛。妻子可脫屣,身世真畏犧。吹笙憶子喬,化鶴思令威。感此捨之去,聊用息吾機。

秋日往石閒

捨策涉險艱,窈窱窮清秋。溪流沙徑細,草長荒陂幽。日高臨往路,亭午陟遠丘。舊居渺蒅爾,中有萬古憂。返躬集悔吝,閱世紛悆尤。遯跡心逾危,憫俗行且休。遊戲采芝藥,芳序忽已遒。羨門不可即,徐生入海求。仙者良冥漠,塵埃難久留。何得奮翎翅,遐舉陵滄洲。

思母菴夜雨

空山夜雨秋浪浪，危樓夢迴衾簟涼。我今獨來神黯傷，千憂萬恨堆心腸。雞鳴窓白雨不細，睡鄉避人亦避世。長松褭雲烟漲谿，杳杳人踪門晝閉。陰黑睡起疑日中，山前山後雨濛濛。去家十里信不通，山澗水滿岸路窮。前日我來秋風淒，今日欲歸秋雨迷。人生聚散隔風雨，蹇驢臥鳴僕誶語。前日日晴不肯歸，薪芻雨阻人驢饑。

樊川東岡寫懷二首

伊昔少賤時，志在泉石間。高步謝時輩，遊射窮谿山。隱遯事不集，挾冊謁帝闕。睍睆公卿側，跌宕文史班。歸來忽華髮，壯日不可攀。陟丘感舊跡，照水羞故顏。南山獨尚爾，蒼翠橫烟鬟。安得遂雲臥，仙侶與往還。

謝客慕張邴，乞身不待年。秸生愧嚴鄭，樂道欲自全。我無安石量，而乏絲竹歡。亦有東山遊，仿彿臨斜川。展步涉林潤，忘疲恣躋攀。且無念百歲，聊開一日顏。淒風生巖壑，暝色紛烟巒。端居集遙慨，息慮終閉關。

高　齋　二　首

高齋日已暝，憭慄霜氣寒。倚闌望遠道，露下衣裳單。入門復出門，躊躇心未安。委委池中荷，萋萋窓下蘭。及時媚榮景，惜哉芳歲闌。

北風日淒淒，中堂明燈低。北風不入戶，所居各東西。隔河有言辭，阻風莫致之。雖不聞好音，清芳夾路垂。

南　樓　夜　歌

日落闌干霜氣幽，燈昏鐘鳴山寺樓。書帷窓幔下已久，天風新寒增暮愁。鴻雁嗷嗷集中洲，沙明月高繁露流。思君不見城南夜，黃草白雲天盡頭。

東山亭子放歌

東山望南山，百里墮我前。山亭橫絶浮空翠，闌干縹緲臨無地。我來氣與霜天高，風塵歸後寒蕭騷。拂衣枕石每獨往，坌蟥羣笑滄溟鼇。百事回頭如舊否，一片青山落吾手。倦客重尋岡上廬，童時舊種門前柳。盡埽西風萬古愁，且傾落日三杯酒。君不見，謝公高臥東山時，起為蒼生已白首。昔時絲竹轉淒涼，美人黃土今安有？百年我亦一東山，日夕樵歌動林藪。

《譜 牒》後 書

側聞長老訓，諸祖稱豪賢。披籍閱往代，歎息良復然。誠詞炳星日，志氣薄雲天。處士及吏隱，一一皆可傳。淳休被邑里，聲華如蟬聯。緬維卜東莊，始自宣德年。耕稼三百載，風義桑梓前。小子恥甘肥，食利忘所先。惕然從中懼，勗哉以無愆。

南樓見砥柱午壁亭西南有山，亦名砥柱。

樓外砥柱山，几席浮青空。神禹所表置，高標天闕通。王屋連析城，秀色摩蒼穹。登樓遙見之，懷古心忡忡。二崤秦壘滅，三川晉國雄。蠻觸紛鬭爭，役役會有窮。渺然想開闢，元化觀無終。

題《東坡先生集》

星宿渺一泉，潾沆歸滄池。黃河天上來，仿彿青蓮詞。杜韓鬱崩騰，迴風激瀧湄。香山放乎海，澹澹天無涯。餘子導其流，遙遙分纖支。蘇公天上人，萬丈銀河垂。舉手捫星辰，足躡龍與螭。旋斡周四運，浩氣森淋漓。感心生直亮，體道忘艱危。聖刪三千篇，刼火燒其遺。真宰固有意，《風》《雅》將在茲。斯文配天命，大化需人為。何不陟輔相，致民如堯時。一聞《韶》《濩》音，季葉還春熙。

道上逢張參首丈

驅車越郊邑,落日下馮軾。豈不急歸思,惜此輿臺力。既夕烟霧生,星月互相匿。遲回大道傍,感舊勞胸臆。晤言更歲華,霜雪暗顏色。對面始若疑,聞聲乃歎息。心懸秋浦西,目斷黃雲北。相逢逆旅間,離別情何極。

九女臺北黑龍潭

維南有金焦,江間屹不動。詎知砥柱東,山起挾河縫。河流兩沄沄,此山磬而控。其北皆連峰,排挼故縱送。陡嶒臨數仞,潭水鬱溳洞。相傳是海眼,仰口若大瓮。鬼工施鑿成,人力匪所用。俛視悸心魂,危立仗傔從。四山下驚風,崩墜影與共。取道青石叢,出險衆聲哄。此中龍潛棲,禱雨屢則中。古祠明月高,秋軒發幽夢。囊中五絃琴,改調一撫弄。

送韓六一僉憲赴桂林

春明門外柳,往往拂行裝。疇昔攀柳時,送人還故鄉。故鄉今送人,駕言適何方?遙發天北隅,軒車指南疆。居人戀落日,客子懷路長。矯矯雙黃鵠,陵風各分翔。良無萬里翮,何因附頡頏。

贈　李　翰　之

吾州隱君嘗樂饑,一生高視世不羈。西崖古屋蓬蒿衰,小亭晝閉春陰移。我時徒步往見之,顏色渥丹霜鬢滋。年近九十心膽奇,大書灑墨光淋漓。短札細字如毫絲,方瞳炯如巖電垂。僊者縹緲高莫追,浮丘洪崖世難知。吾徒縮手歸來時,赤松黃石今可師。

偶觸懷故山

道攬輿地圖,適見岳神字。悲惻從中來,潸然落寒淚。此山天馬形,浮空勢東至。其陽宛迴龍,毋阡鬱蒼翠。兩載閱晨昏,新松常守視。悄悄巖谷間,曾有萬端思。歲月何逾邁,真如過隙駛。臨別屢回頭,欲去每停轡。晝思勞遠魂,夜念驚蟄寐。時忖所歷山,或與此山類。忽然覘名稱,感觸心中事。朔風含酸辛,落日助怛悸。恨不如飛鳥,疾往有翎翅。掩冊神太傷,孤征渺行騎。

登屯留城至龍潭

登城秋氣變,淒風屢增愁。路遠一望鄉,但見漳水流。漳水南自去,客行北未休。寒雁相背發,眇眇高雲浮。城荒悵籬落,樹古驚潭湫。小邑窮歷覽,孤征獨㠜猶①。立馬更延佇,應知道阻脩。

宿沁州懷吳銅川通政

凌晨涉野流,嶮岈入澗口。林深長木魅,堆古立土偶。霜葉得紅梨,風條惜黃柳。歲物森愴懷,關山鬱回首。地聞叔向賢,邠云徐勣後。舊蹟渺猶存,遺風嗇而厚。懸崖人散居,營窟老相守。華榱及鼎肉,蕭然此安有。仁里銅川子,潔清吾所友。夙歡結同心,離居念分手。重為京雒遊,然諾應無負。獨覺感異方,鄉心亂已久。

六 賢 堂

下馬平潭驛,訪古六賢堂。滏陽政寬簡,湧雲思煒煌。趙尚書秉文。堂即湧雲樓舊基,趙有記。文獻總文柄,楊趙齊輩行。楊文獻雲翼。左司富才藻,晚節猶芬芳。元左司好問。樂城老封龍,鑑湖暎末光。李文正治。四賢既卓犖,堪此一瓣香。後益以王呂,名蹟能禁當王司業構、呂忠肅思誠。山川景英哲,祠宇成蒼涼。士節古所重,此道今凋傷。荒城鬱茂草,倚徙悲殘陽。

梅花用坡公次李公擇韻

寒夜凜客心,雞鳴車轂動。節往如逝湍,光景一玩弄。稍惜幽窓梅,著花破嚴凍。天公憐寂寞,物態競喧鬨。飛霜點衣裘,風埃暗驂從。我生無町畦,昔者每自縱。山澤延四友,竹徑從二仲。息景棲東岡,水石獲清貢。冷梅圻冰雪,析析柯屢重。臥厭短檐日,疎影

---

① 㠜猶:四庫全書本作夷猶。按:《玉篇》:"㠜,古文夷字"。

雜禽哢。有時但孤吟,足供樵牧諷。今是寧昔非,當歡忍前痛。光寵愧少俊,鞍馬事上雍。未招羅浮魂,但惹春明夢。何當十年計,遠屋手溉種。春風吹白日,羲馭不得鞚。別後綺窻前,何人燈火共。挂枝愛桐花,蹲池怪老鳳。得如黃葉山,灑埽青螺洞。待我花下歸,白酒傾百瓮。

　　　　　　　　　　　　　《午亭文編》卷五　　男壯履恭較

《午亭文編》卷六

門人侯官林佶輯録

古 體 詩 四

七夕,以柳惲"流景對秋夕"為韻。作者錢亮工、蔣京少、吳震一、方鳬宗、宋稚恭、于蓮士、兒子豫朋五首

霜娥垂半鬢,清暉寒欲流。復此照銀浦,影落榆花秋。天人苟無情,靈匹何相求?況我二三子,能不結綢繆。

清響迴新飈,絶冥倒浮景。流盼年光斜,數子入眼冷。擊筑今遊燕,變徵或歌郢。鍼樓人應眠,文字坐馳騁。

青鵲西飛來,承華閟靈對。此時東方生,矯矯蒙英眜。我本曬書人,兼有標褌態。心慕王子喬,吹笙騎鶴背。

玉露未搖落,志士懷凛秋。清淺河漢水,盈盈萬古愁。星明佇含睇,美人凝目留。思君薦瑤席,託興於牽牛。

鳳駕崴不虛,龍梭月再擲。平時掃門人,已斷轍蹄跡。縱酒酌清流,濯纓謝華劇。將子復能來,餘歡繼閏夕。

贈于蓮士

逢君薊門樓,對月滄海頭。濯髮青漢邊,下視渺九州。我生走燕營,意亦陵高秋。南行不百里,江湖思遠遊。蘭橈帶桂槳,萬里橫中流。巨靈撐兩足,金焦雙拍浮。物産必英異,所見何殊尤。豈知籬鷃輩,不與飛鵬儔。美才具舟楫,明義敦山丘。朂哉賢知士,攬古光前修。

天禧宮古松歌次敦復韻

張公走馬旋風松,如騎鶴背陵仙宮。青山崩迫白日冷,天驚破碧騰遊龍。抓挐霜霧勢崒屼,劈裂雷雨聲籠銅。太華並根盤后土,扶桑接葉橫高穹。相傳已自昧年歲,殷柏周栗將無同。孤高節目復磊砢,落落寧許秦人封。計株四十又加四,大荒野陰連鬱葱。樛枝交加影疊見,晴雲曉月還玲瓏。苔色常濃殆自古,濤響不息非閶風。千年茯苓此易得,便欲剜之誰吾從。神訶鬼守語匪幻,心旌搖搖胥杵舂。再拜肅謝愧自責,干霄豈辱塵埃中。不見慈恩雙老樹,馬嘶羊觸紛西東。棲棲盤踞不得地,只今枯幹無留踪。松乎託身有如此,能令萬古凡松空。日斜杖策陪公去,烟村已遠聞微鐘。

露湑閣望西山懷退谷舊遊二首

秋山日轉佳,天清遠峰集。蒼然氣高浮,薄雲飛不入。風吹縹緲樓,對此每獨立。徑微忖昔遊,松落思俯拾。何時曳芒履,未憂露草溼。寂寥退翁亭,遺蹟渺難及。

退翁耕近郊,九經騁劇談。尺五韋杜曲,氣與霜空函。及其棲此山,捷徑非終南。遊子領微尚,幽僻性所耽。旅食走京輦,冷眼衝雲嵐。青箱王公堂,酌我春酒甘。王文正公。二老道淪喪,後生失毛珊。短歌繼《八哀》,冥漠天如藍。退谷,孫公北海所居。

廖生行

廖生文采殊絕倫,萬卷讀破筆有神。試之有司輒不利,生顏閔默亦不嗔。爲生短歌添酒巡,棄置世事談蒼旻。天公居高蓋覆廣,豈盡照燭窮幽垠。役使衆靈雜鬼物,寧執造化摶鴻鈞。轟雷掣電走風雨,鞭驅日月排星辰。妖祥彗蝕猶尚爾,況分曹府滋紛綸。陸飛水潛山土藏,各有主者如官臣。量才大細百失一,樗櫪宋柟寧皆真。生乎與汝在世上,直須勤買拋青春。我歌君飲休辭頻,萬事颺忽風中輪。驥子十齡吾所珍,頭白笑我徒苦辛。淵明賢愚挂懷抱,不見韓昶謪根銀。煩生教兒粗識字,姓名足記堪漁薪。何必嘔咿學老子,鼓刀販繒亦致身。

西山道中作二首

我築晚晴臺,以瞰西山故。明滅嶺上霞,依微巖際樹。未解塵鞅緣,遙寄丘中趣。埤塘仰樵蹤,簾閣俛鳥路。遊思娛清暉,清暉時一遇。川長限無梁,彩雲不可度。振衣寒松嶺,稅駕流泉處。良遊勿蹉跎,歲月易遲暮。旅行循烟村,幽探散沙鷺。臺高輒迴眺,山近展徐步。二客儻能從,英流況廚顧。既同西園遊,時吟晚晴句。石欄點筆人,空翠沒巾屨。同遊廖芸夫、于蓮士。

昔與王侍郎,阮亭。受詔并為詩。兼徵夙所製,君進《西山》辭。茲訪山中勝,因以此卷隨。涼風開篋笥,山鬼來潛闚。四顧舊所歷,蒼茫多路岐。侍郎既特達,拙疾予棲遲。山水自陶寫,猿鶴相攀追。離鴻過我前,鳴聲何苦悲。往時山遊人,北宋與南施。荔裳、愚山。文采今已矣,大雅將在誰。荒途披蔓草,空谷羅華滋。行行騁遠步,言近茲山陲。

自聖感寺至寶珠洞西山最高處

迴蹬陵虛空,秋雲御道長。六龍所經處,萬壑流神光。半嶺礙河漢,列宿方低昂。猶未窮絕頂,已足擎大荒。平坡名豈稱,新額題鸞凰。故平坡寺,賜額聖感。窈窊陟危徑,兩腋靈風翔。洞中雖幽仄,其外何堂堂。雙闕那可辨?一氣連混茫。碣石在眼底,滄海濱城隍。我聞道家説,三十六玉皇。上有無極天,此山或相當。帝都跨嶽鎮,頂背孰敢望。俛視宇內山,蠟屐可卷藏。惜哉近市朝,終焉難徜徉。樊山一卷石,臨老神黯傷。

龍泉寺下院

日隱原上邨,秋陰起桑柘。杳杳隨烟鐘,悠悠遠峰下。境空放梵長,天迴飛雲瀉。松門晚色靜,碧草淨可藉。風吹籬邊花,寒香正盈把。薄遊涉清曠,所歷向瀟灑。樂幽抵嗜芰,味道如啖蔗。至人患有身,矧復簪縷假。息心同冥寥,聊此縶吾馬。

玉　佳　菴

商飈振幽厓,杖策跨蹊谷。翻悵去徑宭,何以極吾目。稍上天影開,餘翠澹林木。高臺秀遠峰,日入淨如沐。微興方陶然,滅跡向茅屋。仰躋清泉流,泠泠灑飛瀑。攀危不辭疲,留念遲往復。

龍　泉　寺

金銀二泉流,乃在星漢間。泠風不可御,遠望空雲烟。忽見秋山池,暎此碧玉環。神魚長鬐鬛,色異凡鮪鱣。日影布石上,魚躍不在淵。食葉如樹遊,吹氣成花圜。狀流繞砌來,吾欲尋其端。稍憐松殿側,泉眼明微瀾。西軒俛木杪,巉徑聞哀湍。此泉自遙昔,斯人如逝川。誰能向杳靄,終掩青蘿關。

徑祕魔崕登盧師山作

豀迴秋風溫,徑仄殘陽閃。坡陁下高風,草木相掩苒。填咽谷葉丹,山翠疊磨颭。流澗波叢林,清暉濃於染。輟策稍忘疲,駢席不覺險。昔人晏坐處,苔石無崕广。狎玩大小青,理至物自感。視龍猶螳蜓,蟲豸亦拘檢。而我遊人間,所遇足嗤點。悵然盧師山,觀身老冉冉。

碧雲寺二首

寺門臨高橋,澗松交其端。徑幽室何許? 欲憩行便姍。瑣細花蒙密,駮犖苔黅緣。長檻棲閒雲,曲榭縈孤烟。稍深境轉佳,靈風來清緜。流泉隔篁竹,日斜聲濺濺。玎琤寫哀玉,迸落如佩環。山水解娛人,何事歸塵寰?

漢雲被層阿,餘霞帶前軒。夕泉流愈駛,林際驚湍奔。尋山欣野宿,汲水遲夜餐。迢迢漏鼓斷,漠漠烟磬昏。煩嚚于此息,清迴悽心魂。風定寒蛸響,月黑歸鳥翻。匡牀靜無寐,松窗明曉暾。是日宿寺中。

來青軒觀紅葉歌

來青之軒颯高爽,我來直欲攀蒼穹。便因長空溯海月,側身萬里三山東。深山晦魄心轉悸,假道北寺烟溟濛。晨光小雨暗青笠,白雲如絮連遙峰。緣溪林木亦瑣細,寒香幽草方葱蘢。豁然此軒俛下界,千樹萬樹新霜紅。是時西顥實司令,赤帝行氣何冲融。跨坑駕谷太陵競,金烏避路爭瞳矓。視之睍晌久不定,羈魂閃爍眼力窮。我本看山恨無月,豈知奇詭驚愚蒙。黃鶴仙人日來往,霓旌火傘紛相從。白榆但見露葉墜,碧桃不覺春花濃。丹砂布地靈境閴,朱顏一笑迴天風。

西山歸,憩西樵門外,雜記遊事

山行意軒然,不復肯慵惰。同來盡所親,幽探亦屢作。友生各有適,語默相答和。大兒學阿爺,吟詩勤自課。小兒十齡許,能騎駿馬大。迴策已如縈,歷塊欲揚坷。未忍斥輕肥,一哂衰顏破。草菴具野餐,歸路發清餓。乍辭山泉甘,頗怯塵羹浣。怖鴿晨不鳴,蒼蠅晚相過。攘攘浮埃間,掩耳但困臥。

昭 王 臺

春風吹綠草,歷亂昭王臺。空憐天下士,祇為黃金來。燕山落日出滄海,古人白骨今安在?海水東流西日斜,但沽美酒燕姬家。莫問當年陵谷事,薊樓明月土城花。

輓 鄭 大 夫振華

建安秀江嶺,萬古一考亭。天遊羣鷺翔,三十六峯青。一峰上巉絶,屹若劃巨靈。紫陽光日月,我公聲雷霆。小學字忠孝,大篇文《六經》。舍生取仁義,宜祀于孔庭。女史并記載,烈烈同芳聲。郎君辱齊年,踸躅思儀型。回首題名處,春風語塔鈴。年年蒲柳綠,人散稀晨星。曹官偶接膝,遺直明邦刑。銜餐訊往跡,輟箸涕泗零。以余謬好古,命我為公銘。銘當三熏沐,短歌侑神聽。

贈衍聖公翊宸

見公問廟檜，溯往徵其形。世六十有七，二千三百齡。元氣祕柯葉，修榦苞蒼青。我聖宰萬彙，豈獨一物靈。不賢識其小，有問辱公聆。答言林多花，被徑如繁星。記一不辨九，無名但芳馨。皆門人土宜，手自來封扃。惟少杏與桃，此理尤晶熒。林端所生著，莫敢攈寸莛。旁下略采掇，候過秋上丁。積之凡二歲，數適大衍零。許以當持贈，奚慕堯時蓂。斯文慨遐邈，俄頃瞻儀型。公親聖人裔，淵角兼山庭。絕學可繼聖，為公几杖銘。

前山望王屋山懷蔡松年

青山深淺中，丘壑不一致。清晨登前山，高秋散幽意。千里如玦環，黛色遙相次。杳杳數峰間，閒雲忽飄墜。我遊王屋山，靈境仙所閟。君昔從我遊，棲隱偕宿志。故人今在否？臨風發遠喟。

池 上 晚 秋

山池如迴溪，緣流時獨往。潺潺出石間，幾曲聲逾響。殘荷雖已零，秋水日夜長。澗邊木芙蓉，亭亭接幽賞。波淨理輕舟，聊作江湖想。

木 芙 蓉

灼灼拒霜花，顏色眾所殊。豈不惜芳時，乃與晚歲俱。夭桃太冶豔，野菊何蕭疎。感此凌寒姿，獨立將焉如？

秋曉，由樊溪至山園

徑迴水鳥喧，寒流隱疎樹。風竹覆野橋，離披豁幽步。巖柯交日影，籬花明曉露。池館寂無人，雙溪杳自注。

雨後至南園

初霽涉南園,曉池風寂歷。前村雲未歸,高樹雨猶滴。塵外體自舒,林中欣有適。遊目極遠山,秋烟淨如滌。

遣 興 四 首

牽牛徑人田,田主取其牛。徑則良不直,取牛致足羞①。螳蜋與異鵲,忘身將誰尤?微哉乘除理,芒芴不可求。

重耳重五賢,卓犖霸圖起。胥臣賞先茅,所貴在得士。流風傳自今,齷齪安足儗。祁奚請老歸,舉讎且舉子。

前驅射叔武,弦高犒秦師。見義為則勇,功過焉用知。嗟此志士節,遭彼愚者嗤。別嫌古所戒,來日猶可追。

嗣宗澹蕩人,寄懷特高妙。臧否不挂口,林壑展清眺。蕭然蘇門生,對之發長歗。寥寥鸞鳳音,千載孰同調?

待 　 友

微曛度斜澗,暝色赴前嶺。石泉激清響,風篁澹疎影。烟鐘殷林深,山禽宿夜永。思君拂鳴琴,巖壑渺愈靜。

秋 　 懷

寒色起亭皋,高樓遠峰集。山斂夕曛低,窗疎野烟溼。畫欄見木末,一葉新可拾。景逸情未懶,心賞歡何極。

---

① 牽牛徑人田,田主取其牛。徑則良不直,取牛致足羞:四庫全書本二徑字均作蹊。按:《左傳》宣公十一年:"牽牛以蹊人之田,而奪之牛。牽牛以蹊者,信有罪矣。而奪之牛,罰已重矣。"蹊,踐踏。作蹊,是。

自南村徑石院抵九仙臺

紅葉深紅與淺紅,濕雲細雨如春濃。桑柘半凋柳黃落,三里五里村村同。徑轉溪開歎奇絕,千山萬山皆玲瓏。誰令巇壑擅異色,純以金碧施神工。寒烟消歇亦變態,怪石磊砢還①孤峰。宇內名山亦無數,此山如畫展毫素。我聞虞山最佳麗,丹崖紺壁儼畫具。一峰道人飛仙人,揮染平生釣遊處。浮嵐暖翠曉千重,玉洞桃花春萬樹。仙人既去亦復還,白雲黃鶴遊人間。清都渺渺在何許?玉階朝罷棲名山。只今畫者誰其匹,天高氣清風寥慄。欲攬太空為粉圖,消得仙人兩三筆。時携得大癡畫卷。

南　　村

烟中見南村,窈眇徑迷舊。陟危驚景佳,問俗訝名陋。陋村其名。丹砂一林染,鳴玉眾泉漱。傍巇開荊扉,雞犬喧清晝。幽興未云足,古道迎隻堠。

宿　石　淙　院

山房行欲近,半空人不知。微逕礙古木,青靄來差池。鴨腳寒已亂,鳥翼昏相追。林開孤烟出,飛崖落屭屭。巨靈擘左股,元氣猶淋漓。森嚴驚鬼物,幽險疑蛟螭。石坎象鐵盆,千古垂流澌。淙淙一線長,晴雨無盈虧。逝者有如此,吾生幾何時?

潞州留別送者

相送潞州道,別袖屢已揮。親賓自此盡,徒侶相對稀。薄暮涉漳河,波浪沾人衣。悲風起中流,木葉交加飛。四顧別時跡,行塵連夕暉。遊子感居人,況乃骨肉違。我無經世術,空自勞驂騑。所願官吏賢,敢嗟生事微。耕稼供井稅,逍遙侍親闈。誰甘遽離別,遽離還思歸。

---

① 　還:四庫全書本作環。

《浭酒歌》，因玉田孟君寄曹冠五使君

易酒甜多雪酒惡，見花對月空蕭索。前年滄酒賈滄州，長瓶開瀉碧玉流。年年泛溢東風蚤，臘味輕香不全好。依舊花前又寂寥，那能月下常傾倒。却憶遼西塞上行，酣歌劍舞出闒城。離筵嘗徧京東酒，浭酒淋漓最有情。東流浭水行相餞，近海清波淨於練。誰將浭水變春醅，曹家兄弟成歡宴。兄為二千石，小弟尚書郎。錦衣休澣敬愛客，醉卧玉缸新酒傍。朔雲去雁分飛後，回首邊沙盈別袖。鴒原宿草幾番青，使君朱顏宛如舊。玉田孟君飲者豪，絲繩絡送瓷罌高。東過浭水谿邊路，因風為寄相思句。《浭酒歌》，歌正愁，我今潦倒行歸休。千巘萬壑太行險，焉能致此燕山頭？

對　　酒

秋山銜落日，對酒黃金臺。坐失萬古愁，朱顏一為開。孤斟快心賞，海月天邊來。連霞隱高雁，吟風空復哀。霜邊野菊色，盈盈照尊罍。含情忽不飲，白鬢紛相催。忘形在濁醪，浮名焉用哉！

東坡和淵明《讀山海經》十三首，謂其七首皆仙語。讀《抱朴子》有感，和之。余嘗欲作《遊仙詩》，因次其韻

人生醉與夢，去天猶未疎。以茲二者故，終日息吾廬。興至一把杯，倦時或枕書。故人多輕肥，不必迴其車。閉戶長幽草，近市便美蔬。形影互相答，神明聊與居。蹔為生時計，亦豫世外圖。列仙不可幾，吾衰將焉如？

至人黃石公，青瞳方朱顏。來往穀城道，隱見千萬年。上天下瀛海，遊戲碣石山。遺我丹臺書，肯與世人言。

子房師黃石，太華凌坴丘。辟穀西入關，英風渺難儔。降心圯上老，俯視園綺流。聖道久不作，且復為仙游。

維南有王屋，維北乃洞陽。靈仙所窟宅，杳杳烟雲長。朝罷金銀闕，鶴駕來輝光。授我丹竈訣，坐待爐芽黃。

散遣雙玉童，孤鶴生愛憐。晨騎朝碧落，暮跨歸神山。道逢青鳥使，相贈以好言。服食飲美酒，與子保遐年。

伊余恨物感,神喪如槁木。冷然御長霄,墮此深崖谷。仙人憐垢氛,為我勤湔浴。時乎迫崦嵫,悲歌至秉燭。

矯矯瓊樹枝,羅生玉堂陰。丹鳳一來儀,和鳴成高林。半空天樂流,誰能寫其音?翹首虞山下,蕭然清我心。

登真御寥廓,頗怪日月長。當其寂寞時,洞天為故常。織女縫裳衣,帝厨具餱糧。豈特善口體,萬年樂未央。

生不能追飛,復不能投走。季布諾千金,在世誠無負。硜硜執鄙吝,於我意何有?仙人勸酒杯,且飲乾勿後。

東遊登高丘,渺然望雲海。金堂玉室間,仙真一一在。青天絕紅埃,一去應不悔。丹砂定可成,白髮幸相待。

淵明真仙人,明明凜帝旨。太傅才英奇,至今皆不死。偉哉東坡公,忠亮可蹈履。三賢友黃石,萬劫足相恃。

翩翩雲中鶴,下覩漫浪士。仙人騎之來,物外爰集止。百年雖旦暮,小住聊復耳。願為仙人鶴,鳴和及其子。

吾本幽憂人,自無磊落才。世故豈我願,紛然胡為來?六鑿滋罣礙,諸天多嫌猜。海山非歸處,兜率或庶哉!

出　　郭

出郭沙水清,野林日杲杲。柳眠風弄姿,花落枝亦好。遠山森入畫,亂紅堆可掃。昨日鏡中人,朱顏今日老。花稀柳復濃,玉壺自傾倒。及茲華髮時,且勿驚衰早。

循西山下夜行達曉

落月欲落山之西,綠烟未滅金盆低。插天青嶂橫丹梯,林壑窈冥微徑迷。臨風悵望心魂悽。道轉高橋溪碧沙,堤平柳眠雀啄花。杏飄殘雪桃蒸霞,我行已到山之涯。東方海雲騰日車。

書沈石田山木畫次其自題韻

我拙不解畫,亦自喜奇逸。朱粉姑置之,蕭森此木石。放意寫荒寒,棲神遊遠碧。染雲山半青，落墨葉盡赤。提挈羈旅頻，卷舒日月疾。署字是何年？誰為弔古客。

見　月

夏雲如水交橫過，上有明月新嵯峨。我欲弄月乘輕波，青天無梁風浪多。陵風一舉君謂何？

久　雨

久雨殊未佳，幽懷況鮮樂。愁此偪仄居，凜凜陷於淖。高旻停日車，積陰連雲駮。流霧捲地飛，驚泡濺堦閜。平土水數尺，窪處在泥窖。暫歇還更然，檐禽語稍稍。稚子總無憂，不能復騰趠。排牆慮見及，所傷豈皺皰。天神自明聰，乖龍失告教。吾欲扣上穹，微悃諒弗効。中夜坐咿嚘，困眠曉不覺。

五月十二日，重遊崇效寺，尋雪公看花之約。後二日，阮亭侍郎亦往遊焉。以"五月江深草閣寒"為韻賦詩，余亦作七首

野行不覺遲，人影改亭午。言尋惠休居，豈獨招提古。門前閙草花，戲蝶自迎舞。脩槐可中庭，綠陰欲拾取。飄然紅樓客，笑齒粲可數。問法離文字，吟哦劇何苦。斜風見動旛，落日隱懸鼓。我亦困詩妄，新集編夏五。

昨遊尋東風，徑草細綠髮。微憐屐齒香，散步意超忽。青春歸茫茫，幽芳亦未歇。曲廊通野園，曠若人寰闕。古丘今猶存，崩剝瘦見骨。有似鱗爪枯，中心自突兀。四邊千樹棗，嫩蕊嬌不發。報花如報竹，素書來一月。

書中何所云？上云花在椿。會當菖蒲節，可供纓絡幢。下云梔子林，清芬散北窗。長謠寄遐想，覯止心則降。開函愁細字，數數挑銀缸。我詩如虢鄶，子男亦陋邦。大師鄙島可，居士慕老龐。潘鬢已久白，安用文如江。

文章小技耳，吾欲觀其深。以茲破萬卷，寓我不住心。湛然遺句字，忽流天樂音。譬之雲在天，變化無古今。形影豈一同，踪跡難重尋。所以自開闢，天雲長浮沈。我心正如此，萬刼勞相侵。雖被世俗嗤，或為知者欽。

折簡謝見招，單車徑相造。古殿橫翠微，初地長瑤草。夭矯槐龍蟠，嚶呦竹鳥好。顧

渚瀹泉芳,來禽展匭寶。因從學佛閒,便欲為農老。留客看治瓜,餉鄰疑剝棗①。還坐讀我書,西軒日杲杲。何當卜夜闌?軟語傾懷抱。

寄詩詩如何?問花花恐落。漠漠塵沙中,鬢絲想禪樂。別後秉畫燭,橫陳蠟如嚼。誰能從老僧,破衲鐺折腳。永絶羅綺緣,亦無妻子縛。又聞王侍郎,欵門携酒杓。諸子并豪英,紅顔矜綽約。而我方寂然,清風開卧閣。

憶昨俯寺閣,縹緲高雲端。青天琉璃道,日暮凝薄寒。驚電徹罘罳,宛虹垂闌干。山門揖塵土,歸徑跡已殘。黃縑映繡轂,憂患如翻瀾。幸枉霞上作,猶論巘中懽。浮艷不挂眼,新詩獨永歎。子美師粲可,良遊思渺漫。

北　　峰

西山轉北峰,城中見尋尺。始晴出半岑,橫雲帶斷碧。劃如人靜好,媌娥露修額。紫臺連邊沙,紅顔慨遙昔。年年黑山春,雪花青塚積。羇士心多悲,對此成目逆。

久雨喜晴,懷王顓菴侍郎兼簡阮亭

曉雨送廉纖,晚雨迎絡繹。歸來困欲卧,屋漏牀牀窄。稍聞流泉響,樵語間嘲嘲。夢里青山長,行盡溼無跡。忽覺失烟霞,孤枕斜光射。晴鳥引圓吭,風櫺轉清嗌。陰雲雖解駁,書琴久狼籍。低徊把君詩,吟誦手忍釋。不獨銷愁憂,兼亦快夙昔。公朝時聯鑣,官曹日接席。玉山暎頰顔,瑤草起沉癖。但無樽酒歡,流連展遙夕。況逢濟南生,腹笥藏簡冊。説書口瀾翻,論古人辟易。一臺二妙俱,我老壯神魄。風流雜案牘,相對未蕭索。往來同廨署,何俟越阡陌。已辦青銅錢,共醉慰衰白。

六月二十五日,召至南書房,賜御書手卷、挂幅、扇恭紀

金猊踞地龍蟠棟,赤霄雲卷晴暉重。玉墀行上近椒風,小殿開簾褰額鳳。青疏斜明飛紫烟,封題宛轉光射天。下臣姓名起微陋,磨丹親署跡未乾。一函三錫煩屢識,恩華②炯炯浮長箋。臣名上所自署。驪珠迸出蛟螭纏,颭若雷電隨毫巔。皎若日星麗璣璇,霖雨初

---

① 疑剝棗:四庫全書本作擬剝棗。按:作擬,是。

② 恩華:四庫全書本作光華。

霽萬象妍。錦機匹練天孫製,淋漓御墨香螺漬。書罷留題與後人,剪刀不上絞綃織。橫書,綾以全端賜。直書更有迴鸞字,仰觀再拜千金賜。預恐茅齋破壁寒,只應珍襲藏巾笥。九華宮扇日邊來,楚竹齊紈次第開。明月烟銷香鴨動,海天風起戲鴻迴。十九年中被恩遇,承顏往往親縑素。畫箑雲章喜絕倫,涼秋未敢嗟遲暮。丹青自古誰良臣?終始君恩有幾人。便蕃榮寵今如此,恐懼獨立持其身。

題王石谷《山水清暉卷》後有序。

王君石谷以畫名聞天下,比侍內廷,東宮殿下高其品誼,書賜"山水清暉"四字,葢取靈運詩中之義。廷敬捧睿書以觀,欽仰久之,謂山人何不遂稱清暉老人乎?山人曰:諾。乃為賦《清暉老人行》云。

清暉老人王石谷,紫鸞曾傍紅雲宿。醉翻東華祕笈文,黃塵霜掃秋眉綠。君不見,洛陽郭恕先。君不見,富陽黃大癡。古來謫仙多畫師,石谷汝畫天人姿。真宰開鑿初淋漓,烟雲欲落神龍隨。鼠鬚麋角空爾為。九重聞之亟召見,寫圖每覿重瞳面。彷彿凌霄夢裏遊,不知身在蓬萊殿。承華日永問安迴,寶墨書盦次第開。揮賜謝家詩上句,知君山水興難裁。我聞一峰道人文采風流世無敵,作畫半染君家虞山色。彭祖巫咸皆輩行,遊戲江湖不可測。相逢夙昔若為情?人間石谷留香名。惜哉不以"清暉"稱,誰為稱者午渟生。

擬古一首寄林吉人

淥水湛明鏡,照我青蛾眉。幾回芳樹下,蕩漾涼風吹。思君渺銀漢,洪濤浩無涯。雙星雖迢迢,會合咸有期。不見機中人,停梭感鬢絲。

送廖衡素還雲間

蕭條邊朔心,時節迫晚暮。以我幽憂居,思君在岐路。平生困鞍馬,不識江湖處。懷情向南雲,極目空烟樹。繫艇及流潮,春風信來去。

送杜遇徐大宗伯致政歸檇李

玉京仙人侍帝還,紫清朝別暮丹山。長風萬里留不得,明河倒瀉隨潺潺。金壺銀箭南宮漏,尚書午夜遲箋奏。扶桑弄影海雲生,繚繞觚稜夢如舊。遙思供奉西清日,詔試與君連第一。柏梁歌就賦長楊,琉璃硯水蛟龍筆。我愧紅顏君少年,相逢意氣凌雲烟。白駒晚景真過隙,綠鬢秋霜已上顛。詞華勳業鄒枚老,曹省功名蹇夏偏。簿書往事紛填委,文酒風流只浪傳。君如阮嗣宗,臧否不挂口。我如王無功,泥飲欲濡首。我留君去天蕭蕭,離心千疊江山高。君過長蘆試相訪,雞黍近局堪招邀。謂朱竹垞。

巢學士賢母歌

北門學士雙銀魚,晨隨玉榻書直廬。有時惠我蓬萊書,開函磊砢千驪珠。上言母氏行,凜凜與衆殊。下言弱弟賢,母教勤復劬。朱門貴富世所慕,孝弟為寶今有無。又言子之文,可以式浮趨。子為我歌,歌以壽母餘,流傳篇籍無刪除。我感公言為躊躇,母善纍纍不可以別區。母昔佐夫子,惟孝忠不渝。公今昆弟升華塗,移孝作忠理不誣。參執魁柄爭斯須,守母善行為楷模。吾聞母言:食君之祿,勿使我虞。賢哉母言真丈夫,青史萬年名與俱。福祿永綏神明扶。

廣陵學士北征扈從圖

方花磚影日未紅,相逢鸑珮坳螭東。臣朔空飽太倉米,頗牧驚看在禁中。蓬山仙官寂無語,八窗雲開見下土。清水蟾蜍咽玉壺,紫塞胭脂臥鼙鼓。龍旌一捲沙漠塵,青山黃屋相嶙峋。神功如天難繪畫,歸來高閣圖麒麟。生綃別寫君年少,橫槊簪毫皆入妙。衰白對此意飛動,掩卷臨風起清歡。

飲酒寄荀少

老至顏復酡,飲少興無涯。前有《尊酒行》,《樂府》名最佳。呼童使之歌,聲澀如秦娃。昔者與諸季,樵唱相謳謳。別來四五秋,分散空荊柴。遠或隔嶺嶠,近或踰河淮。君往官湘州,湘州水湝湝。淥水可作酒,飲之寬君懷。飲水還飲酒,歌此當優俳。

出北郭門贈吳天章

月斜雞未鳴，中宵塵鞅間①。心清不染境，眼明惟見山。初日動林景，和風吹客顏。花枝自冉冉，鳥語亦闋闋。城中幽居者，高眠棲闑闑。思君共芳草，青春偕往還。

野亭對酒懷朱悔人

朝來公事罷，客心靜無氛。頗訝衰拙跡，忝茲鵷鷺羣。悵然一樽酒，無由舉屬君。徘徊且未去，為近青山雲。

《午亭文編》卷六　男壯履恭較

---

① 塵鞅間：四庫全書本作塵鞅閒。

《午亭文編》卷七

門人侯官林佶輯錄

古 體 詩 五

李厚菴少司馬生日詩

紫陽起八閩,斯文振千古。夫子繼清塵,鄉國近接武。流風五百年,名世天所許。伊昔王道微,儒冠賤如土。紛紛霸與雄,管樂僅遇主。嬴火照西秦,遺經壁東魯。其後稍稍出,寒芒翳復吐。五星聚於井,隱見豈再覿。濂洛不逢時,渡江況齟齬。得如休明運,龍飛當九五。斂容陳周孔,講學佐堯禹。奎文移禁中,兵柄攬畿輔。民有耕桑居,士有側陋舉。封章贊廟謨,兼多造楣語。梧桐高岡音,聲聞達九宇。五色所披拂,德輝蕩翬羽。古來儒者流,誰及文明普。會當臨閶闔,雲霄灑霖雨。天壽卜人歡,輿歌翻樂譜。公聽旌門外,千村連社鼓。

送吳天章歸中條壽母歌

君不見,太華山前黃河水,山前沄沄走萬里。崑崙之源天上來,十二玉樓相向開。丹山有鳥形如鶴,王母騎之珠繡絡。五色神龍班狻猊,黃金茸茸髶毿垂。仙真羽節從所適,小駐崆峒下姑射。太華連綿中條長,黃河之水流滂洋。龍門結束玉谿古,男兒不出亦不處。有文萬卷不求名,聊向京華走塵土。仙人一笑子歸來,黃河十月冰崔嵬。太華不騫為母壽,玉女金盆酌春酒。

送桐城張相國還龍眠山歌

聞道龍眠山,龍眠今不眠。白雲從之去,縹緲青冥天。一朝噓氣生紫烟,沾灑千山與萬川。先生昔時此山居,白雲出岫隨軒車。自從雲去山逾靜,春猿秋鶴相吟呼。雲今冉冉歸來乎?山前修竹林,山下芙蓉湖。水石公釣遊,花鳥公友于。曲江荔子嗟莫致,成都桑樹餘幾株?乃知賢達少儔侶,赤松黃石差可夫。且如白雲何山無,龍眠之山山不如。

朱悔人遊廬山觀三疊泉圖歌

五老峰邊三疊泉,飛流三疊落九天。誰其觀者前謫仙,後有坡老差並肩。邇來千載風流歇,空使江山坐超忽。建安已來蓬萊姿,矯矯才名又清發。見君朗如行玉山,萬里卷入胷懷間。手持《觀泉圖》,颯颯天風還。燕山雲動海月出,照此令我開心顏。欲騎白黿去,銀河相躋攀。倒身笑殺五湖水,平流淺碧徒潺潺。

上元即事簡湯西厓都諫

春山蒼蒼春樹綠,月高起行月漸沒。今夜元夜月應圓,曉月雖去夜還出。我初擊筑北遊燕,橫腰寶劍光可憐。行向燕人問岐路,易水清流古道邊。歸來落日紫烟生,壯心未已白髮驚。遙看青綺門前月,已度黃雲塞上城。少年踏月瓊樓下,清輝照耀銀鞍馬。漏水金壺達曉稀,祖帳歌筵與舞社。只今閉門對月閒,門前燈火高如山。忽聞剝啄聲逾靜,雲章五色投柴關。撫卷摩挲揩老眼,頓使少年看月精魂還。嗚呼!此月萬古長出瀛海裏,此詩萬古長留天地間。西厓示《使黔集》。

紫 毫 筆 歌

誰何磊落天人姿?手捫星斗騎蛟螭。長風萬里上閶闔,玉皇香案親來隨。彩毫掀舞墨花落,鋪張霞綺搴雲旗。昨朝示我筆精妙,法從天授非人為。龍跳虎臥勢宛爾,紫貂穎力如熊羆。文犀琬象式古雋,朱網翠羽光淋漓。會稽鼠鬚少牙角,中山兎穎徒毛錐。良工市肆皆則效,都人四遠傳流之。侍中直廬蒙眷睞,奎章雲翰常携持。承恩往往賜此筆①,黃封題字標璵奇。貯以幽蘭含郁馥,濯以清流開芬滋。染以芳松之烟霧,疏以端溪之紋漪。邇英側畔青藜閣,剡藤鵞絹闌烏絲。誠懸心正存矩矱,世南戈法多風儀。丹青點染具生動,山光水色心情移。寫詩作畫無不適,雅與此筆稱相宜。無何惠我意則厚,風流文采焉能追。生花五色夢特異,別管三品書難窺。珊瑚為閣巧安置,寶玉在執憂顛危。君不見,吳興承旨跡不泯,華亭尚書聲方馳。至尊文思高萬古,猶憐二子非同時。吾屬幸生休明世,公乎努力當如斯。人生遇合豈易得,況逢聖神為君師。

野亭懷魏無偽

孤雲隨客來,飄飄自舒卷。言遵西山行,不覺野亭遠。微吟記獨遊,憶我心所善。魏生西山西,關河阻幽緬。

徐給事虞門《宣沙視牧寫真》

邊沙夜靜晝不昏,長城不鎖開關門。時清歸馬天山下,千匹萬匹如雲屯。宣沙千廄尤最盛,考牧攻駒得雄俊。誰其典領坐致此,臨城長官赤縣令。使君今為披圖臣,風貌奕奕愈有神。肯信書生事鞍馬,故爾寫真傳後人。更畫此圖著省壁,青瑣花驄照夜白。就中八尺生有神,怪底龍池飛霹靂。

書江補齋太常《江山覽勝圖》

我聞漾水出崑崙,禹所導漾非其源。東流為漢走萬里,仙人黃鶴隨孤騫。黃鶴樓空逾千載,黃鶴高飛至今在。漢水東流無盡時,朝發閶風暮碧海。青霄宮闕渺何許?身到紅雲最深處。不知經歷幾春秋,還憶江山汗漫遊。大別山,滄浪水,今之畫圖得無似。掀髯英盼夫為誰?仙骨驚人見吾子。吾子巍巍廊朝姿,寄與烟霞聊爾耳。玉宸朝退凝清香,江山一片空明裏。

九日,贈同直近公、聲山

玉晨俯清都,高處閱九州。何暇尋遠山,蕭條增繁憂。瑣窗過白日,坐對黃花幽。兩

---

① 承恩往往賜此筆:四庫全書本作囊中往往藏此筆。

賢真好我，語默皆綢繆。始愜絕紛擾，遂欲恣冥搜。耳目寡外緣，一室安天遊。翻念登高人，徒令日暮愁。

野亭望西山

青山有何好？望之開我心。我心含虛空，豈受谿壑侵。奈此前塵影，鬱若交蘆森。明鏡鎖匣中，清光寧久沉。一見青山色，豁然愜幽尋。

再 哭 孟 孫　三月廿一日

我老夙少歡，奄忽遭深悲。皇天豈私酷，要是業所為。淚流輒復咽，焉得成綆縻。我生實愚戇，衾影恒自持。魔事與魔民，侵陵無盡時。此心痛自根，克己將尤誰。汝去逾半載，執筆為此辭。汝則聰慧人，去去慎所之。

歸詹事孝儀畫像

鳳鳴時一聞，宵窕千秋長。飛鵬上萬里，重霄閟其光。喑嗟天下士，有道不得行。丹青貌顏色，攬圖神揚揚。此中含誠明，可以為世坊。詞林枝葉大，根柢誰持將。風輪激海水，日夜沃扶桑。自非此理存，斯文得不亡。偉哉桐城公，管領翰墨場。春雲靄萬卉，高議無否臧。有時屈一指，詹事傳芬芳。昔余知詹事，公實告之詳。所得副所聞，歷久彌煒煌。自聽山陽笛，感舊猶沾裳。公今謝政歸，雲臥龍眠莊。詹事有賢子，繭足陟澗岡。乞公一紙書，細字森琳瑯。上言陳主恩，歲月遊虞唐。下言敘友誼，斐然及文章。謂非子一言，實至名不彰。余昧作者意，念古徒傍徨。《七哀》難可繼，一慟有餘傷。紀事畏挂漏，選詞愁倉皇。惟賢故知賢，舉綱目以張。以茲示來哲，筆簡情無量。

題《汪東山寫真》

聚奎堂中二十夕，闈棘森如背芒刺。況復冬烘鬼眯眼，老夫耄矣嗟狼籍。座中汪君壓萬夫，手握隋珠奪秦璧。文采風流貌有神，蛟龍欲落搖空碧。筆陣橫掃詞源傾，斂我精魂壯心魄。散若風雨飄雲烟，聞君將泛五湖船。衡門兩版晝常閉，剝啄過我生無緣。我時早出歸在夜，軟塵漠漠吹華顛。當歸不歸歸未得，君歸却是當少年。丹青畫出好顏色，攬圖對君猶依然。我留此圖君不可,回首春時院空鎖。君是名場第一人,來乎來乎思致身。

舟　行

舟行迷南北,杳杳信所適。但見東月生,銀灣落帆席。回首軟紅塵,車馬倦行役。及茲稍休駕,涉境喜地僻。浮家欲恣情,羇旅畏滯跡。遙看江鴈過,高舉雲中翮。逝將跨黃鶴,觀海先碣石。

風泊沙河

玉杓指東風,聯綿送遠道。留帆潞河水,氷澌欲盡掃。舳艫行稍遲,雲山歷更好。微茫平沙流,出沒迴彎抱。仰視圓月高,俯覺衆星倒。六鼇奠坤維,四海際蒼昊。且欲觀長江,未暇覽絕島。從此涉波濤,忠信以為寶。

放　棹

水宿無常程,春氣今日佳。篙師喜相將,放棹河之涯。一自發京輦,登艫願始偕。復此美烟景,良辰天公排。岸轉捷飛鳥,樹過迴奔騧。初或礙淨目,久乃增奇懷。物象雖有變,蘊真無所乖。君看六幅蒲,何如十二街? 不動而謂動,長年來俳諧。

舟中題《李龍眠畫佛像》歌

龍眠畫佛誰可摹? 大等須彌細入無。三十二相信有諸,一相本無相乃殊。千幅輪文雁王綺,紺青宛轉珂雪俱。耳門三昧詎易畫,廣長之舌聲難呼。平生說法不閉口,一字未說驚萬夫。師利再請遭佛詬,清涼臺寺歸來乎? 居士作詩說法如,以詩觀詩堪盧胡。船窓水急日已晡,微雲澹月光模糊。高臥卷却《龍眠圖》,前塵分別心不孤。

天津北分水處放舟,南行二十里夜泊

漾舟今始佳,分流波轉急。津條近堪攀,水華俯可拾。落日滿孤帆,餘霞帶輕楫。鄙人耽幽懷,夙昔寡遊集。得此稍自娛,風景亦屢挹。采綠雖不盈,臨川每獨立。見月仍尚圓,計日忽欲十。慎持中夜心,無使百憂入。

靜海弔勵近公侍郎

公昔侍禁庭,惟余日月至。桐城解機務,勑夤暮勿離。無何公臥疾,池亭鬱把臂。迄今行旅間,凜凜佩明義。初發抵津南,靜海吾所志。仲春九日夜,宣召御舟次。大舳換小艑,輕風緩遙吹。雲月互蔽虧,漁燈照一穗。丁東漏水聲,旌門屢顛躓。玉音下已久,至尊坐不寐。謂言公慎勤,卅載獨勞勣。今茲臨故居,天書寫龍鳳。閣臣偕禮官,議賜以令諡。嗚呼公精誠,更僕難徧記。夜分始迴船,鳴雞覆奏事。詔曰汝議可,文恪標朱字。大恩潤羣萌,露雨灑蕉萃。我衰如柳蒲,本根幸蒙庇。飄飄玉墀傍,葉稀恐失墜。日斜龍尾道,顧影却欲避。春流遶山溪,吾生亦浮寄。宿草何茫茫,三年數行淚。遙酹一卮酒,匆匆絮難漬。

晚泊青縣懷勵文恪公

山陽笛裏聲,淒斷催人去。遙遙河上帆,渺渺烟中樹。回首蓬萊宮,高話滄洲趣。何處君釣遊,遠道猶返顧。

滄　州　微　雪

河曲連烟邨,岸古鬱沙柳。蕭蕭蘆荻花,猶灑秋風後。是時當春陽,潤色上隴畝。雲師豈無意,滕六初試手。微雪映鸛跡,橫隮薄鷗首。我行適江海,臨深堅所守。欲搴湘沚芳,不醉滄州酒。

望中條懷吳天章

條山蒼,河水黃。陽城諫議不可作,白雲終古空茫茫。滄州已過官河長,時清無事容方徉①。我思昔人遙相望,隱淪更訪河之陽。高達夫、劉文房,二子此地曾頡頑。蒲東佳

---

①　方徉:四庫全書本作徜徉。按:方徉,一作方羊。方徉、徜徉,均逍遙自在之意。《左傳》哀公十七年:"如魚窺尾,衡流而方羊。"注"窺,赤也。"韓愈《送李愿歸盤谷序》:"膏吾車兮秣吾馬,從子於盤兮終吾身以徜徉"。

士吳天章,新詩可與二子當。此去中條踰千里,高才秀士知有幾? 吳生相近玉溪村,干旄若賁事堪論。

論晉中詩人懷天章

摩詰秀千葉,柳州儼天人。義山最崛起,流別自有真。上下五百載,遺山接清塵。自餘諸作者,海山羅奇珍。嘗鼎分一臠,已足甘喉脣。鄙人老無學,枌榆私所親。豈惟鄉里賢,名與天壤新。我初慕聖道,矯首思河津。緬維三千篇,刪述垂千春。大雅久凋喪,風流隨波淪。昔者卜子夏,論詩河之濱。沿洄溯洙泗,餘潤沾窮鱗。文章寧小技,矩矱存先民。以茲慰衰晚,奮翼攀鳳麟。既得金鷟子,金鷟,天章齋名。刮眼辨玉珉。子居玉溪上,義山舊卜鄰。況復龍門峻,岩嶤臨高旻。執鞭今所願,參駕豈同倫。蚍蜉與大樹,天賦理則均。撼之適足笑,安分不失身。扁舟阻千里,寸心無由申。所期鄉國間,詩教還清淳。

武　　城

行行慕往跡,況復聖所至。此非費武城,昔人以名識。而我以其名,寫此流覽意。斜陽望極浦,風帆渺河涘。當時河未鑿,絃歌繞平地。雲天故如常,陵谷不相似。我來情實耽,恐與曩者異。覿茲屢怊悵,悠悠起遐思。轍環齊衛間,西邁見簡子。趙氏殺鳴犢,臨河阻風義。鄙夫本晉人,丱角知覥恥。我生謬好古,千秋有恨事。今此入征途,頹垣傍沙水。猶幸一笑留,聖目所盺視。誰謂沮溺賢,滔滔同一喟。

穀城山在東阿東北五里

子房年少時,擊秦博浪中。亡匿游下邳,折節圮上翁。期後十三載,相見穀城東。伏臘祠黃石,此義千古雄。昔夢黃鶴客,綢繆蓬萊宮。亦有山澤約,俟我乎河嵩。河嵩不可到,穀城訪遺蹤。扁舟渺然去,但見烟濛濛。

觀汶水南北分流處

昨行天津北,汶水東流出。今行濟寧北,汶水西流發。西流來不近,及此初蕩潏。南北忽分流,北三分南七。投木柭試之,其數不一失。悠悠百年後,此豈有牽率。緬想開鑿人,用意必祗栗。憑之儼有神,不匱復不溢。利涉通湖江,倉庾衛京室。盈盈一水間,伴我已廿日。往路幸相從,溯洄猶未畢。有情若汶水,生理向君説。老夫今老矣,往往情懷惡。晨夕亦已久,君應悉本末。使我飲水心,即事自欣悦。

分流水送人北歸

分流水,流濺濺。行人到此寂無語,別淚滴作分流泉。我行南來幾千里,多情送遠北河水。北河相送去茫茫,南河相迎客路長。與君相別分流處,春草春花易斷腸。

魚臺東境山水

好山過客不知名,好水《圖經》不入選。我行魚臺山水間,輕綃半幅平如剪。連峰依人行欲近,翠嶺橫天去復遠。山青水緑畫新就。道人宴坐却掩卷,東行若更見麻姑,不問蓬萊水深淺。

湖　風　行

獨山微山東兩湖,獨山光淨平練鋪。微山宿雨春模糊,侵曉衆皺堆不舒。初猶料峭成崎嶇,既乃簸揚塵漲途。神靈卷舌帝命敷,大塊噫氣噓焦枯。誰令如雷聲如呼,摶鵬退鷁奔天吳。下逮水黿鼉黿魚,魴鯉鯊鰋鱣鯽鱸。潛形息影四散逋,罾網雖設愁三虞。行人高臥棲艦艫,守湖使者前相於。為言船行牛酒俱,盂池肉屯神其娛。我謂飛廉盍少徐,錢帛已空單衣襦。葷血不飽甘藜蔬,村醪十日一懶酤。神之清潔凌太虛,湌霞吸露奚啜餔。我斟河水奠滿盂,生民正直神所扶。作歌反風在斯須,歌殘雨來帆影孤。

洳　河　詠　雪

春寒不歸柳欲催,輕烟蘸水如青苔。宿麥在隴色自好,農夫荷耒爭黃埃。河水沄沄可灌漑,我欲手挽東流迴。惜哉老耄身無力,雲師風伯多見猜。龍公作意初試手,映空小雨行徘徊。土膏沾潤拜明惠,縱橫忽訝紛瓊瑰。資清以化本天德,夾鐘之律猶飛灰。表賀瑞雪吾豈敢,詩詠豐年亦快哉。

淮南放舟抵金山作

太行窈窕穿林麓,千里相隨到京國。我本崎嶇山谷人,泛泛湖河望平陸。人生無奈是有情,流水青山憶茅屋。十日見水不見山,今朝喜見三烟鬟。船頭低昂如有意,招我紫金浮玉間。忽焉江天萬里豁,丹青幻出峰巉巉。鵾鵬搏風乍羇紲,龍象截流猶崢嶸。靈巘湧出多寶塔,隨身宮殿忘却還。帝釋冥搜巧施設,豈同工力煩人寰。廬山面目在山外,此山在水尤屛顏。天下江山難徧到,得此已足栖幽閒。故山有夢不歸去,江神抵掌笑我頑。

惠山泉和東坡追用唐處士王武陵、竇羣、
朱宿所賦詩韻,兼以泉水貽桐城先生三首

昨夕發京口,不踏焦山蒼。今夕過惠山,不登漪瀾堂。昔者蘇夫子,鸞鶴空翱翔。邈然下江海,泉水流雲光。虛明見何色,清淨聞何香。今我亦栖栖,塵影豈易忘。

水行亦近山,清暉相娛人。湖江去浩淼,巖潤來幽新。吾生亦聊爾,與物無緇磷。性僻耽佳句,道遠泥客塵。夜來濁水珠,皎皎凌清旻。永言沿餘波,猶冀德潤鄰。

殘紅亞山坳,微綠散林樾。夙聞此中泉,色味稱兩絕。遣舟取一壺,蕩漿烟明滅。去山亦已遠,傾水瀉山月。眷言臭如蘭,佳處相映發。分甌隨清波,川行靡定轍。

南園贈彭訪濂

我行泊船來胥門,銀濤日落昭闤昏。短衣走馬蘇臺北,迴鞭忽漫思南園。南園近在故人舍,剝啄相驚喜復訝。開軒掃榻具盤飱,二十年中一夕話。酒闌燈地夜何其,月出涼風吹白髭。荏苒海山歸去路,淒迷林壑到來時。海山林壑差相似,南園閱盡興衰事。金谷花凋蔓草生,平泉石散孤雲逝。吳越舊國廣陵王,此地豪華擅一方。辛苦為園逾一世,美人詞客盈高堂。前有麋鹿後狐兔,元璙那復蹈其故。如今亭閣盡埃塵,菜圃紛紛野烟暮。君家結屋數茅椽,歸來手種南園田。吳中相識亦無數,與君似是前生緣。六日淹留不欲去,臨行執手心茫然。吾生有涯知無涯,為我試問南華仙。

滄浪亭次歐陽公韻

清水濯纓濁濯足,竭來高詠《滄浪篇》。歐子吟詩跡不到,我今遊目亭依然。應知結
搆存古制,故令閱世如尋環①。喬木已疎間弄影,雜花交映春爭妍。冷梅苦竹亦間發,時
有百舌來啾喧。蘇君在日不得志,精魂此地栖雲烟。我生幸值休明運,不應與子相貪緣。
嗟予賦性慕放誕,一枕喜遇龜茲仙。十洲三島不可望,天留老眼湖江邊。公乎避讐如避
冠,雒陽豈無二頃田,嵩丘萬古疊蒼翠,洪河清濟波淪漣,賢妻孺子飽蔬食,那肯浪用公紙
錢。惜哉與時自齟齬,洶洶人怒天須憐。人生有命天所定,屈申未了還聽天。水清水濁源
自異,如金在沙玉在淵。鬱於生前昌厥後,回頭萬事輸醉眠。自昔遺臭甘百世,流芳故自
經千年。我來弔古君識取,惡詩不用人間傳。

長水道中重題滄浪亭懷宋牧仲中丞

昨吟《滄浪》詩,祇作滄浪觀。滄浪見野老,語多頻雜亂。短歌欲申寫,挂一定漏萬。
謂言滄浪亭,都堂公所玩。公來活我吳,百事費廉幹。此亭幾興廢,排墻亦盡墁。公暇求
古跡,文字並堂按。悠悠一千年,人往亭亦換。公曰但因之,勿令滋潗漫。作無侈前模,成
不張彩幔。錢財出食餘,俸祿計口算。又言我蘇州,正賦天下冠。賦外曰火耗,似是冶與
鍛。不知始何年? 長吏恣壚斷。始初輸一金,四三分兼間。後來至七八,實重吳人患。公
曰悉除之,無已稍及半。猶然四三分,亦可足私便。人生堪俯仰,何苦慕富羨。大哉仁人
言,境壞謳歌徧。是時行舟急,野老相追餞。殷勤再四語,春鳩相鳴喚。細雨荷鋤去,枝詞
為點竄。回望滄浪亭,旅泊客遊倦。請公聽此歌,諒不謂河漢。

自靈隱至韜光菴

靈隱之峰世所稀,天巧不煩人施為。誰與妄者久雕鑿,我今來遊長嗟咨。藏嵐洩雲故
宛爾,徒令汝輩尋刀錐。冷泉之亭蹟最古,青松危石粲可數。凍能墮指當炎熱,深始出淵
連厚土。我今衰顏時復寒,對此翩然欲霞舉。為問此泉可飲乎? 僧言眾水泥塗俱。接竹
連筒致山水,山上有泉如噴珠。徑隨水道覓往路,新篁紫籜森扶疎。韜光之寺餘杭無,浙

---
①　尋環:四庫全書本作循環。

江滄海巖前鋪。斜陽不見海日出,輕烟遠覺江潮孤。江潮海日常時在,行人速去山靈怪。仙客何須歎寂寥,岩嶤自與神明會。雪山蔥嶺杳何許,渺渺恒河亦溝澮。江山歷盡好安禪,只恐茲遊不可再。

雲　棲　寺

湖亭賞未愜,言尋山寺幽。巖溪杳微徑,忽見長江流。隨潮送遠目,島浪海氣浮。天開豁遙想,路永生羈愁。崖花方爛爛,野竹何修修。臺殿稀壯觀,雲霞媚林丘。道人棲此山,了悟空中漚。吾茲佩遺教,息心將焉求。

婁東道中次韻西齋題夏重《初白菴圖》

行行江樹驕春風,誰識秋風待枯槁。婁東美人青瑣客,溪外落花紅不掃。朱顏如渥鬢如漆,亦解人生有衰老。查田居士金閨彥,心寄山林事幽討。揭來畫作《初白圖》,不將宴坐離煩惱。吳生有文能達觀,弄筆吟窗展懷抱。白髮白盡與初白,所白不殊見顛倒。縱道長安多少年,富貴何須致身早。感君清興寓瑤篇,一為勞人慰草草。查田漠漠望如雲,征途不辨方與皁。有似前年鎖院時,看花時節冬烘腦。初白之名名最佳,白盡尤知白髮好。

四月三十日龍見於金山

余月月夕明欲蘇,金山傳漏方午餘。微波吹江江水舒,靈風歘①吸雲四鋪。蒼龍挾雨光有無,濃靄畫出一縷軀。自南亘北橫天樞,度之十丈長自逾。圓徑數尺不可摹,白雲周遭中模糊。我未見龍誠有諸,同時見者皆呀吁。指點似有鱗爪俱,倚空流盼爭斯須。儻悅自北而南趨,斂形就小尾不逋。搖曳撒簸重雲膚,天晴日晶景氣殊。吾聞龍者德之符,感應和氣遊沼湖。自從羲皇河出圖,榮光休至當有虞。舜東巡狩龍當塗,五彩負卷留舜車。爾後寂寥棲八虛,無聖則隱見不渝。漢皇有道來不誣,及其矯偽分龍豬。吾君聖德同古初,神靈表瑞盈亨衢。作歌紀祥徵策書,塵埃載筆愧雅儒。

---

① 歘吸:四庫全書本同。按:歘吸,當作欻吸。歘,本作欻。《集韻》《韻會》《正韻》:許勿切。叢音颭。張衡《西京賦》:"神山崔巍,欻從背見。"注:"欻之言,忽也。"通作歘。杜甫詩:"秋風歘吸吹南國。"本卷《仲家淺望嶧山》:"歘吸亘南界",刻本與四庫全書本亦均作"歘吸"。

與　虞　良

嗚呼三千篇，什一今尚存。宣尼絕韋編，於此尤討論。好古述不作，精意探化元。我衰才思劣，歸老道德源。滄海不可涉，沿流競追奔。日暮失津涯，霣涕流潺湲。吾子誠賢哲，夙植詞林根。碣來二十載，風雅方騰騫。樂志尋孔顏，放意遊羲軒。願言共晨夕，相對各忘言。

惠濟祠觀河歌

桐柏之山兮高峨峨，下有清淮兮汎濫多。浩浩洋洋兮殫為洪河。殫為洪河兮浮齧桑，走臨淮兮騰維揚。使淮水其安流兮河弗逆，經之營之兮匪伊朝夕。烏用白馬兮湛玉璧。駕飛龍以周遊兮指舊川以為期，彼滔滔兮來迎，澹容與兮河之湄。荷蓋兮驂驪，登東陸兮遐思。攬日月兮時正中，奠四海兮將焉窮。

蜀　山

廣陵亦屢宿，不到平山堂。蜀岡如夢寐，歸來心傍徨。蜀山山磊磊，蜀山湖洋洋。蜀山萬丈青城長，花明玉洞雲錦張。峨眉插天兩相映，《仙經》《地志》不可詳。此山似是巨靈開，鑿時殘峰斷嶺分攜將。東置汶田西維揚，汶水連綿浩森茫。灑作雲海東邊窈窱色，巇岫噴薄天門傍。天門高高日觀遠，我欲登之日已晚。此山此湖難久留，丁東玉漏催方舟。仙人騎羊跨白鹿，雲中笑我來遲去何速。空負青霞賞，遙謝《紫芝曲》。朱顏白髮已如斯，歸向茅堂臥幽谷。

西齋遊城西南詩三首，余見之，因亦往遊焉，次韻有作

呂仙祠
訪古悵秋城，尋幽快仙閣。即無黃鶴飛，時見白雲落。未能餐烟霞，且欲飽蔬藿。天人不可攀，三復岩上作。

黑龍潭
蕭蕭蘆葦花，奈此涼風夕。沙水入秋清，松雲近潭黑。碣來見海眼，神龍所窟宅。頻

年禱祀稀,憫我田畯厄。

陶然亭

野水延清暉,寺亭豁遠趣。烟流鐘隨殷,裊裊落岩樹。聲聞竟何歸,塵影此蹔聚。山僧習辟支,吾向大乘住。

題牧仲冢宰《西陂魚麥圖》

去年相別滄浪亭,春水綠波春草青。今年相見長安道,西華夢想西陂好。西陂烟水似滄浪,我欲從之路阻長。誰料軟紅香土裏,幻出雲山翰墨場。披圖最有江南意,春月春風滿巾笥。五湖三畝未歸人,紅欄綠浪經過地。滄浪野老別來久,瓦盆酹酒為公壽。想見攀轅臥轍情,棠樹村村間花柳。藤陰兩株今作家,扶桑萬疊影不斜。回憶西陂此時節,釣魚刈麥荷有花。鏡湖一曲天所賚,也待行年八十外。潞公未老魏公壯,高會耆英且莫讓。

因安溪先生寄梅定九處士

待漏院中清晝長,安溪閣老來平章。公所薦士不可數,宛陵處士尤芬芳。梅君好古懷軒唐,胸羅七曜包八荒。御舟三日三召對,懸河東注河伯忙。老笨多時語屢誤,聞此不覺神揚揚。又聞日坐玉座傍,龍箋捧出星日光。賈生一見便前席,劉洎何勞登帝牀。丈夫遭遇有如此,稽古之榮世莫比。白衣宣至白衣還,他年正可書青史。昔我與君俱壯年,交親氣概迴雲天。職在論思不能薦,忽忽白首空徒然。耆舊飄零萬事畢,新知記一不識十。如君幾人王佐才,聖朝優老令歸來。我今時節已晚暮,江湖魏闕心悠哉。人生會面難再得,短歌長吟淚填臆。若附音書寄李公,為道良時須努力。

中　條　行

金吾將軍八十餘,直入延英門上呼。中條山人事得已,貞元亦是明天子。我望中條思諫議,小事不言言大事。延齡奸佞陸贄賢,外人皆知天下傳。九重深閉不得見,人言不信誰敢言。金吾敢言帝肯聽,一朝忠謇回唐天。山人昔在中條久,窮達於君亦何有。終南捷徑誰爾疑,犀首無事但飲酒。泉石烟霞世豈知?折檻披鱗時亦偶。千里中條日暮過,迢迢回望舊巘阿。秦山渭水不可見,白雲青靄空復多。

登舟詶別宋牧仲太宰

御溝屬瀛海,馳道連大川。流漸及晨潮,解纜春風前。湖江渺萬里,似攬崑崙源。巍巍居崇高,下念臨深淵。羽衛靜無聲,波濤平不喧。息慮寡朝謁,離羣曠周旋。既愜隱淪樂,尚慕肥遯賢。別意方超忽,贈處昔所敦。

維舟懷朱竹垞、潘稼堂

河關渺吳越,一水行可至。吳越有故人,天遠浮空翠。登舟夢見之,明月照不寐。老將歸田廬,荒山寡車騎。悠悠川路間,此行上所賜。海潮動逸響,津樹饒野意。極浦來風聲,枉渚蓄春氣。永懷期明發,旅泊展遲思。

河間道中懷阮亭

陶謝吾生晚,斯文阨橫流。非君展心目,千古誰冥搜。結交四十載,往往異沉浮。京洛雖夙好,雲山復悠悠。及茲事行役,聊為千里遊。南浦草未綠,青門柳色稠。息軌陸塗疲,鼓枻川路幽。未愜隱淪想,每懷離析憂。遠烟生海樹,孤月隱河樓。懷人渺晨夕,瞻言此夷猶。倘惠瑤華音,庶以永綢繆。

河 間 道 中 劉隨州故里

瀛州百里路,五緯生寒芒。東有高達夫,西有劉文房。高君不坎軻,劉君遭謗傷。更憐二子名差異,無定千秋翰墨場。惜哉二子生同地,聲華並美誰能繼。善善欲長惡惡短,況復文章一小技。我趁輕鷗刺船去,隨州杳杳知何處?可堪蹭蹬向時人,得意猶為草頭露。寂寞悠悠身後名,為君三歎傷我情。相如同時子雲老,蒼茫掩卷涕縱橫。

南皮道中和京江先生《楊村旅宿與客譚江夏郭侍郎舊事》詩

伊余侍公下天漢,桂舟容與海西岸。敢云千里結同心,自顧凌風矯短翰。揭來惠我《楊村篇》,孤篷日上流餘絢。清文迢遞引芳音,陳跡蒼茫起遐觀。昔者遺腹華奎兒,孿生兩兒事並奇。楚王無子乃有二,何怪悠悠道路疑。楚宗奏上不得入,楚王辯章恣抵巇。中朝貴人習省事,樂取軟熟誇嚅呢。江夏侍郎勵風操,居是邦也行則危。但請勘王跡自白,大義炯炯世所知。親王不勘是何語?四明一言兼八疵。侍郎竟刺扁舟去,舟膠凍水河邊住。妖書告密何紛紛,北寺南衙莽錯互。金吾緹騎夜如飛,十口孤村墜霜霧。百年青簡誰為編,蕉園遺稿猶如故。覽公新詠一高歌,弔古懷賢寄興多。杜若洲長烟樹遠,相從無奈暮愁何。

吳橋道中題劉隨州詩寄查夏重

望望東陽城,曖曖將陵樹。我慕劉隨州,清詩美無度。此地颺蛾眉,同生逢妒嫭。惜哉後來者,耳食狗好惡。非君誰與言,佳期不可遇。行行已晦月,離心馳永路。長川雖覿娛,大江欲飛渡。故人來何時?春水悠悠去。

德州道中寄繆虞良

前年共君來,吳地芳草菲。去年送君去,燕山木葉飛。今年此懷君,春帆凌浩淼。燕山在青霄,吳地限江表。雲中岱宗出,天際黃河流。嚴程赴長淮,王事有淹留。儻入京口船,應泊楓橋夜。南園昔所經,高齋榻可下。曙窗語烟禽,雜花滿故枝。君其尚能來,正及前年時。

水　　宿

水宿谿渚幽,晴暉入枕席。何異巘栖時,夢醒一畝宅。雲雁去屢遙,沙禽方自適。散帙坐清曉,塵務罕見迫。願言謝朋徒,從此解纓靮。蹔陟泰山高,欲訪勞山僻。仙人豈我欺,我名挂玉籍。縱未證無生,亦復往息跡。千秋幸若斯,結歡慰于役。紛吾慕遠遊,沉憂竟何益。

白　雁　行

我有錦字書,欲寄歸鴻語。歸鴻入雲長,超忽不可數。前行雙白雁,眼明粲可覯。實秉皎潔姿,非因霜雪苦。一雁俄後飛,單孤不成侶。本欲託音書,翩翻自無主。將書置懷袖，淚落三春雨。

南旺分水行

　　導淮桐栢會泗沂，東流於海禹所治。趙宋黃河決而南，淮與泗沂兼併之。河於中土一大物，況挾衆流行恣睢。爾後六百有餘載，多為世患違津涯。吳艘越舶亘天來，神京陸挽人驢疲。偉哉潘生伏下職，建言為國陳良規。濟寧同知潘叔正建言開河通漕運。宋公舉事不漫浪，宋尚書禮。下采羣策褒參裨。是何老人白其姓，厥名曰英超等夷。銅壺倒影測累黍，玉尺量地窮四維。老人白英建策分水。河灣接流二十里，北走千里誠一奇。我行南旺分水處，此豈地利皆人為。百川朝宗盡東下，却與西北浮雲馳。君不見，漢漕山東百萬粟，更歷砥柱多險巇。又不見，唐挽江淮道汴洛，濁濤惡浪紛追隨。泗沂實與汶水合，禹跡不湮勞川師。洪河德水寧有二，細流不擇成大陂。古來萬事亦如此，短歌微吟風漣漪。

次濟寧有憶

　　漕水向北流，春草日夜綠。今朝水南下，綠草連湖曲。湖波淡淡草萋萋，北去南來人解攜。臨風欲采芳洲奇，歸雁何由到隴西。

仲家淺望嶧山作

　　言過仲家淺，仲廟河水傍。嶧山對廟門，百里來青蒼。影連初日動，勢接春水長。遙峰插天漢，空翠分嵂岡。不覿泰山尊，爭長雄東方。欻吸亘南戒，逶迤趨西疆。豁然去欲無，林巒鬱迴翔。掩映仲子廟，千襀嶪相望。我茲在川上，漾舟涉微茫。前浦行修途，未登洙泗堂。生不逢孔子，日月依末光。扣舷問漁父，夕照明滄浪。

古　意　二　首

　　春草隨長陌，年年著舊痕。教人歸未得，且莫怨王孫。
　　單飛不作行，單宿不同處。記得雙宿時，前年舊洲渚。

徐州道中二月十五夜月

一身為太虛,明月在其裏。天邊見明月,太虛復如此。
仲春三五月,宛是前年明。明月不改色,所見有虧盈。

泊舟清口,凱公學士惠以篇什,即事有作

淮水生桐柏,及此勢屢變。金波帶餘霞,翠紋迴淨練。烟深色逾澄,夜久光不眩。滄
滄已朝宗,滾滾復春見。持此皎潔質,得與瀟汗薦。眺遠意少惊,撫景興寧倦。一身為虛
舟,孤懷託才彥。秀眉揚芳風,清言發雅倩。高文迴朝列,新詩廣篇翰。思君如淮水,千里
纔未半。沘水出其側,百里日已宴。上窺河漢流,下照星宿爛。夕靄辨經途,晨暉戒申旦。
稍知達人心,聊同性所飲。

渡江見焦山有作懷林吉人

江流近海迎朝暾,焦山蒼蒼當海門。憶君《焦山古鼎》篇,勢凌海日傾江源。金山樓
觀特瑰麗,撞鐘伐鼓風濤喧。我行再過焦山下,海雲堂中空夢魂。茲山不到屢惆悵,懷慙
竟踐蘇公言。惟我於君亦如此,知禰不薦昔人耻。只有思君日夜心,長江湛湛東流水。

登報恩寺塔

大海漚滅無虛空,多寶古塔何獨雄。金陵南郭長千里,高標屹立滄江東。昔遊不到去
惆悵,使我情想紛難窮。浮生萬事皆顛錯,更堪筋力枯秋蓬。眼明忽覩琉璃影,陡覺兩翼
搏長風。捫星歷斗涉清漢,彷彿似已凌蒼穹。吳宮晉代那復道,三山二水烟濛濛。曼陀優
曇灑香界,野花閒草徒蒙龍。凭觀勝因悟淨理,身雲湧現空明中。諸天龍象亦偶爾,豈與
人世爭沙蟲。登臨浩歌日欲暮,歸途且逐春塵紅。

惠　　山　　泉

青林欲斷蒼山起,山色沉沉出泉水。散作清暉百道飛,遠暎千船萬船裏。急呼雙槳快

幽尋,清賞迢迢愜素心。溪邊霏靡披瑤草,石上潺湲寫玉琴。我行吳越千山道,春山處處流泉好。玉粼金井紛徒然,一酌清泉可終老。山僧知我再來情,汲泉遣致雙瓷瓶。黃泥赤印漫天下,見此雙瓶信可憑。龍團手試清漚發,引滿浮空對明月。七椀一飲不盡興,夜來少睡心愲愲。摩挲雙餅為三歎,我自愁多豈汝怨。提携珍惜向故山,折腳鐺中煮粥飯。

石 門 舟 次

桑葉綠溪陰,映我孤篷去。飄搖楊柳花,千里隨來處。及茲契幽情,那得問新故。柳條攀更生,桑枝亦已附。物理信有常,人意莽更互。超忽不可尋,沉沉戒往路。

武林歸舟懷龍眠先生

前年同宿浮玉山,海風吹月照別顏。蓬瀛縹緲不可到,大江東流去不還。今年相別闤闠城,寒烟漠漠春水清。滄浪亭上白雲古,古人今人無限情。歸舟一夜武林道,夢回杠覺湖山好。老去那能五岳遊,茆檐竹簟自悠悠。不買蘇卿二頃田,不搆元龍百尺樓。一丘一壑足游釣,摧眉折腰謝年少。短歌聽者龍眠公,緱嶺仙人獨長嘯。

平 山 堂

我浮大江來,迴望江上山。山遠翠猶送,江去潮復還。江山遞明滅,暝宿茱萸灣。訪古平山堂,水竹清心顏。遂登堂上樓,江流山色閒。是時夏景殊,雲峰爭烟鬟。歐公千載後,何人共躋攀。風流寄欣賞,寬簡蘇榮鰥。豈惟雄文字,實將激懦頑。門前清渠水,至今餘潺湲。留題渺何處? 似有墨痕斑。

夢太白,五月初六日作

太白天上人,入世思沉冥。昔過酒樓下,扁舟繫客情。昨夜忽夢公,千載猶崢嶸。花月十年醉,聲名一日榮。"十年花月西園醉,一日聲名北斗高。"予庚午歲夢中所得句也。此義我贈君,出處亦甚明。年至不歸去,惜哉身後名。風雅亦細故,所患在有生。無生斯無死,天人渾一成。餘語不可悉,孤篷急晨征。明當過酒樓,靈爽使人驚。

魯郡南泊舟寄龍眠先生

龍眠公，龍眠公，長江與子分帆風。君向江南歸，我向江北去。別時雙纜解流潮，潮迴不到長淮路。微生著處如浮烟，那惜飄零限江樹。舟中得病萬慮空，十日臥渡黃河東。感公勸我舒懷抱，有同慧日開愚蒙。人生踏地莫憂老，兩腳能行便是好。此言未寒吾已踐，為樂從公苦不早。泰山高，滄海深，《鳳歌》邈矣不可尋。穀城黃石圮橋水，千古惟公知此心。

汶水舟中寄阮亭

朝發濟水南，暮泊汶水東。思君如流水，日夜隨征篷。征篷雖泛泛，所歷物象雄。遙望泰岳雲，孤撐摩蒼穹。潁洞出遠岫，飄飄乘長風。灑然忽歸來，星月相朣朧。卷舒亦何心，託興將無同。尤憐汶水淨，清波映玉虹。解作西北流，千里浮烟空。縱復雜行潦，皎潔含冲融。低佪赴滄海，意若無成功。奔溱謝衆壑，浩蕩將焉窮。對此感離別，與子期鴻濛。

題寄齋尚書《雙松五桂圖》

公才天所篤，矯矯凌雲姿。班朝面槐棘，青春貫四時。紫薇間紅藥，香與清風吹。而我攬此圖，霜榦含芳滋。喬松表遐心，粹然君子儀。嵩高千丈齊，百木紛離披。下蔭丹桂花，松前開五枝。譬彼芝蘭秀，玉樹連軒墀。畫師巧用意，根葉相猗猗。達人體造物，至德通皇羲。雨過長卉草，陽回傾藿葵。功宣化自洽，感此動植知。公其佐鴻鈞，斯理更不疑。桃李豈有言？成蹊如路逵。一唱松桂篇，或可絃聲詩。

蔣南沙宮贊畫紅牆下小槐樹

飄飄塵外跡，清賞寄草木。迢迢紅牆陰，芳樹騁幽矚。天秋衆卉凋，見此生意足。風葉留餘暄，霜餘灑新綠。瑣窓展書人，寫生盈簡牘。委身垂華緌，結念同林谷。持畫對芳樹，宛在山澗曲。

題林吉人《北阡草廬圖》

草廬之圖雲龍蹲,下見閩海橫飛翻。海山隱顯走萬里,出沒日月旋乾坤。開闢以來奠鰲極,漢家拓地秦東門。自東以南海氣昏,扶桑弄影萬象吞。流球南交可指數,十步五步如烟村。天作崧高東鼓山,勝概如此難具論。林生惟嶽降有神,矯如威鳳初騰鶱。德輝遠覽翔欲下,徘徊返顧西山樊。松楸鬱鬱枌榆古,歲時伏臘陳樽俎。築堂丙舍兼家塾,絃誦殷殷答石鼓。漢家寂寞東西京,二十四帝無抔土。生也丘墳四百年,名流輩出繩其武。君不見,劉郎石馬泣秋風,相如凌雲氣如虎。

半日村以詩代書答張麋田白東谷先生嘗盛稱張"門前芝草鹿麋田"之句,因遂字之以麋田。

朝謁得幽踪,遂心展阡陌。袖中一紙書,清言想平昔。門外鹿麋田,千里在咫尺。芝草秀歲寒,元氣肖翕闢。蘿蔦因風翻,靈根詎蕭槭。已從白社招,孰假元纁辟。悠然人世寬,不覺天地窄。念子如孤雲,託以桑榆夕。

尋暢樓詩為吳孟舉賦

南國有佳人,高步凌太清。周覽四荒外,延佇臨層城。層城十二樓,一樓何亭亭。迢迢若木枝,拂我東簷楹。銀河水清淺,欲落當牕橫。散為三江流,下與吳山平。還顧蓬瀛間,海月灩灩生。登茲俯百川,川上月俱明。我心正如此,皎潔含至精。春月與春風,四序相迴縈。伊昔邁嘉會,歡言邁羣英。客亭載酒時,題樓聞令名。厥名曰尋暢,此理可服膺。別來四十載,宛爾歲寒盟。松柏千年姿,寧羨桃李榮。彼哉塵壒事,邈矣浮雲情。持用祝眉壽,諧之金石聲。

《三峽流泉歌》,為曹鍊師作

惜哉高漸離,燕市擊筑徒爾為。却笑陳梓州,瑤琴椎碎求人知。老夫埋名燕山陲,有客抱琴請賦詩。自言此中可度世,三峽流泉挂我青桐枝。聞公有雅志,高枕談庖羲。鴻濛閟元氣,彈出七條絲。不論高山與流水,一丘一壑庸詎奇。蓬萊方丈可徑到,阮公仲容儼在茲。何用仙人赤城杖,騰駕自有長風吹。是日空堂花落時,一彈為我生顏姿。寂寂幽牕語,沉沉若有思。豁然野曠當簾帷,琮琤萬馬搖金羈。奔厓走石幾千里,五丁運斧神工施。飛泉漠漠皎如練,銀河倒下清且漪。楚雲窈窕作變態,挾將暮雨涼侵肌。章華人去細腰盡,仿佛似有猿聲悲。終彈使我再三歎,師今年少紅兩頤。老我衰颯雙白鬢,故山有約相參差。感君古音發妙指,狀君雅調無妍辭。攄深醳愉各有以,鼓琴直可還春熙。

史冑司端尹奉使南海却寄

　　昔我北鎮奉明詔,東上海樓俯清眺。海水沄沄不滿眼,望遠倚樓獨長嘯。三十年餘一瞬過,回頭頗惜朱顏少。驅馳未盡登臨意,僶俛依然臥蓬藋。今君南海使再行,往事不殊官同調。_{昔予亦以詹事奉使。}少壯能為萬里遊,山行水宿向炎洲。黃木灣徑扶胥口,紫瀾碧浪堆陵丘。祝融冠冕儼王者,視諸海神如公侯。使星所臨氣晻藹,方饗拱揖若有求。只今天帝眷四顧,中原黎庶安鉏耰。海波不興歲屢稔,五穀飽飫魚蠏休。蜃樓蛟室盡帖妥,實惟廊廟思遐幽。八極大瀛在懷抱,茲海一泓纔浮漚。曰歸此意達帝所,精魂怳忽神光留。使者詩盡人間意,入海窮捜百靈閟。韓公之碑蘇公詩,如子之才端可致。仙人託興雖偶然,莫使斯文但游戲。歸來歸來玉座高,直上青天展鵬翅。

《午亭文編》卷七　男壯履恭較

《午亭文編》卷八

門人侯官林佶輯録

今 體 詩 一

草 堂

東風窓樹外,吟望倚斜陽。萬里驚春色,三年卧草堂。蚤花能破蘂,新柳忽成行。往日青門道,紅芳壓驌驦。

濂村以濂泉得名泉在兎坑,當午亭之北。

舊業東山麓,濂泉在北原。引渠通野圃,分翠入烟邨。一勺支流水,諸峰耳葉孫。道州千古意,勝絶敢重論。

月巖,亦曰説巖,閒居成詠

巖居非石隱,山舘有餘清。輞水漁樵興,斜川故舊情。宿雲開峭壁,新月上孤城。遙識青門栁,春風緑處生。

春日松嶺寺

孤峰春院迥,晚景野鐘初。山勢兼雲動,松陰帶月虛。禽因僧梵引,泉爲圃花疏。香閣登臨處,閒情世不如。

析　城　山

河東形勝古王畿,蒲坂南來疊嶂奇。《禹貢》山川連底柱,唐風宮室盡茅茨。陰埋半嶺雲車過,翠入中峰雨腳移。極目下方千萬壑,樵邨歸路客先知。

太　行　四　首

天井關門跨碧空,太行開闢想神功。遙連絕塞羊腸盡,下視中原虎踞雄。嵩嶽諸峰元拱北,河源萬里遠隨東。驛樓斜日憑軒意,回首蕭蕭落木風。

家山歸處路分明,北上車輪夢裏聲。每憶梁公如薈語,高歌孟德《苦寒行》。橫遮四塞如長塹,俯抱三川似列城。午壁亭前方畝地,祇應耕鑿足吾生。

比似人間路較強,崔巍歷盡亦康莊。秫生未解青泥飲,孫綽空登赤石梁。少華西看峰影小,大形東望海雲長。遺民敢笑唐風陋,山水連天接混茫。

絕嶂登臨興未孤,白雲迥合盡平蕪。界分韓魏初盟土,表裏山川舊帝都。曾度千峰趨大漠,懶從五嶽問真圖。更看天上黃河水,長作巖前雪練鋪。

過海會院二首

川長塔迥費躋攀,路轉溪雲杳靄間。石鏡泉鳴寒夜月,翠屏鳥拂曉春山。上方色界諸天靜,雙樹香林萬象閒。除卻山僧與樵叟,松門無客不須關。

浮圖金碧照山隈,略彴橫斜隔浦迴。鐘動幽林風葉落,鳥銜空翠雨花來。引泉不礙孤生竹,堋石長防未破苔。曲徑禪房容易好,高亭還對野塘開。

韓大韓山送柿酒二首

白芡烏菱得比倫，黃柑差擬洞庭春。不辭風味清如水，一片寒光解醉人。
旋埽風軒洗破樽，朱顏零落酒人存。瓦盆舊是田家物，柴汝官哥莫漫論。

春雪懷李容齋檢討

二月曉花紅，霏微春雪中。有香爭入樹，無力怯從風。詞伯今誰敵，清樽聊可同。十
年梁苑客，賦罷各西東。

東山上懷古之作

太行南欲盡，萬里勢猶雄。地迥標河朔，川長起岱嵩。六卿空晉土，二典自唐風。遂
遡龍門業，誰當繼史公。

月　巖　二　首

萬古東巖月，柴門獨照時。溪花連竹塢，林臥觀黃羲。
家在山巖中，清暉帶林樾。門前碧玉流，金波漾新月。

晏　　起

日照中林曉夢餘，離離花影映窗虛。平明心事三春後，一覺閒眠巧破除。

樓　　夜

樓上風簾燭淚深，曉涼庭院似秋陰。夜殘無寐單衾冷，一枕荒雞半世心。

登月院山觀普照寺

樹杪水濺濺,羣峰矗碧天。松門留曉月,板屋過流泉。谷口山城逺,窗中鳥道懸。前林少人跡,寒磬下溪烟。

珏　山

鐵鎖鈎梯細磴分,半空時有鳳簫聞。雙峰夾送三清月,萬壑全收太岳雲。挿漢桂榆垂欲下,摩霄龍鶴動成羣。人間何限卑栖意,待剪香茅嶺上耘。

青蓮寺禪人方丈二首

明月高高在上方,禪心不住水流長。埽花風定苔依徑,穿樹鐘來葉滿廊。白社南朝常侍宅,紅樓北寺贊公房。杪欘別院清凉境,惟見威儀古道場。

寺名不愧是青蓮,始信人間別有天。花比金輪寒暎月,藕多玉井大如船。吟身漸老知詩妄,愁鬢新稀識酒權。欲向支公聊問法,可憐神駿意翩翩。

午亭詩二十首

午園
結廬午壁側,著書午園間。上有沁水流,下有砥柱山。

濂泉
泉水清且漣,古村濂泉下。不見昔時人,浩歌寄來者。

流花峪
曉風吹殘紅,夜雨洗微綠。不愁風雨多,流花滿溪谷。

飛魚閣 有石魚出山間。
石魚出山時,山雲宿舊處。高閣風雨多,魚飛自來去。

梯橋
桃花橋上枝,殘紅帶茅屋。夫君行不歸,綠陰桃子熟。

浴鶴池

荷花生川池，葉小荷未起。海鶴欲下時，夕陽照春水。

梅子岡

遠林聞微香，青春入叢薄。散步梅子岡，幽花自開落。

太丘峰

斷雲出橫嶺，明月生高峰。無人與晨夕，時倚巖際松。

嶺泉亭

方池鑿山翠，石罅清泉滴。客心映空寒，明月鑒寂歷。

雙谿

雙谿來交橫，谿源森難即。惟見石上流，清泉不改色。

老姥掌

夜靜山月高，照我山樓上。微聞松蘿風，遙遞石泉響。

詠歸亭

野水流溪遠，春泉入檻深。殘生不寂寞，童冠有知音。

七柿灘

秋水落汀渚，古木餘磊砢。山家黃葉村，晚紅拾霜顆。

端畦

漠漠谿田水，萋萋野墅花。何人解來往，相識是山家。

西田

行逐前谿雲，疎雨挂晴楝。日斜桑柘陰，犁鋤手自弄。

兎垸

茲山數峰落，一峰出一泉。尋泉杖輕策，遙見墟中烟。

西垞

朝為西垞遊，暮為東垞宿。谿行人不知，野橋夾修竹。

西山院

落日清磬響，數峰相對閒。復此值秋色，坐見烟禽還。

小西山院

後山惟白雲，幽人對極目。前山行雨歸，還就山雲宿。

樊口

樊山南下處，十里到樊口。春風夫如何？惟見花與柳。

沁水道中

谷口千巖合,關門驛路分。秋風迎馬首,晴日亂鷗羣。峽轉黃厓水,山開古鎮雲。孤城何處是？碪杵急斜曛。

宿榼山寺天外樓

祇林迴望沁流明,數里深山到漸平。翠柏不隨雙鬢老,白雲常共一身輕。高峰月上僧初定,亂水風多鳥自驚。新桂舊松青未了,半生難問況三生。

南谿遊詩六首

涉溪緣窈窕,不識有山家。忽到松門外,春風埽落花。
泉聲來遠山,空林間人語。響多聞不殊,春風復春雨。
春陰柔桑枝,映此谿沙緑。烟中聞柷聲,暮就田家宿。
十日宿山房,春光變啼鳥。山月上復斜,半簾落花曉。
道人行藥時,東坨復西崦。日斜返深林,落葉山扉掩。
晚雲寒不飛,凍雨宿峰首。惟有遠鐘聲,相隨出谿口。

臺樹二首

去倚臺樹送,來倚臺樹迎。來時臺樹在,去日不同情。
臺上古時樹,下蔭今城曲。秋風樹葉黃,春風樹葉緑。

碧落寺重遊二首

碧落天邊寺,青山有夢尋。逕迷初地遠,人覺化城深。猿鶴三秋意,鐘魚一昔心。到來想陳跡,黃葉滿前林。
十里荒寒路,栖栖續舊遊。泉鳴松澗冷,雲卧石堂秋。粉堞山城古,香燈佛火幽。畫龍猶掉尾,飛去殿西頭。

樊溪二絕句

岡嶺迴遮曲曲村，高齋日日坐黃昏。庭蕪綠徧無人到，惟有花飛時欸門。
綠深苔巷雨初微，漠漠陰涼布穀飛。但使時清官長好，早驅黃犢暮來歸。

《古臺曲》三首

古臺雲日午，溪口水烟昏。恰到茅堂裏，春風自閉門。
幽人住何許？朝眠紫霞室。夢覺聞松風，起行理瑤瑟。
有客希到門，蹋破碧苔色。春風瑤草花，聞香不曾識。

柴 扉

柴扉開向曉，秋氣覺初涼。夜雨侵苔徑，西風落草堂。村烟山市䆗，社日野農忙。獨有幽居者，琴書在一牀。

倦 客

倦客夜無睡，秋窗應欲明。人行殘月影，犬吠隔林聲。物理何多故？吾生太有情。風軒衾席冷，輾轉百憂生。

遊可寒山乾明寺

窈窕溪山路，孤峰迥自尊。秋花隱危石，斜日到閒門。鳥影烟中寂，泉聲雨後喧。法雲堪倚徙，不擬向前村。

月 巖 二 首

月明南園樹，綠陰紛如積。溪村人未歸，山窗夜蕭瑟。
幽人耽林臥，軒窗面高樹。秋風羅帷開，明月照深處。

再遊乾明寺二首

峰腰雨歇野雲留,晴樹斜陽在上頭。野蘚全凝臺殿色,土花半老繚牆秋。丹青照夜餘神鬼,河漢陵空近斗牛。除却牧闌樵隖客,何人解作看山遊。

千峰排浪湧遙空,一抹雙林磴道通。山暝僧歸紅雨外,樹深鳥度碧烟中。澗泉色冷元無暑,松閣聲多豈為風。擬學香山老居士,往來蹤跡似秋鴻。

桂叢草堂書壁

蕭颯天風吹羽翰,疏雲涼雨別長安。夢回藜閣金鐙暗,路遠蓬山晝漏寒。苑裏紫薇霜樹落,山中青桂晚花殘。自憐亦似相如渴,漢闕秋來賜露盤。

曉雪,懷富雲麓、杜遇徐兩編修

遙夜闗山夢,霜風各一天。新寒高枕外,白雪曉窗前。書卷開宵帙,鑪熏繞夕烟。折梅如可贈,鴻雁久淒然。

冬曉懷青岳、宗玉

北窗上寒日,落木正紛紛。殘夜磧猶急,清晨雁屢聞。厨烟開屋雪,樓霽對山雲。天氣宜晴曉,悠悠念樂羣。

臘月十九日立春

朔氣曉沉沉,東風變夕陰。月臨寒夜早,春入舊年深。殘臘晴光轉,韶華瑞雪侵。忽聞歌管發,一半《落梅》音。

宿定興寄盧明府　已下七首,追錄壬寅假歸舊作。

迢遞停驂逐帝京,郵亭今宿第三程。荆闗紅葉隨征騎,易水清流遠縣城。隔院砧聲秋卓午,古牆槐影月平明。蕭蕭曉發投何處？悵望龍山一日行。

夜 宿 欒 城

平沙開小邑,數騎宿長亭。映月收書帙,聽更下枕屏。秋城譙鼓暗,古驛壁燈青。望遠雲山外,西風度井陘。

栢 鄉 道 中

楊柳荒亭道,勞勞一放歌。望山鄉路少,歸馬夕陽多。郊樹積黃葉,城流橫碧波。數聲風笛晚,搖落近關河。

內丘驛壁見西華王信初御史、黃岡王慎菴檢討唱和詩次韻

十日郵亭過薊丘,見君題壁憶同遊。客窗前後吟紅葉,驛路迢遙數綠疇。河朔白雲飛漢水,太行明月照南州。各千萬里羈離遠,玉院槐陰感去秋。

宋廣平祠次碑陰韻

鳳閣衣冠古廟荒,關山秋晚更斜陽。一時仙李原春色,千古梅花自異香。轉恨君臣空蔓草,獨看隴墓下黃羊。魯公遺蹟裏回久,新月泠泠映石牀。祠有顏平原書碑。

戊戌春,同長公兄偕計吏過武安,有王生好俠喜客,置酒旅亭。壬寅,長公捐舘舍而余西歸,再見王生,感舊有作二首

馬跡桃花雙玉鞍,河陽縣裏萬人看。重來寂寂秋風晚,一路荒山雁唳寒。
萬壑霜林一鳥鳴,鄉心怯入故山程。更憐野渡尋舟處,依舊夕陽①滿縣城。

---

① 夕陽:四庫全書本作斜陽。

潞　　州

道路孤征際,川原薄暮時。天寒潞子國,日澹衛公祠。浩蕩英風往,蒼涼霸業移。地形天下脊,王土晉侯師。河朔臨雄鎮,燕雲俯近陲。閒花留戍壘,蔓草失旌麾。鄉國繁心緒,征途長鬢絲。關山去無極,憑弔益凄其。

武鄉道中山

天工用拙莽難猜,畫手曾經斧劈來。莫道荒寒少才思,米家山子有灰堆。

盤　陀　河

盤陀險路每含愁,亂石清沙水北流。送別天涯知客意,多情隨我到并州。

分水嶺,南水下循環舖,北水入祁縣界

分水嶺前水兩流,南來北往總悠悠。南水細微北水大,可憐來往不同愁。

智　伯　祠

洞渦水沒鑿臺悲,寒日深山智伯祠。千載人思國士感,趙宮烟草亦離離。

野　史　亭

柔翰功名一葉萍,也將文字照丹青。朱門萬戶凄涼盡,惟有元家野史亭。

太原夜夢故園

晉北燕南滯此行,栖栖遙夜故園情。間關千里成歸夢,惜別城頭曉角聲。

赤　橋 太原縣西南，晉水北渠上，舊謂豫讓橋也。

赤橋北跨晉渠遙，自古人稱豫讓橋。流水自應知客恨，故添風雨夜瀟瀟。

王 生 致 酒

百壺青䰇醉顏酡，旅病如今一醆多。空對故人桑落酒，真教無奈別離何。

并 州 剪 刀

霜淬風摶出冶豪，雪花照地捷吹毛。鄉心如水知難斷，嗟爾并州快剪刀。

獲 鹿 對 月

今夜鹿泉月，閨中應再圓。光留長塞外，影斷故山前。香霧含空色，清暉映獨妍。別來小兒女，相憶在天邊。

太 安 驛 夜

擊柝夜沉沉，空山離思侵。馳驅千里道，去住往時心。杖策黃塵晚，趨庭白髮深。草堂先業在，何用買山金。

真 定 道 中

南北分岐處，西來兩度行。沙明滹沱水，山澗鎮州城。地界雄闊盡，天臨野塞平。古稱燕趙士，忼慨一含情。

墨牡丹四首

新綠蛾眉畫未勻，瑣窗日影淡如銀。玉顏自抱臨妝恨，不比昭陽鏡裏人。

玉貌黃金事不同,鉛華誰肯借春風。眼前未解真顏色,嗤點何須用畫工。

舞衣連夜惜殘春,只染天香肯染塵。喚醒玉奴慵不起,紫金釀酒未霑脣。

烟鎖西陵翠帳塵,綺羅香散鄴臺春。風流占斷陳王賦,始信人間有洛神。

竹

栽竹蕭蕭色,高齋涼暗侵。連叢添徑曲,空翠入簾深。接葉青絲障,低枝碧玉簪。翻愁攪清夢,時有籜龍吟。

睡起詠鸚鵡二首

人世喧啾不要聽,任他百舌費丁寧。醉鄉已到無人處,又被鸚哥喚得醒。

利嘴新紅褪綠衿,能言終不離飛禽。笑卿所訴真何事,閒煞斜陽半樹陰。

書報楊生題後

憐汝相思意,題書遠寄將。別來皆老大,歸去益凄凉。秋病眠山屋,春遊罷野航。鄉心紛紙尾,零亂不成行。

記　夢

春風南浦柳條閒,別久離魂黯自還。夢斷桑乾鳴咽水,車輪纔過磨兒山。

寄韓少室先生

家在行山第一峰,石泉雲裊出疏松。黃河渺渺霜風起,收拾漁竿放白龍。

病　後

得閒除是病,病後轉愁生。吠犬欺殘夢,荒雞喚早行。月痕移枕近,風緒入簾輕。數日衣裳嬾,蒼凉盥濯清。

雲麓雨中來借琴

牆角荒花寂寂垂,閒庭苔徑子來遲。尊前白髮難拋得,匣裏瑤琴可贈誰?瑟縮絲桐還自語,蕭條風雨最相思。暝烟簾閣人歸去,又是秋鐙欲上時。

龔賢畫四首

湘漢青春外,岷峨落照邊。江山入圖寫,風景一凄然。
龔賢畫山水,萬里尺寸間。此水瞿唐水,此山峋嶁山。
野曠鋪烟樹,沙明立渚禽。秋山平遠在,夢向玉堂尋。
遠峰如欲無,颿影何處泊。秋山少人行,楓葉寒自落。

題竇晼畫三首_{晼,故推官河內公子}

摩詰遺詩畫意閒,烟雲粉本有無間。風流一變添文采,小李將軍著色山。
春蚓秋蛇蠆尾鈎,家雞野鶩豈同儔?祇應落墨驚紈扇,畫作桓家烏悖牛。
與君蓬轉向天涯,幾度春時不在家。近日寫生知客意,王孫芳草隴頭花。

題朱小晉侍御《臥牛莊記》後二首

水石毫端出,開函空翠流。東來多紫氣,高臥或青牛。松雨生瑤草,樵風塏石樓。雲山異鄉縣,蠟屐可從遊。
午橋遺蹟在,渺渺憶湖園。樹杪山河出,霜餘松菊存。峰晴姑射雪,花暖臥牛村。誰接令公美,幽懷與寤言。

小　雪　夜

孟冬風景正凄凄,斷卉飛蓬霜滿畦。短日作寒逢小雪,流年催曉報黃雞。珥貂碧落癡如夢,縱酒清時醉似泜①。鐙火客窗過夜半,家山好在月輪西。

---

① 泜:四庫全書本作泥。

新年湘北、玉階過集

風沙連上日,烟景易黃昏。新月初三夜,春筵第一樽。催詩燒短燭,留客閉重門。猶是茱①盤會,年光與細論。

幽　人

幽人客京洛,不異在山林。夜雨長春草,東風啼曙禽。烟輕寒食近,花落故園深。回首清川曲,還憐此日心。

楊　花

楊花不寂寞,袞袞逐芳塵。搖落多情客,顛狂薄命身。晚風過別樹,細雨送殘春。幾度河橋外,相憐一愴神。

燕　草

燕草芳菲候,關山客望孤。長風吹大漠,古道入平蕪。野樹殘紅映,春沙淨綠鋪。連縣向天末,客思不能無。

荒　圃

斜陽荒圃古城西,薺麥霜苗細綠齊。百口淒涼賓客散,何人還解韭萍虀？

舊 琴 感 懷

故舊何人唱《渭城》？瑤琴重整十年情。客窗寂歷殘鐙火,獨聽悲風曉角聲。

---

① 茱:四庫全書本作椒。按:茱,同椒。《說文》"茱,莍也,似茱萸。"徐鍇曰:"茱,即今之椒。"

友 人 見 過

鄉山我已訝歸遲，何事逢君問路岐。世態可堪官達日，客懷先喜病輕時。重過舊邸吟寒雪，試倚西窗聽《竹枝》。更話故交零落盡，香殘鐙冷十年思。

鄰 園

高臺陂池何莽蒼，夾林窈窕通短牆。櫻桃風落庭砌赤，棗花日熏簾户香。紫苔生暈螇作陣，白蜜滿脾蜂出房。鄰園如此亦暫樂，回首青山心欲狂。

宣武門外水亭用壁上王文安公韻

古亭荒木綠陰初，壁上飄零數字書。萬里五湖悲昔夢，十年三畝問吾廬。重來水石情如舊，自別園林興不疏。城路草痕歸騎晚，月明苔竹夜窓虛。

鄰園懷韓山

鄰園亦暫到，酒榼自相將。檐鳥猜幽處，庭蟬快晚涼。竹深陰屢憩，果熟落先嘗。回首秋雲外，山林興頗長。

春夜懷素心

旅宿西亭夜，不知池草生。關河南北雁，鐙火短長檠。春老他鄉客，花開故國情。樊川烟柳道，風景近清明。

幽 事

雙扉長晝閉，過客自周遮。揀日移新竹，嗔人掃落花。風簾通乳燕，雨檻數歸鴉。幽事春來徧，今年不憶家。

枯　樹

城邊枯柳樹,隔水映疎帘。獨鶴蕭蕭過,昏鴉箇箇添。虛饒風露美,尚假雪霜嚴。憔悴東陽客,江潭鬱滯淹。

秋　月

秋月當軒盇,風林破暝昏。攪眠偏近枕,留影不關門。桂闕明新露,江潮帶舊痕。夢中家萬里,休遣照離魂。

秋日同容齋郊行,有懷同舘諸子

為客端居久,嚴裝似遠行。譙門開落照,畫角咽寒聲。歲月秋山色,蹉跎旅鬢情。少年皆老大,衣馬不肥輕。

秋夜懷馮訥生助教

委巷追遊處,寒齋獨宿中。故園當落月,鄉思入西風。山雪長鑱白,書鐙短檠紅。十年羈旅客,心事幾人同?

秋日彈琴招楊山人

玉河水落秋雲深,高城晚色空陰陰。橋邊老樹行屢歎,馬上夕陽時一吟。出門催貰舍西酒,來坐獨捶牀上琴。夜永揮杯攻雅操,霜露颯颯霑衣襟。

西譙門外臺上登眺

斜日橫門道,西風客思豪。古臺臨大漠,秋色滿平皋。樹點烟村小,雲連粉堞高。野花迷戍壘,寒水落城壕。涼冷猶悲角,羈孤且濁醪。闕樓衒暮景,迴馬興蕭騷。

懷 七 柿 灘

洞陽風落滿林霜，萍蔗甘寒味許長。解道黃柑三百顆，不如紅柿熟千章。

孤　雁

蘆花寒影夢三更，風雨沙邊夜自驚。惆悵故人消息斷，年年孤雁寄離情。

雪中晚歸，李、段、邢三君子至，時邢將赴永福令

行遊遵北渚，飛霰灑寒汀。小苑堆銀榭，西山點翠屏。驟逢驅騎返，窨作下簾聽。速客三人集，留歡二妙停。段先歸。碧凝扶檻竹，紅濕映鐙楹。玉笛吹何處？霜磴響客亭。坐中風漠漠，天外氣冥冥。一嶺江門險，千巖桂樹青。蠻方花自異，天柱雁還經。惜別春明外，相思倒玉缾。

雪夜懷吳玉隨編修使閩

北風吹歲暮，雪景閉門低。窓樹夜離立，城烏曉嬾啼。路寒歸驛晚，江遠泊颸迷。無定春來雁，音書未可題。

曉 雪 感 舊

瑤華遞窓影，落葉亦娟娟。折竹聞荒徑，微鐘記往年。酒消銀燭跋，香冷博鑪烟。怊悵晨雞語，寒宵獨不眠。

除夜憶樊川寄舍弟四首

小杜香名別，樊川莫浪看。東風來日下，春色到河干。藍尾浮金醆，青腰上玉盤。如今直北望，燕趙是長安。余所居樊川，在樊山之下，欲自別於牧之之京兆樊川，故往往寓意焉。

相思為客後，猶似到家初。親養甘辭祿，君恩許讀書。草堂新日月，竹徑舊田廬。一

作牽裾別,天涯又歲除。

依約懷人處,樓前石版橋。別離傷歲晚,消息隔年朝。臘逐桃符換,寒隨柏酒銷。同心不同賞,咫尺暮情遙。

嚴裝趨隔日,夜半向承明。百歲猶今夕,殘年有二更。衣香仙仗影,珂響玉階聲。春殿鑪烟外,低徊十載情。

奉懷工部侍郎楊公于役孝陵

銀鳧金雁玉衣寒,王氣千年此鬱盤。舊日鼎湖曾灑泣,同時侍從獨頻看。杉松石隧聽蕭瑟,風雨穿碑拜奠安。應念先朝恩遇重,蔵來弓劍淚汍瀾。

徐孟樞侍御過集_{徐自舘職入臺}

誰遣臺烏報曉遷?玉堂清冷憶君賢。自憐易過同官日,可惜相逢汎愛前。人散寒廳判獨醉,月明永夜不成眠。繡衣咫尺金門路,封事何時到日邊。

春日戲寄韓山

車栖輪臥費淹留,不是閒居是浪遊。過雁星霜驚朔塞,落花風雨夢西樓。陽關別恨歌《三疊》,隴阪相思賦《四愁》。笑煞鴟夸①太狡獪,春光占斷五湖舟。

遊　　仙

曾似天臺見玉真,星娥含笑閱流塵。神光倚徙三千界,仙刼迢遙五百春。河漢已非來處路,雲霞猶是夢中身。愁翻茅許天官籍,誤判劉盧世上姻。

---

① 鴟夸:四庫全書本作鴟夷。按:《說文》:"夸,夷本字。"鴟夷,鴟夷子皮之省稱。春秋時,越國謀臣范蠡為越王勾踐出謀畫策,經過二十多年的艱苦奮鬥,終於滅了吳國,報會稽之耻,稱上將軍。范蠡認為,勾踐為人,可與共患難,不可以共安樂。乃乘扁舟浮於江湖。改變姓名,適齊為鴟夷子皮,之陶為朱公。治產積居,遂至巨萬,言富者皆稱陶朱公。

睡起偶書二首

睡鄉功並醉鄉齊，一枕春寒落月西。殘酒未消清夢斷，城烏偏向蚤時啼。

翻覆人情笑幾迴，天公寒暖不須猜。宿雲未礙晨光好，殘月依然上冷梅。

曉雨，懷王十一貽上

細雨入幽夢，醒聞松際殘。開窗歸雁過，拂樹啼鶯闌。雲亂遠峰翠，晴回初夏寒。昨朝王儀部，吟興接餘歡。

丁　香

插蘆聊擬竹，移杏欲當梅。容易丁香樹，縱橫小院栽。雨中愁自結，月下影還來。春色漁陽晚，繁英且細開。

合歡花二首

子豈無知者？枝開斂復斜。青蒢空有莢，朱草不生花。暈碧籠輕靄，裁紅散晚霞。合歡名並美，相伴在天涯。

春芳亦既歇，艷質麗天中。桃葉麤嫌俗，楊花細讓紅。卷舒應愛日，開落最禁風。長記嵇生語，忘憂並著功。

晚春二絕句

已遣清尊換玉貂，晚風蓬鬢醉蕭蕭。自從舊雨無人過，贏得閒門閉寂寥。

風作狂濤一陣寒，春衣添盡怯成單。落花日暮飛何處，不遣殘紅著地看。

高陽公林亭宴集五首

東閣從遊日，西園許數過。樓臺容地少，雨露近天多。樹帶長楊色，池涵太液波。公無輕獨樂,萬井接謳歌。

　　雅志在丘壑,亭皐鑿翠初。書堂新柳映,客徑小松疎。淥水波窗動,紅欄架石虛。謝公墩好在,正莫憶林廬。

　　歷歷好厓谷,悠然在帝城。情忘憐水石,境絕想柴荊。野雀銜恩重,江鷗狎浪輕。滄洲無限興,賸欲訴平生。

　　歲閏清和候,鶯花夏未遲。碧桃天上種,紅杏海南枝。歸第銅龍晚,開樽玉漏移。年年京洛會,延賞衆芳時。

　　忝切龍門客,追陪鵷鷺行。齒隨枚叟後,坐近令公傍。官燭春星爛,宮壺玉露香。酒酣紛起舞,為壽樂千觴。

老　　樹

　　老樹空牆裏,春來著數花。葉蒙垂草暗,枝與蔓藤斜。濯露高難下,飛雲近自遮。婆娑想生意,長此送年華。

流　　水

　　牆下分流水,潺湲有濁清。柳濃斜照影,蟬亂晚涼聲。池沼終然小,風波也自輕。浮雲碧空盡,冉冉共遐征。

春日寫懷,呈宛平公十四韻

　　絳帳重來日,柴門病起身。雲霄立雪夜,歲月掃門人。弱冠謬通籍,十年甘積薪。散才矜匠石,小草辱鴻鈞。志切傳經久,思惟枋國新。公忠參密勿,調爕用深純。環海烟烽靜,三秋雨露均。四門明舜目,率土望堯仁。簪紱登臺輔,文章致要津。青春殊淡蕩,黃閣正嶙峋。永叔門生衆,虞翻骨相屯。積花愁偃臥,今雨對傷神。翹首看勳業,無心恥賤貧。菰蘆樵侶在,情至敢重陳。

《午亭文編》卷八　男壯履恭較

《午亭文編》卷九

門人侯官林佶輯錄

今 體 詩 二

《世廟實錄》預纂修恭紀二首

天顏如覲祕函新，東觀重登載筆頻。日曆早垂青史事，編年仍屬舊詞臣。容衣弓劍春前淚，玉几江山戰後塵。手闢太平歸聖主，寢園雲氣繞楓宸。

清霜版屋起炊烟，車馬重城轉寂然。寒夜衣裳眠待漏，蕭辰婦子話歸田。攜家身計兼生計，拜祿餐錢倍俸錢。史職月給餐錢倍俸。却念兩朝虛供奉，秋風霑灑孝陵編。

郊祀朝賀恭紀呈實錄館諸公

昨夜陽回曉仗過，天門鐘鼓競鳴珂。朝衣舊染罏烟重，宮日新移扇影多。雲物編年書鳳簡，崴華簪筆紀鶯坡。亦知詞賦工無益，若為昇平許載歌。

蚕春局中感成

苑樹輕烟已鬱葱，玉霄散吏閤門東。日疏直草官真曠，月有餐錢橐未空。輦路三年春色裏，家山千里夕陽中。承恩終乏涓埃報，老大從教歎轉蓬。

題 家 書 後

楊柳紅亭路,青青又放春。遠遊思弟妹,薄祿謝交親。客裏南來雁,愁邊北去人。梅花窻下月,二十五回新。

生日次韻酬熊次侯學士

詞垣風義動簪紳,門引詩賢有白申。相見官曹貧似病,敢論人物積如薪。焚餘《蕉史》思殘事,別後槐廳共幾人。先是同直明史館。自笑陸生新鬖髮,浮沉空歎二毛辰。

生日寄張氏妹

年華驚久客,宅相足離憂。姻婭思前事,園林阻一丘。到州無百里,歸路却千愁。為報高堂語,年來尚黑頭。

三月廿八日,劉户部公戩招同汪户部苕文、吳編修玉隨、董御史玉虬、梁御史曰緝、王儀部貽上、李檢討湘北,集宣武門東河樓看柳三首

十載來燕市,三春上薊樓。樹驚為客老,人惜送春遊。烟月章臺路,風花灞水流。纖條兼弱絮,管盡古今愁。

城下春流憶遠江,樓邊柳色坐平窻。東風還肯留三日,乘興能來倒玉缸。

紅簾亭子枕城河,雲氣青青水碧波。楊柳千條春不去,一聲吹笛落花多。

高陽公為廣文楊廣生索詩

平生託贈興蕭然,東閣驚呼賜彩箋。君許才名三省重,我慚詩句萬人傳。絳紗早設諸公帳,醴酒新開相國筵。最羨龍門門下士,後堂高會過彭宣。

夏夜懷玉谿舊隱寄張顯卿四輔

三伏向盡朱火藏,炎蒸未已愁中腸。流螢入簾故宛轉,明星照席何低昂。琴書休夏年力異,藥餌經時歸興長。焉得清溪千尺水,與君濯足臨滄浪。

立秋夜懷張賁、白吉甫丈

露濕西清螢火流,東山花月想同遊。宦情寂寞從人嬾,客路悲歌可自由。暮雨幽花開戍壘,驚風吹角動城樓。庭前搖落梧桐影,知到鄉園幾葉秋。

樓　堞

樓堞青霄外,黃雲帶古城。涼天觱篥①動,斜日橐駝鳴。朔色沉西塞,秋光冷北平。關山對何極,霜露遂含情。

舊　舘

舊舘金臺圻,秋城粉堞斜。涼風吹白草,落日澹黃沙。交道存屠狗,人情忌畫虵②。誰能市駿骨,委棄在天涯。

雙　扉

白版雙扉掩,青籬小院幽。心情堪舊事,肺病及新秋。疎樹墻月墮,閒花堦露流。誰知清夜景,一併入繁憂。

---

① 觱篥:四庫全書本同。按:觱篥,當作觱篥,樂器名,由龜茲(古西域國名,今新疆庫車縣)傳入。《通雅·樂器》稱:唐九部塞樂有漆觱篥。北部安國樂有雙觱篥,銀字觱篥。宋太宗時三大宴,皇帝升座,宰相進酒,庭中吹觱篥,以眾樂和之。《清通典》喀爾喀部樂有此樂器。觱篥,一名悲篥,又名篳篥。

② 虵:四庫全書本作蛇。按:《正字通》:虵,俗蛇字。

心　跡

月上還在路,雞鳴已出門。養親甘仕宦,為客別田園。白髮無才思,青山只夢魂。頓塵沒鞍馬,心跡向誰論?

郊　壇　道　院

臺下青陰覆院牆,槐花落地點微黃。風軒便是修心處,欹枕蟬聲送午涼。

夜　歸

白月清沙照夜深,城南歸路漏沉沉。笙歌豈是無情物,不染西窗晏坐心。

懷青丘舊隱

愁絕懷人夜,心飛一葉秋。孤征猶北雁,別恨自南樓。一夏幸無病,三年成薄遊。陽坡瓜熟否?搖落舊青丘。

與比鄰孫侍御懷傅隱君青主

西山出屋角,峰色共東家。牆上頻過酒,籬邊數見花。嶺雲連歲晚,鄉樹極天涯。汾水相思處,殘陽幾度斜。

送孔動之赴瀘州

舊知瀘水遠,天盡暮雲邊。雁過逢江雪,蠻歌隔瘴煙。到京逾萬里,為郡在明年。南顧勞黃屋,還將喻檄傳。

秋夜懷吳玉隨、玉駒

碧雲似遠水，銀浦漾寒流。幾度長安月，何人江上樓。潮迴揚子渡，山擁秣陵秋。憭慄西風起，蕭蕭落木愁。

八月十一夜夢中作

夕夢遊仙散客愁，羽衣鐵笛海山秋。笑看泰華如卷石，星宿黃河一線流。

城下夜行憶樊溪

秋近高樓玉漏清，金箛吹月送殘更。馬蹏①夢續關山路，猶聽泠泠澗水聲。

秋日懷崔定齋移家百泉

青門楊柳送君行，露葉風林遠思生。忽見荒寒秋樹色，却憐烟月舊遊情。關河雁後書難寄，風雨鐙前夢未成。聞道移家傍淇水，范陽桑柘接淒清。

玉隨使還夜集有作

一行書信附詩筒，兩見燕山木葉紅。嶺外啼猿江路險，閩中秋雁海天空。郵籤夜語船窗月，驛騎朝吟浦岸風。芳草王程歸路逺，今宵清漏禁城東。

答平定齊守

西來山驛停車日，囘首并州又兩年。崴暮懷人逢雨雪，天寒行部問耕田。政成神爵元堪下，旱後螟蝗劇可憐。尹鐸昔曾勤保障，使君今比晉陽賢。

---

① 蹏：四庫全書本作蹄。按：蹏，同蹄，獸足。

十月十五夜月蝕

圓魄初無影,浮雲亦暫明。衆星翻歷亂,寒夜自青熒。虆莢疑全落,姮娥似始生。鼓鐘連大內,曖曖動皇情。

閒　　情

習習簾風動,娟娟窗月明。歡娛分夜漏,安隱謝時名。《文賦》粗能解,《山經》細欲評。較量身外事,難得是閒情。

花　　月

對月但覺好,看花欲奈何。登樓還縱目,把酒復高歌。不畏風涼冷,能禁病折磨。青蘿掩窗坐,宴息似山阿。

友　人　送　梅

瑤華肯相贈,逸興滿春雲。屋小稀枝放,窗明細蕊分。影憐寒日伴,香惜定中聞。渾似深山坐,朝朝到夕曛。

瓶　　梅

林下沙邊憶舊時,野梅今向綺窗移。坐看疎影橫斜勢,行索寒香淺澹枝。未許風塵妨笑眼,肯令冰雪老愁眉。勞生共爾裒回意,釣艇漁磯是後期。

上元雪,過靈祐道院

六分春色一分知,暇日初遊興不遲。野舘陰晴連時樹,廟門風雪下靈旗。鶯花世界空濛裏,燎火京城雜遝時。歷遍海山尋兜率,雲霞歸路重相思。

上元夜雪,過吳玉隨編修,次孫惟一侍讀韻贈潘、吳兩生

暮雪寒威獨有權,帝城如海醉誰先?東華歲月新正酒,北斗陰晴萬里天。走馬競尋元夜約,題詩須趁落鐙傳。孫郎帳下才無敵,不少江東子布賢。

會稽唐公以寧國郡丞入覲,示詩留別,依韻奉酬二首

青門祖道少人知,歸去翻醻別後詞。湖海未消新意氣,東南應起舊瘡痍。督郵束帶心難下,閭左無衣淚欲垂。此日澄清闊大吏,一官那肯合時宜。

誰言司馬江州日,却是宣城治郡時。落落公才今並駕,悠悠吾道欲何之?昭亭草色縈征騎,宛水春流入夢思。別後吳天諸父老,閒田爭讓府君慈。

蚤春,有懷同館諸公

往事淒涼供奉秋,明光曉蹋記同遊。衣冠諸子今誰在?昏宦三生可自由。遲日燕鶯京陌路,東風花柳故園樓。年華幾度垂垂老,擥鏡潘生欲白頭。

清明日,過吳耕方編修

寂寂桐華院,萋萋芳草茵。禁烟連日雨,射柳一年春。時序交游老,行藏鬢髮新。篋中三賦在,遺慟泣龍鱗。丁酉南北闈覆試,耕方三試皆第一。

夜　　雪

春衾曉寒重,高齋殘夢清。窗前知夜雪,沉沉折竹聲。

絕　　句

花魂柳影遞消磨,春日春情一半過。不是道人閒不出,前廊後院葛藤多。

寒 食 絶 句

參差紅杏柳條斜,冷節關山不見家。一陣晚寒風色惡,絶憐天意為吹花。

與楊琴士城南野飲

官菜園西緑漸深,草痕隨路得幽尋。浮雲不定高天色,野水多連古岸陰。忽忽未知生是樂,茫茫須覓醉時心。一壺珍重銷愁物,曲罷還教與細斟。

集吳玉隨編修宅,同令弟玉駬給事

兄是東坡弟穎濱,官曹文采並同倫。黃門草奏趨青瑣,紅藥翻書對紫宸,蚤夏酒杯三五夜,西華朝皷十年鄰。曉天連步深更語,一月相邀定幾巡。

春日懷孝章、素心、六箴、與可、荀少、公幹

簾閣翠微西,雲山望欲迷。晚風歸雁急,細雨落花低。文史何狼籍？音書故解攜。愁心牽短夢,春草遠萋萋。

午　　夢

夾巷皆秋色,車塵稀到門。草花知旦暮,蚱蜢試寒溫。午夢離西閣,青山入故園。久躭幽僻趣,有得是無言。

夜 讀 書 情

一事悲歡酒一觴,百年回首興蒼茫。孤燈讀史雄心在,明月懷人旅夢長。碧草逢春連大漠,紅顏經崴老漁陽。紙錢麥飯西陵路,惟有桃花欲斷腸。

春　曉

宿鳥檐前倦未飛,葱曨窓外曉星稀。關心眠食何曾是,過眼榮枯旋覺非。凍樹雨翻花欲綻,雕梁風埽雁初歸。澄懷觀物三春過,且向塵埃自息機。

遊慈慧寺

春氣鳥鳴細,谿流花影重。雙林在何許?烟際聞微鐘。

記　夢

夢與故人語,同在南水頭。覺誦故人詩,淚添清波流。

天　漢

一道白虹秋,居然天漢流。荒雞聞午夜,殘角想邊樓。兵氣闕春色,花時送客愁。西涼今右臂,設險貴前謀。

雨中,懷貽上慈仁寺

城南坊北路,遙思積空烟。窓急初更雨,衣寒四月縣。裴回坐鐙燭,繾綣把詩篇。欲訪維摩室,愁時獨畫眠。

過惟一夜歸口號

醉別清樽綠,歸憐蠟炬紅。六街星爛漫,一水月空濛。檐鳥宿已久,院花陰漸蒙。所居隔深巷,清漏此時同。

大司馬芝麓龔公招同劉公㦸、吳玉隨、梁曰緝、汪苕文、程周量、王貽上、李湘北、陳其年集城南,送董玉虬御史赴隴右,分用杜公《秦州》詩韻,得彊字、繁字

南院逢君日,秋來十載彊。曉風天語近,晝刻奏書長。度隴新旄節,行邊舊驌驦。秦州西日外,極目已蒼蒼。

日下秦關險,霜前隴樹繁。寒花迎驛騎,秋色動河源。渭北雲山道,江南烟水村。行藏倚聖主,莫更憶蓬門。此二詩,玉虬一日因酒會,謂諸公曰,一時作者,此為第一。

雨夜憶故山與翊聖

柳色鶯歌別鳳池,春山寒雨夜相思。如何客舍青燈裏,却憶春山惆悵時。

曝　　書

書帙閒庭曝晚涼,牙籤萬卷爛生光。螢窻蠹壁情何限,送老流年付夕陽。

書貽上所藏畫

秋來最有江山興,夜雨寒披《積雪圖》。水驛無人村徑晚,梅花滿地月明孤。

九日,大司馬龔公招同諸子集城南登高,以“東籬南山”為韻四首

令公開宴地,秋色翠微中。雁帶邊城雨,臺臨古木風。鄉心紛遠近,客望各西東。四海孤踪晚,登高幾處同。

灞滻登高會,龍沙久客時。望鄉秋步健,灑酒壯心衰。共訝狂花早,翻疑晚菊遲。暄寒驚節候,杏䔉艷疎籬。時,春卉競開。

晚霽開亭帳，秋聲萬樹含。天清斜月下，地僻古城南。紅燭催更柝，黃花上盍簪①。謝公墩似昔，長此得停驂。

尚書真北斗，供奉媿清班。密坐分杯數，歡游著屐間。江天銷戰伐，秋戍靜關山。鼓角中宵罷，酣歌未儳還②。

菊遲簡鈍菴

梧桐欲落拒霜催，斜日空庭雁影來。更有寒花知客意，籬邊秋晚待君開。

秋日過惟一

故人憐寂寞，相見慰招尋。薄俗心難定，浮生病轉侵。花寒秋色晚，酒盡客情深。興發忘搖落，歸鞍聊一吟。

送孫古嘩還嘉興

君是承明客，江蕈別思牽。才多科第外，名起孝廉前。海近聞琴處，潮分字鶴田。高堂游子意，白髮向秋偏。

中秋夜，集惟一宅，送別二首

百年今夜月，終古獨橫秋。蕭颯三時別，空明萬象收。關河臨客路，星漢入歸舟。搖落天聲滿，清淮木葉流。

圓月秋頻見，離人酒一巵。高城霜下蚤，江路雁飛遲。霑灑臨風淚，凄清欲別詩。射湖足烟水，繫艇一相思。

送陳其年歸宜興

白雁過時木葉青，霜林秋氣已凋零。相思後夜孤帆客，知宿江程第幾亭。

---

① 盍簪：四庫全書本作盍簪。《集韻》：盍，隸作盍，通作蓋，覆蓋。
② 儳還：四庫全書本作儳還。按：儳，通儳。

送孫惟一還鹽城，次李湘北《餞別》韻三首

秋花落盡雁還來，一到離筵尊一開。九月淮南芳草在，三年湖上釣船迴。尊罍已覺新恩重，鷗鳥何知後命催。風柳青門黃葉路，交情白首為裵徊。

三年兩度返巖阿，酒癖詩魔是舊疴。漸老離情今夜重，近來懷抱向君多。一官同舍歸偏蚤，有客孤踪滯若何？明發更堅臨別約，高秋江上慎風波。

寒暄又歷歲時頻，忽漫鐙前百感新。綾餅夢回春宴地，旗亭詩寫酒闌身。鶯花過眼同官日，水旱驚心去國人。此夕重門猶咫尺，銅龍清漏易傷神。

對　　菊

秋老凋羣卉，天寒有菊花。月稀堦影白，風定檻枝斜。獨立真憐汝，逢開每憶家。故園經別處，籬外是天涯。

秋夜，聽楊山人彈琴

古調繁聲外，秋林方颯然。松風兼曲度，海月映人妍。信指初三疊，忘言只一絃。白頭溫室夜，供奉說當年。

酬王北山給諫《題寓亭竹影》

如子寒天裏，能來夜叩門。高風搖箇竹，明月正黃昏。鐙亂迴看色，階移欲別痕。何時為貰酒？留醉坐霜根。

十月晦日書懷

冬日初凄緊，年華已暗侵。不因身病蚤，那覺道緣深。筋力趨朝異，才名與世沉。晚風黃葉下，高鳥急投林。

長至日,雪中下直

晚風人下校書樓,吏散烏啼暝色幽。日影已旋天北極,雲陰漸合殿東頭。金鋪欲鎖千門靜,葭琯初吹六出浮。恰是微陽如綫日,九霄清冷不禁愁。

送李容齋還合肥

燈火空堂歲載陰,倉皇忍對欲分袊①。一官竟有瞻雲恨,舊事誰憐捧檄心。南使關山音信少,北風雨雪淚痕深。國書未就歸偏蚤,京雒相看去雁沉。

廣寧門再送容齋二首

西門一步地,送客已他鄉。古廟官橋下,離亭大道傍。塞鴻初斷影,灞柳不成行。翹首懷人處,關河近夕陽。

壯遊芳歲晚,屢別客愁新。草土霑衣淚,烟霄抗手人。白雲虛在目,落日對傷神。忍約重來事,萋萋苑樹春。

歲暮寄午亭友人二首

小驛星軺問路岐,梅花寄與隴頭枝。烟霜關塞春來蚤,燈火音書夜到遲。為客漸多殘歲事,懷人長別少年時。相思不及東風便,楊柳西園取次吹。

歲盡雲山客倦游,每當落日憶吾州。鼓鐘白墮荒城社,風雨黃昏舊寺樓。別久交親多入夢,官貧僮僕②亦知愁。殘書濁酒真無那,有底閒時不自由。

歲暮二絕句

掾曹京兆亦何求?正使官貧得自由。寂寂年華尊酒在,蒲桃一斗勝涼州。

---

① 袊:四庫全書本作襟。按:《廣韻》:袊,同衿,又作襟。
② 僕:四庫全書本作僕。按:《字彙》:僕,僕本字。

爆火紛紛近歲除,關山迢遞記離居。南溪明月梅花路,香粉飄零十載餘。

次韻吳默巖司業《戊申除夕》韻二首

守歲椒花已頌春,芸香藜火待元辰。一天雨雪東風轉,萬里星河北斗新。玉漏滴殘藍尾酒,金龜解向謫仙人。年華終古蒼茫裏,甲子從頭幾戊申。

金鑰千門午夜風,玉珂聲在夢魂中。黃封酒賜春波綠,白獸尊開曉炭紅。《石鼓文》探岐獵後,《蕉園草》起日華東。十年朋舊官曹改,潦倒鵷行舞拜同。

己酉元日蚤朝,疊《除夕》韻二首

斗轉風迴左掖春,頻年簪筆侍元辰。看移雉尾疏星落,行近螭頭曉霧新。三殿旌旗分閣道,九門鐘漏聽雞人。太平朝會垂衣蚤,欲採民風取次申。

玉律陽回靜朔風,鑾坡歲月漏聲中。苑墻夕燎霏烟碧,宮閣春雲送曉紅。朝褒香濃天仗外,歸鞍日霽掖門東。欣逢主聖時清際,禁近何人作頌同。

正月七日,孝陵忌辰

憶昔西清侍從辰,忽驚遺詔泣龍鱗。乾坤自此新陵寢,歲月依然舊史臣。九①度春光如短夢,每逢人日易傷神。當時記輦宮車出,慟哭東風騰幾人?

蚤春,實錄舘呈素存編修

兩朝金鑒在鑾坡,春色東來王氣多。苑裏鶯花新歲月,眼中松杏舊山河。直廬風雨分藜火,散帙縑緗映玉珂。香案前頭親授簡,曲江風度好誰過。

新正故舊小集

渭城客路渺關河,惆悵何戡別後歌。千里鄉園春色遠,一時京雒故人多。愁邊燭影看

---

① 九:四庫全書本作幾。按:九乃記實,不當改。

書劍，花外杯香憶薜蘿。誰道長楊叨侍從，十年心事媿鳴珂。

上元夜二首

閒却銅街玉漏聲，落梅風起蹋塵行。十年走馬歡娛地，卧看蜉蝣獨夜情。
玉館金牀坐上貂，鈿蟬銀甲鬧檀槽。健兒正罷征東役，刁斗無聲夜月高。

張侍郎送鱘魚

回首清江興渺然，玉鱗網送蚤春前。秋風漫有鱸魚思，已得槎頭縮項鯿。

曉　　角

宣武門西聽曙更，東華魚鑰漸平明。獨聞曉角春城上，立馬風前第一聲。

摩訶菴再遊四首

別久祇林樹，山門繫馬開。清明三度過，花柳兩迴來。圃亂春畦水，僧閒退院苔。沙鷗相對立，鶯燕莫嫌猜。

暮景西郊僻，精藍此地逢。殘花落清梵，深竹度烟鐘。春雨紅樓暗，香林碧樹濃。近來幽意愜，巾拂對從容。

後園臨野色，春日自淒迷。暄冷時無定，鶯花晚未齊。墟烟松鼠竄，山暝木魈啼。回首高梁水，蒼蒼落照低。

登臨小丘上，空際碧巉巉。澗底長松蔭，山义落日銜。野花隨步屧，村酒濕春衫。大塊韶光晚，柴關憶舊巖。

酬上官松石廷尉二首

如茵芳草傍春城，三月東風聽蚤鶯。柳外朝衣霑雨過，花邊官馬隔塵行。鴛鸞歲月多新侶，水石風流少舊盟。莫問買山歸隱計，濟時今望宦先成。

春色輕陰暗禁城，宮花萬樹宿流鶯。斗間自識雙龍氣，門下今容駟馬行。法從君當雷雨候,冷官吾守歲寒盟。題詩欲盡燈前意,漏下虛堂句未成。

雨 夜 雜 感

宿火微紅映曙光,楮衾猶挹博山香。愁心歸燕迷蓬户,客夢啼烏過女牆。裘馬故人誰感激,狗屠交道亦凄凉。春來歷亂傷心處,細雨寒生覺夜長。

送王北山給事歸茌平①二首

惜別梧桐樹,西垣一院陰。封章終夜上,御札十行深。饑溺憂民日,艱難去國心。孤山開舊墅,簪紱羨投林。

珥筆承明地,回鑾羽獵辰。風波萬事潤,聚散十年頻。舊邸歌重聽,離亭酒一巡。時清東海上,未許戀垂綸。

雨中,集田沛蒼學士宅和白東谷先生

琉璃廠西急雨飛,驅車到門雨細微。綠窗隔席寒淰淰,紅燭卷簾烟霏霏。潞州濁酒琥珀色,蔈姑羣公冰雪肌。夜深霑醉此何適,得歸射獵開荊扉。

送少師衛公還曲沃二首

一卧雲霄殿閣空,主恩容易別鵷鴻。兩朝清論冰心後,四海蒼生病疏中。絳灌調和惟相國,廟堂鎮靜賴元功。玉堂制草西清直,幾處孤踪歎轉蓬。

黄扉十載握絲綸,勅斷來章請急頻。詔祿②還同三省厚,賜金特為二疏貧。舍人圖史歸裝舊,驛路雲山入夢新。先帝老臣今澤渥,祝公眠食慰斯民。

---

① 茌平:四庫全書本作茌平。按:當作茌平,縣名。明清兩代,均屬山東東昌府。本書卷十二有《送北山還茌平》。

② 詔祿:四庫全書本作食祿。

書 局 即 事

柳邊走馬夾城西，落盡桃花燕麥萋。玉局一春休沐少，金門十載夢魂迷。黃封勑使開緗帙，白首宮臣識御題。下直却如歸院晚，槐陰依舊暮鴉啼。

寄楊松谷鄴下

寒雁南飛欲盡時，北來鄉信苦參差。關河匹馬身何適？風雪綈袍淚暗垂。漳水烟波空浪跡，銅臺歌舞自深悲。年華冉冉征途裏，寂寞黃門數首詩。松谷，故給諫沁湄子。

送劉公戢吏部還潁州

懷抱何由好？逢君欲細傾。行藏輸萬事，文酒負平生。數聽驪歌亂，猶聞玉漏清。藤陰他夜月，蕭颯別時情。

城 南 即 目

莫作近前嗔，行游野水濱。委心隨萬物，留眼送殘春。眠柳如人嬾，孤鴻似客貧。晚花一含笑，多恐對傷神。

飲酒花下與翊聖

東風冉冉逐流塵，憶昔相逢似隔晨。幾樹庭花迎蚤夏，一年心事送殘春。青衣度曲傳新調，白首同歡感故人。記取坡公催秉燭，光陰臨老速奔輪。

買 馬

買馬黃金事已非，青驄門外繫斜暉。玉關別後嘶風遠，苑路騎來汗血微。顧影自驚髀肉老，喜心翻覺羽書稀。渥洼空有騰驤步，蹋徧秋城草未肥。

寄素心、六箴、與可

蚤涼睡美輕鐘後,忽憶對牀風雨清。十年仕宦差一笑,少日文酒空深情。故園池臺渺岑寂,客路荊棘長從橫。我行歸休君努力,那將嬾漫趨時名。

懷荀少、公幹

少睡多愁夜,秋窓夢不成。西樓風雨恨,南浦別離情。有患吾身老,相憐萬事輕。年華又搖落,息念學無生。

冬夜行河上

潺潺石橋水,遙接漏聲長。澄月金鋪鏡,清沙玉糝霜。臘殘催物候,冬暖入年芳。莫紀無冰日,溝渠只向陽。

張東山少司寇宅觀弈

人事紛紛似弈棋,故山回首爛柯遲。古松流水幽尋後,清簟疏簾對坐時。舊壘滄桑初歷亂,曙天星斗忽參差。祇應萬事推枰外,夜雨秋燈話後期。

玉河橋夜行寄茗文

一道銀河下玉京,雙魚北上遠含情。九門夜鎖邊風落,愁聽南飛過雁聲。

王樸菴編修見過同作

落葉蕭蕭出御河①,衝寒羸馬肯相過。五升方朔饑時米,八詠休文病裏歌。城闕秋陰風雨盛,江湖天濶夢魂多。即論婚嫁今難畢,歸去青山奈晚何。

---

① 出御河:四庫全書本作冷碧波。

睡起遣興寄汪沁水

霜月車輪犯曉沙,軒窗歸臥夕陽斜。嬾書咄咄空中字,自愛遲遲夢裏家。濁酒三杯聊送暖,寒鐙連夜自成花。却因寄語青山尹,擁被黃紬盍放衙。

夜　　行

雞聲催我行,起坐殘夢接。蕭條夜來風,開門滿落葉。
落葉何翻飛,驚風吹馬首。夜行不見人,明月照高柳。

詠 史 四 首

舍人兒
七十好奇計,黃金生內疑。鴻門不見聽,笑殺外黃兒。

歷下軍
野渡平原水,孤軍歷下城。田橫方縱酒,酈生已就烹。

李少卿
少卿軍數急,貳師何逡巡?腐刑下遷史,終為李夫人。

蘇子卿
雪中何所餐?野鼠勞供億。流連青史編,一昔為不食。

學書頗勤自嘲

筆冢成堆潑墨香,練帬裴几抵縑緗。臨池晚覺《黃庭》好,掩鏡先愁白髮長。身世葛懷非浪跡,古今臧穀共亡羊。梅花書閣殘陽下,把翫流年亦自傷。

晚出宣武門,懷舊遊寄公戬、玉虯

宣武門東記舊遊,暮鴉啼徹夕陽秋。楊花落盡風流散,別後何人上水樓。

樓居望西山

秋杪思紅葉,冬來眺碧巒。夕陽過硐遠,山色入窗寒。嵐氣通書幔,香泉嫋釣竿。烟光三十里,春到約重看。

夜 雪 懷 人

夜雪逢君事渺然,梅花庭北綠尊前。如今見雪長相憶,旅舘寒燈十六年。

落　　葉

紅牆楊柳夾城頭,落葉西風滿御溝①。夜度玉橋秋色遠,清波明月送深愁。

己酉除夕前一夜小集,懷午亭舊遊二首

此夜如除夜,他鄉是故鄉。殘年驚隔日,往事樂千場。山路梅花放,村帘竹葉香。平生稔阮輩,歲月老清狂。

點檢京華事,叢殘守歲詩。葦桃催臘蚤,梅柳入春遲。署尾多新字,題襟減舊詞。風流銷歇甚,應遣故人知。

　　　　　　　　　　　《午亭文編》卷九　男壯履恭較

---

① 御溝:四庫全書本作逕幽。

《午亭文編》卷十

門人侯官林佶輯録

今 體 詩 三

城西亭送沈繹堂翰林歸華亭

泖峰文采世無倫，翰墨風流奕葉存。謂學士度大、理粲兄弟。客裏蚤花隨步屧，愁邊積雪照離尊。舊遊已少仍揮袂，往事臨岐易斷魂。出守昔曾還近侍，柴門豈合老江邨？

西譙門書懷

出郭烟雲照眼新，顠紅回首隔流塵。一年好景逢春色，萬事今生讓古人。老治文書成底事？倦游花鳥恐傷神。低回百計輸行樂，歷落嶔崎寄此身。

移　　居

移居頻作客，八口寄天涯。樹帶西家月，籬遮北里花。行藏一燕壘，身世兩蜂衙。便是雞窠老，遷流見物華。

棄　宅

蚤棄西街宅,栖栖不定居。邯鄲留一枕,秘監失殘書。酒醆空隨汝,花枝最記渠。平生多病意,卜築未情疎。

別舊居花樹

一宿天涯樹下情,塵根未斷笑平生。穜花細藥尋常事,可奈雙株手種成。

閒　適

閒適吾堪老,園林興不違。游魚爭晚景,哺燕接低飛。書展檐風亂,花捎徑雨微。輕陰漏明月,凉色在綌衣。

送王玉銘大司馬致政歸滇南二首

周歷曹堂解印年,青山黃髮羨歸田。雲霄自致勛名貴,軍國曾都將相權。賜對宵衣親借箸①,勅書天翰為裁篇。蒼生尚憶商巖雨,廿載昇平啟細旃。

樓船戈甲久銷沉,滇海風清罷羽林。勲業舊存三殿詔,去留今見兩朝心。東山花月仍無恙,北極風雲轉自深。聞道舊恩思夙昔,莫言容易謝華簪。

寄題嚴氏嗜退菴

不識江南路,菰城何處邊。數椽方丈屋,萬里五湖天。苕雪雙鳴槳,烟波一畫船。富春山好在,高並客星懸。

午 日 小 集

帝京逢午日,幾度逐柴扉。當暑思宮扇,趨朝感賜衣。少眠歡坐減,多病宦情微。却

---

①　賜對宵衣親借箸:四庫全書本作拜手瑤階頻獻頌。

望行山道,晴雲只自飛。

書《韋蘇州集》後

韋公昔為郡,計年九十餘。不似陶彭澤,解組折腰初。

夜　　行

庭樹雞一鳴,起行如適遠。映堦月色微,葉落知深淺。

睡　起　二　首

夢醒不覺暝,渺渺殘陽下。入簾秋色來,幽懷正瀟灑。
晨理頭上髮,又已數莖白。不須感秋風,含情自脈脈。

旅夜懷張子美、子文

草際候蟲語,花邊螢火流。關山長旅夜,風雨近新秋。落葉下庭樹,寒瓜生故丘。樊
溪嗚咽水,惜別在南樓。

冰　雪

冰雪遲來使,關河阻客居。風鴉過院晚,木葉下亭虛。薄醒銷憂酒,奇驚引睡書。天
涯身漸老,局束欲何如?

觀　物

蕭條觀物意,又迫歲寒心。旅燕飛難定,哀蟬響易沉。晚霞猶閃閃,列宿已森森。流
影看殘月,迢遙墮遠林。

冬夜懷樊川故居

愁銷寒夜酒,睡引舊時書。畫角三更外,荒雞一枕餘。身名厭潦倒,物理悶乘除。野艇花源水,柴門栗里居。只須長吏好,便覺宦情疏。冬日暄茅屋,春晴御版輿。樵風下籬落,松月照村墟。猿鶴多情者,經時應念予。

高同年入覲贈別

功名往事記題輿,佐郡風流十載餘。幕下鶯花春色換,天涯兄弟宦情疏。烟雲料理詩逾好,簿領從容政自如。時覲歸來開榮戟,畫梁塵滿舊懸魚。

贈張螺浮給事

西垣重歷幾朝昏,萬事波瀾過眼翻。伏閣何人驚白簡,臨朝有勅報黃門。雲霄鐘鼎推時望,魚水功名是異恩。正覩夔龍簪笏盛,莫因花鳥戀江邨。

春夜和王信初侍御,兼懷鄒謙受檢討

雲霄有路已飛翻,寂寞官曹獨閉門。客舍鶯花連上巳,寺樓鐘鼓送黃昏。春衣暮冷添新火,濁酒人稀命舊尊。蒲柳年年江上綠,白頭零落幾人存?

劉果齋僉憲提學浙江,索贈別詩

青霄藜火映含香,詔①許傳經下柏梁。畫省仙郎閒劍履,絳紗才子典文章。春風桃李花圍坐,烟雨江山色滿堂。好為藏書探禹穴,清時竹箭美琳瑯。

---

① 詔:四庫全書本作為。

移居，懷玉隨、玉騙

蕭然蓬轉跡，似已接蘅皋。巷曲寺鐘近，夜深鄰語高。缾罍生計小，書劍客情豪。爲報素心友，移居欲和陶。

移居，別舊居花樹

隔巷星河別館開，客亭臨去重裵回。青苔濁酒行吟地，惟有楊花日暮來。

城南見山桃花

黃塵風裏帽簷斜，桑柘稀疎柳半遮。千葉不須銷恨種，小桃已放破愁花。

曉　雞

短日寒雞半夜聲，漏長偏攪旅人情。羽毛今爲風霜苦，怪爾春來失曉鳴。

送張東山少司寇致政歸里二首

一辭北闕恩逾渥①，三領西曹事自奇。張三拜刑侍。朝下清卿休沐日，天涯親舊別離時。官貧蚤割香山宅，身健長耽謝傅碁。回首緇塵京洛客，如公賢達幾人知？

舍南舍北連春色，竹樹交枝花滿坡。輦下居非村落近，天邊見比故鄉多。尊開法酒賓朋共，坐擁寒燈嘯詠過。欲解朝衣隨杖屨，耦耕生計老東阿。

王方伯寓亭送姜鐵夫還會稽二首

惜別論文地，離亭是勝遊。紅箋傳《郢曲》，畫壁寫《秦謳》。落葉催歸棹，征鴻過倚樓。遠江秋色盡，渺渺送行舟。

① 一辭北闕恩逾渥：四庫全書本作一辭劇職顏逾渥。

高閣樹聲滿,夕陽相對閒。霜風送歸客,搖落動離顏。華髮三秋別,滄波一艇還。只今無賀老,相憶在稽山。

宋玉叔招同曹子顧、沈繹堂、施尚白、王子底、貽上集王方樸寓亭,同賦五首

洛下耆英社,濟南名士亭。風流人未老,文字飲常醒。篋靜張琴露,窗明冷劍星。新詩翻《樂府》,傳唱與秦青。

疎雨青燈暗,微風白葛涼。地非金谷麗,人是竹林狂。車騎閒韋曲,星辰隱建章。君王重詞賦,或恐動輝光。

花裏銀鞍馬,尊前錦帶鉤。園林過晚夏,荷芰入清秋。他日江湖外,應思鄂杜遊。歡娛兼別緒,為我緩行舟。尚白將歸宣城。

行雲暮不息,主人終宴吟。詞華傾一代,風雨集同心。已踐《銀青約》,能為《清白箴》。重開雙畫戟,掩映舊藤陰。玉叔昔為吏部郎。

絕域尋源使,孤槎鑿空人。誰為蕉葉樣,酌此梨花春。醉觸支機石,歸迷渡漢津。拍浮銀浦裏,肯與渴羌鄰。以銀槎行酒,是元人朱碧山所製。

秋日懷翊聖

秋老關河色黯然,壯心搖落望雲烟。楚山悔別三千里,燕市悲歌十五年。老去青萍藏匣裏,愁來白髮醉花前。鷓鴣啼斷瀟湘夢,回首清江落照邊。

夜聞促織

一昔新涼草際侵,攪眠促織夢難尋。舊知巧鬥逢場戲,老覺哀音動客心。多露庭除秋欲晚,閒花院落夜初深。啼時斷續身微細,白髮青鐙伴苦吟。

物　態

秋風策策獵菰蒲,炎冷尋常物態殊。畢竟埽門羞魏勃,豈須岐路泣楊朱。殘書自擁心情定,往事追思夢幻無。只似青山舊樵侶,不知人世幾榮枯。

秋　　夜

忽忽生涯事事妨，寒沙曉蹋暮塵黄。鐙花半結人將睡，鑪火初温夜蚤凉。清漏點中秋欲盡，荒雞聲裏夢還長。緑蕉紅蓼晨窓影，無那朝來盥櫛忙。

遣　　興

千歲愁多衹百年，琴書僻性未應捐。吟詩漸解論中晚，酌酒真忘辨聖賢。掩映秋燈疏竹外，招邀清影夜窗前。不須苦學安心法，倒枕瞢騰一覺眠。

秋　　夕

窗際碧紗影，流雲月半黄。闕山連暮靄，枕簟得新凉。畫扇收殘暑，緗奩開暗香。西樓風露冷，歸夢向秋長。

天寧寺遊二首

蘭若譙門外，新霜古木清。寒山連霽色，白日落鐘聲。亭午塔鈴語，邊風沙雁鳴。西亭坐蕭瑟，蚤忘市朝情。

杖策緇塵晚，西林衹獨過。門前雙樹在，樓外夕陽多。百戰猶碑碣，千秋自薜蘿。暮鐘催客思，歸馬欲如何？

喜湘北至，同直實録館

國史重徵李鄴侯，禁林追憶昔年遊。花邊左掖同騎馬，雪裏東華共倚樓。歲月孝陵書一卷，烟波江上夢三秋。何時副就蕉園稾，玉勅牙籤次第收。

冬曉入舘同容齋

夜色深窓曙未通，鐘聲杳杳去悤悤。鄉心曉挂西樓月，木葉長吹北户風。坊遠闕門三里外,官寒心事十年中。冬來碧瓦清霜重,幾見東華蚤日紅。

孝章至旋別

幾回風雪嵗崢嶸,已改容顏識舊聲。父老尺書歸計定,高堂華髮旅魂驚。池塘昔夢三生恨,追悼長公。燈火寒齋此夜情。歸卧東軒窗下月,梅花疎影正從橫。

立春日漫興

吾今三十五年過,衮衮流光奈爾何?人壽古稀忽已半,嵗華春到幾分多。疎梅寂歷霑杯酒,畫鼓轟騰隱嘯歌。旅夜張燈悲節序,幾回莫惜醉顏酡。

簡叟同宿城北僧舍

花發南枝雁北飛,御溝西畔柳成圍①。三生佛火前塵在,一宿僧窗旅夢稀。箛鼓夜殘風瑟縮,枕衾春冷月依微。故人燕市悲歌客,投老英雄已息機。

韓編修請假完婚

九重殿外七香車,銀漢雙星路未賒。束髮婚姻逢畫錦,催粧勑旨出官家。蓮鐙燄吐同心結,玉佩光添繫臂紗。歸去不言溫室樹,芙蓉開作合歡花。

申鳧盟五十得子

節愍流風奕葉垂,名家人比鄭當時。果生瀛海遲仙子,種是麒麟帶好兒。戈印堆牀連祖笏,椒蘭盈寢并孫枝。胎仙疊舞歌塵合,伯氏吹壎仲氏篪。

蚤　　行

雨過簾纖漏點頻,火銷香冷睡初匀。當闌月出呼殘夢,倚枕雞號送晚春。楊柳漸逢官

---

① 　御溝西畔柳成圍:四庫全書本作漸看亭畔柳成圍。

綠暗,杏花何處野紅新。蚤行只似婆娑意,解作禁愁耐事人。

寄安陽張明府參首

鄴都形勝頡中州,紫氣臨關日夜浮。勾漏不須尋葛令,圯橋今已約留侯。雲深銅雀歌鐘地,花滿河陽蠱冒樓。蚤聽玉珂金鑰曉,掖垣封草殿東頭。

贈 韓 中 丞

魏公家世足名流,開府還朝正黑頭。使相節旄歸上國,尚書劍履勝通侯。貂蟬西第閒清讌,絲竹東山領盛游。豈是書生輕萬戶,何人不願識荊州?

立秋日,簡翊聖招遊水關三首

秋城過雨響潺潺,一道飛泉瀉水關。此去便隨銀漢轉,御溝流到自人間。
洗妝樓北挂殘霞,蕭后城南過晚鴉①。秋色自需今日酒,夕陽猶照古時花。
水鶴低回鷗眼明,夏雲飛盡翠微生。西風落日菱歌起,今夜逢君不出城。

程翼蒼為姊徐孺人索賢節詩

喜過程門問道初,看君宅相更何如?連枝自解娛庭樹,生子兼能讀父書。舊事嬋娟歌女嬃,念年高士記南徐。只今人近烏衣巷,香滿秦淮照綠蕖。

夜 坐 有 感

天河欲落暑風清,客醉揮杯感未平。萬事飄搖隨薄宦,十年潦倒愧浮名。自憐少壯愁中老,誰解鄉關去後情。芳草東山臨別路,那因重起為蒼生。

---

① 晚鴉:四庫全書本作晚鴉。按:鴉同鴉。

送申隨叔檢討還廣平兼寄鳧盟

同官同病不同歸,久治文書戀北扉。一別殿廬秋色晚,重看直草舊游稀。懷人邸舍心長在,送客雲山興欲飛。寄語荊園老居士,緇塵正悔上吾衣。

題李太公正①兼呈令嗣正孟編修

丹青人物想風流,令子聲華在鳳樓。天際夔龍依膝下,日邊綸綍到林丘。採芝遺老尊商皓,衣紫山人羨鄴侯。最是臨風看玉樹,金泥科第上三頭。

秋日,懷貽上、湘北

蕭蕭落葉滿秋城,不寐西堂聽曙更。寥落詩書增士氣,淒涼昏宦盡平生。寒衝匹馬風沙亂,霜咽啼烏曉月明。寄語年來素心友,清時焉敢學逃名?

晚秋,懷張西園先生

淅淅西風吹客衣,曉行涼雨夕陽歸。胷中自遣齊朝市,世路何緣絓是非。居士有情翻近道,丈人與世本忘機。藕花落盡蘆花老,望斷秋河白鷺磯。

起居注日講,賜貂裘、羔衣各一襲二首

銅龍曙色接彤幃,槖筆螭頭候北扉。玉漏早催當直夜,清霜曉點侍臣衣。忽聞天語春溫至,曾賜宮貂故事稀。最是小儒尤忝竊,皇情珍重及寒微。

曾陪貂珥金璫貴,載詠《羔羊》豹飾榮。綃帕籠牀趨玉陛,香烟滿裹直乾清。便教累葉傳君賜,何止終身荷聖情。蚤罷西征諸將士,尚方服御到書生。

---

① 正:四庫全書本作真。按:正,當作真。真,寫真、畫像。本書卷五有《題禹尚基自寫真》,卷十二有《題北山給事真》。本詩第一句稱"丹青人物想風流",更有力地證明此詩爲題李太公畫像之作。

侍宴外藩郡王，賜石榴子恭紀

仙禁雲深簇仗低，午朝簾下報班齊。侍臣畨列名王右，使者曾過大夏西。安石種栽紅豆蔻，火珠光迸赤玻瓈。風霜歷後含苞實，只有丹心老不迷。

經筵紀事八首

展書䌽几曉風清，銅尺橫斜壓未成。天子直將經義熟，玉音開卷已分明。
縹帶紅籤鈿軸齊，御書房在殿廊西。《五經》同異諸儒別，一一重瞳自品題。
玉几丹霄晝漏長，講章纔罷即封章。芙蓉別殿秋將晚，稀見君王幸柏梁。
閣門鑰入進書來，紅蠟光中對御開。知是至尊勤夜讀，三更燕寢月徘徊。
第二螭頭點筆時，起居親切近臣知。年來神藻光青簡，日曆長編御製詩。
一步天門生羽翰，凌霄宮闕路漫漫。玉清禁府尊嚴地，只恐人間報稱難。
內裏常餐自尚方，雲漿雪椀別教嘗。調羹真勝修莖露，賜食何須七寶牀。
蛾眉供奉別東頭，銅鴨香深跋燭留。下直玉階天漢上，金明門外月如鈎。

直廬贈韓主事

每逢同日侍巒坡，宮草鑪烟歲月過。年老潘生華髮滿，坐深荀令晚香多。才名我自慚金馬，風度君偏稱玉珂。清晝總長渾不厭，夕陽催別思如何？

梅花二絶句

燕市新花巧接栽，青春紅火一時催。憑君莫笑大庾嶺，南枝落盡北枝開。
幾度寒梅臘又殘，愁心一日對花寬。稀枝小蕊纔輕放，留取新年細細看。

送少師衛公致政還曲沃二首

十年三度謝簪纓，帷幄功高退始輕。天下公真清第一，兩朝今不愧平生。賜還別有《銀青約》，請老仍為晝錦行。去日臨軒思舊德，遭逢魚水動皇情。

閣道雲山仗外峰，朝回請急未從容。再來父老看司馬，此去乾坤有臥龍。夢繞細旃聞夜雨，春回長樂遠疏鐘。知公未穩江湖興，民隱還須達九重。

次韻程使君留別，即送之官粵西兼寄開府馬公十首馬公雄鎮。

相逢前十載，離別是中年。羈旅交游老，鶯花歲月遷。飛騰知意度，文酒破拘牽。一詠觚稜句，蕭條已共憐。

萬里之官路，還家到海村。琴書隨畫舫，詞賦在金門。桂樹臨江迥，梅花過嶺繁。灞橋衰柳色，折贈欲銷魂。

地角東西粵，行行過舊栖。孤篷江笛咽，斜日嶺猿啼。野宿桄榔暗，山行荔子低。褰帷畫圖裏，按部到蠻溪。

憶直承明裏，宮鶯竟日聞。苑花看並騎，隄草惜離羣。畫省香罏氣，江城粉堞雲。詞名兼試吏，此事不如君。

地接三江險，堂開八桂深。關山如憶遠，詩句費孤尋。臥閣梅花放，車輪蕙草侵。班春多暇日，海月照彈琴。

近日嘉陵驛，郵筒遠寄詩。謂阮亭使蜀，懷使君及予詩。西川風雨夜，南海別離時。生理何心緒？天涯有鬢絲。桂江如可飲，先遣故人知。

落日伏波廟，行人拜路隅。靈旗精爽見，銅柱鬼神扶。勛業看如此，登臨意與俱。詠懷多古蹟，縹緲憶蒼梧。

烽烟千嶂靜，道路百蠻通。朱邸今開鎮，丹書舊戰功。江山兵火後，耕鑿戌旗中。人近嫖姚幕，聽笳憶塞鴻。

建牙開幕府，吹角瘴雲間。一別蓬萊殿，相思供奉班。湘灕江上水，烟雨海南山。喜及昇平會，恩波徧百蠻。

世領中丞節，榮分禁苑臣。江風清蜑戶，海月照鮫人。鐃吹騰歡遠，轅門送喜頻。可堪晉父老，囘首事酸辛。馬以晉撫改粵西。

送杜編修還南宮

爇棗蕉園徹院鈴，夜深藜火散槐廳。青門草色春堪惜，落日驪歌酒易醒。此別鶯花開北署，十年車馬駐南亭。我留君去真無補，名玷諸儒愧一經。

七月二十一日，賜宴瀛臺迎薰亭，恭紀二十韻

右掖南薰水殿凉，宸遊此日命瑤艭。宜春小苑通平樂，太液神池接建章。金鑰北連馳道合，銀河西遶禁垣長。依稀畫漏傳鳲鵲，宛轉霓旌下鳳皇。映曉紅蕖難辨影，迥風碧落只聞香。已同葵葉傾朝日，不與春花競艷芳。山雜夏雲峰四起，林含時雨樹千行。仙槎迥①拂滄溟外，錦石曾支日月傍。雁沼芙蓉開別館，龍樓花蕚召諸王。公卿渥澤來丹陛，侍從恩深直玉堂。宵旰至今勞聖主，拜颺從此見明良。移將彩仗趨長樂，不待簫韶出上陽。翠渚張筵雲幕濕，雕盤列俎繡綃黃。天杯泛露承仙掌，寶鼎調蘭飪尚方。無盡皇情同海岳，一時睿賞②在林塘。蓬萊歲月春何限？魚水君臣興未央。會見大酺歡父老，已看燕樂徧巖廊。詩成《宴鎬》如周后，曲奏《橫汾》陋漢皇。御藻昭回騰紫極，詞曹翰墨侍明光。清時不獻《長楊賦》，譜入謳歌國步康。

是日，詔賜西苑泛舟，恭紀二十韻

宮府修和日，君臣悅豫年。昇平盛文物，睿賞洽林泉。北禁仙流祕，西清複道懸。曉雲迎步輦，瑞日下晴川。罷戰昆明後，留歡太液前。駕來祥鳳轉，杯向濯龍傳。午景凝芝蓋，天河入御筵。花明緹騎色，香接玉鑪烟。鳴珮升蘭榜，華簪扣畫船。《鹿萍》欣有頌，《魚藻》樂難宣。空靄浮瑤島，明霞遶翠旃。闢樓陰漠漠，夏木淨娟娟。碧水黃簾外，紅臺錦纜邊。躊停仙仗久，岸敞幔城延。舞詠班行右，光榮侍從偏。滄波真浩蕩，天語許流連。畫鼓催行漏，斜暉度晚蟬。和膏沾醉飽，報答乏微涓。覆載垂慈溥，生成錫祉駢。恩深慚薄技，長奏《栢梁篇》。

乾清門侍宴，賜蘋果恭紀

龍狀日扇午陰團，第一螭頭飪大官。坐有俎筵霑異數，賜將苞品別③常餐。上林種後收名果，內謙秋來薦玉盤。翠纈丹霞滿瓊液，不須更食蔗漿寒。

---

① 迥：四庫全書本作迴。按：《廣韻》：迥，俗作逈。寥遠。
② 睿賞：四庫全書本作勝賞。
③ 別：四庫全書本作列。

宴廓爾沁諸國貢使，侍直，賜蒲桃。有頃，賜西瓜，恭紀

珠顆甘瓞出內園，面蒙寵錫聖容溫。初筵訝許長霑賜①，一日驚逢再拜恩。玉指翠分親摘蒂，金盤紅重御嘗痕。尋常香案前頭坐，飽飫天庖渥澤蕃。

送素存歸覲二首

暫解西清直，南旋涼漸侵。游非司馬倦，興似季鷹深。山寺繙書處，江魚視饌心。君親恩并重，相送一沉吟。

載筆編摩日，微才也許參。誰能辭贊一，君自史長三。金匱書緘上，秋風櫂忽南。他時如念及，橅寄米家菴。

武闈，貳益都相國次韻

詔貳公孤拜命驚，鷹揚盛典屬儒生。簪裾許接元寮席，綸綍時宣藹宸情。簾閣風雲新夜永，鎖廳鐙火幾回明。由來臺閣掄才地，元化應須在鑒衡。

奉次益都相國《武闈》韻

太平玉帛萬方同，校武常勤廟算中。已見彎弓開似月，頓令磨楯運成風。檐前落葉疏鐘度，樓上清霜畫角雄。夜半火城傳視草，奎堂遙映燭花紅。

---

① 長霑賜：四庫全書本作長霑馥。

講筵，賜紫貂、文綺、白金，一事恭賦一首①

賜貂

去歲含毫侍玉墀，錦裘天上拜恩時。衣冠曙色交龍袞，鵷鷺春溫集鳳池。禁殿久依簪筆地，直廬重詠賜貂詩。微勞一髮何曾効，輕暖頻年媿聖慈。

賜文綺

紫纈青綾出尚方，恩深奏謝閤門傍。機絲巧度金梭月，刀尺頻霑錦綺香。袖拂螭頭鑪氣暖，步隨龍尾珮聲長。許身袞職無能補，空睹宮衣滿篋箱。

賜白金

榮光賜予報重重，內裹分金勅禦冬。赤縣尚鐫初進字，瑤函纔啟御前封。記恩未忍輸泉布，索米從教罄釜鍾。不羨長卿工賣賦，腐儒執簡慶遭逢。

賜貂蟒朝衣一襲②

謝恩未了趁駕行，又是溫綸下建章。內製霣鋪新樣錦，賜衣久染舊鑪香。雲浮繡蟒明初日，風動盤貂點細霜。拜舞玉階春色裹，五紋先祝綵絲長。

待　　梅

園桃巷柳豈須論，梅信經年探野村。老怯谿橋妨滑路，慵憑簾幕伴閒門。窗虛細朵從疏影，硯凍斜枝認舊痕。索共寒香成一笑，愛他風雪近黃昏。

---

①　講筵，賜紫貂、文綺、白金，一事恭賦一首：四庫全書本作講講筵，賜紫貂、文綺、白金，恭賦三首，並刪去賜貂、賜文綺、賜白金三題。按：四庫館臣以爲賜紫貂、文綺、白金是"一事"，故將"恭賦一首"改爲"恭賦三首"，下面三題自然沒有保留的必要。但是，在陳廷敬的心目中，賜紫貂、文綺、白金卻各爲一事，一事一詩，故曰"一事恭賦一首"。下面三小題，分別點明所賜之物。這裏的事，不是名詞而是量詞。白居易《張常侍池涼夜閑讌贈諸公》："對月五六人，管弦三兩事。"三兩事就是三兩件或三兩樣。原題不誤、不當改。

②　賜貂蟒朝衣一襲：四庫全書本同。馬甫平點校本將此詩納入上一詩題，與賜貂、賜文綺、賜白金並列。按：本書木刻本在《講筵、賜紫貂、文綺、白金，一事恭賦一首》之下分列《賜貂》《賜文綺》《賜白金》《賜貂蟒朝衣一襲》四詩。它給人的印象是四者乃同時賞賜之物。馬甫平點校本就是以此爲根據的。但是，上一詩題，並未講貂蟒朝衣，而此詩首聯卻説："謝思未了趁駕行，又是溫綸下建章。"可見賜貂蟒朝衣是在賜貂、賜文綺、賜白金之後。四庫全書本將它分離出來是正確的。

歲暮雜感二首

雲山萬里一雕鞍,急羽應須起謝安。嶺海梅花旌節遠,江城金鼓戍樓寒。苦吟獨客身將老,小酌幽襟醉後寬。旅興易傷西望眼,數峰深翠路漫漫。

紫極青霄悵遠天,桂陽險絕羽書懸。題詩萬馬中宵動,草檄孤城百道連。直北風雲憑障塞,征南笳鼓在樓船。將軍前部何時到?霧散龍沙夜月圓。

癸　丑　除　夜

漸老天涯此夜中,兵戈闊塞意何窮。梅花影寫春醅綠,爆竹聲連蠟穗紅。夢繞庭闈雙素髮,身慚弟妹一飄蓬。強吟守歲還循例,愁絕寒宵畫角終。

人日,都市有賣牡丹花者,郭快菴太史同賦

人日晴雲媚曉陽,玉闌干外競新妝。啼鶯舞燕紛何處,霧朵霜叢却未妨。翠幔曉低憐瘦影,紅樓夜冷惜天香。仙郎已進《清平調》,與和高吟紫禁傍①。

春　　懷

玉醆金珂撥鳳槽,城頭星爛曉雞號。樹烏三匝棲難定,櫪馬無聲意自豪。羇旅生涯過夢境,年華勛業老詞曹。寂寥瓦屋繩牀夜,絕勝丁男轉戰勞。

《步虛詞》二首

寶髻珠圓現幾時?珮環聲裏《步虛詞》。露香夜夜朝真語,心事分明欲訴誰?

《金縷》歌殘舞《柘枝》,關山連夜雨如絲。夢回紅版橋邊路,一種桃花似舊時。

---

① 　紫禁傍:四庫全書本作興正長。

送施匪莪歸泗州,用"歸來"二字韻二首

零落賓朋又送歸,風烟重惜舊遊違。還鄉襆被官曹冷,間道兵戈野店稀。客久鶯花迷故壘,春寒雨雪在征衣。泗濱得比桃源否？到日殘紅歷亂飛。

故人今已賦歸來,白首行藏拂袖迴。淮汴雙流中擊楫,江山百戰舊登臺。詩成磊落從教在,酒罷襟懷得好開。只有交情垂老意,不堪霑灑到離杯。

朝日侍直恭紀

春色平分淑氣迎,龍樓鐘鼓報新晴。早隨大駕千門出,只後乘輿一馬行。夾岸烟花臨御道,朱壇柴燎達皇情。禮成載筆還趨直,萬歲①蓬萊日正明。

侍從朝日還,侍宴江西提督趙國祚、河南提督王永譽、太原總兵郭拱宸,賜紫梨。有頃,賜石榴子

羽林前隊屬車塵,纔解雕鞍藉錦茵。玉殿割鮮親將帥,金盤頒果重儒臣。香多盧橘來江驛,色勝珊瑚貢越人。旰食只今憂戰伐,分甘侍從幾回頻。

送洪暉吉還甬東

藉甚才名子自賢,酒杯詩卷劇流連。倦游金馬如殘夢,對策銅龍記往年。寒食鶯花千里道,春風鰕菜五湖船。耦耕我失歸田約,此別何能不惘然。

夢遊南樓歌

別久南樓已十秋,長風吹夢下西州。祇疑身蹋青天影,真見黃河明月流。

---

① 萬歲:四庫全書本作共仰。

送韓起蘇三首

春明門外來時路,愁見青青柳色多。欲唱《驪歌》人斷酒,直教無奈別離何。
容膝寒齋小幔垂,紙窗風雨上燈遲。房櫳別後春蕭瑟,想見孤吟獨坐時。
東風楊柳河橋月,冷節關山野店花。送客還鄉仍是客,十迴禁火在天涯。

四月十三日昧爽,夢屠芝巖給諫,言頃,孝感熊公誦予詩,因為余復誦之。覺而忘後二句,續成之

步屧中林逢數子,雕闌傑閣倚晴暉。長河直轉三千里,庭樹常留五百圍。老氣諸曹猶勁敵,雄心杯酒未忘機。夢回古壁曾題句,風雨冥濛隔翠微。

容園呈大司馬宛平公

北斗尚書第,西園翰墨情。闢堂延揖客,開閣引諸生。臺榭千峰出,山河四塞平。天虛含象緯,地逺劃陰晴。日月高雙闕,風雲抱古城。五陵多王氣,萬馬雜邊聲。談笑淮泗敵,鞭驅驃騎營。指揮驚宿將,帷幄異孤卿。羽檄書交至,軍機酒數行。中樞方授律,儒術亦論兵。鶯語喧金鼓,花飛點斾旌。隋珠恩未報①,還欲請長纓。

詠懷贈田兼三京兆

痛飲狂歌老鄭虔,諸公袞袞日朝天。幾人報國文章在,吾黨匡時奏草傳。西掖深花春漏轉,南臺列栢夕烏還。平生最愛張京兆,儒雅能如廣漢賢。

七月六日立秋,懷王北山給事

清時要地重黃門,封事詞林共討論。詞林編纂六曹章奏。秋色邊烽還照耀,西風畫角又黃昏。雙星河漢隔鐘漏,一葉梧桐飛掖垣。記得延英去年事,宣豪江硯正承恩。去歲試臺

---

① 恩未報:四庫全書本作未銜報。

省,北山試第一。

疊前韻酬北山給事見和《立秋日》詩給事,余同年生,去歲同武闈之役。

清時將略重期門,好武能文可細論。鎖院科名雙鬢髮,垂簾風雨十晨昏。縹囊久點還詞苑,彩筆誰兼似諫垣。玉勒宮花思往事,曲江宴後疊承恩。

往　昔

往昔歡游翰墨場,五陵衣馬恣清狂。闊情白髮參差短,回首青山寂寞長。十載雙親書數紙,寒燈獨宿淚千行。兵塵未解年將老,欲說歸田已闇傷。

輓毛錦來吏部

蕭蕭鄰杵動凄其,寂寂房櫳素幔垂。春日客亭分手後,夕陽老淚過門時。椒漿餘閣招魂晚,兵火孤兒上道遲。百口重圍傳警急,三秋旅櫬網蟲絲。

秋日,草橋見龔大宗伯芝麓題壁詩,感舊有作

荏苒京華亦轉蓬,芳菲零落舊青叢。遠山疏樹璁瓏碧,流水殘荷寂寞紅。霜重草橋秋色晚,歲寒花徑昔游空。右安門外西州路,酹酒荒原向晚風。

重遊祖氏園

十五年前白鼻騧,青絲金絡酒重賒。長思別後凄涼地,再見秋來爛熳花。世事五侯新第宅,桑田幾度舊人家。將軍坐歙風烟外,帳底歌鐘閱歲華。

秋夜待漏,書懷寄蕭韓坡侍讀

九門清漏隔銀河,午夜微風競玉珂。不寐秋蟲偏自語,長愁旅雁又相過。音書戎馬來人少,烽火江山戰地多。生養兩朝恩未報,苦操柔翰思如何?

城南憶舊游，簡楊侍郎及茂才郎君

頓紅走馬夾城傍，下直深林坐夕陽。山色嵐光猶在眼，松風花影最難忘。詞塲賓客思公子，寺閣登臨憶侍郎。待漏朝來趨左闕，南宮秋點夜深長。

魏環谿先生邀集可亭，以寓直不赴，却簡

講堂高倚故山青，翹首風雲聚可亭。兩召天書光日月，三遷公望重朝廷。苦心開濟君前疏，大手文章座右銘。今夜清暉動星宿，蕭條藜火媿橫經。

秋日見雁同湘北作

北風吹雁急南飛，邊馬長征去未歸。矰繳高秋辭大野，關河落日過重圍。斷行飄泊孤洲遠，獨宿烟塵舊處非。江海蒼凉沙塞晚，尊前為爾一霑衣。

《午亭文編》卷十　男壯履恭較

《午亭文編》卷十一

門人侯官林佶輯錄

今 體 詩 四

秋夜入直，待漏東闕下，有懷青岳翰長、肇餘玉階兩學士

年光流盡宮前水，幾度寒聲雜玉珂。漆簡數行吾自媿，水衡三字意如何？鼓箫中夜黃雲合，風雨深秋白髮多。最是周廬趨直地，侍班輪日不同過。

輓王考功子底、宋觀察玉叔

素旐齊城北，朱旛蜀道東。蕭條萬里外，淪沒一年中。世路憐諸子，交情盡二公。招魂傷宋玉，死孝憫王戎。賦鵩才猶壯，哀麟筆遂終。玉棺天上落，瑤瑟寢堂空。暮雨懸鄰杵，秋雲冷殯宮。夜臺歸有伴，泉路恨何窮。前後銓衡地，淒涼詔獄同。范滂真蹇諤，裴楷自清通。藻鏡南曹月，琅璫北寺風。宦途紛轗軻，襟抱得冲融。顛躓非天意，生全荷聖聰。荔裳、西樵前後官吏部，下詔獄。追隨思夙昔，狂醉笑兒童。名列班揚盛，文兼沈鮑工。妍媸懸刻畫，瑕垢屬磨礱。章句功名薄，生涯負販雄。霜摧漢時柏，風折嶧陽桐。歲月魚吞餌，乾坤鳥觸籠。漂搖驚汎梗，慘澹送飛蓬。腸斷山陽笛，悲迷朔塞鴻。池塘春草綠，謂阮亭、艾石。丘隴野棠紅。腹已真成痛，心還暗欲忡。九原人在否？灑淚向荒叢。

九日,內直恭紀

禁鑰霜鐘度掖門,佳辰入侍亦新恩。夾城紅葉飄深樹,別殿黃花進內園。畫刻詞曹金簡祕,曉風天上玉音溫。承平時節慚文翰,戎馬何能報至尊。

次韻曹頌嘉和田綸霞《九日,同謝方山飲黑龍潭,晚遊刺梅園看松》詩四首

高秋征馬幾時回?節序邊書日又催。鴻雁也從烽燧少,菊花應傍戰塲開。雄都紫塞頻傳檄,霸業黃金舊築臺。且斂登臨詞賦手,故園遙望當歸來。

冉冉飛雲萬壑低,鄉心迢遞夕陽西。關山木葉歸來晚,兄弟茱萸揷處齊。秋水平橋初擁席,寒花繞屋自成畦。樊川舊日登高地,濁酒淋浪醉似泥。

滿目青山赤羽馳,天寒沙磧野營移。城高白帝霜砧斷,秋盡黃陵畫角吹。幾處漁樵逢戍壘,千村征調見旌旗。多君苦憶昇平事,賈酒悲歌寂寞時。

城南咫尺吾難到,潭水園松兩絕塵。歷盡滄桑含貝闕,燒殘劫火老龍鱗。正思叔起呼垂釣,欲擬興公答比鄰。退食舍人無事否?好娛風日趁閒身。

菊 遲 有 作

去歲采花香汎酒,今年對酒菊遲回。歡凄蚤判心顏改,風雨將闌節序催。似向高秋堅壁壘,故教嫩蕊近尊罍。上林霜後稀游幸,應遣寒英細細開。

追悼王西樵吏部兼懷阮亭

海內誰知己?相思大小王。風來關塞遠,月落夢魂長。多病寬腰帶,流年積鬢霜。鴒原悲宿草,重與淚霑裳。

魏環溪少司農為李晉陽索題柳林二首

何處登臨望渺冥,柳花飛後柳烟青。灞橋官樹連鄉樹,子舍輿亭接柳亭。司農奉母太

夫人所居曰奧亭。

韋公舊蒔庭前柳，郎省他時對斂容。惆悵柳林秋色裏，西風落葉滿居庸。

和貽上嘉陵驛見懷

客裏音書寂寞遲，西風過雁苦參差。窮交別後三年淚，好事傳來八子詩。杜曲寒花秋送遠，嘉陵古驛夜相思。銷魂橋外殘陽樹，衰柳天涯憶汝時。

風夜程子至

天風響不輟，吹汝到空堂。夜動霜林白，寒搖落月黃。鼓鐘連歲晚，碪杵入宵長。話盡蒼茫裏，因君思故鄉。

上官松石畫

雲樹蒼蒼隔寺樓，亂山飛瀑屋西頭。花時恐有漁舟入，肯使桃紅出磵流。

懷吳薗次揚州

十年僦屋西街住，山色東窗共短籬。隔坐秋燈聞夜語，蚤朝官馬並晨嘶。江寒北雁春前少，人去鄰花雪後遲。渺渺蕪城烟水濶，蒔樓明月憶君時。

雪 夜 口 號

黃沙漠漠雁聲微，鼓角緣邊送夕暉。大帳金川江月暗，前軍鐵鎖陣雲飛。塵昏壁壘長橫槊，氣冷關山未授衣。最憶苦寒諸將士，好乘雪夜破重圍。

冬日寫懷，同郭快菴太史、李容齋侍讀、袁杜少上舍作

朋舊棲遲旅興寬，西堂霽雪對憑闌。九邊馬槊霜雲動，大將龍堆曉月殘。裘馬黃金燕客老，關城橫吹楚江寒。久憐詞賦朱顏減，尚倚狂豪議築壇。

弔富川令劉江屏殉節詩 _{諱欽鄰，儀真籍廬陵人。順治辛丑進士，死粵西亂，贈光祿少卿。}

荒城落日陣雲開，烈士如生碧血殷。太尉威靈高戰伐，杲卿風節壯河山。孤忠誓死收羣盜，數語臨危動百蠻。感泣至尊當殿詔，科名終不媿朝班。

瓶　梅　八　首

紙窗竹屋奈銷魂，相對孤花自掩門。解愛寒鐙上疏影，不愁明月照黃昏。
嶺外烽清驛騎來，閽門傳火捷書開。殘年臥隱寒檐日，索共梅花笑幾回。
官閣谿橋記別離，山村風雪夜相思。不因蕊細枝斜處，愁絕天涯歲暮時。
博得身閒萬事輕，曉鴉啼後夢難成。朗吟對汝北窗下，冷艷寒香非世情。
人生婚宦多憂累，顋頷紅塵悔舊時。却笑孤山林處士，棄家還作有情癡。
禁鐘催曉別花行，凍壓寒雲雪滿城。駐馬風前聞玉笛，故園腸斷《落梅》聲。
舊時一本數金直，翠幬香綃逗蚤春。寂寞朱門半上鎖，樓前愁絕賣花人。
羅浮蕭瑟渺雲烟，庾嶺荒寒劇可憐。萬里邊愁惱清夢，五更風雪夜窗前。

歲除，容齋席上送緯雲還宜興，兼寄其年

隔夜春帆被急裝，一尊歲酒作離觴。江山易老東西別，風雨難分上下牀。入洛機云羈客恨，游秦枚馬著書狂。買田陽羨時將晚，寄語樵漁笠澤傍。

除　夕　二　首

顛倒天吳繡兩頭，花鈿搶①盡笑淹留。團圞醉舞春燈下，病婦飢兒也未愁。
玉箸金盤御榻高，昇平節物夢魂勞。王師蚤報收邊郡，更典朝衣貰濁醪。

元日祠祭，免朝賀，恭紀

東來王氣滿春城，馳道風雲接兩京。天意車書同奉朔，帝憐兵革罷朝正。鑪香影裏千

---

① 搶：四庫全書本作拆。按：《集韻》：拆，本作坼，或作搶。

旗動,燎火光中萬馬行。總為蒼生禋祀切,漢家五時是虛名。

孝陵忌辰呈楊侍郎,楊新自陵上來。

宮車思往日,園寢①哭春風。廿載兵戈後,先朝夢寐中。翠華臨想像,玉殿在虛空。白首儒官老,當時供奉同。

春夜齋宿院中,有懷同學諸子

南內春雲接禁闈,御溝流水送斜暉。風前白燕寒無影,月下青槐大幾圍。侍從先朝同昔夢,弟兄廿載各分飛。齋宮此夜聽新漏,藜火燒殘閉舊扉。

春 月

圓月他時好,春來夜自明。九霄金鑰夜,萬里玉關情。宛轉懸雙闕,迢遙過列營。刀環空有夢,流影照霓纓。

晉 國

晉國強天下,秦關限域中。兵車千乘合,血氣萬方同。紫塞連天險,黃河劃地雄。虎狼休縱逸,父老願從戎。

午日,同北山豐臺看芍藥,二首

韋曲春時嘗爛熳,藥闌午日重裹回。已憐菡萏參差出,更遣榴花寂寞開。
兩度看花也滯留,重來風景不勝愁。飄零十載尊前客,惟有黃門記昔遊。

問王給事病

昨夜眠多少?思君落月時。高齋聞雁蚤,秋圃見花遲。省披稀囊草,安危有鬢絲。連

---

① 園寢:四庫全書本作瞻拜。

朝同寂寞,吾病亦摧離。

奉送宛平田公之奉天二首

千里嚴裝塞下過,雕鞍落日出關河。蚤聞星漏趨蘭省,歸約銀青送玉珂。遼海長城邊郡遠,南陽帝里近親多。趙張方略清威重,況是銷兵在政和。

形勝雄都百戰塵,留臺風紀節旄新。中朝應切安危計,內史須煩社稷臣。風雨諸陵秋色遠,雲山三輔夢魂親。綸書計日看徵召,回首鋒車塞草春。

送熊縣丞之錢塘

疏柳涼蟬潞水流,驪駒朝發暮扁舟。江山萬里多新壘,風月西湖是舊遊。客路音塵戎馬外,故人愁病別離秋。不須隱吏誇梅福,投筆君須學虎頭。

寄上何公江寧

江左風流間代興,相門森戟夢觚稜。錦袍舊賜①花前著,團扇初恩②袖裏承。倚檻雲山連北塞,飛觴烽火過西陵。丈夫五十身強健,縮手菰蘆恐未能。

送趙玉藻編修典試東粵

炎天欲盡路冥冥,庾嶺梅花古驛亭。馬援柱邊銅鼓暗,尉佗城下燧烟青。百蠻文字珠光合,諸將弓刀海氣腥。傳語有苗干羽盛,垂衣天子日談經。

立秋日,子顧、繹堂、貽上、湘北、幼華過集二首

生死傷心後,悲歌把臂初。西樵、荔裳相繼淪亡。皇天留數子,秋日集吾廬。風雨孤亭窄,苔花晚徑疏。不慚供給薄,離別較何如。

---

① 舊賜:四庫全書本作逸韻。
② 初恩:四庫全書本作仁風。

舊雨如今雨,新秋勝往秋。生涯堪一笑,杯酒失窮愁。吹角江雲斷,啼猿蜀道幽。飄零今暖眼,酩酊且相留。

移居懷林澹亭

鬱鬱久居此,天涯又卜鄰。秋花今別汝,社燕並辭人。岑寂長愁地,漂搖獨去身。偶因違咫尺,轉益念交親。

七月廿七日,移居宣武門東街二首

衆峰晴自出,為此卜幽棲。卷幔秋風入,鉤簾落日低。纔容旋馬地,已得種花畦。望眼雲山外,愁時只向西。

九逵倚徙遍,四海問吾廬。垂盡將歸橐,飄零舊著書。殘生關藥餌,萬事託樵漁。鴻爪東西意,天涯任所如。

望　西　山

列嶂橫天壁,連雲並女牆。晚風落空翠,疎雨濕斜陽。巇壑鄉心亂,關河別路長。白雲如蓋處,冉冉近高堂。

送李仲如之奉天治中<small>仲如,相國子。</small>

相公門第映重暉,佐治留都願豈違。沛郡纔為湯沐邑,鎬京元是帝王畿。六軍錦水新移陣,萬壘松山舊合圍。剗守四朝疆圉重,應須奏最報綸扉。

和湘北再送仲如

玉笛關山遠送行,檛槍影落罷東征。霜高元菟秋深戍,月上黃龍塞外城。木葉砧聲催別思,玉堂詩句悵離情。公餘詞賦知無敵,欲使才名重兩京。

送史子修編修歸省

十載詞臣省覲歸，直廬初罷講筵違。牙籤緗几辭天上，綵袖鑪香出禁闈。歲月暫虛南史筆，兵戈猶見老萊衣。承歡縱説天顏喜，宵旰於今未霽威。

容齋招同子顧、繹堂、貽上讌集四首

苔竹參差長，軒窗杳窱通。故教迷出入，不自解西東。夏果侵階落，秋花遶屋紅。盆池綠蘋末，翻浪五湖風。

數過歡娛地，蹉跎鬢有絲。風塵憐縱酒，壁壘見殘棋。鴻雁又將至，明河今未遲。坐來新月上，流影照蛾眉。

檻古衆木秀，亭深初月妍。流螢破暝色，宿鳥投寒烟。高齋見水石，對酒懷山川。自此發秋興，松廬方渺然。

風雨日蕭蕭，初晴夜色饒。銀鞍歸路險，白馬向秋驕。漏逺疎城堞，燈明聚市橋。天涯朋舊少，不惜往還遙。

妙光閣次湘北韻。閣，故尚書芝麓龔公建①

尚書遊屐經行處，夕照殘花寂寞紅。舊館已孤簾幕月，六時猶響珮環風。英雄兒女前塵在，香火因緣願力空。往事不堪回白首，酒壚相就問黃公。

夢　玉　隨

江湖渺渺見難期，怪爾經年入夢遲。別後頭須白幾許？可憐飛動似當時。

聞　　笛

一片長安秋月明，誰吹玉笛夜多情。關山萬里無消息，腸斷風前入破聲。

---

① 閣故尚書芝麓龔公建：四庫全書本刪去此九字。

八月十四夜月

南鴻北燕久差池,明月天涯處處隨。風露已霑新鬢髮,關山猶照舊旌旗。步檐曳履閒行數,簾閣吹鐙獨臥遲。遙憶故山涼冷候,桂花連夜影離披。

十五夜不見月

秋陰漠漠夜蕭騷,如水天河漲素濤。三帀繞枝烏宿蚤,數聲吹角雁飛高。遙連候火光偏照,不動浮雲勢自牢。我欲乘風上萬里,手排閶闔一呼號。

十六夜雨過容齋,時移居比鄰

下馬堂前雨細傾,衝泥步屧惜逢迎。寒催落木秋碪動,夜近高樓玉漏清。隔屋檐花添客思,短檠燈火足交情。卜鄰我願同晨夕,投老終當學耦耕。

重陽前一日,同貽上、湘北放生池作

紅葉黃花古寺東,荷衣行亂渚禽中。多生解取伊蒲味,半偈難忘綺語工。秋色鳧鷺寒漠漠,夕陽烟水晚濛濛。佛燈夜上星河冷,便欲安禪就遠公。

同湘北送貽上東歸

青絲絡酒玉壺香,未到分攜意已傷。客路蕭條偏入夢,離魂老大易沾裳。即教對面翻成別,却費來書細作行。月落燈殘思後夜,斷鴻寒影最蒼茫。

顏澹園編修、修來儀部為兩尊人求詩,顏,復聖裔

泰山如礪帶如河,儒者勛名代不磨。輅冕蚤分新榮戟,簞瓢猶是舊絃歌。校書東觀青藜杖,下直南宮白玉珂。對舞華筵秋夕永,燭花橫月酒迴波。

湘北宅宴集,懷貽上東歸二首

　　冰雪寒沙路,歸遲曉月明。竹絲含別恨,鐘鼓亂離情。被酒猶燕市,聞歌是渭城。此時茅店裏,嗷嗷野雞鳴。

　　過亭急寒雁,月影下紛紛。古寺鐘聲落,虛窗木葉聞。天涯潞河水,客夢鵲湖雲。行止知無定,蒼茫獨憶君。

冬 日 即 事

　　連坊雞未唱,疲馬夜行遲。漏點催金鑰,珂聲動玉墀。朝班存近侍,官職在文辭。正喜勤封事,君王召對時。

生 日

　　梅花書閣晚婆娑,短景流年自勘磨。拘束正教如杜老,龍鍾猶未似東坡。文章小技聊為耳,歲月浮生欲奈何。千里過庭風雪夜,天涯燈火伴吟哦。

日至陪祀,宿天壇院

　　高居上帝列星環,人向天門生羽翰。漏盡金鐙渾未暝,霜深瑤草不知寒。雲霞夜近通明殿,劍佩春回太乙壇。一昔九霄隔塵夢,却疑下界路漫漫。

三原房慎菴以季弟發公遺行屬為詩

　　人物關中房季子,弟兄名重鄭當時。獨憐春草西堂句,不愧荒阡有道碑。結髮文章輕萬戶,傷心書卷付佳兒。青衫黃壤連枝恨,淚葉翻風宰樹悲。

寄汪大長洲、王十一新城五十韻

　　故舊皆何在？羈遊已自孤。天涯今寂寞,歲晚一踟躕。歷下周旋久,江東物色殊。別離吾欲老,消息近全無。雲樹何寥濶,風塵正鬱紆。魯連終蹈海,張翰已歸吳①。魚鳥無嫌避,山林脫覬覦。乾坤雙僻倪②,頗仰自昭蘇。憶昔芝如蕙,偏嗟亮與瑜。名聲陵沈鮑,交契到蕭朱。秋實繁堪擷,春華照若敷。一臺矜二妙,十稔拙《三都》。電掃詞鋒迅,星芒筆陣驅。文章宜特達,郎署偶同趨。頗覺時全盛,相逢屢讌娛。鶯花晨諷詠,風雪夜招呼。擇勝青絲障,當筵紫繡襦。尚書頻顧曲,芝麓冀公。吏部解投壺。貽上有劉公戲吏部《投壺詩》。自喜官疏散,能忘士賤拘。觴行銀鑿落,騎簇錦模糊。晚接金門彥,玉隨、湘北。歸栖列柏鳥。玉虬、日緝。悲歌從俗怪,醉舞欲人扶。少日堂堂去,流年冉冉徂。漸離悲擊筑,南郭老吹竽。回首清歡地,空憐縱飲徒。折梅連舊蕊,去雁引新雛。魂夢迷行處,江山見畫圖。飄蓬思杖策,泛梗想乘桴。嶽觀通青帝,蘇臺長綠蕪。風流真秀美,物產自魁梧。城郭峰當面,烟波水一隅。燧烽昏戍壘,冰雪漲川途。戰地經三楚,軍船過五湖。遭逢還感激,間濶遂艱虞。處士非殷杜,清流有顧厨。淒涼懷卜玉,照耀握隋珠。歲月消鉛槧,豪華付狗屠。飛騰萬里志,孱弱百年軀。笑口妨多病,愁眉損壯夫。放懷齊塞馬,微分託轅駒。白髮耽詩卷,青春滯酒壚。殫精工句字,為樂博須臾。處世從方朔,逃名謝董狐。根塵隨浩劫,才命受洪鑪。心跡輸高致,行藏困小儒。觀身時自遣,觸事竟長吁。百一成驚愕,平生似友于。晚聞慚至道,故態恕狂奴。他日如重見,香醪爛漫酤。

哭張幹臣學士三十六韻

友朋既零落,賢哲幾凋傷?習俗交垂喪,清流獨奮揚。斯人高位置,吾道豈摧藏。泗水三千士,尼山數仞牆。顏瓢堪陋巷,由瑟已升堂。經閣初刊繆,名山續補亡。霸圖羞管樂,儒略慕軒唐。夙昔延英殿,追遊供奉行。衣冠存正色,星宿麗寒芒。步緩晨趨珮,歸遲晚袖香。苦心隨豹尾,失涕近龍牀。奏對封章切,言詞面諍長。講筵多獻替,詞館自輝光。煇赫雷霆下,昭回日月傍。薄游辭宛洛,厚譴得江鄉。帝念深依眷,天心頓激昂。再三中旨召,敦迫舍人裝。縱斧千尋幹,洪鑪百鍊鋼。孱羸看吐舌,疾病見剛腸。燕寢鬚眉在,春鐙骨肉凉。盍棺猶布被,易簀只空囊。尚冀收遺草,臨危絕諫章。治安難畫策,存歿易霑裳。銅馬三軍慟,金戈萬戶瘡。鼓鼙思大將,肺腑托天王。富貴恩宜報,艱難志敢忘。寒蟬咽危露,鳴鳳集高岡。天路嗟顛折,泉臺恨渺茫。孤兒將旅櫬,十口寄邊疆。黯黮初扃戶,淒清舊直房。此行歌《薤露》,何地哭悲楊。素幕逢寒食,歸舟傍戰場。關山塵漠漠,

---

① 魯連終蹈海,張翰已歸吳:四庫全書本作珊瑚終拂海,蓴菜已歸吳。
② 僻倪:四庫全書本作睥睨。

江漢路蒼蒼。宿草樵蘇亂,新阡燧火荒。大名身寂寞,流慟淚滄浪。哀輓交期罷,千秋有范張。

丙辰元旦雪

歲除梅蕊破,夜半雪花翻。物色流年換,生涯舊俗存。風雲含萬象,燈火閉千門。馬跡春城蚤,鐘聲朔塞昏。自須迷玉勒,難可辨金根。潤點銅龍漏,光添白獸尊。占農雜憂喜,望日別寒暄。柏酒傳官舍,椒盤憶故園。歸田學耕稼,入社宴雞豚。領取豐年瑞,林廬老一村。

蚤春野望

客舍淒迷黯已傷,天涯悵望闕城傍。雄關過雁連春色,小苑昏鐘帶夕陽。歸夢不禁鄉路潤,旅魂空遠塞垣長。最憐野騎行吟處,細草啼鶯入大荒。

奉命祭告北鎮二首

使星十道出王城,獨奉函書到上京。大漠北來沙磧盡,神山東望海雲生。鶯花舊日朝陵路,楊柳春光出塞情。曾是翠華游歷處,臨軒故遣侍臣行。

雲霄北鎮興王地,官屬東來一作宮。侍從年。御墨淋漓臣姓字,神光縹緲帝山川。經過玉輦生瑤草,望秩金庭接瑞烟。開國龍飛根本重,府寮奉使聖恩偏。

發京日作

皇家秩祀重名山,曉別青霄侍從班。行色單車趨朔漠,離心一夜滿燕關。平沙遠水春天潤,細草穠花客路閒。咫尺銅龍隔清漏,觚稜風雨夢魂間。

宿通州,明日送者返城,寄諸公

麗譙鼓角黯無聲,鐘漏千門出帝城。使院一鐙寒夜語,離亭殘酒別時情。雁過塞路將書去,草長河梁送客行。潞水東流却南下,北人從此更長征。

征途聞笛

一片關山春月明，邊愁遥起故園情。回思吹笛千門夜，落盡梅花送我行。

赴北鎮得家書

只問歸時更遠行，高堂書信語分明。那知重灑征衫淚，又是并州別後情。

晚次三河縣

九邊亭障迥，斜日縣樓明。接近千峰落，排空萬馬行。崩騰山忽斷，陡絶勢難平。舊合臨泃水，新開駐蹕城。荒烟知古戍，野火問殘營。草覆寒沙淺，春連朔氣生。丘陵終不改，道路若為情。關塞東來意，蒼茫隔帝京。

發薊州循燕山下行向玉田道中作

迴合青冥路欲無，馬蹄盡處出平蕪。天臨絶塞圍沙漠，地湧連山接海隅。近日喜開三殿詔，當時閒按《九邊圖》。雕弓羽騎東遊壯，却笑終生有棄繻。

燕山

一重邊鎮百重山，鳳翥龍騰向北還。對峙太行為左輔，近連滄海作雄關。東西日月天門外，開闢乾坤帝座間。頫視九州形勝大，風雲直北戍樓閒。

豐潤道中

鵶鶻山前春鳥稀，盧龍塞上雁長飛。馬頭車軸紛如此，只送人行不送歸。馬頭、車軸，山名。

次豐潤,明日入永平界,有懷京師故舊

漁陽春色晚,二月尚凄凄。山遶孤城濶,天連野戍低。征途辭薊北,客夢近遼西。浭水朝京意,含情惜解携。

灤 州 界 上

路傍古時一隻堠,沙際春日雙流谿。古時曾見邊烽落,春日惟聞野鳥啼。

灤　　州

山勢長當面,峰巒忽四圍。地經烽戍苦,路遶塞天微。邊馬還東去,春鴻故北飛。扶蘇泉下水,曾此映斜暉。

宿七家嶺驛

桑柘青陰花藥紅,殘春家寄五陵東。行人兩地相思處,盡在寒鐙古驛中。

北 平 懷 古

淺草寒沙路,春風數騎行。常思射虎石,何處北平城。沒羽邊雲動,收弦塞月橫。書生無燕頷,因爾倍含情。

次　北　平

薊門行已盡,杳杳復孤征。落日遼西郡,春風右北平。登高望遠海,飲馬出長城。不作關山使,誰知邊塞情。

過永平,懷故觀察宋荔裳二首 宋昔兵備此郡。

東臨碣石觀滄海,終古曹公一世雄。汝在遼西懷往蹟,振衣縹緲對天風。荔裳詩:"東臨碣石觀滄海,縹緲天風一振衣。"

杜陵詩盡人間意,解道兼須入海求。一卷文章數行淚,祇應流恨到滄洲。

菟　耳　山

馬上盧龍塞,鴻邊菟耳山。流雲無定日,飛雨過重關。古木生空翠,孤峰點細斑。征途能暫息,絕頂一躋攀。

雙　望　堡

千里營平道,青冥萬仞山。烟烽雙望堡,征戍幾人還。塞柳春光斷,邊鴻夕照閒。蕭條懷古意,匹馬近榆關。

古　榆　關

白草黃雲出亂山,渝河東下古榆關。沙場多少征夫恨,行到長城慘客顏。

望海店望山海關

孤城連積水,一綫見波瀾。春色臨關盡,天風過海寒。滄溟今浩渺,江漢日驚湍。萬派朝宗意,登樓細細看。

出山海關二首

大漠孤城海氣生,關門漏盡野雞鳴。邊鴻欲度低殘月,曉角翻為出塞聲。

角山關下角聲殘,口外桃林柳色寒。客路長城今日盡,平沙萬里更漫漫。

出關有懷府寮諸公

春衣灑酒別長安，二月貂裘出塞寒。青草不生烽戍地，黃沙已漲海雲端。鶯花禁苑邊城隔，雨雪關山客路殘。殿上羣公應賜食①，東華歸馬簇金鞍。

出關門百里宿沙河站

關南滄海浮天盡，漠北連峰拔地青。一片山河圍郵塞，幾家烟火接邊庭。《遼歌》调苦風還斷，蘆酒愁多夜易醒。却喜皇威臨絕域，鎮東門戶不須扃。山海關東門曰鎮東。

雨宿沙石所

野陰連暮色，萬里接邊空。古蹟黃昏雨，沙塲慘淡風。客行烟火外，春盡道途中。茅店雞栖早，驅車越大東。

寒食日錦州道中

冷節關山外，邊沙暗玉鞍。海天常欲雨，春路自多寒。三月草未綠，長安花已殘。陰風吹錦水，落日正漫漫。

次　錦　州

世祖龍興日，旌旗向此行。風雲隨尺土，旄鉞壯孤城。萬歲還思沛，先朝久厭兵。山靈盤重鎮，應悉使臣情。

清明日抵十三山下《五代史》胡嶠《北行記》：“十三山去幽、燕二千里。”

鴨江春水鴨頭平，木葉風高葉未生。客路不知行近遠，十三山下過清明。

---

① 賜食：四庫全書本作宴賞。

廣寧齋居使院,遙望北鎮十二韻

碣石三韓外,扶桑萬國東。幽營分地險,青冀接天崇。華葢垂垂秀,芙蓉片片工。六重紛掞抱,定位屹當中。平冕疑羣帝,桓圭儼上公。生成思擘畫,巧絕歎鴻濛。望秩存虞典,隨刊省禹功。晚霞舒疊浪,斜照貫晴虹。滄海縈襟帶,恒山配閟宮。神光終古在,嶽祀至今同。芝檢傳王命,瑤函啟薄躬。齋心塵壒外,始儗躡蒼穹。

北鎮祭告禮成紀述二首

崔巍坐鎮朔方孤,北嶽東來勢欲無。襟帶江湘參赤帝,神靈烟雨鎖皇都①。祠壇有路通天表,禪草當年問地圖。親見五雲籠輦道,三聲萬歲尚傳呼。

法駕東巡海上迴,旌旗萬乘拂天來。親臨②玉趾披階草,詔③發金錢作殿材。風入沛宮曾起舞,雲深芒碭一裘回。小臣奉使名山日,擁節還如忝後陪。

閭陽驛留別廣寧令張云麓

更盡陽關酒一杯,故人三日共裵回。桃花洞口尋春入,木葉山頭並騎來。地是先皇湯沐邑,君非百里簿書才。邊沙遠使歸心切,却為臨岐首重回。

入闕見春草

去時春草白,來時春草青。塞上草生晚,客行還未停。

覺　華　島

昔聞滄海東南外,今見丹梯咫尺間。孤島拍浮萬里水,夕陽縹緲三神山。蜃樓雲霧連空幻,貝闕蛟龍礙往還。最訝根蟠無厚地,忘情不覺在人寰。

---

① 皇都:四庫全書本作雄都。
② 親臨:四庫全書本作自經。
③ 詔:四庫全書本作遂。

大陵河夜風雷

陰風何漠漠，流水自淒淒。近海奔雷壯，臨邊苦霧低。空城鬼火出，廢壘戍烏啼。野店寒更斷，無眠聽曙雞。

杏　山

千里三春使節回，遼陽不見一花開。杏山小店雙桃樹，細蕊稀枝亂後栽。

急　水　河

急水河深水急流，歸人三月滯邊州。石尤風解留行客，惆悵車輪與馬頭。

歡喜嶺有慢水河

歡喜嶺前慢水流，歸人歡喜去人愁。歸來也是天涯客，家在千山萬水頭。

歸　路

秦城唐壘遠經過，回首蒼涼祇浩歌。塞外連山何處盡，海邊陰雨一春多。野無烽燧如烟火，村有蓬蒿似薜蘿。稍喜關門歸路近，穠花深柳未蹉跎。

入　關

出塞今為入塞行，東來萬里盡長城。平沙古堠孤烟色，落日危樓暮角聲。遠近青山如故國，淺深春草是王程。紅塵荏苒征人老，不見關門紫氣生。

關　樓

壁壘高樓壯，旌旗古鎮尊。塞風春不斷，邊日晝長昏。悲角關雲動，孤城海氣翻。往來憑弔意,辭賦欲銷魂。

關門館舍後樓晚登

一片青山勢壓城,晚風樓上海濤聲。滄溟萬里堪乘興,無那鄉心日夜生。

澂海樓觀海

雲起碧空盡,潮來紫浪翻。有天浮晝夜,無地著乾坤。日月還高下,蛟龍自吐吞。乘桴知聖意,浩蕩與誰論。

榆關驛見桃花

東行霜草白成堆,柳塞桃林待我來。誰道榆關春色晚,花開時節使車迴。

姜　女　祠

誰築長城萬里長,至今片石對蒼茫。輼輬風起鮑魚亂,得似空祠一瓣香?

姜　女　墳

秦皇抔土今安在? 六國君卿劇可憐。何似望夫山上石,不隨海水變桑田。

入關雜題二首

今年馬上過春風,關西花柳村村同。柳葉可憐濃淡綠,桃花解愛淺深紅。
山遠盧峰水遠城,柳烟漠漠弄春晴。銷魂橋上重回首,短葉長條太有情。

夷　齊　廟

清聖祠堂滄海邊,首陽往事尚依然。岹嶢泰伯興周日,寂寞成湯放桀年。萬世君臣今論定,古來兄弟幾人傳？只將一勺灤江水,捊取山薇薦豆籩。

同永平唐太守、灤州吳守灤河放舟,晚登偏凉汀二首

灤江極浦移舟遠,淶水交流放櫂寬。隔渚濛濛空翠合,連波森森夕陽殘。漁村門巷桃花映,佛寺樓臺石筍攢。晚泊謝公棲隱處,欲携襆被宿層巒。

黃洛城西歷翠微,金泉亭北頫斜暉。落花低檻時霑酒,細雨深林不濕衣。丹頂霞明雛鶴小,銀鱗水長鰭①魚肥。也從仙吏銷憂到,歸夢江湖憶釣磯。

使還次通州感成

蹤跡飄蓬不可尋,落花芳草暮愁侵。何堪客路來歸日,翻似離亭送別心。宮闕長安紅日近,關河親舍白雲深。他時臥隱柴荆裏,記取東游塞上吟。

次韻益都相公重陽前一日萬栁堂讌集二首

曉隨丞相鳳池頭,晚接花茵想勝游。萬里捷書頻送喜,一時佳節倍銷憂。松風有夢懷溫樹,魚水多情羨野鷗。不盡謝公絲竹興,邊機尊俎在前籌。

勝蹟王孫萬栁賒,相公清興渺雲霞。元廉希憲萬栁堂,在京城南,趙文敏諸公常讌集其中。今公名其堂曰萬栁,以此也。黃塵漠漠雙蓬鬢,艷蕊凄凄舊菊花。見說登臨猶昨日,笑憐崴月屬官家。何時蠟屐陪歡讌,也比參軍落帽紗。益都一日朝會,出此二詩,謂故相國徐立齋曰:"終當讓此公。"

送曹頌嘉還江陰

峨眉仙子建安流,游戲蓬萊殿上頭。兩制絲綸新史筆,五湖烟水舊扁舟。鱸魚解愛江東美,代馬長懸冀北愁。霑灑一杯文字酒,離魂去住結綢繆。

---

① 鰭:四庫全書本作鰭。按:《玉篇》鰭,鮄也,與鰭、鲫同。作鰭,是。

陳將軍忠愍輓詞

雄盼秦闕指蜀江,將軍才氣世無雙。身經百戰曾輕敵,功蓋諸侯早受降。夜雪移營嚴號令,天寒伏甲近麾幢。竟須遺恨安危策,涇水含悲急隴瀧。

白　髮

白髮長頭鬢,含情今奈何?榮枯堪一笑,身世付高歌。夜雨雁聲斷,秋燈人語多。殘花掩深戶,吾欲保天和。

寫　懷

日月速如此,歡娛得未曾。滑稽吾豈敢,禮樂力難勝。舊事青春隔,流年白髮增。文章聊自戲,送老漸無憑。

夜出閣門口號

宮樹栖鴉啼滿林,晚風人閉閣門深。黃昏騎馬秋河上,只有清波映客心。

閱武西苑紀事六首

繚牆北面苑門開,曾侍先皇羽獵來。武帳前頭親校射,當今聖主是雄才。
點筆螭頭歲月長,玉階龍尾步迴翔。新教扈蹕參天老,賜坐從容近御牀。
舞劍鳴弓決射侯,姓名爭在上三頭。重瞳香案親題與,司馬前將御札收。
萬方送喜聖躬勞,試武連朝備《六弢》。不似唐家選文士,狀頭先進《鬱輪袍》。
龍武新軍舊羽林,技穿楊葉中飛禽。更教射與諸人看,一箭君王用意深。
飲馬龍池駐栁營,山河萬里接昆明。樓船水戰今都罷,已見弓刀定太平。

《午亭文編》卷十一　　男壯履恭較

《午亭文編》卷十二

門人侯官林佶輯錄

今 體 詩 五

元日直閣中，高陽公示和寶坻相公《歲除》詩，次韻三首

今朝暮景已飛騰，拘束翻憐事事能。短日暄淒紛屢異，中年哀樂故相仍。愁傾柏酒看兒女，獨對椒盤憶友朋。一昔曉鐘霜鬢滿，夢迴風雪灑寒燈。

日華側近含元路，夜半常隨丞相來。爛熳星辰天闕上，青熒燈火閣門開。山川禹服平成蹟，《雅》《頌》姬公制作才。却為念時添諷詠，流光荏苒竊趨陪。

星霜殘夜入春陰，節物升平可重尋。玉几雲霄三殿迴，鑾輿閣道九門深。蚤聞伐叛稽天討①，屢罷朝正廑帝心。坐聽索鈴歸舍晚，一杯歲酒向誰斟？

送董蒼水歸華亭，兼寄董閬石、諸乾一，時蒼水將遊閩、粵

九峰問訊近何如？數子飄零十載餘。萬事黃金輸負販，幾人白首老樵漁。君今海上求仙藥，我欲山中葺敝廬。何限塞鴻淒斷處，江流西上憶雙魚。

---

① 稽天討：四庫全書本作勞師旅。

送綸霞歸省

送歸郎署栖遲日,嗟爾承明著作才。渺渺秋河霜葉下,蕭蕭寒路朔鴻迴。黃塵官廨題詩壁,衰草城隅置酒臺。遙羨潘輿還御日,毛生捧檄喜重來。

連　赴　內　直①

鈴索聲高漏點長,直廬長在殿西廊。內中數日多宣召,寂寞槐陰閉玉堂。

禁　中　春　雨

西峰殿閣倚嵯峨,雨過青山晚翠多。不識玉泉流近遠,影娥池水夜增波。

懷西山舊遊,簡阮亭、容齋

磴道盤空山四圍,暮投林杪翠霑衣。幽禽大壑柴扉晚,疏磬孤峰夕照微。杖底登臨秋水落,坐中風雨塞鴻稀。夢魂谷口巾車路,猶記蒼茫倒載歸。

題北山給事真

青瑣通丹地,朱顏老玉墀。畫圖看十載,風貌憶當時。魚鳥忘機久,山林託興奇。獨憨碌碌者,顑頷向經帷。

送北山還荏平

諫坡郎省幾人存?拔擢深知國士恩。暫別雲霄龍尾道,回看風雨鳳巢痕。冰銜三字慚吾友,封事連章感至尊。五岳未須誇屐齒,恐君逸興太飛翻。

---

① 連赴內直:四庫全書本作連日入直。

次韻葉訒菴見酬拙書《春帖子》之作

我亦漁樵憶孟諸,相隨簪筆玉階除。敢云逸少無臣法,祇覺中郎有異書。祕殿敷言長獨對,御牀承旨更誰如？椒花欲頌慙虛劣,諫果封題意未疎。時以橄欖奉報①。

和訒菴憶故山疊前韻見簡

傳柑時節見桃諸,已老誰能感歲除。節物一尊殘夜酒,年華幾卷舊時書。心憐去日都無處,夢醒浮生可自如。最是鄉園離別意,青山遲暮信音疎。

元日再疊前韻酬訒菴

欲向東風弔望諸,黃金館在玉階除。頻年絳几參經席,輪日牙籤侍御書。師友半生夫子共,文章當代幾人如？春來崇政朝朝會,名跡相親應未疎。

訒菴立春日再疊前韻,次答

險韻從茲益去諸,懸河瀉水想難除。偶然節物供題句,終古齋名有讀書。訒菴齋額讀書。紅蓼綠蒿生尚細,宮花幡勝剪能如。已過春酒黃柑會,與數交游晤合疎。

和訒菴立春日口號三長句,兼懷阮亭

長鬚更遣致詩頻,忘却新年十日春。萬井烟花連閉戶,六街燈火隔流塵。稍憐將老親書卷,深覺多愁讓酒巡。極目川途滿冰雪,苑梅官柳暫留人。

相思元夜歡游日,劉董汪王興未賒。公䀴、玉虬、茗文、西樵、貽上。客舍鐙前催羯鼓,水樓春盡賦楊花。存亡幾處無音耗,少壯於今有鬢華。却憶馮唐郎署在,閉門深閉苦思家。

舊好新知日自非,一臺二妙詎相違。時論貽上宜在禁林。寒空鴛鷺春風並,燎火魚龍曉勢飛。羽檄刺闈時漸少,文章報國事全稀。獵夫漁老吾終去,未許君才遂拂衣。

---

① 時以橄欖奉報:四庫全書本刪去此六字。

上元夜蚤起

顛倒衣裳月迴明,遊人一夜蹋歌聲。五更玉笛風蕭瑟,曾向關山萬里行。

照　　鏡

方鏡青銅鑄得成,朱顏曾照幾回明。亞枝花蕊春風裏,點鬢繁霜不世情。

逢　故　人

客中借問是同鄉,欲說還鄉已斷腸。舊日相隨徒侶盡,無人解道易霑裳。

召見懋勤殿應制 有序

戊午正月二十二日,召臣①廷敬同户部郎中臣士正且命各以近詩進見於懋勤殿。溫語良久,至誦臣①《賜石榴子》詩:"風霜歷後含苞實,只有丹心老不迷。"蒙恩褒美。命至南書房,撤御膳以賜。內侍賚二題,命賦詩。夜漏下,乃退。

萬卷圖書滿御前,賡歌時聽玉音宣。韶華絳闕連深殿,春色彤闈接禁筵。已見文章昭代盛,向來雨露禁②林偏。吾君一德同堯舜,長媿夔龍際會年。

賜　膳　應　制

久泛流霞是露盤,每嘗仙膳勝調蘭。鳳池日暖恩波厚,內殿猶分玉箸餐。

寄李厚菴學士閩中二首

炎風朔雪盡皇輿,孝子忠臣世不如。青史數行滇海事,丹心千古蠟丸書。每思慷慨堪

---

① 臣:四庫全書本刪去此字。
② 禁:四庫全書本作上。

流涕，實有聲華到索居。近直邇英常被問，已知吾道未全疎。

南粵何人憤請纓？樓船幕府羽書驚。終憐蕭引空安坐，未許深源有盛名。生死臣心惟戮力，艱難天意為銷兵。却悲離亂晨昏事，回首當時捧檄情。

孝昭皇后梓宮遷厝鞏華城，恭賦輓詞二首

五年兩度哭長秋，禁掖懷賢慟未休。曾見帷車隨鳳翣，忽驚縞素結龍輈。梨花寒雨行宮淚①，椒寢春風野殿愁。舊日上陵同警蹕，幔城蕭瑟翠華留。

曾同宵旰徹慈心，午夜無勞更脫簪。環珮未歸陵路遠，風雲已護繚牆深。閟宮象物春如昨，玉殿容衣晚自臨。《卷耳》《葛覃》遺蹟在，侍臣沾灑一悲吟。

鞏華城北十里，漢寇子翼、唐劉去華故里

野宿寒沙夜火明，沉沉擊柝響孤城。支離半枕荒雞夢，寂寞千秋萬歲名。諫議祠堂邊草沒，雍奴丘隴朔雲平。漢文分地居庸外，遺廟何人問顧成。

入直南書房紀事

給札朝朝赴蚤暉，玉階花落曉鶯飛。也知天上塵凡隔，未信仙官職事稀。繚繞文書堆硯墨，聯翩詩句滿宮闈。紅牆咫尺人間路，魚鑰銅壺下漏歸。

賜五臺山新貢天花恭紀有序

閏三月，臣廷敬同翰林院侍讀臣士正直南書房，葢是時，臣謬掌翰林篆，前後同內直諸臣率常寓直，是日蒙賜手詔："朕召卿等編緝，適五臺山新貢天花，鮮馨罕有，可稱佳味，特賜卿等，使知名山風土也。"臣恭紀，賦詩進呈。

珍蔬遠貢自瑤岑，翰墨親題賜禁林。三殿恩頒天上蚤，九重封送御前深。含風玉蒂香仍動，映日金莖露未沉。退食和羹添味美，鹽梅還欲效餘箴。

---

① 行宮淚：四庫全書本作深宮淚。

賜　櫻　桃

清曉朱櫻進內園，每從丹禁飫頻繁。雲霞百子池頭色，風露三霄殿上恩。

賜觀人參植本，應制

三椏玉蕊三珠樹，五葉銅池五色雲。不是乍從天上見，多應空向世間聞。

賜御書，恭紀二首<small>有序</small>

二十八日，賜掌院學士臣廷敬、侍讀學士臣方藹、侍讀臣士正御書。臣得“龍飛鳳舞”大字，唐人王涯《早春宮詞》，又石刻“清慎勤”、“格物”大字二幅

行盡金坡近玉清，牙籤綈几影縱橫。瑤篋露濕宸章潤，寶墨香含御氣清。霞起雲蒸同日麗，珠聯璧綴自天成。萬幾宵旰逢時暇，惟有書奩適聖情。

天藻真題龍鳳署，玉堂今刻御書碑。日星文曜施丹地，雲漢乾光照赤墀。親見驪珠初迸落，捧來鸞紙正淋漓。流輝館閣傳青簡，忝竊儒臣際會奇。<small>“龍飛鳳舞”四字，請刻石翰林署中，今恭置敬一亭。</small>

世祖章皇帝御書“正大光明”四字，
上御製題跋勒石，賜觀於內殿，進詩一首

曾侍先皇近玉除，龍鸞重捧九霄書。兩朝寶翰輝天府，奕葉奎文映禁廬。典冊星雲光絢爛，勛華日月氣扶輿。還思開國規模遠，金匱藏編在石渠。

恭和御製《喜雨》詩

乍拂觚稜滿禁城，宮花含色柳烟輕。風雲萬象供天藻，雨露三農見聖情。

孝昭皇后輓詞四首應制

正位名初定,彌留淚已揮。內朝臨日少,宮仗列來稀。半載新龍節,三春舊玉衣。淒風披門道,慘慘動幢旐。

禮自中闈進,恩還禁籞長。鏡奩留偃月,圖史在披香。玉燕空蕭瑟,金鼉竟渺茫。惟餘憂國念,流慟徧遐方。

問寢重闈日,宮輿早並來。烟花連複道,歲月在蓬萊。春咽銅龍漏,香銷寶露杯。含情思婦順,灑淚閟門迴。

京室任姜盛,徽音禁苑知。軒星沉彩曜,花月掩容儀。典冊光千古,哀榮並一時。《青編》與《彤管》,紀美在《風》詩。

上御神武門,召觀西洋進貢獅子

皇威遠被海西偏,靈産欣觀自九天。王會地圖過禹服,帝疆方物集堯年,條支入貢龍沙外,烏弋隨朝鳳闕前。從此上林添獸簿,定知不賞嗇夫賢。

蚤赴內直同貽上

楊柳紅牆映碧波,月明騎馬共婆娑。不知玉漏添如許,秋水潺湲一夜多。

八月十八日,上御懋勤殿,召臣廷敬,賜之坐,命賦經筵進講詩。臣倉猝應詔,退而謹録其句

頻年橐筆侍延英,御札分題見睿情。白玉螭頭闌畔立,青花龍尾道邊行。談經荏苒文焉用? 論藝逡巡句未成。又是深恩逢造膝,儒臣何以答殊榮?

恭和御製賜輔國將軍俄啟詩有序

二十一日,同侍讀學士臣方藹、臣英、侍讀臣士正、中書舍人臣士奇奉旨賦。

沛上雲飛起大風,射生猿臂挽強弓。日邊蚤識龍孫貴,天際新傳鳳藻雄。

九日內直，同訒菴、敦復、澹人、近公限"登"字"高"字二首

春直①秋來爽氣澄，寒花時節伴茵憑。曉風閣道傳銀箭，夜色銅扉帶玉繩。《臨渭》新詩工最擅，集賢別會寵難勝。龍沙鳳嶺休還憶，閶闔三霄日共登。

授簡從游盡譽髦，年華荏苒在詞曹。九秋最覺清都近，四海無如此地高。戎馬禁中思李牧，文章輦路羨枚臯。歲時空負君恩重，遮莫黃花笑鬢毛。

聞湖南捷音恭和聖製

鐃吹騰歡幕上來，弓懸江月劍花開。天家盍就麒麟閣，直待將軍汗馬來。

賜觀《御製詩》并序

歲戊午，秋九月，上奉太皇太后幸溫泉，以時享太廟，還宮。行在凡十七日，御製古今詩二十一章。十月朔日，召臣廷敬賜觀。臣職叨簪筆，學愧面牆。久依帷幄之旁，親覩文章之盛。瞻雲就日，靡罄高深；測海闚天，徒滋謏陋。今讀聖製，彌覺繹思。譬諸黃鐘天球，自洋洋而竦聽；穆乎璿霄碧漢，仍蕩蕩而難名。昔聞劉勰云："睿哲之心，懸於日月"；益信揚雄謂："聖人之言，炳於丹青。"況逢盛世賡歌，非若唐宗之試宮體；自顧庸姿牽率，惟慕永叔之記賜書。蓋以聖哲之君，其臣莫及。遂令制作之善，振古為昭。謹拜手而颺言，爰齋心而獻頌。恭賦五言二十四韻，進呈睿覽，不勝欣愓交并之至。

聖母歡清暇，天王奉豫遊。龍光扶翠輦，鳳藻麗皇州。巡省經過處，篇章次第留。霜鐘深殿曉，丹葉禁門秋。繡轂環千騎，金鞍從列侯。山川為別苑，笳鼓在行騶。九塞連軍戍，三河抱縣樓。帷宮朝警蹕，星漏夜移籌。縹緲中盤寺，登臨最上頭。古臺傳舞劍，重嶺應鳴蚪。碣石邊雲合，盧龍海氣浮。望陵松柏遠，薦寢鼎湖幽。風雨開旄鉞，乾坤正冕旒。羽林嚴伏謁，仙仗迥含愁。寒路迴芝蓋，溫湯駐采斿。陽和長不減，功化邈難儔。紅檻氈絁帳，黃簾玳瑁鉤。濕花漂砌近，香草映波流。玉甃連阿閣，瑤池到十洲。起居陪大駕，符瑞出靈湫。萬壽慈寧膳，清躬饗廟羞。往來見誠孝，製述必殊尤。毫翰乾文煥，詩思溟渤

---

① 春直：四庫全書本作禁苑。

搜。虛懷蒙寵問,忭舞答鴻庥①。

賜文雉於內直②,紀述四首

旌門尾扇羽林兵,竟為斟羹校獵行。回輦九天先奏進,親調玉膳慰慈情。
射聲一矢疊霜空,萬歲齊呼羽仗中。陳寶祠前休悵望,官家已並得雌雄。
三面親驅祝網歸,錦禽宣賜有光輝。饔人未擬鸞刀割,曾近君王玉輦飛。
尚方筆札大官餐,珍賜時頒出上闌。繡臆花鋪金絡馬,分明誇向路人看。

鞏華城陪祀孝昭皇后梓宮,即事恭紀二十四韻

宿雨郊原外,雞鳴夜渺漫。曡行分夢短,往路入吟寬。蕭蕭白楊晚,依依青柳殘。微
雲舒綺縠,晨漢沒波湍。禾黍西風落,茅茨曉露溥。野花邀翠幰,蔓草簇銀鞍。徑闃蒼烟
斷,窈虛綠樹攢。旌旗思警蹕,軒砌想鳴鑾。萬乘經過地,茲遊爛熳看。入門詢藻翰,再拜
肅衣冠。日月乾光曜,蛟螭御氣蟠。彩毫題別墅,金牓賜臺官。灌莽天香接,瓊瑤寶篆刊。
未來真繾綣,欲去尚盤桓。清河胡御史山莊,有御書在焉。落日山逾靜,清流水自寒。飛梁疏
澗洞,複嶂疊巉岏。行殿何蕭瑟? 孤城此鬱盤。神光春杳杳,環珮暮珊珊。鳳翣椒風隔,
龍樓桂月團。內人思未已,陛楯淚交彈。砧杵凄宮掖,梧桐黯井幹。歲時臨幄次,燈火駐
河干。回首芳華歇,仙遊節序闌。鵁鴻續來往,歸馬獨蹣跚。

陟岵樓詩二十首 并序

陟岵樓在百鶴阡西,余居樓中,踰再朞矣,乃始為詩。凡詩之作,為吾母也,因以
《陟岵》名篇。
冢樹蕭晨響正悲,祥琴欲奏已凄其。白沙霜凍霑衣蚤,黃葉風翻度隴遲。臨老泉臺多
骨肉,十年存歿自分離。幾回夢見容顏在,猶是高堂遠別時。
兩年丙舍此凄遲③,弔影空山夕照時。野草春添新復土,隧松淚損舊霑枝。折殘屢齒

---

① 鴻庥:四庫全書本作神庥。
② 於內直:四庫全書本刪去此三字。
③ 凄遲:四庫全書本作棲遲。按《詩·陳風·衡門》:"衡門之下,可以棲遲。"朱熹注:"棲遲,遊息
也。"凄字誤,作棲,是。

悲毛義,隱去縣封愧介推。悔向風塵耽祿仕,苦身戮力鬢成絲。

四尺新封馬鬣低,重泉沈痛杳含悽。香燈蚤上陰風起,烟火全稀苦霧迷。大野蒼涼人獨往,亂山昏黑虎時啼。墓田方畝春泥外,老學躬耕自把犂。

白日荒荒冷舊扉,高原哀輓露何晞。人無周勃吹簫送,客有陶家化鶴飛。百鶴集冢上。歲月再朞真過隙,笙歌十日盡霑衣。泉門自掩千重恨,雲散空堂黯不歸。

闐塞飄搖起戰塵,倚閭長罷事酸辛。還憐槁項憂時日,已誤青袍奉母人。杖節更誰能報主,絕裾空自忍辭親。棧雲隴月愁如許,嗚咽寒宵一愴神。

敢道肩輿上殿行,軟紅塵土最傷情。十年趨走春前恨,兩字音書望裏驚。長樂鼓鐘疑夢寐,直廬燈火憶平生。小人有母今安在?曾遺君王舊賜羹。

祕殿深嚴晝漏閒,御書房在碧虛間。遙思中禁從容地,別有東頭供奉班。風雨三春辭鳳侶,雲霄萬里夢龍顏。只今月落烏啼夜,羞點蛾眉兩鬢斑。紀內直也。

告謁空懷未上書,較殘朱墨玉編餘。時預修《太宗文皇帝實錄》。聖朝孝治恩元重,臣子私情願已疎。烏鳥舊棲宮樹晚,鵷鸞長別禁林虛。衣冠原廟勤時享,法從曾陪濫石渠。

罷直乾清刻漏傳,詞臣奏事閤門前。幾回中使蒙宣問,曾道天顏賜閔憐。紀葉學士方藹、張庶子英奏臣丁憂事。講席乍溫違玉几,書籤初冷輟瑤編。夢魂兩載趨丹地,白首青燈一惘然。

當年文獻僅猶存,特為儒臣命討論。慰問本朝無故事,便蕃千載自新恩。賜茶雪乳分供御,漬酒金漿出上尊。天使一時增感動,傳宣帝語是春溫。詔閣臣察前明《實錄》慰問例具聞。遣內閣學士屯泰、翰林掌院事學士喇沙里貴賜乳茶、桐酒四器。蓋慰問之典,實始於臣云。

隨例榮光亦至恩,絲綸特旨出臨軒。微勞似髮叨三錫,厚澤如天到九原。部議,以臣母用詹事封例,無卹典。上憫臣侍從微勞,用學士品級賜卹。石闕龍鸞迴藻翰,冢碑星斗爛荒垣。却思灑淚春明路,囘首孤臣已斷魂。

麻衣扶杖薊城西,痛哭荒郊落日低。野宿寒沙惟過雁,蚤行茅店不聞雞。朋簪有夢知離散,鄰杵無聲助慘悽。相別銷魂橋上柳,夜烏猶為昔時啼。

西園東閣想儀型,堊室霜天望璧星。紗幬秋殘悲舊業,機絲夜冷泣遺經。綸扉大手摩霄赤,藜火新編照汗青。師友謬恩霑不細,《蓼莪》廢罷淚還零。高陽館師表先淑人墓,葉訒菴學士為立傳。

一別相思在禁林,光華碑版未銷沉。臨文已踐升堂約,蓋石空憐負土心。三歎似因聞寶瑟,長悲真欲廢祥琴。莒文嘗辯祥琴為非禮。吞聲憶取燈窗語,獨向殘經細討尋。汪莒文編修為先淑人銘。

舊遊名德是人師,相我號天伏地時。萬事臨危千古恨,此生難報寸心知。中朝司馬應安好,湖海元龍久退衰。自守殘書甘薄澹,他年無愧故山期。指魏環溪先生。

　　殘臘東風斗柄移,灞橋三度柳條垂。生芻致遠思徐稺,截髮留賓有范逵。遊子頻年諳物態,孤踪四海問心知。天涯門外多春草,長守田廬記歲時。

　　村鐙宰木影縱橫,獨宿高原萬感生。碧嶂夜猿啼有怨,黃沙石虎臥無情。春歸老屋家如寄,月墮荒丘路不明。屈指禫除將欲近,纔思去住淚交傾。

　　急雨凄風意若何?天寒歲晚在山阿。人生兄弟真難再,我老妻孥苦患多。往事庭闈誰訴語,向來身世足悲歌。那堪抔土荒涼處,躡磴攀林衹自過。

　　萬壑青山一病身,霜風搖落自傷神。嶺鐘夜度不知處,壠月秋來故照人。詩卷市朝堪斷續,音書京維付沈淪。只應料理餘生事,體受歸全是報親。

　　黃卷中閨映白頭,班家孟母並朋儔。珮環東觀藏書閣,纓履西原陟屺樓。縹緲雲山千疊恨,迷離草土百年愁。吟成霢灑梅花候,苦憶天香學冥搜。予九歲作《牡丹》詩,母見而異之。

百鶴新阡十景詩 并序

洞陽旋馬

洞陽洞天,踞勢北維。昂首而東,天馬行空。跨騰欲下,接嶺連峰,逶迆入障。《志》稱岳神山者,蓋嘗標靈著異云。

天馬騰驤東欲來,洞陽弭節尚裴回。二條氣色排空至,萬里風雷掣電開。瑤圃回看平似掌,黃河立飲小如杯。銅馨玉鬣青霄外,長伴麒麟臥石苔。

臥笋回龍

岳神之南,開屏列障,儼若拱向。稍西則山巒橫出,形肖臥笋,阡實落脈。還顧洞陽,雲垂烟接,山市谿環,故曰回龍也。

曾聞萬笋朝天矗,今見神龍蜿地長。已挾風霆身變化,故驚鱗爪勢回翔。從雲漠漠噓重壤,行雨濛濛潤八荒。夜握驪珠堪照耀,斗間五色映琳琅。

品字珠屏

阡後三山,形立如品字。中之一峰,昇眺遐濶,勢盡千里。而北望洞陽,測以圭景,不失杪忽,正阡之主山也。

台星入座夜珠明,品字屏風類削成。似擁鵷鸞朝帝去,卻排閶闔侍天行。芙蓉九蕊雲中色,環珮三階月下聲。爭道神工開闢巧,羣峰羅列抱層城。

書臺繡几

阡之前曰書山臺。層岡秀出,中曲兩垂,如月偃弓眠。其上則奇松異花,被於崖谷。丹碧綺錯如畫,宛若繡几也。

丹地深嚴崴屢移，天寒月落影蛾池。雲霄經席承恩日，霜露書臺憶母時。銅尺牙籤新玉案，青燈黃卷舊機絲。白頭贏得如綸寵，若斧封成萬古悲。

櫨山疊翠

櫨山在洞陽山之右，新阡之左。秀障干霄，壁峙霞翠。離立天外，如拱如揖。老松古柏，飾巖蔽壑。實巨觀也。

蒼松中倚玉闌干，天外樓高翠欲團。地界河山為左輔，峰迴屏障自千盤。扶桑弄影青空潤，太華連雲碧落寬。似有綵虹平接席，旌幢前導後乘鸞。

沁水環流

《山海經》云："謁戾之山，沁水出焉。"茲入乾歷兌，抱阡左沙，繞幢東出，繚如縈帶，翼岸夾山，如為新阡特設也。

繚河縈帶鎖遙峰，雲起霞明色正濃。九曲分流還抱嶂，百川終古自朝宗。波濤日月虞淵壯，風雨蛟龍貝闕重。欲攬鳳皇池上水，丹霄長映紫泥封。

萬松聳峙

阡之地統名樊山。尊嚴秀拔，眾山之長。蒼松萬數，蔭峰隱谷。相傳神人所種植。其大者，以圍計之數十也。

四圍峰色故依然，萬壑松濤勢接連。天巧不煩神禹跡，仙人似種漢皇年。枝盤蒼昊青鸞度，蓋倚丹霞彩鳳騫。為謝山靈留勝蹟，只應此處問牛眠。

百鶴來翔

封山之日，白鶴百餘，自西徂東。至阡之中，翺翔欲下，久之乃去。開壙之日，鶴又復來。阡之名由此稱焉。

臨水登山秋氣清，仙禽遙集若為情？青田養就雲初白，華表來時月正明。北戒關河行處遠，南條烟水接天平。摩崿駐嶺回翔地，百鶴新阡送美名。

慈泉乳水

山巔去地千仞，岩岩孤上。其陽有泉，其巨若輪。其深盈尺，甘泉溫冽。居人賴之，以給晨昏。揭其名曰慈泉，志母恩也。

神臯乳水接崐崙，天與慈泉見母恩。丙舍桑麻深雨露，山家飲啄長兒孫。銀河倒影流霞動，玉瓷①含暉浴日溫。最訝興雲蒸霧力，長將時雨徧郊原。

神樹天香

阡之西，古東嶽廟。廟兩階各牡丹一本，黃蛇守其下，人莫敢攀折。枝幹輪囷，四蔭廟

---

① 瓷：四庫全書本作甓。按：甓，井壁。作甓，是。

中,花開輒數千頭也。

古廟空山占物華,石闌雙本牡丹花。染香面面臨芳樹,堆錦枝枝貫月槎。寶艷雲霞舒日景,神靈烟雨護天葩。玉房金蕊紛如此,瑤草仙源路未賒。

山 行 二 首

旅舘寒燈信宿眠,客心去住杳如年。夢回春月春花夜,依舊啼烏泣墓田。
客路栖栖老更驚,山人只作看山行。冶桃狂柳紛無賴,白髮春風也自生。

陟屺樓別詩二首

松際昏鐘出翠微,淹留山鳥莫催歸。西樓明月闋河路,春雁南來又北飛。
壠上東風春草青,春明感舊惜飄零。縣橋官柳銷魂處,愁見長條拂短亭。

別 守 冢 人

萬樹青松萬簇花,居人惟有兩三家。因君更灑思親淚,泣向寒雲隴日斜。

次韻補和李容齋少司農送別二首

回首流年逐景光,白雲慘澹日昏黃。驟辭蓬閣如前世,重渡桑乾是故鄉。草澤夢魂稀語笑,雲霄契濶在班行。傷心趨走金明路,春月三回直北望。
瓊瑤開篋客心驚,團扇三年故舊情。草色含悲連大野,柳條惜別向春明。朝廷開濟須公等,閭左耕徭託此生。為報石壕邨吏少,司農憂國早知名。

得茗文請急還長洲書却寄六首

頭白何時見汗青?禁門深籍鎖寒廳。應知別笥多藏稿,歸向名山作一經。
挏酒團茶自上方,御錢餅餌賜新嘗。江東大有思歸客,千里蓴羹味許長。
白首何緣問故新,驪駒聲斷堠傍塵。青門楊柳春如舊,相送城門更幾人。
萬壑千巖老一村,太行枝隴敢言尊。吳山楚水堪乘興,更向堯峰與細論。

乞守何曾得越州,還鄉終賜曲湖遊。洞庭雲樹三江水,一棹歸來合得休。
出處年來肯異君,西窗苦語記離分。已違白首江湖約,留取青山日暮雲。

晝臥百鶴阡古廟中夢愚山、茗文

聞道長洲請急回,宛陵侍帝在蓬萊。江湖關塞三千里,何得聯翩入夢來。

村舍贈別焦僉事

禁門清漏往時同,一宿孤村邂逅中。雙隻堠邊芳草暗,短長亭畔夕陽紅。軒車已浹崇
朝雨,繡斧行開萬里風。幕府如今並才俊,柴扉安隱藉羣公。

星軺驛送人之官中州

留客雞鳴夜色悽,使君匹馬萬峰西。太行枝隴浮空盡,砥柱烟巒接近低。別路雲山勞
悵望,對牀風雨惜分攜。河淇亦有萊公竹,相映潘生花滿谿。

樊川雜詩三首

山翠微茫積翠分,野花細草入斜曛。獨行惆悵緣何事?目斷南谿日暮雲。
欲別樊川欲斷魂,輕雲細雨濕苔痕。最憐綠樹通幽幌,月送花陰不閉門。
細蕊孤花太有情,春風作意送人行。誰言南浦傷心地,草色年年不更生。

與豫朋往石間

白石清沙古澗深,川長秋氣遠相侵。往來蹤跡看流水,去住羈棲羨野禽。伴老癡兒諳
旅宿,懶行疲馬戀谿陰。三年斷續殘詩卷,新句含悲自一吟。

午睡醒得茗文書

清風一枕北窓眠,門外音書剝啄傳。欲覺軟紅塵夢斷,夕陽千里草連天。

聞 砧 二 首

蹉跎春晚向秋清，為別南谿緩北行。欲理征衣無意緒，忽聽砧杵動離聲。

野舘清砧不可聞，更堪獨立近斜曛。何人解識徘徊意？惟有松間石上雲。

石間道院二首

空山小住又經旬，草屋孤村無四鄰。咫尺夕陽連暮雨，三义古路少行人。牛闌嶺上收常蚕，虎跡泥中見又新。寂寞不嫌樵牧者，來時一別一傷神。

急雨清宵古廟中，長松小院下秋風。時疑石澗翻驚瀑，頓覺巖泉接灌筒。遠夢關山雙鬢白，鄰雞籬落一燈紅。到家却作無家客，襆被衝泥類轉蓬。

與石間禪人二首

曾題舊句已朦朧，古壁蝸涎伴網蟲。此處無人解文字，不須重著碧紗籠。

雨笠烟蓑風露餐，獵師仙客久盤桓。夜窗芋熟松明火，出處無心問懶殘。

《午亭文編》卷十二　男壯履恭較

《午亭文編》卷十三

門人侯官林佶輯録

今 體 詩 六

南谿贈別

南谿卜築快幽深，况有樓居俯茂林。老至圖書從散亂，春歸魚鳥任浮沉。山畦花藥波紅雨，軒砌藤蘿暈綠陰。欲別夜闌勤秉燭，祇應明月照分襟。

次韻張子礎副憲兼懷竇在茲秀才

前後清班忝竊同，白頭相見意何窮。春來御水還新綠，別後東華自頓紅。已共侯生溫釣石，蚤輸弘景卧松風。未應回首蓬山路，林壑鶯花竟付公。

辛酉八月，北上道中寄里中游好四首

空山獨往已三年，近日羣游亦可憐。風雨斷魂迷隴上，關河雙淚落燈前。離觴幾處還三宿，野館今宵是別筵。一夜西樓纔小寐，馬嘶人語聽凄然。

玉鵲菴西山寺東，黃鶯送客訴春風。花殘簾閣閒門閉，柳老河梁別席空。鄉樹斜陽迷故壘，郵亭夕露濕寒叢。栖栖夜火投人處，宿鳥深枝笑轉蓬。

二十年前燈火地,暫來重別易沾裳。已無揚子一塵老,空有陶家三徑荒。河漢影斜明月在,館池人散朔風涼。牀頭驛道車輪過,半枕關山夢許長。

望遠修門再往來,秋霖秋日此裝回。身隨旅雁辭家去,心逐居人送我回。落木天風催遠別,寒花客路為誰開。山川到處傷離別,數日旗亭酒數杯。

小　山

城西前日吾來處,野徑清流竹樹斜。日暮出城揹一過,不因水石為思家。

三家店溫生具食

出門已昏黑,烟火隔城闉。纔宿三家店,便為千里人。豆羹肥勝肉,柿酒白如銀。邂逅臨岐路,情同故舊親。

過高平,弔畢亮四方伯二首

重過躬耕地,秋原木葉稀。一哀銜別路,雙淚落行衣。書札臨危在,文章託付非。凄涼荒宅里,清德耿餘暉。先生以遺稿屬余訂定。

寒露凄凄重,悲雲漠漠清。松楸憐昔恨,絮酒慟餘生。暮景衰容慘,西風老淚傾。那堪車馬色,霤灑向長征。余居隴側,先生數以書存問。

野 店 曉 發

三日山程十日行,郵亭漏鼓夜分明。寒雞已報清霜曉,夢後家園別後情。

潞安城南柳林二首

一路黃沙白日寒,柳林秋色送征鞍。更堪昨夜西風落,霜葉烟條太已殘。
野路籬花放莊新,古墩殘柳閱黃塵。葉稀風起逢搖落,猶挽長條贈遠人。

渡 河 歌

白雲渡河河水陰,朔風卷雲飛遠岑。渡頭舟子青山曲,賈客相看淚滿襟。

屯留道中二首

留滯鄉關路,淒迷小縣城。野禽呼有字,邨店問無名。秋樹變黃綠,漳流兼濁清。山川與時物,不減別離情。

鄉縣烟林外,停車記昔曾。此行秋色晚,再別意難勝。苦憶黃花放,生憐白鬢增。荒城時一憩,未敢夢觚棱。

九日,屯留客舍

九日孤城對夕陽,空階人靜館垣荒。寒花寂寂開閒戌,落木蕭蕭下濁漳。只有雁鴻聞憭慄,即無風雨意蒼茫。未須更約登高處,客路何時不望鄉?

沁 州 道 中

山館郵籤數去程,短長亭堠送人行。悲風落葉銅鞮道,細雨寒蕪石勒城。漸遠關河秋色盡,欲投烟火暮雲平。荒郊茅店淒其夜,白髮黃塵莽自驚。

發沁州懷銅川

赤嶂黃沙草樹荒,銅鞮山色頗蒼蒼。離心隻堠兼雙堠,客淚清漳並濁漳。野宿征夫連曉語,南飛旅雁背人翔。雞鳴往路空回首,惆悵衣篝五夜霜。

漳 水 源

水石漳源鎮,清漳自此流。金風吹素瀨,玉鏡瀉靈湫。科斗收形小,蛟龍託勢幽。土人思德澤,鼓笛賽春秋。

緜　山

晉侯旌善地,夫子渺難攀。野草環封界,秋風緜上山。蛇龍今寂寞,水石日潺湲。有母能偕隱,蒼茫掩涕還。

龍洲驛雪懷南溪

九月并州道,飄飄早雪飛。風兼木葉下,寒映麥苗稀。郵驛人踪疊,雲山鳥路微。南溪此時節,籬菊正依依。

太原城南二首

車馬斜暉不入城,野亭北望路分明。翻愁嗷嗷南鴻去,却作天涯送客聲。

秋草寒雲壠麥遲,嘉禾難見穎同時。夜聞蟋蟀還多感,惆悵《唐風》歲暮時。

太　原　客　夜

霜橫月落曙燈親,一夜邊城刻漏頻。二十五聲秋點盡,直教點點到愁人。

客舍遇張子美

蕭瑟霜風日夜吹,棲遲客舍晚支離。眈書似蠹空鑽紙,兀坐如蠶自裹絲。為別鄉山行漸緩,偶逢舊故語移時。還思接屋連牆日,相對天涯是路岐。

土　橋　柳

柳未全凋葉半新,土橋風暖拂行塵。邊關景物今如此,回首家園十月春。

晤劉訓夫提學旋別

氷雪風裁水鑒方，三年交儆寸心長。相逢前路無知己，未出并州是故鄉。桑落酒清離恨重，柳條風緊客情傷。絳紗欲徹歸朝近，應許追陪駕鷺行。

鳴謙驛留別訓夫疊前韻

驪駒欲駕隻輪方，相送躊躇別語長。去遠心翻隨去雁，還朝情未似還鄉。經橫馬帳人初過，客退龍門意轉傷。鎖院弟兄京雒舊，十年衰颯愧班行。

宿壽陽，用韓公《夕次壽陽驛題吳郎中诗》韻，寄弟素心里中，與可京師

如今薊北是長安，纔過并州客路寒。憶別汝時花共柳，今宵三處月團團。

未至井陘口七里槐林鎮宿

翠蛟潭自險，青玉峽空名。土屋懸崖置，沙田帶石耕。晚風山鬼歗，夜月野雞鳴。浩蕩關門近，悠悠行旅情。

過井陘口，暮投縣，索逆旅主人不得。行三十里，宿微水舖

朝從井陘過，暮向井陘投。明月關門閉，西風塞水流。青山連粉堞，黃葉隱朱樓。行路誰相識？棲棲夜未休。

先夫人服除。抵京，詣宮門候安，蒙遣臣英、臣士奇慰問，恭紀

東華塵土帶征鞍，三載重來鬢髮斑。通謁竟由中貴使，問安許點閣門班。傳宣去久勞垂憶，別奏歸朝損舊顏。天語一時紛感激，不禁清淚落潺湲。

滇南大捷詩十首

夜半傳呼萬歲聲,邊書送喜拔圍城。霜天破賊烟塵靜,不待新年賀太平。

羽騎星流掣電飛,宮門霜月照行衣。金鉦夜警投籤夢,知是征南奏捷歸。

玉座紗燈奏草開,捷音傳送滿宮來。天雞未動銅龍闢,親報慈寧萬喜回。

玉斧金戈寢殿開,嘶風石馬殷奔雷。翠華正值朝陵日,輦上連章露布來。

烽火雙懸大將旗,孤城三道集王師。遙知銅柱銷兵地,別號昆明洗甲池。

碧雞騰距古梁州,飲馬瀾滄水不流。廟略有征無戰鬬,手提滇海付金甌。

一舉樓船定海隅,雕題卉服效前驅。三軍所過都無恙,況復頻年詔賜租。

萬年曆①數尊王會,一統山河黜霸圖。文德武功相並美,應教大政紀平吳。

邊機兵畫在深宮,伐叛謀成睿想中。上將指麾皆廟算,皇輿②恢拓是神功。

索鈴神撼檄書成,幾載憂勤識聖情。別奏凱歌天一笑③,先教傳唱羽林兵。

送張敦復學士還桐城二首

詔恩相見慰浮沉,往事分明思不禁。朝退常陪經席蚤,內中初設直廬深。蓬山地近天人別,溫樹春歸歲月侵。我去三年君宛在,重來還對欲分襟。辛酉還闕,命學士慰問於宮門。

門外桐陂水驛通,櫻桃初熟落帆風。別來客鬢愁先白,到日江亭問也紅。也紅,敦復亭。予為作《記》。偕隱已悲緜嶺上,耦耕終約五湖東。我來君去如相避,解道人生是轉蓬。

送汪舟次檢討使流求二首

萬里滄波使,三宮法從班。吾曾泛積水,別久問神山。天遠客星見,孤帆秋汐還。丈夫事異域,那肯老離顏。

彭湖接烟火,軍鼓亦闐闐。絕島真無地,中原只有天。節旄來殿闕,戈甲在樓船。借問隆慮平聲將,何如陸賈賢?

---

① 曆:四庫全書本作歷。按:乾隆名弘曆,避乾隆諱,改作歷。

② 皇輿:四庫全書本作板甌。

③ 天一笑:四庫全書本作人共樂。

禮闈校士得十四韻

數到掄才地,承恩自禁林。纔移經席仗,猶殷屬車音。白首水銜晚,青春鑰院深。昔遊思祫褐,榮路愧華簪。銀燭三條盡,銅壺午夜侵。苑花應冉冉,闈棘自森森。簾下經過斷,風前語笑沉。樓明金牓月,臺轉玉衡參。地郟觀象臺。屢輟中宵夢,回憐儌直心。香凝新繡網,寒戀舊綾衾。忝竊繁文字,蹉跎細討尋。池邊蹲豈鳳,書裏穴成蟫。典職堪遲暮,登賢鬱滯淹。不辭鉤校切,有暇得微吟。

闈夜夢母

一夜春寒憶故山,五更雙淚落潺湲。重簾不鎖還鄉夢,壠樹花時見母顏。

瑣闈將出呈諸公

忝接公卿席,簪裾此地逢。到來堦草長,相憶野花濃。窗暗鳴禽曙,簾深報鼓重。對牀燈火夕,回首是離悰。

簡翊聖年八十,別而再會於京師,尚健無恙,喜而有贈

物候青春晚,交情白首長。三年為客在,八十別來彊。難老逢人少,無憂羨汝狂。平生瀟灑意,相見不能忘。

春夜憶舊遊示豫朋

獨宿寒齋夜悄然,關山丘隴鬱高阡。還如三載棲遲意,未了平生寂寞緣。漏轉微鐘時憶舊,夢回殘月不成眠。分明陟屺樓中事,未齔①相從最汝憐。

---

① 齔:四庫全書本作齓,按:齔或作齓。《釋名·釋長幼》:"齔,洗也,毀洗故齒,更生新也。"

小　　屋

小屋幽居稱，蓬茅作意低。窗開如釣舫，籬挿似村溪。絮柳縈簾近，錢荷貼水齊。景光還自愛，未覺是羈栖。

登　樓　寄　遠

戶牗長岑寂，殘書且罷休。落花時倚檻，斜日一登樓。白髮堪多病，青春抵暮愁。飛雲如有意，冉冉下南州。

西樓懷潛菴，時為先生較勘文集

多病兼愁思，登臨每獨來。孤雲一飄渺，萬里共裴回。文字堪心得，風塵暫眼開。頓忘形氣小，空濶坐悠哉。

上手勅：念諸臣勞，命公暇遊賞苑中，網魚携歸。恭述

渺渺蓬池接露臺，銀河一道象昭回。金華不輟宵衣直，玉几還隨講席來。記憶從官三伏近，傳宣御札十行開。侍臣空自慚歸遺，曼倩當時未易才。

直　講　口　號

罙恩流影照青規，黃卷丹霄幾鬓絲。簾外却看閒抵戲，羨他無事羽林兒。

恭和御製送杜相國致政歸寶坻

十年深密地，親見翊承平。龍尾隨天路，螭頭直殿楹。歸田三疏意，祖帳百僚情。廣和懷賢什，雲章麗太清。

恭和御製送馮相國致政歸益都

河山還禹蹟,帶礪得堯年。嶽攬岱宗石,海歸星宿泉。身名多上相,出處在高賢。日觀登臨數,長懷直北天。

八月八日,賜觀御府藏畫於內殿,進詩二首

輕綃潑墨憶從容,祕殿收來御印封。掩映液池秋水色,依稀仙仗翠微峰。金函鎖處銜蹲鳳,玉軸開時躍①燭龍。自是山川羅萬國,畫圖江海見朝宗。

丹青龍蹴海三山,銅鴨香開玉座間。枝繞萬年花爛漫,池添百子水潺湲。紅羅夜閣胭脂淫,碧鏤春亭翡翠還。暇日每蒙天一笑,畫中金粉解承顏。

十二日,蒙召至瀛臺,賜食,已復賜魚,大小四十,恭紀

畫槳文窗御舫開,五龍雲水接南臺。纔分玉箸蓬池膾,親網金鱗又賜來。

中秋,西樓讌集

久別東巖月,還為北塞遊。關山頻對酒,風雨一登樓。坐減青山興,歌添白髮愁。兩年長肺病,顦顇況今秋。

甕頭春酒,昔得之林中丞家。近日,孫生穎力能釀此酒。歲暮獨酌,為作二首

風霜還飽舊時身,相勸愁多酒入唇。閉戶不邀杯底月,隔年先探甕頭春。陰陽清濁元同器,黍麥低昂亦有神。一笑朱顏今宛在,黃公壚畔見何人?

收拾樽前見在身,且教香味入吾唇。飄颻北雪初霑地,汎溢東風欲作春。罷遣桃符驅歲鬼,休催羯鼓惱花神。天寒日晚霜威重,一醆陽和已趁人。

---

① 躍:四庫全書本作耀。

懷陟屺樓

回首闊河草木黃,浮雲西去野茫茫。松楸未長霜先落,陟屺樓空挂夕陽。

城南水榭懷施愚山

渼陂連紫閣,鳥影度秋屏。遠望知嶵壑,高居接渺冥。湖光分裂帛,山色擁來青。花落題名處,相思在敬亭。

歲暮,和子瞻與子由侍立邇英次韻絕句,簡曹峨嵋編修四首

凄凄梅萼艷猶清,寂寂年華暗欲零。一卷牙籤雙白鬢,不應黃色上天庭。
侵曉衰顏鏡裏寒,蕭蕭華髮鬢絲乾。緇塵休點清霜色,自愛新彈沐後冠。
誰解先生譎浪言,摧頹病鶴亦乘軒。如今恐被林鴉笑,夜宿朝飛為啄吞。
東坡居士香山老,出處差同晚節心。不信千秋身寂寞,名根終比道根深,

次韻彭羨門編修

軟紅塵土又年餘,久廢詩篇歎索居。離別日多相憶老,交游歲晚幾人疎。閉門剝啄風微後,好句摩挲月上初。自點寒燈三過讀,因君吟興未全除。

鼻不知臭,屺瞻學士頗用嘲謔,戲簡

肺病經寒斗更加,霜風如篲著含沙。此身可入鮑魚肆,有鼻誰聞薝蔔花。未信運斤逢郢鄂,猶知舉扇向塵遮。曉來頻嚏因君甚,相憶連朝盡歲華。

歲除有感簡屺瞻

華髮黃塵爆火前,桃符土梗與周旋。笑看敝帚千金貴,懶點蛾眉半額妍。空憶悲歡追昔夢,且尋詩酒樂新年。文書堆几風窗冷,短檠頻移博醉眠。

正月十日,睡醒示豫朋,往年,嘗以是時宿新阡丙舍

夢回窗外午雞聲,睡足春陽潑眼明。正似石閭攜汝宿,新年田舍老農情。

蚤行憶石閭

夢迴鐘漏客心闌,馬首驚沙撲面寒。只似石閭風雪路,不知春曉在長安。

午睡,夢朱檢討錫鬯,覺而讀其集

荒荒欲落幽窗日,策策時驚曲徑風。一卷竹垞書在枕,離心繚繞夢魂中。

二月二十六日,同樊酉一飲酒城南古臺上

野廟無人春鳥鳴,古臺高樹遠含情。不因社日尋芳去,嬾作城南半日行。

堤　　柳

堤柳青如此,山花紅奈何。林鶯三月少,塞雁一春多。歷落愁心在,羈遲旅鬢過。吟詩聊自慰,不覺是悲歌。

社日,黑窰廠同樊酉一

社日迴愁人,高臺絕四鄰。陰晴分遠樹,烟雨接殘春。地僻逢花少,川長對酒頻。柳陰澹斜照,沙際一垂綸。

送杜讓水令廣昌二十四韻

一線飛狐道,雙鳧下帝鄉。地懸京邑險,山接塞垣長。留滯今為吏,分岐忽異方。野花開正落,風雁過無行。亭堠紛相接,關雲鬱在望。昔遊同寂莫,往事黯悽傷。午散圖書

地,虛隨翰墨場。身名供刻畫,文采益淒涼。煩促賓朋絕,凌兢笑語妨。多才勤贈處,雅志必周詳。詩與名家稱,書兼姓字香。拜官非卜式,歎老是馮唐。曾奏重瞳聽,還邀一命光。孤城青塚月,大漠黑河霜。別意嗟飛動,含情助激昂。雄風生劍匣,朔色映錐囊。跡已輸屠釣,謀仍恥稻粱。故僚多背面,薄宦易霑裳。交道悲公叔,心期感仲翔。逢人難偃仰,入世勿佯狂。尚有遺簪戀,聊為束帶忙。青山對垂綬,官舍解行裝。荒外皆侯服,邊沙盡我疆。此邦有民社,為爾決行藏。

立齋都憲惠酒且盡,戲簡二首

風雨城南一番新,提壺相勸獨遊頻。只今酒盡添愁坐,花落花開不當春。
已遣沉冥入醉鄉,懶從燕市酒人狂。故山亦有慈泉水,乞取江南釀秫方。

樓上獨酌二首

秋城如烟海,看雲抵看山。樓上一杯酒,心與孤鴻間。
孤鴻日夜飛,悲鳴為曹偶。道人學忘機,離心亦何有。

吳耕方侍讀急裝出廣寧門,一夕,卒於逆旅。貧不能斂,行道傷歎,追悼寄其孤

多病交因密,常貧世與疏。旅亭一宿客,昨日數行書。道術終何得?飢寒屢晏如。文章曹志在,流慟想充閭。

答李子靜少司農,兼索其書法二首

千古風流讓蜀人,西當太白望峨岷。眼高四海名無敵,狂客誰為賀季真。
春蚓秋蛇老未休,戲鴻墨法晚相求。即無金玉裝匳軸,肯設桓家寒具油。

將卜居而灡泉酒垂盡,簡郭快圃翰讀二首　灡泉,郭釀也。

山泉美酒色香清,故遣瓶罍細細傾。自入青春嘗獨醉,已多白髮未須驚。賞心四事違

朋好，對影三人共月明。今日一尊還寂寂，憑誰相慰此時情。

鴻飛蹴雪去西東，浮蟻堂中憶雪鴻。雪鴻，郭堂名。　樹下何人知有道，醉鄉我亦愛無功。六分春色三杯酒，半世生涯一畝宮。那有詩書堪乘載？瓦盆傾倒向春風。

檐鵲寄公幹

鵲蹴寒檐日影來，飛鳴遠樹却飛迴。忽聞小弟傳書札，報道山花取次開。

移居，簡李鄴園大司馬

門徑黃塵迴未侵，青春榮戟晝沉沉。避喧每覺無幽處，卜築翻因有素心。新草臨窓生意淺，落花欹枕夢魂深。却憐燕雀依檐棟，敢道鴛鸞①共一林。

樓 上 聞 笛

惆悵高樓月迴明，關山無限曲中情。薊城楊柳多春色，解聽風前玉笛聲。

史事偶閒，戲題長句為醫者孫生

圖書跌宕謝公卿，貧病交游尚有情。藥裏年華逢薊子，枕中仕宦笑盧生。幾人青史題無愧，自古黃金鑄可成。留取一篇《方伎傳》，塵埃擾擾勝浮名。

新 居 春 夜

白首孤吟迫，青春永歎深。幽懷耿斜月，清夢覺寒衾。小巷更籌密，高樓雁語沉。頻年羈客意，飄泊又從今。

---

① 鴛鸞：四庫全書本作鵷鸞。按：《莊子·秋水》："南方有鳥，其名鵷鶵。"鵷鶵，鸞鳳之屬，作鵷鸞，是。

送王仲昭還武林二首

太白飄然仙者流,凌風挂席下滄洲。眼中一勺西湖水,橫海難為跋浪遊。
鐵笛遺聲寄《竹枝》,扁舟應過水仙祠。閒堂賜墅笙歌地,惟有湖山似舊時。

對　　鏡

昏黑柴門稚子迎,鄰雞催曉報人行。試看青鏡如絲髮,一日還禁白幾莖。

閒　　門

小院斜陽盡,閒門過客無。晚花開欲笑,歸鳥自相呼。淨業觀前念,浮生問坦途。後
生都莫較,看取白髭鬚。

磨勘,宿省中,呈容齋兼懷黃麋給諫

殿廊槐棘晚森森,斜日清烟紫禁深。把卷幾回同笑語,憐才終是共沉吟。露寒桂子三
秋色,風落梧桐一夜陰。舊日鎖廳人好在,白頭蕭颯映華簪。

送魏環溪先生致政歸蔚州二首

君恩三疏得抽簪,綠野新開古塞陰。出處盍闊天下計,清忠不盡老臣心。兩朝國是青
編在,一代身名白髮深。金甲已銷耕鑿穩,朔雲邊月快登臨。
地近翻驚數仞牆,龍門賓客鄭公鄉。早瞻舊省尚書履,晚拂清塵御史牀。心事傳經留
奏草,功名報國在文章。非才欲達重瞳聽,乞取青山傍講堂。

以黃柑羅酒博快圃灕泉之餉

灕泉味美罷村沽,折券殘年謝酒壚。獨酌已多還寂寞,細斟欲盡失歡娛。黃柑春色分
三寸,白墮霜醅換百壺。洗醆風軒聊一笑,開嘗容對馬軍無?

歲晚與繆虞良

斜陽古巷歲空闌，寥落寒廬亦故園。梅際冷枝横凍硯，雀邊疎影帶閒門。縱拚浥飲①防頻歎，且為躭書與細論。猿鶴幾時音信少，荒雞咿喔似山村。

甲子除夕

還看上苑江梅蚤，却憶樊川岸柳新。畎畝心長驚別舊，關河人老倦逢春。庭前燎火年光换，枕上鷄聲客夢頻。辟惡桃枝先插户，六街車馬逐流塵。

春日懷西園先生

流光堪把玩，烟景易風飇。旅夢牽花信，春心著柳條。露多憐緑徑，雨溼憶紅橋。將老甘離別，生涯付寂寥。

卧病輟直，奉簡入直諸公

半月雙扉晝掩深，瑣窗朱網憶沉沉。回驚廊閣三峇仗，稍學仙人五戲禽。勾檢篋書稀日草，料量圍帶減塵襟。數憐溫語垂天問，蒲柳先秋自不禁。

聞雞寄逆旅故人

本置窗雞為報明，疎林殘月半宵聲。未回旅夢催人起，底似征途惜别情。

戴文進畫《漁家樂》

曾寫紅袍緑水隅，衆中顏色果然殊。蓑衣篛笠雲天濶，可是秋江舊釣圖？

---

① 浥飲：四庫全書本作泥飲。按：浥，當作泥。泥飲，飲酒爛醉如泥。

七夕,城南晚歸書興

碧落微雲月似鈎,誰家簾捲曝衣樓。流年巧婦矜紅粉,半世癡兒已白頭。河漢星低清淺水,關山人老別離秋。夜凉一枕殘書夢,潦倒西風萬古愁。

答立齋都憲

凉風吹積雨,晚景送新晴。白筆秋吟興,青編夜雨情。名多綾餅艷,心並玉壺清。遙望臺中柏,蒼蒼翠更生。

江村垂釣圖

江湖且莫羨垂綸,畫裏漁竿枉似真。試看渭濱圖羽獵,後車元載釣魚人。

文衡山潑墨山水

供奉歸來野意閒,紅欄綠浪五湖間。誰知水墨蕭森物,畫出荊關著色山。

曉雪,懷王幼華都諫

淅瀝疎更外,霏微小雪時。映窗何曙蚤,著樹欲銷遲。寒重花兼出,霑輕葉暫隨。坐殘鳷鵲影,先遣掖垣知。

雪夜,懷簡翊聖

不見當時謔浪人,鐙花如晝鬢如銀。癡兒難了公家事,狂叟相憐自在身。午夜雲山連雁影,千門霜瓦冷魚鱗。風饕雪虐眠時蚤,縮項寒廬一愴神。

雪夜，懷張子美、子文

一片瑤華影，霏霏入夜寒。梅花疎故壘，雪色滿長安。漏下清霜迥，風高玉笛殘。那堪覊旅夕，蕭颯獨憑闌。

當 關

當關呼不置，殘夢幾迷離。鳥宿夜還散，雞聲寒漸遲。窗梅風寂歷，徑竹雪參差。睡美輕鐘外，何因得此時。

卜居不定，題家書後二首

題得鄉書附短吟，地鑪紙帳覺蕭森。姓名已受當時責，筋力空教老境侵。蝴蝶夢魂寒抱影，梅花風月夜同心。只須乞取青山在，江北江南宅易尋。

夢回夜氣勘分明，已睡還醒萬慮生。古堞夜烏啼自語，空梁山鬼嘯無情。蔣山第宅終須棄，潁水田園且未成。贏得寒宵渾不寐，風簾鐘漏度三更。

歲暮夜歸，寫懷寄南谿游好二首

拂面流塵倦曲肱，人間只欲醉騰騰。此身至老終成錯，時輩多才合讓能。雪徑數聲傳漏柝，紙窗一醱讀書燈。《絶交》論廣休重擬，五術平生實未曾。

曉逐殘星暮落暉，不成贈處不成歸。尺書海內親朋斷，晚歲天涯弟妹違。河柳秋橋人判袂，野棠春社酒霑衣。叢祠西畔桑榆暖，鼓笛聲殘隱翠微。

病 齒

平生未解巧如簧，牙齒空然粲兩行。善病終當留舌在，多愁應不及脣亡。相逢已守金人戒，獨坐誰憐玉麈妨。身老得閒差自慰，雪梅烟竹倚殘陽。

露湑閣憶南谿

遠望當歸亦枉然,登臨遙憶在南川。亂山缺處杏花滿,危閣前頭松影圍。短笛吹斜牛背日,暮鐘聲散雁行天。清歌薄酒殘燈火,此事拋離又五年。

乙丑除夕,移入青藤館新居

五春三度移居日,桃梗椒花總閉關。跌宕圖書新白髮,漂搖風雨舊青山。署門自信交游少,卜竈先祈歲月閒。預擬《送窮》還罷却,殘年留伴老夫頑。

《午亭文編》卷十三　　男壯履恭較

《午亭文編》卷十四

門人侯官林佶輯録

今 體 詩 七

丙寅元日,朝退呈內直諸公①

曙色蔥蘢右掖門,上趨北極侍含元。鑪烟風轉銅龍仗,燎火寒迴白獸樽。欲報聖朝無闕事,濫重經席是深恩。多慚衰鬢青春早,映日宮花壓帽溫。

敦復、澹人二學士見和除夕元日詩疊前韻二首

春色蓬門取次還,總無過客也須關。休辭白墮頻傾釃,頗却青錢忘買山。爆竹誰家方競勝,桃符昨夜甦投閒。椒花滿眼紛相映,笑煞頑夫老更頑。

粗治文書久拒門,年光幾度向朝元。殘經獨抱時開卷,歲酒將闌已合樽。悶遣葦桃驅路鬼,戲從魚鼠問長恩。春寒切憶鴛鷺②侶,身在凌霄氣象溫。

---

① 丙寅元日朝退呈內直諸公:四庫全書本刪去朝退呈內直諸公七字。

② 鴛鷺:四庫全書本作鵷鸞。按:鵷,鵷雛,鸞鳳之屬。《莊子·秋水》:"南方有鳥,其名鵷雛。"作鵷鸞,是。

上元夜,扈從出永定門作

對仗金牀下殿行,玉街車馬溢春聲。天迴烟景低帷殿,野曠星河出幔城。北斗龍杓隨鳳輦,東風畫鼓雜鼉更。歸來獨擁殘書坐,一穗缸花夜笑生。

李唐《長夏江寺圖》,於大內見之。
宋高宗題云:"李唐畫可比唐李思訓"。

花石綱殘艮岳空,湖山金粉畫難工。那知零落風烟外,郤閉金函玉櫝中。

《水邨圖》二首 并序

《水邨圖》,趙文敏筆也。自署云:"大德六年十一月望為錢德鈞作"。元人題者五十一人,皆秀逸可喜。康熙二十五年歸於大內,時在直廬,得縱觀,記以詩。

秋雨秋風澹墨間,燕雲粉本映關山。百年智巧銷磨盡,却在清江水石間。

菰蘆門外水連天,我已移家約釣船。從此烟波秋色遠,憑誰先寫舊樊川。

張尚書《賜金園圖》

鸞坡鳳閣晝沉沉,畫里龍眠著意尋。田宅漫成歸老計,江湖頻有託居心。買山不比千秋觀,置酒何須太傅金。直使君恩滿巖壑,流傳勝事紀園林。

春夜,懷富雲麓侍郎

勞勞亭下水淙淙,送客沙頭倒玉缸。萬里長風吹別袖,五更疏雨落寒窗。羈魂炎海離愁灒,過眼紅塵老淚雙。城角欲殘清夢斷,相思惟有片心降。

新居送素心歸里

窗閣新開客過稀,茅茨只似舊雙扉。清明嵗閏花禁坼,風雨春寒燕未歸。青鬢流年思弟妹，白雲長日戀庭闈。因君為問田園事，何處烟波無釣磯？

陳白陽畫果蔬二首

正是江天櫻筍初，谿邨風露擷園蔬。春花開落多秋實，老圃吾生愧不如。

肉食朱門客滿堂，何人解識菜根香。鱸魚大有江東思，只是蒪絲味亦長。

晦日，信芳齋遣興

蔘迷春色老塵沙，晦日風光感物華。粗有軒窗安客舍，儘教籬徑似山家。天涯裊裊逢歸燕，世事紛紛送落花。一種垂楊愁萬疊，輕烟搖颺日西斜。

楊花六言二首

物態森如枳棘，客心弱似楊花。忙過雕闌玉砌，閒投茅舍山家。

垣短條垂弱縷，水明葉蘸微波。燕語巧催春去，花飛知奈愁何。

賜 衣 二 首 有序

閏四月二十八日直內庭，上遣內侍問臣廷敬在否，有頃，賚賜御服紗衣。臣同臣英臣士奇臣訥實被恩賚。縠文金鈕，御香宛然。且諭曰："是朕所嘗服者"。臣服之，感而紀以詩。

天機雲錦帝垂裳，解賜丹霄黼座旁。不是裁縫收在笥，玉簪新染畫時香。

碧紗鍼縷海圖明，垂領蕭蕭素髮驚。天上著來人欲老，不禁清淚却霑纓。

齋中讀書即事二首

繙餘殘史意厭厭，清簟斜暉晝下簾。笑憶相如逢狗監，懶從詹尹拂龜占。心如苦筍風還折，愁比黃楊閏更添。剩有草庭生意在，筆花頻夜夢江淹。

花時事過甘頭白，老境春殘奈酒濃。近日情懷還漫浪，幾人語笑更從容。折膠①己媿

---

① 折膠：四庫全書本作歸田。按：膠，腰之異體字。

陶彭澤，矢口常憐阮嗣宗。遺事吟殘杯一進，五更睡美不聞鐘。

次韻繆虞良見懷之作

載酒題襟少舊歡，鬢絲藥裹在長安。翻餘汗簡常多忘，畫出《河圖》欲細觀。時方學《易》。薑蔗歸田羞負郭，風騷投老笑登壇。知非已迫桑榆晚，袖裏殘文擬自彈。

送故人王德新還太原三首

明月關門影漸高，朔風猶照舊綈袍。離情遠似桑乾水，難斷并州快剪刀。
白雲汾水影離離，又是秋風雁去時。落盡別時官閣柳，晉陽宮畔最相思。
曾將刀筆傲通侯，挂檄歸來汗漫遊。畫榼香螺桑落酒，青州從此勝涼州。王嗜酒。選為尉，不赴。

琉璃盛水，蓄魚如鱖者三兩頭。外視之倏小而大，游泳下上，而見魚之多至不可勝數。于子龍秀才為詩，戲和

掉尾鯨波笑伏鱗，眼光如海蝨如輪。晴窗試檢蟲魚注，亦是天涯磊落人。

丙寅除夕，撰《易圖》成，示虞良、樾阡

玉漏金壺夜色新，藜牀蔬食不嫌貧。自成蕭索門庭在，無那歡娛節序頻。蠟炬椒花迎歲酒，火銷香地隔年人。更闌點檢殘經罷，勘得浮生處處春。

丁卯元日即事示兩兒

華髮朝天苦劇忙，青春閉閣興還長。年光得得如流水，旅夢蓬蓬向夕陽。驥子誦詩驚過客，虎兒弄筆勝諸郎。一枝應逐桑榆煖，三徑何當在帝鄉。

初春與與可

書卷生涯避要津，雀羅門巷燕鶯頻。也浮翠柏尊中酒，已放紅梅硯北春。五夜霜霏殘

醉醒，萬家烟景一時新。朗吟夢草西堂句，好在池塘未是貧。

上元夜簡內直諸公

曲宴傳柑記往年，疎星澹月故依然。張燈小巷春無那，羅雀閒門意自便。節過欲泥丹竃火，夜來重蓺賜罏烟。九衢簫皷三更夢，又是君恩放假眠。

寄湖上翁呈敦復，翁，敦復兄也

久向烟波擬釣筒，移家有約竟成空。平生解愛江南客，晚崴心知湖上翁。香草舊蓑閒臥月，蘆花小艇不驚風。眼明細寫烏絲字，寄與東華問軟紅。

晚春下直同健菴侍郎

如寄人生欲奈何？野桃村柳又蹉跎。百年強半酒人散，往年春日，嘗與茗文、貽上諸公水樓看柳。二十四番花信過。細玩流光真漸少，總攖塵網也無多。軟紅歸馬東華路，好點青燈照醉歌。

閱　農　應　制四月十日，御乾清宮臨視諸臣作。

聖作勤三事，天行啟四聰。有年惟帝力，無逸即田功。桑柘扶蠻貉，茅茨駐玉驄。野花穿仗發，山翠拂旗空。壤繡分交錯，川長引鬱葱。嘉禾方剡剡，瑞麥已芃芃。鶯度濯枝雨，柳眠吹絮風。周原千畝綠，漢粟萬箱紅。下濟光明遠，高居造化工。年華丹禁裏，烟景幔城中。粒食增堯匕，熏絃倚舜桐。九農應送喜，歌舞海隅同。

禹鴻臚畫《樊川歸樵圖》

巷柳園花又一巡，二毛加白向青春。平生但可供描畫，面目於今是假真。蔡澤輕肥原有相，揚雄容貌不踰人。束薪已辦腰鐮具，寫入樊川小樣新。

晚同儼齋侍郎下直

長遣雙扉去後關，曉風驅馬夕陽還。曹司愧點圖書地，筋力虛陪供奉班。正落殘花留意別，欲棲幽鳥笑人頑。城鐘未起燈初上，了得公家事盍閒。

排　悶

一步強彎一寸弓，滿船齊看滿帆風。呼牛應牛故爾爾，得馬失馬何恩恩。橡栗生涯愁杜甫，蛙蛇家口老盧仝。此身真作浮遊計，到底輸他造物①工。

閏歲七夕前二日

咫尺神霄奈若何？頻年相望不相過。頭童烏鵲忙如許，節厄黃楊閏較多。秋到雙蛾驚歲月，天留老眼見星河。九疑凝目峰皆似，不比盈盈一水波。

蓼　花

臨砌妨檐短，秋來嫋嫋長。綠梢新雨霽，紅透晚風涼。野水蘆花外，江村竹篠傍。只應伴笒箸，繫艇近斜陽。

七月九日，召左都御史臣廷敬、侍郎臣乾學、學士臣英、侍讀學士臣士奇、編修臣訥賜食西苑秋雲亭，遣中使就賜御書及內製法瑯塗金罏、鉼、匙、箸、香合各一，恭紀五首

駕行拂曙影裵回，風舞槐龍翠作堆。北極金輿天上轉，西清黃繖日邊來。從容刻漏傳仙饌，親切烟霄侍帝臺。詔許甘泉承曲宴，幾人榮遇得追陪。

御匵書卷日相隨，勤政簾前奏對時。文囿先知新稼穡，堯階不剪舊茅茨。渚花含笑移舟近，水鳥銜恩度檻遲。自有衢樽聯鎬飲，微臣長誦《蓼蕭》詩。

---

① 造物：四庫全書本作造化。

鈿軸開函翠帕舒，羲圖頡跡豈能如？驪珠何止千金賜，鳳藻曾經萬卷書。日曆①定須編翰簡，流傳應許到樵漁。桑榆記取茅簷下，長捧恩華望屬車。

珍錫琳瑯列禁筵，博山新製侑嘉籩。含熏欲泛金莖露，宿火猶分玉篆烟。光爛卿雲逢舜日，文鐫寶曆②紀堯年。銀罌翠管休相擬，歸路天香滿繡韉。

龍尾追趨內掖門，綴班烏署直微垣。飫知中禁蘭庖味，別賜西園玉膳恩。坐對宮花偏露重，歸來臺柏帶春溫。叨隨芝閣分藜火，剩有冰心奉至尊。

九日，晚晴臺泥飲

九日恩恩節序頻，高臺搖落上遶巡。生逢白髮相欺老，家有黃花不厭貧。愁遣眼前憑濁酒，名爭身後是癡人。牧之詩句陶公興，笑口常開漉葛巾。

鄉人王疎菴先生為太宰時，構水鏡堂於署後之東南隅。余在翰林，以事曾一至焉。今謬繼公後，瓦礫茂草，故處不可復問。冬夜宿署中，感而有作。

水鏡堂曾到，遺蹤悵莫尋。鳥栖荒署蚤，葉落短垣深。黯澹題名字，蒼茫啟事心。夜寒霜月白，猶照古藤陰。

靈祐宮夜憶石閒

抱膝支頤計未非，黑甜贏得到斜暉。飄蓬欲訪敲爻去，度世終思跨鶴飛。自為逃名甘隱吏，已因觀妙解忘機。石閒流水寒松夜，一枕騰騰夢裏歸。

五　十　初　度

華髮童心老竟真，自驚身埒老人羣。新詩翻許推高適，健筆猶誇屬右軍。梅柳眼看過至日，犁鋤手把向春雲。青山擧白一浮汝，自此相從已暮曛。

---

① 曆：四庫全書本作歷。按：當作曆，避乾隆諱改作歷。
② 曆：四庫全書本作歷。按：當作曆，避乾隆諱改作歷。

夜過六友齋與樾阡

客舍一柴荊,歸時夕照明。寒花簾外影,新雁月中聲。老境親書卷,幽懷託友生。秋齋燈火近,城柝易深更。

與　芸　夫

沙塞鴻飛日,風林葉落時。百年猶旦暮,往事益淒其。屠狗身宜貴,雕蟲技未奇。急將瀟灑意,為緩鬢成絲。

晚晴臺詠懷示謙吉

晚晴一上晚晴臺,片片明霞映酒杯。燕掠檐牙殘靄去,柳低樓角夕陽來。經過物理愁眉放,勘破生涯笑口開。田舍未成頭半白,青山買得敢裹回。

大行太皇太后輓辭六首,次都御史徐乾學韻

帝孝重華並,慈徽太姒齊。陵園新玉座,匳匣舊金泥。長樂疏鐘外,瑤池落月西。雞鳴思問寢,龍尾接城隄。

警衛連宮仗,行帷出苑牆。鶴驚宵館露,鳳咽曉樓霜。翠柳飄哀輓,陵花濺淚行。盡聞天子孝,親切侍中郎。

尚想戎衣著,謳歌起鎬豐。親逢開創日,身享太平功。文物三朝備,榮哀萬國同。還因思厚載,率土泣攢宮。

倚廬心未已,歠粥孝難名。素靷鑾刀斷,詔步詣陵園,斷輦紉以示不御。青繩砥道平。攀號天步遠,顒頸聖顏清。臣庶皆人子,誰無感激情。

神光留武帳,雨淚變彤幃。雲慘青山暮,風纏紫極悲。金盌寒食後,玉燕上陵時。苑柳年年發,長垂寢殿枝。

禮成衰絰盛,制與諒闇同。詔諭情何限,封章意未窮。劬勞知聖德,忠愛結臣衷。孝饗榮名貴,清歌小《閟宮》。

王黃虆在吏垣,有文名。沒三年矣,夜宿省中,追悼有作

禁掖難勝感舊情,諫坡留得幾人名。夢醒月落朱顏在,宿草春來老淚傾。

孫怍庭少司馬來赴國恤,憶往時余與怍庭同環溪先生禮闈校勘,連牀數晨夕。今蔚州歿而余銘其墓,有①存亡之感。為詩別怍庭兼呈高念東先生二首②

知君定似阮光祿,朝罷山陵却便還。忍說凄涼十年事,更誰追別到方山。
歷下羣公海嶽姿,風流耆舊是人師。相逢一事煩傳語,無愧新阡有道碑。

合和羹二首并序

合和羹,雜菽麥野菜為之,太史公所謂民之食大抵飯菽藿羹者是也。然自秦及燕趙皆食之,而南方聞者每竊笑焉。嘗與南溟、湘北宿左闥下,二公皆南人,而獨喜食此,且為歌詩以見贈。余亦和而歌之,所以志余之辱交於二公,亦以物之幸而見知於世有如此也。

衢歌含哺敢忘情?華省翻憐③麥飯名。不笑唐風多儉陋,茅茨曾啖小人羹。
鹽豉休烹婁護鯖,山蔬點就瓦盆盛。交情淡久真如水,肉食何人憶大羹。

大行太皇太后仙馭遐升,詔行倚廬之禮。百官有司更進遞諫,詔旨開喻益切。宣聽之際,恭紀以詩

彩仗金輿隔暮雲,倚廬涕淚濕斜曛。已知孝饗同虞帝,何止耆禫似魏文。苴杖三年千古事,封章一日幾回聞。他時青簡留題處,惟有芳名屬聖君。

---

① 有:四庫全書本作不勝。
② 為詩別怍庭兼呈高念東先生二首:四庫全書本刪去此十四字。
③ 憐:四庫全書本作成。

除夕同南溟、容齋即事二首

一院梧桐影漸移,西垣山色在簾帷。欲尋巇壑抒心跡,辦取樵漁寄鬢絲。林鳥倦隨駕鷺後,野梅蚤避燕鶯時。草廬門巷斜暉外,禁省端居有夢思。

櫪馬林鴉節序頻,同曹聯步集蕭晨。銅龍日冷東朝會,金爵星明左掖春。欲盡漏鐘添一歲,不須杯月得三人。疎燈寒爐淒其夜,青瑣相看鬢似銀。

鹿　　尾

塞草秋肥斑鹿鳴,那知斷尾是珍烹。三驅解識君王意,長憶慈寧進御情。

戊辰元日,左闕下呈南溟、容齋兩少宰

過眼交游閱世忙,星趨漏散只隨行。春遲荀令香三日,<small>正月三日立春。</small>花共江淹夢一牀。剩有蓼芽驚節物,更無綵勝惜年芳。相依渾似舟船坐,夕照蓬窗影漸長。

疊元日韻與兩少宰

擾擾塵埃一夜忙,新年追逐在班行。崎嶇阮籍東西路,顛倒元龍上下牀。臘退柳桃應自媚,辛殘薑桂有餘芳。蒼顏白髮吾曹甚,愁入青春睡味長。

春宿左掖,高二鮑給事空所居室以居余。
二鮑工畫,嘗為余作《修禊圖》,末句及之

掖垣栖鳥暮啾啾,襆被居然接勝流。賀革方牀纔六尺,士龍瓦屋在東頭。周廬宿火多時共,燕寢清香盡日留。不是南山來伴直,畫圖輞水已同遊。

春日晚歸書懷

一官遲重寸心清,榆莢圜時柳絮輕。衣上緇塵渾不染,鏡中華髮蚤忘情。鶯花怨客侵

愁老,蟣蝨欺人薄肉生。暝色不歸歸亦倦,揶揄路鬼正縱橫。

睡起,晚晴臺野眺,懷南谿遊好

一枕黃塵眯眼開,關河清夢片時回。屢因春睡思長假,祇為鄉心上小臺。雙闕萬家還聞寂,孤烟落日共褁回。故園只在青山外,管領鶯花待我來。

昔使廣寧,出東便門,十三年矣。今春重過此門,感成

城門曉色暗啼鴉,征馬長嘶向磧沙。雨雪關山初出塞,清明時節正思家。鄉心萬里逢歸雁,野館三春見落花。少壯遠遊俱寂寞,祇應衰老惜年華。

大風落花二首

自入青春只醉眠,花開花落捲簾前。顛風作意吹將去,不是花時不放顛。
風本無情一陣空,花如有意向春風。殘香徙倚斜陽外,飛入儂家酒醆中。

口號與翁寶林少宰

春城楊柳三眠後,江館櫻桃九熟時。贏得殘年歸計晚,眼中花霧鬢邊絲。

九 日 夜 雨

何處登高會,端居獨掩扉。草蟲閒自語,霜雁遂還飛。殘夜開籬菊,高秋見篋衣。南谿今日酒,酩酊幾人歸?

雨夜懷思母菴

小幕窗風入,閒堦檐溜懸。苑鐘疎點外,塞雁曉聲前。漱石三秋雨,流花第二泉。為親從祿仕,書信問歸田。樊山慈泉,第一泉也。菴之泉為第二。

送荀少之官臨湘

落葉滿征衣,鞭絲挂夕暉。壯遊非寂莫,歸興却翻飛。白髮一莖蚤,黃金萬事違。宦途憐小弟,慎莫愛輕肥。

畫　鶍　雀

翻翔鶍雀在高秋,老隱天臺用意幽。但欲雕龍開別墅,至今常笑郭營丘。

題蔡方麓修撰寫真二首

青縑被暖火紅銷,正是熏衣事蚤朝。幾日金鐙歸院晚,天寒須整侍臣貂。
蓬山靈鵲鎮常啼,鈴索聲寒曉月低。一卷牙籤心十載,東華牡鑰汝南雞。

橄　欖

祝鯁何煩戒老饞,解酲不畏酒頻添。葉飄欅柳枝邊弱,身殢桃膠味後甜。誰解撥魚堪作楫,最愁調和①要無鹽。縱教苦口心還在,寒綠森森色正嚴。

崴暮閒居二首

頻年萬事苦紛挐,頗喜衡門賦索居。子度何堪署紙尾,河東空解誦亡書。江梅有信衝寒蚤,窗樹多情帶月疎。茗椀藥囊隨客意,殘杯冷炙待何如?
平生寂歷少清歡,又覺蕭條節序闌。世上宦遊今已足,天涯風物幾回看。杏花眼孔三春熱,梅子心腸隔崴酸。迂叟當年思一笑,閒居洛下不休官。

戊辰除夕與樾阡

休將樂事等虛名,魚躍鳶飛妙臭聲。千仞跋羊行自喜,一時駑馬路羞爭。水霜不惜經

---

①　調和:四庫全書本作調鼎。

殘夜,泉石終堪託此生。會得舞雩童冠意,春風何處不春情。

己巳元日與樾阡談白沙之學,效其體作二首

桃符土梗浪相侵,舊雨何人肯見臨。一日又過誰用力,百年空老未求心。鶯花有約春還到,風月無邊樂重尋。回首姚江成別派,輸他嶺海自閒吟。

歸老羲文物候侵,更看蓍扐布成《臨》。布蓍得《臨》卦。詩因聞道知真味,學不求名見自心。白日只今耽酒過,黃粱何用曲肱尋。紛紛得失遺編在,留與閒人作笑吟。

春日出城看花,戲作四絕句

賣花已喚山桃開,馬軍走探園花回。風花爛熳喜相報,明日不出狂枝摧。

出門十里旋治裝,賃車借馬半夜忙。料得旁人破口笑,觸忤物態神暗傷。

西鄰杏花亦不惡,兩株①夾籬墻頭②紅。比似摩訶菴裹樹,千株萬株同春風。

憶昔年少看花時,城邊水樹梁園池。故人雖在少音信,閒門惟有春風吹。

春日經水樓感舊

浮雲閱世閉門中,惟有閒游事不空。過客竟誰如舊雨,尋春相識是東風。多情柳絮依然白,無主桃花只自紅。吟散酒樓人在否,懶將詩句寄郵筒。

春　　遊

韋曲城邊灞水涯,詩籤酒榼鎮常隨。閒花滿樹春蕪長,正是先生行樂時。

社日遊城南,看花不飲,自嘲與樾阡

黃四娘家花朵紅,多情白髮颺春風。佯聾入世君知否？社日何妨酒醱空。

---

① 兩株:四庫全書本作兩頭。

② 墻頭:四庫全書本作墻邊。

竇在茲至,懷韓韓山

問汝西來事,韓山是小山。飛花隨釣艇,叢桂掩柴闆。根觸經時別,低徊落月顏。相憐清泪曲,幾度共潺湲。

書查夏重《蘆塘放鴨圖》二首

春水江潮掉浪輕,扁舟烟雨有誰爭。白鷗萬里滄波興,偶寄紅闌鬭鴨情。
君是金鳬殿裏人,寒蘆鷗鳥却情親。相隨欲作江南老,魚藻池邊又過春。

社日不飲,有詩,漫與樾阡。
未幾,兩耳岑岑有聲,經旬不散。對酒戲作

顛倒春來事,沉冥物外情。一杯還酩酊,兩耳任嘲轟。鶯語都無次,花飛別有聲。回憐社日酒,爛醉不辭傾。

春　　晚

簷角殘紅斂,牆陰暗綠斜。月侵飛絮柳,風弄折枝花。春色閒將盡,霜毛陡自加。不愁難過遣,飄忽是年華。

書局與健菴

池上人看老鳳來,多情鷗鳥合相猜。休言洛下閒居事,猶是西京御史臺。

孝懿皇后輓詞六首

軒曜璇階映,長秋網户緘。玉衣人自覆,石字燕來銜。鍾乳調靈匕,文螭進別函。椒塗纔隔日,園寢泣松杉。
長慟彌留際,褕衣送寢門。大文推陸九,盛典邁貞元。冊諡崇朝並,榮哀奕葉尊。勤

民知內治,脫珥是深恩。

　　白日淒蘭殿,清秋冷桂宮。星娥一夕返,雲馭九霄空。淚濺銀河水,悲纏玉樹風。詠歌傳六寢,應紀《二南》中。

　　楚輓悲鷖輅,虞歌咽鳳笳。燎庭殘曉月,叢殿落秋花。北首青山近,西風綵仗斜。公桑零露葉,猶望濯龍車。

　　每憶朝陵日,宮車並往來。花迎綃帳合,柳拂幔城開。輦路皆陳跡,山園引舊哀。夢迴閒故館,涼雨濕莓苔。

　　景胄凌烟貴,神儀偃月長。安貞應地厚,聖善翊天王。異豈徵沙麓,祥曾定洺陽。宵衣思女則,遺澤及遐方。

竹林寺觀一峰道人畫

　　千古高風憶閉關,地偏人靜軟紅閒。坐深祇樹雲常定,朝散清都鶴自還。身度尾箕燕斗宿,跡留方丈海神山。前塵影事三生話,珍重晴窗學駐顏。

木　瓜　二　首

　　正是橙黃掩綠陰,秋烟一樹照華林。包殘橘柚揚州貢,投比瓊琚衛叔心。霜實豈應防化枳,寒香終不逐來禽。宣城洛下無芳訊,長伴江梅入夜吟。

　　朝雲晻靄忽蕭辰,纔過花開落實新。盧橘寒分秦苑雨,海棠色借蜀江春。削泥藥籠兼防老,漬粉香匲不勸人。更與封題霜後顆,清芬也合避緇塵。

《午亭文編》卷十四　　男壯履恭較

《午亭文編》卷十五

門人侯官林佶輯録

今 體 詩 八

巢燕再逾年復至

風堁巢痕在，今年燕子回。語多如有訴，別久莫相猜。芳徑春泥落，雕梁夜户開。翻驚此時節，去歲不曾來。

追和南溟韻四首

寒鑪瀹酒夜霜濃，醉別西垣夢裏逢。一院梧桐秋影散，併將風落入飄蓬。

薊樓明月照相思，曾是金樽宴別時。萬里碧空消息斷，天風吹墮玉霄詩。

金閨楊柳落疎林，香散羅衣怨藁砧。未老蛾眉恩總在，幾回憐取《白頭吟》。

眉犁騰踏過羊腸，力盡金鞭去渺茫。近見紫鸞書一紙，人間路比海天長。

再到冬官署中與劉雨峰

東閣南枝放早梅，何郎水部有詩才。書生自笑曾前度，小睡槐根噩夢回。

松泉寺晚宿

松泉寒夕照，黃葉墜疎村。石徑秋花弱，風廊佛火昏。川長雲宿渚，野曠月臨門。鐘磬此俱寂，霜林夜鳥翻。

送金會公歸蘄春

朝發新津海月斜，潞河雲水極天涯。飄殘暮笛江城柳，照徧離樽上苑花。紅燭三條知己淚，秋瓜五色故侯家。頻年萬事悲歌外，至竟騷人楚調賒。

九日，晚晴臺登高

臺為登高面落霞，薊門山色晚晴賒。關河風度長城雁，節序霜回小院花。南陌咫天如杜曲，東籬終古是陶家。衰遲醉舞秋鐙下，顛倒茱萸插鬢斜。

杜遇徐司寇以合歡花葉為酒，示余以方。釀成，飲而陶然，賦謝

黃落庭隅樹，封題葉半新。花應知夏五，花開以五月，采葉及花未開。酒已作逡巡。采勝修羅法，香逾麴米春。嘉名愁頓失，況復飲吾醇。

飲合歡酒，疊前韻簡杜司寇

青裳風汎溢，紅頰暈鮮新。見少常深酌，無多祇一巡。西家非醉酒，非醉酒，林開府家醞也。東閣太和春。真定酒名太和春，梁相國嘗召飲。玉醆空勞勸，香醪未比醇。

于役潞河，見月初上，光矗河水。
兒子壯履曰："此黃金棟也"。賦以志興

月滿冰輪霜氣寒，東來倒影海雲端。小兒解識黃金棟，供奉曾呼白玉盤。尺五天連河漢水，大千沙傍鷺鷗湍。多情野宿臨流處，自向篷窗照夜闌。

送張僉事之海南三首

五羊城邊竹馬過,琵琶洲上估人歌。使君不飲貪泉水,沈絲休挂珊瑚柯。
黃葉初飛黃木灣,鷓鴣聲送早時寒。鐵岡驛前書一紙,秋風篋裏為開看。
持節梅花嶺外時,趙陀臺草鬱離離。西風又度昌華苑,秋色年年長荔支。

高梁橋二首

日斜秋水急,城盡野橋連。靈沼通河漢,公田引澗濂。堅花隨唼鴨,風柳出鳴蟬。山閣清暉裏,依稀近玉泉。

車箱渠上水,迢遞遶郊畿。渡遠分青靄,山長歷翠微。落花穿內去,斜鳥帶波飛。無限瀯洄意,年年送夕暉。

王湜菴輓詩

孤風晚節不磷緇,矯矯曾為世羽儀。豈信巳辰年至後,遽驚庚子日斜時。琴殘最抱人亡恨,車過空留腹痛悲。舊德未忘天意在,烏衣門第屬佳兒。

直廬懷公幹計偕載道

春草相思入夢無? 龍池柳色映新蕪。玉墀金馬摩挲老,悵望吾家白額駒。

張敦復尚書屬書齋額"仙人好樓居"

元龍百尺意橫秋,湖海平生已白頭。青鳥近傳天上信,果然人在玉華樓。

和敦復《悼馬詩》二首

顲領金坡躞蹀行,三鬣剪出欲平明。青絲送老橫門道,不盡黃雲萬里情。
驚雷驟雨識危途,電火光中躍的盧。不為錦障泥暫惜,報恩珍重在斯須。危谿夜雨,馬却立,待電光以度。

閩中,花朝前一日,阮亭司馬談江南烟景之勝二首

柳陰湖水綠平漪,欲傍漁洋下釣絲。記取花朝明日是,幾番風信對牀時。

布韄青鞵向若耶,躥殘香土肯移家。夜來客夢遊天姥,開落碧桃無數花。

題《燕居課兒圖》示壯履

黃紙凋殘舊帽箱,一編猶映紫羅囊。繩牀穿膝知吾老,書案量身覺汝長。自讓輕肥非蔡澤,不憂文史續中郎。紛紛箋注如烟海,回首尼山數仞牆。

冬官署中南亭,敦復所葺。茲予再至,實承乏公後,
而敦復權領翰林。夏至之夕,齋居有懷

乾坤蕩漾兩浮萍,歲月樊籠意渺冥。再到冬曹新燕壘,百年喬木舊槐庭。吟成《白雪》人難和,夢續黃粱客半醒。惆悵玉堂明月夜,柯亭劉井幾回經。

六月九日睡起偶書

長夏炎熇閉閤時,水曹官冷也相宜。盆池萍響魚貪食,梁壘泥乾燕哺兒。鍛火未能同士季,扇塵何惜避元規。北窗一枕羲皇夢,睡里蘧蘧欲共誰。

量移西曹,與可以曹屬引避歸里,送別

北隴應騰笑,西曹欲別情。驪駒歌已就,春草句難成。老眼青山迫,迴腸濁酒醒。到家及秋社,欵欵話歸耕。

西原與友人二首

過雨殘霞一閃明,夕陽林影路迴縈。勸君莫向城中去,且聽黃鸝三兩聲。

暝宿烟村生遠情,野亭客夢幾回驚。松窓常有瀟瀟響,不辨松聲是雨聲。

露湑閣即目

元龍湖海意闌珊,百尺高樓抵閉關。斜日香臺低碧樹,暮雲粉堞近青山。愁添酒醆真無那,獨對花枝底要聞。却笑書空殷處士,浮名長戀在人間。

新齋十首

前度人還在,三間屋又成。刧塵容小住,丹藥覓長生。赤斧分曹日,洪厓抗手情。別來應未久,且緩玉霄行。

牙籤新未觸,罏酒舊能賒。戲蝶輕團陣,分蜂晚斂衙。粉牆低過竹,籬徑窄妨花。莫道幽居小,樓頭十萬家。

卜築平生意,高樓獨上情。扶欄新種柳,隔葉蚤聞鶯。坐久雲還岫,歸遲月滿城。稍愁風露夜,玉漏太分明。

高處三霄近,秋來四望低。月從遼海上,雲向薊樓齊。估客滄洲酒,園丁上谷梨。當筵聊一粲,身世忘羈栖。

草堂兼水石,不似在城中。柳影魚游樹,花梢蝶戲空。野烟濃趁雨,林暑薄隨風。旦夕簾櫳寂,幽懷誰與同?

門掩山全見,窗回路半分。簾花新雨動,堦草夕陽熏。陰借西鄰樹,凉生北渚雲。素紈今夜郤,林月照紛紛。

鈎簾殘日落,移坐遶風斜。徑曲供行藥,籬疎可映花。無題詩得句,有酒客忘家。最是登臨處,秋山爛晚霞。

千古高人意,風流屬畫師。烟雲為供養,粉墨自淋漓。蹈海黃金賤,登真白晝遲。公生有仙骨,名已重當時。齋中藏一峰道人畫。

祕寶黃公蹟,兼珍亦世無。雲根留米癖,樹本見倪迂。靈物如相待,斯人可與徒。摩挲憐手眼,歡賞在須臾。既以黃公畫為祕寶,而元章硯、雲林畫皆齋中所藏。

閒庭何寂歷,疎雨過廉纖。銀浦倒流峽,玉繩低挂檐。劍風出匣冷,琴露著花霑。自忝金閨籍,年來仕隱兼。

晚行西山道中

一出譙門野興濃,迴看樓闕暮雲重。西風吹送高粱水,晚景①飄殘卧佛鐘。十里清蟬聲斷續,獨驅羸馬意從容。眼明漸覺西山好,潦倒塵埃萬事慵。

閏　七　夕

閏餘風景故依然,秋未平分月再弦。不為黃楊逢厄歲,那知紅粉惜流年。世無巧曆②推今夕,天上仙人應獨眠。寄謝悠悠路傍客,炎涼誰後復誰先?

送宋稚恭還鹽城兼寄孫簵菴

名場文讌是離亭,一曲迴腸事滿膺。水鳥聲多喧夜雨,壁蟲吟蚤暗寒鐙。秋來頻送將歸客,老罷真如退院僧。心與清淮流共遠,幾回長嘯憶孫登。

自嘲,戲為俳體二首呈敦復

三復《金銘》與《白圭》,敢云桃李下成蹊? 郗昂一日三回誤,阮籍頻年到處迷。伏櫪老非千里驥,當關愁奈五時雞。無因一問南華叟,《秋水篇》中物未齊。

窗前草長未教除,零落秋花伴索居。蝶夢欲成人昵枕,雀羅長在客迴車。悶翻干寶《搜神記》,快寫羲之《誓墓書》。惟有龍眠老居士,昨朝傿直一相於。

六友齋遲廖樾阡郜寄

惜別庭蕪長,悲秋木葉新。西窗涼夜月,曾照十年人。夕鳥棲相命,寒魚聚自親。遲君常却掃,一為拂流塵。

---

① 景:四庫全書本作影。
② 曆:四庫全書本作厤。按:當作曆,避乾隆諱,改作厤。

贈于千英，于嘗受學汪鈍翁

騘裏春遊宛洛花，銀鞍行處帽簷斜。才名潘陸知誰敵？族望盧劉是舊家。意氣雲山臨北顧，世情塵土蹋東華。傳經往事還惆悵，曾向深堂隔絳紗。

中秋，六友齋翫月，同徐子文、昝元彥、陳叔毅、吳震一、方兒宗、錢亮工、廖樹千、林文淵、于千英、舍弟與可、兒子豫朋，限"星稀"二字二首

月出吾家冷似水，肯來相看宿寒廳。明翻烏鵲枝邊見，影傍關山笛裏聽。太白豈應陪皓魄，咸池今已暗繁星。瓊樓玉宇歸無處，顛倒西風濁酒餅。

剝啄何人到落暉，閒堦月上為開扉。坐無北里連錢騎，客有江東大布衣。未比金吾三夜禁，也應玉漏一時稀。銜歡獨倚秋河晚，惆悵霜輪速似飛。

梁相國蒼巖輓詩

兩朝耆舊冠公卿，星坼三台暗玉衡。舘閣風流傾後輩，海山位業悟前生。感深津邸清尊淚，腸斷山陽暮笛聲。回首雲霄歸去路，已將箕尾署銘旌。

劉處士鼇石餉蜜漬荔枝

塵斷華清晚浴時，春風靈液幾人知？褰裳自恐妨羅縠，出水誰曾見玉肌。味美江鰩連霧雨，香添盧橘洒淋漓。海南嶺北提携處，憑仗詩情訴別離。

齋宿秋官署中不寐作

舊事新愁歎此身，一迴不寐一傷神。打頭落葉生驚汝，覆手翻雲儘讓人。明滅曙鐙殘焰在，籠銅更鼓五聲頻。布衾縮項寒如水，笑比鯶魚竟是真。

讀《漢書》二首

酒半驪駒鼓吹聲,阿誰結襪向王生?兒童項領公然就,何況常遭跨下行。
自表門徒為李膺,故人相遇避孫弘。可憐赫赫張京兆,曾似將軍過灞陵。

齋宿古廟題壁

三間草屋半枯槐,壞壁難禁風雪堆。除却秋官凉冷客,門前驪唱不曾來。

河內竇生有江南之遊,寄訊

南遊濟水北遊燕,説著江湖意杳然。與住太行峰上下,一生長似北流泉。

和張尚書芙蓉島新題十韻

松堤
草鋪綠帬腰,水繫青羅帶。何似蒼松鱗,十萬森羽旆。

芙蓉岸
灼灼拒霜花,風前顏色久。蕭森蘇公堤,應悔樹桃柳。

青槐陌
紫陌紅塵路,常時共往來。迷花倚石處,猶見舊宮槐。

蓮谿
木蓮欲作花,水蓮半著子。將花比人面,兩兩皆相似。

杏圃
塞北山杏多,江梅藏花鴉。江南野梅多,文杏栽於圃。

桂叢
昔我山中室,其名亦桂叢。幽香在何許?到處逐秋蓬。余山中室亦額以桂叢。

楓亭
楓亭名轉佳,丹林交葉露。借問金閨人,何年此中住?

蘭皋

東皋被香蘭,不異在空谷。風吹無人時,芳意抱幽獨。

竹垞

紗帽烟梢胃,山衣露篠霏。萬竿須截去,風月可平添。

薇館

紫薇百日花,溫室萬年樹。君坐黃昏時,試詠白公句。

寄思母菴孔道士

噩夢宵來記未真,任他翻覆訴庚申。愁多命薄吾還厭,莫訝彭尸去住因。

白雲亭散後呈鄭山公侍郎

背牘山如積,歸時每夕曛。茶瓜當暑並,眠食向宵分。影散絺衣月,涼生竹簟雲。客愁連短夢,心緒仗夫君。

冬夜懷李奉倩侍郎

待蚤星稀落,歸遲月半傾。老嗔兒問事,貧遣僕歸耕。簾動霜涼入,書收燭暈生。公私兼未了,相憶一含情。

有以剪綵花見遺者,戲題二首

誰知羅綺巧相裁,也有遊蜂戲蝶來。羯鼓無聲羌笛冷,笑看梅柳一時開。
綺窗惆悵問江梅,何事寒香鬱未開。不是青春花信晚,風光愁向剪刀催。

贈日者李生

紛紛車馬在簾前,也為君平送百錢。忝竊韓蘇同命主,不須更算小行年。

答劉礨石

多情詹尹拂龜占，羅雀閒門樂事添。施就朱顏惟白墮，輓回霜鬢有青粘。落梅驚坐香侵硯，晴雪流窓玉挂櫚。更有舊書消永日，醉眠詩句答劉兼。

與可談蜀中花木之盛，詠懷兼寄素心、六箴、荀少、公幹

棧閣蠶叢草樹侵，雲山萬里足登臨。海棠城郭香真好，桂子衙齋月自深。五畝田園何處就？十年栽種可成陰。牛車下澤安吾老，花柳前村共討尋。

壬申元日即事呈史館諸公

天迴圭景測銅渾，碧落年華上曉暾。左个蚤傳新歲令，夕垣還趁晚朝恩。爆餘竹火繙青簡，頌就椒花泛綠尊。十載御錢虛拜賜，春筵餅餌愧盤飧。

向雲澤直史館，有"每更五日直，已是十年留"之句，以史事之難也，為廣其意

東風逐驫驫，蚤出鬭雞坊。簡竹青連舍，書籤綠映牀。落花春水細，垂柳夾城長。荏苒更番直，猶勝陛楯郎。

蚤春，因錢越江宮洗寄楊玉符編修

直草詞頭日未閒，懷人亦在簿書間。星霜萬里音難寄，雨雪高城雁又還。往事夢魂鈴索地，春光楊柳玉門關。邊沙爭遣蛾眉老，五葉靈根解駐顏。

青藤舘晝睡懷錢亮工

午雞猶在枕，不似蚤時忙。花影交殘夢，茶烟引細香。春多行藥徑，人在著書房。汗竹紛難就，青藤蔓許長。

清明前二日集黑龍潭,濟南張秀才嵂來會

家傍城南杜曲天,春遊常在燕鶯前。霜教點鬢渾無賴,風為吹花太放顛。四海賓朋千里到,百年烟景一生憐。糟牀未快淋漓興,野水添杯更接連。

春夕懷李漁邨翰讀

半銜山日送春陰,歸鳥棲迷不擇林。帶月雁高城影盡,吞花魚避樹痕深。流光差可供游戲,物理何須問陸沉。五岳能消幾兩屐,《圖經》點就與登臨。漁邨方志五岳。

輓太原故人王德新

碧玉晉祠水,白雲汾上秋。故人今不見,携酒昔同遊。漂泊醉鄉老,沉冥仙者流。天津橋畔望,長憶董糟丘。

城南張氏園置酒,招向雲澤、廖樾阡、
于千英同遊,命豫朋同作三首

宛洛花邊騎,新豐市外塵。池臺三畝並,竹樹兩家鄰。從客迷花徑,教兒近酒人。暮鴉終古在,撩亂女牆春。

舊是笙歌地,投壺喚客遊。欹桃臨澗道,垂柳拂譙樓。落日昭王館,春風易水流。年年芳草路,祇為判花愁。

張園絕勝處,一半比鄰間。苔引春樓堞,籬分舊竹關。牆花歸鳥亂,池柳夕陽閒。不識廬山意,多因在此山。

春日西原憇常氏園懷玉泉昔游

卯酒倒春瓶,野風吹不醒。籬花殘雨澹,澗柳古烟青。是往西隄路,空眠北里亭。金銀二泉氣,相對晝沉冥。

疊前韻，邀張敦復尚書、勵近公通政遊西隄

愁處花迎笑，眠時鳥喚醒。泉流銀浦白，山入繚牆青。瑤草三霄路，香茅四照亭。欲邀湖畔去，弄月泛空冥。

石間夜眺南谿 _{甲戌八月大祥後詩。}

鐘磬消沉古廟幽，僧徒曾此結綢繆。漂流溝水三年淚，重疊雲山兩鬢秋。檢點詩篇聲斷續，料量身世意遲留。柴門倚杖寒花外，月上東村幾尺樓。

山 窗 二 首

山窗曙易蚤，雞鳴方未已。夜來寒松聲，偏入幽人耳。
月上松間屋，水流山半泉。夜雲行雨歸，曉風為颯然。

高渭師翰讀夫人輓詩

十德聲名舊，南安內範良。故家開幕府，夫子侍明光。淑婉追陶母，幽閒溯季姜。瑤環榮翟茀，繡轂觸鳴璫。北闕方承寵，西風忽斷腸。三秋搖落候，千古別離場。人去悲彤管，鐙昏暗錦堂。湘魂何處弔，蜀魄正堪傷。燕市清霜白，金門夕照黃。楚游歸訃晚，潘鬢苦吟長。露冷銘旌重，香消寶鴨涼。夜臺由此隔，松柏鬱青蒼。

八月十四夜，石間見月感成

萬里空寒碧嶂間，松門留影不須關。三年涕淚沾襟血，一夜悲歌點鬢斑。明滅村燈沁河水，依微野燒析城山。鞭絲玉漏銅街路，長記鐘魚此處閒。

十五夜，宿陟屺樓見微月

高峰遠上氣溟濛，峰上高樓四望通。雲樹千重低幔外，河山兩戒曲欄中。桂華寂歷看

如霧,霜髮飄蕭映向空。玉兔金蟾知得否? 幾人腸斷倚西風。

十六夜,樓中見月

太行欲落勢還留,迥絕清輝萬象浮。千里斷山迴北隴,今宵明月在高樓。飄零舊憶將歸日,惆悵翻成獨客愁。纔是平分秋又老,金波渺渺去悠悠。

孫仲禮過午園,貽詩見贈,賦答四首

為圃三畦屋幾椽,客來誰與共忘年。深枝鳥動山池月,寒草螢流野岸烟。豈是橫林高臥處,偶然清閟小堂偏。多君舊隱西峰下,只在溪雲杳靄邊。堂顏清閟,來詩以雲林相況,故有橫林二句。

才名公子舊烏衣,蚤歲青山已息機。歷落漁樵閒故壘,風流臺閣付斜暉。河東三篋書還在,華表千年鶴自歸。文采清門堪託契,秋來時為掃柴扉。仲禮,世家子,有文名。

楚塞吳天去渺漫,太行歸處暮雲端。自言雞肋功名薄,不覺羊腸道路難。縱酒淋漓溪水綠,著書苒苒井梧寒。前村五里山邊霧,豹隱何妨拂帽看。君有南遊詩。

紫髯風貌舊儀形,懶漫稊生眼自青。樊口野花爭似洛,朱坡清渭不流涇。烟雲已被勾留住,巖壑從教取次經。車載不須愁健步,馬陵秋望氣冥冥。君美髯,不良於步。

答孫仲禮次韻

韓宮魏寢久蒼茫,虎嘯何人識子房。綠水紅欄棲隱處,青山黃葉讀書堂。幾迴君去常懸榻,連日詩來少報章。欲訪清溪便乘興,嶺雲無數隔殘陽。

山池泛舟四首

罨畫迴廊兩岸秋,綠潭紅樹影悠悠。江湖風水行難渡,爭似橋邊一葉舟?
鞍馬平生塞上行,水村花底打船聲。迴思遼海灤江日,一曲烟波萬里情。
南垞森森北迢迢,畫舫紅燈未寂寥。不到江南人已老,流泉也似晚時潮。
橋下清池池上樓,下樓和月上孤舟。短篷小纜纔如許,載得人間萬斛愁。

雨中如九仙臺題野館壁

冒雨看山是一奇，青泥白石馬行遲。迢遙不負山靈約，黃葉村前渡水時。

登 九 仙 臺臺在沁河中央，與金、焦絕相似。

夢里金焦寺，波明兩岸空。江河凡幾曲，形跡偶然同。水府蟠根險，山靈接勢雄。長川流浩浩，俯仰意何窮。

九仙臺石樓曉起

曉看白雲近，暮宿翠微深。斜月數峰影，高樓孤客心。河流無日夜，山色幾登臨。應有仙靈在，凌空不可尋。

石樓夜雨二首

四山昏黑一燈明，寒雨連河客夢驚。萬古洪濤終夜響，欲從此處悟前生。
不辨溪聲是雨聲，捲簾窗外雨三更。山靈信宿知人意，故欲留人一日行。

棲 龍 潭

斷峰臨巨壑，開闢意何雄？石口排雲黑，潭心浴日紅。人傳是海眼，天遣作龍宮。萬象蒼茫裏，風雷起澗中。

歸 路 復 雨

豈為登臨歎落暉，秋雲三日溼秋衣。今年作意過重九，雨裏遊山雨裏歸。

九日，山齋獨居，晚步池上作

暝色下檐際，栖禽喧樹間。采花誰泛酒？臨水一看山。不擬登高去，空嗟為客還。猶憐望鄉處，溪月上柴闗。

池　　閣

池閣俯花陰，幽居每重尋。秋高寒水急，山近夕陽深。庭樹留霜果，檐巢長渚禽。寥寥誰共語？樵唱在前林。

龍樹掌張氏北樓望底柱山

不辭歷井與捫參，望盡三峰路轉侵。華嶽斜通西顥逺，青蘿已映北樓深。百年過眼浮生夢，萬事看山未了心。蚤是雞鳴懷往路，要令巖壑快幽尋。舊蹟，西峰華嶽觀，東峰青蘿宮。

遊底柱山，入天井谷，衛北山逺來餉食，兼簡衷明府

靈壑青峰入望頻，鞭絲烏帽映嶙峋。尋山我愧謝康樂，好客人稱鄭子真。空谷乍逢如逆旅，斜陽立語見交親。因君憑寄神明宰，玉洞丹砂不厭貧。

王屋山後十方院二首

紺碧千峰萬仞遙，靈風飄緲近三霄。玉玲瓏處紅塵斷，也恐仙人太寂寥。
三山碧海夢魂勞，欲往從之心鬱陶。天上豈真足官府，故來人世寄牢騷。

桑林午食二首

底柱山前亂石村，十家今有一家存。千巖萬壑人蹤在，正是皇朝賜復恩。
石田漠漠草菲菲，破屋炊烟四散飛。行到前村還悵望，五年不見一人歸。

王屋北峰二首

北峰畫難如，娟妙方未已。不肯在人間，迢迢度秋水。
峰色奇如此，天公有意無？舉頭向明月，為我問清都。

鐵盆嶂三首

空青削山峰，金沙裹山麓。山頭明月行，山腰白雲宿。
探奇乃大驚，嘆絕但狂叫。山僧渾慣見，對予發微笑。
風洞聞風歸，雲窩見雲去。乃知風與雲，生自無人處。

析城道中望樊山

松雲縹緲倚高空，無數烟巒遠望通。底柱三山皆拱北，太行千里盡迴東。登臨早識隨
刊意，開闢深知造化功。家向翠微多處在，芙蓉九點落當中。樊山一名芙蓉九蕊山。

《午亭文編》卷十五　　男壯履恭較

《午亭文編》卷十六

門人侯官林佶輯録

今 體 詩 九

服除七日，拜户部之命。十二月二日，次三家店，題家書後

一紙書成寄未將，五更寒淚溼衣裳。麒麟塚在松杉冷，零落雲邊斷雁行。孝章、公幹相次淪亡。

趙店見豫朋題壁詩用韻

雲樹東來客夢西，草堂深掩綠蘿迷。三年才盡銷魂路，羨汝詩多到處題。

真定蚤發，留別梁比部

行盡關山落照邊，鎮州平野遠連天。星霜千里路纔半，燈火五更人不眠。送臘流澌帶殘月，迎春官柳入新烟。況逢東閣郎君舊，客舘風光此最便。

固鎮遇荀少却別

野店斜暉慘客顏，我行君宿送君還。別離亦復尋常事，無那相逢逆旅間。

定興重送荀少

歲晏關河烟景新，東風前路待歸人。灞陵官柳遙相送，直到家山接蚤春。

宿 琉 璃 河

白草黃沙淡落暉，朔風吹老塞鴻稀。琉璃河水年年綠，猶是鴛鴦幾對飛。

見 月

半月辭家見月圓，更過半月又新年。來時池上松間影，曾照高樓夜未眠。

初到京師，寄素心、六箴、與可、荀少

摒當臨岐十日裝，曾經一日幾回腸。登山屐好藏僧舍，漉酒巾閒疊客箱。分遣池魚防涸水，差排籠鶴借支糧。別來數事皆無恙，惟有春鴻惜斷行。

蚤春，西便門即目

別久西郊路，三年復此行。城長歸鳥蚤，山遙落霞平。燕麥春泥坼，桃花凍蕊生。高梁橋外水，猶似去時清。

正月十四夜宿城北僧舍

枕畔天涯閉戶中，車輪轣轆馬嘶空。牆花影動雙林月，山磬烟消上院風。為客行藏如候鳥，在家踪跡亦飄蓬。放燈時節吹燈坐，贏得僧窗夜火紅。

題量如上人山房

紅石橋西路,青春向夕曛。蚤花幽處發,清磬定時聞。野曠門侵月,山遙樹宿雲。安心隨地好,況此息塵氛。

元夜懷午園

燒殘香篆夜何其,簾月淒清濁酒巵。燈火舊游初別後,笙歌旅宿獨眠時。鎖門池館應通客,繞屋鶯花可付誰。憑寄北山猿與鶴,相思更不用文移。

元夕憶山園鶴

竹廊燈影曲池明,正是遊人到處行。試向春山聽夜唳,數聲應有別離情。

十六夜,晚晴臺望香山碧雲諸山寺燈火

山寺數十里,春燈三五攢。高臺一以見,逸興生雲端。別去寄遐想,來遊增昔歡。千峰與萬嶺,日日幾迴看。

春夜懷午亭新居

衡茅纏縛促行裝,客館重開舊草堂。白首逢春花共語,青山有夢睡為鄉。萬人似海聲還靜,午夜如年漏更長。月落離魂猶未遠,依微步屧水東廊。

酌酒與六箴却送歸

客館風光過眼新,出門衣馬便生塵。無憀還自開詩卷,省事誰能謝酒人。一日須謀千日醉,六分已減二分春。君歸芳草池南路,勤看園花莫厭頻。

送荀少返舍

宿火殘紅曉燄新，寒廳相向語蕭晨。千門風雨雞鳴早，二月雲山客去頻。柳色漸深南浦道，桃花應及故園春。我來長憶逢君處，逆旅斜陽淚滿巾。

城南張氏園

春明烟景黐塵遮，常記名園野水涯。歲月漸垂朱户柳，光陰閒映粉牆花。流鶯舊至曾相識，旅燕新來是別家。惟有酒帘壚畔月，東風依約玉鈎斜。

懷　荀　少

折柳來時路，歸鴻別後聲。孤燈眠客舍，暮雨閉春城。野店宿何處？居人同此情，更堪故山道，明日是清明。

舊　居　遣　興

半日清閒半日喧，三重茆屋是烟村。去隨秋燕辭空壘，來見春花放舊痕。白墮杯乾書在枕，紅塵客斷雪填門。東風自解關山路，寄語苺蕪到故園。

見同年潘岸谷比部，訊屠給諫芝巖

細柳新蒲綠映空，曲江花有幾枝紅？皇家一榜四百士，白首相知六七公。孫公承恩榜，今在京師者七人而已。海上故人如夢裏，薊門落月滿樓中。逢君舊憶銅龍事，左掖清陰入院桐。

對　酒　栽　花

對酒栽花白髮翁，衰顏得映酒花紅。一時年少殘心事，來向花邊酒釀中。

遣興, 書蔚州先生詩後

敢將白髮惱殘春, 酒暈朱顏也似真。笑向公卿為長物, 倦逢花鳥是閒身。米鹽私簿從奴僕, 錢穀官書信吏人。挑盡青燈翻舊卷, 蔚州詩句不言貧。

遊城南三絕句

籬花
野水連村盡遠空, 柳枝蘸碧漾溪風。落花鋪徑青春去, 小住籬邊一樹紅。

小丘
一笑花邊白首迴, 妖紅慢綠定相猜。黃塵萬井春街晚, 爛醉城南土骨堆。

見燕
秋風吹別舊烏衣, 我去重來待汝歸。不分人家雙燕子, 等閒來傍野亭飛。

禹鴻臚《江墅梓花圖》二首

枝上烟嵐襯落霞, 山村回首惜年華。茆亭一樹春光晚, 爭似生綃十丈花?
婀娜凌霄勢未雄, 芙蓉雖好不相同。畫師用意曾難識, 多在霜根雪榦中。

夜 行 書 懷

在家心不樂, 適遠身如遺。月黑鳥相喚, 燈明人不知。野烟縈柳宿, 溪霧捲花遲。獨往念愈寂, 欣欣亦自私。

四月二日, 召赴暢春園, 賜食瑞景軒, 泛舟於苑中, 恭紀二首

鳳被風微漏點沉, 雀羅門掩一春心。三年重續金閨夢, 半夜驚傳玉殿音。覆餗易憂筋力緩, 當筵惟感歲時深。名花繞坐搔霜鬢, 何限天香上盍簪。

銀漢蓬池水接連, 太清宮殿渺雲烟。不因侍帝來天上, 幾見隨槎到日邊。寶笈圖書編舜曆, 金甌歌紀頌堯年。祇應盡却浮塵念, 檢點仙官未了緣。

是日,席布牡丹下,_臣坐後一本盛開,恭紀一首

羣玉瑤臺歲月賒,豈應春老惜年華。過淮人未知盧橘,_{廷敬南未至河淮。}入洛今容看魏花。眼霧微消窺綠暗,_{綠牡丹最盛時,獨趨至花下。}鬢絲輕颺拂紅斜。上陽亭北承恩宴,身似登真不憶家。

午　夢

自掩柴闗懶是真,天憐散木寄閒身。故教一枕花邊夢,點醒槐安睡里人。

崇效寺看棗花,書雪鴟詩後

古城遺壘路橫斜,蒼蔔林中有故家。會見海榴紅似火,要看仙棗大如瓜。蕋生野桂偏含實,香斂幽蘭未放花。一詠湯休奇絕句,憑將狂語寫槎牙。

前日城南獨遊,遇袁杜少翰林,
今日復遇之棗林寺門外,戲簡以詩二首

前日烟條拂岸巾,今朝芳草坐成茵。獨遊相值不相訪,始信君家是可人。
一笑車輪碾麯塵,相逢不語莫相嗔。五陵衣馬三春後,能解閒行有兩人。

杜少見和前詩,疊韻奉答

罏畔青帘似舊斜,玉街走馬記誰家。思君別恨綿烟草,得句風人報木瓜。相贈衹應多勸酒,頻行不是耐看花。吾生萬事皆聊爾,寵辱何須置齒牙。

疊前韻和雪鴟

春明歸路日西斜,潦倒重來似出家。上院早過依夏刹,故丘臨別憶秋瓜。往還北陸三迴雁,榮落東園幾處花。再到雙林瞻頂相,半天風雨散簫牙。

崇效寺瓜字韻詩已三疊韻酬雪隖、杜少，杜少復以詩來，再疊前韻奉和

無賴城南韋曲斜，妖桃冶杏自家家。閒從月下標宜李，留取亭前署饁瓜。欲解金龜來換酒，正思靈鵲去銜花。紫微郎省文章地，衰散何堪豎頰牙？ 来詩有"中原獨坐最高牙"之句，故有此答。

晚晴臺看山，有江南之思

春來風景憶江南，無限烟波已自諳。眼底秦淮頻入夢，晚山如水綠如藍。

邯鄲道上絕句，追錄貽羨門少宰

炊熟黃粱已是遲，海山歸路幾人知？ 却憐朝市紛紛客，怕説盧生出夢時。

次韻孫仲禮《重午西堂會飲》見贈二首

紅塵門巷也蕭然，心遠方知地自偏。時序總拋青鬢外，天涯相聚綠樽前。滄桑過眼曾前度，書劍隨身可判年。一卷《離騷》數杯酒，多君苦憶汨羅賢。

當時官號領司農，耆舊高門榮戟重。兄弟盛名齊賈鳳，郎君崛起繼荀龍。雲山蕭瑟思前度，風雨漂搖愧遂從。忝竊清塵還贈處，詩情冷淡酒懷濃。仲禮先人玉陽，湖廣巡撫。世父拱陽，户部倉塲尚書。

端午氣寒，有節物之感

節物堪驚旅鬢侵，今年塵土映華簪。綵絲漫與纏衰臂，昌歜偏能泥苦心。堦下草芽青坼甲，墻頭杏子綠藏陰。生衣未著添涼冷，疊雪含風在笥深。

戲次仲禮與豫朋端午酬和韻

浮世功名轉寂寥，魯連蹈海為亡聊①。趨塵似葆頭慚面，忍事如囊腹愧腰。詩壘重摩三舍退，愁城新破獨身跳。翛然自入羲皇夢，不與靈均賦《大招》。

秋夜待曉

熏籠烟暖碧霏微，紅蠟燒殘玉漏稀。連日五更風露重，八蠶輕絮蚤時衣。

張西園先生有知已之言，歿而余念之不忘。 見其令孫澤長於京師，別後却寄

遺老流風迥絕塵，西園文酒十年頻。公為東野忘年友，僕比文通是恨人。喜見孫枝頭角長，愁看馬鬣歲時新。隻雞惟記迴車約，宿草春風又涇巾。

久　雨

茆屋漂搖裏，風雷勢轉嚴。林鶯過揀樹，巢燕語窺檐。愁卷蕉心長，憐生草意纖。蕭森老藤簟，收取待曦炎。

春日釀酒，夏乃大熟，小飲輒醉，名曰清明酒，志時也

春酒濃香隔舍聞，風檐開釀已微醺。日長方丈中庭地，臥看青天萬變雲。

故篋中見亡友米紫來製墨

松煤寒翠結輕塵，舊法新傳易水真。老注蟲魚成底事，非人磨墨墨磨人。

---

① 亡聊：四庫全書本作無聊。按：亡，通無。

種　柳

種柳樓前拂檻時，春愁秋雨兩三枝。天涯一種消魂樹，不必人間有別離。

夜

雨苔幽徑暗娟娟，檐外流螢照渥烟。行過後庭新月上，半窗花影送人眠。

霞

不盡殘陽意，留情與斷紅。嶺橫一窈窕，山疊遠玲瓏。拂樹依微靄，當樓倩晚風。更看芳夜月，相映海雲東。

七月三日野宿二首

晚景橫門外，關山此路分。蟬聲咽疎雨，馬首帶殘雲。籬圻①秋花重，溪香暮草熏。城鐘夜方寂，野宿幾迴聞。

初月挂西城，新秋夜色清。白楊風似雨，素髮暗還明。山鬼欺殘夢，樵人責舊盟。覺時忘枕席，貪聽石泉聲。

中秋，同諸子集城南張氏園三首

羈栖憐積雨，池舘得新晴。暗水入何處？歸雲行有聲。幽花依晚徑，高柳向秋城。同有濠梁興，因知谷口情。

渚蒲秋更短，寒色滿魚梁。過雨苔妨屐，迴風竹礙廊。禽言多晚霽，蝶粉退新凉。時序何遷謝，吾生正渺茫。

題額丹青在，孤亭映夕曛。地連滄海月，樹宿女牆雲。罷酒因風急，裁詩許夜分。歸時泰壇路，已有玉笙聞。

---

① 圻：四庫全書本作拆。

張氏園與樾阡孝廉感舊

古城幽徑寫閒愁，裘屐依然似勝流。雨過斷雲連水榭，日斜疏樹隱山樓。五湖別後三年月，四序饒他一半秋。眼底光陰鑪畔酒，幾人時節與同遊？

蚤起，送王生君擢還太原

霜風伺我出，布被且相溫。窗月白復暗，壁燈明蹔昏。流塵空客館，落木滿闤門。歸去情猶爾，天涯安可論。

夢　樊　溪

烟雲枕席未分攜，五點更號三度雞。不是當關呼不起，迷花倚石在樊溪。

登樓望西山，懷阮亭

雲樹西來又已秋，太行盡處是南州。連山萬疊空迴首，落木千門一倚樓。笛裏柳梅渾欲動，鏡中霜雪浩難收。玉珂接近朝天客，日日金門半日留。

至日陪祀，同王阮亭靈祐宮蚤起懷彭羨門

顛倒衣裳夜杳冥，暗窓微火似秋螢。迢遙曉漏聲猶在，斷續寒衾夢未醒。鳥宿多時翻落月，馬行幾點傍殘星。相逢鷺鶴朝真去，回首紅塵眼共青。

乙亥除夕，同樾阡孝廉、虞箴郎君、程三蒼岊、孔大雲岫、竇大在茲、舍弟與可、兒子豫朋、壯履、猶子觀顯、復剛守歲

雪晴風緊歲云徂，櫪馬林鴉興不孤。人靜千門空爆火，天迴午夜一屠蘇。貧休送鬼驚吾老，悶可藏鬮與客娛。已賣癡獃看利市，盡拈錢付酒家鑪①。

---

①　鑪：四庫全書本作壚。按：《世說新語·傷逝》："王濬冲為尚書令，著公服，乘軺車，經黃公酒壚下過，顧謂後車客：'吾昔與嵇叔夜、阮嗣宗共酣飲於此壚。'"壚，酒家放酒罈的土臺。作壚，是。

除夜,次樾阡韻二首

莫歎天涯行路難,年年書劍報平安。文章鎖院三錢筆,京雒春風十里鞍。白髮相逢人似舊,青松不忘歲常寒。坐中竹柏盈盈酒,黃色天庭取次看。

烟煤兩版不曾除,老屋東頭是敝廬。蝸舍冰霜今夜少,兔園燈火十年餘。才名閱世誰如子,肝膽逢人為起予。更有膝前文度美,即看軒蓋擁門閭。

丙子元日立春,次廖虞箴上舍韻

晴光淑氣兩無涯,元朔王春感歲華。上日相隨青帝駕,新年一到玉皇家。所居近玉皇觀。天真省事知憐老,客有登歌敢拜嘉。共道五辛風味好,堆盤紅縷間椒花。東坡《元日立春》詩:"省事東風厭兩回"。

春夜寒甚,與樾阡飲酒,戲作二首

甚矣吾衰及此時,鶯花相避意差池。書空咄咄非殷浩,自喜沾沾過魏其。紅蠟似消春後凍,青陽不染鬢邊絲。無多酌我聊相勸,泛溢東風在一巵。

碧落風多颭酒旗,金波新漾影娥池。杓將寅指知春蚤,參欲昏中問夜其。厭事朝來似犀首,亡何日飲學爰絲。與君細忖人間世,判斷閒愁付濁巵。

疊虞箴《元日立春》韻

頌椒剪綵亦生涯,春日新年送物華。北極朝元還臥閣,東村迎氣記山家。辛盤青韭來河朔,小宴黃柑擘永嘉。應見泰階多勝事,和風先報曲江花。

次韻姜西溟孝廉見贈《生日詩》二首

名高萬丈焰生光,自忖纔如襪線長。四海君才多武庫,六星天意一文昌。幾逢李蔡虛東閣,每訝彭宣到後堂。為報鎖廳春日近,梅花三候發巖廊。

名在金鑾學士坡,三條紅燭照春多。君以史職試春官。晉音亦自知師曠,楚璞今當識卞和。老去東華同載筆,時來南陌羨鳴珂。相思勿憚寒廳宿,愁月淒風奈樂何?

人日絶炊,戲簡樾阡

絶炊人日有風情,辟穀年來道欲成。杯淥乾停傳坐酒,突烟冷稱膠牙餳。蟈①蛇幾度為家口,雞犬連朝過夏正。笑煞青春慳一飽,朱門空鎖五侯鯖。

樾阡不和《人日詩》,送酒一壺以促之

春來饑火共相燒,何事清齋坐寂寥?九食三旬應漫浪,元正人日並蕭條。蓴羹誰可加鹽豉?菜把空煩送柏椒,淡淡茶湯薄薄酒,讓他粱肉過今朝。

蚤春,簡羡門少宰

彈鋏相從少壯遊,班荊斜日玉山秋。春風幾度過燕市,明月依然在薊樓。八代文章官吏部,漢朝經術爵通侯。與君小別朝元會,每誦新詩斷舊愁。元日,公誦新詩示予。

題翁康飴為敦復尚書畫《龍眠山林圖》二首

寥落樊川杜牧之,秦城烟樹遠參差。如何得似舒州老,管領雲山弔伯時。
畫手詩人遂擅塲,龍眠巖壑輞川莊。依然居士風流在,猶見丹青顧長康。

為雪嶠禪人題董文敏書二首

規橅北海姿還在,跌宕吳興致亦豪。屋漏斷痕釵折股,何人解是郭兵曹。
草亭神采映當時,玉匣金匲贋豈知。多少書中殷鐵石,到門試問永禪師。

過海棠院,花未開,作二首

縹緲紅粧態未完,曉鬟初整綠雲寒。墨花尹白風流甚,只恐輸他黑牡丹。

---

① 蟈:四庫全書本同。按:《集韻》《正韻》:古文蛙字。

白髮逢春惱別離,東皇作意遣花遲。即無著雨胭脂色,不到殘紅淡粉時。

喜晤張肅昭侍御

南臺迴首共簪纓,忝竊銅街避路行。對仗纔知明主意,回天因識直臣名。歸來肝膽輸流輩,別後鬚眉見老成。今夜府中人似昔,曉烏啼徹舊離情。

盤山拙菴禪人索詩二首

青溝依約白毫光,眇眇禪栖在上方。師向中盤中處住,東西南北不思量。
舊遊題句記吾曾,欲學初禪愧老能。一卷紅樓青嶂客,不嫌人喚作吟僧。

懷盤山答拙菴

布穀響春城,春山寄遠情。紅泉連雨曉,白鳥破烟明。塔影飄西塞,峰雲下北平。松門曾杖策,從此想無生。

禹鴻臚為宮定菴通政畫其生平所歷為圖,題得四首

觀海市
十二樓邊列五城,羣仙出沒向空明。蓬萊清淺麻姑老,孤島斜陽萬里情。
登岱
日觀題詩海色迴,人言太白是仙才。朱顏長與青童笑,玉女流霞盡喫來。
雪中獵洪山
使君千騎獵圍長,雪夜風流在武昌。為報襄陽耆舊語,呼鷹臺上笑劉郎。
春宴黃鶴樓
黃鶴磯前綠草生,遙連漢水鴨頭平。蒲桃醱醅春酒熟。應似春江春水清。

衡素、虞箴試國子皆第一

玉膾金虀憶故鄉,機雲入洛有輝光。併將海日江春句,寫入燕公政事堂。

《午亭文編》卷十六　男壯履恭較

《午亭文編》卷十七

門人侯官林佶輯録

今 體 詩 十

舊有《樊川圖》，不知者每以杜曲相儗，
近以午亭山村自別，石谷為予畫之

虞山粉本富陽翁，老去仙人隔閬風。前世畫師今在眼，依稀黃石是黃公。

答王石谷且屬其作《午亭烟舫》小景

蓬萊下直寫平泉，江練橫窗思渺然。近有午亭烟舫景，煩君寫入舊樊川。

《午亭山莊圖》詩五首有序

酈道元《水經注》："沁水逕午壁亭而南。"友人朱竹垞謂予："何不取以名其園？"比同在內直，輒好語山水園林之勝。於是玉峰尚書為作《午亭記》。當此時，予未嘗有園也。已而家居，闢山村，股濂泉之水，鑿池其中。橫橋小舟，咫尺具烟波之勢，以實竹垞之命名，果有午園矣。蓋予所居樊川，終累牧之城南下杜之稱，思有以別之。且吾居近午壁亭，沁水之涯也。爰即樊川故居，又名曰午亭山村。午亭之間，山高水清，林廬池舫，幽居之跡，

則王君石谷為予畫焉。使玉峰而在,當為更作一記。他日,請竹垞為予記之。夫五畝一區,而為名之多如此。其矣夫,吾之溺於其名也。

午壁亭名載《水經》,秦時流水漢時亭。何人更與桑欽注,一畝園中水木清。

午亭人在翠微間,林際清暉自往還。砥柱析城至王屋,天教看盡好雲山。

吳淞烟雨石湖春,不到江南老竟真。山水連天溪艇窄,也能作意向詩人。

西湖杭潁別《圖經》,吳楚湖山兩洞庭。獨訝樊川同小杜,朱坡不比漢家亭。朱坡見《杜岐公傳》。

丹青老手荊關筆,重寫天隨舊釣船。晚喚午亭還識否? 世人曾擬杜樊川。

司農署中題壁

署尾文書鎮一堆,五花臨判日遲迴。田園正憶叢殘句,黃紙蠲租白紙催。末句見范石湖《田園襍詩》。

題梅桐巖真二首

畫裏江城疊嶂高,北樓逸興重蕭騷。梅花山下雙羊路,秋老梧桐有鳳毛。

太白仙人謝朓才,都官風雅一時迴。吟成倚樹栖烏過,驄馬連朝對仗來。

松　　風

蒲葉榴花五月天,歸來一枕北窗眠。誰知無價松風夢,不向人間費一錢。

題張吉如《南汀》詩後並呈敦復宗伯、卣臣翰林

浮山高望歷山城,風馬雲車帝遣迎。湖水清波舊時月,春來七十二峰明。吉如父諱秉文,山東布政使,崇正①己卯,守濟南,死於圍中,贈太常卿。二夫人投明湖以殉,皆贈一品夫人。

珮環聲裏水潺湲,芳草羅裙隱杜鵑。一首新詩萬行淚,不須苦廢《蓼莪》篇。吉如生母與嫂方夫人合墓。

① 　崇正:四庫全書本作崇禎。按:崇禎,明毅宗朱由檢年號。作禎,是。

太傅風髙未老時,尚書隤畔有清暉。香名已播雞林遠,不羨他家野鶩飛。
王風南雅氣雄哉,騷賦張華小謝才。怪底西堂新句好,也應曾夢惠連來。

七夕,宿城北人家亭子,戲詠織女

銀浦臨波濺繡裳,明霞猶似嫁時妝。畫眉月姊教新嫵,掠鬢風姨送晚香。天上雙星兒女態,人間一日別離腸。鳳梭開却機絲冷,烏鵲頭童歲歲忙。

贈銅川都憲

飲香摘藻擅西京,南國旬傳茹蘗聲。霜簡新迴烏府重,玉壺猶映漢江清。節旄裴相歸朝蚤,治行吳公進秩榮。臺柏高秋森獨坐,還於淡菊見交情。

丁丑六月十一日,奉命題"路路清廉"畫扇

殿閣微凉日,民巖顧念時。畫圖皆善誘,簪紱有良規。飲露心元潔,含香氣未移。年年鳳池畔,聖澤本無私。

自五月廿二日直苑中,敦復尚書有詩,次其韻得十首

長日東華拂軟塵,眼明流水照游鱗。蒼顏白髮吾曹老,冠者輸他五六人。同直六人。
斧扆丹青接後亭,絳霄樓閣在滄溟。六龍南幸歸來日,畫取江山上玉屏。
半夜傳呼向玉津,賞花往事隔前春。紅雲終日籠丹地,回首凌霄記不真。
舊日春遊共往回,東風依約野棠開。黃塵影事看清海,曾到龍王廟裏來。
四捲朱簾照碧淙,松風五月在羲窗。眼前萬物各相命,鵁鶄駕鵞時一雙。
梧桐疎雨早秋時,一夜新凉幾鬢絲。野草花邊溪柳路,等閒常過水仙祠。
聽徹西洋五刻鐘,晚霞明鏡寫天容。池西不種新楊柳,留取青山三兩峰。
秋花錦石路迢遙,銀漢無聲瀉玉霄。日暮水晶簾下坐,不知何處御香飄?
草藥孫郎墨氣清,橫斜點筆石欄晴。天人秀出華亭老,萬歲傳來燕喜聲。此首專贈樹峰,天語褒獎,書法可繼華亭。
翰苑文章魁大家,枋榆影裏日西斜。歸來牢記支機石,曾附天邊博望槎。

題鄒喆畫_{鄒，金陵人。}

畫裏江城夕照間，烏衣人去野花閒。六朝松石今無恙，便欲移家向蔣山。

苑中次敦復韻

寶林食罷鳳團清，絕勝仙人白石鐺。除却進書簾下語，神霄肅穆不聞聲。

苑中次韻孫樹峰司成十首

鐵騎長征瀚海陰，歸來水殿倚微吟。吾君文武超千古，方略流傳自禁林。

青田舞鶴字芳林，聲在雲霄不可尋。日日朝天平步到，自憐凡鳥是仙禽。

北窗午夢日初長，一枕松風自在凉。寄語陶公莫歸去，心閒此地是羲皇。

行近通明玉案邊，迴看下界渺雲烟。怪來諸想隨緣盡，身在清都兜率天。

情多想少渺難裁，身到烟霄盡處迴。為問三山高幾許，瀛洲行過是蓬萊。

十丈開花玉井蓮，退之新句鬭芳妍。他時編入《歸田錄》，分與樵歌牧笛傳。

連朝風雨液池平，天意分明為洗兵。細札十行心萬疊，誰言容易見時清。

夜珠明月巧難移，況是江花上筆遲。奏進九霄天一笑，柳陰小立不多時。

狼居胥是禁園山，池沼黃河水一灣。萬里九邊勞聖主，苑花開日不曾還。

神龍矯矯在天門，紫霧彤池斗宿翻。茆屋近來多氣象，篋中常有御書存。

七月二十日傳旨，網魚賜侍直諸臣。是日竟不得魚，恭紀

一霎蘭橈小院門，傳呼中使玉音溫。金鱗網得須宣賜，未賜恩深已賜恩。

書樹峰司成扇

紫髥端欲貌凌烟，八翼雄風已到天。自笑一生寒骨相，曉窗難起夜難眠。

蚤秋,苑中入直

曉行原上村,不覺秋已至。遙遙入清暉,忽見山際寺。

上元夜懷廖芸夫

曾解金龜換紫貂,中山千日醉醇醪。春城漏轉催銀箭,上苑花遲待彩毫。歌斷《落梅》江樹遠,坐深明月薊樓高。西窗舊事傳燈火,此夕懷人客思勞。

題畫扇應制四首

當時破敵著戎衣,隴樹連雲塞草肥。記得兩年沙磧裏,池花開日未曾歸。

清池洗墨玉階隈,繞硯香烟翠欲堆。散作夏雲常五色,九天膏雨一時迴。

香案前頭積翠鋪,稻畦麥壠似枌榆。兩岐九穗尋常見,應補《豳風‧七月》圖。

圖書插架殿東頭,天碧新晴萬象幽。茗盌雍容勤夜講,山前落月上簾鈎。

題李公凱學士《松陰讀書圖》二首

牙籤三萬軸長懸,祕閣書曾借幾編。正是松根勤暗誦,連朝花底索鈴傳。

藜火頻年汗竹青,槐陰人在第三聽。憑君一問華陽老,多少松風夢未醒。

午睡起答蓮士問疾

一枕邯鄲夢半成,依然茆店午雞聲。簿書已逐紅塵老,藥裏能禁白髮生。幾番野花開更落,頻來山鳥語多情。天涯門外恩恩意,未了禪須動裏行。

答拙菴禪人

漠漠何曾慧眼開,神州東望意遲迴。桃花未老松枝長,留取盤桓落草來。

初春簡雪陌

十丈黃塵落日懸，三條陌盡寺門前。已無朝士飛騰意，曾結高僧寂寞緣。白首詩情歸半偈，紅樓人面入新年。欲尋舊約雙林去，多在鶯花二月天。

送宋堅齋給諫、菊洲太史扈從南巡二首

青鎖金門侍從同，翠華春發建章宮。焚餘疏草巒坡上，賦就梅花輦路中。行監幾回隨渭北，亡書三篋記河東。鳳池並接絲綸美，親捧流觴聖藻雄。

雲霄扈蹕出流沙，晝錦歸來侍帝車。紫袋雙垂龍尾近，黃金並絡馬頭斜。九河天上春船水，二月江邊御道花。太史周南不留滯，嗟余衰鬢客京華。

查聲山太史花谿垂釣寫真，王石谷補圖二首

日影罘罳晝漏頻，銀臺三昧惜餘春。漁竿不比絲綸筆，漫儗江村水垱人。詞館於今屬盛名，風流破墨付王生。近來新得南唐紙，送與能書石曼卿。

張慕亭林坐小照二首_{昔同事御史臺。}

橫榻風生對仗頻，絳騶千步逐行塵。年來借問藏書處，清簡留名得幾人？
數行書奏九霄邊，漏斷烏啼夜未眠。敢道霜威誇獨坐，張公論事已回天。
居士心情問老龐，饒他陸海與潘江。閒來試檢丹青看，風貌阮何同一雙。
自了平生半偈緣，逢人脫帽有華顛。不應鳳閣鸞臺客，也學天龍一指禪。

春夜觀劇，蓮士有詩，戲和其意

從他假面奏伊涼，休羨登筵舞袖長。六代歌風吳季子，元家詞曲蔡中郎。古今過眼看遙夜，神鬼臨頭坐廣場。多少榮枯誰料得，與君且醉手中觴。

重過呂公祠四首

枕上三生事已深,夢中猶未忍抽簪。仙源只在人間世,不向桃花洞裏尋。
黄鶴千年更復還,朝來紫氣滿燕闕。眼中人去無消息,誰識三山在世間。
金合刀圭照夜開,丹砂元不救凡胎。劉郎一病秋風冷,曾噉蟠桃四顆來。
回首清都客夢違,玉霄鸞鶴幾時歸?如雲六翮今飄墜,不借天風不敢飛。

曉起簡雪鴎

城鵶起辭樹,久客無晨眠。池閣漾寒月,竹房籠曉烟。雲山催短景,簪紱入殘年。懶慢吾今甚,無心去問禪。

酬贈于子龍秀才

多君長劍倚崆峒,況事仙人白兔公。王屋天壇青嶂裏,河陽古寨碧流中。詠從洛下書生好,詩是山西老將雄。欲共飛車三萬里,赤松同訪趁西風。

送張毅文翰林歸淮上,因懷孫籜菴學士

黄葉西風落御溝,楚天烟水一扁舟。雲隨鴻雁蕭蕭去,月映清淮渺渺流。桐柏山中人獨往,芙蓉江上夢三秋。更誰得似蘇門子?長嘯為君遣四愁。

城西晚行望西山二絶句

燕市何人共酒杯?出門衹為看山來。黄塵未斷殘陽暗,空走城西漫浪迴。
西山隱隱夜悠悠,烟鎖西峰萬疊愁。無限客心遮不得,空隨明月上譙樓。

石西崑參戎請老,賦寄,並懷其兄子約廣文

西凉州簿舊書生,猿臂飛騰在北平。射雁風高臨玉塞,盤鵰雲起望神京。將軍名已高

三箭,都尉階還列九卿。老我燈窗人共遠,青氈①依約別時情。

雪中下直同阮亭、儼齋,賦贈

星霜待曉上金坡,暮雪盈階退直過。色映瑣窗明玉几,光鋪仙沼落銀河。六花風散披香蠹,九陌春迴却月多。漫道調高還寡和,萬人爭唱《郢中歌》。

南至微雪,齋居懷同直敦復、近公

陽琯初回綵線微,層陰連夜滿皇畿。梅含綺閣花先放,柳暗龍池絮已飛。省署漏隨銀燭換,烟霄人向玉階歸。相思為報瑤臺客,明日占雲在禁闈。

朔日冬至;南郊呈田綸霞、李木菴兩司農

雪後晴暉滿帝京,齋宮午夜近通明。陽回鳳朔周元日,律應龍杓舜玉衡。五服菁茅連海外,九華燈火與雲平。欲因寶鼎推神筴,荔子香芝歲歲生。

齋所贈木菴

畫簾終日紫烟繁,齋閣香爐對晚晴。雲散玉繩低古署,雪融珠斗出高城。八能律琯飛灰映,萬卷書籤插架明。見說綸扉多勝事,一門三葉嗣元成。木菴家及里中故有三相。

至日寄懷,日者朱生丹岩有江南之遊

至日陽生亦快哉,青春殘臘巧相催。山梅欲放紅闌曉,岸柳將舒綠浪迴。客有唐生長信命,人非賈傅莫論才。五湖三畝揚雄宅,曾問成都大隱來。

---

① 青氈:四庫全書本作青山。按:《晉書·王獻之傳》:"夜臥齋中,有偷人入其室,盜物都盡。獻之徐曰:'偷兒,青氈,我家舊物,可特置之。'羣盜驚走。"後世以青氈為儒素之代辭。此詩八句,前六句寫石西崑參戎,後二句寫其兄子約廣文。唐玄宗設廣文館,以鄭虔為博士。後館舍為雨所壞,并入國子學。後世稱國子監教官為廣文先生。國子監教官薪俸微薄,生活清苦,故用青氈二字。如改為青山,則詩題中"并懷其兄子約廣文"就落空了。

送劉宗一檢討出守揚州

詞賦相如重漢京,侍臣擁傳出承明。雲霄晝散鳴珂直,淮海風迴露冕行,春草西堂天上句,梅花東閣隴頭情。<small>宗一,秦中名家,兄弟並在翰林①。</small>六龍近日時巡處,二月柔桑乳雉鳴。

晚登慈仁寺閣,懷阮亭司冠

鳳城傑閣絳霄邊,龍象高居俯逝川。雪湧晴沙三市月,春生芳草五陵烟。雙林退院鐘魚寂,終古燕山嶂塞懸,詞賦仲宣人並在,暮愁銷盡近諸天。

得竹垞書却寄

青鏡流光旅鬢疎,慇君問訊近何如?門前燕市黃壚酒,袖里江雲白雁書。豈有勳名懸竹帛,已知人物在樵漁。灞陵柳色年年綠,送盡離人伴索居。

生日示壯履

霜落天高色蔚藍,縱憐風月與誰談?人非毛玠清難似,自比嵇生嬾不堪。往往長筳餘碩果,年年春酒醉黃柑,金根粗識扶犁去,不用牙籤萬軸函。

題王瑁湖宮詹《下直傳經圖》二首

鳳毛池上有輝光,他日歸來笏滿牀。堪笑杜陵文選學,但教莫帶紫羅囊。
芸香講席幾重深,五桂居然玉樹林。聞道一經親授與,未須同異較劉歆。

---

① 宗一,秦中名家,兄弟並在翰林:四庫全書本將此注移至詩題下。

寄答曹冲谷，昔予出關，過其家，今二十餘年矣

行盡燕山塞上村，海天烟霧氣常昏。邊花客醉遼西郡，關月人過薊北門。一別隴梅遲驛使，幾回春草憶王孫。君家舊比灤江水，萬事風塵未敢論。

露湑閣懷亭湖、蓮士

高閣懷遼岫，山窗盡日開。雖無佳客至，時有白雲來。簾捲海月上，鏡拂江鴻回。何當共吟眺，暝色獨徘徊。

蚤春，虎坊南墅憶舊遊，懷徐尚書、寄朱檢討

杜曲園林一水濱，舊遊風景十年頻。江山不負羊裘客，城郭誰知鶴背人。草色淡烟籠紫陌，柳條輕雨洗紅塵。劉郎前度看花在，却為愁多賦早春。

憶盧龍舊遊，有懷倫子受使君

猿肩虎石事悠悠，為客青春欲白頭。碣石東風生大海，薊門明月照高樓。邊關路繞車輪去，花柳村深步屧遊。今日使君行部處，雲山三晉控神州。

春日點翰堂即事，促吳元朗為題《午亭山村圖》

丘壑何曾似遼林，曲欄深樹幾沉吟。野桃破曉紅仍淺，霜竹經寒綠故深。二月風光真漫浪，三春樓閣倦登臨。午亭題句如相贈，好在黪山畫裏尋。

清明後三日，郊行贈韓慕盧少宰

春郊浩渺似天涯，走馬追尋一笑譁。冷節却緣過射柳，紅塵不是為看花。荊州風月同今夕，江左文章屬大家。紙尾陪書聊自忖，鬢絲蕭索墨痕斜。

有感題舊草後

寥落浮生與世違,叢殘文字校斜暉。家臨紫陌三條路,人閉紅塵兩版扉。命定豈須尋季主,說難猶自笑韓非。篋中焚草緣何事? 忍負雲山舊釣磯。

城南張氏園讌集

藤杖芒鞋踏淺沙,行穿犖确路橫斜。綠楊纔放初晴色,紅杏猶禁半坼花。坐久雲深迷野鶴,酒闌風起亂昏鴉。山公酩酊歸來晚,不省兒童拍手譁。

昔與孫仲禮有《鶴圃唱酬詩》,因隨正①姪寄訊

罨畫溪廊賦《竹枝》,圃中仙鶴別多時。龍兒編寫新成卷,題作劉紅唱和詩。

春日,新堂簡西鄰給孤寺主

西鄰喬木綠陰斜,也有春生倦客家。半掩雙扉來燕子,新開小徑放桃花。香林佛舍明殘照,粉蝶山樓挂晚霞。近日逃禪逢酒渴,扣門思喫趙州茶。

春日,簡張壽平進士。張善岐黃之學

未解參苓細與論,杏林人語自春溫。已知楚越分肝膽,尚有鶯花役夢魂。二頃豈須謀負郭,百錢聊可共開樽。城南舊是笙歌地,藥裹閒時肯閉門。

上元前夕宿法華寺,春日有間,酬三明長老索詩之意

青山落日正逶迤,況是春燈欲試時。佛火長明投寺宿,冰山蹔撞看兒嬉。檐捎烟樹東

---

① 　隨正:四庫全書本同。馬甫平點校本作隨貞。按:陳廷敬兄弟八人,諸姪中只有隨貞而無隨正。隨貞為陳廷敬弟廷弼之長子,字孚嘉,號寄亭。生於康熙十四年(1765)。康熙四十八年(1709)己丑科二甲四名進士。未仕。著有《立誠堂集》《寄亭詩草》。改貞為正,當與陳廷敬諡文貞有闕。

風蚤,院閉霜鐘曙色遲。一諾湯休微笑意,桃花柳絮又參差。

城南讌歸贈壽平

羈旅平生意,相逢薊北門。不知黃金館,但見青山①原。歸路野花落,到家棲鳥喧。所思燕趙士,懷古尚堪論。

訪戴家圃留題

我愛戴顒宅,春風一徑斜。城中得流水,幽處見桃花。古石滋青蘚,高亭映晚霞。王孫隨意住,芳草不離家。

與 張 澤 長

與子共丘壑,園林方未還。谷口沁河水,門前王屋山。柴荊夾澗對,桑柘交枝閒。別後東皋月,清光照掩關。

送隨正②姪落第歸

花落鶯啼送子還,春光翻自惜衰顏。蛾眉已老人何忌?蝸角無爭我欲閒。芳草離心千里路,夕陽孤影萬重山。回思華髮蕭蕭者,雖在紅塵却閉關。

隨正③赴灃州

江漢何曾到?雲山亦自便。花明新月夜,柳暎碧雲天。家習燕人語,予賡楚客篇。風帆渺何許?相憶洞庭船。

---

① 青山:四庫全書本作素山。按:素山不辭,作青,是。
② 隨正:四庫全書本同。馬甫平點校本作隨貞。
③ 隨正:四庫全書本同。馬甫平點校本作隨貞。

題恒齋《采菊圖》二首

椒風宮閣日初長，撧到《蘭亭》第幾行。珍重畫師秋菊意，百花開後晚花香。
瑣院垂簾隔畫陰，墨花秋卷共沉吟。年光人澹還如菊，猶是飡英飲露心。

三月八日晚出西郊，宿法華寺

落霞如綺草如茵，漠漠晴川烟景新。柳陌不隨今夜月，桃花爭見一年春。到門雙樹松
陰長，下榻三迴客夢頻。清梵未殘雞唱曉，又驅羸馬逐流塵。

雨宿苑外人家

月照深林風葉鳴，曾疑夜雨弄秋晴。燈前風雨瀟瀟夜，却似長楊樹裏聲。

悼　姜　西　溟

牛耳雞壇孰主盟？燈檠風雨暮年情。都將阮籍窮途淚，為送劉伶荷鍤行。黃土文章
圜草綠，白頭科第榜花明。瓦全玉碎皆由命，敢向詞塲薄友生？

晦　菴　論　詩

儒林道學費調停，《雅》《頌》分明在《六經》。記得考亭詩法好，先從陶柳入門庭。

伊川論道家

九流先列道家名，修養長年事可成。萬古眼前天地在，更於何處得無生。

烟玉堂倩向雲澤畫壁

三間草屋槿籬寬，晏坐深知行路難。細蕊孤花連暮雨，清陰幽竹過春寒。杜門謝客幸

無謗，入世逢場甘少懂。謾待向平尋五嶽，臥遊須與畫圖看。

王石谷寫《午亭圖》

恕先放誕虎頭癡，自古高人是畫師。不用朱門新樣好，茅菴畫我看山時。

冬日齋中草木

竹

時世粧成樣樣新，揚州紅藥可憐春。日斜修竹檀欒晚，誰念天寒翠袖人？

梨

東南竹箭幾人栽？江舶年年秋色回。上谷紫梨霜後好，黃柑丹橘一時來。

瓜蔓

荒寒繞屋朔風吹，一種青門在路岐。欲識故丘離別意，秋瓜人憶及瓜時。

梅

飲水餐雪在人間，獨向東風一破顏。不是百花無伴侶，孤花只合在孤山。

杏

紅杏東欄雪壓枝，晴曛籠靄已迷離。對花莫被多情惱，看到成陰結子時。

鐵梗海棠

狼籍妖紅照眼明，誰知霜雪鬭春晴。問君鐵柄花開早，多少丹砂點得成。

棗

質如橄欖味甘良，露灑風披合得嘗。不必荔枝煩《蔡譜》，教人舉酒酹唐羌。

送田生之易水

督亢千年畫未殘，烟雲粉本任君看。青山遠送荊卿去，不待蕭蕭易水寒。

夜行贈蓮士

紅塵已逐綠驄行，夜靜街長漏點清。風動牆花過比舍，月斜堤柳向西城。沙村宿雁迎人起，茅店殘燈閃路明。金馬門前開大隱，不來同聽野雞聲。

送阮亭大司寇予假歸二首

燕山微雨過,晴色擁朱輪。晝省留堂印,青門待吏人。王程千里近,祖道十年頻。欲訪龐公去,看予執主賓? 以修墓,請予假三月。

酌酒柳條下,清風生綠波。天涯芳草在,客路夕陽多。花為將離贈,鶯成緩別歌。慇勤惜分手,遲暮意如何?

贈　術　士

可惜長沙傅,空尋日者遊。干支渾閒事,天地莫深愁。閉肆客過市,跳壺人在樓。若無今古恨,猿臂亦封侯。

郊行贈太倉、崑山兩少宰

野色高梁接曙霞,玉鞭人指彩虹斜。紅泉雨過分流水,綠柳陰多掃落花。馬上雲山空夕照,樽前風月屬誰家。憑君更憶江南樂,畫舫春遊泊晚沙。

署中齋居,用吳元朗扇上韻送黃自先守澂江,兼寄孔東塘。三君皆舊同寮寀

芳洲杜若笑當時,賴有蘇卿是副知。不習簿書來吏舍,回憐風雅在曹司。扇因吳猛留仙訣,人為荀公作小師。倘過魯城聊寄語,絃歌休唱卷中詩。

署中語西田之勝疊韻

畫裏江城對赤霞,西田春望海天斜。賜湖雲擁平泉石,舊邸香深玉樹花。水署相逢卿月夜,午橋重問令公家。槐陰故事金坡路,門戟頻年長院沙。

晚晴臺憶舊遊寄朱竹垞

高臺孤迥獨遊頻，誰道天涯若比鄰？紅樹風來春色老，青山雨後夕陽新。閉門陌上三條路，倚檻樽前十丈塵。寂寂蓬蒿蔣生徑，羊求歸去見何人？

送吳天章自天津歸蒲東二首

春芳今欲歇，別思轉悠哉。狗監人難遇，蛾眉老易猜。青山三晉遠，秋色九河迴。千里臨岐意，能無酒一杯？

歸到中條隱，高居長薜蘿。清秋臨華岳，落日見黃河。人物雄才老，雲山間氣多。玉谿終古在，相並得金鵞。金鵞，天章齋名。

戲題杜上舍著色蘭二首

幽蘭空谷自天真，細寫黃金綠玉勻。豈是丹青工作意，學他紅粉向時人。

綺蘭高絕《楚騷》工，剩有幽芳入畫中。聞道集賢多綵筆，能無風雅續蕭嵩？

再疊韻酬果亭少宰見和郊行之作

奇麗澄江散綺霞，自驚西日晚山斜。閒雲欲傍滄浪水，野草還連鄂杜花。白首多時同禁省，青春幾處到山家。綠深桑柘紅橋近，且聽流鶯藉淺沙。

夏日對酒，簡顥菴少宰兼懷幼芬

松風五月盡塵沙，清晝拋殘又日斜。世上若無千日酒，簾前空負一闌花。習池酩酊非山簡，江左風流是謝家。却笑後堂君未到，更無人隔絳帷紗。

微雨，有懷顥菴、果亭

相對忽不樂，相思轉未慵。高齋過微雨，暝色來疎鐘。酒易金龜換，人難玉塵逢。同君寂黙意,吾道適何從。

五月廿七日宿郊館,贈主人二首

暝宿投郊館,行行到水涯。晚風官道柳,夕照野墙花。村近喧歸鳥,川長散落霞。濁醪吾自有,聊與飯胡麻。

來時槐市外,往路半斜暉。馬過嘶芳草,人行戀翠微。山童疑久客,田叟解忘機。君看茅檐燕,將雛傍夕飛。

出　郭

出郭有新意,幽情愜薜蘿。綠楊聽似雨,碧草望如波。牛笛吟風斷,鶯梭織翠多。閒雲兼慢水,相伴一高歌。

對酒西山,下望裂帛湖,有懷廖芸夫。往年同遊香山、碧雲,語江山之勝。兼寄雲間二子楊玉符、董閬石二首

馬箠獵平蕪,烟波似有無。朗吟山鬼笑,爛醉野人扶。萬事依雙槳,三生狎五湖。煩君待漁艇,未肯老樵夫。

夕鳥下汀洲,殘虹掛寺樓。遠烟赴山翠,晴雨接波流。昔別驚蓬鬢,今來憶釣舟。人間詩意盡,入海可同求。

讀顧亭林先生《日知錄》,是潘次耕刻於閩中者,却贈

遺文編舊錄,製述繼吾徒。詩樂吳公子,風騷楚大夫。閒情窮海嶠,清論滿江湖。萬里山川路,離情似昔無?

答孫蔗菴

回看灞陵柳,青鬢已皤然。江海三千里,星霜四十年。曾知新句好,將與萬人傳。化鶴人還在,書來鴻雁邊。

晚晴臺懷繆虞良

俯仰皆陳迹，登臨是舊遊。高臺不頻上，明月易深愁。琪樹秋應長，銀河曉自流。因風問江雁，幾日過長洲？

王顓菴少宰屬王石谷為余畫《午涯烟舫圖》，且贈以詩

綠畫春山閣，綠畫，少宰西田閣名。紅欄秋水橋。移將三徑裏，未覺五湖遙。漢壁波殘浪，午壁，漢亭名。午涯所緣起。吳淞剪半綃。圖南鵬萬里，蜩鷽想扶搖。

憶舊，寄繆虞良

舊日同遊處，西窗暗網塵。阮家麓飯久，萊子綵衣新。昔送之官客，今思解組人。共知捧檄意，失喜為慈親。

疊兩少宰見和韻二首 余夙有江南之思，二公皆吳人，故托興乃爾。

平生湖海意，飛動不曾慵。千里吳洲月，長江建業鐘。烟波定相訪，鸞鶴偶然逢。正想雲亭字，先須載酒從。

藻鑑今焉用？文書祇自慵。無言溫室樹，每過夕陽鐘。汗漫期何處？淹留惜易逢。舊游東郭子，又得二年從。用《莊子》"一年而野，二年而從。"盖與太倉公又同事二年矣。

酬周鐵門贈詩，即送之之官

紅雲曉近海，綠烟春滿畿。送君宰赤縣，柳絮飄行衣。燕市酒罏滿，漁陽桑葉稀。幽蘭在修坂，及爾同芳菲。

夏夜過潛齋示壯履

閉門來月砌，散袂坐風簷。鳥宿新移樹，螢流夜捲簾。辭多蒙向秀，夢欲謝江淹。文

史成漂泊，潛夫畢竟潛。

題庭前合歡花懷杜遇徐 <small>往年曾贈花葉釀酒。</small>

綠細分朝靄，紅輕暈早霞。本無蠲忿意，況有合歡花。舒卷時常定，陰晴亦未差。美人曾折贈，零落惜年華。

題朱悔人《京華稿》

榮華寂寞在斯須，一卷新詩酒滿壺。君看昭王舊臺館，至今秋草不曾無。

午睡起，為人書《道德經》二首

歸去青牛更莫論，怪他紫氣在關門。五千言費三錢筆，盡寫何曾有一言？
卯酒昏昏問谷神，午窗風竹影移頻。不須更借邯鄲枕，已是華山睡裏人。

重陽前一日，招悔人、卓崖、元朗、亮工、家子文

秋社纔遊未隔旬，籬邊風物又催人。有涯早識吾生老，多事還憐野菊新。天外孤鴻偏過眼，鏡中雙鬢已傷神。明朝欲赴登高約，摒擋樽前放浪身。

常道士山房水石清供

水石清秋净法筵，人間自有一山川。雖然雲樹參差影，看盡空明四界天。

圓通院有贈

縹緲紅樓原上村，西來飛錫駐前軒。橋迴流水供侵案，木落清風為掃門。按劍恐因驚白璧，繫珠今已照黃昏。百年耆宿三生舊，初地新從萬事論。

冬日早卧示與可

　　踏盡秋街落葉霜，歸來枕肘卧斜陽。燈花早已看重結，香篆微銷耐許長。節後菊黃多晚景，年殘髮白赴流光。睡餘翻覆連牀被，又是槐根夢一塲。

寄懷王大宗伯昊廬金陵五首

　　後湖真並鏡湖論，一曲烟波是異恩。試看東山相對出，城南元有謝公墩。

　　玉樹庭前春又歸，過江門第世應稀。到時芳草橋邊路，正及烏衣燕子飛。

　　《離騷》讀罷意何如？楚客頻年賦《卜居》。千里長江建業水，東流兼得武昌魚。

　　結綺臨春事已休，輕烟淡粉對荒丘。憑君收入人天偈，樓子因緣在上頭。

　　摩詰流傳秀句香，冶城風景輞川莊。江山畫裏移家住，秋色依然華子岡。

《午亭文編》卷十七　　男壯履恭較

《午亭文編》卷十八

門人侯官林佶輯録

今體詩十一

聖德萬壽詩十二首

泰符運啟帝圖昌，還識流虹繞電祥。鳳曆紀元天並永，龍飛當午日初長。仙桃結子春三月，御柳垂條歲萬行。正是艷陽逢聖節，紅雲高捧玉鑪香。

日暖花明①紫禁林，風迴青鏁漏沉沉。萬幾宵旰三天事，四海昇平五夜心。雨露恩流金闕外，桑麻春長玉階陰。億年齊上無疆祝，總為憂勤卌載深。

聖質天齊凝寶命，神霄地迥照人寰。山河環拱罘罳上，日月高臨藻火間。八表驩聲歌帝則，萬年春色駐龍顏，黃圖開拓要荒外，柔遠何須閉玉關。

講席經函列御筵，淵源盡闡魯庭傳。文成偉論高《謨》《典》，詩就新篇達性天。載詠光華同舜旦，深明曆象定堯年。仰觀俯察鳶魚妙，道契羲皇一畫前。

丹地金鋪淑景新，綺疏明淨對花茵。九重清晏心無事，萬卷詩書筆有神。璀璨宸章懸斗極，龍鸞聖藻麗星辰。六文八法流傳盛，光被誰能比一人？

龍文五色護瑤箋，拜賜恩華自日邊。開處春風彌宇宙，捧來瑞氣出山川。香含月樹枝

---

① 花明：四庫全書本作花朝。

枝秀，朗照驪珠顆顆圓。琬琰恭橅垂寶搨①，惟南同壽永留傳。

神威征伐久旋師，灌燧銷烽正此時。一自三迴臨朔漠，遂令萬禩靖邊陲。玉鞭晝舉靈泉出，金甲宵明御寢遲。北斗天南同望處，於今中外盡雍熙。

節儉皇家邁昔王，聖心原為恤農桑。止須制用供天府，直使流膏徧下方。疊見金錢蠲百萬，還思玉粒自倉箱。陽和到處人歡樂，春日春隨日正長。

耕織新詩出上蘭，情殷稼穡詠艱難。恩添瀛海波瀾潤，人到中天歲月寬。繡壤風輕飛玉燕，瑤池水暖浴青鸞。吳綃並寫來王會，若木流沙總奠安。

黼座慈雲下碧空，普天人在太和中。祥刑德與唐虞並，育物心將造化同。丹鳳九重銜敕草，金雞一夕報春風。遐荒盡是康衢地，處處謳歌達帝聰。

荷鋤倚杖野農情，每聽音車為省耕。瑞日早迎仙蹕上，彩雲時傍翠旆生。華封人進三多祝，嵩嶺神傳萬歲聲。江北江南長望幸，五年今得見巡行。

虞廷威鳳喜來儀，麟趾文祥福履綏。曠代光榮逾鎬飲，萬年祝頌叶豳詩。春雲瑞雪迎三正，甘雨和風順四時。仰荷栽培同寸草，恩深湛露近彤墀。

皇子《練鵲桂花畫扇》

縹鳥多歡帶鳥仁，秋林練鵲氣含春。相隨阿閣丹霄地，彩鳳時時欲近人。
一度秋風一度開，仙姿信是不凡才。天香何事盈懷袖，為是時常月殿來。

題杜子《樊川雲水怡情圖》

朱坡綠水故依然，小杜香名到處傳。我欲遠尋無字劫，當時杜自號樊川。余所居一名樊川，亦曾因以為別字。

---

① 琬琰恭橅垂寶搨：四庫全書本作琬琰恭橅垂寶榻。按：橅，亦作模。《说文》："模，法也。"世稱臨摩書畫為模寫，稱臨摩之書畫為橅本。本書卷二十有《為子文書褚公橅本〈蘭亭〉，有米海岳跋。褚公書，米所自出也。子文書，實本文皇册兼諸家精意，有名於時，因以為贈》一詩，即其明証。摩印碑帖曰搨，摩印古器碑帖之本曰搨本。搨，亦作拓。本句的意思是將皇帝的手書臨摩刻石，作成搨本，賞賜諸臣，使之廣為流傳。因為臨摩的是皇帝的手書，所以說"琬琰恭橅"，賞賜諸臣的搨本，也就成了"寶搨"了。改搨為榻，不僅與作者的原意不符，而且文意也不通了。

恭和御製為考試歎應制

聖謨重廉介,雅化已新更。豈獨司文吏,能容黷貨聲。人才關國是,教養本皇情。上體公明訓,無私便有名。

寄僧定空

喚作定空空定否?有名爭得似無名。空元自定何須定,只是空從定後生。

過法華寺懷三明長老

法華名最美,此義暢宗風。實相人猶在,宗門事不空。柳條春自綠,花蕋曉逾紅。咫尺雙林地,雲山處處通。

久不見昆公連,有噩夢,詩以問之

金盆月落屋梁邊,塵尾多時破壁懸。厭寐也曾施梵咒,夢魂從不離初禪。正思柏子三生樹,無那桃花二月天。萬事匆匆頭白盡,幾迴安穩曉窓眠。

重過萬佛寺

竹院還誰在?山門重可尋。日斜清梵放,風定落花深。欲解無師智,難忘有行心。真空能幾許?却費萬黃金。

夜宿野亭,晤桐城相公,話舊有作

野宿林亭意惘然,風光依約似當年。相過步屧將殘夜,怕說江湖未泊船。杏子生仁留燕乳,柳花著眼對人眠。槐根不比松風夢,莫遣春陰過八磚。

法華寺書壁

塵網重重暗刧灰，一時心目頓能開。曾知夙世因緣事，看取蓮華妙法來。

畫　　眉

綠樹陰多映畫簾，雕欀①食宿好相兼。勸君莫倚能言語，人在春窗正黑甜。

題《初祖折蘆圖》

廓然無聖語天然，面壁還須到九年。老我白頭聞道晚，息機應在十年前。

題《大　士　像》

救苦尋聲是大悲，有情覺盡佛因遲。浮生衆苦多難達，應是從聞入定時。

題《文　殊　像》

稽首堂堂七佛師，定中女子出來遲。如何七尺鬚眉客，一世曾無一定時。

賜連瓶折枝牡丹四首 癸未三月廿六日

八方風雨長靈芽，朵朵紅雲散綵霞。天意未曾私一物，上陽花勝洛陽花。

樂天三度見花開，曾惜花開老暗催。廿載芸香香案吏，白頭驚捧賜花回。

輕紅魏紫總天香，蘭佩還宜薜荔裳。歸去輕紗籠暖日，潛溪緋襯御袍黃。潛溪緋亦牡
丹名也，賜花有淡綠微黃一種。

玉版檀心故晚開，膽瓶渾送倚雲栽。更教分與甘泉水，全戴深枝雨露來。

---

①　雕欀：四庫全書本作雕籠。

野亭作二首

琉璃為地自然平,何處金繩界道行。岸草林花高下態,渚蒲水荇短長情。莊生齊物焉知物,老氏無名却有名。苦為折腰辭手版,誰言寵辱不須驚。

雲樹連天見北平,幽人自此樂郊行。已無綠鬢渾閒事,只為青山亦有情。老馬為駒還識路,野花結子不知名。歸來睡覺斜陽晚,抖擻黃塵莽自驚。

曉 行 二 首

曉行青山中,白露方未晞。此景豈不佳,荊棘牽人衣。

荊棘雖離離,出險殊不惡。回看幽蘭花,無人自開落。

浴罷戲題二首

不垢復不淨,寶珠何由生?盈盈浴盤水,清斯濯吾纓。

豈因學道力,陡覺生清凉。灑然無熱惱,身有旃檀香。

四月三日,出城送客,因以自喻

戴笠乘車有舊盟,相逢相送廿年情。踏殘草色路長在,折斷柳條人未行。旅興不隨春日盡,野心還傍夏雲生。玉瓶沽酒旗亭醉,古寺斜陽卧似醒。

四月十一日,夢中吳四黙巖語金丹事,因口占贈吳,覺而記之

桑葉桃花幾度春,海山歸路渺難真。憑君細囑長生訣,火宅何須久住身。

題王方若《龍竿集》

客散茶香鶯語頻,閒披秋卷惜餘春。腐儒衰晚思同調,為想風流第一人。

獨酌郊樹下懷韓山

穿花踏月有誰忙？為送東風倒一觴。綠草成茵榆莢小，紅英掃地柳條長。古祠賽雨
人皆醉，平壠眠雲麥半黃。惆悵田園西日外，年年春色老漁陽。

過法華寺不果，題野亭壁

喚起窗前幽鳥飛，冶遊心事未全違。三生影事輸閒客，四觀華嚴落鈍機。山雨曉晴開
紫翠，野花春盡接芳菲。倦尋古寺湖邊路，垂柳陰陰信馬歸。

獨　酌　二　首

三杯四杯濁酒，一句兩句閒詩。樹上落花結子，竹間新筍成枝。
落日去如過客，清風來似故人。竹葉滿浮綠釀，梨花勤買青春。

閣中紀恩詩

內署恩深歲月長，白麻宣出意傍徨。名銜人愧文淵字，衰晚身驚政事堂。門館無私因
主聖，絲綸有喜為時康。閣前五刻趨宮漏，常見宵衣侍未央。

五月九日，賜御書金畫扇、御製《麥秋盈野志喜》詩，恭紀四首

宮扇親題御藻雄，麥光雲淨曉浮空。黃琉璃遍清涼境，盡是披香殿上風。
桑綠柔枝輦道傍，麥岐兩兩古漁陽。五絃彈出中聲裏，散作薰風滿帝鄉。
蓂階蒲蓮長堯厨，自有天文麗寶符。底事恩光滿懷袖，驚看一字一驪珠。
九華寶扇五雲端，殿閣微涼暑未殘。縱使感恩秋篋裏，冰心還映玉壺寒。

恭和御製《麥秋盈野志喜》詩元韻應制

清和時節見豐年，麥壠盈祥氣候全。並是兩岐兼九穗，不論南陌與東阡。三秋民樂同

《幽》《雅》，五色天文上御箋。常記占星看礎潤，夜深行遍玉階甎。

五月十二日，賜觀御製《南巡詩卷》，恭紀二十韻

鳳紀天長久，龍飛日正中。萬年三月曆，九敘兩河功。典禮虞巡重，江山禹甸雄。帝歌垂睿想，民俗入《王風》。翕闢乾坤大，鑪錘造化同。詞源方浩瀚，元氣益冲融。丹笈迴雲篆，滄溟散彩虹。璧連還縹緲，珠綴自玲瓏。香影瑤編動，鉛分寶字工。鶯花供御藻，雨雪志年豐。玉律飄陽管，金聲韻嶧桐。衢謠歡故老，巷舞走兒童。恩與留題遍，榮逾錫命崇。道因神理貴，物感至和通。謨烈超千古，文章達四聰。祥烟盈卷帙，瑞色滿書筒。《雅》《頌》恢皇統，英華發聖衷。石渠春瀲灔，藜火曉瞳矓。高厚思隆遇，迂疎愧匪躬。併將屬拜意，稽首祝蒼穹。

史局得韓山書却寄

行屋千峰萬嶺分，西來蒼翠入斜曛。幾場春夢繙殘史，一片閒心寄野雲。見説故人方縱酒，傳來新句最能文。寒窓燈火平生語，除却君知世不聞。

答 元 朗

松風草閣晚晴寒，不道炎蒸暑未殘。呼酒敢嫌新吏舍，門鄰酒鑪。愛詩長憶舊郎官。人傳代北馮唐問，書畏江東子布看。惠我瑤華滿奩篋，依然晝省握香蘭。

六箴來自武昌

朝來乾鵲噪庭除，池草春來①慰索居。車馬到門千里外，光陰彈指五年餘。曾於簿領知為政，只見山川勝讀書。説著江湖人已老，扁舟來往子能如。

聞聲山墜馬傷手，戲贈

朱書腕後術誰工？在手鈎文惜仲弓。解道風流羊叔子，也應騎馬至三公。

---

① 春來：四庫全書本作春生。

六箴將別,余方有校勘文字之役,相對匆匆,悵然再疊前韻

湖海元龍氣已除,寂寥誰伴子雲居。松風夢破驚窗曙,藜火燒殘似歲餘。多事不成臨別酒,無聊郤望遂來書。流光努力君年富,冉冉雙髭我不如。

恭和聖製《裕親王輓詩》二章,謹依陽青元韻

天德敦同氣,巍巍雲漢章。流芳傳睿藻,樂善惜賢王。桐葉飄疎翠,棠花落晚香。情深親灑翰,雨泣迸成行。

內殿思前事,皇心記幼齡。步趨同問寢,講誦舊傳經。視藥調金匕,移鑾隔絳屏。親賢加典禮,編簡萬年青。

冬日雜詩十首

金絲牆屋久荒涼,過魯曾知漢道昌。惆悵黃龍歸不得,少牢祠裏祀舒王。《宋史》。

璧月瓊花事事休,胭脂痕斷井欄秋。三百年中四十帝,青山如舊枕江流。金陵。

陡泉泉出洞渦水,驛印如今最謬訛。不比成臯爭點畫,十州鐵鑄作同戈。同戈驛,本洞渦。同戈,訛也。

南食何當寄老饕,越羹楚舫與吳艚。天寒雨雪炊烟冷,誰是燕人左伯桃。午食。

非關偏聽與伴聾,黃落經時問朔風。近得楞嚴觀葉意,耳門圓照十方空。耳病忽瘳。

出網銀刀曉市門,歸來午食已黃昏。魚殽豈是貧家物,咬斷新薑舊菜根。家人餉以銀魚,却之。

九十六刼如俳諧,學他璿瑁嶺南齋。辟支一食真難施,敢訝吾無一日佳。近清齋百日。

三千沙界了無蹤,影事前塵破幾重?我本無生元不滅,當時何苦護紗籠。

罨畫廊前兩樹梅,看花人自故鄉來。未開紅蕊開時白,道是先生手自栽。

深紅淺白蓼芽新,欲試春盤待曉春。坐斷五辛三種菜,年來轉覺庾郎貧。

晝睡謝客

日斜窗影半寒筠,却有疎梅欲放春。掩卷已沾名句味,攤牀未了睡眠因。選圖枕畔華

胥夢,罷酒樽前見在身。為謝九衢車馬客,黑甜何苦換紅塵。

范彪西索題《車駕西巡寵遇詩》二首

舜狩仍千里,堯文已六經。山林垂顧問,雲鶴想儀形。灑翰超飛白,留題照汗青。歸來屬車上,猶指少微星。

大隱非丘壑,斯人應客星。行藏殊捧檄,勳業為傳經。有道人師表,中郎世典型。銜來丹鳳字,雲氣護山庭。賜"山林雲鶴"字。

甲申正月十五日,上命撤所御宴賜臣廷敬, 諭臣子壯履恭傳恩旨,頒送到臣,恭紀四首

吾君儉德到傳柑,一宴年光四十三。上自御極,元夜賜宴廷臣者一,蓋康熙二十二年也。今日全家沾賜渥,不同歸遺與分甘。

蕭蕭華髮入青春,惶恐君恩說老臣。最是九衢燈火夜,驚傳天使便寧親。

藜火銀花接禁庭,天邊玉旨下青冥。紫微垣裏親傳與,敢道臣家有聚星。

溫飽當年未敢論,薑鹽相伴久承恩。寒庖那識金盤味,指點先嘗玉箸痕。

久不得舍弟素心書,聞去冬已歸自武安, 今忽復春且深矣,惘然有作

關河霜雪賦歸與,又值風光二月初。竟日不成春夢句,隔年空憶雁行書。閒門柳色開荒徑,流水桃花到舊廬。應識在家貧亦好,信音迢遞渺愁予。

青　鳥

不敢求桃核,開花今幾春。那無青鳥使,相慰白頭人。西日瑤池遠,東風紫竹新。普陀炎海路,萬古不揚塵。

賦得"心清聞妙香"

南華近在贊公房,一水曹溪接混茫。曲逕行隨花氣遠,畫簾相對篆烟長。曼陀雨遍諸天會,蒼葍春深選佛場。解道音聞清淨地,色空空色本無香。

野亭望西山有懷

擔囊蠟屐鎮相從,便欲登臨策短筇。野逕春歸三宿樹,石門雲散午時鐘。金盆接語青山晚,玉斧尋真翠壑重。彈指十年禪榻畔,道人行腳恐無蹤。

三月二日經筵紀事四首①

牙籤一卷幾迴開?近日新綸忝竊陪。好與詞林傳故事,白頭丹地講書來。經筵自昔屢命臣進講,及拜內閣新命,仍兼經筵講官。尚書水部無雙譽,宮尹承華絕異才。贏得頭銜渾似舊,押班春殿許徘徊。是日華亭尚書、海寧宮詹進講。

石渠虎觀列經帷,同異諸儒奏對時。題目分明經睿斷,聖人書是聖人知。進講"足食足兵"節、"時亮天工"節,皆上所親定。

蘭珍別賜常餐外,榆火新溫上巳前。衰老蒙恩憐一飯,歌衢正好在堯天。是日,撤御饌賜臣,且命膳人,謂臣在講席,進時重熱與食。聖恩至矣,而臣衰老,將比於康衢之野人云。

宿野亭,遲京江、沁州二公

子夜文書午漏聲,先驅駕馬出重城。花邊風蝶閒來往,柳外沙鷗解送迎。綠水紅橋春似舊,青山黃閣事相并。邯鄲一枕華胥夢,不覺晨鐘報五更。

與李公凱兼呈徐果亭

蒲柳先秋露葉零,碧天落落見晨星。與君同甲髭偏白,相對無言眼自青。淮海至今歸

---

① 三月二日經筵紀事四首:四庫全書本作經筵紀事四首,時三月二日也。

大海，午亭元是一長亭，樽前張丈殷兄在，強欲相呼一笑聽。公凱與予同戊寅，長三月。果亭亦長於予數歲。①

閣中與曹蓼懷學士

未報深恩敢乞身，一年相對已前塵。窮通總惜朱顏老，館閣常逢綠鬢新。舊事幾迴蓮燭夜，君家並有竹林人。柳吟花醉輪閒客，日日銅扉共曉春。昔與學士世父顧菴先生同在翰林。

旅宿懷梅莊

旅宿天無際，平沙樹接低。夜深還過雁，野曠少鳴雞。風雨人何處？雲山夢不迷。一條春草路，直到太行西。

和趙秋谷《觀海》詩二首

求詩入海氣崢嶸，却卷波瀾見老成。香土踏殘才思盡，當時我亦一狂生。
晨朝騎鶴暮雲行②，洞府仙官太有情。只恐未忘人我相，海山畢竟讓無生。

野亭懷內直諸公

周廬野館共徘徊，網户疏窓面面開。過眼春隨飛絮去，遨頭人及落花來。隔林好鳥如相喚，出岫閒雲亦未迴。清晝玉泉添漏水，此中三昧即銀臺。

半飽居士詩有序

喬公子德輿來京師，久客逆旅。予勸之歸，喬云："吾無以自活。"予曰："子幸有先人之田廬在。吾居於此，嘗記陸魯望語，'忍飢誦書，率嘗半飽，'此亦處貧之一法。"公子便

---

① 公凱與予同戊寅，長三月。果亭亦長於予數歲：四庫全書本作公凱長予三月，果亭亦長於予數歲。
② 雲行：四庫全書本作行雲。

以語侵予,天下豈有餓死宰相耶? 予笑而不答,門人竊呼予半飽居士。于生方曼,性嗜酒。聞予之告客者,因止酒不飲。恐傷其意,作半飽居士勸酒詩。

大庖珍食也曾經,晏進藜羹戶早扃。我自長貧甘半飽,君因皆醉怪偏醒。豈堪白粥妝金谷,恰有青銅挂玉瓶。燕市黃公罏正好,酒帘門外即旗亭。

甲申七夕二首

想多情少一身輕"想多情少"出《楞嚴經》。我願無生恨有生。此夕果然牛女會,生天也恐是多情。

不見牽牛織女星,銀河水長色冥冥。憑君奏乞通明殿,灑作人間細雨零。

書豫朋《僰南集》

七年燕北別,卅卷《僰南詩》。小吏才難盡,高天命不疑。謝家真客子,杜老好男兒。却笑陶彭澤,賢愚較菊籬。

題孫湘南《片石集》

五字文章萬古情,吳江隴首舊知名。嵩峰華岳黃河水,如子雄才是《兩京》。瀘水春生大渡河,塞山飛起遂嵯峨。書生自有封侯相,留得征蠻《塞上歌》。

拈朱子句恭擬應制詩,賦得"霽月光風更別傳"

五星東井事依然,泂溯濂溪接後先。一自圖書尋有緒,頓令風月浩無邊。勳華在昔三千載,閩洛於今五百年。學統此時符帝統,斯文端是聖人傳。

衰　老

太平好時節,衰老意多違。身世何飄泊,人天有是非。《法華經》:"不依止人天而住"。孤鴻還自去,乳燕各分飛。物理真難問,吾生安所歸?

青藤館稍葺落成，有懷芸夫

城裏一山家，籬疎晚噪鴉。水含林際月，苔隱石間花。人與青藤老，門留白版斜。故人猶記否？燈火十年賒。

真箇似童兒，埋盆作小池。雖無沙鳥過，已有樹禽知。素髮垂新領，紅桃長舊枝。恐君相憶處，不是昔游時。

送徐果亭還崑山

戀闕丹心皓首時，掉頭無那故山期。洞庭蝦菜催迴櫂，阿閣鸞凰返舊枝。黃紙箱邊同啟事，紫薇花下對吟詩。饒君獨占江湖勝，蒲雨菰烟惱夢思。

答　王　生

故人之子王并州，問我新詩紀舊遊。浪跡仙人多愛酒，青蓮曾贈董糟丘。

北墅和壁間韻

麥寒經雨綠，葉老受霜紅。客舍青門裏，離居又客中。

霜　鐘　疊　韻

霜鐘來不近，披拂曙燈紅。多少繁華夢，銷沉向此中。

再疊前韻二首

庭樹雞鳴早，平沙夜火紅。不須爭起舞，吾已老窠中。

疎鬢霜同白，衰顏酒暫紅。心灰兼耳冷，猶在客塵中。

檢放翁詩二首

青山黃閣眼迷離，文字叢殘晚歲時。拂面冷風霜滿鬢，何因檢到放翁詩。

殘年飽飯細吟詩，一笑生涯老自知。不識鱸魚蓴菜好，多因連展與黎祁。放翁自註：
"淮人謂麥餌為連展，蜀人呼豆腐為黎祁"。

御書《春帖子》恭紀

神書日賁通明殿，《春帖》先題供奉班。人喜王正逢聖藻，兒驚天筆憶龍顏。臣子豫朋
將之耀州任。門前豈敢懸雙璧，楣際真同被兩間。捧向茅堂常北面，年年《椒頌》祝南山。

賜砥石硯恭紀

王氣留京奕葉隆，五丁遺石自鴻濛。削成寶硯天開闢，製出文思帝化工。玉几依光加
洗濯，清班分賜並磨礱。承恩真比丘山重，歲歲三呼萬歲嵩。

賜貂裘恭紀

金貂濫點侍朝元，輕暖還教被異恩。就日未知仙珮重，因風偏覺御香溫。親承綸語量
長短，諭旨云："此裘朕所親服，汝軀體較小，可覓良工略為裁製，務令稱身。"儘著餘年付子孫。忝
竊一門兼再錫，微才敢向鳳池論。臣子壯履並蒙恩賜。

賜人參恭紀

賜觀植本幾人存？五葉三椏記細論。戊午，臣廷敬同臣英臣士正臣士奇臣杜訥蒙恩賜觀人參植
本。筋力已衰逢大藥，生成難報是皇恩。未隨芝草和金匕，先映椒花上玉樽。除夕，並賜上
尊食物甚衆。曾說紫團聞父老，新傳盛事到山村。舊傳上黨有紫團參，今不可復得。

賜玻璃器大小十四恭紀

春冰未泮玉敲堅，賜出玻璃世罕傳。虛白貯來皆萬象，清微携得自三天。如遊佛國琉

璃界,不費公家帑藏錢。諭旨云:"此皆出工人贏餘,非用錢糧所製,故以賜卿等。"歸路彩雲先滿舍,盆瓶處處日華圓。

御書大福字恭紀

維皇錫福徧烝民,天藻親題到老臣。今歲預知明歲喜,萬家先占一家春。仰瞻紅日長如晝,若比驪珠大似輪。億載光華歌復旦,溥將壽域轉洪鈞。

臣詩疊蒙聖恩獎賞,每聆天語,感激之下,
涕淚零落,累日愧悚。恭紀以詩

衰鈍何堪感至尊,頻蒙激賞是殊恩。拋殘綺語文焉用,老罷丹心事可論。一飯不忘如杜甫,平生無憾勝虞翻。傳聞多恐遺青史,留取新詩示子孫。

六日祈穀,前一夕雪

同雲近接朵雲邊,歆饗深知睿意虔。未轉條風先獻歲,十一日立春。猶行臘雪兆豐年。金甌卜曆過千閏,是歲閏月。玉琯吹花到八埏。扈帝仙官多鶴駕,騎來銀闕羽毛鮮。

覓輿從不得,偶作

跳浪羣兒自簸顛,如山兩足步難前。路長欺我太無力,囘首沙堤亦枉然。

正月十三夜,同與可語梅莊山居之勝

雲裏山家咫尺間,踏青未了試燈還。百年吾是今春老,一歲人能幾日閒。亦有王城深似海,誰知身患重如山。老子云:"吾之有患,為吾有身。"梅莊北畔桃坡路,前後東風總一般。

《午亭文編》卷十八　　男壯履恭較

《午亭文編》卷十九

門人侯官林佶輯錄

今體詩十二

賜 船 恭 紀

舟航利涉是殊榮,特賜還勞記主名。命以石家船賜臣。此去真從天上坐,多時偏許御前行。命在御舟前行。春山春水年年好,江草江花處處生。不為勤民叨法從,烟波空有叩舷情。

潞河訓吳西齋送別

鞍馬頻年老薊城,臨流擊楫憶平生。文章自寫衰遲意,烟水新閱故舊情。君向海山分位業,我從塵土濯簪纓。舳艫小別勞相念,柳外花邊昨日行。

舟發潞河簡同直諸公

解纜冰銷及好春,碧琉璃淨鏡光新。別來官舍隨漁舍,禮罷山神見水神。塞北幾時今已老,江南有夢竟成真。連船擁楫相從處,應是三生未了因。

寫懷與同舟兼寄京師游好

杜陵野老一生詩,抗疏匡衡早遇時。得失渾如前日事,塵埃敢道十年遲。天涯船舫為書局,官路鶯花付酒卮。寄語京華驢背客,水雲閒淡有人知。

題石家船版上

禁中清漏語頻宣,水驛郵籤興渺然。令德世稱倉氏族,佳名天錫石家船。諭旨:"石家船好。"桃花滿載金波月,楊柳全浮玉座烟。大地恩光隨處是,五湖三泖櫂歌邊。

舟行晏坐即事

畫舫烏檣宿霽晴,鑪烟近接御香清。吉祥雲裏從容住,安穩光中自在行。水月似曾經夢寐,山河今已見空明。君恩載得舟船重,五日才為百里程。

狼　　窩

狼窩名匪佳,條狼義有取。還將天山弓,射殺白額虎。

花朝寄阮亭

花朝往事夢魂遙,鎖院重簾話寂寥。十五年來頻聚散,今朝烟水是花朝。辛未,與阮亭同領貢舉,語江南烟水之勝。余有詩云:"記取花朝明日是,幾番風雨對牀時。"

聞岸上梵聲

明滅斜陽洲景微,梵聲何處出林扉?浮雲不限身南北,慧日常銷世是非。塵劫遠尋期鷲嶺,江湖有夢到漁磯。長河風利翻嫌駛,處處茆菴可息機。

同行諸子皆江南人，即事有贈

輕寒薄靄汎遙津，一出青門事事新。官舫但容搜句客，別船還載著書人。河橋烟柳堪相贈，江縣紅梅早放春。君是南歸我去北，不知誰主與誰賓？

憶午涯烟舫，題南來小舟四絕句

竹篙青幕漾輕嵐，如葉隨風下釣潭。秋水一塘艙一隻，當時曾擬到江南。
水嬉天慰白頭人，南舫來時物候新。不礙琉璃清淨眼，揚州烟月冶城春。
南船應載五湖遊，散盡行人萬頃愁。得似多情白太傅，歸來舊舫憶蘇州。
也是雲天是水天，春花如霧柳如煙。怪他日夜東流水，送盡南來北去船。

舟行寄舍弟

乞得篷牎盡日留，今朝晴暖趁春遊。一生閱世如窺牖，臨老逢人解泛舟。別後無書題塞雁，行來有約寄沙鷗。憑君了却公家事，山水漁樵儘自由。

汶　　水

汶水南來處，迢迢作意行。帆檣連帝里，漕輓達神京。善下還多讓，居高最有情。合流同到海，對此豁平生。

余觀天津北汶水潞河合流處，心固已異之。及東南行數日，見汶水曲折流數百里而北，一旦遇潞河水，折而東，若無意然者，於余心益有感焉。既為《汶水》詩，又題長句以示壯履

舟過東南十日程，偏於汶水最含情。為憐宛轉朝京去，還見低徊赴海行。能以功成如未有，却將身退等無名。人生解識清流意，何處人心不太平？

早發滄洲①南三十里磚河驛，懷湯西厓給諫

與君同扈從，先後是同舟。春水生河驛，閒花上戍樓。三山連大海，五壘抱皇州。千古承平意，因風寄櫂謳。

交河河岸古寺

茫茫兩岸即恒沙，行客流光暮景斜。天雨似曾施藥草，春風空自逐楊花。心遊三昧渾如夢，身許雙峰却是家。煩惱不辭為晏坐，碧雲無礙水無涯。

入山東界寄阮亭

千里江湖夢，三春雨雪遊。風帆出渤海，星野入齊州。九點烟仍在，長河日自流。相思若汶水，不斷繞行舟。

德州南界，懷田綸霞、馮大木

夜過東陽界，朝行衛水濆。青春方浩浩，白髮任紛紛。山遠留殘照，川長宿去雲。閒心逐流水，今日為思君。

夜行遇淺寄秋崖京師

臨深方浩渺，遇淺亦嶙峋。月黑憑漁火，天高訴水神。千檣雖共集，四海若無鄰。試問栖栖者，何如京洛塵？

---

① 滄洲：四庫全書本作滄州。按：滄州，地名。清初屬直隸河間府，雍正時改屬天津府。本書卷七有《滄州微雪》，卷二十有《滄州道中懷勵文恪公》。滄洲，濱水之地。古人常用以稱隱者所居之處。謝朓《之宣城郡出新林浦向板橋》："既歡懷禄情，復協滄洲趣。"顯然不是地名。本書中，"滄洲"一詞多次出現，亦均非地名。不能"早發"。作滄州，是。

曉行東光縣界

相報桃花恐易迷,紅雲未動月輪西。長年大是多情客,伴我黃昏伴曉雞。

南皮二絕句

漳水瀟瀟霸業休,鄴中文采自風流。甘瓜朱李西園夜,囘首南皮是舊遊。
繁華寂寞在斯須,金谷池臺徧綠蕪。最是墜樓人未老,真珠終不負齊奴。

棘　津　城

倚櫂臨前浦,蒼茫弔古情。遙思渭濱叟,一望棘津城。水帶春星動,沙流岸月明。祇
應垂釣處,漁父足平生。

武城南界,懷六箴郎陽,荀少桂陽

纔向燕齊問路岐,還於楚客寄相思。一官萬里湖南北,兩地三年人別離。芳草池塘江
上夢,綠波春浦卷中詩。不因霄漢乘槎下,爭見連天水去遲。

次臨清,懷梅莊

江海平生意,遠遊誰與同?滿槽東上水,半幅北來風。柳已多含綠,梅應早放紅。山
花開又落,不擬在船中。

河干逢蔣念祖使君,撫今追往,因有是贈

御史牀邊栢上烏,龍門人在舊摳趨。山長水遠詩難好,化美風移興不孤。説尹野人終
在口,勸耕春鳥曉相呼。郎君已自施行馬,最有清名滿帝都。

過臨清，計程，阮亭相見不遠，戲有此寄

長風駕浪去恩恩，過訪何當似剡中。元禮自為倉卒客，樂天豈是囁嚅翁。極知浩蕩如前浦，聊得安閒出至公。鼉尾鵲花紛在眼，不應獨賞與相同。

船 牕 見 月

岸馬動如羣，沙明曙色分。樹迎前浦月，人臥半船雲。雁影連朝盡，漁歌徹夜聞。篷牕開復掩，春思恐紛紛。

土橋待閘，行五閘矣

五閘行來物候新，日高浪捲岸無塵。似將池沼縈迴勢，留得烟雲浩蕩春。雞犬村邊勸農吏，漁商波上太平民。昨宵親見天顏喜，畫舫丁東玉漏頻。

夜泊東昌城下

臨清昨夜春水生，河上春燈曉送行。今夜泊舟鉅鹿郡，黃昏烟火似臨清。

東昌城下已泊，夜移船，欲過閘，未得城東北隅有望嶽樓。

一夜停橈處，千秋望嶽情。水流聊攝地，雲鎖魯連城。擊汰堤花動，移檣閘火明。東樓不可上，迢遞且南征。

出 陽 穀 界《春秋》："齊、宋、江、黃會於陽穀。"

少昊遺墟歷大東，吾衰那敢夢周公。周以少昊之墟封伯禽。絃歌魯國春風裏，盟土齊侯夕照中。終古奎婁天象在，至今禾黍霸圖空。斯文適遇興王會，鳳鳥何時過故宮。

湖雲二首

水上烟嵐迴不羣，望中溶漾杳難分。蜃樓日觀連天起，知是湖雲是海雲。
金臺玉殿侶仙羣，雲是三山萬派分。欲向此中訪黃鶴，仙人騎鶴亦騎雲。

汶水道中題《觀海集》

風流文采幾人同？芳草萋萋汶水東。千里山川高枕外，百年身世一舟中。風帆欲定
歸神燕，烟櫂無聲近野鴻。我亦乘流觀海去，把君詩卷問鴻濛。

滕縣岸上人家

岸遶湖平雪浪堆，烟禽飛處釣船迴。淒凉華屋都經過，只愛茅軒照水開。

水　鳥

初飛似整亂還低，自信塗鴉一抹齊。水鳥也思排雁字，笑他野鶩厭家雞。

沛縣界珠梅閘，過三十九閘矣

退之汴泗交流句，今日長吟笑口開。解道洛川三十九，不如春水一帆來。

雨泊泇河二首

紅湮驄花逐幔浮，翠低隴麥映波流。蘭旌桂櫂終難似，從此舟名喜雨舟。
好風好雨送遙津，同是敲冰嚼雪人。酌取清波當桂醑，敢將牛酒瀆龍神。

社日晚泊，寄韓韓山

娟娟雲月點空斜，忽漫春陰闇物華。舊隱相依同社日，孤帆陡覺在天涯。難逢有味偷

閒客,易過無情伴老花。回首厭厭真一夢,海漚滅處是吾家。

夢 孟 孫 有序

孟孫小字臺哥,余殤孫也。以庚辰除夜生。生之夕,余夢孟子之孫來,故名之曰孟孫。生而聰慧絕人,余特愛之。以癸未中秋日,不病俄頃而亡。

自恨心清老未慵,來無所止去何從?斷魂往事孤舟客,猶是當時夢裏逢。

夢 人 贈 筆

一字何曾轉法車,膏肓泉石癖烟霞。多君枉贈如椽筆,幸不生來筆上花。

將渡河,夢與朱字綠別

汶流相送日清泠,忽漫洪河望渺冥。千里扈行猶輦路,幾回話別是離亭。花飛旅鬢逢人白,草長天涯似舊青。不為隴頭嗚咽水,也因南浦惜飄零。

渡　　河

畫舸中流一櫂過,日邊雲際渡黃河。靈槎已見仙源路,驚浪還為德水波。禹鑿八年因地險,帝平三患得天和。吳檣越榜連江漢,欲笑宣房《瓠子歌》。

河上遇桐城先生二首

也紅亭子近如何?歸路櫻桃應漸多。不似黃柑三百顆,封題遠寄洞庭波。也紅,先生亭名。予為作《記》,屢見《集》中。

連日春陰雨滿河,河邊相遇日晴和。却看雲散歸無事,猶作烟巒水上多。

河上,白鳥羣飛,略似北雁

一水連天雲四圍,成行水鳥弄晴暉。眼明不見春歸雁,昨日北河相背飛。

泊淮安城下，廣陵以春橘見贈

春華秋實總含情，金橘和枝露染成。珍重過淮為枳意，相逢今夜泊淮城。

清江浦舟宿懷及門諸子

渾似都亭未別時，紅舫烏榜倍相思。文章自是千秋責，衰晚誰堪一字師。北去雲山人夢寐，南來烟水路參差。回看擊筑高歌地，柔翰新編數首詩。

二　絕　句

寂寞韓侯五世情，不逢亭長亦埋名。橋邊書卷知何用？只好相尋向穀城。

解道人生隙過塵，仙家辟穀豈無因。娥姁彊食緣何事？祇似摩登破戒人。

平河橋南二首

芒鞵蹋透利名關，一葉輕舟祇是閒。獨立斜陽心萬里，四天雲卷更無山。

千枝萬枝岸邊柳，三家五家川上邨。剪茅葢屋荻編壁，縣吏來時輕打門。

三　湖　二　首

湖光杳無際，河上櫂歌行。春水連天盡，斜陽接地平。雲霞三百里，烟火幾重城。可惜風帆駛，郵籤促去程。

三湖望不極，夕艇進長河。老屋偏臨水，童兒解弄波。星明依釣火，月影散漁簑。閱盡烟濤意，生涯足歡歌。

揚　州　二　首

綠楊城郭古揚州，多是三生夢裏遊。今日到來雙鬢老，朱樓空捲玉簾鈎。

煙月揚州處處花，風流贏得俗人誇。憑君更數凄凉句，“終古垂楊有暮鴉”。

泊舟揚州城下,午睡起作二首

竹西何處水悠悠?鼓吹居然擁上游。不信揚州佳麗地,道人岑寂臥孤舟。破睡無如茗一甌,松風魚眼已颼飀。更分一掬中泠水,洗盡江山萬古愁。

江　天　寺即金山

吳楚地分南北戒①,江山天擁畫圖中。拍浮慧日中流住,湧現身雲彼岸空。多寶已乘雙象老,巨靈還戴六鼇雄。却看無實無虛義,元相居然逝水東。

聖恩疊被,復蒙賜金,恭紀

香羅蛺蝶錦麒麟,飽食天厨盡上珍。節儉皇朝多厚祿,寒微家世不長貧。一時更拜千金賜,四海還同萬户春。行向禹疆南北路,蠲租處處樂堯民。

虎丘五絶句

雲巖寺
雲根拔地玉琅玕,鎖向松門浸碧瀾。深掩青山遮綠水,只因多著畫闌干。

生公講堂
一字何曾道著來,拈花世界又花開。誰知一片千人石,日日生公坐講臺。

短簿祠
短簿祠荒春草新,東亭往蹟久成塵。能令公喜令公怒,憐爾當時好事人。

顏魯公刻石
魯公書翰自通神,潑墨雲山跡尚新。清遠仙人曾不死,應同塵世歷周秦。石刻清遠道士詩有云:"我本長殷周,遭罹歷秦漢。"

千頃雲寺後東軒名,義取東坡詩:"雲水麗千頃。"
繡出春畦映水文,菜花黃盡綠陰分。無邊無礙虛明相,萬頃波光萬頃雲。

---

① 戒:四庫全書本作界。

雲間竹枝五首

城外海江天一涯，城中烟火萬人家。溝渠盡長通潮水，籬落都開向日花。
江城流水逐門開，水上殘紅映碧苔。試問柳塘深幾許？兒童相報早潮來。
山禽杳杳白雲中，一日能乘九萬風。何事華亭不見鶴？鶴坡元只在城東。
烟巒數仞立屠顏，下瞰清溪碧玉環。行盡九峰休悵望，道人只住小橫山。
江東人物渺荒丘，寂寞孫郎霸業休。落日青龍江上水，故應千古向東流。

寶雲寺寄儼齋尚書兼懷瑁湖、薛澱兩侍郎

官橋鄰淨宇，川路接遙天。潮送春畦水，鐘流遠樹烟。清華江左映，文字禁林傳。萬事從遊處，無心問八禪。

泊舟松江城下，寄廖樾阡、林慮

早潮相送晚潮迎，帆落潮平暮靄生。老去北山思舊隱，夢回南浦悵離情。清泉曉映黃華谷，芳草春深白苧城。才子高名喧小邑，可堪經術用西京。

雲間弔董閬石

目為傷春極，情因感舊長。數行垂老淚，千古別離腸。江館荀鳴鶴，亭林顧野王。才名終寂寞，憑弔向斜陽。

次嘉興，寄儼齋尚書二首

迴合三江送碧流，雲間東望水悠悠。越山未到吳烟暝，修竹柔桑入秀州。
西去扁舟夕照時，落帆亭下落帆遲。五茸好景空回首，為報江南數首詩。

過嘉興，懷朱竹垞

一城屹立仞牆孤，東並三江盡五湖。渾似天津分水處，故人喚作小長蘆。

舟次雜詠四首

京口至餘杭，河渠八百里。本為通舟船，分作溉田水。
栽桑如插稻，溪上自成田。始信麻姑語，曾疑是浪傳。
夜夜水上宿，識得水上趣。鴛鴦與鸂鶒，原在無人處。
三月吳興守，千秋數首詩。苕溪與霅水，淚比峴山碑。

懷彭羨門少宰二首

相思極浦空流水，終古寒潮帶夕陽。一到江天吟秀句，故人文采似文房。“寒潮”句，彷彿記憶是羨門詩，《集》亡去，無可檢視。

彷彿清詩慰寂寥，吳山越水路迢迢。試吟海月江潮句，自古精靈應未消。

雙溪橋，寄廖衡素、虞箴二首

前日三江口，五朝復五暮。今日雙溪橋，是向松江路。
江路人已遠，臨流獨浩歌。思君若春水，日夜向秋波。

西湖，同京江先生宿瑪瑙寺

碧峰削玉插雲浮，明鏡湖光淨不流。雲水到來如昔夢，波濤涉後見虛舟。山人有約遲歸鶴，野客忘機狎白鷗。一片閒心天付與，煩公時慮廟堂謀。

詔以臣廷敬昔未至湖上，命出觀一日。
臣玉書、臣揆敘並同，即事恭紀

海山恩澤到樵漁，處處香花祝帝圖。若問浙西名勝地，韶光過後是西湖。

杜鵑花，江南處處有之，皆紅色。至武林，
乃有進白杜鵑花者，扈從諸公皆有作，亦作一首

杜鵑花發杜鵑枝，絕域經年到玉墀。自有風光隨鶴駕，豈因霜雪老蛾眉。月明影靜三更後，香冷聲銷萬籟時。解語無言還獨笑，啼紅空負錦城詩。

玉　泉　寺

碧玉環流浸碧虛，玉泉只可伴山居。他時重舉東坡語，曾識南屏金鯽魚。

西　湖　八　首

不愁平展漣漪水，最愛斜堆斷續山。誰識天公才思好，留將詩畫與人間。
江東北固與西湖，好景天然兩畫圖。霜竹已非劉氏宅，湖山留得一林逋。
一水孤山未覺遙，夢中竹閣雨瀟瀟。樂天院裏無人到，應恐清都誤早朝。
漫將往事說錢鏐，陌上花飛似汴州。我向西湖湖裏住，不須更上望湖樓。
自識為農氣味長，伴他鰕舍與漁莊。六橋花柳無閒地，猶有人家幾樹桑。
欲盡江山未却回，錢塘波浪雪成堆。西泠橋外汀洲路，為看江潮昨日來。
放鶴亭邊鶴未回，水禽相對不嫌猜。門前來往孤山下，三日鸂鶒日日來。
看盡江潮與海潮，湖心小駐似金焦。籃輿早趁扁舟道，回首閒情在斷橋。

歸舟，太倉道中懷王顓菴司寇

畫省從容吏散遲，水天閒話寄相思。孤舟來往婁東道，鳴鳥疏鐘憶舊時。

吳門迴舟，走筆雜題留別訪濂五首

玉局筵前捩舵行，長思苦語盡平生。淋漓一夜征衫溼，不是人間離別情。

兩度高齋往却還，忙時相對別時閒。白雲回首姑蘇道，不覺歸帆過惠山。

把君詩卷重璵璠，贈我新篇道氣存。絶妙好辭髭亦白，乃知文字是名根。

青天萬仞一身形，飛去何因有翅翎。今日黃粱雖已熟，盧生枕上不曾醒。

腸斷孤舟春水聲，雙魚遠寄百愁生。無情頗記《楞嚴》語，度世何嘗不有情。

句容道中寄彭蓼洲、史冑司二首

三茅誰繼古仙蹤，占斷金陵地肺重。歸去海山猶未是，教人却憶小茅峰。

二子清詞獨起予，瑯嬛祕籍近何如？然青檢遍《仙人錄》，應在隨鑾第七車。

聖駕展禮明太祖孝陵恭紀

皇情思往代，曠典逮前王。封樹生春色，山川賁寵光。雲霞扶御輦，日月擁垂裳。展禮如禋祀，敷詞每蕭將。臣工紛感動，士卒亦徬徨。一念同天大，千齡應運昌。歷觀前史編，孰與聖恩長。紀載無雙筆，謳歌自萬方。恭陪逢喜起，伏謁在班行。擬進封人祝，還廣《天保》章。

秣　陵　口　號

南渡風流跡未賒，回看嵩洛日西斜。中原曾是煙塵壘，江左還留故舊家。元武湖連桃葉水，烏衣巷滿冶城花。白門却似隋隄柳，終古蕭條有暮鴉。

金陵，留題逆旅主人壁兼詠懷古蹟十首

終古行人夢未醒，勞勞亭外短長亭。白門柳色依然在，一種離魂草更青。

蓆帽山人去渺茫，奉金贈遠意何長？相思他日來相訪，王屋山前是小莊。

晉苑吳宮夢裏遊，登臨無暇去悠悠。不須盡攬江山勝，二水三山也是愁。

烟塵金粉並成空，六代興亡過眼中。留與悲歌渾間事，祖堂山畔問南融。

華屋山丘事可傷，謝公遺跡一霑裳。會稽自有東山好，却上城南石子岡。

一角殘山夕照昏，秦淮往事黯銷魂。留將三畝烏衣巷，江左清言屬謝鯤。

伊蒲人自潔齋廚，香飯多年啖野蔬。何事誌公蓮舌底，居然吐出鱠殘魚。

不老青山路不窮，長江千古自流東。紅塵白日紛紛去，舉世何人似葛公？

江總宅邊淮水流，閒花野草自春秋。衰顏羞照青溪影，憐爾還家尚黑頭。

悠悠西浦靚濃妝，洛水明珠贈桂陽。判斷三生緣已了，憑他神女杜蘭香。

蔣　山

蔣山行處是，碧玉削芙蓉。一別清溪曲，雲嵐隔幾重。風林前浦笛，烟寺遠江鐘。似有神靈語，他年訪舊蹤。

靈　谷　寺

靈谷鍾山事豈同？孝陵不復有遺弓。天留布帽傳千佛，人訝金棺識大雄。已墮鼎髯終寂寞，常乘牙象在虛空。神光湧現華嚴界，塔影江聲問誌公。

歸次金山寺作

崔嵬千尺影巉巉，除却浮槎渺莫攀。獨立何曾緣兩岸，並行終欲後三山。天遙海蜃長漂泊，日落江潮自往還。波浪若能驚地軸，孤根應不在人間。

歸自金陵，次金山寺，懷孝感先生二首

澹粉輕烟往蹟遙，蔣山殘靄暮江潮。萬山氣象巉巉裏，也為風流愛六朝。

俯仰天淵道甚明，興亡難問石頭城。水心山骨留題處，想見先生萬古情。

郭　景　純　墓

香火情多故國緣，來看靈爽在江天。後湖亦借公名重，多恐先生是水仙。景純，聞喜

人,墓在江中。一云在元武湖中。

金山懷史蕉飲,却寄周桐埜二首

空明浮玉挿青霄,姑射仙人近可招。却望蕪城詩思好,大江鐘送海門潮。蕉飲詩:"浮玉鐘聲剛到岸,又隨潮送海門秋。"余每愛而誦之。

青山猶是六朝非,走馬金陵昨日歸。萬古澄江淨如練,有人解憶謝元暉。始余訂交桐埜,以《金陵懷古詩》。

焦　山　二　首

過眼榮華絕可憐,漢家宮闕渺浮烟。江東曾是孫郎地,却有名山屬孝然。

焦公舊隱跡如新,西向孤墳弔景純。千里江山不寂寞,遙憐二子是鄉人。孝然,亦晉人。

瓜　步　道　中

渚邨維畫舫,步屧入烟蘿。水牸風眠柳,江魚雨戲荷。笛聲浮翠落,帆影拂雲過。歸去淮南路,青山隔岸多。

次維揚,賦答徐蘋邨侍郎見和《西湖詩》八首

蕪城相望倍相親,鄭重瓊瑤袖裏珍。二十四橋空在眼,只應同憶六橋春。

公望公才在廟廊,琅函典領水雲鄉。西湖風月東華路,囬首登臨憶侍郎。

錦標奪得萬人中,御覽詩陳造化功。每奏一篇天一笑,并將圖繪入《豳風》。

槐庭往事十年時,靈鵲聲中晝漏遲。携得蛟龍天上筆,扁舟吟過水仙祠。

黃河遠上憶旗亭,人散尊前幾度聽?更奏聖湖新樂府,一時傳唱與秦青。

別去情懷白首中,磨丹漬墨有何功?文章大手終須讓,又見風流小許公。

羽林小駐碧灣間,濫點蓬萊侍從班。我是歐公堂上客,相隨不復到平山。

何郎請郡為花來,得似孤山院裏梅。自笑江淹才欲盡,筆花載得滿船囬。

邗江舟中別訪濂

此行此別欲凄凉,忽灑臨岐淚數行。夢裏不知闊塞遠,歸時那惜道途長。調飢辟穀思真訣,多病安心試好方。江上青山猶送客,連檣況復似連牀。

虎丘不及弔汪鈍翁。歸次廣陵,聞蛟門墓在平山堂側,亦不得一往。志感二首

宿草春風幾度青,江東耆舊總飄零。誰知此日孤舟淚,并在山陽笛裏聽。
烟月揚州夢裏緣,故人精爽自依然。囘車何處平山路?腹痛當時語浪傳。

楊　子　鎮

在昔邗溝外,金沙積未平。江臨楊子鎮,山近廣陵城。地自隋唐異,情因今古生。凄其陵谷意,付與濁醪傾。

召　伯　埭

出鎮東南節蓋雄,廣陵北埭晉時功。已無雙檜甘棠在,此地人知憶謝安。謝安宅有手植雙檜,唐時尚存。

發廣陵,夜行,明日次寶應,懷王方若

竹西歌吹罷,灣口似殘春。何處金釵潤,相思玉局人。五湖猶在夢,三畝可同鄰。浩蕩烟波裏,沙鷗已自馴。

圯　橋

自偕黃石老,不共赤松遊。五世韓陵土,千秋博浪流。功名是伊呂,人代異商周。森森圯橋水,斜陽去未休。

淮上懷孫籜菴學士二首

斜日歸帆去未休,淮陰城下水交流。逢人欲問娑羅樹,碑版常懷李海州。籜菴書《古詩十九首》,石刻藏於家。

年少相逢意氣麤,送歸曾賦射陽湖。恰如莘老初登第,甓社光中得大珠。

淮　水

桐栢深源濫不收,出山爭似在山幽。能兼百里馳千里,故使清流瀹濁流。水面暗浮春色遠,湖心高映月輪秋。時行坎止闊人事,自古防川貴善謀。

歸舟渡河,却寄王昊廬尚書三首

小謝青山太白磯,大江西望入清暉。當年欲買金陵宅,今日孤舟逆浪歸。
鳳凰臺迥夕陽邊,拄頰雞籠望渺然。也是江東一囘到,人生蹤跡總堪憐。
湖海逢人一笑還,秣陵風景夢魂間。相思為報三山老,已見黃河北岸山。

歸次天津寄舍弟

別後江南路,歸來薊北門。誰知潞河岸,還見海潮痕。船舫城邊市,漁商水上邨,結茆何處好?一一細堪論。

題夢綠草堂種樹

六載艱難蜀道行,秋來迢遞在秦城。無端種得西墻樹,日日斜陽送晚晴。

和人《燒香曲》

不論年老與身忙,萬刼浮生坐裏長。何限娑婆閒世界,能消幾許六銖香?

小山臺同虞良、西齋對酒作

小山文字飲，臨眺盡秋城。徑逐虛嵐上，樽隨淨露迎。人間從野性，物外得歡情。今夜清吟客，誰聽別院聲。西齋，居臺南院。

次韻西厓《題河上集》八首

行漏郵籤水驛遲，滄江今是鳳凰池。相看青翰如青鎖，春到鶯坡下上時。

熏風欲和五絃琴，雙鳥千秋會一尋。誰作人間膠漆意，《雲門》天上奏元音。

海山歸路渺無邊，曾與仙人撫八絃。近日水雲空處住，不思依止向人天。

桃花時節想君詩，惠我東籬采菊時。回首青谿南畔路，陶家酒勝謝家碁。

謖謖長松夢裏風，優曇花散此山中。不因歸騎悤悤去，問法求詩並向公。遊靈隱，西厓先在草堂，未遇。

清詩相贈抵聞《韶》，我亦因風度碧寥。東野為雲從上下，南過天目北中條。

不見黃門日易秋，故人吳質近南樓。元朗作我比鄰。眼中吾子聲名在，老我能堪第二流。

西湖左掖從遊地，館閣年來物望多。更把黔陽詩過日，雲山萬疊勢嵯峨。時誦君《使黔集》。

九月十五日，循西山下行，過亂石村，峰嶺奇秀。輿中讀《使黔集》及扇上詩，有懷西厓二首

石奇那得亂，村好自知名。紅葉通西寺，青山繞北平。未窮闊塞勝，難盡古今情。却羨黃門客，能為萬里行。

紈扇如明月，清光袖里偕。涼風字不滅，白雪調難諧。重以友朋念，兼之山水懷。行行纔昨日，秋色滿槐街。

寒夜即事寄訪濂館丈

霜風催我出前軒，惆悵西窓宿火溫。待漏院傳深夜點，校書閣掩幾重門。春歸江海傷

離別,歲晚關山役夢魂。遙想揚州人未去,官梅詩興與誰論?

苦寒出門懷荀少

多少無衣陌上人,乘車那惜出門頻。自驚客路今年冷,誰見郊原十月春? 風急不知黃葉盡,霜明欲稱白頭新。天公作意催吾老,相別相逢只愴神。

野宿答虞良

殘夜城邊客,斜陽幾度催。暮雲依樹宿,歸鳥逐人來。春入新詩句,寒銷濁酒杯。北門應下鎖,愁絕夢能迴。

夜行寄給孤僧

祇林霜月挂疎松,倒影寒階落葉重。庭樹鳥栖人去早,五更誰聽寺樓鐘?

北墅夜寄訪濂

六分春色去匆匆,惜別江鴻與塞鴻。宿麥已遲三月雨,桃花先落五更風。夢魂顛倒青山外,文字叢殘白髮中。君過清泠江上水,憑將一洗陌塵紅。

陰雲連日,風輒散之,有作

薄陰微靄過高城,忽漫狂颮四野晴。花藥總開紅涇少,柳條空颭綠烟輕。雲師杜甫誅堪惜,風伯昌黎訟未成。獨使九重勞旰食,堂餐深覺愧平生。

北墅歸偶書

湖光裂帛隱嵯峨,泉石西山望裏過。一路柳風疎雨後,半身花影夕陽多。行來沙際留鴻跡,歸到門前有雀羅。老屋幽窓聊暫憩,經春寒竹共婆娑。

郊館夜晤牧仲冢宰

黃散功名盡省詩,卅年心事故人知。迥驚海內交游少,却訝天涯聚散遲。芳草長洲春去後,落花高館夜深時。藤陰舊是栖栖地,風月今宵有夢思。

春　　思

落盡桃花柳絮飛,粘風蛺蝶上春衣。金錢欲卜還拋却,怕説行人且未歸。

猶子觀顥、咸受相聚於京師,惘然欲別,率爾言懷

汝伯衰顏意自傷,浮沉二子各飛翔。春歸華省[①]留紅藥,人到疎籬待晚香。拙宦已都成夢寐,早年何用卜行藏。牙籤白首誰能觸? 萬卷携將代紫囊。

三月二十八日夜,與牧仲有郊館唱詶詩,一時和者甚衆。五月三日夜,獨宿,疊前韻二首

漫叟遺風寫興詩,闗西清德畏人知。竹林啟事偏來早,蘭褉流觴不較遲。秀句我應慙少俊,名場公自擅當時。龍雲相逐還相見,卅載能禁一昔思。

同詠清暉謝客詩,暮天雲樹杜陵知。二泉水繞波來遠,西山有二泉著名。新月山長影去遲。麥熟鳩飛疎雨外,柳眠人過晚凉時。相逢為道頻相憶,綴璧聯珠繫我思。

贈　蔣　靜　山

尺五城南一畝廛,寂寥因見子雲賢。杜陵韋曲宜春外,芳草孤花夕照前。臺迥黃金多士貴,調高《綠綺》幾人傳? 君王自賞相如賦,不用吹嘘送上天。

---

① 華省:四庫全書本作畫省。

荀少近喜為詩，日以示予，遂忘羈旅之感。
即事寫懷，亦冀夫有進乎是而得詩人之意也。

眼前念念跡皆陳，物候推移幾故新。秀句自吟差有味，好書多讀可忘貧。墙頭青實全宜夏，屋角紅花別似春。簾閣縈香清晝永，此時相對即離塵。

《午亭文編》卷十九　男壯履恭較

《午亭文編》卷二十

門人侯官林佶輯録

今體詩十三

題內閣楮樹二首

桐方蔡紙在人間,樗櫟何曾似子頑。紅藥嬾驕春蘂艷,_{閣中舊有芍藥。}绿毛解惜鬢絲斑。聽殘鈴索音聲樹,去趁花磚供奉班。_{時兼內直。}一種西牆連沃葉,輸他桑者自閑閑。_{近樹十武,有桑一本。}

映日籠烟紫禁深,萬年枝下亦森森。絲綸自重黃繒色,槐柳元多碧樹陰。薄有流膏因湛露,那無散木寄長林。茅檐得就桑榆暖,閒向山農詫越吟。

北墅懷魏無偽

柳花風定麥花開,北墅西頭日幾迴。夏雨欲看鋪隴上,春泉且喜入池來。延英舊事懷遺直,禁苑新綸寵異才。自是鳳毛常五色,獨憐沙鷺立徘徊。

為李東生中丞作

三年政地知吾老,每見除書歎子賢。名姓直從天筆定,絲綸不假殿麻宣。高烏故自栖臺柏,鳴鳳還須叶帝絃。舊日蔚州芳跡在,龍門不遠雁門前。

奉同安溪先生夜行赴苑中應召即事賦呈

自看蒲柳向秋零,柔翰功名一葉萍。近日詔麻推將相,有人綸閣重朝廷。晝勤三接稀宮漏,夜久頻宣撼索鈴。斷續火城沙路遠,百城還擁讀書螢。

夜行,即送咸受返故園

一燈無語對青熒,誰道傳呼近火城。玉勒馬嘶驚判路,銅街人起報三更。我尋北墅烟中去,子望西山月下行。十里陰晴渾不定,衹應浪跡過浮生。

雨 行 二 首

柳長紅橋低綠垂,陰陰何處黃留離。山禽引雛雨中去,燕子到家人未知。

鬢絲榻畔裊茶烟,眼底松牕一覺眠。雨黑不知時早晚,合昏花似夜摩天。夜摩天以花開合為晝夜。

《西湖詩》,查德尹太史見和,出入懷袖,已逾一載。贈處之義,情不能已。疊韻奉詶八首

把君詩句一開顏,夢裏烟波別後山。近日心情還似舊,西湖風月軟紅間。

二州連守為江湖,一笑蘇公養笠圖。君是玉堂天上客,也因雲水羨林逋。

孤槳扁舟路轉遙,濛濛烟雨水瀟瀟。白公隄向蘇隄去,不看湖山趁早朝。

過江南渡與錢鏐,歷歷皇興屬帝州。君向迴鑾亭北望,望湖樓是望京樓。

雨葉烟枝樹短長,南屏西畔水雲莊。不因桃李緣堤好,自愛門閑十畝桑①。

拄笏看山杖策迴,湖光裂帛湧成堆。憑君莫道西湖好,自有西山爽氣來。

纔踏金坡春草迴,荷衣爭遣野人猜。花磚鬢影鬖鬆甚,儻趁朱顏合早來。

---

① 門閑十畝桑:四庫全書本作閑閑十畝桑。按:《詩·魏風·十畝之間》:"十畝之間兮,桑者閑閑兮。"作閑閑,是。

孝然石室對江潮,仙去名山尚屬焦。記得與君離別地,段橋應喚作查橋。

憶與牧仲郊館夜集二絕句

夢入新豐路未長,依然題竹滿筼廊。怊來詩與花枝好,人在宜春別苑傍。

泉石蒼烟接近村,夜深月照兩閒門。午亭歸路憑君問,山後青山是故園。

雨不止,示家人

自要蓬門閉不開,蕭蕭苔徑長蒿萊。從教新雨無人過,曾見人誰舊雨來?

次韻牧仲晚凉之作

蕭蕭花影動,檐風催早秋。梁栖雙燕老,簾度一螢幽。書欲親黃奶,六朝人以書為黃奶。人誰共白頭?聞君感紈扇,緩置篋中不?

閒　情

流俗知誰是?閒情覺未慵。壚添沽酒券,市揀買花傭。風逐高雲去,烟和細雨重。忘機隨物性,遲暮適何從。

史蕉飲都諫《春泉洗藥圖》

欲訪名山未有期,鹿門逸興謝家詩。御溝流到春泉水,正是當階紅藥時。

南行,將發京,題彭訪濂《茅山集》,却寄二首

夢裏西崑可重尋,瑤華相贈比南金。春風送客花枝動,遲日維舟柳色深。佳句百篇千里路,尺書三載故人心。白頭萬事都抛却,猶愛夫君《吳會吟》。

九河水接五湖流,直到君家下小舟。歲月載添衰謝恨,江山一洗別離愁。春來遠客今聊爾,老去狂歌且未休。了却南園重到意,乞身章上便林丘。

待舟，題北鎮舊詩

柳暗青門道，花明白玉珂。三春飛旆去，萬里使車過。漁唱《江南曲》，龍沙《塞上歌》。平生遲暮意，無那壯遊何？

安溪先生獻歲有詩，即事留別

萬人傳唱和人驚，窈渺①朱絃殿閣聲。最有文章緣政事，豈因官職重詩名。相看綸綍詞先定，獨對花枝句又成。皓首從公真覺晚，一春小別廿年情。

張衡臣編修以扈從先歸覲省贈別

也紅亭遠柳毿毿，我去君來春正酣。試向亭前傳一語，櫻桃時節到江南。

留別齋中花樹

柳葉似為青眼客，桃花應笑白頭人。早償洛下三生債，老趁江南兩度春。未到啼鶯吟自苦，還同旅雁夢相親。數枝寒竹經冬綠，留待歸時紫籜新。

夜坐別雪鴻

皎皎春初夜，團團月迥明。還為敷座坐，不似別家行。塵垢山河淨，琉璃世界平。此時殊有意，那得竟無情？

恩許先一日發京，於水次待駕

羽衛傳清蹕，天行念老臣。暫分仙仗路，先及屬車塵。雲水臨前浦，烟花接早春。恩光隨處好，普為萬方民。

---

① 窈渺：四庫全書本作要眇。

宿 安 平 鎮

殘更待曉闕,薄靄投遙林。不覯溝塍處,寧知耒耜心。雲山春色早,簪組歲華深。昨夜來燕市,猶聞擊筑吟。

潞河見月寫懷

明月生海上,蒼茫東海東。仙人亦悵望,吾意偶然同。信宿萬里始,離塵千慮空。夜來摩尼色,似已凌清風。

聞　　笛

楊柳青青沙雁還,時清羌笛戍樓閒。更誰吹出《關山月》,照盡邊關與塞山。

白　　河

白河通鳳沼,遙暎玉泉峰。山曉月光澹,水明花影重。遠波歸海近,空翠落潮濃。森森江湖去,仙源此處逢。

武 清 道 中

雉乳野雞鳴,迢迢遠鳳城。連天海色暗,湧地一輪明。百里京華道,千山故國情。南來重回首,春盡是歸程。

武清南店贈楊生

野館官河路,春風蕩柳條。輕烟直沽水,斜日木蘭橈。香稻來江國,汀洲上海潮。喜逢燕趙士,還與酒帘招。

天　　津

津門控上游,銀漢接天流。水合三义口,檣連萬里舟。烟花河兩岸,城郭海西頭。自是繁華地,無忘羈旅憂。

次楊柳青,船上作二首

三日黄雲逐岸沙,得船今日似歸家。午亭烟舫春光暖,飛盡東風楊柳花。
漁子風潮若個邊,榜人相就宿寒烟。天家賜與舟船好,欸乃聲中似往年。

舟中寄舍弟

青山原上百花洲,浪逐桃紅出澗流。夢裏京華千里外,不知今夜在扁舟。

舟中留別京師親故

一棹烟波萬慮輕,畫旂斜捲晚風晴。好春臨水灣灣好,明月隨人處處明。海上蓬山違昔夢,天涯書舫得浮生。緑楊影蘸桃花浪,應是離人惜別情。

楊柳青解維雜題兼寄彭訪濂六首

秋日楊柳黄,春日楊柳青。千條與萬條,長亭復短亭。
河上江雁來,飛飛塞北去。江南有故人,來時在何處?
驛使經年到,梅花寄隴頭。一枝東閣晚,應是在揚州。
離京三百里,為客九迴腸。平野天疑盡,官河路轉長。
思君比流水,到海有終極。與君相見時,別後思不息。
暝色赴孤舟,烟中夕鳥投。水行無定準,幾日到吳洲?

武清道中寄西齋二首

惆悵別離盡,素心安所期? 海潮初到處,江雁遠來時。路入深春早,舟行夕照遲。烟波望無際,渺渺寄相思。

思君如明月,處處映清波。舊隱江邊在,新詩海內多。舟航通水國,燈火宿春河。誰道天涯遠? 東風一棹過。

靜　海　道　中

往來成利涉,烟景豈蹉跎。夜舫覺潮響,春燈聞棹歌。百川東近海,千里北流河。疏鑿當年意,吾生喜重過。

舟泊靜海南四十里贈勵南湖

君家河水上,數里惜王程。海色連津樹,春流遠縣城。檣烏歸岸遠,沙雁入雲平。行漏迢迢夜,非關契濶情。

滄州道中懷勵文恪公

春風渤海郡,人日草堂詩。高達夫有人日寄杜詩。故里淹行客,芳洲惹夢思。功名元特達,文采重淒其。迴首山陽笛,孤舟淚欲垂。

河上逢子文

河水東流雁北迴,青青柳色傍人來。停舟借問江南客,江上梅花開未開?

桑園山東境南宿十五里曉發寄舍弟京師

桑園漁火接通津,未比桃源遠世塵。但有河流長送客,祇因柳色解隨人。雲山海國蒼烟晚,風景幽州白日春。昨夜池塘青草色,夢囘陡覺別離頻。

德州北曉發遇阮亭

春岸沉沉撥棹聲，長川疎柳帶高城。寒燈夜雪依篷重，清鏡衰顏映水明。每惜芳年曾久別，驟看遲暮若為情。相思應到分流處，汶水東西兩送行。

河上有懷二絶句

水流東到海，到海是歸期。惟有思君意，悠悠無盡時。
思君比海水，海水鎮常好。不似與君離，生年日易老。

夾馬驛，次韻京江先生雪中並騎同舟見遺之作

自覺衰顏組濫紆，《陽春》雅調入疎蕪。門迎宋祖銷寒酒。用宋藝祖雪夜訪趙相事。筆掃袁安臥雪圖。共喜雲霄千里瑞，儘堪蓑笠一舟孤。年來大手蠲逋詔，何止山東百萬租？

臨清待閘懷湯西厓中州

前歲下滄州，春雲接薊樓。今宵泊東郡，西月掛嵩丘。清濟還長見，黃河自曲流。與君塵外賞，能緩別離愁。

臨清閘逢劉生

昔別燕京道，今逢衛水濱。闆西衛水所入處。柳條堪寄遠，草色解隨人。淥酒燈前意，丹砂物外親。川途方浩蕩，常恐白鷗嗔。

祖　　德有序

余家近堯畿，代有文學。高伯祖容山公，萬曆甲戌進士，歷閫陝副憲，詩名尤重於世。嘗有云："未遂持鰲意，空懸擊楫心。"蓋未嘗至江海間也。余小子昔奉使至海上，今扈從視河，有舟航之賜，珍食之飫，追溯祖德，感歎而記以詩。丁亥二月初六日，北河

第一闸书。

祖德斯文在,家傳正始音。歌謠依帝日,分野直辰參。丘壑三生客,雲天萬里心。持鰲兼擊楫,佳句獨長吟。

第二閘,夙起宴坐,寄李中孚先生二首

宴坐春船裏,波濤靜不喧。斯文如未喪,名理與誰論? 雁影窗中月,雞聲岸上邨。浮生何所著,有得是無言。

落落身名晚,茫茫歲月違。春風吹墮月,曉色攬行衣。四海幾人在? 百年萬事非。祇應與夫子,偃息向荊扉。

舟中示兒子

忠信涉滄海,清明揖岱宗。無營心澹泊,夙起事從容。文字元多累,功名是偶逢。行行鄒魯近,捨此適何從?

第二閘過後,簡同直諸公在別舟

春氣漸氤氲,鑪香憶夕熏。行看三尺日,同見一川雲。歸雁不可數,遠鐘何處聞? 風帆猶未落,客思正紛紛。

清平縣有懷諸學士

水驛清平縣,孤帆日暮來。天低泰嶽觀,雲淡魯連臺。浦岸人嘗見,谿烟棹却迴。邑名元自好,羨爾濟時才。

東昌河上絕句

袖中三載篋中書,行向河閱千里餘。流水無涯人易老,海山消息近何如?

陽　穀　縣

江黃曾此會,渺渺棹扁舟。野草迷陽穀,汀花落濟州。盟寒菏澤水,春近嶽雲樓。日暮絃歌地,空悲戰伐秋。

青　川　驛

青川望杳杳,幽思與誰論？倦客夢迴枕,午雞聲近村。浦舟隱北樹,驛騎下東原。魯酒一杯醉,孤篷自掩門。

荊　門　驛

漢水不可涉,荊門齊魯間。客行半春路,舟在九河灣。飛鳥目猶送,孤雲心與閒。悠然川上興,偃息想潺湲。

張　秋　鎮

境壤連三縣,岸北隸陽穀,東岸東阿,西岸壽張。人煙接二東。漁商河市上,雞犬漕船中。平野遲斜照,孤帆送遠風。浮生信所適,雲水夕濛濛。

寄桐城先生

泰嶽日邊出,黃河天際流。我行千里遠,迢遞下南洲。遙憶龍眠處,長隨雲去留。相期明月夜,同宿大江樓。

汶　上　道　中

舟泊水逾響,潺潺夕棹間。清堪流石髮,綠欲點苔斑。言涉江海道,況見東南山。稍愜塵外賞,沙鷗相對閒。

舟　中　聞　琴

倚槳綠波細,泠泠聞七絲。微風松定後,明月雁歸時。誰以黃金錯,飾茲桐樹枝。伊余方晏寂,此理陶公知。

二月十二日曉發濟寧作

杜李曾遊處,能令百世思。任城無賀老,濟水似唐時。野店雞聲早,官河人去遲。斯文終未喪,儒雅是吾師。

漆　園　城

隱吏何人解息機?漆園漠漠草菲菲。只今夢裏三千載,惟見春來蝴蝶飛。

魚臺舟次錢絅菴見訪

晨發濟北地,暮期湖陵城。天晴候雁迥,烟曉春帆明。執手豁野興,欵言生古情。子方富才藻,予老趨柴荊。

月夜歸舟作

大船泊岸鳥棲枝,小船迴棹歸人遲。夜深却似南谿月,池水東邊漸上時。

舟　中　題　畫

妙手勾吳設色工,沙明水暖翠浮空。扁舟便欲相從去,不道烟雲是畫中。

滕　縣　道　中

榜歌聲漸雜吳音,滕縣花寒柳綠陰。欲渡清淮春色晚,絕憐汶泗碧流深。

彭 城 道 中

落日彭城道,淒涼戰伐功。至今廳事下,猶説霸王雄。烟草隨蕭子,風雲感沛公。虞兮不寂寞,人在《楚歌》中。

徐州道中寄荀少京師

扁舟一葉水連天,歸雁成行落照邊。今夜黄樓春草夢,遙思風雨對牀眠。

下 邳 道 中

高鳥長淮去森茫,楚州人物入蒼凉。誰知百尺樓中客,自許元龍卧大牀。

鍾 吾 驛

古道鍾吾驛,秦餘下相城。黄河天外落,海水日邊生。九點齊烟盡,孤舟楚岸横。東南風景異,同是夕陽明。

晚望桃源縣

風帆憑水國,驛路入桃源。蝶夢時依枕,雞聲漸近村。春深海西岸,月出秦東門。欲就漁人宿,還期靜者言。

賦得"揚州郭裏暮潮生"

昨辭瀛海水迢迢,直到揚州見暮潮。聞道仙人在方丈,竹西晨過夜楓橋。

渡淮北岸曉行,暮抵曹家廟同儼齋尚書

春水生桐柏,迢迢下楚州。花開猶古渡,月映自清流。芳杜思南國,蒼烟問故侯。相

從憑眺遠,留艇寄閒鷗。

清江浦寄秋崖

闊天無盡暮雲生,淮水東邊月漸明。同是離心江海上,思君無那夜猿聲。

淮　　上

高鳥依依去,閒雲故故斜。蒼凉淮水上,歷落楚人家。舊日英雄里,殘陽野草花。不辭胯下辱,噲伍最堪嗟。

寶應湖邊夜泊,有懷午園花樹二首

柳映桃花湖水清,夕陽一樹近船明。不緣隔岸應攀折,爭惹行人惜別情。萬頃烟波一望孤,長淮兩道夾蓬壺。半篙新綠南谿水,曾泛扁舟似五湖。

宿高郵城南,憶關塞舊遊

碣石遼西塞上緣,吳江楚水夢魂邊。秦郵亭畔多生客,又是孤舟一夜眠。

邗溝題別淮水

長淮千里水悠悠,送盡行人江岸頭。最是徘徊東去意,暮潮還及上揚州。

過 揚 子 江

危檣來已遠,絕岸一孤舟。大海三山近,長江萬里流。蘋花迷極浦,瑤草上春洲。終古餘霞在,能堪日暮愁。

金山逢野老

江山閱萬古,暮雨一登樓。繫艇隨潮上,飛花逐水流。地喧逢野老,心遠寄閒鷗。相見不相識,聊因慰薄遊。

金山寺樓題壁

乞食何妨靖節賢,殘年一飽便欣然。解嘲肯信坡公語,却訴江神為買田。

金山寺留題

重向金山寺,祇疑夢裏遊。晚潮移岸艇,明月動江樓。檻外吳江路,門前建業舟。茫茫后土意,漂蕩得無愁。

京　　口

京口千帆窄,吳洲萬壑深。水天長浩渺,覇業久銷沉。故壘閒鍾阜,雙峰在鶴林。自憐江海客,猶復戀華簪。

招　隱　寺

招隱山深白日斜,山前猶說戴顒家。題詩人去無消息,零落春風玉藥花。

自金山夜汎江入京口,懷徐蘋邨侍郎維揚

妙高峰下泊,暝色久沿洄。艇進中流去,潮連夜雨來。南徐行漸遠,北固首重迴。芳草天涯路,還思東閣梅。

繫舟京口，岸行赴金陵

征途渾忘故園情，江上維舟杖策行。一路青山連白下，却思今日是清明。

次龍潭驛，懷孝感先生金陵二首

人行江樹裏，心在暮雲間。草綠春洲長，花濃野店閒。纔辭揚子渡，已近秣陵山。明日秦淮水，相看映別顏。

滾滾流年去，匆匆會合疎。長江爭道路，斜日向林閭。野水雙窺鬢，山花滿插輿。因公一蕭散，已覺似吾廬。

發金陵，登燕子磯

燕子飛時磯上過，石頭牛首近如何？六朝舊壘山千點，萬古長江海一波。烽火幾曾燒野草？樓船終不礙漁歌。只今虎踞龍盤地，北拱神京王氣多。

夜行阻舟即事

雙鬢孤燈照，千檣一澗通。窄疑秦棧險，曲似阮途窮。犬吠穿林月，人驚泊岸風。無生那有累？到此萬緣空。

哭吳元朗

春水吳天路，迢迢半為君。客行失東道，老淚滿南雲。漂泊真由命，窮通豈論文？淒凉千古恨，流慟大江濆。

題松江尚書賜金園

天與園林泖水隈，賜金早見出蓬萊。榮逾漢帝營朱邸，恩比唐宗撤殿材。曾轉行旌花外駐，還隨步輦日邊來。六龍已協非熊夢，却勝磻溪罷釣迴。

發松江,奉懷杜梅梁先生二首有序

先生諱喬林,字君遷,萬曆丙辰進士。由刑部主事為湖州知府,威惠大行。捕太湖盜有功,遷水利道。歷福建屯鹽道,山西按察使。入覲時,流賊陷河曲,莊烈帝問城陷故,先生對曰:"賊飢,民亦飢,城故不可守,願思所以賑恤之而已。"時進言者多震懾失指,先生條對詳明,帝目屬焉。進浙江右布政使,分巡溫處道,海賊入寇,募勇士殺賊,三戰皆捷,以病請歸。先生名德著於家國,華亭人思慕之不衰。予過先生故里,愴然興懷,蓋低徊不能去云。

旅館春臨水,隨潮夜出城。海風常欲冷,江雨急無聲。夢與九峰別,情將萬古生。集仙門外路,天上迥分明。南門曰集仙。

身世誰相識,孤舟晚自橫。野花隨岸泊,邨徑落潮行。風物猶今昔,聲名屬老成。并州棠樹在,想見舊遊情。

嘉禾道中,三月晦日作三首

行盡吳洲望越峰,竹枝桑葉晚烟重。送春此處辭人去,來歲春歸何處逢?
望裏平蕪水碧灣,嵯峨心在兩峰間。故園此日春歸路,東去千山與萬山。
客舍桑乾已白頭,故鄉迢遞在并州。吳山越水三千里,歸夢時時過薊樓。

西湖重宿瑪瑙寺

放鶴亭邊處士家,依然禪榻傍烟霞。地幽山色臨窓近,徑轉湖光入寺斜。香閣遙飛三竺雨,畫簾高捲六橋花。門前鷗鳥如曾識?相伴寒雲宿晚沙。

西 湖 月 夜

湖上見新月,窈窕清波間。漸明烟際寺,半影胸中山。漠漠渚花落,蕭蕭林木閒。雲陰入早夏,頓覺春光遷。

登葛嶺最高處

紅樓窓外碧屛顏,高枕深憁野衲閒。風雨三春江上路,烟波千里浙西山。欲騎鶴背排雲去,且聽漁歌弄月還。寄語仙翁勾漏令,丹丘人在海門間。

發武林,寄桐城先生維揚

湖水盈盈照白頭,謝公東閣在揚州。誰期洛下三年別?重作江南兩地留。風雨連宵如昔夢,雲山今日是歸舟。相思不逐春光老,明月長江萬古流。

長水道中又題二絕句寄桐城先生

綠蘿烟草芰荷衣,曾約青谿共息機。卜築江南吾已老,桐山空望白雲歸。
憶昨揚舲下楚州,相邀明月宿江樓。只今人在江南北,况復前期兩白頭。

四月二十三日歸舟渡江,題杜梅梁先生遺像

九峰望不極,千里向河關。吳楚江邊岸,人天海上山。迷津行漸遠,往路夢能還。夫子清都客,相思塵世間。
勳業雲臺像,風期天上人。文昌高帝座,香案儼儒臣。忠孝傳《金籙》。精誠達紫宸。南泠清絕水,一酹薦江蘋。

瓜　洲　渡　江

天塹茫茫裏,長風送小舟。地連滄海市,城壓大江流。南北分岐處,關河第一洲。雲山歸路遠,芳草欲相留。

維揚贈金陵送者

江上秦淮一葉舟,多君相送到邗溝。情知建業城邊水,解為行人西北流。

嶧縣南見山有作

自別春山去,夏雲深幾重?黃河西北岸,翠色兩三峰。未暇觀滄海,還應上岱宗。仙人相待久,騎與二茅龍。

滕　　縣

麥風如浪影參差,滕縣溪光漾綠漪。五月行人河北路,江南又近稻花時。

流　　水

流水清如此,征途去若何?暮雲飛鳥盡,孤渚宿鷗多。鬢色羞開鏡,年華畏逝波。三山儻可到,心事敢蹉跎?

泊太白酒樓下,和人金山詩

浮玉滄江激浪奔,高樓客夢幾消魂?一峰底柱當吳會,萬里朝宗赴海門。直下波濤驚地軸,倒翻河漢動天根。君山剗却湘流好,醉裏狂歌未可論。太白詩:"剗却君山好,平鋪湘水流。"

夜泊汶上張老莊即事

綠陰遙識好林泉,弭棹還移近屋邊。桑下豈容成兩宿,壺中自可度千年。烟霞便是神仙宅,香火曾為大士緣。不繫舟船心已住,夜來明月滿前川。

壽僧五十

桃花栢子舊禪枝,五十風光迥自知。比到趙州行腳日,青蓮弄藥已多時。

禹鴻臚以賈閬仙"養雛成大鶴，種子得高松" 詩意畫為圖，壽牧仲太宰二首

九皋聲徹過庭遲，丹頂玄裳世羽儀。最是鷹揚人未老，岐陽初見鳳鳴時。暎日龍鱗偃盖形，種時曾惜子星星。從今風度雲來後，看到年深長茯苓。

題嚴如園編修《竹堂晴雪圖》二首

銀管連宵映雪明，六花催放筆花生。玉堂曙色清如許，修到《唐書》第幾篇。扶荔雲邊繞屋梅，寒香林裏竹扉開。若為驢背尋詩去，定是龍門賞雪來。

九日，獨遊棗林寺，會牧仲太宰與諸名士分賦古人九日 詩句，予亦效顰，拈得樂天"自從九月長齋後，不醉重陽 十五年"之句，聊以發諸公一笑粲耳

十年半偈老相催，今日重陽笑口開。伴食還逢香飯鉢，逃禪且盡菊花杯。高雲細逐長天去，四序平分一氣來。會得道人元不醉，憑君三萬六千迴。

上元前一夜宿北墅，壯履內直未歸，即事作

華林渺渺接烟邨，宿鳥寒枝似故園。人道謝家生玉樹，汝憐韓昶識金根。關山往路頻迴首，燈火良宵獨倚門。已辦乞身章再上，歸田心事待重論。

正月十八日，苑中奏摺子，以老疾，懇請致仕， 將隨例具疏投進，未蒙恩允。歸路口號

一紙三年篋裏書，今朝得奏玉階除。九霄天語驚難荷，萬事人生愧不如。沙凍野鷗行尚懶，路迷老馬步還疎。殘燈落盡歸來晚，又是春宵畫角初。

向雲澤自曹州以牡丹見遺，賦答

春風料峭幾枝斜，穠艷依然帶露華。牧佐舊為芸閣吏，曹州今有洛陽花。寫生銀管曾修史，入席天香抵坐衙。茆舍竹籬還稱否？憑君相贈到烟霞。

乞歸未得，答曉山侍御見訊，並簡鐵峰甥壻庶常

感君問訊賴交情，同是柴門隴畝民。歸去來兮今已老，臣之少也不如人。鄉園歲酒團圞晚，帝里恩光浩蕩春。轉覺過從還絕少，知予懶似舊時真。

趙中丞生日詩

馮翊扶風寵異才，一門兵柄戟扉開。功名兩世凌烟閣，威望三公御史臺。薊苑山河圍雁塞，春農風雨接龍堆。封章驛奏天顏喜，新賜甘泉法醞來。

季橋東以縑素索書，戲題

子敬還當過右軍，家雞野鶩不同羣。吳綾半剪并刀冷，空負羊欣白練裙。

王恒麓學士以新賜御書兼為王母稱壽索詩，因同赴南苑，馬上口占為贈

燕趙流風間氣生，黃圖人物漢西京。闕城地濶開南苑，山海天高見北平。輦道曉隨春樹轉，殿廬新奏祕書成。多君御藻承恩日，正是長筵進玉觥。

出郭，見山桃花早開二首

汶篁凍葉影離披，惆悵江梅雪滿枝。惟有山桃太狡獪，一春先放早春時。
雙眉嶽嶽重如山，怕見飛花點鬢斑。紅杏綠楊都後汝，相看陡覺破愁顏。

楮牎雪後閒詠

雪飄簷樹凍霑枝,烟景銷沉歲閏時。三月春寒歸燕少,今年人老見花遲。已堪酒盡忘弓影,那惜詩成惱鬢絲。自是黃楊慳節候,天工一物不曾私。

浙閩總督梁公調生日,其門下士為求詩

往事金陵憶請纓,鯨波風捲陣雲橫。頻年節鉞兼文武,一代勳名罷甲兵。海嶠八閩今半壁,江天萬里舊長城。東南多是甘棠地,已識臺星正玉衡。

張孝先中丞開府閩中

開府年來出至公,玉鑾宣詔大江東。清如秋水涵溟海,直比朱絃應化工。百道樓船迴下瀬,三呼笙鶴過登嵩。衣裳正及夔龍會,已奏《卷阿》豹尾中。

詠懷簡西陂先生

一月不相見,三春有所思。殘花遮徑淺,孤鳥託枝遲。物望如公在,生涯敢自私? 祇應垂老意,攄寫向西陂。

和《陽關曲》三首

柳色年年似渭城,客中相送客中行。一杯酒盡君須去,故遣《陽關》三疊聲。
銀瓶沽酒玉壺傾,醉別多於醒別情。與君莫作匆匆別,聽取《陽關》第四聲。
酒醒人遠柳條閒,草長沙塲接塞山。遙識玉門春不度,夕陽何處是陽關。

閏月二十一日題野人壁

有意天工閏歲華,春光偏在野人家。差科未動閒時節,相見匆匆為看花。

《西陂歌》八首送牧仲太宰致政還商丘

將歸不作送行詩,說著青山惹夢思。纔渡黃河人未遠,午亭沁水接西陂。

正憶西陂隔翠微,網魚刈麥弄晴暉。明農却笑鷹揚老,罷釣河邊不見歸。

城郭人呼垤澤門,歸來行馬舊猶存。囘思赫赫宗周業,微子千秋有裔孫。

鐵石心腸賦最奇,宋公池館早梅時。朝來睡穩茆檐日,看罷南枝見北枝。

赤松黃石有前期,人似留侯更莫疑。錯比渭濱歸去晚,年來未及釣璜時。

細雨為霖知好春,東阡南陌指平津。亳丘遺老欣相語,公是商家夢裏人。

文雅臺邊大樹枝,綠陰春長草離離。桐珪世及唐封遠,到日先看賈至碑。

堂開五老杜祁公,八十年時當老翁。且待潞公九十外,我來並駕謁高嵩。

寄　弟　梅　莊

風動百花好,紫荊照眼明。友于闈至性,兒女累虛名。五斗陶家意,千秋季子情。題書心緒亂,那得盡平生?

五月初七日,蒙恩問臣病狀,感而恭紀

眼洗黃連風黯吹,驚傳好語淚雙垂。祗應疾痛呼天訴,已見矜憐荷聖知。七日夢魂遊帝所,一槎星漢問秋期,歸來穩續《陳情疏》,再奏重瞳報典司。

送子文之南安

玉舸萬里度黔陽,新換銅符下豫章。已有風謠聞按郡,最多文采見為郎。梅花南嶺春先放,江水東流路自長。政暇從容過幕府,要令詞賦續三王。

再　送　牧　翁

家近青山欲盡頭,太行新月古懷州。遙知一灑臨分淚,能使黃河水倒流。

南來沁水北雙魚,中有佳人錦字書。歸去未歸君已去,西風搖落雁飛初。

為子文書褚公橅本《蘭亭》，有米海岳跋。褚公書，米所自出也。子文書，實本文皇冊兼諸家精意。有名於時，因以為贈

昭陵典冊尚嶙峋，米老誰當繼後塵。更得文皇親激賞，祇疑登善是前身。

薊北門送人

言從龍尾下，繫馬此荒村。海日遼西路，天風薊北門。塞山木落遠，沙野雁飛昏。余亦茫茫客，離心安可論？

北墅二首

市朝耽僻處，林野得遊行。身為隨人懶，名一作官。因入道輕。墻花欹欲避，巷柳側還迎。風景何遷次，無心物自平。

疎樹見茆屋，孤雲來遠村。野鳧依凍水，籬犬出閒門。老漸收書帙，愁仍命酒樽。海風吹白月，相對倒金盆。

野宿觀送別者

宿鳥猶在樹，征夫已欸門。夜霜盈別袖，山月照行軒。往路人將遠，離觴酒尚溫。勞勞亭畔柳，銷得幾迴魂？

十八日，北墅蚤起書

道心遠塵市，野興愜郊扉。酒綠泛不淺，燈花開未稀。晨鐘人倦起，殘月雁孤飛。一夕西山外，林泉夢覺非。

簡王思顯侍御

仍是天涯客，能忘世上情。那將詩送老，聊用酒為名。黑髮雖難變，丹砂竟可成。長

吟摩詰句,辛苦學無生。

冬 日 書 懷

已看寒臘近,不厭歲華頻。岸柳催眉放,江梅作意新。世應輕白髮,我自惜青春。暗與東風約,驅車草似茵。

自題《楮窓》詩後與吉人

楮窓人又老,相對葉凋殘。近覺無能好,還思忍事難。慵拈書帙厚,喜接酒杯寬。賴有新題句,憑君暖眼看。

曉行西山下,懷素心兼寄秋厓閩中,荀六、荀少粵東

太行千萬疊,人在太行西。與汝為兄弟,多生合解攜。野雲歸路遠,霜鳥宿枝低。更想遙天末,如聞猿夜啼。

十二月二十日,夢中得句"春苑多桃李,孤松獨稱心。" 云是白香山所貽,覺而有異,因續成詩

春苑多桃李,孤松獨稱心。夢中名句味,天上紫虛音。夫子云何在?高風實所欽。詩仙題鳳藻,聲價重雞林。最有文章貴,還知道德深。言辭嘗諫諍,勳業不銷沉。千里黃河曲,三峰華岳臨。曇花開一見,蒼蒼與重尋。騎換令公鶴,絃添元亮琴。唐家猶盛日,精爽到如今。

半 日 村

唐詩人郎士元酬王季友《題半日村別業詩》:"村映寒原日已斜,烟生密竹早歸鴉。長溪南路當羣岫,半景東鄰照數家。"余往來北墅,率在夕陽時,偶誦君冑之詩,謂亦可以半日名茲村也。

行盡高城望北原,寒烟衰柳向柴門。鳥鳴欲下斜陽樹,客到堪題半日村。自古繁華成

寂寞，只今好景易黃昏。紅鑪煖炕推窗坐，新月還當泛酒樽。

壽樊秋試失解，有作

晉陽宮柳噪寒鴉，桂葉飄零烟月斜。孺子已堪為逐客，老人那得不思家？槐根待醒殘年夢，梅蘂禁看破臘花。聞道春耕田絕少，陽坡留與種秋瓜。

十一月十七日，半日村草堂獨宿，壯履以事歸城中，排悶作二首

曲巷茆堂轉藥欄，新豐將作舊村看。青山送老千年在，紫陌尋幽半日歡。懶慢從教書帙亂，忙閒放任酒杯寬。墻花階草饒春意，況有園松耐歲寒。

半日離家半日歡，老人情緒亦無端。自憐為客衰顏冷，那敢逢人白眼看？坐久山村真寂寂，夜來冬月尚團團。應知短檠攤書處，猶是寒窗映雪寒。

半日村曉起即事

沙寒幽草覆清溪，步野村邊獨杖藜。千里雲山行塞遠，四圍烟樹接天低。流泉近海還趨北，落月臨關故向西。昨夢分明在巖谷，數聲催斷五更雞。

半日村即事述懷寄朱竹垞

西郊槐市遠，北墅草堂偏。紫陌韶華晚，黃塵藏序遷。偶來嘗半日，小住或經年。裂帛湖陰迴，來青閣道懸。飛雲交碧樹，幽澗出紅泉。覽結情難徧，登臨興每牽。繚墻環斗極，列館應星躔。邸第看榮謝，蓬茆得靜便。圖書容懶慢，丘壑可流連。入直居人後，投林在鳥先。風光堪送老，景物似歸田。洛下三生客，江東八詠篇。多時常繾綣，即事益纏綿。伊昔宮庭裏，相隨供奉前。公才真特達，契分與周旋。文史紛填委，言辭賴討研。蛟龍騰彩筆，鸞鳳上華箋。自賞千金貴，誰為半額妍。蛾眉從古妬，狗監幾人賢。浩蕩江湖外，蕭條杖履邊。寶淋香漸散，團扇月空圓。花為春愁放，風因急雨顛。暮霞猶片片，霜菊尚鮮鮮。獨有殘年者，歸與盍已焉。對人同野鶴，無語類寒蟬。點綴《絲綸簿》，棲遲粥飯緣。漏稀銀箭水，日慢綺窗錢。身世誠由命，行藏豈任天？剗嘗兩迴上，謂兩進摺子乞歸。書待一封專。已蠟登山屐，還尋載雪船。故人知好在，雙鬢各飄然。天壽崇明德，思君一勉旃。

桐城先生輓詩四十韻_{有序}

桐城先生初以史官特擢，長直內廬。閱數載，予始由翰林學士掌院事，被宣召，間日月一至，至或更歲時復出，與公聯事最久。公洊歷院部。及參大政，入侍帷幄，出踐臺閣。予前後在官，未嘗與公不相從也。公既予告歸，予實忝繼公後。公和而不屈，約而能通。口無言過，動為行表。擬量絜德，予多愧焉。典型猶在，哲人云亡。終始之際，得無愴懷？銜慟致詞，畢攄情志。

同天遊復旦，惟岳降生申。世向百年老，公為千載人。台階環斗極，箕尾上鈎陳。達命元通化，登仙竟若神。_{公見夢，已為文昌列仙。}龍眠騰赤道，鵬運絕蒼旻。時論歸前輩，斯文起後塵。過門傷賜第，為位哭霑巾。令德今長在，流徽久不泯。魏徵多嫵媚，子壽更清醇。履坎平如水，經冬暖似春。共知經術美，直取性情真。有犯心何校，忘機物自馴。罷琴聲斷咽，別鶴唳嘵呻。賤子衰庸日，恭承明聖辰。追陪紛感激，遲暮易逡巡。弱植依溫樹，非材忝積薪。淒涼飽韓菽，瀟灑想吳蓴。餞宴樽罍盛，班寮祖席勻。湖山疏沼樹，雨露滴松筠。最愜幽棲志，高標獨立身。寒更待漏院，羸馬子城闉。蕭颯驚從眾，乖離失所親。冰兢趨閣道，惶恐接麻綸。往事看調鼎，餘波欲問津。酒壚約犀首，卜肆謝嚴遵。自撥形骸累，寧由祿命屯。且容行坦坦，不覺走踆踆。指口翻成錯，攢眉敢效顰。裏回深殿路，邇近大江濱。聚散逾三紀，逢迎再浹旬。先生憐故舊，後死痛沉淪。何處青囊藥，堪扶涸轍鱗。還丹應有術，沖舉豈無因？溝壑嗟填委，雲霄訝屈伸。葛公泉味冽，苦縣李嘗新。帝所升賢喆，朝家念舊臣。浮生投淨域，上宰佐鴻鈞。幽贊參軒昊，神功邁渭莘。精誠仍報國，靈爽必殊倫。明月清風夜，無辭入夢頻。

園柳送南歸客

園柳淒迷戀落暉，不成攀折送人歸。曉風何處棲枝鳥？正是江南雁北飛。

閣中見《題名錄》，有懷張澤長下第

村花溪草共柴荊，幾度春風在遠行。松月照窗思伴直，杏烟點筆悵題名。家山正是懷君處，客路翻同下第情。那有斯人滯空谷，皇天老眼自分明。

杏 花 二 首

昨朝紅藥已離離,今日花開定不遲。未到曉鐘人別去,歸時應惜未開時。
客舍紅芳又一時,別時常早見時遲。成陰結子匆匆過,知汝明年可對誰?

北寺坐久對花作

懶慢時常絕送迎,相逢且作看花行。忘花坐久兼忘我,何况悠悠世上情。

杏花半落又題二首

宛轉辭枝似別家,飄零衰白向天涯。春光未老多桃李,恁底心情為杏花。
絳雪飄蕭落似銀,年年有約趁芳春。秖憐白髮終難變,總有丹砂信不真。

去歲,與牧仲同出西便門。今春過此門,感舊却寄

音書迢遞雁飛翻,往事重堪與細論。十里烟花隨輦路,五更燈火出譙門。東都祖帳何
人在? 北海賓朋舊日存。再見渭城新柳色,殘年銷得幾迴魂?

夜讀《四書》有作

蕭然衣馬恥輕肥,更覺閉門客到稀。未盡百年誰竟是,已過七十早知非。天迴鄒魯生
人命,地轉江河造化機。道在《六經》先《四子》,焚膏還欲繼餘暉。

獨坐與澤長示隨正①

獨捲殘書坐,誰堪繼夜缸? 花飛紅溼硯,蝶舞綠陰窗。晚景春猶在,歸心老却降。相
憐去住意,客夢各雙雙。

① 隨正:四庫全書本同。馬甫平點校本作隨貞。按:當作隨貞。

春暮臥病志感

殘花細雨眼迷離,乞取春光為鬢絲。裁就綠章封未上,一年忘却送春詩。

雨中簡曹生

無數垂楊縮別離,春風春雨又歸遲。暮鴉棲斷黃昏樹,正是平沙落雁時。

四月初七日,病假杜門,忽已半月。偶遇南使,寫懷寄訪濂

蕭蕭白髮不勝冠,挂笏西山日日看。又落牆花知客久,未歸江雁覺春寒。忘機書向忙中展,好嬾琴從靜處彈。相見故人傳一語,只今臥病在長安。

臥疾寄壽樊

春歸何處渺天涯,門掩疏籬久客家。雨過啼鳥還繞樹,風吹驚蝶尚尋花。綠陰漸覺東牆厚,白日迥看西嶺斜。有約陽坡棲寂地,來時未必及秋瓜。

曹生過予彈琴

門如寒水近方壺,三徑依然興不孤。蘿月有情稀客過,松風無價待琴沽。音聞寂歷銷塵刼,烟雨空濛入畫圖。萬事浮生難住著,儘將閒處費工夫。

與 高 鍊 師

柳市誰知著隱淪,五陵車馬逐流塵。古稱燕趙悲歌士,我愛雲山歷落人。蘿徑風花長避客,石壇烟樹若為鄰。雅琴自昔同相賞,笙鶴從教分外親。

自題《午亭山村圖》,往年有卜居江南之意。
撫今追昔,因兼寄懷訪濂侍講、謹庸宮賛一百韻

　　元會中天盛,勳華《二典》懸。王畿千里內,甸服四門前。宮室茅茨下,羹牆日月邊。
瞻依從北極,耕鑿向東偏。宗祐猗蘭大,支條奕葉連。我陳真忝竊,帝系本纏綿。嬀汭波
流遠,胡公錫命專。蒼茫經百世,播蕩詎三遷。履武因蒲阪,觀星並潁川。地開王霸迹,野
次觜參躔。華岳遙撐拒,黃河近折旋。歷山容陟降,雷澤許洄沿。巖壑鼉叢澗,峰巒鳥翼
翩。太行故犄角,清泊復淪漣。終古唐風在,於今舜德延。周家虞叔國,原邑趙衰田。往
事皆如昨,遺蹤一浩然。關城紛接塞,山水上連天。自昔黃圖迥,高居白壤駢。距河臨兗
雍,都冀盡并燕。以德承三統,無私戒十愆。紛紛強役弱,往往急相煎。篡奪何知足? 誅
夷或併肩。王風委蔓草,宗國混戈鋋。《禮》《樂》資師表,《詩》《書》費討研。鳳兮誠已
矣,麟也曷終焉。茅土乖王命,封疆競自便。夏盟誰竟主? 晉國遞相躔。遂有陪臣亂,能
操共主權。九州方迸裂,初命更轟闐。韓土三分借,留侯五世賢。莫強兵馬地,獨切虎狼
緣。七國爭鋒鏑,孤嬴擾幅幀①。職方經界壞,王制井田湮。餘烈窮塵燄,殘灰積刼然。
狐鳴篝火爛,蟻鬪穴沙填。華屋嗟危栗,蒼生痛忿悁。三精埋魯壁,九鼎墮虞淵。自古興
亡業,何曾白手搴。人占芒碭氣,天厭祖龍煇。戰地無秦壘,清時有漢暥。亭名留午壁,表
字問丁年。每憶樊川藁,相同杜牧編。標題殊未忝,笑語任流傳。余所居名樊川,昔曾以《樊
川》名集。彭澤窮山海,桑欽撰水泉。閒時供把翫,佳處借陶甄。適與情相洽,還因取自
箋。會心仍古蹟,選勝得遺篇,白石欣相賞,朱坡悔欲湔。午亭鄉夢短,故壠客心痯。迴首
余生後,移家宣德先。吾宗繁子姓,小子一夫廛。頗按酈生注,幽尋沁水羾。析城高掩映,
上澗側便姍。濩澤東交滙,陽阿左洑漩。浸山霞縹緲,漱石玉潺湲。獨往淨如練,單行清
且獧。樊山迴峻嶺,丙舍列長椽。峽起村完聚,風藏氣鬱芊。西流東澗水,南暝北峰烟。
物外人稀到,區中事少牽。桃花春十里,桐葉歲三千。舊是唐封地,茲為世陌阡。古今同
一慨,俯仰各相憐。過隙云何駛? 安居即是禪。生涯從薄產,貧樂悟真詮。猿鶴容疎放,
雲烟不棄捐。但攻章句學,寧為藻辭妍。在昔龍門史,能驅虎觀員。汾川宗浩浩,涑水破
濺濺。天使斯民覺,心歸至道堅。斗標聯氣色,桑梓接壇筵。詎敢憐同調,因之願執鞭。
文瀾寬似海,義路直於弦。源逺惟涓滴,途長祇躓顛。龍鱗攀莫逮,鵬翼附難騫。忽漫思

---

　　①　幅幀:四庫全書本同。按:幅幀,原作幅隕。《詩·商頌·長發》:"幅隕既長"。毛傳:"幅,廣也。
隕,均也。"鄭箋:"隕,當作圓。圓,謂周也。"孔疏:"鄭以隕為圓,言中國廣大而圓周也。"阮元《毛詩注疏
校勘記》:"《唐石經》小字本圓作員。"據此,則幅隕當作幅圓或幅員。幅員,疆域。

姑射，聊將效倨佺。幽憂能解免，羈思遂拘攣。只訝巡欄鹿，還悲飲露蟬。自教身寂寞，豈是遇迍邅。狷潔思巢父，孤高慕善卷。衡茅今未遂，仕隱古難全。肝膽分秦越，菁華合削脧。少言羞拙訥，多病愧娟嬛。腕力驚鸞紙，臀膚困馬䩪。金丹誰與鍊？白髮豈須鑹。蝶粉頻銷落，蠶絲數裹纏。阮孚幾蠟屐，子敬舊青氈。荏苒時將晚，蹉跎業未竣。春華今已謝，夏月又重圓。留舫思安道，登樓憶仲宣。草池珠並綴，雪塢璧常聯。河北歸樵路，江東下釣船。故人徵晉問，南國被薰絃。吳地觀型土，堯封慕采椽。騰翔憑翼靁，蹇鈍託蔂蚿。獻納勤三祝，謳歌暨八埏。采洲思杜若，卜築試筵簟。葺芷編荷屋，疏蘭傍蕙欏。蕈鑪與藜椮，那復異坤乾。

牆邊隙地可種栁，有感而止贈張大

夢到鄉園覺後驚，天涯芳草傍愁生。牆邊更不栽楊柳，恐惹征人去住情。

病起，夜詣苑中，簡方若

一月閒居理去裝，連宵又罷乞身章。風迴烟草春如夢，月上溪花夜有香。嘶馬漸隨雞唱遠，流泉還與漏聲長。思君未了詩緣在，擬向樽前醉幾場。

方若見和，復次韻

一世生涯在橐裝，明珠照乘辱新章。我如散木天容老，君比幽蘭國有香。魚鑰曉催鐘漏盡，馬蹏春緩玉鞭長。九衢三畝都陳迹，且可相尋翰墨場。

野寺寄素心

伏枕春歸見夏雲，眼中物態又紛紛。林花飄落隨殘靄，牆柳玲瓏暎隙曛。一簇游蜂憐幻影，幾迴喧雀斷聲聞。俗緣易了情難遣，詩思禪心並憶君。

嵇母節壽詩編修嵇曾筠母，博士永仁夫人。

表忠有喜到慈闈，彩鳳銜書下紫微。天上尾箕明歲次，人間蘭玉茁春暉。賓朋重整陶家謙,綸綍新裁孟母機。賜得錦袍親看著,開箱還檢侍中衣。

湯西厓視學中州,使還,簡懷

別久思君首重搔,音書斷絕夢魂勞。中流濟水清長在,秋色嵩雲晚並高。自有雄文歸諫苑,信知廉吏出詞曹。相逢不覺衰顏冷,喜共承平氣象豪。

題西亭榆樹寄豫朋二首

白榆歷歷在秋河,種向亭前映綠莎。幾度西風見搖落,樹猶如此奈人何?
紙上功名換笠蓑,槐庭柳塞不爭多。只今垂老漁陽客,望斷關榆曳落河。

八月十二日,半日村,侵曉夢獨行,迷失道。攀緣絕磴,上見土壤平豁,枕山帶郭,風氣鬱然。有朱衣夾路,問之,曰:"合肥李公墓也。"哭失聲而覺。二首

夢魂枕上江南路,覺後初當墮淚時。宿草幾迴秋色老,傷心為欠哭君詩。
雲車風馬像平生,指點朱衣導我行。回首黃扉十年事,荒原今日見交情。

韓質良來自梅莊,憶舊遊却寄舍弟

問訊山中客,山中十載前。朱坡連杜曲,石塢自樊川。看竹携殘帙,題松襞短箋。曝褌家似阮,欹枕腹如邊。燕壘花銜補,鶯窠柳對懸。陶琴元未鼓,姜被幾迴眠?苔滑經妨屐,沙晴坐勝綿。寺樓釃酒借,鄰舍引渠穿。行馬能疏放,騎驢任倒顛。山歌遲嶺月,牧笛上墟烟。雞犬知人意,樵漁省世緣。至今溪水上,閒却夕陽船。

題紫滄《醉吟圖》二首

閣道天街隔禁林,黃昏獨坐紫薇深。如今問取香山老,那有閒時得醉吟?
長慶文章筆晉人,十三行後點波新。情知子敬風流在,故遣生綃畫洛神。謂圖中寫景。

周在清孝廉館王眉長學士家,數以學士意來診視余疾,寫懷申謝之,作十二韻

卅年如隔世,相對意蒼茫。藥榜人還少,槐根夢許長。物華遽超忽,遲暮獨凄凉。語默思難遣,逢迎性頗傷。病緣聞道晚,時為訪醫忙。臣朔公車客,留侯辟穀方。藥來嘗苦口,事往戒迴腸。肝膽雖顛錯,心神頓激昂。古人知國士,吾老惜文場。伴直因松月,棲巢得鳳皇。雲天殊浩濶,鵬路合翺翔。他日紆簪紱,無須學楚狂。

題衛會嘉《竹間圖》二首

浮筠瀟碧野烟生,天帚還應傍玉清。不度岑華尋嶰谷,此中自有鳳皇鳴。

瞻彼淇園衛叔賢,風人載詠武公篇。誰知千户侯封日,十畝依然在渭川。

己丑八月,予承祭聖廟,我裕以分獻同事。越日,見示寫真冊子,徵予近詩。走筆題四首

夫子宮牆數仞尊,婺源源水接崑崙。百官宗廟多時見,正是長身幾世孫。

長恨摳趨後魯堂,三千弟子不同行。也應高士軒中去,灑埽還賫一瓣香。

曾聞五老降星精,萬古宗祊在魯城。不見閩天誕睿日,芙蓉藻井白虹生。先聖生,有五老降庭。文公誕降於閩,是日有白虹起於婺之丘壠。我裕家吳楚間,故有此首。

珠囊金鏡赤書新,冠劍何堪間後塵?四海絃歌同此日,故應吟詠作詩人。

王藎臣將還故山,見過取別

大隱還須讓散人,翛然採藥問歸津。已將白髮安吾老,只為丹砂濟世貧。午枕流連鄉夢遠,閒門剝啄子來頻。故山亦有胡麻飯,莫向天台訪玉真。

《午亭文編》卷二十一

門人侯官林佶輯録

賦

午 壁 亭 賦

《山海經》:"沁水南過陽阿縣東"。酈道元《水經注》:"沁水又東南,陽阿水左入焉,水北出陽阿,川東南流逕午壁東,沿波漱石,湍澗八丈,環濤轂轉,西南流入於沁水。"余村居近沁水,而愛午壁亭之名,故取其義以名其居曰:午亭山村。今茲遠遊,眷言吾土,乃作《午壁亭賦》云。

緬闊河以騁望,塞淹留夫遠行。異向平之退尚,同宗炳之幽情。渺山川以延竚,披酈生之《水經》。惟先人之舊業,肇錫我以嘉名。攬古文之奇字,馳逸想於漢亭。沁流兮清淺,午壁兮泂濚。鄰猿鶴兮北山,邈文物兮西京。有飛仙之稅駕,無醉尉之呵行。谷口兮,寡勞勞之驪唱;嶺上兮,多渺渺之吹笙。亂牧兒之歸笛,間樵叟之吟聲。秋風兮嫋嫋,春草兮青青。散晨霞於極浦,淪晚景於迴汀。撫四時之迅晷,怊惝怳而屏營。考古原之遺封兮,悲趙衰之舊邑;歷晉侯之故壘兮,莽炎劉其相及。慨茲亭之在所兮,猶彷彿其未失。羨靈光之巋然兮,哂秦闕之角立。古今何嶛廓兮,只尺其如相接。倚伏其何常兮,盛衰其若溢。嗟予心之要眇兮,儵若離而若合。縱吾思於千里兮,羌不知其所出入。山間兮茅屋,原上兮遠邨。臨流釣石,倚杖柴門。露松際之明月,出岫中之閒雲。聊逍遙而容與,盡烟景於朝昏。雖芳咸之已遠,尚桑榆之可論。

蓍　卦　賦

何余心之堙鬱兮？孰昭昭與為徒。瞻九州而係羈兮，寄余懷於圖書。披皇古之《典》《墳》兮，度修名之焉如？謇吾重昏杳不知其所之兮，就靈蓍而問諸。先聖詔我以法象兮，前喆輔我以箋疏。循《大傳》之遺文兮，佩紫陽之擇守。策五十而去一兮，用四十而有九。虛其一以示數不得用兮，儼造化之樞紐。不用而用以神兮，非數而數乃可久。此所謂無極而太極兮，岂昭焉其誰與？偶四十九策兮，分之兩手。象天者左兮，象地者右；是生兩儀兮，孰先孰後？取一於右兮，挂左小指之間。分天數之奇兮，將動直而靜專。夫人並天地而為三兮，胡獨謂予身以藐然。先置右策兮，以右手四四揲左焉。又置左策兮，以左揲右四四如前。象四時之行兮，生百物而無言。揲奇而不足復揲兮，斯用之所由神。如曆①家之布歲兮，有殘日與零辰。以之置閏兮，五行正而四氣均。何以歸之兮，於扐以相從。左奇者扐第三四指，右奇者扐第二三指之中。兩扐象閏兮，數以法通。《易》之為道兮，參伍而錯綜。前後閏兮，相間三十有二月。再閏在五歲之中兮，於法無敢越。挂為一兮揲左為二。歸左奇於扐為三兮，揲右為四。歸右奇於扐兮，為五者近是。挂一一歲兮，揲左二歲。左扐三而一歸奇兮，三歲則一閏。置歷四及五而再扐兮，五歲再閏。斯乃備自挂至扐兮，為一變之大義。合再扐之餘蓍再分再挂再揲兮，為二變之所由持。《傳》言挂而不言他兮，挂以象人為天地基。無人則無天地兮，故鄭重乎其言之。分挂揲扐為四營兮，四營為一變。視其挂扐之策兮，奇偶以見。奇則五與四兮，偶則九與八。三變皆奇合十三策兮，則書□於札。過揲則三十六策兮，是為老陽之質。兩奇一偶合十七策兮，則－－焉是書。是為少陰兮，過揲則三十二策而無餘。兩偶一奇合二十一策兮，過揲必二十八策。是為少陽兮，惟—以畫。三偶合二十五策兮，是為老陰。過揲必二十四策兮，畫 X 以尋。凡此陰陽老少兮，重拆單交所緣以陳。是三變之大指兮，惟變所適。斯成初爻兮，內卦之茢。六變而為二兮，中爻斯著。與四同功兮，柔中而多譽。九變而為三兮，下卦之終。與五同功而異位兮，剛勝柔危而多凶。如是每變而成爻兮，由三暨五底於上。十有八變而內外卦成兮，乃觀其卦變之所向。六爻不變兮，占本卦之彖辭。內卦貞而外卦悔兮，貞風悔山之類可知。一爻變兮，惟變爻之致思。二爻變兮，本卦二變爻辭之是推。主上爻兮，庶來者之可追。三爻變兮，觀本卦之卦之彖辭。具載本卦並前十卦為貞兮，之卦並後十卦為悔。通計三爻之變兮，為卦二十。變在前十卦兮，兩卦象辭並觀而本卦是急。變在後十卦兮，兩

象辭觀之自之卦以入。貞悔各有所重兮，視其變之所及。四爻變兮，占之卦二。不變爻主下爻兮，不變者重其操。五爻變兮，占之卦不變之一。六爻變兮，乾坤占二，用斯利斯吉。餘占之卦象辭兮，筮事於以畢。余既準此明軌兮，亦直為此詁訓也。索虆茚以筳篿兮，有時端策而問也。曰大人之吉兮，有言不信何汶汶也？仰蒼天以為憑兮，披丹霞以寫心。沉九淵其猶未悔兮，偎便非予所能任。迷不知往徑兮，敢遵道而改路。歲冉冉其去我兮，迫日月之遲暮。靈氛告余以吉兮，吾獨長有此困也。陋穆姜之溺於隨兮，美雲臺之所為遯也。心紆軫而僵僵兮，吾慨想夫皇羲。舒佗傺於斯文兮，玩占觀變夫奚疑？

《河圖》《洛書》賦

天垂象於神物兮，遡胚胎於鴻濛。有物渾成兮，不物而物物。天囿其中，天無言而假以物兮，將以原始而要終。仰觀俯察，睹彼中區。於河於洛，《龍圖》《龜書》。垂兩象於中天兮，揭萬古於須臾。囊括乎乾坤之未闢兮，燀赫乎日月之齊驅。麗九霄而耀五緯兮，羅八極而環四輿。曆①紀所不能詰其度數兮，方圓所不能盡其規模。若乃崑崙出墟，熊耳導源。津梁箕斗，溝澮伊瀍。君宗四瀆，控引三川。迢迢兮，金波之照銀漢；泱泱兮，藻玉之蘊珠淵。於其時也，水伯兆祥，宓妃襲祉。有開必先，亦復其始。千年清而榮光浮，九日溫而青雲馳。龍馬負圖以授昊兮，神龜背書以畀姒。一六居北，二七居南。三八居東，四九居西，五十居中，《河圖》之位如此也。九前一後，三左七右，四前左二，前右八後，左六後右，《洛書》之文若彼也。伏羲因之而八卦以重，大禹敘之而九疇是以。若夫周文演羑，公旦繼軌。爰逮武王，訪於箕子。展矣尼山，歸與闕里。繫《易》而彈《八索》《九丘》之文，刪書而備二帝三王之史。罔不泝河沿洛，蓍龜是啟。蓋《圖》《書》相為經緯兮，卦疇相為表裏。五十有五而盡天地之宜，四十有五而該事物之理。而皆數列外而森然，五居中而不改。既溥博而無方，必淵涵而有宰。此《大易》之所由以太極為尊，《尚書》之所由以皇極為美也。巍巍蕩蕩兮，穆穆皇皇。以五生數，統五成數，同處其位而凝然者，如眾星之拱北；以五奇數，統四耦數，各居其所而歸然者，象午日之當陽。自天一至地十，積數皆由五而得，五則虛中為之體；自一五行至九五福，積數皆由五而得，五則虛中其若藏。故夫中之為道也，天地之所以悠久，日月之所以升恒，鬼神之所以變化，風霆之所以震驚，山岳之所以屹立，江河之所以流行，莫不由斯以為之。大本得則昌而否則傾，而況人受天地之中以生而為萬物之靈者乎？然終不可得而強名，名之曰中。雖《易》與《書》有不能盡，而仍歸

---

① 曆：四庫全書本作歷。

之《圖》《書》之畫以盡天地萬物之情。

雜　著　一

伏羲先天策數本《河圖》中五解

卦始於畫,畫始於數。數何自始乎?始於《河圖》。而中五者,《河圖》之數所由以始也。蓋中五者,太極也。陰陽合而未分而已具陰陽之數矣。何也?陽數三,陰數兩,三、兩五也,而中五具焉。故數雖有五而合於一,所謂太極也。聖人有以見太極生兩儀,兩儀生四象,四象生八卦,因而重之為六十四卦,而三百八十四爻、萬有一千五百二十之策數具於此矣。故由一分二,蓋取數之三者而分之為陽,取數之兩者而分之為陰。以凡陽之數皆三,故合三數而畫之為—。以凡陰之數皆兩,故合兩數而畫之為--。是凡—皆三數,凡--皆兩數也。既有三數之—,兩數之--,是為一陰一陽。所謂《易》有太極,是生兩儀也。是五數分三、兩也。由是二分為四,三兩之上各加三兩。陽之上生一陽為⚌而謂之太陽,生一陰為⚍而謂之少陰;陰之上生一陽為⚎而謂之少陽,生一陰為⚏而謂之太陰。是為兩儀生四象也。是五倍而十也。就倍五而言之故為十,細分之則太陽為⚌而含六,少陰為⚍而含五,少陽為⚎而含五,太陰為⚏而含四,共得二十數焉,則是⚌皆含六,⚏皆含四矣。四象既立,由是四分為八,太陽之上生一陽為☰,生一陰為☱,少陰之上生一陽為☲,生一陰為☳,少陽之上生一陽為☴,生一陰為☵;太陰之上生一陽為☶,生一陰為☷,而乾 兌 離 震 巽 坎 艮 坤生焉,是為四象生八卦也。是十倍而二十也。就倍十而言之,故為二十,細分之則乾為☰而含九,兌為☱而含八,離為☲而含八,震為☳而含七,巽為☴而含八,坎為☵而含七,艮為☶而含七,坤為☷而含六。共得六十數焉,則是☰皆含九,☷皆含六也,是為老陽老陰之數也。體卦既立,乃生用卦,由是陽一變而用九,凡—皆含九數,陰一變而用六,凡--皆含六數。是以於八卦之上各生一陰一陽,則為—者八,而得數七十有二,為--者八,而得數四十有八。為四畫者共十有六,而為數共百有二十矣。由是陽再變而十八,凡—皆含十八數,陰再變而十二,凡--皆含十二數。是以於為四畫者之上又各生一陰一陽,則為—者十六而得數二百八十有八,為--者十六而得數一百九十有二,為五畫者共三十有二,而為數共四百八十矣。由是陽三變而三十六,凡—皆含三十六數,陰三變而二十四,凡--皆含二十四數。是以於為五畫者之上又各生一陰一陽,則為—者三十有二,而得數一千二百五十有二。為--者三十有二,而得數七百六十有八矣。為六畫者共六十有四,而為數共一千九百二十矣。蓋至是而六十四卦成矣。卦之爻凡三百八十有四,陽爻用四九三十六策,凡百九十二陽爻,通計六千九百一十二策。陰爻用四六二十四策,凡百九十二陰爻,通計四千六百八策。二篇之策萬有一千五百二十,所以當萬物之數者謂此也。而要皆本於三、兩之數以為之本。故曰:卦始於畫,畫始於數,而數始於《河圖》之中五也。

錫 土 姓 説

古無無土無姓之人。《禹貢》言:"錫土姓",惟五服諸侯之事,而不及凡有土有姓者,非略之也,舉其大而小者可知也。故凡有土有姓,其源流失得之故,有可考者。夏后氏五十而貢,殷人七十畝,周人百畝,是三代無無土之人矣。而取民之制不過什一。魯至宣公初稅畝,成公作丘甲,哀公用田賦。夫稅畝猶未逮於什一之法,而左氏譏之曰非禮。丘甲重斂,已違什一之制。至於田賦,則實為後世以田斂錢之始,其大逮於什一矣。秦孝公用商鞅,廢井田,制阡陌。任民所耕,不限多少,其多者得粥賣。又戰得甲首者益田宅,五甲首而隸役五家,兼并之患自茲起矣。民田多者以千畝為畔,無復限制,以田之多少為賦斂之厚薄。及其後也,乃舍地而稅人,地數未盈,其稅必備,其繆戾滋甚焉。始皇三十一年,始令民自實田以定賦。蓋取大半之賦,竭天下之民力以逞其欲。二世承之,海內叛亡。當是時也,天下無復有有土之民矣。夫民之無土,其始由於厚斂。民既無土,而國亦隨之。《傳》云:"與其有聚斂之臣,寧有盜臣。"自古以來,未有聚斂而不亡者也。然,至於秦有無土之人,無無姓之人。《左傳》曰:"因生以賜姓,胙土以命氏。"《史記注》:"天子賜姓命氏,諸侯命族。族者,氏之別名也。姓者,所以統繫百世使不相別也。氏者,所以別子孫之所出也。"呂祖謙曰:"姓者,所以統其祖考之所自出,百世而不變者也。氏者,所以別其子孫之所自分,數世而一變者也。"《春秋纂例》云:"姓則百代不易,惟天子乃得特賜姓。如舜賜禹姓曰姒,伯夷曰姜,武王賜胡公姓曰嬀是也。又,天子之子,例以諡配字,僖伯、文伯、宣叔、襄仲之類是也。而後代子孫,因以其字為氏示所出不亂,所謂別子為祖也。"由諸說考之,別姓則為氏,合氏則為族,則是氏與族為一,姓與氏為二矣。故羽父為無駭庶子,隱公命以為展氏,則氏、族為一也。《風俗通》曰:"或氏於號,或氏於諡,或氏於爵,或氏於國,或氏於官,或氏於字,或氏於居,或氏於事,或氏於職。以號,唐、虞、夏、殷也。以諡,戴、武、宣、穆也。以爵,王、公、侯、生也。以國,曹、魯、宋、衛也。以官,司徒、司馬、司寇、司空、司城也。以字,伯、叔、仲、季也。以居,城、國、園、池也。以事,巫、卜、陶、匠也。以職,三烏、五鹿、青牛、白馬也。"然,凡賜氏族者,子孫為卿,有大功德,則生賜以族,若叔孫、得臣之類是也。其無功德,死後乃賜族,若無駭者是也。夫無駭生不得賜氏,又況生而自以為氏者乎?若是乎氏族之重,其君不賜而子孫自以其祖父為氏、為族者,皆僭也、亂也。然,氏亦謂之姓,如舜生媯汭,賜姓曰媯,封舜之後於陳,以所封之土命為氏。故舜後姓媯,為氏曰陳。今之以陳為姓者,不聞其別為氏,則姓、氏為一也。蓋其初若將以別之,而其後乃復為一,一之以百世不易之姓,而不一之以數世一變之氏也。《傳》有之,"姓者,生也。以此為祖,令之相生,雖及百世而此姓不改,所以統繫焉,使不相別也。"故先王之所尤重者,姓焉而已矣。夫惟天子乃得賜姓,諸侯則否。諸侯賜氏,則凡不得賜而自以為氏,謂為僭且亂者,所以防天下之自別其子孫之所出者而因以自昧其始生之祖也。姓顧不重矣哉!鄭夾漈《氏族略》謂:"凡言姓氏,皆本《左傳》。左氏所明者因生賜姓,胙土命氏,及以字、以官、以邑五者而已。今則不然,論得姓受氏者三十二類,一曰以國,二曰以邑,三曰以鄉,四曰以亭,五曰以地,六曰以姓,七曰以字,八曰以名,九曰以次,十曰以族,十一曰以官,十二曰以爵,十三曰以凶德,十四曰以吉德,十五曰以技,十六曰以事,十七曰以諡,十八曰以爵氏,十九曰以國係,二十曰以族係,二十一曰以名氏,二十二曰以國爵,二十三曰以邑係,二十四曰以官名,二十五曰以邑諡,二十六曰以諡氏,二十七曰以爵諡,二十八曰代北複姓,二十九曰關西複姓,三十曰諸方複姓,三十一曰代北三字姓,三十二曰代北四字姓。"所援據最詳,而亦不分孰為姓、孰為氏。要之,猶未達乎姓、氏為一之義也。至所云三代之前,姓氏分而為二。男子稱氏,婦人稱姓。於文,女生為姓,故姓之字多從女,如姬、姜、嬴、姚、姒、媯、姞、妘、媧、始、妣、嫪之類。夫先王以姓為重,今曰男子稱氏,婦人稱姓,則是反以氏為重而以姓為輕,其亦不明乎《禹貢》之義者也。《禹貢》言:"錫土姓,"使天下無無土之人,亦無無姓之人也。其時,所錫者雖止及於五服之諸侯,而諸侯之土田人民,諸侯實自經理之。雖不得賜之以姓,而或者推天子之意賜氏焉,以別其人。苟非然者,是使高山、大川雖已奠之,而畎澮之水任其橫流而不治也,其尚可以為國乎?吾故以為古者無無土、無姓之人,而推言由秦以來乃有無土之人,至於其凡所以得姓之故,尤致意焉。使世之讀《禹貢》者,不因文以害義,以見先王之治天下,使無土者有土,無姓者有姓,其為萬世生民計者至深遠也。

《河圖》中五生數解

《河圖》中五,即無極而太極也。而陰陽、五行、天地、萬物之理備矣。其外五十數,悉從中生出,所謂大衍之數五十也。蓋中五虛而不用焉。惟虛也,故能生天地之數;惟不用,故能成天下之大用焉。先儒論《河圖》,以生數為主,謂中之所以為五者,具五生數之象。

其下一點，天一之象也；其上一點，地二之象也；其左一點，天三之象也；其右一點，地四之象也；其中一點，天五之象也。今中五之外，第二層所謂一者，即其下一點也；所謂二者，即其上一點也；所謂三者，即其左一點也；所謂四者，即其右一點也。然，無所謂五者何也？蓋五之數，仍寄於中五之中，是則尤有所謂虛而不用者存於其中，其中五之中一點乎？此其所以生天地之數而成天下之大用也，尤可以見無極而太極之理矣。其第三層所謂六者，一合五而成六；所謂七者，二合五而成七；所謂八者，三合五而成八；所謂九者，四合五而成九；而北南東西之位列焉。要之，不離乎中五之所生者，蓋天地之生數至五而極，其所以成變化而行鬼神者，不必於五十之數既具之後然後知之，而即此中五之中已渾然皆備矣。至於所謂十者，不惟五遇五而成之，自中五所生之一、二、三、四而十數已定。至乎此，而遂以成五十有五之數，而為陰陽、五行、天地、萬物之理所莫能外也。故曰：中五者，即無極而太極也。

伏羲先天卦爻解

伏羲《八卦次序圖》所列乾、兌、離、震、巽、坎、艮、坤，則六十四卦之下八卦也。先儒謂一分為二，二分為四，四分為八，此其說之至明者也。至於八卦之上各加八卦，所謂六十四卦者，先儒謂八分為十六，十六分為三十二，三十二分為六十四。嘗試於八卦之上分為十六，十六之上分為三十二，三十二之上分為六十四，如今《易圖》之所列者，卦則是矣，然，即陽奇陰偶之數以求合乎萬有一千五百二十之策，則昧然莫得其所以合者焉。此蓋可以論卦而不可以論策，故策之數所由生，終莫有能明之者也。既不明策數所由生，則聖人所以畫卦爻之理亦無因以見矣。是以雖得夫加一倍之說，而有毫釐千里之差也。吾嘗於外卦求之而曠乎有得焉。陽之一變而用九也，陰之一變而用六也，陽之數至此而含九而為下卦之乾，陰之數至此含六而為下卦之坤。即以此老陽、老陰之數，推而加之於外卦而能事畢矣。今試於所謂六畫卦之四畫者，凡陽之畫皆準九數，凡陰之畫皆準六數。於所謂六畫卦之五畫者，凡陽之畫倍老陽之九數而為十八，凡陰之畫倍老陰之六數而為十二。於所謂六畫卦之六畫者，凡陽之畫倍十八數而為三十六，凡陰之畫倍十二數而為二十四。積而計之，則二篇之策適得萬有一千五百二十，然後歎伏羲之卦爻準乎天地不易之數，此其所以神也。先天之祕，邵子知之而不明言其故。其言曰："猶根之有榦，榦之有枝。愈大則愈少，愈細則愈繁。"嗚呼！邵子可謂知之者矣。

孔氏穎達經傳辨

漢《藝文志》:《易經》十二篇。顏師古謂:"上下經及十翼。"盖古之為傳訓者,皆與經別行。經傳皆自為一家,所謂上下經者,直卦爻之辭而已。孔子之《彖》《象》《繫辭》《文言》《序卦》之屬十篇,謂之《十翼》,經之傳也。孔穎達曰:"夫子作《象辭》,元在六爻經辭之後,以自卑退,不敢干亂先聖正經之辭。及王輔嗣之意以謂《象》者本釋經文,宜相附近,其義易了,故分爻之《象辭》各附其當爻下言之。"嵩山晁氏言:"以《彖》《象》《文言》雜入卦中者,自費直始。謂費氏初變古制時,猶若今乾卦《彖》《象》繫卦之末,至王弼始分爻之《象辭》各附各爻之下而遂大亂之也。"朱子言:"孔氏謂夫子作《象辭》,元在六爻經辭之後,則是孔氏亦初不見十二篇之《易》矣。"晁氏又庌①劉牧、石守道之説。劉牧云:"《小象》獨乾不繫於爻辭,尊君也。"石守道云:"孔子作《彖》《象》於六爻之前,《小象》繫六爻之下,惟乾悉屬之於後者,讓也。"盖劉、石之謬不足道也。又嘗獨怪孔氏解經號專家,既不知有十二篇之《易》,而顧以其臆説謂《象辭》在六爻之後者,其眠劉、石,所見豈有異邪?

《十翼》説

古之為傳訓者,皆別為書。《三傳》之文,不與經連。《石經》書《公羊傳》,無經文。《藝文志》載《毛詩故訓傳》亦與經別。而夫子之《十翼》,其初別行,未與上、下經參列也。故呂氏謂《彖》《象》不連經文者,十二卷之古經傳也。注連之者,鄭氏之注具載本經而附以《彖》《象》,如馬融之《周禮》也。融為《周禮注》云:"欲省學者兩讀,就經為注。"盖猶是詁訓之體爾,未便如今之經傳並列,大書特書者也。晁氏以為始變於費直,既大亂於王弼。不知費、王以《彖》《象》《文言》錯互入經時猶是詁訓之體歟?抑遂如今之與正經並列而書焉者歟?孔子嘗曰:"述而不作。"又曰:"加我數年,卒以學《易》,可以無大過。"夫子天縱至聖,不敢居作者之名,惟曰"學"焉而已。詩云:"以引以翼。"是則《十翼》者以為羽翼之云爾,豈遂自以為經乎?如揚雄之《太元》,王通之《續經》,皆輒自命為經,而覥顏蒙恥,不以為怪妄,此朱子所謂自納於吳楚僭王之誅者也。得罪於聖人矣!

---

① 庌:四庫全書本同。按:庌,《唐韻》《集韻》丛昌石切,音尺。斥本字。

《午亭文編》卷二十二

門人侯官林佶輯録

雜　著　二

胡氏安國夏時冠周月辨

胡氏《傳》曰："左氏曰：'王周正月。'周人以建子為歲首，則冬十有一月是也。前乎周者，以丑為正。其書始即位曰：'惟元祀十有二月。'則知月不易也。後乎周者以亥為正，其書始建國曰：'元年冬十月。'則知時不易也。"愚按：胡氏引左氏"王周正月"之説而論之曰："周人以建子為歲首，則冬十有一月是也。"是明以周正月之説為是，謂冬十一月為周正月矣。而又曰："前乎周者書'元祀十有二月'則知月不易也。"則是前乎周者未嘗改月，至周始改其歲首之月為正月也。夫殷不改月而周始改月，考之經傳，未有明文。胡氏之意，亦殆不謂然也。其意若以謂建子為歲首耳，未便以為正月也。故下文曰："冬十有一月"是也。然明引左氏"王周正月"之文矣，而又斷以為"冬十有一月"者，不知胡氏之意，進退何所據乎？又曰："後乎周者時不易。"胡氏之意，非遂謂漢不易時而周獨易時也。其意不過謂周不易時，取漢以為證耳。故下文曰："建子非春"亦明矣。是胡氏不主改時之説也。其又曰："乃以夏時冠周月何哉"云者，是胡氏亦知周果改十一月為正月矣，特未便以為春是周之正月乃夏之十一月，仍為夏正之冬也。孔子作《春秋》，取"春"之一字加於周正月之上耳。是胡氏之意也，故下文又曰：聖人語顏回以為邦，則曰："行夏之時。"作《春秋》以經世，則曰："春王正月。"此見諸行事之驗，於是而胡氏之誤更有不可勝言者矣。

夫周之月,建子之月也。建子,非春,胡氏自言之矣。使周果不改時,而孔子作《春秋》,以建子非春之月,強取"春"之一字加於其上,此乃天時所不受,稍知詩書、識道理者,將逆折其萌而不敢以為,而牧兒、芸叟、婦人、女子之所聞而恠笑者也。曾謂孔子而為之乎?"行夏之時",子有是言矣。假使周而果不改時也,則建子之月,儼然冬也。冬則正夏之時也。夏之時曰冬,孔子書之曰春,是周本行夏之時,而孔子乃變夏之時矣。行夏之時者,果當若是乎?假使孔子之於《春秋》,果寓行夏時之意,而周果不改時也。則建子之月必將直書之曰冬,使後之人猶得有所考而正焉,曰周之不改時如此也,以子月為正月如此也,其不若夏寅月之為正月如此也,此所謂非行夏之時也。後之人由此考正而行夏之時焉,豈不亦甚明白矣乎?而顧冬而書春,曰吾欲行夏之時,寧有是理乎?又其論曰:"以夏時冠月,垂法後世。以周正紀事,示無其位不敢自專。"假使孔子果以夏時冠月,則亦何難以夏正紀事?時可自專,月獨不可自專乎?夫春、夏、秋、冬之時,自正至十二之月,以為可改則皆可改,以為不可改則皆不可改也。今改夏之冬為春,曰:"將以垂法後世"。不改周之子月為十一月,曰:"吾無其位,不敢自專。"無其位而改冬為春,冬必不可為春也。不可為春者,而悍然命之為春。無其位者,又敢自專如此乎?且使後之人何所取法乎?而謂以此垂法後世者,其果何法之垂也?《書》云:"王省惟歲,卿士惟月,師尹惟日。"言以歲月日之大小,別王及卿士、師尹之尊卑也。今謂夫子改時不改月,是敢於其大而不敢於其小也,聖人豈有是乎?至其謂夫子有聖德,無其位而改正朔。夫正者,正月。朔者,月朔也。如胡氏說則正月亦夫子所改矣。吾不知胡氏所謂正朔者,果何所指也?聖人之言語文章皆其光明正大之心,其語顏子,則正告以為邦之事,其作《春秋》,則直書以《魯史》之文。《魯史》之文曰:"春王正月。"孔子書之,亦何至如後儒支離剝割之見,巧為新意於其間?或有如胡氏之見者,曰:"《春秋》天子之事也。若《魯史》曰:'春王正月。'孔子書之,曰:'春王正月。'夫人皆能之,何必孔子乎?何以為天子之事乎?"余應之曰:所謂天子之事者,天子有命德討罪之權,《春秋》有褒善貶惡之旨。顯其事,使善惡昭然,微其文,故褒貶具在。是所謂天子之事也,是所謂《春秋》也。事蹟之昭昭者尚不得而飾其詞以變易是非,況年、時、月、日之一定者哉?若於年、時、月、日巧為新意於其間以誣聖人,其得罪聖人大矣。吾不可以無辨。

《春秋》始隱公論

粵自西周板蕩,王轍東遷。平王以來,流離世故,斯亦極矣。眷言豐、鎬,有故國舊京之感焉,此周家之一大變局也。《春秋》托始於平王,無可疑者。陳氏傅良曰:"《春秋》非始於平王，始於桓王也。當平王之世，魯隱之奉其弟軌，宋穆之舍其子馮，諸侯猶有讓千乘之國者也。衛石碏、晉九宗五、正嘉父、宋孔父之流，猶知尊君親上也。鄭莊公為卿士，王貳於虢，於是周、鄭交惡。隱之三年，平王崩，桓王即位，四年而鄭始朝。身為卿士，而有志於叛王，此《春秋》所以作也。"嘗試論之，夫桓之於鄭，孰與平之於申、鄶？而鄭之叛志，孰與齊、楚、秦、晉之強僭？四年而朝，孰與周、鄭之交質？繻葛自將之役，孰與犬戎弒父之大變？故謂《春秋》託始於桓王者，是亦齊末之見矣。孟子曰："王者之跡熄而《詩》亡，《詩》亡然後《春秋》作。"《二雅》絕於幽王、平王之世。《詩》下降於《國風》，是所謂王者之跡熄也。又何疑於《春秋》之託始與？然則曷不始於平王之初年也？趙氏鵬飛有言："子嘗曰：'吾其為東周乎？' 蓋將興西周矣。興西周之志，不得行於時，而寓於《春秋》。則《春秋》者，中興周室之書也。"又言："平王之末，政愈不綱。天下之亂，有加於前，而中興無其人矣。夫子於是憫悼衰世而作《春秋》也。"趙氏說雖善矣而未盡也。余謂《春秋》之作，始於隱公者，隱公之九年①當平王之季世，隱公有讓國之心，而遭篡弒之禍。其父子君臣之際，有臣子所難言者。夫子垂典法於萬世，明大戒於方來，首記其事，有微文顯志焉。或曰："禍基於惠，而記始於隱者何也？"曰：傷隱之賢而誅桓之篡也。或又曰："隱，攝也。桓宜為君者也。宜為君者而誅其篡，何也？"曰：凡隱之立，夫子許其為公，不言其為攝。攝，經無明文也。非攝而親遇弒焉，其為篡也何疑乎？是以劉氏敞曰："讓則不攝，攝則不讓。"而《傳》謂隱公攝，是非其位而據之者也，於王法所不得為。於王法所不得為，則桓之弒隱惡少減矣。《春秋》不宜深絕之，今以其深絕之，知隱公乃讓也，非攝也。今以攝言隱公，是不盡《春秋》之情。而穀梁子之論隱公也，曰："《春秋》貴義而不貴惠，信道而不信邪。孝子揚父之美，不揚父之惡。先君之欲與桓，非正也，邪也。既勝其邪心以與隱矣，已探先君之邪志而遂以與桓，則是成父之惡也。"蓋穀梁之論過甚矣！昔者，周之始興也，泰伯之讓，孔子賢之。當《春秋》之世，視泰伯之時何時也？有能以讓而身蒙禍②患，猶刻責之，追詬其所為，曰"探先君之邪志"，曰"成父之惡"，使此人之隱衷大節既無以白於天下，而世不復知讓為盛德，以篡奪為固然，將陰以生亂臣賊子之心，其何以勸善而懲惡也？亦異乎君子成人之美矣！且太王之欲傳位季歷，亦可謂為邪志，而季歷及昌亦可謂為成先君之惡者耶？雖隱公之賢不及泰伯，而惡亦未著，《春秋》之作，將以獎善戒惡耳，惡者猶欲進之於善，況非惡之尤著者乎？惡未著而被之以"成父之惡"之名，聖人與人之意度不出此。故曰傷隱之賢，誅桓之篡，此夫子之微文顯志也。或者謂："《春秋》有書即位，有不書即

---

① 九年：四庫全書本作元年。按：《春秋》始于隱公元年。作元，是。
② 禍：四庫全書本作禍。

位。隱不書即位者，不成其為公也。不成其為公，是夫子不許之也。"曰：是豈然與？凡即位之例，啖氏助言之，陸氏淳誦説之。余嘗求其義矣，知隱之不即位，有非例所得盡者，而啖氏未能究其義也。啖氏之言曰："凡先君正終，則嗣子踰年行即位禮。《穀梁》云：'繼正，即位也。'文、成、襄、昭、哀五公是此例也。凡先君遇弒，則嗣子廢即位之禮。不忍行也。《穀梁》云：'繼弒君，不書即位，正也。'莊、閔、僖三公是也。凡繼弒君而行即位禮，非也。《穀梁》云：'桓公繼弒君而行即位，則是與聞乎弒也。'《公羊》云：'宣公繼弒君而行即位，其意也。'意欲為君，故黨於賊而行即位。《左氏》不達其意，曲為其説，而云：'莊公不言即位，文姜出故也。閔公不言即位，亂故也。僖公不言即位，公出故也。《左氏》云：閔公弒後，成季以僖公適邾，共仲奔莒，乃入，立之。公出復入不書，諱故也。'言經中無僖公出入之文。以得罪去國，猶曰不忍。父為他國所弒，其情若何？不舉其大而舉其細，非通論也。且三月文姜方孫，何妨正月即位乎？故知解莊公不言即位，妄也。國有危難，豈妨行禮？故知解閔公不言即位，妄也。若君出諱而不書，昭公何以書乎？假如實出，亦當非時即位如定公也。故知解僖公不言即位，妄也。"按：陸氏引啖子所稱繼正即位，繼弒不即位之説，當矣。至其闢《左氏》所云：莊、閔、僖之不即位，辭尤辨而正也。而獨於隱，則猶因《左氏》《公》《穀》之説者，余故以為未究其義也。《左氏》云："不書即位，攝也。"而《公羊》以為"何以不言即位？成公意也。公將平國而反之桓"。《穀梁》以為"何以不言即位？成公志也。言君之不取，為公也。君之不取為公，將以讓桓也"。愚以謂《左氏》言攝，既與經違，而《公》《穀》以為成公之意志云云者，是公既即位，而孔子削其事矣。審如是，則是夫子欲成隱讓國之心，而隱實未得行即位之事。不得行即位之事而即位焉，是在隱初非欲讓者也。烏在其為成其意志乎？是以由《左氏》《公》《穀》之論而知啖氏之言猶未究其義也。宜乎隱公讓國之賢未大著明於後世，而遂失聖人所以作經之心矣。故吾斷以謂隱不書即位者，隱自不行即位之禮耳。夫子不得而書，故夫子亦不得而削也。及觀趙氏汸之論而有合焉。趙氏有謂："策書之大體者曰行其禮則書，不行其禮則不書。此無待於筆削者，吾無加損焉。蓋隱公之即位，策書之大體也。其書於策則存而不削，不書於策雖聖人不得而益之。"趙氏之説，有以得乎聖人光明正大之心而不同乎谿刻詭僻之見，宜其合於吾心也。明乎此，而後知隱之於桓，讓也，非攝也。讓而弒之，夫子是以傷其賢而誅其篡。《春秋》之始紀隱公而善善惡惡之大義已並行而不悖焉。此其為聖經也與？且夫吾之於《春秋》也，恒體聖人善善長、惡惡短之義，而不敢有谿刻詭僻之見，以冀無失聖人光明正大之心。是以於隱公之事不敢有過求焉爾。因敘《春秋》之所以始，為論其義而辨之。若夫求其義而不得，妄生穿鑿，如葉氏夢得所云："天有十二月，冕有十二旒，服有十二章，《春秋》紀十二公，"逆而推之，至於隱公，以成其數者，是皆小見破道，邪説亂經,學者尤當以為戒也。

書錢氏《春秋論》後

　　紅丸之案,孫慎行引《春秋》許世子事直攻方從哲,名之為弒。魏大中繼之,而其辭加甚矣。錢氏謙益[①]為《春秋論》,自跋其後曰:"進藥之獄,蒙[②]有猜焉。進藥決之禁中,閹臣不為藥主,一也;光宗寢疾彌留,非以紅丸故奄棄萬國,二也;舍崔文昇而問李可灼,三也。穀梁子曰:'於趙盾見忠臣之至,於許世子止見孝子之至。'儒者相沿服習,以為精義。執此以斷斯獄,則過也。"斯亦可謂原情之論者矣。故其論曰:"引《春秋》之義斷後世之獄,是猶禁奸盜以結繩,理文書以科斗。欲以趙盾、許世子止之獄辭,傅本朝之律令,不已迂乎?"然,於梃擊移宮之事,則論曰:"《春秋》書曰:'夫人孫於齊。'《左氏》曰:'不稱姜氏,絕不為親,禮也。夫人姜氏薨於夷[③],齊人以歸。夫人氏之喪至自齊。'《公羊》曰:'貶必於重者,莫重乎其以喪至也。'何休曰:'刑人於市,與衆棄之。必於臣子集迎之時貶之,所以明誅得其罪也。'吾夫子,魯之臣子也。於魯之二夫人大書特書,無所忌諱。耿育之所謂暴露私燕,謗及山陵者,吾夫子其戎首也哉!"夫夫人姜氏通於齊侯,致有公子彭生之禍,所謂罪大惡極,凡為臣子不共戴天之仇也。而吾夫子猶隱其辭而不斥言其事。鄭貴妃之於神宗,李選侍之於光宗,可比姜氏之於桓公乎? 否也? 梃擊之於光宗,移宮之於熹宗,罪狀未明。深文周內,取淫慝凶亂之事,同誑並譏。是以《春秋》之獄辭,傅光、熹之律令也。光宗阨於鄭氏,終其世未嘗出一惡語,可謂孝子仁人矣。熹宗冲人闇弱,始因臣下之煩言,搆怨李氏,至為手勅,顯布外庭。嗚呼,薄矣! 而乃引耿育之言以為口實,明之鄭、

---

　　① 　錢氏謙益:四庫全書本作錢氏遵王。按:錢謙益,字受之,號牧齋,江蘇常熟人。明崇禎三十八年進士,官至禮部侍郎,坐事革職。福王即位南京,召為禮部尚書。清軍下江南,謙益迎降,授禮部右侍郎管祕書院事,充明史館副總裁,旋以疾辭歸,卒於家。謙益學識淵博,擅長詩文,尤留心明史,博採旁稽,撰成《明史稿》一百卷。著有《初學集》、《有學集》,是明末清初著名的史學家和文學家,主江南文壇數十年。藏書甚豐,構絳雲樓以貯之,號稱江南第一。侄孫錢曾,字遵王,號也是翁。明諸生,入清不仕。少學詩文於謙益,頗受賞識。謙益撰《吾炙集》,標曾詩為首。絳雲樓被焚後,燼餘書籍及詩文稿悉付藏弄。所居述古堂,多善本書,撰《讀書敏求記》,識其源委。又編有《述古堂書目》、《也是園書目》,是著名的藏書家和目錄版本學家。但是,錢曾致力於採集遺書秘笈,抄校宋元精槧,明史非其所長。錢謙益逝世時,陳廷敬二十六歲。五年前,他中進士,選庶吉士。三年前,他充會試同考官,授內祕書院檢討。兩年後,任《世祖實錄》纂修官,與文壇名流龔芝麓、汪琬、王士禎等結為文社。錢曾比陳廷敬早生五年,早死十一年。陳廷敬不僅參與《明史》的纂修,而且曾任纂修《明史》的總裁官。陳廷敬對他們的瞭解,應該比一百多年後參與編纂四庫全書的館臣們更為詳確。《春秋論》後的《跋》,應以出自錢謙益之手為宜。

　　② 　蒙:四庫全書本作余。按:蒙,蒙昧。自謙之詞。張衡《西京賦》:"蒙竊惑焉。"注:"謙稱也。"

　　③ 　夷:四庫全書本作夷。按:《说文》:"夷,夷本字"。

李,漢之趙昭儀,其本末亦不齊矣。而欲以此附《春秋》之義,又庸有當乎?蓋常易其心而求三案之是非,君子小人互有得失,不有瑶禍,借三案以殺人,則君子之所謂得者未必是,小人之所謂失者未必非。惟姦瑶殺人,則借三案,而一時畏禍趨利之徒,亦借三案以為緣。於是乎君子小人之目判然如白黑之不可混淆,而鄭、李之罪,惟恐其不明彰大著於天下。是故成鄭、李之罪者,始於諸君子而終於魏忠賢也。忠賢之亂政,亦鄭、李之不幸也,而自諸君子發其端,是可為痛惜也已。余因覽錢氏之論而聊述其義。後之君子,其不以余之言為非而不惑於當時門户黨朋者之説,則千秋之是非得失,必將覈其寔而無為徒狥其名矣。

古今《易》説

《易》於《六經》最古,遭秦燒書,以卜筮獨得存,最為完書。最古而完,而今所傳者特為淆亂,視他《經》為甚焉。《樂》既散亡。二《禮經》晚出,雖闕,然幸不為後人所亂。《書》得之孔子屋壁,《詩》賴諷誦以存。雖不無殘脱,然考《詩》《書》之《序》,或皆繫於篇末,或自合為一篇,其始皆不亂於《正經》。《書》自孔安國,《詩》自毛公,始別《序》入《經》,冠之篇首。朱子除其《序》,各合為一編,以置《經》外,而復《詩》《書》之舊焉。《春秋》一《經》三《傳》,初皆別行。漢以來儒者,欲省學者兩讀,至以《公》《穀》配《經》,《左氏》分《傳》附《經》之年。朱子雖未及詳定,而亦別出《左氏》《經文》,蓋將以復《春秋》之舊也。《經》之存者五,惟《易》最古而最先亂,已而幸正之,卒又亂焉。《藝文志》云:“《易經》十二篇。”顏師古謂《上下經》及《十翼》,葢《古經》也。漢費直以《彖》《象》釋《經》,附於卦後。今乾卦起“大哉乾元”,至“用九”“天德”,不可為首,是其例也。雖其初加一《傳》字以別於《經》,然十二篇之《經》,直已亂之矣。漢鄭康成注《易》,合《彖》《象》於《經》,而所謂《彖》《象》不連《經文》者猶在也。至魏王弼注《易》,用康成本,又增入乾、坤《文言》,雖加《彖》曰、《象》曰、《文言》曰以別於《經》,然直之所既亂者,弼又從而亂之,若《説卦》等篇仍其舊,總曰《繫辭》,自是世儒知有弼《易》而不知有《古經》矣。程子作《易傳》,因弼本未暇更正,嵩山晁説之考訂古今,釐為八卷。《卦爻》一、《彖》二、《象》三、《文言》四、《繫辭》五、《説卦》六、《序卦》七、《雜卦》八。而呂氏大防《周易古經》,《上經》一、《下經》二、《上彖》三、《下彖》四、《上象》五、《下象》六、《繫辭》上七、《繫辭》下八、《文言》九、《説卦》十、《序卦》十一、《雜卦》十二。王氏原叔家《古易》本,《卦辭》一、《彖辭》二、《大象》三、《小象》四、《文言》五、《繫辭》上六、《繫辭》下七、《説卦》八、《序卦》九、《雜卦》十。東萊呂祖謙則定為《經》二、《傳》十、《上經》一、《下經》二、《彖上傳》一、《彖下傳》

二、《象上傳》三、《象下傳》四、《繫辭上傳》五、《繫辭下傳》六、《文言傳》七、《説卦傳》八、《序卦傳》九、《雜卦傳》十。朱子《本義》從之。故朱子曰:"《經》則伏羲之畫,文王、周公之辭也。並孔子所作之《傳》十篇,凡十二篇。中間頗為諸儒所亂,近世晁氏始正其失,而未能盡合古文。呂氏又更定,著為《經》二卷,《傳》十卷,乃復孔氏之舊云。"按朱子之言,幸《古經》之復正也。明永樂時修《五經大全》,《易》則從程《傳》元本,而《本義》則以類從。夫以程子未及更正之《經》,取朱子從《古經》説《易》之辭,割裂參錯於其間,使《古經》已正而復亂。而最繆戾者,簡首仍載朱子"幸《古經》復正"之説,而又不言其不從《古經》之故。是則所謂"復孔氏之舊"者,果安在乎? 至使前賢之意乖刺不明,至今三百年餘,未有能正之者也。成化間,奉化學教諭成矩謂世之讀《易》者先《本義》而後《傳》,遂獨刻《本義》行於世。今家傳戶誦者成矩之書也。夫朱子因《古經》作《本義》。明初諸人以《本義》參附於《傳》而一之,已失朱子之意矣。然,猶曰此集諸儒之説,非專朱子之書也。今矩所訂之書,儼然朱子之書,世之學者遵信之,而不復知其舛謬之若此也。蓋《易》之最古而完者,及今猶可考見,故與世諗焉。

皇 極 數 説

理、數一也,岐而二之者非也。言理不言數,此近世學者之通病。然,天下豈有理外之數哉? 故曰:理、數,一也。邵子於數精矣。世之學者,求之而不得其解,姑曰:《易》之為書,理而已矣,數非所尚也,豈不悖哉! 皇極之數,世失其傳。嘗殫心研索,積數年之勤以求之,恍若鬼神之來告焉。已復參之書冊,遂無弗悉合者。故於理、數之際,有可得而略言者焉。《大傳》謂:"極其數,遂定天下之象。"大哉言乎! 皇極之數,斯當之矣。蓋《河圖》之數,生於五而成以十,此數之始也。自十而百,百而千,千而萬,而後謂數之極。易逆數必極其萬而千,千而百,百而十,十而零之數而後謂極其數也。既能極其數矣,而後天下之象定焉。夫見天下之賾者,儗諸形容,象其物宜,是之謂象。象誠天下之賾者哉! 天下之賾,極之至於萬、千、百、十、零,而天下之象,定之止於一、二、三、四、五、六、七、八、九、十,而此十數者,又止用其四焉。是天下之象,四象焉盡之矣。故曰:定也。其法:以數求卦。上卦動,以動因十,以卦因零。下卦動,以卦因十,以動因零。再加卦數、爻數,而先天之數成矣。通計萬、千、百、十、零之數,去萬以千、百、十、零為元會運世,是為四象,而五行生尅吉凶斷焉。以乾卦言之,六陽策數二百一十有六,如五爻動,是上卦動也。以原策數二百一十有六為本數,五爻加五十,原策數為數萬有八百,是為以動因十。乾位一加一,原策數為數二百一十有六。上下乾位各加一,為數二,五爻加五,為數五,是為以卦因零。通計為數萬有一千二百三十有九,是為一二三九也。如二爻動,是下卦動也。以原策數二百一十有六為本數,乾位一加十,原策數為數二千一百六十,是為以卦因十。二爻加兩,原策數為數四百三十有二。上下乾位各加一,為數二。二爻加二,為數二。是為以動因零。通計二千八百一十有二,是為二八一二也。以坤卦言之,六陰策數一百四十有四,如六爻動,是上卦動也。以原策數一百四十有四為本數,上爻加六十,原策數為數八千六百四十。是為以動因十。坤位八加八,原策數為數千有一百五十有二。上下坤位各加八,為數十六。上爻加六,為數六。是為以卦因零。通計九千九百五十八,是為九九五八也。如三爻動,是下卦動也。以原策數一百四十有四為本數,坤位八加八十,原策數為數萬有一千五百二十,是為以卦因十。三爻加三,原策數為數四百三十有二。上下坤位各加八,為數十有六。三爻加三,為數三。是為以動因零。通計萬有二千一百一十有五,是為二一一五也。以坎卦言之,二陽四陰,策數百六十有八,如四爻動,是上卦動也。以原策數一百六十有八為本數,四爻加四十,原策數為數六千七百二十。坎位六加六,原策數為數一千有八。上下坎位各加六,為數十有二。四爻加四,為數四。是為以卦因零。通計為數七千九百一十有二,是為七九一二也。如初爻動,是下卦動也。以原策數百六十有八為本數,坎位六加六十,原策數為數萬有八千,是為以卦因十。初爻加一,原策數為數百六十有八。上下坎位各加六,為數十有二。初爻加一,為數一。是為以動因零。通計為數萬有四百二十有九,是為〇四二九也。以離卦言之,二陰四陽,策數百九十有二。如上爻動,是上卦動也。以原策數百九十有二為本數,上爻加六十,原策數為數萬有一千五百二十。是為以動因十。離位三加三,原策數為數五百七十有六。上下離位各加三,為數六。上爻加六,為數六。是為以卦因零。通計為數一萬二千三百,是為二三〇〇也。如三爻動,是下卦動也。以原策數百九十有二為本數,離位三加三十,原策數為數五千七百六十。是為以卦因十。三爻加三,原策數為數五百七十有六,上下離位各加三,為數六。三爻加三,為數三。是為以動因零。通計為數六千五百三十有七,是為六五三七也。如三陽三陰之咸,策數百有八十為本數。上爻動,以動因十,加六十,原策數為數萬有八百,以卦因零。兌位二加兩,原策數為數三百六十。上兌位二加二,下艮位七加七,為數九。上爻加六,為數六。通計為數萬有一千三百五十有五,是為一三五五也。初爻動,以卦因十。艮位七加七十,原策數為數萬有二千六百,以動因零。初爻加一,原策數為數百有八十。上兌位加二,下艮位加七,為數九。初爻加一,為數一。通計為數萬有二千九百七十,是為二九七〇也。如五陰一陽之復,策數百五十有六為本數,四爻動,以動因十。加四十,原策數為數六千二百四十,以卦因零。坤位八加八,原策數為數千二百四十有八。上坤位八加八,下震位四加四,為數十二。四爻加四,為數四。通計為數七千六百六十,是為七六六〇也。三爻動,以卦因十。

震位四加四十,原策數為數六千二百四十,以動因零。三爻加三,原策數為數四百六十有八。上坤位加八,下震位加四,為數十二。三爻加三,為數三。通計為數六千八百七十有九,是為六八七九也。推之至於他卦,悉準此法。先天之數,無遺義矣。

三 正 説

《夏書》三正,《傳》謂為天、地、人之正道。馬融曰:“建子、建丑、建寅、三正也。”孔穎達謂:“三正為三才。”按:三正之説,生於三律,成於三統。《漢書·律曆志》云:“三統者,天施、地化、人事之紀也。”十一月,乾之初九,陽氣伏於地下,始著為一,萬物萌動,鐘①於太陰,故黃鐘②為天統。六月,坤之初六,陰氣受任於太陽,繼養化柔,萬物生長,楙之於未,令種剛彊大,故林鐘③為地統。正月,乾之九三,萬物棟通,族出於寅,人奉而成之,仁以養之,義以行之,令事物各得其理。寅木也,為仁。其聲商也,為義。故太族④為人統。此三律之謂矣,是為三統。其於三正也,黃鐘⑤,子為天正。林鐘⑥,未之衝。丑為地正。太族寅為人正。三正正始,是以地正適其始,紐於陽,東北丑位。《易》曰:“東北喪朋,乃終有慶。”答應之道也。故三正之説,生於三律,成於三統者,謂此也。孔氏以三正為三才,未知所據?《易·大傳》曰:“《易》之為書也,廣大悉備。有天道焉,有人道焉,有地道焉。兼三才而兩之,故六六者非他也,三才之道也。”夫天下之事物,義則可以兼通,名不可以假借。若非然者,是《周易》可以言三正,《尚書》可以言三才。今既言三正矣,而以三才釋之,未見其可也。自是以來,解者紛然,其未有定矣。陳氏大猷《書集傳》:“或問:‘馬氏以建子、建丑、建寅為三正,如何?’曰:‘新安王氏辨之已詳。使其果為不用正朔,亦豈應言三正乎?’曰:‘夏氏謂董仲舒言舜紹堯改正朔,如何?’曰:‘漢儒多喜言改正朔,《經》內,舜、禹初無此也。’”按:蘇氏有言:“王者各以五行之德王,改正朔,易服色。自舜以前,必有以子、丑為正者。有扈不用夏之正朔、服色,是叛也。”王氏辨之,謂:“堯之授時,以寅為正月,舜因之。至商乃以十二月為歲首,至周乃以十一月為歲首。堯、舜之前,安有丑正、子正乎?”按:鄭康成謂:“帝王易代,莫不改正。堯正建丑,舜正建子。正月上日者,未即位、未改堯正也。月正元日者,即位之後乃改堯正也。”孔氏不取其説,謂:“先儒王肅諸

---

① 鐘:四庫全書本作鍾。
② 鐘:四庫全書本作鍾。
③ 鐘:四庫全書本作鍾。
④ 族:四庫全書本作蔟。
⑤ 鐘:四庫全書本作鍾。
⑥ 鐘:四庫全書本作鍾。

人以為,惟殷、周改正,易民視聽。自夏已上,皆以建寅為正。'崴二月,'《傳》言既班瑞之明月,以此為建寅之月也。"按:《傳》云:"班瑞之明月,"並不言寅。穎達直謂"以此為建寅之月",是其臆說,非《傳》意也。若夫王氏之辨,襲穎達之說,吾無取焉。又謂:"漢儒多喜言改正朔,《經》內,舜、禹初無此。"然則建寅之月,《經》內曾有此乎。程氏大昌云:"創建丑、子,惟商、周耳。自唐迄夏,即皆建寅。"高堂隆謂:"舜更堯曆,首崴以子,堯同少昊,首崴以亥,皆不與《詩》《書》合。"夫舜首崴以子,堯首崴以亥,雖不見於《詩》《書》,而謂自唐迄夏,即皆建寅者,果《詩》《書》之明文歟?《詩》、《書》既無建寅之說,而謂皆不與《詩》、《書》合者,果何所指與?此其說皆祖禰穎達,與《經》背馳。而尤其甚者,王耕野氏《讀書管見》云:"怠棄三正,以為子、丑、寅之正。不知王朝頒朔,三正並頒於諸侯耶?抑止頒寅正也?而奈何責有扈以怠棄三正。且不奉正朔,是欲擅變禮樂,改易制度,何得云怠棄?或者以為,養民莫重於六府三事。威侮五行,是不修六府,怠棄三正,是不務三事。為諸侯而不知養民,此天所以絕之也。"按王氏此說,較諸說為優,似可以折吾之說者,請得與辨之。王氏云:"止頒寅正,"固矣。而《經》言三正者,特以三正命於天而行於人者也。有扈氏不畏天,不恤人,故雖頒寅正而兼言三正者,正所以深責之也。王氏云:"不奉正朔,是欲擅變禮樂,改易制度,何得云怠棄?"夫王氏之說,誠善矣!然《經》所謂"怠棄"者,正以其不畏天,不恤人,兼三正之義以深著其罪,故謂之"怠棄"云爾。衆言淆亂若此,則盍不觀朱子之言乎。朱子曰:"天開於子,地闢於丑,人生於寅,故斗柄建此三辰之月皆可以為崴首。"又《語錄》云:"邵子《皇極經世書》:'一元統十二會,一萬八百年為一會。當初一萬八百年而天始開,在子會。又一萬八百年而地始成,在丑會。又一萬八百年而人始生,在寅會。'邵子於寅上方注一開物字,子、丑、寅皆天地人之始,故皆可以為正。"蔡氏沈習聞此說,故《集傳》謂:"三正,子、丑、寅之正也。三正迭建,其來久矣。舜恊時月,正日亦所以一正朔也。子、丑、寅之建,唐、虞之前,嘗已有之。"蔡氏斯言,可謂得之矣。至有扈氏暴殄天物,輕忽不敬。林氏之奇《尚書全解》云:"但言其廢三綱、五常耳。"此蓋模稜之言,宋人如此者甚衆,皆不足與辨者。以林氏於《尚書》最有名,故及之。自漢、唐迄宋、元,碌碌者無論已。其為說之最著,可以害經而惑世者,故取以致辨焉。

方澤壇左右辨

王者南面以聽天下,宮室廟庭,罔弗南嚮。故古北郊位皆南嚮,無北嚮。配位皆西嚮。宋政和間,用北牖答陰之義,始改地壇位北嚮,而太祖配位東嚮。蓋壇位既北嚮,則西為位左方,配位居西東嚮,是左昭之義也。南渡後,壇復南嚮。明嘉靖九年,建方澤壇,用宋政和制,地祇北嚮。《祀典考》曰:“配位居左。”既曰左,則宜東嚮明矣。王圻《續文獻通考》載嘉靖初年祀方澤《儀注》云:“配位西嚮。”當是時,猶未用政和之禮也。其西嚮也,固宜。今壇制沿明舊,而用《儀注》西嚮之文,不察配位居左之義。夫今之方澤,非嘉靖初年之方澤,是用政和禮改建之方澤也。壇位既北嚮矣,而仍以東為左,以西為右,則是尊昭也而顧使居於穆次,穆也而顧使居於昭。以昭居穆,以穆居昭者,是有司失考,昧左右之義矣。蓋東與西為定位,左與右為虛名。配位之或東、或西,從壇位之南嚮、北嚮也。北嚮之東,乃南嚮之左,非北嚮之左也。北嚮之西,乃北嚮之左也。故方澤北嚮,宜取左而居西嚮東,不宜仍從南嚮,取東而居右也。今位西嚮,是居南嚮之左,非居北嚮之左矣。按:《禮》:“昭穆,昭南面,穆北面”。昔之所謂南北,今之所謂東西也。今之所謂左右,昔之所謂昭穆也。是左為昭,右為穆也。若宜東嚮而西嚮,是宜居左而居右矣。是以右為昭而左為穆矣。由是,位不得不束嚮,則宜穆而乃昭矣。當時禮官,忽左右之位,執東西之名。以有定之東西,冒無定之左右。其於昭穆之義,果皆合歟?否歟?於愚心竊有未安也。當俟諸議禮之君子焉。

春秋齊桓晉文說

古者建國,親侯列爵惟五,而統於一尊。大小相維,厥有常制。而強凌弱,衆暴寡,挾天子以令友邦,率羣力以侮孤國,此三王之罪人,萬世之所公惡也。是以“仲尼之徒無道桓、文之事者”。而夫子曰:“其事則齊桓、晉文”者,其故何哉?或謂隱、桓之世,王室卑而齊伯興,《春秋》之所由以始。定、哀之世,中國衰而晉伯廢,《春秋》之所由以終。若是,則《春秋》為獎伯之書,喜其興而懼其廢也。夫竊天子征伐之權,挾諸侯以會盟之事。名為尊王,實以自雄。開兼并之漸,兆禍亂之原,聖人謹微防患之心,不如是其疎也?《春秋》懼亂而作。桓、文之事,聖人之所大懼也,是所由以書也。不然者,以二百四十二年之記,一百二十四國之行事,朝會盟聘,圍伐滅入,無有不書。而獨曰:“其事則齊桓、晉文”者,豈真有慕於伯者之為哉?或曰:方伯得專征伐,是天子之所與也。然,不請於天子而主盟擅討,執其君,殺其臣,滅其土地,無王之甚矣!《春秋》豈與其無王者哉?其曰:“其事則齊桓、晉文”者,嚴首惡也。是《春秋》之旨也。

《春秋》明天道説

《春秋》以禮樂征伐之權歸於天子，凡不出於天子而私會、私盟、私相朝、私侵、私伐、顓殺者，《春秋》皆罪之。夫禮樂征伐之權，天子有之。雖天子亦不得而自私之也。天之所命，要當以天事行之。故《春秋》者，天道也。《書》曰："天佑下民，作之君，作之師。惟其克相上帝，寵綏四方，有罪無罪，予曷敢有越厥志？"又曰："天敘有典，勑我五典五惇哉！天秩有禮，自我五禮有庸哉！天命有德，五服五章哉！天討有罪，五刑五用哉！"是天之所命，天子亦不得而私之也。而有一人之敢衡行，敢作好惡，作威福，是謂逆天。故凡《春秋》之所誅，天之所誅也。故曰：《春秋》，天道也。漢以來説《左氏》者，以為《春秋》周公之志。周德衰，典禮喪，宣父因《魯史》成文，考其真偽，正其典禮。上以尊周公之制，下以明將來之法。為《公羊》者曰：《春秋》變周之文，從夏之質，甚則以為黜周王魯也。為《穀梁》者曰：平王東遷，周室微弱，天下板蕩，王道盡矣。夫子傷之，乃作《春秋》。所以明黜陟，著勸戒，成天下之事業，定天下之邪正。三家之説，《穀梁》近於理而未得聖人之心，後世遂有以天命為不足畏者，是使聖人之心不明於天下也。春秋之時，王者徒擁虛號於上，勢不若一執國命之陪臣。《春秋》於"春正月"，既以繫之於王，其意以為，天下習見王者之不足尊也。又尊其名曰："天王"，天下敢不尊王，有敢不尊天者乎？是可以見《春秋》之志也。夫會盟、朝聘、侵伐、刑殺之權，攘竊之既久，馴至於弑逆。原其始，皆無王之一念為之。而《春秋》曰：有天在焉，天在，斯王在也。亂臣賊子之敢於推刃於其君父者，以謂無天耳！今曰"天王"，是王可無，天亦可得而無也耶？天卒不可得而無，是王卒不可得而無也。故曰：《春秋》之志也。其他日食、星變、水旱、雨雹、冰雪、孛彗，凡闗天事者，尤致謹焉。《傳》曰："聖人以天自處"。故聖人者，一天也。《春秋》，一天道也。

《春秋》因事約文説

天地之道，易簡而已矣。聖人之道，法天地而已矣。《易傳》曰："言行，君子之所以動天地也。"見之於行事者，謂之行。見之於口，見之於書者，謂之言。孔子曰："我欲載之空言，不如見之行事之為深切著明也。"然則《春秋》者，聖人之言，王、公、卿、大夫之行事，而即聖人之行事所由寓焉者也。聖人之言行，無有不本於易簡者，況其制作之書乎？孔子生當文勝之時，嘗自歎曰："文勝質則史。"古者，天子有史官，列國有《國史》。大事書於策，小事書於簡牘。當其盛也，無飾行，無支言，彬彬然文有其質者，杜預所謂"舊典禮經"是也。平王之世，隱公以來，官失其守。《史》所記注，皆違舊章，是孔子之所歎也。是"文勝其質"者也。孔子取魯《史記》，因事約文。二百四十二年之事，約於一萬八千言之間。文高而旨遠，辭少而義詳。要其意，歸於易簡而已矣。傳《春秋》者，左氏、公、穀、鄒、夾，其後遞相師授，為論、注、傳、疏者百千人。何休所謂"講誦師言，至於百萬，猶有不解，時加謑嘲"者也。其辭愈費，而聖人之意愈隱矣。以二百四十二年之事，費辭至百萬之多，而猶有所不解。使其上敘二千四百三十二年之遠，其辭之費而不解者，又焉有窮乎？夫天地，無終極者也。二百四十二年，其間一旦暮耳。由無終極以後，以紀無終極以前，其辭之費，不知又當何如也？然則《春秋》之作，聖人之慮在萬世者也，豈真為旦暮之間而然歟？故後世不達《春秋》之意，不可以為《史》，不知易簡之道，不可以達《春秋》。

《春秋》為史法説

《春秋》聖人之《史》也，非《經》也，後世謂之《經》也。有史官之《史》，未經筆削之《春秋》是也。有聖人之史，既經筆削之《春秋》是也。聖人之《史》，古無此體。乃夫子斷自聖心，創為義例，為萬世不刊之史法也。杜預曰："遵周公之遺制。"又曰："明周公之志。"以為明周公之志則可，以為遵周公之制則不可。柳宗元言："杜預謂'例為周公之常法'，曾不知侵、伐、入、滅，周公之盛時，不應預立其法。"柳子可謂知言矣！故《春秋》者，由周公以來未有此體也。聖人為史法以詔萬世，曰："其文則史。"而後之人名之曰《經》。名之《經》者，其意主於尊聖人，而後世遂專以《經》尊《春秋》而不知為聖人之《史》，於是聖人之史法遂亡。《春秋》有達例，有特筆。達例者，史官之《史》也。特筆者，聖人之《史》也。聖人之特筆，如化工之生物，不必駢枝儷葉、節節而生之而全體已具。史官之達例，欲圖日月而繪天地，不已難乎？曰：聖人為史法以詔萬世，後之為《史》者以《春秋》為法，可乎？曰：奚為而不可？有聖人之才則可，無聖人之才則妄也。曰：然則如之何？曰：姑為史官之《史》焉，烏知後世不有聖人者出與？

古不修墓辨

孔子葬母於防，為四尺墳。遇雨而崩，弟子修之，以告孔子。孔子流涕曰："吾聞之，古不修墓。"劉向曰："蓋非之也。"又言："殷湯無葬處，文、武、周公葬於畢，秦穆公葬於雍橐泉宮祈年館下，樗里子葬於武庫，皆無丘隴。"謂為"賢君智士遠覽獨慮無窮之計"。嘻，亦過矣！凡向之言，特借以成其薄葬之説，而不自知其言之過也。夫以人子之葬其君親，必令後世無丘隴之可尋，恒人之情，有不安於此者矣。而謂弟子之修墓，孔子"非之"，則尤為不知言而昧於聖人之所為也。《儀禮·筮宅》曰："度茲幽宅兆基，無有後艱。"既井椁，則又卜之曰："考降，無有近悔。"及葬，實土三。其慎如是。孟子所謂盡於人心也。古不修墓之語，殆猶"無有後艱"、"無有近悔"之義乎？墳雨而崩，葢孔子傷之也，非非之也。向之言何其過歟？康熙庚申閏八月晦日，書於百鶴新阡丙舍。

《午亭文編》卷二十二　　男壯履恭較

《午亭文編》卷二十三

門人侯官林佶輯録

雜　著　三

家氏鉉翁《原夏正》辨

《春秋》自《左氏》言周正，歷戰國、秦及漢諸儒以專經名家，至魏、晉、隋、唐、五代之季，千七八百年，並無異義焉。中間惟《穀梁》解烝祭曰："烝，冬祭。春興之，志不時也。"似以春為建寅之月，亦未顯言之。陸淳氏祖述啖、趙氏，始往往習攻《左氏》，務與為異。然，亦未有夏正之説也。逮宋儒始有三代改正朔，不改時月之説。於是劉敞氏、胡安國氏、陳傅良氏諸人競為新意，顓信己見，不顧聖經，而夏正之説紛然，至不可窮詰矣。家氏鉉翁為《原夏正》，張皇其辭。後之附會者，若程端學氏、俞皋氏衆矣。然，亦時相牴牾，不能自守其説。大抵家氏為尤辨，有害經意。今摭採諸家説與《左氏》同者，而裁以己意與辨之。家氏曰："寅、卯、辰為春，寅為歲首，此百王不易之正也。虞、夏而上，春首寅，歲首寅，天時、王正，兩得其正。自商人以建丑為歲首，周人復以建子為歲首，而百王之正與二代之歲首始判為二。夫子行夏之時，欲正與時皆以寅為首，革二代之歲首而從百王不易之正，此夫子平日之志，故筆之於《春秋》曰：'元年春，'又曰：'王正月，'春之下著正，以見天時在是，王正在是，垂萬世不刊之法也。"又曰："周雖建子為歲首，不過發號施令自此而始，而所以揆時授功者，夏時夏正也。"彼謂以建子首十一月者，《左氏》之誤也。彼謂變易四時，以子、丑、寅為春，卯、辰、巳為夏，午、未、申為秋，酉、戌亥為冬者，孔安國、鄭康成之大誤也。崴首者,特以發號施令,而正月則以紀年授時。崴首可改,而正月不可改也。愚按:崴首者,崴之首一月也。孔子謂“行夏之時”,不謂行夏之崴首。春、夏、秋、冬謂之時,若商、周止以丑、子月為崴首,而不以為春,是本不改時也。既不改時,是時仍夏之時也。孔子又何必曰:“行夏之時”乎?若不過以崴首發號施令而已,春、夏、秋、冬,十二月次一無改易,則是所關於政治得失之數,天時人事後先緩急之宜,尤非其最要者,而孔子必曰:“行夏之時,”不太鄭重矣乎?《周禮》:“正月之吉始和,布治於邦國都鄙,乃縣治象之法於象魏,使萬民觀治象,浹日而歛之。”如家氏之說,則此正月是夏之正月,既以其時“布治於邦國都鄙”矣,而所謂“崴首,發號施令,自此而始”者,其又所發者何號?所施者何令乎?號令之大者,無過於“治象之法”。今既以夏正月布之於邦國都鄙矣,則是崴首更無號令之發施,泯然都無所事,而周人姑為此無用之虛名而已。無用之虛名,周人何所取焉?孔子何必欲正焉?《周禮·小宰》:“正崴率治官之屬而觀治象之法,”鄭康成注云:“正崴,謂夏之正月,得四時之正,以出教令。”蓋周建子之月,既布治於邦國都鄙,而於建寅之正崴,小宰“乃帥治官之屬,觀治象之法”,是正月者,周正月,正崴者,夏正月也。家氏豈知此義乎?又按張氏洽云:“此所謂春,乃建子月。冬至陽氣萌生,在三統為天統。蓋天統以氣為主,故月之建子即以為春。而丑、寅之氣,皆天之所以生。”劉歆云:“三統者,天施、地化、人事之紀。天施,周正建子也。地化,商正建丑也。人事之紀,夏正建寅之謂也。”聖人雖欲“行夏之時”,而《春秋》因史作經,方尊周以一天下,豈遽改其正朔哉?又按:曹魏明帝景初元年,有司言:“魏得地統,宜以建丑之月為正。”三月定曆,改年為孟夏四月,改《太和曆》曰《景初曆》,其春、夏、秋、冬,孟、仲、季月雖與正崴不同,至於郊祀迎氣,祈祠烝嘗,巡狩蒐田,分至啓閉,班宣時令,中氣早晚,敬授民事,皆以正崴斗建為曆數之序。齊王芳復用夏正,以建寅之月為正始元年正月,以建丑月為後十月。於此,益知魏承漢後,改時改月,漢有定制,傳之自古,魏人知之最明,故踵而行之,初不以為異也。後人以《史記》漢冬十月為不改時月之證,若漢初不改時月,魏有司何緣得請以建丑之月為正?而魏之君臣,頗皆涉學慕古,又何緣定曆改年,以三月為孟夏四月乎?家氏不徵信於古,而以耳食之說逞其臆見,可謂愚而自用者矣。家氏曰:“《書·伊訓》:‘元祀十有二月乙丑,伊尹奉嗣王祗見厥祖。’《太甲中篇》:‘三祀十有二月朔,伊尹奉嗣王歸於亳。’此十二月乃商家之崴首,而但謂之十二月,以見商家雖以建丑為崴首,未嘗改十二月為正月也。”按,趙氏汸云:“《漢書·律曆志》據《三統曆》:商十二月乙丑朔旦冬至,即《書·伊訓篇》太甲元年十有二月乙丑,伊尹祀於先王,以冬至,越茀行事。”其所引書辭有序,皆與《偽孔書·伊訓篇》語意不合。且言日不言朔,又不言即位,則事在即位後矣。凡新君即位,必先朝廟見祖而後正君臣之禮。今即位後未踰月,復祠於先王,以嗣王見祖,此何禮也?曁三祀十有二月朔,奉嗣王歸於亳,是日宜見祖而不見,又何也？所謂《古文尚書》者,掇拾附會,不合於經,蓋如此説者,乃欲案之以證殷、周不改月可乎？又言:"後九十五歲,十二月甲申朔旦冬至,無餘分。"《春秋曆》:周文王四十二年十二月丁丑朔旦冬至。後八歲為武王伐紂克殷之歲,二月己丑晦大寒,閏月庚寅朔,三月二日庚申驚蟄,周公攝政。五年正月丁巳朔旦冬至。《禮記》孟獻子亦曰:"正月日至,七月日至。"其説皆與《傳》合。夫冬至在商之十二月,在周之正月。大寒在周之二月,驚蟄在三月,夏至在七月。而《太初曆》其在立冬、小雪,則曰於夏為十月,商為十一月,周為十二月。唐人《大衍曆》追算春秋冬至亦皆在正月,孰謂殷周不改月乎？陳寵曰:陽氣始萌,有蘭、射干、芸荔之應,天以為正,周以為春。陽氣上通,雉雊雞乳,地以為正,殷以為春。陽氣已至,天地已交,萬物皆正,蟄蟲始振,人以為正,夏以為春。蓋天施於子,地化於丑,人生於寅。三陽雖有微著,三正皆可言春。此亦曆家相承之説,所謂夏數得天,以其最適四時之中爾,孰謂建子非春乎？家氏曰:"臨卦之《彖辭》曰:'元、亨、利、貞,至於八月,有凶。'指觀而言也。臨二陽四陰之卦,直十二月。觀四陰二陽之卦,直八月。蓋自今年十二月指明年八月而言。當二陽之浸長,豫憂四陰之將盛。以臨、觀相為反對云爾。是時,商人以丑為歲首,而文王之《彖》惟從夏正,此商家月次不易之明證也。"按:張氏以寧云:"《本義》之説,以八月為自復卦一陽之月至遯卦二陰之月、陰長陽遯之時。"又謂:"此為建酉之八月為觀,亦臨之反對。"兩從其説而不決,前説從何氏周正也,後説從褚氏夏正也。復之《彖》曰:"七日來復。"是自夏正五月一陰長,數至夏正十一月一陽來復。日屬陽,故陽稱七日。扶之,欲其亟長也。於《七月》詩:一之日、二之日、三之日、四之日,即此義也。今臨之《彖》曰:"八月有凶。"是自夏正十二月二陽長,數至夏正七月二陰長。月屬陰,故陰稱八月。抑之,欲其難長也。蓋復《彖》自復數起為七日矣。則臨卦當自臨數起,不當又自復數起,當自夏十二月數起,不當自夏十一月數起。若自臨卦夏十二月數起,則自臨至遯為夏之六月,僅得七月,不可言八月有凶。若自臨卦夏十二月數起,則自臨至觀為夏正之八月,又九閏月不可言八月有凶。今自夏十二月數起,至夏正之建申七月,恰是八月,於時為商正之八月也。於卦為否,三陰長而陽消,故其《彖》曰:"否之匪人,不利君子,貞。"天地不交,萬物不通,其凶甚矣,非若遯猶有屬而觀絕無凶也。而況否之《彖》曰:"小人道長,君子道消。"而臨於"八月有凶"之《傳》曰:"消不久也。"正指否卦而言,至為明白。今若以為遯是文王而用周正也,以為觀是文王而用夏正也,文王作《爻辭》時為商西伯,為商之臣,用商之正,復何疑乎？若為商之臣而用周正,是借號稱王而改商正朔,大不可也。為商之臣而用夏正,是不奉時王正朔而用異代正朔,亦不可也。孔氏從漢諸儒之説是矣。近時儒者,陸山李氏舜臣亦有謂文王演《易》時猶為西伯,安有未代商已用周正？此固不攻而自破,是矣。而又謂臨於月為丑,乃商人之正。文王逆知盛衰消長之數，寄之於《易》。謂今雖盛大臨人之勢，後且有終凶。必然之理，為萬世戒，其意微矣。愚恐聖人正大寬厚之心不如是也。且宋代諸儒，極辨文王未嘗稱王而猶為此論，故愚極辨文王奉殷正朔以服事殷之為至德者焉。家氏曰：“《周書·泰誓》：‘一月戊午，師渡孟津。’《武成》：‘一月旁死魄。’一月者，建寅之正月也。春大會於孟津者，夏時孟春建寅之月也。不言正月而言一月者，先儒謂商人建丑為歲首，故避正之名而謂之一月，理或然也。孔氏乃以一月為建子之月，其意以為三代改正朔必改月數，改月數必以其正為四時之首。夫豈知改正朔者不過更其歲首，春夏秋冬可得而變易乎？十二月次可得而紊乎？”按：《漢書·律曆志》云：“師初發以殷十一月戊子，日在析木、箕五度，月在房五度。後三日，得周正月辛卯朔，合辰在斗前一度，斗柄也。”故《傳》曰：“辰在斗柄，明日壬辰，晨星始見。”癸巳，武王始發。戊午，度於孟津。孟津去周九百里，師行三十里，故三十一日而度。明日己未冬至，晨星與婺女伏歷，建星及牽牛至於婺女、天黿之首。蓋《志》謂戊子者，夏正亥十月之戊子，而明言殷十一月後三日辛卯朔者，夏正之子十一，商正之十二月，而明言周正月戊子至戊午三十一日，明日己未冬至，周正月之二十九日，夏正之十一月也。冬至以十一月，周以冬至子月為正月，又何疑乎？又按：《律曆志》引《周書·武成篇》云：“惟一月壬辰，旁死霸。孟康曰：“月二日以往月生魄死，故言死魄。魄，月質也。”師古曰：“霸，古魄字同。”若翌日癸巳，武王乃朝步自周，於征伐紂。”《序》曰：“一月戊午，師度於孟津。至庚申，二月朔日也。四日癸亥，至牧壄，夜陳。甲子昧爽而合矣。”故《外傳》曰：“王以二月癸亥夜陳。”《武成篇》云：“粵若來，三月既死霸，五日甲子，咸劉商王紂。”是歲也，閏數餘十八，正大寒中。在周二月己丑晦，明日閏月，庚寅朔。三月二日庚申驚蟄。四月己丑朔，死霸。死霸，朔也。生霸，望也。是月甲辰望，乙巳旁之，故《武成篇》云：“惟四月，既旁生霸，越六月庚戌，武王燎於周廟。翌日，辛亥，祀於天位。粵五月乙卯，乃以庶國祀馘於周廟。”《志》所引書，顏師古以為《今文尚書》而孔穎達謂偽書。然，其日月與今《泰誓》《武成》同，而皆以一月為周之正月。家氏未之詳考，而直以謂夏時孟春建寅之月，其謬甚矣！張氏以寧辨此最詳，而又引《書》所言與周正合者甚眾。如《金縢》：“秋大熟，未穫。天大雷電以風，禾則盡偃”云云。“歲則大熟”，謂《豳風》夏正云“八月其穫，”則此云秋者，周正七月也。八月雷收聲，雷電以風，為七月也。後言“歲則大熟”，指十月也。何以知其為十月？《豳風·七月》之詩曰：“十月納禾稼，黍稷重穋，禾麻菽麥。”朱子《集傳》以為自田而納於場者，無所不備。則禾稼總五穀而言也。五穀皆熟為有年。故書之曰“歲則大熟”。猶《春秋》並書麥禾也。禾，該五穀而言也。五穀咸不熟，為饑歲。故書之曰：“冬，大無麥禾”。蓋周以十一月為歲首，十月為歲終。會計歲事，皆於十月，以是知其為十月也。此篇《春秋》不書月，以七月於夏、周皆秋，無俟乎書月。《春秋》書冬不書月,以十月於夏、商皆冬,亦無俟乎書月也。然則此篇之秋大熟亦周時也。
《召誥》:"惟二月既望,越六日乙未,王朝步自周,則至於豐。惟太保先周公相宅,越若來,三月,惟丙午朏。越三日戊申,太保朝至於洛卜宅,厥既得卜,則經營。越三日庚戌,太保乃以庶殷攻位於洛、汭。越五日甲寅,位成。若翼日乙卯"云云,"越三日丁巳"云云,"越七日甲子"云云,謂此言周之三月為農時,是夏之正月也。則二月既望為夏之十二月也。與《小明》詩"二月初吉"同也。二月不繫之時者,二月於周非春也。《洛誥》曰:"惟三月,哉生魄,周公初基,作新大邑於東國洛"舊脱簡在《康誥》,先儒定為《洛誥》文,今從之。"予惟乙卯,朝至於洛師"。"戊辰,王在新邑烝祭歲。文王騂牛一,武王騂牛一,王命周公後,作冊逸誥,在十有二月"。謂《律曆志》是歲十二月戊辰晦,周公以反政,故《洛誥篇》曰:"戊辰,王在新邑烝祭歲。命作冊。惟周公誕保文、武受命,惟七年。"周十二月,夏十月也。周以十一月改正月為歲首。故曰:"烝祭歲。"孔説是也。冬祭曰烝,此月烝祭者,趙匡曰:"四時之祭,皆夏時也。"篇首"惟三月",夏之正月也,不繫之時。《多士篇》:"惟三月,周公初於新邑洛。"《多方篇》:"惟五月丁亥,王來自奄,至於宗周。"謂二篇皆周月也。《多方》五月不繫之夏者,五月於周非夏也。《顧命》:"惟四月,哉生魄,王不懌。甲子"云云,"越翼日,乙丑"云云,"丁卯,命作冊度。越七日,癸酉"云云,謂《金縢》書時不言月,《召誥》《洛誥》《多士》《多方》《顧命》書月日不書時。蓋周以子月為正,於夏正有兩月之不同。夏正自前代行於民間已久,而正月、正歲又自有參差之不齊。故於時月日之書皆不相繫,以一臣民之耳目視聽,使之不惑。此周一代書法也。厥後魯公《費誓》:"甲戌,我惟征徐戎,""甲戌,我惟築",猶周之書法,見魯用周正朔也。《畢命》:"惟十有二年六月庚午月①,越三日壬申,王朝步自宗周,至於豐。以成周之衆,命畢公保釐東郊。"謂漢《律曆志》言:"康王十二年六月戊辰朔,三日庚午,故《畢命》《豐刑》曰:"惟十有二年六月戊辰朔,三日庚午朏,王命作策《豐刑》。"孟康注曰:《逸書》篇名,漢儒未曾見今《畢命》也。今《畢命》篇首年月日皆備,與周史官書法見於伏生口受者異,非特文章、體製、氣象之不同,此所以為孔壁後出之書也。以上並因張氏原文。凡此皆家氏所未能及,故備録焉。至所謂春秋冬夏不可得而易,十二月次不可得而紊,誠有是理矣。然,使春秋冬夏果不易,十二月次果不紊,則夫子亦無為貴行夏之時矣。按黃氏澤云:"商、周本是錯改時,錯改月,但學者不肯為商、周認錯,若肯為商、周認錯,則經旨自然明白矣。"家氏曰:《詩·豳風》:'七月流火,九月授衣'者,夏時也。《小雅·北伐》:'四月維夏,六月徂暑'等詩與《周頌·臣

① 庚午月:四庫全書本同。按:《書·畢命》作"庚午朏"。《書·召誥》:"丙午朏。"傳:"朏,月出也。三日明生之名。"月字誤,當據改。

工》'維莫之春'者,皆夏時也。《臣工》之詩,乃諸侯助祭及莫春遣之歸國告戒之辭也。曰:'維莫之春,亦又何求?如何新畬,於皇來牟。將受厥明。'言莫春,則當治耕作之事。牟麥將熟,可以受上帝之明賜。夫牟麥將熟,則建辰之月,夏正之季春也。而鄭氏箋《詩》乃指周之暮春為夏之孟夏,則四時為之易位,其舛豈不甚乎?"按:《豳風》之詩,周公陳后稷先公風化之所由也。后稷,虞、夏之際封於邰,及公劉能復修后稷之業,遷於豳。今作詩追述前烈而記以先代之時月,豈得取以為周因夏時之證乎?況詩所云:"一之日觱發,二之日栗烈,三之日于耜,四之日舉趾"。則又明言周正矣。一之日,毛氏所謂十之餘,蓋十又一月。建子之月,周之正月也。二之日,建丑之月,周之二月也。三之日,建寅之月,周之三月也。四之日,建卯之月,周之四月也。若謂周不改月數,何得有此一二三四月之名乎?既以建子為一月,而又有二三四月之名,則不得仍以子為十一月,丑為十二月,寅為正月,卯為二月矣。此乃事理之顯然,無足深辨者。而家氏不察,何與?《北伐》之詩:"六月栖栖,戎車既飭。"按張氏以寧云:"周六月,夏四月也。盛暑,非獫狁入寇時也。《四月》之詩:"四月維夏,六月徂暑。秋日淒淒,百卉具腓。冬日烈烈,飄風發發。"按張氏以寧云:"周之四月,夏二月也。"《春秋》:"王正月,"朱子以為周改正月為春,則此二月為夏矣。周之六月,夏四月也。徂暑者,言自此而往,以至於盛暑也。《詩》曰:"我徂惟求定,"曰:"我徂東山,"曰:"自我徂矣,三歲食貧"曰:"我征徂西,"《書》曰:"攸徂之民,室家相慶,"皆自此往彼之辭。今若以徂暑為暑往,則《豳風》夏正之七月,大火始西流而暑猶未退,不可以為夏六月而暑已往也。以為暑自此而往,則夏六月為季夏,非暑自此而往於盛也。進退兩無所當,故知此詩周月也。朱子《集傳》曰:"淒淒,涼風也。卉草腓病也。"《禮記·月令》曰:"孟秋,涼風至,天地始肅。"《漢書·律曆志》曰:"陰氣夷當傷之物,夷則位於申,在七月。"則"秋日淒淒,百卉具腓",指夏七月也。孟子曰:"秋陽以暴之。"《集注》曰:"秋日燥烈也。"《月令》:"仲秋之月,盲風至"。注:"盲風,疾風也。"朱子《集傳》亦曰:"發發,疾貌。"則"冬日烈烈,飄風發發"。指夏八月也。然則此詩之秋冬亦周時也。《臣工》之詩:"嗟嗟保介,維莫之春。亦又何求。如何新畬。於皇來牟,將受厥明。明昭上帝,迄用康年。命我眾人,庤乃錢鎛,奄觀銍艾。"按:張氏以寧云:"蔡氏《書傳》引此以為牟麥將熟,其為季春可知。今考之於全篇,則其曰:'如何新畬?命我眾人,庤乃錢鎛,'即《七月》之詩曰:'三之日于耜,四之日舉趾。'《周官》:'遂大夫,正歲簡稼器',謂耒耜鎡基之屬。'修稼政',謂修封疆相丘陵原隰。皆孟春之事。'嗟嗟保介',即《月令》:'孟春之月,天子祈穀於上帝。載耒耜,措之於保介之御間。'帥三公、九卿、諸侯、大夫躬耕,帝籍之事也。若待建辰之三月始治新畬,始庤錢鎛,不亦晚乎?非夏之季春明矣。若但以來牟將受厥明為三月,則《詩》曰:'將受厥明,'不曰:'將熟。'夫麥種於今之八月,長於三春月,至四月而始登,五月而盡刈。周都闕右,地尤高寒,而將之云者,未為而預言,未至而預期之辭。詩人之言,緩而不迫,似難以一句蓋全篇,而定其為夏之三月也。朱子以此篇為戒農官之詩,引《月令》《呂覽》皆為藉田而言。竊因是説,以為此詩乃孟春祈穀上帝,躬耕藉田而戒農官也。麥為五穀之中繼食之最重者,孟春之時三陽動,麥已生長。是以祈穀之辭,先言將受來牟之明賜,繼之以迄用康年,而終之以奄觀銍艾。祈之明神,欲五穀之皆熟,故並言之,猶《春秋》書麥禾於冬以該五穀之義也。若以來牟將熟為春三月,則冬十月非麥熟之時,不得言無麥矣。蓋《春秋》並書麥、禾於終而著五穀之大無,此詩並言來牟、銍艾於始而期五穀之大有。然則將受厥明,乃期之之辭,非即時賦物之比,不可以文害辭也。而此詩為周季春、夏之孟春也明矣。"愚謂張氏之説當矣。然,詩人之辭,引物連類。不同記事,如《豳風》之詩,兼用夏月周月,而又或引《楚辭》"攝提貞於孟陬","悲哉!秋之為氣",以證夏正者,亦何足辨哉?家氏曰:"《周官》冬日至,祀圜丘,夏日至,祀方澤。季春出火,季秋納火。仲夏斬陰木,仲冬斬陽木。皆指夏時而言也。'凌人掌冰,正歲十二月令斬冰'。傳者云:'夏正十二月,今之季冬也。'若以為周正十二月,今之孟冬,水始凍,冰未及堅,冰可藏乎?'內宰,仲春詔內外命婦始蠶',夏仲春也。若以為周之仲春,今十二月而可蠶乎?天官,正月始和布治於邦國都鄙者,亦夏正正月也。而《傳》乃以為周正建子月,此一時而從周從夏之不同。其實正月布治者,亦夏正月也。又如《禮記·月令》一篇,純用夏正者也。按:冬日至祀圜丘,夏日至祀方澤,及出火、納火諸事,皆用夏正者。《周禮》有正月、正歲,若此類皆所謂正歲者也。《禮記·月令》皆用夏正,亦《周禮》正歲之義。是以朱子有云:"據《周禮》有正歲正月,則周實是元改作春正月。"蓋此正可以證周正之實不可舉以為夏正之驗也。家氏曰:"《雜記》載孟獻子之言曰:'正月日至,可以有事於帝。七月日至,可以有事於祖。'此一節乃漢儒記禮者傳聞之誤。古有冬日至、夏日至者,未聞有春日至、秋日至者也。今指周正建子為春、為正,是春而日至也,其可乎?又指周正建午為秋、為七月,是秋而日至也,其可乎?二至既舛,二分亦隨之而舛,必將以夏正十二月半為春分,六月半為秋分,陰陽可得中乎?寒暑可得平乎?"按家氏此論,則是自攻其説矣。獻子言正月日至,不言十一月日至,言七月日至,不言五月日至。家氏明知其説之非是,而《雜記》之言不易叛也,故移其咎於漢儒記禮者,適足以彰其陋而已矣。至於分至啟閉,則《周禮》正歲之説,《禮記·月令》之文可以得其義也,而豈慮其或舛乎?按趙氏汸云:"《傳》於僖公五年春,記正月辛亥朔日南至。昭十七年夏六月,記太史曰:在此月也,日過分而未至。當夏四月,是謂孟夏。又記梓慎曰:火出,於夏為三月,於商為四月,於周為五月。皆以周人改時改月,春夏秋冬之序則循周正,分至啟閉之候,則仍夏時。"趙氏之説得其義矣。家氏曰:"《汲冢書》:《周月》《解時》《解訓》等篇,四時中節,大率與《月令》相似。且其言曰：'夏數得天，百王所同。亦越我周，作正以垂三統。至於敬授人時，巡狩烝享，猶自夏焉。'又有《嘗麥解》曰：'成王四年孟夏，初謁宗廟，乃嘗麥於太祖。'若以卯月為孟夏，安有麥可嘗乎？"按：《汲冢書》雖不可為據，依然明言周家作正以垂三統，而家氏則以為周不改時月；明言敬授人時，巡狩烝享，猶自夏時，而家氏則凡若此類輒據以為夏正之證。何其說之自相矛盾耶？至成王即位四年，初謁宗廟，事不見於經傳，嘗麥之解，不足深論也。家氏曰："又如《魯論·曾點舍瑟》一章，謂暮春者，亦可指為夏正之正月乎？今之正月，寒意猶凜，既非春服可成之候，其浴、其風，皆不當在此時，則此暮春非夏時而何？"按：此乃一時問對之語，記者筆之於書。當時文章論議，民俗話言，風謠傳播，猶多因夏正。如今人稱官爵、州郡、猶承用古時名目者，然未可執是以為確證也。家氏曰："《孟子》十一月徒杠成，十二月興梁成云者，本言修治橋梁必在冬深水涸之時。徒杠十一月可成，澗水先涸也。興梁必十二月乃成，河水後涸，至是時乃可施工云耳。《傳》者引《夏令》為證，則非本旨。"按：朱子《集注》曰："周十一月，夏九月也。周十二月，夏十月也。"《夏令》曰："十月成梁。"而家氏強為之辭，其悖甚矣！家氏曰："河南程先生謂《春秋》假天時立義，有夏時冠周月之說。胡文定祖述其說，一以夏時周月為斷。時夏時，則寅卯辰為春月，周月則子為歲首。時自時，月自月，不相為謀。夫子春王正月之意果若是乎？嘗竊觀程子之意，似謂夫子以夏時冠周月，以見行夏時之意。但，《春秋》有年之下書時而紀事者，如隱二年春公會戎於潛之類，自舊已然。蓋史失其月，僅著其時，而《春秋》因之耳。聖人之意，正謂周家以建子為歲首，降而至於衰世，王正不修，曆紀廢壞，民聽惶惑，有以冬為春，以春為夏者，如絳縣之年，虢童之謠，百姓於二代之正莫知所從，故修《春秋》，行夏時以正之。今以為夫子冠以夏時猶存正月，豈不然與？"按：趙氏汸云："何氏哀十四年《傳》注曰：河陽冬言狩獲麟。春言狩者，蓋據魯變周之春以為冬，去周之正而行夏之時，以行夏之時說《春秋》，蓋昉於此。"然，何氏固以建子為周之春，但疑周不當狩而妄為之辭。至程子門人劉質夫則曰："周正月，非春也。假天時以立義爾。"則遂疑建子不當言春，此胡氏夏時冠周月之說所從出也。家氏亦知夏時冠月之非，而特以其言出於程子之門，不敢直斥之而欲為之委曲回護，其說益支離而難通矣。家氏曰："自《左傳》一失，以春王正月為周王正月，孔、鄭再失，以周正說《詩》、傳《書》，杜元凱三失，撰為《長曆》以從《左傳》之譌。而曆法有未易知者，故依違而不敢議，而不知曆務遷就以求其合，改易閏餘，求合周正，卒不得合，每為之遁辭曰，此經誤也，此曆誤也。"按：《漢書·律曆志》，援據《三統曆》《春秋曆》《殷曆》，而其言冬至也，在周正月丁巳朔旦。《漢書》豈皆遷就以求合者乎？今謂杜氏撰《長曆》以求附會《左氏》，若《三統曆》《春秋曆》《殷曆》亦漢人偽造以附會《漢書》者乎？唐人《大衍曆》，春秋冬至亦在正月，豈唐人亦附會《長曆》者乎？至又訾《長曆》置閏，不合古術，家氏亦未嘗知曆者，則亦臆説而已矣。家氏曰："《左氏》自不能固守周正之説，每雜引周、夏正以揆一時之事，而杜氏曲為説以通之。隱三年，《左傳》云：'四月，鄭祭足帥師取溫之麥，秋，又取成周之禾。'夏之言麥，秋之言禾，其為夏時固宜。而杜氏乃以此四月為周之四月，以此秋為周之夏。按：杜氏謂芟踐之，或曰因圍牧用耳。理當然也。"家氏曰："晉伐虢，圍上陽。問之卜偃曰：'吾其濟乎？'對曰：'童謠云云，其九月十月之交乎？'冬十二月，丙子朔，晉滅虢。《左傳》以周正紀事，卜偃以夏正釋童謠，從《左傳》乎？從卜偃乎？卜偃生於當時，世典晉卜，若周家以建子為正月，卜偃何為以十二月為夏正之十月乎？"按：卜偃之語，亦言天者以夏正之義也，何足辨歟。家氏曰："絳縣老人云：臣生之歲，正月甲子朔，四百四十五甲子矣。師曠、士文伯以歲考之，定為七十三歲。老人蓋生於魯文公十一年夏正建寅之正月朔，是襄公二十九年夏正十二月為二萬六千六百六十日，為歲七十三。藉令老人隱者，誤舉夏正，師曠、士文伯博極精詣，不當與之俱誤。周家以建子為正，而二子以夏正計老人始生之歲，必無是也。"按：張氏以寧云："當是年，夏正正月之癸未，今《傳》書在三月，則周之三月，夏之正月也。"又云："人習見夏時之久，與人話言，不舉夏正以明之，則無以見是月之為周正也。"家氏曰："莊二十五年六月辛未朔，日有食之，鼓用牲於社。《左傳》云：惟正陽之月，慝未作，日有食之，用幣伐鼓，則以是月非正陽之月，不當用正陽之禮。故《經》以是為譏爾。夫既非正陽之月，則是月乃夏正之六月奚疑？杜元凱求以通周正之説，乃曰：以《長曆》推，此六月朔乃七月朔，置閏失所，以致月錯。此借曆法之不可知者以為遁辭，非《經》意，亦非《左傳》所以立例之本意。"按：《長曆》以為置閏失所，此或當然。若謂此借曆法之不可知者以為遁辭，夫曆法，家氏所不知，而世之知之者多矣，杜氏豈敢以此欺天下後世之人哉？家氏曰："又如城築興作之事，《左氏》一以周正為斷。宣八年十月城平陽。《傳》曰：書時也。夫以水昏正為興作之候者，《傳》例也。以周正而言，此十月乃夏正之八月。時北方七星何由昏正？而《左氏》乃以城平陽為得時而書，則十月乃夏正而非周正亦明矣。"按：城平陽書時者，《經》實不書月，《左傳》必當有考耳。今以蒙上十月之文而責之，非矣。家氏曰："請即《經》之正文而櫽論之，冬而烝，禮之常也。《春秋》常事不書。桓八年正月書烝，五月又書烝。再書之，以譏烝之不以時。穀梁子似亦知聖人行夏時之説，其言曰：'烝，冬事也。而春興之，夏又興之，《春秋》所以譏。'胡文定又引《周官》大司馬仲冬田而烝者以證。正月為建子月，其可哉？《周禮》仲冬，固是夏時十一月。十一月而田，維其時矣。十一月而烝，亦其時矣。而《春秋》之正月，乃夏時之正月。正月而書烝，謂其過時而書，豈得反以《周禮》仲冬之田而證《春秋》正月之烝，必指《春秋》正月為周正建子月，謂《春秋》以一歲再烝而書，不以不時而書。若然，則《春秋》夏五月一書烝以譏不時可也，正月之烝，既得其時，又何以書為哉?"按:桓八年正月己卯烝。陸氏淳云:"《公羊》曰:'譏亟也。'啖子曰:'此書之以彰下文爾,非譏也。'《穀梁》曰:'烝,冬事也。春興之,志不時也。'趙子曰:'正月之烝,不失時也。《經》為五月又烝,故書此以明一歲再烝,若不書,即似春有故不烝,夏乃烝耳。'啖説是也。"孫氏覺云:"《春秋》之正月,夏時之十一月也。十一月,烝之時也。得時而祭,又書之者,為夏五月烝張本也。不書正月之烝,無以見又烝之失。故先書之以示其數。"程子云:"冬烝,非過也。書之,以見五月又烝為非禮之甚也。"又曰:"正月烝矣而非時,復書者,必以前烝為不備也,黷亂甚矣。"黃氏仲炎云:"烝用建亥之月,故《傳》曰:'閉蟄而烝。'今烝用建子,不及時矣。不及時,則為怠,正月己卯烝是也。亟舉則為黷,夏五月丁丑烝是也。"趙氏汸曰:"周雖以建子為正,至於祭祀,則用夏時本月。"愚謂胡氏《傳》言:"《穀梁》以為,烝,冬事也。春興之,志不時也。是以閉蟄而烝為是,與周制異矣。《春秋》非以不時志也,為再烝見黷書也。"胡氏此論最明,又合諸説觀之,家氏之非自見矣。家氏曰:"桓十四年辛未,御廩災。乙亥嘗。八月而嘗,時也。常事不書,此所以書,為御廩災甫三日而嘗,所以譏爾。御廩者,粢盛之所藏,今而告災,不知戒懼,且不易粢盛而嘗。《春秋》是以譏。《公》《穀》二傳皆同,而孫泰山、胡文定乃謂,此八月乃周正之八月。周正之八月,乃夏正之六月。六月而嘗,不時,所以書,失《春秋》繼災書嘗示警之意矣。夫烝之不時者以為時,嘗之時者以為不時,不過以證夏時冠月周正紀事之説,而非夫子平日行夏時志也。"按:譏不時,非獨孫氏、胡氏説也。孫氏覺云:"《春秋》之八月,夏時之六月。而嘗,不時也。御廩災而嘗,不時、且不敬也。"葉氏夢得云:"嘗,秋事。建未之月嘗,失時也。"張氏洽云:"祭祀用夏時,此八月乃夏之六月,未當時祭,何為汲汲然以四日之間遽舉嘗祭乎?"趙氏鵬飛云:"六月,稼未登場,安得新而嘗之?以陳為新,非所謂嘗也。故書之,著不時而紊先典也。"觀此,知家氏謂此八月為夏正之八月者非矣。家氏曰:"且以《春秋》所書寒暑災變而言,於夏時大槩可通。其不可通者,小有疑而未定焉耳。隱九年三月癸酉,大雨震電。庚辰,大雨雪。記異也。震電非異,震電而雪,所以為異。"按:《公羊》云:"記異也。何異爾,不時也。"何氏云:"三月,夏之正月。雨當冰雪雜下,雷當聞於地中。其雊雌,電未可見,而大雨震電,此陽氣大失其節。"范氏曰:"劉向謂雷未可以出,電未可以見,雷電既以出見,則雪不當復降,皆失節也。"孫氏復云:"周之三月,夏之正月也。未當大雨震電,既大雨震電,又不當大雨雪。甚哉,八月之間天變若此也!"孫氏覺云:"周之三月,夏之正月。陽氣尚微,雷未當出,電未當見。既已雷電,則雪不當降。大者,非常之辭。《春秋》常事不書大,惟非常,則加大以別之。"程子云:"陰陽運動,有常而無忒。凡失其度,皆人為感之也。故《春秋》災異必書。漢儒傳其説,不達其理,故所言多妄。三月大雨震電,不時,災也。大雨雪,非常為大,亦災也。"葉氏夢得云:"大雨震電,不書。此何以書？不時也。建寅之月，未雨雨水而大雨，雷未發聲而震電。"又云："大雨雪，不書。此何以書？不時也。建寅之月也。"趙氏鵬飛云："陽極而大震電，陰極而大雨雪。大雨必於夏，大雪必於冬，陰陽之運然也。今於正月而兼冬夏之電雪，天變甚矣。"黃氏仲炎云："周之三月，夏之正月也。陽氣未力，而震電若盛陽之月；雷雨既動，而雨雪若凝陰之時。況大而非常，則陰陽之錯繆甚矣！"汪氏克寬云："或謂《春秋》用夏正，故建辰之月雨雪為異，苟實建辰之月，則震電未必書矣。"愚謂：家氏以為震電非異，謂夏正三月也。震電而雪，所以為異。謂三月無雪也。且家氏不聞三月雪乎？陋可知矣。家氏曰："僖十年，冬大雨雪。書冬不書月，且加以大字，記是冬寒氣大盛，屢雪之為災耳。若以此冬為八月、九月，是時秋氣始肅，餘暑未艾，安有連三月之雨雪乎。"按：葉氏夢得云："大雨雪，不志。此何以志？建酉、建戌、建亥之月書，不時也。"趙氏鵬飛云："周之冬，夏之秋，非大雪之時而大雪，常寒之謂也。《洪範》曰：'聽之不聰，是謂不謀，厥罰常寒，'則大雪非苟記異，所以責時君不能建皇極也。"黃氏仲炎云："雨雪，常也。惟大而為害，故書。獨桓八年雨雪不言大者，周之十月，今之八月，非雨雪之時，故以異書也。"俞氏皐云："《春秋》之冬，今之秋八月、九月、冬十月也。此亦紀其非常，故書。"家氏謂"秋氣始肅，餘暑未艾。"豈十月而猶可謂餘暑未艾乎？亦不思之甚矣！家氏曰："'僖三十三年十二月隕霜，不殺草，李梅實。'嚴霜不殺草，氣燠也。若謂此十二月為建亥月，則夏時之十月，草不盡殺，猶或有之。《春秋》何以遽書為災乎？竊詳《經》文十二月乙巳公薨之下書'隕霜，不殺草，李梅實'。此於歲終併書一冬之異，非專為此月書也。杜氏以其《長曆》而推，謂此十二月乃周之十一月，今九月也。指此為舊史記錄之誤，《春秋》因之。九月之霜不能殺草，猶未足為異。《春秋》何以動色，而書之曰：'隕霜，不殺草，李梅實'乎？此夏正之冬何疑？"按：孔氏穎達云："隕霜，不殺草，李梅實。此在十二月下，杜以《長曆》校之，乙巳，是十一月十二日。謂《經》十二月為誤，遂以此《經》四事皆為十一月。夏之九月，霜不應重，重又不能殺草，所以為災也。"何氏云："周之十二月，夏之十月也。易中孚記曰：'陰假陽威之應也。'早實霜而不殺萬物，至當實霜之時，根生之物復榮不死，斯陽假與陰威，陰威列索，故陽自實霜而反不能殺也。"孫氏覺云："《春秋》之十二月，夏時之十月也。十月隕霜而草不死，李梅實，皆異之大者也。《春秋》之法，為災而及於死民物者則書，為異而反常者則書。十月之霜，草當殺而不殺，十月之李梅，不當實而反實，天地陰陽之義，非常可怪者也。"趙氏鵬飛云："《詩》曰：'九月肅霜，'況十月乎？宜霜威之動而無草不黃也。今隕霜不殺草，異之大者。霜不殺草，猶姦宄之不誅，暴亂之不戢，天之垂戒顯矣。"黃氏仲炎云："《經》書隕霜二，一曰隕霜不殺草，一曰隕霜殺菽。蓋周之十二月，夏之十月也。霜當殺草而不殺草，異也。周之十月，夏之八月也。未當隕霜而殺菽，亦異也。"夫杜氏以十二月為今之九月，家氏疑之矣，其以為十月者，則諸家之說也。十月隕霜不殺草，李梅實，豈得不為異乎？以杜氏之未可從而盡黜諸家之說，家氏之說可為篤論與？家氏曰："書無冰而皆在春，以冰政不舉而書耳。《詩·七月》：'二之日，鑿冰沖沖。'謂十二月取冰。'三之日，納於凌陰'。謂正月藏冰。'四之日其蚤，獻羔祭韭'。謂二月開冰。《周禮》藏冰、開冰，與之略同。《春秋》於桓十四年春正月，成元年春二月，襄二十八年春三月，書無冰，皆為冰政不舉，書以譏之耳。"按：桓十四年春正月無冰。何氏云："周之正月，夏之十一月。法當堅冰，無冰者，溫也。此夫人淫佚，陰而陽行之所致。"《穀梁》云："無冰，時燠也。"范氏云："皆君不明去就，政治紓緩之所致。《五行傳》曰：'視之不明，是謂不哲，厥咎舒，厥罰常燠。'"孫氏覺云："《春秋》之春，夏時之冬也。冬而無冰，則為陽氣不閟而陰氣不凝也。"張氏洽云："常燠也。'二之日，鑿冰沖沖'。乃周正建丑之月，固陰沍寒之時而不冰，陰不能成物之災。"趙氏鵬飛云："周之正月，夏之十一月。凌人斬冰而藏之時而無冰焉，則無以備暑矣。非徒無以備暑，而獻羔、開冰，何以薦寢廟？外內饔，何以供水鑑？賓客，何以供膳羞？夏無以頒，秋無以刷，其為闕禮大矣！《洪範》庶徵曰：'豫，恒燠若。'君政逸豫，則恒燠應之。《春秋》之君，勤於政者固無有也。則無冰乃恒燠之應與？"俞氏皋云："此亦見是周月紀事，若夏正月，則東風解凍，宜無冰也。"汪氏克寬云："此年正月書無冰，成元年二月書無冰，襄二十八年書春無冰，則知因陽盛氣燠而隨時以紀之。苟以發冰而知無冰，則當常以二月而不在正月矣。若曰：或藏冰無冰而書無，或發冰無冰而書無，抑何紀事之錯亂乎？"趙氏汸云："無冰，不月終時無冰，則志之。周之春，夏之冬也。成元年春二月無冰，杜氏云：'周二月，今之十二月，而無冰，書冬溫。'孔氏云：'襄二十八年春無冰，彼春無冰，則是竟無冰。此亦應竟春無冰而書在二月下者，以盛寒之月書之也。'何氏云：'周二月，建丑之月，夏之十二月也。此月既是常寒之月，於寒之中，又如加甚，常年過此無冰，終無冰矣。'"孫氏復云："周之二月，夏之十二月，無冰，冬溫也。《書》曰：'僭常暘若。'無冰，常暘之應也。襄二十有八年，春無冰。《穀梁》云：'時燠也。'胡氏安國云：'今仲冬之月，燠而無冰，則政治縱弛不明之所致也。'"俞氏皋云："冬溫也。"李氏廉云："此條注杜氏明以建子為春矣，"諸家之說無冰，彰彰如此。而家氏但以"冰政不舉"四字了之，夫冰政何以不舉乎？所不舉者何政乎？家氏卒不能置一辭也。其陋甚矣！夫家氏亦知《詩》有一之日、二之日，使周不改月，緣何有此名目乎？家氏曰："書螽，有在夏秋者，為其賊苗而書。有在冬者，則以陽氣不斂，蟄出為災耳。哀十二年冬書螽，十三年冬又書螽，皆記異也。窮冬沍寒，閉蟄已久，而螟蝗生焉，其為異大矣。《左傳》乃託夫子答季孫之語歸過於司曆之失閏。《春秋》為記異而書，豈為曆乎？"按：哀十有二年冬十有二月螽。杜氏云："周十二月，今十月。是歲應置閏而失不置，雖書十二月，實今之九月。司曆誤一月，九月之初尚溫，故得有螽。"何氏云:"周十二月,夏之十月。不當見,故為異。"孫氏復云:"周之十二月,夏之十月也。為異之甚。"蘇氏轍云:"周之十二月,夏之十月。不當有螽,蓋失閏也。故季孫問於仲尼,仲尼曰:'丘聞之,火伏而後蟄者畢,今火猶西流,司曆過也。'趙氏鵬飛云:'《春秋》書螽者十有八,皆在夏秋之交,固以為災矣。然,未若哀公之世,書螽者二,皆在於閉蟄之後。閉蟄之後,穀既登場,螽固不能為害。然,其異亦甚矣。《禮》仲秋行夏令則蟄蟲不藏,孟冬行夏令則方冬不寒,蟄蟲復出,此則常燠之證。燠而蟄振,猶有然也。燠而螽生,是謂災異兩興也。聖人可不志之哉?"黃氏震云:"螽螟在地,冬雪乃深入。今冬燠而有螽,將蔓延為來歲之災矣。"十有三年十有二月螽。杜氏云:"前年季孫雖聞仲尼之言而不正曆失閏,至此年故復十二月螽,實十一月。"何氏云:"周十一月,夏九月。日在房心。房心,天子明堂,布政之庭。於此旦見與日爭明者,諸侯伐,主治典法滅絕之象。是後周室遂微,諸侯相兼,為秦所滅,燔書道絕。"張氏洽引許氏云:"螽每在十二月,《傳》以為司曆之過。此曆不時不革之敝與?"愚嘗謂螽螟之生,雖今之冬亦有之。杜氏謂曆之失閏,蓋本夫子答季孫之言而逆推之以知曆之果失也,亦非避冬無螽生之理而託閏以文《左氏》之非也。家氏於此過求之以證其夏正之說,至謂《春秋》豈為曆乎云云者,文義並難通矣。家氏曰:"莊七年秋大水,無麥苗。《傳》者謂周七月為夏五月,故以無麥苗為災,非也。中原之地,種麥最早,故《月令》仲秋勸種麥,令曰:'無或失時。'是歲,以大水之故,種麥失時,故曰:'無麥苗。'非謂已熟之麥而言也。莊二十八年冬,大無麥禾。謂歲終計公私所儲蓄而言。不然,麥熟在夏,禾熟在秋,何以書無麥禾於此際乎?此《春秋》所書寒暑災變合於夏時者也。外是亦有一二之疑,皆可以義例而通,要以不害於大體之合。"按:莊七年秋大水,無麥苗。《公羊傳》云:"無苗,則曷為先言無麥而後言無苗?一災不書,待無麥然後書。無苗何以書?記災也。"杜氏云:"今五月,周之秋,平地出水,漂殺熟麥及五稼之苗。"孔氏云:"直言無麥苗,似是麥之苗而知麥苗別者。"《公羊傳》曰:"曷為先言無麥而後言無苗?待無麥然後書無苗,如彼傳文,知麥苗別也。且此秋今之五月,麥已熟矣,不得方云麥之無苗。故知熟麥及五稼之苗皆為水漂殺也。"孫氏復云:"水不潤下,麥與禾黍之苗同時而死,故曰無麥苗。"劉氏敞云:"曷為先言麥而後言苗?麥苗同時,麥成而先敗也。"孫氏覺云:"《春秋》之秋,夏時之夏。麥已大成,而禾苗方盛。大水之災,而麥也苗也皆無也。災之甚者,故書。二十八年麥苗之無,《經》書之曰大。大者,非常之辭。麥苗之無,以水災而無也。災之所不及者猶有存焉,不得曰大無也。麥禾之無,書於一歲之卒,歲凶而至於冬,一國之內舉無收也。蓋大無焉,不得但曰無也。故無麥苗志之於秋,見水災也。大無麥禾,志之於冬,見歲凶也。《春秋》一字,聖人必盡心,無苟然者。"蘇氏轍云:"是時,麥熟,五稼苗而未秀,皆為水所害也。"葉氏夢得云:"秋,夏之建午、建未、建申

之月也。麥成而稻苗,大水則皆敗矣。故曰無。凡稻苗而後秀,秀而後實。"趙氏鵬飛云:
"周之秋,夏之五月。五月,麥將實而大水焉,為水所厭而不實。故先書大水,繼書無麥苗
以見災。五月,麥未登場,不可舉其實。故曰麥苗。説者以麥苗為二物,麥且未艾,安得徒
有苗?此盖疑五月之際,麥將實不可曰苗也。不知未登場圃,安得舉其實。二十八年冬書
大無麥禾,則穀既登場圃矣。故明舉其實,此則麥未實為水所盡耳。何疑云?"莊二十有
八年冬大無麥禾。杜氏云:"書於冬者,五穀畢入,計食不足而後書也。"家氏之説,實本杜
氏而與莊七年無麥苗並書,欲以援證夏時,其義亦不倫矣。家氏所言《春秋》寒暑災變,自
以為合於夏時,而又謂外是亦有一二之疑可以義例而通。夫家氏之所不疑者,學者之所疑
而取信於先儒者也。一二之疑者,乃學者之無可疑而家氏之所終不能解者也。宜乎以其
披猖悠謬之言誣聖經而惑後世也!吾不能不與之辨。

《午亭文編》卷二十三　男壯履恭較

《午亭文編》卷二十四

門人侯官林佶輯録

雜 著 四

《困學緒言》如干則有敍

　　韓退之謂："古之學者必有師。"又曰："世無孔子，不當在弟子之列。"自孔子以來，世無孔子矣。既不當在弟子之列，而學者又不可無師，則是雖不必孔子焉可也。孔子之言曰："三人行，必有我師焉。"予生也，其地則唐、虞、夏之故都而近聖人之居者也。由漢、唐及宋、明，名世代興，賢人君子未易悉數。其有能明孔子之道，如龍門、河汾、涑水三數公者，尤彰彰顯著焉。河津薛子，起而振理學之傳，繼河汾之業，庶幾乎可進於孔子者也。予童稚之年，即知嚮慕。今老矣，言行之尤悔叢生，動與時違，心焉乖忤，殆所謂困而不學者與？竊不度其愚陋，倣《中説》《讀書録》之義，記數則以寄其志之所存，非敢以為學也。然，曰《困學緒言》者，猶將引而伸之，以畢其志焉。惜乎，其老也！

　　微塵六合，一息千古。正謂微塵、一息，具有元、亨、利、貞之理。

　　率性為道，道不可離。即此已見性善矣。如使性而惡也，有善、有惡也。則亦何為須臾不離此性，而惡者及有善而又有所謂惡者哉？故觀乎此，而紛紛之説其為謬妄益信矣。

　　《太極圖》括盡天地人物之理。然，其所以接聖道之統、開理學之傳者，所貴學者以此理實體於心耳。若不實體於心，則天地萬物亦何與於吾事乎？故曰：君子修之，吉。修者，修此而已。

無極而太極，所謂神無方而易無體也。無方、無體，無極也。神也、易也，太極也。

無極而太極，與性善之旨同功。賢哉周子！弗可及已。

克己復禮。禮言復，本有也。禮即性也。夫曰禮，其善可知，烏有所謂惡哉？故絕天下之惡而成天下之善者，性善兩字之功也。

性善兩字，體貼在心上，大有功效。

善乎！二程子之遺書也。吾誦之，得吾心焉。由是以求孔子之道不遠矣。

富與貴，不以其道得之，有害於仁，所以不處。貧與賤，不以其道得之，無害於仁，所以不去。處不以其道得之之富貴，去不以其道得之之貧賤，是去仁也。君子去仁，何以謂之君子？所以然者，君子無終食之間違仁，何有於富貴貧賤哉？故造次必於是，顛沛必於是。

貪生怖死，恒人常情。人能盡其道而死者鮮矣！故委心任化，達人之情；盡性至命，聖人之學。

揚子雲謂："通天地而不通人曰伎。"程子曰："豈有通天地而不通人？"如止云通天文地理，雖不能之，何害為儒？然則儒之所貴可知矣。豈天文地理之謂哉？世之惟務從事於此者諒矣。

誠無不動，實理如此。亦有不然者，時之為也。故泰之時為君子易，為小人難；而否之時為小人易，為君子難。

敬則可至於誠，誠則無有不敬。

寂然不動，感而遂通。寂、感非有二也。寂之時無感，不足以為天下之大本；感之時無寂，不足以為天下之達道。

人心中有一物，則滯於物而不能物物。知志於道而不能一者，有物焉以二之也。然，真能志於道者，尚不知道之為道，而又何有於物哉？

吾學亦屢變矣。其始學詩，當其學詩，而見天下之學無以加於詩矣。其繼學文，當其學文，而見天下之學無以加於文矣。其繼學道，及其學道，而見天下之學無以加於道矣。

安定不擾，求仁之方。

薛子《讀書錄》，言其心之所得，以備不思而遺忘。非如今之言道者，竊道之似以成其說也。

信，非誠也，而惟誠為能信。愛，非仁也，而惟仁為能愛。

身即誠也，誠即身也。故曰："萬物皆備於我矣，反身而誠，樂莫大焉。"

至誠而動者其常，不動者其變。要之，不動猶是誠未至也。

二禮必求聖人之意。

學貴立志。孔子十有五而志於學，今去孔子志學之年幾何年矣，能不惕然懼耶？

程子曰：“便儇佻屬之人去道遠，”而吾知其免夫。

與其言而不行，寧行而不言。

為學不得厭動喜靜。酬酢萬變，正以驗吾功力之淺深。程子曰：“孜孜而為善者，當其接物之際也。未與物接，則敬而已。自敬而動，所謂善也。”此內外交養之道也。

羣居最奪人志，學者言貌必恭謹，如以謔浪笑傲為能，便辟儇巧為才，亦甚失其本心矣。日入其中，幾何而不與之俱化哉？

“朝聞道，夕死可矣”。聞道則可死，不聞道直是死不得也。故不聞道而生，罔之生也。不聞道而死，桎梏死者也。

克己復禮，閑邪存誠，不過得其本心而已。

王荊公與明道論新法，公子雱囚首跣足，携婦人冠以出，箕踞大言：“梟韓琦、富弼之首，則新法行矣。”出《邵氏聞見錄》。雱雖愚，疑其無此事，是以君子惡下流也。

王介甫言：“乾之九三，知九五之位可至而至之。”程子曰：“使人臣每懷此心，大亂之道也。”安石解經，如此悖謬，其敗人國事宜哉！

理、氣猶形影不相離。惟有形而後有影，未有有形而無影者也。然，無形則無影矣。

凡事之難，當盡其道處之，不得有己。有己，則自私。自私，則用智，愈覺其難矣。故凡未盡其道者，皆有己者也。

凡事最忌急迫，急迫，皆有己之見存也。

凡事入手皆須忍耐，稍緩則其理自著，應之庶幾少錯矣。

易言而受責，其為益多矣。思而改之，可也。逆而報之，大不可也。

小人者，賢者恨之，聖人憐之，是聖與賢之別也。

盜胎奪蔭之說，雖不可謂其必無，要非吾道之所貴也。忘與助長，其失則均，正所謂中庸不可能也。

觀天則知人矣，觀天之理則知人之心矣。聖人學天。學聖人者，學天而已矣。

天動也，人亦動也。天無言，人有言。言以天而不以人，由天之動也。

喜怒在事物而不在吾心，喜怒其事物者，誠也。喜怒其心者，妄也。喜怒其事物者，君子，喜怒其心者，小人。

古者，養老之理，有扶、有杖、有鯁噎之祝，蓋其誠意周至如此。老者安之，聖人之志也。大夫七十致其事，亦是此意。

窒慾莫要於思。

人心不能無思。讀義理之書，所以善其思而養其心也。若陷溺於詞章之學，其思既亂，其心甚危，有志於道者可勿戒諸！

完養思慮，涵泳義理，真積力久，自然有得。發而為言辭，自當中理而無鄙倍之虞，所謂有德者必有言也。若學未至而汲汲於為文，正如小兒學語，雖道得一兩句，亦不得通貫曉暢也。

“心勿忘”，即“必有事”。“勿助長”，即“勿正”。曰：“必有事，”則此段尤重。

今且須知“必有事”是何物事，然後“勿正”“心勿忘”“勿助長”有下手用功處。是以學、問、思、辨居其四，篤行居其一，則豈獨行之為難哉？

此道正如人之於飲食，得之則生，弗得則死。其事最平常，其理最切要。今人只作一件奇特高遠事，看了莫肯尋向上去。偶見學者從事於此，即自恥其不能，指目為立異，可歎也！

凡心之所思，四肢百骸之所職，視聽言動之所以然，皆天也，非人之所能為也。知其為天，非人之所能為者，則何可不敬以守之、愛之、護之、珍之、惜之以無失其正耶？明道程子曰：“視、聽、思、慮、動作，皆天也。人但於其中，要識得真與妄爾。”

心之於道，猶腹之於飲食。飲食之至於腹，不假安排布置而自能疏貫流通。道之體於心，亦豈待造作矯揉而後能神明變化耶？

古人讀書，直是要將聖賢説話實體於身心。如尹彥明見伊川後半年，方得《大學》《西銘》看，其鄭重如此。今童蒙初學讀書，未有不取《大學》熟爛誦習者，其後果能行得一言一字否？父師之所以教，子弟之所以習，為作文辭、取科名之具而已。蓋以是為固然，而莫之能知古人為學之意也。書雖讀而道益不明、不行矣，謂之未嘗讀書可矣。

子弟輕俊，古人之所憂而今人之所喜，可以觀世矣。

母[①]意、必、固、我，天心也。聖人之心與天心合一，惟孔子絕此四者。顏子三月不違，餘子日月而至，學豈易言哉？

《西銘》：“天地之塞吾其體，天地之帥吾其性。”自子思、孟子以來，無人見及此。惟程子云：“天人本無間斷。”語義約而能盡，此皆學者切要入德功夫。極其至，雖聖人莫能外焉。

《西銘》：“天地之塞。”“塞”字尤難下，與《孟子》“塞乎天地之間”“塞”字別。《孟子》言直養之氣，橫渠言天地之氣。故此“塞”字尤是奇妙。學者明得此一字，其於入德之功亦思過半矣。“鳶飛戾天，魚躍于淵，言其上下察也”。《西銘》從此義得來。

橫渠謂范巽之曰：“吾輩不及古人，病源何在？”巽之請問。先生曰：“此非難悟。設此語者，蓋欲學者存意之不忘，庶游心浸熟，有一日脫然如大寐之得醒耳。”橫渠此語，正接

① 母：四庫全書本作毋。按：《論語·子罕》“子絕四：毋意，毋必，毋固，毋我。”作毋，是。

引學者苦心。且如吾人今日亦各有病源,知之亦各明了,直是無好方藥治療。好方藥亦不難得,只畏苦口不肯喫却,所謂吾末如之何也已矣者是也。

或言:"道學不可不行而可不講。"曰:是也。然,雖講之庸何傷?講之,所以求為君子,不為小人也。若心慕君子之名,而身冒小人之行,不媿於己,必愧於人,愧夫人之以小人目之也。既媿小人之名,將慕君子之實矣。愧於人,必愧於己,其致一也。若都不知愧,又何須講?且猶講之,必至于媿①,媿其不為君子,則必不至於為小人矣。使天下矗然愧為小人,慕為君子,此道學之所以行也。

氣一也,而有直養之氣,有助長之氣。與天地相似,所謂直養也;毫髮②不與天地相似,則助長而已矣。故《西銘》:"天地之塞,"吾其體此義,最當熟玩。

直養便自得,助長則索然。非徒索然,所謂盡心力而為之,後必有災者也。

食指動則嘗異味,吾嘗驗之矣。可見飲啄皆前定,況其大者乎?蓋人之吉凶禍③福,往往動乎四體。雖事物之至微,亦莫不有其感召之理。是以君子日兢兢於修避之道也。

"上天之載,無聲無臭。至矣"!惟風雷有聲,然雷在天,風行地,則是在天者止有雷一物有聲而已。陰陽搏擊,其為聲也,有時而然。其餘,則黙然都無聲臭之可言矣。人能靜觀此理,久而不息,便與天地同體。

人見天之為靜而不見天之為動也,日月,動者也。人知天之為動而不知天之為靜也,無聲無臭,靜者也。

一草木之理皆可體會於吾身,況天地之大乎?人生於天地,而不能與天地相似,是自絕其所生也。

作聖之功莫如睿,求睿之道莫如思。

程子説經平易,盡理而止。學者沉潛反復,自能義味融洽,有悅心之益。今人雖鈎淡④索遂,牽引附合,於聖人之經,毫髮無補。蓋程子解經,是以心之所得者筆之於書,故與聖人之心若合符節。今人直是生硬強解,先已失其本心,更何能使人讀之而自得其心乎?

程子解經,筆筆有生意。且如文章,雖非學者切緊事,亦有有生意者,韓退之之文是也。其餘作者,則不能及矣。吾於程子之解經,亦不敢不云爾也。

向來病痛,只是言語不慎,以言乎存養難矣,可勿戒諸!言語當快意時截然而止,勇之

---

① 媿:四庫全書本作愧。按:媿,當作媿,同愧。
② 髟:四庫全書本作髮。
③ 禍:四庫全書本作禍。按:禍,同禍。
④ 淡:四庫全書本作深。按:《集韻》:"深,古作淡。"

端也。

明道曰："聖賢千言萬語，只是欲人將已放之心，約之使反，復入身來，自能尋向上去，下學而上達也。"此是徹上徹下工夫。

伊川曰："心要在腔子裏。"又曰："人心常要活。"此即"必有事焉而勿正，心勿忘，勿助長"之義。

多言多悔，而凶咎隨之，至於吉，一而已。往往生於不得已而有言，故凡可已而不已，皆多言也。是以君子常貴簡默。

子在川上曰："逝者如斯夫！"與"鳶飛戾天，魚躍于淵"同是一義，學者於慎獨求之，當自得矣。

學者變化氣質最難，固是要讀書養氣，也須更歷事務。且如孟子云："人之易其言也，無責耳矣。"可見不易其言者，須從有責後始知悔改。所謂徵於色，發於聲，而後喻也。羣居見人擾擾，己心能不動，此處正驗學力。未能至此，切須加勉強之功。

一日之間，於言語應接不失其道，而中心浩然有所得者，學之驗也。

舍己從人，惟無我者能之。有我起於自私。伊川曰："人有身，便有自私之理，宜其與道難一。"

聖人之心，本無喜怒也。聖人之於事物，非無喜怒也。可喜可怒在事物，故心無喜怒也。

伊川曰："一月之中，十日為舉業，餘日足可為學。"又曰："科舉之事，不患妨功，惟患奪志。"朱子曰："科舉亦不害為學，但今人把心不定，所以為害。才以得失為心，理會文字，意思都別了。"又曰："科舉特一事耳，自家工夫到後，那邊自輕。"由二先生之言觀之，科舉與為學截然二事，今人直以科舉為學，豈不大錯。

役役於富貴利欲者，蓋惟此之為樂而不復知有義理之可樂也。誠知有義理之可樂而實從事焉，則必有朝聞夕死之意，有不暇於富貴利欲者矣。彼役役於富貴利欲之中而忽焉以死者，恥孰甚焉。

"無聲無臭"兩個"無"字，緊對"父子有親，君臣有義，夫婦有別，長幼有序，朋友有信"五個"有"字。非二"無"無以為天下之大本，非五"有"無以為天下之達道。

心易動者，理不明也，亦氣不足也。故窮理至焉，養氣次焉。

天以仁愛為心，其生斯人也，非故欲其煩苦艱難也，蓋必有易簡可樂之道焉。人則不能而自陷於煩苦艱難之域，乃厚誣天曰："天實為之，"其亦大悖矣乎！

韓非任法，其言悖理害道者多矣！至有曰："嚴刑重罰者，民之所惡也，而國之所以治也。哀憐百姓，輕刑罰者，民之所喜而國之所以危也。"又曰："仁義惠愛不足用，嚴刑重罰可以治國。”尤悖妄之甚。

君子之言動以天而不以人，小人之言動以人而不以天。以天者順而祥，以人者逆而禍①。順而祥，易簡之道也；逆而禍，險艱之為也。棄易簡而樂險艱，豈人情哉？亦弗思之甚而已矣！

讀書有欲速之心，便已生病，更讀甚書也。朱子言：“看書先須刷洗浄那心。”有味哉！又“致其潔清而不輕自用”。其說可通乎讀書之法。

焦贛《易林》言吉凶，與聖經絕相悖。蓋術數之學，謬妄乖離之尤可鄙者。沙隨程氏偶有驗，乃神奇其書，以為與《左氏傳》載：“鳳皇于飛，和鳴鏘鏘。”《漢書》所載：“大橫庚②庚，予為天王”之語相類。今考其言多俚諺，如程氏所稱，亦未之能及也。

明道作縣，凡坐處皆書“視民如傷”四字。嘗曰：“顥常愧此四字。”此即萬物一體之意，學者當常存此心，不特居官臨民宜然。

明道曰：“凡立言，欲涵蓄意思。不使知德者厭，無德者惑。”所謂“修辭立其誠”也。

人以料事為明，其闇塞可知矣。

南豐曾氏《思政堂記》有曰：“得於己，故謂之德。正己而治人，故謂之政。”朱子注“為政以德”，正與此合。

好辯固不得已。然，學者須有近理著己工夫，若一向闢緇黃，斥異學，雖其論議明快俊爽，而不問其實踐力行自得乎己者何在？則亦徒託之空言而已矣。人見其空言也，並其說之可信者而亦有疑焉，此其於吾道不惟無益，而反滋害也。

孔子生七十三年耳，做得千萬年事業。

知妨賢病國之罪大，則知薦賢為國之功鉅矣。

氣質未變，雖說得天花亂墜，只是利口。是以曾子告孟敬子以動容貌為第一件事。

立言以明道，而顓務責人，終是涵養處少。其害於心者已大矣，又何能感動得人也？

先儒語錄，如文清《讀書錄》之類，多是言其心中所得。故其《自敘》云：“以備不思而遺忘。”蓋其為己之學，絕不見責人處也。其氣象自能動人，所以有功於世。

當戰國時，闢楊、墨，亦不止孟子。觀孟子言：“今之與楊、墨辯者，如追放豚”云云，則可見矣。然而，後世獨知有孟子者，不惟以其闢楊、墨，以其有所以為孟子者在也。其諸與楊、墨辯者，以其專務闢之而不知所以自治，所謂能言而不能行，不可以欺天下後世之人者也。是亦楊、墨之徒而已，烏足道哉！

---

① 禍：四庫全書本作禍。
② 庚：四庫全書本作庚。

《傳》稱魯有父子訟者,孔子同狴執之,三月不別。其父請止,孔子赦之。季孫不悅曰:"司寇欺予。曩告予曰:'國家必先以孝。今戮一不孝以教民孝,不亦可乎? 而又赦,何哉?"冉有以告,孔子喟然歎曰:"嗚呼! 上失其道而殺其下,非禮也。"夾谷之會,齊有司請奏宮中之樂,俳優侏儒戲於前。孔子趨進,歷階而登,不進一等,曰:"匹夫而熒惑諸侯者,罪當誅。"請命有司加刑焉。於是斬侏儒,手足異處。齊侯懼,有慙色。愚謂侏儒雖賤,一民物也。不教而誅,雖不孝者聖人猶且不忍,況侏儒有所受之,彼無知者何罪焉? 故斬侏儒之事,愚嘗疑其無也。或曰:方是時,齊有司請奏四方之樂,萊人以兵鼓譟而至,將以劫公。孔子以公退,曰:"士兵之。兩公合好而以兵亂之,非齊君所以命諸侯也。"於是,齊侯心怍,麾而避之。齊將劫公,斬一侏儒以懼齊而全公,奚不可也? 雖然,士兵之,正也。兩君合好而斬其俳優,恐不足服齊之心而實以速公之劫,聖人不為是險道也。殺一不辜得天下且弗為,又況險道乎? 故侏儒之事,蓋傳之者過也。聖人仁至義盡,其行事之傳於萬世者務得其實,是尤學者之所宜盡心焉爾。

孟僖子將死,語其大夫,必屬說與何忌於夫子,使事之而學禮焉。其後,孟懿子、南宮敬叔師事孔子。嗚呼! 僖子之賢,視列國君臣遠矣。考其時,魯昭公七年,孔子年十有七歲。子雖嘗自言:我非生知,信而好古。然而天縱至聖,學為人師,自少之時已然,不得以年歲限也。後之鄙生小儒,己學未成,遑遑於樹立壇坫,號召生徒,輒以師道自居者,亦聖人之罪人矣。

"大德敦化,小德川流"。予嘗以此釋"一以貫之",文清已有此言。

君子以身言,小人以舌言。故欲知其人,觀其行而已,言未可信也。

問:"周子云:'見其大、則心泰,心泰、則無不足,無不足、則富貴貧賤處之一也,處之一、則能化而齊。'不知如何能見其大?"曰:且須理會古聖賢言語行事,如理會得孔子疏食曲肱,樂在其中。顏子陋巷簞瓢,不改其樂。此見得一分,則心泰一分。見得十分,則心泰十分。既有所見,須守之勿失,漸次擴充,到純熟處,則化而齊也。

狥欲最苦,循理最樂。捨樂就苦,是誠何心?

"有諸己而後求諸人,無諸己而後非諸人"。每體認此理,立言無和平感人之意,即明快俊爽,於己德所損已不少,筆之於書亦然。

君子以身言,所謂"闇然而日章"也,小人以舌言,所謂"的然而日亡"也。

懲忿窒慾是大關鍵。

薛敬軒曰:"顏子終日不違,如愚。喋喋多言而能存者寡矣"曹月川曰:"顏子之學,求至乎聖人之道。今人記誦文辭,豈可與顏子同日而語。"二子之言,既可信不誣,學者宜知所決擇矣。

顏子曰："舜何人也？予何人也？有為者亦若是。"孟子曰："乃所願則學孔子也。"夫子所謂志學，亦是如此。故學者莫大乎立志。

先儒謂孔、顏自有其樂，不因疏食曲肱、簞瓢陋巷而後樂，此論最是的當。愚以謂大聖賢處富貴貧賤，一以視之。若常人處富貴而淫，處貧賤而憂者，固不足道矣。然，常見膏粱華寢之人，所憂有甚於蓬茅藜藿之士，是則疏食飲水、陋巷簞瓢固亦自有樂在爾。

顏子"以能問於不能，以多問於寡"，直是大舜好問好察之心。

《傳》言身通六藝者七十二人，而孔子皆不謂之好學。好學獨稱顏子，然則六藝不足以盡學，而學自有其重且要者。捨其重且要而沾沾焉從事於其末者，謂之不學可也。

吾夫子見人之一善而忘其百非，是天地之量。

曾子敝衣耕於野，魯公聞之而致邑焉，曾子固辭不受。曾子曰："吾聞受人施者常畏人，與人者常驕人。縱君不我驕也，吾豈能勿畏乎？吾與其富而畏人，不若貧而無屈。"按：曾子此言，即孔子疏食飲水，顏子簞瓢陋巷之意。

齊欲聘曾子為卿，曾子不就，曰："吾父母老。食人之祿，則憂人之事，吾不忍遠親而為人役。"凡為人子者，不可不思此言。

曾子曰："狎甚則相簡，莊甚則不親。"是以君子之狎足以交懽，其莊足以成禮，是與人之法。

晏子一狐裘三十年，可想其風操。

曾子居衛，縕袍無裏，三日不舉火，十年不製衣。正冠而纓絕，捉衿而肘見，納履而踵決。曳躧而歌《商頌》，聲滿天地，若出金石。其後，齊聘以相，楚迎以令尹，晉迎以上卿，曾子皆辭不就。是處貧賤、去富貴之法也。

曾子易簀，只是求心所安。

曾子曰："吾何求哉？吾得正而斃焉，斯已矣。"可見聖賢生平，只是求箇正而已矣。

啓手啓足之時，曾子亦自謂"今而後吾知免夫"，及乎簀之未易，則曾子之意猶以為未得乎正也。可見聖賢生平，自少至老，自始至終，無時不以寡過為事。所謂"一息尚存，此志不容少懈"。

易簀一事，想見生平全副力量。

子思有言："不取於人謂之富，不辱於人謂之貴。"今之富貴反是。

子思縕袍無裏，二旬而九食。田子方遺之狐白裘，子思辭曰："伋聞之，妄與不若棄物於溝壑。伋雖貧，不忍以身為溝壑。"聖賢辭與之義如此。

"天命謂性"，"上天之載"，兩"天"字首尾呼應，程子所謂《中庸》"首言一理，末復合為一理"，此也。

程子言："聖賢千言萬語，只是欲人將已放之心，約之使反，覆①入身來，自能尋向上去。"朱子言："收斂此心，不容一物，乃是用功。"此本體功夫合一之至論。

文清謂："孟子言'知言'，即孔子所謂'知者不惑'。其言'養氣'，即孔子所謂'勇者不懼。'"愚謂孟子之"不動心"，即孔子所謂"仁者不憂"。

孔子不尤公伯寮，孟子不尤臧倉，伊川不尤邢恕，其意皆同。

周子太極，其本主於靜，而喫緊處全在修吉悖凶。君子修之吉，小人悖之凶。君子而不吉者有矣，未有小人而不凶者也。

橫渠曰："物之初生，氣日至而滋息，物之既盈，氣日反而游散。物既盈而游散，理之自然，無可疑者。況敢從而戕伐之乎？

"天命之謂性，率性之謂道，修道之謂教"。是統論此理，辨明性、道、教三個字，使天下萬世人不為異端所惑，以致走差了路頭。此三句，子思一生大本領，聖學大源頭，故首揭以示人。自"道也者，不可須臾離也"至"君子慎其獨也"，是指點人下手做工夫處。既有此段工夫，所以養成喜怒哀樂未發之"中"，發而中節之"和"。"中也者，天下之大本"，便是"天命之謂性"。"和也者，天下之達道"，便是"率性之謂道"。"致中和，天地位焉，萬物育焉"，便是"修道之謂教"。首尾相應，脉絡分明，學者默識而從事焉，盡性達天之學具於是矣。

曹月川曰："周子所謂無極而太極者，蓋謂無形象、無聲氣、無方所。極，謂至極，理之別名也。太者，大無以加之謂。天地間凡有形象、聲氣、方所者，皆不甚大。惟理則無形象之可見，無聲氣之可聞，無方所之可指，而實充塞天地，貫徹古今，大孰加焉。"解無極而太極，可謂言近指遠。周子曰："'聖可學乎？'曰：'可。'曰：'有要乎？'曰：'有。'請問焉。曰：'一為要。一者，無欲也。無欲，則靜虛動直。靜虛則明，明則通。動直則公，公則溥。明、通、公、溥，其庶矣乎！'"此數言括盡《太極圖》之妙。朱子所謂"學者能深翫而力行之，則有以知無極之真。兩儀、四象，本皆不外乎此心者"是也。

明道先生薦賢數十人，而以橫渠、伊川為首，不以父表弟與弟之嫌，所謂內舉不避親也。

處富貴貧賤，則不憚竭心力以趨避之，至於死生之際，則委之曰有命焉。蓋不盡其道而死者眾矣，豈富貴貧賤獨無命而可以人力營之？死生則不盡其道而可以委之於命乎？故能盡處富貴貧賤之道，斯能盡生死之道矣。

伊川初以通直郎充崇政殿說書，以孔文仲詆毀，差管勾西京國子監。丁大中公憂，服

---

① 覆：四庫全書本作復。

除,直祕閣、判西京國子監,再辭。董逸言怨望輕躁,改授管勾崇福宮,以疾辭。哲宗親政,申祕閣、西監之命,再辭不就。紹聖間,以黨論放歸田里,尋,送涪州編管。徽宗即位,移峽州。以赦,復宣德郎,任便居住。還洛,復通直郎,權判西京國子監。尋,追所復官,依舊致仕。已而,言者論其本以姦黨論薦得官,雖嘗明正罪討,而敘復過優。今復著書,非毀朝政。於是,追毀出身以來文字,其所著書,令監司覺察。後復宣義郎,致仕而終。伊川生平出處進退如此,彼孔文仲、董逸之徒無足論矣。而當其時,小人道長,君子道消,宋之為宋,竟何如也? 後世可以鑒矣。

伊川云:“吾四十以前讀誦,五十以前研究其義,六十以後反覆紬繹,然後著書。著書,不得已也。”今人纔學執筆為文,便思著述。其書之不足信者無論矣,果有可信者,亦未必其躬行心得發而為言者也。天下後世之人不可欺,則亦終歸於不足信而已矣。至於不足信,而害吾道也滋甚。蓋將並其當信者而疑之。甚矣! 多言之害道也。

伊川言:“心即理也。”晦菴謂與橫渠言:“心統性情。”此二句顛撲不破。愚按:伊川、橫渠,皆是指道心而言。橫渠言:“天體物而不遺,猶仁體事而無不在。”愚謂此即神無方而易無體也。

程子拈出“敬”之一字示人,即《中庸》“戒慎”“恐懼”四字也。“戒慎乎其所不覩,恐懼乎其所不聞”。此二句括盡古今聖學大源頭。入德之門,體道之極,功悉在是矣。

“敬”即“戒慎”“恐懼”,而“戒慎”“恐懼”四字更痛切。

“戒慎恐懼”,此孔、顏之所以樂也。程子謂:“鳶飛魚躍,是子思喫緊為人處”。蓋有“戒慎恐懼”工夫,故有“鳶飛魚躍”境界。是“戒慎恐懼”正子思喫緊下工夫處也。千古聖學相傳,正脉斷不外是。程子謂:“靜中有物,始得。”蓋“有物”,謂“敬”也。“敬”即“戒慎恐懼”,所謂“必有事”也。“戒慎恐懼”,則自然勿正、勿忘、勿助。若靜中無物,則是全無事也。而正、忘、助之病不勝其紛紛矣! 此異學之空虛,不可語於吾儒中正之道,禪家受病正坐此。以之處靜且不可,況動乎? 故合動靜而交致其功,斷非“戒慎恐懼”不可。

“戒慎恐懼”只是“率性”。

“戒慎其所不覩,恐懼其所不聞”。即非禮勿視聽言動也。“率性”有樂天知命意在。“戒慎恐懼”,所以樂天知命也。

薛敬軒以復性為宗。“復性”二字,亦是統論話頭,未若子思言“率性”較真切。

敬軒能“率性”者,故修己教人以“復性”為說。

世多論白沙“我大物小,物有盡而我無盡。至無而動,至近而神,致虛所以立本”,謂為禪學。夫白沙之禪學,初不自諱也。其詩曰:“無奈華胥留不得,起憑香几讀《楞嚴》。”

"天涯放逐渾閒事，消得《金剛》一卷經"。葢其不自諱如此。初何嘗似王陽明支吾閃爍，欲葢而彌彰耶？然，陽明猶知釋子之所謂道，必不容於吾儒之道，故文其說而陰用其實。若白沙者，則並不知釋之不可容於儒，故其沾沾自喜者正在此也。

"無所為而為，大人之學也"。美哉言乎！與"必有事焉而勿正"之意同。

伊川涪州之行，答門人云："族子至愚不足較，故人情厚不敢疑。"常誦斯言，省却多少怨尤。此所謂無入而不自得也。

行莫善於思，然戒在三思。過莫貴於悔，亦何堪數悔。故曰："再思"曰："不貳過。"

陰陽五行，非太極無以為化生之本。道家之說，只是在陰陽五行上用功，所以愈勞愈遠。周子創無極而太極之論，直是使人窮陰陽五行之根柢。學者誠於此而盡心焉，所謂易簡而天下之理得也。

凡人役志於榮利紛華，一旦小失意，則戚然如不欲生。葢其生平，患得患失，至此而益不能以自持，所謂不仁者不可以處約樂也。若夫有道之士，不處非義之富貴，不去非道之貧賤，其自處有素，所謂富貴不能淫，貧賤不能移也，焉往而不浩浩哉？

處常人得意時無得意之為，故能處英雄失意時無失意之態。

富貴貧賤，視之如一。

讀書養氣，不得分為二事。

天積氣，地積塊，就其已成者而言也。氣塊既成之後，若不積則不能恒久。故曰："維天之命，於穆不已。"又曰："天地之道，貞觀者也。"

列子之言，有巧而不傷理，奇而能正者，賢者有取焉。其言曰：飛衛學射於甘蠅而過其術。紀昌者又學射於飛衛，飛衛教之不瞬。歸而偃臥其妻之機下，目承牽挺。二年，雖錐末倒眥而不瞬也。飛衛曰："未也。視小如大。視微如著而後可。"昌懸虱於牖，望之。旬日之間，浸大。三年，如車輪焉，乃射之，貫虱之心而懸不絕。昌既盡衛之術乃謀殺衛。交射中路，矢鋒相觸而墜於地。飛衛之矢先窮，昌遺一矢，既發，飛衛以棘刺之端扞之而無差焉。紫陽知其寓言也，曰："用心專一，不知有他。要當如此，所見方精。"莊子亦云："用志不分，乃疑於神。"夫曲伎異端之學，其精專有如此者，而吾儒之學反文具視之，欲其有所至也不亦難乎？

黃文獻公跋程敬叔《進學工程》有言："《易》曰：'君子進德修業'，欲及時也。記誦辭章云乎哉！記誦辭章，末矣。後生小子，猶有廢而弗事者。"觀公此論，則後生小子記誦辭章，固亦不可廢也。今未嘗不以德業相勉，其進修者果何如耶？而所謂記誦辭章，又果能用其力否耶？夫學以孔子為歸。孔子之德業，窮天地，亘古今，一人而已。而猶曰："好古敏求，""修辭立誠"。若後生小子借口進修，一槩束書不觀，則是《詩》《書》不必刪定，韋編不必三絶矣。蓋《詩》《書》之刪定，韋編之三絶，正所謂進德修業也。後生小子尚勉之哉。予老矣，何足以知此。

《午亭文編》卷二十四　　男壯履恭較

《午亭文編》卷二十五

門人侯官林佶輯録

經　解　一
《易》上

三乾下【乾】
三乾上

　　解經以孔子為歸。《易》三百八十四爻，時焉而已耳，豈特乾六爻哉？孔子於乾獨曰："大明終始，六位時成，時乘六龍以御天"者，言乾六爻非聖人不能用也。蓋時之用備乎《易》，《易》之理統乎乾，乾之道全乎聖人，是以於此首發明之。故曰："天行健，君子以自彊不息。"又曰："君子行此四德者，故曰：乾，元亨利貞。"孔子之得於《易》如此，所以為聖之時者也。

　　初九，子曰："龍德而隱者也。"九二，曰："龍德而正中者也。"九三、九四，曰："君子進德修業。"九五，曰："乃位乎天德。"上九，獨不言德，"知進退存亡而不失其正"，非德歟？德者，何也？曰：誠也。"閑邪存其誠""修辭立其誠"，乾六爻未有不貴誠者，偶於二三爻發之而已。

　　説者謂乾五爻皆以龍言，三以人道，獨不稱龍。然，四亦人道也。曰："躍，"曰："在淵，"猶之稱龍之辭，何也？曰：聖人不直指之曰龍也。曰："躍，"曰："在淵，"而已。其所以不直指之曰龍者，以其嫌於近五也。人道也，亦臣道也。

　　夫大人者，與天地合其德。天地之大德曰生，仁是也。"聖人作而萬物覩"。説曰：以為聖人有生養之德,萬物有生養之情,是以相感應也。惟仁故能生養,故曰:“元者,善之長。”君子體仁,足以長人。又曰:“仁以行之。”

晉太史蔡墨曰:“在乾之姤,曰:‘潛龍勿用。’在乾之同人,曰:‘見龍在田。’”嘗引伸其義,初變坤為巽,巽德為入,故曰:“潛龍,”故曰:“陽在下”故曰:“陽氣潛藏。”又變巽為姤,姤“勿用娶女,”故初九“潛龍勿用”也。二變坤為離,離德為麗,為文明,其象為日,為火。故曰:“見龍”故曰:“德施普,”故曰:“天下文明。”又變離為同人,“同人于野,亨”。故九二“利見大人”也。三變坤為兌,兌為巫,為口舌。尚口乃窮,君子慎言而敏行,故曰:“終日乾乾,夕惕若。”又曰:“反覆,道也。”又曰:“行事也。”又曰:“忠信所以進德也,修辭立其誠,所以居業也。”又變兌為履,“履虎尾”,是以“乾乾惕若,不咥人,亨”。故“厲无咎”也。九四,變巽為小畜,“密雲不雨”,躍而或止之象也。九五,變離為大有,火在天上,無所不照,“飛龍在天”之象也。上九,變兌為夬,夬“有厲,不利即戎”,“亢龍有悔”之象也。

☷坤下　【坤】
☷坤上

乾為良馬,為老馬,為瘠①馬,為駁馬,故坤利牝馬之貞也。先非牝也,故曰:“迷”,後則牝也。故曰:“得主,”曰:“利。”陽為陰主,得主故利也。“西南得朋,東北喪朋”。惟朋喪而後主得也。然,臣以喪朋得君,亦須有邪正之辨。善乎!橫渠之言:“東北喪朋,雖得主有慶,而不可懷也。故曰:安貞吉。”若剸②以喪朋為務,而邪正之辨不復致審於其間,則亦未得為正矣。

初六,“履霜堅冰至”。伏震為足,履象也。言陰進履也。履絕句,霜堅冰連讀,蓋一陰始生,姤五月之卦也。安得有霜?觀其所覆而知霜堅冰之至也。

坤二直內方外,即乾二“閑邪存誠”,所謂“厚德”者此也。所謂“不息”者亦此也。乾坤之德,豈有異哉?

四臣位而曰:“賢人隱。”言隱者,以別乎仕之稱也。明此爻不得以位言也。懼為食祿在位、緘默苟容者藉口,故言隱以別之也。

---

① 瘠:四庫全書本作瘠。按:《說文》:“瘠,瘦也。本作膌,今作瘠。”作瘠,是。
② 剸:四庫全書本作專。按:剸,當作剬。剬,有兩種不同的讀音和涵義。《唐韻》:度官切。《集韻》《韻會》:徒官切。竝音團。《玉篇》:截也。《韻會》:裁也。《廣韻》:截木也。又《集韻》《韻會》:朱遄切。《正韻》:朱緣切。竝音專,與專同。《韻會》:“擅也。一曰并合制領也。”《漢書·蕭何傳》:“上以此剬屬任何關中事。”注:“師古曰:‘剬,讀與專同。’”

乾之初九,十一月之復也。由陽初生而言者喜之也。上九,陰將生而言進退存亡,陽之所以善其終者,《易》為君子謀至矣。坤之初六,宜以姤為言,而曰:"履霜堅冰至,"使人知陰之可畏也。上六曰:"龍戰于野,"言震之將生也。震陽也,亦喜之也。消息盈虛,陰陽之數也。喜陽而惡陰,喜君子而惡小人,喜治而惡亂,聖人情見乎辭矣。

震為龍,為元黃。戰,猶栗也。弱而胚胎也。坤為野,是以"龍戰于野,其血元①黃"為震始生之象。《文言》曰:"陰疑于陽,必戰。"疑,讀如儗。儗,將也。陰儗於陽,陰將生陽也。必戰者,陽弱而戰也。是時,非无陽而嫌於无陽,故稱龍焉,嫌近也。"元黃者,天地之雜,天元②而地黃。"陽生陰中之象也。或曰:"陰陽皆傷也。"夫立言,以明教也,陰可傷也,陽可傷乎?

☳震下【屯】
☵坎上

天下大埶,決於民而已矣。初九,"能大得民,天下焉往?"以此為成卦之主,宜也。凡言得者,以有失之者也。九五是也。九五有膏而自屯,民既散矣,膏豈能常享哉?是昧於大小之分者也。"出內之吝,謂之有司"。是小以屯為正則吉也。隋有洛口之倉,唐有瓊林、大盈之庫。隋、唐之君,不能施於民而徒為寇資,是大以屯為貞則凶也。夫五失其民而初得之,四,初之應也。初求四往,此不必論。若夫二者五之正應,義不忘五。然亦何所濟哉?當屯之時,英雄乘時而起者多矣。所謂秦失其鹿,天下逐之者也。三"即鹿无虞",陷於林中,見幾而舍,猶可善後。上六與三非應,近於五而附五,而不知五之不足恃也。故曰:"泣血漣如,何可長也?"合而論之,屯之濟與不濟,在民之得與不得。民之得與不得,在於膏之屯與不屯。自古以來,屯難之世,國之興亡,未有不如此者也。

☵坎下【蒙】
☶艮上

六五下求於二,故"童蒙吉"。六四遠於二而不知求,故"困蒙吝"。《象》曰:"剛柔接

---

① 元:四庫全書本同。按:元,原作玄。《易·坤》:"上六,龍戰于野,其血玄黃。"康熙名玄燁,為了避諱,改玄為元。《詩·豳風·七月》:"載玄載黃"。傳:"玄,黑而有赤也。"後亦通稱黑色為玄。

② 元:四庫全書本同。按:元,原作玄。《易·坤》:"夫玄黃者天地之雜也,天玄而地黃。"康熙名玄燁,為了避諱,改玄為元。

也"，"獨遠實也"。然則陰之於陽，果宜何如哉？初近於二，故為"發蒙，利用刑人，用説桎梏"。所謂禁於未發之謂豫也。伊川為講官，一日講罷，未退，上忽起馮檻，戲折柳枝。伊川進曰："方春發生，不可无故摧折。"上不悅，或謂此伊川之"以往吝"也。然，伊川豈可輕議哉？六二①，取女者也，非女也。"取不有躬之女"，六三之不慎也。故上九擊之。擊之者為三，"禦寇"也。此上之慎也。葢女而不有躬為寇也，大不可不禦也。善學聖人者必先遠害。善教人者，必先禦寇。呂希哲嘗言："人生內無賢父兄，外無賢師友，而能有成者鮮矣。"

☰乾下【需】
☵坎上

需者，聖人將以盡化天下之險而使歸於和也。剛健而不險者乾也，雖不陷猶有險也。"有孚，光亨，貞吉"，坎之德也。至此，則無險可言矣。乾與坎不可以賓主論，而五於三陽，獨以"飲食"客之，三陽亦飲之食之，以五為主而不疑，所謂"有孚，光亨，貞吉"也。不獨五也，四亦能"孚②於血，出自穴"矣。血者，其始，而出穴者，失其險之象也。"順聽"者，順以聽陽，不復肎③為難也。上六居坎之終，故為"入於穴"，然亦能於"不速之客來"而敬之，"雖不當位"，未大失也。當是時也，需"於郊""於沙""於泥"之象何有乎？世路蕩平，彼此一家，飲食宴樂，何其盛也？夫五何以能若此？坎之一陽，坤得於乾者也。是故五於乾同體而不相害也。雖然，亦危矣。初之"利用恒"，二之"衍，在中"，三之"敬慎"，未可一日忘也。是卦也，聖人致望於無"險"也切矣，愛乾憂乾之心亦云至矣。

☵坎下【訟】
☰乾上

訟之九五，天下之訟皆歸焉。然，人君不言聽訟，聽訟而當，是人君不過一大有司耳。繫爻者：但言"元吉"而不言訟，是无訟也。无訟而後為"元吉"，以是為吉之至也。孔子釋其故曰："以中正"。中正者，人心本乎天之正理。中正失，則心險，險則訟。聖人以其中

---

① 六二：四庫全書本作六三。按：《易·蒙》无六二。其六三云："勿用取女，見金夫，不有躬，无攸利。"與本文內容相同，作六三，是。

② 孚：四庫全書本作需。按：《易·需》："六四，需於血，出自穴。"與本文內容相同，作需，是。

③ 肎：四庫全書本作肯。按：肎，當作肎。《說文》："肎，骨間肉也。"《玉篇》："今作肯。"

正化天下之不中正，以其无險化天下之險。"聽訟，吾猶人也，必也使无訟乎？"此之謂也。此卦諸爻，皆以无訟勸人者也。初之"不永所事"，二之"不克訟"，三之"食舊德"，四之"不克訟"是也。三之"貞"，四之"復"，即"命、渝、安貞"，皆以天命人心之正理言，是知中正之心，人皆有之。聖人使民无訟，亦以其皆有此心故也。上九，"或錫之鞶帶，終朝三褫①之"，此訟雖勝而心不安之象。猶所謂"其心媿恥，若撻於市"者是也。充是心也，未嘗不可"復"，即"命、渝、安貞"也。

九二曰："不克訟，歸而逋，其邑人三百户，无眚②。"《象》以為"自下訟上"，自是。解者謂二訟五為以臣訟君。竊以謂臣无訟君之理。《象》言"自下訟上"，亦未便以為自下訟君也。矧辭曰："不克訟。"假令"克訟"，君顧可訟乎？既曰："不克訟"，則是有訟之心矣。人臣无將，罪孰甚焉？乃更以"无眚"許之，聖人假《易》象以明人道，非所以為萬世防也。然則所訟之上果孰指乎？曰：二五正應，上謂九五無疑。然自二言之，謂為在上之人則可，謂為君則不可。《易》不可為典要，惟變所適，安在五之必為君位乎？

朱子曰："九二正應在五，五亦陽，故為'窒塞'之象。"《易》有象數，此何以不言二百户而言三百户？以其有定數也。王弼謂"得意忘象"。伊川又謂"假象"。今象數不可考，只得從理上說，故勉強解作小邑。漢上朱氏曰："乾策三十有六，坤策二十有四。九二變，則二三坤策、四五乾策，合而言之三百也。坤為户二，在大夫位。户為邑，自三至五，歷三爻也。"又曰："古者諸侯建國，大夫受邑。諸侯之下士，視上農夫，食九人。中士倍下士，上士倍中士，大夫倍上士。卿四大夫，君十卿祿。天子之大夫，視子男。大國之卿，當小國之君。然則諸侯之卿，當天子之大夫也。食二百八十有八人，三百户，舉全數也。"蓋漢上之說，其象數可考者如此。

　　　☵坎下【師】
　　　☷坤上

師以一陽在下為將帥之象，故重九二。然，九二《爻辭》曰："王三錫命。"《象》以"承天寵，懷萬邦"釋之，是尤重六五也。九二，自衆尊之，則曰"丈人"，自君稱之，則曰"長子"。"長子帥師"，五所使也。"弟子輿尸"，亦五所使也。唐九節度鄴城之潰，非肅宗之

────────
①　褫：四庫全書本作褫。按：《易·訟》："上九，或錫之鞶帶，終朝三褫之。"朱熹注："褫，奪也。"作褫，是。
②　眚：四庫全書本作眚。按：《易·訟》："九二，不克訟，歸而逋，其邑人三百户，无眚。"眚，過失、災害。作眚，是。

咎而何？使之當不當，關民命之生死，國家之安危，豈可忽哉？不止用師之時宜慎所使，至論功行賞，尤嚴"小人勿用"之戒。"大君有命，開國承家"，君之事也，非上六之事也。但以上居師之終，故發此義耳。

"師出以律"，人所知也。"左次"之義何居？見可而進，知難而退，師之常也。上貪功，下懼罪，宜退而不敢退，以覆其軍者多矣，可不戒哉！

"田有禽，利執言"，儒者常謂："秦皇、漢武，黷武好兵，謂之'田有禽'不可。"自是以來，人主賢而善用兵者，莫過唐之太宗，其征高麗，以不能成功，深悔之。歎曰："魏徵若在，不使我有是行也。"命馳驛祀徵以太牢①，復立所製碑。蓋太宗征高麗，以莫離支弒逆為言。夫高麗豈唐之禽哉？太宗之悔而思徵，此其所以為賢也。故凡為無名之師者，不可不深玩此爻之義。

☷坤下
☵坎上 【比】

此卦九五，一陽在上，為成卦之主。初六，"有孚，比之吉"。比，五也。六二，"比之自內，貞吉"。比五也。六四，"外比之貞吉"。比五也。惟六三，"比之匪人"，上六，"比之无首"，是不比五者也。比五則吉，不比五則凶，君子可不慎所比哉！夫九五，以"位正中"盡比之道，顯明其比有"舍逆取順"、"邑人不誡"之象。六三、上六，自取其凶，何損於五哉？

☰乾下
☴巽上 【小畜】

以巽之小，畜乾之大。巽者，順也。小人之順君子，將以漸制君子而使之不得有為。君子不悟也，從而與之，至小人勢成而君子坐困矣。六四，巽之主也。"有孚"者，非孚於君子，而孚於小人也。故曰："上合志也。""血去惕出"者，以其巽順，故兩不見傷，目前无咎。然，其釀禍為最深也。夫九五，陽也，何為與四"合志"乎？又何為"富以其鄰"乎？蓋五有陽之形，而其志實陰，與上同居巽體，故"富以其鄰"，無足怪也。四與五上三爻"有孚"，合力畜乾，欲不成，"既雨既處"之象也。得乎小人之巧也，君子之疏也，小人之佞也，

---

① 太牢：四庫全書本作太牢。按：古代祭祀，牛、羊、豕三牲皆具為太牢。作太牢，是。

君子之直也。苟非君子尚陰德而使之滿，當不若此。咎小人而責君子，君子亦無所辭其責也。《易》為君子謀，使如初九之"復自道"，上也。如九二與初九牽連而復，亦次也。至於九三，其於巽也近，交益深而不可復矣。脫輻而與之處矣。陰陽不相能也，而"夫妻反目"，事已晚矣，下也。陽自下上行，為陰所得，相持而雨澤下焉。六四，陰畜陽，宜雨矣，故為"密雲"之象。然三陽上行，四雖畜之而五上，二陽在其上，四方得位，上下應之。巽性善入，兌體善説。以善入之性，務以説陽，又居位得時，不盡畜不止。故四所欲畜，尤在於五。五，君位也。既志在畜君，陰性佞邪，説之不以其道，專務得君。凡膏澤天下之事，利於民而恐拂於君者則不欲以為，故又為"密雲不雨，自我西郊"之象。"密雲不雨"，尚往也。言意在畜君也。兌，正西也。故為西郊之象，成卦之義在四，故曰我也。

　　小畜之初九曰："復自道。"九二曰："牽復吉。"諸家解"復"字，不過謂陽本在上，進而上行為"復"。獨漢上朱氏以為：聖人欲明陽不受畜於陰之義，故以履小畜二卦反覆明之。小畜履之反，初本在上，二本在五，三本在四，故初、二皆以"復"言之，三則受畜而不得其"復"也。漢上以對卦解初二之"復"，則"復"字便有根據。

【履】
兌下
乾上

　　履之九五，惟"位正當"，故"夬履"。惟"夬履"故雖"貞"亦"厲"。"貞"且"厲"，況不"貞"乎？若能自視所履，考其將來之祥兆，周旋盡善，不敢夬決則不止於吉，且大善而吉矣。孔子釋之曰："元吉在上，大有慶也。"此豈人臣所敢當乎？是九五、上九合為一人也。二爻而為一人，有之乎？曰：有之。大有之九五、上九，是其例也。君一也，失則為"夬履"，得則為"視履"。乾之為虎也，乾之履帝位而不疚也，無異也。君子之於履，無所苟而已矣。六三為兌之主。兌者，説也。所謂説而應乎乾，是以"履虎尾，不咥人，亨"者也。何以又曰："履虎尾，咥人凶"也？言之不足，又曰："武人為於大君。"以剛武之人，有所為於大君之側，不得大譴者幾希矣！悦極則為巫、為羊、為毀折，此亦兌之象也，此亦一爻而具兩義者也。儒者曰："履，文王之卦也。"文王居羑里而演《易》，所云"履虎尾，不咥人，亨"。履則真履矣。驪戎之文馬，有熊氏之九駟，未得入焉。咥人不咥人，未可知也？當是時也，欲為初九"素履之往"，欲為九二"幽人"之"坦坦"，皆不可得也。武人之辭，又周公所繫也。豈以文王為武人也哉？非也。葢居東之時，周公亦有戒心也夫！

　　於三言："履虎尾，咥人凶。"於四言："履虎尾，愬愬終吉。"言"終吉"，則"不咥"可知也。以"愬愬"易説者何也？説有正不正，非人臣之正也。

履之九五，《象傳》所謂："剛中正，履帝位而不疚，光明者也。"而爻之《辭》曰："夬履貞厲。"垂戒之意深焉。善乎！雲峰胡氏之言曰："其下者不患其不憂，患其不能樂。在上者不患其不樂，患其不能憂。"故於"履坦"，繫之"貞吉"，喜之也。於"夬履"，繫之"貞厲"，戒之也。《傳》曰："具曰予聖，誰知烏之雌雄？""夬履"之謂與！

☰乾下
【泰】
☷坤上

人知泰為可樂而不知其艱，人知艱在九三、六四陰陽往來之間，而不知初九、九二未嘗无艱也。物各有類，此進彼退，將使退者終退，則進者敢不正其類邪？包容荒薉而果斷剛決，不遺遐遠而不昵朋比，二之"中行"，合眾類而治之，得其道者也。是初九、九二亦有艱也，特未明言之耳。

九三曰："勿恤其孚，"蓋三之所"勿恤"者，即六四之所"不戒"者也。節齋蔡氏曰："孚者，信然之謂。'勿恤其孚'，謂不可以陰之必復而動其心也。"自古小人用事，非其始遂有敢與君子為難之心。為君子者，利害之念忧於中，隱忍遷就以養成其勢，於是小人無所忌憚之心觸事發露而亦不復可以自止。君子於此，思所以制之，亦已晚矣。故曰："勿恤"，見徒憂之不可以有為也。曰："于食有福"，見有以為之，未必其果可憂也。其為君子計慮，以防制小人者至矣！

"翩翩，不富以其鄰"。"翩翩"二字，寫出小人情態。蓋君子不可徒憂小人之復，小人實深幸君子之憂。三陽初往，三陰翩翩然下之，且懼且喜，回翔而後集。漢上朱氏曰："譬如葉墜井中，翩翩而下，以井氣扶之也。"君子初去位，小人猶有顧忌。君子盡去，然後飛揚矣。是則君子之憂，小人之幸，君子亦何貴徒憂乎哉！

三已有平、陂、往、復之說，外卦六五之《辭》與四上二爻殊不類者何也？此繫《易》聖人之微意也。保泰之道，雖在君子，主之者，君也。由泰而否，常在承平之世。故以帝乙為言。帝乙殷之賢君，《尚書》所謂："自成湯至於帝乙，罔不明德恤祀"是也。歸妹為人君順從君子之象，"君子道長，小人道消"，非君而誰望哉？初曰："吉"，二曰："光大"，三曰："有福"，五獨曰："以祉，元吉。"世之常治而不亂，君子之常進而不退，福與吉未有過於此者也。

䷋ 坤下
  乾上 【否】

聖人喜治而惡亂,其繫否也,合君子小人而謀之,使皆受泰之福而不見否之禍,此聖人之意也。初曰:"貞",曰:"吉",曰:"亨",曰:"志在君。"二曰:"小人吉。"三言:"位不當",不言凶咎,於小人猶有望焉。使小人不至於一發而无所忌,豈非世道之幸乎? 泰曰:"翩翩",曰:"覆隍①",於否反不盡其辭,非獨可以互見,亦良有以也。六二,"包承,吉"。即以"大人否亨"告之。九五,"休否,大人吉"。即以"其亡、其亡"告之,亦猶泰之言"艱貞"也。夫泰六五之"祉","祉"由於君。否九四之"祉","祉"由於"命"。夫受天之命者,君也。四之"有命",由其有君也。畏命、造命,皆君之事也。是以泰、否二卦,其致望於五尤重焉。

否"不利君子貞"者,"之匪人"也。同人"利君子貞"者,"于野"也。"于野"者,无私比也。"之匪人"者,比於匪人也。此"之"字即《大學》"之其所親愛"之"之",《彖傳》所謂:"內小人而外君子,小人道長,君子道消也。""之匪人",无一而可。聖人特於否卦發之,言此實所以為否也。

否之初,否之機已兆,否之勢未成。聖人惟幸其有變而之泰之理,否之初,貞則為君子,不貞則為小人。聖人惟許其有可為君子之道,故其《辭》曰:"拔茅茹,以其彙,貞吉,亨。"蓋略不異於泰初之辭,但勉以貞而已。且許以亨焉,固未嘗明言其為君子,亦未嘗斥言之為小人。其意以為果能貞焉,不但不為小人之羞,亦可以為君子之亨矣。故《象》之辭曰:"拔茅貞吉,志在君也。"勉其不以己私害國家也。若居否之初,其勢尚可有為,而或者專以便安為事,一付之天運之所適,然其如君何哉? 志在君者,蓋許其有可為君子之道,幸其有變而之泰之理也。

䷌ 離下
  乾上 【同人】

同人之五,君位也。二與五相應,何以同人"于宗"而"吝"也? 其不能與五遽遇,辟如女子有家,未能于歸而尚在本宗,此吝道也。二之"吝"則以三、四故也。夫三、四雖剛暴,

---

① 覆隍:四庫全書本作復隍。按:《易·泰》:"上六,城復于隍,勿用師。"作復,是。

豈能奪君之配哉？但以其剛暴之性，馮勢為惡，既敢上陵於二，何有此所以"先號咷"也。《象》曰："同人之先，以中直也。"中非五所不足，然，是時中非所用。君道貴剛，當以"大師克"之。五之剛既奮，三之"伏戎"，終不敢發，四之"乘墉"，亦"困而反"，則大師設而不用可也。三、四，至剛暴也，且化而為同，二、五之"後笑"不亦宜乎？剛亦乾所本有，不能用則"號咷"，能用則"笑"也。此卦大而難者，無若二、五、三、四之間，初之"于門"，上之"于郊"皆小者也。

$\begin{array}{l}\equiv\ 乾下 \\ \equiv\ 離上\end{array}$ 【大有】

六五一爻為大有之主。虛中在上，以一人之信而發天下臣民之志，故曰："厥孚交如。"其曰："威如吉"，何也？《象》曰："威如之吉，易而無備也。"非嫌其易而進以威也。蘇氏曰："以其無備，知其有餘也。"夫備生於不足，不足之形見於外，則威削。可謂善言《易》者也。同人一柔在下，故五貴用"剛"。大有一柔在五，故五貴用"孚"。君道用剛、用孚，各有其宜也。孚則交，交則威，至於"威如"而柔不足以盡之矣。是兼剛而有者也。故聖人於上九，又繫之曰："自天祐之，吉，無不利。"《象》曰："大有上吉，自天祐也。"《爻辭》與《象》但言其"自天祐，吉，無不利"，不言其所以然，其義蓋在六五一爻也。"自天祐之"，人臣不敢當也，非六五而何？是故六五、上九為一人也。大有一卦，此為最吉。以下四爻，皆其所有而各有戒辭，亦大有之時所宜也。六五"厥孚交如"，初何得言"无交"？交之害，在於處有而不思其艱。故戒之曰：但"无交害"，有"匪咎"也。"艱則无咎"，此亦諸爻通例，於初發之耳。九二，"大車以載，有攸往，无咎"。《象》曰："積中不敗"，反言之，非大車則必敗矣。九三，"公用亨①於天子，小人弗克"。是小人不能无交害也。九四，"匪其彭，无咎"。《象》曰："明辨晢也。"言有其彭，則大不智也。其戒深矣！

坤為大輿，九二體乾。而曰大車者何也？乾變坤也。故《易》之取象多以變言。

$\begin{array}{l}\equiv\ 艮下 \\ \equiv\ 坤上\end{array}$ 【謙】

"天道虧盈而益謙，地道變盈而流謙，鬼神禍盈而福謙，人道惡盈而好謙"。君為天地

---

① 亨：四庫全書本同。按：《易·大有》作亨。原文云："九三，公用亨于天子，小人弗克。"朱熹注："亨，《春秋傳》作享，謂朝獻也。古者，亨通之亨，享獻之享，烹飪之烹，皆作亨字。"改享字，是。

神人之主,謙而得福,尤必然之理也。六五,"不富以其鄰,利用侵伐,無不利"。此謙之效也。凡言以者,能左右之謂也。五於其鄰,能左右之。於不服者,能征伐之。既不驕縱,又不姑息。可謂盡君道之宜者矣。九三為成卦之主。上為君所任,下為眾所從。有功而能謙,故曰:"勞謙。"既能"勞謙",又須"君子"行之"有終",則"吉"。既美之,且戒之也。五不驕縱,三能有終,三亦可謂人臣之善居功者矣。

剝四變而成謙,謙《彖》皆以剝四變者明之。上九、下三,謙也。六三,上上亨也。故《彖傳》者"下濟",上來下也。"卑而上行",三上往也。變而為全吉之卦,謙之時義大矣哉!

坤下　震上【豫】

豫卦六爻,初、三、四、上皆言"豫",二與五不言"豫",言"貞"言"中"。五,豫時之令主也。二豫時之賢臣也。九四一爻,為豫之所由,亦有功之臣也。功成意滿,羣小附和,皆溺於"豫"。見有不溺於"豫"者,或反以為異己而疑之。疑朋,可言也。疑君,不可言也。故四有"勿疑,朋盍簪"之戒也。四與二,相反而相成者也。四不疑二,自不疑五,五可安枕而臥矣,四未必能也。此五之所以乘四之上,常若不豫而為疾也。生於憂患,死於安樂者,理也。五不死於安樂,故為"恒不死"也。六二,"介於石,不終日",固無可議。然,彼見幾而作,不俟終日,未必能周旋患難,使五恃以無恐,此五之所以終未免於疾也。一時初之"鳴豫",三之"盱豫",上之"冥豫",皆無足道。四雖"大有得",實未嘗得一朋也。"志大行"者,似快之之辭也,亦危之之辭也。

乾九四曰:"或躍。"或之者,疑之也。豫九四曰:"勿疑。"一則許之以疑之,一則戒之以勿疑,何也?蓋九四伏巽為不果,不果者,疑也。乾九四疑其所當疑,故許之。豫九四不當疑而疑,故戒之也。

震下　兌上【隨】

九五,剛陽,"中正",而下應六二"中正",真嘉耦也。故曰:"孚於嘉,吉。"然,二之《辭》曰:"係小子,失丈夫。"二果係初,何以得為"中正"?何以得為五之佳耦哉?此蓋二以弗兼與權之故,與五而不與初也。君臣之間,其未合也,兩相擇也;其既合也,兩相信也。

君與臣其兩无失乎？

　　四下不應初而上承于五，與五同德，“隨”而“有獲”，不可謂之不貞，貞之中有凶義焉。非“有孚在道以明”之，君子不能免也。近君之地，盛滿得志之場，求善其後亦難矣哉！大有九四，《象》曰：“明辨晢也。”隨九四，《象》曰：“明功也。”大有之四，離體隨之。三、四易位成離，離為“明”。故孔子皆以明稱之。四迫五，多懼，“其彭”“其獲”，懼孰甚焉？惟“匪彭”，故“无咎”。惟“有獲”，故“貞凶”。自非明以處之，其能免於凶咎乎？

　　　　　　　　　　☴巽下　【蠱】
　　　　　　　　　　☶艮上

　　下卑巽而上苟止，蠱所由來也。“幹蠱”者，必有事焉，所以反其卑巽苟止之習也。然君與臣不同，君則繼世之君，值法度弛亂之後者也。六五居君之位，“幹父之蠱”，當用一時令譽之臣，此天下交口賢之者也。用之，彼必能以德承上。有德者興，蠱可以立治矣。臣而謂父母之蠱者，君臣猶父子也。初與二、三，皆以“幹蠱”稱，或“厲”、或“不可貞”，或“小有悔”，事不避難，各盡其道，期於終之“吉”、“无咎”而已。皆蠱時必不可少之臣也。惟六四不能“幹”而“裕”，“裕”則蠱將日深，何足取哉？若夫“不事王侯，高尚其事”。此功成身退者所為，蠱時人臣不忍言也。

　　按《王制》云：“甲者，創制之令。”疏云：“甲為十日之首。創造之令，為在後諸令之首，故謂之甲。宣令前後三日，殷勤語之，使曉知新令也。”又謂：“諸儒並同。鄭《義》以甲為日，不為令。云：先三日，辛也，後三日，丁也。”此是妄作異端，蓋以甲為令，舊矣。《易傳》謂：“甲者，事之首。庚者，變更之首。制作政教之類則云甲，舉其首也。發號施令之事則云庚，庚猶更也。”漢上《易傳》，本程子之意而明終始之説，曰：“蠱，東方卦也，巽，西方卦也。甲者事之始，庚者事之終。以日言之，春分旦出於甲，秋分暮入於庚。以月言之，三日成震，震納庚。十五成乾，乾納甲。三十成坤，滅藏於癸，復為震。甲庚者，天地之終始也。”又曰：“蠱一變大畜，乾納甲，再變賁。離為日，乾三爻在先，先甲三日也。三變頤，四變噬嗑，離為日，五變無妄，乾納甲，乾三爻在後，後甲三日也。”蓋先甲、後甲之説，不一如此。而漢上之説，可以發明程子之意，故悉舉之。

☲兌下【臨】
☷坤上

當臨之時，陽雖漸長，消亦不久。進君子，退小人，使邪正分明，羣賢布滿，以塞小人登進之路，此要務也。上則望於君，下則責於一時諸賢，皆不可忽也。六五曰："知臨"，曰："大君之宜"，曰："行中"。"知"者，能辨邪正也。"大君之宜"者，君以知人為急也。"行中"，猶行正也，非調停君子小人之說也。初九、九二，皆曰："咸臨"，非"咸"於小人也，亦非初與二左提右挈，遂可云足也。廣搜人材，協力並進，如此而後可以"咸"也。正初與二之事也。初有"貞吉"之戒，戒其誤引小人也。二有"未順命"之戒，言小人猶"未順命"，不可不防也。嗚呼！君能"知臨"，臣能"咸臨"，時守"貞吉"、"未順命"之戒，"八月有凶"，豈遂定而不可移哉？

☷坤下【觀】
☴巽上

九五居人君之位，而欲自"觀我生"，惟有"觀民"一法。蓋天下之大，億兆之多，其俗之美惡，由乎我者也。民之俗果美邪，是我之能為君子也；民之俗果未美邪，是我之未能為君子也。九五之意，期于我為君子，未有不能為君子者也。"君子之德風，小人之德草"。化行俗美，比屋可封，其斯以為國之光乎？"觀國之光"，賢人"尚賓"，既以民而致賢，復用賢而治民，"大觀在上"，五不媿之矣。

九五，曰："觀我生"，六三，亦曰："觀我生"者，何也？君子之道，本身徵民。"我生"者，天下理亂安危之所繫，烏可不務觀乎哉？至於仕者之出處，比於人君之自治，蓋其重有如此也。故亦曰："觀我生進退"云。上九不在位，退而不進者，故但曰："其生。"朱子所謂"小有主賓之異也"。

《午亭文編》卷二十六

門人侯官林佶輯録

經 解 二
《易》 中

☳震下【噬嗑】
☲離上

嘗讀噬嗑,而歎聖人繫《易》之仁也。讀"先王以明罰敕法",而知後世用例不用律之非矣。讀六四①之"利艱貞",六五之"貞厲",而知後世快意用刑之非矣。"艱貞""貞厲"之辭,惟四、五有之,他爻所無也。以五居尊位,四為大臣故也。五、四能"貞厲"、"艱貞",下皆化之矣。雷電雖取威明之義,然電先雷後,以明為主。治獄之道,不患不威。是以君德貴剛而治獄則尚柔中也。柔中,故虛而明也。

☲離下【賁】
☶艮上

日月五星之運錯,行乎二十八宿經星之次舍,此天文也。君臣、父子、兄弟、夫婦、朋友,粲然有禮以相接,截然有分以相守,此人文也。"觀乎天文以察時變,觀乎人文以化成

---

① 六四:四庫全書本同。按:《易·噬嗑》无六四。文中所引"利艱貞",爲該卦九四爻辭。

天下"，此天子之文也。惟仰承天道，俯順民彝，天子能修其身，而後可以化成天下。由是日、月、五星，无朒胐薄蝕，彗孛飛流之變，而各順其運行之常。天下文章，孰大乎是？堯之"文思安安"，舜之"濬哲文明"，皆是道也。

旅之象，山上有火，許之以"明慎用刑"。賁之象，山下有火，戒之以"无敢折獄"。蓋明之所及有近遠，故力之所任有大小。聖人特以刑獄一事著其義，則凡明之不足而能任大者鮮矣！是以君子貴致知之學而無取乎察察之小智也。

☷坤下 ☶艮上【剝】

剝五爻皆言"剝"，六五獨不言"剝"者何？變文也。五，君位也，五不可言"剝"也。變而言"貫魚以宮人寵"者何？"貫魚"下四，陰之象也。"以宮人"之"寵"寵四陰者，五也。"宮人"，宮中之賤者也。以此寵陰，猶能制陰者也。故"无不利"也。雖變而不失君之義者，尊君也。伊川於上九，引《匪風》《下泉》，《易》通於《詩》矣。愚謂六五一爻，《易》通於《春秋》矣。

唯君子乃能覆蓋小人，小人剝君子，君子亡而小人亦無所容其身，是自剝其廬也，小人亦何利哉？初六、六二、六四，皆言"凶"，剝之"无咎"者，獨六三耳。何去何從？小人亦當決擇之矣。

☳震下 ☷坤上【復】

復見天地之心，天地之心仁是也。六二，"休復"，以"下仁"也。是知凡言復者皆復於仁也。初之"修身"，二之"下仁"，四之"從道"，一也。未有道而不仁，不仁而可修身者也。五居尊位，故欲"敦復"，仁之厚者，宜居尊者也。前後左右，從而戕者多矣，尤宜敦也。敦之如何？如初之"修身"，二之"下仁"，四之"從道"而已。是能自治，又能以人治者也。"敦復"則不"頻復"，又何至於"迷復"之凶哉？

☱震下☰乾上【无妄】

　　无妄之卦，聖人為承平君臣而言也。是時也，先王茂對，時育萬物之時也，豈可妄有所往，使萬物繹騷，不安其生哉？六五①居君之位，故告之曰："无妄之疾，勿藥有喜。"《象》又丁寧之曰："无妄之藥，不可試也。"六二，應五者也，故告之曰："不耕穫，不菑畬，則利有攸往。"而《象》曰："不耕穫，未富也。""无妄之疾"，敵國外患也。"无妄之災"，邊防之事，小有得失，不足為大患者也。所謂"或繫之牛，行人之得，邑人之災"也。君與臣但能修吾內治而外侮不得乘焉，足矣。藥必不可妄試，功必不可妄貪，先王舊章必不可妄改，天幸必不可妄徼。總之，无妄之世，必當以无妄處之。君與臣必不可不知妄有所妄②之害。六四③，君側之臣也，故以"可貞无咎"告之。初九，在下郡縣之臣，以"无妄之往"為"得志"，無關於朝廷大事也。最惡者，上也。上九，亦非有妄者也。時不可行而行，遂至於"有眚"，遂至於"无攸利"。彼之不可行而行也，亦自謂前人之法窮則當變。至於不可行者，終不可行，而猶執其所行，終不肯變，甘處其窮。《象》曰："窮之災也"，言其窮而不變也。其"匪正有眚，不利有攸往"，无妄之往何之矣？"天命不祐，行矣哉"！正謂上九也。

☰乾下☶艮上【大畜】

　　畜卦之義，蘇氏説之已盡。其言曰："小畜之畜乾也。順而畜之，故始順而終反目。大畜之畜乾也，厲而畜之，故始厲而終亨。君子之愛人以德，小人之愛人以姑息。見德而慍，見姑息而喜，則過矣。"初九，欲進之意無已也。至于六四，遇厲而止。六四之厲，我所謂德也。使我知戒而終身不犯於災者，四也。小畜之"説輹④"，不得已也。故"夫妻反目"。大畜之"説輹"，其心願之，故"中無尤也"。三乾並進，故曰："良馬逐。"馬不憂其不

---

　　① 六五：四庫全書本作九五。按：《易・无妄》无六五。文中所引"无妄之疾，勿藥有喜。"為該卦九五爻辭。作九五，是。

　　② 妄：四庫全書本作往。按：《易・无妄》"其匪正有眚，不利有攸往。"作往，是。

　　③ 六四：四庫全書本作九四。按：《易・无妄》无六四。文中所引"可貞无咎"為該卦九四爻辭。作九四，是。

　　④ 輹：四庫全書本作輻。按：《易・小畜》："九三，輿説輻，夫妻反目。"與本文內容相同。作輻，是。

良，而憂其輕踔易道以至泛軼也，故"利艱貞"。九三，乾之毀也。故相與飭戒，閑習其軍徒，則"利有攸往"。上，上九也。上利在不忌，三利在必戒。"童牛"，初九也。"牿"，角械也。童牛無所用牿，然且不敢廢者，自其童而"牿"之，迨其壯，雖不"牿"可也，此愛其牛之至也。"豶豕"，犗豕也。九二之謂也。有"牙"而不鷙也。犗豕也。不鷙，則可畜矣。大畜之畜乾也，始"厲"而終"亨"。初九，陽之微者也，而遂"牿"之，故至於九二，雖有"牙"而可畜也。其始"牿"之，其漸可畜，其終雖進之"天衢"，可也。童而"牿"之，愛以德也，故"有喜"。不惡其"牙"而畜之，將求其用也，故有"慶"。凡物有以相德曰："喜"，施德獲報曰："慶"。孔子曰："積善之家，必有餘慶。""天衢"者，上之所履而不與下共者也。德有以守之，雖有以予人而莫敢受。苟無其德，雖吾不與而彼將有取之者。上九之德足以自固，是以無忌於乾而大進之。其曰："何天之衢"者，何"天衢"之有而不汝進也？夫惟以"天衢"進之而乾大服矣。

小畜"以懿文德"。蘇《傳》曰："夫畜己而非其人，則君子不可有為，獨可以雍容講道，如子夏之在魏，子思之在魯，可也。"大畜"君子以多識前言往行以畜其德"。蘇《傳》曰："孔子論乾九二之德曰：'君子學以聚之，問以辨之。'是以知乾之健患在於不學。漢高帝是也。故大畜之君子，將以用乾，亦先厚其學。"嘗推其意而論之，"懿文德"者，不得志而著書之類也。"多識前言往行以畜其德"者，積學待用之謂也。

震下 艮上【頤】

頤之六爻，初九為"靈龜"。龜食氣而壽，不求食於人者也。"舍爾靈龜，觀我朵頤，凶"。此設為六四告初之辭以戒之耳，非真以初為凶也。故《象》曰："觀我朵頤，亦不足貴也。"世豈有觀朵頤之靈龜哉！卦惟上下二陽，凡能養人者，皆陽也。初九，又以德為養者也。四求初養，是"顛頤"也。四在艮下，負嵎之虎也。"虎視眈眈，其欲逐逐"，虎之常也。然，咎道也。今以初九之德養為養，"眈眈""逐逐"之咎，吾知免矣。欲與施反，四無欲，斯能施矣。故《象》曰："上施光也。"二與五，相應者也，今二、五皆陰，不相應也。故二擇養於初、上之間，皆非二之類也。故曰："行失類也。"然，初則"顛頤"而"拂經"，上則"于丘頤"而"征凶"，與其"征凶"，寧"拂經"也。六三與上九相應，三求養于上，正也。而顧繫以"拂頤貞凶，十年勿用，无攸利"。《象》又曰："十年勿用，道大悖也。"《易》之示人，語繁而不殺，義正而辭嚴，此其至也。若是者，何也？陰柔不正、好動之人與居高乘時之權臣相合，其禍何所不至？是聖人之所懼也。五居君位，而頤由于上，亦"拂經"也。"居貞"則

"吉","不可涉①大川"。《象》曰:"居貞之吉,順以從上也。"貞則彼無可指,順則我不傷激。貞者,爻所本有,順者,補爻所未盡也。上為頤之所由,求養之人,孰不歸之? 故"利涉大川"。然,聖人必先之曰:"厲吉。"不厲則凶,厲則吉也。《象》曰:"由頤厲吉,大有慶也。"不厲則大有害,厲則大有慶也。五曰:"貞",曰:"順",上曰:"厲"。五、上之間,君臣終始,國家安危,生民禍福,其機最微而其事最鉅,故聖人言之懼而慮之周也。

巽下 兌上【大過】

大過《象傳》:"棟橈,本末弱也。"本末者,初上也。九三、九四,皆"棟橈"者也。爻分而言之,則九四"棟隆",九三獨為"棟橈"。若是者,何哉? 九四不過乎剛,與初為應,能專而無他。初雖"在下"之"柔",譬之"茅"然,為物雖薄,以之為藉,未嘗不收其用,此四所以為"棟隆"也。四與九二為同類,二以陽居陰,而下乘初以初自助,故有"枯楊生稊"之象。稊者,顛而復蘖,反其始也。又有"老夫""女妻"之象。"老夫""女妻",則夫不陵妻而生育之功可成矣。四曰:"棟隆,吉。"《象》以"不橈乎下"明之。二曰:"无不利。"《象》以"過以相與"明之。是四與二皆取其剛而不過也。九三剛而太過,與上為應,而三剛愎不可以輔"過涉②滅頂"之"凶",上自"无咎"也。三亦何所益哉? 三與五為類,五以陽居陽,侈泰已甚。六乘之而力不能正,故有"枯楊生華"之象。"華"者盈而畢發,速其終也。又有"老婦士夫"之象,"老婦士夫"則夫厭其妻,無"過以相與"之事矣。三曰:"棟橈凶。"《象》以"不可輔"明之。五曰:"无咎无譽。"《象》曰:"何可久也?""亦可醜也"。"无咎无譽"者,所以教上也與? 為"滅頂"之"无咎",不如明哲保身之"无咎"也,非為五言也,是三與五皆惡其剛而過也。嗚呼! "棟橈",吾將壓焉。相之於國,棟也。匪剛不可,過剛亦未見其可。剛柔相濟,使身名俱全而國家無事,賢者不當如是耶?

坎下 坎上【坎】

人未有可孤立而無助者也,況在艱難之時乎? "習坎"之卦,九二、九五各為一卦之

---

① 涉:四庫全書本作涉。按:《易·頤》:"六五,拂經,居貞吉,不可涉大川。"作涉,是。
② 涉:四庫全書本作涉。按:《易·大過》:"上六,過涉滅頂,凶,无咎。"作涉,是。

主,相阨而不能相能者也。二曰:"坎有險,求小得。"險,九五也。小,六三也。九二以險臨五,五亦以險待之,欲以求五,焉可得哉?所可得者,六三而已。二所以能得之者,非謂德足以懷之。徒以二者皆未出於險中,相待而後全故也。六三,"來之坎坎,險且枕,入于坎窞,勿用"。之,往也。枕,所以休息也。來者,坎也。往者,亦坎也。均之二坎,來則得主,往則得敵,遇險於外而休息於內也。故曰:"險且枕。"六三知其不足以自用,用必無功,故退入坎以附九二,相與為固而已。六四"樽酒簋,貳用缶,納約自牖,終无咎"。"樽酒簋,貳用缶",薄禮也。"納約自牖",簡陋之至也。夫同利者不交而歡,同患者不約而信。四非五無與為主,五非四無與為蔽。饋之以薄禮,行之以簡陋,而終不相咎者,四與五之際也。九五,"坎不盈,祗既平"。五在坎中,是不盈也,盈則平而出矣。"祗既平",五之志也。以不平為未大,未大而不肯自安,故受四而不辭也。夫五之與二,勢有上下,德有大小,五有為之主,而二僅自保者也。要其終,五必併二。"習坎"之所以為"險"者,以二、五之不相下也。五併二而天下無險可言矣。二與三未保其終而暫時相依,亦各知孤立之難也。若夫初上處內外之極,最遠於敵而不被其禍,以為足以自用而有餘,是以各挾其險以待其上,初不附二,上不附五,故皆有"失道"之"凶"焉。君子之習險,將以出險也。習險而入險,為寇而已,此初之失道也。"徽纆"以"係"之,"叢棘"以固之,上六之所恃者險爾,險窮則亡,此上六之失道也。道在依人,尤在擇其所依,險可易言出哉?

三離下三離上【離】

離之六五,柔居尊位者也。附麗于剛強之間,危懼之勢也。當危懼之勢,能畏懼之深至于"出涕",憂慮之深至于"戚嗟",所以能保其吉也。所謂剛強者,四與上也。然,上與四不同,五能用上,則可以成嘉美之功。威震而刑不濫,可以"正邦"矣。若四則犯上之臣也,自不容于天地之間,何足憐哉!此卦上九,禦侮之臣也。九三,年至而退,不貪榮祿之臣也。六二,中順之臣也。初九,新進慎事之臣也。惟九四為犯上之臣,㫊發梐平①,不足為大患,而可藉以為宴安之戒者也。然,離為火,為日,苟非君德之至明,亦豈易致此哉?

① 㫊發梐平:四庫全書本作旋發旋平。按:當作旋。《說文》:"旋,周旋,旌旗之指麾也。从㫃从疋,疋,足也。"

䷞艮下【咸】兌上

交感之謂咸，無心於感然後無所不感。非無心也，無不正之心也。聖人感人心而天下和平，此也。大槩以一"虛"字盡之。"虛"者，九四之所謂"貞"也。故"吉"且"悔亡"，若"憧憧往來，朋從爾思"，則失其貞矣。故《象》曰："未光大也。"九四大義，《繫辭傳》發揮詳盡，宜合而觀之。惜乎！九四亦有所未能也。此卦六爻皆應，皆求咸而不能咸。初六，"志在外"者，四也。九四，"朋從"，"朋"者，初也。"志"之、"從"之，皆不得無心之義也。二設為凶吉兩義"腓"，跦①動。惟躁，故凶。反躁為居，則吉也。九五，"咸其脢"。"脢"，在喉②之下，心之上。已發於心而隱忍於喉③，苟求無悔而已，其志不已末乎！感不可以私，亦不可強示尊黙，使上下之情不通也。三"志在隨人"，以妄隨為感，自宜"往吝"。上"滕口説"，感不以心而以口，感之道其衰矣乎！合而觀之。皆有心於感而不能無所不感者也。卦以人身取象，四當心位，故感之道於四猶有望焉。

䷟巽下【恒】震上

恒以久為義。九三，"不恒其德"，"貞吝"固宜。餘五爻惟二以"久中"无悔，初則"浚恒，貞凶，无攸利"。四則"久非其位"而"无禽"，五則"恒其德貞"，"夫子凶"。上則"振恒凶"。是不恒不可，恒亦未必可也，恒豈易言哉？善乎！《大象》之言曰："雷風恒。"雷風者，天地之至不恒者也。至不恒之中而有至恒者存，此"立不易方"也。"方"即"貞"，即"天地之道"，聖人所以"久于道而化成"也。聖人者，天而已矣。《易》諸卦發揮此義，而此卦之辭，尤為顯著。故曰：天地之道，貞觀者也。日月之道，貞明者也。天下之動，貞夫一者也。一者，何也？天之道也。其為物不貳，則其生物不測，又何疑於聖人之"化成"哉？

---

① 跦：四庫全書本同。按：跦，躁之異體字。
② 喉：四庫全書本同。
③ 喉：四庫全書本作喉。按：喉、喉，均喉之異體字。

☰艮下
☰乾上　【遯】

　　遯不可以退避為訓。人皆以退避為藏拙免禍之計,自為則得矣,如朝廷何?故善遯者,非必在山林也。雖身處朝廷,未嘗嚴絕小人,而小人自不能近,此逐小人不惡而嚴之謂也。此卦初、二兩爻,定指小人。初在遯為"尾","尾"猶微末也。以其往而有災,故尚不敢肆而自附於四。四雖不示絕於外而內不暱好,跡與小人似好,小人迥不能干,是謂"好遯",宜其享"君子"之"吉"也。"君子"既"吉",小人自然"否"矣。六二,以中順上,"固"君"志",自古小人巧用此術,使人君誤信,假之以權,久而跋扈難制者何可勝道?然二雖"固志",五能"正志",五之志正,則二之志亦正,二之中順且為應五之德而不出於邪矣。二柔而中順,五剛而中正,君臣始終相保,釁隙不生,何嘉如之?嘉出於正,正與嚴相成,嘉與惡相反,此九五之遯也。或曰:君不可以遯言。不知臣之遯非必山林,君之遯非必深宮。君者,天也。天下有山,天不必遠山,山自不能及天。君下有臣,君不必遠臣,臣自不能及君。使天舍山而居於無山之處始為天遯,有是理乎?遯有以形用者,山林之士或可當之。遯有以神用者,非明哲之臣、神明之主,未易言也。不可不辨。若九三與初、二同體,謂之"係遯"。係而遯,"疾憊",固其宜也。苟得其道,其於初、二,且臣妾畜之耳。不得其道,至於行毗除大事,存亡安危,未可知也?不吉則凶,可不慎哉?可不戒哉?上九與乾同體,異於九三,故謂之"肥遯"。肥之者,不止初、二不能係之,與三同德而不相應,三亦不能係之矣。是為龍德,是為神遯。以上居遯之終,故特以此許之。其實四之"好遯",五之"嘉遯",皆同此道也。焦竑曰:"肥①字,古作肥,與飛字相似,後世因譌為肥②字。"《九師道訓》曰:"遯而能飛,吉孰大焉。"張平子《賦》云:"欲飛遯以保名。"曹子建《七啓》云:"飛遯離俗。"金陵《攝山碑》:"緬懷飛遯。"皆可取以證。

☰乾下
☰震上　【大壯】

　　《彖傳》:"大壯,大者,壯也。剛以動,故壯。"又云:"大壯,利貞。大者,正也。"是知

---

①　肥:四庫全書本作肥。按:當作肥。行書肥字,往往將巴省寫為巳。
②　肥:四庫全書本作肥。

壯不可恃，正不可捨。捨正恃壯，雖大，何利之有？卦惟九四當剛動之爻，故動而"貞吉"，動而"悔亡"。"藩決"於前，"輿""壯"其"輹"，"尚往"何疑？若初九者居下，在初去震體殊遠，豈宜遽動？夫"趾"雖"壯"，不如"輿輹"，而欲與四競往，必不能也。但信壯之可進，信之過而壯不行，是其信之窮也。九二，"以中"而"貞吉"，六五，"位不當"而"无悔"。二善用"大壯"者也，五善處"大壯"者也，上六，小人用壯者也，九三，"君子用罔"者也。"羝羊觸藩"，兩爻同象，"羸其角"，即"不能退，不能遂"。辭有詳略，意相發明也。"无攸利，艱則吉"。亦兼為兩爻言也。使兩爻能詳於始，不敢輕發自逞，當不至兩敗俱傷，禍亂蔓延而無已矣。嗚呼！三為剛躁，上為柔蹂，三本欲用壯於小人，反使"小人用壯"。至"小人用壯"，君子必無幸理。"罔"者，蔑視天下，旁若無人也。"小人用壯，君子罔也"。此為君子歎息也。然則"詳"與"艱"，聖人屬望君子，其尤切歟？

三 坤下
三 離上 【晉】

晉卦之辭，所謂"康侯"者，二也。"用錫馬蕃庶，晝日三接"者，五也。五之《爻辭》曰："悔亡"者，五為晉之主，悔在餘五爻，有失有得，"悔亡"在五之"失得勿恤"，其故何也？一時得者失者畢在離照之下，五雖"勿恤"而不肖，不敢大逞，固與賢不肖溷而不辨者異矣。夫得者進，失者亦進，此五所以"往吉，无不利也"。此五所以"往有慶"也。利豈獨在"康侯"之二哉？大略卦以晉名而諸爻皆不喜輕進。初六，"晉如摧如"，非人摧初，初自摧也。君子始進貴正，初獨行正，似有摧之者，然自安於摧，不失其正，何吉如之？使急於求"孚"，急於"受命"，豈能"裕无咎"乎？六二，"晉如，愁如"，義亦同此。以"中正"柔順之德而上遇六五之君，宜無不進矣。二不敢喜而不寐，故為"愁"如此。二之"中正"也，所以"受茲介福於其王母"也。六三，"眾允悔亡"者，三之晉一無所私，故眾皆信之，其悔得亡也。卦獨四、上兩陽，似為躁進，然四如鼫鼠，鼫鼠以比庸臣，庸臣而在上位，所以為"位不當"也。"貞厲"者，雖庸而不失正，雖庸而不敢肆然無忌也。使其為碩鼠之貪，何貞利之有？雖"失得勿恤"之君，亦難容而不逐矣。上九居高而失和平之度，難為其下，故為"晉其角，維用伐邑"之象。然與好大喜功，為國生事者迥不侔矣。所以雖"厲"而"吉，无咎"也。"貞吝"者，"道未光"之謂也，世之求大光而反致凶辱者多矣，未若"貞吝"者安其未光為猶愈也。合諸爻觀之，位有高下，品有優劣，行事未必盡得，然皆進而不輕進者也。上下接而下不輕進，晉之主不易遇也，晉之臣亦可法也。

☲離下
☷坤上 【明夷】

　　明夷六爻，嘗以商、周之際明之。初九，"君子于行"，伯夷、太公之避也。六二，"夷于左股"。"股"，所以行也。"夷"則行不利，故用"馬壯"以"拯"之而後其行也，勝用"股"矣。此文王羑里演《易》之時也。以學《易》為"馬壯"，是羑里之事，文王亦自悔有所未盡也夫！此所以為"內文明"也。九三，文王得太公之象也。"南狩"者，卜田而遇非熊非羆之臣也。卒載太公望以歸，"得其大首"也。嗣是而伐崇、墉，嗣是而遏徂旅，文王曷嘗有亟心乎？"不可疾貞"也。六四，"于出門庭"，我不顧行遯，微子自靖之義也。六五，"箕子之明夷"，則《爻辭》已明言矣。上六，"失則"之"則"，與六二"順以則"之"則"當合看，又當與"箕子""明不可息"之"明"合看，"明不可息"，箕子所以傳《洪範》也。六二，"順以則"文王所以有六十四卦之《象辭》也。紂惟"失則"，故"不明"而"晦"，"後入于地"，無由可免也。是故商、周之際，興亡之故，備於明夷一卦。或以為文王之卦是也，實非文王一人之卦也。六二，正所謂"內文明"者，以此為文王與《象傳》合，但謂文王以學《易》為"馬壯"，羑里之事，文王亦自悔有所未盡，似非周公可以言文王者。然，假使周公以此言文王，不可謂非深知文王者也。此聖賢憂患之學，文王、周公、孔子，其揆一也。

☲離下
☴巽上 【家人】

　　萃言："王假有廟。"渙言："王假有廟。"家人言："王假有家。"明乎在宮、在廟，王者皆以精神相感通，故能使鬼神享而家人化也。《象》曰："王假有家，交相愛也。"既"交相愛"矣，又何憂乎？九五為王者，六二宜為王后。然，六二爻無異辭焉。歸妹曰："帝乙歸妹。"曰："其君"，曰："其娣"，此異辭也。家人六二曰："在中饋，无攸遂"，則通乎臣庶之辭也。家人以長女、中女成卦，故《卦辭》曰："利女貞。"《象傳》亦先稱"女正位乎內"，"在中饋，无攸遂"者，"正位乎內"之事也。六二既通乎臣庶，其餘無不可通。初九，"閑有家"。《諺》曰："教婦初來"，其斯之謂與？六四，長姒也。長子家督，長姒代姑，家之盛衰繫焉。《爻》曰："富家，大吉。"《象》曰："順在位也。"明乎長姒之重，非友婦可比也。九三，"家人嗃嗃，悔厲，吉"。"嗃嗃"，嚴厲之象也。"婦子嘻嘻，終吝"。"嘻嘻"，歡辭也。九三，重剛過嚴，家人不堪而歡。故《象》於"嗃嗃"，許其"未失"。於"嘻嘻"，譏其"失家節"。以是知治家不可不嚴,亦不可過嚴也。上九,“有孚威如,終吉”。“誠”與“威”相濟而得“終吉”,異乎九三之“終吝”矣。家人至上九,家道已成,《象》又揭“反身”二字以示人。身修而後家齊,自天子至於庶人,壹是皆以修身為本也。“反身”無他法,《大象》曰:“君子以言有物而行有恒”,盡之矣。

唐李勣對高宗曰:“此陛下家事,何必更問外人?”其後德宗、舒王之議,亦祖此説。李泌之對,則謂:“臣當無所不知”夫天子家事,誠為大事。臣庶家事,豈為細事乎?借父耰鉏,慮有德色。母取箕箒,立而誶語。抱哺其子,與公併倨。婦姑不相説,則反唇而相稽。秦之所以亡也,賈誼言之矣。“婦女不知女工,任情而動。有逆於舅姑,有殺戮妾媵,父兄弗之罪也,天下莫之非也。”晉之所以亡也,干寶言之矣。“後世所以教導整齊臣庶之家者,非無法令,然徒文具而無其實也。”誼又有言:“夫移風易俗,使天下回心而鄉道,類非俗吏之所能為也。”所闗誠重矣哉!

☱兌下【睽】
☲離上

天下同異之辨,不可勝窮。“天地睽”,“男女睽”,“萬物睽”,是其異也。“其事同”,“其志通”,“其事類”,是其同也。《象》曰:“君子以同而異。”夫同而異,異而同,一也。其異也,正其所以同也。“睽之時用大矣哉”!大以此也。“睽”非美事,而天地、男女、萬事,皆不得不“睽”。“睽”然後“同”,何嫌於“睽”乎?若夫始同終異,始異終同,同異皆出於私,兩者判不相合,與其終而異,未若其終而同也。睽之六爻,初與四不相應也。四如逸馬,逐而愈逸,不逐則自歸。又如“惡人”,“惡”與《左傳》“惡而婉”之“惡”同,貌雖惡而中未必惡也。初不嫌四而見之,四且以初為元善之“夫”,彼此相“孚”矣。初之“悔亡”、“无咎”,四之“睽孤”、“厲无咎”,以始睽終同也。二之“遇主于巷”,五之“厥宗噬膚”,三之“无初有終”,上之“先張”“後説”,皆終同也。自匹夫相與,無不以睽為憂,以不睽為貴,況寮寀君臣之際乎?總之,有宜睽者,《彖傳》《大象》之義也;有不宜睽者,六爻之義也。如此,則見睽之利,不見睽之害,歸於大同,實受其福矣。睽之時用,固非一端,學《易》者可不盡心乎?

☶艮下【蹇】
☵坎上

九五,大位也。當蹇難之時,以一身而任天下之責,天下之蹇皆其蹇,蹇莫有大焉者也,大蹇也夫！九五所謂"利西南","往得中"者也。"當位貞吉,以正邦",國之"大人"也。見之則"利",往則"有功"者也。世未有真主在上而忠臣義士不樂為之用命者,"朋來"之助,豈非五之所自致乎？人知九三"往蹇來反"為道窮而反,不知蹇卦四陰與五同德者,惟三之一陽耳。其反也,"見險而能止"也,知也。反而與初二同往,尤其知也。初之宜待者,待三也。四之來連者,連三也。上以"來碩"者,以三為碩人也。上以三而"利見"九五之"大人",初、二、四誰非以三而"利見"者哉？然則三真五之"朋"也。有三之"朋",而初、二、四、上無非五之"朋也",不止"王臣蹇蹇"一人也。"朋來"如是,雖"大蹇"無難平矣。雖然,非下推上輓,三何能獨進乎？上與三應,與之合力。決天下之"險""難",開一時之蕩平,上之功豈小補哉！

坎下
震上 【解】

解之"小人",六三也。本非元惡大憝,附九四之足下,隨四而動,不過四之一"拇"耳。然,已居下之上,其位高矣。故曰:"負且乘",言其以負販之夫乘君子之器也。或曰:"負"者,上仗四也。"乘"者,下陵二也。負販之夫,一旦得志,未有不"負"上而"乘"下者也。合觀之,而小人之態見矣。在九二,以"三狐"目之,工於媚悅,則為狐也。又依城之狐也,假威之狐也。在上六,以"隼"目之,捷於傷人,則為隼也。三,一小人耳。而其勢闊涉上下,則亦非尋常小人可並論矣。九二,以矢射之,"獲"之於"田"。上六助二"射"之,"獲"之於"高墉"。九四亦不敢庇之而自"解"其"拇",自三觀之,以二與上為"寇",其實二與上興兵戎以伐罪人也。是役也,主之者二也。上為犄角,四者小人所在之地也。然,小人之退與不退,權尤在君。二與六五為正應,二所以能成功也。"利西南","往得眾",此之謂也。"无所往",既解之時也。"有攸往",未解之時也。"无所往",則"來復""赦過""宥罪",不欲禍延也。"有攸往"則"夙",其事已定,人猶未知也。不苟不縱,先後得宜,豈非九三[①]之"貞吉"、"中道"哉。嗚呼！三與上本宜應而不相應,使三之禍已成,必將陷上而奪其位。三之禍未成而敗,上非"射"而"獲"之,恐未免以嫌疑而禍及其身也。三為四"拇",勢將累四,初與四應,剛柔之際,勢將及初。今三一解而眾禍悉解。郎顗曰:"雷者,所以開發萌芽,辟陰除害。萬物須雷而解,資雨而潤,解之時真大矣哉！

---

① 九三:四庫全書本作九二。按:《易·解》無九三。其九二爻云:"貞吉"。《象》曰:"九二,貞吉,得中道也。"與本文內容相同。作九二,是。

䷨兑下艮上【损】

損卦本無剝民奉君之說。《彖》曰:"損,損下益上,其道上行"者,損下卦,乾之九三,益上卦,坤之六三。損下益上,即損剛益柔。損,非徒損所以益上,故曰:"其道上行","損下益上"義本如是。損亦非惡事也,何嘗指為損民益君哉?惟"損下益上,其道上行"。故又曰:"損而有孚,元吉,无咎,可貞,利有攸往","曷之用,二簋可用享"。葢"其道上行","損"中即"有孚"義。"元吉"以下,皆"有孚"之占。"二簋""用享",則所以為"有孚"者也。此卦下三爻,益上者也。上三爻,受益者也。上下交"孚",下積其誠而上受之。"曷之用,二簋可用享"之說也。主之享賓,必用其誠。簋非虛器,中必有實。二簋者,象下之兩陽也。享禮:八簋為上,四簋為中,二簋皆①簡。今以兩陽之實,取象二簋,不論享禮之常,亦猶享賓有時而用"二簋",惟其誠,不惟其物。故曰:"二簋應有時也。"《易》大例扶陽抑陰,剛不可損。獨此卦以損剛益柔為義,損剛則剛虛,益柔則柔盈。故又曰:"損剛益柔有時,損益盈虛,與時偕行也。"損、益二卦,皆損剛益柔。但益卦所損之剛在上,損卦所損之剛在下耳。或執益《彖》"損上益下,民說無疆"之文,謂以損之損下為損民亦無不可。不知損君益民可言也,損民益君不可言也。損君益民而民說,固其宜也。損民益君而有孚,未之有也。必不可"元吉",必不可"无咎",必不可"貞",必不可"利有攸往"。任其曲說,終不可通。且小人以是藉口,流禍無窮矣,故不可不辯。以爻義細言之,初九輟其私事,"遄往"益四。"遄"之為言,疾也。四所謂"損其疾"者,指初九也。"損其疾",亦猶"咸其拇""咸其腓""晉其角"之類,《易》之句法也,非以疾為四之病疾而四②往損之也。以下事上,不宜緩慢,故疾而"无咎"。酌損之者,戒其過於疾耳,非以疾為不可也。六四,"損其疾,使遄有喜"者,言初九之"往"本"遄",四又能使之"遄",不以損其疾為嫌,反其疾為喜也。如此而"遄往"者愈勸矣,何咎之有?初九曰:"尚合志",四曰:"有喜",兩爻各得"无咎",此初與四之"有孚""无咎"也。九二"利貞"者,"中以為志",以"中"為"貞"也。"中"即二之"二簋",蓋一心享上之誠也。"征凶"者,二非徼功沽名之臣,以"征"為"凶",故安靜無為,不敢輕動耳。此二之以為"弗損"也。而五以實受其"益"矣。五受二"益",故有"或益之十朋之龜,弗克違"之象。上天祐五,使得賢臣,非"元吉"而何?合而

---

① 皆:四庫全書本作為。按:從上下文看,作為,是。

② 四:四庫全書本作初。按:《易·損》:"初九,已事遄往,无咎,酌損之。"作初,是。初者,初九之省略也。

觀之,二、五以"中"相"孚"而得吉者也。若六三,"三人行則損一人,一人行則得其友"。成卦之義,實在於此。《象》曰:"一人行,三則疑也。"六三與上九不相疑矣,豈非孚乎?上九居卦之上,受益極矣,故反而益下,然於上實無所損,故為"弗損益之",可以"无咎",可以"貞吉",可以"利有攸往,得臣無家"者,是臣民俱受其益,天子以天下為家也。損之道,至此無以加矣。故曰:"大得志也。"總之,此卦大意,在上下"有孚",為臣子出身事君之事。世既誤解"損下益上",又誤解"二簋應有時","損剛益柔有時"為凶年饑歲上下俱耗之時。夫上下俱耗,猶可損民與?嗚呼!此漢、唐所以多聚斂之臣也。

震下
巽上 【益】

益《彖傳》:"損上益下,民説無疆。自上下下,其道大光"。以益下為益民,此則得其解矣。損卦自為臣益君之事,益卦自為君益民之事,何必皆以下為民哉?自"利有攸往"至"與時偕行",皆備言所以"損上益下,民説無疆"之故,亦非有二意也。凡自上益下之事皆天子之事,此卦六爻皆應而尤重九五,雖成卦之義在於初、四,亦不敢與五比也。益莫大於惠,惠者,順也。九五之心,"有孚"而順,天下自然勿問而知其"元吉"。其時,天下之心亦皆"有孚"而順,九五之德、九五之志於是"大得",不亦宜哉?二、五中正相應,所謂"有孚""惠我德"者,於二尤為易見。凡國有大事,必君從、卿士從、庶民從、龜從、筮從。或"益之十朋之龜,弗克違",豈非龜筮協從之謂乎?上下協從,天人交應,"王用享於帝"之"吉"占,實非二所敢當也,是以《爻》有"永貞"之戒,《象》亦曰:"自外來",明非二意中所敢有也。六四"中行",此言四以益下為心而合於"中行"也。"告公從"者,言其告於公朝而公朝從之也。"利用為依遷國"者,言即遷國大事亦無不從,而所遷之國,其民心實足為朝廷所憑依也。初九,居下親民之臣,當益之時,民皆順君之民,自宜"利用為大作","大作"即遷國之役也。"元吉,无咎"者,雖益之時無事不可興,然。"下不厚事",初九特為之者也,"无咎"可當也。"元吉",本九五之占,初不敢當也。六三,"益之用凶事",受凶荒之任者也。益之最親切者,無如凶荒。古之王者,使人徵諸侯,憂凶荒,則授之以圭,致王命焉。三"有孚,中行,告公用圭",其復命之事乎?宣君之德,救民之命,自然感天之心,受天之福。雖己身亦有大益,非僅无咎而已。故《象》曰:"益用凶事,固有之也。"言凶事之中,益所固有。其辭與"自外來"不同,所以勸之也。嗚呼!天災流行,凶荒時有,當是任无咎有咎,有益無益,孰非自取之哉?合此五爻觀之,中正相應者二、五也,三、四之"中行",皆以五之"中"為"行"者也。三之"有孚",五之"孚"也,四之"益志",五之"志"也。

初九者,乃四之應也。五之"孚惠心"而其餘皆"有孚,惠我德"。天下大益,其本在於君之一心。是知舍心而言政,未有能為政者也。獨上九處益之極,又巽極躁動,故曰:"立心勿恒。"無恒心之人,反覆變幻,纖悉誅求。君子惟恐利不及人,小人惟恐利不歸己。人非鬼責,孰能禦之?"莫益之""或擊之""自外來"之辭,與初、二同而吉凶若天淵矣。所謂美惡不嫌同辭也,戒之哉!

《午亭文編》卷二十六　男壯履恭較

《午亭文編》卷二十七

門人侯官林佶輯録

經　解　三
《易》　下

$$\equiv\!乾下\ \text{【夬】}$$
$$\equiv\!兑上$$

　　此卦五陽一陰，陰至寡也。以九五之尊，決去上六一陰，如以利器芟除小草，何至夬而又夬乎？夬夬者，不能一夬而遂決也。雖云"中行无咎"，"中"實"未光"矣。若九三無九五之勢，又在諸陽之中，獨與上應，使避相應之嫌，壯徵於色，以一擊為快，反足致凶，故"夬夬"未妨也。雖其始"獨行遇雨，若濡有愠"，而其後終得"无咎"，故猶有取焉。初九，"壯于前趾，往不勝為咎"，此決而輕發者也。九四則不能決者也。誠能隨衆君子之後，如"牽羊"之在後，則藉力遂進，"次且"之悔可亡矣。"牽羊"與"次且"有辨，"次且"而不能"牽羊"。自古無才之小人，反多剛愎自用，不能隨順君子，爻所以又有"聞言不信"之戒也。惟九二剛而能中，雖屬乾體，然健而説，決而和，實備全卦之德。"惕號"者，《象》之"孚號有厲"也。"暮夜有戎，勿恤"，《象》之"告自邑，不利即戎"也。雖不"即戎"，然，循是道也，終至舉朝君子而小人絶跡，所謂"利有攸往，剛長乃終"也。九二"惕號"，上六自然"无號"。君子"剛長乃終"，小人終不可長。定理定勢，未可謂必無之事也。大略夬以"得中"為貴，九五終"未光"，則以上六暱在君側。五居尊位，當以毅然一決為中，而非諸爻可比也。夫天下之勢，日變者也。朝多君子，不易得之時也。使九五不能斷，雖君子"揚"小人之惡於"王庭"，必無濟矣。中而光，聖人所深望者，其尤在五哉！

☰巽下
☰乾上【姤】

姤之小人，初六一陰也。為"女壯"，為"羸豕"，為"魚"，為"民"，為"瓜"，皆初六之象也，初六一陰，敢與五陽遇，故為"女壯"，在下，故為"羸豕"。雖為"羸豕"，而可豫信其"蹢躅"。陰柔則易"牽"，故欲其"繫"，"繫"則"貞吉"。"有攸往"，則"見凶"。有九二之"金柅"，初自然無"攸往之凶"矣。

初欲"往"而二"柅"之，初為"魚"而二"包"之，皆以其近也。二之能包魚，能制魚者也，其為主固矣。然魚為嘉味，何以"不利賓"？蓋味之美者，其毒亦多。小人之柔而可喜似之，故二"包有魚"，以義揆之，不肯及於賓也。

姤，五月之卦。五月瓜生，初象也。柅，高木，二象也。能左右之，曰以五能以二之柅包初之瓜，"柅包瓜"而瓜不得蔓引，是"品物咸章"之時，二能使初之"含章"也。二之為"柅"，猶之其為"金柅"也。然孰非五以之之力與？陽者，國家之命，陰長而命隨去。今以"柅包瓜"，陰不得長，是命自天而降，不復去矣。故曰："有隕自天，志不舍命"也。

九三，"臀无膚，其行次且"者，以"行未牽"於初也。不遇，未免有寡助之"屬"，私遇，則有牽於小人之"大咎"。與其為"大咎"，寧為"屬"矣。

上九與初最遠，"角"又善觸，無與初相遇之理，"吝"而"无咎"，雖"吝"不足罪也。

諸陽惟九四與初為正應。然初陰性善牽，與二相近，與四相遠，初繫二而不他往，即得"貞吉"，不必定歸四也。二"包有魚"，四自然"包无魚"。夫陽之於陰，猶君之於民。四之"包无魚"，是君遠其民而君無民也，豈非"起凶"乎。

此卦一陰始生，由是而遯、而否、而觀、而剝、而坤，是姤卦為謹微之卦，不可不講也。五居尊位而應之者二，二、五兩爻之義，尤不可不講也。

☷坤下
☱兌上【萃】

萃於一之謂萃，有二非萃矣，《彖》所言"利見大人"是也。是故五為萃主，他不敢當也。五"萃有位"，位者，天人共與，歷數攸存，未有運世無本、功德不紀而能崛起在此位者也。以是當天下臣民之"聚"，無不"孚"矣，無不"光"矣，何"咎"何"悔"哉？以九五之志，則常若"匪孚"，故反躬自省"元永貞"之德，惟恐不能盡焉。志若"匪孚"，所以無不"孚"，"志若有悔"，所以"悔亡"；志若"未光"，位乃光大。《彖》所謂"利見大人，亨，聚以正也"。非九五"元永貞"之謂乎。此卦四、五兩陽，各得其應，疑於不一。然九四"位不當"，居多凶之地，有不正之嫌，必"大吉"始可"无咎"。"大吉"者，近五之側，以身萃五，自不敢當天下之萃，故"大吉"也。初六本與四應，改而萃五，是為"有孚不終，乃亂乃萃"也。前為二引，若二"號"之也，與二相得，附二萃五，"一握為笑"也。"勿恤，往"，往於五也。初之萃四，似正而非正，改而附二萃五，似亂而非亂。其亂也，乃其所以正也，夫何咎？若二者居中應五。又引衆萃五。中德不二，但知"引"而不知他，一"孚"之外，無餘事也。《象》言"大牲"，爻言"用禴"者，萃之時，天子之享親宜豐，臣子之享上宜誠，各有攸當也。六三欲萃上六，既"萃如"，又"嗟如"者，蓋上六方"齎咨涕洟，不敢自安"於上，苦欲萃五，而三又萃上六，必無"利"矣。惟往萃於五，庶"无咎"耳。"小吝"者，戒其往五而不果也。互"巽"為進退，上萃五，欲其果於退，三萃五，欲其果於進也。總之，上下五爻，不論有應無應，皆萃於五，是謂萃於一，是謂萃之"正"，萃豈非天下最盛之事哉？雖然，萃可喜也，亦可憂也。蘇氏曰："五能萃二，四能萃初，近四而無應，則四能萃三，近五而無應，則五能萃上，此豈非交爭之地哉？"《大象》："澤上於地，萃，君子以除戎器，戒不虞。"聖人之慮深矣！

☴下【升】
☷坤上

地，至實者也，亦至虛者也。使地不至虛，木之生將壓遏而不得長，豈能拔出地上、干霄抉雲哉？惟君亦然。使君不能下士，則君門如天，草茅賤士，無由上達矣。升卦六五，居坤之中，以"順"為德，"順"故能虛，此五之"貞"也。五以"貞"為"階"，天下皆由"階"而"升"，"用見大人，勿恤"者，用此也，六五所以為"大人"也。五位西南，巽之至坤，必歷南而後至，故曰："南征吉，志行也。"天下之志行，五之志乃大得。所謂"有慶"者，不獨二之"有喜"，若初之"上合志"，三之"無所疑"，四之"順事"，上之"冥升"，皆"有慶"也。《象傳》雖舉九二"剛中而應"為釋，其實非九二一爻可專有也。初六"允升"，初為巽主，巽與坤"順"，"合志"，其"升"自可信也。九二，"孚乃利用禴"，二有中實之德，孚信於五，雖外飾之靡文，去而不用可也。木至九三，漸入坤體，虛而無礙，故謂之"升虛邑"。六四，上由之以下達，下由之以上通，是為五汲引在下之賢人登於天子之廷者也。賢人進而治功成，王用此"享于岐山"①矣,故曰"順事"也。上六居卦之上,木之升至此而極。凡木之升,在春夏人易見之,至於冬則不見其升而實升而不息,故謂之"冥升",謂之"不息之貞"。"消不富"者,以冬而言也。使賢人之升至於不見而升,升而不息,豈非天下國家之大慶哉!

☵坎下
☱兌上【困】

困卦《彖》曰:"困,剛揜也。"剛指二五"剛中"之剛,九四不預焉。二五之"剛"為初與三、上所揜,又為九四所揜,故曰"剛揜"而不曰柔揜。剛使二、五止為初、三、上所揜,九四不預焉。何以不曰柔揜剛而但曰"剛揜"哉。能辨九四亦為揜剛之人,而困卦之義明矣。九四"來徐徐",凡自外而內者謂之來,四之來以就初也。"徐徐"者,隔於九二而不得速也。故曰:"困於金車"。然,四之志豈須臾忘初者哉?初揜二者也。今四之"志在下",不止欲助初揜二,且欲引初揜五矣。而謂四非揜剛之人哉?然四與二皆陽,二又承五,故又曰:"雖不當位,有與也。"然則"吝有終"者,此望四自新之辭也,四互五、三,有巽木象。初與四隔,故有"臀困于株木"象。四至二互離,初在下,有"入于幽谷"象。自初至四隔三爻,有"三歲不覿"象。此卦獨初與四應,凡卦以有應為吉,今四反累於初,小人之不可作緣如此。三與上不相應,據位本相應,兩柔又相應,今隔於五,五剛如"石",三不能轉,下又承二,據二之"蒺藜",三為其宮,上為其妻,"入于其宮,不見其妻",凶何如之?三之不見妻,雖以隔於五,故亦以上之"悔",故上為三所牽附,"困于葛藟"也。在卦之上,勢窮而危"于臲卼"也。處勢如此,一動足輒危,故曰:"動悔"。動悔者,不可征也。若能悔悟,則可以征而吉矣,此又望上自新之辭也。此四爻者,二五之剛所由揜也。豈知二五本"剛中",非此四爻所能揜乎?不能困剛,徒以自困,小人何樂而為小人哉?若夫二與五,真可謂之大人,真可謂之君子,故能在險而說,困而不失其所。所者何?貞也。貞也者,"剛中"之中也,此二五之安身立命處也。可以感人,可以格鬼神,可以無入而不自得,又何不"亨"之有乎?是故人以九二為"困",不知"酒食"之慶在中,"朱紱方來"之慶在中,"利用享祀②"之慶在中,雖征行非其時故凶,而以九二處之,自无咎矣。九五者,居尊位者也。其時揜五者,非敵國外患,不過左右小人耳。天子於小人,怒則去之。小人既去,羣才效

① 王用此享于岐山:四庫全書本同。按:享,原作亨。《易·升》:"六四,王用亨于岐山,吉,无咎。"亨,古通享。
② 利用享祀:四庫全書本同。按:享,原作亨。《易·困》:"九二,困于酒食,朱紱方來,利用亨祀,征凶,无咎。"亨,古通享。

用,此"劓刖"之象也,"困於赤紱"之象也。朝廷之上,以刑法為颺除。志之未得在此,然,事平而朝廷宴然亦在此矣。"乃徐有說"也。"利用享祀",意與九二同,皆以"剛中"之誠心孚於鬼神故也。夫二與五在險能説,困而不失其所,是説其所自有,何至以口舌求説,來"尚口乃窮"之誚乎?聖人愛君子,故用丁寧於不必丁寧之地也。此卦兼為小人謀,為小人亦所以為君子也,所以為天下也。聖人之為天下慮也,蓋詳《象傳》。"困而不失其所"為句。或連下亨字讀,非。

《大象》曰:"澤無水,困,君子以致命遂志"。夫"致命遂志"之人何人哉?平日非志不在溫飽,非犯顏敢諫,非以忠孝節義自期待、臨大節而不可奪者,能"致命遂志",未之有也。無"致命遂志"之臣,則亦必無實心為國之臣,必無有事為國守土之臣,國家何利於此?故培養節義,是為急務也。

<h2>☴下【井】☵上</h2>

井以養人,猶君子之德能養人也。初六之"井泥",九二之"井谷",二者皆無足取,其惟九三乎?三之"井渫",即九五之"井洌寒泉",蓋九五能使"寒泉"之見"食"于人,非九五自為"寒泉"也。當其"不食",則行人徒"惻",一遇"王明",則"並受其福",九五之"中正",非"明王"乎?甚矣!九五之重也。六四之"井甃",此作人薦賢之臣也。上六之"井收勿幕",此用賢之臣不蔽賢之臣也。四止"无咎",上且"元吉"者,蓋至上而"寒泉之食"無人不被,井道於是"大成"矣。是六四不可無,上六尤不可無也。雖然,薦賢者賞,蔽賢者戮,有"王明"之九五,何患無六四、上六之臣哉?"王明,並受其福"者,天下並受其福也。生於其時者,何其幸耶!

<h2>☲下【革】☱上</h2>

國家一切改革,無不有天人在焉,非獨革命大事也。天運日變於上,人事日變於下,而天理人情必不可變。能以天理人情為念,此"革而當,其悔乃亡"之本也。是故革者,不得已而為之革也。不可革,則不革,初九之"鞏用黃牛"也。既革不可再革,上六之"征凶,居貞吉"也。不可不革,不可妄革,其難其慎,則九五主革之君,二、三、四奉行之臣也。人知"君子豹變,小人革面",革之利也。抑知"順以從君",由於"未占有孚"。為九五"虎變"

之“大人”者,實未易與？合二、三、四爻象觀之,其辭兼勸與戒,無一非體“未占有孚”之義而為辭者也。即無一敢出於“順天”“應人”之外者也。世之因循規避而不敢革,與輕躁執拗而妄革,皆得罪革卦之君臣者也。

☴下【鼎】
☲上

　　鼎卦六爻,初六與九四相應。初在下,為鼎趾,即四之所謂足也。當未烹之時,鼎顛,其趾出,其否惡未為悖理。蓋以小人畜小人,亦小人所以“无咎”也。九四不察,悮授之以重任,遂至“鼎折足,覆公餗”,九四之形容,亦沾渥難澣矣。至此,人不責初之不勝任也,而直責九四之不勝任。平時過信初六,今所信果如何哉？九二與六五相應,九二“鼎有實”,宜六五之趨就恐後也。反使二咨嗟於下曰：“我仇有疾,不我能即”。何故？豈非柔靡因循之過與？四亦非太柔不可輔者,故有“鼎黃耳”之象,但為上九“金鉉①”之臣為相,而二五相應之常可以不失矣。此五所以“利貞”,而二所以得“吉”也。九三與上九本宜相應,以兩皆剛,故不相應。三之“有實”,與九二不殊,以上不汲引,不得升於五前,故有“鼎耳革,其行塞,雉膏不食”之象。使上九變其“金鉉”為“玉鉉”,則剛柔相節,而三庶乎鼎耳不革,其行不塞,雉膏見食矣。此又三之所以“方雨虧悔,終吉”也。夫鼎之烹也,以享上帝,以養聖賢②,二與三是也。人欲勿用,天其舍諸？今二、三之實,皆由上九見食於六五,是上九以薦賢上當天心也。“大吉,无不利”,何疑之有？此卦之義,在於大臣遠闒茸而舉賢人。繹六五“金鉉”之義,則用大臣以用天下之賢人,尤不可不加意也。

　　九二雖有“終无尤”之喜,猶未免有“慎所之”之戒,何也？賢人君子不見用於時,或為權門牢籠,因而失節,故丁寧戒之。宋楊時為蔡京所薦,前朝吳與弼為石亨所薦,至今猶有遺憾,況其他乎？

☳下【震】
☳上

　　“洊雷”,亦不必指非時之雷,如冬雷及無雲而雷之類。自二月發聲之後,八月收聲之

---

　　① 金鉉：四庫全書本作玉鉉。按：《易·鼎》：“上九,鼎玉鉉,大吉,无不利。”作玉鉉,是。
　　② 夫鼎之烹也,以享上帝,以養聖賢：四庫全書本同。按：烹,原作亨。《易·鼎》：“〈象〉曰：‘鼎,象也。以木巽火,亨飪也。聖人亨以享上帝,而大亨以養聖賢。’”亨,古通烹。

前,凡雷皆雷也。人亦無聞雷霆而不懼者。當雷之時,妄念盡空,天良陡發,惜乎雷過之後,妄念又滋耳。若能時時"恐懼",時時"修省",所謂回天格天,孰加於此乎?

"震來虩虩,笑言啞啞"。文王用之繫卦,周公用之繫爻,"恐致福也","後有則也"。孔子用之釋《彖》,既又用之釋《象》,此四語蔽震卦可也,蔽全《易》亦可也。

䷳【艮】
艮下
艮上

《彖》辭"艮其背",孔子釋之作"艮其止"。"艮其背",即"艮其止"之象,"艮其止",即"艮其背"之實義,"止其所"又"艮其止"之的訓也。背也、止也、所也,切實言之,一理而已。"艮其止"者,止於理也。凡人不過一身,其與身接者皆人也。不見理,但見人與身,則所以處身與人者失矣。不見身與人,但見理,則所以處身與人者得矣。故《象》曰:"艮其背,不獲其身,行其庭,不見其人。"

"艮,止也"此止非專屬止,非專屬靜,行亦有止,止亦有止,行即是動,止即是靜,行止動靜,無不有理。止其所而時出之,故曰:"時止則止,時行則行,動靜不失其時,其道光明。"然則凝心無為,息緣住靜,虛寂之學,必非艮止之學明矣。

䷴【漸】
艮下
巽上

《彖傳》:"進得位,往有功也。進以正,可以正邦也。其位,剛得中也。"數語明指九五。或曰:"天子不可以漸進言。"夫由儲君而為天子,非漸而何?天子尚進以正,進以漸,天下何得倖進躁進哉?使天下不倖進、不躁進,天子"正邦"之功莫大於此矣。卦辭取象於"女歸",六爻皆取象於"鴻",又取象於"夫婦"。鴻不再配,婦不二醮,君臣之義也。始進不正,其後未有能正者也。九五、六二相應,君臣之正也。五"鴻漸于陵,婦三歲不孕"。二"鴻漸于磐,飲食衎衎"。五言其始也,二言其終也,雖終莫能勝,而其始亦難矣,則以九三、六四故也。三無應,離初二而耽四之邪配,是謂"夫征不復",以私而孕,不敢舉焉,是謂"婦孕不育"。私而得位,盜私①奪之,故結四"相保",是謂"利用禦寇"。四亦無應,故三"漸陸",四"漸木",皆非鴻之本性也。四雖"漸木","或得其桷",猶可苟安。四之順

---

① 私:四庫全書本作思。

巽,異於三之剛躁,故三不免"凶",四猶"无咎"與?惟三、四橫據於朝,故五漸於高"陵",未能遽遂下接六二之願。然,五"剛中"得位,去此何難?此五所以終得其"願",而二"不素飽"之臣終得見用也。初六,"鴻漸于干",新進小臣,未遽獲上,履危蒙譏,誠所不免,故曰:"小子厲,有言无咎。"上九,爵位不能繫之,如鴻之高飛雲路,清風峻節,足以勵一時而師萬世,故曰:"鴻漸于逵①,其羽可用為儀。"此二爻亦無應者也,比之三、四,則賢不賢相去遠矣。去倖進以清仕塗,拔孤寒以開賢路,獎山林以養廉恥,孰非九五之事哉?

䷵兌下　【歸妹】
震上

歸妹一卦,自卦辭論,無復吉理。自六爻論,人有貴賤,有賢否,其遇亦有幸不幸,妾媵之事略具矣。六五,妾媵之主也。"帝乙歸妹",是其貴也。"其君之袂,不如其娣之袂良",是其能逮下也,又能不尚飾也。"月幾望",是其德之盛也,又謙沖不敢盈也。然則六五以其中德之貴而行,不專恃其位矣。娣得此以為女君,何其幸哉?初九之為娣,固也。九二何以云"眇",則以"跛""眇"相似也。跛,故不敢正履,眇,故不敢正視。初"征吉",二"利幽人之貞",質性固有小異,而以下承上之常,兩皆不失矣。惜古今女君,不皆六五,而娣不皆初九、六二②也。六三為成卦之主,始亦欲待年而嫁,獲其良配,後則"反歸以娣",豈非女德不正,人皆賤之故與?九四,"歸妹愆期,遲歸有時",亦女子有"志"者也。聞古之盛世,男女以正,婚姻以時。然則女之"愆期",必有任其責者矣。上六,"女承筐,無實。士刲羊,無血。無攸利"。此非約婚而不終者也。愆期之女,鰥曠之士,不能具禮,簡略相從者也。或曰:"此卦自六爻而外,通於公卿士庶。且妾媵小事耳,聖人何為娓娓不置?"是未讀歸妹之《彖》者也。"歸妹,天地之大義也。天地不交而萬物不興,歸妹,人之終始也",而可以為小乎?

䷶離下　【豐】
震上

天下之事,倚伏無常者也。豐本以"明以動,故豐"。既豐又以雷揜日之故,於是豐之

---

①　鴻漸于逵:四庫全書本同。按:逵,原作陸。《易·漸》:"上九,鴻漸于陸,其羽可用爲儀,吉。"朱熹注:"胡氏、陳氏皆云,鴻漸于逵,謂雲路也。今以韻讀之,良是。"改陸爲逵,葢從朱説。
②　六二:四庫全書本作九二。按:《易·歸妹》無六二,作九二,是。

名雖是也,而豐之實改為"豐其蔀""豐其沛""豐其屋"矣。豐至是疑無亨理,然,本以"明以動,故豐"。苟循其本,仍以"明以動"救其弊,何難於亨哉?"王假之","勿憂,宜日中",所以救豐之後也。"豐,大也"。日中之日,徧照天下,此之謂"大"也。天下無常中之日,而君心有常中之日。日之象雖屬於五,而五之明實取於離,日不至於"昃",君不厭其臣,天下所以常豐也。"日中則昃,月盈則食,天地盈虛,與時消息,況於人與鬼神乎"?此言豐之不可恃也,或恃豐為可常,或謂一豐之後不可再振者,皆非也。

　　五"來章",二"有孚發若",則二之"豐其蔀,日中見斗,往得疑疾"自可免矣。四在五下,故"豐其蔀,日中見斗"與二不殊,而其遇主不同。一心以佐五,而五之"來章"已得二,又得初與四,雷不蔽日,豐蔀盡撤,下明上動,頓還舊觀,豈非快事哉?惟上六陰柔在上,此重五之暗者也。三不幸與之應,所謂"豐其沛,日中見沫",暗不在五而在上矣。有臣如此,而望與之竭力悟主,行莫大之事哉?惟以權自廢,"折其右肱"而已。上位窮而富溢,豐大"其屋",翔於"天際",然"闚其戶,闃[1]其無人"。蓋九三既"折肱",則上門雖如市,謂之"無人"可也。"豐其屋",適所以自蔽。古來為臣如上,誰能幸免也?

艮下 離上【旅】

　　旅者,外往而違其家者也。士庶賈賤之常,而尊貴者之變也。如晉重耳,備四爻之義焉。呂、郤之難,豈非"射雉,一矢亡"乎?明年,襄王入於王城,王饗醴,命之宥。又二年,獻楚俘於王,王饗醴,命晉侯宥。王命尹氏及王子虎、内史叔興父策命晉侯為侯伯,豈非"終以譽命"乎?處狄十二年,及齊,齊桓公妻之,有馬二十乘,有狐、趙諸臣從之,豈非"旅即次,懷其資,得童僕貞"乎?處齊,公子安之。姜氏曰:"行也,懷與安,實敗名。"姜與子犯謀,醉而遣之。醒,以戈逐子犯。然,公子遂行矣。豈非"旅于處,得其資斧,我心不快"乎?其過衛也,衛文公不禮之,乞食於壄人,壄人與之塊,似乎"旅瑣瑣"。夫"瑣兮尾兮,流離之子",黎臣所以歎也,而不可論晉公子。子犯曰:"天賜也,"稽首受而載之。旅雖窮而其君若臣之志不窮,志不窮,旅之窮何足為災乎?此卦最惡者上九,而九三次之。三過剛,故有"焚次""喪僕"之事。大約旅之時,"瑣瑣"固難,過剛則人不附,人去則"瑣瑣"益甚矣。至於上九"焚巢"之害,視"焚次"又甚矣。旅非笑時也,而"先笑","號咷"在其後矣。"牛"既"喪"矣,終莫之聞矣。是為最凶者也,可不戒哉!

────────────

① 闃:四庫全書本作闐。按:《易·豐》:"上六,豐其屋,蔀其家,闚其戶,闃其無人。"作闃,是。

☰巽下【巽】
☰巽上

　　風者,天之號令。巽為風,故為命令。兩巽相隨,故為申命。法教百端,令行為上,故曰:"行事,"此九五大人之事也。五居巽中,以中行命,命無不正,所謂"剛巽乎中正而志行"者也。命既正矣,則"吉"由之,"悔亡"由之,上下"无不利"由之矣。"无初有終",初未得不令而從,終則無令而不從也。庚者,十甲過中,事之當更者也。更事,故"申命"也。或曰:"甲主仁,庚主義。甲,寬令也;庚,嚴令也。"然,巽者入也,重巽所以入人,非可以嚴厲言也。

　　小者,初與四,兩柔也。柔皆順乎剛,剛則單指九五。九五居尊位,故柔皆"利有攸往,利見大人"。雖九二之剛,亦不過下引初六,使上順九五耳,不敢當大人也。

　　初以順五為"貞",進退多疑,則失"貞",故"利武人之貞"。武人者,果決無疑者也。四決志順,五無進退之悔,可以稱武夫矣。倡初順五,故曰:"田獲三品。"初巽下為品,與四隔三爻為三品也。田而獲,亦武夫之事也。四不止有功於初,豈非五之功臣哉?

　　二與四皆互兌口,五之"申命行事",必藉二、四。四稱"武夫",二稱"史巫",亦互辭也。蓋所以使初無疑而事五者,亦辭命之力也。"巽在牀下",所以事五也,"用史巫紛若",所以申五之命也。然則二之有功,同於四也。

　　九三居下巽之終,"頻巽",猶初之進退也。始而"志疑",終而"志窮","吝"何能免哉?

　　上九居上巽之終,過於巽而不能斷,是為"喪斧",不得以武夫之貞自解矣。又曰"喪資",何居?此老而患失,足恭無恥者也。意保富貴,富貴未必能保,故曰:"巽在牀下,上窮也。""喪其資斧,正乎凶也"。"正乎凶也",或作兩句讀,是也。言爾以為正乎,吾但見其凶而不見其正也。"巽在牀下",與九二同,亦所謂吉凶不嫌同辭。

☰兌下【兌】
☰兌上

　　"兌,說也"。順天應人,使民忘勞忘死,皆由於說,說豈有不亨者哉?然,亦有不可亨者,說之失正也。故又"利"於"貞"焉。何以為"貞"?剛中而柔外是也。剛中則不暱,柔外則不暴。不暱不暴,說之正也,亨之道也。九五以剛居中,所謂當位之大君也,例應云孚于兌,嫌同於二,變文曰:"孚于剝,"此聖人特筆也。蓋說我者,剝我者也。既剝矣,何以又孚?蓋知我之志本無他也。然,"孚于剝",則自應"有厲"。惟能"有厲",而厲自然無矣。此五之貞,五之所以說也。初之"和兌"者,我無爾虞,爾無我疑也。二之"孚兌"者,我無爾詐,爾無我虞也。四下乘六三,與上六同體,若商略所以說乎兩柔者,則徒彷徨不寧,無為也。惟介然"疾"之,使兩柔皆不能涉入,則可以"有喜"矣。此三爻者,其道不同,亦皆說之,能"利貞"者也。至於六三、上六,一"來"一"引",正兌之小人以妄說為性,而君子不可妄說之者也。六三言"凶",上六不言"凶"者,上之"凶"可例三而知也。大約說卦以"利貞"為主,"說以利貞,是以順乎天而應乎人。說以先民,民忘其勞。說以犯難,民忘其死"。苟不能說民而小人是說,一旦有事,誰為我勞?誰為我死?小人且掉臂逝矣。戒之哉!

☵坎下
☴巽上【渙】

　　此卦五為主渙之君,二、四為治渙之臣。"剛來而不窮",二也,"柔得位乎外而上同",四也。"王假有廟,王乃在中",五爻所謂"王居"也。"利涉大川,乘木有功",五乘四木以濟坎水也。"利貞"者,王以居為貞也,所謂正位。有五之君,有二、四之臣,而初六、六三、上九無不附於二、四,協志佐五,一時君臣如此,渙之所以"亨"也。夫渙,非幸事也。普天之下,誰非臣子?初六之柔,藉二互震之"壯馬"以"拯"王室之難,豈非順哉?四為"木"為"机",初用二馬、二奔、四机,得四而二亨,渙之願得矣。六三"渙其躬"者,以有渙在,不敢不散其私也。"志在外"者,志在四也。夫初、二、三皆歸於四,四不敢有以歸於五,可謂"渙其羣"矣。大臣而無朋黨之私,可謂"光大"矣。人惡渙,故喜羣。四渙其羣,功乃在五,所謂"渙有丘"也,此非常人心思所及也。蓋渙之時,丘為衆之所止,五當互艮之山,故象丘也。九五,"渙汗其大號",巽之申命行事也。"渙王居"者,王居而不動,所以守宗廟社稷也。"渙汗其大號","渙王居",皆"渙"字一讀,言渙時宜"汗其大號",渙時,"王"宜"居"守也。故《象》曰:"王居,无咎。"或以"王居"為王之居,積連"渙"字為句,以散財釋之,誤矣。此卦以"汗大號""渙王居"為渙之實事,與餘象不同。若夫上九之"渙其血"者,上與三應,三"渙其躬",上安得不"渙其血"?故上亦渙之功臣也。去而遠出者何?蓋功成身退,知幾之士也。故爻以"无咎"許之,象以"遠害"明之。

　　史言唐德宗時,奉天所下《詔書》,雖狂將悍卒,聞之莫不感激。又言山東宣布《赦書》,士卒皆感泣。又,李晟《上行在露布》曰:"臣已肅清宮禁,祗謁寢園,鐘簴不移,廟貌如故。"“渙汗其大號”、“渙王居”二者,為渙之實事,此可以見矣。

☱兌下
☵坎上【節】

　　節卦斷以節財,言:“天地節而四時成。節以制度,不傷財,不害民。”反而言之,不節以制度,則傷財、害民矣。節豈小事哉?此卦分坤之一柔,居下卦之上,為兌六三也。分乾之一剛,居上卦之中,為坎九五也。兌為說,坎為險,說以行險者,六三也。“當位以節,中正以通”者,九五也。“苦節不可貞”,則上九也。以六爻細言之,初九在下,知通財之權在五,塞財之權在二,不敢前侵二事,為“不出戶庭”。戶奇,九二之象也。二坐視三之不節而不能塞,為“不出門庭”。門偶,六三之象也。夫節財者,當於有財之時,失其時,何嗟及矣!二之“凶”,宜也。若六三,“不節若,則嗟若”,又三之自取也,咎將歸誰?多費以快意,而不知窮在其中,說以行險,非六三而何?九五,“當位以節,中正以通”,節而通,故不窮,不窮,故“往有尚”。“甘節之吉”所以在五也。六四,享“安節之亨”,亦以承五之道故也。六三,“不節”,蔓延於上,然,“凶”而猶謂之“貞”,猶得“悔亡”者,罪不在上也。嗚呼!財者,天下大事也。九二,大臣也。不知錢穀,託言非其職,過矣。至於“制度數,議德行”,國家之大政,所係於財者至重也。明職掌,禁侈用,制度數以革僭分,議德行以勸儉約,天下未有不家給人足者也。有“中正以通”之德,其行此固易易也。

☱兌下
☴巽上【中孚】

　　卦名中孚,中者,二、五“剛得中”也。若三、四則“柔在內”,何得以內冒[1]中哉?舊有中虛、中實之說,中實是也,中虛非也。二、五成卦之主,凡卦之義,皆可取用。五君、二臣,二臣,臣說君巽,故曰:“說而巽,孚乃化邦也。”信可以感天地,動鬼神,凡有血氣,無不可感,故曰:“豚魚吉,信及豚魚也。”巽為木、為風,互震之動,風行木動,舟象也。三、四兩陰,舟虛象也。君臣交孚,何事不可行?風順舟駛,無以逾也。故曰:“利涉大川,乘木舟虛也。”三索得女而成兌,一索得女而成巽,遡其本則乾也。乾為天,剛健中正,莫過乎天。二、五有焉。孚之所以為孚者,此也。故曰:“中孚,以利貞,乃應乎天也。”至六爻之義,亦

---

①　冒:四庫全書本作冒。按:冒,俗作冒。

惟二、五為中孚。與卦義同，其餘不中則不孚矣。

九五為君之孚臣，其辭易知。九二取象於鶴者，鶴水鳥，又秋禽，九二兌體，故象之。又君主日陽也，臣主夜陰也。鶴在陰，亦二之象也。又夜半陽生，鶴知夜半，陰應陽之象也。鳴和，兌口之象也。曰“我”、曰“爾”，即其鳴和之辭也。爵祿曰爵，鳥爵曰爵，鳳皇亦曰爵，鳳鳴節節足足，故飲器象之，亦曰爵，然則爵之稱亦多矣。“我有好爵”，其指鳳乎？鳳生東方君子之國，羽蟲三百六十，鳳為之長。九五居巽乘震，象之宜也。曰：“我有”，曰：“吾與爾靡”，皆據二言之，此臣樂得君，彼此告語之辭也。或以“子和”指五，非也。以子目五，失尊卑大小之序，於理為悖。且鶴屬兌體，子又屬巽體，一物而兩取象，其義紊矣。

又以《繫辭傳》參之，“君子居其室，出其言善，則千里之外應之，況其邇者乎？出其言不善，則千里之外違之，況其邇者乎？遠邇相關如此，邇可忽與？母子，室中之至邇者也，鶴鳴子和，邇先應也，此又欲獲君、先信友之說也。

初九“虞吉”者，虞度六四之有它，其心不敢安也。虞於“志未變”之先，故“吉”。志既變而後悔之，晚矣。六四捨初附五，“絕類”而“上”，附五，不失臣道，“月幾望”之象，“絕類”，不繫私交，“馬匹亡”之象，此捨私狥公，善補過者也。然反覆賣友之譏，亦難免矣，其酈寄之流與？三與上應而不應，故辭曰：“得敵，或鼓，或罷，”先信而後疑也。“或泣、或歌”，既疑而又信也。總之，疑而不定者也。上九，“翰音登于天”，音無翼而飛，故曰：“翰音。”“登于天”者，在卦之上，居巽之極，言猶飄風不可捉執。然，上既不信矣，其誰信之？故曰：“何可長也？”

獲君、信友，於九五、九二見之；友之不相信，於初、四、三、上見之。古今未有上下相疑而可有為者，中孚一卦，於君臣朋友之際，言之備矣。

艮下
震上　【小過】

大為陽，小為陰。卦有四陰，二、五又居中得位，“小者”既“過”，大者何以亨哉？“小者過”而大者亨，亦必有道矣，則“貞”是也。處“小過”之時，行“小過”之事，所謂“過以利貞，與時行也”。“可小事，不可大事”是也。此又為君子小人之互辭，“柔得中，是以小事吉”，則大事必不吉，“剛失位而不中”，既“不可大事”，則但“可小事”矣。此卦本教君子之行“小事”，辟如“飛鳥遺之音，不宜上，宜下”，“上逆而下順”。上則大事也，下則小事也。君子知此，則自然無違時而行之禍，故曰：“大吉。”大吉者，君子之大者吉也。《繫辭》之“聖人”，意為君子。然，所以示小人者亦在其中矣。

　　九三，"弗過防之"。"弗過"一句，"防之"一句。時既不能過小人，而外示防小人之形，"從或戕之"之"凶"，其能免乎？此憂九三過剛，危之之辭也。九四，"弗過遇之"，"弗過"一句，"遇之"一句。時既不能過小人，而能善遇小人，此九四之"利貞"也，故即予其"无咎"。然，遇小人辟①如養虎，故戒之以"往屬必戒"。遇亦一時之權，常以是為貞，反至失身而不貞，故又教之以"勿用永貞"。此三、四兩爻之下而不上，"可小事，不可大事"，所以"亨"，所以"大吉"也。

　　六二陰過於陽，故為"過其祖"，"過其君"，以陰居陰，故為"遇其妣"，"遇其臣"，此又六二之能下也。然，二本過其君，聖人曰："不及其君"，何哉？"臣不可過"，《象》釋之明矣。天王狩于河陽，公孫于邾，其書法同。孰謂《易》中無《春秋》哉？六五，"密雲不雨，自我西郊"。又曰："公弋，取彼在穴。"皆有陰不敢行陽事之象，此六五之下也。然，其德則六，其位則五，與二少殊，雖不雨，雲已上升，故《象》曰："已上也。"五君位也，不曰王，曰公，亦書法也。

　　初六，"飛鳥以凶"，此初之不下而上也。惟其為"飛鳥"，所以致"凶"也。"不可如何"，自作孽，不可活之謂，為初歎息而言之也。上六，"弗遇過之"，亦作兩句讀，言上六不肯以禮遇陽，而務欲以力勝之也，此上六之上而不下也。"飛鳥離之"，上與初為"飛鳥"同，故罹禍亦與初同也。曰"凶"，曰"是謂災眚"，辭繁而不殺，聖人為上歎息亦同於初矣。

　　　　　　　☲離下　【既濟】
　　　　　　　☵坎上

　　既濟之世，侈大之志易生，能收斂而不至侈大，則既濟可以常保，故卦辭曰："既濟亨小"而釋之曰："既濟亨小者，亨也。""剛柔正而位當"，似槩指六爻而意在九五，九五為既濟之主，其"禴祭"也，非薄於鬼神也，此九五之能小也。後世有數十年不親郊祀者，反之則東封西祀，以明得意，以祈福祐，馴至民窮財匱，何如以"時""禴祭"者"實受其福"哉？舉祭祀一端，他可推矣。先天離東坎西，九五位居坎中，故為"西鄰"。所云"東鄰""西鄰"，"殺牛""禴祭"者，一奢一儉，相形之辭，而非以六二為"東鄰"也。六二，柔得中，卦辭所謂"初吉"者，喪其茀而不行，俟其得而不"逐"，真與民休息，安靜無事，太平之良臣也。初九，"曳其輪，濡其尾"，畏輕舉而致禍也。六四，"濡有衣袽，終日戒"，能預備而戒懼也。若初與四，亦皆能小之賢臣也。天下已安，小人生事，多開邊釁，以徼功名，故聖人

──────────
①　辟：四庫全書本作譬。按：辟，通譬。《孟子·盡心》上，"辟若掘井。"辟若，辟如，譬如。

《繫》九三曰："高宗伐鬼方,三年克之。"又丁寧之曰："小人勿用",其意深矣。夫以高宗之賢,當全盛之世,其伐鬼方,猶以三年。師老民困,其憊可知,可不戒哉。上六與九三相應,小人彼此附和,喜於生事者也。冒險而進,卒止於險而不得出,"濡首"之"屬",實自取之,亦小人所當戒也。雖然,既濟有九五之君,有六二之臣,自然無九三、上六之小人矣。

坎下　　
離上　【未濟】

　　既濟之世,不可用兵;未濟之世,兵不得不用。然,亦不得輕用,必上有聖主,下有賢將相而後可。今觀六五以文明居上,以"有孚"應下,九二能持重於內,九四能臨事而懼,"震用伐鬼方"於外。五非嗜殺之主,二非貪功之相,四非輕敵之將,宜其皆得"貞吉"也。是知未濟之兵出於不得已者也。"未濟"之"亨",不以是哉?不獨此三爻也,聖人於初與三、上皆有戒辭焉。初六,"濡其尾,吝"。《象》曰："亦不知極也。"與《象傳》所云:"未出中"者,其意相合。未濟之時,特嫌其濟而不知極,非謂其不宜濟也。六三曰："未濟,征凶。"又曰:"利涉大川",意亦同初六。一戒之,一勸之,亦以未濟之時不可不求濟也。上九,"有孚于飲酒",剛而能和,以和孚眾,所以"无咎"。然,雖居卦終,猶在未濟,和而不"節",過親小人,恐禍有出於意外者。"濡其首,有孚失是"。聖人所以又申戒於上也。總之,不論既濟、未濟,聖人皆以用兵為不得已之事,皆以小心敬慎為訓。天運固有循環,亦人事得失所致也。合二卦為一卦讀之,常存思患豫防之心焉,天下其常濟乎?

　　　　　　　　《午亭文編》卷二十七　男壯履恭較

《午亭文編》卷二十八

門人侯官林佶輯録

經 解 四
《書》

《堯　典》

　　唐、虞之際盛矣！嘗竊以謂此天人之介，君子小人消長之關，而天下治亂之所由分也。當堯之時，四凶、五臣並列，而驩兜舉共工，比周為黨。五臣雖各率其職，未聞有能明其為凶而放殛之者，則天人消長治亂之關，其故豈其微哉？蓋堯知有舜久矣，以為非舜則四凶不能誅，而五臣不能盡其才。堯若曰：與其誅四凶，不若登用舜。嗚呼！此堯之所以為君之"大"也。當其時，驩兜居中而三苗負固於外，鯀方以洪水自重，以奸天下，雖以堯之聖而不能不遲迴審顧於其間者，蓋待凶人若斯之難也。堯若以謂及吾之身而制之，使猶不得逞也，然庶幾其有悔心乎？既不得逞而有悔心，吾與斯人亦相忘於大化之中而已矣。即非然者，有舜在焉。舜之心，猶吾之心也。至是而終無悔心之萌矣，舉而誅之，不見其有震驚之迹，而措天下於磐石之安。是以孔子贊堯之"大"，而又曰："無為而治者，其舜也與！"夫舜有為而曰無為，聖人之心如天。天之心無為，聖人之心亦無為。當堯之時，四凶可以不必誅，當舜之時，四凶不得不誅。皆天也，非人之所能為也。故舜之無為，猶堯之無得而名也。舜登用而四凶誅，五臣各得盡其才。君子道長，小人道消，天下極治而無亂者，本堯用舜以誅四凶之故也。非然者，則天人消長之關可勝言哉！觀堯之所以待四凶，與所以用舜者，然後知堯之為君之"大"也。

《舜　典》

《虞書》者，舜史臣所記。首《堯典》者，尊堯也。《舜典》而尊堯，故先《堯典》而《舜典》繫焉，故曰尊堯也。尊堯而不別之以為《唐書》者，何也？曰：尊之也，親之也。舜之於堯，義則君臣，恩則父子。君臣主義，父子主恩。尊堯而曰《虞書》者，若將引為一體，聯為一家，合而同焉，不欲離而異焉，懼以君臣之義掩父子之恩也。不然者，雖以舜之史臣，獨不可紀堯之行事，特為一書，如後世修勝國之史者乎？故不別為書者，尊之至也，親之至也。是以觀《舜典》而尊尊親親之道備焉。

《禹　貢》

予於《禹貢》而見聖人憂天下之深且遠也。當是時，山川既治，水土既平，九州攸同矣。於是任土作貢，孟子曰："夏后氏五十而貢，其實什一也。"然，自漆、絲、鹽、絺以至海物、鉛松、怪石、浮磬、蠙珠、瑤琨、篠蕩之屬，無不備貢焉，何其繁也。則若於田賦之外，又有所謂貢者。雖二猶不足，如之何其謂之什一也？且自土階茅茨以來，歷堯、舜之世，凡所謂海物、鉛松、怪石、浮磬、蠙珠、瑤琨、篠蕩諸異物，既不見於經，則知其未嘗有也。而禹於是時，始制為法令，綜核嚴密如此，況又在什一之外乎？而孰知其非然也？蓋聖人憂天下之心如此也。其心以為，吾之取於民者什一而已，而海物、鉛松、怪石、浮磬、蠙珠、瑤琨、篠蕩諸異物罔不畢具，則凡宮府之所需，賓師之所資，其可以充吾用者，皆已足於此。後之人雖欲專用意於海物、鉛松、怪石、浮磬、蠙珠、瑤琨、篠蕩諸異物，亦不得求多於民，蓋取之什一之中而皆已足矣。則凡吾所定為制者，使後世無以加也。則聖人憂天下之心，可不謂深且遠邪？若什一之外，諸異物更取於民，此稍知治理者所不忍為，而謂禹忍而為之乎？嗚呼！自渾沦之風漸遠，服食器用，已不能如往者草衣、木食、汙樽、抔飲之風矣，此聖人之所深憂也，而懼其甚焉，故定之為經。曰：雖好異物，不得過焉。聖人憂天下之心，何其遠與？

皐陶作士

舜五臣：禹、稷、契、皐陶、伯益。禹及身以有天下，稷、契、伯益，其後世子孫亦皆有天下，獨皐陶以刑官不有天下，此天道與？非與？後世于公治獄，令高大其門。曰："當吾後必有興者。"于公之興，以天道決之耳。皐陶之不有天下，亦天道與？皐陶作士，刑期無刑,民協於中。舜念其功曰:"四方風動,惟乃之休。"惟禹亦云:"朕德罔克,民不依。皋陶邁種德,德乃降,黎民懷之。念茲在茲,釋茲在茲,名言茲在茲,允出茲在茲。"其反復念之不忘如此。今考《皋陶謨》所載,其在當時,德果不在禹、稷下可知也。然而既不有天下而楚人滅六蓼,皋陶既不得比禹、稷、契、伯益,亦將不得比於于公與?何天於皋陶則嚴,而於于公則恕也?將所謂天道終不可得而知與?蓋天德好生。其在於人,有能使民不陷於罪,不致於刑,長養而安全之,斯則可以為德矣。上古之民,犯法者少,亦不能無陷於罪而致於刑者。天若曰:當其罪而已耳,亦何德之有焉?後世變故滋多,民犯法者衆。士師者,能得其情,鮮矣。天若曰:苟能當其罪矣,斯亦可以謂為德矣。于公之所以大其門也。皋陶之德大矣,而天若有斬焉者,蓋以彼其德可以使民不陷於罪而致於刑也。致於刑,非天之心也。楚人之禍,舍天道吾無以決之也。孟子有曰:"小德役大德,小賢役大賢。""小役大,弱役強"。斯二者,皆天也。蓋唐、虞之世,有天下以德。以德,故苟有小異乎德之為者,天所懼也,則不得不致其嚴於皋陶是也。漢之世,有天下以力。以力,故苟有小異乎力之為者,天所善也,則不得不行其恕於于公是也。

《費　誓》

孔子序《書》,存《魯誓》何也?曰為東周也,維魯之弱也。魯,宗國,維魯之弱,所以為東周也。《費誓》載魯侯帥師征徐戎之事。伯禽秉周公之教,《傳》稱:"周禮在魯,"制度典章,宜其見於簡冊者,多矣。而孔子獨於此有取焉者,何也?當時周道衰,平王遷洛,晉、鄭焉依,而魯宗國寖以式微。其後三桓秉政,陪臣執命,親攻昭公而出之,而征伐之權,上不由天子,下不出方伯。齊田常弒其君,孔子請伐之,哀公不聽。孔子蓋傷不復得如曩者盛時,承王命,率諸侯以討不臣而伐僭亂也。故於魯伐徐戎之事有取焉爾。今誦其辭曰:"無敢不弔","無敢不善",曰:"汝則有常刑"者三,曰:"汝則有大刑者"再,嚴威整暇,猶有三代之遺風焉。此所以取其辭存之,以繼於帝、王之後也。意者,魯之孫子,有能明王道、強君德、攬賞罰之權、紹乃祖烈者乎?吾庶幾其遇之。昔伯禽之魯,三年而報政。太公封齊,五月而報政。周公乃歎曰:"魯後世其北面事齊矣!"夫魯之亡於弱,周公既知之矣。孔子不忍宗國之弱以亡,其亦猶周公之歎也夫!

《秦　誓》

《書》存《二誓》而終於秦者何?陳子曰:存魯所以維其弱,而終秦所以抑其強。蓋聖人之志在魯，天下之勢在秦。勢在秦者天也，非人之所能為也。然，聖人重言天命，而必推極於人事之所當為。昔者，秦伐鄭，晉敗秦師於殽，穆公誓告羣臣，孔子錄之《書》之終篇。傳者謂穆公悔過，孔子有取焉。孔子曷取乎爾？蓋天下之勢在秦，孔子所知也。而聖人曰：有人事焉，貴德賤力，守其疆服，毋敢稱兵搆禍，獲罪於先王，此人事也。以秦前日之所為，雖得天下，不可久長以為生民主，今幸其悔心之萌矣，毋敢稱兵搆禍矣，安知周之弱不可以敵秦之強也哉？又安知彼即有天下，不可以久長為生民主也哉？故於穆公有取云爾。不然，彭衙濟河之師，何有乎悔過而聖人許之耶？其後，秦滅《詩》、《書》，尚首功，併吞諸國，終有天下，不二世而亡，孰謂聖人之憂為過計耶？或曰：“秦始孝公，富國強兵。穆公僻處西陲，未得為會盟之主。當其時，天下之勢烏知其在秦也？”雖然，後世《讖》《緯》《符命》之事，聖人所不道。然，天下之勢，微聖人烏足以知之！

《詩》

《周 南》《召 南》

《二南》之作也，當文王受命之時耶？周之德，及於民者至矣。《詩》有之：“自西自東，自南自北，無思不服。”宜其名《詩》不得獨取《二南》也。顧其時，西則昆夷，北則玁狁，東則紂。紂、昆夷、玁狁，末之如何矣！而文王之化，自周、召而南，漸被於江、漢之人，此《二南》之所以獨為名也。夫昆夷、玁狁、紂自外於聖人之化，無足責矣。而當時之人，生其封落之中者，亦何其不幸耶？

周、召有詩無詩

《甘棠》專美召公，而《麟之趾》兼稱“公子”，無美周公者，周公勳德，豈出召公下哉？《易》之辭曰：“二多，譽遠也。”召公之謂也。“四多，懼近也。”周公之謂也。觀周、召有詩無詩，而譽與懼之義益明。

《魯 頌》

《頌》者，下頌其上之辭耳，猶之《國風》美刺，非有典法，禁侯國不得作也。然則行父曷為請於周？蓋當時周衰，上下陵替，魯國秉禮，雖《頌》亦請之，非謂魯於法不得作《頌》，如"請隧"之類,必待天子之命而後行也。魯人既不忘其先君之賢,而尤以王命為尊,可以風天下矣。魯無《風》而有《頌》,聖人存之,思深哉!

《商　頌》

或問:"《詩》,周書,而存《商頌》,何也?"曰:"歐陽子有言:大商祖之德,予紂之不憾,明武王、周公之心。"余嘗論之,夫謂大商祖之德者,商、周本以征誅有天下,周之於紂,猶商之於桀。明其德,以見有商祖之德,則實有可以得天下之理。如無其德,則是雖有天下且不可,況敢行放伐之事乎?故謂"大商祖之德"者,是也。謂"予紂之不憾,明武王、周公之心",其義尚有未盡者。武之革命,順天應人。聖人者,天人之至公者也,亦安計紂之憾與不憾,而武王、周公之心,亦何待諄諄焉明於天下後世哉?故謂"予紂之不憾,明武王、周公之心"者,非也。然則《商頌》之存,果何義與?曰:明統也。周得統於商,明統,所以尊周也。魯親周後,明統而尊尊親親之義備焉,夫是以周書而存《商頌》也。

《新宮》有聲無詩

《南陔》《白華》《華黍》《由庚》《崇丘》《由儀》此六篇者,鄉飲酒《燕禮》之《笙詩》也。笙入,立於縣中,奏《南陔》《白華》《華黍》。又間歌《魚麗》,笙《由庚》。歌《南有嘉魚》,笙《崇丘》。歌《南山有臺》,笙《由儀》。《笙詩》自漢已來,謂遭戰國及秦之亂而亡之。朱子曰:"非亡也,蓋有聲而無辭者也。"鄭氏謂:"《燕禮》有升歌《鹿鳴》,下管《新宮》。《新宮》亦詩篇名,辭義皆亡,無以知其篇第之處。"愚按:笙詩在笙中吹之,則下管之詩亦在管中吹之,其有聲無詞,與六篇同也。或曰:"笙詩篇目見於《經》,而傳者為之作《序》,《六月》之序,亦連及之,而《新宮》皆無焉。故鄭氏《箋》以為'辭義皆亡',而孔氏《疏》以為'六篇有義無辭',《新宮》並義亦無,則《新宮》非六篇之比,是亡詩也,非果有聲無辭者也。"夫篇目之見於毛氏之所《傳》者,非《經》之所本有也。毛氏覘《儀禮》而補入其名耳。然則毛氏奚為闕《新宮》而不補?曰:漏也。衛宏因之,不為作《序》,又何足怪乎?若謂六篇之目果見於《經》,孔子不應獨刪《新宮》之目。若謂六篇果有其辭,遭亂而亡,又不應皆僅存其目,其為毛氏之所補入無疑也。《左氏傳》:"昭二十五年,宋公享昭子,賦《新宮》。"《新宮》之詩,或別有其辭,非下管所吹之聲也,孔子刪之耳。是以朱子又疑以為《斯干》之詩而未敢必也。孔氏又謂:"自宋公賦《新宮》,至孔子時三十餘年而《新宮》逸亡。"夫《新宮》之詩,《儀禮》所用之詩,非他詩比也。《儀禮》周公所以興禮樂、定太平之大政也。禮樂之大具者莫備於魯，魯豈有遺詩耶？假令魯詩間有遺者，此《儀禮》所用之詩，其行於天下者久且遠，豈有求而不得者耶？多聞博學如孔子，豈有不求得者耶？且三十年未久也，而謂行於天下者，昔猶在人口，而今遂亡之，其可信也耶？

《卷　耳》

"采采卷耳，不盈頃筐。嗟我懷人，寘彼周行"。唐人詩"提籠忘採葉，昨夜夢漁陽"本此。如《序》云："輔佐君子，求賢審官。"是全與此詩無涉也，亦豈復有意味之可尋乎？

《野 有 死 麕》

《詩》言以"茅"包"麕"而誘"懷春"之"女"，又述此女之辭，姑徐徐其來，"無感我帨"，"無使尨吠"，有幽婉之情，無嚴峻之意，安見其惡無禮也？而繫之《召南》之中，不可解矣。豈其出秦火之餘而簡編有錯亂者耶？

《擊　鼓》

《記》曰："五十不從力政，六十不與服戎。"役與兵，皆國之重事也。州吁虐用其民，土功、戎事，一時並興，至使其民吁嗟刺怨。其曰："土國城漕，我獨南行"者，豈其民之猶樂為力役哉？蓋其時之民，習見夫輕用其力，以土功、力役之事不足為勞苦耳，是其情尤足悲也。豈知夫先王之制，五十而罷役，比之六十而還兵者，猶兢兢焉不敢過用其力也。彼州吁殘民以逞，烏足以語此？

《雄 雉》 二 則

首章曰："自貽伊阻"，卒章曰："不忮不求，何用不臧。"此詩之旨，有合於中庸不怨不尤，正己無求，無入不自得之意，而出於行役之婦人，其亦猶《周南》之《汝墳》，《召南》之《草蟲》乎？不可謂非《卷耳》之遺風也？以是知先王德教之及人遠矣。

《汝墳》《草蟲》，思其君子，不過閱年歲之改易，感時物之變遷。或慰勞其王事之勤，或自道其思念之意而止耳。而《雄雉》之詩，反身自責，憂深慮遠，或恐其難乎免於今之世也。其所以勉其君子者無不至焉，世變之可慮蓋如此。

《式　微》

"式微式微胡不歸？"詩七言之權輿也，"胡為乎中露"？詩五言之胚胎也，何必《柏梁》蘇、李哉？一章之中，而古今之詩體備焉。然其嗟嘆永歌之情，發於中而成於文者，所謂"亡國之音哀以思"也。黎侯失國而寄於人，有媿乎其臣矣。

《簡　兮》

舜命夔典樂，教胄子。《周官》大司樂掌教國子。是古者樂官掌教事，任至重也。《簡兮》之賢者，實有教國子諸子學舞之責。其在職之事，有可為者，非如後世伶官之比也，亦何為而輕世肆志如此哉？蓋先王教士之法，至此時而寖壞，雖存其文而誠意不至，無復有禮賢教士之實，不過以伶官待之，而下亦遂以伶官自待矣。賢者處此，宜其不得志於時，而其言之玩世不恭有如此也。

《北　門》

先儒謂"《北門》之忠臣，至於窶貧而莫知其艱，窮而呼天，無怨尤之辭。"而又以為"有臣如此，不能忠信重祿以勸之，國之所以亡也。"嘗試論之，其君既失勸士之道，而為之臣者，其所以自處亦未得為盡善也。君子之仕於人國，道合則留，不合則去。至於窶貧實甚，室人無以自安，不思所以自處之宜，乃惟呼天而訴之，亦何益哉？然，或者其時為之，苟以容其身，未可知也。夫有道之國，士君子得盡其所學，就使不得志，亦不使失其所守。為國而使人既不得志，又失其守，至苟以容其身如衛者，欲不亡得乎？

《君 子 偕 老》

風人"主文而譎諫，言之無罪，聞之者足以戒"，莫著於《君子偕老》之詩。此詩惟稱述夫人服飾之盛，容貌之尊，以感動其天良，激發其愧恥，而終不斥言其淫亂之事。所謂辭益婉而意益深，是《風詩》之最善者也。

《載　　馳》

《禮》:"國君夫人,父母沒則不得歸寧,使大夫寧於兄弟。"《載馳》之詩,首章曰:"大夫跋涉,我心則憂。"是許大夫之唁於衛者也。故其卒章曰:"大夫君子,無我有尤。百爾所思,不如我所之。"此大夫,即唁衛之大夫也。夫人言大夫君子,無以我為有過,而爾大夫自以為能往而集衛事也。雖百爾大夫之所思慮,不如我之親往也。申言首章"大夫跋涉,我心則憂"之義也。

《載馳》之詩,許夫人傷宗國之亡,欲歸唁於衛。其二章曰:"既不我嘉,不能旋反。"是夫人終以禮自制,所謂"發乎情,止乎禮義"者也。夫宗社覆滅,非常之變,又豈能宴然坐視而已也。故其卒章曰:"我行其野",麥芃芃然方盛長也。將控告於大邦,未知將何所因而何所至也。則是夫人雖不果於行,而其閔亡救亂之心至矣。夫人可不謂賢哉?夫以宣公、宣姜之惡,而有女之賢如此,世類果足以限人哉?又何疑乎文公之能幹蠱而克家也。

《大　　車》

"大車""毳衣",民望而畏之,止其邪心,不待刑政之及也。然則革車、袞冕、繢衣、繡裳,豈曰體安駕乘,目好五色而已哉?而或者欲去其節文,蕩然即於簡陋,過矣!

《叔于田》二篇

吾觀《于田》二篇之詩,而歎其上驕下諂,國無道之甚也。三代之衰也,善惡賞罰不明乎上,而是非毀譽之在下者恒得而別白之,蓋猶直道在人心,而公議在人口也。若叔段者,不義而得眾,而國人之美之者,以其弋獵、馳騁、舉火、暴虎、飲酒、服馬之事,競為諛悅,而無復三代之遺風,叔雖欲不為亂,豈可得哉?

《東　方　未　明》

《序》曰:"《東方未明》,刺無節也。蓋其興居無節,號令不時,挈壺氏不能掌其職焉。"朱子《辨說》:"夏官挈壺氏,下士六人,置壺浮箭,以為晝夜之節。漏刻不明,固可以見其無政。然,所以興居無節,號令不明,未必皆挈壺氏之罪。味《序》義,謂興居無節,號令不明,是宜夙而莫,宜莫而夙,至使挈壺氏亦不能捹①其漏刻以舉其職,明其一出於一時偶然之意而行之,使人無所遵守也。”此《東方未明》之詩所為作與?

《敝笱》

詩以“敝笱”為喻,而首章曰:“其從如雲”,次章曰:“其從如雨”,卒章曰:“其從如水”,至於如水而流蕩忘反,不可復制。詩人語有淺深次第之不同,亦可謂警切②著明矣。善乎! 胡氏之言:“禮義者,天下之大防也。其禁亂之所由生,猶防止水之所自來也。以舊防為無所用而廢之,是以至此其極。”取以證《敝笱》之詩,尤脗合云。

《唐風》

《前漢志》曰:“河東本唐堯所居,有先王遺教。君子深思,小人儉嗇。”《集傳》曰:“其地土瘠民貧,勤儉質樸,憂深思遠,有堯之遺風。”蓋吾讀《詩》,考《志》《傳》所稱,《二南》而後,於《唐風》有取焉。然,自漢以來,解者多所淆亂。如《蟋蟀》《山有樞》《綢繆》《杕杜》《葛生》《采苓》諸篇,《序》概指為譏刺時君之詩。得朱子《辨説》,而聖經之本指以明。於是益歎大賢與人為善,其是非取捨一準乎義理之公,不惑於穿鑿傅會之説,而後晉風之厚,民俗之淳,益粲然明著於後世,則信乎可以排列國之風而獨出矣。雖然,是豈獨可以見民俗之淳厚而已哉? 益以知前聖遺風之遠也。

《車鄰》

車馬侍御,詩人美之,則秦之所以為秦者,如此而已耳。“並坐鼓瑟”,亦豈真能有禮樂之好哉? 蓋自三代以來,未有以力得天下者,至於秦而世運民風忽焉一變。聖人有以見夫得天下不必皆以德也,故魏、唐次以秦,以見晉亡而秦興也。《秦風》首《車鄰》,以見以力得天下將始於秦也。孟子曰:“天下無道,小役大,弱役強”,豈不然與?

---

① 捹:四庫全書本作操。
② 警切:四庫全書本作警戒。

《小　戎》

《小戎》猛烈壯厲，非婦人所能作。其曰："言念君子"，詩人託興之辭耳。輔氏所謂："極其憂思，情也。無所怨刺，義也。"夫《汝墳》《草蟲》，不免於憂悲，而謂《小戎》之婦人為能知義耶？蓋詩人之代為辭，不如婦人之自為言為能盡其情也。《小戎》言而不盡其情，故又以知非婦人之作也。

《黃　鳥》

三良之事，蓋穆公之惡而康公成之。彼三子者，宜亦有過焉。黃鳥不能高飛遠引，擇木而栖。止於棘、與桑、與楚，則詩人之意見矣。

《東 門 之 楊》

《東門之楊》，《序》謂："親迎而女不至。""親迎"不見於詩，特以"昏以為期"一句斷之耳。而尤可異者，鄭氏之說詩也。鄭氏《箋》云："女留他色①，不肯時行。"考《昏禮》：父親醮子而命之迎，子承命而行。主人筵几於廟而拜迎於門外。壻執雁入，揖遜②升堂，再拜，奠雁。降，出御婦車，而壻授綏，御輪三周，先俟於外。婦至，壻揖婦以入。此士親迎之禮也。父醴③女而俟迎者，母南面於房外，女出於母左。父西面戒之，母戒諸西階上。父送女，命之曰："戒之、敬之，夙夜無違命。"母施衿④結帨，曰："勉之、敬之，夙夜無違宮事。"庶母及門內，施鞶，申之以父母之命，命之曰："敬恭聽宗爾父母之言，夙夜無愆，視諸衿⑤鞶。"此父母命戒之辭也。以親迎之禮，威儀節文如彼，以父母命戒之辭，重慎如此。士不親迎則已，既曰親迎矣，當時雖世教衰微，而古禮之遺，猶當存什一於千百，不至蕩然盡廢

---

① 色：四庫全書本作巴。
② 揖遜：四庫全書本作揖讓。按：《儀禮·士昏禮》："主人揖入，賓執鴈，從至於廟門，揖入，三揖至於階，三讓，主人升西面，賓升北面，奠鴈，再拜稽首，降。"《士昏禮》即本文所說的《昏禮》。鴈，同雁。作揖讓，是。
③ 醴：四庫全書本作醮。按《儀禮·士昏禮》作醮。作醮，是。
④ 衿：四庫全書本作襟。按《儀禮·士昏禮》作衿。作衿，是。
⑤ 衿：四庫全書本作衿。按《儀禮·士昏禮》作衿。作衿，是。

也。而曰：女於是時"留他色①，不肯時行"，豈不可異哉？或以謂"親皆沒，昏姻失時，無父母之命，或父母存而不能以禮制其女。"雖然，儷皮束帛，請納徵矣，女子許嫁，笄而醴之矣，雖留他色②，欲何為哉？甚矣！序之誤而鄭氏之謬也。

《豳　風》

豳何以終《風》？大周公之功而以明臣道也。周之王業，成於周公。聖人著《國風》之正變以明王業之盛衰，故凡公之自為詩與詩為公而作者，皆得繫於公。《風》皆以國名，魯，公國也，不繫之魯者何？或曰："伯禽封魯，公實不之國，故不繫魯。然而非也。公功在天下，魯一國耳，假令公之魯，庸得以魯盡公耶。故凡繫於公之詩，不得曰魯也。周之王業成於公，曷不繫以周。弗敢專也。豳者，夏之列國，先公之所居也。繫以豳，公之志也。而以終乎《風》者，《易》曰："无成有終，"又曰："地道无成而代有終也。"

《常　棣》

《常棣》，朱子云："《國語》富辰之言，以為周文公之詩。但，《春秋傳》為富辰之言，又以為召穆公思周德之不類，故糾合宗族於成周而作此詩。二書之言，皆出富辰，且其時去召穆公又未遠，不知其說何故如此？杜預以作詩為作樂而奏此詩，恐亦非是。"愚按：《常棣》，周公為管、蔡而作，先儒論之，無異辭矣。富辰謂召穆公作此詩，殆猶《春秋傳》所謂"賦詩"云爾。《傳》凡言"賦詩"有二義，"公入而賦：'大隧之中，其樂也融融。'姜出而賦：'大隧之外，其樂也洩洩。'"凡此，是自為詩也。"公子賦《河水》，公賦《六月》，"凡此，是誦古詩也。召穆公之作《常棣》，是誦古詩也。杜預"以為作樂而奏此詩，與賦詩之義自別，宜朱子不取其說也。

《禮》

《三　禮》

古禮二經，《周禮》《儀禮》而已。《周禮》者，周官政典之書。《儀禮》者，儀法度數之

---

① 色：四庫全書本作巴。
② 色：四庫全書本作巴。

事。《禮記》者，則諸儒雜記之書，非古禮經也。所謂周官政典之書者，蓋周公所作，載官府職掌之禮。漢武帝時，河間獻王得而獻之，失其《冬官》。哀帝時，劉歆校理祕書，以《考工記》補《冬官》，備周官六篇之數。今謂之《周禮》是也。所謂儀法度數之事者，蓋周以來，朝、聘、饗、射、冠、婚、喪、祭、威儀之制。漢承秦燔書滅學，禮經殘壞。魯高堂生傳《士禮》十七篇，以授瑕丘蕭奮，奮授東海孟卿，卿授后蒼，后蒼授大戴德、小戴聖。又有劉氏所傳十七篇，次第為優。鄭康成從而注之，今謂之《儀禮》是也。自后蒼為《儀禮》之學，別錄數萬言，號《曲臺雜記》，戴德傳之者八十五篇，或云八十一篇。今其書存者總四十篇，謂之《大戴記》。戴聖傳之者四十三篇，《曲禮》《檀弓》《雜記》分上、下，馬氏增以《月令》《明堂位》《樂記》，總四十九篇，謂之《小戴記》。《二戴禮》並是《曲臺雜記》。漢世諸儒言禮者並取二家，今《大戴禮》不頒於學宮，所謂《禮記》者，《小戴記》也。謂為諸儒雜記之書者此也。朱子謂《周官》為禮之綱領，《儀禮》乃其本經，而《禮記》：《郊特牲》《冠義》等篇，乃其義說。則是《禮記》者，二經之傳注也。宋以前有《三禮》《通禮》諸科，自王安石行新經義，獨存《禮記》之科，迄今莫敢議其非者。間嘗論之，《周禮》一書，可行於文、武、周公之世，不能行於春秋、戰國之時。自是以來，儒生雖復誦習而鮮可被之實用，故王莽之王田、市易，安石之青苗、均輸，以之速亡召亂。蓋古今之勢不同而法亦因時而屢變也。韓愈嘗苦《儀禮》難讀，謂其"行於今者蓋寡，沿襲不同，復之無由。"是二經者之不行，亦其勢使然而已矣。小戴之書，先王之遺訓猶存，往行前言，彬彬可考焉。蓋掇取大戴之精華為一家之記述，安石之獨存此科，亦不可謂無見也。顧其傳述舛駁，往往而有。《月令》出於呂不韋，《王制》出於漢儒。後世不以為秦、漢之書，而以為商、周之禮，不以為《傳》《注》而以為《經》，是則可議也。有聖人者出，必將刪定焉。又嘗考戴聖治行多不法，而聖子賓客為盜，身為禮宗，奸犯名義，君子不以人廢言，信哉！

《午亭文編》卷二十九

門人侯官林佶輯録

録

講筵奏對録_{有序}

臣廷敬伏惟聖主以天縱生知，好學不倦。臣叨侍講筵，多歷年所。仰聆天語，闡明經義。契往聖之心傳，實前王所未有。盛德日新，光輝宣著。是以措天下於隆平，開萬年之景運。文謨武烈，史不勝書。皇哉！唐哉！至矣！盡矣！臣自惟愚陋，莫贊高深。每當玉音下詢，獲申奏對。因而講義之外，薄有敷陳。茲謹輯録數條，仰紀聖學之崇弘，俯志微臣之遭遇，名曰《講筵奏對録》。臣不任慶幸悚慄之至。

戊午九月五日，臣廷敬進講"啓乃心，沃朕心。若藥弗瞑眩"一節，"惟暨乃僚"一節，"嗚呼！欽予時命"一節。上曰："朕觀高宗命傅説，諄諄以納誨輔德為言。可見自古君臣一德一心，至誠孚感。為上者，實心聽納，以收明目達聰之益。為臣者，實心獻替，以盡責難陳善之忠。然後主德進於光大，化理躋於隆平。後世君臣之間，徒為虛文，中鮮寔①意。治不逮古，職此故耳。"廷敬奏言："有高宗之為君，所以有傅説之為臣。皇上此言，誠社稷萬年之大慶也。"

壬戌　月　日，進講："晉康侯用錫馬蕃庶，晝日三接。"奏對言："人臣盡忠事主，豈得

---

① 寔：四庫全書本作實。按：寔，同實。

以希榮干寵為心。人君以禮使臣,固必有報德酬功之典。"

日講:"'六二,晉如,愁如,貞吉。受茲介福,於其王母。'《象》曰:'受茲介福,以中正也。'"奏對言:"守正不阿,君子立身之大防;依違干進,小人求容之私計。以六二之賢而有'愁如'之象,蓋賢者事君,以得時行道為念,非為一己之榮辱進退而然也。故爻曰:'貞吉,'《象》曰:'中正,'於此而察人才之邪正,審心術之公私,俾為臣有'喜起'之風而無'愁如'之意,此實治道污隆之所繫也。又云:'受茲介福',此蓋論其理耳。亦有懷才抱德而沉於下僚,亦有才微德薄而竊據高位,此理之所不必然而事之所常有者。故六二之'介福'聖人所以深慶之也。"

日講:"'六五,悔亡,失得勿恤。往吉,无不利。'《象》曰:'失得勿恤,往有慶也。'"奏對云:"昔者帝堯之時,《擊壤之歌》曰:'帝力何有於我哉?'《康衢之謠》曰:'不識不知,順帝之則。'而孟子論王道亦曰:'民日遷善而不知為之者,'此見帝、王天覆地載之量,無一毫計功謀利之私,六五'失得勿恤',深合此意。所以'吉無不利','往而有慶也'。"

五月初九日,講:"'初九,明夷于飛,垂其翼。君子于行,三日不食。有攸往,主人有言。'《象》曰:'君子于行,義不食也'。"奏對言:"《傳》曰:'枉己者,未有能正人者也。'古之人所以嚴於去就之義者,非愛其身正,愛其道耳。故士君子必有難進易退之節,而後有匡王定國之勳,此明夷之君子所以守不食之義也。"又奏對言:"薛方,王莽時人,莽以安車迎方,方謝曰:'堯、舜在上,下有巢、由,今明主方隆唐、虞之德,小臣欲守巢、由之節。'莽悅其言,遂不強致。故曰:薛方保身而自全。揚雄為莽大夫,莽惡劉棻等《符命》之說,置於法。棻嘗從揚雄學作奇字,治獄使者欲收雄,時校書天祿閣,恐不免,乃從閣上自投下,故曰:揚雄投閣而不免也。士君子觀薛方、揚雄之事,可以得處明夷之道矣。"

初十日,講:"'六四,入于左腹,獲明夷之心,于出門庭。'《象》曰:'入于左腹,獲心意也。'"奏對言:"此一爻,商之微子當之。其在《書》曰:'吾家耄遜于荒。'又曰:'王子弗出,我乃顛隮。'其後,微子抱祭器歸周,以存商祀,正得此爻之意。"

十一日,講:"'箕子之明夷,利貞。'《象》曰:'箕子之貞,明不可息也。'"奏對言:"殷有三仁。微子之去,利而不貞;比干,貞而不利;惟箕子之所為,利也,貞也。故《象傳》曰:'箕子以之。'《爻辭》曰:'箕子之明夷,所以表忠良之隱,原臣子之心,而聖人繫《易》之旨深矣。"

十七日,講:"《象》曰:'風自火出。家人君子,以言有物而行有恒。'"奏對言:"帝王以天下為家,一言之微,有前後左右之竊聽;一行之細,為子孫臣庶之隱憂。是以聖帝明王必慎乎此。"

十八日,講:"'家人嗃嗃,悔厲吉;婦子嘻嘻,終吝。'《象》曰:'家人嗃嗃,未失也;婦子嘻嘻，失家節也。’”奏對言：“齊家治世，莫善於禮。禮本天下之至嚴，用之各得其分則至和。故齊家者，與其過於和，寧過於嚴；與其過於嚴，寧準於禮。準乎禮，則無過嚴之失，而有至和之美矣。”

二十二日，講：“睽，小事吉。”奏對言：“睽之時，可小事而不可大事矣。至於世道休明之日，人心聯合之時，正當大有為之際，必有紀綱弘①遠之規模，為社稷靈長之大計。慮萬年，毋狃於旦夕；成大事，毋見於小利。此又憂盛危明，防於未睽之道也。”

二十四日，講：“‘九二，遇主于巷，无咎。’《象》曰：‘遇主于巷，未失道也。’”奏對言：“人臣當進以禮，退以義。平居有難進易退之節，則臨事有尊主庇民之功。蓋士人一身之進退，為禮義廉恥之所關，即為世道人心之所繫，故必合於道而後可。然，此在平日以禮、義、廉、恥養之，然後人以禮、義、廉、恥自處。格人心而正風俗，此尤為要務也。”

二十六日，講：“‘六三，見輿曳，其牛掣，其人天且劓。无初有終。’《象》曰：‘見輿曳，位不當也。无初有終，遇剛也。’”奏對言：“无初有終，聖人亦論其理當如此。蓋論其理，邪固不能勝正。而歷觀古來邪正之際，正實往往不能勝邪。惟聖人在上，能使君子道長，小人道消，斯可以決其理之不爽耳。”

二十八日，講：“‘睽孤，見豕負塗，載鬼一車。先張之弧，後說之弧，匪寇婚媾。往遇雨，則吉。’《象》曰：‘遇雨之吉，羣疑亡也。’論君臣道合。”奏對言：“上有堯、舜之君，下有皋陶、稷、契之臣，明良喜起，都俞籲咈於一堂之上。後世如唐之太宗，致治幾於三代之隆，亦必魏徵、房、杜之為其臣，故能成貞觀極盛之治。此可謂君臣道合，一德交孚也。”

二十九日，講：“蹇，利西南，不利東北。利見大人，貞吉。”奏對言：“‘利西南，不利東北。’言濟蹇之道，貴得地利也。昔漢昭烈有撥亂之志，諸葛亮有王佐之才，然而困於西蜀一隅者，以不得地利也。‘利見大人’，言濟蹇之道，貴得其人也。昔張子房之從漢高，馬援之歸光武，可謂得其人矣。‘貞吉’，言濟蹇之道，貴得其正也。三代以後，有濟世安民之功，如唐之太宗，宋之藝祖，亦可謂得‘貞吉’之意者矣。”

八月十八日，講：“初六，无咎。《象》曰：‘剛柔之際，義无咎也。’”奏對言：“此一爻專主臣道言，蓋以柔在下，則有小心恭順之誠，而上應乎剛，則有擔當任事之力。此皆‘无咎’之道。然解卦諸爻，皆以解小人為義。大抵《易》之一書，扶陽抑陰，進君子，退小人之意為多，不獨解卦諸爻為然。此所以有資於治道也。”

十九日，講：“‘田獲三狐，得黃矢，貞吉。’《象》曰：‘九二貞吉，得中道也。’”奏對言：“解小人，所以杜惑上殘民之禍者也。從來上之德意不能下究，民之疾苦不能上聞者，皆

---
① 弘：四庫全書本作宏。按：乾隆名弘曆，為了避諱，改弘為宏。

小人為之壅蔽於其間也。故貴解而去之。小人之害,有不可勝言者。蓋小人未得志之時,必工為諂媚之術;既得志之後,則肆其險毒之奸。是以斷然必解而去之也。"

二十三日,講:"'君子維有解,吉。有孚於小人。'《象》曰:'君子有解,小人退也。'"上問:"君子小人。"奏對言:"小人患得患失,無所不至。其貪位固寵之術,有如物之固結而不可解。聖人特筆書之曰:'君子維有解。'蓋言斷然解去之,不使其為國家之患也。"又《講義》有"郭之所以危"句。奏對言:"昔齊桓公至於郭國,問郭之父老曰:'郭何以危?'父老對曰:'郭公善善而惡惡。'桓公曰:'善善而惡惡,是賢君也。郭何以危?'父老對曰:'善善而不能用,惡惡而不能去,郭之所以危也。'觀於此,可不戒與!"

二十六日,講:"'上六,公用射隼于高墉之上,獲之,无不利。'《象》曰:'公用射隼,以解悖也。'"奏對言:"隼以象其凶惡,高墉以象其權勢。小人而乘權藉勢,乃刑法之所必加也。故不曰'解'而直曰'射',此所以嚴小人之誅也。上爻在大臣之位。大臣以天下為心,無一己之私好私惡,然後有天下之公是公非。是非明而後國是𡩧①,國是𡩧②而後人心正,治道成。"

九月初七日,講:"《象》曰:'山下有澤,損。君子以懲忿窒欲。'"奏對言:人心本然之善,原與太虛同體。太虛中無一物,吾心中亦無一物。所以聖賢格物之功,正以求復其無物之體。故損之又損,以至於無,乃見此心本然之善。而其所最當損者,莫過於忿、慾兩端。懲之、窒之,則凡類於忿、慾者可以不勞而克治之矣。

十九日,講:"'六三,三人行,則損一人。一人行,則得其友。'《象》曰:'一人行,三則疑也。'論朋黨。"奏對言:"君子以同道為朋,小人以同利為黨。苟不辨其邪正,而惟以其同則指為朋黨,不免有黨同伐異之患。歐陽修《朋黨論》正是此意。"

二十一日,講:"'六五,或益之十朋之龜,弗克違,元吉。'《象》曰:'六五之吉,自上祐也。'論楚人以二臣之賢珍於白珩,齊王以四子之功美於照乘。"奏對言:"昔楚之王孫圉聘於晉,趙簡子問曰:'楚之白珩猶在乎?'王孫圉對曰:'楚未嘗以此為寶。楚之所寶者觀射父,能作訓辭以行事於諸侯。又有左史倚相,能道《訓》《典》以朝夕獻善敗於寡君。'此楚不以白珩為寶而以善人為寶也。昔齊威王、魏惠王會田於郊,惠王以徑寸之珠照車前後各十二乘者誇於威王。威王曰:'寡人之所以為寶者與王異。吾臣有檀子者,使守南城,有肦子者,使守高唐,有黔夫者,使守徐州,有種首者,使備盜賊。此四臣者,將照千里,豈特十二乘哉?'惠王有慙色。此齊以四子之功勝於照乘之珠也。"

---

① 𡩧:四庫全書本作定。按:𡩧,定之異體字。
② 𡩧:四庫全書本作定。

二十三日,講:"《彖》曰:'損上益下,民説無疆。自上下下,其道大光。利有攸往,中正有慶,利涉大川,木道乃行。'"奏對言:"損上益下之主,以至誠惻怛之心,為愛養斯民之政,初不計民之為我用也。而當此之時,動罔不臧,故《彖辭》曰:'利有攸往','利涉大川'。《彖》曰:'損上益下,民說無疆。'可見損上者,正所以益上也。孔子嘗言:'百姓足,君孰與不足;百姓不足,君孰與足。'《大學》言:'與其有聚斂之臣,寧有盜臣。'如裴延齡、桑弘羊輩,皆以言利固寵一時,貽譏後世,此又可以為龜鑑也。"

日講:"'六四,中行,告公從,利用為依遷國。'《象》曰:'告公從,以益志也。'"奏對言:"舉天下之大事,在於得天下之民心。而所以得民心之道,惟在聖君賢臣朝夕講求,以實心行實政,非一切權宜之計所可幾也。如漢文帝之止輦受言,唐太宗之虛懷納諫,所謂'諫行言聽,膏澤下於民',正此爻之義也。"

十八日,講:"'上九,莫益之,或擊之,立心勿恒,凶。'《象》曰:'莫益之,偏辭也。或擊之,自外來也。'"奏對言:"聖人最惡言利之臣,至比之為盜臣之不如。昔周厲王以榮夷公為卿士,榮夷公,言利之臣也。芮良夫諫之,以為不可用。其後厲王卒用榮夷公為卿士,諸侯自是不享,則芮良夫之言驗矣。"又講:"夬,揚于王庭,孚號有厲。告自邑,不利即戎,利有攸往。"奏對言:"君子光明磊落,即有過失,人所易見。小人巧佞回邪,患得患失。凡所以貪位固寵者,無所不至。又能形人之短,見己之長,能使人主信任而不疑,故得專權而肆其惡。昔唐德宗謂李泌曰:'盧杞清忠彊介,人言其奸邪,朕初不覺。'泌對曰:'此乃杞之所以為奸邪也。使陛下覺之,豈有建中之亂乎?'泌之所言,正有合於知人其難之義。"

十一月十四日,講:"《彖》曰:'夬,決也,剛決柔也。健而説,決而和。揚于王庭,柔乘五剛也。孚號有厲,其危乃光也。告自邑,不利即戎,所尚乃窮也。利有攸往,剛長乃終也。'"奏對言:"大抵《易》言君子小人之際,未嘗不委曲詳盡。而於君子所以決去小人之道,又未嘗不反復丁寧。雖以五陽之盛,決一陰之微,而諄諄告戒如此。可見小人之難去,而君子往往不能勝之也。"

十六日,講:"'九二,惕號,莫夜有戎,勿恤。'《象》曰:'有戎勿恤,得中道也。'"奏對言:"小人讒害君子,不在於大庭廣眾之際,而在於燕間私語之時,使人主聽受其言而不覺,故聖人比之為莫夜之戎。惟聖明之主,嚴絕其端,則可以無此患矣。故曰:'所言公,公言之;所言私,王者無私。'"

二十七日,講:"'上六,无號,終有凶。'《象》曰:'无號之凶,終不可長也。'"上顧廷敬曰:"君子得志,尚能容小人;小人得志,必不能容君子。"對曰:"誠如聖言。此古今同慨,惟聖明在上,有以察之。"

《經筵講章》

天敘有典,勅我五典五惇哉! 天秩有禮,自我五禮有庸哉!

此皋陶陳安民之謨以告帝舜也。謂夫五倫,在人自其經常不易者。謂典,蓋原於上帝付予之初,固天敘之也。然,天能敘之,不能保其後也。所以立之教化,勅正我五典,使倫敘益厚者,則在人君矣。五典,在人自其節文不過者。謂禮,蓋天理之品節,固天秩之也。然天能秩之,不能保其繼也。所以立之制度,用我五禮,使品秩有常者,則在人君矣。是典、禮出於天,而為君道之所係如此。臣因是而繹思之,盡倫本乎天道,要惟惇厚以咸宜;制理順乎人情,尤貴庸常而可久。是知大典大禮之宗,必屬作君作師之任矣。仰惟皇上,教先親遜,化首溫文。藝極陳常,立愛立敬以訓世;綏猷節性,中規中矩以宜民。固已覺悟羣倫,斟酌百代矣。臣愚更願建中垂裕,創制顯庸。彝紀懋修,益奏協和之化;經綸盡善,彌勤劼毖之衷。斯率土共識尊親,而編氓咸知禮讓矣。臣愚不勝顒望。

克明俊德,以親九族。九族既睦,平章百姓。百姓昭明,協和萬邦。黎民於變時雍。

此一節書,是史臣紀帝堯放勳之實也。謂夫德性之中,萬善悉備,合天地民物為一體,統親疏遐邇於同原,德本自大也。惟其有物欲之私,所以鮮昭融之量,而人己之間多扞格矣。惟帝堯天理渾然,能明其大德存諸心者,此德之全體具足見諸身者,此德之妙用流行,推此德以親九族,則倫紀以修,恩義以篤,九族已親而睦矣。推此德以平章百姓,則舊染之俗咸與維新,畿內之民皆昭然自明其德矣。推此德以協和萬邦,則萬邦黎民美哉變惡為善,已於是而雍和矣。是勳放於家國天下者如此。臣因是而繹思之,執中開危微精一之傳,為千古人君之極則;明德立修齊治平之準,實萬世聖學之源流。故知開天首出之一人,必有過化存神之偉烈。仰惟皇上,迪哲無逸,生知敏求。稽古弘經,闡傳心之要;察倫明物,大保治之規。固已建巍巍之成功,宣蕩蕩之令聞矣。臣愚,更願性道彌崇,皇風益暢。天行不息,時凜於聰明睿智之心;日進無疆,允懋夫聖神文武之治。則丕振光華之盛績而永垂佑啓之鴻圖矣。臣愚,不勝顒望。

《文言》曰:"元者,善之長也;亨者,嘉之會也;利者,義之和也;貞者,事之幹也。"

此一節書,是孔子申言乾德之具於人心也。謂夫乾天道也,亦人道也。人得天之氣以生,渾然與天同體。故元、亨、利、貞四者,在天為春、夏、秋、冬,造物無心而成化;在人即為仁、義、禮、智,懿德不言而同然。觀夫元之為仁者,慈祥一念,統百行而開先,乃眾善之長矣。亨之為禮者,經緯萬端,合情文而並粹,乃嘉美之會矣。利之為義者,物得其裁制,則分定而情安,義之所由以和矣。貞之為智者,識進於堅凝,則見明而守固,事之所依為幹矣。天德之本然具於吾性者如此。臣因是而繹思之，人生為萬物之靈，固備仁、義、禮、智之全德；維皇建庶民之極，尤兼聖神文武之弘圖。故能體道於當躬，自可繼天而作則。仰惟皇上，性裕中和，學勤遜敏。彝倫攸敘，立萬國之儀型；精一常存，紹百王之心法。固已宣聰明而作乂，勵夙夜而觀成矣。臣愚，更願廣運無疆，升恒有永。允懷而修來日積，懋敬而聖域彌優。則道畢協於四氣之和，而福長繫於億年之久矣。臣愚，不勝顒望。

君子體仁足以長人，嘉會足以合禮，利物足以和義，貞固足以幹事。

此一節書，是言君子兼體四德之全功也。《文言》曰："元、亨、利、貞"之德，在人皆有其同然，而盡性合天之功，惟君子乃為克備。君子與仁合一而存發皆仁，故足以大仁民愛物之施而長人矣。美其所會而動罔不臧，故足以協天秩天敘之常而合禮矣。於分之所宜因物而各足之，則安生於分定，和生於能均而足以和義矣。知正之所在而固守之，則定見不疑、定守不撓而足以幹事矣。君子兼體四德之全功如此。臣因是而繹思之，天命不已，元、亨、利、貞之所以流行也；聖功無息，仁、義、禮、智之所以體備也。默契天人性道之大本，端望乘乾首出之一人。仰惟皇上，法天廣運，如日正中。式廓鴻圖，聲教實朔南之暨；聿新駿命，惠懷無遐邇之殊。固已履中蹈和，揆文奮武矣。臣愚，更願大猷允塞，至德彌崇。清明在躬，凜惟幾惟康之旨；夙夜基命，凜未安未治之心。則天德與王道同功，修己與治人兼至。將美化浹於四海，而福祚永於兩儀矣。臣愚，不勝顒望。

帝庸作歌曰："勅天之命，惟時惟幾。"乃歌曰："股肱喜哉！元首起哉！百工熙哉！"

此言虞帝勉其臣以保治之道也。當舜之時，天下既已乂安，而舜之心猶恐怠荒易啟，用作歌相儆。先述其意曰："天命難諶，至為可畏。欲保治於無窮，必操心於不懈。惟一時之暫，惟一事之微，無弗戒勅，庶天命可永保也。"乃歌曰："為臣者樂於趨事，而股肱喜哉！則治化振興而元首起哉！庶績修舉而百工熙哉！"蓋舜以保治之道望其臣者如此。臣因是而繹思之，天體雖高，而動靜云為無時非旦明之所寓；天道雖遠，而典禮命討無事非陟降之所臨。惟主臣交致其憂勤，斯化理聿臻於隆洽。仰惟皇上，乾行剛健，謙德尊光。睿學精深，單淵衷於夙夜；宸章炳煜，昭泰象於星雲。固已紹二帝之心傳，鞏萬年之基緒矣。臣愚，更願治益求治，安愈圖安。日進無疆，默契貞恒之運；皇建有極，弘①敷彝訓之休。則府事茂底於修和，而功德彌徵於巍煥矣。臣愚，不勝顒望。

子曰："君子矜而不爭，羣而不黨。"

此一章書，是以君子立持己處衆之坊也。孔子意謂人之品誼，貴於嚴毅自持。然，或過於立異，勢必涉於乖戾之為。君子則莊以飭躬，可謂矜矣。而未嘗以氣陵人，何爭之有？

---

① 弘：四庫全書本作宏。避乾隆諱改。

人之度量,貴於樂易可親。然或一於從俗,勢必入於阿比之私。君子則和以應世,可謂羣矣。而未嘗以情狥人,何黨之有?君子於人己之際,各得其宜如此。臣因是而繹思之,立品者,無論為介為通,可以驗學術之邪正;觀人者,即其為同為異,可以別人品之偽真。允惟明作惇大之朝,克有正直和平之化。仰惟皇上,思睿作聖,體仁長人。是訓是行,廣敷言於率土;惟和惟一,開泰運於中天。固已立極臣鄰,協衷堂陛矣。臣愚,更願道隆位育,功茂裁成。政教遞宣,三德之剛柔並义;風聲丕樹,四方之綱紀常新。則至化作人,廣雅歌於《棫樸》;羣工亮采,接盛際於唐、虞矣。臣愚,不勝顒望。

易簡而天下之理得矣,天下之理得,而成位乎其中矣。

此一節書,見聖人體道之極功也。孔子繫《易傳》曰:"人心與天地本同一原,而聖人之極功符乎天地。"蓋此易知簡能之理,天地之所以立心,即聖人之所以合撰。人能以一心會易簡之原,則天下萬殊之理無所不貫,洵足以範圍曲成而不遺矣。夫法乾之易而天下之險阻皆平,法坤之簡而天下之紛紜自靜。將見天位乎上,地位乎下,而人成位乎其中。體道之極功,寧外易簡以致之哉?臣因是而繹思之,帝王本天地之德以居心,即協天地之化以為政。天施地生,覆載之神功也;府修事和,裁成之大用也。而惟此易簡之理貫浹其間。宰之者不勞,斯出之也自裕。聖人參贊高深,為萬世人道之準,端在此矣。仰惟皇上,得一以貞,兼三出治。主敬存誠而立極,明作惇大以有功。固已廣運被於兩間,彌綸周於無外矣。臣愚,更願升恒不息,悠久無疆。富有日新,備篤實光輝之妙;甄陶鼓舞,昭流行化育之機。則四時成序於不言,萬國同風而遵道矣。臣愚,不勝顒望。

教胄子,直而温,寬而栗,剛而無虐,簡而無傲。詩言志,歌永言,聲依永,律和聲。八音克諧,無相奪倫,神人以和。

此言舜命夔以豫教之道也。《虞書》紀舜之命夔曰:"汝以樂教胄子,在涵養其德性,使直遂者濟以温厚,寬緩者濟以莊栗,剛勁者無至刻虐,簡略者無至傲慢焉。若夫作樂之道,則心發於言而為詩,是詩以言志也。有詩則有節奏可歌,是歌以永言也。有節奏則有高下清濁之聲,是聲依永而出也。有聲則有十二律以調和之,是律以和此聲也。由是播之八音,皆能諧和,不失倫序,而薦之郊廟,奏之朝廷,神人無不和矣。"蓋舜之命夔者如此。臣因是而繹思之,善教必先毓德,在淑其性而節其情;聖學具有全功,惟興於詩而成於樂。故盛世有廣大清明之象,而熙朝多温文恭敬之風。欽惟皇上,精一執中,光華復旦。止慈止孝,聿徵大順之休;作君作師,式表元良之範。固已道隆創述,慶衍靈長矣。臣愚,更願德合乾符,祥凝泰運。升中以迓鳳儀之瑞,垂裕以開燕翼之謀。則基緒萬年而本支百世矣。臣愚,不勝顒望。

致廣大而盡精微，極高明而道中庸。溫故而知新，敦厚以崇禮。

此言君子尊道之極功也。言德性本自廣大，惟致之以擴其全量，又問學而精察於幾微，期至夫窮神達化之實；德性本自高明，惟極之以復其本體，又問學而體驗於日用，求當乎民彝物則之恒。德性之已知者故也，溫之而涵泳於不已，又問學以充拓理義，俾見其日新焉；德性之已能者厚也，敦之而培養於不息，又問學以體尚節文，務底於日崇焉。蓋君子尊道之功如此。臣因是而繹思之，德性即心而具，存心乃養性之功；問學以知為端，致知實進學之要。故雖生知安行之聖，猶勤遜志時敏之修。仰惟皇上，健協天行，靜符人極。道彌綸於六合，廣運難名；德宥密於一心，精純罔間。固已誕登文岸，覃被堯光矣。臣愚，更願上理彌隆，大猷永秩。執契以宰清寧之化，垂裳以弘熙皞之風。則九服承休，而萬年詒燕矣。臣愚，不勝顒望。

　　孟子曰：“盡其心者，知其性也。知其性，則知天矣。”

此發明心性之學，見知性之為要也。孟子言：“人之一心，具眾理，應萬事，有全體大用焉。而欲極其本然之量，則必由於知性。蓋性為心所具之理，人能於吾之心體一無所虧者，必其於吾之性分一無所蔽者也。顧性蘊於心而原於天，在人為性，在天即為命，非有二也。既能知性，則性之所從出者亦洞徹無間，知天固不待他求矣。”孟子究言心性之學如此。臣因是而繹思之，盡心由於知性，格物、致知、誠意、正心之功也；知性即以知天，居敬、窮理、盡性、至命之事也。天德、王道，豈非一以貫之者哉？仰惟皇上，建極綏猷，執中宰化。體文武聖神之德，勳華上媲唐、虞；立天人性命之宗，道法同符洙、泗。固已範圍六合，胞與羣生矣。臣愚，更願位育茂隆，清寧永奠。登道岸而仁風丕應，握治原而協氣旁流。則百福凝休，而萬年垂裕矣。臣愚，不勝顒望。

　　天地之道，博也、厚也、高也、明也、悠也、久也。

此言天地功用之盛，一如至誠之所徵也。子思謂：“夫天地之道，惟其不貳，故氣化流行，各極其盛。自地道言之，既含弘而無外，又靜深而無間，博也、厚也。自天道言之，既神功之峻極，又光明之下濟，高也、明也。合天地之道言之，既運行而有漸，又始終之不渝，悠也、久也。蓋天地之誠，初與至誠無異。”故天地之徵，亦與至誠相符者如此。臣因是而繹思之，天道得一以常清，地道得一以常寧，極覆載生成之功，不外至誠無妄之理。聖人參贊化育，於此可見矣。仰惟皇上，聰明時憲，聖敬日躋。惇大明作而早奏昇平，久道化成而猶勤宵旰。固已功符首出，德合無疆矣。臣愚，更願熙皞同風，彌綸罔間。有生之族，涵濡於樂利之天；於萬斯年，沐浴乎隆平之化。則太和普洽，而至治益光矣。臣愚，不勝顒望。

　　子曰：“人能弘道，非道弘人。”

此一章書，是孔子勉人以體道之實也。孔子謂：“道之大原出於天，道之實理備於人。

誠以天命人以性,人率性而為道,故能格物致知以立其本,明善誠身以復其初。推而極之,齊治、均平,參贊、位育以擴其量,莫非道也,莫非人之能有以弘之也。苟非其人,道不虛行,道豈能弘人也哉?人之不可以自諉也如此。臣因是而繹思之,道在於人,治本乎道,故有內聖外王之學,斯成可久可大之功。仰惟皇上,聰明睿智,文武聖神。宥密本乎一心,執中宰物;彌綸遍於六合,廣運成功。固已會千古道統之歸,立萬世人倫之則矣。臣愚,更願鴻猷允塞,大化彌彰。御郅隆之圖,協淳風於有永;撫久安之運,綿寶曆①於無疆。則道法並治法常昭,而皇極與人極丕著矣。臣愚,不勝顒望。

講筵在日講外,每歲春二月、秋八月進講。先是,臣前後為日講官兼經筵講官者八年,及遷職院、部,去日講,前後為經筵講官又十年。自癸未直內閣,仍兼經筵,於今又七易年所矣。蓋經筵命講,臣獨為多。今存《講義》數首,以識大略。雖局促無所發明,存之,以見聖主典學之勤如此也。康熙己丑十二月臣廷敬恭跋。

《午亭文編》卷二十九　男壯履恭較

---

① 寶曆:四庫全書本作寶歷。按:曆,曆數。《論語·堯曰》:"堯曰:'咨!爾舜。天之曆數在爾躬,允執其中。'"朱熹注:"曆數,帝王相繼之次第,猶歲時氣節之先後也。"曆數,一作歷數。《書·大禹謨》"天之歷數在汝躬,汝終陟元后。""綿寶曆於無窮",意即清王朝的統治,將一代一代地延續下去,永不終結。曆字不誤。改曆為歷,除《大禹謨》可作為根據外,避乾隆諱也是一個重要原因。

《午亭文編》卷三十

門人侯官林佶輯録

奏　疏　一

歲終彙進《講義》疏

康熙十六年十二月十五日,經筵日講官起居注、翰林院掌院學士兼禮部侍郎、教習庶吉士臣陳廷敬題:竊惟積日月而成歲,不已維天;合經史以為功,其勤者聖。蓋典學行政,道本相資;溫故知新,事須交盡。我皇上宣聰宣明之資,實由天授;好學好問之篤,度越前王。出臨正朝,則躬理萬幾;深居大內,則潛心羣典。隆寒盛暑,不廢丹鉛;綴衣虎賁,皆通章句。逮於講幄,尤切皇情。每當敷奏,先從天語發揮;凡有咨詢,迥出諸臣意表。兼之虛懷若谷,溫語如春①。講畢有再拜之儀,特蒙賜免;頻年有便繁之錫,更荷重頒。此皆亙古所未聞,而今兹所始覩者也。臣等叨預顧問之榮班,愧乏涓埃之微助。歲華欲滿,舊例宜循。其《四書講義》,已於康熙十四年閏五月遵旨先期彙進,今將講過《通鑑講義》繕寫裝潢,題明進呈。伏願聖心折衷於誦讀之餘,發揮於施行之際。文、武之道,備在一人;堯、舜之治,永傳萬代矣。臣等不任諄切之至。

---

① 兼之虛懷若谷,溫語如春:四庫全書本刪去此十字。

進呈刊完日講《四書解義》疏

康熙十六年十二月十八日，經筵日講官起居注、翰林院掌院學士兼禮部侍郎、教習庶吉士臣陳廷敬題：臣等於康熙十六年三月十三日，恭侍弘德殿進講，蒙皇上面諭："《四書》已經講完，《講章》應行刊刻。欽此。" 臣等叨塵法從，日侍經幄。伏覩皇上聖躬親講，典學彌殷；天語下詢，訪道愈篤。凡在《六經》、諸史，靡不極意研精，至於《四子》之書，實備百王之道。比年以來，次第進講。歷寒暑而罔間，積日月以成編。固已體驗於宸衷，抑且發揮於政治。除按日進覽，年終彙呈。盡在御前，時厪睿照。迺者，思垂永久，親降綸音。爰令校刊，宣布中外。竊惟皇上，聖學崇深，真足超軼往古；臣等經術淺陋，曷克仰助涓埃。顧鄒、魯之大義微言，炳如星日；而師儒之參稽互訂，著在簡編。嘗慕宋臣以半部佐君，先明敬信節愛；願學朱子以四字入告，亦曰誠意正心。即致斯世於治平，不外明德新民之理；而使吾君為堯、舜，敢忘責難陳善之思。仰惟宵旰之勤勞，不輟宮闈之誦讀。永光《典》、《訓》，示則臣民。臣等謬效編摩，復加刪潤。校錄成帙，裝潢進呈。惟我皇上，嘗垂乙夜之觀，存諸几席；允懷千聖之道，如晤羹墻。將見煥四海文命之敷，弘萬世光華之治①。臣等不勝區區之意，謹具題恭進以聞。

歲終，《講義》循例題明，兼陳愚悃疏

康熙十七年十二月十七日，經筵日講官起居注、翰林院掌院學士兼禮部侍郎臣陳廷敬題：竊惟體乾德之運行，學惟時敏；成聖功於歲月，理本日新。蓋百王之治雖殊，道實同於師古；而《六經》之文具在，用之足以宜民。必積累之崇深，乃化裁於久大。欽惟皇上，聖自生知，才惟天授。以虞、舜之濬哲，有大禹之克勤。機務至多，聽斷每煩於日昃；圖書在御，講誦常至於夜分。既已循習簡編，守二帝、三王之大法；抑又研精《傳》《注》，窮《殷盤》《周誥》之全經。帝庸作歌，敕命凜惟幾惟康之旨；皇建有極，敷言叶無偏無陂之音。隻句片詞，炳若日星之訓；含毫落紙，煥乎雲漢之章。宣天地之中和，義兼《雅》《頌》；躋臣民於文治，功並《典》《謨》。臣等久歷金華，又彌寒暑；親承玉色，得侍燕閒。曾莫効其微勞，實難醻於恩遇。伏查歲終《講義》，例應彙寫進呈。但《尚書講義》，現在發刊。而逐日進講，已留御覽。曾經請旨停進，謹循舊例題明。伏願道協時行，化同天運。仰於穆之不

---

① 煥四海文命之敷，弘萬世光華之治：四庫全書本改作文命誕敷而光華普著矣。

已,知日進於無疆。則綏將純嘏之方來,膺保永圖於孔固矣。臣等無任諄切之至。

慰問謝恩疏

　　康熙十七年十二月十三日,經筵日講官起居注、翰林院掌院學士兼禮部侍郎臣陳廷敬奏:臣草茅豎儒,質愚學陋。恭逢殊眷①,累厠清班。無裨聖學之高深,曷稱君恩於萬一。今臣母誥封淑人②張氏,不幸奄逝。仰蒙睿念,遣使慰問。於本月初十日,內閣學士臣屯泰、翰林院掌院學士臣喇沙里到臣私寓,傳奉詔旨,賜臣茶酒,恩禮有加③。顧臣④何人?叨茲曠典。臣呼天搶地,誓報捐糜。即臣母九原之下,均戴皇仁⑤於無盡矣。臣謹奉恩賜茶酒,告奠臣母席前。望闕叩頭,並乞天使轉奏訖。竊念一介之寒微,敢勞曲軫;況當萬幾之勤瘁,猶廑洪慈。恩重難醻,感深莫罄。伏覯緝熙典學,既進德於光明;更冀淵穆居心,稍節勞於宵旰⑥。臣遄奔子舍,徒切望雲之悲;回睇神京,彌懷向日之戀。臣不勝哀感涕零之至。为此⑦,具本謹⑧奏謝以聞。

諭祭謝恩疏

　　康熙十八年七月初一日,經筵日講官起居注、翰林院掌院學士兼禮部侍郎臣陳廷敬奏:臣以母憂,於本年正月內回籍守制。銜恩⑨就道,星夜遄奔。抵舍以來,寢處苦塊。於六月內得閱《邸抄》禮部一本,為恭請恩卹⑩事,奉旨:"陳廷敬侍從勤勞,其母准照學士品級賜卹。欽此。"臣不勝悲慟,不勝感激。恭設香案,望闕叩頭謝恩訖。臣自遭哀疚,深荷矜憐。辱天使之光臨,沐恩頒於稠疊。皇慈無盡,曲施母子存歿之間⑪;禮數逾涯,直在古

---

① 恭逢殊眷:四庫全書本作謬膺重任。
② 誥封淑人:四庫全書本刪去此四字。
③ 恩禮有加:四庫全書本刪去此四字。
④ 顧臣:四庫全書本改作臣自顧。
⑤ 皇仁:四庫全書本刪去此二字。
⑥ 伏覯緝熙典學,既進德於光明;更冀淵穆居心,稍節勞於宵旰。四庫全書本刪去此二十四字。
⑦ 为此:四庫全書本刪去此二字。
⑧ 謹:四庫全書本將此字移至具本二字前。
⑨ 銜恩:四庫全書本作匍匐。
⑩ 恩卹:四庫全書本作優卹。
⑪ 曲施母子存歿之間:四庫全書本刪去此八字。

今見聞之外①。復奉特旨，憫臣微勞。糜骨難醻，撫膺知感。伏念臣濫塵史局者廿載，備員經幄者七年。文章虛負時名，講論略無裨補。時餕尚方之膳，兼分內帑之金。緣皇上推至心以待人，俾微臣資厚祿以將母。未免瞻雲之望，粗紓愛日之勤。不意臣命數奇窮，致煩皇上睿懷軫念。終天永訣，徒遺慟於生前；新命洊加，實增光於身後。茲逢優異，備極哀榮。徑從學士之階，不拘詹事之考。皆故事所未有，雖勳舊何以加。臣自惟三錫頻仍，彌懼班行之忝竊；即臣母九原可作，應驚品秩之驟遷。荷寵如斯，未報涓埃於盛世；捐軀何日，敢懷疾痛之餘生。仰惟聖文神武之光昭，屬茲中外臣民之慶幸。萬方送喜，知咫尺之龍顏；孑身抱憂，遂瞻依於鳳闕。顧臣子有難仰承之殊遇，惟聖明示不世見之異恩。回思鞠我之勞，有懷罔極；夙識事君之義，莫効微忠。苟溝壑之遂填，永佩深仁而入地；或蓋帷之未瘞，長廣景福以齊天。臣不勝匍匐頂戴之至。謹具本，遣臣男國子監生陳謙吉捧赴通政司投進，為此奏謝以聞。

遵例自陳疏

　　康熙二十年十月二十四日，經筵日講官起居注、翰林院掌院學士、兼禮部侍郎臣陳廷敬奏：伏見吏部題准康熙十八年京察，例應自陳。官員丁憂在籍，服闋到京，即行自陳。臣丁母憂於今年十月二十一日到京，例當備開履歷事蹟，仰祈睿鑒。竊臣原籍山西澤州人，中順治十五年進士，選庶吉士。十八年，充會試同考試官。本年，授內祕書院檢討。康熙元年，以病請假回籍。四年，仍補檢討。六年，考察一等，稱職。八年，陞國子監司業。九年，陞內祕書院侍讀。十年，改翰林院侍講。本年，轉侍讀，陞侍講學士。十一年，纂修《世祖章皇帝實錄》告成，加一級食俸。本年，充日講起居注官。十二年，考察一等，稱職。本年，轉侍讀學士，充武會試副主考，又充武殿試讀卷官。十四年，陞詹事府詹事兼翰林院侍讀學士。十五年，以册立東宮，奉使祭告北鎮。本年，陞內閣學士兼禮部侍郎、充經筵講官。十六年，轉翰林院掌院學士，兼禮部侍郎、教習庶吉士、充日講起居注官。本年，充《太宗文皇帝實錄》副總裁官。十七年，充纂修《皇輿表》總裁官。本年十一月，聞母訃回籍守制。今服闋到京。伏念臣蓬蓽賤士，質鄙學疎。叨沐殊恩，累擢近列。厠講席深嚴之地，玷禁庭侍從之班。曲荷知憐，初無報稱。徒蒙寵渥，時切憂兢。臣前者遘罹母喪，蒼皇去職。存問仰煩天使，恩膏頒自尚方。洎當請卹，更出特恩。憫似髮之微勞，命從三錫；降如天之異數，澤及九原。竊念臣母子之所遭，皆自古君臣之希遘。葢恩隆則責宜重，乃材

薄而眷有加。即糜隕百身,莫塞尸榮之咎;而栖遲三載,已寬幽黜之期。知有未報之鴻慈,永慚高厚;良無可覯之後效,恐負聖明。伏祈皇上立賜處分,以為不職者戒。臣不勝悚息待命之至。

崴終《講義》循例題明疏

康熙二十年十二月十九日,經筵日講官起居注、翰林院掌院學士兼禮部侍郎臣陳廷敬題:竊惟成湯自警,惟又日以常新;大禹克勤,必寸陰之是惜。蓋君道法天行之健,而聖功懋時敏之修。故積日月而崴序以成,於穆不已;亦凜就將而德行斯顯,悠久無疆。欽惟皇上,表正建中,經文緯武。造四海昇平之治,偕二儀覆載之功。屬前者小醜之陸梁,厪數載九重之盱昃。邊機旁午,未嘗息馬投戈;文命誕敷,不輟窮經論道。蓋勵精遜志,固已卓冠百王;故神略英謀,自爾前無千古。運天下於掌上,信內順而外威;視萬里為目前,宣風行而化洽。遂成格苗戡黎之績,允惟稽古右文之時。既研極夫《六藝》之精,出話經而吐辭雅;亦推行於諸史之實,承烈武而顯謨文。謂《大易》載開物成務之微言,而《兩漢》具鑑古知今之軼事。縹緗進御,嘗勤丙夜之觀;帷幄敷陳,時備宵衣之問。臣等玩"飛龍"之大義,雖願學昭素之對君;覩《司馬》之全書,未能如一柔之竟讀。勉尋舊學,忽逢崴籥之更新;懼負殊恩,每近天顏之有喜。閱流光之易邁,知典學之彌殷。日居月諸,曾炎燠祁寒之罔間;崴聿暮矣,猶晦明風雨之其勤。伏值年終,謹循舊例。應將《講義》,逐一題明。《易經日講解義》,現在校刊。按日《經鑑講章》,悉留省覽。至於年終彙進,前經睿旨諭停。非謂少損夫鉛槧之繁,蓋因已置諸几席之上。簡編盈溢,義蘊弘多。伏願體六位以成能,象三辰而立極。一道德而同風俗,弘闡先聖之傳經;興禮樂而定章程,高掩千秋之遺史。將見光天之治,再見於中天;而震世之功,永垂於奕世矣。臣等不任諄切之至。

制錢銷毀滋弊疏

康熙二十三年八月十七日,經筵講官、吏部左侍郎管右侍郎事、仍兼翰林院學士、管理京省錢法臣陳廷敬題:竊惟銅鉛之微物,製為錢貨之重寶。愚民牟利,法久弊滋。所貴因時制宜,務在便民裕國。自古鑄錢,時輕時重。治平之世,未有數十年而不改易者。臣奉命清理錢法,期於國寶流通,公私交便,以副我皇上簡任至意。前所請核減耗銅,節省工料等項,業經奉旨,會議允行。臣更有請者,今日民間所不便者,莫過於錢價甚貴。定制:每錢一千,直銀一兩。今則每銀一兩,僅得錢八九百文,其故由於制錢之少。夫國家崴崴制錢,宜乎錢日多而賤,今乃日少而貴者。蓋因姦宄不法,毀錢作銅以牟厚利之所致耳。夫銷毀制錢,著之律令,其罪至重。然而不能禁止者,厚利之所在故也。今銅價每觔,值銀一錢四五分,計銀一兩,僅買銅七觔有餘,而毀錢一千,得銅八觔十二兩,即以今日極貴之錢,用銀一兩換錢八九百文,毀之為銅,可得七觔七八兩,尚浮於買銅之所得。何況錢價賤時,用銀一兩所換之錢,可毀銅至十餘觔者乎?銅價既貴,奸人爭毀制錢以為射利之捷徑。鼓鑄之數有限,銷毀之途無窮,安得不日少而日貴乎?苟不因時變通,其弊將無所底止矣。若欲除毀錢之弊,求制錢之多,莫若鼓鑄稍輕之錢。察康熙十九年,錢價甚貴,以致民間苦累。皇上特諭令一文重一錢。九卿議以為順治錢重一錢,因順治十年,舊錢壅滯,改鑄新錢,重一錢二分五釐。十七年,因錢價賤,又改鑄新錢,重一錢四分。前有廢輕而改為重者,未有舍重而從輕者。如錢輕少,則有私鑄,以此未經施行。臣竊思國家之法,本以便民。苟有利於民,即於國無利,猶當行之,況行之利於國而亦利於民乎?夫向之改輕為重,為便民也。今民既不便矣,自應改重為輕。今若改鑄重一錢之錢,毀錢為銅,既無厚利,則毀錢之弊將不禁而自絕矣。錢不毀而日多,則錢價平而有利於民矣。總計寶泉、寶源二局,每年各閱動支稅銀二十五萬三千兩,辦解銅三百八十九萬二千三百零七觔十一兩。內除耗銅三十五萬三百零七觔十一兩,淨①銅三百五十四萬二千觔。現行例鼓鑄錢四十萬零四千八百串,直銀四十萬零四千八百兩。今若改重一錢,仍每串作銀一兩,計每年多鼓鑄錢一十六萬一千九百二十串,直銀一十六萬一千九百二十兩。臣所謂利於民而亦利於國者也。再察前經戶部等衙門議覆錢法,侍郎田六善條奏,令天下產銅鉛地方聽民開採。行令直省督、撫,於產銅鉛處,令道官總理,府佐官分管,州縣官專責。稅其二分,分別紀錄加級。至今開採寥寥,皆因地方官征收其稅,滋為弊端,以致徒為收稅之名,而無開採之實。此後應一切停罷,聽民自便。或有開採,則銅日多而錢價亦因可以得平也。

勸廉祛弊請敕詳議定制疏

康熙二十四年正月二十四日,經筵講官、都察院左都御史、管理京省錢法臣陳廷敬奏:竊惟國家久安長治之基,關於風俗;風俗盛衰之故,繫乎人心;正人心、厚風俗之機,存乎教化。故品節度數,必有定制,所以辨上下,定民志,使天下移風易俗,回心向道,尤教化之急務也。洪惟皇上,堯仁舜哲,禹儉湯勤。總攬天下之大權,先教化而後刑罰。謂禮、義、廉、恥,國之四維,而弘獎官方,廉為尤重。臣愚,謂貪廉者,治理之大關;奢儉者,貪廉之根柢。

---

① 淨:四庫全書本作浮。按:浮,超出。作浮,是。

欲教以廉,當先使儉。然而不能遽致者,則積習使之然也。臣伏見我皇上,盛德淵純,躬先節儉。御服無奇麗之觀,尚膳鮮兼珍之味。蚤朝晏罷,謹小慎微,與中外臣民共登淳古之風。一時公卿大夫,是則是傚,宜蒸蒸有丕變之機矣。臣謂風俗未能盡儉者,蓋古者衣冠、輿馬、服飾、器用之具,婚喪之禮,賤不得踰貴,小不得加大。今或等威未別,因而奢僭之習未盡化也。百金,中人之產。一裘之費,奚啻百金?綺紈之服,機絲所織,花草蟲魚,時新日異。舊者猶新,新者已舊。貧者循舊而見嗤,富者即新而無厭。轉相慕傚,積以成風。外官之任者,或擁僕從數十百人,衣輕策肥,車馬闐咽,震驚道路。泥沙之用不惜,貪饕之行易成。由是則富者黷貨無已,貧者恥其不如,冒利觸禁,妄冀苟免。幸不罹於法,則以高貲誇耀閭里。愚民無知,見其如此,游末趨利,多離農畝,棄其本業。賈誼所謂“一人耕之,十人聚而食之,欲天下無饑①,不可得也。百人織之,不能衣一人,欲天下無寒,不可得也。”其始由於不儉,其繼至於不廉,其卒至於天下饑寒。饑寒切於其身,姦宄因之而起,此所以刑罰未能衰止也。然則風俗何以厚之?亦曰:正人心而已。夫好尚嗜慾之中於人心,猶水之失隄防也,是教化之所宜先務矣。伏祈敕下廷臣,博考舊章,詳議定制。御賜之衣物,許其服用。及近御之人,照常不議外,官員士庶冠服衣裳飾用之制,婚喪之禮,有宜更定者,斟酌損益,務合於中。其淺近易行,如貂、猞猁、猻,昔有官品之分,今則庶人服之矣。如緞綢,昔有官民之別,今則雜然無辨矣。並宜釐正,使永遠遵行。至若外任官輿馬僕從,不得過侈。制度既定,罔敢陵越,則節儉之風可以漸致。工者不必矜能於無用,商者不必通貨於難得。奇技淫巧,棄本趨末之民,將轉而緣南畝。田疇闢,則民無饑寒,民無饑寒,然後可以興於禮、義、廉、恥,而國之四維以張。太平無疆之盛治,端在於此,又豈惟勸廉吏而已?臣管蠡蠡測,無補高深。緣係條奏,意須明悉。字稍逾格,統祈睿鑒施行。

請嚴考試親民之官以收吏治實効疏

康熙二十四年正月二十四日,經筵講官、都察院左都御史、管理京省錢法臣陳廷敬奏:恭惟皇上,宵衣昃食,存心於天下,加志於窮民②。洞知閭閻之疾苦,歷觀稼穡之艱難。擢用循良,振興吏治。將使官奉其職,民樂其生,永臻太平郅隆之風。竊謂與國家共理此民者,外則督、撫、司、道、府、州、縣等官,督、撫、司、道,彈壓表率府、州、縣以理民也。而與民最親者,無踰於知府、知州、知縣者矣。臣愚謂親民之官,其職至重。至於文移簿書,期會

---

① 饑:四庫全書本作飢。下文四饑字,四庫全書本均作飢。按:饑通飢。
② 窮民:四庫全書本作萬民。

訟獄之事,皆身自經理,不得假手胥吏,使夤緣為奸,其事又甚難也。自捐納以來,有未經考試之人,輒授正印親民之官者。夫古者以經術為吏治,必學古然後可以入官。今即不能盡然,而亦須略曉文義之人,委以民社之寄。臣查俊秀一項,初捐既是白身,有司曾未一試,而吏部輒與選補,則其文義通閼,何由得知?此項人若一槩束之高閣,則已嘗許其得官;若盡數錄用,則自古未有不曉文義之人可以為民父母者也。臣察兵部有考試武職之例,凡副將、參將、遊擊等官,單雙月選補。先期,考試弓、箭,不合式者,不准選補,下月復考,必待其合式而後用之。武職重之如此,何況親民之吏乎?臣又察吏部有考試招民知縣之例,招民之與捐貲,事體相類,又不宜彼重而此輕也。臣愚謂知府、知州、知縣,凡俊秀捐納,有已經考職後捐納者,依例選除。有未經考職,遂行捐納者,於選除之時,仍行考試。文義略曉者,即與錄用,否則且令肄業,聽其再試。凡考試之時,若繩以《八股》,經義既非其所素習,亦難以猝然而能。合無試以《時務策》一道,《判》一條,但須嚴加防察,毋得令其代倩、傳遞,徒應虛名。如此,則既不絕其功名仕進之路,亦使之有鄭重名器之思,庶可以責吏治之實效也。伏祈睿鑒,勅議施行。

《午亭文編》卷三十一

門人侯官林佶輯録

奏　疏　二

請嚴督、撫之責成疏

　　康熙二十四年九月初六日，經筵講官、都察院左都御史、管理京省錢法臣陳廷敬奏：今天下之事，繫於督、撫，督、撫之職，在察吏、安民。若民犯法者多，刑辟不止，惡在其能安民也？察吏之意，欲令民安，若民犯法者多，刑辟不止，惡在其能察吏也？臣見直省各督、撫所上刑獄章奏繁多。夫督、撫之職在安民者，非謂民既犯法而明於擊斷之為能盡其職也，謂民未犯法而嚴禁令、謹科條、使民遷善遠罪，至於刑清政簡之為能盡其職也。故督、撫之能與不能，視其所治之民而已矣。民之安與不安，視其刑之清與不清，政之簡與不簡而已矣。直省之刑清，而朝廷之刑清矣；直省之政簡，而朝廷之政簡矣。政簡、刑清，王道之大端也。或曰：“民自犯法耳，於督、撫何尤焉？”孔子有言：“上教之不行，罪不在民也。”故欲使民不犯法而刑辟衰止，莫先於行上之教；欲行上之教，繫惟督、撫是問。督、撫曰：“是將在羣吏。”夫吏果廉能，毋敢有加派，毋敢有火耗，毋敢黷貨於詞訟，毋敢朘削夫富民。然後一意行上之教，而民不罹於刑。今吏或不能，誠有罪焉。然，非盡吏之罪也。人苟稍稍知詩書，識道理，一行作吏，誰忍自棄？而今或不能者，非盡吏之欲私肥其家，蓋迫於上官耳。上官廉，則吏自不敢為貪；上官不廉，則吏雖欲為廉而不可得。吏既不得廉，則凡所為加派、火耗、黷貨、朘削之事，日以曲事上官之不暇，而又何有於行上之教，使民不罹於刑？

雖使吏勉強行之,而民習見吏之所為多不法也,曰:"是惡能教我? 誰其從之?"是教之不行,刑之不止,吏為之也。吏之為之者,督、撫使之然也。方今要務,在於督、撫得人。為督、撫者,既不以利欲動其心,然後能正身以董吏;吏既不復以曲事上官為心,然後能加意於民。向之所為加派、火耗、黷貨、朘削之事,舉皆無之。夫然後民可徐得其養,養立而後教可行也。至於教民之法,三代盛矣。古今異宜,所貴得其意而神明之,而其大要莫重於讀法之令。《周禮》鄉大夫之職,各掌其鄉之政教禁令。正月之吉,受教法於司徒,退而頒之於其鄉吏,使各以教其所治。歷代以來,有講讀律令之法,皆《周禮》之遺意,為教民之要務也。夫欲教民以道,必先信上之令以實致乎民。管子曰:"國之重器,莫重乎令。令重則君尊,君尊則國安。"賈山曰:"臣聞山東吏布詔令,民雖老羸癃疾,扶杖而往聽之,思見德化之成。"是以人臣敬君之命令,尊之如雷霆之不敢侮。蓋以人君之所以為國,鼓舞羣下者,恃其命令而已。臣伏讀皇上《聖諭十六條》,頒行已久,彼時雖一經張掛曉諭,而鄉邨山谷之民,至今尚有未知者。臣近日惟見山東巡撫張鵬有《上諭十六則講義》,及臣鄉山西寧鄉縣知縣龔應霖《講約書》,其實心奉行與否,當俟之事久論定之時。至於一經曉諭而旋視為具文者,比比皆然。臣所謂信上之令以實致乎民者,責在有司,而督、撫為要矣。臣欲祈皇上特降嚴綸,通飭督、撫,使賢者知勉而否者知懼,洗滌舊染,專以潔已教吏,吏得一心養民教民為事。其督、撫保薦府、州、縣官也,須要第一條實填:"一、本官無加派、無火耗、無黷貨詞訟、無朘削富民"十九字。第二條實填:"一、本官實心奉行《上諭》,每月吉,聚衆講解《鄉邨鄉約講解》"二十二字。如保薦不實者,請勅部將保薦之督、撫,具揭之司、道並所保薦之官嚴議。處分定例,不得仍用常例;處分餘條,仍照舊例開具實蹟。凡若此者,所貴督、撫知功令之重在此,顧名思義,觸目警心,以導羣吏也。而皇上之考察督、撫,則以潔已教吏,吏得一心養民、教民為稱職,否者罷黜治罪。聖主在上,坐照如神,自有洞鑒。臣之愚心,惟祈朝廷切責督、撫,以幾刑清政簡之風,故敢獻其鄙言,助成王道之治。竊虞辭難達意,故字多逾格,統冀鑒宥施行。

請議水旱疏

康熙二十四年九月初六日,經筵講官、都察院左都御史、管理錢法臣陳廷敬奏:臣伏惟皇上,盛德湛恩,蟠際天壤。閔念黎元,甚於赤子。發倉廩,蠲租賦,弛山海之禁,謹儲積之防,重恤農事,勤求民瘼,所以便利安全兆姓之道甚備。茲者,仰賴皇上德恩,歲穀既登,惟一二水災,猶廑睿慮。夫水旱凶荒,堯、湯之世,不能盡無。惟其備及於豫,而賙當其急,故民恃以無恐。臣於報免災荒,敢因聖意之所垂念者少獻其末議焉。臣前見山東巡撫徐旭齡於康熙二十三年九月題報濟寧、海豐、霑化水災情形，該部題覆，行令委官踏勘。於十一月，該撫題濟寧等三州縣成災分數並應蠲免錢糧册結，該部題覆，行令分晰地畝高下。於二十四年四月，巡撫張鵬題濟寧等三州、縣並無捏報被災分數，照例請免本年錢糧，該部乃覆准蠲免。自去年九月至今年四月，八閱月矣。是此一水災之報也，巡撫初題，報其形情；再題，報其分數；三題，稱無捏報。此一水災之免也，該部初覆，令其委官踏勘，再覆，令其分晰地畝高下；及其具題至於三也，然後覆免。是則自報至免，巡撫具題者三，戶部具覆者三，疊疏奏聞，上勞聽覽。以故德音下逮，近省已踰半年，遠省將不止一載。在皇上，恤民之意如彼其勤，而在所司，出納之際如此其遲迴者，非故為是鄭重也，所行之例則然耳。臣愚，謂被災之分數，即見地畝高下之間，而地畝之高下，即宜分晰於分數多寡之內。蓋再題而該部可具覆矣，不必駁察至再而具題至三也。如此，則上宜聖主勤民之意，下慰小民望澤之心，中不得使猾吏奸胥緣為弊竇。況該部既行令委官踏勘分數於初，又行令分晰地畝高下於再，其分數高下，從來惟以巡撫之具題為據，不見有所增損其間，則咨行亦是虛文，再駁愈覺可已。臣請於巡撫具題分數之後，既有册結可據，該部即宜具覆豁免，更不再駁，務取早結為便。昔漢武帝使汲黯視河內火，還報曰："臣過河南，貧人傷水旱萬餘家，謹以便宜持節，發河南倉粟以賑貧民。請歸節，伏矯制之罪。"武帝賢而釋之。夫黯所視者火，而所賑者水旱，黯不以非其職自解，武帝不以矯制罪黯，蓋急民之急也。昔人謂救荒如拯焚溺。若稽遲歲月，始沛德音，皇上如天怙冒之心，必不若此。臣之所見，實聖意之所及，故敢進其愚說，伏祈睿鑒，採擇施行。

撫臣虧餉負國據實糾參疏

　　康熙二十四年九月初六日，經筵講官、都察院左都御史、管理京省錢法臣陳廷敬奏：竊惟雲南捐納事例，乃皇上斟酌時宜，所以恤民而裕餉。顆粒皆係國儲，絲毫悉關軍食。為撫臣者，宜如何撙節清釐，以無負封疆之重寄？乃臣於雲南巡撫某有異焉。臣閱《邸抄》，據該撫某疏稱，大兵還京，尚餘捐納米五十一萬四千六百餘石，草一千一百六十一萬五千餘束。彼時即應支放，乃留米不發，反動支庫銀二萬五六千兩，買米一萬石，每石用銀二兩二錢至二兩八錢不等。又留草不給，動支庫銀四十四五萬兩，折給草一千七百五萬一千七百六十四束，每束用銀三分。以現在之米、草，不以支給大兵，而濫用公帑，另行採買，此何說也？及至大兵凱旋，始巧行題請，將前項所存米、草，動給官吏等項驛遞馬匹。米一石，止扣銀一兩二錢，草一束，止扣銀一分。以今扣算之數，較前採買之價，相去不啻霄壤，此又何說也？臣意某當大兵還京之日，使果有現存米、草，斷不另買。必是先將報捐之米、草,多行折銀入己,無從支給,故為此掩飾一時之計,是其侵沒之弊,顯然可見者也。至於凱旋之後,苦於開銷無策,乃朦朧請給本省官俸驛遞。葢以大兵之供應甚急,而本省之支銷可緩。大兵之供應,分毫不可假借,而本省之支銷,任意可以通融也。獨不思某當日所收之米、草,即照採買之價計之,米五十一萬四千餘石,為銀一百二十九萬兩有餘;草一千一百六十餘萬束,為銀三十萬兩有餘。而今請扣之銀,止共為七十餘萬兩。是一那移之間,而某侵沒餉銀已九十餘萬兩矣。即使無侵沒入己之弊,而身為封疆大吏,當軍興之際,不思裕國省餉,虧損國課幾至百萬之多。溺職不忠之罪,某雖百喙,何以自解乎?伏乞皇上,勅部檢察前後報部文册,奏銷價值,難逃睿照,迅賜處分。庶錢糧不致侵漁,而官邪知所儆惕矣。臣職司風紀,不避怨嫌。謹據實糾參,伏祈睿鑒施行。

俯瀝懇誠祈恩①回籍以安愚分疏

康熙二十七年五月初二日,經筵講官、吏部尚書、管理修書總裁事務臣陳廷敬奏:臣薄劣孤生,迂拙自守。荷蒙皇上天地養育之恩,生成造就,寵祿逾涯。臣自念無他材能,報塞萬一。惟早夜兢兢,思自淬厲。不狥親黨,不阿友朋。上恐孤②聖主之殊恩,下欲全微臣之小節。乃至積有疑釁,飛語中傷,如前楚撫一案者。汧雖臣戚,涇渭自分。嫌疑之際,尤臣所慎。彼既敗事,遂疑及臣。積疑成恨,語涉連染。今幸我皇上日月中天,無幽不燭。既難逃聖主睿鑒之明,復一付盈廷至公之論。雖臣之心跡即此可白,而臣之自處,須適所宜。惟當引退田間,永銜恩於高厚;詎可抱咎夙夜,猶厠跡於班行。即聖度之寬容,曲加憐恤;而臣心之踟蹰,倍切徬徨。且臣年力早衰,兩目昏暗。自被誣以來,神志摧沮,事多健忘。奏對之頃,失其常度。蒙皇上不加譴責,而臣之心實難自安也。若復貪冒榮寵,罔識進退。曠官尸位,過誤滋多。又臣父年八十有一,倚閭懸望。昔戴恩而未去,今因事以陳情。伏乞聖心憐憫,准與回籍。則詠歌舜日,常沐浴於洪恩③;耕鑿堯天,得自安其愚分。臣無任感激涕泗,戰栗屏營之至。

---

① 恩:四庫全書本作准。
② 孤:四庫全書本作負。按:孤字不誤。《集韻》:"孤,負也"。《李陵答蘇武書》:"陵雖孤恩,漢亦負德。"孤、負二字相對成文,涵義相同。由這兩個單音同義詞組成的雙音同義詞孤負,至今仍廣泛使用。只是人們不再用孤而是用辜了。
③ 洪恩:四庫全書本作時休。

直陳言官建白疏

康熙二十九年四月十一日，經筵講官、都察院左都御史臣陳廷敬奏：臣賦質迂疎，受恩深重。茲膺①新命，再領臺班。水蘗自持，涓埃未答。伏念風紀重任，臣若不正己率屬，益加砥礪，則有負皇上簡畀之意，亦非生平惓惓報主之心，視事以來，每進臺臣而告誡之。退食私居，嚴杜請謁。凡有建白，不許預聞於堂官僚友，以滋指使囑托之弊。其有陋習未除，必仰冀天語申飭者，敬為皇上陳之。臣思科、道之設，所以廣耳目而申獻納。於人才之邪正，吏治之貪廉，事關生民利害者，必正言無隱而後克副斯職。如中外臣僚，果有奸貪不法；因革事宜，果有紀綱關係者，則當切實指陳。否則與其生事以塞責，不若省事而擇言。蓋專欲以塞責了事，則不免毛舉細故，剔摘成例，馴至於刻薄繁碎不急之務，而無裨於聖朝寬大經久之規。如近日兵部議處武官，以疎防為諱盜，革職多員。蒙皇上神明洞照，令其改正。此類事情，部臣何以不言，必待言官言之？而言官所言者，又不能皆如此確當有益之事。是以或失於苛細不急之務，而徒為此紛擾也。臣故曰：與其生事以塞責，不若省事而擇言也。方今朝廷清明，紀綱具在。所不能保其必無者，猾法不肖之人耳。國家耳目之官，專因此輩而設。若能省事而擇言，則必持重而養銳。言不輕發，發而必當，使不肖之徒，有所警戒顧忌而不敢恣意為非。此言官之職掌，即紀綱之攸存。臣所謂省事而擇言，非欲其避事以自便。伏乞皇上特加申飭，嚴禁塞責，則庶乎不至以無補之繁言瑣瀆聖聽也。臣又念進言之體，貴乎簡明。近見條奏一事，冗長之詞多，論事之言反少。我皇上聖學聖治，豐功懿德，日盛月新。史官書之，儒臣紀之。而且萬方臣庶，共矢謳歌，海外風行，亦深頌禱。顯鑠一時而垂美億禩者既已至矣，亦何待言官於條奏建白之時綴述數端？既不足以揚盛美之萬一，而於言事之體，有不當然者。況皇上一日萬幾，旰食不遑。而章疏拉雜，閒文冗沓繁蕪，致煩乙覽，兼乖辭尚體要之義。諒我皇上必已厭薄之，特聖度優容，不加詰責耳。併祈嚴勅科、道官不得踵習前弊，多引煩詞，如有不遵，量加處分。庶幾息便辟之風，作謇諤之氣矣。

慰問謝恩疏

康熙三十一年八月十六日，經筵講官、刑部尚書加二級臣陳廷敬奏：為恭謝天恩事。

---

①　受恩深重茲膺：四庫全書本作謬膺重任茲荷。

臣以庸愚，蒙聖恩教養三十餘年，不次拔擢。歷遷要職，備極殊榮。仰戴高深，莫報萬一。臣辜負聖恩，命奇福薄。蹇遭父故，仰蒙聖心矜憐，遣內閣學士兼禮部侍郎臣戴通、內閣學士兼禮部侍郎臣王尹方至臣私寓，恩賜茶酒。臣聞命自天，撫躬無地。殊恩異數，霑被非常。臣不勝悲痛，不勝感激。伏念臣父昌期，蒙恩累封資政大夫、吏部尚書、再蒙恩封光祿大夫、刑部尚書，生晉崇階，歿邀曠典。此實古今來最難得之恩遇，允惟臣父子不世出之遭逢。蓋君恩莫大乎榮親，而臣力長慚於報主。臣今回籍守制，自此遠去闕廷。無由瞻望天顏，臣不任銜感涕零之至。

諭祭謝恩疏

康熙三十二年二月初二日，經筵講官、刑部尚書加二級臣陳廷敬奏：為恭謝天恩事。臣以父憂，蒙聖心軫念。臣銜恩就道，感泣抵家。父老見臣遠歸，間來慰唁。臣荒迷之際，但聞皆稱聖君在上，蠲租賜粟，吾儕小民，得以樂生已。又見深山窮谷，感頌皇仁，至於村童野婦，無不皆然。而自冬以來，雨雪頻仍，豐年可卜。臣治喪稍暇，閉門寂處。忽蒙天恩，賜與諭祭，到臣廬次。臣謹望闕謝恩，感激悲傷，不能自已。伏念臣遭憂之日，蒙遣使恩賜茶酒，臣隨具奏恭謝，仰荷聖旨批答。又獲天寵下頒，光生閭里。臣感恩戴德，彌切冰兢。謹瀝陳微悃，恭遣義男陳忠賫奉通政司封進，仰祈聖鑒。臣不任悚惕瞻依之至。

《午亭文編》卷三十一　男壯履恭較

《午亭文編》卷三十二

門人侯官林佶輯録

表

雲南蕩平賀皇上表

誠懽誠忭,稽首頓首上言:伏以聖武光昭,奮聲靈之赫濯;神功巍煥,躋天地於平成。區宇廓清,臣黎忻慶。欽惟皇帝陛下,宣聰作后,大勇安民。屬逆孽之竊興,致神人之交憤。《春秋》之義大一統,惟亂臣賊子之必誅;帝王之師動萬全,斯七德九功之並奏。兵戎永息,邊徼咸寧。臣等恭際昌辰,欣逢大捷。伏願皇風時洽,永卜年卜世之鴻圖;睿治日新,揚丕顯丕承之大烈。臣等瞻天仰聖,無任踴躍懽忭之至,謹奉表稱賀以聞。

雲南蕩平賀太皇太后表

誠懽誠忭,稽首頓首上言:伏以懿範昭宣,撫重熙之景運;徽音光被,佑耆定之鴻勳。海寓清寧,宮庭豫泰。恭惟昭聖慈壽恭簡安懿章慶敦惠溫莊康和仁宣太皇太后陛下,道符烈祖,功擁神孫。集萬國之共球,尊養承歡於重慶;舞兩階之干羽,怡愉增喜於慈顏。臣等恭際隆平,忻沾厚澤。伏願調延年之玉食,遐登眉壽於無疆;鞏卜世之金甌,益介純禧於有永。

進《鑑古輯覽》表

　　上言:先奉《上諭》:"古昔聖賢、忠臣、孝子、義士、大儒、隱逸,凡《經》《史》所記載,卓然有關於世運者,詳察里居、名字、謚號、官爵及所著作,纂成一書。歷代奸邪,亦附於後,以備稽考。"又奉《旨》:"賜名《鑑古輯覽》。"今已成書者。伏以鑒百代之人材,仰承聖斷;羅千秋之簡籍,俯竭愚衷。淹歷歲時,粗完篇帙;庶勤夙夜,未答恩私。竊惟堯、舜之治,先務知人;《詩》《書》所傳,厥惟述古。蓋觀人所由立政,而考古於以知今。《周禮》太平之書,設官分職之是謹;《春秋》天子之事,善善惡惡之惟嚴。歷觀《傳》《記》之文,具載賢奸之迹。博綜軼事,散在羣言。至如瑰瑋俊傑之儔,檮杌窮奇之伍。方策所載,臧否易明。若傳聞之異詞,或是非之失實。苟非旁捜遠引,曷以顯微闡幽?討論為艱,研極匪易。況夫辭嚴義括,儼然信史之褒譏;類別區分,迥作羣倫之法戒。必折衷於至當,乃垂訓於方來。臣等材質凡庸,見聞卑瑣。略知章句,謬與編摩。學不足以貫穿《典》《墳》,識不足以鑒衡人物。徒幸遭逢之盛,得參論次之榮。非歐陽之《唐書》,屢改官而始就;豈溫公之《通鑑》,嘗携局以自隨。實資睿慮之裁成,竊附儒林之編録。茲蓋伏遇皇帝陛下,旰宵思治,寤寐求賢。每尚論夫古人,寧借才於異代①。不輕天下之士,通隆聖作之功。東壁西清,自衍圖文之奧;深宮燕寢,高披册府之藏。謂古今②治忽之機,關貞邪消長之故③。宸衷獨見,欲昭示於臣民;手勒親裁,更丁寧於綸綍。遐稽往牒,稍輯成書。已事為師,常切高山之望;前車可鑒,敢忘覆轍之心。戴天地之崇深,寧論裨補;瞻海山之廣大,莫效涓埃。臣等無任戰栗屏營之至,謹奉表隨進以聞。

恭進《聖德萬壽詩》表

　　伏以德並乾行,純嘏允符函蓋;光齊日照,遐齡永配曦輪。欣逢景運之昌,慶洽承平之盛。陽春發育,喜萬彙之蒙庥;化域和恒,詠九如而獻祝。臣陳廷敬誠懽誠忭,稽首頓首上言:洪惟我皇上,珍符誕握,寶籙弘膺。居正體元,備聖人之全德;履仁蹈義,躋天下於咸寧。有生民未有之奇,道隆三古;兼前代未兼之業,功蓋百王。文命敷而風教式於九圍,武

---

　　① 旰宵思治,寤寐求賢。每尚論夫古人,寧借才於異代:四庫全書本作寤寐求賢,旰宵思治。並刪去每尚論夫古人,寧借才於異代等十二字。

　　② 謂古今:四庫全書本作自古。

　　③ 關貞邪消長之故:四庫全書本作實關貞邪之故。

烈昭而聲靈振乎八極。既高蕩蕩巍巍之績，復溥穹穹厚厚之恩。偕闓澤於神人，徧謳歌於中外。蓋以肇天極而修人紀，用是闡皇綱而恢帝紘。昔當初臨寶祚之時，正是孝事慈寧之日。重闈問以："為君何欲？"我皇答曰："圖治愛民。"曾傳聖語於當年，言為經而辭為緯。果見太平於今日，治已定而功已成，猶思由後以視今，每念謹終其如始。廓明德新民之量，廣錫類不匱之原。存心養性以達天，主敬立誠而體道。容儀清穆，肅雍熙昭事之虔；齋祓潔嚴，享祀盡明禋之實。危、微、精、一，接統緒於勳、華；濂、洛、關、閩，會淵源於鄒、魯。籤分甲乙，探冊府之藏；卷歷丹黃，發圖疇之祕。西清東壁，古今絕企夫天章；《二典》《三謨》，前後允推夫御製。並虞廷之什，義兼《風》《雅》之長；超唐人之篇，理取宋儒之正。冠六文而首出，邁八體以遐標。玩程頤"即此是學"之言，契神化於形聲之內；愛公權"心正筆正"之語，運經綸於文字之中。宮漏未移，已布千言於紙上；封章纔罷，早迴萬象於毫端。貫乎《百家》，而我學不厭；游於《六藝》，而惟聖多能。玉尺儀天，溥博如天之大；土圭候日，昭明如日之新。春蒐夏苗，適修軍國之禮；投戈講藝，不忘弧矢之威。凡此躬行心得之精微，具見帝德宸修之廣大。奉東朝之鼎養，允矣孝慈；操北斗之璣衡，皇哉作述。龍樓鳳閣，光華朗映前星；玉葉瑤枝，芳馥長凝叢桂。克勤克儉，建昭代之儀型；是訓是行，彰皇家之法守。體節用之指，約省百倍於前朝；弘益下之規，德澤頻施於萬姓。惜金錢於太府，無非寬閭左征徭；減玉食於尚方，正以裕民間積貯。時頒渙汗，蠲逋咸至再三；屢沛絲綸，賜免動逾千萬。當爰書之覆奏，必惻怛於宸衷。祥風轉草色於圜扉，協氣應星光於貫索。夫自端居燕寢，無時不以黎庶為心；至於問俗觀民，隨在必以補助為事。鑾車駕而需雲布慶，翠旗指而解澤旁敷。河、淮為國計攸關，疏瀹悉聖謨所示。山川永奠，春回《禹貢》之區；漕輓咸宜，人樂我朝之制。良由無遠弗矚，視萬里如目前；以故靡舉不神，運天下於掌上。在昔逆藩蠢動，致勞天討遄施。一怒而安四海之民，一舉而靖三方之亂。彼有元之餘裔，曾負固於窮邊。奮我武之維揚，七旬弗俟；殄累朝之不逞，彌月而平。海不揚波，郡縣盡臺灣之地；野無斥堠，享王來域外之人。迨喀爾喀歸依幬冒之中，逎噶爾丹自棄生成之外。神謀獨斷，廟算無遺。朔漠三臨，銘勒天山之表；羽林大捷，塵清瀚海而遙。慕義嚮風，日出悉冠裳之會；同文合軌，月支皆職貢之邦。惟聖主過化而存神，故王師有征而無戰。所以行焉斯效，動罔不臧。總明目達聰之休，弘集思廣益之美。自執河魁之柄，睿照遐周；高披天鏡之光，物情畢鑒。規模弘遠，令甲宣昭。轉輸通遼海之舟航，水利興西北之農畝。積倉平糶，以逮窮簷；發粟截漕，以蘇澤國。郵傳用恤，而恩渥輿徒；釐稅是輕，而惠流商賈。頖宮、璧水，奉籙勸以欣榮；魚服、豹韜，感投醪而鼓勵。仕循資格，而立賢無方；才許薦揚，而用人惟己。時施仁於後世，每致憫其嗣人。念臣子末路之艱，見覆載兼容之大。凡沾雨露，思竭涓埃；共荷帡幪，罔酬高厚。今者，懽呼遍於率土，忭舞極夫含生。雲燦星輝,轉洪鈞於一氣;麟遊鳳集,開壽域於遐荒。八千歲為春秋,籌增太乙;億萬年齊甲子,世躋華胥。昔《天保》頌岡陵,推誠受祿;及《豳風》陳忠愛,歸饗稱觥。臣廷敬忝列侍從之班,幸際雍熙之代。伏覩聖德廣運,同歡萬壽無疆。謹獻詩十二首。管窺蠡測而莫罄,歌衢擊壤以難名。臣不任瞻天仰聖,踴躍懼怍之至,謹隨表恭進以聞。

論

好名論① ［上］嘗進講殿中,蒙問:"三代以下,惟恐不好名。"

其時奏對,大指如此,退而廣為論云。

臣嘗言:三代以下,惟恐不好名。此衰世之論,非盛世所宜有者。非謂名非盛世所宜有,謂好名之流弊足以為盛世之累也。三代以上之帝、王,其名最著於世者,無過堯、舜、禹、湯、文、武,使君人者好堯、舜、禹、湯、文、武之名,求堯、舜、禹、湯、文、武之實,而因以成其名,安見名之遂不可好哉?即三代以下之賢君,如漢文帝、唐太宗、宋仁宗三君者,人主誠好其名而求其實,雖或不能如三代之盛時,亦可謂間世之英君誼辟也。然而,謂好名之流弊足以為盛世之累者,何也?人君之好惡,不可有所偏,使天下漠然不見其好惡之跡,而天下之真好真惡出焉。故慶賞刑威,予奪黜陟,一出以虛平公正之心,而百官萬民,胥受裁成焉。是以人君如天,渾渾耳,穆穆耳,不言而四時成化,無為而品物咸亨。故曰:"惟天為大,惟堯則之,蕩蕩乎,民無能名焉。"《傳》曰:"不識不知,順帝之則。"又曰:"民日遷善而不知為之者。"知識且泯,而況於名乎?又安見其名之可用於民者乎?《書》曰:"無偏無陂,遵王之義;無有作好,遵王之道;無有作惡,遵王之路。"此之謂也。若人君之所好一有所偏,則其流弊不可勝言。上好忠直之名,則下多上書告密之事;上好長厚之名,則下多模稜脂韋之習;上好廉介之名,則下多布被脫粟之偽;上好恬退之名,則下多處士捷徑之巧;上好真率之名,則下多囚首垢面之詐;上好敏給之名,則下多利口便捷之姦。人主苟一不察,而貪榮嗜利之徒,習為小人穿窬之行,探其情而逢其欲,則名實之真亂矣。故曰:足為盛世之累者,此也。且上有好者,下必甚焉。《傳》曰:"好名之人,能讓千乘之國。苟非其人,簞食豆羹見於色。"言好名之不可為信也。又曰:"未有上好仁而下不好義者也,未有

---

① 好名論:四庫全書本於論字後增一上字,刪去嘗進講殿中等三十字。此篇之後即《好名論下》,增上字,是。

好義其事不終者也。”又曰：“上好禮，則民莫敢不敬；上好義，則民莫敢不服；上好信，則民莫敢不用情。”自昔聖賢，未有以好名為訓者，故治天下亦務好其實而已矣。或曰：“孟子不以齊宣王好貨、好色為非，因遂欲引之於道。名之不可好，孰與貨色乎？”昔衛靈公問陳，孔子曰：“丘未嘗學軍旅之事。”孟子參乎權，孔子純乎經者也。參乎權而不失乎經者，後之人臣能者尟矣，故以孔子之對為事君之法。

好名論下

人君不可有獨好其名之心，不可使天下無好名之心。好其實，故不得獨好其名；因名以責實，故不得不使天下好名。今夫天下，善惡二端而已矣。治天下，使天下遷善逺惡而已矣。有善無惡者，人之性。名為善而喜，名為惡而惡者，人之情。今使天下渾渾焉不知名之可好，則善不足以為喜，惡不足以為惡，喜與惡不加於其情，則其為惡也與為善無以別，而亦漸失其性。故夫名者，先王動天下之微權也。先王因民之所好而采章服物以榮之，爵祿慶賞以勸之，表宅錫閭以奬異之。若曰：使人遷善而惡自逺，是以不純任刑罰而任禮教。名與禮相近而逺於刑，故名者，所以助禮之行而操於刑之先者也。孔子曰：“民可使由之，不可使知之。”使天下之民日循循焉歸於吾禮教之中，則刑罰可以措而不用，而天下固已大治。故曰：名者，先王動天下之微權也。然，其始特不可有自好其名之心，自好其名，則直以為名焉已耳。自好其名，而或靳天下之名，此其意已近於刑而逺於禮，欲天下之治，不可得也。故王道以無欲為本。

鄉　愿　論

鄉愿最惡者狂、獧。有問於鄉愿者曰：“是人也可殺與？”曰：“可”；“可舉而用之與？”曰：“可。”問於狂、獧，狂、獧不然。可可、否否，無所隱避。於是鄉愿好其與己同，惡其與己異。故曰：鄉愿最惡者狂、獧也。夫人至於可殺，恨之至也；至於可舉而用之，愛之至也。使其不顧人之可殺與否，因其恨而殺之，則所殺者或為君子；不顧其人之可舉用與否，因其好而舉而用之，則所舉用者或為小人。鄉愿之心，陰私險巧，惟知趨利避害，不察事之可否，理之是非，闒然自媚於世，佯為無所甚好，無所甚惡，而陰以行其所好所惡之心，故天下之好惡，莫有甚於鄉愿者也。孔子以為“德之賊”，不信然與？夫使天下無狂、獧，則是君子可殺而小人可舉用也。幸而有一狂者、獧者，乃不幸而為鄉愿之所惡，則是鄉愿之禍，不至盡殺天下之君子，不盡舉用天下之小人不止。始於一人之好惡，而流毒於天下國家。自古以還，天下之事，壞於小人者十二三，壞於鄉愿者十常八九。鄉愿者，小人之渠魁也。而其禍，自惡狂、獧始。有天下國家者，當亟誅鄉愿。鄉愿誅，則狂、獧興矣。狂、獧興，則天下之為君子、小人者各得其理矣。《易》曰：“君子道長，小人道消。”《書》曰：“惇德允元而難壬人。”“何畏乎巧言令色孔壬”，此之謂也。然則何以辨之？《書》不云乎？“有言逆于女心，必求諸道；有言孫于女志，必求諸非道”。求諸道者，所以辨狂、獧也；求諸非道者，所以辨鄉愿也。昔楚文王有疾，告大夫曰：“莧饒犯我以義，違我以禮。與處不安，不見不思。然吾有得焉，必以吾時爵之。申侯伯，吾所欲者，勸我為之；吾所樂者，先我行之。與處則安，不見則思。然，吾有喪焉，必以吾時遣之。”觀楚文王之御二臣者，是又辨鄉愿、狂、獧之大端也。辨之，則鄉愿之好惡，豈至毒天下哉？

《經學》家法論

朱子論貢舉治《經》，謂宜討論《諸經》之說，各立家法，而皆以《注》《疏》為主。《易》則兼取胡瑗、石介、歐陽修、王安石、邵雍、程頤、張載、呂大臨、楊時。《書》則兼取劉敞、王安石、蘇軾、程頤、楊時、晁說之、葉夢得、吳棫、薛季宣、呂祖謙。《詩》則兼取歐陽修、蘇軾、程頤、張載、王安石、呂大臨、楊時、呂祖謙。《周禮》則劉敞、王安石、楊時。《儀禮》則劉敞。《二戴禮記》則劉敞、程頤、張載、呂大臨。《春秋》則啖助、趙正、陸淳、孫明復、劉敞、程頤、胡安國。《大學》《論語》《中庸》《孟子》，則《集解》等書，而蘇軾、王雱、吳棫、胡寅等說亦可采。令應舉人各占兩家以上，於《家狀》內及《經義》卷子第一行內一般聲說，將來答義，則以本說為主，而旁通他說以辨其是非，則治《經》者不敢妄牽己意而必有據依矣。愚按：朱子此議，欲治經者以《注》《疏》為主，而兼取諸家之說以求其至是，亦未欲其專取一家之言也。而曰：“以《注》《疏》為主”，是更不欲擯《注》《疏》而不用明矣。今之學者不然，《易》則專取《本義》，《詩》則《集傳》，《書》則蔡沈，《春秋》則胡安國，《禮記》則陳澔，《周禮》《儀禮》廢已久，蓋不惟諸家之說概不列於學宮，而舉朱子所云“專以為主”之《注》《疏》，學者有終其身不知為何物者矣。即如所謂《大全》者，又非甚別於專家之說而有獨見之論也。其與朱子所云“以所治之說，旁及他說，而後以己意辨晰，以求其至是”者，亦大異矣。且《大全》之書，明永樂朝急就之書也。七年，開館於祕閣。十三年，帝問纂修如何？館中人聞之，懼，倉卒錄舊書，略加刪飾以進。《四書》則倪氏《輯釋》，《易》則董楷《輯疏》，《書》則董鼎《輯錄》，《詩》則劉瑾《通釋》，《春秋》則汪克寬《纂疏》，《禮記》則陳澔《集說》，故《大全》者甚不全之書也。然，學者猶憚其煩苦而不之讀，所服習者《本義》《集傳》、蔡沈、胡安國、陳澔之所謂《五經》而已。《易》《詩》《書》《禮》經，學文者猶加誦習焉,《春秋》則概刪聖人之《經》不讀,讀胡氏《傳》,《傳》亦不盡讀,擇其可為題目者,以其意鋪敘為文,不敢稍渝分寸,以求合於有司。又最甚者,擇取《傳》中字句文義,以意牽合,妄託聖經,移彼就此,名為合題,豈惟不合《經》意,揆之傳者之意,亦初不自知其何以位置安排顛錯之如此也?慢棄聖言,割裂《傳》《注》,又如朱子所謂“名為治《經》,而實為《經學》之賊;號為作文,而實為文字之妖”者也。蓋《經學》之弊,原於《時文》。昔者,《經義》之興,本以論斷為體,不執一說,引據《經》《傳》,非如後之描畫聲口,簧鼓吻脣,乳兒小生,侮聖言而代為之詞,勢不得不單守一家之詁訓以便行文,而其腐朽惡爛,不逾時歷歲,改頭換面,以趨新巧,使學者窮年積月從事於無用之空言,考其實,枵然無所得也,又何有於《經學》哉?然則何以正之,曰:必如朱子之言而後可。朱子論《經義》,欲令明著問目之文而疏其上下文,通約三十字以上,次列所治之說而論其意,又次旁列他說而以己意反復辨晰,以求至當之歸,但令直論聖賢本意與其施用之實,不必如今日分段、破題、對偶、敷衍之體,每道限五六百字以上,則雖多增所治之《經》,而答義不至枉費辭說,日力亦有餘矣。蓋今之《時義》,又與南宋之時異,朱子所謂“不問題之大小長短,而必欲分為兩段,仍作兩句對偶破題,又須借用他語以暗貼題中之字,必極於工巧而後已”。其後多者二三千言,別無他意,不過止是反復敷衍破題兩句之說而已。今之《八比》,雖與此異,而其為弊則一也。故欲正《經學》之失,須革《時文》之弊。《時文》之弊革,然後學者可以旁通諸家之說以求得乎聖人精意之所存,而士不苦於無用之空言,國家收實學之效也。

秦　　論

　　余覽秦事,而歎其先世之無道所從來久矣。惟天生民,弗能自理,建后、王、君、公以為民上,俾獲遂其生養,以全安其性命而已。或不得已有刑誅兵革之事,猶非天心之所忍,故先王尤以不忍之意行之。秦起西垂,習用故俗,法最慘刻。然,至取無罪之人而迫之以從其死,此果何理也哉?孔子曰:“始作俑者,其無後乎?”俑象人而用之,孔子以為無後,至於用生人,當如何耶?武公從死者六十六人,繆公從死者百七十七人,其良臣子輿氏①三人奄息、仲行、鍼虎。秦人哀之,《黃鳥》之詩所為作也。按武、繆所為,於法寧止無後,而其子孫乃至於有天下,何也?孟子謂:“三代得天下以仁,其失天下以不仁。”他日,又謂:

---

　　① 子輿氏:四庫全書本作子車氏。按:《左傳》文公六年,“秦伯任好卒,以子車氏之三子奄息、仲行、鍼虎為殉,皆秦之良也。國人哀之,為之賦《黃鳥》。”《史記‧秦本紀》則云:“三十九年,繆公卒,葬雍。從死者百七十七人,秦之良臣子輿氏三人,名曰奄息、仲行、鍼虎,亦在從死之中。秦人哀之,為作《黃鳥》之詩。”二說各有所據。本文所據為《史記》,不必改。

"不仁而得國者有之,不仁而得天下,未之有也。"蓋自有天地以來,至於孔子、孟子之時,未有以不仁而得天下者。商、周之興,其先皆積累仁厚數十世。今秦所為若此,所得若彼,豈得謂孟子之言不足深信,抑亦天道至是有常有變邪?孟子又謂:"行一不義,殺一不辜,而得天下,有所不為。"得天下至大,一不辜至微,然而不為者,以非天之所忍,故不忍為之耳。夫天不忍於一不辜,而忍於六十六人、百七十七人,其他嚴法繁刑,屠戮無辜,尤難悉數。倘所謂天道,固若此耶?至於始皇之葬,後宮非有子者皆令從死,死者甚眾。葬既已下,或言工匠為機,藏皆知之。於是盡閉工匠藏者,無復出者,則其殘殺不辜,愈益甚矣。然,以始皇之強,纔及二世而絕,孰謂非天道耶?故自三代以來,不仁而得天下者,有之矣,不仁而守天下者,未之有也。

漢高帝得天下之正論

自古帝、王受命而興者,率皆當世之諸侯,增修其德,至於其子孫以有天下。故崛起而為天子者,雖其身非賢、聖,亦必其皆賢、聖之苗裔也。至於以田塍之小夫,徒步而爭天下,不階尺土而有之,而其始甚微,其人又非卓然賢、聖,有必可以得天下之理,此豈非古今之大變哉?昔者,亡秦殘滅六國,而漢高帝,秦之眇然一黔首也。一旦起草澤之中,毆其亡命,五年之間,南面而據高位,開闢以來,豈有此也?而世之儒者,徒見魏、晉、隋、唐之季,或受重爵,或承託孤之命,以大臣而篡奪人國,謂漢起自匹夫,得天下為最正。予竊謂不然也。尊卑貴賤者,天地古今之大防也。《傳》曰:"辨上下,定民志。"自三代之衰,以迄春秋、戰國之際,生人之理,幾於滅息矣。然,猶未有以農畝之賤微,起而與君上之至尊相抗衡而劫奪者。夫使天下後世之人,操耰耡,援白梃,傛然遂有稱帝稱王之心者,其誰為之倡也?創古今之未有,壞天地之大防,啟斯民犯上作亂之心,吾必曰高祖焉。烏見其得天下之正也?然則秦廢封建矣,以其臣則有篡奪之嫌,以其民則有犯上之皋,必何如而後可以與於得天下之正哉?亦曰惟其人而已矣。人臣而可以放伐其君,湯、武是也。匹夫而有得天下之理,孔子是也。孔子不有天下,而凡為匹夫者無必可以得天下之理。苟幸而得之,遂曰得之最正,是使天下後世之凡為匹夫者,日生其心而有犯上作亂之事也。是烏乎可哉?雖然,撫則后,虐則仇,如秦者其亦自反其所為也哉!

漢高帝知呂氏之禍亂論

夫論古人成敗,往往惟其意之所之,以自成其一家之說,有可議者焉。明允之以漢高帝以太尉屬勃也,謂其知有呂氏之禍也。其言曰:"帝意百歲後,將相大臣及諸侯王有武庚、祿父者,無以制之也。獨計以為家有主母,豪奴悍婢不敢與弱子抗。故不去呂后者,為惠帝計也。"且夫古今之禍敗多矣,未聞有以婦人而能戡亂救亡者。且呂氏之不死,其禍豈小於唐之武氏哉?呂祿、呂產之王,武三思、武承嗣之將立也。趙王如意、趙王友、趙王恢之死,唐宗室諸王之殘滅也。孝惠之病廢,廬陵之在房州也。方呂后之未死,較武后之末年,其勢已成;所未及為者,改號革命耳。幸其早死,陳平劫酈商,得以行其旦夕苟且之計。使呂后而尚在,漢之存亡,未可知也。謂高帝既知有呂氏之禍,而又不去呂后以為惠帝計者,此可議者也。夫高帝豈能逆計呂后之必早死,而不至於改號革命哉?誠知有改號革命之禍,又安在其能為惠帝計哉?高帝最愛者戚姬、如意,呂后最惡者亦戚姬、如意。呂后能為禍,先及此母子耳。曾謂高帝知之而使為之耶?明允又言:"高帝之視呂后,猶醫者之視堇,使其毒可以治病,而無至於殺人。"嗟夫!呂后,鴆也,非堇也。今有虎且噬其子,曰:"姑養虎以備外盜",是豈人情哉?故謂高帝知有呂氏之禍者,非也。呂后之能為禍,高帝不知也,而張良知之,知之而不以言。甚矣!處人骨肉之難也。

狄仁傑舉子論

武后令宰相各舉尚書郎一人,狄仁傑舉其子光嗣,時比之祁奚,失其指矣。蓋與左師觸龍諫趙太后,請長安君為質事絕相類。當時,武承嗣、武三思營求為太子,仁傑每從容進諫,勸召還廬陵王。他日,武后語仁傑,夢鸚鵡兩翼折。仁傑對以"武者,陛下之姓。兩翼,謂二子。起二子,則兩翼振矣"。鸚鵡之翼,釋以二子,權也。舉子之事,亦權也,而遂正告之矣。故左師之憐舒祺,仁傑之舉光嗣,其跡雖殊,所以感其心者則一也。卒之,長安君為質於齊而趙國不被兵,中宗復辟而唐社稷卒不變。嘗觀李德裕《忠諫論》,言:"近世名臣王石泉,居相時以子為眉州司士。太后嘗問曰:'君在相位,子何遠乎?'對曰:'廬陵是陛下愛子,今猶在遠,臣之子焉敢相近?'"故知人臣進諫,正告之不能得者,有時乎用權。然,權者豈人臣之得已哉?人主貴察其心而已矣。

陳子昂仕武后論

昔揚雄仕莽,君子恥之。唐武后以一婦人,竊天下威柄,屠滅宗子,賊殺忠正之士,姦謀革命,蕩覆唐室。此古今之異變,視莽為何如也?當此時,其小人靦顏事之無論矣。其賢者,則謂之何哉?嘗觀陳子昂氏以言事武后,數召見。今考其言,辭論雅飭,有兩漢之風。而薦圭璧於房闥，以脂澤汙漫之，賢者之所以自處者，其果謂之何也？曾鞏論揚雄，謂：“有所不得去，又不必死，仕莽而就之，合於箕子之明夷。”至論雄《美新》之文，謂：“非其可已而不已，比之箕子之囚奴。”鞏之言，雖未得為至論，然以觀子昂之事，而歎賢者之所遭，其志亦有足悲者，何其與雄相似也？武后稱皇帝，改國號，子昂上《受命頌》，其亦《美新》之類乎？夫以武后之淫虐，隱慝既多，猜忌滋密。一時才望之臣，罕有得脫其禍者。以郝處俊之賢，猶不能忘情於身歿，子昂之所為，豈得已者哉？或謂：“士不幸遭亂朝，即不必死，猶可潔身而去也。而鞏謂雄有所不得去，子昂亦蹈雄轍者何哉？”然，考子昂後以父老解官歸，父喪，廬冢次，哀感聞者。縣令段簡貪暴，聞子昂富，欲害之。家人納錢二十萬緡，簡薄其賂，捕送獄中，竟死於獄。子昂豈得已者哉？或曰：“士君子不得志於朝，則安其身於野，明哲之謂何？而顧令以身殉也。”嗟乎！子昂不辱其身，則捐其生而已，不仕於朝，則死於令而已矣。是以知人者必論其世，而亦不得過為刻覈之論也。

褚、魏優劣論

唐初以諫諍顯者，魏徵、褚遂良。然，兩人有幸有不幸焉。凡進諫於人主者，有順有逆，有易有難。徵遭遇太宗，諫合謀行。其進說也，順而易；遂良後事高宗，嬖內逐賢，言發得禍。其進說也，逆而難。順而易，雖中人可作其敢言之氣；逆而難，即賢者有不得行其志焉。此所謂幸不幸也，兩人豈有優劣哉？雖然，葢徵嘗事隱太子矣，及廢太子承乾失德，魏王泰驕奢不法，徵於此時，既無事不言，而天下之事，又莫有當言於此者，而徵未顯言其失，何也？遂良極論宜塞嫌疑之漸，除禍亂之源，徵不過從容請魏王泰勿徙居武德殿而已。固知武后之事，徵而尚在，不必其言之也。此又徵之所謂幸也。昔太宗謂徵“嫵媚”，徵再拜言曰：“陛下開臣使言，故臣得盡其愚。若拒而不受，何敢數批逆鱗？”高宗、武后之逆鱗，徵之不數批明矣。是以君子論遂良諫高宗立武后之事，而惜其所處之不幸也。

李善感諫封禪論

唐高宗既封泰山，欲徧封五嶽，作奉天宮於嵩山南。監察御史裏行李善感諫。《史》稱自褚遂良、韓瑗之死，以言為諱，無敢逆意直諫幾二十年，及善感始諫，天下皆喜，謂之“鳴鳳朝陽”。嘗讀歐陽文忠公《書》有云：“事柔闇之君，言人主則易，言大臣則難。”葢謂勢之所在，雖人主有時而獨輕，而進言者必貴攻其所難，而後可以反其極重之勢，此諫者之則也。高宗之世，勢不在人主、大臣，而在中宮。方是時，言人主、大臣則易，言後宮則難。

言其難，幸而見從，則宗社之福；不幸不見用，如褚、韓輩，然後可以與於輕重之數，而不媿乎忠諫之名。言其易，雖舉天下之事，櫛比而毛剔之，猶無益也。何也？非其勢之所急也，而况其一枝一節之硜硜者哉？善感之言既美矣，而愚猶以為未盡也。當高宗惑溺武后，武后竊弄國柄，前有言者上官儀，後有言者郝處俊。若儀、處俊者，可謂言其所難者矣。此兩人所言，皆在褚、韓死後，而《史》謂二十年無敢有逆意直諫者，何與？《記》曰："君子表微。"况儀、處俊所建白，尤皎皎在人覩記者乎？而善感顧獨蒙美名，世之畢智竭忠，盡力於所事而名不彰顯於後世者，豈真有幸有不幸耶！

對

昊天與聖人皆有"四府"，其道何如？ 康熙丁卯五月十一日乾清宮應詔

臣聞惟天盡物，惟聖盡民。能盡物，謂之昊天；能盡民，謂之聖人。昊天、聖人，一而已矣。然，昊天能盡物而不能盡民，聖人能盡民而亦能盡物。故曰："惟天下至誠，能盡其性。能盡性，則能盡人物之性。可以贊化育而參天地。"故又曰："天地位焉，萬物育焉。"《易·大傳》曰："易簡而天下之理得矣。天下之理得而成位乎其中矣。"昊天、聖人，其道詎有二哉？邵子曰："昊天之盡物，聖人之盡民，皆有'四府'焉。"臣嘗求其義，春為生物之府，夏為長物之府，秋為收物之府，冬為藏物之府，謂之昊天之"四府"也。《易》為生物之府，《書》為長物之府，《詩》為收物之府，《春秋》為藏物之府，謂之聖人之"四府"也。昊天以時生長收藏乎萬物，故能盡萬物。聖人以《經》生長收藏乎萬民，故能盡萬民。是昊天之時，聖人之《經》，其道一也。是以又曰："昊天以時授人，聖人以《經》法天。"若邵子，可謂善言天人之際者矣。夫天能生長收藏乎萬物，而不能生長收藏乎萬民；聖人能生長收藏乎萬民，而亦能生長收藏乎萬物。臣故曰：天能盡物，聖人能盡民，亦能盡物。若是者，聖人豈有加於天哉？聖人者，天之所生也。天生聖人，以生長收藏之權委之聖人而天不與，故春而生也，夏而長也，秋而收也，冬而藏也，人見其盡物焉而已。聖人法天，以生長收藏之權委之《經》而聖人不與，故《易》以生之，《書》以長之，《詩》以收之，《春秋》以藏之，人見其盡民焉而已。然，臣何以謂聖人能盡民亦能盡物也？天不言而聖人言之，《易》《書》《詩》《春秋》是也。春無言而《易》存，夏無言而《書》存，秋無言而《詩》存，冬無言而《春秋》存。《易》之言如春，《書》之言如夏，《詩》之言如秋，《春秋》之言如冬。春、夏、秋、冬，天之所以盡物也，《易》《書》《詩》《春秋》，聖人之春、夏、秋、冬也。聖人之所以盡物也。

故曰：聖人能盡民，亦能盡物。聖人者，一天而已矣。且夫昊天與聖人既皆有"四府"矣，臣謂昊天有"大府"，聖人亦有"大府"。何言乎"大府"也？蓋天有四德：元、亨、利、貞；聖人有四端曰：仁、義、禮、智。元之德見乎春，亨之德見乎夏，利之德見乎秋，貞之德見乎冬。仁之端，見乎《易》；義之端，見乎《書》；禮之端，見乎《詩》；智之端，見乎《春秋》。亨、利、貞之德統乎元，義、禮、智之端統乎仁。元、亨、利、貞之德統乎乾，仁、義、禮、智之端統乎性。元、亨、利、貞之德不可見，而見之於春、夏、秋、冬，故春、夏、秋、冬者，昊天之"四府"也，仁、義、禮、智之端不可見，而見之於《易》《書》《詩》《春秋》，故《易》《書》《詩》《春秋》者，聖人之"四府"也。元、亨、利、貞見於春、夏、秋、冬，不能無所統而統於乾，是乾者春、夏、秋、冬之"大府"也。仁、義、禮、智見於《易》《書》《詩》《春秋》，不能無所統。而統於性，是性者，《易》《書》《詩》《春秋》之"大府"也。臣故曰：昊天與聖人皆有"大府"也。惟聖人法天之乾，盡人之性，雖與昊天各有一"大府"，實與昊天同有一"大府"也。臣前所言："惟天下至誠，能盡其性。"以至於"贊化育而參天地"者，其謂此與？我皇上盡性達天，仁民育物。作君作師，參兩天地。臣等蒙清燕之餘，俯賜延問。臣學識荒陋，不能仰副聖意。不勝皇恐，臣謹對。

　　　　　　　　　　　《午亭文編》卷三十二　　男壯履恭較

《午亭文編》卷三十三

門人侯官林佶輯録

史 評 一

《漢 書》

蕭 何

人臣履雄猜之朝，以正自守，猶恐不得免焉，況可以詭道遇其君乎？蕭何事高帝，僅而獲免者，蓋皆以其賓客之言。客之言，可用者二，不可用者一。帝、項羽相距京、索間，數使使勞苦丞相。鮑生謂何曰："數勞苦君者，有疑君心。莫若遣君子孫昆弟能勝兵者，悉詣軍所。"何從其言，帝大説。陳豨反，帝自將。聞關中已誅韓信，使使拜丞相為相國，益封五千户，令卒五百人、一都尉為相國衛。召平謂何曰："益封、置衛，以淮陰新反，有疑君心，願讓封勿受，悉以家私財佐軍。"何從其計，帝説。鮑生、召平之言，其可用者也。黥布反，帝自將擊之。數使使問相國何為？客又說何曰："君滅族不久矣。君位相國，初入關中，得百姓心，百姓皆附君。數使使問君，畏君傾動關中。何不多買田地，賤貰貸自污。"何從其計，帝乃大說。客之言不可用者也。其後何為民請上林中空棄地，令得田。帝大怒，謂"何多受賈人財物，為請吾苑"。下何廷尉，械繫之。帝固惡何以此自媚於民，而乃謂多受賈人金者，夫孰謂非何向者賤買民田宅有以啓之乎？史稱何"恭謹"，又言："買田宅，必居窮僻處。為家，不治垣屋。"則是買田自污，非其本心。託以免禍，更得械繫。後之人臣，以詭道遇其君而失其所守者，益可知所戒矣！

曹　參

自古主少國疑，大臣當國，輒變易祖宗法度，後能善其終者少矣。當孝惠時，曹參代蕭何為相，舉事無所變更，壹遵何約束。日夜飲酒，不事事。有欲言者，飲以醇酒，至醉而後去。帝使參子窋諫之，輒笞之二百。何若是甚也？蓋參之意，既以守職勿失為事，而猶慮賓客、子弟或夤緣假借，故益張其事，使天下曉然知吾循成法，無變更，以絕其覬覦之私，而不得有所疑似懷望於其間也。何事高帝處其難，參事惠帝處其易，何以信，謹獲免於高帝之世，而淮陰、黥布等皆已誅滅，參於此時，亦何敢舍其所易者而輕有變動，以貽身世之慮哉？其慶流苗裔，宜矣！《傳》曰：“三年無改於父之道”，故參所為，亦非直以自全，蓋繼世秉國鈞者之法則也。

張　良

留侯畫計，招四皓以輔翼太子，前人論者衆矣，吾斷以為高帝本無遂易太子之心也。高帝起布衣，與呂后更嘗憂患。惠帝雖仁柔，未大失愛於帝。徒以戚姬牀第之恩，謂欲易太子而立其子趙王如意者。彼戚姬夙畏呂后彊虐，帝春秋高，一旦棄天下，太子立而呂后為政，禍寧能旋踵與？計必日夜泣請於帝，帝陽許之耳。帝既知太子不可易，而戚姬、少子之愛，又不能以禮義自制，始而陽許之，既且付之無可如何而已，亦終無必易太子之心也。所以終無必易太子之心者，呂后彊虐，易太子，呂后後必為亂。欲易太子，先除呂后。呂后既不可除，則太子終不可易也。留侯所與從容言天下事甚衆，度此事帝必嘗與留侯言其委曲。留侯度其事之難處，不可以口舌爭也。故不得已因呂澤之請，畫招致四皓之策，以堅帝不易太子之心。是以帝見四皓，謂戚姬曰：“我欲易之”云云者，以謝戚姬也。使帝果真有易太子之心，豈四人之所能奪哉？以帝之重子房，而子房不能為言，四人者，豈真賢於子房者哉？故知不易太子者，帝之本心也。至如楊維楨、胡儼、王守仁，皆謂四皓隱者，不可得致。良因高帝所素重，使人偽飾以誑帝。蓋皆疑其事而求為之說者，不近事理甚矣！

王　陵

王陵，賢人也。呂后欲王諸呂，問陵，陵曰：“高皇帝刑白馬而盟，非劉氏而王，天下共擊之。”太后不說。問陳平、周勃，皆曰：“王呂氏，無所不可。”太后喜。此王陵所以為賢者也。呂后遷陵為帝太傅,奪之相權。陵謝病免,杜門自絕。陵大節如此。陵既免,呂后徙平為右丞相,審食其為左丞相。食其幸於呂后,其人不足比數。若平其姦人之尤者哉!平為丞相,呂嬃以平前為高帝謀,執樊噲,讒平不治事,日飲醇酒,戲婦人。平聞,日益甚。呂后聞之,私喜。面質呂嬃於平前,曰:“兒婦人口不可用,顧君與我何如耳?無畏呂嬃之譖。”蓋呂后幸審食其,平以戲婦人同其惡,故呂后私喜之,此平所以為姦人之尤者也。平以奇計稱而祕不傳,度平為人,必無甚奇計。當時人猶樸質,故平得以肆其欺誕鄙俚之術。術甚陋,亦戲婦人等比耳。史載平事《王陵傳》中,以見陵之忠直如彼,而平之譎詭如此。陵坐諫王呂氏廢,而平以此愈顯。此史家深意,正所以媿平而見陵之賢也。故又載平之言曰:“我多陰謀,道家所禁。吾世即廢亦已矣,終不能復起,以吾多陰禍也。”然則史家之意可見矣。

周　亞　夫

景帝廢栗太子,亞夫固爭,帝由此疏之。及竇太后欲侯皇后兄王信,景帝曰:“請得與丞相計之。”亞夫曰:“高帝約,‘非劉氏不得王,非有功不得侯。不如約,天下共擊之。’今信雖皇后兄,無功,侯之,非約也。”上默然而沮。按:亞夫此言,與王陵之對同,過其父絳侯遠矣。其後,王徐盧等五人降漢,上欲侯之。亞夫曰:“彼背其主降,侯之,何以責人臣不守節者?”帝曰:“丞相議不可用。”亞夫因謝病,免相。久之,卒下廷尉,自殺。人臣守正,如王陵、周亞夫,或廢、或至自殺,如平、勃順人主意,卒得以功名終,其將何以教天下之為人臣者乎?夫呂后不殺王陵,景帝乃殺亞夫,景帝曾呂后之不若矣!

陸　賈

孔子“惡利口”。《史》稱陸賈使南越,降尉佗。勸高帝事《詩》《書》,奏十二篇《新語》。又能說陳平交驩太尉,卒誅諸呂,功偉矣。然賈名有口辯,平原君朱建亦辯有口而義不苟合。辟陽侯行不正,得幸呂后。欲知建,建不肯見。辟陽侯母死,貧未有以發喪,賈乃見辟陽侯,說令厚送。喪後,人毀辟陽侯惠帝,帝怒,欲誅之。太后慚,不可言。大臣欲遂誅辟陽侯,卒賴建說孝惠幸臣閎籍孺,以故辟陽侯得不誅。食其幸呂后,天下大惡也。人人欲誅之,而賈獨為計畫。有口者變易是非如此!賈誠有功,而於此吾獨斥其非者,以其有口而不專用於正。而平原君亦以辯有口失其身。孔子稱:“木訥近仁”而“惡夫佞”,又曰:“巧言鮮仁。”陸賈、朱建之才賢,猶且犯聖人之戒,則信乎“利口”之不足為貴也。

鼂　錯

吳、楚反，景帝以爰盎言，斬鼂錯。盎故與錯有怨，然非帝有欲殺錯之心，即盎數語，豈能斬錯也？錯，太子家令，太子家號"智囊"。在文帝時，數言事。文帝寬容，所言多見施行。然錯言宜削諸侯，文帝不聽。及景帝時，聽錯言，削諸侯支郡。公卿、列侯、宗室雜議，莫敢難，獨竇嬰爭之，不能得。夫吳王不朝，賜之几杖；尉陀自王，璽書開喻。以孝文之寬仁盡下，推恩藩國，雖百鼂錯，烏能召亂？景帝之為人薄矣，微鼂錯，烏得不反？反，寧能獨任其過乎？及七國反，以誅錯為名，爰盎因竇嬰見帝，屏左右及錯，具言："吳楚反，獨以錯故，計惟斬錯，發使赦吳、楚，則兵可毋血刃而俱罷。"於是，上默然良久，曰："顧誠何如？吾不愛一人謝天下。"則帝之心可見矣。錯久侍太子，多陰謀，帝必有不自得於中者，得盎言，益堅斬錯之心。然，帝於錯略無舊恩，薄矣哉！

路溫舒

自賈生以來，鼂錯、賈山、鄒陽、枚乘、路溫舒，皆有文學詞辨，數進諫說。鼂錯事景帝，以七國事誅。賈山在文帝時，言多激切。鄒陽、枚乘遊吳，以正言劘濞之邪心，不及於禍。可謂"邦無道，免於刑戮"者矣。溫舒牧羊，取澤中蒲，截以為牒編，用寫書。其論尚德緩刑，何其溫文爾雅，有三代忠厚之遺風與？以余觀數子，溫舒之學，幾於純已。使其遇文帝，所建言當不僅如此已也。然，《史》稱："其後遂為世家"，禍福之於人，豈信無天道哉？

董　仲　舒

仲舒之學，歷戰國、秦、漢，未有其匹敵。自孟子以來，一人而已。劉向稱其："有王佐之材，雖伊、呂無以加。使仲舒在商、周之世，其能為伊、呂不可知。然，決非管、晏伯者之佐所可及也。"向子歆，叛其父之說，乃謂："伊、呂聖人之耦，王者不得則不興。故顏淵死，孔子曰：'天喪予'，唯此一人為能當之。仲舒遭漢承秦滅學之後，《六經》離析，下帷發憤，潛心大業，令學者有所統壹，為羣儒首。然，考其師友，淵源所漸，猶未及乎游、夏，而曰管、晏弗及，伊、呂不加，過矣。"歆之言出於正耶？其父之說，猶不當極斥之以自明其是，而歆之言果不得為正論也。叛父之罪，不可逃矣。孔子曰："子為父隱"，至明攻其父之說而極斥之，隱乎？不隱乎？君子以為，向所說非攘羊比也，歆遽證之，何耶？歆好《左氏春秋》，嘗以難其父《穀梁》,歆為人子,專攻其父,當仁不讓,豈是之謂歟?

嚴　助

《史》稱:"巫蠱之禍,不惟一江充之辜,亦有天時,非人力所致。"建元六年,蚩尤之旗見,其長竟天,後遂命將出征,略取河南,建置朔方。其春,戾太子生。自是之後,師行三十年,兵所誅屠死滅者不可勝數。及巫蠱事起,京師流血,僵屍數萬。太子子父皆敗。故太子生長於兵,與之終始,豈獨一嬖臣哉?雖然,武帝好亂喜兵,出自天性。糜爛生民,毒流宮禁,亦其時之臣有以佐成之,不得歸咎天時,謂非人力所致也。建元三年,閩越圍東甌,東甌告急於漢。時武帝年未二十,以問太尉田蚡,蚡以為"越人相攻擊,不足以煩中國,自秦時棄不屬。"嚴助乃詰蚡,"秦舉咸陽棄之,何但越也。今小國來告急,天子不振,又何以子萬國乎?"於是,上遣助以節發兵會稽,會稽守欲距法,不為發。助乃斬一司馬,發兵,浮海救東甌。未至,閩越引兵罷。後三歲,閩越復興兵擊南越,為遣兩將軍,將兵誅閩越。淮南王安上書諫,不聽。兵遂出,踰嶺,適會閩越王弟餘善殺王以降。帝自以為兵功,令嚴助風指於南越,南越遣子隨助入侍。助還,又諭意淮南。當此時,武帝之心益驕,而兵端不可戢矣。故其窮兵黷武,好大喜功。自是以來,日無寧息。生靈戕於鋒刃,萌禍發於骨肉。方武帝少時,志趨未定,利害未更,不有嚴助,或師出無功,抑其雄心,末流之害,當不至此烈也。故曰其時之臣,實佐成之,而謂巫蠱之禍由於兵,兵之興,天時,非人力,豈不過與?其後助以交私淮南論誅。昔人有言:"毋為禍首",助之謂夫!

霍　光

宣帝始立,謁高廟,大將軍光驂乘,上內嚴憚之,若有芒刺在背。後車騎將軍張安世代光驂乘,天子從容肆體,甚安近焉。及光身死而宗族竟誅。故俗傳之曰:"威震主者不畜,霍氏之禍,萌於驂乘。"《史》載其事,余以為非也。雖微驂乘,霍氏之禍,庸得免乎?光秉政二十年,權侔天子。雖守之以約,持之以謙,猶懼不得免,而況霍氏之宜及於禍者,其事固已多耶?最著者,在毒殺許后。光既不能自制其妻,又使其子姓、甥壻,黨親連體,根據於朝廷。雖微毒殺許后,人臣若此,有不及於禍者耶?光貪冒權寵而不知止,昭帝年二十,而光不知歸政。宣帝即位,年十八矣,諸事皆先白光然後奏。事闇主且不可,而況於宣帝之察察者乎?光之性貪冒而不知止,是以不能制顯,致有淳于衍之事。而其黨親連體,根據於朝廷,以此卒及於禍也。

王吉、貢禹

宣帝頗修武帝故事，宮室車服，盛於昭帝。時外戚許、史、王氏貴寵，王吉上疏言得失，意有所規切，然亦未敢顯言，大抵欲興禮制，流德化，尚儉、正俗，最甚不過曰：謹選左右，審擇所使，去角抵，減樂府，省尚方而已。帝拒不納，吉謝病歸。貢禹在元帝時，言有加於吉，自乘輿、後宮，無所不言。帝納善其忠，至其卒，帝猶追思其言。吉、禹有不得盡言，有盡言；一言輒令罷去，盡言無所拂，歿猶思之。觀兩人之遇，士之為道，而仕幸不幸，豈不繫乎時哉？然，元帝之受言，過乎宣帝矣。

趙廣漢、韓延壽、王章

漢所誅京兆尹趙廣漢、韓延壽、王章。廣漢治潁川，患俗朋黨，構會吏民，令相怨咎告訐。其後，彊宗大族，家家結為仇讎。雖散落姦黨，盜賊不發。發又輒得。然，作小智，尚詭道，變易風俗，而俗益大壞。其所失不啻姦黨、盜賊而已也。為京兆尹，雖善為鉤距以得事情，迹其所為，天資刻覈，至庇其客，窮治男子蘇賢失計，又疑殺邑子榮畜，事發下丞相，遂誣丞相夫人殺婢，令跪庭下受辭，悖又甚焉，且近乎愚。《史》稱“聰明”，非矣。其自取殺身，宜哉！延壽治潁川，變廣漢所為，教民以禮讓。徙東郡，黃霸居潁川，因其跡而大治。延壽為吏，上禮義，好古教化，所至必禮聘其賢士，廣謀議，納諫諍，表孝弟有行。接待下吏，恩施甚厚。或欺負之者，延壽痛自刻責。在東郡，令行禁止，斷獄大減，為天下最。入守左馮翊，民化其德。為蕭望之所阨，寃矣！王章果敢有為，雖為大將軍王鳳所舉，非鳳專權，不親附。會日蝕奏對事，召見，言鳳不可任用，遂為鳳所陷。而《史》言：“章不量輕重，以陷刑戮。”如《史》言，人臣當量輕重以全身負國耶？

孔 光

世多舉張禹、孔光同譏。然，光未相及未罷時，不希指苟合。其議中山、定陶誰宜為嗣？光引《尚書》兄終弟及，中山宜嗣。議獨正。問定陶、共王、太后宜何居？光心恐傅太后剛暴，與政事，不欲令與帝旦夕相近，議宜改築宮。傅太后從弟子遷在左右傾邪，既免歸。以傅太后故，復留光與師丹奏論之。傅太后欲與成帝母俱稱尊號，羣下多順指，唯光與丹持不可。光自議繼嗣有持異之隙，又重忤傅太后，由是策免光。觀光所為，皎然自立如此。復相之後，時當逆莽，波靡雲流，不能自止，此所以貽譏於世與？光不再相，豈得不為完人也哉？然，光待董賢一事，則真張禹之為矣。

翟 方 進

漢災異，輒殺宰相以應變。綏和二年春，熒惑守心，賜冊丞相翟方進即日自殺，而顧祕之。遣九卿冊贈以丞相高陵侯印綬，賜乘輿祕器，天子親臨弔者數至，異於他相故事，若幾幸其死者。蓋漢視宰相重，其意曰災異之應，不於相則君而已矣。懼而委之於相，猶惟恐其不得當焉，故幾幸其死，則不憚禮儀恩勤之至此也。若此人本無罪，而吾用之以代吾身矣，可不謂惑之尤甚者與！

何 武

何武"所居亦無赫赫名，去後常見思。"今讀其《傳》，雖微此兩言，而武之不以赫赫為名，去後使人見思者，隱然在簡冊之間，此亦足以見文章之妙也。其曰："功名略比薛宣，其材不及也，而經術正直過之。"則武優於宣，明矣。至武不阿王莽，豈宣所得比哉？

王 嘉

元帝容受盡言，過於宣帝。成帝雖多內譏，如谷永董專攻上身、後宮，率常納其言。漢無道之君，未有如哀帝之殺賢相王嘉者也。嘉以封還益幸臣董賢戶事見殺，冤哉！哀帝之哀，允矣。

韓 嬰

韓嬰嘗與董仲舒論於武帝前，其人精悍，處事分明，仲舒不能難也。有口之人，吾所畏，亦聖之所斥。嬰雖賢者，而仲舒大賢，既受此人之阨，而又困於其徒呂步舒。不有聖人"惡夫佞"，表"直道而行者"，吾之所謂"畏"，不幾於謬哉？

張湯、杜周

張湯、杜周,不列酷吏。《史》曰:湯、周子孫貴盛,故別傳。夫"幽、厲之名,雖孝子慈孫,百世不能改",此三代之大法,萬世之至公也。而曰:"以子孫貴盛,故別傳。"《班史》之為說,謬矣!

郭　　解

郭解每出,人皆避,有一人獨箕踞視之,客欲殺之,解曰:"居邑屋不見敬,是吾德不修也。"乃陰請尉史曰:"是人吾所重,至踐更時脫之。"後此人怪之,問得其故,迺肉袒謝罪。此與王彦方輩亦復何異?然,解正欲以此立名聲,非實能以德報怨者,有公私之別,故君子弗取焉。然,諸游俠行事,亦有過人者。獨樓護始附五侯,王莽時,以執呂寬取封爵之賞,此誠無賴小人耳,愧游俠諸人矣。

《午亭文編》卷三十四

門人侯官林佶輯録

史　評　二
《後漢書》

光　　武

　　世祖起金革創痛之餘，以昆陽一旅，芟平羣盗，克復舊物，可謂賢已。今觀其《本紀》所載，戰陣攻伐之績多而惇大溫吉之意少，雖制度禮文間復興畢，而所以感人動衆者亦寥寥無聞焉。此其器量規為，上不得比隆高帝，下不能追蹤孝文，然而成中興之業者，亦適會其時之可為，遭逢獨易耳，使其運際承平，可以為守成之令主，雖幸而因勢奏功，終不得謂開創之雄才也。

明帝、章帝

　　漢之明、章，可謂仁君矣哉！盖人主治理之美，載在詔令，使後之人感發興起於千百載之下，况當時被德而謳歌，親際隆平之盛者乎？明帝在位十八年，詔恩屢下，德意感人，雖孝文之盛，無以加焉。而或者猶病其察察，何也？章帝天性仁明，政事寬厚，詔命溫文悱惻，節以禮樂。凡所宣建，達於化原。數布赦恩，與民更始，二帝略同焉。嘗竊謂堯、舜之盛，眚災肆赦。當此時，論獄理民，度無不當其罪而中於法者，肆赦猶且不廢焉。後之論獄理民者,果皆如堯、舜之世矣,則肆赦猶不可廢也。而或者述韓非刻薄之意,吳漢臨死之言,諸葛氏之治亂國,曰:"無數赦",則是求出乎堯、舜之上矣。豈堯、舜之治獄理民猶不足以法,而韓非、吳漢之言,諸葛氏之行事,反出堯、舜之上乎?若《潛夫》之述赦,雖自為一家言,君子以為非古者刑期無刑之義矣。吾是以自孝文以來,於明、章之政獨有取焉。世稱文、景而略明、章,過矣!

西 漢①后 妾

漢自呂氏流風,霍、王多故,外家之禍,蔓衍西京。而武、元以來,弛棄禮防,縱恣色授②。蓋其家法繆乖,釁生帷闥。人道之正,女德之賢,無可述者。降及東漢中葉,在位夭殂,統系數斷。女主乘權,貪立童幼。患起閨門,亂成姻黨。致使姦臣得志,國以淪亡。然則宮壼之教,聘納之方,所關豈細故哉?《漢法》嘗以八月,算人遣中大夫與掖庭丞及相工於洛陽鄉中閱視良家童女,年十三以上,二十以下,姿色端麗,合法相者,載還後宮。其為法何其褕也?《傳》云:"冶容誨淫。"戕生伐性,絕統喪邦,非此之由與?以光武之明,嘗曰:"仕宦當作執金吾,取妻當得陰麗華。"其後,廢郭立陰,貽謀已薄矣。明帝仁賢,作配明德,斯實后嬪之表儀,百褘之芳規也。然,明帝享祚不永,壽三十三耳。章帝以下,后德陵替,鮮有可稱。章帝年四十八,和帝年二十七,殤帝年二歲,安帝年三十二,順帝年三十,沖帝年三歲,質帝遇弑,年九歲,桓帝年三十六,靈帝年三十四,獻帝年五十四。按:東漢諸帝,年歲之促如此。其絕於繈褓,阨於賊殺,無論已。餘豈非湛溺於宴私情欲之中以夭絕其天年者哉?獻帝播辱於權姦,幽囚放廢,生於憂患,故年稍加長焉。嗚呼!艷色之於人甚矣哉。可畏也夫!

劉 伯 升

以余觀伯升,志意過光武遠矣。諸將立更始,伯升倉卒建論,以為若赤眉有所立,則內自樹敵;若赤眉所立賢,相率而往從之。無所立,破莽、降赤眉,然後舉尊號未晚。此公天下之心也,獨奈何輕身於危亂之中不能自拔哉?然,英雄之成敗,非盡由人事焉。昔項羽致高祖於鴻門,范增舉玦示羽,賴張良、項伯,高祖得間道脫歸。更始大會諸將,申屠建亦

---

① 西漢:從評論的內容看,西漢當爲東漢之誤。
② 色授:四庫全書本作色欲。

獻玦，而樊宏以為言。當是時，更始雖忌伯升兄弟威名，非有急於鴻門之事也。且更始弱劣，豈能遽殺伯升者？及劉稷怒更始以謂“本起兵圖大事者，伯升兄弟也。今更始何為者耶？”後以稷為抗威將軍，稷不肯拜，更始乃收稷，誅之。而李軼、朱鮪因勸更始并執伯升。夫項羽王高祖關中，漢王忿焉，蕭何勸高祖曰：“王關中之惡，孰與死乎？”今劉稷以一朝之忿，禍及伯升，既無張良、項伯、蕭何之助，而稷之愚又適以速伯升之死，豈伯升之咎哉？可為歎恨者也！

來　歙

甚矣！來歙之智也。歙從更始入關，數言事，不用，則以病去。後從光武，數使隗囂，往來游說，西州人士皆重歙，蓋其信義亦有足稱者焉。及伐蜀，蜀刺客刺歙，未殊，歙馳召蓋延，屬以後事，自書表進，投筆抽刀而絕，又何其赫赫烈丈夫也！伯升知更始之不可事，乃從而不去，遂及於難。其智不及歙與？亦會有天數與？不然，光武何能儼然履帝位而不疚也？

鄧禹、馮異

鄧禹、馮異之徒，非皆有子房、韓信之才也。徒以遭會事幾，書名竹帛，流慶子孫，豈非其幸哉？使其不遇時，與褒衣博帶鉛槧之夫何以殊焉？褒衣博帶鉛槧之夫如禹、異之徒而不遇時者可勝數哉？然，其識時命，循禮度，不以功伐罹禍尤，則比之昔時興謀造端之人，事成而身就灰滅者，誠不得並日談已。蓋漢之初興，非有王侯將相權藉可憑之勢，奮甽畝賤微，與羣雄角才力，並肩而起，無君臣上下綱紀之節，上以是疑其下，下以是疑其上，猜釁橫生，誅醢迭用，豈盡其人事之不臧，亦時會所激而然也。至於傳歷西帝，分義明判，戴白垂髮老穉之民，亦皆知王命不可力覬，大位不可闇奸，故一時附風雲、攀鱗翼而來者，功成事集，俛首降心，以鑒前車之轍，而為之君者，方且信緯讖，蒙舊業，安之不疑，無所戒忌，是以君臣得保終始。然則時會之當然，所繫詎非要哉？世謂光武全功臣，踰於高帝，而諸人能一節勝於韓、彭者，皆未審察其本末所由，廢興之故也。雖然，待功臣，當以光武為法；功臣自待，當以禹、異諸人為法。上下相疑，而能免於亂亡者，鮮矣！

第　五　倫

耿恭屯金蒲城，圍急，食盡，煮鎧弩食其筋革，士卒死亡略盡。關寵上書求救，第五倫以為不宜救。賴鮑昱之議，其後救至，恭得歸國。吏士發疏勒時，二十六人耳。達玉門者，十三人，其艱危如此。昔李陵提孤軍，轉戰數千里，深入敵中，正坐無救以降，貽羞漢家。今恭即無二節，以孤城當數萬之衆，垂死不救，議者之心是何心哉？使人於危難之地，急而棄之，後將何以使人？此鮑昱所為廷爭也。假如不幸而有李陵之事，其為國辱莫大焉。第五倫之議，以之為恭則不仁，以之為國則不忠。不仁不忠，私孰甚於此者？而猶以不受千里馬，心不能忘，及一夜十起之事，詭言以答或者之問，而自命為無私，亦可恥矣！

王梁、孫咸

《史》言：高帝斬蛇，老嫗曰："人殺吾子，吾子白帝子，化為蛇，當道。今者，赤帝子斬之。"嫗言已，忽不見。人告高祖，高祖心獨喜，自負，諸從者日益畏之。此陳勝魚腹帛書、篝火狐鳴之故智也，豈真有是事哉？故光武之興，專事《符》《讖》。《符》《讖》之事，比於斬蛇、魚帛、狐鳴，其飾詐也姦，而為害也深，尤怪妄不可信。及以之定天下，命官用人，輒舉是以為徵據，其陋益甚矣！光武既即位，選大司空，而《赤伏符》曰："王梁主衛作元武"梁從平河北，拜野王令，帝遂以野王衛之所徙。元武，水神之名，司空，水土之官，於是擢拜梁為大司空，封武彊侯。及以《讖文》用平狄將軍孫咸為大司馬，而衆皆不服，改用吳漢。是《讖文》之謬，有不得行於其羣下者矣。考其時，以妖誕之說謀為盜賊者，不可殫數。涿郡太守張豐，以道士言豐當為天子，用五綵囊裹石繫豐肘，云："石中有玉璽。"豐信之，遂反。既執，當斬。猶曰："肘石有玉璽。"椎破之，豐乃知被詐，仰天歎曰："當死無恨。"又真定王劉揚，造作《讖記》云："赤九之後，瘦揚為主。"揚病瘦，欲以惑其衆，與綿曼賊交通，後耿純收斬之。凡用怪妄之言，幸而興者為高祖、光武，不幸而喪戮，為張豐、劉揚。至天下略定，用以命官，若梁、咸之徒者，尤可笑矣！

卓　茂

《史》載卓茂二事，錄之使覽者勸焉。其一，初為丞相府吏，有人認其馬，茂問曰："子亡馬幾何時？"對曰："月餘日矣。"茂有馬數年，心知其謬，解與之。他日，馬主別得亡馬，乃詣府送還所解馬，叩頭謝之。其一，為密令，人有言部亭長受其米肉遺者，茂避左右問之，曰："亭長為從汝求乎？為汝有事囑之而受乎？將平居自以恩意遺之乎？"人曰："往遺之耳。"茂曰："遺之而受，何故言耶？"人曰："竊聞賢明之君，使人不畏吏，吏不取人。今我畏吏，是以遺之。"茂曰："凡人所以貴於禽獸者，以有仁愛，知相敬事也。今鄰里長老尚致餽遺,此乃人道所以相親,況吏與民乎?吏顧不當乘威力強請求耳。凡人之生,羣居雜處,故有經紀禮義以相交接,汝獨不欲修之,寧能高飛遠走,不在人間耶?亭長素善吏,歲時遺之,禮也。"人曰:"苟如此,律何故禁之?"茂笑曰:"律設大法,禮順人情。今我以禮教汝,汝必無怨。以律治汝,汝何所措其手足乎?一門之內,小者可論,大者可殺也。且歸念之。"於是,人納其訓,吏懷其恩。蓋茂所為,大抵類此。其名蹟留天壤,人至今稱之。而《史》獨舉此二事,豈人所甚難行者哉?病不為耳。其效至於能使蝗獨不入密縣界,蝗於蟲豸,為最凶頑無知識之物,而茂以是化之,信及豚魚,良然哉!及光武初即位,先訪求茂,方之比干、商容之賢,封褒德侯。茂薨,車駕素服親臨。夫茂非有殊能顯功,而世祖重之如此。或曰:"茂當王莽居攝,以病免歸,不仕。更始政亂,又以年老乞骸骨歸。世祖之重之者,以此。"然,《本傳》載茂與同縣孔休,陳留蔡勳,安衆劉宣,楚國龔勝,上黨鮑宣六人同志,不仕王莽時。建武初,劉宣獨存。世祖以宣襲封安衆侯,其所褒寵,不能及茂。觀當時所以重茂,與茂之所以見重於當時者,人苟欲自立,其所嚮慕取法,可以為勸矣。

魯　恭

　　魯恭事蹟,多於卓茂,官至司徒,較顯矣。然,其為中牟令,專以德化為理,不任刑罰。郡國螟傷稼,犬牙緣界,不入中牟。河南尹袁安聞之,疑其不實,使仁恕掾肥親往廉之。恭隨行阡陌,俱坐桑下。有雉過,止其傍。傍有童兒,親曰:"何不捕之?"兒言:"雉方將雛。"親瞿然而起,與恭訣,曰:"所以來者,欲察君之政跡耳。今蟲不犯境,此一異也;化及鳥獸,此二異也;豎子有仁心,此三異也。久留徒擾賢者耳。"還府,具以狀白安。是歲,嘉禾生,恭便坐庭中。安因上書言狀。其行事大抵與卓茂相類。初,恭在中牟,亭長從人借牛而不肯還之,牛主訟於恭,恭召亭長,勑令歸牛者再三,猶不從。恭歎曰:"是教化不行也。"欲解印綬去,掾吏涕泣共留之。亭長乃慚,還牛,詣獄受罪,恭貰不問。然則恭之所為,豈嘗以功名為念者哉?化人而人不化,至欲解印綬去,此非飾智驚愚,蓋出於中心之誠。使人果不能化,則竟棄官職如鴻毛耳。而其所志,專務本天之所以與人之理,全而歸之於民。視後世矯揉拂戾,取必於氣力勢權,失天之所以生養斯人之意者,其相去豈特千里之遠哉?是以古今語循良之治者,動稱卓、魯,不虛也。

鄭　康　成

　　鄭康成,少為鄉嗇夫,不樂為吏,遊學十餘年,歸鄉里。家貧,客耕東萊。黨事起,被禁錮。隱修經業,杜門不出。靈帝末,黨禁解。大將軍何進辟之。州、郡以進權戚,不敢違意,遂迫脅康成,不得已,詣之。進為設几杖,禮待甚優。康成不受朝服,以幅巾見,一宿逃去。將軍袁隗,表為侍中,以父喪,不行。黃巾寇青部,避地徐州。徐州牧陶謙,接以師友之禮。袁紹總兵冀州,舉茂才,表為左中郎將,皆不就。公車徵為大司農,給安車,所過長吏送迎,康成乃以病自乞還家。袁紹與曹操相拒於官渡,令其子譚遣使逼康成隨軍,不得已,載病到元城,疾篤,不進,其年六月卒。蓋康成始終出處之大節如此。或謂紹之致康成,使康成疾不篤,必從紹,康成出處,未可定也。然,康成不應何進之辟,其不從紹明矣。嘗見漢以來儒者,如康成之卓然行修,終始不渝,非揚雄、劉向之徒所得並論,況其博研經籍,殫精聖道,雖仲舒之賢,猶當避其淹洽焉,又豈馬融、何休諸人所能髣髴者哉?

范　　升

范升論《左氏》不當立,曰:"《左氏》不祖孔子而出於丘明,師徒相傳,又無其人,且非先帝所存,無因得立。"其說支離乖戾,無足深論。善乎!陳元之議也。曰:"升等所言,皆斷截小文,蝶黷微辭。以年數小差,掇為巨謬;遺脫纖微,指為大尤;抉瑕摘釁,掩其弘美。所謂小辯破言,小言破道者也。"其言最正矣。獨是升之論以為先帝不以《左氏》為經,故不置博士,後主宜所因襲,則其悖理害道之尤甚者也,而元猶未敢訟言之。昔武帝好《公羊》,詔太子受《公羊》,不得受《穀梁》。宣帝在民間,聞衛太子好《穀梁》,及即位,《穀梁》與《公羊》並存,元所徵引是已。然,升所指先帝,即謂武、宣也。武帝雖為《五經》置博士,蓋汲黯所謂"內多欲而外施仁義",非真能好經者也。宣帝任刑名法術,去六籍之道遠矣。其所立,果皆可以為百世法乎?升以是為說,其猥劣佞鄙,更可恥矣。且當時《公》《穀》之存,亦以其傳經耳,非遂以為經也。而曰:"不以《左氏》為經",明以《公》《穀》為經耳。升之論何其謬妄與?及升為出妻所告,坐繫得出,還鄉里,而元之論稍稍得行,乃《左氏》立而後廢。吾竊謂後之與《左氏》為仇讐者,謂之"淺末"。非"淺末"也,正苦其難讀耳。不學耳食之人,焉可與多談哉?

班　　固

余讀班固《漢書》,誠有如范《史》所論:"不激詭,不抑抗,贍而不穢,詳而有體,使讀之者亹亹而不厭。至矣哉!良史之才也。"乃觀其自所論著,則又甚謬不然,何哉?《史》稱其所上《兩都賦》,咸稱洛邑制度之美,以折西賓淫佚之論者,大率皆媚道諛辭,褒今抑昔,以苟一時之榮利，而不務存大體者也。且夫人之大患，莫甚乎有狹前規，薄祖宗之意。固之所論，其辭纍纍。然，不踰於此。至有曰：“自孝武所不能征，孝宣所不能臣”，則斥言其祖宗之不及後人，雖以家人閭里韋布之賤微，其子孫亦不敢有屑越其前人之意，況帝王之尊？聞是說而不以為乖僣者，其於天理民彝亦已泯然熄矣。乃若寶鼎、白雉，亦何以異於天馬、白麟、神爵、五鳳之恠詭，而繫之以詩，欲以陵夸往昔，嗚呼，陋矣！

宋　　均

宋均常以為“吏能弘厚，雖貪汙放縱，猶無所害。至於苛察之人，身或廉法，而巧黠刻削，毒加百姓，災害流亡，所由而作。”及在尚書，恒欲叩頭爭之。以時方嚴切，故遂不敢陳。明帝聞其言而追悲之。余始讀之，未嘗不歎明帝之能有悔心，而竊怪均之說有所未盡善也。然，考均之始末，弘毅任重，多長者之行，化流人物，不尚名法，雖卓、魯之賢無踰焉。然後知其言之可貴，而所以矯末流之失為有功也。當其為九江太守也，郡多虎暴，數為民害。嘗募設檻穽，而猶多傷害。均到，下《記》屬縣曰：“虎豹在山，黿鼉在水，江、淮之有猛獸，猶北土之有雞豚也。今為民害，咎在殘吏。而勞勤張捕，非憂恤之本。其務退姦貪，思進忠善。可一去檻穽，除削課制。其後，虎相與東游渡江。又山陽、楚、沛多蝗，其飛至九江界者，輒東西散去，此與卓、魯之治效何殊哉？猛虎蹈檻穽而不避，罷張捕，輒逸去。至於蝗，非有掩羅驅逐之勞，能使自不犯境。此可見凶頑無知之物，猶能以德化之。況於人為物靈，而謂法制禁令，可以革其心而從吾意之所為，曷不觀虎與蝗之避散而得其所以然之故乎？事有即其小而可以見大者，均之於虎與蝗是已。宜乎帝之追思其言，而吾謂其言之可貴者，亦以此也。

爰　　延

桓帝遊上林苑，從容問延曰：“朕何如主也？”對曰：“陛下為漢中主。”帝曰：“何以言之？”對曰：“尚書令陳蕃任事則化，中常侍、黃門豫政則亂，是以知陛下可與為善，可與為非。”帝曰：“昔朱雲廷折欄檻，今侍中面稱朕違，敬聞闕矣。”是延可謂盡言，帝可謂受諫矣。夫人莫不欲自掩其所短之實，而亦有時不加意於不情之名。若暴其所短而適得其實，與之以名而適會其情，是謂抉隱摘微，動中其忌，鮮有不深疾恨之而加以顯戮，被以隱禍者。若言其所短而不當其實，假之以名而違其情，猶可曰：是與我不相似也。不相似，則於言之者可以拒而不受，以謂無可受之實也。無可受之實而因以貸其人，則於其人，既無疾恨之不解，而我遂成大度之名。今言桓帝"可與為善，可與為非"，謂為"中主"，是暴其所短而適得其實，與之以名而適會其情者也。帝能不疾恨之，而比以朱雲之析檻，可不謂能受諫哉？若周昌比高帝為桀、紂，所謂無可受之實，而因以成大度之名者也。至於謂桓、靈之世不聞此言者，亦未考延之所論者矣。

馬　　融

馬融本外戚豪家，為梁冀私人，李固之死，章草成於融手。朱祐謂融曰："李公即誅，卿何面目見天下之人？"壯哉！祐之言與。然，使融畏名義，慚清流，寧肯黨附凶姦，排害正士，悍然冥行以陷於惡，雖聞讜言，豈足動其愧悔之良心哉？以延篤、盧植之賢，不幸而為執經問業之高第弟子，亦斯文之阨會矣。卓哉趙岐，雖娶融兄女，常鄙融之為人，不與相見，可謂入汙泥而不染其操者也。

竇　　武

竇武母初產武而並產一蛇，送之林中。後母卒，及葬，未窆，有大蛇自榛草而出，徑至喪所，以頭擊柩，涕血皆流，俯仰蜿屈，若哀泣之容，有頃而去。時人知為竇氏之祥，蓋物理之不可解者。自古喪身亡家，豈皆有如蛇之祥者耶？而蛇之能為怪異如此。君子不語怪，《史》既載其事，吾將闕其疑焉。

《三國志》

曹　　操

自古篡竊之臣，非其始遂有逆節闇奸之萌也。曹孟德以驍雄之姿，其不得志，亦將伏櫪老死，豈真有與人爭天下之心哉？初操妹夫濦彊侯宋奇被誅，坐從，免官。後復徵拜議郎，及黃巾賊起，拜騎都尉。討潁川，遷濟南相國。久之，徵還，以為東郡太守，輒稱疾不就職，辭歸鄉里。當是時，漢既失政，權倖專朝。操多怨家，苟以自免禍、全身家妻子為念，亦豈真能高尚其事者耶？至金城之亂，徵為典軍校尉。董卓廢立，表為驍騎校尉，又輒逃歸。是非能不立惡人之朝者，以卓必敗，且禍及己也。然，亦豈有天下之志者哉？卓既弒逆，操遂散家財，合義兵，於是始有抵隙乘間之心矣。袁紹之起，操頗斬削羣盜，迎天子於長安，還都許,而僭竊之勢成矣。初,操將討張繡於宛也,入覲天子,用舊制,交戟义頸而前。及敗而還,遂自此不復朝見。而操之篡竊之勢既成,又迫以不得不然之勢,雖欲自已,得乎?操下令自敘其生平,辭多姦飾。然,其實亦有不得自揜者。其曰:"欲孤便爾委棄所典兵衆,以還執事,歸就武平侯國,實不可也。誠恐已離兵,為人所禍。"然則操之始念,不過欲全腰領、保妻孥、長子孫而已。會其時之可乘,亦未敢遂以有天下為心也。至於其勢已成,不得自止,遂為自昔已來姦權竊國之雄,而莽、卓之倫不得並焉。嗚呼!不有桓、靈之君,彼安能至此哉?

又

世嘗謂魏武貴通達而賤節行,以為時方用才,隨其所急。《史》稱:"官方授材,各因其器"者,謂此也。故嘗下令,謂:"若必廉士而後可用,則齊桓其何以霸世?"又謂:"有行之士,未必能進取;進取之士,未必能有行。"蓋操之所為,無廉無行矣,故喜其同於己者耳。其所謂"通達"者,正所謂同惡相濟也。

曹　丕

昔孫盛謂丕:"處莫重之哀,設饗宴之樂,居貽厥之始,墮王化之基。顯納二女,忘其至恤。"按丕身行篡逆,綱常淪喪,忘天性之愛,墜至痛之心。跡其所為,無可言者。而盛之著論,徵援漢文之事,謂其變易古制,"魏王既追漢制,替其大禮"。嗟乎!丕豈得追漢文之制者哉?按:丕生於中平四年。建安十五年,為司徒趙溫所辟。十六年,為五官中郎將。二十二年,立為魏太子。操死,嗣位,為丞相、魏王。夫丕之生,固士人之家也。今一旦盜竊神器,逐其君而死其父,以為遂可以儼然用天子之禮,凡一切苟簡恣肆,叛於先王之制,以成後世邪鷔悖鷔之習者,輒靦顏喪心,公然行之而不辭,此其尤可恨者也。晉武帝曰:"朕本諸生,家傳禮未久,何至一旦便易此情於所天?"使丕而有知,得不愧於斯言乎?

孫　權

建安二十四年,操晉爵魏王四年矣。然,漢朝臣未有以篡立之事顯言於衆者。孫權越在江介,上書稱臣,稱說天命。操乃以書示外,曰:"是兒欲踞吾著鑪火上耶!"操雖飾言,然權之可恥,操且惡之。自是,桓階、夏侯惇之徒,相繼勸進,權實始之也。吳、蜀相存,譬猶脣齒,不必智者而知之。權既上書,以討荆州自效。明年,權破斬羽[1],傳其首。權其豚犬也哉!

荀　彧

荀彧事操,操比之子房。觀其言議籌畫,有足多者。操定天下之功,彧誠有與助焉。《史》言:董昭等謂操“宜進爵國公,九錫備物。”以諮彧,彧謂:“本興義兵以匡王國,君子愛人以德,不宜如此。”操由是惡之。會征孫權,表請彧勞軍於譙。操軍至濡須,彧疾,留壽春,以憂薨。《魏氏春秋》曰:“操饋彧食,發之,乃空器也。於是飲藥而卒。”是操殺彧明甚,《史》諱言之。然,曰:“以憂薨”,是終不能諱也。彧事操久,操之姦逆,所謂“司馬昭之心,路人所知”者也,曾謂彧之智而昧於此乎?九錫之對,蓋天理之萌,有不得自欺其心者。亦冀幸操於我厚,我雖沮其議,而操且行之,使世謂我固不與其事也。盖將以逃其責而盜其名,文姦飾智之所為耳。孰知操恨之,至於殺其身哉!沮其議而至殺其身,彧智不及此也,彧烏得謂智乎?雖然,子房勸漢高不立六國後,而彧能以沮九錫而見殺,人之所處,有幸不幸,而天下後世之是非,亦卒以決於所處之有幸不幸者。士君子擇人而事,可不致慎與?

管　寧

每見魏時人推薦幼安書,及其時以璽書相勸迫者,未嘗不為幼安危之。何危乎爾?懼其或有以奪其高節,使天下後世不得見賢人志士不幸而處濁世、避亂朝者之坊表矩矱也。最後見陶丘一、孟觀輩所稱道甚盛,其時,具安車蒲輪,束帛加璧以聘,而寧已以正終,年八十四矣。吾覽《史》至此,夫然後始快然於心,真所謂賢人志士,可以為天下後世之坊表矩矱者矣。若田疇、邴原之徒,尚有愧焉,況其餘哉?然,其同時避亂遼東者,則有若王烈彥方,亦有幼安之風焉,卒年七十八。鉅鹿張臶子明、潁川胡昭孔明並能不辱其身。臶年一百五歲,昭年八十九。四子者,皆以道樂身,義不受辱,故得盡其天年。若世之反是以苟活者,雖生百年,猶蟪蛄之春秋,蜉蝣之旦暮耳。況利欲熏其心,垢穢加其外,不死於斧鑕刀鋸,而戕伐於天刑者衆矣。烏足道哉!烏足道哉!

---

① 羽:四庫全書本作雲長。按:《三國志·關羽傳》:“關羽,字雲長。”蜀漢名將。從宋代開始,關羽越來越被神化。順治九年(1652年),被清統治者封為忠義神武關聖大帝,與孔子並尊為文武二聖。稱字而不稱名,表現了關羽在當時的崇高地位。

漢昭烈皇帝

　　建安二十五年，魏曹丕篡位，漢統既絕，海內無君，先主以漢室之胄，繼統嗣位，正名號於天下，何嫌？何疑？而陽泉侯劉豹等稱引《洛書》《甄曜度》《寶號命》《錄運期》《孝經鉤命決錄》諸《讖》《緯》不經之言，謾誣《訓》《典》，欺惑衆庶，以為受命之符。而太傅許靖、軍師將軍諸葛亮等亦稱述符瑞，徵引《圖》《讖》，以黃龍見武陽，玉璽出漢水，傅會經義，文其誕妄，紛紛勸進，輒舉是以為名。夫劉豹、許靖之徒，不足深責；孔明儒者，亦惑其說，使人君正始之初，褻越漫易，同於兒戲，若將但以欺其巴蜀僻遠之人者。是以君子譏其乖立國之遠謨，而不可以示至公、大居正也。

又

　　昭烈遺詔敕後主有云：“勿以惡小而為之，勿以善小而不為。”此雖《典》《誥》之言，何以加諸？又曰：“可讀《漢書》《禮記》《諸子》及《六韜》《商公書》①益人意智。聞丞相為寫《申》《韓》《管子》《六韜》一通，已畢未送，道亡”云云。竊謂為所以貽謀厥後之未善也。《六經》而外，諸子之書，庸有可觀者。若商君、韓非之徒之書，重刑法而滅仁義。三代以來，學術不明，人心溺於利欲，事功混於雜霸。至莽、操之世，天理滅絕，人心喪亡，不知忠孝禮義為何物？其所謂事功，皆利欲而已矣。是故以嚴刑峻法劫持天下，鄙棄仁義，崇尚詐偽，於商公、韓非之書，不患其不相謀也。今復導之以於法所不得見之書，君子於此，不能無議焉。以昭烈之仁賢，孔明之豪儁，猶不能自拔於戰國、亡秦餘殃烈禍之中，他何所復望哉？是以假荊州而不還，曲既在己，失東吳脣齒之助；乘劉璋之闇弱，奪人之有，絕天下嚮義之心。二世而亡，非天道與？

又

　　昭烈託孤於諸葛亮曰：“若嗣子可輔，輔之；如其不才，君可自取。”孫盛論之曰：“量君之才否而二三其節，何以摧服強鄰，囊括四海？備之命亮，亂孰甚焉。世或有謂：‘備欲固

---

　　① 《商公書》：四庫全書本同。按：《諸葛亮集》載此遺詔作《商君書》。《史記·商君列傳》稱：“衛鞅既破魏，秦封之於、商二十五邑，號爲商君。”本篇後文也說，“若商君、韓非之徒之書。”他的著作，應稱爲《商君書》。

委付之人，且以一蜀人之志。'若所寄忠賢，則不須若斯之誨；如其非人，不宜啓篡逆之塗。古之顧命，必貽話言，詭偽之辭，非託孤之謂。"按：盛此論，可謂不知昭烈，亦不知孔明者也。嘗觀古者，堯、舜之與賢，以公天下為心；而昭烈之量子，以安國家為念。雖其所志不同，不可謂昭烈之心非出於至誠也。夫昭烈之於孔明，其君臣相遇，即三代之隆，亦鮮可匹。是以成王之賢，猶致疑於公旦也。惟湯之於伊尹，伊尹之於太甲，昭烈之君臣，可以同類而觀焉。昭烈之任諸葛，其智不愧成湯；諸葛之不負昭烈，其忠可比伊尹。伊尹放太甲而天下不以為嫌，諸葛亮其人也。非昭烈不能為此言，非孔明亦不足以當之。君臣之際，豈有所謂詭偽者哉？如盛之論，可謂不得古人之用心者矣。

《午亭文編》卷三十四　男壯履恭較

《午亭文編》卷三十五

門人侯官林佶輯録

序　　一

《御製文集》擬後序

　　蓋聞:天行垂象,則雲漢昭回;地德含章,則山川經紀。此河、洛呈其精蘊,《苞》《符》闡其祕奧也。聖人參兩儀而則二曜,該物序而察民彝,演為圖疇,以教萬世,則人文化成之道懋焉。是知覺世牖民,開物成務,必賴宣聰首出,躬文德以表建於上,而昭宣於修辭立訓。英華發於和順,篤實著為輝光,然後三物以惇,四術以備。户佩詩書之澤,人游儒雅之林。而一時之生其際者,即山陬海澨,靡不涵濡盛化,以近天子之光。則豈非上聖之弘規,太平之駿烈也哉?欽惟皇上,遹志典學,勵精勤政。德業之隆,治功之盛,赫赫巍巍,不可殫悉。自蒞祚迄今,齋莊祗肅,對越天祖,孝敬兩宮,勤勞天下,興起教化,修明制度,文經武緯,禮序樂和。寬冲以體羣下之情,惠懷以普黎庶之德。銷金革而四海永清,垂衣裳而八荒在宥。至若天時之盈虛,地利之險易,邦用之豐約,兵師之因革,民風之情偽,吏治之貪廉,莫不悉歸睿照,潛納皇衷。故凡施為建立,見於詔號命令之中,出話吐辭之際,所謂二帝、三王之言語行事,而《典》《謨》《訓》《誥》之文也。若聖藻天葩,形諸篇翰,時而咨儆有位,元首股肱之歌也;時而諷諭民俗,蕩平正直之訓也;時而切指物類,户牖杖履之銘也;時而流覽景光,皋夔解愠之奏也。蓋惟皇上,徇齊性成,緝熙時敏。質本生知,而猶好學;聖由天縱,而又多能。以故蓄諸中而彰諸外者,抒寫化工,渾涵元氣,鎔裁古今,陶鑄萬彙,炳煌焜燿,至於此極。臣叨塵法從,久侍經帷,每聆玉音,推解經傳奧旨。發前聖未發之微言,傳古人不傳之深意。下及諸史百家,罔不旁通曲暢,而深宮清燕,未嘗一時輟書冊不觀。臣固知聖謨洋洋,並六藝而昭天壤者,洵有所原本而然也①。雖義蘊高深,同體冲漠神明於意言之表,非臣庶所能仰窺萬一,而即而求之,引伸而紬繹之,則仰觀俯察之機,時行物生之妙,可以想見端倪,沐浴鼓舞於不自已矣。然而至德謙光,富有若虛,久藏緗袠。近因廷臣敦請再三,始命彙次,編為四十卷。將見流布寰區,昭垂典則,咸得瞻日月之末光,挹河海之餘潤,彬彬乎有所感發興起,以永成夫道一風同之治,猗與盛哉!

癸丑《武會試録》後序

歲癸丑九月,天下貢材武士於京中,樞臣請舉會試,奉命拔騎步射及格者七千有奇。上曰:"爾廷敬其副卿馮溥往衡其文。"前此未有以詞臣副執政大臣典會試者,蓋異數也。臣謭劣,聞命戰栗,黽勉祗役,既取數如額,《録》當獻,臣得綴言末簡。臣惟國家取士,文、武殊科。然革前代武學師太公之陋,學統於儒,師統於孔子。文不兼騎射,武顧兼策論,何也?此非難武士也,誠重之也。夫武而不文,其人任卒伍而不足任偏裨,任偏裨而不足任大將者也。兵家者言,毋逾孫、吳、呂、李、司馬、尉繚諸書,今武士合而治之。闈中發策,則漢、唐、宋諸名將已然之跡,與夫天下塞障、耕屯、保伍諸事,旁及莫遺,又明示以《七書》之外之書無不當肆力矣。士苟雅能明習,得其要領,發為文辭,具有倫貫,異日干城貔虎之選,取諸此不已裕哉!且夫麤獷桀驁者,武士之習也。一變其習,使人不得以起桓目之,而庶幾於古之雅歌投壺、羽扇綸巾者,非沐浴書冊、漸靡師儒不為功。若此者,非皆論策宜重之明驗乎?蓋自古承平既久,勢漸輕武,不惟文士輕武,武亦自厭其武,馴至盡瘳武備而不可振。今重武兼重文,正所以常重武而不至於輕也。草莽鄙生,妄謂先之騎射,武士所事也,重之也。至於論策,則已略。允若茲,當其馨控縱送,無不及格,盡收之奚不可,而乃決去留於操觚,不亦可以已乎?臣於棘闈中,從臣溥後,慎簡諸士所作,登其可者,冀或可仰佐得人,以無孤任使②至意。復著其説,喻天下繼起諸士,使皆知國家文、武無畸重,決拾之暇,即咿唔而不敢有略文之心。昔周之盛也,左之而文無不宜,右之而武無不有。方其

---

① 洵有所原本而然也:四庫全書本刪去所、而然三字。
② 無孤任使:四庫全書本作無辜任使。按:孤字不誤。《李陵答蘇武書》:"陵雖孤恩,漢亦負德。"孤,負也。俗作辜。

"奉璋莪莪,髦士攸宜",皆卿大夫之材;及其"淠彼涇舟,烝徒楫之①",皆將帥之選。臣知自今以始,人材蔚起,克文克武,雖成周之盛,無多讓矣。

辛未《會試錄》序

洪惟我皇上,聖神文武,勤儉寬仁,道隆化洽,德厚恩溥。是以府修事和,績熙功敘,典章文物,粲然光昭。煌煌乎駕三古、邁百王,洵聖作之崇閎,帝載之顯懿也。歲在重光協洽,當試士於南宮,禮臣請典厥事者,上命臣玉書、臣廷敬偕臣光地臣士正以往。臣廷敬聞命惶恐。自惟駑材下質,忝竊遭逢。迂疎暗僿,無所建明。涓埃莫報,感悚徒深。伏覯我皇上,天縱至聖,好古敏求,經史百家,兼綜並貫。手撰《御集》,盈溢縹緗。聖詣精微,天章炳蔚。朗乎如日月之垂照,淵乎如江海之迴瀾。自載籍所稱,未嘗有也。至若評較古今文字,睿鑒超然,片言論定,迥出羣臣之上,蓋得乎學者至矣。臣從諸臣後,固所日仰高深而弗能颺贊者也。我皇上功德文章之盛,巍煥若此。如臣之愚,備員尸素,衡文鉅務,曷克勉稱聖心?曩壬戌之役,既奉詔使,今復荷茲任,敢不益矢精白,毋負初心?臣伏思《易》《書》《詩》之言矣,《易》曰:"觀乎人文,以化成天下。"《書》曰:"萬邦黎獻,共惟帝臣,惟帝時舉。"《詩》曰:"藹藹王多吉士。"自古帝王,宰化出政,誕造鴻休,悉本賢材之盛,弼成襄贊之隆也明甚。今者,聖主雅化作人,振興文運,敦勵士風,美意良規,甚悉甚備。而睿文藻翰,勒金石而光簡冊者,昭垂於太學之庭。鄒、魯之邦,白鹿、鵞湖之祠,崇重表章,靡所弗至。林、廟之豆籩載薦,闕里之修葺維新。廣頖宮之搜羅,設八旗之科目,人材輩出,仕進途寬。蓋聖天子在上,而名山大川之鍾秀,《詩》《書》《禮》《樂》之甄陶,伏處而謳歌,悠悠於寬閒寂莫之鄉,欲效一得、出一長以佐王事而策勳名,其懷抱有素,固願司衡者善擇識之。使不矢公慎以集事,將何以上醻皇命,下不媿於多士乎?矧天地神明,臨之在上,質之在旁,早夜乾惕,兢兢以自持者,殆食無寧晷而寐不安席也。臣甫入闈,遂與同事諸臣誓告司盟,冀答主知於萬一。風簾月案,披閱維嚴。大抵士習不同,文體各別。摛藻掞華,英采外絢者,才之勝也;抱樸含章,情文内蘊者,養既具也。若夫才以學歛,養與識優,探《六藝》之祕微,芟羣言之浮蔓,沈浸醲郁,光輝發越,而準以先民之矩矱,可為繼起之津梁,前古後今,不可多見。茲值盛化之漸摩,休風之光被,亦庶幾乎其遇之。他如蹈空襲虛,支離其辭說者,皆擯而弗敢以錄。蓋仰體我皇上崇實學、黜虛聲之至意焉。夫一朝之取舍,即

---

① 淠彼涇舟,烝徒楫之:四庫全書本作湝彼涇舟,烝徒檝之。按:淠,當作湝。《詩·大雅·棫樸》:"淠彼涇舟,烝徒檝之。"湝,亦作湝,舟行貌。檝,同楫。

吏治之攸關，民事之所係。若所録之不當，又且以負天下矣。臣又謂多士，自昔文行一致，蓋道德、文章出於一，而言語、事功不得岐而視之也。多士於嚴更漏刻之餘，殫思竭慮，聚寒窓之攻苦，以進於校士者，皆所以闡明聖賢之緒言，備國家異時之實用，豈其出身事主而忘之？多士自今以往，其益居敬窮理，推誠致行。盟心於幽獨，立身於家邦，宣力於猷為，竭忠於君父，求副聖天子敷奏明試之盛心，則今日者無負簡命之諄諄，無愧於多士之濟濟，且無懟於天下之大矣。多士勉焉！臣方與多士交勉①焉！

癸未《會試録》序

欽惟我皇上，統天建極，治定功成，於今四十有二年。歲在癸未，春二月，當大比天下士，禮臣請典試事者，臣自陳昏瞀，既列狀上奏，上弗允。命臣廷敬偕臣賜履、臣涵、臣汝霖典厥事。臣廷敬聞命，仿徨震悚移日。伏念臣備官銓曹，侍直內殿。恐滋隕越，常懷冰兢。茲當校士之重寄，敢弛夙夜之初心？且多士來自草澤，山陬海涯皆知聖人在上，道濟羣生，文明之化，光昭下土。夫既人思淬礪，俗嚮陶甄，臣又何敢不益自鞭策，以上思答夫聖恩，下不愧於多士乎？今鎖闈畢事，録文以獻，例得臚言篇端。臣不敢為枝言蕪辭，謹識其大者，仰冀省覽焉。蓋臣今奉命而論者，文也。夫文以載道，道命於天，傳於人。知天之所以命，知人之所以傳，夫然後道尊而學正，學正而文興。則今日道統之傳，文運繫焉，此其大者也。臣謹識焉。惟天陰隲下民，篤生聖神②，作之君，作之師，自伏羲、神農、黃帝、堯、舜、禹、湯、文、武皆以聖人之德，居君師之位，以行其政教。道統之傳，常在上而不在下也。若有其德而無其位，則不得君師之位以行其政教之實，故自孔子以來，道統之傳常在於下。揆之天降生民之意，豈適如此哉？且夫天道貞觀，無往不復。故知今日者道統之傳，果在上而不在下矣。在下者傳之師儒，僅寄於語言文字，而在上者則見諸行事之實。我皇上以聖德而居天位，天下大治，生民乂安，故知道統之傳，果在上而不在下也。昔孟子謂："五百年必有王者興。"歷敘其傳，亦大率以五百年為斷。以今考之，在上者莫不皆然，而在下者則或不盡然也。然而其始之自上以及下，其後之由下以歸上者，亦莫不皆然也。孟子謂："由堯、舜至於湯，五百有餘歲，若禹、皋陶則見而知之，若湯則聞而知之。由湯至於文王，五百有餘歲，若伊尹、萊朱則見而知之，若文王則聞而知之。"所謂在上者莫不皆然也。又謂："由文王至於孔子，五百有餘歲，若太公望、散宜生則見而知之，若孔子則聞而知

---

① 交勉：四庫全書本作共勉。
② 聖神：四庫全書本作聖人。

之。"此所謂始之自上以及下者莫不皆然也。又謂："由孔子而來,至於今百有餘歲。"自是以降,或千有餘歲,或百餘歲,或不必百餘歲。若周子,若二程子,若朱子,此所謂在下者或不盡然也。若是者何也?天之鄭重夫在上者之傳,故以五百年為斷。其不必五百年者,蓋僅寄之語言文字以衍斯道於絕續之交,特在下者之事耳。惟是師儒之統,轉而屬之帝王,則五百年之期斷然其不爽者將復合焉。此所謂後之由下以歸於上者莫不皆然也。蓋自周子、二程子、朱子而來,至於今五百年矣。我皇上論世知人,崇朱子之學,頌其詩,讀其書,存諸德行,見於文章,舉而措諸天下之民,使堯、舜、禹、湯、文、武之道常在上而不在下,故道統之傳,由下以歸於上者,此正其時也,此乃天之所以降生下民之意也。臣嘗伏而思之,天下之士,涵濡於雅化,鼓舞於皇風者亦已久矣。而聖人之道,傳之在我皇上者,天下之人將皆知之,而其所以朝斯夕斯,實用其力者,天下之人或未能窺其詳也。臣日侍內廷,因得臚舉焉。皇上總攬八紘,日有萬幾。舉凡立綱陳紀,制治綏猷諸大政,事發於聖衷,行於天下者,既莫不與古先聖王之道異世而同符矣。而勤思至道,博極羣書,燕閒之頃。耽情《六籍》。慈誨青宮,訓督皇子。《詩》《書》講誦,殿陛之地,儼若鄒、魯之鄉;作為文章,巍巍乎與《典》《誥》同風。至於帖括之文,百家之藝,盡在聖明之鑒,豈非道統所歸,實有本末兼該、源流共貫者與?今日者,親得聖人而為君師,雖不敢與於大道之傳,而亦幸在見知之列。將見由文王以來濟濟之多士、藹藹之吉人復生於王國,以上佐壽考作人之雅化;而時雍風動,萬邦黎獻,共惟帝臣,馴至於矢謨賡歌,亮采惠廸之風,以幾乎唐、虞郅治之盛。則道之在上而下被其政教者,將永永焉傳之千萬歲而無窮,又豈五百年之可以數計者哉?謹以告多士者,為蕭庡獻焉。

御定《全唐詩》後序

大庭、軒轅,邈哉邈矣!唐、虞之稱詩也,帝舜則曰:"勑天之命,惟時惟幾。"而申以喜起之義,曰:"百工熙哉"以勉其臣。大禹則曰:"九功惟敘,九敘惟歌。"而申以董戒之義,曰:"勸之以九歌,俾勿壞"以訓其民。是詩之所以訓勉其臣民而通於政教者,見於虞、夏之書,可考而知也。周之興也,武王既定天下,巡狩述職,陳列國之詩,以行其慶讓。孔穎達述巡狩之禮,引《王制》曰:"命太史陳詩以觀民風。"是《二南》之詩,得於巡狩,此周初政教之美所由傳也。宣、平以還,正變迭奏,邶、鄘而下,失得互陳。微獨當時采風,知列國之政教,而考古論世者亦可以得其升降汙隆之故焉。漢、魏去古未遠,六朝以來,餘波綺靡,泊夫有唐,太宗起而振之,本《國風》《雅》《頌》之遺,有古歌、今律諸體。上倡其鴻製,下衍其清音,彬彬盛哉!以及中晚之際,與周詩正變約略相倣。故觀全唐之詩,愈有以知政教之所關為尤重焉。我皇上接唐、虞之統，闡文、武之傳。躬致昇平，協和萬國。士詠於室，農謳於田，蒸蒸然有《詩》《書》《禮》《樂》之風。而九重深念，時省兆民，黃髮歌衢，垂髫擊壤，何其盛與？蓋天下涵濡於聖澤之中者於今久矣！惟我皇上，以道德之純粹，發為事功；以性情之中和，孚於民物。舉凡彰施於政令詔告①之間，皆原本《六經》，度越前史。而下之觀感而化，詠歌蹈舞於不自知者，則有近乎詩教之興。《傳》曰："王者之風，必本聖人之化。"夫惟功德之隆，有以致此也。至若御製詩文，經緯天地，陶鑄萬彙，炳炳琅琅，留玉几而祕金函者，猶未盡登琬琰，昭布域中。而往往蒐羅編緝百家有用之書，足以佐邦政、裨世教者，亟令剞劂，以訓勉臣民。煥乎文教之美，莫與京矣！會翰林侍讀徐倬進《全唐詩錄》，皇上覽而嘉焉，遷倬禮部侍郎以風屬天下。命以大府之金，校刊於其家。既親製宸章，冠之簡首，復命臣等為《後序》。臣廷敬自以熠火螢光，在日月之下，屏營累息，經涉歲時。伏念我皇上功德之巍巍既如彼，文教之煌煌又如此，此即大舜之勅時幾、熙百工，大禹之勸九歌、俾勿壞之至意也。即詩教之所感乎，遂可因全唐之《詩錄》，遡成周之《二南》，而永媲美於中天之盛也矣！

刻朱子《增損呂氏鄉約》序

《周禮》比、閭、族、黨、州、鄉，有相保、相受、相葬、相救、相賙、相賓之義，各立其長，教令以行之。下士為比長，中士為閭胥，上士為族師，下大夫為黨正，中大夫為州長，命卿為鄉大夫。比五家耳，遞累而至於鄉，蓋萬有二千五百家焉。比、閭、族、黨、州、鄉為地六，而鄉最大。比長、閭胥、族師、黨正、州長、鄉大夫為長六，而鄉大夫最尊。又司徒所領鄉老，二鄉則公一人。鄭氏曰："三公與王論道，中參六官之事，外與六卿之教，其要為民，是以屬之鄉焉。"蓋鄉者，民之聚也。故後世言民之聚者，必曰某鄉、某鄉云。然，古之鄉，比於後世之郡邑。今所謂鄉，不過古之比、閭、族、黨而已，幾於州者亦尠矣。考比、閭、族、黨、州、鄉之制，比長各掌其比之治，五家相愛②、相和親，有罪奇衺，則相及。閭胥各掌其閭之徵令，凡春秋之祭祀、役政、喪紀之數，聚衆庶既比則讀法，書其敬敏任恤者。族師各掌其族之戒令政事，月吉，則屬民而讀邦法，書其孝弟睦婣有學者。黨正各掌其黨之政令教治，孟月則屬民而讀邦法，祭祀則以禮屬民。州長各掌其州之教治政令，正月之吉，各屬其州之民而讀法，考其德行道藝、糾其過惡而勸戒之。三年大比，則大考州里，以贊鄉大夫廢

---

① 詔告：四庫全書本作詔誥。按：告是動詞，誥是名詞。從上下文看，作誥是。
② 相愛：四庫全書本作相受。按：《周禮·地官司徒》："比長各掌其比之治，五家相受、相和親，有辠奇衺，則相及。"作受，是。

興。鄉大夫三年大比,考其德行道藝而興賢者能者。鄉老及鄉大夫帥其吏與其衆寡以禮禮賓之,獻賢能之書於王。王再拜受之,登之天府。此謂使民興賢,出使長之;使民興能,入使治之。嗚呼,先王之制何其善哉!鄉老、鄉大夫下近於民而上達於天子,故其時之政即其教,其時之吏即其師,下至比、閭、族、黨、州莫不皆然,此所謂善也。今之鄉不得齒於古之州,獨不可以齒於比、閭、族、黨乎?亦猶有同於古之比長、閭胥、族師、黨正其吏其師者乎?亦何恠夫其政無其法,其教無其道也。今之學官,猶秦、漢以來之博士官、文學掾耳。政與教殊途,吏與師異趣矣。然而,能舉其教與師之職者,十百而不一見也。政與吏之不古若,又何足恠焉?此賢人君子之所以大懼而思有以補其法之所不及也,余覽朱子《增損呂氏鄉約》,有先王政教之遺意,惜吾不得見鄉老、鄉大夫興賢興能之盛矣。而姑與比、閭、族、黨之人樂而服習焉,非敢自以謂能之也,聊竊附於賢人君子之所大懼云爾。

《經義考》序

朱竹垞先生歸隱小長蘆中,以緝學著書自娛,遠屏聲跡,獨千里寓書於余,曰:“彝尊所輯《經義考》三百卷,今已就。《九經》之外,旁及《緯》《候》,唐、宋以來碑版傳説,摎采頗多,公其惠踐前諾,畀以序言。”廷敬發書,喟然曰:經義之存佚,聖道之因以顯晦而君子之所尤宜盡心者也。凡經之存佚,不於其書於其人,且於其時。有佚而若存者,有存而若佚者。秦燒書坑儒,經佚矣。漢興,於殘烟斷燼之餘,掇拾其什一二。其時,專門名家,引經制事,雖守殘抱闕,彬彬乎有近古之風焉。其後以經選士,設科射策,乃有通義之目。經義之存,莫盛於此。夫其初所謂經者,《易》《書》《詩》《禮》《春秋》而已。是以石渠之論,稱制臨决者曰:《五經同異》。孝章修甘露故事,亦曰論《五經》於白虎觀。唐貞觀中,乃分列《九經》,而唐之經義不勝於漢。若是乎佚者若存,而存者若佚也。夫經以致用,致用之實,莫大乎教人取士之法,則由唐、宋以來其得失之故可覩矣。唐初沿隋舊,置六科。其後科目雖繁,大要以明經、進士為重。明經試經義,進士試策、詩、賦、雜文,亦貼經,故尤以是科為重。後雖稍浮濫,終唐之世,卒未有以易之也。宋初制,先策、次論、次賦及詩、次帖經、墨義。後所重者詩、賦、論三題。熙寧、元祐之間,詩、賦、經義罷復錯互,而王安石、呂惠卿創始之經義,迄於今流毒無窮焉。詩、賦雖詞章之學,而精其業,非通經學古者則不克以為。今之經義,名雖正而實則乖。葢王氏之經學行而經亡滋甚矣。安石曰:“本欲變學究為秀才,不謂變秀才為學究也。”嗚呼!豈知並學究而失之乎?今古經具在,而學術如此,則經之存佚皆不可得而問矣。今竹垞所著《經義考》,至於三百卷之多,其或存、或佚,詳載於編。余以為經竹垞之考定,存者固森然其畢具,而佚者亦絶其穿鑿附會之端,則經義之存又莫有盛於此時者矣。微竹垞博學深思，其孰克為之？聖天子典學右文，石渠、白虎，集議方殷。諸儒必將以竹垞為大師，而正經學以淑人才。有厚望焉。余序竹垞經義之書，而及唐、宋以來所以教人、取士之法，蓋深有慨於聖道顯晦之故，而重有幸於今茲也。

《合刻呂氏二編》序

　　康熙三十年夏六月，予承乏刑官之長，見諸犯法者，士與吏多有不幸出於無心，而凡民之愚皆其所自取。然，其始或皆以微故罹於刑辟，至有以三銅錢殺人而抵者。雖其氣質之惡，亦坐未嘗深知人不可殺之故，寧貿貿焉即於死而莫能悟也。是豈非其人之獨不幸與？今國家修明法度，中外凜然。士大夫幾幾有懷刑之風，而鄙野之甿觸禁未止。夫聖天子之加意教化至矣，而民不悟，意有司者文法密深，罕所譬曉，無以發其天良，使漸漬染濡，馴至於刑措之盛與？予觀寧陵呂新吾先生增述其先公漁隱閒翁《小兒語》及自為《宗約歌》，自閭閻童稚、閨閣婦人、牧夫、估人野諺巷語，約以精理，諧為音聲，是固無密深之艱，而有譬曉之易者也。夫殺人者抵，民未有不知，乃猶貿貿焉犯而莫之顧者，非其不知人不可殺，而人之所以不可殺之故，凡民之知之者或鮮矣。此二編者，雖非獨為此而作，然童而聞之，熟於口耳而悅於心，人之所以不可殺之故，將深知其意，長焉、老焉，謹而避之，民之犯於刑者亦鮮矣。則以是仰佐聖明教化之指，豈謂無補哉？初，汶上岳鎮九峰秀刻此二編以教其家人，鎮九去京師久，刻本不可多得，予謂無以廣其流播也，乃取是二編合而刻之。予不敢隱鎮九之美者，亦竊附於君子與人為善之義云爾。是年七月朔日，澤州陳廷敬書。

《日下舊聞》序

　　《周禮》：大司徒掌邦教。而其所亟者，乃在以天下土地之圖，周知九州之地域廣輪之數，辨其山林、川澤、丘陵、墳衍、原隰之名物。而其所重，尤在以土會之灋①辨五地之物生，然後以十二教治五物焉。夫以掌邦教之官，而其亟且重者顧乃在於山林、川澤、丘陵、墳衍、原隰之名物，惟五地之物生既辨，而後乃以施教焉。則五地之物生所繫之亟且重可知也。而其六官之篇，必先曰：「惟王建國，辨方正位，體國經野，設官分職，以為民極。」若是乎先王建邦設都，凡以順天道、察地理、宜壤土之所生，以求盡夫人物之性而施吾教焉，

---

　　①　灋：四庫全書本作法。按：灋，當作灋。《玉篇》：「灋，古文法字。」《說文》：「刑也。平之如水，故從水。廌，所以觸不直者去之，故從廌從去。」

亦豈猶後世憑險阻、域封疆、角強立①於天下,如秦、漢以來所謂攻守異勢,婁敬告漢高帝以力取不可以德守諸為說之陋者哉? 古者建國,其始見於《書》曰:"陶唐有此冀方。"《穀梁》謂:"冀者,天下之中州,自唐、虞、夏、殷皆都焉。虞、夏之時,分天下為九州,冀州地最廣,河東河北皆在其域中。舜分冀為幽、并、營,幽與并皆冀地也。"由此言之,則今之帝京,正當冀之封域。蓋唐、虞、夏、殷之所都而天子之常居也。梁襄言:"燕都地處雄要,北倚山巘,南壓區夏,若坐堂隍,俯視庭宇。"雖王者建邦,不務險阻之憑,封疆之域,而燕之形勝,自古都會之雄,卒莫有過焉者,其至盛矣哉!《易·大傳》曰:"聖人南面而聽天下,嚮明而治。"惟燕當之矣。《詩》云:"天命多辟,設都於禹之績。"又云:"商邑翼翼,四方之極。"言封畿寰宇之表儀也。其山林、川澤、丘陵、墳衍、原隰之名物,既不可以不辨,而又將以為教所由施,其繫之亟且重如此也。則夫廣覽博觀,精識而詳說之,仰稽天道,俯察地理,及壤土之所生,人物之所宜,推原先王建邦設都之意,布諸册書,使因物而施教者於是乎有取焉,詎不偉與? 朱君竹垞,彊力嗜學,著《星土》《世紀》一卷,《形勝》一卷,《宮室》七卷,《城市》九卷,《郊坰》六卷,《京畿》十一卷,《僑治》附焉,《邊障》二卷,《户版》《風俗》《物產》一卷,《雜綴》一卷,終以《石鼓考》三卷,統名其書曰:《日下舊聞》。而采輯羣書,至千二百餘種之多,可謂廣覽博觀,精識而詳說之者矣。以余觀其意,不顓務言險阻封疆之勝,始之《星土》《世紀》,而終之以石鼓之文,大抵與秦、漢以來儒者形勢之論,以及奉春君之陋說,殆什伯不侔矣。擇而取焉,吾望夫因物以施教者。

《朱子論定文鈔》序

衆言淆亂折諸聖,去聖日遠,邪說害正,不有其人排斥而決擇之以衷諸孔子,則天下倀倀焉如瞽者之無相,暝行之無燭,不及於顛踣陷溺無所底也。當戰國時,去孔子猶未遠,而楊、墨、告子之徒各倡異說,塞仁義之途,孟子辭而闢之,廓如也。洎秦以來,游士縱橫捭闔,傾動世主。其人皆詐謀詭論,欲苟一時之得,不復顧萬世之害,舉先王所以成教化而美風俗者,毀裂滅絕,其害甚於燔書。浸淫既久,中於人心。由是百家紛出,奮其私知,敢有顯然非聖之書矣。兩漢雖表章《六經》,而微言既湮,其流至於曲學阿世。迨其後生心害政,以致禍亂相尋,歷晉、唐,洎五季之時彌甚矣。中間二三賢喆之士,如韓、歐諸君子出而力爭之,聖人之道賴以綿綿延延,不墜於地。然亦莫有能集諸子之言而滙歸於一是者也。故即濂、洛之賢,其言亦僅邈焉孤存於世。逮及南宋,紫陽奮興於千載之下,正百家而集大

---

① 角強立:四庫全書本作角強力。按:角強立,文義不通,作力,是。

成。迨於今，世之學者知道之有歸而學之有統，謂非朱子之功將誰屬哉？昔蘇子瞻論楊、墨之害，等於洪水。降及後世，曲學之患，甚於異端。昌黎推尊孟子，以為功不在禹下。然則朱子之為功亦不在孟子下矣。孔子曰："不知言，無以知人。"孟子"願學孔子者也"。曰："我知言。"夫言之淆亂難知也久矣，由孟子辨之，而天下後世始因以知之。今去孟子之時千有餘歲，羣言之紛綸，莫可紀極，朱子從而別白是正焉，而天下之言理者始歸於一是。朱子之知言，繼孟子而興起者也。其言散見於羣書及具本集中者，石門吳子青壇，距戶十年餘，潛心蒐輯，薈萃成編，名曰：《朱子論定文鈔》。昔人謂仲尼駕説者，朱子駕孔子之説也者。今復駕朱子之説，可謂金口而木舌者矣。聖天子典學重道，紹接洙、泗，詖衺新異之説，不得至於黼扆之前，知言獨至矣。是書也，上佐乙夜之觀，益廣文明之化，又豈僅為學士大夫誦説服習之書而已也哉？然，學士大夫果皆能誦説而服習之，以求至乎成教化而美風俗，則簡冊之所傳，即政教之所布也。知言之功，不其偉與！青壇以書問序於余，余是以樂為之序。

《四書字畫約》序

《四書》之書，髫髮①誦習，白首茫然，能得其意者鮮矣。顧其立言，文從字順，非有聱牙詰曲、棘喉薄吻之音，世之學者，動稱古文奇字，過矣！其為書數萬言，約而取之，凡二千三百二十五字耳，而天地古今洪纖高下事物之理，修己治人之道，不出此二千三百二十五字之中而罔不備焉。雖古之善立言者，無以過之。若是，則聖賢之所貴，古文奇字云乎哉？古文奇字，亦有加於四子之書之所言者哉？《傳》曰："修辭立其誠。"又曰："吉人之辭寡。"蓋立誠則辭自寡，四子之書，辭之寡者也，而古文奇字不與焉。後世立言者，將何所取法與？陽城王君端木，約取其字，參伍研極，能審知其點畫之所以然。孟子所謂"博學而詳説之"，此非其一端與？間嘗謂小學之為功於經書甚鉅，如陸德明《釋文》，顏師古《刊繆》《正俗》，張參《五經文字》，元度《九經字樣》，賈昌朝《羣經音辨》，毛居正《六經正誤》皆是也。四子之書，約其字而詳説之，則自王君始。王君且老，尚為諸生，為此以詔後學，亦小學之功也。而余則進以立言之説者，以世所當治之書，更無急於四子，而其為字，如此其少，其為用之大，舉天下所當治之書莫之能或急於此，則是立言之道不在彼而在此可知也。王君好學深思，亦喜古文奇字，故為是説以告之。

---

① 髫髮：四庫全書本作鬌髮。按：髮，當作髮。髫髮，兒童下垂之髮，指童年。

《傳經堂集》序

吾修勝國史,至所謂靖難時忠臣義士,蓋攬其軼事而悲之。夫以燕之雄及其一時攀鱗附翼之人皆已灰沉煙滅,散漫於蟲魚牘簡之中,況其姦回邪佞,苟富貴而賊忠良,此人皆澤已斬矣。僅而存者,亦黤黮而無聞也。而忠臣義士,世皆知重其苗裔。吾嘗訪而求之,問其家牒之所藏弆,長老之所傳聞,苟遇其人,樂與之游焉。前年得一人,華亭廖子樾阡。今年得一人,仁和卓子次厚。兩人者之先,余既採其行事,編之史傳。於廖氏,又別為小傳以記其家世之賢。兩人既世為通家,又相好也。而樾阡從吾游且久,於是,次厚屬樾阡別求余文,序其所謂《傳經堂集》者。蓋卓氏自忠正公而後,聞人輩出,而入齋、蓮旬、蕊淵三先生,尤以文章經術為世所宗。蕊淵之子火傳,賢而有文。建祠祀三先生,櫝而藏其遺書於廟,歲時奉以出,以教其子孫,於是傳經堂之名所由著也。而海內文章之士,慕其流風詠歌,頌說其遺烈,火傳編為大集,而次厚繼其先人之志,收羅益多。三先生之賢,凡名能為文章者,亦既揚挖而紀載之矣,而吾獨悲忠臣義士事人國家,不幸而遭變故,仗節死義,雖其芳名盛美足以傳之於無窮,然,求其後世子孫有能念爾祖而勿替厥休者,亦寥寥其難焉。今吾於廖氏既有遇也,又得卓子及聞其先世之流風遺烈而頌說之,以竊附於海內文章之士,亦可謂幸已。然,吾聞金川門失守時,忠正之子孫,變易姓名,乃得出避於塘西,而廖氏竄流之金山,其後,子孫稍得徙申浦之南,其艱危如此。今卓氏雖盛矣,亦尚其敬念之哉!

《洎水齋文鈔》序

陽城之西,壤境相接,懂①三四十里許,在行山溪谷之間,由明以來,以科第顯、立名當世者,其多至踰晉以南數郡縣。陽城蓋天下人材所自出也,今未易殫數。其尤為天下所知者,有若楊公繼宗,原公傑,王公國光,孫公居相,張公銓。或以清節,或以事功,或以直敢言,或以忠死事,此五君者,皆天下所知者也。準以洙、泗之四科,則班班乎德行、政事、言語之選焉。疎菴有文而略,拱陽長於論事,蓋文學之難,雖賢者不能兼而有之矣。幸而有之,而其人苟不汲汲於表襮②好名以求自異,雖同時之人知相推許,而知者半,不知者亦半。迨其後,聲塵湮滅而無聞,此才人志士之所以摧心③飲恨於斯文也。吾於貌山張公有

---

① 懂:四庫全書本作僅。
② 表襮:四庫全書本作表暴。按:襮,當作襮。表襮,表現。
③ 摧心:四库全书本作椎心。

慨焉。向所謂文學之科，公其人也。始吾所居三四十里溪谷之間，有常評事倫及吾祖副使容山公_{公諱天祐}皆最能詩而莫為之繼。蕤山先生奮然獨興於數世之後，其所與交游者，虞山錢受之，竟陵鍾伯敬，蓋當世之文人，皆已知推許之矣①。里中則楊黃門沁湄，以其學與先生相周旋，先生曰："吾之畏友也。"其時白公東谷最晚出，先生亟稱之。自是，先生之文益昌，而里中名卿碩人能文之士彬彬稱盛焉，則先生推挽之功也。昔子夏教授於西河，言偃②崛起於東吳，流風遺韻，振往古而導來今，孰謂先生之功為可誣也哉？以公立朝之風概，晚節之昭明，不媿於向所稱數公德行、政事、言語者，而斷以謂文學舉其盛也。虞山《列朝詩傳》稱："金銘為人有別趣，詩亦有別調。懷負志節，敦友誼。"又稱："國家置之冗散，不得當一臂，由今思之，可為痛惜。"則其所取於先生者，又豈獨以其文哉③。兵劫之餘，篇章散落，張公伯珩，搜録其遺文。伯珩令子茂生鋟版行世，而先生裔孫太僕君泰交，式光前緒，徵序於予。予因慨夫吾祖容山公之有文也。容山公詩，吾童稚時及見其鈔本，後略省記，悉索敝簏中，不可得。問之鄉曲，無有知者，則遂將湮滅而無傳矣，寧不可痛恨哉！吾是以歎太僕君之賢能不歿其先人也。同里寓人陳廷敬書。

《願學齋文集》序

黃忍菴先生自定其所為《願學齋文集》一百十卷，以其目録視余，屬為序。曰："吾求於世可序吾文者得四人焉，子其一也。"又曰："始吾為學，因文以見道。子之求道也勤，故可以敘吾文。"余愧其言。然，卒不得辭，而亦將以文與道離合異同之故質之忍菴，而亦因以求道於文焉。《易》《書》《詩》《禮》《春秋》，皆非有意於文也。自孔子歿，後之能言之士，其傳於世者，大抵皆有意於為文，而其能不離異於聖人之道者，斯為至矣。由孟子以來，去聖人益遠，道益不明。其傳於世而號為能言之士，如司馬遷、班固、劉向、揚雄之徒，其所為文，雖皆不離異乎聖人之道，而語其至，不能無大醇而小疵也。近代有八家之目，其說始於茅氏鹿門，而傳其書於天下後世。此數子者，果天下後世之所未易幾及者也，而以言乎聖人之道，此數子者其馬、班、劉、揚之流亞與？嘗讀晦菴朱子之文矣，蓋顯以明聖人之道於危微絶續之闚，而其言語之妙，又有兼數子之長者，然而不在數子之列。鹿門之意，

---

①　其所與交游者，虞山錢受之，竟陵鍾伯敬，蓋當世之文人，皆已知推許之矣：四庫全書本在交游者後加類皆名流，刪去虞山錢受之五字，竟陵鍾伯敬前加如字，並改蓋為亦，改皆為固。

②　言偃：四庫全書本作言游。按：偃字不誤。言偃，字子游，孔子弟子。

③　虞山《列朝詩傳》稱："金銘為人有別趣，詩亦有別調。懷負志節，敦友誼。"又稱："國家置之冗散，不得當一臂，由今思之，可為痛惜。"則其所取於先生者，又豈獨以其文哉：四庫全書本將此六十二字全部刪去。

將以謂數子者特以其文焉而已耳，非果謂其果不離異乎聖人之道也。若是乎文與道離而不合，異而不同，而忍菴曰：吾"以文見道"，又以為余之"求道勤"而可語於斯文也，豈無其故哉？朱子自韓、歐陽以下皆有譏焉，而獨稱南豐先生之文，故朱子之文出於南豐。今忍菴集曰"願學"者不知其謂誰何？而以吾觀忍菴之文，則皆仲晦、子固之文也。由是以求至乎聖人之道，則忍菴之所見，必將超然有得於此矣。所謂"因文以見道"者，其謂是與？忍菴將歸，與其徒講道於江湖之上，以求進其所未至。而如余者，既無所自見於世，將齟齬以終老，忍菴亦何取於余言哉？使強為言，亦朱子所謂"已試不驗之説"者，其果何所取哉？忍菴嚮所云四人者，余問之，孝感熊先生其一也。熊先生講學為文，忍菴試質之，其以余言為何如耶？

　　　　　　　　　　　　　　　《午亭文編》卷三十五　　男壯履恭較

《午亭文編》卷三十六

門人侯官林佶輯録

序　二

贈靜明子序

余行天下,見磊落權奇之士,其人皆超然高舉,不能與世近。顧余獨慕好其人,其人亦翛然翩然引而余近也。比居里中,與時俗相俛仰。有客過予而笑,問之。"向者夫子接塵而游,不肯耽偷懦、習頓熟,見蠅營蟻羶者,思掉頭脫去。故所求與游,大半皆權奇高舉之士。今則為纖人頑夫之行,雉媒之翳,以求龍友,宜歷落俊邁非常之人去夫子而不顧也。"余嗒然無以應。久之,訪舊游於里中,靜明子居環堵之室,鍵户觀物,盖與世絶不通者,壯而且老矣。今年已八十,道日以高,守日以固,益落落不與世通。余欲越阡度陌,契濶相存,追憶向者班荆畫灰之語,為雞豚田社之游,而遽然不可遂得。回念客之言是也。甚矣哉,余之憒也夫!居無何,靜明之子從余游,致其父之言曰:"老人非好為固也,辱夫子之知,今老矣,不可以俯仰於時以辱夫子。夫子有意於老人,其贈之以言乎?"雖然,余何以贈之? 嘗記靜明子少時,英姿蓺儻①,經奇男子也。影塵鈎瑣,身事蹙迫,斂其輪囷陸離之才,潛掺載籍,儒、墨、道德、陰陽、名、法六家之書,抉摘鈎稽,得於心而適於用也,若數甲乙

---

① 蓺儻:四庫全書本同。按:蓺,當作蕩。《廣韻》:"吐郎切,音蕩。"《漢書·陳湯傳》:"陳湯儻蕩不自收斂。"顏師古注:"儻蕩,無行檢也。"

而傾庋篋也。而尤精於律曆①之學，立術數，揆儀度，觀璿璣之運，審三光之行，推前校往，協律正紀，授民時而成歲功，與新法悉合，而考晰曆②元，綜校分度，其說尤為精密。蓋其籠挫七曜，探索三垣，重黎、羲和者流而甘、石二家所取衷也，豈猶夫兔園村夫子，呫嗶一卷書以自號為儒哉？靜明子自閉關以來，掃除所習故學，而獨好黃、老之書，箋注《道德經》，其大指如太史公所云："六家之弊"曰："神太用則竭，形太勞則敝。"故靮務先定其神，而獨以道家為宗。嵇叔夜曰："非淵靜者不能閑止。"老子曰："知止不殆。"《經》言："能慮能得而本之定靜。"靜明子其有道丈人也與哉？夫道則吾不知，余知靜明子深於律曆③者也，曆家④測圭景，察經宿，睇視弦望晦朔，光魄虧盈，以定其符驗，皆可得而見者。孟子以為"千歲之日至，可坐而知也。"夫何以斗二十一度去極至遼矣，日在焉而冬至，而羣物於是乎生焉，此其可見而不可見者存。夫黃鍾萬事之根而律首焉，冬至萬物之初而曆⑤始焉，此其不可見而天下之可見者莫大乎是。推之至於月先建子，時平夜半，天地貞觀，日月貞明，天下之動，貞夫一者，靜明子於天地人之道，必有以窺其微矣。他日，余將毀關撤垣，造膝而問焉，毋徒使客謂余不能得天下奇士，漠然相視而笑也。

送闕同年序

　　同年生江陵闕君以華，漢壯繆侯⑥苗裔也。按《侯傳》⑦，先主收江南諸郡，以侯⑧為襄陽太守，及西定益州，拜侯⑨董督荊州事。迹侯⑩生平，在荊、襄時為多。後侯⑪攻曹仁於樊，曹操勸孫權躡侯⑫後，引軍還，權已據江陵，盡得侯家，侯以此終⑬。則侯

---

① 律曆：四庫全書本作律歷。按：曆字不誤。乾隆名弘曆，避乾隆諱，改曆為歷。
② 曆元：四庫全書本作歷元。按：曆字不誤，避乾隆諱改。
③ 律曆：四庫全書本作律歷。按：曆字不誤。避乾隆諱改。
④ 曆家：四庫全書本作歷家。按：曆字不誤，避乾隆諱改。
⑤ 曆：四庫全書本作歷。按：曆字不誤，避乾隆諱改。
⑥ 壯繆侯：四庫全書本作忠義。按：蜀漢名將關羽被東吳殺害後，蜀主劉備追諡關羽為壯繆侯。順治九年（1652 年）清統治者封關羽為忠義神武關聖大帝，與孔子並尊為文武二聖。改壯繆侯為忠義，表現了當時對關羽的尊崇。
⑦ 《侯傳》：四庫全書本作《忠義傳》。
⑧ 侯：四庫全書本作忠義。
⑨ 侯：四庫全書本作忠義。
⑩ 侯：四庫全書本作其。
⑪ 侯：四庫全書本作因。
⑫ 侯：四庫全書本作其。
⑬ 盡得侯家，侯以此終：四庫全書本作盡得忠義家，遂以此終。

家①在江陵者，當孫、曹譎搶攘亂離之際，僅有存者。雖其譜系不可深考，而自漢以來，宗老相傳，則君為侯之苗裔②無疑也。由漢至今，江陵之闔無顯者，君以國朝順治丁酉舉於鄉，戊戌成進士，仕為寶坻令，有廉能名。居三年，坐失察逃人，奪其官。寶坻民叩天子閽，白君愛民狀。主上閔然，為民許留君再為寶坻令。又三年，會薊州缺知州，君權其州事，又以失察逃人，奪其官。歸江陵，君於是不復求仕矣。今年秋，篡糧杖策，走千里謁余於荒阡墟莽之中，謬謂余："士不用於世則亦已矣，而終不忍不白其所志貽家世羞。聞子以古人之道自任，所為文章，以定是非、別同異，曉當時而傳後世也。若以華之賢不肖，其出處進退，將求折衷於夫子焉。"余語君：子神明之胄而王國之光也。漢至今數千百年，而江陵之族姓無有聞於世者。及子之身，而實當國家之盛時③，乃三仕而三已焉。夫以壯繆之靈爽不昧，昭然在上，而不能庇其孫子④，使數千百年之間淹厄而無聞。侯⑤之不私其親固如是耶？抑子之命定於天，而侯以其忠順直方之性⑥，不肯逆天而行其智臆耶？抑又人世之榮辱得喪，與鬼神之見各殊，已者之得，未必不如仕者之失耶？三者之說，子必有以自信焉。知其若此，而何媿乎為壯繆⑦之苗裔也與？君留信宿而去，書其語為贈別之序。

送汪悔齋使流求序

國家受命宅中，統壹方夏，威煇旁達，覃及無垠，至於海外，罔不震懾，悉享悉庭。其有阻疆自雄，悖暴淫逞，則不憚取亂侮亡，奮雷霆百萬之師，臨其區域，立就殞滅。於是天子曰："嗚呼！予一人受天顯命，盡天所覆，以畀予有家。惟天眷在德，務廣地者荒，務廣德者強。迺顓任仁義禮樂教化以保惠黔首，懷柔遠人。"流求自先朝奉職貢為外臣，不懈罔愆。康熙二十年冬，中山世子尚某遣陪臣某表奏其先王喪，乞嗣封爵。禮臣議："流求越在海外，道遠，宜以冊命頒給陪臣，不遣使，便。"於是，陪臣某具狀陳乞，欲得天使為小邦榮寵。其時，天子御門，覽狀，臣廷敬實侍起居。上曰："海邦嚮化，宜遣使宣布朝廷德意，如陪臣請。且宜得通經術，善辭命，可使遠方絕域者。"下公、卿、臺諫推舉，臣廷敬退而謹

---

① 侯家：四庫全書本作其家。
② 侯之苗裔：四庫全書本作忠義苗裔。
③ 當國家之盛時：四庫全書本刪去時字。
④ 夫以壯繆之靈爽不昧，昭然在上，而不能庇其孫子：四庫全書本改壯繆為忠義，並刪去爽不昧，昭然在上，而八字。
⑤ 侯：四庫全書本作忠義。
⑥ 侯以其忠順直方之性：四庫全書本改侯為忠義並刪去其字。
⑦ 壯繆：四庫全書本作忠義。

書其事於冊。公、卿、臺諫廷推翰林檢討臣汪楫為正使，中書舍人臣林麟焻為副使。上曰：
“可。”二臣銜命，行有日矣。輦下大夫士能為詩歌者競賦詩以壯其行。汪君不以余不能
文也，而屬予為餞別之序。余舉一觴謂汪君曰：嚮者，廷敬侍起居，親見上之鄭重遣使臣
也。夫余與君歷玉堂、升清禁、從容侍從之班，見主上聖文以開太平，神武以過亂略，載之
左右史者多矣。而大要於仁義禮樂教化之大以保惠懷柔夫天下者，尤孳孳焉，汲汲焉。宵
衣而待旦，日中不暇食。遠人之來，其亦聞風慕義而至乎？《傳》曰：“於遠人，則修文德以
來之；既來之，則安之。”《傳》又有之：“招携以禮，懷遠以德。”上之鄭重遣使臣之意，其必
有所甚念於此與？且吾聞古稱流求驍健，喜擊鬬攻刺，其俗多與中國殊。迺今或者又謂好
禮義，悅詩書，安知今之俗不異於昔耶？然則宣達國家以仁義禮樂教化懷柔之至意，使之
服教畏神，廩廩聖化，暨環洲島而處者，永為冠帶之邦，不專屬於君之此行與？使成而旋，
必有以此稱塞上旨者，廷敬又將執簡而書其後。

送翁寶林尚書予假遷葬序

　　士當窮阨，離密親，遠丘封，提書游四方，不憚道途之勤、羈旅之艱者，凡以求顯名美仕
也。及循覽昔人行事，見其獵聲名、耽祿利、有危如顛跌，佷佷焉而不思止者，則心鄙之。
或有有才無遇，遇而輒困苦，若不容其身者，又未嘗不太息想慕，歎惜其為賢。故士之仕
也，守難進易退之節，或長往而暫歸者，亦凡為仕所宜焉耳矣，豈必有道之士能乎哉？而卑
俗時士之論有異焉，曰：“士大夫引退乞身，當於寵盛志得之時，斯可以為榮矣。若寵渝志
失，欲退而不能，或能退而祇以為辱也。”余之説不然。士君子進退，於時度可不可耳，豈
計榮辱哉？是説也，惟有道之士能之。古之人有欲退而退者，晦菴之立朝是也。立朝四十
日而退，而晦菴不以為辱。有欲退而不免於辱者，伊川涪州之行是也。而伊川不以為辱。
有欲退而不得退者，司馬君實之居洛是也。居洛下十五年，而當時且以為榮。是何也？三
子者，古所稱有道之士，無得而加焉者也。故或退、或不得退、或退而辱，在天下未嘗以為
辱，而後世之榮亦莫有得而加焉者，此吾之所以異乎流俗之論也。寶林為大司空，數閱月，
乞遷葬以去。於是，卑俗時士譁然同辭曰：“寵盛志得之時也，而引退如此，此乃可以為榮
矣。”而余謂不然者，寶林有道之士也。有道之士，志意不出三子下。三子者之進退榮辱，
渾然不以加諸其心。寶林豈以一退為榮者哉？士守難進易退之節，或長往而暫歸，凡仕宜
然也，不必有道之士後能之。寶林以三子為師法，其所見宜有超然於流俗之外者也，此亦
豈足以榮吾寶林哉？雖然，士之振華纓、曳朱轂，趨趄驅馳而不能休，回念嚮之離密親、遠
丘封、勤道途而艱羈旅者，凡以為有今日耳。今幾何時而忽焉以去，故有視危如顛跌，佷佷

焉而不思者,以為吾之所甚榮在此,誠不能一旦捨而歸也。則凡為仕者,欲其守難進易退之節,將誰能之？今寶林之歸,世以為榮,亦可以為勸也已。寶林之有道,吾所取正焉者,其以余言為然與？否與？

送張公箸漢侍郎歸展先壟序

今天子神明獨運於上,萬幾旁午,環顧三公九卿,疇咨太息曰:"惟得人。"大僚乏位,主爵啓事上請,必審詳諦觀其人,若既可者,或經歲月不輒下,欲得端碩魁異傑特之賢,以興事赴功,蓋其難如此。而士大夫之官中朝者,恐慄惟謹,求稱上意之所存,奔走率職,不敢自寧。箸漢張公,筦貳中樞,望實隆茂,發言建策,動中機宜。朝宁倚以為重,所謂端碩魁異傑特之賢也。一旦請歸,展其先壟,上憫公意,予假以往。且度其道里往來程日之早暮,計時以還闕。於是,縉紳之士相與言於朝曰:"公吾屬之所倚以為重也,奈何其去？"其鷹揚虎賁、建牙開閫之長,貆冠魚服、撫劍控弦、投石超距之士,咸瞻視嗟咨曰:"公不當去。"而屏居息影處士者流曰:"公之去,誠有以哉。"嘗見聖朝之取人用賢也,惟其大,不惟其細;惟其全,不惟其偏。今夫恐慄惟謹,奔走營營不少休之士,聖明所燭也。然,以為奉令一官,效能一職,猶憂憂乎其難之。況將置之玉衡大斗之間,論道經邦之地,以興起事功,可不於其大者全者取而用之乎？夫公既抱其大且全者,而天子又知之,所謂其人之可者也。且用公而公求去,然則公之所為大且全者又豈尋常意量之所能闚哉？夫惇在三之義,篤臣子之恩,所以顯至教、廣隆理也。公以先壟之故歸,誠君父朝廷不惜其去,以勸天下之孝於其先,而公之孝於其先者,實可以風示天下之人,此其所為大且全者何如哉？余屏居息影之人也,於公之歸,既不同乎朝士之意,而又與冠貆服魚、撫劍控弦之倫異其趨,姑有是說焉以導公之行。

崑山徐相國賀序

自風后、力牧已來,唐、虞、三代,迄於後禩,相道之隆替視乎君,君道之盛衰視乎相。堯之相舜,舜之相禹,禹之相皋陶、伯益,湯之相伊尹,此夫人而知之也。堯嘗咨相於放齊,諸人既聞其言而吁之。使當其時,一或不慎,舉而用之以為相,而舜亦不相禹,禹、湯亦不相皋陶、伯益、伊尹,而其所任以相,或皆如堯之所為吁者,而堯、舜、禹、湯獨孑然以一聖人而立於其上,若是,則欲以名唐、虞、三代之盛,使天下後世之人,羣然而稱堯、舜、禹、湯曰:"此為君之至者",而其相則泯然無聞焉,此豈理之所有者哉？故曰:"相道之隆替視乎君,君道之盛衰視乎相。"自時厥後,不知其世視其君,不知其君視其相。視其君而其世可知也,視其相而其君益可知也。葢相之繫乎君,其重鉅如此。康熙二十八年夏五月,崐山立齋徐公,以戶部尚書入參大政,於是朝之卿大夫百司蓺事在官之賢者,閭巷之耆叟童兒走卒皆曰:"吾君堯舜之君也,必如公然後可以為吾君相。"葢天下望公之相久矣。公天質雋異,蜚聲藝林。世廟在御,對制策,親擢公第一人,時已有公輔之目。今天子當陽,益器重公,累遷禁近密勿論思之職,地處清要。公嚴潔以持身,虛公以宰物,朝夕以所學獻可替否,啓心沃心,葢勤學佐治之績茂焉。及其居臺憲也,謇謇諤諤,不狃於貴成謀、薄廷諍之說,一時諸為奸利不便於身者,皆側目裂眥矣。其後,公既罷而閒居,益緝學礪行,讀書纘言,以昌明正學為己任。居數年而天子思其言,復拜公御史大夫。公不以前罷故少自抑損,由是天子益重公而思大用之矣。余又嘗論人臣進言之有難易也。言之而用,身安而道行者,此其言之易者也;言之而不即用,身退而道尊者,此其言之難者也。既言之而身退矣,至於久而思其言、重其人者,吾道之所由以益尊而不易副其難者也。然公既以其言結主上之知,今且以昔所言者起而見諸行事,惟聖主有以答天下之望,吾知其無有難焉者矣。昔舜之歌曰:"股肱喜哉! 元首起哉!"皋陶賡載歌曰:"元首明哉! 股肱良哉!"元首、股肱,一體之詞也。而伊尹亦曰:"惟尹躬暨湯,咸有一德。""一德"云者,即舜、皋陶所歌之義也。他日又言:"吾豈若使是君為堯、舜之君哉?"則伊尹之實有是德可知矣。今者,堯舜之君在上,公適為相,由舜、皋陶所歌之義,以微伊尹之言,則三代以下,後褆之君臣不足為公道也。公其思所以為堯、舜之相乎哉? 余弗能為佞以賀公之相,而終望公以堯舜之相之道相吾君,是乃可以為賀也。公之同咸生官中朝者將有賀於公,聞吾之言曰:"微子言,公其念之矣。"雖然,公之樂聞有是言也,請書之以為公賀。

《祀學錄》序

《禮》:"凡始立學者,釋奠於先聖先師。"又:"凡釋奠者,必有合,有國故則否。"鄭康成謂:"先聖,周公若孔子也。"《禮》又曰:"凡學,春官釋奠於其先師,秋冬亦如之。"康成引《周禮》謂:"凡有道有德者使教焉,死則以為樂祖,祭於瞽宗,此之謂先師之類也。若漢《禮》有高堂生,樂有制氏,《詩》有毛公,《書》有伏生可以為之也。"今天下學祀孔子,稱至聖先師,則是直以先聖、先師為一人矣。考之《禮》意,多未合。孔子之下有先賢、有先儒,若高堂生、毛公之徒,並稱先儒,此皆古之所師者也。《禮》所云"釋奠於其先師"者,專謂此也。今則不然,葢以孔子為先師,則不得不以高堂生、毛公之徒為先儒,又以別於鄒、魯之賢,亦其勢使然也。又其下曰:鄉賢,葢鄉先生之祀於學者。康成解"國故",謂即其國之先聖、先師,言國故有此人也。今鄉之賢者,猶國之故有此人耳。夫高堂生、毛公之徒不得稱先師,而謂"國故"反可稱先聖、先師者,其誰之徒為先儒,又以別於鄒、魯之賢,亦其勢使然也。又其下曰:鄉賢,蓋鄉先生之祀於學者。康成解"國故",謂即其國之先聖、先師,言國故有此人也。今鄉之賢者,猶國之故有此人耳。夫高堂生、毛公之徒不得稱先師,而謂"國故"反可稱先聖、先師者,其誰敢與?先聖、先師之名必不敢居,則當旁通其義於《禮》而不失先王制作之意而已矣。又《禮》:"釋奠於先聖、先師,先老終之。"古者,天子視學、養老,同重並舉,而始立學必先釋奠於先世之老,故吾謂今之鄉賢可比於古者"釋奠其先老"之義,雖不盡合於《禮》意,而以世變推之,猶為可受,庶幾行之久而不至廢絕也。蓋古者釋奠先老之禮亦已重矣。凡養老,適饌、省醴、具珍,天子親袒割牲,執醬、執爵,養老之禮,其重如此。則其於先世之老曰"釋奠"云者,視先聖、先師文既同而禮之重可知也。養老之禮,親袒割、執醬、執爵,則其釋奠於先世之老,其禮之重於養老又可知也。郡縣之學,使其長吏行事,雖其節文儀則有異,而其於天子敬學養老之意,貴於無失其義則一也。故吾遂謂今之鄉賢猶古者"釋奠其先老"之意云爾。或曰:"先老祀世之曾為三老、五更者",今鄉賢之祀,惟取其德行,不能必其皆老而沒也。韓子不云乎?"聞道無先後[1]",今使顏淵、子奇雖得壽,當不僅在先老之列,孔光桓榮之流,雖為老、更,終有媿焉。故其祀於鄉者,亦惟其賢焉而已耳。惟其賢,則未有不賢而可祀以先老者。且古者"釋奠先老",又不惟以謂養老而已。學者所習之業,既以取法於先聖、先師,而先民之可則傚者,亦往往而有焉。故"釋奠先老",同於視學,使學者有所興感也。後世聖、師之名既不可居,而先賢、先儒之得通祀於天下學者,必請於朝,久之議定而後行焉,蓋亦難矣。吾恐責名起議而使先民之可以則傚者不得亟列於祀,且久之而廢是禮也。故原先王視學養老之義而為之説焉。蓋有感於我鄉真翁蔣公之為賢也。《禮》所謂:"法施於民則祀之",公其人也。公歿而宰木已拱矣,其流風遺徽之傳於後者,故老稱之,後進思之,搢紳先生交頌如一。遂聞之郡邑,聞之大吏,僉曰:"允宜檄學官,從祀如常儀。"後生小子有所興感則傚,由是鄉賢因公而益重,然後益知先王釋奠之意,其示學者所習之業有所取法,其義至深遠也。輒推本《禮經》遺意而旁通其說,為《祀學錄》序。

---

① 韓子不云乎:"聞道無先後":四庫全書本同。按:韓子,即韓愈。他在《師說》一文中說:"古之學者必有師。師者,所以傳道授業解惑也。"又說"弟子不必不如師,師不必賢于弟子。聞道有先後,術業有專攻,如是而已。"在韓愈看來,師和弟子的差別,就在於"聞道有先後,術業有專攻。"如果沒有這樣的差別,也就沒有師和弟子了。無字誤,當據改。

《從 祀 錄》序

郡縣學廟之廡,皆有所謂鄉賢者,其果有益於教術治理乎哉?先王設學教士,重師儒之職,其有道德之所歸,而民之興行可視以為法者,歿而祭於瞽宗,以為樂祖。蓋自舜之命夔也有胄子之教,其法在乎絃歌蹈舞、講誦辨說,以節文乎君臣、父子、夫婦、兄弟、朋友之間,而泳陶乎親義別序信之實。故周之盛,既以大司徒掌鄉三物之教,而又以大司樂掌成均之法、蓋不獨以教其國子,而邦國之教準是法焉。士生其間,其有為道德之所歸而民視以為法者,是以有瞽宗之祀。《記》曰:“釋奠必有合。”凡以助合成成均之法,所以使民觀感奮興,以為吾之所取法者,且得列於豆籩几筵秩祀之中。上之不忘乎以賢得民、以道得民者,如此其至也。故相勉於學,而為凡民之倡。則凡淫陂邪謅、珍行驚師之習,不接於民之耳目心思,而流風善俗,足以詠歌興起於無窮,夫是以教術之美治理隆也。今之所謂鄉賢,古之所謂瞽宗之祀也,豈果無其益哉?自俗之偷也,舉先王立教造士鼓舞振興之方,皆以為榮身競名之階。傭奴市販之子,暴起里閭,苟可以騁其力,不難使先聖之廊廡同於士寢,牢醴勺羃之品物等於麥飯紙錢。於是乎鄉賢之設,果不足以為教術治理之益矣。而華州之風,獨猶有先王之遺焉。蓋后稷、公劉、太王、文、武之所開基也。故其君子有禮樂文物之習,其小人有稼穡憂勤之業,奇衺之行,不齒於其鄉,而孝友忠信廉正碩大之士,乃得從祀於孔子之廟庭。其民之欲之也則然,非其家之所能強而致也。中允陳先生,官兵馬指揮,以子貴封文林郎、林縣知縣。先生以理學為關中正傳,民之所稱孝友忠信廉正碩大之士也。自四方之賢人君子,過必式其廬。士上其事,民誦其行,僉曰:“瞽宗之祀,惟先生允宜。”其家不得辭,從士民之望也。夫師儒之於古重矣。關中之人,獨能原本先王之意,以求益於教術治理之隆,豈非有志於斯世者所樂道而稱述之者哉?余因序其所謂從祀之《錄》者如此。以華州之風,可以風世,不獨為陳氏一家之榮已也。

祀鄉賢名宦序

古者,君親見鄉長而問焉,曰:“子之鄉有賢則以告,有而不以告,厥罪蔽賢。”其於公卿大夫,進賢者賞,蔽賢則戮。鄉長、公卿大夫勢邈然絕矣,責之皆重如此。而《周官·王制》,興賢能,論秀士,則尤專責於其鄉。然則鄉者重於公卿大夫與?蓋先王養士教士之法,惟鄉備焉。故士之賢不賢,其進其蔽,責尤重於公卿大夫也。後世教養之法廢於鄉,鄉既不可以進賢,而公卿大夫亦未聞有蔽賢之誅。於是公卿大夫亦不數數以進賢為事,則其比於鄉,所爭輕重之數幾何也？然,鄉雖不足以與於進賢蔽賢之事,而至於今有二事焉,隱然以其義闕乎士之賢不賢之故而重於公卿大夫之所為者,一曰鄉賢,一曰名宦。斯二者,鄉以告其令守,令守以告其有司,有司又以告封域之大吏,而後得祀於郡縣之學者也。祀者賢,則士吏有所勸;祀者不賢,則士吏無所戒。勸戒者,先王所以教士養士之大法也而於斯二者備之。余故曰:"隱然以其義闕乎士之賢不賢之故"者此也。今鄉祀以賢,仕之鄉祀以名宦,二鄉之人,其祀之也,果為賢也,果可以為勸也,吾信之矣。夫以公卿大夫不能薦之於朝,而鄉之人猶能祀於學,而使天下之凡為士吏者有所勸而不至於無所戒,是公卿大夫之所不能為而鄉獨為之,鄉之重不猶有古者之遺義與？昔黃霸材長於治民,號稱良吏。其始坐為豪桀行役,使其鄉人徙之雲陵。而朱邑亦云:"桐鄉民愛我,必葬我桐鄉。"邑之在鄉里,誠未可知。然,觀其言,若有不自得者。今為鄉人,與仕而為吏,皆能使之不相謀,而鄉之人皆祀之,則其為人所愛慕,賢於古之人遠矣。吾於某公,嘉其賢,而又重以侍御楊君之請也,故為茲言以序之。侍御為吏於臨湘,今且為公卿大夫,將能為其所不能者,吾是以樂得斯事而書之,且又因以致望於楊君焉。

《朱太僕①畫像》序

　　予觀《朱太僕畫像》,蓋賢哉有道之容也。太僕曰:"得子之言以為重。"夫予非能立言者,太僕奚取於予言也哉？使徒以其容之可稱者而已,則世之有目與有口者之所共覩而能言者也,奚必予言之為重也。無已,即與之論畫可乎？畫者之欲貌人之容也,使之久居而䄃②視焉,聆其聲音,察其笑言,洞然有得於其人之心矣,然後求之於其形焉。故不善畫者畫形,善畫者畫心。畫心而心各肖其人之心,夫然後形各肖其人之形也。今吾與太僕論畫也,而可以論心矣。故目欲其無不明也,而必有所勿視;耳欲其無不聰也,而必有所勿聽;口欲其無擇言也,而必有所勿言;身欲其無擇行也,而必有所勿動。然則心欲其無不通也,而必有所勿思。蓋耳、目、口、體,必有所不視、聽、言、動而後視、聽、言、動之各當其則,心必有所不思,而後思之不出其位。今夫畫,目瞭然其無視也,耳凝然其無聽也,口默然其無言也,身寂然其無動也,心淵然其無思也。自有此畫,今幾時矣。今欲使太僕終日視而瞭然無視也,終日聽而凝然無聽也,終日言而默然無言也,終日動而寂然無動也,終日思而淵然無思也,有如此畫焉,能乎？不能乎？夫瞭然者,其無不明者也;凝然者,其無不聰者也;

---

①　朱太僕:四庫全書本作朱太僕。按:僕,僕本字。
②　䄃:四庫全書本作熱。按:䄃、熱,均熟之異體字。

黙然者,其無擇言也;寂然者,其無擇行也;淵然者,其無不通也。惟聖人然後可以踐形,吾故知太僕有所能,有所不能也。今之進諛於人者,非周公、孔子則不可以為悅,而吾以為非聖人不能者,蓋不敢以是進諛於太僕,而不敢不以是厚望於太僕也。太僕知予非習諛者也,故示吾以其像也,而吾與之論心。

<h2 style="text-align:center">《八刺史圖》序</h2>

《八刺史圖》者,江君在均州時采掇漢、晉、唐為刺史者,人各一二事,書之廳壁。已,令善畫者圖於簡冊,備其形與事。余在京師得觀焉。江君曰:“為我題其緣起,庶以傳於後,使是重也。”會余遭憂,還《圖》歸君所。君是時補官,適得河中,壤境相接。居一年,君復以《圖》來。於是余乃喟然歎曰:嗟乎! 刺史之賢,可傳於後,至可畫以為圖,使後之攬者流連愛慕,慨然於心,而反覆不能自已者,上下千年能有幾人哉? 由漢以來,可記為圖者,才得八人,人不能數事,若是乎刺史之賢,可傳者盡於八人,八人之賢,可傳者盡於一二事,為刺史者,蓋其難矣。雖然,以事繫人,事可傳者尚衆,以人徵事,則八人者,吾歎其難能焉。士有德才而不遇,遇而適不為刺史,與為刺史而不皆有事之必可畫為圖,則八人者不可謂之少也。由唐以來,至於今蓋千餘年,又得江君。始余知君好古通經,為文章,能致諷述於衆。及為吏,以經術緣其政,及去而人傳道之,思之不忘。余由是以得其為人,蓋與古之八人者侔焉。八人者,或以文章,或以經術,或以風節,或以政事,要之不違於道,皆所以成其為人也。夫古之人不可以見,今見吾江君,如見古之人焉。後數千百年,或不必千百年,安知不又有如江君者畫繪為圖,並八人者而為九刺史也與哉? 八人者,或不終為刺史矣,而世之稱之必以其刺史,則刺史之重可知已。君尚思其重,勉其難,以盡得夫八人者之所以為人,觸於目,警於心,奮發於行事,是為此圖之意也。夫八刺史者,張豫州敞,賈交州琮,陶江州士行,元道州次山,韓袁州退之,顏饒州清臣,韋房州景駿,段處州成式,繼八人者,則吾江解州辰六也。

<h2 style="text-align:center">《椿 萱 圖》序</h2>

蜀中劉君可南,為選人京師,日夜念其父母,令善畫者徐生畫椿樹、萱花,君則負琴書其傍,將趨而進,睠乎有遠思者。而京師之能為詩者,則皆詠歌嘉歎其所志。其後為沁水丞,挈其畫以來,以示余曰:“請公為我序之。”余時未能有以應也。於是圖留余所,且幾年矣。當徐生畫時,劍門阻險,隴雲棧樹,在烟塵烽戍間。羈旅游子,思其親而不得見,不得

已託興於草木琴書以自寫其意,亦可悲矣。及王師定蜀,道始通。君之父太公,間闗萬里走京師,就養官舍,父子始相見。嗚呼! 兵戈闗塞,回首驚魂。撫曩時之畫,以追數其聚散離合之端,其悲喜當何如哉? 余竊觀自兇逆稽誅,士大夫知忠孝名節之大者往往而有,而至於悖君親、甘屈辱,以苟旦夕之命,皆身名滅裂而無存者,亦不乏焉。予以君父子之所遇,有可感而志者,故卒為之序而歸之。

李晉陽詩畫册序

敬嘗過魏少司農環溪先生家,見公子無偽娟靜秀好,時尚未任戴冠,然已通《詩》《書》,儼然鴻生鉅儒,真名卿之冑也。次見其館甥李東陽,溫雅醞藉,浮英華湛,道德才器比公子,益驚異之。他日,司農公謂余曰:“吾子婿之兄李君晉陽,洪川西城名家子,惇行孝弟。父萬梆居士既歿,提抱其弱弟,友于善教,雅好詩古文,作《梆林記》以悲號思慕其先人。天下大夫士多感其言,皆詠歌嗟歎之。又好藏弆古今人書畫,畫册有名公卿題其上者,屬子一言志之。”始吾見東陽,心異其非常人,乃今後知晉陽君之家學,有本哉! 孔子惡夫“沒世而名不稱”者,又曰:“宗族稱孝,鄉黨稱弟,可以謂士。”以君之賢,知名天下,公卿大夫士往往詠歌歎息,想慕其為人,其亦可風也已。然,吾聞昔韓昌黎為唐儒宗,得子婿李漢,然後其文益振,其道益大。吾於東陽之於司農公,不能無厚望焉矣。

大司寇魏環溪先生七十壽序

蔚州先生致政歸之再明年,春秋七十矣。客有過余曰:“先生以道學自任廉清,於物無所嗜好,顧猶獨喜文章,請吾子為文以壽先生。”又曰:“先生謂子近道而有文,壽先生非子文不可,子不得辭。”余謂曰:“諾。”已而,念生辰為壽之辭,余既不習以為,而先生喜文章,其非以世俗之辭明甚。則吾所以稱先生,亦以先生之所以自任者,庶幾可乎? 粵自《詩》《書》所紀,唐、虞、三代,其時君相皆聖人,無道學之名。夫聖者,道學之標準也。堯、舜、禹、湯、文、武以道學而為君,皋陶、伊尹、周公以道學而為相。上下二千年,入乎此,則君明臣忠而天下以治;出乎此,則君闇臣邪而亂亡隨之。陵夷至於春秋,道學之統不在君相而在師,是以孔子為道學之大宗也。孔子不得位,無所繫於天下之治亂,而萬世之治亂,恒視孔子道學之興廢以為歸。火於秦而秦以二世亡。黃、老於漢矣,而漢之儒者抱遺經、守師說、蒞官服政,往往依據經義,苴決補漏,拔什一於千百,而漢治猶為近古。佛於魏、晉、六朝,而學士大夫藻繢文字,為無用之空言,孔子之道幾於滅息。自是以來,兵革相尋,篡爭接踵,道學之不明不行,其禍至於如此之烈也。唐之太宗,號為賢主。曰:"魏徵勸我行仁義。"徵之學本於王通,通雖不能盡聖人之精微,而其流風墜緒,猶足以有為於一時,而世莫能用,況其有能行聖人之道者哉? 五季紛紛,無足言者。有宋興而道學之名遂以大著,濂、洛推闡於前,考亭集成於後,亦皆不得行道之位,甚至有屬禁於其時。然,宋之文治,視漢、唐加邃焉。元許魯齋、明薛敬軒,皆亦嘗為相矣,皆以不能久於其位而不得行其道於天下。然而接宋儒之傳者二子也。接二子之傳者,吾求之往代,驗之方今,舍先生吾誰與歸與? 由孔子以來,斯道之傳寖微,或無其人,而時君世主方嚮用儒者;或有其人,而不獲見用;見用矣,或詘於時,不能盡其道。此後世之治所以不能幾於唐、虞、三代之隆也。今天子以聖人而為君,行堯、舜、禹、湯、文、武之道,將必有如皋陶、伊尹、周公其人者以為之相,舍先生其誰與? 安見夫唐、虞、三代之隆不再見於後世之治也與? 客曰:"子之言,可以壽先生矣。"

孫止瀾學士壽序

　　以吾所知及與游江、淮間賢人君子,若抱道德而隱居不出以仕者,於鹽城則宋射陵先生,若出而仕矣,猶隱居然,則吾友孫止瀾先生。蓋吾之知射陵,以與吾止瀾游也。《易》曰:"同聲相應,同氣相求。"又曰:"同心之言,其臭如蘭。"射陵高節偉行,宜其著聞於天下,而吾必待止瀾而後知之者,蓋非止瀾之與游,無以知射陵之深,而兩人者,非相與游之深,而吾亦無以知其言之可信也。若是,則同心之言,烏可少乎哉? 今年,射陵年七十,而止瀾亦六十矣。射陵之賢子稺恭,以試高等,貢在京師,將歸而拜其父。而淮上之賢士大夫謀所以為射陵、止瀾壽者。稺恭之言曰:"吾父之執,以得陳先生文為快,吾父更不可以煩先生。"余聞而賢其言也。今夫文以為壽,古有是乎哉? 吾欲一文以為兩先生壽,今有是乎哉? 夫古無而今有,安知古之無者不始有於今也哉? 或者謂:"兩先生之行,出處進退不侔矣。射陵以耆舊之遺,委形抗志,荷衣草履,自放於山陵川澤之間;而止瀾當少壯時掇巍科,踐華塗,翱翔承明著作之庭。及其倦而暫休也,海內望之,冀其旦夕枋用。今年甫周乎甲子,知化進乎古人。使其駕亨衢而康民物,吾道之與行,方自茲未艾也。而子比而同之,過矣!"雖然,止瀾年未命爵,蓋屢進而屢退焉。今又十年所,蕭然環堵,糲飯藜羹,不異後門寒素。而道進德修,《詩》《書》絃誦,詠歌先王之遺風,將樂而終身焉。回視十年以來,人世之升沉、顯晦、得失、利害、順逆之故,或朝而華榮,暮而戮辱者,亦復何限? 而止瀾神明澹定,歷寒暑晦冥而不渝也。此其與隱居之君子何以殊焉? 故吾欲以壽射陵者壽止瀾,蓋兩先生之道同,而其所以自處者亦無不同也。且吾有味乎止瀾之欲得吾文也。方今稱壽之言,必貴烜赫巨力之人,謂可以張其名而耀其事。不然,則取世之自以其能文,叫呶呼號於眾,與人爭一旦之名者,豈此文之足以附不朽哉?彼亦聊以自託於知文者之流,姑以陵夸恣矜而已耳。余雖掛名朝籍,而顝頜枯槁,閉闃固鐍,無以別於偶木石而友麋鹿者,去烜赫巨力之人遼矣、濶矣。又自以其不能文,故不呼號求名於世。是二者,凡所謂今之稱壽之言無可為役者也。而止瀾之有取於吾文者,得非將以遠夫烜赫巨力之人,而與顝頜枯槁者以引類而寄情,而文不文固不暇深論耶?苟如是,則以吾之顝頜枯槁之言,於荷衣草履、自放於山林川澤者,祈黃耈而頌無疆,正其宜也。奚不可以壽止瀾者壽射陵乎?然,吾雖已遠夫烜赫巨力之人,猶且掛名朝籍,是抱道德而隱居者之所望而猶欲遠焉者也。吾之文終不可以壽射陵,而姑書之以為止瀾壽。

宋射陵先生壽序

聖天子御極,恩德洋溢四海,下至深山窮谷,靡幽不燭。有詔舉山林隱逸之士,郡縣為勸駕。時有以病辭徵者,淮南則宋射陵先生。後復詔舉博學鴻儒,大臣又以先生應詔,而先生堅謝益力。當是時,識與不識皆仰先生之高風,希一望見丰采而不可得。余之鄉往於先生,先生不以余之不肖而嘗有願見之思也,何其幸哉?余曩與學士孫公止瀾游,孫公淮南人也。為余道先生平生出處甚悉,乃知先生固非隱者也。上世自明弘治己酉發解,甲第屢世,迄今不絕。先生以世家子束髮讀書,下筆數萬言不休,抗論天下事及古今成敗,鑿鑿可驗之設施。當時聞先生之名者,有祥麟威鳳之目。顧乃深自韜抑,放志於衡泌桑者之間,無與於天下事,人無不為先生惜者。而先生益發四庫之藏,疏鄒、魯之微言,衍濂、洛之奧旨,茹蔬飲水,充然有餘,陶然自樂。或質以出處仕止之經,則隱几不應,或坐對長嘯而已。世未有識其所以然者。而先生亦以為世之知者寡也。顧嘗曰:"止瀾曾為我言陳公,則陳公其知我者乎?"乃令其長公孝廉從余游。歲之庚午,止瀾年六十,先生登七十,余郵文為兩家壽,今又十年所矣。孝廉介書來乞言,余復之曰:十者,盈數也。天道變於上,人事易於下。向止瀾與先生共鉛槧、晨夕論文者,已為異物。如余握管為兩家獻純嘏詞者,亦復頹然髮黃齒豁。又況八十年來,故家舊族興廢亦幾更矣,而先生里舍巍然,猶數百年故址。夫人井臼躬操,苦志偕隱。《詩》《書》之澤,詒於後昆,諸郎培風展翮,指顧為廊廟瑚璉,而先生視履精明,孫曾繞膝,含飴摘果,極人世之樂事。則天之報施先生為不爽,而先生之堅臥不起,復何歉於人世哉?揚子曰:"梁、齊、楚、趙,非不富貴也,惡乎成其名?谷口鄭子真,不詘其志,耕於岩石之下,名震京師。豈其卿!豈其卿!"余謂君子而足以成德名,雖岩穴終老可也。即使履天衢,立朝廟,終無損乎其高也,何必不卿?則夫先生之出處,豈有膠固之見於其胷中哉? 固未可為流俗人道也。書此為一觴之侑。

田司農壽序

　　國朝有名諫臣陽城田公兼三,當世祖龍興,重制科,羅致天下豪英,公用首科中進士,為太康令,有賢能聲,擢曹郎。久之,朝宁益知其賢,拔置西臺御史。今上即阼,重諫官,察知公賢,內陞京卿。是時,京朝官途壅,不得補,詔以京卿品秩參補科道。於是,公更歷省臺,簪筆荷橐,回翔諫諍奏彈言事之地,積有年歲。前後條奏闗國家沿革利病、用人行政、兵食禮樂、措置廢興諸大計,無所不言,言必被俞旨報可①。今宮府典制,鱉然載方冊,及令下郡國所奉行,大抵皆公為給事中、御史時所建言者也。公既精誠通敏,感孚人主,而言論丰采,岳峙風行,士大夫倚以為重。由是踐清卿,陟憲府,晉秩為少司農,皆用不次登顯。天下之人,聞其風聲,無論識與不識,僉謂天子方嚮用經術政事之臣,旦夕攬魁枋而宰化機者,必曰田公、田公云。然,公之意不自以為得,雖在朝廷,其神明寄託,常在山林栖遯之間。於交游親串,時喻其意,聞者益歡慕其賢。歲辛酉,年甫及耆,得返初服。脂車之日,都人士卧轍遮道留公,車馬不得行,公間道疾驅去。昔人謂二疏去時,觀者歡息,知其為賢,今以視公為何如也? 昔漢李固疏言:"朝廷聘楊厚、賀純等,待以大夫之位,以病免歸。一旦朝會,見諸侍中無一宿儒大人,誠可歡息。"是日,有詔徵用厚等。宋張忠定公謂:"寇萊公用太早,仕太速,甚以為蒼生無福。"夫以寇萊公之賢,忠定猶有是語,而李固一歡,厚等乃復徵用。然則老成魁碩,誠國家所宜愛重,而蒙任使,近寵光,尤當致慎於少雋喜事之人矣。今俊乂盈庭,百寮師濟,上追唐、虞喜起之風,豈漢以來叔季之事所得比儗而稱數之者? 行將召公,起之田間,畀以機政,舉公為諫官時所欲言而未盡者,起而悉見諸行事。公雖欲長有山林之樂,豈可得哉? 公歸之時,值公初度之辰,邑之諸生,謀為公祝嘏之辭,以屬余。余惟巫史紛若之説,不可以為頌,而稱述聖朝所以養賢立政之大者以頌公,然,不僅為公頌焉而已也。

徐健菴尚書壽序

　　孟子論王者興,必有名世賢哲之生與興王配,豈非重與? 又言:"豪傑之士,雖無文王猶興。"以明王道雖闕,而儒者之為功不得泯泯而無也,豈非尤重者與? 蓋自三代盛時,政

---

①　言必被俞旨報可:四庫全書本作言無不愷切詳明。

事禮樂出於一，治同道，世同風，而士同學也。及其既衰，政事禮樂出於二，歐陽子所謂："治出於一，而禮樂達於天下，治出於二，而禮樂為虛名"者是也。若夫治出於二，而道德風俗之不同，士生其時，欲其耳目之專，心思之一，踐行之篤，以從事於先王之學，蓋已難矣。是以百家之說紛然雜出於其間而莫之能同，至於士不同學而害愈及於治。天於其時，篤生賢哲，所以承王道之闕而補捄①其弊也，不謂之豪傑之士，其何以謂之哉？然，王道之闕，其弊亦以時而殊。故孟子生於周衰戰國之時，王道之弊在楊、墨，辭而闢之，廓如也。自孟子後二百餘歲，其弊在非聖之書，廣川董子興焉。《六藝》之道，孔子之文，燦然大著於世。又數百年而至李唐之代，其弊在佛、老，韓子起而闢之。歷五季之亂，至於趙宋，而理學諸君子後先奮興於其際，斯文之盛，於斯至矣。然，亦時承其闕而補捄②之，蓋皆所謂豪傑之士也。由宋至於今，其弊常患在異學，異學之弊，同於非聖之書，而甚於楊、墨、佛、老。其論性，無善無惡；其論學，親師取友；為學力行，謂為好事；論聖人之書，《六經》皆糟粕。夫為佛、老者必有師，又其書皆具，其黠者亦嘗從事焉。而為異學者，既襲其說以論性，乃欲棄師友，離書冊，毋力行，其所學果何學耶？其弊不甚於佛、老耶？夫世之聰明才智之士，豈謂無人，其卑者溺於辭章末技之習，而高者又惑於是焉，壞人材，亂民俗，浸淫於政事，蓋其為弊，流於宋而泛濫於明，自百餘年來未有已也。如今日者，所謂王者之興，文王之世也。而名世豪傑之士，實生乎其時，如吾徐先生者，此吾之所尤厚望焉者也。先生以道德文章負海內大名，及其列侍從，歷公卿，事之可傳道於世者衆矣。而吾皆不以為先生之所難，而先生之大者，在以其大同之學，發之於至一之治而已。歲之十一月，先生初度之辰，其及門受業之士問言於余，余故稱引孟子以來儒者之為功，不得泯泯而無者，而引以致美於先生焉。然，彼皆所謂豪傑之士，不得有為於時，而獨幸以其言捄萬世之弊。今聖人在御，辨學術之是非，審人才之邪正，王道之興，無由闕也。而先生以名世之業，適與會其時，將使儒者之效大白於當世，此吾所以又致私幸於先生也。

藎臣王翁七十壽序

昔人有言："名者，實之賓也。吾將為賓乎？夫實之不至，烏乎賓？吾將為實乎？無能為矣。"私竊自喜，以為無其實而不有其名，可免過情之恥矣。襄陵王翁曰："否！否！君子病沒世而名不稱。"王翁者，嘗遊於蔚州魏先生之門者也。學而有名，予聞其言而愧

---

① 補捄：四庫全書本作補救。按：《漢書・董仲舒傳》："將以捄溢扶衰。"注："捄，古救字。"

② 補捄：四庫全書本作補救。

之。會翁年七十,侍御王君思顯,委予以稱觴之文,因得仍舉名實之說質之侍御君,雖無當於長筵介壽之詞,而舉觴引滿,庶幾听然相視而一笑也。予家既中落,居恒自念,士君子立身行志,既不能卓然自見於世,甘貧守約,其定分耳,固亦無足言者。乃或者曰:"此其家不貧,故為此硜硜也。"翁則為予白於人,人或知吾貧,又曰:"其素所誓志然矣。"若是者,名之可受者也。予略涉書史,為文以自娛,浸淫三十餘年,不足供人之指斥。一日,跋《柳州先生集》,翁讀而歎曰:"公之論議,不忍薄待今人,而篤厚於古人如此,此豈僅闗於一國一世之人而已哉?"公有其實而逃其名,後之君子,其未可誣也。予因謂翁:"慎言之,將使予有能文名,有不好名名,若此者,非予之所敢受者也。"退而念之,凡翁之勉予以其名者,豈徒然哉?將使立身行志,因名以責實,義厚而情殷者,如斯也夫!語云:"無言不報。"述翁之行而實其名,亦其宜也。翁以聰明特達之才,少為諸生,以孝聞。撫弱弟,尺布斗粟無所私。施於一家,及於族黨。朋友信之,比閭化之,名實茂焉。初,衛文清公嘗語魏果敏公曰:"吾鄉有佳士王子藎臣,寧識之乎?"魏先生由是雅重翁。翁既學於魏先生,代北之賢豪,競延翁以為上客。故今侍郎李君東生、宮諭魏君無偽稱世講焉。翁貢入國學,新城王公阮亭,為延譽於公卿,翁之名由是益著。許君壯其,初與翁同入學,為諸生,孤介刻厲,及為吏部以歿,翁為經紀而襄其葬,老母孤兒,朝夕皆倚翁以辦,士論益賢之。翁精於《易》,以人之生年配八卦,為東西宅以居人,人居之輒利。善察地形,牛眠龍耳,不爽尺度,福眚響應,較若神明。而遠遊海邦山國,得神仙之術。夫神仙之術,儒者詘焉。翁之言曰:"不聞子程子之言乎?吾惡夫狥欲而忘身者。"予嘗讀朱子《參同契說》,思之弗得也。朱子言大要在坎離二字,於此得其綱領。則功夫之節度,魏君所不言者,自可以意為之。翁其得魏君之所不言者乎?吾見其肌理瑩潔,神采朗發。控馭奔馬,凌觸炎熇,犯冒①霜露,日馳數十百里不倦。談諧噉物,什倍少年。翁故儒者,而人見之,則以為神仙中人也。雖翁亦自負,間嘗語予:"金房玉堂之間,非公莫與居。此中歲月方長,不僅如人世之所謂百歲千年,公得無意乎?"蓋將引予為采真之游,而適遂吾逃名之願者也。予雖不能竟學,然壯其言而樂之,即翁言以為壽。侍御君曰:"善夫!可以為翁壽矣。"

塗母王太淑人八十壽序

吾讀《詩》,至《四牡》之章而有感矣。《四牡》之詩曰:"王事靡盬,不遑將母。"又曰:"將母來諗。"然後歎昔周之盛時,其君閔勞臣之公義,而順人子之私恩也。觀察塗君,比

---

① 冒:四庫全書本作冐。按:《漢書·衛青傳》:"直冒漢圍"。冒,犯也。《篇海》:"冐,俗冒字。"

在京師，以太夫人春秋高，亟求歸省。當是時，天下號無事，海隅向風。天子日開明堂，惇典協樂，有燕勞羣臣之風，而勞臣羈士，亦得因以恤其內顧之憂。於是觀察君得從容省其母於相州。今年康熙乙卯，觀察君使使走千里，貽余書曰："吾母年八十矣，將丐中朝名公卿之能詩歌者一言以侑觴。子好古文，微子言，不足以介眉壽而祝純嘏也。"予考太夫人行事，束修屬行，明大義似儒者，臨事察機如偉丈夫，蓋嘗以是相太公矣。太公少時，交游多賢豪，太夫人脫簪珥供具。勸之讀書。久之，太公怏怏不得志，因棄去從戎。太夫人壯其行，解嫁時奩為治裝。會兵亂，不知太公在所。後二十年，皇清定鼎，太公從龍入關，為潤州守，始聚合。遷相州分巡道，卒以身殉於難。太夫人生三子，太公從戎時，觀察君才十許歲，參戎君、南海君皆尚幼。太夫人督教諸子，捋荼況瘁，以俟太公之歸。觀察君由州守歷今官，所至赫赫著聲蹟，則太夫人於太公為賢妻，於觀察君為慈母，而觀察君於太夫人為孝子也。《經》有之："事親孝，故忠可移於君。"今太夫人正健匕箸，國家方以武功戡亂，時詔求外服敦歷舊臣，愚以為觀察君宜出而仕矣。且夫《風詩》之義何如哉？方其勞使臣之來也，雍頌燕游以告從事，則許其"將母"，至戎車飭矣，常服載矣，而不遑軫其室家，今委贄為臣，不以身赴公家之急，而曰："吾有母在"以自解。太夫人明大義，能臨事察機者也，以忠孝教其家者也，其烏能安此？吾故曰："宜出而仕也。"使觀察君起而趨嚴程，奉簡書，增修其職，旦夕建牙擁麾，經營四方，以佐《天保》《采薇》之治，太夫人必且大喜，志適神王，永引於壽祺；天子將錫之寵命，被之詠歌，嘉《四牡》之勞臣，不佞又為君賦詩，繼美吉甫，以自託於《六月》詩人之義，使書之彤管，傳之國史，誇耀於無窮。如是以為太夫人壽，不亦善與？使還，觀察君稱觴上壽，以不佞之言進，太夫人必怡然色喜，趨命觴，觴觀察君曰："陳子之言善，子其行矣。"

《午亭文編》卷三十六　　男壯履恭較

《午亭文編》卷三十七

門人侯官林佶輯録

序　　三

《存誠堂集》序

　　儒者以道德文章蒙知遇,被顯擢,在密勿論思之地,晝日三接,夕漏不休。造膝之謀,同列不聞;伏蒲之語,外庭不知。推賢與能,慶流朝著;横經講藝,澤及生民。彌歷歲年,延登受策。於斯時也,當大有為之日,贊不世見之功,休休乎,濟濟乎,駿聲鴻烈,與五曜三階爭光映采可也。豈猶與夫庭墀郎署,備官散秩,以及窮巷布衣韋帶之士,競秀摛華,角一字句之勝負,蘄榮名於蟲書蟲簡之中也哉?雖然,學術之不明久矣!古之儒者,窮經研義,文禮詩樂,治性理物,罔可闕如。況輔翊化成,經緯彝倫,而委棄大雅,其謂之何?此一代偉人,神明寄託,高標霞舉,流輝成文,有不蘄其然而然者,非夫人之可仰而測其津涯者也。予於相國桐城先生得斯義焉。先生湛深經學,執德不渝,非道不處①。解巾釋褐,仕為史官,其時已有終焉之志。會禁林建直,隆學進賢②。自是以來,先生早夜侍焉,積二十年餘而枋用,所云"儒者以道德文章蒙知遇,被顯擢,論思延登,濟濟休休"者,公皆有焉而不以自居。神明寄託,顧嘗在丘中田間、野雲流泉、岑寂閒曠之地。既操筆內廬,暨鈞衡台席,

---

① 先生湛深經學,執德不渝,非道不處:四庫全書本作深經學,敦儒行。
② 隆學進賢:四庫全書本作隆學求賢,登進髦士。

以經術潤色廊廟①，浹邑幽遐，時以其意發為詠歌，高文清思，孤行獨賞。田家、漁父、樵夫、牧童，則儲公之格高調逸，趣遠情深也。在泉成珠，著壁成畫，則輞川之秀詞雅韻，意愜理精也。以至香山之挺出於《長慶》，蘇陸之各擅於南北，跡其流風，會其神解，皆超然於自得之餘，此豈有意焉競秀摘華，角一字句之榮名者哉？蓋先生之所蓄積者然也。窮達不異其操，約樂不改其度，故其得於心而溢於辭者，有不蕲然而然者矣。先生之詩，必傳於後，宜擇可傳之人而序以傳之。余忝②從先生後，時在直廬，先生每以茲事相屬，余遜謝不遑，於今十餘年所矣，而先生督之不輟。余以先生之文，鋪陳鴻業，鼓吹斯文，敷為典誥，伸為雅頌者，能言之士必將誦說而傳之，而獨取其義於斯者，是亦先生之志也夫。

《山行雜記詩》序

康熙十三年冬十一月，將卜仁孝皇后山陵所宜地於遵化五龍山，詔遣重臣率所司往相視。於是，高陽公被命。行既還，奏下公卿集議，僉曰："可。"天子惻然，"念陵垣所入民廬田冢墓多，吾不忍。其往視孝陵，遂可因厥績維用，紓吾民。"大哉王言！予是以歎吾君吾相之用其心於天下甚厚也。嘉謨嘉猷，入告於內，出不使人知者，此宰相大臣之職則然。若夫忠臣愛君，其幽憂悱惻，思深慮遠，又往往見於獨寤寐言，詠歌嗟歎之間。蓋其中心之誠，終有不可自掩者。未幾，高陽公以《山行雜記詩》一帙見示。廷敬受以讀，作而言曰：吾所為歎吾君吾相之用心者，其在斯乎？我公文學為海內宗師，翰墨滿天下。作為歌詩，有專集行世。今詩十五章耳，山川阨塞，土風民物所宜，設險阻而振凋敝者，悉發之登臨覽觀，徘徊③憑弔之深情。夫密勿造膝之語，予小臣所不敢知，而所可知者，庶幾於是詩焉遇之。於是益知我公之用其心於天下為尤厚也。廷敬備員講席，兼直起居，上而乘輿出入，典制詔令，下及諸司百執事之敷陳獻替，例得備書。然，日侍上御宮門，但遙望見宰臣上奏事，則斂身引避如不及。使得循故事，操尺簡，濡筆直書其後，於以揚君、相之美而傳之無窮，顧不為一代盛事哉？而惜乎公之用其心於天下者，僅於是詩焉遇之也。是時，閣臣奏事，起居官不侍，今典制釐然備矣。

---

①　以經術潤色廊廟：四庫全書本作本經術以輔治化。
②　忝：四庫全書本作沗。按：忝字不誤。《詩·小雅·小宛》："無忝爾所生"。注："忝，辱也。"
③　徘徊：四庫全書本作裵裵。按：徘徊二字不誤。《史記·呂太后本紀》："徘徊往來"。徘徊，不進貌。

合肥李相國詩序

　　昔吳季子觀樂於魯,工為歌詩。其於十三國風俗之美惡及文、武以降政治之得失,季子皆能辨之,若身際其世,目擊其事者。而當時詩人偶觸於中,形諸諷詠,或不自覺其所由然也。《記》曰:"聲音之道與政通。"子輿氏謂誦詩讀書,必先論世。《國風》之有正變,《二雅》之有盛衰,豈作者哀樂之情有所偏毗於其間哉?亦時為之也。順治之十有五年,歲在戊戌,今相國李公與余同登孫君承恩榜,及祕書之選,二人者又相同也。歷今上御極,前後四十餘年,聖天子武烈有不戰之功,文教有從欲之化。當是時,萬邦咸寧,百職就理。儒臣載筆,出入禁廷。如公與余者,親見德化之成,常承顧問之寵①。或休沐少暇,則置酒論文,賦詩見志,以鳴愉快。今相國之詩具在,其為紀恩謝賜②者什之二三,其與余贈貽唱和者亦什居一二。自古作者多矣,有唐以來獨推李、杜,然其困躓流離已甚,其詩多厄窮憂世之詞,以例三百篇,列之變風變雅可也。今李公位尊燮理③,沐浴至治之光華,發為詩歌,鼓吹兩間之和氣。譬之於樂,叩鐘擊玉,絃匏《雅》《頌》諸什,陳、衛之趨數哀思,閭巷之《折楊》《皇荂》,雖欲干其律呂而不可得。則夫際文、武極盛之時而兼李、杜二公之手筆者,非公其誰與歸?公詩《經》為經,《史》《子》為緯,而組織之以性情。四言典雅淵秀,深造吉甫之清風,彭澤之逸韻也。五七言古以少陵排宕之才,運昌黎、摩詰之筆。五七近體,格律精嚴,神韻灑落,在王、杜伯仲間。斷句緣情綺靡似《竹枝》,一唱三歎似《樂府》。此固各臻其極者。若其取材之浩博,則如觀滄海,入珠宮,珍貝陸離,光恠眯目;其筆力之沉著,如巨靈擘山,獅子搏象;其摹寫景物,則山水、烟雲、花鳥變態,盡入鑪錘,如大冶賦形,渾然天成而無刻畫之迹。若此者,溯流尋源,直追《騷》《雅》,牢籠漢、魏,陶鑄宋、唐,實集百家之大成,允為一代之宗匠矣。設有知音如季札者,我朝主臣一德之風,以及公生平光明俊偉之概,皆將於詩乎識之。天下後世,不乏讀書尚論者,定以余言為不誣也。

---

① 常承顧問之寵:四庫全書本作日覲文明之象。
② 紀恩謝賜:四庫全書本作歌功頌德。
③ 燮理:四庫全書本作爕理。按:燮同爕。

萊蕪張先生遺詩序

敬生始齔齒,解為詩。又五年,應童子試於潞州。光祿公為諸生,父子皆試於學使者。學使者萊蕪張公,問知余能詩,獨不試詩。試五經義,立就。曰:“吾以子冠諸童子。”光祿公在高等,食廩餼,而伯氏長公是年以《經》魁於鄉。於時,父子並受知於公,而公遇之皆有恩意。故余自束髮迄於今老矣,每念公遇我厚,樂稱道公之賢,以媿世之名為師弟子者。雖然,敬豈敢阿其所好哉?公為學使者清,公能知人,為當時第一。士為公所知者,皆至大官。公去數十年,及公歿,稱之有感思泣下者。蓋公之清不名一錢,名錢豈得為學使者?豈得為凡為吏者?是誠無可奇,況不足以為公奇而余稱之者,以習俗之所難也。而且不怵於上官,不奪於豪貴,其公也尤人之所難也。其知人也,則失於余,而猶靦顏忝為大官,其勝余者,或以功名,或以道德,而講學巖隱、垂名冊書甚眾,將必有傳於後。余不忍廣為諛以負公,故皆略而弗道焉。公既以直道違時,卒用是受譴於上官,故曰習俗之所難也。公去官之日,布袍蕭然,策騎而返。過吾邑,吾追送公於野店之傍,公怡然無幾微不豫之色,第曰:“子勉之矣!千秋事業,一日榮名,失得在人,取捨在己,子擇而為之。”余泣以拜受命。今依依逆旅贈處之言,余蓋有媿於公也。敬後荏苒入仕,公一就視於京師,別去數年而歿。公為鄉先生,貧老嗜學,以化其鄉人,間為詩自娛。公以正學自任,沿流溯源,晰河津、餘姚之微,嚴考亭、象山之辨,晚年造詣尤深。與鄉人處,游雩浴沂,吟風弄月,鄉之人莫之能識也。公所學者大而難舉,況以余之不學,負公之知人,而欲強顏以為之辭,其不可也明甚。自念始以詩聞於公,無寧取公之詩而諷誦之,以畢余之思乎!因就其裔孫嵩求公詩,嵩曰:“公不樂以詩名,詩成,皆緣手散去。”固求之,得如干篇。伏而讀之,皆非公之至者。因復自恨余寡陋湮塞,皓首無成。既不能推明公學使有聞於斯世,尚欲因公文章之一體敘而傳之,使後之有志於斯文者知余以詩受知公而不以詩負公,則余之終始於公者,不惟以詩,而即詩猶可考而知也。乃公之詩少有存者,幸而存之,又非其至者。然則天之有意於斯文,其然耶?其未然耶?因又謂嵩:“天果未喪斯文也,子必求而得之。”辛巳正陽月,受業門人陳廷敬拜手敬書。

張子瀟詩序

余年弱冠,在翰林。是時,故司冠東谷白公在位,以耆儒長德,賓接後進,研鑽文學。余摳衣捧手侍公,相見促數。公每稱吾邦邑之賢,以相淬礪。余蓋始知陽城有詩人張子瀟其人云。公嘗語余："子濬初困阨，鬻豆腐於市中。無書籍筆札，從鄰人借得書，流觀掩卷，不更尋誦，若夙生所記。手畫心溫，精魂奔會。當其得意，茅店孤燈，蟻輪馬磨，蹢躅行吟，甕牖堵牆，歌聲出金石。市兒俗子，莫不烘笑①。"已而，又言："老人愛其'門前芝草鹿麋田'之句，故別字之曰：'麋田'。"後五年，余休沐而歸，求觀其詩，如登海估之舶，如入五都之市，珠璣犀貝，無有不具。姑以其所為業推類而喻之：如玉禾之露而澹旨圓潔也；如蘭肴珍饌，齊和華錯而氣馨色腴，崑山之脯，元圃之菹讓其濡潤豐美也。迨求其人，而迢乎、遼乎，不可即也。後二十年餘，余倦游而歸。子濬擔簦負笈，見余於樊川之上，而詩愈益工，盍不以余之流離世故，思雜風塵，而猶謂其可比於知言之數也。乃子濬歸而經涉旬月，袖其新詩盈卷，自名曰《喜見吟》者，過以际余。余受簡疾讀，分陰移晷，膝席絮語，歎其法備味永，芳外惠中，有加曩昔。至所云"喜見"者非他人，則余也。夫余也何足以當之？往者，曹郎鄭君見黃公梨洲而悅之，名其集曰：《寒村見黃藁》。《自序》："陳後山年三十有一，見黃豫州，盡棄其學而學焉。寒村子見梨洲，亦年三十有一，遂以'見黃'自名其集。"黃公遺老宿儒，唱道於浙東，寒村子之以名其文也，非直以其文之謂也。余白首廢學，而子濬亦華顛窮老，方負其雋辭麗句以見余為喜，誠出而交游天下之士，如黃公其人者，見其所未見，其所為喜，當益有進焉。雖然，余嘉其志，不以為媿而樂道之，為《喜見吟序》。

《石閜山房詩》序

汪子鈍翁，以文章名天下，天下所稱賢豪之士，爭慕與之游，而鈍翁意所不可，不肯苟隨；其所可者，必其人之果賢者也。居堯峰十年，絕跡州府，四方大夫士多就之者，幸而被其容接，聆其言論而歸，莫不爽然若有所失，充然若有所得焉。及其嘗所與游，去為達官貴人，雖欲一望其音塵而渺然不可得也。孔子曰："不得中行而與之，必也狂獧乎。"若鈍翁，則孔子所謂"獧"者矣。堯峰之麓曰石閜，王子咸中築室讀書其間，與鈍翁所居為鄰，輒相與登臨晏息乎閜中，席文石，酌芳泉，攬山川之勝概，舒贈荅之雅懷。柴門村徑，晨往而夕歸。於是，鈍翁既為《石閜山房記》，又數賦詩以歌詠之。咸中合其前後所得若干篇，書於冊，且以博徵海內之能為詩者，而以自鳴獨得與鈍翁游有如此也。則其人之果為賢者，不譽可見與？或曰："鈍翁之於人也，可者與之，不可者拒之，似隘而不弘矣。"夫"獧"者有所不為，孔子有取焉。苟不察其人之賢否，隨世俗為毀譽，而又因以私於其人，則是以聖人之

---

① 烘笑：四庫全書本作閧笑。按：烘、閧二字均誤，當作哄。《集韻》"哄，眾聲。"哄笑，即遭到眾人的嘲笑。

言為不足信，而使鄉愿之説足以惑天下也。咸中曰："善！"請書以為《石隖山房詩序》。

《轉蓬集》序

夫人有取於物，苟可以寓其耳目，洩其心思，服習之不厭，樂其中而有以自得焉，雖世之可慕好而宜以為樂者，不以加於其心，其所見若此而止耳。夫苟以寓耳目、洩心思以為樂，而忘其宜可慕好者，非樂之至也。然而不能強其所不見者，姑以是為樂焉而已。今夫塵羹、土飯、木戴，童子取之以為戲。當其戲也，樂之不厭。長者以謂塵羹、土飯、木戴也，語之曰："此不足戲。"童子其肎①信之？嘗試與之齊以蘭梅，調以滑甘，炮生切脯，滋芬完兼，則以是為適然而不足以戲。何者？其所見若彼，故所樂者在彼而不在此也。吾少而樂乎詩，大抵所樂固其所見者，而不能強其所不見者。後得馬君玉坡，與之論詩，然後知嚮者塵羹、土飯、木戴之類，果不足以戲而不可以為樂也。別玉坡數年，玉坡詩益工，而余於詩廢且不為。嗚呼！吾嚮者所見，在吾之詩，童子之塵羹、土飯、木戴也。既而所見在玉坡之詩，故又以為長者蘭梅之齊，滑甘之調，生脯而滋芬也，過童子所見矣。今者所見，不惟在吾之詩與玉坡之詩，意者太羹元酒②，天下之至味存焉，蓋將求其宜慕好而可以為至樂者焉。雖然，今之所見既異於昔，安知後之所見不又有異於今者耶？願與玉坡深思而極論之，而姑記其説以為《轉蓬集序》。

《崴寒吟》序

余性不能多接物，比年間居，顧復喜賓客。去年，赴召。崴晚嚴裝，與家人別，獨與客數輩俱以來③。既至，數日而崴除，為治具，延客上坐，燒燈灑酒，以為客歡。酒數行，客皆低徊感慨，羈旅別離之思見於顔色，余亦因以不樂，遂罷去。改崴數日，江都殷子以其所為詩《崴寒吟》十五章謁余。讀未已，驚曰："異哉！夫人之才之詩也。"悉召諸客，使更番讀之。每一客讀未終篇，諸客從傍皆昂首抙掌大快，嘯詠稱善，皆曰："異哉！不圖詩之至此極也。"讀既已，命酒觴客，且曉之曰："客亦知遇不遇之有道乎？夫殷子居於外五年矣，以其雄才藻思，奔逸陵轢於詞場，意得神王，無羈旅別離之感，若忘其身之為客者。而至曜靈

---

① 肎：四庫全書本作宵。按：肎字不誤。《説文》："肎，骨間肉也。"通作肯。

② 元酒：四庫全書本作玄酒。按：元酒，原為玄酒。《禮記・禮運》："玄酒在室。"疏"玄酒，謂水也。以其色黑，謂之玄。"康熙名玄燁，為了避諱，陳廷敬以元代玄，四庫館臣則用敬缺末筆的方法將玄寫作玄。

③ 獨與客數輩俱以來：四庫全書本刪去以來二字。

縱辔,光流景急,感時節之易邁,慨青序之復來。於是始窮幽情,殫微緒,發作於清言麗句之間,以視客之辭家匝月,更一歲除,輒有無聊之感者,意度不侔矣。且夫殷子天下士也,游光揚聲,如以寶珍陳於五都之市,公卿大夫過焉,猶且忽而不察,而況乎幽退之質,蘊璞之玉,所從與游如僕者,又碌碌不足比數之人,欲早自振拔於窮巷席門之中,一不遇則廢然思返,何其過也? 雖然,以殷子之才且賢,彼固必有遇也。客姑學殷子之學,學如殷子,其亦無患乎不遇也矣。"於是,客皆喜而酌,盡醉大樂而後罷。明日,且授其語於簡,會殷子介吾友左司農王先生問序於余,王先生旦晚且登用,將有進賢用士之責者,為書其與客游處之言以告之,且塞殷子之請焉。

海寧查布衣詩序

　　海寧布衣查君,諱容,字韜荒,一字漸江,有文名聞於世。歿數年,余始得誦其詩。余嘗論士必有直方特立卓犖不羈之行,其心之所存,語言之所發,始能不苟同於流俗,而後之誦其書者,雖千百世之遠猶邈然想見其為人。此文之所以可傳也,豈不繫乎其人哉? 若君者,於吾心有所感焉。君少時應童子試於有司,隸止君搜檢,君大怒曰:"朝廷以取天下之賢士,而有司以不肖待之。"遂拂衣徑去,不試,以布衣終。君生有異稟,讀書經目輒不忘,於書無所不讀,所讀書皆能誦說之。論古今成敗、人物臧否、制度因革、地形險易,明晰如指諸掌,如懸河瀉溜,滾滾不窮也。顧獨喜飲酒,世嘗譏其使酒罵坐。然,遇人無貴賤,皆盡其歡。其心所不欲,雖貴人不以屑其意。以故貴人咸嚴憚之,而卒不敢有所加於君。嗚乎! 此豈可易及者與? 而人或謂其肆志輕世以明高,過矣! 又其甚者,或苟得媮合以希一日之虛聲,咸指目君為異物。而其時安貧樂義之士,嗜詩書,慕林藪,不為得失利害動其心者,皆感興於緒論,被服於流風,君之力亦不為不多也。君吾既不得見,今讀君之詩,邈然[1]如見其人焉,此君之文所以可傳也。聲山,君宗也。曰:"盍不書是語以為君詩之序?"余曰:"諾。"為點定其詩而書之篇首云。

《吳元朗詩集》序

　　於乎! 此吾元朗之遺詩也。元朗以藐諸孤,承先人之緒,修其家學,詩名盛於一時。而戊辰對策萬言,超然獨異。予時讀其文廷中,曰:"此必吾元朗也,當魁天下。"已而,竟

---

① 邈然:四庫全書本作遽然。

弗得。後予在戶曹,元朗為郎官,以其暇日,得與論詩。予嘗謂元朗:"古人有言:'聲畫之美者無如文,文之精者無如詩。夫文以載道,詩獨不然乎?'自昔宋初學者,祧少陵而宗義山,雖以歐陽公之賢,猶捨杜而學韓。歐陽公詩不逮文,固無可論。然亦豈非以韓詩之為尤近於道與?近世詩人多學白香山,香山之詩,視義山為優。然,當時之人已有議之者,而杜牧之為特甚。則其弗幾乎道者,不為時所重,而傳之後世,得無流弊也不其難與?二子,予之鄉人也,予不敢諱言之。昔有吳中巨公,自負攬文章之柄。一日謂予:'人不學杜詩斯可矣。'予心識其言之非而未有以應也。今吾子生長吳中才俊之區,能不狃於鄉人之見,取其近於道者,去其不近於道者,此子之詩所以見重於時也。"元朗以予言之不謬,故時時與予論詩。今元朗已矣,此予之所為悼歎,過時而不能自已也。先是,予在內閣,元朗以曹郎考選科道官。上顧問廷敬:"此數人中有素知者否?"廷敬奏言:"吳璟有文,詩名最甚。"是日,試奏議,元朗果第一,授給事中,進都給事中。亡何,以宴會細故落職。上惜其才,命修書於殿廷。及分書,得書畫譜。予在內廷,又復得典勘其文。同時被命者,侍郎孫君樹峰、中丞宋君堅齋、學士王君麓臺、給諫王君耳谿,皆雅重元朗。雖以諸公蒐羅編譔之勤,而元朗尤晝考夕稽,爇①脂繼晷,殫精積瘁,為書百卷。將呈進而遭太夫人大故以歸,歸而卒以孝死。嗚呼!使假之以年,其進於道而有為於世,當必有大過於今者。蓋天之生材亦難矣!松棟栢梁,不待百年而斤斧尋焉。或芝蘭當戶,鋤而去之。天之意固若此與?抑亦其人之為之與?此予所徘徊②悼歎而不能解者也。元朗卒之明年,友人徐子葆光,將輯其遺詩,而問序於予。是以追憶與元朗平昔論文之言,敘其仕進退處之大略如此。若元朗之詩之卓然名世而必傳於後者,則天下自有公論也,故不復詳著云。

史蕉飲《過江詩集》序

比在直廬,上遣中使傳問:"今之詩人,孰與爾等比?今或未然,其後可冀有成者為誰?悉以聞。"維時以綸音優異,惶恐幾不能對。有頃,乃言:"今之大官才士,皆為上所深知,臣皆弗能如。後進之士,臣交游絕少,以今所懂而知者,則翰林史某、周某其人也。"葢桐埜之詩,其始聞於韓慕廬宗伯,而蕉飲則惠然貺我以篇章者也。予以才小任重,退居,深念蕭然閉門,不能盡交天下之賢豪。至如二子者,或聞而知之,或惠然貺我以篇章,則固予所欣然自慶,樂從之游,將賴其劘切討論以自策勵,使不至於耄老而無成者也。夫詩之為

---

① 爇:四庫全書本同。按:爇,同然。《說文》:"燒也。"《孟子·公孫丑上》"若火之始然。"俗作燃。
② 徘徊:四庫全書本作裵裵。

物，發乎情，止乎禮義。其至者足以動天地而格神祇，窮性命而明道德，雖不能至，然心竊嚮往焉，豈不亦甚盛矣乎？而終以窘陋少暇，坐荒如此。然，二子果天下之賢豪間出者也。桐埜久在翰林，而蕉飲改官給事中，掌垣事。今請急將歸維揚，示我以前後所為詩，洋洋乎風人《雅》《頌》之遺音矣。其氣淵若，本乎性也；其言藹如，約乎情也。可以字句求而不可以字句盡也。上嘗有是言矣，賜廷敬《詩序》有曰：“清醇雅厚，非積句累字之學所能窺也。”於戲！此《風》《雅》之本原，詩人之極致，廷敬何足以當之，其惟吾蕉飲乎？昔周之盛，以文王、周公之聖，化行俗美。其時名卿賢士，賡揚《雅》《頌》，播諸朝廟。下至《兔罝》《考槃》之野人逸民，莫不能詩。太史采之，順其音節，被之管絃，葢詩之為教弘矣。今者，運值休明，人思復古，風人之遺，未嘗不在《兔罝》《考槃》間也。蕉飲歸而涉迻林，探澗谷，與野人逸民詠吟嘯歌以適其樂，而予且歸老於田間，茅簷竹窗，以其餘日，引觴點筆，遙為屬和，用以忘老至之憂，亦以見友朋遭際之隆，皆上之明賜，將永矢勿替焉。而前所云窮性命而達天人者，於蕉飲乎望之。予老矣，弗能幾及已。

《讀書紀數略》序

極天下之至賾者莫如名物，紀天下之至賾者莫如數。自一名一物以至十百千萬之名物，有時而盡，自一數以至十百千萬之數，用之至於不可勝窮。夫一名一物，各有本根，至於數，豈無所自始與？蓋數之始，至微渺矣。而析之縷縷而不盡其變，合之渾渾而莫窺其端，近而日用飲食之末，遠而家國天下之大，原其始而要其終，莫不有至理存焉。知之坐照而無疑，守之服膺而弗失，適歸乎性命道德之極致焉。數之時義大矣哉！善言數者莫如《易》。昔者，聖人之作《易》也，能知數之所自始，而後能用數以作《易》。《易》之數始於《河圖》，自漢魏以來，洎有宋儒者，莫不推言之。而卦爻之數，始於《河圖》之中五，蔑有能明著之者。是以萬有一千五百二十之策，加倍推之之法，又往往支離而弗合。言《易》數者，既不知其數所自始，則將無以驗之事物，體之身心，或僅漫視為卜筮之書，余滋懼焉。往因退居多暇，玩索彌年，於此恍然，自覺有得。歲時流邁，衰暮孤危，欲就正世之有道君子而決擇所適從也。有味哉！宮中丞公之讀書以數紀書也。予覽之，躍躍然有感於吾心焉。謂其以數之為可貴也，則必能求其數之所自始者矣。公味道含經，述作不倦，上自金版玉匱之書，旁及海外名山之籍，逖訪遐稽，其繫於數者，紀之於冊；其數之所不繫者，罔不穿穴采掇，橫見側出於其間。如編貝聯珠，璨絢震耀，盪人心目，其善用數也如此。予是以因讀公之書，姑以向所得於《易》之言數者引其端以質於公。若其精微之指，則非親聆公之緒言，固不能縷悉其萬一也。方公之為是書也，上視河，駐蹕淮上，公以所撰初卷及義例奏進,上覽而嘉焉,命以例編緝。夫以學士大夫歸田野處,導①幽閒而託篇翰,與人主相上下可否,此亦不世見之遭逢,儒林之美譚,不朽之盛事,不惟公一己之為榮而已也。書成,既進御,問序於予。予耄且老,而益喜學《易》,乃以其芒芒然懂若有所得者質於公,自忘其炳燭之明,不足語於白日之昭昭也,不禁其逌然顧影而自笑矣。

畢亮四《論訂歷科經義》序

畢先生亮四,生同鄉,初不相識。及余有母之喪,畢先生來弔,來會葬。久之,往謁謝,未至數里,迷失路。別使人瞷畢先生,則身自耕於田,要所使人留止其家,與之坐而食以食。畢先生無僮,指其所食,使人食,皆身自食之,且食且自飼其鼉。日昳時,至畢先生家,則蓬蒿滿門徑,牛欄雞塒,雜置堂下,堂中則處其所自飼鼉。肅客入其東一室,流塵蔽凝。畢先生擁篲襒席,揖客而坐。坐定,視畢先生,蓋冥然農家者流耳。及相與語,則談天衍、雕龍奭、炙轂過髡,吾雖未見其人,聞其語,意者即畢先生其人其言是也。畢先生家與農民最下者比,所守甚危苦,而家獨多藏書。勝國君臣事跡、典故文字、闕史家者尤多,其他書皆世所不常見。其議論磅礴澶漫,汪洋恣肆,旁紹曲摭,橫貫勁出。指畫口道,如瀛海汗瀾,浩乎無垠而天光瑩晶也;如蛟龍奮翔,鱗爪開張,而波騰雷動也;如驅騏驥騕褭,駕重車,臨廣途,停策委轡,不終日而馳千里,而駑馬顧望,嘶鳴蹢躅,遼乎其後也。予所信為其人其言者,豈謂過與?畢先生語不休,予亦歎息不能遽去。畢先生飯我以脫粟,酌我以流泉,因留相與深語而後別。居無何,為書數千言,以所輯錄明以來制科之文數百篇抵予。皆手自抄寫,旁詁夾註,細書如繭絲牛毛。每一人則敘其問學治行,著述本末,可以系之國籍,屬之史乘,皆所謂世不常見者。近時館局編纂家,其能有此乎?不也?畢先生曰:“藏之名山,傳之其人,吾之志也。”予實愧非其人,而悲畢先生之志,惜其將老而無傳也,為序夫訂交之所始,而因以略著其得於畢先生之萬一者如此。

《張氏合刻家稿》序

古之文近於古之制科之文,故工之易;今之文遠於今之制科之文,故工之難。此今之文所由以大遠於古之文與?雖然,文者載道之器,道無古今,文無古今也。以今之制科之文論之,所重者厥惟經義。《經》者,聖人之文而聖人之道載之之器也。今夫人自少而長,

---

① 導:四庫全書本作道。

亦既服習其器矣。其擬諸其心而出諸其言也,猶未遂於聖人之道。故古今取士之法,由宋迄今更數百年,其法不可變,而經義卒不可廢。夫古之將相公卿,名當世而傳後禩者,由三代、漢、唐以來何可勝數。而自有經義,其間將相公卿,果皆可以名當世而傳後禩否耶?雖不能盡然,果猶及於古否耶?若猶未及於古,則無乃夫子所謂:“莫不飲食,鮮能知味。”孟子所謂:“行不著,習不察。”或明知之而故叛之者耶?誠若是,是豈文之咎哉?使由今之文以求古之道,安見古今人不相及也。居晉之鄙,陶唐、有虞氏之遺風猶有存者,故其人多君子長者,而積學綴文之士,亦往往而有,而尤加意制科之文。若故少司寇東山張公,以名進士起家,所歷官,有聲望,世所稱君子長者也。其諸昆季,攻制科之文,合刻家槁而問序於予。予非能為制科之文者,烏足以序之?因道古今制科之文之得失之故,又以為士君子所以立志行身,當求古人之所以為人以幾於道,而不貴汲汲焉效今人之所以為文也。

《太上感應篇集註》序

儒者之學,以求誠也。而誠貫乎學之終始。《傳》曰:“不誠無物。”況學之大乎?《六籍》皆勸善禁惡、導吉避凶之書,學者服習其文,至於老死,鮮有明於心而行於身者,則亦不誠之故而已矣。夫天之與人,一誠之所為也。故舉念而天監焉,出言而天聽焉,行事而天視焉。禍福之報,各以類應,亦惟其誠而已。孔子曰:“善不積,不足以成名;惡不積,不足以滅身。”董子曰:“善惡之極,乃與天地流通而往來相應。”夫善惡積之而至於極,則誠矣。誠,安有不感?感,安有不應?孟子曰:“至誠而不動者,未之有也;不誠未有能動者也。”動即感應之謂也。古今言感應,未有深切著明於此者也。予觀《太上篇》中,既列善惡之目,而於終篇則要之以語、視、行三者。夫一日之間,三者皆備,可謂誠矣。而又積之至於三年,則誠之至矣。禍福之應,豈自外來乎?夫無妄之福,無妄之禍,君子無所容心焉。若夫致自己者,正當取之以考其善與不善、誠與不誠。如是,則禍福皆修身之助矣。世之諱言之者,竊以為過矣。一日,在內直,見查澹遠宮詹手一編,專視而貌肅,若神明與俱者,就而視之,則《感應篇集註》,不書撰人名氏,其箋釋則先發明義理而後證以事實,更引他說以暢之。其文約而不漏,詳而不雜,切近而顯明,用之警世動俗,可以勉進於正而懲創其邪僻,與《六籍》所載勸善禁惡、導吉避凶之指無異焉。而澹遠好之如此其誠,由是道也。暗室屋漏,出王游衍,皆若昊天鬼神之降監,其有裨於吾儒立誠之學者豈淺尟哉?余嘉是書之可以警世動俗也,遂出貲以付剞劂。澹遠屬予標其大指於簡端云。

引

《筠廊二筆》小引

　　予老而失學,欲繼炳燭之勤,而靈源翳塞,明瞳昏如。嘗竊自笑,吞紙可以果腹,食字可以飽蠹,世即有之,吾弗能已。然,以結習驅使,不能自休,輒欲效海南宗人,晨夕陳《五經》拜之,冀以略識字於萬一者,而匆匆塵埃中,亦不暇以為。以是之故,凡以文字見遺者,多至累帙,少至尺幅寸箋,謹拜而受之。雖不能卒業,心竊敬愛嚮往焉。牧仲先生見示《筠廊二筆》,本天悃,極民彝,朝章國是,前言往行具焉。余獨能讀之終篇,忘其老而倦也。先生以學術為吏治,兩開府於東南,所至事集民和,以其暇益覃精古學,著書滿家,《筠廊筆》其一也。今茲晉冢卿,總百官,任大事繁,而誦詩、讀書、為文章益不衰,此余之所以尤愛敬而嚮往焉者也。先生方以聖主眷遇之隆,出其胸中萬卷書,盡展底蘊,以贊襄太平無疆之大業。而余且優游卒歲於山巔水涯,得先生所為《筠廊》之三筆及四、五筆而未已者,坐臥讀之,拋午枕之書,飽殘年之飯,樂而忘憂,不知其老之至也,則予所得於先生者不其多哉?

施鴻臚《對菊思親圖》引

　　日居燕市,寥寥如無人,莊生所謂“逃空谷而喜聞人足音”者,余茲有焉。燕市四達九逵,日昃朝夕之聚十萬家,自公卿百僚,下至傭販、皂隸、狗屠者流,唱驥叫謼塞於道,踵相接、肩相摩也。而曰:“寥寥無人”,曰:“空谷”,不太過矣哉?顧余所謂“無人”,非真無人也,無至余門之人也,謂之“空谷”,奚過乎?余有幽憂之疾,性又好餌草木藥物之味,時時獨求醫於市中,庶幾遇其人焉。故與吾遊者,醫之外無人焉耳矣。醫又輒難其人,既而得鴻臚施君培菊,與之遊稍久,吾之所謂其人者,其施君與?吾私怪施君何以字培菊?曰:“先人好菊,吾親之所好,謹識不忘云爾。”而能畫者為寫其形,曰:《對菊思親圖》。培菊以一物之微,不忘其親之所好,將孺慕之終身焉,此其所志為何如也?培菊又言:“始吾里中陳生雲客善畫人貌,與吾父遊。吾父之存也,貌不及畫。歿時,雲客遊滇南,使它畫工畫,終不肖,心恨之。其後,客有請畫吾像者,輒辭謝去,曰:‘吾父像未有畫,吾何以吾像為?’

久之,雲客歸,自謂能追畫吾父。盖昔雲客與吾父以奕遊,甚習也。至是,雲客閉一室靜坐,曰:'取碁枰來',狀若對弈者。居七日夜,每夜深,乃開户相接語,畫卒不成。竊謂雲客欺我乎?明日,從壁空中私闚之,枰上有像焉,驚失聲曰:'是吾父矣!'其時,老僕先入户,見之,拜伏地。及吾趨入,諦眂之,無不肖也。大哭,淚湧血出,殷紅漬枰紙,且哭且拜,又轉而拜雲客,盖自是吾父始有畫像矣。夫然後敢請畫吾像及菊。"語已,泣謂余:"得夫子一言,可以永吾思矣。"夫畫像,細故耳。培菊既鄭重之,宜其不忘其親之所好也,況其有大於畫像者哉?況其有大於所好之菊者哉?吾故樂觀此圖而識其事,以見吾之所取於人,與人之至於吾門者,皆非苟然者也。培菊名庭銓,常州無錫人,自其先世,有《詩》《書》《禮》《樂》之習而兼為醫,至培菊十四世矣,而有科目者七世,世之為科舉之學者多矣,或數世而無其遇焉,培菊之世顯者之多如此,則其為醫之道亦可知也夫!

募　疏

乾明寺修葺募疏

　　澤州西北隅可寒山者,澗谷幽窅,流泉出焉。其間有寺曰乾明,唐天祐十四年刱修。由是迄明,代加葺理。今則棟折榱崩,風日穿漏,圖像顛墜,僧徒散奔,余過而慨焉。昔郡人裴公騫《碑記》:"寺故唐末避兵地也。隸澤晉城縣建興鄉砂城里七幹管義興邑都維那、劉紹輩居之二十餘年。兵定,即其處興造臺殿以報佛恩。"考天祐前二十年所,則僖、昭之際也。戈鋋蠭湧,禍亂叢生,宦者強藩,煽災肆虐。昭義一軍,孤懸域外,而梁、晉紛紛,夾河爭戰。及其後也,汴人夾寨之營,馬牢之戰,烽烟所屆,遺壘竄墟,近在耕壟。室家婦子,何得一晌安眠?所謂避兵而兵定者,亦聊爾其言而已耳。不知當時鋒鏑餘魂,朝梁暮晉,其何以為生也?且又安得此餘閒,出其物資以事營建與?迄於今千有餘年,撫其遺跡,感興廢之無端,忽須臾而往古。世運屢變,陵谷依然,此邦之人,生齒繁興,耕食鑿飲,樂太平無事之時,而溯洄上世,念其先祖栖草萊,庇風雨,恫懼掉眩於兵革鬭亂之間者,豈不以此為極樂淨土,而彼為鬼國灰場?此為瑞日祥雲,和風甘澍,而彼為刀塗血路,熱鐵鑊湯也哉?然昔也,當彼原野蕭條,白骨如莽之日,猶能斬荒刈穢,飛樓涌閣,變現於空無;而今日者,蒙業而居,優游於化日光天之下,曾不能以財施法施,補弊修墜,使成跡舊觀,泯焉淪替,將復為荒榛衰草,童山頹谷也。其亦可悲憫而愧惡也夫?余里居之始,僧來告曰:"環山前後而居者無慮數十村落,長者耆艾有德之士,率其子弟,炷香作禮,發願重修,思得居士一言以為之勸。"其時,比歲旱凶,民艱於食,余不敢遽為詞以請也。茲年穀小登,春雨頻降,僧復來促。"居士不言,將沮眾念。"余不復能辭,因略敘其興造之時代,而致歎於始作之易,善繼之難。諸父老子弟,果有意於斯乎?固不必以余言為勸,竊懼其以余言之不達於辭而沮也。吾父老子弟擇可而行之,毋毀前模,毋飾後觀,量力稱心,毋拂毋怠,以底厥成,有永其休,其尚善圖之哉!

海會寺石堰募疏

余每歲冬春之交,煮粥於海會之東偏玉鵲菴者三月,以食原野道途之人。時至其處,身自經紀其事。自玉鵲迤邐而西,平沙曠土,度可百畝。杖藜獨步,遙陟寺門。流泉潺潺,適出百畝之上。若疏瀹而挹注之,資其灌溉,皆可為沮澤沃壤也,而乃皆在荒沙蔓草、斷溪亂石中。詰其所以若此者,蓋傍皆臨河,方冬水涸,見為空野,夏秋水至,故為河道,失流激急,沙草漂流,茫洋漫澶,其勢可以盡百畝而吞之,是以耕者謹避焉。且夫將以廣田,先須培土,一難也;田成河衝,與無田同,二難也;不有隄防,其曷克田,三難也。以此三難,是以鬱為平沙,閒為曠土,廢置於溪流石磧之間者,今且將千年矣。余低徊彌望,浩然而歎。於時,寺僧言:"昔者,故冢宰蔍山張公嘗有意於斯矣,輒而弗興。今公既歲輸金錢,設糜濟眾,曷不捐貲築堰,堰成而田,然後陂山通道,舉鍤引渠,永作耕畬,蔚為水耨,歲以所贏粟為粥資,其德不更多與?"余曰:"唯!唯!獨善不若與人,請與眾共之。"蓋此邦之民,亦既苦矣。環邑數百里,山多地少,沙多土少,石多水少,今數百里之高山,有數百畝平陸,不可謂非幸矣。而將累土、引水、築防,以其三少,搆此三難,余何力之與有?與眾共之,亦其勢也。且吾見今留心民事者,往往言西北水利。近吾邑者,惟沁水。水既洿下,地皆墝埆、仰高,無所得水利。茲寺之流泉,如建瓴寫瓶,決然出地上而不能為地用,則豈盡無水與水下之咎哉?水利之興,肇於魏史起引漳水溉鄴田。起之言曰:"漳水在鄴傍,西門豹不知用,是不智也。"乃吾聞昔者張公所見與今同,非前之人盡知之不及也,或者其力有待於眾與?沿門持鉢,雖釋子之事則然,而將興事以濟人,則余曷忍辭焉?昔起又以漳水不溉鄴田,二百畝當行田百畝,謂之惡田。今儻因眾之力以為善田,聖朝方以養民墾荒為政,田既善而賦以正供,民牧人長,舉斯義以行之,為益溥哉!

《午亭文編》卷三十八

門人侯官林佶輯録

記

體仁書院記

澤州書院,始宋宗丞伯淳程先生。先生以治平四年由上元簿為晉城令。晉城,今州治也。先生道大德尊,光被天壤。至其所以為晉城者,當五季迭亂,金革創殘之餘,禮樂詩書絃誦之習,久而未興。先生多設鄉校,擇秀異之民,羣萃類居,教之以學。親至其處,為正句讀,晰文義,使知入德之方,孝弟忠信禮義廉恥之道。熙、豐中,士之儁者連收科目,而人俗以厚,魁傑忠廉、守節善道、敦行而文者往往介出其間。迄於今,風行澤流,聞而興起,德化之盛,猶有存焉。先生鄉校之設,最近治者,故在北城之外,此書院之所自昉也。今則平壠遺墟,舊跡泯然盡矣。前明州守王君,建文昌書院於張公祠左。其後,黐①使楊君,更其名體仁書院,樅州守徐君,祠先生於中,以伊川、張、邵、朱、呂諸先生左右列而配焉,謂祠為先生設也。未及百年,墻屋圮傾,蔓草寒烟,蕪廢不治。康熙壬申之冬,灤水倫君來守是邦。閱明年,治和人安,景先賢之遺烈,修祀事祠下,愾然興歎,作而新之,不勞民功,而役者子來。旬月之間,聿新鼎②構,俎豆絃歌講肄之地,有如曩昔。既訖工,命余記之。余惟

---

① 黐:四庫全書本作黐。
② 鼎:四庫全書本作鼏。按:《正字通》:"鼏,俗作鼎。"

昔者先王之教,有學有祀。《禮》:"凡始立學者,必釋奠於先聖先師。"又:"凡學,春官釋奠於其先師,秋冬亦如之。"鄭氏謂:"先聖,周公若孔子,先師如漢《禮》高堂生、《樂》制氏、《詩》毛公、《書》伏生。"古者,建立學校,未嘗不以祀為重事。蓋有學、有祀,先王之教也。然,當其時,自國學至校、序、庠、之鄉學,莫不有定制,而祀無適主。意古者堯、舜、禹、湯諸聖人,或以為聖,或以為師,皆其必祀於學者,今不可考,則亦不敢臆論矣。故康成謂周公若孔子者,非斷詞也。而先師則因其時之所尊者而祀之,故鄭氏謂如高堂生、制氏、毛公、伏生之流也。大司樂:"凡有道有德者使教焉,死則以為樂祖,祭於瞽宗。"是以《記》又曰:"天子視學,命有司行事,祭先聖、先師焉。"夫天子視學於成均,則祀先賢於西學者,所謂祭於瞽宗也。春秋、戰國亂世,猶有聖賢為之師,秦、漢時猶有專門為之師,皆祀於學。漢高帝過魯,祠孔子,明帝行鄉飲於學校,祀聖、師周公、孔子,猶未知所以獨尊孔子之義也。魏祀孔子於辟雍,以顏淵配。歷晉、宋、齊、梁、陳、隋,皆以孔子為先聖,顏子為先師。唐武德中,釋奠於太學,以周公為先聖,孔子配焉。房元齡①建議升孔子為先聖,以顏子配焉。高宗永徽中,復改周公為先聖,孔子為先師,顏回、左丘明從祀。太尉長孫無忌駁正云:"漢、魏以來,顏回、夫子,互作先師,宣父、周公,迭為先聖。貞觀之末,正夫子為先聖,以眾儒為先師。由是以來,州縣之學,廟祀孔子,以顏子、曾子、子思、孟子列於廟堂之上,庶幾得古者祀先聖、先師之意矣。余間嘗竊有議焉:稱孔子曰至聖先師,則是先聖、先師並為一人,揆之《禮經》,未盡其義也。雖以顏、曾、思、孟四子者,猶不得謂之師,則是如高堂生、制氏、毛公、伏生之流,反得謂之師矣。今以顏、曾、思、孟不得謂之師,而謂之先賢,而欲進濂、洛、關、閩諸子者而謂為師,勢必有所不能。然則《禮經》之義,鄭氏之說,將遂不明於天下矣乎。濂、洛、關、閩數子者,繼四子之後以明孔子之道者也。孔子之或為先聖,或為先師,歷千百年而始有定論,然則後或十百年,或千百年,安知諸子之賢不得與四子者並而列於廟堂之上也哉?苟使數子者並四子而列於廟堂之上,將無近於古者釋奠於其先師之意與?亦庶幾其祭於瞽宗之禮也?今夫儒學,猶古之學也,文廟猶古之祀也。體仁書院為先生而立,祠先生其中,並有合於先王之教有學有祀之義,可不謂盛事與?而余謂先生之祀當列於廟堂之上,援據孔子或為聖或為師歷千百年而始定之說,以見聖賢之道久而益尊,如先生者,既以其特祠為有合於禮,而又致望於後之知尊先生之道者,為是說以諗之。若夫邦君之德政,吾不敢以諛,諸生之學業,吾不敢以規。有先生言語行事在焉,勉其不逮而無失其已能者,是邦君之德政也夫! 是諸生之學業也夫!

---

①　房元齡:四庫全書本作房玄齡。按:房元齡,原為房玄齡。唐太宗時名相。康熙名玄燁,為了避諱,陳廷敬以元代玄,四庫館臣改為玄字,但缺其末筆。

也 紅 亭 記

康熙十七年閏三月二十一日,予與侍讀王君貽上被召入直乾清宮之南殿,宮中所謂南書房者,侍讀學士張君敦復晨夕侍上之直房也。予與貽上入直二十有八日,而與敦復覩宸章之巍煥,仰天藻之昭回,見聖天子萬幾燕閒,從容於文章翰墨之娛,而侍從之臣蒙恩寵而被清光,有歌頌所不能形容,而言語所不能紀載者。遭逢如此,嗚呼,盛已!至於宴賚之便蕃,尚方珎①食,日賜者三,而湯茗果餌,特出上命者,日一至焉。方是時,含桃始熟,大官初進御,命徹御前盤以賜之。自是,則日以為常。風露醲郁,色味兼美,諸臣日得饜飫焉。蓋自予與貽上入以及出,含桃之賜相終始云。出之前二日,敦復語予曰:“他日歸江南,置隙地為園,搆亭其中,名其園為學圃之園,名其亭為也紅之亭,子為我記此亭也。”杜子美之詩云:“西蜀櫻桃也自紅”,亭名之取義以此也。夫以子美之不遇時,俯仰今昨,感愴興懷,以自寫其意於詠歌嗟嘆之間。今敦復之意,何取於斯耶?吾見敦復起史官,天子特拔擢,位之論思之列。去年冬,思得經術、文學之臣以朝夕左右,而敦復長直內庭,眷遇至隆。一日之中,恒在上前。暫退,輒復宣召。或當食,吐哺疾趨宮門,漏下十許刻迺歸,日夜無暇晷矣②。竊計③敦復立朝之日多,家食之日少,即有亭,又烏能居也。然,吾嘗觀古之君子,功成名立而身不居,如子房之慕赤松,李泌之歸衡山,流風遺韻,輝映史冊焉。敦復出其幼學壯行之志,見諸事業,功成身退,優游江湖之上,而縈思廊廟,至於一物之微,一食之頃,不忘君父,如子美之詩之所云,其亦將有取焉者與?且吾聞江南多名山水,江山之樂,風物之美,余夙願遊焉,而且有卜居之志也。異日買田鍾阜之傍,築室青溪之上,扁舟往來,泛大江,涉南湖,以時得從敦復遊,敦復館我乎亭中,相與流連吟嘯,而天子念敦復舊勞,時遣使存賜其家,余於其傍,復得沾大官珍味,與敦復唱予和汝,以歌詠聖澤於無窮,則又非子美之詩所可同日而語者已。

老姥掌游記

上黨南三百里,有山曰方山。又南十五里,曰洞陽山。又南十五里,曰樊山。上黨地形高天下,此三山高出地上,皆直下萬仞。由樊山則枝分條披,狀形奇詭,嶕嶢而為峰,窈

---

① 珎:四庫全書本作珍。按:珍,俗作珎。
② 日夜無暇晷矣:四庫全書本刪去晷矣二字。
③ 竊計:四庫全書本作是。

窊而為壑，崎嶇而為岨，崚嶒而為崿，巉岏而為巚，弟瀰而為巒，岭嶒而為岫，嵺廓而為巘。其又南則砥柱、析城、岩壁重複，峭竦如樓堞，嵯峨如墉隍，如玦，如環，繚絡數百里。其中長川夾岸，若斷若連，如海波斂而島嶼出，如江潮平而洲渚生。村居靜深，闃扃奧閬，盖陟樊山之巔皆見焉。余家樊溪東涘，在山之南，開門見山，測以圭景，南北相峙，不失杪忽。則仰觀夫樊山之為狀也，如仙卿冠帶而立其上，又如鯨張鱗，如鳳舒翼，委蛇而下。而其東則如巨靈奮臂，隱然信其指爪，上捫太清，下揮空曲，有曰老姥掌者，向所謂峰焉而嶕嶤，壑焉而窈窕，岨焉而崎嶇，崿焉而崚嶒，巚焉而巉岏，巒焉而弟瀰，岫焉而岭嶒，巘焉而嵺廓，數十里之內，聯嵐互暉，俯可搏擷，如置諸掌。昔以掌名肖其形矣，信異境矣哉！其下則古松流水，渺然非復人間，余時游而樂之，盖嘗數宿而不能去也。夫去山數十里而近，而峰壑巘巒之美已如此，況所云數百里者，吾雖未能盡游焉，而已坐挹河山之勝，他日雖得盡游其處，亦何以加於此樂也與？

陟岵樓記

　　嘗讀《詩》至《陟岵》，而愴然以泣也。余弱冠通籍，官京師。五年，謁告歸省覲。吾母間謂余曰：“吾念汝。當風雨晦蒙，茫茫遠路，兀然尤欲斷腸。”嗚呼！母之言何其悲也？《陟岵》之詩云：“嗟！予季行役，夙夜無寐。上慎旃哉！猶來無棄。”詩人之意，不過憐其去而望其來歸也。余每讀之而泣者，以詩人之旨不悲於吾母之言，而母言尤為可悲也。方其時，母年尚盛，余去母游五年耳，而言之尤可悲已如此。其後三年，迫父命復出，出踰十年不歸，逡巡至於大故，遂抱終天之恨。思此十餘年已來，母年漸就衰矣，計其年月，首尾三四千日。其間天時之晏溫而無風雨者幾何？日晦蒙而茫茫者不知其幾千百朝昏也？以就衰之年，加之以風雨茫茫，兀然腸斷，積朝昏如此之久，則其心之悲而不得一言言之，而尤有可悲於曩時者，當又何如耶？由《陟岵》之詩，是古之孝子仁人，雖善言其母思子之情，不若母之自言其情為可悲。由吾母之言，則是雖古之慈母自言其情，終不若吾母之言之為尤可悲也。吾居母墓左，去數武，有三楹之樓，夜則栖於此。每當隴風蕭瑟，山雨淒迷，追念吾母曩時之言，而歉詩人之所不及，所以愴然而泣者寧有終窮耶？然而名其樓曰陟岵者，聊以志吾之悲焉耳。

百 鶴 阡 記

廷敬為先太夫人卜兆於樊山土①，開阡北嚮，迴接洞陽、岳神二山，圭景適中，符節如契。蓋自洞陽至阡，三山皆拔地千仞，迥②出萬峰之上，昔人謂之"洞天"，其佳處者也。阡去山巔不能百步，然自洞陽逶迤而至，岡嶺聯緜，豐原壇曼，紆徐開舒，若鳳翔鸞舉，行游長空，而悠然偃息於此也。陟阡之南而下視之，百里之內，底柱、析城、王屋皆在焉。卓立挺聳，羣望北山，若拱，若向，若鶱，若騰，其靈境矣哉！己未秋中，聿來井椁，初吉之午，有鶴來萃，不可殫數，翔於雲際，自西而東，盤旋容裔，翯羽繽紛，若雪若雲，鳴唳寥亮，如奏笙琴，久乃後去。於時，見者、聞者，莫不跂跂睢睢，驚喜詫異。或謂山故靈境，鶴斯集焉。然，異時不聞有鶴至止者也。且余生長於晉，亦不見晉之有鶴。北之燕，南之宋、衛之墟，亦不見鶴。於今忽有之，且如此其多，而盤旋鳴唳於新阡之上，久而後去，則誠非偶然者矣。夫鶴，仙禽也。道家謂之仙人之騏驥，是鶴之來有乘之而來者耶？《史》稱陶侃居母憂於墓下，二客來弔，化雙鶴飛去。說者謂陶母與侃皆非塵世中人，故母截髮、剉薦，翼其子以顯，而士行卒為晉名臣。今廷敬浮沉仕宦，進不能樹勳伐於朝廷③，又不獲乞身以退避賢者之路，其於士行，無能為役。且吾母葬後，廷敬廬於冢下者且二年，亦不見鶴之來唁，則昔者之鶴，其非為吾來明甚。夫荒忽遼邈之中，誠不可究詰矣。而百鶴之盤旋鳴唳於新阡之上，又久而後去，則衆所見聞，其為吾母而來，不可誣也。夫陶母既葬，致二鶴之弔，吾母之兆方啓，而致鶴如此之多，吾母之賢於陶母，此斷斷信而有徵者矣。若廷敬者，既於士行尚無能為役，況敢望夫大賢君子之門墻者，此余之所以自恨而深悲也。名阡曰百鶴，蓋所以志吾之自恨而思吾母之賢，因以寫其深悲焉爾。

陽城白巷里免城役記

前明太子太保吏部尚書疎菴王公國光為户部尚書時，朝廷命有司即其所居之里為治第以寵之，公謝不敢當。既而曰："君命也，不敢辭。"顧竟以其治第之金，甓陽城縣城。城故不甓，陽城之城至今甓自公始也。當公之時，天下承平無事。後數十年，流賊起秦，滋蔓天下。寇晉，晉郡縣罔不破壞者。攻陽城，城卒賴甓以完，賊無所得，引去。其後天下數更

---

① 土：四庫全書本作上。按：從上下文看，當作上。
② 迥：四庫全書本作迴。按：迥，遠也。俗作逈。
③ 樹勳伐於朝廷：四庫全書本作樹勳伐以自顯。

變故，城不被兵，甓之功為多焉。去年秋，霖雨，城之復於隍者且甚，縣令延津都君更築之，一縣皆受役。白巷者，公所居里也。里人援公前事，言於縣，曰："公甓縣城，城數得不被兵，公功誠多，宜惠及其子孫，請免役。"都君咨於縣之人，縣之人曰："吾儕安朝夕而脫兵燹，緊誰之使然乎？公甓茲城，厥惟公功，宜惠及其子孫，惟免役。"於是，白巷之免城役，志公之功於不忘也。嘗竊觀明之盛時，往往為其臣出官帑，治居第，高檐巨桷，彤髤雕煥者，今或為公廁馬廏矣。居高位，享厚祿，或多營良田美宅，連阡陌而溢衢巷者，今或數易主，或化為頹垣敗壁，荒榛蔓草矣。而公嘗所甓之城，巋然獨存於世，所賜之宅，子孫蒙業而安焉。較其得失為何如耶？余聞當萬曆間，江陵秉政，公於是時，同而能異，特立而不阿，其事蹟載冊書，而功名被天壤者，豈獨其一鄉一邑之故云乎哉？而其及於鄉邑者，鄉邑愛慕之，子孫享保之，則其及於天下者可知矣。彼夫全軀命而隳人之封疆，保妻子而恌人之家國，不旋踵而身家破滅，邑里羞以為鄉人，子孫羞以為祖父者，深可悲也。嗚呼！百世而下，觀乎此者，其亦可以感興也哉！

存 誠 堂 記

學士張公敦復，以上賜御書"存誠"名其堂，命廷敬為記。記曰：《經》言"誠"，始於伊尹。其告太甲曰："鬼神無常享，享於克誠。"而言"存誠"，則昉於孔子。其釋《乾》九二曰："閑邪存其誠。"乾六位，五與二，其所釋義尤合焉。於二，始則曰"龍德而正中者也"。既則曰："君德也。"而其大要根柢於"存誠"，所謂善世而不伐者，誠然後善，所謂德博而化者，誠然後謂之德也。"存誠"之義大矣哉！五之辭曰："飛龍。"而二亦曰"龍德"。五之位，君也。二之位，臣也。而二亦曰君德，譽之至也。孔子豈不知君德之不可輒儗諸其臣哉？若以為古之人蓋亦嘗有是言也云爾。始言"誠"者，伊尹也。伊尹他日又言："惟尹躬暨湯，咸有一德，克享天心。""一德"，即嚮所謂"誠"也。"克享"，即嚮所言："享于克誠"也。伊尹既自言與其君"咸有一德"矣，則孰謂君之德不可以輒儗諸其臣，而臣不當以君之德為德也哉？且其見於《書》者，豈惟湯與伊尹為然乎？堯、舜之臣，皋、夔、稷、契也；文、武之臣，周公、召公也；高宗之臣，傅說也。使皋、夔、稷、契、周、召、傅說，有不與其君同德者，則不可以為堯、舜、文、武、高宗之臣也，明矣。今聖皇好古游藝，窮極至道，揭"存誠"之訓，灑宸翰以賜近臣而勗之以"誠"，蓋所以期待之者大矣。順親、信友、獲上、治民，非"誠"無由也。而其至也，可以享鬼神而格天心。臣之事君，君之事天，胥於是乎在。公遂以名其堂，朝夕觀省，庸自底屬，以庶幾於古君臣一德之義。將見天下頌之，海內傳之，簡冊書之，曰："惟吾君暨臣張公咸有一德，則阿衡不專美於昔，而喜起復見於今矣。此豈獨公一身之寵榮哉！吾故以望之公者而為之記。

三晉會館記

　　尚書賈公治第京師崇文門外。第之東偏，作客舍以迓以勞，惠於往來，以館曲沃之人。一日，牓其居第之門曰：喬山書院。喬山者，古曲沃地也。予過入而異焉。問之公，公曰："喬山，吾父母之邦也。吾欲使鄉之子弟，挾書冊、考德問業、游藝於斯焉。以是割宅以北為書院也。"一日，又過公，公從容語予曰："吾欲使鄉之大夫士從宦於京師者，歲時伏臘，以時會聚，敦枌榆之義，飲酒獻酬，雍容揖遜，宴處游息之有所也，割宅以南，以舘三晉之人，子以為何如？"予高公之義，作而言曰："天下之物，苟為我所自有，未有不思詒其子孫者也。然，金谷之池臺，平泉之水石，旦暮而失之矣。京師，天子之都，貴人富家，侈土木之費，楹桷雕煥，飛甍蔽虧，行路指目，一再過焉，而不勝盛衰興壞之感。彼之念其子孫者何如耶？而公舉所以遺子孫者共之鄉人，如脫敝蹻①然，蓋其所見者遠矣。夫天下之物，有什伯於宮室者矣，苟處之得其道，與宮室亦無以異也，而此又何足為公疑哉？"或曰："公之於三晉之人也，於都市有燕勞之館，於慈仁寺有餞別之亭，皆出己財以經畫之。今又有茲舉，不亦易於與而傷於惠乎？且公兩以節鉞鎮撫四方，功德在當時，宜子孫世世守其業者也。今以予鄉人，將傳舍視之，安必鄉人之能善守之者？"予曰："不然，公朝廷重臣，雖天下大器，尚能不動聲色而置諸安處，況一居第乎？公之為此，蓋必有其道矣。公之所以遺子孫，亦必有其道矣。盍相與成公之美乎？"公曰："子之言善，請書之石。"

賜游西苑記

　　康熙二十五年秋七月九日，上在西苑，召左都御史臣廷敬、侍郎臣乾學、學士臣英、侍讀學士臣士奇、編修臣杜訥，賜饌於苑中。近侍導臣廷敬臣乾學入自勤政殿左門，殿門皆北嚮，闢以順時宣令，上親題額自警，御以聽政事，非猶夫避暑之宮，追涼之殿也。蓋雖駐蹕在所，未嘗一日不與羣臣相接見。炎景仄而方食，曙星在而求衣。惟勤惟專，由輔弼暨百司丞令之屬②，承寵問、被清光，亦無一日不得至於斯殿也。自殿角趨南，陟橫廊，徑小軒以西，上講藝論思、游息深嚴之地，稀有得至者。軒裁廣一楹，顏曰"知稼"。出知稼軒，疏

---

　　①　蹻：四庫全書本作屩。按：蹻，當作蹻，或作屩。蹻，草鞋。
　　②　百司丞令之屬：四庫全書本作百司承令之屬。按：百司丞令之屬，指中央和地方官員。清代職官有寺丞、府丞、縣丞、縣令。丞字不誤，不當改。

籬草花，被徑周阿，蕭然有閭井林野之思。迤西數武，秋禾方畝，望之如雲，前有亭曰秋雲，英、士奇、杜訥三臣者先在焉。階而升，鵠立以眺。維北之院曰豐澤，維西之軒曰嘉穎。自知稼至嘉穎，蓋皆取諸農事為義。或采椽斫題，不斲不枅。或白屋版扉，不施黝丹，無綺寮重廡、文鎗鏤檻之飾。盛矣哉！堯之土階，文王之梐柱，大禹之菲薄，衛文之節儉也，后稷、公劉之所樹藝，而《無逸》《豳風》之所書載也。臣顧諸臣而言曰：“於戲！上聖德至矣，吾屬慶遭逢，辱恩禮，其何力之能報？”諸臣皆相與讚歎，皇恐稽首，即亭中秩坐。時久雨新晴，澂波映空，動植遂暢，魚鳥欣悅。頃之，芳筵載列，而臣等陵兢震越，就匕箸如不勝，滋懼素餐。食已，中使就賜御書及內製法瑯塗金香鑪、餅、合各一。玉軸寶題，雲章爛然，鑪烟尚溫，合有香實。顧惟恩出非常，心魂愯悸。中使既復命，臣等九叩首以謝。既退，竊自念曰：古者，人主推食加籩，或寵以翰製，或錫以御飾器物，所以勸勞能、待賢彥也。臣田野窮賤，才質璅微，擢歷臺司，日侍禁闥，飫賜便蕃，歲時霑被，未有寸尺裨補，而上意疊至如此，此臣所捐糜難報之恩也。已，又念賢聖之君，必恭儉勤民。恭儉，故親賢禮士，勤民，故重本興化。而養賢及民，維古志之。臣嘗誦《詩》而通其義焉。解《詩》者言，《由庚》，人君調陰陽，育品彙，萬物得由其道也。《南有嘉魚》，樂與賢也。《崇丘》，萬物得極其高大也。《南山有臺》，樂得賢者。《由儀》，萬物之所生，各得其宜也。《詩》之更相互見，明得賢所以養物也。既天下無事，澤及四海，故次以《蓼蕭》《湛露》，而燕賜之盛興焉，以見夫得賢之效，至此為極，而為天下之所歌樂矣。故又終以《菁菁者莪》也。此非賢聖之君，其曷能之？茲者，上恭儉勤民，聖德之至，巍巍無極，不以臣等之非賢而過禮遇之如此，則夫巖穴道德之士，孰不思接迹於王廷，效忠竭智，以策功名而顯當世哉？此又臣之所深慶者也。故竊附詩人之義，既為詩五章以詠歌盛事，又謹記之如此云。

鶴湖垸記

江陵，湖水在其東曰長湖，以其東，又名東湖，東更三十里又瀦而為湖，曰三湖，湖有三也。又名之曰鶴湖。鶴湖之義，不知所緣起。或者曰：“謂其有鶴。”夫鶴之有無，誠不可知。然，更數十百年，亦未見有以鶴之故顯然著稱於時者，故其因義以立名，莫能知焉。自長湖至於鶴湖，堤樹渚花，繁蕪長薄，交疏蔽虧於烟波浩淼之間。水開林起，土壤蒼然，則少司馬張公箸漢之所居也，曰鶴湖垸。楚人謂園圃樊落之屬為“垸”，讀為苑，若苑囿然。箸漢之所居，有園亭垣籬之觀焉，故因其俗名之曰“垸”。而湖之以鶴名者，蓋至於箸漢而始大著其義焉。先是，箸漢官京師而歸也，雙鶴集其洲沚之上，自銜草蘆為巢，巢高五尺，圍大倍之。歲孕兩雛，其中積雛以十數。客至，則擊柝為符信召鶴，鶴輒率其所孕雛翔舞庭中,客去然後已,自是以為常。鶴不去湖者十年餘,箬漢亦家居十年餘,此鶴湖之名所由以大著也。及後箬漢來京師,鶴遂去不復來。今年,箬漢請急歸,上章曰:"臣先壠在長湖傍,湖波浸壠,不治且壞,臣不可以不歸省。"於是,天子使使問長湖所在,箬漢指畫以對,天子嘉其誠孝,予假遣還。箬漢即日駕,載道,過予取別,且為予言鶴湖垸之故。予曰:"異哉!昔孔稚圭之作《北山移文》也,曰:'蕙帳空兮夜鶴怨',托借為辭,非真有鶴怨主人之不歸也。而鶴湖之鶴,以箬漢之出處為去來,何其依戀之深與?"夫鶴之為物,孤潔閒遠,其高標清韻,迥出於毛羽之羣。張公之行,意其有近於斯者乎?故公出而鶴去,公歸而鶴亦將歸也。方今聖天子坐攬皇輿之勝,江山萬里,如在黼扆玉几之前。嘗圖畫其山河湖江,朝夕省覽,欲備知原隰、川澤、險易之所宜,以扶育民物,與為張弛而化調之,江陵長湖之間,寓目者熟矣。而因公之言,復拳拳長湖之為問,則上之眷念公者,何如?公雖欲優游久處於鶴湖之上,其可得乎?雖然,公之行,類於鶴者也。《詩》曰:"鶴鳴於九皋,聲聞於天。"言君子德譽之升聞也。《易》曰:"鳴鶴在陰,其子和之。"言明良一德之相悅也。公以九皋之鳴,起而為在陰之和,其高標清韻,不以出處而有異也。嚴廊粉署,獨不可為公歌《招鶴》之詩乎?

射 虎 記

樊山上有虎,自吾居山中,避去數月,已又復來,有跡可視,獵夫且伏弩射之。或曰:"虎有知,能避伏弩。"或曰:"虎非有知也。"阡東五里外農家,有牛晨出暮歸,歸則喘汗且臥。農察其狀有異,晨尾牛之野,見虎來,與之鬭,虎不勝而逸。明日,農縛刃牛角而縱之,虎中牛角刃,立死。農剚虎,張虎皮於石。明日牛視之,以為虎也,復與鬭,角觸石,牛亦死。虎夜騎人屋,明日,人穴其所騎處,虎夜復來,則下其一蹄穴中,人以鐵鈎引虎蹄而縋以巨石,乘屋擊虎,虎斃,人燃火炙虎蹄,蹄收縮,知其佯斃也,遂復乘屋,大擊之,虎乃死。老婦人携其二子遇虎於道,婦人被虎嚙,大兒搏虎,不勝,小兒以馬箠中虎睛,虎痛,摩其眼,婦人與兩兒得脱去。虎痛定,追上山,山上人轉石壓虎,虎死。余在山中,所見聞如此。虎卒不勝人,蓋徒以其氣力爪牙異於百獸耳,非果有知也。今有貌人而虎行者,豈得謂為無知也哉?然,鮮有虎行而能自解免於人禍者,則亦終歸於無知而已矣,其可哀也。後數日,果伏弩射殺二虎。

郭先生逸事記

郭先生文雄,字鳴上,文水人。居太原,為諸生,以高選貢於國學。奇才多逸氣,不事家人生業。耻與俗伍,喜交游四方賢儁名流,時以其意寄之於酒。東鄰有王生,好高論,嗜酒,俗人見輒避去。郭先生獨喜與之游,王生擁貲數千金,種秫歲釀酒數百石。兩人閉門高飲,間醒,則吟誦《書》《詩》以自娛樂,與世人絶不復通。順治中,余年十七,省試於太原。是歲,試人多至滿棘屋,別編葦蓬以居。余適居蓬中,與郭先生交膝坐,心異其人。既散,明日,郭先生携王生載酒過余。又三年,余再試於鄉,至,則獨見王生主其家,郭先生為選人於京師。蓋至是王生貲且盡。初,郭先生意多所忤,蕭然寄食於王生,王生傾囊倒廩以奉郭先生歡,郭先生安之。余嘗見世人居室,雖親兄弟,以幾微有無見於顏色,或操戈搆釁甚塗人者不可計數。今兩人友耳,王生盡貲無吝①,郭先生受而安之,是皆有不可及者。余由是益異之。其後,郭先生為令於崑山,王生適過之,郭先生為令清,念王生義不得忘,以千金為王生母壽。王生揮其金不顧,曰:"君為廉吏,而以千金贈我,是浼我也,義當與君絶。"王生拂衣去,遊太行山谷間,時時過余家,郭先生為吏自苦,無何,死於官,無妻子,崑山人憐之,葬之縣中山原之上,送葬者數萬人,號呼闐咽街衢,至葬所不絶。起冡立祠其傍,吏民歌思之,至今不衰。王生後為小吏於南方,過余,言曰:"吾不能折腰牛馬間",竟棄去不顧。郭先生生而無室家,獨以其生平所自得施於吏民。朱仲卿所謂"桐鄉民愛我",詎不信與?郭先生無妻子,即使返葬,視朱公言"後世子孫奉嘗我,不如桐鄉民",其意尤堪悲。天既生才矣,而困苦折辱之,使之無以為家而託命於友生。非王生之高義,郭先生將遂偃蹇以死,不得至於為吏。既為吏矣,且死無以為葬,而崑山人葬而祠祭之,久而歌思之。若是,則造物者之果無意於斯人耶?抑亦郭先生之懷才奮義,有以自致之而然耶?王生有子,余覘其皆能有所成立。王生雖貧以老而不斬其後,天之果非無意於斯人也。故世之人有如郭先生之所遇者,觀其為吏,可以彊為善也已。吏部侍郎徐公果亭,崑山人也。語及郭先生,使余記其軼事。以王生之賢,故牽連書之。王生,清源人,名鼎。若郭先生之善政遺愛在崑山者,崑山人述之,今不備書也。

---

① 吝:四庫全書本同。按:吝。同吝。晉陶淵明《五柳先生傳》:"既醉而退,曾不吝情去留。"吝,吝惜。

記女奴景事

　　女奴景,贅夫柴乙,皆從予京師。乙病,景輿以歸,及家而乙死。既瘞,景時節哭瘞所,虎銜豕來,熟睨景,景哭極哀,不見虎。樵人遙見,呼景,景近虎尺許,虎卒不傷也。其家諸柴,數逼景嫁,不從,朝夕虐酷之。居二年,人或益不堪,謂當以告吾家。景曰:"吾居主家久,主嘗不預外人事。吾柴氏人,豈以吾事累主耶?"諸柴愈匈匈環伺,將奪之。景乘夜奔訴之縣,道遇虎當路,景趨過虎傍,虎臥如故。景抵邑門,坐守至天明。門開,趨縣庭號訴。縣令哀其情,召諸柴,數而箠之。後,令行案境中,景遮道訴,又數而箠之。愈箠,虐愈慘,景非死無所之矣。乃念乙死時言主家遇我厚,我死終不能報主人恩,甚恨之。景於是提携其九歲女、六歲男,泣涕匍匐,乞食野宿走京師。行五閱月而達,計程二千里。中多峻山大水,水潦秋方盛,深及要腹以上。景凡涉水,則先負一兒抵岸,再返負其一兒,日數涉,涉幾死者數矣。蓋其艱如此。至之日,家人以告,予詢之,言歷歷。感其事,不禁泫然泣下。左右觀者,無不皆泣。女奴微者耳,名義所不責,而能卓然自立,使人感動如此。此豈非出於其至性者耶?夫士大夫之行,其大於此不可為量數,而能如景之出萬死一生而不變者誰哉?或曰:"景習於主家,蓋道誼所薰染也。"夫士大夫豈無載籍師友耶?而忠孝節烈之行,往往存於椎魯僕婢,至義足以馴猛獸,誠足以濟生死,百世之下,將有聞而興起者,豈以其微顯異哉?故傳其事,庸以告天下之為士君子者。

　　　　　　　　　　　　　　　　《午亭文編》卷三十八　男壯履恭較

《午亭文編》卷三十九

門人侯官林佶輯録

書

與畢亮四書

自某少時，聞百里内有賢人畢先生，力耕養親，及仕，則以廉能聞於天下，所著書悉古文奇字，私心願一識其人。而足下既從仕四方，某亦羈旅於京師，無因緣相見。自以忝竊文字之皸①，感足下之行義，居常私念，不得以事業功名自表見，然猶不敢不以廉隅節行自砥礪。曰：恐畢先生不比數之也。在京師時，守官奉職，退輒閉門，不願妄從流俗交游，朝士中多不識其面。其有賢於人，行能學藝絕異者，則未嘗不求與之友。與足下生同鄉，至以一相見為難，其為歉慕何如耶？前年冬，足下應博學宏儒科，至京師。其時，某直禁中，晨入而夜歸也，又不獲一相見。今年夏，始識足下於山中，乃以慰吾殷勤之願焉。伏見足下親耕於野，爨於堂，手足胼胝，面目黎黑，有辛苦顦顇不自聊之色，吾又以悲足下之為也。昔樊遲請學稼、圃，孔子曰：吾不如老農、老圃。及觀古之人，伊尹之於有莘，諸葛亮之在南陽，皆以躬耕顯名於天下，為後世稱述，夫豈不以聖賢所遭，出處進退豐約之勢有不同，而惟其道之所適然與？孔子稱顏淵在陋巷，簞食瓢飲，不改其樂。又自言：疏食、飲水，樂在

---

① 皸：四庫全書本作職。按：《玉篇》，"皸，俗職字"。

其中。然則足下之所為,有可樂而無可悲者也。向所顤①求與之交者,舍足下其誰與? 承惠教,所選制科之文,幸因便示及②。某再拜。

與劉提學書

　　某昔者備員國學,嘗獲同事。辱執事相推重之雅,謬自砥礪,以求副執事之所稱許。自是,諸生頗知有論道講學之事而終始不渝者,不敢忘執事切劘之勤。其後,執事在列曹,自非朝會公見,無因相接。僕性寡諧,而執事復嶽嶽自重,其自待以待不肖者,出尋常交際之外,以此愈益思仰。客歲,跧奔子舍,聞執事拜督學之命,苦屮餘生,竊幸國家為多士得人,而輓近學校之頹風可以釐正而革除也。澤州,晉之南鄙,地僻遂。而某居陽城山中,學使措施,不易得聞見。頃知已蒞河東,將有敝邑之役,敢布所懷於下執事,幸留意焉。當澤州盛時,州試童子可二千人,上之學使者千有餘人。州所隸縣如陽城,試童子可千餘人,州再試之,上之學使者亦六七百人。其三縣高平、陵川、沁水,悉號為最盛。今澤州應童子試者不過二百人,陽城四十五人。陽城如此,三縣可知矣;一州如此,天下可知矣。學校者,人材之藪淵;人材者,國家之楨幹。而一旦衰落如此,是可歎也! 且今天下之士,盡聰明才智之人也。既已離去《詩》《書》,又無恒產,弱者不免為饑寒流離之人,其強者不敢保其不為頑梗難化之輩,國家留意教化,屢下詔旨,而人不知書,自絕其教化之原,是又其相謬違者也。凡若此者,其患始於進額之太少,其弊成於請託貨賂之公行。今進學額數人耳,而貴富有力之家輒攘之以去,單寒之子,淹抑坐歎,白首無聊,或至改業,身為工賈,苟且自活,罔顧禮義,所闋民風,豈其細故? 則亦豈非吾士大夫之自有以致是哉? 尤可悲者,天下在學生徒寥寥焉,減昔十之七八矣。司文者既不以教養為心,又從而摧辱之、剝削之,其謂之保等者,取其貲,保其不出三等者也。又最甚者,其始故置劣等,揚言於外,不肖州縣學官為之通關說賄,而後置之三等,謂之拔等。前此諸公,多有行之者。執事清嚴公正,萬萬無此事,誠慮有意外請托,或指名招搖者,若不慎其端而絕其流,終恐為清名盛德之累,而於官方學校兩失之也。其於昔者砥行立名之意,豈不大相徑庭也哉? 伏望駐節之次,嚴飭官屬,凡有前項舊弊,痛加埽除。至於矢公矢慎,務拔真才,則執事自有鑒別,無俟溷瀆清聽。顧自念行能無似,自襄先淑人葬事,廬居壠阡,即家事亦皆屏絕不問,恒懼獲罪名教,不敢以一字通州府,犯《禮經》不語之戒。而獨念此一事,在朝廷不啻三令五申,而建言者

---

　① 顤:四庫全書本作願。
　② 幸因便示及:四庫全書本刪去幸字。

亦嘗連章累牘,舉世所嫉,而貪昧之風究未衰止。每見覆轍相尋,奚忍不一為告語於下執事?是以茫茫然忘其言之愚狂以至於此也。伏惟執事,大破情面,力革陋規,不勝祝願。至於盡言招尤,自取悔辱,實不敢苟避,惟冀照察。不宣。

與守令、學官、紳士書

廷敬頓首,言:考試一事,請託公行,其來已久。思挽積習,人微言輕,不足取重當事。今茲不揣,為學使者特致一函,伏計大賢君子,必有同心。今以書稿附呈清覽,以白區區鄙懷。惟願郡邑賢侯及我紳士,或以書達,或以面言,共致此情,主持公道,不勝顒望。又聞投遞書扎,過付財賄,大半出於學官。學官者,朝廷教養士子之官,非為學道作牙儈而設也。今之君子,必不為此。倘有流聞,公憤難犯,為此冒昧謹白。

與里中鄉紳書

廷敬謬惟:學使者試士一事,朝廷洞悉弊源,著為法禁,布之令甲,士大夫人人能言之。不惟言之,亦皆心知其非而或身自蹈之,知其非而遂為之。貨賄顯行,請託無忌,學校之地,公然為貿易之場,此乃國典所不宥,而有志之士忿悁含怒之日久矣,此窮則變之時也。廷敬自知力薄言易,然,輒不避怨悔,為學使者專具一函,已使使致之矣。竊念郡邑鄉達高賢,同心者衆,擬以傳帖白其事,以為吾儕先自立於無過之地,而後可以責人,亦欲請鄉先生人人共達其情於當事,夫而後可以取信,決其從違,俾知非廷敬一人之臆說。而遂處荒山,恐不及遍致,謹以原書並傳帖呈到,倘令人分致焉,幸甚!望甚!

答徐宮贊書

足下聞太夫人之憂也,某親承賢昆季,容色毀瘠,每一瞻對,感動銜泣。及奔赴出國門,觀者哀歎。自別以來,輒往往欲失聲而哭也。居幾何時,頓罹先淑人大故。自惟天降割罰,孽自己作,悔往追憾,莫由自解。跣歸抵舍,疾至大困。《經》云:"不勝喪,不孝。"曷可勝言哉!憶與足下昆季,同抱終天之恨,其為茶苦,當悉此情。重勞使者遠涉,情文備極,北望稽顙以謝。伏審還闕以來,台候康豫,德廣業修。聖天子方倚毗文學之臣,草土視息之餘,不能無厚望於大賢也。某自去歲冬,獨處荒原,依栖丘壠,實不忍一旦捨去而歸。去冢墓十許武,居人兩三家,在山峰遼阻之間,雖牧兒耘叟,罕見踪跡。澗下有虎穴,虎孳息其中。某為《飼虎文》,具特牲告之,謂:"母墓在此,虎宜避去。"其後虎果不來,未知其後果能遂去否也? 險遠可悲如此。又年凶人饑,盜者習為椎埋之事,叠訴所在官司,不勝捕誅。每夜深,宿冢旁,操挺刃與盜為敵,其可怖畏又如此。亦何忍一旦捨而歸也? 幸所在盜猶能有人心,竊聞其語曰:"陳子母墓也",戒勿犯。得恃以無恐。荷教愛之深,恐欲聞知,臨書不勝哽塞。

與汪鈍菴書

去歲居荒隴之側,得健菴徐君書,已知足下予假歸吳中。後得手書,甚悉。是時雖居隴側,已釋服,故得為歌詩,作五截句奉懷,且以自道其有終焉之志也。今年八月,奉父命再出。故嘗善病,於路轉劇。十月抵都下,補舊官。事數倍曩時,益不任其勞,率嘗杜門斷客。不知者曰:"孤介",或云:"傲物",其實皆非也。自歸而居三年,數承足下手書相問存,輒不即奉答,蓋不得以草土姓名時達京國。後足下既里居,僕僻處晉鄙,非通逵,無由寄候,皆有辭以自解。今居京師,郵書易致,而多疏闊,此直以嬾故耳。姚生公車來,辱翰教,意懇懇有加,又不即答書,嬾益甚,不足復責。茲託健菴寄候。祥後學為古文近百篇,今錄呈者,求指教。截句並錄奉覽,思仰不宣。

答立齋總憲論《明史》書

何真雖非羣雄起事之人,特以據有嶺表,又非佗將歸附者比,可槩入之《功臣傳》中,是以不得已列之羣雄之後。今即欲改入他傳,無其類者,惟有康茂才似可相次。然,康茂才初起,事蹟差小,又與真不類,不若仍舊卷似為得也。今以二傳呈鑒定,或別有見,祈示之。不悉。

又答立齋總憲書

昨偶不克赴局,殊辜良約。顧辱枉存,又不獲奉教,且感且悚。恩恩過日,不能以時會晤,深用悒然。承諭:何真入康茂才後,亦可為類,即望移置,並改刪《論贊》。李思齊入明玉珍諸人後,也擬得一稿,或恐未盡。又其未歸命時事已載《元史》,竟畧之則無原委,書之則不免複見,專望裁正也。又《事略》中據俞《本紀》《事錄》,以斷臂事為宜得實,而太祖御製《祭文》謂其善終,似不應隱覆若此,故不取。尊意以為何如? 徐壽輝別立一傳,於義當爾，即望命筆。並奉去《陳友諒傳》一卷，其《論贊》又須改易也。謹復，不具。

答 友 人 書

古之立言者多矣！其可傳者，必其知道者也。若其道之弗知，言不足以傳，審矣。雖世降學衰，罔知決擇，傳於今有純有疵，幸而有知道者，不絕於世，其不至為所擯抑棄置者蓋寡矣。某於此處，茫然實無所見，安敢語於著述之事哉？而先生蓋知道者，乃亦為是言，亦豈教學相長之意哉？然其所以掖引扶誘以冀至夫知道之境者，則大賢與人為善之心，不能不感，且用自勉也。

與徐少宗伯論《一統志》書

《一統志》保定一府，蓋全志之權輿，百六十府之律度繩矩，創始者難為功，微吾健菴莫任此事也。廷敬才力薄，少弗學，且今衰鈍，曾何足以語製述①之事而左右於萬一？自以與健菴同被命為此書，既惡心汗顏，不以讓於能左右吾健菴者，今被命且久，而以荒陋無所能自解，則尸素之愆知不免矣。然以健菴壹心力，勤考據，發凡起例，規模大定之書，而必欲逞其私意以求自解免於咎責，妄加吹索，則天下庸有是理也哉？語雖云：泰山、溟渤，不辭丘垤、細流而成其高深；愚者之慮，千有一得。然而白頭之豕，野人之芹，皆吾健菴之所先得乎心者，顧謝謝然謂吾能左右於萬一，亦何異蚍蜉之撼大樹，而腐草之螢求爭光於星日也。其為愚借謬戾，詎不甚哉？惟吾健菴有以容之而已。謹按：今志之作，合天下輿地人物而備載一書，不患事少，但慮文多。顧文既多矣，而猶未免乎掛漏之虞，是知事貴博而文取約也。蓋不博不足以備事；不約則不足以載博。如所編建置沿革，博以全史而約之行墨之間，此昔之所無而今之獨擅者也。山川則錄其雄峻，關梁則有繫於要害，此昔之所無者，而一切詠歌之辭，風人之旨，可以備採聽而資興觀者，槩置弗錄，則昔之所有而失之濫，今之所無而病其太畧者也。戶口、田賦，昔之所略，今詳焉，而或竟仍前代，或斷自國初，似應以新編《賦役全書》為準也。名宦、人物，則三不朽之業卓卓可考者，以某事得稱廉能，以某事某書而得名孝弟文學。若都無事實，而但曰：“政聲卓然”，曰：“讀書樂道”，非所以褒前勸後也。名宦既有美政可紀，雖其人為賢者，或以他故不得有所施設，亦不必載。蓋既錄之曰名宦，而事蹟不著，則名與實戾矣。且賢者何患不傳，而予之以無實之名

① 製述：四庫全書本作著述。

耶？又志與史略相似，而與史有異者，史所重在人事，而地理郡國其附見者也。推此而論，志與史各有詳略之可言矣。宗工、鉅卿，史所詳者，志不必更詳；片長、軼事，史不及載者，志不可不載。其法與史相經緯，又不與史相雷同，乃為得耳。事取博矣，文取約矣，而所貴者書法，則宜古而不宜今，宜雅而不宜俗，如志遷擢則曰陞，士子首選則曰解元，曰會元，曰狀元，曰及第，宜悉改易。南昌人物不書字，保定書。或書、或不書，宜酌也。舊志人物，一府合載，故於人名下分注曰某邑人。今志則逐縣分記，不待詳志而始知，可以不仍前例也。《南昌志》得之。分繫之例，名宦㝡難。蓋古之郡國，非今之郡國。如豫章一郡，幾盡江西之地。漢時豫章太守，自當繫於江西布政司之後，不當專入南昌府。然，此猶易定者也。他如一郡而跨兩省，如會稽郡今分江南、浙江一省而雜數郡，如山東、江南一郡而包絡幾府，如豫章郡幾郡而并成一郡，如江南淮安郡則兩漢牧守不知將何編置，始得允愜？此當熟論者也。今之督、撫、藩、臬、鹽䱊、學政、驛傳、糧儲、提督、總鎮，自當列於各布政司之後。一省而有兩巡撫、兩布、按，雖分地而治，亦當與統轄全省者同例，雖駐劄別府，如江蘇巡撫、布政駐蘇州，湖南巡撫、布、按駐長沙而不得即繫於所駐之府，重體統也。惟分巡、守道及總鎮轄一二府者，則隨其所駐之地而繫之。北直巡撫不繫於順天而繫於保定者，所以讓尊也，他省初不得以為例。至北直督學，亦當繫於保定也。又志前朝事與志當代事自別，志當代則其辭嚴重，故明人書諸帝曰："某陵"、"某廟"，書"上書報可"曰："特蒙施行"，書奄人曰："逆瑾"、"逆瑺①"，其體法宜爾。今志中或一二仍其文，而諸稿尤所宜悉易者，此其大較也。諸所欲商榷者，已識浮簽於上。而江西省未經論定者，亦并開具如左，以俟財擇焉。謹啟。不宣。

保定府在京師正南。

　　擬在京師西南，今云在正南，再詳。

　　按《唐志》："析木津，初尾七度，中箕五度。"當今保定府之南境，據此，則凡保定府東北之境清苑、滿城、安肅、定興、新城、容城、雄縣、易水、淶水皆古燕地，當析木之次，為箕尾分野。其保定府西南之境，唐、博野、慶都、完、蠡、祁州、深澤、安州、高陽、新安皆古趙地，當大梁之次，為昴、畢分野。

　　既據《唐志》，則南境應屬尾箕，而此又云東北屬尾箕，西南屬昴、畢，再酌之。

隋名宦張允濟，青州北海人，為高陽郡丞。

　　按：高陽自隋文開皇初已廢，後並未嘗置，安得有此官。允濟在唐《循吏傳》中，其為郡丞，必在唐初。舊《一統志》入唐名宦中，宜從之。又按：清苑縣，唐武德初入高陽郡，

---

　　① 　逆瑾、逆瑺：四庫全書本作逆瑾、逆瑺。

必唐初復建高陽郡而史失記也。允濟之為郡丞，在唐初無疑矣。

宋名宦何承矩。

　　何承矩只載官爵而無事實。按：承矩開渠屯田，捍邊卻敵，甚著功績，可補入也。

北齊陳奇，河北人，常非鄭康成、馬融解經失旨，因作注釋，與河間邢祐同赴召，補祕書太尉。

　　祕書太尉，疑古無此官。

滿城縣，漢北平縣地，屬中山國。後漢屬中山郡，孝昌中改屬北平郡。東魏興和中，置永樂縣於其地。高齊省北平郡，移北平縣之名於故郡地。後周以故北平為永樂縣。隋仍之，屬易州上谷郡。唐天寶元年，改為滿城縣，屬涿州。

　　按：《唐書》，滿城屬易州上谷郡，非涿郡也。

遂城廢縣，晉屬高陽郡。

　　按：晉不稱郡，郡應改國。

瑾賊

　　劉瑾書名，似妥。瑾賊可易。

魏瑭

　　魏瑭，書中人魏忠賢亦得。

隋開皇十六年，復置唐縣，屬北陵郡。唐初屬高陽郡，天寶元年，更名定州博陵郡。

　　更名定州博陵郡，應云：更高陽為定州博陵郡，縣仍屬。

博野縣，漢蠡吾縣地，屬涿郡。桓帝設博陵縣，為高陽郡治。晉改縣曰博陸，仍為高陽國治。後魏改為博野縣，屬高陽郡。隋屬瀛州。唐武德五年，置蠡吾州於此。

　　按：《唐書》，武德五年，以博野、清苑、定州之義豐置蠡州。八年，州廢，縣還故屬。九年，復以博野、清苑置。貞觀元年，州廢，以博野、清苑隸瀛州。永泰中，以博野來屬。元和十年，復隸瀛州，後又來屬。則“改置”應改“復置”。蓋武德五年，已置蠡州，至八年而廢，九年又置，是當云“復置”，不得云“改置”也。

博野縣，宋雍熙四年置寧邊軍。景德初，改永定軍。天聖七年，又改永寧軍。

　　按：《宋史》，景德元年，即改永寧軍而不言天聖復改，更考。

明張貫，歷遷貴州按察使，以忤劉瑾謫官參議。

　　以按察而為參議未是“謫官”，但可云“左遷”。

南臺御史。

　　南臺御史，不如改南京御史。蓋恐疑謂明時實有此官號耳。

祁州，漢安國縣地。隋改置義豐縣。唐中宗神功元年，契丹攻之不下，改名立節。

按:狗忠、即完縣立節,《二録》以拒契丹同時賜名。前狗忠曰萬歲通天二年,今立節曰
神功元年,不無互異。以《唐史》考之,或當在元年,而契丹攻之則在通天二年,從《唐
志》俱屬之萬歲通天二年,何如?

景德二年。

景德二年,據《宋志》乃元年。

深澤縣,元祐元年復置,今仍屬祁州蒲陰郡。

按:蒲陰郡,入金已廢,應止云祁州。

安州。

按:如意元年,析河間地置武興縣,後改唐興見《唐地理志》此安州建置之始,似不可略。

隋名宦李衍,以功拜安州總管。

按:金始為安州,隋無此名。今云拜安州總管,恐誤。

明人物邵錫。

凡書歷代官爵,悉用其時官號為雅。如明無中丞,今云:"既拜中丞"之類,或一易之。

高陽縣,後魏為高陽郡治。隋開皇元年,廢郡,以縣屬河間郡。十六年,於縣置滿州,大業
中廢。唐武德四年,復置滿州,貞觀初,又廢縣,仍屬瀛州。天寶元年,屬河間郡。

按:《唐史》,瀛州郡、河間郡,蓋一郡而二名耳。今既云:"仍屬瀛州",不必更言:"屬
河間郡"矣。且考《唐志》,止云:"貞觀初,屬瀛州",無天寶年"更屬河間"之文。

楊忠愍。

忠愍刑於市,非死獄中。

江西省,《宋書》云:"領郡八。"

按:《宋書》,領郡十,非八也。遺建安、晉安二郡。

開元二十一年,分為江南西道、採訪使。

按:江南西道初屬採訪使,至乾元二年,設洪吉觀察使,領洪、吉五州,後添領信、江二
州。建中間,陞節度府,旋廢。咸通中,復為鎮南軍,亦廢置不常,是江西一道設觀察之
時久,而設採訪、節度使之時少,宜於採訪使下補舊觀察之廢置。

《元和郡縣志》云:"領郡八。"

按:此正江西觀察所領,若採訪使所領,則有十八郡,非止八也。唐《藩鎮志》:江西觀
察領七州,而無饒州。然,《郡縣志》所載如此,而韓昌黎《滕王閣記》亦云:江西觀察領
八州,豈《唐史》未及詳記耶?

饒南九江道、贛南道。

此分守巡道也。不如《保定志》列於駐劄之府為妥。

桓沖,樵國龍亢人,江州刺史。後監江、荆諸軍事,在江州凡十三年。

　　樵國,"樵",應作"譙"。沖下不書事。考《晉史》,張駿殺督護趙毗北,叛。沖遣將討獲之,不敢專決生殺,請上疏,須報,皆為江州事也。可補入。又按《晉史》,桓沖始為江州刺史,後監江、荆軍事,至桓溫卒,遂以沖都督揚、江、豫三州,今但書刺史、監軍而不書都督,似挂漏。且《晉史》所謂在"江州十三年"者,以桓溫未卒時而言,若以溫死後沖為都督通計之,則不止十三年矣。

蘇孝慈,洪州都督。

　　按:隋時諸州,有總管而無都督。又《史孝慈傳》亦言:"為洪州總管",而不云為都督也。

魏少游。

　　魏少游為觀察使,略不載其政蹟,則似不必載。諸無事可紀者倣此例。

元明善,江西左丞。

　　按:平劉貴時,明善為江西行省掾,董士選為左丞,非明善也。且明善終其官未嘗為"江西左丞",應改正。

解敏。

　　一無事蹟,但云:"政聲著聞",則此類似可去。

鄭岳。

　　遂濠①,應改宸濠。

南昌府,武帝太康元年,置江州。

　　按:《晉史》,江州之置,在惠帝元康元年,此應改正。

隸江南西道。

　　注云:"領縣六,增武寧、豫寧也。"按《唐史》,武寧即豫寧。蓋本名武寧,景雲間,改名豫寧,後復原名,未嘗析為二縣也。考《唐志》,洪州屬縣尚有新吳,則所增二縣乃新吳、豫寧,非武寧、豫寧也。

乾元二年置南昌軍,六年廢。

　　按:南昌軍,廢於元和六年,六年上添"元和"字。

太平興國八年,割建昌縣。

　　割建昌,據《史》乃太平興國七年,又太平興國六年置新建縣,宜補入。

豫章太守。

---

　　①　遂濠:四庫全書本作逆濠。按:遂當為逆之誤,作逆,是。

　　兩漢之豫章太守,猶六朝之江州刺史、唐之江西觀察也。似宜與江州觀察同編布政司之後,至改洪州後,則凡為守者皆可入此。

殷羨。

　　羨若不屑①為人致書,宜却而不受。既受之矣,而投之於水,輕薄不已甚乎?此事正足為戒,安可入名宦?宜削之。

　　據《前志》,如張育英、趙鼎,皆有宦蹟,宜補入。

名宦。

　　按:《前志》所載明之名宦,如張子明、胡本惠、張本、張蓍、祝翰、汪潁、吳嘉聰、譙孟龍、陳紹儒、汪佐、王天性、丁應璧十餘人,皆有政績可書,而張子明之忠烈,胡本惠之廉仁,《前志》以為明之賢守第一,何都不載耶?且自萬曆②而後,《前志》所未及記,俱應酌取補入。

大業二年,改豫章為南昌縣。

　　按:《隋史》止有豫章縣而無南昌縣。《唐書》,武德五年,始析置南昌,若隋時已改南昌,唐初又何必析置乎?此處宜再考。

羅從彥。

　　仲素以《春秋》《中庸》《論語》《孟子》之說授李愿中,愿中傳其學於朱子,此其大者,不可不書。

宋太平興國元年,置新建縣於洪州。

　　太平興國元年,《宋史》作六年。

元嬰都督洪州時,建閣成,命至,封為滕王,因以名閣。

　　按《史》:貞觀十三年,封弟元嬰為滕王。至元嬰為洪州都督,則在高宗時,受封已久。且以理言,亦不應以己之國號名樓,此乃仍《一統志》所記,非事實也。應云:唐高祖子滕王元嬰都督洪州時建,人因以名閣。又謂:明時以其舊址重搆,額曰:"西江第一樓。"

　　按《一統志》:滕王閣外,自有西江第一樓,今合而一之,未審是否?

謝一夔。

　　一夔,乃廷對第一,似不應僅云"及第",且"及第"字亦未雅。又按《前志》,人物如宋之潘興嗣、趙康,明趙汝暨,元之湯霖,明之盧淵、陳安、魏黙、丁鍊、魏榮、郭昇、丁以忠,似尚可採入。

---

　　① 屑:四庫全書本作屑。按:屑,本作屑。《說文》:"屑,從尸,肖聲。"
　　② 萬曆:四庫全書本作萬厯。按:萬曆,明神宗朱翊鈞年號。曆字不誤。避乾隆諱改作厯。厯,歷之異體字。

鄧以讚。

　　"會元及第"，似未雅。按：《宋史》，會試第一人曰："禮部試第一"，殿試前列者，曰："廷對第幾"，似可從。

隋文帝開皇九年，廢巴山郡，併豐城入廣豐，屬撫州，後屬洪州。仁壽二年，改廣豐曰豐城。

　　按：《隋史》，豐城縣以開皇九年廢，至十二年復置，曰：廣豐。今云："併豐城入廣豐"，則豐城雖省，而廣豐固在，十二年安得復置廣豐也？豈廣豐在十二年之前亦經省廢乎？再當考定。

朱全忠以父名城，改豐城曰吳皋。

　　按：《五代史》，全忠父名誠。

王季友。

　　按：季友事見於朱長孺注杜子美贈詩後，頗詳。據殷璠評，則謂其"白首短褐"。據潘淳《詩話》，則季友為江西觀察李勉幕僚。是時，勉兼御史中丞，季友則兼監察御史。據于邵《送季友序》，則季友以幕僚兼司議，俱無第進士及為中丞語也。且子美之詩，作於大曆①三、四年間，已呼為"貧窮老叟"，若至貞元，則又歷二三十年，安得復為進士乎？為進士且不能，安得復官中丞乎？此《前志》之誤也。

豐城人物。

　　《前志》所載，如宋之范士衡、王衡仲，元之熊復，明之范衷、李裕、范兆祥、劉華甫、熊卓、陸時通、朱概，尤表表者。今皆略去，似宜酌增。

揭奚斯。

　　"奚"當作"徯"。按：徯斯累官翰林侍講學士，不應僅書編修初授之官。又徯斯以詩文名世，及修宋、遼、金三《史》，似應載入。

舒芬。

　　廷對第一，不應僅書"及第"。按：嘉靖初，芬為修撰，諫昭聖太后誕日停止命婦朝賀，逮訊，而無哭廟事。又楊慎、王元正等以爭大禮，不聽，撼奉天門大哭。是時，芬已即訊，恐不與此。且哭於門，非哭於廟也。

《宋書》有豫章侯相，屬豫章太守，無豫章。《南史》，宋追封王曇首為豫章縣侯，子僧綽，襲封豫章縣侯。又謂：晉為豫章，宋為豫寧。

　　按：武寧縣，在晉、齊、隋皆稱豫章，惟《宋書》稱豫寧。而《王曇首傳》亦云："封豫寧侯。"然，自王僧綽襲封時，已稱豫章。豈縣在宋初暫改豫寧，而後仍名豫章耶？再考。

---

　　① 大曆：四庫全書本作大歷。按：大曆，唐代宗李豫年號。曆字不誤，避乾隆諱改作歷。

與汪鈍翁書

與足下別久矣。昔別,壯也。今髮蒼蒼、齒搖搖矣。以吾念足下,知足下之念吾,而不謂其非舊吾也。日月逝邁,道德不進,修名不立,竊祿於朝,欲如足下托跡丘園,不受當時之責,烏可得哉?《易傳》有云:"德薄而位尊,力小而任重。"每誦斯言,頭面頰熱,汗流浹體,誠不自禁其愧且懼之動於心也。御史大夫,古之三公之職也。位可謂卑而任可謂輕耶?位不卑,則受位難;任不輕,則稱任不易。知其難與不易而尸位曠任焉,顧念名義,其可泯然默居而但已耶?此其所以既愧且懼之動乎心也。《傳》云:"陳力就列,不能者止。"念國家厚恩,尚欲因事納忠,報酬於萬一,未敢便決然為自私之計也。漢、唐人拜官,輒數舉賢以自代,朝廷視舉多者,往往進用。語云:"不知其人,視其所舉。"蓋亦因是可以察其舉者之賢否,而知其所舉者之才。蓋嘗蓄此念矣。今世卿大夫士鮮自重,至使世疑其沽名聲,少實用,是以遲迴於中而不果也。足下讀書樂道,如天雲卷舒,其視僕為何如耶?古之聖賢,莫如孔子、孟子。孔子、孟子所遇之時最難,而終不肯少貶其道,變其所說而易其所守。今朝廷清明,聖天子在上,而直以卿大夫士之不能自重取疑於世為解者,吾誠不知其何心?足下其謂之何耶?足下所樂者,孔子、孟子之道,孔子、孟子所遇之時如彼,栖栖皇皇,游於列國諸侯卿大夫之間,未嘗一日不欲行其道,不敢於山林泉石偃然俯仰,與世遂絕也。今足下所為,乃異於孔子、孟子矣。且主上親拔足下於儕流,疊①有恩禮,視眾人為獨厚,或未宜如此而遂已也。足下竟何以自解耶?久不通書問,因風略及,惟裁擇而教之,幸甚!

答魏無偽書

李君來,得足下書,意甚勤厚,以愧以慰。足下名賢子,胚胎休光,耳目濡染,得於心,被服於身者,將遂致其用於世以大其施。僕樸樕固陋②,學無師法,少日好為辭章無用之虛言。又以才質所限,不究於成,遂復廢罷。雖縈縈簪組,自度材力無經世之用,常有山林之思,欲得一意靜坐,纔補小學一段工夫。乃今問於僕所以立身行己者,豈非執盲者而問之途,在僕詎不可愧也耶?顧所以為慰者,以足下名賢子,耳目所見聞,得之心、行於身以

---

① 疊:四庫全書本作疊。按:疊,原作疊。《通雅》:"揚雄以為,古理官決罪,三日得其宜,乃行之,故字從宜。新室以為疊從三日太盛,改為三田。"

② 僕樸樕固陋:四庫全書本作僕樸樕固陋。

致用於世者，非僕所敢望。而猶歉然不自滿假，雖以僕無所知識，無所成就，猶勤勤懇懇下問如此，此其進益，寧可意量？至使不肖如僕者，亦得蒙被光采以自託於一日游處之雅，使忘其譾劣，或亦奮竭其不肖之才，以得稍進於道，此其所以為慰也？雖然，承足下之問，而僕無一言以答之，則幾非愛助之意。亦望足下養益深，學益進，益廣大受之地。至於擇善之精，固執之一，足下所親承於父師者，非僕所能窺見也，在足下勉之而已矣。僕近來殊無意於為詩，雖偶為之，亦不能工。足下年正少，詩已工如此，後之日益工者，寧詎止於此耶？以工於詩者求進於道，又豈僕之所可望者耶？詩卷暫留，小遲附內。尊翁老先生，未敢專啓，望致區區之誠，惟以時保攝，以慰思念，不宣。

與王薛澂書

歲之除夜，讀足下見僕《二錢說》《權閹監督劄》所為詩二章，且吟且思，至於終夜，喜不能寐。歲之元日，朝退，暫憩署中，意益感奮，因自強於善。念錢之用，為廉為惠，介在取與。又為《一錢說》一篇，以廣其意。夫以足下之才，雄於述作，詩則清越秀美，中於法度。而其意指之所存，主於勸導規誡，與人為善。僕之所為，誠不足以當歌詠之萬一，而竊自喜者，謂為知僕之心也。僕龎疎頑鈍，無以自立於世，雖欲竭其愚不肖之力，自度無有可合於時，惟是冰兢自持，所不敢變壞者，區區之心而已耳。孔子曰：“不患人之不己知。”老子亦言：“知希我貴。”而僕謂足下知僕之心為可喜者，豈有所私見哉？以足下與人為善，勤勤然動僕感奮之意，而堅其為善之心也。使僕不聞足下之言，不有以動其感奮之意，堅其從事於善之心，則是僕之可憂者莫大乎此。今幸而知感奮矣，堅其心矣，謂之可喜，亦豈不然乎？昔穆公問於子思曰：“縣子言子之為善，不欲人譽己，信乎？”子思曰：“非臣之情也。臣之修善，人知之而譽臣，是為善有助也。此臣之所願而不可得者也。修善而人莫知，則必毀臣，是為善受毀也。此臣之所不願而不可避者也。”僕之意亦猶子思之意也。雖然，子路“人告之有過，則喜”。孔子謂：“不見是而無悶。”亦望足下有以勤攻吾之闕而已。自足下而外，不知吾者多矣。不知則必毀吾，亦豈能避之哉？能勿悶焉，蓋不敢不以聖人之道自勉也。

與韓佚園書

分袂以來，七易年所。時有人至，便問興居，極知佳勝。前接手書記存，情文備至，筆札之工，有加於昔。伏讀數過，千里外遂如覿面，可勝歡慰。生平知交，落落如吾兄者，能復有幾？異時林山泉石，投老餘閒，闔門學道性命之友，舍吾兄其又誰與？此往日之素心，倦遊思歸，繁念彌切，仕宦之味，今已飽嘗①，迁怪成僻，比昔更復可笑。雖身嬰塵網，此心如坐深山，堅白自守，誓不取公家一錢，已習慣自然，人亦不以為異，不以為同，如世間無此人也。盖自昔家世所遺，薄有治生之業，節身儉用，足供朝夕，以此都無求於世，而二十年來，蕭然皆盡矣。然，守其困約不敢變者，亦實不能也。盖其平生性質，不能以其所不能者強之使能，此與吾兄三十年寒牎燈火時所深知而篤信者也，亦何足道哉？然，每念吾兄家居澹泊，亦竟愛莫能助。故人知我，但區區鄙懷，不無自愧。亦惟故人愛我，是以具道其所以然者，不覺瑣瑣耳。長安路，回首使人索然，又恐吾兄徒有跋涉之勞，斷可勿萌此意。非相知之深，不敢輕率及此。附寄薄物，唯哂存之。不具。

與楊都諫書

頃承見過，語次及玉揩玩《易》篤、事親孝二事。僕所撰玉揩《墓碑》，盖專以講學礜括其生平，故於玩《易》之篤略見之矣。竊以自昔伏羲、神農、黃帝、堯、舜數大聖人，皆孝子也。伏羲、神農、黃帝、堯不以孝名，而舜曰大孝者，以其處人倫之變也。葢瞽瞍、傲象之事，聖人直以安常處順為心，天下萬世見其所遭人倫之變如彼，而所處之善如此，故以大孝名之，然而非舜之志也。孔子、孟子特以此教天下萬世之為人子者，曰：“不幸而有父母兄弟之變，則當如舜之所為大孝者耳。”非謂伏羲、神農、黃帝、堯之孝皆不如舜，而舜之孝獨於數聖人之上，是以數聖人之孝，有不必皆稱者也。嘗見朱子解《周禮》：“師氏之官以三德教國子：一曰至德，以為道本；二曰敏德，以為行本；三曰孝德，以知逆惡。以謂至德云者，誠意、正心，端本清源之事，道則天人性命之理，事物當然之則，修身、齊家、治國、平天下之術也。敏德云者，彊志力行，畜德廣業之事，行則理之所當為，日可見之跡也。孝德云者，尊祖愛親，不忘其所由生之事，知逆惡則以得於己者篤實深固，有以真知彼之逆惡而自不忍為者也。”又自注云：“至德以為道本，明道先生以之；敏德以為行本，司馬溫公以之；孝德以知逆惡，則趙無愧、徐仲車之徒是已。”由是言之，有明道之學術，不難為溫公之事功，至如趙無愧、徐仲車之所為，則固已恢乎裕如矣。玉揩之學，將以求進乎至德以為道本，而所謂敏德孝德以為行本，以知逆惡者，盖將真知而力行焉。故撮其生平而以講學為說，有無俟乎兼陳而備舉者焉。而玉揩之得乎己而傳於後世者，已具於吾說之中。盖亦自

---

① 嘗：四庫全書本作嚐。按：嚐，當作嘗。《說文》：“嘗，口味之也。從旨，尚聲。”《左傳》宣公四年：“染指於鼎，嘗之而出。”《玉篇》：“嚐，同嘗。”

以為此或者古人立言之體當如是也。僕誠愚陋，無所知識，與玉堦同學久，重以其孤之請，而亦有所不能自已於中者，故不辭而為之銘，未知有當焉否也？幸高明有以教之。拳拳切望，不宣。

　　　　　　　　　　《午亭文編》卷三十九　　男壯履恭較

《午亭文編》卷四十

門人侯官林佶輯録

頌

幸 闕 里 頌 有序。時直內廷，特命臣與議。

皇帝康熙之二十有三年，是歲甲子，東巡狩，謁孔子林、廟。先事，皇帝曰："事先師禮重且嚴，汝廷敬實惟予舊講臣，其與議所宜行。"臣從諸臣後，議具上，詔曰："俞"。及恭覩禮成，臣不勝懼怵震躍。仰惟皇上，聖神首出，化洽萬邦。君師之統，千禩一時。乃猶屈己求賢，詢輿訪道，廣廈細旃之上，冊書討研，勤逾儒素。遐瞻東魯，慨想宣尼，希代曠古，前未有也。其時，三事大夫颺言曰："昔者，剝①玉遊河，披圖巡雒，襄壄之駕，塗山之會，皆能焜耀簡籍，垂於方來。今兹萬國既同，誠宜宣省風教，展義魯邦，下塞衆望。"皇上凝睿思，延廷問，久之，迺曰："朕慕聖道，歷久於兹。敬因省方，詣先師宅里，其冊②重煩吾民供億。"於是肆赦畛農，蠲租已責，弘敷愷澤於天下。乃歷吉日，協靈辰，墼廬警路，宮正設蹕，玉輿曉升，帷殿夕御，前驅珠旗，屬車日羽，以臨乎岱宗。是時未轅③夫闕里也。飛斾江、淮，觀民設教，月屆黃鍾，旋軫南陸，聿來聖居，覽觀山川、雲物、廟寢、圖書之盛，嚴恭將事，禮行樂奏，聖歆如答。臣廷敬，雖不得備從官之列，緬懷宮牆，遜稽掌故：太牢特祀，肇

---

① 剝：四庫全書本作刻。
② 冊，四庫全書本同。按：冊，通作毋，禁止之詞。
③ 轅，四庫全書本作臻。按：轅，同臻，至也。

自西京;褒成裸將,爰及東漢。貞觀定朝會之儀,開元錫文宣之號。器物之賜,渥於廣順;陪位之班,詔始祥符。至和加衍聖之稱,承安世曲阜之令。凡為崇儒重道,是以異代同符。若乃"萬世師表"之稱,則與乾坤同其悠久也;《六經》表章之澤,則與日月並其光華也。留鳳蓋於戟門,車服禮器所未備也;頌龍章於鄉校,普天率土所共瞻也。喬喬皇皇,莫與京矣。臣謹拜手稽首而獻《頌》曰:

　　惟聖體道,生民拔萃,德踰位兮。惟帝則聖,統壹萬類,位斯配兮。龍飛于天,周覽八極,嘉鳳德兮。聖作物覩,垂祀萬億,視魯國兮。帝開明堂,于羹于墻,坐則見兮。帝會方岳,東西南朔,來殷薦兮。鑾車戻止,鏘鏘穆穆,金絲肅兮。駐蹕古亭,雲霞委屬,清泉渡兮。上公稽①首,籩豆②奔走,昭世守兮。暨四姓後,博士童耉,恩滂厚兮。賜所過租,歌騰於塗,惠我人兮。惟帝福我,我神其妥,戴大君兮。莘莘髦士,百爾濟濟,頌聲美兮。於赫帝功,與天比崇,無終窮兮。

聖文神武至德頌 <small>并序</small>

　　惟我皇上,聖文神武,躬御大寶,君臨萬邦,於今三十載矣。維時九垓軌道,四海波澄。至德所敷,際天蟠地。化行靡畛,澤被無涯。寰宇共底時和,黎庶咸登仁壽。固已功加五帝,符合三皇矣③。而我皇上,猶復治益求治,宵旰之焦勞,宮庭之咨儆,無息不以生民為念。此與《書》《傳》所稱大禹之勤儉,成湯之寬仁,文王之不遑暇食,若出一轍。蓋先聖後聖,罔不同揆也。夫是以蠲租減賦,省歛④省耕,凡山陬海徼、窮荒僻陋之鄉,扶杖嬉遊,瞻天表、聆玉音,識朝廷之德意,被盛世之恩膏,咸感激帖息。如雷霆之鼓萬物,罔不振惕其威;又如雨露之沐羣生,靡不沾濡其澤。蓋區宇蕩平,中夏肅穆,有由然也。至如外藩之地,遼遠之區,其屬四十有八,部衆地大,蘗牙間生。而自我皇上建極以來,治化光被,四十八部之長,皆謹凜震懾,以為上有聖人,德洋恩普,靡不得其所,此真吾君,吾所天也。以故

---

　　① 稽首:四庫全書本作稽首。按:《說文》:"稽,从禾从尤,旨聲。"《書·堯典》:"禹拜稽首。"傳:"首至地,臣事君之禮。"稽,稽之異體字。

　　② 籩豆:四庫全書本作籩豆。按:《爾雅·釋器》:"竹豆謂之籩。"疏:"籩,以竹為之,口有藤緣,形制如豆。"作籩是。

　　③ 化行靡畛,澤被無涯。寰宇共底時和,黎庶咸登仁壽。固已功加五帝,符合三皇矣:四庫全書本刪去化行靡畛,澤波無涯八字。並將寰宇共底時和換到黎庶咸登仁壽之後,將符合三皇提到功加五帝之前。

　　④ 歛:四庫全書本作斂。按:《孟子·齊宣王》下:"春省耕而補不足,秋省斂而補不給。"斂,收穫。作斂,是。

頓顙請命,奉贄稱臣。蓋今天下太平數十年,聖天子功德隆盛,浸灌浹洽,入於人心。無遠無近,顧俯首而承順者,皆動於不自知而感於不及覺,非威力之所加,非詔檄之所迫。蓋邊徼之外,其願為聖天子之民,而以不得親見聖天子赫濯之聲靈為悵悵者,正不止四十八部矣。乃喀爾喀,曩在蒙古,則雄長一方,擁其部族人民十餘萬衆,雖貢使絡繹,而未嘗躬修臣節。今者,戴天威而懷聖德,向化輸誠,傾心臣服。皇上又念其僻處邊陲,罔知禮教。宸衷裁決,撫安激勸,必車駕親臨。於是乃馭騆駮之駟,乘雕玉之車,明月珠旗,干將雄戟,糾紛交錯,猗靡扶輿,壯中土之英聲,示遠人以文德。駕至之日,諸部咸集,盖莫不覩車旗甲從而嗒然自失也;仰文物聲名而忻然歎羡也;慕義歸誠,聿得沐恩光,親笑語而懽忭相慶也。天子嘉之,隆以宴賚。爵秩有差,什五有制。於時,庭實既陳,皇歡是式。獻萬壽而喜氣緜幕,醉百壺而軍聲愷康。於以靖障塞於萬年,震威靈於奕葉,洵超古軼今之偉略哉!臣忝竊遭逢,得侍廷陛,不能韜弓荷殳,帓首韝袴,躍馬以從。駕旋之時,拜賀於車塵馬足之前,覩侍衛之雍容,見師陳之整肅,用以舞蹈,抑用以自愧也。而間從扈從諸臣,得悉諸部落免胄趨風,革心效順之盛事。踴躍之至,無以頌揚,謹賦韻語,紀載神功,垂諸來世,使知我皇上之所以治冠百王,功高千聖者,盖誠如天之無不覆,如地之無不載,凡有血氣,莫不尊親,而非徒以區宇蕩平,中夏肅穆為盛治也。頌曰:

上聖垂統,巍巍皇皇。仁育義正,怙冒萬方。時雍風動,謡俗樂康。邇安遠慕,恩遍遐荒。幅員西東,朔南萬里。日月出沒,至無涯涘。罔不率從,我疆我理。皇風震赫,奮揚天威。馴梟屈虣,匪德焉歸?鴻澤以濡,讋我帝命。咸來享之,遂若厥性。環翼我畿,邊氓永靖。恩覃萬祀,歷久逾深。帝念外服,悉天所臨。萬物得所,予惟宅心。古者天子,有適諸侯。言廵所守,行慶賜休。兵車百萬,烈烈其旂。清風卷舒,交龍熊螭。平沙際天,電迅雲馳。桓桓糾糾,羅列衛營。耳耳前驅,雅雅吉行。士若銜枚,驂牡不鳴。殷殷雷霆,川谷以震。既奉帝車,亦象天陳。恃力者殲,從德者順。弓櫜不控,箙委羽鋌。一農之飢,飼以峙粻。一夫之寒,煖以襲裳。扶老提稚,近天子光。四十八部,增一曰九。匪惟卌九,來者恐後。五十餘屬,厥角稽首。踰於古昔,王會其圖。百辟內向,要荒外俱。呷嗢重譯,萬狀睢盱。一我冠帶,同我車書。帝曰:"汝衆,朕不專有。天下萬家,四海為守。"爵賞賚予,繼絕持危。濯痍吹溫,登之皞熙。如雨載霖,如日初晞。躑躅謳歌,舒愉以嬉。惟帝錫嘏,如山如茨。降百斯祥,延萬斯禧。醇醴萬石,嘉樽靜籩。既莊以和,秩秩斯筵。存問齠耋,玉音朗然。守約則豐,克己乃賢。瞿瞿兢兢,若臨深淵。如帶如礪,如石其磐。凡兹藩長,帝訓是式。毋怠毋虞,毋敢失職。帝之歸來,如離慈哺。攀遮袞衣,遠越閭伍。帝其何時,更歷下土?緬昔重華,王畿靡遙。九州雖建,亦有三苗。三代之域,兵甲未銷。孰媲我皇,文神武聖。孿伐既張,干羽大定。擴清疆圉,惠安黎元。治成禮備,功昭德宣。永永眉壽,昌熾萬年。

箴

言　箴

與其易爾言也，寧喪爾躬。喪爾躬，人所同也；易爾言，禍不可窮也。不車而裂，不鼎而烹也。水溺火焚，情相攻也。嘅然永歎，以身終也。胡不忍於俄頃而禍及生平也？

動　箴

天下之動，凶悔吝何多也？主吉而動，凶悔吝如我何？動以吉，其後有他，我其如凶悔吝何？吉不易為，靜以勝之。天下不能有靜而無動也，動之其奚宜？《易》稱"幾者動之微"，知幾其神，惟君子吾與歸。

铭

虛舟亭銘

我游於人，人觸而怒。怒不在人，觸以我故。我與世游，載沉載浮。泝焉洄焉，泛泛中流。適彼萬里，一葉輕蘋。隨所遇遭，無有怖嗔。或干翠霞，或栖丹壑。志士冥心，默往自託。自託伊何？體物無方。大莫之國，無何之鄉。方舟濟河，虛船洋洋。船來觸舟，渺然無人。有人怒呼，無人曷云？不見其人，不獲其身。"虛舟"名亭，汝視汝聽。

信芳齋銘

芰荷製衣，芙蓉集裳。靈均詔余，垂華流光。鵁鳴賢退，彗耀鯨藏。鶗鴂之聲，百草不香。余獨何為，顏此"信芳"？相彼蕭艾，亦離于霜。維茲蒬葹，江蘺杜衡。孰穢孰潔？孰枯孰榮？有嘉我室，竹扉茅堂。扶疏荷屋，窈窕葯房。余獨樂斯，好修為常。春蘭秋菊，年歲永康。

尊聞堂銘

古人於道，有見而知，有聞而知，有傳聞而知。自孔子歿，七十子散，所見、所聞寥寥，千載其誰？其見於書者，所傳聞異辭，博觀而求，約取而思，儼私淑之在茲。吾不幸，不生齊、魯及孔子之時，游、夏之賢，孰敢等夷？我思其狂，琴張、牧皮。俯仰百世，我友我師。既不可得見聞，若傳聞者，是亦曰聞，是故尊之。

慈　泉　銘 并序

樊山之陽，高千仞。未至巔百步，有泉在山徑沙石間。坎甃清澈，味甘冽異他水。不盈不涸，居人兩三家，汲以飲爨不見多，食千人不見少。百鶴阡在其東，母夫人之所藏也。故得名慈泉而銘之。

茲山巖巖，下視王屋。我民錯居，賴此川瀆①。巖巖茲山，民居其巔。載耕載穫，以粥以餐。承液生雲，溎流含潤。利澤之施，豈適膚寸？影月流天，漪風肅然。相我阡隴，於千億年。

米海岳硯銘 并序

聞吾州有米海岳硯舊矣，莫知在所。素心弟於民間求得之以遺予。刻文曰："彤池紫霧魚龍起，碧落五星共月明。"中窪而缺兩隅，殺墨而不敗筆，洵可寶也。銘曰：

刳有腹，剞有隅。隅不側，腹能瀦。以媲德，與我俱。米家書，世莫如。石為兄，是吾徒。弟得此，故遺余。

義　塚　碑　銘

吾所居鎮曰郭谷者，連四五村，居人逾千家，皆在迴峰斷嶺、長谿荒谷之間。地最磽陿，耕牧無所。其土方數畮者絕少，其狹者不可以畫遂溝，廣者不可以經洫澮，或土戴石，

---

① 川瀆：四庫全書本作川瀆。按：《釋名》："瀆，獨也。各獨出其水以入海也。"作瀆，是。

或泥淖沙。田既少而悉歸於有力者，其子孫或世守其先人之產而重轉鬻諸人。其人好力作負販，俗尚儉嗇，四方來居者，人日益衆，而田日益不足。生既不能以田為事，死則無所於歸。即一旦不幸，叩強有力有田者之門，丐尺寸之土而瘞焉，異時或斬鑿平治之，求若斧、若馬鬣安可得？古之人所謂不封不樹者，豈遂若此耶？余捐金置義塚，得田若干畮，公之貧無地以葬者。余惟古者井天下之田，人有分地。自秦以兼并廢先王之制，始開阡陌，而天下於是有甚貧甚富之民，至使斯人生無以養而死無以葬者，暴秦之罪，於今為烈也。夫分井均田之法，其大者不能行矣。若能令豪侈之家稍知品節制度，使天下甚窮之民生有所養而死有所歸，無餓身暴骨之患，是亦有天下及祿食者之所宜三致思也。故吾為書置塚之故而系以《銘》曰：

記昔侍帝，狩於近郊。掩骼埋戝①，豈惟蒐苗？工官戒途，誤平人塚。帝察治之，仁斷傾竦。顧瞻疆服，時聞興嗟。征骨露野，戰血染沙。時予之恤，孰紓予懷。記帝言動，臣所職哉。矧惟國家，怙冒下土。眷言我民，億萬以數。溝壑填委，道路棄捐。封狐夜歔，饑烏曉餐。凡我人牧，孰軫孰憐。樊山之原，樊川之浦。天寒雨濕，魂訴如語。解金卜幽，鬼兮宅女。耘叟耕夫，莫或女侮。山迴峩峩，川流湯湯。纍纍茲墳，我心摧傷。我力則殫，哀此衆民。爰作銘詩，以倡後人。

贊

宛平王公像贊

階平星聚，泰運肇啓。二五儲精，誕生夫子。神觀挺拔，才名日起。受知世祖，顧問密邇。綸扉視草，籌政決疑。謂宜大任，燕翼是貽。我皇踐阼，表率憲司。數奏封事，正議忠規。三垂不靖，怙衆作逆。九伐張皇，中樞運策。欃槍迅掃，宗社磐石。遂陟台衡，臬、夔接跡。稽典定法，教洽治宣。黼黻衣被，徧於九埏。退朝宴坐，泰宇翛然。誰其侍側？玉樹風前。鄴矦②既相，仙骨在軀。精神淵著，不視體膚。謖謖清舉，溫溫德符。麟閣、凌烟，此為之模。

① 戝：四庫全書本作骴。按：戝、骴，均胔之異體字。《禮記·月令》："掩骼埋胔。"注："肉腐曰胔。"
② 鄴矦：四庫全書本作鄴侯。按：唐李泌，字長源，七歲能文，及長，博學，慕神仙不死之術。德宗時，拜中書侍中，同平章事，遇事多所匡救，封鄴侯。矦、侯，均侯之異體字。

六　公　贊并序

吾鄉國多賢人君子，其以清德為世所稱者，則有若曲沃①衛文清公周祚、陽城故刑部尚書白公胤謙、蔚州魏敏果公象樞、永寧于清端公成龍、陽城故巡撫張公樁、高平故布政使畢公振姬。此六公者，生同時，皆在鄉國數百里之內。然，皆所謂天下之士也，而吾辱從之游。夫吾豈能友天下之善士乎哉？吾之得游於六公者，直以鄉人之故耳。六公之賢，宜余知之尤得其實也。《詩》曰："維桑與梓，必恭敬止。"又曰："高山仰止，景行行止。"於是作《六公贊》云：

曲沃衛文清公周祚

公獧以和，不嬰於物。如秋之霜，如冬之日。清廟明堂，不改其節。金鐘大鏞，朱絃疏越。

陽城故刑部尚書白公胤謙

公起詞苑，無赫赫聲。清忠端亮，式和且平。有文有質，是訓是程。及蔚州公，理學宗盟。

蔚州魏敏果公象樞

國僑以惠，公叔以文。稱名責實，公清最聞。紹宗聖學，道集儒勳。頌詩讀書，百世彌尊。

永寧于清端公成龍

我懷斯人，流風悠邈。巍我實望，磊砢節目。厥芳幽蘭，其堅純璞②。社稷人民，即此是學。

陽城故巡撫張公樁

嶷嶷英挺，身標勝流。歷顯若晦，居辱不尤。聲跡未墜，民今思謳。瞻望衡宇，景彼前修。

高平故布政使畢公振姬

公文奇字，公行奇節。振玉挻③金，飲冰嚼鐵。拂衣耕壄，耰而不輟。高風誰嗣？生

---

①　曲沃：四庫全書本作曲汶。按：衛周祚，字文錫，號聞石，山西曲沃人。明崇禎進士，為戶部郎中，清王朝建立後，召補原官，累擢保和殿大學士，兼戶部尚書。終世祖之世，恩遇冠於百僚，卒諡文清。《六公贊》之第一題即《曲沃衛文清公周祚》。沃字不誤，不當改。

②　璞：四庫全書本作璞。

③　挻：四庫全書本作搋。按：挻，搋之異體字。

翂淒咽。

任君八十像贊

　　我見黃石,來臨峨峨。仙禽無聲,息駕庭柯。貽我話言,褆福孔多。不辭而去,客有相過。手青松障,一老顏酡。適意與會,紫芝烟蘿。云何贈之?黃石同科。

《午亭文編》卷四十　　男壯履恭較

《午亭文編》卷四十一

門人侯官林佶輯録

傳　　一

太子太保、兵部尚書、總督江南江西、謚清端于公傳

公諱成龍，字北溟，永寧人。先世仕明者諱坦，有聲。弘治朝，官至大中丞。父時煌，里中稱長者。明末，盜起西疆，里中築堡于公先壠傍，形家者言，堡成，不利于氏。公笑曰："我里千家保聚，獨我家不利，害少而利多，堡當築矣。"堡成，卒無害。公生而才智絶人，攻場屋應舉之文，中崇正①己卯副榜。入國朝，仕為羅城令。羅城，秦桂林地，故多瘴癘，又猺、獞②頑點不可治，仕或自罷去。公喟然曰："荒徼皆吾民土，惟國家所使，人生仕宦，豈擇險易哉？且羅城可遂無官耶？"單裝徑往。羅城無城郭廬室，居人數家。公廨在叢篁深箐間，披草木入，得微徑，插籬棘為門牖。虎歘猿擲，白晝行庭中，陽陽穿壞壁去。公即庭中累土為几案，其傍置爨，一釜、一盂，炊烟併日。召吏民來前，從容問所苦，喻以急公敬上之義，申令行事。吏民皆鳥言咿嚘，與之語，心耳遼絶。公解析譬曉，神色愷易，良久皆欣然拱聽。既去，則據案讀書，以數錢貰惡酒獨酌，醉則隱几而卧，或竟日不冠履。既數月，吏民樂公坦懷，益樂就。當是時，西粵數叛服，羅城民皆竄山谷，而猺、獞與大姓相仇

---

① 崇正：四庫全書本作崇禎。按：崇禎，明毅宗朱由檢年號。作禎，是。

② 猺、獞：四庫全書本同。按：猺、獞，我國少數民族名，分佈在廣西、廣東、雲南等省。中華人民共和國成立後，改為瑤族、壯族。

殺。民既失業,則阻險為盜。他令或飾威規利,民益疑畏,不敢前。公至,則悉除諸禁,拊循殘氓,誠意憐惻感人,人皆自至,以田賦親輸公手。或留數錢置案上,公問:"何意?"曰:"阿耶不要火耗,不謀衣食,寧酒亦不買耶?"公感其意,為留數錢,計得酒一壺而止。民益親愛,因與朝夕問地方利害,悉得其要領。編置保甲,約束猺民,盜皆屏跡。先是,鄰猺殺掠我人畜,歲二三至以為常。至是,鼓勒鄉勇,將進搗其巢,猺大震懼,自誓不敢犯界,上歸所掠人畜,夫然後民得安居,盡力於耕稼之事矣。每春時,命兩猺舁竹兜行田野中,見力耕者,輒呼與語,相勞苦。民知公來,皆率婦子環公羅拜,或坐樹下,與飲食笑語,歡如家人。嘉其勤而穫者,愧其惰者、荒蕪者,民大勸悔,稏穗被野,牛羊滿山。公以其暇日,增埤浚隍,招民入居。新築室者,公手書題額或門聯以示獎異。立學宮,教民其中,能讀書應舉者,免徭役,民俗輯和。獨數大姓者負勢不為下,其人皆號總戎、侯、伯,嘗指揮長吏,恣為殘戾。公曰:"此曹向皆倚恃猺、獞盜賊為之爪牙,一逆其心,則立致亂變,是故他令多匿意阿忍之。今吾威令已行,民服禮教,此曹可令終不悛耶?"會一大姓執其僮予公,屬致之死。公訊當與杖,視之,已杖矣。因怒謂:"爾既歸之官,則有朝廷法在,何得先自擅刑,蔑官蔑法乎?"叱之跪,將杖,下之獄。大姓大恐,叩頭謝死罪,移時始得免。公乃為陳順逆禍福之理,遂大感悟。自是,數大姓皆奉法,以公事至者,望離門股栗項縮,無復跳踉桀鶩於公庭之上者矣。三年政成,臺使者勅粵中,令以羅城為法。公乃牒上寬征徭、疏釐引諸利弊所宜興罷者行之,民愛敬如父母焉。公自來羅城,從僕皆散去。二僕病,不能去,旋亦皆死。羅人憐公,每晨夕視問安否,間斂金錢跪進,云:"知阿耶苦,我曹供些少鹽米費耳。"公笑謝曰:"我一人何須如許物? 可持歸,易甘旨奉汝父母,一如我受也。"眾怏怏持去。居數年,家人來,羅人則大喜,奔譁庭中,言:"阿耶人來,好將物安家去。"又進金錢如初,公又笑謝曰:"此去我家六千里,單人攜貨,適為累耳。"麾使去,眾皆伏泣,公亦泣,卒不受。丙午秋試,辦事外簾,公布袍數浣,破被如鐵,一蒼頭從。眾簾官皆美服盛飾,傔從姣好,公衣敝垢藍縷,諸吏人皆指目揶揄之。大吏夙聞公名,指衣敝垢藍縷者,曰:"必羅城令也。"諸吏人皆相顧愕眙。於是,大吏委公以試事,使專督之事,無不精當者。因與極論時事所宜及古今成敗是非得失之跡,公掀髯抵掌,詞氣激昂,語有倫要,大吏甚器重之,交章舉公卓異。在羅城七年,遷知合州,公復牒十事,上幕府,皆為公行之。去羅城,羅人遮道呼號,"公今去,我儕無天矣!"追送數百里,哭而還。一眇者獨留不去,公問故,曰:"民習星卜,度公橐中貲,不能及千里,民技猶可資以行也。"公感其意,因不遣去。會霪雨,貲盡,竟賴其力,得達合州。州領三縣,合計纔遺黎百餘人,正賦十四兩,而供役繁重不支。官有騶從之費,公盡除習弊,畜一羸馬,以家僕自隨。府帖下取魚,公曰:"民脂膏竭矣,無憐而問者,顧乃欲漁吾魚,吾安所得魚乎?"卒不與府中魚。因極陳荒殘疾困狀,郡守笑謝，為裁革十餘事。公念合州民多流亡，往時新歸流户，便即力役而墾，田既熟，土著訟而爭之，以故集者復散。公皆為區畫田廬牛種，官立案籍，復三年而後同。新集者既知田業可恃為己有，而復無征發倉卒之憂，遠近悅赴。旬月之間，户以千計。未幾，用前卓異，遷黃州同知，分鎮岐亭。岐亭當黃、麻偏界，地多汉湖幽壑，盜所窟巢。時急盜案，官文法頗繁，長吏至諱忌不欲聞盜。盜反持長吏所忌，白晝行劫，莫敢何問。公捕得九人，集諸父老謂之曰："此皆巨盜，彼恃捕後上解，則牽制官吏長短，往往得脫。今以示諸父老，有能保後不為盜者，吾將貰之，否則盡吾法。"諸父老願以身保者二人，立命銀鐺駢首。繫七賊，即諸父老前，為坑坑之，盜自是驚匿。嘗草笠蹇驢微行村堡，以周訪山川要害、閭里之情偽。貰大盜，責以捕盜自贖。捕輒得，無脫者。四方來謁者，無貴賤皆接以恩禮，延問利病，咨訪人物。是以所興舉悉中人情，黃州境壞，蒸蒸樂土矣。攝漢陽、黃安、通城事，皆先絕火耗，飭保甲，所至輒著異跡。操守益自危苦，惡衣疏食以圖民之急。巡撫張朝珍雅重之，特以卓異聞。會滇逆亂作，檄攝武昌事，問禦亂之策，公對以"安人心，莫先停徵求。"時朝珍草疏欲奏，公意與合，以故凡兵事皆倚公以辦。公悉意擘畫，羽書交馳，師旅雲集，軍資億萬，皆咄嗟而具。惡少憑依禁旅，罔敢指問，公立置之法。白大將軍，申明軍令。甲士十餘萬擁公忿譁，公不為動，詞譬理解，神色抗厲。知公不可奪，皆徐斂去。或諜得武昌大姓與賊交通，指藏器仗為證，朝珍欲發兵捕而召公，公言："自烽警以來，武、黃諸巨家多盡室避兵良子湖中，家人藏兵械，以備他盜耳，若遽加兵，人人恐矣。"跡之，果無他。公之鎮定、知大體，多此類也。用卓異，遷知建寧，朝珍奏改武昌。時逆賊陷岳州、長沙，我師進勦，取道蒲圻。朝珍檄公往造軍所渡橋。賊鋒迫近，蒲圻人潰驚，城郭為墟。公入城，嚴斥堠，戢逃兵，招集居人，城以不墮。通我師岳、長之徑，旬日成橋。山水暴漲，橋復壞，公以此去職。會東山亂作，朝珍謂公："極知君勞苦，然非公莫可辦賊。"公曰："國恩至重①，公知遇最深，敢辭艱乎？但黃州東連廬、皖，北接光、固，據三省形勝，控制七十二寨。其人剽悍善鬬，阻險跳梁，難以猝勝。若公見委，須便宜行事，方敢受命。"朝珍大喜，自起酌公曰："君肯任事，吾無憂矣，勦撫一以聽君。需兵幾何？"公曰："賊衆我寡，兵多適資亂，以前守蒲圻數人與俱足矣。"遂嚴裝以行。初，東山之亂也，妖人黃金龍詭言得天書、寶劍，來往興寧山中，煽惑愚民，匿跡黃、麻劉君孚家。君孚黠猾多智數，收召亡命，亦數數能禽獲盜賊，守令多其能，每撫而用之。公鎮岐時，君孚亦嘗居門下，後得滇逆偽劄，遂與金龍潛結河南、江西諸渠魁，私立將帥，衆號十萬，約以七月起事。會有人欲發之，君孚恐事泄，遂以五月望反於曹家河。黃守將王宗臣率所部兵駐興福寺，麻城令屈振奇率鄉勇駐白杲，

---

① 國恩至重：四庫全書本作聞命矣夫。

約日進攻。君孚夜遣七騎斫黃將營，鄉勇亦自潰，退保麻城，賊勢甚張，而諸盜所在益蜂起。公行次陽邏，偵知君孚雖反，以眾未合，猶豫持兩端，遂兼程抵白杲，距賊十里止宿。榜示："脅從者自首免罪，誣陷者即赴訴，過三日以從賊論。"於是，投訴者日千計，公皆宥之，賊勢大孤。君孚及其黨素服公恩信，聞公來，皆莫有鬭志，欲即降，恐見誅，惟擁眾自固。公度君孚倉猝反，其眾未聚，可就撫；若旬日黨合，則難圖矣。遂命白杲鄉約一人，持檄往布太守來待以不死之意。度已至賊所，公則獨騎一黑騾、一蓋、一鑼與二人徑趨賊寨。未至二里許，命鳴鑼前導者行呼："太守來救爾山中人。"君孚不虞公自來，倉皇匿後山，令數百鳥鎗弩矢夾道伏，望見公，皆燃火控弦，擬向公。公不顧，直前，賊亦卒不敢發。至寨門，門開，公入舍，下騾，即廳中坐。眾賊環列，其黠者率眾羅拜。公問："老奴安在？"老奴，君孚也。以舊居麾下，故易暱之。眾云："暫出，頃可至矣。"又姁姁問："今歲山中雨暘禾稼若何？若良民何作賊，取屠戮耶？時酷熱，若父母妻子匿何所，得無苦乎？"眾皆泣。公曰："熱甚，須少憩。"令賊為脫鞾，取水飲，或支榻揮扇，餘四圍牆立。公熟睡，鼾聲如雷，賊驚異，不知何為。移時寤，又謾罵："君孚老奴，何為久不出？豈有客至不設酒脯者！"君孚初意公必以兵來，且懼見紿，故深自匿。及見公推誠無猜，趨出叩頭，訴所以激變故。公為開陳利害順逆，許以招撫，約日而還。至日，盡降其眾數千人，黃、麻數縣皆解嚴。朝珍上其事於朝，再命公知武昌。朝珍檄公留麻城，公親歷村落，度地形所宜，分立區保，籍其區之有勇力若火藥兵械者為烟民，以愿者長之。曰："遇警而集，踪跡疑者，區長白逐之，容隱者同罪。"於是，前與君孚、金龍潛結為賊者皆隸烟民，樂為用。秋七月，經畫有緒，行。還武昌。當是時，金龍留君孚所，君孚既無所用金龍，因縱之逃，與紙棚河賊鄒君申合。公次岐亭，移檄東南區長，得二千人，率門下諸生數人督兵進討，駐望花山。君申初謂公已還武昌，今忽聞以兵來，大驚，退保山寨。公策賊新反，未穫，食少，利速戰。而我兵驟集，攻之不如困之。乃分軍軍其三面，度賊走必徑黃岡、馬鞍山，故不守，而陰伏兵嶮岨間。君申、金龍果糧絕，夜走馬鞍山，遇伏，盡禽。公坐山上受俘，金龍縛急，欲以妖術遁。公手劍叱之，術不得施，遂斬其首。捷至武昌，朝珍持露布示寮屬曰："人謂我不應用醉漢，今定何如？"公酒無量，嘗為簾官，與大吏抵掌論事，時觴公，公飲輒數十巨觥，露幘攛袖，酡顏瞋目而語，吏人皆竊笑公酒狂。及往東山，或以為言，故朝珍云然也。疏聞，晉級。八月，調守黃州。時荊、岳兵事急，公外輸供億，內靖奸宄，郡壤以寧。十月，江西賊犯湖口，旁掠興、寧，蘄州戒嚴。又滇逆密布偽劄書，湖北地復大亂。陳鼎業合逃兵，掠驛馬，反陽邏，何士榮反永寧鄉，劉啓業反石陂，周鐵爪、鮑世庸反白水畈，各擁眾數千人，號稱十萬，遙連湖口、寧州諸賊，約以十月上旬取黃州，遂及武昌、漢陽，高山大湖，烽火相望，城門皆晝閉，墟里寂無人。各鎮援兵，悉隨大軍進攻湖南，黃州餘吏民才數百人，至不能備闉柝。議者欲棄黃州,退保麻城。公曰:"黃州為湖北七郡門户,我師屯荆、岳者數十萬,水陸轉運,取道於此。且瀕江而城,控制阻險,前倚興、寧、廬、阜,後壓天堂、金剛諸寨,實東南關鍵。釋此不守,則荆、岳有狼顧之虞,七郡成瓦解之勢,所繫非僅一城已也。吾誓死不能去此。然,吾坐困以待,不若相機進勦,猶可僥倖以圖存。賊勢雖衆,皆取士榮進止,若先破士榮,餘可不戰而下。"於是,徵各區鄉勇,又分守山隘,令逃民不得入合賊。別遣黃岡令李經政攻鼎業,禽①其父子,陽邏平。十一月二日,率諸生及吏卒二十二人前進。時千夫長、百夫長李茂昇、羅登云、吳之蘭所部來會,各區長讀公檄,皆感憤灑泣,厲鄉勇以同仇之義,漸次輻輳,得二千人。於是立什伍,標旗幟,號令明整,卒如素習。部署甫定,諜報士榮已據黃土坳,公遣登雲偕武舉張尚聖以偏師往偵,自率大隊遂發。七日,尚聖等遇賊前鋒,與戰,賊小却。公疾馳抵尚聖營,衆見公來,歡譟請賞。公無以應,惟用言語意氣拊循慰勞,衆感泣,氣益增。下春鄉勇大集,有衆五千人,屯箔金寨下,與賊對壘。八日黎明,士榮賊數萬自牧馬厓分東西兩路夾攻我師,賊皆手揮紅雜色旗,照耀山野。公著舊絨衣,匹馬仗劍,當營門立。見東路賊少,命登雲率千人饗之,自以大軍當其西,命尚聖攻右,之蘭攻左,公衝其中堅。戰甫合,之蘭中鎗死,賊鬬益急,礮火如爆豆,著處皆穿。左右勸公:"盍②少避?"公叱之曰:"今吾死日也,敢言退者斬!"我軍見之蘭死,又被傷者衆,少却。而箔金寨後民素為賊誘,見我軍却,鼓掌讙譁,袖出小紅旗相摩麾。公見勢益急,鞭馬徑前,迴顧茂昇曰:"我死,可歸報張公。"茂昇恐失公,急發一矢,蔦其大旗,我軍少進。茂昇馬被創倒,茂昇步射,殺二人,鎗洞衷甲,乘他馬以進,短兵相接,復手刃數人。而尚聖自右山繞出賊後,我軍急擊,盡搴其旗,賊遂大敗。士榮手長矛殿後,左臂斷,猶力戰,陷泥中,遂被禽。登雲擊賊東,亦追奔數十里。是役也,斬馘數千,山谷填溢,溪水盡赤。獲軍資器械無算,檻送士榮於朝珍。公得賊名籍,立焚之,衆心以安。乘勝進至呂王城,茂昇等欲少息,公曰:"白水、石陂諸賊,本以士榮為盟主,今士榮既禽,諸賊膽落,捲甲疾趨,將自崩解,所謂破竹之勢,不可失也。若淹留晷刻,賊據險致死矣。"時諸營才午炊,公命盡覆其釜以進,據鞍草檄:"有能禽賊來獻者重賞;投誠者待以不死;脅從而歸者,但閉門坐家無軍器者,即從賊概不追問;身無鄉勇印號,家藏兵仗,即良民亦誅死。"於是,衆賊聞士榮禽,既大悔懼,及得檄書,又知毀其名籍,一時解散略盡。師至白水畈,鐵爪、世庸等尚有親兵數百人,欲保什子寨。公已先令人守隘,不得上,脱身走君孚。十一日,軍定惠寺,遣追,盡禽之,而石陂等賊亦皆平。公駐黃市,撫戢軍民,東山大定。散各路鄉勇歸農,勒石黃市

---

① 禽:四庫全書本作擒。按:禽通擒。
② 盍:四庫全書本作盍。

旗亭間，班師而還。自出軍至是，僅二十四日，以鄉民數千破賊數萬，不費公家粒粟，不煩師旅，徒手奮身，摧鋒陷堅而奏膚功，此近世所希有也。當此時，荊門、岳湖，燧火相望，對壘連疆，耕戍交跡。內患既消，邊圉孔固。公之功在天下而不在一隅矣。十四年春，湖南兵久不解，公於征斂轉輸，重紓民力，而行間所需物用器什，文檄橫飛，旁午絡繹，公皆躬自購造，不假胥吏，省民費以千萬計。嚴飭屬邑，禁羨耗，絕私派，懲誣告，杜饋遺，以其隙招致文學之士，講論經學，興起廢墜，人若無兵。秋大饑，發廩賑卹，廣募輸積。嚴冬，冒雪計口受賑，全活數萬人。十五年，水旱洊臻，訛言復起。公謂："人心易搖，宜示以暇豫，與為鎮靜。"修治赤壁亭榭，日與文武寮吏歗咏飲射其間。士民相與慶曰："我公如此，吾屬何憂？"又以祕計禽詰奸細，撫定兇黨，流讟頓息。會丁繼母李夫人憂，士民數萬人伏撫軍轅門，號咷請留。制、撫亦心知公不可去，疏請奪情。公勉起視事。十六年，制、撫以蘄州上接荊、武，下臨潯、吳，南連大冶、興國，東鄰宿、松、太湖水陸要區，奏復江防道，以公為之，三奏而報可。公規復沿江墩戍，繕治戰艦，練習水師，計禽偽官渠盜，江境肅然。十七年，遷福建按察使，士民請留，不得。朝珍曰："公去，失吾所憑。"公條便宜十餘事，乘五兩小舟，蕭然去楚。去之日，蘄、黃及旁郡人沿岸遮送至九江者數萬，哭聲與江濤相亂，公亦垂泣不忍視。十八年春，抵閩。時耿精忠亂新定，海寇犯漳、泉四郡，連數歲用兵，徵役煩苦。又數起大獄，繫滿囹圄。每一卷牘，罹重辟者輒至數十百人。獄皆已具，公視之怛然，謂："民命所關，寧以獄既成而可不慎乎？"時以親王主兵事，語聞，王令公會滿、漢大臣覆錄。公言："通海數案，所牽引半皆平民。"遂白王，釋不問。或有持輕重兩可，公已盡得其狀，侃侃面折，不為屈。指庭下婦人孺子曰："此曹皆何辜？乃攖斧鑕。皇天在上，人命至重，吾誓不能緘阿從事。"王久聞公名，至是，愈益傾折。每疑案，予公專訊，讞決明允，所生全以千計。其久繫得白，貧不能歸者，皆給貲遣還，淹滯為之一空。逆亂時，多掠浙東、江右子女，及後投誠，沒為奴婢，老弱轉棄，溝中僵尸相屬。公設法勸募，贖之歸籍。小兒女不能歸者，養之署中，積數千百人，計滿一舟，則給口食，歸其父母親戚。公退食，羣兒皆環繞膝前，爭索果餌，喧譁以為笑樂。初，占匪者猶衆，至是皆顧化，多自遣還者矣。為臬司，官吏懾服，閩俗翕然一變。未及朞，遷布政使。閩地久駐兵，重資民力，葒夫月計數萬。公白王："軍人芻牧，本有常役，今民困方殷，矧忍橫派悉索耶？"力爭請免。或謂："非所職，何自苦為？"公曰："設兵以為民，無民，設兵何為？"調停者復議改折，公爭之益力。王卒是公言，向所科葒夫數萬，一日盡皆罷去。民既樂公德愛，而凡軍中所需，乃益趨事恐後。八郡正供及江、浙協餉不下數百萬，皆司庫收。公大書揭庭中，命皆應時收，正項外不增銖黍。即令原解官役計項支撥，略無虧累。署中薪米不給，至無衣可典。或終日一食。隨征滿漢大臣、朝使者有時來過，徑入卧內，或繞署閒行，曲房阿閣，無不歷覽。几案間蛛絲鼠跡，一竹笥貯朝服，一釜備炊爨，文卷書冊數十束，此外都無一物。咸歎曰："于公清苦，天下第一也。"外畨貢舶或有所獻，公悉屏斥。或呈樣香，一齅即持還去。貢使皆曪指作禮，謂譯使云："天朝洪福，我儕實未見此清官也。"將軍、制、撫交章論薦，舉卓異。十九年春，開府畿內，去閩亦如前去楚時也。駐節上谷，郡邑吏望風爭自濯磨，求稱公意。會旱，步禱，時雨大沛，禾麥重岐三穗，民號曰："于公穗"。立保甲，申約束，緝劇盜，懲豪強，政大修舉。所條上利病興除前後數十事，皆朝上，夕報可。語在奏疏中，不具載。二十年春，督理孝昭皇后梓宮，前詣山陵，過闕，請陛見。上久知公清忠，著有勳勞。而魏公象樞又嘗特薦公，眷倚特甚。至是①，聞公入見②，命侍衛持席於午門中，傳諭："巡撫③年老，不勝步，宜④少坐。"公拜謝。坐少頃，入見，賜坐，賜茶，問撫勦東山時事，溫語移時⑤，賜食於御書房，賜⑥内帑金一千兩⑦，天閑馬一匹⑧。既數日⑨，上御製詩一章及御書手卷，命閣臣宣賜⑩。山陵還，過闕，賜鞍馬一匹。馬，上所乘也⑪。蓋自是隆禮異恩，不可殫紀。惟上知公之深，故尤重之如此⑫。是年冬，請歸葬母夫人，得俞旨。數日，命總督江南、江西，單騎孤裝，如赴羅城時。方公之節制兩江也，初被命，即已廉得陋習數十事，比至，則揭之通衢，數翦除豪吏、大猾、隱蠹舊弊，神明洞察，如親至目覩。墨吏日數十驚，出見白髯偉軀長者輒膽落，謂為公微行。公亦數微行以實之。檄郡邑條具便宜，皆為興舉，郡邑吏無不畏愛趨令。南中風俗素侈，麗厚自奉，美服游冶。聞公來，公私皆爭衣布褐，布褐價騰貴而賤綺縠文繡。公知人心漸即於善，遂專用德化誨導之。凡文議爰書，皆手自批勘，第其甲乙以示褒貶。自雞鳴至夜分不休，寢食為廢。或勸之少息，輒曰："吾非不知食少事繁，養生所忌，第吾受國厚恩，兩江官吏，多至千百，何可盡劾耶？所以為此者，冀其見聞知警，歸於廉慎。吾雖盡瘁，國家所得不已多乎？"性善飲，至是累月不一醉。嘗中夜苦飢，索少米作糜，不得。遂笑而起，視事達旦。時上下覘遺都絶，端午日遣視寮吏，無敢以黍角諸節物相

---

① 而魏公象樞又嘗特薦公，眷倚特甚。至是：四庫全書本刪去此十六字。
② 聞公入見：四庫全書本在見字下增念其二字，並將年老，不勝步五字移至其字下。
③ 傳諭巡撫：四庫全書本刪去此四字。
④ 宜：四庫全書本作令。
⑤ 賜坐賜茶，問撫勦東山時事，溫語移時：四庫全書本刪去此十五字。
⑥ 於御書房賜：四庫全書本刪去此五字。
⑦ 内帑金一千兩：四庫全書本於内帑前增一並字，刪去一千兩三字。
⑧ 天閑馬一匹：四庫全書本刪去一匹二字。
⑨ 既數日：四庫全書本將此三字移至下文山陵還之前。
⑩ 上御制詩一章及御書手卷命閣臣宣賜：四庫全書本作御書手卷及御製詩一章並刪去上字與命閣臣宣賜五字。
⑪ 馬，上所乘也：四庫全書本刪去此五字。
⑫ 惟上知公之深：故尤重之如此：四庫全書本刪去此十二字。

饋者。童孺攜金錢過市門，交易而退，無敢欺。吏民安恬，有歌笑而無管絃，有醉飽而無羞錯。商旅輻輳，關市流通。每一令出，父老扶觀，有讀之垂涕者。公之清嚴忠直、勤勞國家、利濟民生者，大較如此。二十三年春，被命巡海。還，護理安徽、江蘇兩巡撫印。四月十八日，晨起視事，未出戶，疾作，召諸司語，不及家事，端坐而逝。至夜漏四十刻，坐不攲倚，顏色如生，年六十有八。將軍、都統、寮吏來至寢室，皆見牀頭敝笥中惟綈袍一襲、靴帶二事，堂後瓦甕米數斛，鹽豉數器而已，無不慟哭失聲。士民男女無少長，皆巷哭罷市。持香楮錢日至者數萬人。下至菜傭負販，色目番僧，亦伏地哭，盡哀。公鞫獄，多所平反，銜恩者皆設位於家，至是皆奉以來。櫬歸，士民數萬人步二十里外，伏地哭江干，江水聲如不聞。公之得吏民之心，江寧人謂：“數百年來，無能如此者。士民立祠於清涼山、如黃州之赤壁云。訃聞於朝，天子震悼，祭葬有加。已而，上東巡還，謂內閣、九卿、詹事、科道曰：“國家澄敘官方，首重廉吏。其治行最著者，尤當優加異數，以示襃揚。故江南、江西總督于成龍，操守端嚴，始終如一。朕巡幸江南，延訪吏治，博採輿評，咸稱居官清正，為今古第一廉吏。應加襃葬，為內外大小臣工勸。其詳加議葬具聞。”於是集議，加太子太保，諡清端，廕一子入監讀書。蓋上於公，禮意盛隆，初終罔替。由公以來，士之以風節著者，皆知慕傚公。則豈獨公之為幸也與？公剛介沈毅，彊力多智，正直自持，不少回曲，而臨事決機，應變無方。蓋其誠與才合，識與力并，故所至能集大勳而著令名焉。初，東山亂時，劉君孚為逋逃主，黨羽甚衆，公欲用其力而實患之。會黃金龍就禽，公嘔典衣分俸，得百金賞之，衆皆不平。謂：“君孚匿金龍，何反被賞？”公曰：“金龍之禽，實由君孚密計，君等不知耳。”其黨以為然，又見君孚果得百金不讓，於是益疑君孚實賣金龍，其黨各稍稍散去。而公又因以縱間離其親屬，君孚計益窮，遂鬱鬱以死。其坑七盜也，其魁初以盜降為游徼，每進見，公輒賜酒肉慰勞之，曰：“吾深知汝能，汝為吾盡心禽盜，吾貰罪旌汝。”一日又見，賜之酒，問羣盜數名，魁唯唯不盡言。因復飲之，竟醉矣。出，公微服伺之。魁意得甚，與其徒大飲肆中，出橐中籍，歷指其名，別其勤惰狡拙，公悉覘聽之。明日召魁，盛賜之酒食，遂益歡，恃無所忌，復大醉，放意盡言諸盜狀。公曰：“吾聞汝橐中有籍，可取視否？”匿不肯出，掭得之，大小盜名皆具。公因謂：“若此行不可立於人世矣，宜速歸。”曰：“小人從公，復何歸？”公曰：“汝歸黃壤耳。”乃惶懼言：“死自其分，幸與母訣。”不許，取篋中俸金一兩，俾寄其母，立斃之。公自得其籍，按以緝盜，無不得者。公嘗曰：“人命至重。上天好生，自非精察確訊，若冤殺一人，便應以命償之。”故多徒步獨行，或策蹇疾驅，雜田夫旅人中，偵聽野蘺邨店樵牧童叟之語。以是疑情細事，無不如犀燃燭照。遣使往察事，人亦不敢欺也。而往往蹙額哀矜，多所減宥。一日，逮一盜，盜觳觫甚。公曰：“吾知汝已改行矣。汝傳語若黨，改行與否，官必知之，賞誅隨之矣。”賜以酒食，放歸。一竊者，公訊之曰：“汝竊

也,未至死。汝所知某某,皆巨盜,罪應死。然能自新,吾亦赦之。今釋汝歸,語若輩。"羣
盜聞之,皆大畏斂跡。一營弁餽餉軍前,其弟,無賴子也,久客歸,而是夜盡失其餉,遂執弟
歸之官。弟不勝拷掠,因誣服,株引平日交游市井惡少十餘人,問其贓,皆云:"用已盡。"
獄具,公適以江防來謁,巡撫偶舉此事,公曰:"無贓,則案終疑。且數千金何得遽盡乎?"
巡撫曰:"吾固疑之,今以屬君。"公承命,祕其事不發。越二日,引衆囚至,略訊,即釋去。
復巡撫曰:"江夏盜案,無一人實者。"問:"囚安在?"公曰:"盡釋之矣。"巡撫大驚恚,公
曰:"囚被刑已極,若再訊,即恐立斃。誠不忍其無罪就死。且上讞須得真盜,留此屬何所
用之?"巡撫問:"真盜安在?"公指撫軍帳下一校曰:"盜主家也。"縛以付公,公曰:"衆盜
數日可盡致也。"既數日,果皆就縛,贓在校家,封識如故。巡撫問:"公何術能爾?"公笑謝
而已。他如此類,皆神變不可測。閩囚數十人當斬,公察知其枉,白王,王下其事,獄詞六
七返不決。公度此終不得即脫,即取囚出,坐之階下,與飲食,去桎梏。凡囚臨刑,給食脫
械,衆囚謂即死,皆相對啼呼。忽聞傳語:"冤已白,令歸復業。"乃驚喜不自持,狂叫①叩頭
出血。時滿、漢吏方有事至公署,亦感激而泣,自是羅織之風少衰。當事聞囚已盡釋,亦無
以奪之也。公之緝盜,惟善用人。所蓄游徼及降盜,恒撫以恩威,四方有盜,此數人皆得來
先白。公帶間繫一布夾袋,得盜名即投其中。自劇賊偷兒,蹤跡畢具。探袋中名勾捕,無
不得。開府時,袋已敝,左右請去之。公曰:"此袋昔貯盜,今以貯酷墨吏,未可去也。"公
自言:"人見我發奸摘伏,疑有他術,不知皆古人成法,第因時宜行,以誠心求耳。"公每論
事,輒稱曰:"上帝式臨,"或曰:"天鑒在茲。"蓋往往夢寐與神明通,故其斷獄制事,亦若神
有相之者。公既苦節,好施予,每聽斷時,民有當償人錢物,力不能,則倒囊代之償。歲饑,
得俸多少,悉施與,不顧。已罄矣,惟一騾,公所出入騎者,鬻之,得十金,施一刻而盡。公
日食粗糲,年飢更甚,舉家食粥,以少米為之,雜以黍,炒糠,令微焦,屑之,粥垂熟,入糠屑
其中。客至,亦出此粥,勸令依此法為食,冀得存餘,蓄以濟飢者。客皆不能堪,為公強食
之。有膏粱子不下咽,公謂之曰:"貧苦士之常,富貴人之幸。今民不飽糠粃而汝忍獨飫
肥甘乎? 若不節食及人,吾罰汝賑飢矣。"時人謠曰:"要得清廉分數足,惟學于公食糠
粥。"公在岐亭,公子來省。及行,署中有一醃鴨,割其半與之。時人有"半鴨于公"之謠。
先是,公每晨市豆腐二勺許,故又謠云:"于公豆腐量太狹,長公臨歸割半鴨。半鴨于公過
夜錢,五釐酒價何處拈?"蓋公飲酒,每夜以半壺為準。楚酒半壺,價五釐,故云爾。公軀
幹脩偉,紅頰隆準,美髭髯,精神炯炯四映。平居與人交,不擇貴賤,談謔終日,畧不拘忌。
及當大事,若羣議會讞,有所可否,雖王公大人不為少貶。性極慈易,而御物整嚴,賓客故

---

① 叫:四庫全書本作叫。按:叫,俗作叫。

人,有時過存,蔬食菜羹,言娓娓不倦。或當歡笑,一語涉私,即正色斥詰。諸吏望公威,若負霜雪。及論說籌諮,輒霽顏商榷,務盡事理。以是雖見嚴憚,愈益親樂之。其喜怒哀樂,本乎天性,得乎學力如此。公嘗語人曰:"人當惜福,為子孫留餘地。布衣蔬飯,享受無窮。膏粱紈綺,實不解有何可戀?"凡公話言文字,單詞斷紙,皆可以感人心,輒習尚,不悉載。載其與友人荊雪濤書,書言羅城事。略曰:"廣西柳州羅城,偏在山隅。土司環繞,山如劍排,水如湯沸,蠻烟瘴雨,北人居此,生還者什不一二。土民有猺、獞、狑、狼之種,帶刀執鎗,性好鬪殺。父子兄弟,反目操戈,恬不知怪。順治十六年冬,初入版籍。成龍以十八年之官。選授後,親者不以為親,故者不以為故。行李蕭條,次清源同年生王君吉人所。其人忼慨好義,反覆開譬。謂:'粵西非吉祥地',夙知成龍家食尚可自給,勸之勿往。成龍時年四十五矣,然英氣有餘。私心自度,古人'利不苟趨,害不苟避'之義何為也?俯首不答,王亦默知其意,揮淚別去。抵舍,別母及妻兒,典鬻田屋,得百金。携蒼頭五人,頗勇壯可資。瀕行,族屬老稚相餞,歡飲至夜,扶醉就枕,而天已曙矣。大兒廷翼,為諸生已久,猶謹樸如處子,以田產文券歷歷付之。但命之云:'我為官,不管汝;汝作人,莫想我'而已。拜別先祠,不覺腸斷。門內外但聞哭聲,不復囘顧。此時壯氣,直可吞猺、獞而餐烟瘴也。行及湖南冷水灘,臥病顛連,扶掖陸行。至桂林,謁上官,見羸體伶仃,驚憫特異,皆勸以善調治,勿亟赴羅城。抱痾之人,至是膽落。往日豪氣,不知消磨何所矣?病幾危,苦孽未盡,不速死。及柳州,稍瘥,尚不知羅城在何許也?羅城與融縣、沙堽連界,行至沙堽,遇鄉老,細詢之,乃知對山即是羅境。登山一望,蒿草滿目,無人行徑,繞山都似營壘陣場,瘴雲慘淡,苦霧淒迷,囘憶同年生之忠告,不置也。入縣中,居民僅六家。宿漢壽亭侯廟,支牀周桓侯背後,永夜不成寐。明日,到縣庭,無門垣,草屋三間,東斷為賓館,西斷為書吏舍,中闢一門,入亦屋三間,內廨支茆穿漏,四無牆壁,鬱從中來,病不自持,一臥月餘。從僕環向而泣,了無生氣。張目一視,各不相顧。無如咎孽未盡,死而弗死。乞歸無路,扶病理事,立意修善,以囘天意。凡有陋獎,清察釐革。自以分死一官而己命不殞,累及僕從,黃瘦如壁畫陰鬼,相對而泣,莫能救。無幾何,一僕死,餘僕皆病。成龍自忖,一官落魄,復何恨,諸僕無罪,何苦貽累?叮嚀令各逃生。一僕蘇朝卿仗義大言:'若今生當死於此,去亦不得活。棄主人流落他鄉,即生亦何為?'餘僕掉頭不顧。當時通詳:'邊荒久反之地,一官一僕,難以理事,乞賜生歸。'當事者置之一笑而已。無何,蘇僕亦死。其年,逃僕歸家,大兒續覓四僕來,而三僕又前後皆死。止存一僕,晝夜號咷如風魔。欲遣之,則一人難以遠行,且此僕歸,則孑身更苦。無奈其思歸日切,遂聽其浩然長往。萬里惟餘一身,生死莫能自主。夜枕刀臥,牀頭樹二鎗以自防。然思為民興利除害,囊無一物,猺、獞雖頑,無可取之貲,亦無可殺之仇也。事到萬不得已時,只須勉強為之,申明保甲,不得帶刀携鎗,咸遵無犯。間有截路傷命無踪盜情，必務緝獲，隱昧情事，盡心推詳，必得真實，立時誅戮，懸首郊野。漸次人心信服，地方寧靜。而上官採訪真確，於是有'大事招擬解省，小事即行處決'之通行。羅城雖安，而地與柳城①西鄉接境，其人祖孫父子生長為賊，申明當事，輒以盜案為艱，置之高閣。竊自思漸不可長，身為民父母而可使子弟罹殃咎乎？約集鄉民練兵，親督勤殺，椎牛盟誓，合力攻擊。先發牌修路，刻日進攻。此未奉委命而擅兵，自揣功成亦在不赦之條矣。但奮不顧身，為民而死，勝於瘴病而死也。渠魁俯首，乞恩講和，擄掠男女牛畜皆送還。仍約每年十月犒賞牛酒，敢有侵我境者，竟行勤滅。蓋獞人不畏殺，惟以剝皮為號令，而鄰盜漸息。至是，上官採訪更確，反厭各州縣之請兵不已、報盜不休為多事也。嗣後官民親睦，或三日、或六日，環集問安，如家人父子。言及家信杳絕，悲痛如切己膚。土謠云：'武陽岡三年必一反。'比及三年，甚憂之。蓋人既和，謠不驗矣。又云：'三年一小勤，五年一大勤。'比及五年，又復無事。而民俗婚喪之事，亦皆行之以禮，感之以情，羅城之治，如斯而已。自數年來，本非為功名富貴計，止欲生歸故里，日二食，或日一食，讀書堂上，坐睡堂上，毛頭赤腳，無復官長體。夜酒一壺，直錢四文，無下酒物，亦不用箸快。讀唐詩，寫俚語，痛哭流涕，並不知杯中之為酒為淚也。同思同僚諸人，死亡無一得脫，興言及此，能不寒心？赴蜀之日，益勵前操，至死不變。此數年之大概也，偶書寄以發知己萬里一噓。"余昔過上谷，公自言："一生得力在令羅城。"蓋其澹泊之操，堅危之節，始卒不渝，老而彌篤者，已預定於此。故余獨載此書以見公之志焉。余見公時，當公巡撫京畿，逆旅深夜，執余手而語，有知己之言。蓋康熙二十年冬十月也。後七年，公孫戶部郎中準從余遊，得公《傳略》及《軼事》《雜文》，肇掇而為此傳。

陳廷敬曰："異時，吾陽城楊公繼宗，天下稱清白吏所首指名者也。予為史官時，陽城田侍御在京師，京師一老嫗往來侍御家，間嘗讕語云：'某不愛錢，豈楊繼宗耶？'楊公去嫗時三百二十年餘矣，而嫗能稱說之，蓋當時名聞天下，後世婦人女子猶皆習聞其名而尊美焉。凡為士者可不嚮慕乎哉？予感嫗言而心識之。其後與衛文清公周祚、魏敏果公象樞、布政畢公振姬數公者遊，數公，天下之所謂廉吏也，皆晉人，在陽城二三百里間。夫天下清白吏不易得，而為世所指名者乃獨多在於晉，可謂盛矣！乃今又得于公，于公之清操偉烈章章如是，千百年下必有如老嫗之稱楊公者，可無以余文為也。獨是余公之鄉人也，既多賢人之迭出於其鄉，而又嘗職在史官，親見聞公之行事，廢名臣之烈，湮鄉先生之蹟，咎莫重焉，故次敘之。《傳》曰：'高山仰止，景行行止。雖不能至，然心嚮往之。'余生賢人之鄉

---

① 柳城：四庫全書本作柳州。按：柳城原為漢潭中縣地，南朝梁時分置龍城縣，治龍江南岸，宋改為柳城，移治龍江北，元復移回龍江南岸，明初，又移於龍江東岸。清因之，與羅城同屬廣西柳州府。柳城不誤，不當改。

而志其操行,亦將以為取斯也。"

《午亭文編》卷四十一　男壯履恭較

《午亭文編》卷四十二

門人侯官林佶輯録

傳　二

封中憲大夫希聲吳公傳

　　吳公，諱道默，字希聲，沁州人。大父諱某，躬耕，讀書隴上，有學問行義。父諱某，孝友忠信，能化其鄉人。蓋吳氏世世有隱德云。公生而質直重厚，不喜遊嬰。稍長，謹繩墨，蹈規矩，老師宿儒，歎以為不及。與其昆季以文學相切劘，家貧不能致師，聖賢精理，皆苦志玩索，心自得之。里中從而請業者數十百人，勸誘訓戒，各因其材，使有所成就。諸子皆自教，以學為世賢人。公初補博士弟子員，數應省試，不合於有司，退而益以明道授徒為己任。其後以子瑔貴，累封至中憲大夫、通政使司右通政。公自少至老，以孝悌仁義修其身，以教其家與鄉，蓋鄉之知有師自公始也。昔余過銅鞮，夜見公於逆旅，鬚眉軒偉，布衣敝冠，與余語，意往往合。旦日，往謁謝，見所居陋巷蓬門，隱約寒素，意泊如也。蓋公之操義風槩如此。子三人：瑔，都察院左副都御史，為朝廷名臣，蓋所謂世之賢人也。琪、瓔皆有名膠庠中。公之歿，瑔屬廷敬為公傳。贊曰：

　　余過銅鞮時，問吳公家在徐村，村有唐徐勣廟，故名。考勣家曹州離狐，客衛南，不聞其在銅鞮也。或曰："勣守并，數出雲中，戰有功，德在民，民祠之。其東有文中子祠，以通嘗讀書於此。沁人之慕義不忘如此哉！若公者，非所謂古之鄉先生，歿而可祭於社者與？況修其身以教家及鄉，鄉之有師自公始，則尸祝而俎豆公者，雖比於英公、文中子，不為失倫矣。

張太公傳

張太公鉁，字宇奇，別字見虛。先世陽城人，元末，遷沁水之寶莊。寶莊者，在檻山下，沁水環焉，以所居人得名。然張氏由明以來為士林華族，實冠冀南，他族姓鮮可為比。父五典，累官太子太保、兵部尚書。宮保公子六人：曰銓，以巡按御史死遼事，謚忠烈，墓道祠廟，蕭若神明。曰鉿，舉人。曰鈴，進士。曰錂，舉人。曰鐘，貢士。時方重科目，自鉿以下，皆矯厲自奮。而太公宮保公第三子，俯躬下氣，恂恂束飾。嘗曰："古之君子，讀書遂志，豈以為遇不遇哉？"再舉於有司，輒不利。以子道湜官翰林編修，封太公如其官。於是，宮保公之子六人皆通貴，益大顯其家。當宮保公時，太公為博士弟子員，文名蔚起，時方有兄弟競爽之目。宮保公曰："吾家故貧，自吾為吏，產益落。汝曹守文墨，皆不治家人生事。家人食指多，又疊罹寇殤，吾憂之。可以寄百口者，察無若鉁賢。"太公聞之，曰："吾知遵吾父命而已。"游太學，歸管轄家事，內外纖悉，罔不如宮保公意。宮保公色喜，曰："我固知鉁賢，鉁果克吾家。"仲早世，遺孤子殤，宮保公既命忠烈公子道濟為之後，依其婦劉，時道濟已長成人，太公懼無以慰寡嫂心，提其幼子道湜於繦褓中屬劉，且十五年。不幸，太公長子卒，劉遣道湜歸，曰："兒無母我。"太公不得已，命之曰："兒無背劉。"道湜始終事劉如母，太公之命也。初，宮保公謝賓客，時忠烈公已仗節殉難，鉿年十六，錂、鐘生才五六歲。三人者，太公異母弟也。太公推食飲，解衣服，以養以教，垂三十年。皆有所樹立，有聞於時。於是，太公謂："吾事乃今畢矣。"其誠孝友弟出乎天性若此。明末，舉賢良方正科，有司屬意太公。太公聞之，即日騎蹇驢邅去，下太行，渡河涉江，隱跡武林湖山之間。後既以子貴，益退損如常人。篝冠布袍，過市門，一人負重，力不勝，睥睨太公，謂："丈人助我一臂力。"太公急呼旁舍人助之力，旁舍人曰："此張太公也。"負者懼，謝罪，太公笑而遣之。始余至太公家，甌盎蕭然，瓦器脫粟。時余方少，然已知太公修身閑家，心敬慕其為人。其後又三十年，太公白首魁艾，歸然長德，壽考燕喜，夫婦偕老，即其家罕有能並者。鄉里稱張太公長者，能操行仁義，而天之報施善人不爽也。

陳子曰："嘗覽觀史遷以來所傳記畸人軼事，多奇怪絕特可喜之行，世亦樂稱之。葢庸德者，眾人之所去也，以余所覩張太公行事，何其謹厚純樸，退讓君子與？席藉榮寵，何難取富貴以就功名？顧蕭然自外，獨行其志，非有德者孰能之？其賢矣哉！"

廖氏傳

　　嘗覩建文朝遺事，未嘗不掩卷欷歔。至成祖殺方孝孺，連引九族，則又不禁瞋目竪髮，恚恨其所為。今三百年，一時忠臣烈士，事多湮滅無傳。余在史局，捃羅散失，苟幸得之，則喜以悲，而況得見其子孫苗裔耶？廖永忠，巢縣人，楚國公永安弟，有功，太祖時，封德慶侯。子權，嗣封。孫銘、鏞，受學孝孺。孝孺被禍，禁勿得收其屍。銘、鏞兄弟獨往，慟哭收葬之。成祖怒，戍之金山。余既載其事。後見廖生鳳徵文，奇其人，請與居二年矣。不知其巢縣子孫也。生之言曰：「金山距松江百里，瀕海，子孫世襲指揮千戶。明之末年，鳳徵之祖某知天下將亂，金山軍民並處，且有變，移家之松江。清兵南伐，衛堅守不下，積屍與城堞等。兵乃躍上城，伯祖某於城樓上手格數人，與其長子某皆自刎死。次子某亟歸，遣散其家人，自焚親屬二十餘口。還，刎父屍傍以死。鳳徵之祖以郡居弗及於難。構屋申浦之南，教子孫以農賈為業。國初，徵領旗軍子弟為運漕千總，戒勿往。今雲間廖無二姓，皆巢縣裔也。」今吾乃知生烈士之子孫而益歎慕其先有當稱述者。或以節死，或以見幾去，其致命遂志者為忠義臣，潔身遠害以教其子孫，可謂賢人君子矣。吾獨惜其名字皆失而不可求也，故為記其略如此。

旭白韓君傳

　　韓氏，其先魏王琦，家在相州。宋亂，相州數被兵。國子祭酒曰永寶，始遷洪洞。當其時，洪洞之韓，累數世不仕。然，皆屈首受《詩》《書》，尤精黃、岐之學，能以業其家，所活人大多功，蓋與古之良相者侔。洪洞之人曰：「真韓王裔孫也。」前明成化中，以進士起家，累官戶部尚書曰文，有直聲。最後抗章暴劉瑾罪，武宗驚泣，為不食。瑾矯旨奪尚書官，下詔獄。瑾誅，復尚書。嘉靖初，數薦不起，進太子太保，賜誥褒美，卒贈太傅，諡忠定。忠定公子士聰，高唐知州；士奇刑部主事，皆以瑾故奪官。於是，韓氏始大顯名於時矣。君諱光曉，字旭白，高唐公五世孫。祖汝松，家齎用素饒，不省計。喜施，至靡財單幣。洪洞人謂韓氏世有其德。父承寵，濟南同知，敦樸謹愿，能繼父志，不屑以財自雄。然，時以其留餘，稍稍用鹽筴，才足給食指，遂移其家津門。在濟南，既不樂仕宦，解其官歸，曰：「吾韓氏世有德於洪洞，吾其可遠先人之墓廬？且洪洞人愛我，吾必歸。」歸次曲陽，無疾而卒。君時獨從，哀號路側，過者酸鼻。既歸葬，會京東兵，君母亢留張灣，及於難。君卒遭變，執喪行古制，雖士大夫習禮者莫能過焉。濟南公二子，君其季，與伯氏異母。君母亢安人。初亢氏善富高貲。亢之來歸也,豐其奩金,累數萬。濟南公曰:"季,亢之自出也,金必歸季。"後君皆以金歸伯氏。里中賈豎素怨伯氏,訟伯氏欺其孤,君曰:"我固以讓吾兄。"由是訟者大屈,君事兄如嚴父,待兄之子如己子。人高其行,化漸於鄉焉。君嘗為博士弟子員,嶄嶄立名譽。妒娌者妎其能,將遺書督學使者,使黜君。然其人陽與君相交驩,傭奴數數來,奴誤謂遺君者,遂以書抵君。君視書,嘿然,語奴:"非遺我也。"奴持書去,後君竟用是黜,君終不語家人以故。妒者後覺之,大慚恚,曰:"吾傷長者,無面目自活。"其意度行事多此類。封文林郎,娶亢氏,封孺人。子象起,主事。象起初為福山令,有異政。

陳子曰:"今人為其父母《傳》者,直以為《誌》《表》之餘事耳,豈真能知文字之可貴哉?夫人不皆有奇德卓行,故《傳》者尤往往難之。象起之求《傳》其親獨異焉,曰:'《誌》以納諸幽,《表》以揭其外,然而不皆可行世致遠也。於《傳》乎是重,敢以煩公。'余見今戶部尚書福山王公,嘗數稱福山之政有異。王、韓婚也,故語韓事有足徵。及退而考其家世,奇德卓行,果皆可傳也,是以敘著於篇。嗚呼!韓君之賢,知文字之可貴如此,而大司農謂韓君曰:'今之名能文而可為子先人《傳》者陳子也。'夫王公擇人而使為文,則福山之為政,其得於鄉邑賢大夫也有由然矣。"

三 烈 婦 傳

裴氏,陽城龍莊里民張琦妻。琦,賈人,常游河南北間,客死禹州。裴聞而號泣曰:"天乎!夫死,無子,我義不再辱。我昔嘗笑人,何至令人笑我耶?"絕食,五日不死。其兄來祭琦,裴止之曰:"姑待我。"而家人防視愈益嚴,強之食,復食。於是守者稍懈,遲明視之,自經死矣。及含斂,貌如生,莊靚猶未聞琦死信時。夫以婦人稱說大義,凜凜有古烈士風,其亦可以愧世之為丈夫偷生苟免者矣。時康熙己未歲正月也,其後,陽城以夫死,自經從葬者復有二人,其一在陽城之化源里,曰:李氏。

李氏者,石基永妻。基永家貧好學,至不能繼脯糜,而誦讀不輟。遭時喜賄,年二十七,不得列邑庠,鬱鬱以死。有二女、一男。男才二歲,基永死之明日,男亦死。基永以貧故,五日始克棺斂。李取基永手鈔秦、漢文、唐詩各數卷內棺中。是夕,櫛沐,自經棺傍。

張任妻王氏,陽城白巷里人。曾大父參政公徵俊,死崇正①時流賊難者也。大父、父皆儒生。任大父中丞公,父民部君,兩家俱高門。王年十六歸任,才數月,任為學官弟子

---

① 崇正:四庫全書本作崇禎。

員,數日病卒。王絕飲食,居樓中,矢必死。家人環守之。明日,紿其家人,趣使下取食。有小女奴在傍,陽怒之,女奴驚,趨出,遂自經死衣桁間。經以夫故腰組,項下經痕處受以白縑數寸許。衣上下縫紉,牢固不可易。未死前一日,嫁時衣履巾帨諸飾用物,從王氏來及夫家者各別置不亂,室中羅列,悉就完整,不以倉卒改常度。其從容暇豫如此。死時年十有七,康熙庚申八月朔也。

陳子曰:“自吾居里中,二年三見烈婦事。近世鮮鄉閭之教,烈婦之事,謂非出於性生者耶? 始張琦妻裴,余嘗語邑令以聞於大吏,請表之。已而,格不行。余嘗觀古烈女,雖猶未至於三婦人所為者。皆得史傳著之,以勸天下後世。如三人者,使聞於朝而旌異之,以助風化,其不亦偉哉!”

張太恭人傳

張太恭人者,德州人,通《詩》《春秋傳》及羣書,嫁為田大夫妻。大夫,順治中以進士知麗水,有能名,卒於官。恭人取庭中牘籍,勾稽驗覆,召管庫,謹視賦徭所入,曰:“代者至,則必以是淹吾行。吾貧不能賂,庶謹備之。”後代者至,果以為言。恭人牒太守,請自臨督。太守王君來,坐縣堂上。恭人身自立堂下,見太守,顧家僮持籍以進。太守按籍閱所入出,無一舛漏者。代者屈,恭人得以大夫櫬行。當此時,恭人提其孤歸,數困於強豪。孤雯,予友也。為予言曰:“雯母,師也。一室之內,十年之間,午夜篝燈,紡績聲,讀書聲,哭聲,三者而已。”予聞之,泣泫然不自止。其後,雯、需先後成進士。雯填撫三吳,移撫黔。需在翰林,霖亦以文行選入太學。皆恭人所自教。年七十七,凡四進封以卒。恭人能文章,工詩,詩成輒焚棄。謂其孤:“‘無非無儀,惟酒食是議’,詩之教也。”孤弗敢強,然猶傳其《茹茶吟》三十首,詠歌於士人,世之自以為能詩者,莫能及也。文多,後悉取其稿燔之。今著其存者一篇,蓋恭人年七十時,里黨為恭人壽,恭人以戒其孤之辭。辭曰:“示雯輩,女昨來,言里中先進學校鄉曲諸君子父老,謀欲釀錢實酒筵,合諸名家文詞,張屏幛,如前歲壽蕭太夫人事,將以壽吾者。此親串盛心,洽比雅事,吾烏能無感? 然,自度有甚不可者,今得詳為女曹言之。按《禮》:‘婦人無夫者稱未亡人,凡吉凶交際之事不與,亦不為主名。’故《春秋》書:‘紀履緰來逆女。’《公羊傳》曰:‘紀有母,何以不稱母? 母不通也。’何休學云:‘婦人無外事,所以遠別也。’後世《禮》意失,始有登堂拜母之事。戰國時,嚴仲子自觸聶政母前,且進百金為壽。蓋任俠好交之流有所求而然耳,豈《禮》意當如是耶? 吾自女父之歿於官,携扶小弱,千里歸櫬,含艱履戚,三十年餘,闔戶辟纑,以禮自守。幸女曹皆得成立，養我餘年。然，此中長有隱痛，每歲時腰臘①，兒女滿前，牽衣嬉笑，輒怦怦心動。念女父之不及見，故或中坐歎息，或輟箸掩淚。今一旦賓客填門，羊酒塞路，為未亡人稱慶。未亡人尚可以言慶乎？三十年吉凶交際之事不與知，而今日更強我為主名，其可謂之禮乎？處我以非禮，不足為我慶而適足增我悲耳！且我何可以蕭太夫人比也？蕭太夫人年躋八十，於古謂之上壽②。蕭封君即世不過十餘年，為白首夫婦。女父之亡，吾年未四十，今更三十一年，亦僅古之中壽耳，何可以蕭太夫人比？且其子侍讀君居里已十七年，德望高，善行被於鄉黨，鄉黨德其子而慶及其母，宜也。女曹中外薄宦，偶歸里間，無善及人，而亦儼然受鄉先生、里父老之捧觴拜跽，其又何以為情？頃者，米價翔湧，邑井蕭然，親故素多貧乏，若復合錢市饌，為未亡人進一日之甘，未亡人更皇庶是思矣！女曹官於朝，宜曉大體，其詳思《禮》意以安老人之心，為我先事而婉辭之，惟勿忽也。"其遇事引《經》《傳》以合乎大道類如此，此皆其可為傳者也。贊曰："初，廷敬嘗私怪雯在京師時，獨久從余游，日以其所為詩若文來。廷敬居西街，雯亦徒西街居。既乃知恭人之教命然也。昔敬姜見文伯之友降堦却行，奉劍正履，召而數之，以其所與遊皆媚事己者。文伯謝而擇友，引衽攘捲、親饋，事之甚至。君子謂："'文伯之母，備於教化。'予於友無能為益，然，亦自信非媚事人者，是以恭人樂得為其子友與？若子輿氏見俎豆揖讓之事而悅之，母曰：'此真可以居吾子。'予不敢援是以為此也，恭人之賢，豈遂遜於孟母也哉？"

《午亭文編》卷四十二　男壯履恭較

---

① 腰臘：四庫全書本作伏臘。按：腰、伏、臘均古代祭祀名。腰祭在春三月，伏祭在夏六月，臘祭在冬十二月。《韓非子·五蠹》："山居而谷汲者，腰臘而相遺以水。"《漢書·武帝紀》："三月，行幸河東，祠后土，令天下大酺，腰五日。"《漢書·楊惲傳》："田家作苦，歲時伏臘。"杜甫《詠懷》："歲時伏臘走村翁。"伏臘雖有據，但是，腰臘不誤，不當改。

② 上壽：四庫全書本作中壽。按：我國古代將長壽者分為上壽、中壽、下壽三等，三者的年齡，歷史文獻中卻有不同的說法。《左傳》僖公三十二年"爾何知？中壽，爾墓之木拱矣。"孔穎達注："上壽百二十歲，中壽百，下壽八十。"《莊子·盜跖》："人上壽百歲，中壽八十，下壽六十。"《淮南子·原道訓》則說"凡人中壽七十歲。"四庫全書本改"上壽"為"中壽，"顯然是採用《莊子》的說法。而本傳的傳主張太恭人稱自己剛七十周歲"僅古之中壽耳"，則是採用《淮南子》的說法，所以他稱"年躋八十"的"蕭太夫人""於古謂之上壽。"四庫全書本將本文中的"上壽"改為"中壽"，而"中壽"卻沒有改動，於是八十、七十同為"中壽"，張太恭人這篇"戒其孤之辭"就文意不通了。"上"字不誤，不當改。

《午亭文編》卷四十三

門人侯官林佶輯録

阡　表

百　鶴　阡　表

　　我陳氏實舜後，世稱侯邦，賓於三代，子孫散處列國，為代著姓。顧瞻蒲坂，興言舊畿，則吾陳氏尤近在封域者也。陳氏世德仁厚，播於山右，誕我先公，孤廷敬庸敢即先公之德業顯著於家邦者，詮次而繫以辭。先公諱昌期，字大來，晚而號魚山老人。初，為廩膳生，垂聲黌序。順治中，詔郡縣用文試，各舉高第一人。先公文冠一州，名上吏、禮部。志在養母，不樂仕。為學以窮《經》為亟，深於《易》《禮》經，尤好程子《易傳》。嘗言：“《曲禮》上下篇，當做《學》《庸》列《四子書》中。”自少壯而老，吐辭制行，務合《經》義。以故見於家邦者可為世表儀焉。先公生明萬曆①中，親見國家之所以興廢，君子小人之所以消長，人心風俗之所以隆替盛衰，故修身教家，敦行厲世，本於學術。不移於物情，不奪於利勢，不憂不懼，特立獨行，惟準乎聖人之道而盡心焉。流賊起西秦，先公先事謀保聚，築樓河山間。樓將卒工，而賊數萬果遝集樓下，圍攻之數重。先世父侍御公，時為孝廉，在樓中。我先公謂侍御公：“賊勢衆矣，即固守，圍久不解，樓中食盡，人饑，終不可保。自請間道告於州，幸州人救援我，尚可圖存。”侍御公曰：“此危道，奈何？”我先公曰：“苟得當，活樓上下

---

　　① 萬曆：四庫全書本作萬厤。

千人，且不使賊驚吾母，為益大矣。若坐斃於此，非計之得也。”慨然固請行。中夜，自樓顛縋而下，縋絕，先公墮地，久不聞音聲。賊火照山上下明如晝，治攻具益急。樓中人人目相懾，無敢下樓救者。僕李忠奮前曰：“死生，命也，救主，義也。義在而死，命之正也。忠願下樓。”忠下樓，縋先公而上，未殊也。質明，宛然無恙，若神有相者。一時樓中人咸異焉。賊圍樓，攻之三晝夜，謂樓中渴且降。先公汲樓井中水揚樓四邊，賊驚相視，謂不可以渴降也，徐驅去。長老曰：“吾聞活千人者其後必大，陳氏其興乎？”當是時，中外恬熙，州郡久不被兵，流賊漫衍而東，騰華蹀河，景、霍之城，汾、滄之淵，如履房闥，如跨澗溪，所過壞裂麋沸，而野處巖居，無牆堞垣堣之限，屠毒尤慘。先公創茲樓也，里富人竊笑之，曰：“我將謂陳氏為園囿觀遊之娛也，無故築為樓，過矣！”賊至，則縛富人，拷掠金帛，挾樓下以詟衆。及賊去，而富人亦效為樓，樓亦至今在焉。蓋先公之盛德哲謀，先事而備，類若此。廷敬每念縋樓事，視平原之抗賊，霽雲之乞師，艱危有甚焉。以一書生欲穿賊壘，冒鋒刃，跣行七十里以達於州，此萬不可必得之勢。故縋之絕，我公之不往者，天也，非人之所能為也。賊退，有羽客過而言：“此樓活千人，其名當與河山並永。”題曰：“河山為囿”，其意又若應前富人園囿為娛之説者，長老至今呼河山樓云。崇正①末，流賊隳突，走北京，別遣賊劫掠澤、潞，我公奮然曰：“勿待彼來，當先往以折其鋒。”馳驅一晝夜，行達賊壘。賊率坐帳中，矛棘森立，鉤鏑挺露。我公從容曉譬天道人事順逆禍福之故，謂：“民實無辜，孽毋自作。”左右趨前欲逼，賊率曰：“此狂生，縱之去。”且令與一箭為信，戒其黨勿犯，我里恃以安。當明之季，急黨朋，亂正邪，騁空言，略實效，而封疆之事不可問矣。我公不出而任人家國事，以危樓撐拒數萬之賊，以立談摧挫羣兇之氣，行其義於一鄉者如此，此可以論世而知人矣。大清蕩除醜類，臣壹四海，叛帥姜瓖擾雲中，煽惑晉以南郡縣。澤州則賊渠張斗光據州治，迫脅士夫，獨卑詞招先公，先公怒，裂眥罵賊：“賊奴死在旦夕，敢辱我耶！”拉其書，寸寸斷，賊愬恚。己丑十月，率賊數千人直抵吾家，家故於樓南擴為堡，賊圍攻如流賊。廷敬是時年十二歲矣，猶記賊於薄暮射書堡中，先公得書，手裂之。登陴，忼慨謂衆曰：“受恩本朝為臣子，誓不陷身於賊。賊反覆倡亂，此特待命漏刻耳。吾已度外置妻子，若汝曹不協力堅守，一旦為賊所污，王師至，無噍類矣。”衆皆聽命。賊度不可攻，則索金帛。先公曰：“金帛以勞守者。”賊怒，攻三日，堡且陷。賊忽開一角去，已而盡去。及後乃知賊聞天兵自北下也。賴國家之恩以有今日，使遲三日不至，我盡室委命矣。先公治家勤儉，以其餘賙給鄉人。戊辰，捐穀焚券，鄉人感德，詣撫軍請旌奏。先公知之，遽追抑其事。數日，人益感奮，罷市輟農，疊上狀郡縣，求請旌建祠。郡上之方伯，方伯上之撫軍，

---

① 崇正：四庫全書本作崇禎。

皆交口嗟咨,竟通牒禮部。先公聞之,大驚,自草狀辭,辭極懇苦,乞速寢其事。遣使,七晝夜達京師,廷敬上狀禮部,部大人感歎久之,曰:"成長者志。"檄撫軍曲體至情,仰成謙德,自行褒旌,以答衆好。其時都人士競為文若詩以鋪述詠歌,而鄉人之懷思頌義刻石以載其詞者至三十餘所,卒不能禁焉。易簀之月,盡出篋中貲,易米數斛,以賙鄰里。當捐貲時,諸子或無以為食,而先公怡然不以屑意。蓋積仁累義,樂善不倦,出於至誠如此。待諸子嚴,教兄子庶常君如諸子。世父侍御公宦遊久,庶常君自六歲就家塾,至弱冠,以《經》魁其鄉,皆先公躬自訓督之也。嘗曰:"學者攻應舉文字,恒視讀書、立品為二事。吾所以教汝曹者,以讀聖賢書,當實存諸心而見之行事。凡讀書,令往復涵泳,其中身體力行,以變化氣質為先。"庶常君及諸子言動略有過差,訶責終日。尤戒多言,謂:"多言多尤,汝不聞乎?"所接人有言行之越於理,雖近理而佞,或喋喋者,則不憚規其人,退必舉示諸子以為戒。侍御公既捐館舍,庶常君始舉進士。庶常君嘗曰:"公,吾父也。"先公燕居,無惰容怠色,起居食息有常度。中夜,或踰時而寢,雞鳴必興,盥洗,詣范太夫人榻下,終身無間日。太夫人見背,廢問安之禮,而興也常在昧爽①前。嚴冬不具火,盛暑不解衣。所居室,圖書滿前,凝塵蔽席,四壁多張古人前言往行,如《曲禮》所載。生平無私語,無嗜好,未嘗以細故鞭扑僮奴。食飲菲惡,常衣敝衣,食取充口,物雖精好,略嘗而止,不恣食。飲酒則無量,不亂。夜就枕,輒酣寢。當張賊圍攻時,堡中人舉皇皇不能寐,每伺攻稍間,先公就睡如無事時,人皆異焉。侍御公假而歸,一日雨,與飲於山園,路滑失足傷臂。侍御公大驚,同臥堂中,侍御公方輾轉不安席,先公鼾聲殷殷然。侍御公曰:"吾不及汝父也。"蓋事無巨細,應之則已,無幾微凝滯於中。臨事斷決,無遲回却顧自圖便私意。與人言,不隱情惜己,無沮色忸辭。上自達官貴人,下至簟豆微賤,無炎凉高下。常面折人,人無不服。無城府崖岸、纖毫矜②己自私之意。望之如泰山喬嶽,即之如滄海澄江,坦平寬大,益覺和易,如春風披人,時雨潤物。於人無宿怨藏怒,是是非非,準乎理道而務適其宜,不為煦煦之行以要浮名。卒之盛德感人,化而為善人者歌頌而禱祝焉。蓋先公性稟天成,學術醇正,純乎天理,以義勝物。得《易》之直方,大不習,無不利;得《禮》之毋不敬,儼若思,安定辭。居家尤力行家禮,故由家而達於鄉國,其彰彰在人耳目者,此其大較也。蓋其詩書仁義之澤,源遠流長,所鍾祥而挺生者有由然也。陳氏自明宣德初,七世祖諱林,遷陽城中道莊,樂其山巖水泉之勝,居焉。六世祖諱秀,有詩名,以人材為西鄉尉,清操勁節著聞。方是時,士大夫修名行,潔去就,雖小官亦卓然自立。西鄉公尤為上官重禮,為尉數年,皎然自持,民戴

---

① 爽:四庫全書本作奭。按,奭、奭均爽之異體字。《說文》:"爽,明也,从㸚从大。"
② 矜:四庫全書本作務。按:矜同矝,矜驕。矜字不誤,不當改。

之若慈母。攝固城令,居久之,不得代。一旦,竟掛冠廳事壁去。西鄉公子珏,為滑尉,贈
戶部主事。戶部公子天祐,明嘉靖甲辰科進士,歷官陝西副使,廉正不阿,以詩聞於時。副
使公於先公為曾伯祖。曾祖諱修,隱居耕稼,以餘粟惠鄉人,鄉人以公利人濟物,羣稱之曰
歲星。祖諱三樂,忼慨有節概,克修父業。初贈光禄大夫、刑部尚書,累贈光禄大夫、吏部
尚書、文淵閣大學士。考諱經濟,諸生。初贈文林郎、浙江道御史,累贈光禄大夫、吏部尚
書、文淵閣大學士。祖妣、妣,皆累贈一品太夫人。先公以廷敬官翰林、歷院、部,遇聖上登
極恩,勅封翰林院庶吉士、徵仕郎,以親政恩,勅封檢討、文林郎,又以慈和皇太后祔廟恩,
誥封奉政大夫、内弘文院侍讀學士,以加上兩宫徽號恩,誥封通議大夫、日講官、起居注、詹
事府詹事兼翰林院侍讀學士,以滇南蕩平恩,誥封翰林院掌院學士兼禮部侍郎、通議大夫,
以東巡恩,誥封資政大夫、經筵講官、都察院左都御史,以文皇后祔廟恩,誥封資政大夫、吏
部尚書,以克襄公務恩,晉封光禄大夫、經筵講官、刑部尚書。嗚呼! 自是,先公棄不孝孤
矣。後二十年,廷敬以非才入閣辦事,主上推恩,誥贈先公光禄大夫、吏部尚書、文淵閣大
學士。先公之自號魚山老人也,當西鄉公時,有石魚飛出山巖大石中,及兵燹後,石魚不知
所歸。先公建一閣石魚所出處,閣前圖刻飛魚形,故自號魚山也。吾母先太夫人,初封孺
人,再封孺人,晉封宜人、淑人,而先太夫人棄不孝孤矣。又贈淑人、晉贈夫人、再贈夫人、
晉贈一品夫人。先公贈閣銜,先夫人贈一品太夫人。前母李夫人,贈並同。廷敬追敍先公
軼事,蓋所為者事難而節著,功倍而澤溥,方之古獨行之傳,無多讓焉。後之君子擇而采
之,光於冊書,孤之志也。先公以康熙三十一年壬申七月二十五日終於中道莊之里第,享
年八十有五。近遞哀號奔赴。明年癸酉十二月四日,啓太夫人百鶴阡之兆而合葬焉。太
夫人之棄諸孤也,先先公十五年,實康熙十七年十月二十九日也,享年五十有九。其時,廷
敬方官於京師,承乏翰林掌院事學士,在講筵,上聞而軫惻,特遣内閣學士屯泰、翰林院掌
院學士喇沙里慰問,諭以節哀自愛,賜茶酒四器。廷敬捧而跽酹以謝。國家故事,勳舊大
臣遭喪者,方蒙此典,漢臣前此所未有也。及廷敬蒲伏歸子舍,部議:“廷敬母以詹事任封,
例不得與祭葬。”上曰:“廷敬侍從勤勞,其母準以學士品級賜卹。”嗚呼! 微吾母之賢,曷
以及此。逮先公之訃,上軫惻勞問,遣重臣賜茶酒諸典禮如太夫人焉。太夫人姓張氏,家
世沁水名族,皆以文學科目顯。高祖鎧,以文高為歲貢生,起家瑞金王府教授。曾祖知本,
贈禮部員外郎。祖之屏,萬曆①甲戌科進士,累官陝西商洛道左參政。父諱洪翼,字萬涵,
萬曆②癸卯科舉人,署教朝邑,至廣平府威縣知縣。母王孺人,吏部尚書諱國光公孫女。

---

①　萬曆:四庫全書本作萬歷。
②　萬曆:四庫全書本作萬歷。

萬涵公年壯無子，既得太夫人，少而穎慧特異，與王孺人皆奇愛之。萬涵公在朝邑，手授太夫人《四子》《通鑑》及《列女傳》諸書，無不背誦，通曉大義。能文，工書道，如經生然。王孺人既以宗冑顯懿，克修禮範。太夫人祇順母儀，合於國史，肅肅雝雝。王孺人固欲擇良配，久之，聞我先公節操行義，州里矜式，士林推高，乃歸我先公。歸而孝仁恭儉，德專行淑，冠於九族。范太夫人賢之而安焉。時先王父贈侍御公已歿，先王父有三子；長昌言，世稱道莊公，崇正①甲戌科進士，官至浙江道監察御史；次我先公；又次大虞公昌齊，州學生。侍御公配李安人善病，大虞公夫婦又皆早夭，獨太夫人侍范太夫人側。吾家自上世已來雖業儒，然本農家，衣食僅自給。而侍御公自為樂亭令，有廉名，性嚴峭，不能與時俯仰，有一介不取與之風。囊無私積，俸人之餘，以公同釁。嘗曰："吾不以為家累也。"流賊拷掠紳士，至我先公，賊渠謂"此雖御史弟，吾聞御史清官"，遽釋之。則不以為家累者，世父與我先公蓋已辦②之早矣。當太夫人之主饋也，家益清貧，凡烹飪縫紉諸瑣事皆躬親之。范太夫人老而長齋，喜潔清，非太夫人饋食則不甘。太夫人多子女累，又苦力作，每免身，三日，即趨事范太夫人。諸米鹽器什嘗不繼，太夫人每鬻簪珥以辦給。間與先公往復論說者，悉皆前古忠孝義烈之行。當姜瓖之亂也，賊攻莊堡，先公既手裂賊書，賊怒攻堡，堡中人人震恐。太夫人初育第三妹，在蓐中，奮然曰："此非安臥時！"遂起，具糇糧，給酒炙，佐先公拊循堡中人，一堡得完。諸感頌先公者，無不感頌太夫人也。太夫人於家政稍暇，即出書籍，憑几莊誦，非丙夜不歸寢。經生好學者亦無以加也。廷敬尚未就外傅，凡《四子書》《毛詩》，皆太夫人口授以誦。及官京師，每先公有書至，太夫人亦必附手書以教誡。廷敬所以兢兢自守至今日者，固皆主上非常之恩，蓋亦兩大人之教使然也。太夫人有子八人：廷敬，其長也。廷繼、廷藎、廷愫、廷宷、廷統、廷弼、廷翰。女五人。凡昏宦及諸內外孫及詳誌中者不備書，書其大略焉。廷敬為太夫人初卜吉於樊山，百鶴來翔，故名百鶴阡。今謹輯兩大人軼事為《百鶴阡表》，竊取歐陽子《瀧阡》之義云。廷敬浮沉仕路，以先人遺教，更歷世故，稍從事於性命道德之學，冀無忝所生，不虧名節。主上聖明，下鑒樸鄙，以康熙四十二年令入閣辦事，今六年矣。蒙聖恩賜爵錫封，顯崇先世，庇賴後昆，乃列其世系，又載我先公、先太夫人之懿行遺烈，所以詒謀積慶，俾余小子克承先緒者，具刻於碑，以昭眠於無窮。康熙四十又七年月朔，男賜進士出身、光祿大夫、吏部尚書、文淵閣大學士廷敬表。

《午亭文編》卷四十三　　男壯履恭較

---

① 崇正：四庫全書本作崇禎。
② 辦：四庫全書本作辨。按：辦，當為辨之誤。辨，同辨。《說文》："判也。"《廣韻》："別也"。《字彙》："从力與从刀不同，力為致力之義，刀取判別之義。辨，謂辨然於事分明，無有疑惑也。"

《午亭文編》卷四十四

門人侯官林佶輯録

墓　誌　銘[①]　一

資政大夫、刑部尚書致仕謚敏果魏公墓誌銘

　　國朝以理學名儒為時用,有清節直聲,謀議勞烈聞天下,則刑部尚書致仕魏公。自公卿大夫以至窮閭委巷,有識之士,莫不樂道其行事而慨然歆慕其為人。盖公之學用於時而天下信之久矣。若夫朝廷之知公,與公之受知於朝廷,君臣遭遇之隆,俾得以行其所學,世之人容有不得盡知者焉。今欲誌公而傳之,無已,亦第舉其世之所能知者,而於其所不能知者,則俟之百世以後之知公者而已,此亦公之意也。公起家先朝,為名諫議。其始,彈擊封疆大吏,中外憚之。由刑科給事中轉工科右給事中、刑科左給事中。時世廟初親萬幾,公言:"慎起居,盡啓沃,責備時宰。"人為公危。上曰:"給事言是。"因災異,言天變為人事所致,語多忤權貴者。詔廷臣集議。左給事,故事不與議。公則抗疏請與議。議時,面折諸貴人,無所阿避,由是衆皆側目矣。遷吏科都給事中,掌大計,戒僚友,絶賕賂,日夜宿省

---

① 墓誌銘:原書作誌銘,四庫全書本、馬甫平點校本均同。按:誌銘使用範圍較廣,並非墓所專有。本書卷四十四、四十五、四十六共收入文章二十七篇,除為乳母趙而作的一篇為墓銘外,其餘二十六篇均為墓誌銘。卷四十七收入墓碑三篇,墓表四篇,其類目分別稱為墓碑、墓表,碑、表之上均有墓字,墓誌銘也不能例外,作為類目,誌銘之上應加一墓字。

中,邸寓則令兵馬司傳檄闌防。於是言四事,其一事上尤嘉允。謂:"言官紏①拾例當復,雖失實,不當反坐。"得旨:"比年紏拾,反坐言官,壞吏治,塞言路,其已之。所紏拾與麗八法同科,編之令敕。"又言:"言官得罪,宜治以考功法,不可置重典。"在諫垣,前後疏凡三十餘上,其大要:崇治本,別人才,修實政,通民隱,皆闢時大政。於是,忌者思有以中之,而未得其牙糵也。會故相溧陽得罪,遂藉是以傾公。上察其誣,釋勿坐。然,方其時,倚重言官,比事未發,不紏舉謂何?於是則空垣皆鑴級而黜之,公坐是黜為詹事府主簿。稍遷光祿寺寺丞,尋乞養母太夫人以去。講學讀書,修身教家,以化其鄉人。居十年,太夫人歿,喪葬悉準古禮。當是時,今天子銳意堯、舜、三代之治,政具畢張,進賢退不肖,思得學問經術有名跡可用佐國家興理平者。於是,相國益都馮公首薦公,上召公,以病辭。再召,趨朝,授貴州道御史。公初進見,退而喜曰:"聖主在上,以弘太平無疆之業,實惟其時矣。一切小功近利,姑且補苴之論,非所以告君也。"乃言:"教化為王道所先,滿、漢臣僚,宜敦家教以廣盛化。"言:"督、撫有不容不盡之職分,有不容不去之因循,宜責成互紏,並請慎重督、撫之選。"言:"科臣余司仁,欺罔不法。"言:"湖南布政使劉顯貴侵公帑,不當內陞。"言:"制祿所以養廉,今罰俸例太嚴密,請紀過以示罰,增秩以示恩。"言:"朝儀祀事貴肅。"言:"戒淫巧以正人心。"言:"輯禮書以勵天下。"前後所言,上多褒納。比一年,陞京卿,留管御史事。未幾,遷左僉都御史。是時,方急滇事用兵,公所言戰守機宜,有密奏,輒削其藁。累遷順天府尹、大理寺卿、戶部左右侍郎。措兵食,察帑藏,公經營擘畫為多。蓋公十九在言官,言官有章疏,故其議論風采在人耳目間,恒易有所豎立。六曹卿貳,以循分盡職為賢而已,其可傳於世者嘗少。公則不然,至是,又上三疏言事,曰:確估值以杜浮冒;曰:核關課以防侵漁;曰:簡藩司以清賦稅。皆命確議以聞。公在戶部稍久,聲績益著。左都御史闕,上特簡任公。公則首請申明憲綱,其言曰:"國家根本在百姓,百姓安危在督、撫。督、撫忍肥家誤國,以屬官之奇貪為一己之奇貨耶?臣願諸臣為國家培元氣,為朝廷正紀綱,為臣子勵名節。"列十事以上,俞旨嘉焉。次言:"吏治漸壞,公道宜彰。今貪官廉官,參處同例;盡職溺職,保薦無分。豈稱賞罰至意?"舉清廉知縣陸龍其②,劾知州曹廷俞最貪,宜斥。既又舉督學道公明者二人,貪墨者二人。廉者或復其官,或不次用;貪者悉置諸法。其時,為吏者肅然知警動矣。為左都御史,九月,遷刑部尚書。上言:"主上宵旰憂勤,臣不敢計身家,恤嫌怨,奉陛下之法,與海內臣工共相遵守。臣忝風紀之司,職多未盡,

---

① 紏:四庫全書本作糾。按:紏,糾之俗字。《釋文》"糾,察也。"
② 陸龍其:四庫全書本作陸隴其。按:本卷《監察御史陸君墓誌銘》稱:"君諱隴其、字稼書,原名龍,有所引避,改今名。"由此可知,龍是原名,隴其是今名,既已改名,當以隴為是。

敢援漢臣汲黯自請為郎故事，得拾遺補闕，辭新命而就見所領職。"上鑒其無欺，從之。仍加刑部尚書銜。一日拜三疏，言撫臣溺職，司官不法等事。疏甫入而地震。公言："地，臣道。臣失職，則地反常。臣總風憲，咎實在臣。"是日，獨被召對，近御座前，語移時，或至泣下，其言祕①不傳。公既於言無所不盡，尤留意人才，所薦引皆蒙擢用。至是，又列薦侍郎以下十人。尋，復申刑部之命，始去言路。然，公始終以言表著者如此。其為司寇，持法不撓。嘗曰："法，自天子寬②之則為施仁，刑官市恩則為歙法。"③至遇上所矜宥，則又未嘗不對僚屬感頌德意，宛轉以求其法之可生也。康熙甲子春，以病乞歸，上溫旨慰留。八月，再乞歸，降旨，稱其："實心任事"，令以原官致仕，馳驛回籍，恩禮有加焉。蓋公之進退不違乎禮，而其所建白施設彰彰如是，可謂能行其所學者矣。夫公之所以能致此者，本主上知公，公受知之深故也。不然，公抱其學，修於身，施於家而已矣，化其鄉人而已矣，其所建白施設，豈能彰彰如此之盛哉？又豈能進退不違乎禮如此哉？是以記公之事而推本於君臣遭遇之隆，以見君之得臣，臣之得行其所學非偶然也。戊午鄉試，特命公磨勘順天試卷，與公偕命者，兵部侍郎孫公光祀及余。余時為翰林學士，從公後，公則相率宿禮闈，如鎖廳校士，竭日夜力，繼晷焚膏，覃思品騭。蓋是科黜者三人，其臨事精審有力，皆此類也。大臣巡察畿輔，則特簡命公，與公偕行者，吏部侍郎科爾坤公，兩人同心諮訪，誅剪奸慝，稱使命焉。奏事殿廷，命侍臣傳諭："居官勤慎，每當敷奏，剴切詳明，不負職任。賜御書《唐詩》一卷，'清慎勤''格物'大字各一幅。"廷臣間賜貂朝衣，於公則諭以"今年暫著，來年別製更賜"。公臥疾數日，朝，上見之，命近侍問公："飲食如何？"他日，賜參膏一器④，人參二觔。自餘恩意與羣臣同者不書，書公之特被者如此。則上之於公為何如也？公之歸也，陛辭，上曰："比行，當三入朝。"入，則賜大內珍饌⑤，命內侍視公所食幾何。再入，則賜茶。三入，則賜御筆題"寒松堂"額，《古北口詩》一卷以榮其行。去國之日，朝士大夫祖餞國門之外，道旁觀者相與感歎，以為君臣相遇，近古未有。所謂進退以禮者，不其然與？公歸而張額於堂，藏書於閣。更有書數百卷，無長物，顧瞻而樂之。笑曰："尚書門第，秀才家風，貽子孫足矣。"公歸三年而卒，康熙丁卯七月二十九日也，得年七十有一。上聞悼

---

① 祕：四庫全書本作秘。按：《說文》："祕，神也。从示，必聲。"徐鍇曰："祕之言閉，祕而不可宣也。"俗作秘。

② 寬：四庫全書本作寬。按：《說文》："寬，屋寬大也，从宀，莧聲。"莧，音桓，俗省作寬。

③ 歙法：四庫全書本作歙法。按：歙，同㪍，俗作歙。《漢書·淮南厲王傳》："歙天下正法。"顏師古曰："㪍，古委字，謂曲也。"歙法，枉法。

④ 器：四庫全書本作噐。按：器、噐當作器。《說文》："皿也，象器之口，犬所以守之。"《易·繫辭》："形而下者謂之器。"

⑤ 饌：四庫全書本作饌。按：《說文》：本作籑，从食，算聲。或从巽，作饌。俗作饌。

惜,勅所司給祭葬如禮,諡曰:“敏果。”蓋此皆公事之可記,世之所知,其所不能知,雖余亦不得記焉。公諱象樞,字環溪,別號庸齋,以賜額故,晚而稱寒松老人,蔚州人也。其先江南鳳陽人。明永樂初,從軍,北渡河,以武功顯世,授明威將軍,隨侍代王之國大同,襲指揮。有遷蔚州者,數傳至儒官公,諱宦,有德行,隱居不仕。王考諱九經,考諱卿,孝義聞鄉國,為新城主簿。兩世皆以公贈資政大夫、刑部尚書。祖妣劉氏、妣蔣氏、李氏,皆贈夫人。李夫人生二子,公其仲也。公生而聰穎英異,稍長,孝弟忠信出天性。壬午,以《春秋》舉於鄉。癸未,上公車,比入試矣,聞王父病,急馳歸。時,流賊披猖,所至以官職浼人士。公奉母居山洞中,賊慕公名,大索不得。我朝丙戌,首設科,舉進士,選庶吉士,歷今官。公娶李氏,太學生名經權女,封夫人。男三人:學誠,壬戌進士,內閣試辦事中書舍人;學謙、學謐俱庠生。幼某,嗣公兄某為後。女三人:一適天城參將劉君三汲子鄒平縣丞天賜;一適大同府中路通判李君濟子候補內閣中書舍人恒姚;一適陝西平涼府通判姚君永康子之稷。孫一人,吉祥。公將葬,學誠以《狀》來乞銘,以余公之鄉人也,謂稔知公。嗚呼!余何以銘公?公自少至老未嘗一日輟書不讀。讀有所得,未嘗不見之行事。而尤邃於宋儒之書,故所得於理學者為尤深。所著有《儒宗錄》《知言錄》若干卷。公嘗謂余曰:“昔孔子歿,羣弟子各以其學傳四方。自子夏教授於西河之上,彬彬乎文學之風,晉有人哉!薛公文清以來,曹公真予而後,斯道將猶未絕也,子得無意於斯乎?”余媿公言而莫之能學也,余又烏乎銘公?既不得辭,則排纂公事而繫以銘。銘曰:

斯文未墜,誰與作者?四祀孔明,河東磊砢。參、井之墟,有爛其書。於代有光,豈適鄉閭?惟蔚州公,翼翼崇崇。敬我桑梓,惠我顓蒙。開來繼往,為天下宗。相彼洛、閩,誦言滿家。干祿則已,吐棄如遷。公喟然云:“豈謂是耶?”其辭金膆,其道瓦礫。或飾其貌,或騰其說。公探密微,老而彌樂。公有令問,流於海邦。公有偉行,勒之鐘鏞。銘公宜此,永藏幽宮。

翰林編修汪鈍翁墓誌銘

康熙二十九年十二月十日,翰林編修汪先生琬卒。明年,其學者為《狀》,以其孤書幣走京師,乞銘於其友人陳廷敬曰:“先生治命也,公毋辭。”予是以不辭而銘。先生字苕文,又字鈍菴,晚而天下學者皆稱曰鈍翁云。順治中,廷敬在翰林,大宗伯端毅龔公以能詩接後進,先生與今宰相合肥李公天馥、今戶部侍郎新城王公士正、吏部郎中潁州劉公體仁、監察御史長洲董公文驥及海內名能詩之士後先來會。顧予亦以詩受知龔公,日與諸子相見於詞場。先生初見予詩,大驚,語新城曰:“此公異人也。”蓋是時,予年踰弱冠矣。先生雖以詩與諸公游,實已歸然攬古文魁柄,自立標望,抗前行而排後勁,嘬鋒踏堅,騰踔萬夫之上。予既感先生知己之言,又方年少志銳,雅不樂以詩人自命。至是,始學為文,先生又語人曰:"我固以為異人也。"龔公既歿,諸子或散去,或留。其後,先生以戶部主事病免,歸長洲。廷敬嘗侍上禁中,問"今能為古文者誰與?"輒舉先生以對。先生方臥堯峯,不肯起。學者又皆稱堯峰先生。王公以戶部郎中召見懋勤殿,曰:"廷敬與俱來,各以所為詩來。"既進見,退,留臣問士正學行。明日,改翰林侍讀。自是,上銳意嚮用文學之士矣。詔舉博學鴻儒,廷敬遂奏疏薦先生,兵部尚書宋公德宜亦別為疏,同日以薦。而余以母夫人憂去京師,有司敦迫先生以來,實康熙十七年也。明年,詔試,上親拔其文,授翰林編修,與修《明史》。先生既以道德文章為己任,由是有側目之者,益思歸故山。在史館六十日,撰史藁百七十五篇。杜門稱疾者一年,以病免而歸。歸十年而卒,年六十有七。始先生以孤童自奮,讀書,一目能五行俱下,盡三徧不忘。順治十一年,經魁其鄉。明年,舉進士。時,進士觀政於諸曹,先生以二甲得通政。未幾,假而歸。研古篹辭,一埽絕今文陋跡。嘗慨然念前明隆、萬以後古文道喪,沿溯宋、元以上,唐韓、柳、宋歐、蘇,迄明之唐應德、王道思、歸熙甫諸家,葢追宗正派①而廓清其夾雜不醇者,卓然思起百數十年文運之衰,此先生之志也。自戶部福建司主事分司大通橋,歲滿,進雲南司員外,尋改刑部河南司,遷山東司郎中,以例降北城兵馬司指揮轉戶部山西司主事,選榷江寧西新倉。還而歸臥堯峰也,凡職事之餘,觴詠之次,無時不以古文自娛。而四方賢士大夫,苟知文之可貴,求為金石鏤刻傳敘之作以示後裔、附不朽者,惟先生是歸。先生由文見道,務為經世有用之學,故向所歷京朝官及一再分司,皆有名蹟可稱紀。為刑部郎時,河南巡按御史覆奏,部民張潮兒手格殺其族兄生員三春,罪當死。詔法司核議。先生以潮兒母先為三春所殺,宜下御史。復訊為復讎論,引《律》文:"祖父母、父母被殺,而子孫擅殺行兇人者,杖六十。"又引"罪人本犯應死而擅殺者,杖一百"為據。他疑獄必援《經》附《律》,務毋枉縱。降而為兵馬指揮也,不變易剛直。閣學某公,欲并其鄰人居,會鄰人之母自經死,閣學欲因以重其罪。巡城御史,故閣學所取士也,以之屬先生。先生卒辨其枉誣。閣學怒,必欲置鄰人於理,先生毅然爭於同官,同官欲上聞,事乃得解。旗人與民爭,縛民至司,其黨數十人,皆偃仰臥踞廳事中,官出視事,岸然屹不動。先生舉手讓衆人,厲聲言:"曲在民,當盡法;若曲在旗,敢厲民乎?"卒直民而懲旗人。闗壯繆②廟道士弟子為人所殺,無主名。禱於神,神告以夢。鞫一瞽者,得其情。其人匿西山中,雜逮徒黨與督索之,遂正厥辜。道路死暴尸者,親為收瘞。

---

① 派:四庫全書本作派。按:派,派,當作派。《說文》:"別水也,从水从辰,辰亦聲。"

② 闗壯繆:四庫全書本作闗忠義。

笞治奸民之以假命噬人者,懲豪家奴以勢凌脅人者。當任滿且去,空北城民炷香於道,提酒漿送者填溢衢巷,當道大官呼殿至者,擠塞不得行。問之,曰:"民送兵馬司也。"兵馬司秩卑而職冗,士大夫左官於此,往往偃蹇不屑其事,故前此無得民心至去時請留遺愛如先生者也。及再入戶部,部設左、右餉司,先生在左司。尚書王公弘祚,以郎拜侍郎,晉秩正卿,故嘗物色諸郎,雅重先生。曰:"君異日當繼此席也。"先生亦感王公言,盡心郎事,勾校逼①年存貯錢糧,得移文十四司及右司。會戶科都給事中姚君文然疏言:"夏稅以五六月,秋糧以九十月,請下部察糧項果足充一季兵餉,則緩徵實便。"於是,先生大集諸司,窮日夜會計,得存貯銀二百四十萬兩有奇,以復於王公曰:"兵餉可以無虞,而緩徵可行矣。"退而緝其遺意,撰為《兵餉一覽》。書成,朝議格不行,書置篋衍中。先生曰:"異日有為緩徵之政者,吾書可取而視也。"議民輸糧加漕贈外五米十銀為官收官兌法,而旗弁之橫息議。裁吳三桂兵餉以充國用,而強藩之勢沮。其端皆自先生發之。分司於北,則條議三闡及車戶利弊數事;分司於南,則上其羨餘金如干,一皆洗手蒞事,有潔清名。世徒目先生為文章②之士,豈知其施於用者卓卓自持守樹立有如此哉?先生性狷介,雖交游天下賢人文士,而庸衆人往往不悅其所為,而深中者尤忌畏之,以故自登仕籍,前後退而閑③居者二十餘年。雖其不合於流俗,亦先生泊然有以自樂於中也。自史職歸也,日尤④手一編書,窮年矻矻,若為諸生攻苦者。客問之,曰:"吾老猶冀有所得也。"四方賢士從遊請業者日益衆,為設科以誨之,使學者悠然以得,快然以解,如春風時雨也。世有知先生所張設於時者如彼,豈知其歸而老也,以其所自得,使人各得其所得有如此哉?以先生之才,所施於隱見之際者,於世賢豪之士不無觖望。而先生之所自得者,固亦已厚矣。惟上重念文學砥行之儒,嘗論本朝人物,首稱數先生,則先生之所以自得者,亦不可謂徒然已矣。予自踰弱冠,與先生游,既數年而別,別而復合,又別十年而先生歿。始終之際,先生惓惓於予者,是豈可漠然忘於心也哉?先生先世,徽州人,明初葉遷蘇州,隸衛官籍。曾大父禧,萬曆⑤丙子舉人,贈中大夫、江西右參政。大父起鶴,贈參政公第三子,有文名。父膺,天啓丁卯舉人,贈奉政大夫、刑部郎中。妣徐,贈宜人。先生喪父,方十有一齡,家貧,自立為世大儒,賢矣哉!子男五人:長筠,諸生;次蘅,殤;次是穮,監生;次穀詒,廩膳生;次景蘇,殤。女四人,

---

① 逼:四庫全書本作逼。按:逼,當作逼,俗遞字。
② 章:四庫全書本作章。按:《說文》:"樂竟為一章,從音從十,十,數之終也。"作章,是。
③ 閑:四庫全書本作閒。按:閑、閒二字,音同而義別。《說文》:"閒,隙也,從門從月。"徐鍇曰:"夫門夜閉,閉而見月光,是有閒隙也。"又《說文》:"閑,闌也,從門,中有木。"徐鍇曰:"閑猶闌也,以木距門也。"引申為防閑。作閒,是。
④ 尤:四庫全書本作猶。按:尤,尤其,特別。猶,仍然。從上下文看,作猶,是。
⑤ 萬曆:四庫全書本作萬歷。

皆嫁士人。其學者顧君希喆實為《狀》，賢而有文者也。《銘》曰：

生不夔、皋顯且顛，仕以樂行否己焉。退斯進學文乃傳，惟汪夫子僉謂然。五湖欽心嶽嶽賢，斗杓所建四氣旋。漢津海梁迴狂瀾，霧雺披抉光晶穿。末流俗學相貪緣，取青媲白子所憐。遺經獨抱老愈專，迴如一手障百川。生徒婉孌相後先，宗鱗集翼風氣還。天長地極元會殘，斯文不沒星芒寒。鄙夫斯寬薄者敦，光我銘石永不鐫。

汾州府推官竇公雲明墓誌銘

順治中，天子思以廉隅風厲天下，一時朝著，歘然從欲。於是始有君子小人之目，皆知較邪正而別黑白矣。顧外則督、撫大吏，其人雖多賢者，而其不肖者亦盤互錯厠於其間，貪惏之風，猶未衰止也。嗚乎①！士君子讀書服官，未始不欲以功名自見，而或見詘於上官，進不得行其所志，退而泯焉以終老者可勝道哉？況又有耆儒長德，奮立崛起，守"合則留，不合則去"之義，而不肯詭隨以就功名者也。公釋褐為汾州推官，大吏疾其剛直，以事中公，罷官去。始公之在汾州也，搜剪大奸，劈解重獄，侃侃自持，有不可犯之色，雖賁、育不能過其勇；而誠信樂易，推赤心待吏民，所至廚傳蕭然，不知有官。汾州人稱曰："竇佛。"行部沁州，沁州守懷金十鎰夜視，寢，潛置牀下。公察知，夜深，召守來，檢還守。守大慚，謝。公亦不使人知，曰："畏人知我清也。"汾寢以大治，而上官愈益不悅。汾有富賈人，監司某陰以事欲致其賂，否則坐以法。公曰："此人無罪。"符牒往復至十六七，卒格不行。巡按御史某性素剛，好嫚罵人，藩、臬以下，動遭詬斥，獨知重公。最後，公屬官有升秩者，大吏謂其美遷也，挾其陰事，諷以貨賄，公執不可，遂以此投劾去。脂車之日，摒擋篋笥，無長物。典敝衣，裹糗糧以歸。汾州人念公貧，競獻錢帛，公悉慰而卻之。自汾晉至銅鞮，山南數百里，執香華，夾道兩旁，呼號之聲殷地。公去後，汾人勒碑石道上，父老至今過其下，時時墮淚云。當世廟時，主威不測，贓吏觸法，縲紲繫闕下，天子親臨問，伏辜，立置重典，不少貸，亦稍稍知屏斂矣。壬人猶罔上行私，而使正人君子鬱抑困蹇，不獲自盡其才如此。余是以覯公之軼事，流連感歎而不能已也。公歸後，築一室於溪流篁竹之間，飲水食蔬，率諸子稚戲娛母太夫人側，先人敝廬薄田，盡以畀其弟，母太夫人益歡。蓋自公歸養親，垂二十餘年，回視一時與公為難者，或身為僇，人為世所指目，或聲塵絕滅而無聞焉，果孰為得失哉？公為諸生時，與同郡兩蕭君某某、婁君某講學論文，結嶽社丹林之曲。至是婁君已歿，兩蕭君亦宦遊不得志而歸。三人者晨夕相過從，酒酣道故，公曰："世與我違，吾寧樂

① 嗚乎：四庫全書本作嗚呼。按：乎字誤，作呼，是。

而忘憂焉。"嵩居天下之中,於五嶽為尊。士生其間,多忠信魁奇之人,取義於嶽,殆謂是與? 或曰:"今日服奇嗜古,異時當官臨事,嶽嶽懷方,勿隨時俗為波靡云爾。"然則公所自命蓋可知已。公先世為沁水人,上世祖始遷於懷,歷十世生春榮,春榮生三經,公考也。公諱可權,字雲明。兒時遇羣兒戲,則竦肩袖手,危坐旁觀。稍長,衣冠偉岸,擬而後言,翔而後趨,磊砢自異,蓋性生也。丙戌秋,再舉鄉試,薦賢書。己丑,登進士第,公樂道好修,務為經術實學,以天下之重自任。一仕輒不利,卒擯棄以老,則豈獨公之不幸也哉? 公以康熙十七年閏三月初五日卒,年六十有九。娶尚孺人,繼賀孺人,又繼趙孺人。男子子三人:賀孺人生旭、晼;趙孺人生焜。女子子二人:一適福建福清知縣申錫子念慈,賀孺人出;一許聘常德府知府高明子璜,趙孺人出。將以某年某月某日葬公於某原。晼來請銘,念受知於公,不敢辭,乃受《狀》而詮次公生平節概如此。銘曰:

　　世祖英明剛斷,知人、善任使,尤加意節鉞大僚,而公詘於上官如此,此豈非其命哉? 然,假令公不詘,或既詘復用,將盡瘁王事,以終其身,欲優游講誦丹林嶽社間,得乎? 此亦可謂公之幸也。嗚呼! 遇聖主而不見用,沉於下吏,詘於上官,攬公之軼事,可為太息矣!

故奉政大夫、户部浙江清吏司郎中蘇山衛君墓誌銘

　　君故為盧龍吏,吾昔之盧龍,見其俗滿、漢雜處,多逋逃盜賊,難治。自君為令,以廉能聞於四方,境内大治。會詔下郡國,察吏之賢,當行取為給事中、御史者,君在選中。既上,竟除曹屬官。及余承乏户部郎,署中老吏每稱君,猶憚懾其無私,不為利誘威怵,吾又以是益知君賢。當君之為曹屬官數年,曹上下胥賴之。君每謂其同儕:"吾殆將老矣,不樂與少年治吏事。"會遷秩福建福州府知府,引見,朝廷憫其年至,以原官致仕。君喜曰:"吾初志也,茲獲遂焉。"君故為宿儒,緝學,學使者每臨試,則取以冠諸生,録其文以示學者,使為楷模。君故為邑中師,至是歸,益以倡道論學為事,邑中學者尊禮之。居數年,卒。卒時,囑其子咸、莘曰:"吾生平慕陳先生為人,先生之文,能傳道當世名跡以永於後,汝曹必往求銘吾。"君既歿,咸奉命徒跣走京師,蒲伏堦下,泣以請。時,余出入禁中,戒作文字,固辭。咸請益亟。越明年,乃克為之。公之在盧龍也,當兩京孔道,驛使者冠蓋相望不絶,差役旁午,送往迎來,晝夜不遑息。諸所供張,糗芻什器之需,丏①貸於人,錙黍不以累民。

---

　　① 丏:四庫全書本作丐。按:丏,《廣韻》《集韻》《韻會》:"彌殄切。"《正韻》:"美辨切"丛音眄。《說文》:"丏,不見也。象雍蔽之形。"丐,《廣韻》:"古太切。"《集韻》《韻會》《正韻》:"居太切。"丛音蓋,乞也。從上下文看,作丏,是。

稍以其間，履田畝①，勸農桑，勞來董誡之。盧龍額徵米二千八百石，草萬六千束。先是，勺杪以下，無器可指，率用升合，量至相倍蓰；草徵銀而仍易草於民，官輒減其直，民用重困。君令户合納其米，統歸之斛斗，吏以是不得輕重上下其手。草徵本色，輸而無所困，民皆大喜悅。盧龍士不務學，君興行教化，獎拔文士，丕變其俗，士由是取科名者甚眾。君廉清無欲，故精彊敏幹，事無巨細，迎刃擘解，裕如也。于清端公撫畿輔，謂之曰：“廉吏固多能也。”後駕幸霸州，于公來謁，白循良吏數人，君與陸君隴其並舉焉。上遣刑部尚書魏公象樞偕吏部侍郎科爾坤公巡察畿內，至盧龍，治具不為食，啜茶一甌，曰：“令飲盧龍一杯水耳，吾亦飲令一杯水。”諸大獄悉以咨公，公為引《經》準《律》，魏公益大稱善。君因言：“民無知，宜哀矜勿喜。”魏公嘉納之。格文清公為直隸巡撫，以事迂道至其縣中，迎，謂君曰：“令之苦無異秀才時，然做秀才自苦耳，今令苦而百姓樂，不猶愈乎？”居無何，格公疏薦盧龍令第一，靈壽陸君次之，疏上而格公歿。人有言格公、于公，天下所稱清忠鯁亮、真能薦引人才者，非如託名忠直而陰以排擯善類者比也。向使格公不死，于公不遷，公所被薦達而獲知遇者當不僅於此。然，夫人患不自立耳。誠能自立如居②，官之大小何論焉？不然，則世之猥巧工媚邀譽於時，以欺買而得大官者何限，是亦足重耶？假令君肯如世人之所為而得大官，今日浼予文以為銘，予能靦顏執筆而為之，以自欺其心而媿於其辭耶？此可以知其輕重長短之所在已。按《狀》：君生三年而孤，鞠育於王父。王父為學官於晉陽，夜則令抱其足以臥，口授《經》，纔一過，能背誦，王父大奇之。咸之言曰：“自咸記事以來，見先府君每歲時家祭，未嘗不涕泣也。”君諱立鼎，字慎之，蘇山其別字也。澤州陽城縣道濟里三甲人，其先遷自平陽，代有甲乙科。始祖仲賢。仲賢生元凱，元至正辛酉科進士，元亡不仕。元凱生敏中，敏中生旭，皆讀書有名節。旭生戊，以明經試第一。戊生弸，弸生然，然生永安，永安生堯孔，皆世世有隱德，或為鄉飲賓。堯孔生吾良，君王父也。十應鄉舉，弟子執經侍者嘗數十餘輩，以歲貢生為太原府訓導，稍遷通渭王府教授，學者稱完真先生。吾良生明弼，君父也。為諸生，以君贈文林郎、直隸永平府盧龍縣知縣，再贈承德郎、户部江西清吏司主事。母王氏，前贈奉政大夫、山東萊州府教授王公某女。兩家皆尚儒術，故深曉《女誡》大指，有桓、孟之風。贈孺人，再贈安人。娶田氏，庠生田公允成女，贈孺人，再贈安人。繼以田氏，庠生田公衍祚女。生男一，曰泰，早卒。女一。再繼以田氏，宜城司訓贈奉直大夫忠節公女。生男一，曰咸，乙卯科副榜，候選學正、教諭。又再繼以田氏，處士田公見祥女。又再繼以吳氏，處士吳公臨泉女。生男二：曰萃，歲貢生，候選

---

① 畝：四庫全書本作畞。按：《廣韻》：“畞，古文畝字”。

② 居：四庫全書本同。按：從上下文看，“居”當為“君”之誤。

訓導。曰履，少殤。女一，適名家。吳夫人卒之明年而君歿，康熙三十七年九月六日也，距生之年前明天啓三年十一月三日，蓋年七十有六云。以某年月日葬於某山之原。君所著有《約齋詩文集》《輦下偶吟》《漫堂和詩》如干卷。始余知君以盧龍，故敘盧龍之事為特詳。蓋為吏於外，專制百里之命，操舍由己，故得以自表見於時。及入而為曹郎官則否，人衆而事權不一也，故其表見為難。夫人能自潔其身，不壞①其素守，則亦可謂賢矣。嗟乎！人衆而事權不一，難以自表見於時者，豈獨曹郎官為然哉？使君得一郡，臥而理之，其治蹟當不減於盧龍時也。而君顧②老矣。君之老也，雖於君為得乎，而豈非福州一郡之不幸也哉？君雖不大用於時，而生平學行政事可以坊表士林，箴砭俗吏，有裨於世道人心非渺尠也。其所行皆應銘法，余是以不辭而銘。銘曰：

我昔奉使之關東，長亭短堠經盧龍。江湖遠涉無我蹤，海日照眼波蕩胷。蕭蕭迴馬嘶春風，灤河三日留征蓬。寒流斷岸夷齊宮，李廣射石埋荒叢。棠花舊雨村樹濃，豈知宰木栽新封。公具衆美書不窮，我獨記此情所鍾。廉吏身往風益崇，公乎精爽憑此中。銘以歌詩情未終，魂兮歸來悲哉公。

監察御史陸君墓誌銘

余聞靈壽令陸君廉且賢，清苑令邵君廉而剛，將皆薦於朝。或謂余剛者易折，且多怨，恐及公。余應之曰：“果賢與，雖折且怨，庸何傷？”於是具疏草袖中，將上，會上御宮門，急召九卿舉廉吏，既進，升階，未盡一級，上獨目廷敬。班定，又數目，若詔使言者。蓋是時，余待皐掌都察院左都御史事，以進言為職。又嘗數薦人，以故數目廷敬使言。自念班下六卿，既未承明詔，欲以次對。六卿有言他守令廉，語未竟，上乃問臣廷敬：“廉者果為誰？”臣奏言：“陸隴其、邵嗣堯皆天下清官。雖治狀不同，其廉則一。”已而，兩人皆擢為御史。未幾，陸君以言事去職，卒於家。其門人張子雲章排纘君行實，問《銘》於余。按：君以理學聞於世，其於學術是非邪正之辨，有宜識其大者。顧余薦君以廉吏，而君以學術為政事。今以余所聞在官之事，質之張子所為《狀》，而學術邪正之辨，亦由是以著明焉。君筮仕為蘇之嘉定令。嘉定大邑，賦多俗侈，掣格於上下，素稱難理。君夙潔清自勵，守約持儉。至是苦節堅操，屹不可動。上官嚴憚之，境內肅然寧輯。往時，令饋遺上官，動以千百，君歲時一起居通書問而已。吏之宿猾，隸卒之叫囂擾里閈者，皆絕屏息。桀黠民無敢復鬬訟。

---

① 壞：四庫全書本作隳。
② 顧：四庫全書本作顧。按：《玉篇》：“顧，俗顧字”。

不逾歲而化理清平，戶有樂生之風，民戴君如父母焉。君不事刑威，專用德化，而民畏愛之。邑有某甲，橫行里中，里中人患苦之。先是，數數以利啗令長，恃以無敗。至是，知君不可動，則求君故人為之游說。君遇故人，氣夷語和，談謔極歡。察其言涉甲事，則變容易色，客竟不得申其說。會甲僕奪饟薪者婦，被訴，而僕匿甲家。君發吏捕之，且趣駕將自往。甲皇遽出僕，寘之法。甲以是膽落，遂折節改悔，卒為善人。民有訟子者，君曰："我無德化民以至斯也。"對之泣下，民父子亦泣。子號咷請罪，扶其父歸而善事焉。有弟以盜訟兄者，君廉知其弟婦翁所導也，杖數之曰："為子壻計，乃忍斷其手足耶？"兄弟皆感泣，好如初。葢君以德化民，而民化之如此。俗多惡少聚黨毆擊，君責其尤者，校①於衢，出入誠視，察其色悔而釋之，其黨悉解散去。邑之輿儓②以千數，君諭之曰："若輩事我，無所賴，盍易業自謀生乎？"眾皆感泣，去而歸農。有依戀不忍去者，終公之任，鄉閭不見吏胥。民有宗族爭者，則以其族長逮之；鄉里爭者，則以其里耆逮之。又有自追牌，則兩造要而來，不煩吏也。徵糧用掛比法，多者書其名以俟，比而及數者自歸。又立甘限法，令民以今限之不足而倍輸於後，民甘心焉。一士人經月無所輸，君視其舊籍，曰："是非故逋賦者。"詢之，以新遭憂也。卒不呼而糧辦。舊有行杖錢，日數千緡，自君不事敲朴③，而正供外民不費一錢矣。嘉定產米少，歲額白糧，常糴之鄰境，價高下由人，緣為奸利。君為平糴定價，民以不病。自餘雜派悉除之，民得休養，益輸將惟恐後。為令之明年，軍興，徵餉十萬。君自度必以不辦免，乃出令謂："不戀一官，顧無益於爾民而有害於急公。"於是，戶給一縣官名刺，勸以大義，民爭先輸，不匝月而十萬之數具足。君生日，遠近民扶老攜稚，填塞縣道，取諸神祠中燭架列堂上，燃燭焚香，羅拜堂下，烟焰徹天。父老有百歲者詣前，願一識令君，曰："自我為民，不知幾甲子矣，未見有如令君者也。"而為仕者或不悅。會徵市肆錢，奉行者濫及村舍，君報徵止於市肆，於是上官劾君，謂"清絕一塵，材非肆應。"部議降調，嘉定民罷市，日相率號巡撫門，巡撫不自安，為請復君官。章未下，又以盜案落職。盜案者，甲與乙訟，甲遇盜傷而歸語其弟曰："乙殺我，"言訖而絕。甲弟訴於君，君視乙非殺人者，以實報上官，謂："仇盜未可遽定。"無何，捕得真盜七人，獄上，部議以初不直指為盜，坐諱盜例革職。君曰："邑有盜，長吏固宜有罪。"民聞之，空邑詣督、撫，為辨，莫之省，

---

① 校：四庫全書本作杖。按：《說文》："校，木囚也。从木，交聲。"段玉裁注："囚，繫也。木囚者，以木羈之也。《易》曰：'屨校滅趾，何校滅耳'。屨校，若今軍流犯人新到箸木鞾；何校，若今犯人戴枷也。"校，即給罪犯戴上木枷一類的刑具。校字不誤，不當改。

② 輿儓：四庫全書本作輿臺。按：儓同臺。輿、臺，均地位低賤者。《左傳》昭公七年："人有十等：王臣公，公臣大夫，大夫臣士，士臣皁，皁臣輿，輿臣隸，隸臣僚，僚臣僕，僕臣臺。"

③ 朴：四庫全書本作扑。按：《書·舜典》："扑作教刑"。傳："扑，榎楚也。不勤道業，則撻之。"敲扑，鞭撻。作扑，是。

民既知不可留，則架枒結綵，戶設香案，人持瓣香，號泣以送。或負粟豆及他物來獻，君不受，有委之而去者。即嘗所懲艾者，咸謂有再造恩，亦不自知涕泗之何從也。民刻木為位，旌幢鼓吹，迎歸以祠。旃檀之氣，溢於道路，經月不散。君自涖嘉定，實不滿二年，而德化入人之深如此，故吾於君之不事刑威而民畏愛者，不憚鄭重而敘述之，誠有感於凡為吏者之皆宜然而無貴以擊斷為能也。其在嘉定也，蔚州魏公象樞為詩盛稱之。及魏公為都御史，抗章言隴其不宜罷，又疏舉廉吏十人，以君為首。得還職，為真定靈壽縣。靈壽，土瘠民貧，役繁而俗薄。君勸課耕耨，以盡地力。請於上官，與鄰縣更役以蘇民困；省除公費以養民財。貽書邑縉紳，變陋俗以端風尚。反覆曉譬，化鬭狠輕生之習。其為民厚生正德，若謀其子弟也。尤申明鄉約鄉長保甲地方之制，謂：“此《周禮》比閭族黨之遺意，所以美風俗而遏奸宄盜賊之源也。”請之上官，重其任，俾各專其職，功罪有歸，無牽連推諉之弊。其舉鄉約，必擇知文義、行端愨者，親為講解孝弟睦婣之訓，使之教於鄉，規條備具。巡撫于公成龍下其法，行之他郡縣；且訪民利病於君。君條六事上之：曰請緩征，曰勸墾荒，曰興水利，曰廣積穀，曰存留宜酌，曰審丁不宜溢額。謂：“自古稅斂，必俟稼穡登場。今正月開徵，民間尚未播種也。且四方寧謐，司農不至告匱，可通融總計，以上年撥剩之銀，暫抵今年春夏之餉，俟秋成催解，以補庫額。無損國賦而民力以舒。先之畿輔，推及天下，興唐、虞、三代之政，此其首務也。”其五條皆具有法則，得其人皆可實見諸行事。在靈壽七年，徵入京師。去之日，民號泣攀轅，一如去嘉定時。君吏治之績如此，此廷敬之所為以君對也。授四川道監察御史，湖廣巡撫于養志有父喪，督臣請在任守制，下廷議，未決。君上疏，謂：“治天下不可不以孝，在任守制，非所以教孝也。天下當承平之時，湖廣非用兵之地，其人非賢耶，固不當使之在任；誠賢耶，則必不肯在任守制。使之解任，全孝正所以深愛惜之。若使因督臣題請而留，皆將援此為例，其不思僥倖奪情者鮮矣。名教自此而弛，綱常自此而壞。”疏入，養志解任。又疏言：“捐納縣令，賢愚錯雜，特立保舉法以防之。近并保舉亦得捐納，則賢否全無可憑。夫保舉莫重於清廉，若保舉可以捐納，則清廉二字亦可捐納而得也，不待辨而知其不可矣。臣竊怪近日督、撫於捐納之員，有遲至數年，既不保舉，又不參劾，不知此等果清廉乎？非清廉乎？即或在清濁之間，然，既以捐納出身，又不能發憤自勵，則其志趣卑陋可知。使之久踞人上，不僅貽患小民，亦且上干天和。竊以為不但保舉之捐納急當停止，而保舉之限期更當酌定。乞勅部察捐納之員，到任三年而無保舉者，即行開缺，令其休致。庶吏治可清，選途可疏。”時，陳御史請停保舉而開先用之例，君再疏請速停保舉之捐，永閉先用之例，謂：“捐納先用之人，皆奔競躁進，故多一先用，即多一害民之人。”又申言三年開缺之請，詞加激切。奉旨同往會議。又議言：“捐納一途，惟恃保舉以防其弊。今併此而捐之，且待次年三月停止，此輩有不捐納者乎？澄敘官方之大典,蕩然掃地矣。此臣請停保舉之捐不得謂無容議者也。議者或以三年無保舉即令休致為太刻,夫此輩原係白丁,捐納得官,踞於民上者三年,亦已甚矣,況休致在家,儼然縉紳,為榮多矣。即云設立限期,反生營求,此在督、撫,不賢則誠有之,臣不敢謂天下必無賢明督、撫也。此臣請定保舉限期一議,不得謂無容議者也。"時有謂捐納所以給軍需,欲坐以遲悮之律,擬革職,奉天安插。聖恩寬厚,且察知無他,俾仍舊職,以是年秋改調歸。君自以身在言路,指陳無隱,有所獻納,宿齋豫戒,上每韙其言,以為"與朕意合。"及累陳捐納事,聖明洞鑒其誠悃,而嫉之者衆矣。及罷言路歸,後二年,因簡賢臣視學政江南,上又獨念君,欲起用之,而君已不能待矣。觀上之所以知君,與君之所以獲上之知者,不可謂非天下之厚幸也。雖不究其用,而一時端人正士,感發奮興,爭思有所樹立以答主知而裨國事,其於世道人心所關者豈非以君之故而有所激厲也哉?君既屏居泖水之上,布衣蔬食,益以明道覺世為己任,而天不慭遺,竟以康熙三十一年十二月十七日啟手足矣。距生之時前明崇正①五年十月十一日,得年六十有三。娶朱氏,子二人:長定徵,早世;次宸徵。女二人。夫學以致用,余件繫君治行,不厭其煩細者,將使後之學者任民社國家之責有所取法焉。君充養完粹,夷然氣清,溫然色和。居常必肅衣冠,端作止靜,正而不拘,安詳而不放。事無巨細,處之必以誠;人無親疏,接之不見其惰;酬酢紛紜,未嘗不整以暇。踐履篤實,不以論說為先,而發之於言,書之於冊者,無非仁義中正之旨。所著《三魚堂文集》《問學錄》《增刪四書大全》《松陽講義》諸書,其得於心身而措之事物者,可考鏡其源流本末矣。君諱隴其,字稼書,原名龍,有所引避,改今名。唐宰相宣公之後,居嘉興府平湖縣華亭鄉。陸氏自宣公以來,世以文獻為吳、越間族望。宋季有諱正者,世稱靖獻先生。入元,再徵不起。靖獻之曾孫宗季,明永樂末,以賢良辟至京,奏對仁宗,稱旨,屬疾辭職,賜鈔幣還。正統中,傾其家以活饑者,有詔旌門曰:"尚義。"子珪,出粟活人尤多。景泰中,賜爵迪功郎。迪功之孫溥,任豐城尉,嘗督運夜過采石,舟漏,仰天跪而祝曰:"此舟中粒米非法,願葬江魚之腹。"漏旋止。及旦,視其罅,有三魚裹水荇塞之,人咸以為神。豐城之子東,築堂泖口,顏曰:"三魚。"君著書仍三魚堂之名者,志世德也。泖口,即今所居華亭鄉。自東之遷,五傳而至君。大父諱澲,父諱元,皆諸生,以文學行義名於邑中。祖妣李氏,妣鍾氏、曹氏。君既仕,封其父文林郎,妣皆贈孺人。生君者曹孺人也。君生而粹清,端居寡言笑,《經》《史》上口輒成誦。既長,慨然以古聖賢人為必可師法,不為科舉奪志,講學授徒,非義不取,嶄然自立。年二十七,始補邑弟子員,食餼。又十年,舉於鄉。又四年而成進士。其令嘉定,則康熙十四年也。在靈壽七年,為言官一年。計君前後仕不過十年,而

---

① 崇正:四庫全書本作崇禎。

其所建立如此。此余之所謂"廉而賢"者也。銘曰：

　　天地之大，敦化川流。清任與和，或剛或柔。雖聖難兼，往路徂修。苟正其趨，而亡險陂。若適康莊，我馬不騖。周行載馳，循途乃至。偉哉英賢，軒後輕前。跂予望之，如山不騫。如江如河，赴彼九淵。天下善士，士皆知之。我銘君藏，敢為我私？曾吐薦口，忍緘厥詞。

　　　　　　　　　　　　　　　《午亭文編》卷四十四　男壯履恭較

《午亭文編》卷四十五

門人侯官林佶輯録

墓 誌 銘 二

翰林院侍讀吳默巖墓誌銘

　　孫君承恩榜進士,其第三人君也。君吳氏,諱國對,字玉隨①,又字默巖。初,母夫人有身,夢二龍相對,已而,同乳生二男子,君先生,故名對,其季曰龍。當世廟時,用誅流以懲南北鄉試之弊。其明年,禮闈校士,上親定題目,夜半,遣親臣齎送鎖院,其防密如此。既策之於廷,上曰:“吾既以法懲除積弊,宜可得天下真才。”故於是歲所取士,恩意尤有加焉。連數日引見宮門,拔其為庶吉士者三十二人②,與承恩等三人讀書翰林中。上嘗幸景山、瀛臺、南苑,輒召以從,賜坐延問如家人,有欷歔感泣者。嘗問君,君侃侃以對,上重焉。舊制:初,教習分國書、漢書,人習一書。至是,上謂此皆真才,漢書其所嘗習,命人兼③二書,每間一月,御試之殿中,親第其高下。由是,翰林之選益重焉。君海內名宿,試皆在上第。長於諷詠,指物引類,對坐客,運翰如飛,鏗鏘幽窈,旨趣感人。顧是時雖重漢書,而士之不能習國書者則斥以去。君既專精辭翰,又年盛氣盈,風采言議,懾伏一世,若無足以為我難者。久之,於國書不能竟學,乃喟然嘆曰:“此乃天之所以限我才也。”明年,則以病

---

① 隨:四庫全書本作隨。按:隨,俗作隨。
② 連數日引見宮門,拔其為庶吉士者三十二人:四庫全書本刪去宮門、其為、者五字。
③ 兼:四庫全書本作兼。按:《說文》:“兼,並也,从手禾,兼持二禾也。”兼,兼之異體字。

去。居六年，補編修，典試福建。遷國子司業、侍讀，又乞遷葬去。居八年，補侍讀，提督順天學政，事竣，又以病去。蓋公於仕進，未嘗久居其官如此。後數年，天子進用臣僚，不次登擢，或名一藝、懷一長者，不必累日浹月，輒至大官。以君之才，使用於時，其所得為必有異乎人者。君既皆不久於其官，而仕方按籍平進，其名跡止於是者，固知士有遇、有不遇焉矣。然翰林以文章論思為職，及其為國子師，視畿輔學，皆當時之榮，未可為不遇，而君之文學，為世所宗，所至克舉其職。為學政稍久，故聲績尤著，亦未可謂不用於時。而世以為如君之才，其施設有未盡者，蓋不獨為君致惜也。君兄弟五人：伯國鼎，叔國縉，君其季，最季國龍，皆進士。惟仲國器為布衣，好老子術。蓋余從君後，召見時，君所上聞於世廟者，其家世與其系譜並如此。最季者後為給諫，同朝兩人，風貌言笑相似甚，雖以余之久與居，每驟見，初不能辨識。見給諫，以為君也。及與之語，乃知其為給諫，每大笑而別。君性篤孝，時時語其先人，輒鳴咽下泣。好舉古昔，稱先進，世或笑其迂，亦不以為嫌也。蓋其誠明坦易，人亦多有化之者。而尤重友愛，給諫死，君之子旦，賢而有文，亦死。余與君相見於京師，君髩①髮颯然皆白，其意氣亦衰矣。謂余曰："旦之死，命也夫！吾弟之亡，吾蓋不能委順焉，吾亦無意於斯世矣。"余聞其言而悲之。君雖衰，其才誠有過人者，用之皆足以有為，而不盡其用，此吾之所以終悲君之不遇也。君於古文，研論最深，而工於騷賦之作，故獨喜多為詩。其愁憂、懽愉、離合、諷諭、警戒之旨，恒發之於詩，名曰：《詩乘》數十卷藏於家。君之先世，居東甌，遷六合，後遷全椒，今為全椒人。曾祖諱鳳。祖諱謙。父諱沛，道德文學，為東南學者宗師，稱海若先生。後以君贈翰林院編修、儒林郎，以給諫，贈儒林郎、禮科掌印給事中。母盛氏，累贈太安人。君初娶陳氏，贈安人。繼娶汪氏，封安人，先二年卒。男子三人：旦考授州同知，先卒。次勗，國學生，俱陳安人出。次昇，戊午舉人。女子二人，皆適世家子，俱汪安人出。孫男五人：長霖起，旦出。次霄瑞，次霜高，次雰遠，俱勗出。次露湛，昇出。孫女六人。君以庚申十一月一日卒於揚州寓舍，年六十有五。以某年月日葬於某原。蓋君之學行，於法宜《銘》。《銘》曰：

　　士初罔學，君雄其文。吐辭落簡，蒸如霞雲。點竄不施，驚其坐人。士初賤書，我張我軍。斷紙零墨，世寶其芬。匪文藝然，於道敏行。衡門鼓鐘，聲聞於廷。誕惟厥考，人師經義。聿來則效，章縫祁祁。君之兄弟，式穀在茲。以道為文，以學為吏。君在詞垣，仕凜風義。羅材於閩，俊乂在位。視學於畿，士喜不喟。君之在官，先後幾年。進少退多，其美如何？人亦官久，於君何有？進者已而，其退孔嘉。君節皎然，銘此幽退。敬視圭石，允興厥家。

---

　　① 髩：四庫全書本作鬢。按：髩，同鬢。

封朝議大夫、內弘文院侍讀孫公暨配顏恭人墓誌銘

余同年友鹽城孫君惟一，其為人澹泊，自外於進取聲利，蓋歸然成德君子也。故同年生在翰林也，余獨喜從之游。間①居無事，讀書誦詩，相與商榷古今人物。又往往皆自道其先世之賢。居無何，余與惟一前後請急歸。比余再至京師，惟一亦再至。又未幾而請急歸。又再至，而余與惟一前後皆以母憂去。余再至京師，惟一家居不復出，而有父朝議公之喪，介以宋生恭貽走數千里來謁銘。孫氏家世之賢，昔熟於耳，今宋生能言孫氏軼事。思惟一之為人，而徵以生之說不謬也。生之言曰："朝議公諱助，字益我。其先蘇州人，明初遷鹽城西南十五里，以耕讀傳其家。自其上世，蓋隱居者流，鄉里高其行誼。至公之父諱某，字時遇，德益卲，譽聞益著。生四子，公其季也。娶玉田顏公女。公少而醇謹，樸茂力田。事父、母、繼母以孝稱，事其兄如事父，族黨里閈化之。於是，孫氏孝友媚睦之風聞四方，四方之學士大夫過孫氏之廬者，必式。公有丈夫子四人，自以貧故，棄其書而田，教其子得肆力於書。季子一鯨，攻文學，為學官弟子，入為國子生。而仲子一致，以廷對第二人官翰苑，有名於時，即吾友惟一也。以惟一貴，公初封文林郎、內國史院編修，再封朝議大夫、內弘文院侍讀，加一級。顏太君初封孺人，再封恭人。公謂恭人：'吾家故隱者流，顯於時若此。吾聞古之君子，不以隱顯易其行。且吾子雖貴，其漠然於世，無所能俯仰，顧嘗獨喜書。自吾苦貧，不得卒業於書。而吾子好之如此，此吾志也。'於是，惟一聞公言，兩以病乞歸奉養，閉門，益讀書以承公志，而公與恭人菽粟布絮，安田家之樂。四方之學士大夫向知敬慕公者，皆愧厲感發而歎，謂孫氏之能世其家者如此，能教其子以有成而隱顯不易其行者如此，洵可以風世而勸俗也。"生之言大較如是。余猶記惟一之言曰："吾父之賢，原於吾祖。吾祖為人，嚴正誠愨，一言動不肯苟。諸子侍側，或容止不飭，輒譙呵及之。里人歲時燕飲，或儔輩中攻詰人短，刺人陰私事，則踧踖不自寧。起而歸，必痛戒諸子，毋以虛言斲元氣，毋以非分蠱心術。耕者宜穫，覬其必穫，或不穫；讀者宜遇，覬其必遇，或不遇。尊理敬命，以俟之天而已。觀時遇公之教其家，知朝議公之所以教其子有由也。"惟一自釋褐而仕，仕輒不久於其官，其澹泊能自外於進取聲利，蓋奉其祖父、父、母之教者深矣。故名其為歸然成德之君子無疑也。惟一又為余言："方在孕時，恭人操井臼，治午炊，挾大器挹水注釜，用力猛，娠動累日，幾危而卒無恙。"宋生又言："惟一之再赴京師也，祖餞者晨集郭門外。惟一攀恭人衣，呱呱泣，嬰兒聲達戶庭。既趣季君出郭門，辭諸祖餞者，

---

① 　間：四庫全書本作閒。按：閒，俗作間。

皆罷去。公、恭人迫其行，日晡乃行。別數月，得恭人凶問，惟一以不得卒養恭人，恨慟瀕於死。觀恭人之育子，與惟一之思慕恭人，其隱約艱難通塞之際，其可悲為何如也？當此之時，余亦有母之喪，回憶曩昔，又悲不能自勝也。公以康熙辛酉九月卒，年八十。恭人以己未四月卒，年七十七。長子一中。次一致，戊戌進士，翰林院侍講學士。次一鵬。次一鯨，太學生。孫八人：汝翼、汝為、汝聽、汝弼，一中出。汝礩，太學生。汝霖、汝梅，一致出。汝楫，一鯨出。孫女八人：一中出者二，一致出者四，一鵬、一鯨出者各一。曾孫三人：二汝翼出，一汝為出。曾孫女四人：一汝翼出，二汝為出，一汝礩出。以某年月日合葬於城南之新阡。《銘》曰：

以余所觀古今文章之士，能卓然成一代之名者，必其先世多稽古好學之人，心濡目染，知為學之方，而後曉然於所趨而造乎其至。士之特立崛興，無所因而然者，蓋十無一二焉。若吾友孫君惟一，奮然自起於耕芸樵牧之間，可不謂豪傑之士哉？及吾觀太公生平，以學勉其子者至矣，又以知吾向之所信古今文章之士必本其先世之賢者不誣也。

文林郎河南道監察御史孫君墓誌銘

國家總壹海內，分隸民土於有司，故縣令最重。設臺諫以通下情，防壅蔽。臺諫缺，擢用令。令與臺諫，故又相倚為重。為賢令，入則為名臺諫者，君其人已。君諱必振，字臥雲。初為懷慶推官，三年，推官裁省，補陵川知縣。六年，入為河南道監察御史，差按兩浙鹾政，還掌山東、陝西兩道事，凡為御史七年以歸。君之在懷慶也，以正風俗、興教化為先。舉孝弟於鄉，表節行於閭，課士於庠，講約讀法，身自臨歷，輒知其吏民賢姦、直曲、是非之實。風流令行，郡以大治。武陟富民，僉人利其財，陷於獄三年，君察知，立脫之，置陷之者重法。修武令饋鮮筍，以竹籠之，發視，皆黃金。君呼其人，斥去，曰：“何敢以污我！”行縣至溫，溫令有苞苴，顯呵之，令皆震慴。漕米至小灘鎮，例監兊金二千兩，君悉却不受，曰：“此吾民膏血，勒石以絕來者。”是歲。以廉進秩一級。總督三省朱公聞君名，召咨以制府事，無大小悉以委君，三省之事以治。及為令陵川，陵川在山峽間，土陿瘠①，難理。然自其長老傳記，士為鼎甲者七人，後寖②以衰微，殆四十年不見科目。君至，則易置孔子廟，立義學，創書院，教士其中。親為勸課，士果連舉於鄉。民解黃絲、黃絹、顏料等，祛其累歲所省，悉歸民，民用大豐。俗故好訟，豪猾連蠹役為奸，每勾差出縣庭，里閭騷然。君痛懲

---

① 瘠：四庫全書本作瘠。按：瘠，瘦也。作瘠，是。
② 寖：四庫全書本作寖。按：寖，當作浸，漸也。《易·遯》“浸而長也。”浸，或作寖。

艾,令訟者自以其人來,既至,剖決無滯留。民化其德,訟事稀簡。去之日,民遮道留數百里。既去,為君立祠。君為御史,前後疏五十餘上,皆時政之要。其最著者:時三叛連衡,秦、隴兵相接,潼關新設稅差,請速撤以安人心;又請分別倡亂、脅從以靖方圍;選人以急兵費,多銓注而科目最淹遲,請疏清選法,收用真才。其為鹺差①,蹶然洗手自淬,益以潔清聞。蓋君為推官以至為令,或所已行、所未行。及為言官,盡發其所蘊蓄,故其裨益為多。至今指數以賢令為名臺諫者,君輒在其間。君丙戌舉人②,戊戌③,中試南宮,己亥,賜進士出身④。余與君為同歲生,陵川,吾鄉邑,故知君之事行也詳。君卒以康熙二十七年二月二十四日,年七十。其孤以《狀》來乞銘。按《狀》:君諸城人,曾大夫⑤諱陸。大父諱柱。考諱獻赤,贈御史。母贈孺人,御史鄭公某女。君初娶鄭氏,再娶李氏,皆封孺人。子男八人:長濰源,廩生;次濰址,增生;次濰溥。候選知縣;次濰沛,候選州同知;次濰潤,候選行人司正;次濰渭,拔貢生;次濰湜,候選州同知;次濰溶,幼。女七人。孫六人。初,母孺人教家嚴,午夜篝燈,督君誦書,與機杼聲相軋。母孺人卒時,遺負券數十,君約諸負者焚之,曰:“此孺人囑也。”遭亂家毀,贈君不知在所,招魂營葬。鄭孺人以不屈於賊,卒。君與六歲女相依為命,破壁赬⑥土,結茅以栖,晝操農業,夜擁書冊,流離困阨之中,其所成就如此,可不謂賢哉!《銘》曰:

士或困窮,而為艱勤。曰維華膴,以娛其身。盜⑦仇戴天,君思永恫。牲鼎盡傷,榮枯若夢。名德令聞,峙山渟淵。眠彼貴富,淒如浮烟。懷抱皎日,桑榆未晏。委順歸休,守道不變。我銘斯丘,發潛表幽。爾樵爾蘇,敬君子居。

故中憲大夫、江西提刑按察使司按察使塗公墓誌銘

順治六年,歲在己丑,寇犯上黨,河南兵備副使、分巡河北道容宇塗公死於其職。天子加恩,卹贈光祿卿,諭賜祭葬於鄴,廕其一子曰應泰,入監讀書。初,出知江南廣德州,用薦擢知福建汀州府,遷長蘆都轉運使,歷湖廣布政使司參政、分守湖南道、陝西按察使、廣

---

① 差:四庫全書本作政。
② 舉人:四庫全書本作舉於鄉。
③ 戊戌:四庫全書本在戊戌前加至字。
④ 賜進士出身:四庫全書本改賜為成,刪去出身二字。
⑤ 曾大夫:四庫全書本作曾大父。按:曾大父,即曾祖父。夫字誤,作父是。
⑥ 赬:四庫全書本作赬。按:當作赬。《詩·周南·汝墳》:“魴魚赬尾。”傳:“赬,赤也。魚勞則尾赤。”
⑦ 盜:四庫全書本作盜。按:《六書正偽》:“次,即涎字,欲也。欲皿為盜,會意。从次,俗从次,誤。”

西右布政使,以罣悞去任,起補江西按察使司,坐小法免。公為人質直坦易而勇於有為,起家州郡,歷階兩司,所在有能聲。其大要在弭盜息民,折衷於剛折柔廢之間,雖不為鈎距摘發之行,而豪右兼并,姦宄竊發,輒捕鞠無所容。其有不便於民者,如疾痛疴癢之在身,必求蠲除而後已,即沮格成例,齟齬上官,不顧也。知汀州時,海氛方熾,山寇乘間劫掠。公率鎮兵四出討賊,巨寇姦猾斂跡,不敢入境,一郡晏然。秦中鎮兵獷悍難制,番人肆虐尤甚。公至,按其驕橫者置於法,鎮將亦屏息聽命,莫敢枝梧。湖南寶慶、衡、永三郡,舊食粵鹽,相距郴嶺,道遠價貴,民多食淡者。公為力請,得改淮鹽,著為令。夫人之才如水也,刀也:坳堂之水,不能運芥舟;族庖之刀,不能中肯綮。公所守多劇郡,又乘兵燹蹂躪之餘。於閩中,總攝巡道、司馬、別駕、司李諸事,於九江,又兼署驛傳、鹽法、藩司諸篆。當是時,獄訟簿書,徵發期會,鱗分蝟集。拙者當此,袖手懼傷,而公泛應猝辦,處之若無事。如利器之發新硎,江湖之負大舟,茫茫乎其無津涯也,恢恢乎其有餘地也,非夫內重外輕,神定天全而才餘於事者,其能勝任而滿志耶?公行三,字天交,世居遼東鐵嶺衛。祖諱必達,天啟甲子舉人,陝西宜君縣令。父光祿容宇公,諱廓。皆以公貴,覃恩追贈中憲大夫如公官。祖母孫氏、母王氏暨公原配完氏俱封淑人,繼配金氏、崔氏、汪氏。昆弟三人:曰國泰,直隸撫標右營參將;曰永泰,廣東南海縣令;曰弘泰,早世。子二:中坦,邑庠生,入直御書房辦事;中坫,太學生,候選縣丞。女二:長適庠生朱中山;次適候選縣丞張國琦。孫三:錦、鈺、奎。孫女一。公自江西罷歸,既老不仕。僦居都城,與余比舍,時或載酒過從,因得悉其生平。卒於康熙三十三年甲戌三月初十日,春秋七十有二。越三載,卜兆於都城東便門外高北店之南原。孤中坦,具《行狀》請《銘》於余。余惟公光明俊偉之槩,磊犖果毅之才,治行卓然,可方兩漢諸良吏,皆不容無傳也。乃為之《銘》。《銘》曰:

佳城鬱鬱漳水蟠,忠魂來遊驂紫鸞。南州巷哭留餘酸,山河氣壯隨朝元。有子鵬騫登大官,素絲五馬垂朱繁。統轄郡縣多凋殘,龔、黃為易公為難。精強綜覈掐腎肝,腰懸弓韔身據鞍。福我人民摧豪奸,晚乃斂退才未殫。太行北走紛巖巒,如堂封閉松楸寒。撰公遺蹟鐫琅玕,藏之幽竈永不刊。

西園先生墓誌銘

西園先生諱多學,字覺初。先世沁水人,後徙陽城鄉之郭峪曰從儀。至先生八世矣。七世廣,六世車,皆隱農野不顯。高祖珩,初用季子好爵貴,贈承德郎、戶部浙江清吏司主事;再用長子好古貴,贈奉政大夫、四川按察司僉事。兄弟皆中甲科,歷官,並有名。而僉事公初令元城，皇親為①不法，公抗論置於理，直聲大著。遷刑曹，司讞決，而奏免陽城溢額之賦，事具《邑乘》《通志》，是為先生曾祖。僉事公子植，修先公農業，行義於里中，先生王父也。先生父以萃，禮部儒官。儒官公伯兄鴻盤，萬曆②癸酉科舉人，歷仕景州知州。儒官公蔭積高門，行身儉讓，里中稱曰長者、長者云。先生方重亮直，不苟訾笑，歸然儒行碩德，為學者師。蓋以其學施於倫物，散見於事為，自少而老，敦行無斁③。是以於親則孝，於兄弟則友恭，於朋友則信，於凡所接之人則無不率是意而遇之以誠。故其歿也，學者悲焉，曰："天不憖遺吾師！"儒官公長子多聞，為弟子員，儒官公愛之，先生事之如父。未年三十，有冉耕之疾，狼藉枕席間，至不可嚮邇。先生躬為扶侍臥起，湯藥嘗而後進，比卒，慟不自勝，過時而悲。儒官公以愛子故，暮年竟忽忽而病。先生捧手將敬，肅容承志，視氣聽聲，隨事順體，躬自潔食飲，視進多少為憂喜，晨昏無少違間，儒官公以安。侍從昆弟，同恩壹視。儒官公既歿，先生孤立，或鬩於牆，堂構漂搖，不可撐拄。先生曰："無庸，平心和顏，摩肌煦肉，卒以格其邪心，招其淑氣。"學者曰："《白華》之子，《棠棣》之弟，先生有焉。"余所謂孝於親、友於兄弟者如此。幼與我冢宰公、我先世父侍御公同學於鄉，我冢宰公嘗曰："吾曹兄弟也，但各姓耳。"往來阡陌，輸寫情好，連日浹旬。我先世父侍御公性嚴重，老而歸也，闔④門罕與人接，獨敬先生，時時坐先生後，披襟展顏，舉酒譚燕，先生穆然其間，神明湛定。坐者融其心神，靜其視聽，默焉而退，若皆有得也。學者曰："隱不違親，正不絕俗，先生有焉。"余所謂信於朋友者如此。平居嶄然自持，孤介峭潔，若不可人意。與人語，溫溫焉，侃侃焉，勉其善而遏其非。被容接、聆謦欬者，薰猶冰炭，氣沮意消，里黨急難，咸恃以濟，卒無矜伐意。學者曰："《伐木》乾餱之義，先生有焉。"余所謂凡所接之人無不遇之以誠者如此。先生安貧守約，有以自樂，而檢身甚嚴。余少壯里居，侍我冢宰公游樊山之巔，先生几杖在焉。中席酒酣，引避，拉友人倚樓浮白，語笑縱橫，脫略繩檢，中夜不寢。先生明日面責余曰："節飲養身，君其念之。"自後每見必以相規。余至今思其言，未嘗不潸然泣也。先生教子甚勤，老屋三間，藉書枕冊，浸漬丹墨。元日、除夜，猶聞絃誦之聲。渟涵演迤，作為制義之文。其書滿家，凝塵網蟲，蠹簡蟗翰。余過而從先生為文，嘗闇窺竊探，取其字句，至今恧焉。先生加意造士，與我冢宰公結文社於樊川之上，邑之俊人勝流畢集其中。閱五日，晨露未晞，桑柘交陰，叢花蔽路，先生布袍草笠，循河渚而來，與我

---

① 皇親為：四庫全書本作有貴顯。
② 萬曆：四庫全書本作萬歷。
③ 斁：四庫全書本作厭。按：《說文》："厭，從厂，猒聲。"作厭，是。
④ 闔：四庫全書本作闉。按：《說文》："闔，閉也。"《後漢書·張儉傳》："闔門懸車，不豫政事。"闔，闉之異體字。

冢宰公山厓水湄,危坐竟日。以待諸君為文。口吟手畫,賞其俊句;或有不嗛,嘅然而歎,移時不樂。余與先兄庶常公、先生令子實親炙其盛焉。其時,學者摳衣執《經》侍兩公側者,厥後多所成立。跡先生行事,舉十之一二以見其生平學力之專、致用之美者。蓋先儒有言:"人生惟是感應之理。"從先生學者,歿而益思之。即余之不肖,每念先生誦諉之言,則不禁潸然泣者,是知先生之感人者深矣。故論先生之行事而歸本於學,而序次之以為之銘焉。先生一子于廷,順治己亥,與予先庶常兄同舉進士者也。為永從令,先生以故封文林郎。先生生以前明萬曆①二十四年五月二十九日,卒以大清康熙十七年九月二十八日,年八十有三。葬以康熙三十三年九月初一日,卜新兆於南坡之阡,三孺人祔焉。蓋至是先生歿已十六年所矣。初配孺人王氏,繼孺人于氏,再繼于氏。女三:一適貢監生李易,其二皆為士人妻。孫男一,之麒。康熙庚午科舉人。《銘》曰:

長者傳聞東山東,始有顯者張兩公。東山魚飛鱗摩空,我冢宰公人中龍。世父夅冠光熊熊,兩家川嶽靈所鍾。先生華胄承流風,麟傷鳳逝吾何從?典型淪亡天晦蒙,風木痛劇暮再終。祥琴欲鼓聲難工,松柏已長宿草豐。先生馬鬣猶未封,歲周星紀加四冬。執筆為銘辭載攻,緒言皎皎悲填胷。人生有情無終窮,鐫文珉石藏幽宮。千秋不泐情與同,海水有涸石無礱。

麟昭張公墓誌銘

晉故唐封邑,堯都在焉。昔季札觀周《樂》,至歌《唐風》,曰:"思深哉!其有陶唐氏之遺民乎?不然,何憂之遠也?非令德之後,誰能若是?"說者謂民性既敦厖,而又有先聖之流風遺澤,故習俗異於他國。余讀《詩》至《蟋蟀》《山樞》,彷彿見其意焉。至宋時,明道程先生為晉城令,實涖我州,以禮義節儉為教誨。故其民至今皆力耕昏作,減縮衣食,其士亦却埽誦習,不騖於聲利,有古隱君子之風,如我舅麟昭張公其人也。公家沁水,為甲族。諱之屏公者,萬曆②中進士,官陝西商洛道左參政,為公之祖。諱洪翼,號萬涵公者,舉於鄉,令直隸威縣,則公之考而余之外祖也。外祖母王氏,明吏部尚書王公之長孫女。生三女,季歸先考尚書公,廷敬母也。外祖任威縣,數日而歿。祖母攜公扶柩歸里。歸而流寇肆掠,沁城失守,公隨祖母避兵於外家。寇退返沁,則家業蕩落,祗餘汙萊數百畝。公纔弱齡,以隻身撐持門戶,里胥縣役,日夜踵門叫呼,公應之有方。時有偽官斂餉於沁,不能應,

---

① 萬曆:四庫全書本作萬厯。
② 萬曆:四庫全書本作萬厯。

則拘公於獄者累月。邑中耆老士庶咸曰："不可禍清白吏子孫。"咸赴偽官別白,偽官亦感悟,釋之。方姜瓖之亂,外祖母避陽城,艱於奉養。公往還陽、沁間,營辦甘膬,不恤勤瘁。未幾,外祖母卒,公身自舁櫬材於百里外,含殮祭葬,皆不失禮。及生母陳卒,亦如之。外祖有兄二人,皆無嗣,歿而葬於他所,公每愀然曰:"異時誰為酹一卮酒者?因皆遷葬於祖塋之側。公於家人,生死恩義,大抵類此。公雅好經籍,為博士弟子,銳志進取,顧為家計累,弗克竟業。常訓其諸子曰:"吾少遭多難,未能肆力於《經》《史》,汝輩多暇,宜盡心治之。"公既不顯於世,嘗慨然謂:"士不能績學成名,則當勤其四體以自養。若安坐衣食,無所事事,世之大蠹也。"日常辨色而起,往田間督課,視其樹殖、耘耔、芟柞、收穫以為樂。或親執農器以教耕作者,曰:"我竟為老農矣!"治家綜理微密,不遺纖悉。下至柵雞苙豕,區芋畦薑,莫不井井中法。佳辰令節,召故舊鄰里十數人會飲,不立崖岸,半酣後,語尤不休。然不及世務,談說者桑麻菽麥,雨晴寒燠而已。雖居城市,終身未嘗謁見官府。縣舉鄉飲禮,請為賓,亦弗詣。曰:"非我所樂也。"公體幹豐碩,精神充裕。余官京師四十載,公自家視余邸舍,先後十三至,無倦色。恩意周篤,亦筋力強固能然也。年幾八十,猶善飯,健步履,謂可百齡。嗚呼!孰意其竟止於斯耶?公生某年五月初十日,卒以康熙四十三年七月二十二日,享年七十有八。元配馬氏,陽城庠生馬君銑女。繼配尚氏,處士尚君元祚女。皆柔靜有德。子男五:長問士,庠生,次衡士,太學生,馬氏出;次恂士,奉祀生,次徵士,廩生,次碩士,業儒,尚氏出。女子三:長適拔貢生樊度中;次適庠生李三畏;次適庠生李膚功。尚氏出,俱先卒。孫男七人:克履,太學生,克晉,業儒,問士出;克巽,衡士出;克益,徵士出;克有、克賁,恂士出;克豐,碩士出。孫女五人,問士出者二:長適庠生霍正元,次適庠生張茂功。衡士出者一;恂士出者一;徵士出者一,俱幼,未字。以某年某月某日合祔於祖塋之側。其甥廷敬為之誌,系以《銘》曰:

人之生,有戚姻。所自出,為最親。我母之弟,存者一人。其敦倫也以厚,其理生也以勤。我視其貌,抑抑恂恂。我視其家,肅肅誾誾。懷才齎志,屈而弗伸。戴仁浴德,用淑厥身。有山巑嵂,有水漣漪。體魄潛藏兮秋復春,孰究其年數之所臻?

故永從令張君行谷墓誌銘

故永從令張君,諱于廷,字顯卿,其家在太行山谷間之郭峪,故一字行谷。太行西來幾萬里,至陽城迤南百里嶄然而盡,如化城蜃樓,列嶂北向,郭峪在其中,謂之鎮。郭峪方三四里,各倚山巖麓為籬落相保聚,或間百步,或數十步,林木交枝,炊烟相接。自前明至今,官侍郎、巡撫、翰林、臺省、監司、守令者嘗相續不絕於時,蓋近二百年所矣。顧郭氏今無聞，而張氏其先獨巋然以科目顯。曰好爵，嘉靖某科進士，户部主事。曰好古，嘉靖癸未科進士，四川按察司僉事，摧折權貴，直聲著聞。曰以漸，萬曆①癸卯科舉人，景州知州。僉事公，君之高祖也。考西園公，諱多學，邑庠生。耆年長德，立行教子，鄉黨宗焉。君順治辛卯科舉人，己亥科進士。性直亮，刻屬學問，長予十歲，予兄事之。平居侃侃自矜重，予每謂："君之才如此，又名家子，當有所樹立。"筮仕為貴州黎平府永從縣知縣。南荒深昧之區，日以益闢。此天地之運使然，亦必賴世有賢人君子能變其舊俗，與之維新，雖蠻獠窮鄉，使異類為君子。故君之所以施於永從，及永從之人所以報君者不過區區百里之間，而其效可垂之百世，風勵天下，不可没也。黎平以永樂十一年始置府，永從以正統七年始置縣。縣逼湖廣、四川、雲南之介，山谷嶮峻，雜苗分族而處。俗兇獷，不知禮義，飲食言語，與中土不相通。耕沙礫溪淖以自食，輸竇布為租。唐、宋以前，羈縻而已。君至，則身歷山峒②間，親為誦説朝廷設官化民之至意，於是始以中土之法治之。延師儒，立黨塾，未幾而絃誦之聲響應溪峒矣。常平倉制未設也，歲饑，則苗民皆竄去。賦既不辦，而縣隸役③皆遠僱他郡邑及滇、蜀人。君設倉庾，講積貯，逾年，得數千石，仿義倉之法，時其斂散。於是，雖凶歲，苗民恃以不饑。苗俗昧婚禮，世傳鬼竿跳月之陋，君憫焉。置官媒，聘幣有額，民便樂之。月吉讀法，諄復感人，爭者願息，久則讐殺鬥狠之氣以銷，民俗寖變而縣以大治。署雍安篆如治永從，去雍安，民攀號不忍舍去。嗚呼！若此者可以觀民情矣。彼貪饕殘忍者，據百里之地，日取其人而刀俎之，雖其境在中土，禮義素所漸摩，風俗素稱朴厚，而使其人怨讟並興，嗷呼狂走而曾④不之悔。謂："民實負我，不可化誨。"夫民果負我哉！又誰則不可化誨者也？抑治其民不張君若耳！使君得一郡若一州，或不在蠻獠邊徼之地，其所樹立當又何如哉？君之治行，見於為令者僅若此為可惜已。滇中之亂，脅大府，遇害。永從孤城，不可守，君携縣印跣行，匿山峒間，旬日不得食。苗民跡君所在銅鼓巖，進稗麥食君。求得君家人，悉以送君所。夫當顛沛流離之際，而苗民之不忘其恩如此。彼中土之民，平居無事，而嗷嗥狂走，豈其禮義之漸摩，風俗之朴厚，其性習反有異於蠻獠邊徼之人乎？是尤可為太息者也。未幾，叛者平，君竟無害。携印詣軍門陳情："父年老，願歸事。"比歸，家人無一失者。當是時，西園公已老而尚健，人曰："天之所以報君父子也。"君初為諸生，我先公以元日訪西園公，聞君讀書聲，歸謂廷敬曰："張氏子元日猶讀書耶！"予聞而自儆焉。西園公教君嚴，至不令苟一步趨，妄一語言。西園公生君一子，君生亦一子，曰之

---

① 萬曆：四庫全書本作萬厯。
② 峒：四庫全書本作洞。按：《五音集韻》："峒，在孔切，音董，山穴。通作洞。"
③ 隸役：四庫全書本作吏役。
④ 曾：四庫全書本作魯。按：魯，當作曾；《説文》："曾，從八，從曰，㲼聲。"通作曾。

麒,庚午科舉人。君歿,之麒走二千里丐①《銘》於余。余不得辭,且曰:"子世家,自子祖父及子皆好學問,力行仁義,其後必昌乎?是皆可銘也。"君生於前明崇正②元年十月二十日,終於大清康熙四十五年四月三十日,得年七十有九。君母于孺人。君娶王孺人,生之麒。女五人:一適江西建昌府知府王君嘉植;一適甲戌科進士、內閣中書田君沆;餘皆嫁為士人妻。孺人,生於天啟七年二月二十九日,終於康熙四十四年八月二十九日,年八十。以某年某月某甲子合葬君、孺人於某山之原。之麒女七人,以族兄之子國樑為子。之麒既別去,予為君銘,未發,扈從河上,濟寧道中聞之麒舉子,名曰某。予謂後其必昌者,以理斷其必然,而事固已可驗已。《銘》曰:

猗嗟觀士,為吏可哀。天之生嘉谷,伍蒿萊,推較其本根,穀美哉!我友行谷君今若此,往事猶增傷來誓止,命不稱君才時有以。銅鼓之深巖君所廬,蕉黃荔子丹雜肴蔬,君遂遊歸來眇愁予。太行之谷人堯風古,飲沁水清流耕瘠土。剪紙招君魂、與君語:"公侯必復始"昔有云,君之孤兒,賢且學文,千秋及百世,繩繩繼我華。其銘者信勿替!

王君乾六暨配陳孺人墓誌銘

崇正③末,流賊犯陽城,山東右參政、寧前道王公諱徵俊死之。公有子曰龍御府君,有婦曰陳氏孺人,賊既執參政公,君謂孺人:"父必不屈賊,往從,必父子俱死,無益。"乃變姓名,陰左右公。公果不為賊屈,賊怒,下偽縣令,使嚴繫公。君夜忽悲啼不自禁,賊察知公子,益怒,使鐵騎勒君歸,立取貲來。蓋賊痛惡士大夫,自宰執至庶官,括其金,皆以品高下為率。公為人剛而廉,無所得金。而偽令聞公名,雅重公,陰縱公還。公謂君與孺人曰:"委贄為人臣,當國家難,以身濟之。事已不濟,有死無二。"君、孺人涕泣請從。公曰:"我人臣,義不辱身,汝曹無自苦。"今所傳公死難時大書二十二字,有曰:"身不任辱,義無自免"云云者,君與孺人實親承其命云。公既遇難,君、孺人號痛庀喪事,哀毀幾傷生。顧念父之孤忠,恐身填溝壑,他日誰當請褒卹之者。於是強自節釋,忍死葬公。公所自縊拂雲樓,君、孺人終不忍再履其處。其後,每遇公被繫及殉難前後十餘日,齋戒哭泣,積數十年以為常。初,公所書二十二字,君寢食與俱。及公死難時始末,謹書之牘,跣行走京師,訴當事。當事相視閔默,卒無肯為公聲言之者。君每與人言,未嘗不泣下也。君豪邁倜儻而

---

① 丐:四庫全書本作丏。按:丐,乞也。從上下文看,當作丐。
② 崇正:四庫全書本作崇禎。
③ 崇正:四庫全書本作崇禎。

善自矜飭。母范孺人教家嚴。君多讀書，美言議，為學官弟子。顧心不悅學使者試士規①，告於公，願隨國子讀書。公官薊遼，王母張太孺人喪，君率孺人拜哭，就孫位，人曰："知禮。"事母孝，母喪，盡禮如公喪張太孺人。孫公肇興為學使者，以君明經，上其名於禮部，凡一再至京師，終不就國子試，曰："吾父之大節猶未褒顯也。"君雖外若豪舉，而其中有鬱鬱不自得者，凡以參政公之故也。順治丙申夏，暴病，不能言，明日遂卒，四月某日也，年四十歲。某年月日葬於參政公墓左。始祖可考者曰四，四生十，十生懷英，懷英生得剛，得剛生聰，聰生子文，以冢宰國光公貴，贈尚書。子文，國光曾祖也。子文生昺，亦贈尚書。昺，國光祖也。昺生承恩。蓋自是參政公與冢宰公始分矣。承恩生潛光，潛光生如春，歲貢生、當陽教諭，以參政公貴，贈韓城知縣。是為君祖。陳孺人，廷敬之從姑也。祖三樂，贈尚書。父經正，忼慨有大節。孺人有女德，歸於君。方少而為擇宜子者侍之，生子及女。君歿後，甘葅鹽，攻茶蓼，嫠②居垂二十三年。閨門之內，具有法度儀則。卒於康熙戊午六月，年六十有一。觀孺人助其夫子以周旋於參政公之側，以至公臨難從容而死生無媿③，抑亦可以為忠臣、孝子、賢婦矣。子男一人，復繪，國子監生。女一人，適余弟太原府學訓導廷宸。俱側室李出。孫男一人，吉慶。孫女四人。廷敬有母之喪，禮不得以文辭自見。復繪泣以請曰："始吾祖待國家之愍綸而渴葬也，未有《銘》，葬吾父，因未敢有《銘》。今吾母不幸又歿，將以某年月日與吾父合窆焉。吾聞諸吾母，當吾子髫髮之年，吾先人知器重子，銘吾父母莫如子宜。"余固辭不獲也。且余懼參政公之大節久而無傳焉，因得牽引書之。雖然，孺人，廷敬諸母行也，假斯言以告哀，亦吾母之念云爾。《銘》曰：

吁彼鄙夫，貪生避死。有僇其躬，有覆其祀。忠臣之後，克享厥家。佳兒佳婦，以泣以歌。奕奕忠魂，庇其孫子。敬作《銘》詩，告於《惇史》。

韓君佚園墓誌銘

君韓氏，諱崇樸，字佚園。順治中，余年十六七始識君，一見以為異人，杯酒結交而去。其後，請命於先公，要君為舉子業家塾中，予居山谷間，與先庶常兄閉門閱古書，好自矜許，

---

① 規：四庫全書本作規。按：《說文》："規，有法度也。从夫从見。"《正字通》："規與矩，𢧵从矢，當作規。"《字彙補》："規音吸。《字辨》：規訓驚視，與規不同。"規矩為古人校正方圓之器，故有"不以規矩，不能成方圓"之說。方直而圓曲，規矩不應"𢧵从矢。"更何況規、規二字音義不同，不能混淆。作規是。

② 嫠：四庫全書本作嫠。按：嫠、嫠，當作嫠。《說文》："嫠、婦無夫也。"《左傳》襄公二十五年："嫠也何害？先夫當之矣。"嫠居、寡居。

③ 媿：四庫全書本作媿。

輒曰："吾志古之道耳,何屑屑世俗事為?"由是見嫉鄉里。是時,先侍御公初謝賓客,鄉之凶人至有侮予家者,君至,則謂余兄弟:"讀書以通今致用,家之不治,曷以書為?"余兄弟始折節自克勵。於是,鄉之長者既愛護善類,其惡少亦稍稍解去。君高才,能文章,善開導學者。余既於君有得,而其於行身保家處世之道,尤得於君者為多。迄今五十餘年,蓋每念不忘也。予自通籍守官,自誓清白以貽子孫,未嘗不有感於良友規戒之言。君之終也,無以為賵,乃輟山田一歲之入為君窆穸資,雖家人以口分不給告,不恤也。君又精於醫藥養生之事,晚而深明理學堂奧,雖復喜詩酒,登山臨水,有春風沂、雩之思,人亦莫得而窺其淺深也。君至性過人,雖灑落不羈,而游心冥默。嘗山亭涼夜相對,於時,月暗螢明,清風蕭颯,忽語及生死大事,兩人抱頭大哭,哭已復笑,如醉如醒,如夢如覺。由今思之,猶復可笑可哭也。往年,君舉前語以書諗余,余應之曰:"孔子答仲由曰:'未知生,焉知死?'知生之道,《大學》言:'明明德',其功始於'致知',《中庸》言:'至誠',其功始於'明善'。明誠之理,乃生死之大關,未有誠而不明,亦未有明而不誠者,由教以入明為要焉。故《易傳》言:'大人者,與天地合德,與日月合明,與四時合序,與鬼神合吉凶,先天而天弗違,後天而奉天時。'天且弗違,況於鬼神乎?天與鬼神不能違,何有於生死乎?是以子思之贊仲尼也,曰:'譬如天地之無不持載,無不覆幬,譬如四時之錯行,如日月之代明。'猶之《易傳》之義,亦即明誠之義也。謂夫子不告以知生之道,則夫子之所以教諸弟子者果何事乎?學者但當由夫子平日之言以求進乎致知明善之實,生死之說,不求知而自知矣。"予復於君者如此。予是以於道德性命始終之際,思君之所以相勉而交警之者,不能已於心也。君好學,老而不衰。能為古文,尤長於詩。予懷君詩前後至數十首,有云:"寒牕燈火平生語,除卻君知世不聞。"亦追憶昔時涼夜之事,而予與君從游聚散之梗槩,亦大略可覩已。君終之日,寄予詩,高朗超越,了然生死之際,則君之有所自得於中者,益可信其決然也已。予交天下士多矣,如君者能有幾人哉?非予為之銘,當誰屬焉?其孤時中輩以《狀》來求銘,按《狀》敘:曰韓氏系出南陽,今為沁水人。自五代、宋、遼以來兵革之餘,《譜》《牒》放失。傳之長老,先世有為王者,故邨曰韓王邨,有墓在焉。君又字曰韓山,因邨名也。其世系之可考者,則自祖能始。能四子:長曰純,為君九世祖。次曰聰,三世生侍御曰恩,次曰度。五世生青州守曰肫仁。六世生桃源令曰張,參議曰琠。純二子:長曰彪,彪生銳。銳三子:長曰贈文林郎崑;次曰王府典膳嵩;次曰王府儀賓巍,臨難不屈,贈奉訓大夫,謚忠義,廟食太康。崑子曰子義,恩貢,再為縣令,累封中憲大夫、通政使司右通政使。子義生范,君之曾祖也,某科進士,累官通政使司右通政。祖仰斗,初為邑學生,後棄去,博學修行,名重士林,是為少室先生。父尊今,惇厚孝友。生三子,君其長也。君邑學增廣生,九應省試,不利於有司。幼聰警絕人,五歲失母馬孺人,自解去采衣,不茹葷血,擗踊哭泣如成人，鄉里傳以為奇。闖賊犯州邑，設偽官，專以拷掠士大夫、刦取金帛為事。比至沁水，大索通政公家。時君才弱冠，先諸父往，抗辨縣庭，不屈。賊官相顧失色，錯愕咋舌，釋不問。已而，賊圍所居砦，君登砦樓，語賊曰："汝輩不過欲多得金帛耳，砦中金帛悉以委汝。"賊喜諾。已而，賊敗約攻砦，破，砦中人四散走。先是，君父已穴牆去，君不知也。以不得父在所，出入砦内外尋父，遂為賊酋所得。賊授以一鎗、一包，置君麾下。君以他事紿賊，脫身走陽城白巷親屬家，至，則君父先在焉。其時，天晦冥，暗不知道。會白犬引路，以是得先達，人謂天之相君父子也。君初遇賊時，身已被創，求父迫，竟忘其痛。父子相聚，背有血沾泥，始知為創也。蓋君之誠孝如此。事繼母霍孺人，得其歡心。與季弟友愛，分甘解衣，至老不倦。親族不能自養者，君戒其子："我與汝曹不食飲則已，不爾，則曷忍使骨肉失所？"生平輕財利，類任俠者。雖以教授供八口，所餘則勤施予。又以其餘買書、貰酒、蒔花木、畜禽魚於所築撮園中，嘯詠自得。有奇書，必借觀，手自抄寫，故所寫書為尤多。好飲酒，飲則悉令子孫環侍，有弗至，則弗樂也。君坦懷任運，自適其適，皆得於天性。其行於家而及於友朋無間然者，有感於予心也。君卒以康熙四十又五年八月初八日，距生之年月，得年八十有四。初娶丙戌進士某官王公度女，有婦德、婦容，卒。繼室以侯孺人，生二子：時中、履中。女一，適南康府推官竇公復儼孫庠生逢子候選知縣斯在。孫男四人：然、燾、默、鳳。孫女三人。以某年某月某甲子葬某山之原。《銘》曰：

　　君惟有文，為學者師。深造道域，樂天不疑。予懷幽憂，如雷如羈。晚慕正學，西日載馳。衆言淆亂，將曷從之？去聖雖逺，簡冊在茲。明善為宗，尊聞行知。明則誠矣，時措咸宜。惟君知我，謂我不欺。炯炯長存，朗月朝曦。君其不沒，萬古如斯。

《午亭文編》卷四十五　男壯履恭較

《午亭文編》卷四十六

門人侯官林佶輯録

墓誌銘三

朝議大夫、刑部山西司郎中約齋李公墓誌銘

　　始余從蔚州魏先生游,得交李公父子。其後,公之子旭升、今給諫君以文字及吾門,因益愈知公平生甚悉。後久不見,時時從給諫君問安否。無何,以《訃》至,給諫君為《狀》謁銘於予。按《狀》:李氏十世祖自孝義遷蔚,累世以武功顯。然,多厚重隱德。至父太公,敦行仁義,好善樂施,尤稱長者,遂大積於厥躬以造其家。公生而早慧,為博士弟子員,食餼上庠。數踏省門試,不利於有司,以選拔貢太學,省其父,歸里中。魏先生方謫官家居,以古儒者學行自任,倡導其鄉。公既天質沉摯近道,聞魏先生講説,益淬礪於問學,家禮、譜牒,近世所弗急者,公皆服習而修舉之。選中書舍人,內閣地深嚴,闐機密,公恪勤盡其職,毋怠毋洩。遷戶部雲南司主事,會用兵於滇,賊壘未拔,郛郭甫定,封疆之吏以人未就業,請免夏稅以蘇民。或言士馬供億,必資近境,議不可免。公爭於庭中,卒如公議。宣屬順、懷、安、蔚、衛頻年苦水,沙冲壓民屯田,有司請捐其賦,議不決。公盡言無諱,卒釐其説。督理右翼興平倉,奸人窟穴其中,弊不可究詰,前後繫訟纍纍,彌歷年歲,人憚其役。公則精心釐畫,潔身犯艱,大猾屏跡。進廣東司員外郎,攝四川司事。蜀自兵後,歲賦日耗,議者令增賦日急。公曰:"養殘黎如養劇病,

宜急培其元氣。疾疢彌年而重以狠①厲之藥，鮮不斃矣。今惟責大吏招徠流遺，田闢賦增，毋俟重督。”於是議寢。遷刑部山西司郎中，榆次民段某奸黠，誣祁縣范某謀不軌。公得其情，黠者服上刑，而無辜皆釋。會命重臣清刑獄，公檢爰書，可矜宥者，司得八十六人。雲中饑，多掠賣人子女，公察其偽券，為斷還者甚衆。公所歷官，其事蹟皆此類。公純孝友悌，行於家，施於族黨比閭，皆足為世表儀。旌人之善，成人之名，保人之孤，復人之產，終身汲汲，如營己私。衛守備何君出倉粟賑饑，未及上請而病以歿，法當坐侵欺，籍孥，公力白得免。蘭溪丞徐喆舊有貸於公，徐後罵賊死，公急遣使持其券焚而弔之。儉歲，盡出所積粟，散施逮邇以為常。至若建社學，設義塚，築垣堡，諸鄉大夫之所得為者無不為，事不可殫悉。公雖謹厚樸直，而天懷坦逸，寄託高邁。自為郎出守黔中，以缺裁不赴。林居，徜徉泉石詩酒以自陶寫。嘗過龍門，觀太華，適吳、越，芒鞵竹杖，有灑然出塵之思。卒之日，猶驅欸段尋舊所釣遊處，歸而與家人論文談藝，日夕不倦，至夜分而形神離矣。康熙三十四年六月二十日也。春秋六十有八。予嘗聞蔚州歿而有異雲氣覆其塚上，其為天人無疑。今公無疾化去，其騎箕尾、歷星辰而亦與天遊乎？公之子六人：昉辰，行人司司副；旭升，壬戌科進士，戶科給事中，與余有文字之知者也；暉吉，貢生；暄亨，甲戌科進士，翰林院庶吉士；映乾，光祿寺典簿；曙畿，廩生。女一，適太學生劉蟲。孫十四人。嗚呼！公之所得於天全於人者如此，此公可以無憾，而世或謂天之報施善人或有不盡然者。然，觀於公，亦庶幾可以明於天人之故矣。公諱振藻，字天葩，號約齋。初配史恭人。繼配沈恭人。《銘》曰：

蔚州宿學不可捫，寒松晚節今彌尊。流風百世尚可敦，名家清切連高門。韋相傳《經》遺後昆，范公幕下羅璵璠，少翁、堯夫堪等倫。矯矯介復何騰掀？隴西世業堪重論，維桑仙李深蟠根。仲也耿耿登星垣，季也詞館初高騫，其餘頭角皆軒軒。咸池迭奏如簽塤，公胡不樂歸精魂？隴岡樵牧無敢喧。

謝府君墓誌銘

謝君，名燕昌，字翼之。其先家平江，上世祖曰宇，以宋建炎中進士為定海令，歿而民葬之，後世依以不去，遂為定海人。元至正間，為高安令者曰嗣謙。更五世為僉事者曰琛。僉事以明正統己未進士，初仕為上饒令，政有異，民祠祝之弗衰。僉事弟璵生廷華，君之五世祖也。高大父曰維寧，曾大父曰綸，兩世皆贈參政。大父曰渭，明萬曆②庚戌進士，累官

<hr>

① 狠：四庫全書本作很。按：很，俗作狠。
② 萬曆：四庫全書本作萬厤。

四川按察使，平水西有功，民為立祠。自其先世至按察，仕者皆有功德於民。按察生子六人，仲曰泰臻，君考也，贈文林郎。君為人孝弟，侃侃有節概。國初時，海叛帥以數千人入據縣，君倉卒負親出，挈兩弟，匍匐叢篁險陜間，黧面重趼，連晝夜不息，以免於難。已而，王師渡江，餘賊匿島中，將悉衆來寇。君率家人設守禦，謹偵候，以兵法部勒之。備未成，賊至，君白贈公：「寇亟矣，盍①避之？」公曰：「第以若母行，母②更憂我。」賊入，致公舟中，公不為屈，反覆數以大義。且曰：「吾自度葬魚腹耳。」賊怒，公及於難。當此時，君呼號走海上，嚙指，血淋漓，求父在所。岸上人遙望見之，無不泣下。後家益困，歲祲，負米事母。兄弟三人，常易衣以出，愉愉如也。每催科符至，輒掩卷而起。已又籌鐙，夜呫嗶聲相答和。君讀書，過目輒能暗記。所習誦，丹鉛校讐，滿於筐篋。羣從子弟，工舉子業三十餘人，以君為師。會母病，君旦夕侍卧起。三年，蟣虱盈衣帶，至不可捫。中夜，籲天祈代。母卒，備哀如禮，奉贈公衣冠杖履葬焉。以博士弟子員游國學，試輒高等，冠其儕流。謁吏部試，《經義》《判》又高等。授州同知。歸而歎曰：「自吾父抱道不仕，且仗節以死，吾其敢違吾父之訓？」於是耕海之旁，泊然將老矣。顧於邦人有大利害，則準其力之能為，無所惜。小浹港長山橋橫絕縣東南，當孔道，毀於寇，君治之，橋完如初。定海南東崗碶，西接鄞東錢湖，其中有渠，歲開碶版，引湖灌渠，溉田嘗數千頃。版之分，有上、中、下。自下上，鄞為首，奉化次之，定海又次之。歲旱則湖水淺，不盈不能達渠，雖開上版，而於定海田未有利。君謂錢湖利三縣田，正賦是賴。獨定海田無利，是無賦也。請易置版，於鄞無害，而定海實百世之利。縣令上其言，巡撫如君指，既得請，湖渠通流，田盡腴壤，比歲大穰，民歌舞以樂之。盤嶴為靈巖奧區，樵蘇饒於諸鄉。然環溪而入，淫潦不時，水高數丈，或經月斷人行。君則巉者削之，窪者培之，水深以衝者橫以短梁，填以巨石，而險道以夷。縣負海，夏秋多颶風，學宮數敧傾。君董其役，馨鼓勸工，不勞而成。君雖不仕，視今之仕者其所張設措施為何如哉？假令君出而仕，或拘於文法，掣於上官，其所能為，豈盡得如其所志哉？君既號長者，一夕盜胠百金去，盜之主裨帥既覺，將按以法。君曰：「舍之，使其人悔改。」又當亂時，人乘間竊橐中貲，君知其人，弗問。後人自悔恐，願以田償君。君立謝，取焚其券。今其子孫每食必祝曰：「願世世毋忘君之德。」然則君之行身與人，不亦古之所謂賢豪間者耶？」君娶李孺人。李先世以軍功襲指揮使，孺人則脫棄紈綺，溫恭儉勤，相其夫子以致孝養於其親，教其子，兼備恩義。君弟妹之子若女，孺人撫之如己子女，使各有所成立。君可謂有賢配已。君性疎曠，有精力，嘗自營葬地，曰：「白峰為堂，清溪為闥，吾魂魄樂而安之。"卒年五十有五。逾月,孺人亦卒,年五十有八。君卒以康熙二十二年十月二十七日,孺人卒以是年十二月二十三日。以明年某月某甲子合葬盤溪下樂翁山之麓,即君所自營地也。子男二人:長緒彦,次緒章。女三人,皆嫁士人。緒彦,壬戌進士,余既識其文。君之弟監察御史兆昌,聞君之喪,將歸,過取別,以緒彦所為《狀》示余,屬之《銘》。既讀《狀》,歎曰:"是惟賢也,宜有《銘》。"《銘》曰:

誰與仕者,民亦孔艱。有介於石,被褐以完。惟定邑乘,記隱君子。謝氏聞人,載張載弛。銜鬚罵賊,氣薄雲霄。彼此肉食,競以自豪。惟仁成身,式惠厥後。亦繼其志,惟德之有。子弟師之,鄉社祠之。或嬰簪組,多為世疵。世所爭趨,君勇絕之。為所不為,詎庸以私?人曷思之,洋洋海湄。海如有涯,泐此墓碑。

封戶部河南司郎中在只王公墓誌銘

封光祿大夫王公之葬也,其孤山東運使廷掄使來請《銘》。余與公同州里,昔我先公為仲孫豫朋擇婦於里中,得公長女,賢孝聞於鄉邦。蓋公之行己教家,以施諸世,皆卓然有可稱述者焉。運使君初筮仕,為青州通判,始親民事。公來官舍,提携囊篋,以家貲辦公務,屏去屬邑餉遺,不取民一物,民頌惠和,聲滿青、齊間。公夫人李卒,運使君奉公歸。方是時,晉郡縣大祲,蝗蝝徧郊野。公歸,則出錢數十萬緡,募人捕瘞。我先公分口食食餓者,公亦捐糈周給,州人以故不流離。嗚呼!《周禮》相賙、相卹之法行,則天不為災,而民不困於歲。後世人各自私,於是比閭州黨,有無死亡,相視如秦、越人,莫之省顧。一遇年凶荒,則必仰於官之餬賑。幸遇長吏賢,不壅於上聞。又幸有仁主在上,除租賦,出金錢,發粟設糜,惟恐不及。而吏之奉行之者,猶有能、有不能;民之待澤者,猶有及、有不及。則朝廷大恩,其得被於窮簷蓽屋嗷嗷就斃之民者亦已鮮矣。安得鄉有君子好行其德,如公之自保其鄉,庶幾猶有《周禮》之遺法乎?太行古稱奇嶮,實當孔道,毀轅屠馬,不絕於途。蓋其巖竇顛躓,烈於深淵,行者憚焉。公出私錢修治之,險者夷,陋者拓,載馳載驟,行旅歌謳。比予再經,忘鄉者之艱而思公之德藉於無窮,而太息之未有已也。公所施設,其利於人甚眾,為紀其大者如此。運使君入官戶部,公時一至焉,以觀其所為。及其出守汀州,次子廷揚亦入官戶部,公戒之不資公府絲粒,一如運使之在青、汀也。後運使君再涖山東,公曰:"此汝昔所歷地,昌①益勉諸。"由是運使君奉公教惟謹。以公訃而歸也,山東人攀留之,至不忍別去。然則運使之奉教而施於民者可知已。蓋公之修己教家,既卓然可觀,宜

---

① 昌:四庫全書本作盉。按:昌,當作曷,通盉。

其設施於外有過人者。是以君子之觀人，必本諸內行也。公諱璇，字在只，居澤州之南曰楸木窪者。自太行而北，有山澗，澗水北流可數十里。公所居在澗之西，土田高起，草木修茂，上有流泉，可溉花竹。公之祖，諱國寶，父諱自振，卜築而安焉。以長德導其居人，隱而未耀。公與弟珣，生皆穎異，祖撫而奇之，曰："此兩兒殆興吾門乎？"公入州學，為高才生。珣以武學生舉於鄉，成進士。公以貢入國學，名在吏部，為選人，當需次縣令而遽引還。退居，蕭然自遠。教二子，皆有所成立。此其於世之角逐於聲利之場者，所得孰為多少也？家居，益敦古誼，睦親族，使皆有以自給。喪者、婚者、徭賦之不備者，緩急恃以無憂。晚築小堡，名曰永寧。聚族黨，勤守望，講孝友媚睦任卹之道不倦，而公亦且老矣。運使君以卓異薦入京師，賜蟒服。既，又封公光祿大夫，贈公祖若父官皆如之。運使君迎駕南幸，賜公"古稀人瑞"御書四大字，可謂榮顯已。今年八月，遽以疾逝，二十一日也。距其生崇正①十年十一月十八日，得年七十。公初娶贈一品夫人茹氏，有婦德，生廷掄。繼室以一品夫人李氏，生廷揚。進士君無後，以廷揚為後。女適甲戌進士、鞏昌府撫民同知陳豫朋，余之仲子，即前所謂擇婦而得公女者也。又二女，一適呂宸，一適陳修元。孫鈞，由庠生貢國學。孫女五人。先是，李夫人葬某山之原，至是，以公卒之明歲，康熙四十又六年某月某甲子，將啟其封而合葬焉。《銘》曰：

有輝自家，而極崇於朝也。不顯其身，則惟其子之褒也。晉人載德，咸歌其休也。德之云遐，若山峙而泉流也。世繼繩繩，永光此丘也。

贈詹事府少詹事田公暨配梁太恭人墓誌銘

康熙三十年春正月，學士田公以母喪去位。予與學士生同鄉，同官翰林，在殿廷②日相見而未嘗一造其廬③，至是，往弔於寢。老屋蕭然，風日漏穿，苫土不飾。學士觸地無容，嘤嘤泣，孺子聲，弔者感動嘆息以為賢。今世顯者之喪，重幄帟飾，芻靈象物，多致貴人牓書，冰紈霜縑，被櫓衣棟，以自旌耀。學士無一有焉。哭拜且已，又拜而言曰："吾母之《銘》，敢以煩執事。且先大夫懿行久不銘，以俟當世之能文者，幸執事毋④辭。"余倉卒不得讓，諾而出。余惟學士之賢而能不累於俗，自力於孝如此，其有由也夫！公諱大稔，字阜海，馬邑人。王父諱世芳，以明經為絳州司訓，稍遷太谷教諭，嚴正直方，律身以禮，士皆憚

---

① 崇正：四庫全書本作崇禎。
② 殿廷：四庫全書本作直廬。
③ 廬：四庫全書本作室。
④ 母：四庫全書本作毋。從上下文看，作毋是。

�,嚮於學。考諱嘉種,耆宿長德,為諸生祭酒,鄉黨化其行誼。舉三男子,伯以諸生,不屈流賊李自成,忼慨蹈義以死。公其季也。生而夙惠①,一目數行下。年十三,補博士弟子員。純孝友恭,篤踐實行,與人無貴賤少長,接以誠意。紓難攘急,族姻肅和。喜賓客時至,命觴盡客歡。口不言人過,人有言者,輒不答,或亂以他語。飲於郊,客妄謂公慢己,怒,與俱歸,讙於途。"吾酒方酣,何爾遽罷? 若敢復飲乎? 適我。"公不辭,比至客家,客怒解,竟歡如初。夜有竊菽者,僮物色得其人,公謂僮:"吾家菽寧有符記耶?"溫言謝其人,人大悔改行。公居心克己,皆此類。公卒以康熙壬寅四月,年五十有三。以學士貴,贈中憲大夫、日講官、起居注、詹事府少詹事兼翰林院侍講學士。封太恭人梁氏,山陰人。父諱某,以明經為學者師。太恭人歸於公也,溫淑靜好,善治內事。公事親孝,太恭人晨昏左右,恪恭罔怠。公好客,太恭人常脫佩環,治醪醴罔肴核以盡公意。公晚而不視生產,太恭人用農事殖其家,較晴雨,時播種、耕耘、斂穫,皆有法則。凡公之為,皆太恭人相之也。太恭人卒以康熙辛未正月,年七十有九。男子子五人:長即學士喜霨,辛丑進士,內閣學士兼禮部侍郎;次喜遹,庠生,早逝;次喜霍,歲貢生,汾陽訓導;次喜霱,廩膳生;次喜霙,南豐丞,為後於仲父。女子子一人,適李維基。孫男十二人。學士又云:"先大夫棄不孝孤閱十稔矣,所不墜我公遺緒以行身立朝者,繫惟吾母之教。"觀太恭人之行,於學士為賢母,於公為賢妻。觀公之行,於世為賢人。則學士之賢,其有由也夫! 余是以願《銘》焉。《銘》曰:

古者淳閟,不相往來。我觀於鄉,厥惟賢哉! 有美其居,拒門弗開。我觀於家,猗嗟賢母。吾莫逐榮,亦莫予侮。昔相夫子,秀出士林。溫恭其德,如式玉金。有而不施,大其後人。峨峨塞山,鬱鬱高墳。昭昭無窮,視此刻文。

提督陝西學政按察司僉事洪君墓誌銘

始余奇洪生琅友之文。琅友舉進士,為中書舍人,相聚於京師,因交其從兄谷一君,知其人賢者也。居數年,君由禮部督學秦中,而琅友官吏部以卒。余閉門謝交游,雖以君之賢,蓋於今絕不通問者十年餘矣。今年冬,君之孤以君卒之月日及許給事承宣所為《狀》以來請銘,曰:"君治命也。"予不得辭。君歙人,諱琮,字谷一,又字瑞玉。上世有顯仕,唐則黜陟使曰某,宋則少師曰某,明則尚書諡恭靖曰某。恭靖有從子諱某,以孝聞,君之高大

---

① 惠:四庫全書本作慧。按:惠,通慧。《後漢書·孔融傳》:"煒曰:'夫人小而聰了,大未必奇。'融曰:'觀君所言,將不早惠乎?'"

父也。曾大父太學生諱某，大父贈承德郎諱某，父贈朝議大夫諱某，以學行祀於鄉。君弱冠，以《尚書》領鄉薦，國初為崇明教諭，舉順治九年進士，除陝西平涼府推官，承重丁祖母徐太安人憂。服闋，補廣東韶州府推官，歷遷行人司行人、刑部主事員外郎、禮部郎中、提督陝西學政，終養母許太恭人。以康熙二十三年十二月某日卒於家，年六十有五。初君之生十有一年，能一日為《經義》七篇，驚其長老。由是，江之南北號曰神童。顧朝議公弗深喜，曰：“古之學者，道積而有言。今子學未成而言之多若是，吾懼子之外飾也。盍①道務是求？”於是，君自為童子，已志於正學矣。故其自涖②事，教士治民，罔弗本於其學。東粵新附，建兩藩王，邑令、府掾皆所易置，憑依城社，張距磨牙，眈眈伺人。君至，則曰：“此濂溪先生提刑舊地也。”甫下車，大書“洗冤澤物”四字榜之中堂。為政精密嚴恕，一以周子為師。法成令修，姦黠消沮，強梗從化，上下安悅。折獄，迎刃莫然而解，訟者皆願之君所。旁郡縣有冤獄，皆就君治。部使者行郡縣，必與君俱。招徠流亡，闢土田，通貿遷，民稍稍出水火而登衽席矣。當是時，兵猶未戢，征調頻繁，諸郡縣苦供億，弗繼則吏執其咎，曲江、始興、保昌三縣令至相繼自裁。君條上幫貼夫船長行之議，謂夫船供應，廩給額規而外，若馬匹折乾索勒則宜革，存留傅銀則宜請動支，解運腳費則宜請例給，鄰縣則宜議協濟。大吏韙其議，雄、韶諸郡吏民有更生之樂，勒石頌君功德焉。郴、桂之界烏春山有妖民郭天鵬者為亂，時議以兵誅之，君曰：“無庸兵。”密召鄉勇，計縛天鵬。鬼子峝為亡命逋逃藪，君選數騎，乘夜抵其寨，絕水道，諭之順逆禍福，即日弭散。虔賊王秀等已就降，至翁源復叛，渡江大掠，約賊黨內應。君用間誘使殺賊自効，而督猺③官與戰，禽秀，殲餘賊四十人。曲江猺刼殺人，君單騎往鞫，得其擅殺者七人抵法，餘不問，全活數千人。於是，督、撫、御史臺使者交章薦君於朝。君在刑部，取歷代疏議、釋義、箋注諸書，考證晰疑，使法必當情，吏不得緣為奸。《律》：“官私掘藏物，聽收用。”“官私”字誤“官司”。廣西容縣民坐掘藏物，誤罹法者眾。君取舊《律》文為證，事得白，更著為令。君之涖事治民，其大者如此。初，君之教授崇明也，敦尚實行，風勵學者毌④苟趨利祿，而文學之士彬彬興起。及在秦中，慨然念曰：“國家所命督者學也，匪獨文也，必學正而文興。”於是，所以造士之法，悉準於古。重建關中書院，祀其鄉大儒橫渠張子，延李君中孚講學其中。揭其條目，為學之序，修身接物之要，實與白鹿之旨相發明。盍關中理學之傳，自明季馮少墟，益推闡而光大之，君則為之刊其論著，布之學宫，曰：“爾多士歸而求之，有餘師也。”君之教士者如此。以君之言，

---

① 盍：四庫全書本作盡。按：盍，同盡。
② 涖：四庫全書本作莅。按：涖，一作泣，同莅，臨也。
③ 猺：四庫全書本同。按：猺，我國少數民族名，中華人民共和國成立後改為瑤。
④ 毌：四庫全書本作毋。按：毌，俗作毋，莫也。

其見於世者,未能盡究其用,而跡其所以張設措施之意,悉不失其為學之指。君於聖人之道可謂勤矣。元配王氏,贈恭人。繼室方氏,封恭人。以某年月日葬於某里某原,以元配王恭人祔。恭人婉嫕有内德,前君二十九年卒。子男五人:景行,東流縣學教諭;覺行,崴貢生;周行,候選州同知;雲行,太學生;時行,幼。女八人,皆適世家,有名行。孫男十一人:述,庠生;逮、遇、遴、遵、邃、選、連、迥、逖、通俱幼。琅友名玕,為人謹飭有文,善書法。予之知君以琅友,琅友之歿,余不及銘而銘君,可慨也。《銘》曰:

去聖經遠,注箋紛如。孰集其成?孰究其初?相厥宅里,大賢所居。高原鬱鬱,碑石峨峨。近壙墓者,紫陽之巖阿。

贈工部虞衡司員外郎闇然衛公暨配賈太宜人墓誌銘

康熙三十有四年,里有賢嫗壽屆百崴,里中大夫士以其故俗風謡圖寫屏風,長筵勸酒。以余濫爵,厠名其中。時實奉諱蒲伏,弗敢躋堂。惟國之人瑞,願因喪除而往見其廬。無何嫗卒,春秋九十有七。余將往弔於寢門,會拜户部之命,為裝以行。其冢孫維斗,介其宗老太守君布《狀》謁《銘》於余曰:"將開奉政公之藏而窆焉,乞為合葬之《銘》。"奉政公者,姓衛氏,諱琦,字闇然,稱奉政,贈公也。年二十三歲而歿。嫗封太宜人,朝議大夫賈公某女。今去奉政之歿,蓋七十有餘年矣。按《狀》:奉政公生而異姿,賦質簡静,疾華敦朴,不與俗伍,考德攻業,亡於悴勤。事父母有曾、閔之行,至今誦説孝子、孝子云。歿之日,雙親垂白,幼孤三齡,而同懷弟妹九人咸在。太宜人自箴盥始事,早著令儀。至是霜晨臼杵,夜月機絲,内勤事育,外捍門户。養三齡兒,稍長嚴熊荻之教,後為御史,有名世祖朝。奉政之贈,太宜人之封,皆以侍御故。先太宜人以歿於是時,太宜人年八十矣。維斗才九齡,兩弟在襁褓。初,侍御君性剛嚴,嘗嘒喑人過,人畏忌者多。及是,則禦侮予,抗横逆,崎嶇艱難之中,再興衛氏,故余以謂賢也。嗚呼!以奉政公之篤於孝,豐於才而嗇於命,天假太宜人立兩世之孤兒,登百年之上壽,彼蒼蒼者豈無意於斯人哉?是以余銘奉政公之合窆,而尤興起於太宜人之賢為可觀感也。侍御君令商城,遷水衡,榷杭關,及以曹官代巡狩於江南也,皆秉太宜人之教令以行。商城河無津梁,解橐金倡其縣人,為橋以資利涉,商城之人名之曰衛母橋。其心存濟施,皆此類也。考終之日,鄉里悲焉。雖奉政公之不禄,相見於泉門,亦可怡然無憾也已矣。奉政公生以萬曆①二十六年七月十二日,卒以萬曆②四十八

---

① 萬曆:四庫全書本作萬歷。
② 萬曆:四庫全書本作萬歷。

年三月初一日。太宜人生以前明萬曆①二十六年十月十八日，卒以皇清康熙三十三年七月十五日。男子正元更名正，丙戌進士，歷官御史、內陞，所謂三齡兒也。孫男四：維皇，庠生，卒；維斗，監生，候補理藩院知事；維本，增廣生；維正，增廣生。孫女一，卒。曾孫男二：首榜、廷榜。曾孫女三。衛氏先世為河東人，遷陽城，以甲乙科顯者甚衆。奉政公高祖世清，曾祖九堯，皆有隱德。祖天雨，雄俊人也。考遵訓，邑諸生，有聲儒林。余北轅時，太守公送之樊川之上，謂余：「衛氏世行，非子《銘》不彰。」余諾而行。在道濡筆以銘，不敢負太守君之屬。太守君立鼎，所謂維斗之宗老者也。《銘》曰：

河東璿源，其際清泚。蔚彼裔苗，產此杞梓。不憖哲人，光流景駛。天豈謂然？有美並起。作儷淑媛，造我堂構。靈柯謝春，穠華掩秀。簪珥弗施，象服爰授。百齡未多，千秋旦晝。里館曉閉，泉庭宵明。崇芒鬱望，哀輓愴聲。維北沁流，維南析城。高山長川，悠悠我情。

兵部督捕主事龐君墓誌銘

龐君，名太棫，字錦里。其先即墨人。上世祖某，勝國初，知高平縣，去官，人吏臥轍攀轅，借令君撫我。既不得請，則曰：「為鄉先生以矜式我父老子弟。」於是，因留家焉。子孫世居唐安里，數遭兵刧，《譜牒》散亡，可考而知者，遠祖有子三人：伯冰；仲佐，明經，為和陽縣丞；叔清。自清以下，遺其名。君之祖道興。父志德，贈奉直大夫、兵部主事。母何氏，贈恭人。君弱不好弄，獨時騎竹馬，羣兒驪唱導從以嬉。奉直君見而憐之，曰：「吾田家兒，後豈能有此乎？」及長，侍奉直君羈游滑縣，居益貧。君間關南北，竭力顧養，奉直君、孺人相繼歿，負土庀治窀穸，過時而哀。州里高其行事，君守貧益堅。當此時，鹽法大窳，巡鹽使者歲下司農齗引目於郡縣長吏，按戶口徵斂，盈詘不平，公私交病。於是，巨貲大賈各有分地受鹽，轉輸四出，高下其直，以罔氓利。然官引目亦由是通行，歲所上課如額，官吏安之矣。君獨謂：「以吾意行法，法無不善。」北遊天津，周旋客豪間，欲以行其意。人既知君長者，就問之，君曰：「毋病民。民不病，法行斯善矣。」皆曰：「敬如君意以行。」鹽使者賴其力，皆愛重君。固安，董氏之分地也，鹽壅不行，逋責盈積，以屬人，人罔敢應者。君曰：「是獨不可行吾意乎？」至則與人約：「吾以急公家之務耳，矢不以私贏病吾人。」行之未及朞，人以和輯，官私辦給。凡君於鹽筴，攬綱挈目，亦不屑屑身自持籌算。顧喜親書冊，慕學行，有褒衣博帶之風。嘗慨然曰：「使吾當官，以吾法行之，官事必理。」時，兵興

---

① 萬曆：四庫全書本作萬厯。

西南,行間饟需急,朝廷終不以軍食困民,下令能助軍資者以官賞相激勸。君由是入貲,以太學生為兵部督捕西第三司主事。正刑書,懲周內,慎平反。舞文舞法之吏,斂手却立,莫敢仰視。君歎曰:"法果不可以行吾意乎?"居六年,榷崇明海關稅,傾倒匳篋以自隨,曰:"吾故不欲以財自污,敢不洗濯奉職。"滿差,歸次維揚驛舍而卒。卒之日,故時橐皆已盡,無海關一物一錢。嗚呼!君之志固如此,良可尚也已。君孝友行義,孤貧自立,奮身郎署,迴翔歲時。初贈考承德郎,妣安人。再贈考如其官,妣恭人。始騎竹馬時,贈君憐之而心不謂為然也。今君所成立有異,其亦非偶然者與?君娶叚①氏,無子,賢而不妬忌,為君納兩姬,亦皆無子。女一人,叚②恭人出,適里中馮生。叚③恭人前君三年卒。君卒以康熙己巳八月,距生之年丙寅,得年六十有四。以姪嗣煊為後,嗣煊卒,以嗣焜、嗣煜為後,以姪孫奭為嗣煊後,皆君所自擇而立者。君於內外行修篤如此,宜皆可銘。《銘》曰:

材賢天畀,匪直一科。橫鱗集翼,藹吉斯多。安平之壘,齊城嶵嶻。洋洋國風,暢彼條葉。泫氏之墟,壺山且長。蔽芾勿剪,茇④此甘棠。流風邈矣,復其孫子。君奮孤童,遠踵祖趾。餘分閏氣,產生駿雄。光岳所蔭,就日翔風。白楊蕭蕭,青竹斯在。摩簡䌷詞,投筆一嘅。

巡撫浙江、兵部右侍郎兼都察院右副都御史公孚張君墓誌銘

陽城古堯都東鄙地,其人能世其道德風化之美。以余所聞於長老士之以文學節概事功著名於時,近代則原襄敏公、楊正肅公、張太宰公,其尤卓卓在人覩記者。公孚,太宰公姪孫也。公孚其字,諱泰交,居虎谷里。其地在沁水傍,沁水一曰洎水,故又字洎谷。上世祖可紀者曰演、曰純、曰曉。曉以子昇貴,贈中憲大夫、河南衛輝府知府;以曾孫慎言貴,贈光祿大夫、太子太保、吏部尚書。高祖昇,明嘉靖庚戌進士,歷官河南左參政;以孫慎言貴,贈如其官。慎言,萬曆⑤庚戌進士,累仕至南京吏部尚書加太子太保,稱太宰公,著其官號也。曾王父天與,增廣生。王父慎思,貢生。父履祥,諸生。皆以泰交貴,贈如泰交官。公孚之始生,震雷繞舍,有龍起壁中。其明日,鄰媼夢天樂聲送兒來。公孚生而秀碩,有異

---

① 叚:四庫全書本作段。按:當作叚。《康熙字典》:"叚與段別。叚,乃假借之義,古馬切,俗通用,非是。"

② 叚:四庫全書本作段。

③ 叚:四庫全書本作段。

④ 茇:四庫全書本作芨。按:《詩‧甘棠》:"蔽芾甘棠,勿剪勿伐,召伯所茇。"作茇,是。

⑤ 萬曆:四庫全書本作萬厯。

質，髫齡即知問學。父遊覃、懷間，久不歸，迄不知在所。思慕悲號，誦《孝經》至"顯親揚名"，嗚咽不自勝。年十二，試於邑令，令奇其才。甫冠，大父歿，家益貧落，欲棄書冊為賈人者數矣。會祥符張君甫令邑中，試邑中諸童子，見公孚，尤奇之。初公孚業某經，至是，張君授以《春秋胡氏傳》，遂治《春秋》。康熙辛酉舉於鄉。壬戌，予承乏翰林掌院學士，領貢舉，同被命，則相國前吏部尚書錢塘黃公、工部尚書大興朱公、相國前戶部侍郎合肥李公，皆巋然耆宿。謂余以文字為職業，屬予勘定。至《春秋》卷，得公孚文，予曰："此可以魁其經矣。"諸公曰："中有'眷眷'兩字，未知所出。"予曰："有之。"諸公於是與予略有異同。予反覆公孚之文，未嘗不歎其果可以魁其經也。先是，予子壯履，誦《詩》及《易》。及見公孚通《春秋傳》，因令從公孚學《春秋》。蓋公孚之於《春秋》，可以為人師矣。公孚雖為進士，凜凜自修飭，恥干請，舍館授徒，士之遊其門者彬彬如也。居數年，家益貧。仕為太和令。滇南去京師萬里，予親為治裝，祖道別去。居五年，太和大治。行取授廣西道監察御史，巡視長蘆鹽政。御史例歲二八月內陞、外轉各一人，在差則否。公孚以特旨內陞，遷太僕寺少卿，提督江南學政。未一年，遷大理寺卿，數月，遷都察院左副都御史，又遷刑部右侍郎。未幾，巡撫浙江。自太僕至巡撫，累遷皆在學政差，蓋上之知人善任如此。公孚之在太和也，治大理，附郭民苦供億，多竄亡，兵占民居且十九，而悍卒驕橫，以縣庭為營房，令莫敢問。前令儗民屋以居。至則吏請就民屋，公孚謂："縣令命官，宜有體，何用民屋為？"遂馳入縣庭。方視事庭中，營兵來校射，公孚謂："縣令臨民地，非兵校射所。"語不孫，鞭撻之，於是諸營讋伏。永昌道轄七府，大理轄八州縣，而太和獨困煩役。提學道臨試及提督、道、府公廨修葺諸所需物皆累太和民。公孚曰："民曷以堪耶？"請以府歸五州縣，道署歸八州縣，提學道歸十三學使供其費，提督則自葺其廨，莫有違者。兵糧由府佐給，公孚曰："有司責也。縣收府放，徒煩轉運，何如縣收縣放之為便。"大吏韙其請。里中民夫苦輕役，力除之，雖上官皆出貲募，不復輕役一夫。營兵混民居，男女雜沓，為擇地立屋，由是兵民異處矣。歲編審丁戶，例有心紅千金之饋。公孚誓於城隍之神而革之。至學宮、城垣、義倉、義田，諸廢具興，不勞民力，此太和之所以大治也。公孚之詩，予不多見，今讀其《去太和》詩："點蒼石在無船載，洱海風狂有岸登。"此非名句耶？其流風可想見矣。其為御史也，有疏通選法、順天鄉試冒籍、山左饑民諸疏。一日朝退，見旗人索債，毆職官，問其所償，數已逾倍，毀其券，鞭其背，事涉勢要，弗顧也。賽黃彪李三者，巨猾也。以私怨殺人，誣山東人張乙所殺，獄成矣，鞫得情，乙釋焉。一日，過予云："刑部吏持文卷來獨遲，某廷笞之，刑曹譁然，以為例無有。夫笞吏非例，獨不猶愈於闒茸者流乎？"予時因朝會，語直公孚，譁者乃已。其在長蘆，申條約，革陋規，人憚服焉。其視江南學也，絕交遊，却私函，雖家書，必開封使人察之，無他語，始取視焉。而待士惟寬，士皆稱之，上由是愈益知公乎矣。其巡撫浙江，嚴交際，抑奔競，恤災眚，銷盜萌①，留標兵以壯節鉞，築江塘以弭水患，民賴以安。駕視河，士民請渡江，幸武林。上召對行宮，溫語延問。予時扈從，在武林，亦未及相過從。其後邂逅於吳門，執手為別。明年，公孚遂遘疾以歿。方迴鑾時，對閣臣言："張泰交居官甚優。"如是者再。上知公孚者甚深，而公孚之所以報上者，雖不能究其成功，而心力亦已殫矣。及臥疾，上章，辭歸里，上遣內閣中書噶爾泰馳驛往視。章未下而公孚病且革。前一日，諸案牘猶耳聆口授，及暮，便不成語，質明而逝。時四十五年正月二十六日，距生之年順治八年四月十二日，得年五十有六。上聞而悼惜，賜卹逾常等。予嘗謂陽城人有陶唐氏遺風，雖其人類能自立以有成，然更歷二帝、一王，迄今四千餘年之久，其漸被而陶染之者，德化之所及猶有存焉，況親逢聖人之教者哉！觀上之所以終始於公孚者，可以感發而興起矣。陽城人及予所接多偉人奇士，不具列而稱原、楊二公者，以長老之所傳聞世邈而論定也。若予所接，則姻婭友朋。予之言既不足取信來者，而又恐因是以累公孚也。若公孚之所為，既能承太宰公之家學，而或亦可以無慚於原、楊二公也矣。後世必有知而論定之者。公孚既幼失贈公，自稚長，每一念至，哀痛感人。友愛弱弟，弟亦恭謹甚。上嘗賜額"推誠遇人"。夫知人則哲，是之謂與？母范氏、前母曹氏，贈一品夫人。母范夫人之歿，公孚毀幾殆，叟②而目𦙾③皆裂。至為巡撫，目嘗不能良視，上見，每問焉。初娶潘氏，贈一品夫人。夫人當困窶，奉姑至孝，備極敬養之宜。及卒，太夫人悼慟，至以累其壽。繼暢氏，繼石氏，封一品夫人。夫人，某官某女，族貴而賢，容以德充，儀以教立，不福而災。又繼喬氏，實主裳帷脯醢之事，哀禮咸至，以歸於鄉國。初，暢夫人有二子，喪皆未及中，殤。將以某年某月某甲子合窆於某原之阡。女子子四人：潘夫人出者一，適前翰林張公道湜子廩貢生德渠，先卒；石夫人出者一，未許字；其二人，側室某氏、某氏出，一許字戶部左侍郎田公六善孫晉，一未許字。以從兄泰來子汝欽為子，今走千數百里以《狀》來謁《銘》於予者，汝欽也。汝欽敦厚有家風，克④纘前緒，用光於後，公孚為有子矣。《銘》曰：

生士鄉，同里閈。垂景耀，披芳翰。思古人，不我見。居是邦，慕喆彥。天茫茫，知際

---

①　銷盜萌：四庫全書本作鎖盜萌。按：當作銷盜萌。意即消滅盜賊於萌芽狀態。銷，銷毀，消滅。銷字不誤，不當改。

②　叟：四庫全書本作哭。按：《說文》："哭，哀聲也，從吅口，獄省聲。"作哭，是。

③　目𦙾：四庫全書本作目眥。按：當作眥，《說文》："眥，目厓也。從目，此聲。"《靈樞經·癲狂》："目眥決於面者為銳眥，在內近鼻者為內眥。"注："眥者，睛外之眼角也。"《淮南子·泰族訓》："聞者莫不瞋目裂眥。"眥，同眦。𦙾、胔均眥之異體字。胔，腐肉。《禮·月令》"掩骼埋胔。"胔、眥二字音同而義異，不能混用。

④　克：四庫全書本作克。按：《正字通》："克，俗充字。"從上下文看，應為"克纘前緒。"作克，是。

畔。君才富,十倍算。百年路,浩壇曼。吁嗟乎,纔過半。《銘》藏幽,發永歎。

奉直大夫達州知州立軒林公墓誌銘

余獲交海內賢士大夫垂五十年,最篤契者惟長洲汪編修鈍翁、新城王尚書阮亭二公而已。二公有入室弟子曰侯官林佶者,以二公故遊吾門,余亦以二公之學業期之。每來謁,視其色,輒愀然若重有憂者。予詢之,則知其父母老矣,以拔貢來京師,欲博升斗之養而不遂也。無何,佶歸覲,因舉於鄉而父歿。終喪,再上春官,不第。乃以獻賦,被旨留直武英侍書,而母又歿。佶哀號,痛祿不逮親而終天抱恨也。衰絰踖①余門,告奔喪歸葬,且捧其兄侗來《訃》,濡血篡《狀》以求銘先人之墓,余何忍辭?按《狀》:林先家莆,其遷福州,自元進士重器始也。四傳至明知江寧縣真,而林之家聲益大。又再傳而林之子姓始衍,凡十二傳而至於公,諱遜,字敏子,立軒其別字也。幼刻苦力學,為文踔厲風發,貫穿古今,奇而法也。久噪場屋,不售。國初,以歲貢授校官,旋中甲午鄉試副榜,膺特薦,始擇為吏也。令三原七年,以清節自砥,不名一錢,古之遺愛也。擢守開州,未朞年,遭父喪,去職。再補達州,噓癃噢殘,孑遺用康,施政理人,績未竟也。以不能媚事上官,投紱歸隱,返初服也。平生未嘗一日廢學,復不妄學,明體達用,根據《經》《史》,有大醇而無小疵也。教子弟,務循謹,守禮法,不汲汲榮名,朗陵、萬石之風也。二子皆通經學古,不溺流俗,灼然可致顯揚也。自少至老,撮抄羣書,幾等身。耄而勤,尤世所希,惜炳燭也。配陳宜人,福清諸生陳公自程之女也。產名家,多嫺行,歸公後,早經辛苦,井臼親操,中膺朱芾,荊布不改,勤且儉也。其大者則孝尊章,和娣姒;教二子,皆有學行;撫三女,兩以節孝著也。他如處親族鄰,並以恩禮,待藏獲以仁,凡尋常閨門之所有者,不足為宜人道也。嗚呼!公為州縣長,所至而民安之,去而民思之,居鄉而人敬之,無不稱為善人、長者,公之得於人而非蘄於人者也。罹兵亂,不能侵;遭荒歲,不能困;宦途險巇,履亨蹈夷自若。且與宜人俱享上壽,令德考終,公雖詘於天而卒未嘗不信者也。贈承德郎一鷟,封安人陳,公之王父母也。封奉直大夫鼎春,贈宜人施,公之考妣也。署教諭侗,己卯科舉人,武英殿侍書佶,公之二子也。字薛,未行,以純孝歿曰孟端;嫁署教諭陳國琦曰廷端;嫁廖超,奉旨旌表曰璋端,皆公女也。監生在崇、在峯,廩生正青,監生在衡、在羮、在岍,公之孫也。適莊宏者曰淑嘉,適莊應琳者曰淑平,適陳朝爵者曰淑和,適陳聖恩者曰淑禧,公之孫女也。曾孫男十二人,曾孫

---

① 踖:四庫全書本作踖。按:踖,當作踖,《說文》:"踖,小步也。从足,脊聲。"

女十人,尚幼也。萬曆四十七年五月十二日未時,萬曆①四十六年十一月初四日丑時,公與宜人生之年月日也。康熙四十年九月初六日子時,四十七年九月十七日未時,公與宜人卒之年月日也。公前以康熙壬午卜葬於北阡之長林莊,林氏先世聚葬之原也。今卜以某年月日奉宜人之喪合諸墓,從先志也。凡《狀》之所詳,余撮其大書之,其未詳者,有子若孫能傳而述之也。嗚呼!世族大家,世非乏也。然,遡四五百年名德相承,守譜牒,奉丘壟,詩書之道益昌如林氏者有幾耶?惟德與年,不可倖致,高行清節,蔚為儒師,且夫婦皆八九十歲如公者又有幾耶?佶所悲者,以不能取一第慰其親,又以不及視母之含殮為傷痛。然,人子之所以不朽其親者固自有在。佶憾雖無窮,而亦安以是為歉耶?況侍醫藥,治棺衾,有其長兄在,佶之哀其亦可稍紓已乎?余於汪、王二公,皆嘗有一日薦剡之雅,獨於佶未汲引,不能不往來於懷焉。然佶已自受知九重矣,儲其才以養其器,異日所以顯揚其親者又烏知所窮耶?是公與宜人亦可含笑地下矣。是宜《銘》。《銘》曰:

閩越無諸為始封,山川鬱積含敦厖。士不遊宦道自尊,自唐及宋迺漸通。儒先蔚起相撞舂,長林得姓林所宗。遙遙華胄莆田分,十二傳逮奉直公。讀書汲古深磨礱,一行作吏揚清風。卷懷引去直如繩,年高德卲聲彌弘②。夫妻白首相敬恭,生子侗儻才過翁。考文徵獻飫其躬,是穫是襲維年豐。有鬱北阡峙巃嵸,堂斧巄嶪排幽宮。左昭右穆環重重,松楸夾植薦豆登。既安既固神所憑,福流奕禩垂無窮。

封蕭母程孺人合祔墓誌銘

翰林侍讀德州蕭君視畿輔學政,公廉造士,顯聞於朝廷。事已報命,輒用親老乞歸養。至是,母孺人年八十有八,以康熙三十年十月二十九日終於里第。明年九月十五日,合祔於封某官府君之阡。先事,侍讀君以《書》《狀》徵《銘》於不佞敬,曰:“惟豫之侍吾母側也,時時為嬰兒戲,而吾母亦以嬰兒視之,惟豫忘乎吾母之年,而吾母亦忘乎惟豫之將老也。今則已矣,為嬰兒戲不可得矣。”吾聞其言而悲之。侍讀君以終、賈之年,蜚英館閣,及其奉使,司文教,風裁嶽嶽,不為俗浼。海內士林有識之流,聞聲相思,喁喁嚮望,宜且旦夕柄用。當此時,侍讀君年未及壯,棄其官歸養母,至二十五年之久。孺人期頤康強,考終無憾,而侍讀君追憶之言,猶自悲如此。余於侍讀君忝齊年,點僚伍,浮沉③一世,進不

---

① 萬曆:四庫全書本作萬歷。

② 弘:四庫全書本作宏。按:弘字不誤。乾隆名弘曆,為了避諱,改作宏。

③ 沉:四庫全書本作沈。按:沈同沉。

能有所建明於時,退不能安其親一日之養,如吾嚮者母夫人之大故,悠悠蒼天,抱恨無極,此吾之所以為悲者也。余既悲侍讀君之言,又竊自悲孺人之所以教誡其子有類於吾母者,可得一二指數焉。方侍讀君在館時,迎養孺人,俸錢不足食,晨餐夕膳,數進粗糲。孺人則喜曰:"為翰林一如為諸生,吾安爾養也。"是時,余亦迎養吾母夫人於京邸①。歸之日,解兒故敝衣,持以去,曰:"識之,願兒無忘布衣時也。"侍讀君告而歸,杜門深居,泊然無營。孺人為治生産。娶一婦,曰:"吾甚幸,猶能為爾娶一婦矣。"嫁一女,曰:"吾甚幸,猶能為爾嫁一女矣。"則又喜曰:"為鄉紳一如為諸生,吾不責爾養也。"余以母夫人病,請急而歸也,母夫人病良已,戒其子曰:"女往哉!吾為爾娶婦,嫁女,治裝具,給資斧焉,慎毋愛官家一錢。"蓋侍讀君督學,駐畿南,余過而遇諸途,泫然泣以相告也。俯仰三十年,出處離合之際,多有可悲者。孺人方登大壽以終,而先夫人宰樹已拱矣,此豈不尤可悲與? 孺人姓程氏,故指揮程公諱尚之女,生有淑姿,端愨慈仁。及笄,歸於封某官府君。府君豪俊不羈,遭家中落,孺人佐之勤儉,家以復振。撫異母男惟乾,不知其非孺人出也。孺人生二男子:惟晉,丁酉武舉人,鳳翔守備;惟豫,即侍讀君,戊戌進士,與余同讀中秘書者也。女三人,皆適士人。孫男九人,孫女八人,曾孫六人,曾孫女七人,元②孫男女九人。凡內外孫數十人。每遇良時節,集坐前,負者、抱者、臥枕膝者、牽衣跳踉舞以嬉者,孺人頷而樂之。驕矜之色,忿懥之意,生平無幾微見於容止。會地大震,侍讀君急趨掖以起,孺人從容言:"何蒼黃乃爾?"徐整衣出戶庭,其儀度閑飭類如此。所居竹竿巷,與田中丞雯母居比鄰,二母以賢德相式好。田母之歿,中丞以書幣走千里,使敬為《傳》,記母軼事,今以侍讀君之請而銘孺人,異日有傳列女如劉中壘其人乎? 並吾毋③而為二④,良可無愧詞矣。故宜銘也。《銘》曰:

世有母師,教始幃庭。微隱畢達,萬目指稱。黨序官政,以翼以行。我初受書,先母諷傳。發於其事,老而不顛。奕奕蕭君,儒流競賀。母誨良嗣,謹小至大。我蘄其施,蠟貌卮辭。君弘母教,士祝其尸。古求忠臣,於孝子門。白首孺慕,忍負大君。奉檄未晚,天與斯文。德水之陽,白雲如晦。幽堂萬年,芳儀儼在。我作銘詩,石永勿壞。顧瞻舊阡,輟筆遙嘅。

---

① 邸:四庫全書本作邸。按:邸,邸之異體字。京邸,貴族官僚在京城的住所。
② 元:四庫全書本作玄。按:康熙名玄燁,為了避諱,改玄為元。四庫全書本則仍用玄字,但缺其末筆。
③ 毋:四庫全書本作母。按:從上下文看,作母,是。
④ 二:四庫全書本作三。按:這篇《墓誌銘》,是陳廷敬為蕭侍讀之母而作。文中談到蕭母與田中丞之母在竹竿巷比鄰而居,"二母以賢德相式好",加上陳廷敬本人的母親,就應當是三而不是二,作三,是。

張母成太孺人墓誌銘

　　故陝西巡撫、右副都御史陽城張公,諱璂,以名御史受知世廟,擢撫闔、隴,政化大行,清名盛德,流芬海內。而以封通議公諱某府君為之父,今戶部主事茂生為之子,而成太孺人者,中丞之毋①,通議公之妻,戶部之大母也。戶部官於朝,聞太孺人喪,以冢孫請承重遄歸,手疏其大母內行,問《銘》於余。余方有母之喪,且祥矣,覿太孺人之事《狀》而益有慟乎吾母也。太孺人生七十年而歿,而吾母之年不能週一甲子;太孺人素健無恙,而吾母多憂善病;天與以劬勞有限之年,而遽奪於憂病相尋之日,視太孺人之康寧壽考,有豐歉之殊焉。悠悠蒼天,其謂之何? 而能不重余之悲也? 太孺人,姓成氏,父諱朝軒,母王氏,有家範。通議公元配延太淑人既沒,繼配太孺人。當此時,中丞公年十二歲矣。而通議公賈於黎陽、衛原之間,兩尊人俱在堂,晨昏孝養,惟太孺人是依。尤日夜課督中丞公,曰:"張氏世有隱德,而兒器宇異凡兒,他日興者,其在汝乎?" 而中丞公兄弟天性孝謹,用能得太孺人歡。余觀太孺人相其夫子,孝其公姑,教其子為世名臣,而康寧壽考,獲有寵榮宜矣。如吾母之淑德懿行,積憂病以終身,而曾不能安其子一日之養。無湯藥之嘗,無飯含之視,而為其子者猶然偷息人世,殆不如中丞公之生順而沒寧也,此又余之所以悲也。太孺人生以前明萬曆②三十九年四月十四日,卒以大清康熙十九年三月六日。子四人:璂,癸未進士,即中丞公;璘,官生,候選州同知。俱延太淑人出。璿,廩膳生員;璀,國子監生,候選州同知。女一人,太孺人出。孫男三人:茂生,廩生,戶部浙江清吏司主事;捐生,拊生,俱幼。孫女三人。庚申十一月某日,祔葬於通議公下佛之阡。《銘》曰:

　　猗嗟張母,教以成其子。母兮鞠我,我則昧罔恥。澤猶杯棬,跡陳圖史。忍令喆母,有子如此。師彼賢豪,以終吾母之志而已矣。

馮母楊夫人墓誌銘

　　余少時伏里中,聞代郡馮秋水先生學本經術,以《麟經》世其家。起而為吏,所歷有聲名。余雖不及見公,心儀其賢。及後登朝,忝貳國子師。公之子雲驤,實分教諸生館下,賴君力以廉正佐佑余,余得不愧於諸生,余用是知長君之賢。余為翰林學士,與庶常諸君相

---

　　① 毋:四庫全書本作母。按:從上下文看,作母,是。
　　② 萬曆:四庫全書本作萬歷。

周旋,公之子雲驤,從授經者數年,又以知次君之賢。次君之子甕,少年取科第,時過從於邸中,余於是益知馮氏三世皆有文而賢,何其盛耶! 余去京師,兩馮君皆將母家居,康熙甲戌,余被召來京師,見甕,問夫人無恙。夫人者,秋水先生方伯公之配,而大馮君以參議辭其官,小馮君以翰林編修請於朝,朝夕侍養,所云"將母來諗"者也。越明年乙亥,夫人卒,兩馮君為《狀》,介修撰胡君孟行以《銘》來請。余與馮氏游舊矣,況重以孟行,其曷可辭?余乃今知馮氏之三世有文而賢者皆以夫人也。夫人生有貴徵,通詩書,明大義。初歸於馮也,姑太夫人以苦節孀婦,時臥疾,夫人襘裯不解,目睫不交,累日窮年,侍益以勤,至脫簪珥以充甘毳①,省侍御服用以佐夫子所不逮。由是方伯公入則承歡,出則問學,益得肆其力於翰籍鉛槧之場,與當世賢士大夫交游,意雍容自得也。迨舉賢良方正,自為灤州守以至大官,夫人未嘗不從,以奉其姑,以佐其夫子,著短布澣濯之衣,辟績不少休。人謂夫人:"貴矣,何苦復爾?"夫人謝:"淡泊吾所安,亦令兒曹體吾意耳。"其時,大馮君已成進士,而夫人戒懼其詞。由是方伯公感夫人意,砥節礪操,乾乾不懈,始終為世聞人。先是,順治初,公備兵西寧,賊數萬騎薄城下,夫人與公約必死。當是時,編修君始生,夫人屬乳媼曰:"城破在旦夕,我夫婦為人臣子,必死於難。此兒生不幸,不能復相顧矣。"在圍城中四十日而始解,誘之百端,公不為動,夫人實相之。由是,方伯公堅忠亮之節,著攖城之功,世莫不賢之。夫人平居,教諸子孫,五六歲時,皆口授以《孝經》《論語》,矻矻晨夕不厭,而兩馮君及子姪,皆後先策名於時,其所造進,方未易量。余故曰:"馮氏之三世有文而賢者,凡以夫人之故也。"自方伯公之移疾而歸,歸而歿也,夫人蚤夜劬辛,執勤儉以推慈逮物,凡養孤獨無告以百人為率,月人給米一斛,病醫藥,冬裳衣,時其緩急,今行之三十年所矣。余謂馮氏之興未可量者,事殆有徵也。故非夫人之澤不及此。夫人姓楊氏,明庚辰進士、兵科都給事中恂女孫,太學生可植女,年十八,繼室於方伯公。公貴,封夫人。初,公娶傅夫人,生參議君,四歲而傅夫人歿,遂養於王太夫人。夫人歸馮,而請於太夫人曰:"新婦當日夜奉太夫人歡,奈何以孺子憂太夫人?太夫人無自勞苦,新婦自能子孺子。"王太夫人喜。夫人撫視,恩勤備至,參議君迄今《狀》夫人而號泣:"天乎,竟奪吾母!"蓋幾不知夫人之非己出也。嗚呼! 夫人信賢毋②已。秋水先生諱如京,秋水其字,官至廣東布政使司左布政使。男二:傅夫人出者雲驤,乙未進士,福建督糧道、布政使司參議;夫人出者雲驤,

---

① 甘毳:四庫全書本作甘脆。按:甘脆,一作甘毳。《戰國策·韓策》:"仲子奉黃金百鎰前為聶政母壽,聶政驚,愈怪其厚,固謝嚴仲子。仲子固進,而聶政謝曰:'臣有老母,家貧,客游以為狗屠,可旦夕得甘脆以養親。親供養備,義不敢當仲子之賜。'"《史記·刺客列傳·聶政傳》在談及此事時則說:"我以旦夕得甘毳以養親。"甘毳不誤,不當改。

② 毋:四庫全書本作母。按:從上下文看,作母,是。

丙辰進士，日講官、起居注、翰林院編修。孫男六：璧，乙卯舉人；甕，戊辰進士，廣西梧州府同知；磏、厤，庠生；礜、堅，幼。孫女六人。介夫人之《狀》以請余銘者，編修君典試所得士。初，編修君之奉命典江南試也，夫人戒之曰："江南人文大邦，汝先君之舊涖兹土也，其無廢先子之功，汝往，慎之哉！"編修君頓首受命。所取士，後對策，果以狀元及第，則今之介夫人《狀》者胡君也。夫人言行皆應《銘》法。《銘》曰：

世無少君若孟光，神明乖違愆陰陽。遙遙賢淑連梓鄉，才德殊邈匹配良。斷織勸學感樂羊，慈逾所生如穆姜。禮宗母師代所望，惠班①《女誡》羅縑緗。躬勤餘廩霑翳桑，布施福德能思量。儒門淡薄家風長，像末陵彝邪熾昌。懸鼓定水皆微茫，優曇鉢花難再芳。考終往生理則常，為世標景與津梁。我《銘》懿行心洋洋，金石可泐詞無傷。

乳母趙墓銘

乳母趙，乳陳氏兒廷敬。時歲饑，兒生月有十日，凡以乳入陳氏門者已連十許輩，兒見輒啼。趙來，兒就其乳食，則不啼。趙一乳窒，以一乳乳兒。母夫人憂之，更易他乳，又輒啼不食。於是，趙乳兒五年。出陳氏門，年七十二，以疾卒。及見所乳兒官御史大夫云。蓋至是，母夫人見背已九年矣。當夫人在時，及見廷敬為翰林學士。於時，方優游文墨之塲，責輕而寵深，有餘樂而無他憂也。比者，洊歷公卿，出入禁闥，兢兢乎懼不克終。吾少而病，老而憂，憂之時，吾母夫人不及見而趙見之。今已矣，誰其憂吾之憂者？趙卒以某年月日，某年月日葬於玉溪之西原。《銘》曰：

玉溪之泉，其流濺濺。玉溪之峰，高雲游空。既固既崇，安保母之躬。

《午亭文編》卷四十六　　男壯履恭較

---

① 惠班：四庫全書本作惠班。按：惠，當作惠。班昭，字惠班，後漢著名史學家班彪之女。博學高才，作《女誡》八篇。

《午亭文編》卷四十七

門人侯官林佶輯録

神　道　碑

贈通議大夫、通政使司通政使張公神道碑銘

康熙二十七年六月，吏部左侍郎鵬言於朝曰："臣遘罹閔凶，父母相繼早亡。父之亡，葬①不克備禮。臣幼受學祖父。祖父白首窮經，年逾大耋，卒。卒時，家貧無以葬。海氛薄江上，迫臣家，祖父母、母三喪倉皇皆厝淺土。風雨飄零，有同暴露，竟三十年。臣有祖父母、父母以至今日，祖父母、父母有臣，無以安骸骨。今臣年已衰暮，門祚單薄，終鮮兄弟，晚無嗣息，不幸一旦填溝壑，無以見先人地下，昧死請歸展丘隴。"朝廷憐其志，報曰："俞。"始鵬在御史臺，謂其同官陳廷敬曰："吾父渴葬，塚中未有《銘》，念日夜不敢忘。得當世有文而行誼高、言可徵信者，即外碑顯為《銘》，以章吾父之令德，庶幾可無憾，將以待子。"余謝非其人，不能。鵬以節鎮撫山東，及行，再請，余再辭。後又相聚於京師，及為吏部，又同官，請益勤。今其行也，泣謂余曰："吾嘗數匄於子也，子毋辭。"鵬言："公白皙修髯②，眉目如畫，飄然塵埃之表，意澹如也。而門內修謹，孝於二親。母王淑人喪，號泣如嬰兒。事繼母潘淑人孝，尤達於里閈。潘生子士桂，公友愛如同母生。蓋是時，王父年七

---

① 葬：四庫全書本作塟。按：《說文》："葬，藏也。從人死在茻中。"俗作塟。
② 修髯：四庫全書本作脩髯。按：脩同修，長也。髯，俗作髥。《說文》："髯，頰須也。"

十矣,下帷攻業制舉。公跪而請曰:"大人膝下有少子幼孫可指誨,大人緝學,志不詘,天或者將大厥後,願無自苦。"王父於是始辭諸生,壹意以教子孫。讀書佛寺中,公親定省昕夕,不以風雨寒暑偶輟不至。時物新果,王父或未嘗①,公不忍食。歲時比鄰召會,見新果物,必奉以歸。人知公篤於孝也。重然諾,輕財,好急人絕乏。行委巷,聞呻吟哭泣聲,必側立久之,潛聽,審知其疾病飢寒死喪之戚,則使人遺之錢米或他物,傾囊篋弗顧。受遺者驚問所自,終不令使人通姓名。村氓張某應里役,虧賦米百餘石。歲饑,無所取斂。縣官催呼急,氓懼,攜其妻投於河。傍一人見,救之,夫婦得不死。其人謂氓曰:'我聞城中張君好義急難,我與若俱往見張君,張君宜可活汝。'氓以其妻隨其人與俱來,公曰:'吾為汝辦此,勿憂。'然,實無米。明日,假於他所,得米完如氓所虧數,氓以是得活。明年,公道過氓,疾作,遂卒氓家。當此時,鵬與弟鷗應童子試於澄江,王父率以往。比歸,鵬不得視含斂。公卒以癸未夏五月二十六日,年若干,權厝城南薛家園。明年甲申,遭亂,鵬奉王父、母淑人避東潭,不得歸。五月,王師渡江,園人以兵故,窆公於其園後山,其後依山屬壙,樹松柏,闢神道以表墳妥靈,今又揭以龜趺螭頭之石,蓋公實葬於斯矣。"余既感其言,信公之德,又辱交其子之賢也,是皆宜銘焉。公鎮江丹徒人,諱士梅,字調鼎,贈通議大夫、通政使司通政使。曾大父諱某,大父諱某,與公同贈官,諱某者則其父也。母王氏,贈淑人,公配韋氏,贈淑人,有孝行,與公齊德,後公若干年卒,別葬,不祔。子男二人:長即鵬,進士,官吏侍以請於朝者;次鷗,諸生。《銘》曰:

于田播畜,于堂搆基。惟父邁種,厥子似之。公父斯賢,家不外師。克肖惟孝,百行以治。如垣既崇,益增其卑。如穧多稼,如梁如茨,不昌其躬,是燕是詒。岡壠鬱鬱,清江瀰瀰。有華苗胄,視此銘詩。

墓　碑

通議大夫、詹事府少詹事加詹事府詹事定齋崔公墓碑

公諱蔚林,學者稱定齋先生。其上世小興州人,明初徙保定之新安。曾祖諱起堂。祖諱環。父名九圍,順治辛卯舉人,以東明教諭薦為白水知縣,累封通議大夫、起居注日講官、詹事府少詹事兼翰林院侍講學士、加詹事府詹事。母杜氏,贈淑人。通議公精彊嗜學,

---

① 嘗:四庫全書本作嚐。按:《說文》:"嘗,口味之也,從旨,尚聲。"或作嚐。

修行高潔。有子三人,公其仲也。公順治十四年薦於鄉,十五年舉進士,中其科,於余為同年生,同館閣最久。初見公,英爽不羈,慨然有志當世之務,慕劉公因、楊公繼盛之為人。曰:"此吾鄉先生。"好稱數其遺事。後相國熊公在翰林,倡明理學。公既與游,遂研索諸儒之書,往復論議,浩然有得。曰:"道其在是矣。"蓋公自庶吉士,一年授翰林院檢討,又三年,遷內弘文院侍讀,二年,遷侍讀學士。於是,公年始踰三十矣。公曰:"吾歸事吾學耳。"通議公歸自白水,卜居長垣,公遂乞省視以歸。居長垣,益發篋書讀之,尤潛於《易》,嘗論周子《太極圖》"動而生陽,靜而生陰,一動一靜,互為其根。"此際猶少漸生漸長之義,乃自為《圖說》。後見瞿塘《來易》,曰:"此所謂先得我心",遂引所為《圖》焚之。其服善而不近名如此。訪孫公奇逢於蘇門山,留十許日,寓書於其同學曰:"比登歡臺,歷邵窩,觀梅弄竹,想見春風舞雩之致,不知天壤間更有何樂可以易此。"丁繼母劉淑人憂,服闋,補翰林院侍講學士,直起居日講轉侍讀學士。居三年,又假以歸。家居三年,復補侍讀學士,兼職如故。一日,侍起居,上顧問:"歷官幾何年?業何文字?其錄以進。"公奏言:"蒙恩二十餘年,兩以假歸家居,前後十年,曾究心經書傳注,略有愚昧識解,容臣繕錄呈進。"明日,齋沐,書《致知格物說》以進。上命講《格致》之義,不襲前儒成說。上曰:"然則朱、陸之說非與?"公言:"臣不敢以朱、陸為非。顧臣十年來體認,所見如此。"是年,加詹事府詹事,陞少詹事兼侍讀學士,加詹事如故。久之,祭告長白山,歸詣行在。上慰勞曰:"長途良苦。"公自再侍起居,又四年,得疾,以告罷歸,家居五年而卒。公為學專務自得,不徇世見以為苟同。然其與人學,語有合,雖輩儕欽事之。嘗見上蔡張仲誠沐於京師,語人曰:"自我見張仲誠,頓覺能割俗情。凡事自己可作張主,是非利鈍,聽之己矣。"初為學語:"學有三關:義利、毀譽、死生。"晚而所得邃深,曰:"其實義利二字盡之矣。"戒著書太早,不輕立言。所著有《四書講義》《解易》各數卷。公病革,通議公曰:"汝雖年不酬志,與魏、湯二先生生同心,死相從,可以無憾矣。"蓋蔚州、睢州相繼淪喪,公哭之慟。睢州喪還,公遣子漢源往弔而公卒,漢源不及見也。卒以康熙二十六年十二月十三日,春秋五十三。公初娶梁氏,贈淑人。再娶張氏,封淑人。子男二人,長漢源,拔貢生,有文學;次渭源。女四人。將以明年十月葬於長垣東郭鄧岡之原。吏科都給事中楊君爾淑,以漢源《狀》來,乞其墓道之《銘》。楊君,公同學,不以盛衰死生易其心者。余既與公以學相知,且楊君之言曰:"銘公,公志也。"遂銘之。其文曰:

　　凡學之道,行知尊聞。有華其末,而忘其根。有念其本,而陋是因。聖道既邈,能弘者人。崔公之學,貴為自得。不泥古陳,有識其默。取左右之,源深以特。如公之材,不學而官。孰扼孰柅,孰擠於淵。旦暮焉已,曷克萬年?德懋名邵,久而彌大。斯文山河,俟彼礪帶。先生之藏,爾後保艾。

明處士李鹿山暨配王氏孺人之墓碑

處士，沁水土沃里人，諱曰光輝，字曰充實，鹿山其號，學者稱之處士。早惠好學，家故貧窶，失母益困。會流賊起，所過劫殺人，燔燒廬室。處士流離無所依，就澤州周村鎮居焉。遭疫以殁，藳葬村之南鄔①。孺人王氏，提其孤返其故處，日夜績而教其孤，蓋少而老矣。孤為諸生，明《經》，貢於廷。有子二人，皆知讀書。當處士殁時，年二十有六，孺人年二十有二，而孤六歲耳。此雖孺人之志操則然，亦可見處士之刑於家者有足多也。孺人卒年八十有五。孤廷棟，康熙甲子歲貢生。孤之子膚功，庠生；敏功，業儒。膚功，吾舅氏之子婿而與吾弟素心以文字交游者也。處士之葬，卜地曰才茂城。膚功介吾弟屬吾題其墓道之碑。夫處士之為人，孺人之存孤，孤之子能不忘其先世之美，是皆有可記者云。

清故前兵部尚書張公②墓碑銘

前明兵部尚書張公，諱鏡心，字晦臣，累官兩廣總督，徵拜兵部左侍郎，尋加尚書，總督薊遼，不受事。家居二年而明亡。入國朝，順治十二年某月甲子，春秋六十七，終於家。公殁二十三年，公之孫榕端以進士選為庶吉士。予時在翰林，掌院事，榕端高其大父行，請於余以其墓道之《銘》，今十有二年，乃始泚筆記公事。蓋公之殁已三十五年所矣。公起家天啟二年進士，為蕭縣令。當此時，閹豎專國柄，士大夫黨朋。公解褐，介廉自立不阿，然，已為海內數正人所器顧交矣。為蕭朞月，大治。調定遠，立脫冤獄數十輩。又調泰興，為民辦漕賦，所全活數萬家。倪公元璐，方為東林傑魁，數貽詩褒③答。崇正④初，以治行殊異，擢禮科給事中。時國論紛囂，疆域衝決，公所言皆戰守大計。流賊大蹂河北，公言宜分路掎角，控懷、濟、塞輝、林、扼靈、陝。而靈、陝一路近河，通關中，地尤重。武陟則委客帥左良玉，益增兵而置監軍，皆用公言。朝廷方尚操切，以法繩羣下，皆重足結舌，莫敢出氣。公獨言求治毋太急，御下毋蓄疑，公好惡，慎喜怒，布誠信，去詗察，辨忠佞，惜人才，省刑誅，行蠲恤，嚴保舉，抑躁競，簡練京軍，責任樞撫，言切劘時病。宜興以刻深希上旨，陽遺書公："此十漸疏也。"公報曰："畿東失守，過在將領，而連逮中樞，遂謂卿貳庶司悉可罪。大獄起，人爭畏事縮項，緩急孰敢倚？主上嚴，則輔臣濟以寬，未聞以火濟火。"宜興得書不悅。又因天變，陳"《春秋》之義，必有臣下擅權以干天怒者。"宜興滋不悅。公以吏科都給事中典大計，烏程欲有所釋憾，授意公。公笑："吾豈能為執政報私怨哉！"拜太常少卿，遷大理少卿，乞終養，不許。轉南光祿卿。居二年，以公總督兩廣。粵幅員濶，山獠澳寇，至紛不可治。又中土新被兵，相響應，遙和為亂。公至，陽生陰殺，文教武威。濱海數十郡，接日本、占城、暹羅諸島國，公相視要害地三，宿重兵。港口施椿，閩賊舟不得前。以意造三艨艟，實火器甲卒三千其中。凡為應敵者，備具山海間。訖公之時，母①敢為亂。楚寇張，公既請沅、虔②、粵合師以勦，則堅壁壘，屯險陋，明立賞格，多出金募材勇士。兵氣既奮，乃令驍將深入賊境，轉戰兩晝夜，斬千餘級，賊大挫。公遂督諸將乘勝搗高獠、紫獠二源。二源者，賊所窟巢，諸將有難色。公喻之曰："池魚阱獸，可一舉盡也。若令縱壑走壙，力難致矣。楚寇即粵寇，何以觀望為？"令一師從合水源趨主簿峝，而別遣偏師走鳥道襲得峝。峝在源上，兵皆乘高下擊賊，賊不支，破高獠，賊盡奔紫獠，縱火赭其山。挾水勢進攻，而紫獠遂破，盡禽劃平王郭子奴諸渠賊，自嘉靖百年逋盜皆盡。是役也，沅為主兵，虔、粵以客兵從，粵功最。楚人當國，右沅。後諫官訟於朝，公亦弗以為意也。安南黎、莫搆兵，廣西巡撫請存莫圖黎，公力言其失計，輯《馭交記》二十卷以進。盤古峝在萬山中，盜阻險為粵患，公卒用威信，降其人而還。公在粵凡五年，數平劇寇，繕兵、積粟、通鹺、修築諸城堡。生黎內附，乃立學置師，以《小學》《孝經》教其人。公故廉，蕃舶犀珠之賄以為故常者，公皆罷之。廷推吏部尚書者再。已而，擢兵部左侍郎，既至，命代薊遼總督，加尚書。後所代者至，公以母老請侍，辭歸。賊急攻汴，公即家上疏，請河北設鎮臣及勿罷省試。明亡，浮游江湖間，自號雲隱居士。大臣累薦，不起。公為人氣意忼慨，不為崖異，所交游范公景文、蔣公德璟、黃公道周、劉公理順及前所云倪公元璐其人也。黃公下詔獄，親知屏跡，畏禍及。公獨使人左右黃公，傾篋金三百遺其子。黃公即獄中為詩報謝。吾不及見公，知公所從與游，皆天下所指名，故其事業出處不苟如此。榕端賢而世其家，高公之行，而屬予以其墓道之文，予安可辭？公元配秦淑人，繼配李淑人，皆有賢德。男子六：沅，官生；溯，歲貢生；滷③，壬辰進士，內翰林弘文院庶吉士，贈編修；衍，廩生；沖④，副榜貢生；

---

① 母：四庫全書本作毋。按：從上下文看，作毋，是。

② 虔：四庫全書本作虔。按：虔，當作虔。虔，州名。隋於南康郡置虔州，唐因之。南宋改曰贛州，清為贛州府，屬江西省。虔，虔之異體字。

③ 滷：四庫全書本作潛。按：據《清代進士題名碑》，張滷為順治九年壬辰科二甲二十一名進士。滷字不誤，不當改。

④ 沖：四庫全書本作沖。按：沖雖與沖通，但是，張沖為張鏡心之第六子，其餘五人為沅、溯、滷、衍、瀞，均從氵，沖亦不當例外，作沖，是。

瀞,貢監生。女子一,適貢監生李軩。孫男十三:槐韓,廩生;榆雍;模徐;榕端,丙辰進士,翰林院編修;椰景、橋恒、楠蓬、傳崐、樾康、楷達、棟書、梅調、柚雲,皆庠生。公卒之歲八月,既葬槐樹村之原,兩淑人祔。康熙十八年,子沖①等改葬南城村先塋之次。公所著有《孝友堂集》如干卷,藏於家。《銘》曰:

　　明裒西隴,盜流於郊。高冠大佩,顧視逍遙。朅朅張公,宜在師中。建牙於南,百蠻是監。公奮其劍,張皇指霍。羅浮為鐔,庾嶺則鍔。波海不揚,清湘洋洋。粵無燧烽,自西徂東。公何不還？靖此一方。公還廈覆,揭拄靡及。公功在兵,公事在牒。惇史其誰,考於斯詩。

墓　表

吳梅村先生墓表②

　　蘇州郡治西南三十里西山之麓,有壙罜如者,詩人吳梅村先生之墓也。先生宦達矣,行事卓卓著於官,而以詩人表其墓者,從先生志也。先生諱偉業,字駿公,晚自號梅村。五世祖凱,前明永樂間舉孝廉,官禮部主事。年三十,以養親乞歸,遂不出,世稱正孝先生。高祖愈,成化進士,官河南參政,並見《吳中先賢傳》。世居昆山。曾祖南,以善書授鴻臚。祖議,始遷太倉。父琨,能文章。祖、父皆受先生封為中憲大夫。先生少聰敏,年十四,能屬文,里中張西銘先生以文章提唱後學,四方走其門,必投文為贄。不當意,即謝弗內。有嘉定富人子竊先生塾中稿數十篇投西銘,西銘讀之,大驚,後知為先生作,固延至家。同社數百人,皆出先生下。弱冠舉於鄉,為崇正③辛未科會試第一人,廷試第二,授編修,是時,年二十三耳。《制辭》云:"陸機詞賦,早年獨步江東;蘇軾文章,一日喧傳天下。"當時中朝士大夫皆以為不媿云。崇正④中,黨事尤熾。東南諸君子繼東林之學者號曰復社,虞山以東林之末響為復社先,而先生西銘高弟也。西銘既為復社主盟,先生又與西銘同年舉進士,故立朝之始,遂已大為世指名。當是時,淄川張至發,烏程黨也。繼烏程而相,剛愎過烏程。先生始進,即首劾淄川,奏雖寢不行,其黨皆側目。頃之,遷南京國子監司業。時黃

① 沖:四庫全書本作沖。
② 吳梅村先生墓表:四庫全書本刪去此文。
③ 崇正:四庫全書本作崇禎。
④ 崇正:四庫全書本作崇禎。

道周以事下獄，先生遣監中生涂某賫表至京，涂伏闕上疏，申理道周。黨人當軸者以為先生指使，將深文其獄以中先生。會其人死，乃已。旋奉使河南封藩。丙子，典試湖廣，當時號得士。尋遷中允、諭德，丁嗣父艱，服除，會南中立君，登朝一月歸。本朝初，搜訪天下文章舊德，溧陽、海寧兩陳相國共力薦先生，以祕書院侍讀徵，轉國子祭酒。尋丁嗣母憂，歸於家，時年四十五。先生既無意於時①，年力尚強，閉戶著②數千百言，而尤以詩自鳴。悲歌感激，有不得於中者悉寓於詩。時東澗在虞山，先生居婁東，皆以詩倡海內，海內宗之，稱吳中二老。余生稍晚，不及見兩先生，讀兩先生詩，如受教焉。虞山之後無聞矣，而先生令子給事中暻以詩世其家。甲申，余為薦於朝，遊余門，與論詩，相得也。丙戌冬，丁其生母朱安人艱，將合葬，泣而來請曰：“先人治命云：‘吾詩雖不足以傳遠，而是中之寄託③良苦，後世讀吾詩而能知吾心，則吾不死矣。吾死，以巾服殮④。吾性愛山水，葬吾於靈巖、鄧尉間，碣曰：詩人吳梅村之墓足矣。不者，且不孝。’暻不忍違先志，敢請一言以表之。”按：先生生前明萬曆己酉，以康熙辛亥卒，年六十三。元配郁氏先卒。子三：暻、瞵、暄，皆

---

①　於時：馬甫平點校本作功名。按：功名有廣狹二義。狹義的功名，指科舉時代的科第。吳梅村為崇禎二年辛未科會試第一名，廷試第二名。他已登上科舉制度金字塔的頂峰，不能說他無意於功名。廣義的功名，是建功立名。吳梅村是復社的重要成員，又因崇禎二年廷試名列第二，即授編修，“立朝之始，遂已大為世指名。”清王朝建立後，因兩江總督馬國柱、內弘文院大學士陳之遴、內祕書院大學士陳名夏、吏部左侍郎孫承澤等人力薦，他被徵為祕書監侍讀、轉國子監祭酒，不久，就以丁嗣母憂歸家，閉門著書，而尤以詩自鳴，與錢謙益一起，以詩倡海內，被稱為“吳中二老”。也不能說他無意於功名。陳廷敬比吳梅村小三十歲，陳廷敬到北京應試、任職時，錢謙益、吳梅村早已歸隱。陳廷敬沒有見過錢、吳二人，“讀兩先生詩，如受教焉。”對他們的生平也非常瞭解。陳廷敬還舉薦吳梅村的長子吳暻入朝為官，交往甚密。他很清楚吳梅村歸隱的原因，所謂“無意於時”，就是對吳梅村這位明朝遺老不願為清統治者效力的委婉的表述。如果改為“無意功名”，就和吳梅村的立身行事大相徑庭了。於時不誤，不當改。

②　著字後當有一書字。

③　寄託：馬甫平點校本作用心。按：古人稱詩文之言在淺近而託意深遠者為有寄託。用本文中陳廷敬的話來說，就是“悲歌感激，有不得於中者悉寓於詩。”至於“用心”則是指詩文的寫作方法和技巧。陸機《文賦》說：“余每觀才士之作，竊有以得其用心。夫放言遣辭，良多變矣。妍蚩好惡，可得而言。”如果改“寄託”為“用心”，就把吳梅村詩的思想內涵抹煞了。這是吳梅村最不甘心的。所以他在遺囑中說：“吾詩雖不足以傳遠，而是中之寄託良苦。後世讀吾詩而知吾心，則吾不死矣。”他的兒子吳暻之所以請求陳廷敬為吳梅村寫《墓表》，一個重要的原因就是為了實現吳梅村的遺願。改“寄託”為“用心”，豈不與吳梅村的遺願背道而馳？

④　以巾服殮：馬甫平點校本作毋以厚殮。按：在等級森嚴的封建社會，死者入殮時的穿戴，必須符合他在世時的身份。吳梅村歸隱前是清王朝最高學府國子監的祭酒，為從四品。他死後，應按這樣級別的官員入殮。他在遺囑中，卻要他的兒子“以巾服殮”，“巾服”，是明代儒士的衣冠，這和他在遺囑中要他的兒子在他的墓碣上不題“國子監祭酒吳梅村”而題“詩人吳梅村”一樣，不承認自己是清王朝的官員。這是他的政治立場的又一突出表現。如果改為“毋以厚殮”，他和那些效忠於清王朝的以廉潔自守的官員就沒有區別了。“吾死，以巾服殮”是吳梅村神智清醒時留下的遺囑，即本文中所說的“治命”。由他的兒子吳暻告訴陳廷敬，陳廷敬據以寫入《墓表》，其真實性是不成問題的。“以巾服殮”不誤，不當改。

朱安人出。女子九人。朱安人以康熙四十五年丙戌七月二十六日卒,與郁夫人皆袝葬於
先生之墓。是為《表》。

封徵仕郎、內閣中書舍人喬公墓表

寶應喬公聖任,有子曰萊,官翰林編修,以其先君《狀》《誌》及史家所為立《傳》示廷
敬,請表於其墓。夫《史》之行有日矣,公名在《列傳》,傳信將來,復何取夫余言也?且吾
言烏足以重公,敢以是辭。編修君又介翰林學士張公敦復書以來,曰:"《史》以行世,而
《表》以揭諸其墓也。且編修君必以子言為重,子不可以辭。"則採史氏所記,合以編修君
之言而略為詮次之。按:公諱可聘,字君徵,又字聖任。世居寶應之柘溪,因又自號柘田遺
農。父贈侍御公諱份,母贈太安人沈氏。初,贈侍御公嘗為里廠長,拾遺金,還其人。又嘗
焚折券契以行義種德。沈太安人得公晚,欲不舉。夢神人止之,乃舉。公生而穎敏絕人,
好學能文章,中天啟壬戌進士,授中書舍人。是時,奄人魏忠賢顓國柄,公亟以終養告歸。
崇正①改元,補前官,主山西鄉試。久之,考授監察御史,巡按浙江。以都御史陳乾陽誣,
降應天府知事,陞大理寺寺副,轉寺正,皆不就。福王南渡,仍起公御史,掌河南道印。王
師下江南,公棄官歸。康熙十四年閏五月七日卒於家,距生之年萬曆②己丑,享年八十有
七。公之始為中書舍人也,朝著濁亂,羣小附奄,戮辱賢士大夫,刊章鈎黨,海內紛然,正人
君子,悉罹刑禍。公於是時請告急歸,殆《易》所謂:"見幾而作,不俟終日"者矣。及崇
正③初,奄既被誅,公復為中書舍人也,當是時,黃公石齋、劉公念臺、倪公鴻寶、馬公君
常④、陳公幾亭,此數君子者,皆世指目所謂東林黨人也。公與之游,日夜相切劘,辨學術
真偽,政治得失,人才邪正,慨然欲以天下為己任。吏部左侍郎張捷嘗力薦呂純如為本部
尚書,葢純如名隸逆案,有旨不許。給事中呂某遂薦捷為之。公上疏言:"逆案者,亂臣賊
子無父無君之案,百世不可改易者也。羣小方興金載寶,謀欲攘臂搤掔,乘間以翻此案。
今捷舉純如,呂某即舉捷,彼唱此和,相倚為奸。若不早折其萌,則凡在逆案中者必彈冠相
賀,眈眈逐逐而來,大禍自此始矣。"疏上,公望益著,呂訖外轉。公居官潔清儉約,風操屹
然。有閻樂山者,以偽為璽書事發,刑部鞫訊具供:"此弊沿百餘年,惟掌印中書喬某不受

---

① 崇正:四庫全書本作崇禎。
② 萬曆:四庫全書本作萬厯。
③ 崇正:四庫全書本作崇禎。
④ 君常:四庫全書本作君嘗。按:馬世奇,字君常,江蘇無錫人,明崇禎四年辛未科二甲十名進士。
嗜學有文名,官至左庶子。農民軍陷京師,肅衣冠,捧所署司經局印,望闕跪拜畢,自縊死。常字不誤,不
當改。

賄,故事發耳。"天子聞而嘉歎焉。其庚午主考山西也,號得人最盛,後多為理學名臣。余伯父侍御公實出其門。又奉使還朝,數言時政得失。時相溫體仁憚公正人,遣所親微諷之,願一到門,臺省可立得。公笑謝以不能,竟不往。凡在中書十年,始得考授監察御史。其為御史,陳官守言責,疏甚切至,天子覽疏中所欲見之施行者,輒御筆以硃圈之,多至六十四圈,宣付史館。前後諸臣所上章未有此也。其巡按浙江,浙官吏凜凜相戒,勿犯喬御史。權貴嚴憚公,無敢以私干者。嘗出巡金華,舟阻水漲,求縴夫不得。知縣盛王贊持手板立雨中,大聲曰:"村民方事東作,縣令請以身代役。"公乘肩輿冒雨去。人謂王贊且得罪,公立薦於朝。其公忠無己類如此。蓋公外剛內和,不尚刻激之行以釣取聲譽,雖與東林諸人相交遊,其是是非非,不肯苟雷同附和也。在籍侍郎蔡奕琛,故與溫體仁同里,交最善,為東林諸人所惡。會有以奕琛私書上聞者,下公勘報,公平心以決。或勸深文入奕琛罪,公拒曰:"某奉三尺法,不可故縱,獨可周內耶?"於是東林黨魁亦有不悅公者矣。而都御史陳乾陽以私人屬公,公不聽,觸乾陽怒,遂坐公他事降官。觀公之為御史如此,《詩》所云:"靖共爾位,正直是與"者,惟公有焉。其仍起為御史也,數上疏言國家大事,其大略載《史傳》中,而其詳有人之所難言者。夫言人之所難言,而傳者則有所不得盡言,則其關於當時之利害得失可以鑒於後者可知也。時外轉御史黃耳鼎,承馬士英、阮大鋮風指,疏訐都御史劉公宗周,所牽引甚衆。公言:"宗周社稷臣,耳鼎厭外轉,誣罔罔①,欲以傾動朝士,非人臣體。請以耳鼎所外轉瑞南道換臣為之。"於是劉公等卒無恙,而善類賴以全。則公之於東林諸正人,其終始之義為何如哉?《易》曰:"王臣蹇蹇,匪躬之故。"《詩》曰:"敬慎威儀,以近有德。"公可謂兼之矣。逮公之棄其官而歸也,有合於《易》所謂"高尚其事"之義。蓋公之經術之深,見於治行出處之大者如此。《史》又言:"公嘗自謂,始讀王文成公書,奉教於劉念臺先生,知有知行合一之學。已,又與幾亭陳子遊,知有居敬窮理之學。最後讀宋諸儒語録,知有四通八達,理一分殊之學。晚節益以朱子為歸,始知有存養性情,主一無適之學。"嗚呼!公之致力於為學,其甘苦淺深之故,可得而自言者鑿鑿如此。此其所以以經術為治行也與?編修君賢而有文,能大其家學,故掇取史氏之意而以為學之義終焉,庶以塞編修君之請而答吾敦復也。公所著有《自警篇》《訓子》諸書藏於家,皆所謂為學而自言其有得於躬行者。公封以編修君前官。初娶王氏,繼娶潘氏,皆前公歿,皆贈太孺人。子男五人,編修君第三子也,丁未進士,用舉者試博學弘辭,授今官。其他子女詳《誌》《狀》者不具載。

---

① 罔:四庫全書本作類。按:當作類。《說文》:"種類相似,唯犬為甚,從犬賴聲。"

故北直隸任縣知縣盧府君墓表

　　樊川在陽城萬山谿谷之間,余家焉。其南半里許,墟烟相接,林木交映,邑之所謂郭谷鎮者也。其人多忠信魁梧餝修自好之士。自明以來,出而仕者未嘗乏人。又皆磊落欲自表見,思可傳於後。然其仕以進士起者多,故士之薦鄉書者,率數數就春官試,即不第,不肯輕出以仕。盧,著姓也。舉於鄉,嘉靖乙卯曰守經,壬子曰光間,萬曆①戊子曰道昌,皆不仕。崇正②時,破資格用人。八年秋,下《詔書》曰:"守、令尤屬親民,其令兩京文武職五品以上及翰林、科、道,外則撫、按、司、道、知府於舉、貢、監、吏、士、民,各舉堪任州、縣者一人。御史中丞雨蒼張公薦盧君時升,即府君也。府君,字南征,別字正安,舉天啟甲子鄉試。自其先世,不肯以舉人仕,君奮然曰:"國家養材,務適用耳。"為濟源縣知縣,一年,調任縣,以勤勞卒於官。在濟源時,流賊出沒河以南,勢甚張。君詰戎防境,賊不敢渡河。歲大祲,民聚而為盜數千人。君勒兵陳其疊,殲盜渠,餘悉解散去。大獄闠廷讞者百餘,一日了之。幕府交章薦君。任故大縣,新被兵,主者曰:"非盧君不可。"調君,君至,則扶傷弔死,招徠流亡,任以大治。已,又陶甓其城,修戰守之具甚備。巡撫件繫其事薦君,有旨將內擢而卒。當明之中葉,朝廷以資格重士,士亦以資格自重。迨其末年,邊事急,思得救時之材,始破資格之論。然終無補於其敗亡者,夫豈盡資格之故哉?即以君之才,僅而置之州、縣之列,即百盧君為州、縣,天下猶不治也。其時之政地,枋國事而宰化機者,伊何人與?而當是時,方急守、令,其猶齊末之論已。余以是癙歎想慕君之為人,而惜其非僅守、令之才,而又憾其不究其用也。君卒之四十年,君之孫啟茂請書其隧道之碣。君之家世及其視躬守官之詳,見於雨蒼張公之《誌》者,不具載。余寧君之生平而因以尚論其世如此。

承德郎、兵馬司指揮陳公墓表

　　海寧陳氏世家聞天下,公獨以文學師其宗,不專科舉進取,晚得一官以老。有賢子給諫君,給諫君請急,言:"先臣歿十年未葬,臣母年七十,臣獨子,丐③恩養。"朝廷憫其孝,命歸。歸而以書走京師,屬廷敬曰:"葬吾父有日,請子表其墓。"使者在門,道遠,不可往復

辭。謹按《狀》，陳氏，汴人，宋太尉高公瓊苗裔也。徙臨安，贅於海寧陳氏，從其姓。既歷世久，不可以復，遂今卒姓陳氏。由陳之始，四世至贈太子太保、禮部尚書某，公之曾祖也。尚書公生四子，為進士者二人：曰與郊，太常寺少卿；曰與相，貴州參政。參政公生五子，亦二人為進士：曰元暉，湖廣參政；曰祖苞，都察院右副都御史、順天巡撫、贈太子太保、禮部尚書。其季曰元成，贈承德郎兵馬司指揮。公，貴州公之孫，承德公之子也。承德公生三子，公其仲。公以封奉直大夫、左春坊左諭德兼翰林院修撰伯兄某之子為子，是謂賢子給諫君。公故世家，恂恂退謹，如寒門小生。力學有聲，為諸生，科試之文，傳寫海內，咸指目為通儒大人。遊國學，益有名。而公於失得榮辱，一不以屑意。退而奉母，白首青衫，有愉愉之色。能以其學行仁義於家，家以為師焉。收族睦鄉，好施樂義，所全賴歲以千百計。嘗以書貽其子給諫君："吾所濟小。汝朝廷耳目之官，苟有所利，必在天下，汝惟勉哉！"故給諫君所言，必以利天下為心。未幾，乞養母歸，士論貴之。此吾之所以謂為賢也。公諱之閭，字仲升，以例授承德郎、兵馬司指揮。娶孺人沈氏。公卒以康熙二十一年三月，春秋六十五。某年月甲子，葬秦駐隖之原。子詵，壬子舉人，吏科給事中。孫六人：世傴、世儼、世仁、世倌、世侃、世某。公有文與德而不試，其後必有能世其家，而給諫君之所為，必能有大於今者。凡公之行，銘者宜詳焉，不盡書。書其概如此。

祭　　文

祭少師衛公文

嗚呼，公乎！聞之古人："志乎功名者，富貴不能奪其守；志乎道德者，功名不足累其情。"惟公淬厲磨礱，以自勤苦。及乎躋臑仕，歷上卿，亦既擢政地而冠簪纓矣；而飲食居處如後門寒素，陋巷小生。蓋自公之貴，屋不加一椽，田不加一塍，敝廬漂搖，不謀瓶罌，此其所守，豈貧富之所可動，寵辱之所能驚？其在朝廷也，國家賴為鎮靜，天下仰其和平，無皎皎之行，無赫赫之聲，所謂功不必自己出，名不必自己成。歷觀古今瓌奇之士，往往樹壇坫，獵名譽，其後至於分別門戶，角立黨朋。惟公冲然抑然，不矜不爭，公之志獨在乎德立而道明。公之復起而來也，天子特詔，謂公"純誠"。再入中書，以重機衡。逮公之解政而歸也。天子特詔，謂公"廉清"。歲支重祿，為世法程。而世之仕宦，以矯偽貪冒而為時所厭棄擯辱，以至窮乏以終者多矣，而又何取乎遑遑與營營？則天下之富貴，未有如公之亨者也。居困守約，躬自刻苦，以磨礪天下。天下之大，方風流波靡，而屹然孤處，迴狂瀾於既倒，視衆醉而獨醒，使朝野之人知禮義廉恥之猶①存者，其誰之能也？則天下之功名，未有如公之榮者也。亮節高風，兩朝之冠冕；廉頑起懦，百爾之儀型。則天下之道德，亦未有如公之宏者也。天不憖遺一老以惠斯世，使小人有所愧，而君子有所憑。憂時憫俗，摧痛難勝。豈惟吾黨之故，獨哀多而涕零也。

祭太子太保、禮部尚書王公文

嗚呼，哀哉！三年之喪而弔，《禮經》不謂其宜。然，顧有所不能自已於心者。銜哀寫慟，誠不禁涕淚之潺湲。自吾受知於司馬先生也，當世祖章皇帝臨朝之末歲，暨今天子蒞阼之初年，我公父子，以親臣舊德，致名位之蟬聯。敬在公門下二十有一載，親覿兩聖崇賢之盛際，公父子濟美於後先。門下士沐②恩波而霑榮寵，傷今懷往，能無悼痛於存亡聚散之間？惟公一代耆碩，佐理清時，出處進退，合乎古賢。良以其器識之高遠，學術之源淵。其生也當世有聲，其歿也後世有傳。獨念敬忝親榘範，因緣出入於公門。德不修而加退，行欲躋而彌顛。歲之十有一月，公以《訃》告，赴哭如奔。歸而天降母喪，凶變是聞。慘割荼毒，生離死分。曾不得比先生之視湯藥、親飯含乎公側者可以無憾。而惸惸哀疚，竟抱恨於終天。今當匍匐遠去，陳詞几筵，豈其言之而不語，庶幾情至之無文。

祭故汾州府推官竇雲明先生文

順治丁酉之歲，拜先生於太原旅舍，至於今二十有四年。過先生墓下，具牲酒為文以哭之，曰："士所稱感恩則易，而知己則難，雖古之人猶莫不以為歎息，矧邈焉責望於當世之時賢。士當窮時，有能引手挈提使感恩者幾人？而試以問於心曰知己、知己云爾者，則蔑乎其無聞。何先生之獧直，惟賤子其不忘。顧我躓而公顛，遭放逐其逴逴。雖文章之小技，拔駑鈍乎泥中，嗟余性之多戾，憤讒術之易工。每疾世而觸忤，輒多異而少同。辱先生之遙念，曰："惟吾子以心降。"嗚呼！先生可不謂知我者，今悼慕其焉窮？望碩人之既遠，緬吾道其何之？馬首歸以北路，悵顧瞻而涕洟。

---

① 猶：四庫全書本作獨。
② 沐：四庫全書本作沐。按：沐，本意為濯髮。《說文》："沐，濯髮也。从水，木聲。"引申為潤澤。沐恩，蒙恩。沐，水名。《說文》："沐，水出青州浸。从水，術聲。"《漢書·地理志》："瑯邪郡：東莞術水，南至下邳入泗。"顏師古注："即沭水也"。沐字誤，作沐，是。

祭吏部左侍郎張公南溟文

維康熙二十八年，歲在己巳，十二月丁丑朔，以吏部尚書、管理修書總裁事務陳廷敬，謹以清酌之奠，告祭於故吏部左侍郎南溟張公之靈。吾聞之：憂能傷人，樂且無害。亦人壽之靡常，曾何與乎欣嘅？當戊辰之孟夏，將頌繫於司敗。既積憂之攢心，身危機與駭械。惟天王之聖明，曰："予知之，無逮。" 輚對簿於重閣，指山陵其言邁。嗟與子乎同曹，行鑣聯而騎對。嚴羽衛之森森，從千官於仗外。午憩息夫木陰，雙蹲踞而交背。愴風餐而咽曉，悵野宿而窊昧。君豪氣其不除，閔余聲之多喟。謂潔芳以好修，浼椒蘭其奚怪？雖謠諑亦何為？白日照夫幽曖。感君言以破涕，招喪魄於醉囈。余吐言而輒驚，君告余以無悔。余多憂而寡懽，君數勉以為戒。我慕君之坦夸①，散窮愁於礨塊。偕往來於長路，兼旬日以相賴。洎余事之既明，實神傷於羣態。乞歸骸而解官，君亦返乎江介。謬推獎乎余文，慚蟲喑②而蚓籟。立車馬以在門，使三索而辭再。何歌驪無幾時，遽吹簫而歌薤。奄忽去矣不留，念憂樂之何在？人處世如大夢，夢樂與憂孰懟？撫往事之酸辛，悅夫君之遺話。行委順其焉求？誓逍遙以卒歲。誰過車乎丘墳？終含痛如絮嚌。懼蕭艾之蕪穢，紉馨香以為佩。報明德於知言，凜年光之颸逝。諒英爽其長存，鑒余魂兮來會。

祭會稽唐公文

嗚呼！天倪窅黙，孰賢而尊？孰位不階？有阤斯文。神怪奧靈，稽山嬋嫣。鏡湖曲流，窈眇潺湲。誕奇涵異，旂耀無前。蜚英揚光，世所覲聞。賤子昔也，冠而童頑。歷午溯卯，連戰皆奔。惟歲丁酉③，旄旌飄翻。公銜命來，至於太原。古城晉陽，汾河在門。豫讓之橋，河水沄沄。其聲嗚咽，有溢其濆。國士奮感，苦語如新。茫茫千載，夢想斯人。微公我顧，孰提於淵？微公我訊，孰躋於巔？匪公曷親，我文公憐。羅拔名俊，人罔不歡。網亦少密，細誤挂焉。於是役也，黼甌跋顛。左降散曹，載浮載還。選公登明，而以罷愆。風塵佐郡，壯志皎然。雲中既守，鼓歌牧芸。士絃其家，氓戴其天。朝議思公，流風孔延。持衡魯、鄒，如鑒斯懸。一變至道，謠有誦言。蘭亭宛在，禹穴猶存。絲竹觴詠，笑語溫溫。我

---

① 夸：四庫全書本作夷。按：夸，同夷。《說文》："夸，夷本字。平也。"
② 喑：四庫全書本同。按：喑，當為音之誤。《六書故》："失聲不能言謂之喑。"《後漢書·袁閎傳》："遂稱風疾，喑不能言。" "蟲音蚓籟"，指蟲、蚓發出的聲音。
③ 酉：四庫全書本作酉。按：酉，篆書作🍷。

傔往候,公見於軒。立而倚杖,臨風翩躚。游神八極,何泰何屯? 惟公之德,可被九垠。惟公之施,不稱一身。莫勝我悲,寄哀文篇。歲寒路遙,灑涕漣漣。尚饗。

祭劉石菴文

昔我世父,視文於南。登尤煦寒,皎皎其心。後士仕者,蔚焉有人。公之垂髫,見我世父。余尚未齔①,事可記數。補弟子員,不遺貧窶。豈如後來,高貲是語。飄飄三紀,余髮半蒼。公以考終,齎志名場。公文之雄,世父所識。不發其躬,一經以遺。公子英妙,余識其文。兩世名誼,光於見聞。公歿無憾,緒昌欣欣。言情論往,庶以侑神。尚饗。

祭熊母李太夫人文

嗚呼! 妊胎而教,顏禱於尼。有國暨家,聖善是依。況乎斯文,天所未喪。不擇邦媛,篤生則妄。故惟熊公,隴西自出。賢哉有母,身度聲律。是生公賢,探微理窟。惟道之統,王而匹夫。魯、鄒既湮,異端睢盱。荀、雄大疵,而謂醇與。巍巍董相,誦法聖道。韓拒老、佛,辭欲闈奧。迄濂、洛、閩,閫迺集要。猗觀鵝湖,辨惑滋多。象山濫觴,姚②江決波。儒與老、佛,判然三家。將混而同,代操彼戈。爰慕河津,餘干、泰和。接新安傅,公也則那。非公之賢,不衛斯道。非母之賢,公焉是保。何以賢公? 以衛道功。何以賢母? 玉昆金友。展也次君,亦踵公步。為母伊何? 其儀孔嘉。專靜淑惠,嚴整只多。曰惟《孝經》,宣父所志。曲臺之《禮》,形乎道器。夜誦旦思,以最其嗣。自贈公日,以學交肄。嗚呼! 贈公,秀表江、漢。賊流楚郊,奮與之戰。以身殉忠,母欲殉義。引刃就頸,之死靡二。兩孤奈何? 誰與立者。人遽止之,刃不得下。手提兩孤,栖於故墟。霜燈機絲,聲《詩》與《書》。卒以正學,為宗世儒。古亦有言,此子此母。醴長源深,蘭茂根厚。忽覩鼙殯,天淒以寒。朱雀草荒,白門烏喧。敘哀表德,淚以汍瀾。尚饗。

祭吳母陳太夫人文

於戲! 予以獨立而擇交之良也,得夫人賢子中丞公之直方。予生顛危,中丞是匡。晚

---

①　齔:四庫全書本作齓。按:齔,當作齓。《說文》:"齓,毁齒也。男八月生齒,八歲而齓。女七月生齒,七歲而齓。从齒,从匕。"一作齔。
②　姚江:四庫全書本作姚江。按:姚江,明代理學家王守仁。姚,姚之異體字。

而氣增，允蹈周行。曰母曰父，倚閭而望。命釐庶績，將父母不遑。予留公往，奠茲楚邦。征西重望，特鎮武昌。荊山峨峨，江水湯湯。欽哉建旟，民悅以康。樞臺峻秩，栢府清霜。吏士畏之，惟廉能剛。予聞而樂，惟母儀之克光。母也誠賢，出我太丘。銘椒賦菊，女儀早修。洎乎降祚，一秉徽柔。孝敬善慈，家邦無尤。和丸佐讀，彤管芬流。魚軒翟茀，榮綸疊稠。德厚慶長，宜申天休。我離大變，孽自己求。赫赫中丞，亦母是憂。麻衣遄返，抱痛松楸。天乎可問，蒼蒼寥寂。予不勝哀，聞變而疾。匍匐中路，同此悲戚。峴山之陽，留聲繼美。母可無憾，賢而有子。況復孫枝，瑤除錦砌。伊予穨然，堂構其圮。芳音未遏，戢戢定趾。恨不操筆，載之國史。嗚呼！尚饗。

祭張烈婦王氏文

維年月日，謹以清酌庶羞之奠，祭於張烈婦王氏大孃子之靈。夫使吾居今之世，由今之俗，亦何為乎讀《書》而頌《詩》？余惟不忍於此日也，故遐覽乎哲人潔婦之所為。古之教者，女有師氏，猶之男有塾師。何男女之多賢而竟寥寥以訖今茲？知古者之不可作，恒掩卷而涕洟。夫以男子之賢，得一人焉，將心焉慕之。而況夫閨閫之英，可以起衰而振靡。慨若人之所志，雖習俗其何能移？故凜凜焉寒如霜雪，而皎皎焉炳若秋曦。死者，生人所必有，如烈婦者，將垂芳於天壤，歷終古而如斯。

《午亭文編》卷四十八

門人侯官林佶輯録

題　　跋

御書《千字文》跋

臣惟《書》稱堯"文思"，舜"文明"，禹"文命"。昔者，史臣將紀一代之至德至道，大經大法，必先首稱曰"文"，文綦重矣。而伏羲龍書，神農穗書，黄帝雲書，爰自三皇，已崇書道，書綦重矣。我皇上弘帝王之治統，闡神聖之心傳。天文覃敷，御書昭賁。紹隆皇古，濟美唐、虞，盛哉！弗可及已。臣嘗見萬幾餘閒，手不釋書，煒煌聖製，昱曜斯文。良由天縱生知，加以時敏典學，故盛德日新，大業丕顯，如斯其至也。若夫親御翰墨，旬月所書，數踰萬幅。祕府之藏，充函屬棟。時蒙賜賚臣工，鴻寶流傳，光被天壤矣。至御書《千文》，真行草書，已有數種，各極其妙。頃頒示臨米芾《千文》，仙毫結字，奎藻聯篇。如日月星辰之麗於天而高莫能窮焉；如嶽鎮海瀆之奠於地而厚莫可極焉。臣等前所謂體勢則經天緯地，風采則出聖入神也。璧合珠連，龍翔鳳翥；八文六義，應手從心。運闔闢之樞機，用文章之矩矱。高掩東晉，直轠①襄陽。臣等前所謂無美不臻，靡法不備也。神完氣足，幾動天隨。儼然太乙下觀，自有百靈潛衛。臣等前所謂千言長幅，立刻揮成，自始至終，無一懈

---

① 轠:四庫全書本作躐。按:轠,同躐,超越。

筆也。遂以是卜聖祚之遐昌，慶嵩齡於億萬。凡此虞①颺之實，洵為遭遇之隆。臣等前請
樆勒瓊珉，恭綴跋語。荷蒙俯允，敢布愚忱。臣廷敬不勝瞻仰榮幸之至。

《御書》後跋

　　臣伏覩我皇上聖神御極，勤政典學。文治光昭，聲教遐訖。粵稽往古載籍所稱，若斯
之盛者，其在唐、虞之際乎？《尚書》稱堯"欽明文思安安，允恭克讓"。稱舜"濬哲文明，溫
恭允塞"。曰"明"曰"文"，紀其盛德之彰著者也。曰"欽"、曰"恭"，紀其盛德之積於內而
立其本者也。故凡推而行之，大經大法，舉而措之，一事一物，罔不由是。我皇上紹"執
中"之統，闡"精一"之傳，見於政治而發為文章者，洵已恢二帝之鴻綱，冠百王而首出矣。
至若燕閒之頃，親書冊、灑翰墨，凝神穆清，天行日晶，下飾萬物，規樆往昔，獨運宸衷，則依
然聖學之心傳也。昔人謂"書者心畫"，柳公權告唐宗曰："心正則筆正。"而程子有言："作
字須敬，即此是學。"自昔賢臣大儒，莫不以書道為心法所關。故其大要，亦惟以敬為本。
是則敬者，政學之本原，萬事之根柢也。臣在內直，一日見手勅示諸臣曰："人非敬則百事
無成，雖百工技藝之末，非敬亦無以自立，況立身行己之大乎？"大哉聖言！此堯之"欽明"
"允恭"，舜之"溫恭允塞"也。自堯之命舜曰："允執厥中。"執中者，敬也。舜之命禹，益
以三言而申堯之說曰："人心惟危，道心惟微，惟精惟一，允執厥中。"精一者，敬也。厥後
成湯，懋昭大德，建中於民，以義制事，以禮制心，皆敬也。而仲虺之告湯曰："慎厥終，惟
其始。欽崇天道，永保天命。"慎也、欽也，皆敬也。周公之稱文王曰："於緝熙敬止。"武王
之告康叔曰："惟文王之敬忌。"又曰："敬勝怠者，吉。"則是二帝、三王無不以敬為相傳之
心法者，彰彰其如是也。今日者，光天之下，至於海隅，聖文聖書，靡弗照被。萬邦黎獻，悚
息仰觀，僉曰："聖人在上，煥乎文章。抑知有所原本而然與？"臣謹奉恩賜聖書，恭摹勒
石，因推言主敬之義，紀於簡末。蓋臣所曾見於黼扆之前者，用以傳示子孫，垂之永久。臣
不任榮幸之至。

《起居注冊》後跋

　　伏覩皇上仁愛生民，勤勞庶政。彌歷年歲，罔有間怠。至誠感孚，天人協應。以故頃
年以來，驅除禍亂，奠乂烝黎，所向奏功。今年十月，逆渠授首，滇南大定。封疆萬里，灌燧

---

①　虞：四庫全書本作賡。按：《書·益稷》："乃賡載歌。"傳："賡，續也。"作賡，是。

銷烽。措天下於袵席之安，數職貢於車書之會。盡天所覆，悉享悉臣。武功燀赫，超踰往古。此雖決策廟堂，信威域外。將士恪秉成命，集此大勳。而揆其所以制勝之由，實皆本於皇上憂勤惕厲，仁民愛物之一心。故受捷之日，有戚容而無喜色。羣工請上尊號，至於再四，而謙讓彌堅，至德益廣。珥筆之臣，執簡備書，與有光曜。至若莅阼迄今，嚴郊祀，事兩宮，謹天戒，急賑恤。慎刑獄以惜民命，重文學以興士風。優禮儒賢，好問好察。歲所冊記，無虛日曠時。皆班班可考，匪有文飾。而臣獨謂征伐之功，由於仁民勤政之所致者，蓋惟仁者無敵於天下。《書》曰："皇天無親，惟德是輔。民心無常，惟惠之懷。"其在唐、虞，君臣相戒曰："兢兢業業，一日二日萬幾。"夫保治戡亂，其道同也。孰謂武功耆定，非仁民勤政所由致哉？繼自今皇上益思上天所以輔德之意，答下民所以懷惠之心。念一日二日萬幾之不可以不慎而加之以兢兢，使美實光輝日新歲益。書之典冊，垂休無窮，至於萬世，永為法則。其不亦偉與！

書《吳太伯世家》後

吾適東海上，過孤竹之墟，拜伯夷、叔齊祠下。留數日，低回不能去。及讀《吳太伯世家》，覿其事有合焉。太伯之奔荊蠻，荊蠻義之，從而歸之千餘家。孔子謂其"民無得而稱"何哉？蓋嘗稱堯曰："民無能名。"其稱太伯也，殆等於堯矣。他日，又謂齊景公"民無德而稱"，伯夷、叔齊"民到於今稱之。"蓋崔杼弒莊公而景公為其所立，景公之得國，以崔杼之弒其兄。夷、齊之窮餓，以兄弟之交相讓。且稱者，稱其德也。太伯讓同夷、齊，而曰"民無得而稱焉"，此堯之之所以為大，太伯之德所以為至也。自太伯以來，十九世至王壽夢，壽夢有子四人：諸樊、餘祭、餘眛、季札。季札賢，壽夢欲立之，季札讓，不可，立諸樊。諸樊既除喪，讓位季札。季札引子臧之義，固謝。吳人固欲立之，季札棄其室而耕。諸樊卒，傳餘祭，必欲以次致國季札。自諸樊至餘祭、餘眛，皆兄終弟及，餘眛之卒，皆欲授季札，季札於是逃去。嗚呼！太伯之賢，比於伯夷，季子之節，可謂不媿太伯矣，豈僅如史遷所稱"閎覽博物君子"云乎哉？且吾聞勾吳之俗，好義而有文，其亦慕其遺風而興起者乎？吾恨不能一至其處，弔延陵之往蹟，如過孤竹之遺墟而徒愴然興懷也。

書李斯阿二世《行督責書》後

吾觀先秦文，其背理害道者滋多，大惡李斯《督責書》。斯誠安人，以申、韓為聖人，以刑罰為王道，以堯、舜為桎梏，以仁義為邪說。夫醯雞跛鼈，曾何足與較天地之廣、江海之大哉？斯不足惡，吾惡其文，以夫世之好之者易也。不然，鄭聲之與雅樂，鼇然絶異矣，苟有耳者能辨之。聖人特著之，以謂所惡者在此，獨何故耶？吾固惡其文之足好也。

書《河東先生集》後

王介甫論八司馬："皆天下奇材也，為叔文所誘，至今士大夫欲為君子者皆羞道而喜攻之。然，此八人者既困矣，無所用於世，往往能自強列於後世。而所謂欲為君子者，吾多見其初而已要其終，能毋與世俯仰以自別於小人者少耳。"介甫以子厚與七人者槩稱之，而曰"君子攻之"。夫君子好攻人，吾不知其何如。而或者輒曰："此叔文之黨"，攻其人，不復察其言。介甫謂其卒為小人之歸也，吾滋懼焉。竊嘗謂柳子之文，自子長已來，罕見其匹。故韓子以為似司馬子長，"雄深健雅，崔、蔡不足多也"。考同時與子厚得罪者，劉夢得雄於文，亦不得與子厚為比，況其餘人乎？然則槩之於七人之中，不惟不知言，亦並不知人矣。自昔敘子厚之文者，類能言其文而未有能白其人者也。惟嚴氏有翼序《柳文》，引范文正公之言而為之説曰："叔文工言治道，順宗在東宫，頗信重之。及踐阼，方欲有所施為，然，與文珍、韋皋等相忤，内外讒譖，交口詆誣。一時在朝，例遭竄逐。而八司馬之號，紛然出矣。作《史》者不復審訂其是非，以一時成敗論人，故黨人之名不可滌洗。子厚亦可謂大不幸矣！尚賴本朝文正范公之推明之也。曰：'劉禹錫、柳宗元、呂溫，坐王叔文黨貶廢不用。覽數君子之述作，禮意精密，涉道非淺。如叔文狂甚，義必不交。叔文以藝進東宫，人望素輕。然，《傳》稱知書，好論理道，為太子所信。順宗即位，遂見用，引禹錫等決事禁中。及議罷中人兵權，牾俱文珍輩，又絶韋皋私請，欲斬之。劉闢其意，非忠乎？皋銜之。會順宗病篤，皋揣太子意，請監國而誅叔文。憲宗納皋之謀而行内禪，故當朝左右謂之黨人者，豈復見雪？《唐書》蕪駁，因其成敗而書之，無所裁正。孟子曰：盡信書，不如無書。吾聞夫子褒貶，不以一毫而廢人之業也。'文正公之論人，可謂明且恕矣。"觀嚴氏此言，可謂知柳子者矣。余是以備録焉，不復別作裁製，庶以取信於天下後世。蓋以文正之賢，天下萬世之所謂君子者也。反是者，專務成人之惡，茫然昧於知識，無怪乎並其文之可以經緯天地，驅馳日月，役使萬類，亘古今而不可磨滅者，一言以蔽之曰："此黨人也。"嗚呼，甚矣哉！且夫叔文愚賤妄作，器小易盈，非實有雄姦斷割之才，不幸而居可為之地，即使其務自抑損，求合乎中，當時朝列之衆，好議論、少成事、充位嗜進之徒，其亦誰肯直之？而況叔文之愚賤妄作者乎？居下流而天下之惡歸焉，此所謂不可解免者也。君子哉！文正公之仁恕忠厚也，原其心而寬其誅。夫文正豈不知叔文之無可解免也哉？其意若曰："吾欲白數君子之枉，不得不薄叔文之誅。"君子哉！文正公也。方叔文用事時，自知其不為士大夫所容也,亟欲進天下之所謂君子者以正其名而善其用,不可謂非一得之見也。而為君子者超然遠引,自遁於聲利之外,豈不甚善?而無如其遭逢之不偶,持守之不堅,至於如斯也。惜哉!此河東先生之大為不幸也。雖然,使叔文之惡實甚,凡有識者皆知避去,況柳子之賢乎哉?惟其猶知招致天下之英流,庶幾有濟國家之政理,是以柳子不辭而赴之耳。當是時,趨炎熱、競苟得者,今皆不為天下後世之所指名,其人皆叔文之所擯斥而弗錄者也,而柳子獨蒙不白之謗,此吾之所以痛恨於叔文也。昔者,佛肸召,子欲往,子見南子:聖人之往行具在,曾謂柳子之賢而昧於聖人之道耶?叔文雖妄作,必不至叛如佛肸,其愚賤亦未得比南子。佛肸、南子,聖人猶且見焉,欲往焉,況柳子之學聖人之道者耶?吾願後之君子,觀其言,察其人,庶乎柳子之賢可得而知矣。子曰:"君子不以人廢言",若柳子者,人固可廢耶?柳子之政,具在方冊。使其得志於時,為天下猶為一州也,而固可少乎哉?觀柳子之言,雖古之善言為天下者亦無以過之,宜乎柳州之政之足以令人思之而不置也。夫古之人所以不可得而輕毀者,其言在,其人猶在也;其行存,其人不亡也。子厚在時,與其部將魏忠飲酒於驛亭。酒間謂曰:"明年吾將死,死而為神。後三年,為廟祀我。"長慶三年,降於州之後堂。其夕夢歐陽翼而告曰:"館我於羅池。"其月丙辰,廟成,大祭。過客李儀醉酒,慢侮堂上,扶出廟門即死。韓子羅池之碑,豈其誣與?由是以來,柳有水旱疾疫之災,公私祈禱,應如響答。至宋元祐,三百年矣。柳民乞加封爵或廟額,勅賜"靈文之廟"。崇寧三年,封文惠侯,告詞有言:"生而昭爽,後且不亡。"然則柳子之至今在而不亡者尤可信也。使夫人之死而果無所知與?君子猶且不敢慢易之,而況柳子之昭昭然至今存而不亡者哉?故夫世之尚論古人者,以介甫之言為戒,以文正公為師,推是意以通之天下古今之人,平其心而無易其言,於忠恕之道思過半矣。因誦柳先生之文而並列昔人之所以白其人者,以俟後之君子推明其義焉。

朱文恪《誥命》書後

右明故相國諡文恪朱公為太子太保、禮部尚書兼文淵閣大學士《誥命》二道,其曾孫今翰林先生竹垞以示余,余方總史事,既即史官所為公《傳》,徵文考信,采摭遺闕,於橫見側出之中加簡括焉,事矕然具矣。誠見公所為功甚大,而其所自挾持為獨正也。公翼儲副,定國本,厥功大矣。而吾所為公功在審人家國極重難返之勢,獨立不懼,而陰以救天下之弊,此其為功大而可傳也。當公之時,黨朋不解,閹禍滋興,士大夫角風尚、獵名譽,以虛聲攖小人之怒,雖罹禍敗而不悟,顧沾沾自喜,吾真東林真黨魁矣。彼小人者,不樂君子有是名,而直使之無救於其禍敗,必盡快其意而後止。由是君子日亡,國勢日去。夫苟以取一日之名，至於亡人家國而不恤，吾於東林之君子有餘恫焉。公當時議麗①喧，正邪雜糅，獨中立不倚，出乎流俗之表，不變容改度，終始一節。使向者東林之君子盡皆如公，彼小人者亦不得橫被之以禍敗。君子不亡，則國之存亡不可知也。不幸而功不就，然其大者又詎可泯沒而無傳哉？故曰：其所挾持者獨正也。公固以清廉聞於世，其子孫往往仕宦而能貧，獨以文學傳其家。吾友竹垞尤顯名天下，是皇勿替，公侯必復，於吾竹垞終有望焉。此卷留余所且踰年，一旦，竹垞來，告別也。含毫黯然，題其後以歸之。

書塗母《壽詩》後

束君顯侯，塗之自出也。以其舅氏觀察君言，屬其同年官詞館者徵詩於朝，為塗母王太淑人壽。既得詩，使者復以觀察君之請，請余題其後。余既已序太淑人詩書瑀瑢之教，節義潔固之行，而勉觀察君移孝為忠稱古《風詩》之義以告之矣。余嘉束君之意而美卿大夫之善頌善禱也，則仍與之稱詩以為壽焉。《南陔》《白華》，束氏之所補正也。《南陔》之詩曰："眷戀庭闈，心不遑安。馨爾夕膳，潔爾晨餐。"《白華》之詩曰："堂堂處子，無營無欲。鮮俸晨葩，莫之點辱。"說詩者曰："《南陔》孝子相戒以養，而《白華》言孝子之潔白也。束氏可謂善言孝者矣。"或曰："孔子言孝，'始於事親，中於事君，終於立身。'子輿氏論事親，以'養志'為大。束氏《南陔》之詩，所謂養口體者也。《白華》之詩，狹而未廣。《記》之言孝曰：'居處莊也，事君忠也，莅官敬也，朋友信也，戰陣勇也'。束氏之言，未盡其義，故曰狹而不廣也。"余曰：不然，《史》稱廣微博學多聞，性沉②退，不慕榮利，為王戎、張華輩所辟用，歷仕尚書郎。趙王倫為相，請為記室，廣微以疾辭歸。所稱"不仕王侯，高尚其事。"廣微之謂也，有合於《白華》潔身之義矣。故其《南陔》之作，深以養隆敬薄為戒，而以"朂增爾虔，以介丕祉"終其義焉。孟子言誦詩讀書，貴論其世。今朝廷清明，武功赫濯。士君子奉其潔白之身，出而公忠莅官，則庶幾養志之大者，不可謂非束氏之所願焉而弗獲者也。束君讀書慕古，能神明其意而不媿其先世，故余以此意告之，使告觀察君。

跋錢公浩川遺墨 諱桓，字握之，又字浩川，巡撫南贛

今士風敝矣，友朋道衰，甚者視親戚為仇讐。其有閔世疾俗之士，深懲於此而潔清自

---

① 麗：四庫全書本作囂。按：《說文》："囂，聲也。氣出頭上，从𡘋，从頁，頁，首也。"麗，同囂。
② 沉：四庫全書本作沈。按：沉，同沈。

好，將以別嫌疑，絕黨私，不苟交遊，介然特立於時，而讒謗悔尤之及，卒不得免焉，宜其士風之日即於敝也。葢其人既不能和光同塵，見喜於當世，不幸而見辱，則相與非笑之。或曰：“是其人之有以自取也。”然則欲求世風之不日即於敝，其可得哉？雖然，閔世疾俗之士，殆獧者之流，未得乎聖人所謂中行之指也。仲長統有言：“事君不為君所知，忠未至也；與人友不為人所信，義未至也。”獧者，可進於忠義而猶未得為忠義之至者耳，烏可以自足乎哉？吾觀太倉錢公浩川所與諸親故書牘，意其人得乎孔子所謂中行之指者與？不然，何其溫厚坦易有君子長者之風溢乎行墨文字之間如此也。孔子又嘗謂：“文王有四臣以免虎口，丘有四友以禦侮。”聖人不絕交友，而乃有云：“上古之世，老死不相往來”，何其過也？故觀於公而閔世疾俗、息交絕遊之士可以廢然返矣。公之兩孫，同時官於朝為省臺。從與游，得觀公遺蹟。公之身行官治，見於《州乘》者甚悉。及余讀之而後有以知公之偶然之筆札，能使人愛慕而寶惜之，久而可貴者，厥有由也。是以有感而識之。

記王大令《保母志》

大令《保母志》，崑山大司寇健菴徐公以三百金購得其墓磚始揭，視世俗本所刻大令真行迥別，矩矱嚴整，風采秀勁。余初見之真定梁公家，愛慕之不能釋諸懷。既，又從公借觀累日。公請歸省墓，將行矣。余嘗多借公藏書，今搜檢前後所借書及此卷，將内之公，而於此有疑焉。卷後跋者十三人，以姓氏跋者十五人，以詩跋者十八人。自退堂僧了洪者至高文虎七人，皆隸書，書皆出一手。趙文敏一跋以草書，再跋以真書，真書則尤絕不類文敏，此顯然可疑者也。而姜夔堯章跋獨詳，可取以為信焉。跋言：“嘉泰壬戌六月六日，錢清王畿得《保母志》並小硯於稽山樵人。夔親見之，《志》以甎刻，甎四垂，其三為錢文，皆隱起，已斷為四。歸王氏，又斷為五。凡十行，末行缺①二字，不可知。第六行缺十二字，猶可考。曰：‘中冬既望，葬會稽②山陰之黃閎。’硯背刻‘晉獻之’。字上近右，復有‘永和’字，乃劃成，甚淺瘦。‘永’字亡其磔，‘和’字亡其口。硯石絕類靈璧，又似鳳咮，甚細而宜墨，微窪其中。”今銘字缺者俱與跋合。又言：“與《蘭亭》同者二十四字：之、三、年、在、各、二、文、能、老、趣、興、歲、丑、日、終、以、曲、水、於、悲、夫、後、者。與右軍他《帖》同者十八字：行、秀、王、懃、書、善、七、十、三、二、月、六、無、小、肎、貞、而。而其嘗見於大令雜帖者三字：獻、獻、寧。而見於《蘭亭敘》、《右軍帖》者，《大令帖》中亦多有之。此刻大都

---

① 缺：四庫全書本同。按：缺，一作缺，同缺。
② 會稽：四庫全書本作會稽。按：當作稽。《說文》：“稽，從禾，從尤，旨聲。”會稽，古郡名。

百五字,其可以他帖驗者凡四十五字,餘六十字如:保、歸、柔、恭、屬、解、釋、交、漓、墓、志等字,尤精妙絶倫。"或謂:"此字多似《蘭亭》,疑後人集《蘭亭》字為之。"此又不然,大令字與《蘭亭》同者,何止《保母志》而已。試以《官帖》第九卷中《行書帖》較之:《相過》一帖,同者十八字;《思戀》一帖,同者九字;《十二月二十七日》一帖,同者十一字;《靜息》一帖,同者四字;《發吳興》一帖,同者八字。其他三兩字同者,不可勝紀。右軍、大令,既是父子,不應疑其書蹟之同,凡夔所說皆是也。又言:"或謂東坡《金蟬墓銘》云:'百世之後,陵谷易位,知其為蘇子之保母,尚勿毀也。'此末章似之為可疑。蓋東坡意其理之或然,大令知其數之必然,作者之言,自應相通。則似疑東坡未見大令此《志》而偶然以合者。"然考《大令集》,《保母志》其文具在。凡為文,古人不嫌祖述。坡公既於書無所不見,豈獨不見大令此《集》乎?夔輒疑其偶然以合者,蓋既未見《大令集》而妄意古人,陋矣。《蘭亭》之敘,承用劉越石《答盧諶詩敘》:"然後知聃[1]、周之為虛誕,嗣宗之為妄作",豈亦右軍未見越石之文,其合也,亦出於偶然者耶?故吾於《保母帖》,斷其為大令真蹟無疑,而所可疑者乃反在諸人之跋耳。公博[2]學多識,而藏弄古人法書珍祕,幾與梁公相埒峙。公如疑吾言,當取別梁公,試以問之。

跋項孔彰畫

　唐人畫粉本,正用墨筆。宋、元以來,有水墨畫,實唐畫粉本耳。顧遂謂為正畫,詎非難工者與?近代能為此者益多,吾獨愛徐文長、唐子畏,有蕭然出塵之姿。今觀項君此畫,有徐、唐遺意,文衡山殆不如也。然,吾聞項氏多收古名畫,故其所得如此。事不師古以自矜,可鄙者多矣,獨畫然耶?

梓潼《陰隲文》跋

　《道藏》有言:飛鸞度世。余嘗竊歎上帝仁慈隱惻,加惠下民,如此其極至也。昔南正重司天以屬神,北正黎司地以屬民,蓋自是神人不雜矣。然世之言神者,或以謂芒芴渺冥而不可知。不可知,則亦不可信。於是乎悖神而馳,非理義而動,以日趨於災害亡絶不測之禍。非夫人之知有神而愍然不畏也,其禍本於以神為不可知,故不信,不信,故悖神而為

---

　① 聃:四庫全書本作聃。按:聃,俗作聃。
　② 博:四庫全書本作博。按:當作博。《說文》:"博,大通也。从十,从尃。"

無理無義,以至於災害亡絕不測而莫之救也。於是上帝惻然閔憐,令神之聰明正直而慈愛多行德善能化導一切者,啟之以飛鸞度世之事,以助成無言之化而顯其神以示人,至是而神可知矣。可知,故信。信故不敢悖而馳,為無理義以自取災害亡絕不測之禍,而且為善得福,如影形聲響焉,若梓潼此文是已。梓潼之文,葢出於飛鸞,是上帝之心也。可不敬諸! 可不敬諸!

雜　　文

二　錢　説

余今年四月,以吏部左侍郎管右侍郎事,督理京省錢法。既至寶泉局,則偕其同官給事中、監察御史、監督、郎官而謂之曰:"此天下錢之所由出也。吾自矢不受一錢,願與諸公同之。"指白日以為誓。居數月,監督從廢銅中得古錢數枚,余選其一文曰"半兩",葢秦錢也。監督曰:"人言古錢佩之身吉,請公佩之。"余許諾。又數月,余遷左都御史。一日,御史臺有公事,不得至局。局人以鑄錢請余視。緗解,錢散脫,亂布於席。視畢,局人去,席上隱其一錢。又月餘,晨起理寶泉事,心有觸曰:"吾誓不受一錢,前後取其錢二,其何以自明?"立命呼寶泉吏,喻之意而還之。吏歎息持以去。是日,康熙二十三年歲在甲子十有一月二十七日也。書其事以自警,名曰《二錢説》云。

一　錢　説

昔予為《二錢説》,葢取寶泉之二錢而還之,為説以自警者也。乃今又為《一錢説》。云一錢者何? 始余每出,見貧而丐①者,人與之一錢。或日見數人焉,或日不見一人焉。夫一錢,至微也,人與一錢,至少也。且或一人焉無之,其為此又至易也。世之人莫有肯為而余為之不衰者,葢天下貧者多矣。若貧而丐②者,則少於天下之人,而天下之人至於不可勝窮。假令天下之人皆日見貧而丐③者人與之一錢,則於天下無窮之人無所大損,而貧

---

① 丐:四庫全書本作丐。按:從上下文看,作丐,是。丐,乞讨。
② 丐:四庫全書本作丐。按:從上下文看,作丐,是。
③ 丐:四庫全書本作丐。按:從上下文看,作丐,是。

者得錢亦將至於不可勝窮,則是天下之人不復有貧且丐①者,其為益豈不甚大矣哉？或曰:"可以與,可以無與,與傷惠。今子自謂不取二錢,而顧沾沾焉一錢之與,得無可以已與？"余應之曰:"非其義也,非其道也,一介不以取諸人,二錢之謂也。如其義也,如其道也,雖千駟萬鍾,與人可也,況一介乎？一錢之謂也。且夫疲癃殘疾無告之人,聖人之所憫憐也。昔者,子貢以博施濟眾為仁,孔子謂必也聖人能之,而乃專以己欲立立人,己欲達達人為仁。夫孔子豈以博施濟眾謂非仁者之事哉？謂其難能,故曰聖也。今吾一錢之與,不可謂博;人與一錢,不可謂眾。而至使天下無甚貧之人,亦庶幾所謂欲立欲達者,非與？吾與子勉為仁,是亦聖人之徒也。所謂一介不與人者,寧謂是耶？"客曰:"善！繼自今請日行子一錢之說。"

惜 分 陰 説

余今年閒居無事,得遂其靜坐讀書之願。入夏執熱,不出庭户。所居街四通,多朝市,往來門前過客,習知吾懶慢不好客,客亦無所求於吾,以故累旬月無一至吾室者。然,吾半日靜坐,半日讀書,或終夕不寐,漏鼓分明,東方已白,常覺日夜之短而不足以供吾靜坐讀書之樂也。而僮客飽食嬉游,呫呫吁吁,謂日之長,謂夜之短,羣然一辭。彼誠知晏息倘佯之為樂而恨夜之短,而不知吾靜坐讀書之樂而並不覺日之長也。雖然,蘇子瞻云:"無事此靜坐,一日似兩日。若活七十年,便是百四十。"吾靜坐不覺日之長,而子瞻所見乃與吾異。且子瞻又非不讀書者,何以有是說耶？蓋子瞻求靜坐而不可得者耳,非真能靜坐也。陶士行有言:"當惜分陰。"大司寇徐公健菴取以榜其所居之室。吾問公何以惜陰？公曰:"讀書。"夫公之藏書之多,甲於天下。子瞻所蓄書,不知多少？顧其顛沛於道途,又徙居無常處,度其至多不能以當公,而公讀書之多,則雖子瞻有不能及也。夫以子瞻之讀書而不知靜坐之日易覺其短,則似能讀書而不知靜坐之樂者,吾懼公之意或有同於子瞻之所見者,故為是説以贈焉。

説 巖 字 説

客有問曰:"賢者名可斥言之耶?"陳子曰:"不可。""有説乎?"曰:"有。《春秋》紀季

---

① 丐:四庫全書本作丏。按:從上下文看,作丐,是。

公子友、仲孫湫皆字之而不名。字之以為褒①，則必名之以為貶矣。故凡書名者，皆貶之。若是乎，賢者之名之可貴也，烏敢斥言之耶？”“斥言之不可矣，可取以為人之名若字耶？”曰：“不可。堯夫、祖禹，吾嘗病之矣。或者以為謚也。”曰：“然則子之字以說巖者，不若易以傅巖之為得也。”曰：“惡！是何言與？予非敢有取於是也。夫浩然之亭，陽城之驛，昔人猶諱而易之。若是乎，賢者之名之不可斥言也。而謂帝賚良弼版築之巖，竟竊以自號焉，雖愚且妄，或不至若是之甚乎？且不敢居其名而引其姓，庸愈乎？夫吾之生，近聖人之居，陶唐氏之遺風，而蒲坂、安邑，壤相錯也。古今賢聖之人可慕愛者多矣，獨有取於是乎哉？士苟不自立而浮慕乎古人，雖誦其詩書，假其言貌，偊行矩步以自號鳴於世，而考其行，有庸人市儈所不為者，是直無救於愚且妄而已矣，況竊取其名若姓，引以就不肖之身，而謂有其可貴者哉？”“然則子曷以字？”曰：“志所居也，始吾家樊川之上，其南澗之東有巖焉，升巖而望月之始出也，命之曰月巖。已而，為堂於巖北，仰觀峰嶺，下瞰林壑，以居以游，窮晝極夜。至如初日上而雲飛，夕煙斂而霞舉。顥氣寫心，流泉舒目，飄忽萬變，而悠然獨得吾之可說者存焉，故又曰說巖。夫時習而說，所說者學也。於聖人無所不說，所說者言也。今吾學焉而不能習，又不得親見聖人而聆其言，姑寄其意於巖居川觀，與田叟牧兒生長嬉遊於此，樂之終身而不厭，是則吾之所說也。若子之言，遼乎異哉，不倫且甚矣！子固有子之所說者，而非吾之所謂說也。‘道不同，不相為謀。’”客謝而退，因書其語為《說巖字說》。

廷翰字說

　　廷翰，或有字之曰瀛洲。瀛洲者，海中神山也。自唐以來，翰林清祕深嚴之地，輒舉是以相擬。而今之翰林署中有瀛洲亭，是其義也。或者以謂翰者字之，宜莫如是。予竊觀世之軼羣之士，流光揚聲，躋顯垂榮，連踪疊趾，出入承明，以比古所謂登瀛之客，亦拔其類而大其朋矣。而予之狂惽，亦廁其間。恐畏惴栗，如弗勝焉。伏覩跳踉，潛耳囁嚅。卷舌鉗辭，重足屏跡。道德日去，悔吝日集。愁憂之來，天地為窄。悵逐逐於泥沙，盍栖栖於泉石？良有辱於斯名，殆無補於是職。翰乎雖賢，得無優於所能而訕於所不及乎？其在《詩》曰：“之屏之翰”。葢翰者，幹也。《易》不云乎：“貞者，事之幹。”於是翰乃字公幹云。觀於牆，非幹無以為立方；觀於車，非輪輻非軸車無以行。觀於幹而體用之道藏焉，幹可不勉乎哉？

---

① 褒：四庫全書本作褒。按：褒，俗作襃。

陳 存 字 説

　　陳氏子名存。《禮》："子生三月,父命之名。"存,遺孤子也。父不及名,而宗人名之。存,藐然一身,無伯叔昆弟,奉其寡母以居。家貧無所依,懂①而存者其身耳。以存之緒,不絕②如綫,使其身懂而存焉,不亦既幸矣乎?雖然,夫人未有心亡而身存者。假令有之,亦孔子所謂幸免已耳,《傳》曰:"操則存,舍則亡。"存其操之哉!操之,斯存之矣。操之,操之,以至長存。《易傳》所謂"成性存存"也。故字之曰又存。

蔡霂雨字説

　　蔡子霂雨問字於余,曰:"將有以自省焉。嘗誦《詩·信南山》之篇:"既霂既足,生我百穀。"而孟子言:"五穀者,種之美者也。"遂字之以美穀。吾方耕於樊川之陽,荷鍤扶犁,從田夫野老之後,聽布穀之催春,樂鳴鳩之喚雨。芸而歌,杖而息。其於穀也,目其生長,親其穫斂。於是瓜菹酒食,饗我尸賓,以繼詩人之所詠歌而嘉歎者,且與子乎同之。子如自省,則盍思夫美穀之義而三致意焉。傳曰:"苟為不孰③,不如荑稗。"可不懼懼與?

飼 虎④ 文

　　維年月日,以特羊飼虎,為文告之,曰:吾聞之聖人:"雲從龍,風從虎。"《淮南子》言:"虎嘯而谷風生。"《傳》言虎與龍並稱,而嘯則風生,說與《傳》同。則是虎者,靈有知之物也。吾又聞:"虎山獸之君",夫靈有知之物以長百獸,宜其非凡為獸者之比,可以理說之,明矣。吾為先淑人卜宅兆,得洞陽山之南,樊山之陰。土人曰:"其下虎穴,虎出沒其間。"余曰:"虎,靈有知之物,必且遠去。"其後虎伏不出。居數月,虎夜纍纍行。余乃謂虎:"夫母沒,藏之荒野,虎何忍踪跡犯冢上以震驚吾母之魂魄乎?虎敢侮予,必殺虎乃已。"夜,虎見告:"今之人有敢侮子者矣,彼人也,猶尚然,於虎何責焉?"余應之曰:"是豺狼也。虎為百獸君,豈得效豺狼耶?"虎去,夢覺。曰:"虎靈有知如此,則盍閉閣思過?"於是,齋心

---

　　①　懂:四庫全書本作憛。按:當作懂,僅也。
　　②　絶:四庫全書本作絶。按:當作絕。《說文》:"絕,斷絲也。從糸,從刀,從卩。"
　　③　孰:四庫全書本作熟。按:當作熟。孰、熟,均熟之異體字。
　　④　虎:四庫全書本作虎。按:《說文》:"虎,山獸之君,從虍,虎足象人足,象形。"虎,虎之異體字。

具特羊飼之。土人譁然爭笑，以為迂。而一老父言曰："其橫逆猶是也，於禽獸何難焉？"余曰："虎靈有知，非凡為獸者比也。"今與虎約：自飼汝之三日，汝當携女婦子，徙女窟穴，不使再見女踪跡。女猶不悛，是豺狼之行矣。吾誅豺狼，如殺狐兔，虎得毋後悔！

《午亭文編》卷四十八　男壯履恭較

《午亭文編》卷四十九

門人侯官林佶輯録

《杜律》詩話上

兒子豫朋四五歲時誦《杜詩》，為説其義，輒能了了。予嘗見世所傳諸家解《杜詩》，意多不合，故其所説多用己意。又嘗妄謂《杜詩》説之誠難，而律詩尤難。盖古詩如《哀江頭》《洗兵馬》等篇，文義事實，有可推考。律詩則託興幽微，寓辭單約，説之故尤為難。予既為兒子説杜七言律詩，閒①録其別於諸家者以備遺忘，題曰《詩話》。鄭康成説《三百篇》，以箋為名。箋者，標也，識也，示不敢言注，但表識其不明者耳。後世於杜曰注、曰箋、曰箋注，類以解釋為義。今曰《詩話》，別諸家也，且不敢言箋注也。諸家説左者，概略姓氏，但云"或"，示非好辯也。康熙戊辰七月望日，説翁自記。

題張氏隱居②天寶間遊魯，及歸長安作。

或謂："《唐書·李白傳》云：'少與魯中諸生張叔明等隱於徂徠山，號為竹谿六逸。'又

---

① 閒：四庫全書本作間。按：閒，亦作間。
② 題張氏隱居：隱，四庫全書本作隱。按：題張氏隱居是詩題。此則《詩話》，只談張氏，未涉及詩的內容，故未將詩録入。四庫全書本同。馬甫平點校本將該詩全文補入，雖有助於讀者了解此則《詩話》，却改變了原書的面貌。現將該詩移入注中，正文一仍其舊。詩曰："春山無伴獨相求，伐木丁丁山更幽。澗道餘寒歷冰雪，石門斜日到林丘。不貪夜識金銀氣，遠害朝看麋鹿遊。乘興杳然迷出處，對君疑是泛虛舟。"

子美《雜述》云‘魯有張叔卿’，意叔明、叔卿止是一人。是詩《題張氏隱居》，豈其人與？”愚謂：讀子美《雜述》，張叔卿未能如詩所云也。此自當時一高士，題止云張氏，遂使無考，亦憾事。

鄭駙馬宅宴洞中①

主家陰洞細烟霧，留客夏簟青琅玕。自是秦樓壓鄭谷，時聞雜珮聲珊珊。

　　鄭潛曜見《唐書·孝友傳》。公作《臨晉公主母皇甫淑妃碑》亦述公主孝思，其賢而好客，於末句見之。

　　　秦樓指駙馬所居，鄭谷指山林貧賤之宅。蓋茅堂風磴，山林所有，駙馬已兼，故遠勝鄭谷。或以秦樓指公主，鄭谷指駙馬，非。

贈獻納使—無“使”字起居田舍人澂②

晴窗點檢《白雲篇》。

　　點檢《白雲篇》“點檢”二字，說者引《唐史》起居郎因制勅稍筆削。又起居舍人，本記言之職，惟編詔書是也。至《白雲篇》，求其說不得，遂以漢武《秋風詞》“白雲飛”當之。愚按：《漢書·郊祀志》：“天子封泰山，封廣丈二尺，高九尺，其下則有玉牒書，書祕。”又云：“其夜若有光，晝有白云出封中。”《唐書》開元十三年，封泰山，藏玉冊於封祀壇之礎。所謂《白雲篇》，疑即玉冊之類也。時公既獻《三賦》，又欲奏《封西岳賦》，如此解“白雲”二字較明，上下文義亦復聯貫。

城西陂泛舟

青蛾一作“城”，非。皓齒在樓船，橫笛短簫悲遠天。春風自信牙檣動，遲日徐看錦纜牽。魚

---

　　① 鄭駙馬宅宴洞中：按：鄭駙馬宅宴洞中為詩題，《詩話》只錄入全詩的首聯和尾聯。四庫全書本同。馬甫平點校本將刪去之頷聯、頸聯補入，雖有益於讀者更好地了解這則《詩話》，卻改變了原書的面貌。現將補入之二聯移入注中，正文一仍其舊。補入二聯文字如下：“春酒杯濃琥珀薄，冰漿碗碧瑪瑙寒。誤疑茅堂過江麓，已入風磴霾雲端。”

　　② 贈獻納使起居田舍人澂：按：此為詩題。全詩八句，《詩話》只錄其第六句。四庫全書本同。馬甫平點校本將刪去之七句補入。為了保留《詩話》的原貌，現將補入部分移入注中，正文一仍其舊。其前五句云：“獻納司存雨露邊，地分清切任賢才。舍人退食收封事，宮女開函捧御筵。曉漏追趨青瑣闥，”後二句云：“揚雄更有《河東賦》，惟待吹噓送上天。”

吹細浪搖歌扇,燕蹴飛花落舞筵。不有小舟能盪槳,百壺那送酒如泉?

　　觀題是公與人泛舟。或謂指所見,或謂譏明皇,皆非。

贈田九判官梁丘

崆峒使節上青霄,河隴降王欵聖朝。宛馬總肥春一作秦苜蓿,將軍只一作"不"數漢一作"霍"嫖姚。陳留阮瑀誰爭長? 京兆田郎蚤①見招。麾下賴君才並美一作"入",獨能無意向漁樵?

　　此詩三、四句,或謂:"天寶沿邊置十節度使,各鎮兵四十九萬,馬八萬餘匹。然,盛名無踰哥舒翰。天寶十三載春,安祿山求兼領閑廄羣牧,又求總監,密遣親信選健馬數千匹。時李、郭名位尚卑,王忠嗣以讒廢,與祿山頡頏,哥舒而已。曰'總肥',曰'只數',因贈梁丘,隱語託諷,使翰思所以制祿山也。"愚按:《新唐書·百官志》:駕部郎中、員外郎各一人,掌輿輦、車乘、傳驛、廄牧、馬牛雜畜之事。凡驛馬,給地四頃,蒔以苜蓿。降王欵朝,驛傳騷然,"宛馬總肥春苜蓿",不過指此。此句與第二句應,下句與第一句應。

　　吐谷渾蘇毗王欵塞,明皇詔翰應接,見《王思禮傳》。或以此當"降王欵朝",是也。謂翰報命必入朝,意料之辭,無據。首句"上青霄",自指崆峒地高而言。《明皇紀》及《翰傳》,天寶十三年無翰入朝事。是年,翰遘風疾,因入京,廢疾於家。田非随翰入朝,或以使事入奏,必在翰未遘風疾前,公投贈翰詩,首云:"今代麒麟閣,何人第一功?"末云:"軍事留孫楚,行間識呂蒙。防身一長劍,將欲倚崆峒。"辭意與此詩同,當是一時作。或即因田投贈哥舒也。

題省中院壁 一無"院"字。

披垣竹埤梧十尋,洞門對霤一作"雪"常陰陰。落花遊絲白日靜,鳴鳩乳燕青春深。腐儒衰晚謬通籍,退食遲迴違寸心。袞職曾無一字補,許身空比雙南金。

　　首句"埤"字,解者各異。愚謂:"埤"與"卑"同,此言竹卑梧高也。《晉語》:"松栢不生埤。"《荀子》:"埤汙庸俗。"《漢書·劉向傳》:"增埤為高。"《五行志》:"塞埤擁下。"《子虛賦》:"其埤溼,則生蒼莨蒹葭。"皆可證。《射雉賦》:"揆懸刀,騁絕技,如轅如軒,不高不埤。"公《荊南兵馬使趙公大食刀歌》:"用之不高亦不庳",正出於此。字又作

────────────────

① 蚤:四庫全書本作蝨。按:當作蚤,通早。

"庫",是"坤""卑""庳",古通用也。至《左傳》"宮室卑庳",二字連用,別有音義,宜隨文讀。

曲江陪鄭八丈南史飲

雀啄江頭黃柳花,鵁鶄鸂鶒滿晴沙。自知白髮非春事,且盡芳樽戀物華。近侍即今難浪跡,此身那得更無家? 丈人才—作"文"力猶強健,豈傍青門學種瓜?

"近侍即今難浪跡",即"吏情更覺滄洲遠",又當與《省中院壁》一首合觀,或出為司功,事已萌芽,勉為貧仕,終非所好,故立言如此與?

"鵁鶄鸂鶒"本取諸江南置苑中者,今云:"滿晴沙",與後《秋興》所云:"圍黃鵠"、"起白鷗"同一義,非但賦一時景物也。

曲 江 對 雨

城上春雲覆苑牆,江亭晚色靜年—作"天"芳。林花著雨燕支—作"脂"溼—作"落",水荇牽風翠帶長。龍武新軍深—作"經"駐輦,芙蓉別殿謾焚香。何時詔—作"重"此金錢會,暫—作"爛"醉佳人錦瑟傍?

或曰:"此懷上皇南內之詩也。明皇以萬騎軍平韋氏,改為龍武軍,親近宿衛。今深居南內,無復昔日駐輦游幸矣。興慶宮南樓置酒眺望,欲由夾城以達曲江芙蓉苑,不可得矣。金錢之會,無開元、天寶之盛,對酒感歎,意亦在上皇也。"愚按:詩作於乾元元年春。太上皇以去年十二月至自蜀居興慶宮,帝自複道來起居,太上皇亦時至大明宮。或相逢道中,帝命陳元禮、高力士、王承恩、魏悅、玉真公主常在上皇左右,梨園弟子日奏聲伎為娛。是時,帝父子尚慈孝無間也。觀"龍武新軍"四字,自當指肅宗言。蓋長安初復,曲江游幸,非復往時之盛,故公對雨有感耳。

題鄭縣亭子

鄭縣亭子澗之濱,戶牖憑高發興新。雲斷岳蓮臨大路—作"道",天晴—作"清"宮—作"官"柳暗長春。巢邊野雀—作"鵲"羣欺燕,花底山蜂遠趁人。更欲題詩滿青竹,晚來幽獨恐傷神。

或謂:"'雀欺燕'、'蜂趁人',亦即景所見,不必謂喻羣小讒譖。"按:此詩明有寄託,亦不必概去之。詩無他意，強作附會；詩有寄託，反謂無他。皆好異之過也。此詩乾元元年赴華州司功時作。

早秋苦熱堆案相仍原注："時任華州司功。"

七月六日苦炎蒸一作"熱"，對食暫餐還不能。每愁夜中一作"來"自足蠍，況乃秋後轉一作"復"多蠅。束帶發狂欲大叫，簿書何急來相仍？南望青松架短一作"絶"壑，安得一作"能"赤腳蹋層冰。

"夜中足蠍""秋後多蠅"，當與《題鄭縣亭子》"野雀"、"山蠭"例觀。

九日藍田崔氏莊

老去悲秋強自寬，興來今一作"終"日盡君歡。羞將短髮還吹帽，笑倩傍人為正冠。藍水遠從千澗落，玉山高並兩峰寒。明年此會知誰健一作"在"？醉一作"再"把茱萸仔細看。

末句"仔細看"，或謂看"茱萸"，或謂縮上"藍水"、"玉山"言之，兩通。須知藍水、玉山，非但寫景，山水恒在，人難常健，當日生感之意在此。

崔氏東山草堂

愛汝玉山草堂靜，高秋爽氣相一作"多"鮮新。有時自發鐘磬響，落日更見漁樵人。盤剝白雅谷口栗，飯煮青泥坊底芹一作"蓴"。何為西莊王給事，柴門空閉鎖松筠？

或謂：王給事非王維。云"《舊書》：維晚年得宋之問藍田別墅，陷賊以前尚未有也。"按：《維傳》，自維以詩名盛於開元、天寶間，已下皆櫽括生平行事，晚年指維長齋一事，與上文"居常不茹葷血"應，下文並及與裴迪往來嘯詠事，非謂此時始得藍田別墅也。維長於公數歲，開元九年進士，歷右拾遺、監察御史、左補闕、庫部郎中、給事中，其責授太子中允，當在至德二載冬。公贈詩稱"中允聲名久"，《史》稱："乾元中，遷太子中庶子、中書舍人，復拜給事中，轉尚書右丞，當是一年數遷耳。維以乾元二年七月卒，公詩："不見高人王右丞，藍田丘壑漫寒藤。"維卒後有感也。"何為西莊王給事，柴門空閉鎖松筠？"維生前有感也。當時藍田，不聞別王給事也。

卜　居<small>上元元年、二年,成都及中間青城、新津、蜀州作</small>

浣花流<small>一作"之",一作"溪"</small>水水西頭,主人為卜林塘幽。已知出郭少塵事,更有澄江銷客愁。無數蜻蜓飛上下,一雙鸂鶒對沉浮。東行萬里堪乘興,須向山陰上<small>一作"入"</small>小舟。

或云:"甫卜居,便有東行之興。且東行欲至山陰,奚啻萬里?公必有不得已於卜居者,冕之為主人者可知。冕謂裴冕。"此説實未然。"成都萬事好,未若歸吾廬。"公豈欲終老於蜀者?且《史》乾元二年六月,以左僕射裴冕為御史大夫、成都尹,持節充劍南節度副大使、本道觀察使。三年三月,以京兆尹李若幽為成都尹、劍南節度使。是年閏四月,改乾元為上元,公卜居在是年春三月,堂已成,冕亦將去。今人説公成都詩,往往皋冕不能厚公,冕亦冤矣!特為雪之。"東行欲至山陰",語更非是。蓋山陰上舟,咫尺有萬里之思,故是妙句。若謂欲至山陰,索然無味,全失詩情矣。

公古詩有《寄裴施州詩》《鄭典設自施州歸詩》,裴施州即冕。讀此二詩,當知冕在成都,遇公應不薄也。

寄　杜　位<small>原注:"位京中宅近西,《曲江》詩尾有述。"</small>

近聞寬法離<small>一作"別"</small>新州,想見歸懷尚百憂。逐客雖皆萬里去,悲君已是十年流。干戈況復塵<small>一作"行"</small>隨眼,鬢髮還應雪<small>一作"白"</small>滿頭。玉壘題書心緒亂,何時更得曲江遊?

或曰:"同一貶竄,鄭虔台州之流,自論死減等,猶曰'嚴譴';杜位在新州,去國萬里,長流十年,始離貶所,乃曰'寬法'。蓋位林甫之壻,權奸擅國,流毒天下,釀成漁陽鼙鼓之禍。觀位於林甫相時,盎簪列炬,氣燄如此。林甫既敗,僅加貶謫,復從量移,可不為曠蕩之恩乎?'嚴譴''寬法'四字,便見老杜《春秋》之筆。"愚按:鄭詩就貶官言,自宜用"嚴譴",位詩就離貶所言,自宜用"寬法"。公有"也霑新國用輕刑"句,亦為虔作也。詩文各有宜用字,乃謂"嚴譴"、"寬法",便見《春秋》之筆,非是。位,公之族子、故人,詩首尾何等情至。此等解累詩多矣,不可不辯。"盎簪列炬",即公《守歲位宅》詩,昔以為歡,今以為皋,亦大不可。

和裴迪《登蜀州東亭送客逢早梅見寄》

東閣官梅動詩興,還如何遜在揚州。此時對雪遙相憶,送客逢春<small>一作"花"</small>可<small>一作"更"</small>自由。

幸不折來傷歲暮，若為看去亂鄉—作"春"愁。江邊一樹垂垂發，朝夕催人自白頭。

此詩，或謂："迪從王縉在蜀，縉嘗為相，故詩用東閣。又迪在縉幕，如何遜在建安王幕，故用揚州事。"此謬也。新、舊《史》、《縉傳》無刺蜀事，《舊史·王維傳》亦無，《新史》有之。是時，維自表己五短，縉五長，願歸所任官放田里，使縉得還京師。久乃召縉為左散騎常侍。《舊史》：維以乾元二年七月卒，《新史》：維以上元初卒。二《史》皆云：維卒時，縉在鳳翔。此詩上元二年作，何得云縉在蜀州邪？廣德二年，縉始拜黃門侍郎同平章事，亦不得云縉嘗為相。詩中"東閣"二字，即詩題"東亭"二字，何遜揚州，但以梅事引用。迪在縉幕，遜在建安王幕及遜《墓志》"東閣一開"等語概芟之，不溷心眼，亦快事也。

《集》有《和裴迪登新津寺寄王侍郎》詩，或云："王侍郎即縉。上元二年前，縉嘗為工部侍郎，上元二年四月，明皇崩，縉撰《哀冊》，時稱為工。改兵部侍郎，此尚可通。原注："王時牧蜀"，應後人所為，不可據。

王十七侍御掄許携酒至草堂奉寄此詩便請邀高三十五使君同到

老夫臥穩朝慵起，白屋寒多暖始開。江鸛—作"鶴"巧當幽徑浴，鄰雞還過短牆來。繡衣屢許携家醞，皁蓋能忘折野梅。戲假霜威促山簡，須成一醉—作"醉裏"習池廻。

高適嘗為蜀州刺史，時或以事至成都，故公請王侍御邀之同至草堂。公蜀州有《李司馬橋成承高使君自成都回絕句》，是高尚留成都，公先往蜀州也。

嚴中丞枉駕見過原注："嚴自東川除西川，勅令兩川都節制。"

元戎小隊出郊坰，問柳尋花到野亭。川合東西瞻使節，地分南北任流—作"孤"萍。扁舟不獨如張翰，皁—作"白"帽還應—作"應兼"似管寧。寂寞—作"今日"江天雲霧裏，何人道有少微星？

末語歸美嚴公。近解有云："嚴武非能薦公者，'何人'二字，明指嚴。徒枉草廬，不能識公。"解詩最嫌此類，亦無足辯。然時顧喜之，何也？

奉酬嚴公寄題野亭之作

拾遺曾奏數行書，嬾性從來水竹居。奉引濫騎沙苑馬，幽棲真釣錦江魚。謝安不倦登臨費一作"賞"，阮籍焉知禮法疏？枉沐一作"何日"旌麾出城府，草茆無一作"蕪"徑欲教鋤。

愚按：首句答嚴"莫倚善題《鸚鵡賦》"，三句答嚴"何須不著鵔鸃冠？"嚴詩蓋謂公躭詩賦而不仕也，豈此時已有表薦之意乎？故公答以己亦曾仕①而濫騎官馬也。"奏數行書"，正對"題《鸚鵡賦》"，"騎沙苑馬"，正對"著鵔鸃冠"。"嬾性"句答嚴第二句，"幽栖"句答嚴第一句，後四句答嚴末二句也。六句蓋阮籍好飲酒，公自謂以野人對嚴飲，即禮法疏也。公有"小驛香醪"句，嚴答云："可但步兵偏愛酒"是也。或謂："武過之，公有時不冠，故武云：'何須不著鵔鸃冠？'而公解其嘲曰：'阮籍焉知禮法疏？'"臆解之失，撰成事跡，誣古人而迷誤後世，可慨也！舊辯有可取者，錄後。

《容齋續筆》："《新唐書·嚴武傳》云：房琯以故宰相為巡內刺史，武慢倨不為禮。最厚杜甫，然欲殺甫數次。李白《蜀道難》，為房與杜危之也。《甫傳》云：甫嘗醉登武牀，瞪視曰：'嚴挺之乃生此兒！'武銜之。一日，欲殺甫，冠鉤於簾者三，左右白其母，奔救，得止。《舊史》但云：'甫性躁褊，嘗馮醉登武牀，斥其父名，武不以為忤。'初無欲殺之説。蓋唐小説所載，而《新唐書》以為然。予按：太白《蜀道難》，本以譏章仇②兼瓊，前人嘗論之矣。子美《集》中詩，凡為武者幾三十篇。送還朝，曰：'江邨獨歸處，寂莫養殘生。'喜再鎮，曰：'得歸茅屋赴成都，直為文翁再剖符。'此猶武在時語。至哭歸櫬云：'一哀三峽暮，遺後見君情。'及《八哀詩》云：'空餘老賓客，身上媿簪纓。'若果有欲殺之怨，不應眷眷如此。好事者但以武詩有'莫倚善題《鸚鵡賦》'之句，故用證前説，引黃祖殺禰衡為喻，殆是癡人面前不得説夢也，武肯以黃祖自比乎？"

野人送朱櫻

西蜀櫻桃也自紅，野人相贈滿筠籠。數回細寫愁仍破，萬顆勻圓訝許同。憶昨賜霑門下省，退朝擎出大明宮。金盤玉箸無消息，此日嘗新任轉蓬。

唐人賜櫻桃詩，首摩詰，次退之。結語退之，聊取成篇摩詰思路湧出，然亦諛詞耳。當時子美亦必濡豪，縱佳不過比肩摩詰。此詩油然忠愛，遂為獨絶。遇固不幸，詩反因之據勝。人謂"詩能窮人"，又謂"窮而後工"。由此論之，不獨窮而工也。

---

① 仕：四庫全書本作任。按："己亦曾仕"，是為上文"公躭詩賦而不仕"而發。仕字不誤，不當改。

② 章仇：四庫全書本作章仇。

題 桃 樹

小徑升堂舊不斜，五株桃樹亦從遮。高秋總餽貧人實，來崴還舒滿眼花。簾戶每宜通乳燕，兒童莫信打慈鴉。寡妻羣盜非今日，天下車書正一作"巳"一家。

    或曰："此詩首曰'小徑升堂舊不斜'，末曰'天下車書正一家'，疑所題者故園之桃。時方全盛，未逢禍亂，故桃亦可懷如此，以歎今之不然，與'移柳幾能存'同感。若云題成都桃，末二語難通。"愚謂：此解正自難通，公詩本無不通，"寡妻羣盜非今日"，言鰥寡孤獨，頻經禍亂，觸目可傷。"天下車書正一家"，言畔逆削平，四海一家，吾人又安可以區區小物，彼此貪戾①於兵火之餘也。與後夔州《又呈吳郎》一首同看，其意自見。

    "高秋總餽貧人實"，"堂前撲②棗任西鄰"，"棗熟從人打，拾穗許邨童"。"寡妻羣盜非今日，天下車書正一家。""已諦③徵求貧到骨，正思戎馬淚盈巾。""安得廣廈千萬間，大庇天下寒士皆懽顏。""雄者左翮垂，損傷已露筋。""白魚困密網，分減及溪魚。""吾徒胡為縱此樂？暴殄天物聖所哀。"《集》中此等不可悉舉。嘗謂公仁人長者也，讀其詩者宜知。

嚴公仲夏枉駕草堂兼携酒饌得"寒"字 一作"鄭公枉駕，携饌訪水亭。"

竹裏行厨洗玉盤，花邊立馬簇金鞍。非關使者徵求急，自識將軍禮數寬。百年地僻一作"闕"柴門迥，五月江深草閣寒。看弄漁舟移白日，老年何有罄交歡？

    或曰："《國史補》：嚴武少以強俊知名蜀中。坐衙，杜甫袒跣登其几案。武愛其才，終不加害。此所謂'將軍禮數寬'也。鈎簾欲殺，最為誣罔。不知宋子京《新書》何以載之《本傳》？"愚按：杜公生平，凡小說、正史，多不可憑，當以詩為斷。其云："阮籍焉知禮法疎④？"正其不疎⑤處。蓋阮之疎⑥，人知之，阮之慎，人不知之。《五君詠》亦曰："識密"，公之疎與阮同觀可也。《集》中凡為武作，辭氣無不溫謹。後在武幕，有云："周防

---

    ① 戾：四庫全書本作戾。按：《說文》："戾，曲也。从犬出戶下。"作戾，是。

    ② 撲：四庫全書本作撲。

    ③ 諦：四庫全書本同。按：《字彙》："諦，同訴。"《宋書·謝靈運傳》："諦愁衿分鑑戚顏。"

    ④ 疎：四庫全書本作疎。按：當作疎。《正字通》："疎，疎字之譌。本从疋。"《玉篇》："誤从足。"疎，疎遠。

    ⑤ 疎：四庫全書本作疎。按：當作疎。

    ⑥ 疎：四庫全書本作疎。按：當作疎。

期稍稍,大簡遂匆匆。"祖跣登案人乃為此語乎? 此公生平為人處所關,故不惜頻及。

秋　　盡

秋盡東行且未迴,茅齋寄在少城隈。籬邊老卻陶潛蘜①,江上徒逢袁紹杯。雪嶺獨看西日落,劍門猶阻一作"斷"北人來。不辭萬里長為客,懷抱何時得好開?

　　嚴武仲夏携饌至草堂,又巴嶺答公詩有:"籬下黃花菊對誰?"三、四,公盖以陶潛、鄭康成自比,以袁紹比武,有思武意。《典略河朔飲》與《鄭康成傳》兼讀,詩意始明。

涪城縣香積寺官閣

寺下春江深不流,山要官閣迥添愁。含風翠壁孤雲細,背日丹楓萬木稠。小院迴廊春一作"深",一作"清"寂寂,浴鳧飛鷺晚悠悠。諸天合在藤蘿外,昏黑應須到上頭。

　　"上頭"二字,亦自有本。《古樂府》:"東方千餘騎,夫壻居上頭"是也。公《湯東靈湫詩》亦云:"東山氣鴻濛,宮殿居上頭。"此詩題香積寺山要官閣,"上頭",即山頂也。諸天自四天王天至非有想非無想天,影略山頂殿像也。"昏黑"有二意,承上"晚"字,又承上"藤蘿"字及"背日萬木稠"也。

送王十五判官扶侍還黔中得"開"字

大家東征逐子回,風生洲渚錦颿開。青青竹筍迎船出,白白一作"日日"江魚入饌來。離別不堪無限意,艱危須仗濟時才。黔陽信使應稀少,莫怪頻煩一作"頻頻"勸酒杯。

　　題曰"還",詩曰"回",猶有作"之官"解者,諸家皆致辯。所謂不足辯者,此類是也。楊用修以"將"字易"逐"字,人多非之。余謂"逐"字本不佳,無怪用修欲易"將"領也。鳳凰將九子,楊亦引之,不必訓"養"。或謂:"《東征賦》原作'余隨子乎東征',當易以'隨'字。""白白江魚",或引《列女傳》姜詩事,"每旦輒出雙鯉②,以日日為是。"按:"白白"與"青青"對,"白白"是也。

---

① 蘜:四庫全書本作菊。按:蘜,同菊。
② 鯉:四庫全書本作鯉。

滕王亭子原注："在玉臺觀內,王調露中,任閬州刺史。"一云："閬州玉臺觀作,王曾典此州。"

君王臺榭枕巴山,萬丈丹梯尚可攀。春日鶯啼修竹裏,仙家犬吠白云閒①。清江碧一作"錦"石傷心麗,嫩蘂濃花滿目斑。人到於今歌出牧,來遊此地不知還。

　　滕王,即王子安所詠"滕王高閣臨江渚"者也。《方輿勝覽》云："滕王以隆州衙宇卑陋,遂修飾弘大之,擬於宮苑,謂之隆苑,後改閬苑。"滕王亭,元嬰所建無疑。或云："是天寶時嗣滕王湛然。蓋以元嬰生平多惡狀,在隆州亦不循法,子美不當以'人到於今歌出牧'稱之耳。"按:湛然守閬州,無據。"歌出牧",自是子美失實語。後世詩文家最不可信,雖子美亦未免,可以為戒。

玉　臺　觀原注："滕王造。"

中天積翠玉臺遙,上帝高居絳節朝。遂有馮夷來擊鼓,始知嬴女善吹簫。江光隱見黿鼉窟,石埶參差一作"差池"烏鵲橋。更有紅顏生羽翰,便應黃髮老漁樵。

　　或云："觀中疑有公主遺跡,故用嬴女吹簫事。"按:此首又有"烏鵲橋"句,《全集》又有五言律亦云:"彩云蕭史駐,"此說不為無見,但事不可考。

奉寄章十侍御原注："時,初罷梓州刺史、東川留後,將赴朝廷。"

淮海維揚一俊人,金章紫綬照青春。指揮能事迴天地,訓練強兵動鬼神。湘一作"襄"西不得歸關羽,河內猶宜一作"疑"借寇恂。朝覲從容問幽仄,勿云江漢有一作"老"垂綸。

　　《唐書》《國史補》《雲谿友議》皆載嚴武殺章彝事。或曰："按此詩,武再鎮蜀,彝已入覲,豈及其未行殺之耶?"愚謂好事者偽撰事實,妄解《杜詩》,如"不著鵷鷞冠"者多矣,此或亦由"湘西"句造出也。湘西,荊州地,"不得歸"者,言關公都督荊州,方面重臣,不得召之歸朝。時,章十侍御罷東川留後,將赴朝廷,故以此為比。或謂:"此暗指來瑱之事。"或謂:"嚴武再鎮成都,復合東、西川為一節度,東川留後,在所宜廢。'湘西'句,言章侍御不復歸鎮。"皆非。借寇恂者,潁川也。詩何以言河內?蓋河內、潁川,皆寇舊

---

① 閒:四庫全書本作閒。

治。詩意謂潁川盜賊羣起,固宜借之,河內盜賊不起,猶宜借之。時叚子璋①反,章討平之,罷官歸朝故也。此意諸家未言,遂若子美誤用。

《午亭文編》卷四十九　　男壯履恭較

《午亭文編》卷五十

門人侯官林佶輯録

《杜律》詩話下

將赴成都草堂，途中有作，先寄嚴公五首

得歸茅屋赴成都，直—作"真"為文翁再剖符。但使閭閻還揖讓，敢論松竹久荒蕪？魚知丙穴①由來美，酒憶郫筒不用酤。五馬舊曾諳小徑，幾回書札待潛夫。

　　寶應元年，武自成都召還，拜京兆尹。明年，為二聖山陵橋道使，封鄭國公，遷黃門侍郎。廣德二年，復節度劍南，公自閬州歸成都而作此詩也。讀《奉待嚴大夫》及此五首，嚴、杜交情略見。注者乃云："杜知武不能用己，詩含風刺。"大非。前《嚴公枉駕》，已發此意，可類推。

宿　　府

清秋幕府井梧—作"桐"寒，獨宿江城蠟炬—作"燭"殘。永夜角聲悲自語，中天月色好誰看？

---

　　① 丙穴：四庫全書本作丙穴。按：穴、穴二字，形、音、義均不同。《說文》："穴，散也。從宀，人在屋下，無田事。《周書》：'宮中之穴食。'而瀧切。"又"穴，土室也。從宀，從八。胡決切。"丙穴，為大丙山之穴。《水經·沔水》注："穴口向南，故曰丙穴。"《寰宇記》："每春三月上旬，有魚從穴躍出，相傳名為嘉魚。"

風塵荏苒音書絶,關塞蕭條行路難。已忍伶俜十年事,強移栖息一枝安。

　　"伶俜十年事",自當指亂離奔走。自己亥棄官至甲辰參謀,僅是六年。十年者,舉大數耳,不必過泥。題是《宿府》,詩上言"行路",下言"栖息",此解自可通。或有十年乃字之説,非本意也。

十二月一日

即看燕子入山扉,豈有黃鸝歷翠微。短短桃花臨水岸,輕輕柳絮點人衣。春來準儗開懷久,老去親知見面稀。他日一杯難強進,重嗟筋力故山違。

　　"他日一杯難強進",言不能如舊時之能飲也。"他日",舊時也。注謂後時,非。

寄常徵君

白水青山空復春,徵君晚節傍風塵。楚妃堂上色殊衆,海鶴階前鳴向人。萬事糾紛猶絶粒,一官羈絆實藏身。開州入夏知涼冷,不似雲安毒熱新。

　　"楚妃",猶言宋子、齊姜、燕趙佳人。或謂樊姬,非也。此句言仕途同官,名位相軋,各炫才媢嫉。下句方指徵君。二句皆比體,宜合讀。

　　通首尾讀,無非知交深悲極痛之辭。近注者皆謂公風刺徵君,吾所未解。

示獠奴阿叚[①]

山木蒼蒼落日曛,竹竿裊裊細泉分。郡人入夜爭餘瀝,稚一作"豎"子尋源獨不聞。病渴三更迴白首,傳聲一注溼青雲。曾驚陶侃胡奴異,怪爾常穿虎豹羣。

　　陶侃之奴,偽。蘇《注》及劉敬叔《異苑》,其不可信,人皆知之。然其事卒不知所出。愚舊有臆解,陶侃或是陶峴。峴,彭澤之孫,浮游江湖,與孟彥深、孟雲卿、焦遂共載,人號水仙。有崑崙奴名摩訶,善泅水。後峴投劍西塞江水,命奴取。久之,奴支體磔裂,浮於水上。峴流涕迴櫂,賦詩自敍,不復游江湖。峴既公同時人,其友又公之友,異事新聞,故公用之耳。陶奴入水,卒死蛟龍。公奴入山,宜防虎豹,事相類。侃、峴音相近,但峴事僻,人因改作侃也。公常以時人姓名入詩,如李白、雲卿之類。又傳寫訛謬,如周顒

---

　　① 阿叚:四庫全書本作阿段。按:段字誤,作叚,是。

作何顥之類。此説或亦可存。

諸 將 五 首

昨日玉魚蒙葬地，早時金盌出人間。見愁汗馬西戎逼，曾閃朱旗北斗殷。多少材官守涇渭，將軍且莫破愁顔①。

　　此詩，説者不知作於何時，各以己意注之。愚謂：當作於大曆②二年秋冬間，三年正月，則去夔出峽，末章不得云"巫峽清秋萬壑哀"矣。考《史》，代宗時吐蕃之寇，無歲無之。廣德元年，遂陷京師，留十五日乃走。"千秋尚入關"，蓋指此也。舊注指安祿山，非。蓋不應舍近而言遠也。廣德二年八月，吐蕃冠③邠州、寇奉天。十一月，吐蕃兵潰。永泰元年八月，僕固懷恩及吐蕃、回紇、党項羌④、渾奴剌寇邊。九月，吐蕃寇醴泉、奉天，党項羌寇同州，渾奴剌⑤寇盩厔，京師戒嚴。以《史》考之，其亂視廣德二年為甚。大曆⑥元年九月，吐蕃陷原州，二年九月，吐蕃寇靈州、寇邠州，郭子儀屯於涇陽，京師戒嚴。"見愁汗馬西戎逼"，蓋指此。大曆⑦二年之事，追述永泰元年之事以為鑒，故曰"曾閃朱旗北斗殷"。曾者，已往之事也。考《代宗紀》，永泰元年，吐蕃、党項羌等入寇，天子自率六軍屯於苑，郭子儀屯於涇陽。《郭子儀傳》云：懷恩盡説吐蕃、回紇、党項羌、渾奴剌等三十萬掠涇，躪鳳翔，入醴泉，京師大震。於是帝命李忠臣屯渭橋，李光進屯雲陽，馬璘、郝廷玉屯便橋，駱奉先李日越屯盩厔，李抱玉屯鳳翔，周智光屯同州，杜冕屯坊州，天子自將屯苑中，急召子儀屯涇陽。《吐蕃列傳》與《子儀傳》同。又加以渾日進、孫守亮屯奉天。"朱旗北斗殷"，言軍之衆也。觀《史》，可見。但《代宗紀》略，《子儀傳》

────────────

①　將軍且莫破愁顔：此詩為《諸將五首》之第一首。全詩共八句，《詩話》刪去首聯"漢朝陵墓對南山，胡虜千秋尚入關"二句。四庫全書本同。馬甫平點校本將此聯補入。為了保留《詩話》的原貌，現將此聯移入注中。

②　大曆：四庫全書本作大厤。按：大曆為唐代宗李豫年號，乾隆名弘曆，為了避諱，改作厤。

③　冠：四庫全書本作寇。按：當作寇。《說文》："寇，暴也。从攴，从完，當其完聚而寇之也。攴擊也，會意。俗作冦。"

④　党項羌：四庫全書本作党項羌。按：《說文》："羌，西戎从羊人也。西方羌，从羊。"作羌，是。

⑤　渾奴剌：四庫全書本作渾奴剌。按：剌、刺二字，形、音、義均不同。剌，《唐韻》："盧達切"，《集韻》《韻會》《正韻》："郎達切。"夶音辢。《說文》："剌，戾也。从束，从刀。刀者，剌之也。"徐鍇曰："剌，乖違也。束而乖違者，莫若刀也。"刺，《唐韻》《集韻》《韻會》："七賜切。"《正韻》："七四切。"夶此去聲。《說文》："刺，直傷也。从刀，从束。"渾奴剌，與吐蕃、回紇、党項羌，均唐代少數民族名。剌字不誤，不當改。

⑥　大曆：四庫全書本作大厤。

⑦　大曆：四庫全書本作大厤。

詳,《吐蕃傳》又詳,可以互見耳。

　　"見愁"四句,蓋言見今所愁將士,"汗馬西戎",或深入不止,逼近內地也。愁者,雖未逼,愁將逼也。邠州、靈州,視醴泉、螯屋為遠,地若逼,則如永泰元年故事矣。永泰元年,將士分屯者多,"曾閃朱旗北斗殷",賴郭子儀免冑見敵,幸得無事。若今,不知"多少材官守涇渭",能如永泰分屯之眾乎? 雖有一子儀屯涇陽,其餘將軍,豈可遂"破愁顏"耶? 此詩前四句,廣德元年事。"見愁汗馬"句,大曆①二年事。"曾閃朱旗"句,永泰元年事。大曆②二年秋冬間夔州作。諸家聚訟,直夢語耳。

　　首四句借漢喻唐,借漢事,故言"千秋",既喻唐,不必泥③求漢事。又玉魚、金盌,紛紛辯證。以愚論之,此玉魚、金盌,泛指陵墓珍寶,如珠襦、玉柙及秦始皇水銀為江海、黃金為鳧雁之類,何必苦求出處。

　　《代宗紀》:吐蕃陷京師,不言掘陵寢,豈《史》有所諱而不書與? 或謂:"祿山作逆④,繼以吐蕃,焚毀未已,駸駸有發掘之虞。玉魚、金盌,借尋常墳墓事以婉言之。"此說雖巧,未合也。蓋陵寢雖無恙,而貴戚之玉魚、金盌已遭發掘,於詩意未為不合,公故不欲斥言陵寢耳。

　　或謂:"闐為潼關,故以入闐指安祿山。"按:柳伉《疏》:"犬戎以數萬眾犯闐,渡隴,歷秦、渭,掠邠、涇,不血刅⑤而入京師",是此詩入闐的證。伉《疏》又云:"謀臣不奮一言,武士不力一戰,提卒叫呼,劫宮闈,焚陵寢,此將士叛陛下也"數語,又是當日諸將皋案。然則首四句是責諸將既不能禁其入,而又乘亂縱兵焚掠,非止敘外寇也。

韓公本意築三城,豈謂盡煩回紇馬,翻然遠救朔方兵。龍起猶聞晉水清。獨使至尊憂社稷,諸君何以答升平⑥?

　　上一章責代宗時吐蕃亂諸將也,此章責肅宗初⑦祿山亂諸將也。第一句曰"本意",第三句曰"豈謂",轉折極明。"朔方兵"者,不敢斥言乘輿也。子儀《上代宗疏》云:"先帝

---

① 大曆:四庫全書本作大厯。
② 大曆:四庫全書本作大厯。
③ 泥:四庫全書本作泥。
④ 逆:四庫全書本作逆。
⑤ 刅:四庫全書本作刃。按:刅、刃二字,形、音、義均不同。刅,《集韻》:"楚良切。音瘡。"《說文》:"傷也。從刀,從一。"徐鍇曰:"一刀所傷,指事也。"刃,《唐韻》《集韻》《韻會》《正韻》夶而振切,忍去聲。《說文》:"刀堅也,象刀有刃之形。"本文稱"兵不血刅而入京師。"刅字誤,作刃,是。
⑥ 諸君何以答升平:此詩為《諸將五首》之第二首。全詩共八句。《詩話》刪去首聯第二句"擬絕天驕拔漢旌",和頸聯第一句"胡來不覺潼關隘。"四庫全書本同。馬甫平點校本將刪去之二句補入。為了保存《詩話》的原貌,現將補入之二句移入注中。
⑦ 初:四庫全書本作初。按:《說文》:"初,始也。從刀,從衣,裁衣之始也。"礽字誤,作初,是。

興朔方,誅慶緒"是也。第七句"獨使至尊憂社稷",正與此應。考《回紇傳》,回紇使者來,請助討祿山,帝詔燉煌郡王承案與約,可汗以可敦妹為女妻承案。帝欲固其心,即封其女為毗伽公主。帝駐彭原,使者葛羅支見,恥班下,帝不欲使鞅鞅,引升殿,慰而遣。葉護至,帝因冊毗伽公主為王妃。命廣平王見葉護,約為昆弟。肅宗屈己回紇,以"憂社稷"故也。五句追敘潼關之敗,此明皇幸蜀之由。六句追述高祖"龍起"之事,猶言晉陽以一旅肇興,至於有天下,而不能自振,乃"獨使至尊憂社稷",不得已而用回紇,"諸君何以答昇平"乎? 八句一事,當合而讀之。

　　此章注說雖多,本意愈晦,今槩刪之,已另為注說矣。愚更有說:"龍起"者,興慶宮龍池事也。張九齡《龍池聖德頌序》略云:"惟龍池蓋天之所以祚聖,即今上卜居之舊里。"又云:"中宗採識者之議,厭王氣而來遊;聖上處或躍之時,出飛龍而合應。臨淄,始封也,邸第在焉;上黨,歷試也,靈符紹至。天其以是永命我唐"云云。公此句即九齡"天其以是永命我唐"意也。"猶聞晉水清",以晉水比龍池,言與高祖開國同符。"獨使至尊憂社稷",指祿山反,潼關失守,明皇下詔親征事。如此說,於上下意不待解說自明,兩存之,以正讀者。

朝廷袞職誰爭補? 天下軍儲不自供。稍喜臨邊王相國,肯銷金甲事春農①。

　　此章責以宰相臨邊之諸將也。觀五句、七句可見。幅員日蹙,貢賦日減,軍須②皆仰給餽饟,獨王相國肯銷甲事農,安得不喜?"稍喜"者,以天下皆不自供,銷甲事農,僅王一人也。或以"稍喜"為不足王縉之辭,非。然,《唐書·王縉傳》,亦不見銷甲事農事。

越裳翡翠無消息,南海明珠久寂寥。殊錫曾為大司馬,總戎皆插侍中貂。炎風朔雪天王地,只在忠良翊聖朝。③

　　此章舊注云:"子美嘗有'自平宮中呂太一,南海收珠千餘日'之句。蓋廣德元年,呂太一為廣州市舶使,舉兵叛,故翡翠明珠久不貢朝廷。說者多引此詩以解太一之事。"舊注之說,不過如此。或由此通首皆指宦官,句各以事實之云云。按:楊思勖雖殘酷,安南五溪之變實在先,以越裳不貢責之,思勖服乎? 呂太一之事近之。然,《杜詩》云:"自

①　肯銷金甲事春農:此詩為《諸將五首》之第三首。全詩八句,《詩話》只錄入頸聯和尾聯,刪去首聯"洛陽宮殿化為烽,休道秦關百二重"。頷聯"滄海未全歸《禹貢》,薊門何處盡堯封。"四庫全書本同。馬甫平點校本將刪去之二聯補入。為了保存《詩話》的原貌,現將補入之二聯移入注中。

②　軍須:四庫全書本作軍需。按:軍須,當作軍須。須,通需。軍須,一作軍需。《唐書·鄭珣瑜傳》:"軍須期會為急。"須字不誤,不必改。

③　只在忠良翊聖朝:此詩為《諸將五首》之第四首。全詩八句,《詩話》只錄入頷聯、頸聯、尾聯六句,刪去首聯"回首扶桑銅柱標,冥冥氛祲未全銷"二句。四庫全書本同。馬甫平點校本將刪去之首聯補入。為了保存《詩話》的原貌,現將補入之首聯移入注中。

平宮中呂太一,收珠南海千餘日。近供生犀翡翠稀,復恐①征戍干戈密。"豈非太一既平之後,明珠暫至又絕乎?亦當責之太一乎?考《李輔國傳》,輔國為兵部尚書,未嘗為大司馬。古今官職沿革,名同實異者多,今人溷稱兵部尚書為大司馬,不知唐之兵部尚書不可稱大司馬也。唐《百官志》:"兵部尚書,正三品。"輔國冊進司空兼中書令,進封博②陸郡王。三品之官,何足異乎?以魚朝恩曾為觀軍容使,故謂之總戎。"總戎"二字,《杜詩》常用。"總戎楚蜀應全未","聞道總戎雲鳥陣。"高適、嚴武,亦皆觀軍容使邪?此蓋緣誤認"侍中貂"三字。注唐人詩,當以《唐書》為據。《唐書·百官志》云:"門下省,侍中二人,正二品。掌出納帝命,相禮儀,凡國家之務,與中書令參總而顓判省事。"又云:"左散騎常侍二人,正三品。"注云:"顯慶二年,分左右,隸門下、中書省,皆金蟬珥貂。左散騎與侍中為左貂,右散騎與中書令為右貂。"以此論之,"侍中貂"非中人也。如馬燧、渾瑊皆拜侍中,燧、瑊豈中人乎?《百官志》:中人有內侍省監、內常侍諸稱,無侍中。《宦者傳》,諸宦官封王、公,為中書令者有之,無侍中。

　　然則此詩當何如解?蓋責藩鎮兼宰相之諸將也。上章舉內地削,責其徒煩輸輓。此章舉遠人畔,責其不能鎮撫。首四句猶上章首四句之意,不必實指其人。大司馬,唐《百官志》無之。外官天下兵馬元帥、副元帥、都統,下有行軍司馬、行軍左司馬、行軍右司馬。節度使下有行軍司馬。大都督府下有司馬,中都督府下有司馬,下都督府下有司馬。大都督護府下有司馬,上都護下有司馬。以意論之,則副元帥、都統、副都統、節度使、大都督、中都督、下都督、大都護、上都護,皆可稱大司馬。上都護掌統諸蕃,撫慰征討,敘功罰過,與本詩扶桑、銅柱、越裳、南海、炎風、朔雪等甚合。又唐初制:元帥、大都督、大都護,或親王領之,或親王遙領。連上"殊錫"二字觀之,大司馬必指此類,非兵部尚書也。兵部尚書,與吏、戶、禮、刑、工尚書皆尚書省中書令之屬。兵部之屬有四:一曰兵部,二曰職方,三曰駕部,四曰庫部,無稱司馬者。兵部尚書安得稱大司馬乎?"總戎"二字,即以公詩證之,當指節度使,皆插侍中貂,則帶宰相之銜者也。但以此解之,詩意自明。

　　《漢書》注:"師古曰:'《禮·含文嘉》云:九錫者,車馬、衣服、樂懸、朱戶、納陛、武賁、鐵鉞、弓矢、秬鬯也。'"此詩"殊錫",不必九錫,大抵非常寵錫耳。《漢書·百官公卿表》,相國、丞相後即太尉。太尉,秦官,掌武事。武帝建元二年省。元狩四年初,置大

---

① 恐:四庫全書本作恐。按:《說文》:"恐,懼也。从心,巩聲。"作恐,是。
② 博:四庫全書本作博。按:《說文》:"博,大通也。从十从尃。尃,布也,補各切。"作博,是。

司馬以冠將軍之號。漢代大司馬，為武官極品，其權埶①，丞相不如也。此詩大司馬，借漢官言唐官，未為不可。但泥李輔國曾為兵部尚書，以唐兵部尚書為大司馬，遂難通矣。錦江春色逐人來，巫峽清秋萬壑哀。正憶往時嚴僕射，共迎中使望鄉臺。主恩前後三持節，軍令分明數舉杯。西蜀地形天下險，安危須仗出羣材。

或云："此言蜀中將帥也。崔旰殺郭英乂，柏茂琳、李昌夔、楊子琳舉兵討旰，蜀中大亂。杜鴻漸受命鎮蜀，畏旰，數薦之於朝，請以節制讓旰，茂琳等各為本州刺史。上不得已，從之。鴻漸以宰相兼成都尹、劍南東西川副元帥，主恩尤隆於嚴武，而畏怯無略，憚旰雄武，反委以任，姑息養亂，日與從事置酒高會，其有媿於前鎮多矣。公詩標巫峽、錦江，指西蜀之地形也。曰'正憶'曰'往時'，感今而指昔也。又云：'軍令分明數舉杯'，蓋闇譏其日飲不事事也。《八哀詩》於嚴武云：'豈無成都酒，憂國只細傾。'則鴻漸之縱飲，於憂國之志荒矣。"

右說於"數舉杯"三字看出刺鴻漸意，然云：公詩標巫峽、錦江，指西蜀之地形，尚可商。愚謂："錦江春色逐人來"，指嚴武最後至蜀時，"人"字即指武。"巫峽清秋"指今日思武時也。公《將赴成都草堂，途中有作先寄嚴鄭公》云："故園猶得見殘春"，又云："肯藉荒庭春草色"，《春歸》云："別來頻甲子，歸到忽春華"，皆可證。《年譜》亦云："或謂永泰元年四月，嚴武卒。"此詩作於是年之秋，離草堂而來，正當"春色逐人"，今又"清秋"，追念武知己之恩，不覺萬壑皆哀。按《年譜》：公永泰元年正月，辭幕府歸草堂。四月，嚴武卒。五月，遂離蜀南下，自戎州至渝州。六月，至忠州。秋，至雲安。觀此，此說之誤可知。"清秋"指至雲安之清秋亦不妥，安知非大曆②二年之清秋耶？

"自平宮中呂太一，收珠南海千餘日。近供生犀翡翠稀，復恐征戍干戈密。"太一以廣德元年十二月反，平之必在二年。自大曆③二年逆數為三年，故曰千餘日。"近供生犀翡翠稀"，即第五詩所云"南海明珠久寂寥"也。一言"近供"，一言"久寂"，似相迕。然，"自平"詩是自"收珠南海千餘日"數之，此詩則連太一未平時言之也。詩不作於雲安，此又一證。

五首合而觀之：一、漢朝陵墓，二、韓公三城，三、洛陽宮殿，四、扶桑銅柱，五、錦江春色，皆以地名起；分而觀之：一、二作對，一責代宗時吐蕃亂諸將，一責肅宗初祿山亂諸將。其事對，其詩章句法亦相似。三、四作對，一舉內地割，責以宰相臨邊之將，徒煩輸

① 埶：四庫全書本同。按《廣韻》《集韻》《韻會》𧐢始制切，音世，同勢。《漢書·高帝紀》："秦得百二，地埶便利。"
② 大曆：四庫全書本作大歷。
③ 大曆：四庫全書本作大歷。

輓。一擧遂人畔，責以藩鎮兼相之將，不能鎮撫。其事對，其詩章法句法亦相似。末則另為一體。《杜詩》無論其他，以此類言，亦可想當日鑪錘之苦。所謂"晚節漸於詩律細"也。與《秋興八首》並觀，愈見。

秋 興 八 首

玉露凋傷楓樹林，巫山巫峽氣蕭森。江間波浪兼天湧，塞上風雲接地陰。叢菊兩一作"重"開他日淚，孤舟一繫故園心。寒衣處處催刀尺，白帝城高急暮砧。

"波浪兼天"，"風云接地"，非但寫夔州山水。公時艤舟，欲下江、漢，此即孤舟去路也。

有謂："'塞上'指由蜀入秦之塞。"此章八句，皆指夔州。若七句指夔州，獨一句指蜀塞，不成章法矣。《夔府書懷》詩："絕塞烏蠻北，孤城白帝邊。"《白帝城樓》詩："江度寒門閣，城高絕塞樓。"《返照》詩："絕塞愁多早閉門"，何必蜀塞乃可言塞邪？

"他日"與"故鄉"一類，即後章所云"昔時"。蓋故里樊川之感也。前後詩有"歸櫂生衣臥"，"具舟將出峽"等句，是此"孤舟"即歸舟也。《白帝城樓》詩："夷陵春色起，漸俟①進扁舟。"《曉望白帝城鹽山》："春城見松雪，始俟②進歸舟。"未嘗一日忘故園之心也。"叢菊"映"楓林"，"孤舟"映"巫峽"，章法尤奇。

夔府孤城落日斜，每依北一作"南"斗望京華。聽猿實下三聲淚，奉使虛隨八月槎。畫省香鑪違伏枕，山樓粉堞隱悲笳。請看石上藤蘿月，已映洲前蘆荻花。

陸遊《入蜀記》："唐故夔州，與白帝城相連，《杜詩》白帝、夔州各異城，言難辨也。"此謂"夔府孤城"，當與上章"孤舟"例看。蓋以客子言之，雖蜀麻、吳鹽，清秋萬船，不礙其為"孤舟"，雖白帝、夔州，兩城相連，赤甲白鹽，閭閻繚繞，不礙其為"孤城"也。

上章白帝"暮砧"，城高，砧易聞也。此言夔府"落日"，白帝在東，夔府在西也。皆非漫下。

"北斗"，或作"南斗"。按：秦城上直北斗。又，北斗之宿七星明，第一主帝，為樞星。上句言"日"，此句言"斗"，又言"望京華"，以類而言，非"南斗"明矣。唐人亦多用"北斗"，如"平臨北斗"之類。公詩亦多用"北斗"，如"秦城近斗杓"之類。或又引《三輔黃圖》云："漢初長安城狹小，惠帝更築之，城南為南斗形，城北為北斗形，至今人呼斗

---

① 俟：四庫全書本作儯。
② 俟：四庫全書本作儯。

城。謂之南北皆可”。其説亦非。

　　“奉使”句，非謂乘槎到天河，徒為虛語。盖“槎”與上章“孤舟”相映，乘槎可到天河，今繫舟不能至京華，故曰“虛隨八月槎”公詩有“愁邊有江水，焉得北之朝？”

　　三、四，一應“夔府”，一應“京華”。“虛隨八月槎”，不如此説，不可與言“京華”應矣。五，“畫省”應“京華”六，“粉堞”應“夔府”，其意易見。

千家山郭靜朝暉，日日一作“日處”，一作“一日”，一作“百處”江樓坐翠微。信宿漁人還汎汎，清秋燕子故飛飛。匡衡抗《疏》功名薄，劉向傳《經》心事違。同學少年多不賤，五陵裘馬自輕肥。

　　首章言“暮砧”，次章言“落日”，此章言“朝暉”，當時日夜無聊，不遑安處，讀之如見。

　　“日日江樓”與“漁人還汎汎”同，故賦所見以自喻。“信宿”，正與《豳風》“於汝信處”，“於汝信宿”一意。“清秋燕子”是將去之物，“故飛飛”者，若見客不去，故以飛飛將去嘲之也。《雲安子規》詩：“客愁那聽此，故作傍人低。”

　　公天寶初應進士不第，天寶末，獻《三大禮賦》，明皇召試文章，授河西尉，改右衛率府胄曹參軍，此與衡初以好學，射策科甲，不應，令除太常掌故，調平原文學略似。後肅宗至德二載，拜行在左拾遺，以上《疏》救房琯獲譴，得免推問，扈從還京。未幾，出為華州司户參軍，後遂棄官，流寓於蜀。廣德元年，召補京兆功曹，不赴。二年，嚴武表為節度參謀、檢校工部員外郎，賜緋魚袋。明年春，辭幕府，離蜀。大曆①元年，至夔，視衡由史高幕入朝廷，上《疏》，至丞相封侯，果何如乎？故曰：“匡衡抗疏功名薄”也。諸家注衡皆太略。衡之文學經術，與史高辟薦本末皆不及。如此，則古來“抗疏”者多，何獨以衡為言？

　　公獻《賦》授官，與向初獻宣帝《賦》《頌》數十篇亦略同。後遂流滯於外，不能入朝，雖時為詩歌，不忘朝廷，視向之數退數進，傳經以寄忠悃得乎？故曰“劉向傳經心事違”也。衡之“抗疏”，多傳《經》義；向之“傳經”，亦諷時政，其前後《疏》多及《經》義，舊注向亦太略。

　　公與衡向皆文學士，故引用之。七句遂及“同學少年”。“同學”者，一時同為文學者也。“少年”者，以己白頭，視彼為少年也。“抗疏”“傳經”，皆在朝廷。“五陵”即“京華”地。衡、向古人，“同學”今人，公俯仰古今，感慨係之，不必泥“衣馬輕肥”以為譏刺。有謂：“‘同學少年’既非“抗疏”之匡衡，又非“傳經”之劉向，志趣與公絶不相同。”果如此，當言“異學”何言“同學”乎？

---

　　①　大曆：四庫全書本作大歷。

聞道長安似弈棋,百年世事不勝一作"堪"悲。王侯第宅皆新主,文武衣冠異昔時。直北關山金鼓震一作"振"。征西車馬一作"騎"羽書馳一作"遲"。魚龍寂莫秋江冷,故國平居有所思。

　　"弈棋"者,倏勝倏負,局勢變遷。廣德二年,吐蕃入寇,代宗如陜州,吐蕃陷京師,立廣武郡王承宏為帝。郭子儀復京師,代宗至自陜州,所謂"似弈棋"也。是時,公在蜀,故言"聞"。然,亦諱辭也。下句又合祿山陷京師,明皇幸蜀,及肅宗復京師,明皇至自蜀之事言之,故曰"百年世事"。其實兩句皆指代宗時事也。明皇事,百年中帶言之耳。"聞道"二字,又不止貫此兩句,直貫至五、六句,止各說一事。說者以王侯、文武二句為"弈棋",為"不勝悲",非也。

　　唐人最重族望,所謂"衣冠"者,族望也。喪亂衣冠,流離所用,文武流品猥雜,故曰"文武衣冠異昔時"。舊注未明。

　　或謂:"'直北',指夔北,乃隴右、關輔間。"不知此章"直北""征西",與下章"西望""東來",皆據長安言。"直北"二字,與"愁看直北是長安"之"直北"不同。凡看詩文,宜知大段。此章前六句作段,讀者多以四句為段,非也。是時,西北多事,姑以廣德二年言之,又以僕固懷恩及吐蕃、回紇等寇邊一事言之。吐蕃寇醴泉、奉天,党項羌寇同州,渾奴剌寇盩厔。"直北關山金鼓震,征西車馬羽書馳。"當是此等。或以廣德元年吐蕃入長安,徵天下兵,莫至,故曰"羽書遲",非是。

　　八章中,前三章詳夔州,略長安,後五章詳長安,略夔州。此章末句,可以結本章,可以起下章,可以總起下四章,"故國平居有所思",猶歷歷開元事,分明在眼前。

蓬萊宮闕對南山,承露金莖霄漢間。西望瑤池降王母,東來紫氣滿函關。雲移雉尾開宮扇,日繞龍鱗識聖顏。一臥滄江驚歲晚,幾迴青瑣點一作"照"朝班。

　　按:漢武承露銅柱,在建章宮西。建章宮在長安城外西北隅,唐東內在京城東北,不聞有承露盤事。此章蓋言唐開寶宮闕之盛。又以明皇好道,故以蓬萊、承露、瑤池、紫氣連類言之,不必實有金莖。

　　唐公主如金仙、玉真之類,多為道士,築觀京師。"西望瑤池",蓋言道觀之盛,與上"宮闕"一類。如《玉臺觀詩》馮夷、嬴女,亦是形容玉臺觀之盛,髣髴有馮夷、嬴女,非詠嬴女也。公詩有"王母晝下雲旗翻","東來紫氣",指太清宮。

　　或謂:"公蓋以瑤池王母之飲,隱喻貴妃之冊為太真。紫氣函關之臨,顯讖玄元之降於永昌。"如此說,是追數前朝之失,非追憶前朝之盛也。

　　《史》稱:明皇儀範偉麗,有非常之表。潞州別駕時,州境有黃龍白日升天。又京師所居宅外,水池浸溢頃餘,望氣者以為龍氣。又所居里名隆慶,時人語訛,以"隆"為龍。

韋庶人稱制改元，又為唐隆，上益自負。此詩"日繞龍鱗"與常説稱天子"龍顏"不同。舊注引漢高帝"隆準"、"龍顏"，齊高帝"龍頟鐘聲，鱗文偏體"，皆非也。《享龍池樂章·姜皎》一篇有"常經此地謁龍顏"句，可為此作注。

或謂："'一臥滄江'，言一臥不復起也。'驚歲晚'，追遡身歷三朝，皆成往事，今不知幾時再列朝班。盖公自天寶十載獻《三大禮賦》，時年四十，以布衣一識聖顏。至肅宗至德二載，拜左拾遺，時年四十六，始點朝班。至代宗大曆①元年，自雲安至夔，時年五十五矣。"此説非是。"一臥"者，臥病於夔，所謂"伏枕"也。"歲晚"，即秋也。詩言"幾迴青瑣"，如上説當改為"幾時青瑣"。"迴"與"時"各一義，豈可溷解？

此詩前六句是明皇時事，"一臥滄江"，是代宗時事。"青瑣點朝班"，是肅宗時事。前六句但言天寶之盛，陡然截住，即陡接末二語。他人為此，中間當有幾許繁絮。盖上章言長安之衰，此章言長安之盛，合而讀之，其義自見也。

瞿唐峽口曲江頭，萬里風烟接素秋。花萼夾城通御氣，芙蓉小苑入邊愁。朱簾繡柱圍黃鵠一作"鵠"，錦纜牙檣起白鷗。迴首可憐歌舞地，秦中自古帝王州。

上章長安宮闕，此下三章長安城外池苑，此章曲江也。上、下四章，皆前六句長安，後及夔州。此章在中，首二句便以瞿唐、曲江合言，亦章法變換處。然，已下只言曲江，不言瞿唐，以詳於首章故也。

明皇始築夾城至曲江芙蓉園，而外人不知。禄山犯闕，帝登興慶宫花萼樓，置酒悽愴，自此遂西幸。"通御氣"、"入邊愁"、"圍黃鵠"、"起白鷗"四句，皆上盛下衰，"通御氣"三字，尤詩人立言之妙。解者失之，與外人不知對看自明。

曲江與樂遊園、杏園、慈恩寺等相近，地本秦、漢遺跡。唐開元中疏鑿，更為勝境。故曰"回首可憐歌舞地，秦中自古帝王州。"由衰憶盛，感慨無窮。

昆明池水漢時功，武帝旌旗在眼中。織女機絲虛夜月一作"月夜"，石鯨鱗甲動秋風。波漂菰米沉②雲黑，露冷蓮房墜粉紅。關塞極天唯鳥道，江湖滿地一漁翁。

此章憶昆明池也。"虛夜月"、"動秋風"、"波漂菰米"、"露冷蓮房"，與上章"圍黃鵠"、"起白鷗"，皆遙想彼中秋色也。此章六句長安，七八句夔州。"關塞"，即首章"塞上"，"江"即首章"江間"，連湖言之者，地勢接近，公將出峽赴荆南故也。陡轉陡住，筆端高絶，出尋常蹊徑之外。

或極力辯楊用修之説，謂："杜以唐人敍漢事，摹擬陳跡，故有'機絲''夜月'之詞，

---

① 大曆：四庫全書本作大厯。
② 沉：四庫全書本作沈。

此立言之體,非傷喪亂。"愚按:"昆明池水漢時功",是據唐代言,不僅前朝陳跡。以唐人敘漢事,摩挱①陳跡,尚有感,況②以唐人敘唐陳跡,謂"非傷喪亂",可乎? 又云:"《昆明》一章,緊接上章'秦中自古帝王州'一句而申言之,時則曰'漢時',帝則曰'武帝'"云云。如此,則是上章思唐,此章思漢矣。但以上章末句為此章來脈,可也。"一漁翁",斷作杜自謂。《將赴荊南寄別李劍州》云:"路經灧澦雙蓬鬢,天入滄浪一釣舟。"《寄別馬巴州》云:"獨把漁竿終遠去",皆可證。

下"墜粉紅",就"蓮房"言,此"沉雲黑"亦當就"菰米"言,不就"水"言。一說:"陳藏器《本草》:'菰首小者,擘之,內有黑灰如墨,名烏鬱③,人亦食之。'"按:庾肩吾④詩:"黑米生菰葑,青華出稻苗。"公《行官張望補稻畦水歸》亦云:"秋菰生黑米",此說較得。

昆吾御宿⑤自逶迤,紫閣峰陰入渼陂。一作"紫閣峰陰入渼陂,昆吾御宿自逶迤。"香稻一作"紅豆",一作"紅稻",一作"紅飯"啄餘一作"殘"鸚鵡粒,碧梧棲老鳳凰枝。佳人拾翠春相問,仙侶同舟晚更移。綵筆昔曾一作"遊"干氣象,白頭吟望苦低垂。

或云:"此言遊宴渼陂之事。"按:此章合言長安城南昆吾御宿、渼陂諸境,不皆曲江,昆明但指一處也。

"香稻""碧梧",屬"昆吾御宿","佳人拾翠""仙侶同舟",屬"渼陂"。《西陂泛舟》詩云:"青娥皓齒在樓船,橫笛短簫悲遠天。""西陂",即"渼陂",所謂"青蛾"即"佳人拾翠春相問"也。"問"字用"雜佩以問"之"問",其意則如"贈之以勺藥"耳。"仙侶同舟晚更移",指與岑參兄弟不妨。《渼陂行》:"船舷暝戞雲際寺,水面月出藍田關。"即"晚更移"之證也。

舊注:"香稻,宮中以供鸚鵡。"按:"鸚鵡者,出隴州,當是昆吾、御宿間豪家共有之物,不必宮中。拈出,亦可見當時彼中珍禽佳樹之美。其實詩止重"香稻""碧梧",以"鸚鵡""鳳凰"粧點作麗句耳。渼陂種稻,未見言者。公《與鄠縣源大少府宴渼陂》詩有"飯抄雲子白"句,說者謂"雲子,碎雲母以儗餇⑥之白"。升菴《韻藻引》:"山稻名雲子,河樨號雨師。"直以"雲子"為稻名,渼陂有稻,亦未可知。"香稻"二句,與上章"波漂菰米""露冷蓮房"同,皆遙想彼中秋景。下二句由秋追述春時遊賞之樂,上二句現

---

① 挱:四庫全書本作挲。按:挱,同挲。
② 況:四庫全書本作况。按:况,俗作況。
③ 烏鬱:四庫全書本作鳥鬱。
④ 庾肩吾:四庫全書本作庾肩吾。按:庾肩吾,梁代詩人。庾,一作庾。
⑤ 宿:四庫全書本作宿。按:宿字誤,作宿,是。
⑥ 餇:四庫全書本作飯。按:飯,俗作餇。

前，下二句過去也。因又追念當時獻《賦》，有謂"綵筆"，指《渼陂行》諸詩，"干氣象"，即賦詩分氣象意，不如指獻《賦》言。"吟望"，"望"字與第二章"望京華"相應，既"望"而又"低垂"，是不能望也。"筆干氣象"何其壯，"白頭低垂"何其憊①，詩至此，聲淚俱盡，故終焉。

　　　杜此八首，命意練句之妙不必論，以章法論，章各有法，合則首尾如一章，兵家常山蛇②庶幾似之。人皆云："李如《史記》，杜如《漢書》。"予獨謂不然，杜合子長、孟堅為一手者也。或八章擇取一二者，非。又杜此詩，古今獨絕，妄擬者尤非。

詠懷古跡五首_{說四首}

支離東北風塵際，漂泊西南天地間。三峽樓臺淹日月，五溪衣服共雲山。詞客哀時且未還。庾信③平生最蕭瑟，暮年詩賦動江關。④

　　"東北風塵"，指祿山亂，與第五句相應。或指"少為齊趙之遊"，或云："公初陷賊中，在山東、河北間。"皆非。

　　　此章公自賦以庾信為比耳。夔州無信古跡，或因信曾居宋玉江陵故宅，強牽立說，非也。此詩題曰：《詠懷古跡》，有謂："首章'詠懷'，餘四'古跡'"者，其說雖非，尚知"詠懷"二字不得專泥"古跡"，遂忘"詠懷"也。宋玉、昭君、先主、武侯，遇皆不偶，是章章"古跡"，章章"詠懷"，宜知此。

搖落深知宋玉_{一作"為主"}悲，風流儒雅亦吾師。悵望千秋一灑淚，蕭條異代不同時。江山故宅空文藻，雲雨荒臺豈夢思？寂⑤是楚宮俱泯滅，舟人指點到今疑。

　　"風流儒雅"，即第五句"文藻"，"師者，師其文藻。"正與"李陵蘇武是吾師"同耳。或云："'亦'字有不滿意。"又云："非道德師，乃文雅師。"或云："景行之至，不惟尚友，直欲師之。"皆非。

　　　"悵望"二句，杜言："己今日'悵望千秋'之下，'一番灑淚'，如宋玉悲秋，異代同一'蕭條'，惜'不同時'耳。""同時"，如漢武讀相如《子虛賦》而善之，曰："朕獨不得與此

---

　　①　憊：四庫全書本作憊。
　　②　蛇：四庫全書本作陣。按：蛇，同陳，同陣。
　　③　庾信：四庫全書本作庾信。按：庾信，北周著名文學家。庾，一作庾。
　　④　暮年詩賦動江關：此詩為《詠懷古跡五首》之第一首。全詩八句，《詩話》刪去頷聯上句"羯胡事主終無賴"。四庫全書本同。馬甫平點校本將此句補入。為了保留《詩話》的原貌，現將補入之句移入注中。
　　⑤　寂：四庫全書本作最。

人同時哉！”“灑淚”，如《秋興八首》之類。

　　“江山”二句，言“故宅”已無，空有“文藻”，彼“雲雨荒臺”，本出“夢思”，今反現在，豈得為“夢思”邪？蓋皆後人所為耳。不止“荒臺”不可信，即楚宮亦俱“泯滅”，“舟人指點”，皆可“疑”也。人與宅俱亡，正感慨處。

群山萬壑赴荊門，生長明妃尚有邨。一去紫臺連朔漠，獨留青冢向黃昏。畫圖省識春風面，環珮空歸月夜魂。千載一作“歲”琵琶作胡語，分明怨一作“愁”恨曲中論。

　　此詩二“明”字。杜詩時有複字，然，《負薪行》止作“昭君邨”，疑此“明妃”，或後人妄改。

　　“畫圖”句，言後人不能親覯，但“於畫圖省識其面”耳。“省識”者，審視也。此即用毛延壽事變化出奇，如《九日藍田崔氏莊》用孟嘉事也。或云：“‘省’字宜訓‘省事’之‘省’，猶‘約略’之義。”非。或云：“‘省’，記也。言不見其人，但憶曾於畫圖中認看春風面耳。”亦通。

諸葛大名垂宇宙，宗臣遺像肅清高。三分割據紆籌策，萬古雲霄一羽毛。伯仲之間見伊、呂，指揮若定失蕭、曹。運一作“福”移漢祚終難復一作“難恢復”，志決身殲軍務勞。

　　公詩屢用“宗臣”字，此二字本出《蕭曹列傳贊》，尤可與第六句相映。

　　武侯在軍，亦綸巾羽扇，“遺像清高”不可略，身都將相，氣象猶然草廬，功名富貴，不能束縛，卓然高出，古今無兩。“萬古雲霄一羽毛”，謂此也。《易·漸卦》有：“鴻漸于逵，其羽可用為儀。”詩意本此，而不見用古之跡。

　　或言：“孔明聲名飛揚，卓絕萬古，如‘雲霄一羽’，誰能匹之？”或言：“嗣主不才，再傳而失，鞠躬盡瘁，所謂高義薄雲霄者，徒付灰飛烟滅，不啻羽毛之輕。”皆非。

　　《焦氏筆乘》云：“昔人以‘三分割據’為孔明功業，不知此乃其所輕為，正如‘雲霄間一羽毛’耳。”亦非。《諸將》末章“巫峽清秋”，此第二章“悵望灑淚”，與《秋興八首》是一時作，可合觀之。

覃山人隱居

南極老人自有星，《北山移文》誰勒銘？徵君已去獨松菊，哀壑無光留户庭。予見亂離不得已。子知出處必須經。高車駟馬帶傾覆，悵望秋天虛翠屏。

　　首句，公自喻南遊，“周南留滯古所惜，南極老人應壽昌”。“結託老人星，羅浮展遐步。”“今霄南極外，甘作老人星。”公詩屢用。二、三、四，惜山人之去，五句承首句，六、

七、八承二、三、四言出處之難。苦辭正論，厚道濬①情，生人感悟。但云"風刺②"，孤此老矣。當與常徵君一首並讀。

柏學士茅屋

碧山學士焚銀魚，白馬卻走身嵒居。古人已用三冬足，年少今一作"曾"開萬卷餘。晴雲滿戶團傾盍，秋水浮階溜決渠。富貴必從勤苦得，男兒須讀五車書。

柏學士，諸家無定論。愚按：《全集》有《覽柏中丞兼子姪數人除官制詞，因述父子兄弟四美載歌絲綸》，此柏學士應是中丞子姪。學士或即所除之官。《全集》此詩後即《題柏學士山居壁》二首，又《寄柏學士林居》一首。"茅屋"，即"山居""林居"也。此詩云"白馬卻走身嵒居"。後詩云："山居精典籍"。又云："歘彼幽居載典籍，蕭然暴③露山之阿。"此云："晴雲滿戶團傾盖，秋水浮階溜決渠。"後云："墊屋流寒水，山籬帶白雲。"語意皆合，無所疑也。《全④集》有《覽鏡呈柏中丞》，《陪柏中丞觀宴將士》，《奉送柏二別駕將中丞命赴江陵送菜》詩云："常荷地主恩"；《送瓜》詩云："柏公鎮夔國"。公遊於柏氏父子兄弟間熟矣。柏公即柏茂林。或作茂琳，與柏正節是一人。此柏學士必不屑以門蔭進身而願以文章顯名者，何必以世系將門為疑哉？又古詩文所云學士不盡官名，亦有泛言文學之士者。柏氏子弟已有銀魚而好學，以學士稱之亦無妨也。

奉送蜀州柏二別駕將中丞命赴江陵起居衛尚書太夫人
因示從弟行軍司馬位

中丞問俗畫熊頻⑤，愛弟傳書綵鷁新。遷轉五州防禦使，起居八座太夫人。楚宮臘送荊門水，白帝雲媮碧海春。與報一作"報與"惠連詩一作"書"，非不惜，知吾斑鬢總如銀。

或曰："《唐書·世系表》，杜濟與位同出杜景秀下，並征南十四代孫。公為征南十三葉，《集》有《示從孫濟詩》，斯為合矣。位又稱從弟何與？《新表》承用《譜牒》，恐必有誤。"或曰："位是公之姪，今曰從弟，應是從姪之誤。"愚謂：題稱"從弟"，詩稱"惠連"，

---

① 濬：四庫全書本作深。按：濬，當作濬，深之古文。
② 風刺：四庫全書本作風刺。按：風刺，即諷刺，作刺，是。
③ 暴：四庫全書本作暴。按：暴字誤，作暴，是。
④ 仝：四庫全書本作全。按：仝，全之異體字。
⑤ 頻：四庫全書本作頻。

本非有誤。《世系表》多誤,未可據之反疑詩也。濟、位並征南十四代孫,公為征南十三葉,稱濟從孫,亦未為合。公有《過從孫濟》詩,濟必非征南十四代孫,此詩稱位從弟,後有《乘雨入行軍六弟宅》詩云:"令弟雄軍佐",位自是公之弟,非姪也。以位為公姪,當以"守歲阿戎家"為據。然,阿戎非王渾子戎,是王晏從弟王思遠,小字阿戎。《全集》,《杜位宅守歲》下,前人已辯之矣。

人　日

此日此時人共得,一談一笑俗相看。尊前柏葉休隨酒,勝裏金華巧耐寒。劍佩衝星聊蹔拔,枏琴流水自須彈。早春重引江湖興,直道無憂行路難。

公《集》元日、太歲日、人日皆有詩。人日,當時令節,談笑恒事。"休隨酒",休者,廢也,非禁止詞。時公以肺病,不飲。《早春江湖續得觀書》題所謂"正月中旬定出三峽"也,本無他意,今見說者附會《占歲書》,以"休隨酒"是戒其談笑,後四句蓋欲避俗而行,全非本意。時人顧深喜以為獨得,聊復一辯。《集》本題五言一首,自當合看。三句元日,四句人日,即"春寒華校遲①"意。五、六以不飲聊及劍琴,亦將行俶裝意也。直道亦偶然及之,不必執泥,妄生枝蔓。

宇文晁尚書之甥、崔彧司業之孫、尚書之子重汎鄭監前湖

郊扉俗遠長幽寂,野水春來更接連。錦席淹留還出浦,葛巾欹側未迴船。尊當霞綺輕初散,櫂拂荷珠碎却圓。不但習池歸酩酊,君看鄭谷去夤緣。

《集》後有《夏夜,李尚書筵送宇文石首赴縣聯句》,此宇文晁即宇文石首。石首,縣名,屬江陵府。尚書,即李之芳。聯句,公首倡云:"愛客尚書重,之官宅相賢。"結句,之芳云:"客居逢自出,為別幾淒然。"尚書之甥,此其證也。或云:"'翟表郎官瑞,覺看令宰仙。'又云:'興饒行樂處,離惜醉中眠。'即此崔彧也。"尚書之子,佚其名。一云:"孫下當有缺字",是也。"重汎鄭監前湖"者,《集》中此詩之前,《暮春,陪李尚書李中丞過鄭監湖亭泛舟得"過"字》一首是也。近見一解云:"此詩是崔姓一人重邀公泛湖而作。此崔姓者,是宇文晁尚書之甥、崔彧司業之孫、尚書之子。"杜撰可笑。且云:"公薄其人,不樂與之同汎,故製題如此。"公溫然長者,反似輕薄惡少,此等解累之也。其書方

---

① 校遲:四庫全書本作較遲。

有時名,故辯之。

　　《韻會》:"夤緣,連絡也。"本詩家常用字。孟浩然:"沙岸曉夤緣",公詩:"瀯泛苦夤緣。"俗語:賄作道地,亦曰"夤緣"。時解遂謂此二字公所以深致鄙誚,附識以戒妄説。

留別公安大易沙門

隱居欲就廬山逺,麗藻初逢休上人。數問舟航留製作,長開篋笥懨心神。沙村白雪仍含凍,江縣紅梅已放春。先蹋鑪峰置蘭若,徐飛錫杖出風塵。

　　此詩末二句,或謂:"時公欲往廬山,故言當先置寺於彼,以待大易之來。""飛錫",或引志公與白鶴道人爭潛山麓事。"出風塵",或謂:"勉其勿戀戀麗藻",俱非。此蓋欲大易置蘭若,精進於此,徐竢道成。"飛錫",本用湛方生《廬山神仙詩序》,今備錄左方,讀者自知。

　　晉湛方生《廬山神仙詩序》曰:"潯陽有廬山者,盤基彭蠡之西。其崇標峻極,辰光隔輝。幽澗澂深,積深百仞。若乃絶阻重險,非人跡之所遊;窈窕沖深,常含霞而貯氣。真可謂神明之區域,列真之苑囿矣。太元十一年,有樵採其陽者。於時,鮮霞襄林,傾暉映岫。見一沙門披法衣,獨在嵒中。俄頃,振裳揮錫,陵岯①直上。排丹霄而輕舉,起九折而一指。既白雲之可乘,何帝鄉之足逺哉?窮目②蒼蒼,翳然滅跡。詩曰:吸風元圃③,飲露丹霄。室宅五岳,賓友松喬。"

《午亭文編》卷五十　　男壯履恭較

① 岯:四庫全書本作崖。按:岯,同崖。
② 窮目:四庫全書本作窮日。按:窮目,極目。"窮目蒼蒼",即極目蒼蒼。蒼蒼,山色。目字不誤,不當改。
③ 元圃:四庫全書本作玄圃。按:元圃即玄圃,傳說中的神山。《水經》引《崑崙說》曰:"崑崙之山三級:下曰樊桐,一名板松;二曰玄圃,一名閬風;上曰增城,一名天庭,是謂太帝之居。"康熙名玄燁,為了避諱,改玄為元。四庫全書本仍用玄字,但缺其末筆。

《午亭文編》後序

今相國午亭先生,前後刻所為《集》,凡數易藁,未嘗流布,輒復更定。戊寅冬,估初至京,得及先生門,嘗求所刻集,先生慎不出。比乙酉,估再入都,先生始授估編輯,又五年而藁始定而錄始成,剞劂之工亦將竣矣。先生命估敘簡末,估何人,敢贊一辭也?既而,先生復以《書》來云:"平生學術,師法河津。老而無成,徒深嚮往。"先生之撝謙如此,估又安敢不稱舉先生所以立言之本與其遭逢之盛,以告世之讀先生文者?盖河津之學,以復性為宗。而文與詩皆雅健絕倫,淵源最正,斷為紫陽以後一人。先生少刻苦,以正學自命。弱冠登巍科,讀書中祕,與海內巨公鈍翁汪先生、阮亭王先生者益鏃屬。作為詩、古文詞,其標準一以河津為的。迹其立朝公忠之大節,行己廉慎之清修,言必稱先,詞自己出,所謂貫文與道而一之者,先生既無愧於河津矣。其得君之隆,則自今上龍飛中天日麗之際,先生居館閣,典文章,值當宁親政,削平逆亂,講求禮樂,興起太平。先生身依日月之光,凡所為表章《六經》,襃崇前聖,敷澤羣生,措安中外者,先生無不殫啟沃之誠,屬翼為之職。自班侍從,及枋大政,歷仕五十餘年。其在細旃宸帷論思密勿之地者幾四十載。遂以襄成今日郅隆之治。盖皇上兼集古今治統道統之大成,而先生在見知聞知之列。所謂"惟尹躬暨湯,咸有一德"者,先生於《癸未會試錄序》中發其端,估敢於是編之成昌其說。俾世之讀先生文者,登山仰岱,酌醴知源,古今來文與道歧者,先生貫而一之。且為先生慶遭逢之隆,鐘鳴谷應,玉振金宣,古今來治與道分者,先生亦貫而一之。則謂紫陽之後,正學之統,歸於河津,先生直接其傳,其所遇之隆,則又過之。此固天下之公言,非估一人之私也。鈍翁、阮亭二公,估曩所從受業,其晚年之《集》,皆估所編錄,而今者復得為先生完此宿諾,庶幾可解免於傳而不習之愆①矣!然,資質駑下,修名不立,終無以復於先生,并無以報汪、王二公之知己也。追念俯仰,有餘媿焉。敢因先生之命,敘其所以立言之指,使世之趨

---

① 愆:馬甫平點校本缺此字。按:愆,當為愆之誤。愆,或作諐。愆,過失。

正學、述道統者有所歸,且有所法,愈知明良之盛,真千載一時也。康熙戊子孟秋望後二日,受業門人侯官林佶謹書。①

---

① 午亭文編後序:四庫全書本刪去此文。馬甫平點校本將此文改名《午亭文編林佶跋》,與書末陳壯履的《後記》和《午亭文編》重印本中徐昆的《跋》合為一類,稱《午亭文編跋》附於書後。按:古人雖有前序後跋之說,但是,置於書後的不一定是跋。李清照的《金石錄後序》,文天祥的《指南錄後序》都是很好的例証。林佶的《午亭文編後序》之名,見於原刻本此文所在頁的中縫。其內容是敘述《午亭文編》成書的經過,陳廷敬的學術淵源和生平遭際。它和陳壯履的《後記》,都是《午亭文編》不可分割的部分。徐昆的《跋》,則是為乾隆四十三年陽城縣令將被人竊置典肆長達二十年的《午亭文編》雕板贖回,儲於學宮而寫的文字,與上述兩文的性質完全不同,不能合為一類,名之曰《跋》。

後　　記①

《文編》鏤版成，先文正念豕魚或誤，不肯輕以示人。庚寅秋，壯履既被譴，鍵闥自訟，日對是編，先文正因有較讐之命，未卒業而見背。嗣罹母王夫人、李孺人之艱，心志益大恍惚，事遂中輟。己亥長夏，屏跡山村，始得詳為繙閱，僅就所知，印正如干字。淺陋之資，荒疎日甚，惟隳成命是懼。金銀之誚，寧能免耶？壯履謹識。

---

①　後記：這篇短文，原無標題。四庫全書本將它刪去。馬甫平點校本稱此文為《午亭文編陳壯履跋》。但是，此文的內容是陳壯履記他奉父命校讐《午亭文編》的情況，又位於《午亭文編》原刻本之末，其性質與林佶的《後序》，徐昆的《跋》完全不同，不能合為一類，當名之曰《後記》。

【附錄】

《清史列傳·陳廷敬傳》

　　陳廷敬,山西澤州人。順治十五年進士,改庶吉士。初名敬,以是科館選有同姓名者,奏改廷敬。十八年,充會試同考官,尋授祕書院檢討。康熙元年,告假歸省。四年,補原官。八年,遷國子監司業。洊陟侍講學士。十一年,充日講起居注官。十二年,轉侍讀學士,充武會試副考官。十四年,遷詹事。十五年,擢內閣學士,充經筵講官。十六年正月,改翰林院掌院學士,教習庶吉士。九月,同掌院學士喇沙里、侍講學士張英奉諭曰:"爾等每日進講,啟迪朕心,甚有裨益。嗣後天氣漸寒,特賜爾等貂皮各五十張、表裏緞各二疋。"十七年正月,詔舉博學鴻儒,廷敬薦原任主事汪琬,召試一等,授編修。七月,廷敬偕侍讀學士葉方藹入直南書房。十一月,丁母憂,上遣學士二員慰問,齎賜奠茶酒。諭禮部曰:"陳廷敬侍從勤勞,其母准照學士品級賜卹。"二十年,服闋,補原官。二十一年,充會試副考官。時副都御史余國柱以滇南平定,請釐定樂章。禮部、翰林院會議,郊壇宗廟仍循順治元年之舊,朝會燕饗宜更定。廷敬撰擬十四章,旨下所司肄習。二十二年,遷禮部右侍郎,尋轉左。

　　二十三年正月,調吏部右侍郎,管理戶部錢法。八月,疏言:"自古鑄錢時輕時重,未有數十年而不改易者。今日民所不便,莫過於錢價。向日每銀一兩,易錢一千,今則僅得八九百。其故由燬錢作銅。夫銷燬制錢,其罪至重。然而不能禁者,厚利之所在也。銀一兩,僅買銅七斤,而銷錢一千,得銅八斤十二兩。奸人以為射利之捷徑,錢安得不日少而日疵乎?順治十年,因錢價賤壅滯,改舊重一錢者為一錢二分五釐,十七年,又增重為一錢四分,所以杜私鑄也。今禁私鑄而私鑄自如,應改重為輕,則燬錢之弊不禁自絕。近來產銅之地,收稅過重,致開採寥寥,並宜停其收稅,聽民開採,則銅日多而錢價益平矣。"疏下部議行。

　　九月,擢左都御史。二十四年正月,疏言:"貪廉者,治理之大關;奢儉者,貪廉之根柢。欲教以廉,先使之儉。古者,衣冠、輿馬、服飾、器用之具,婚喪之禮,賤不得踰貴,小不得加大。今或等威未辨,奢儉之風未除,機絲所織花草蟲魚,時新時異。貧者循舊而見嗤,富者即新而無厭,轉相慕效,積以成風。由是,富者鬻貨無已,貧者恥其不如,冒利觸禁。其始由於不儉,其繼至於不廉。好尚嗜欲之中,於人心猶水之失隄防而莫知所止。乞敕下廷臣,博考舊章,官員士庶冠服、衣裘、飾用之制,婚喪之禮,有宜更定者,斟酌損益,務合於中。制度既定,罔敢凌越,則節儉之風,庶可漸致。"疏下王大臣議,謂:"儀制久頒,無庸更定。"得旨:"服飾諸項,久經定例禁飭。近見習俗奢靡,應用僭濫者甚多。皆因所司視為具文。嗣後須切實奉行,務須返樸還淳,恪循法制,以副朕敦本務實、崇尚節儉至意。"

九月,疏言:"水旱凶荒,堯、湯之世不能盡無。惟備及於豫,而賑當其急,故民恃以無恐。臣維報免災荒,聖意之所垂念者,敢獻其末議。如山東省去年九月題報濟寧、海豐、霑化水災情形,戶部議覆,行令委官踏勘。十一月,以踏勘成災分數,應蠲錢糧冊結具題,戶部議覆,行令分晰地畝高下。今年四月,以並無捏報分數具題,戶部覆准蠲免。德音下逮,近省已逾半年,遠省將不止一載,如此其遲回者,所行之例則然耳。臣愚謂被災分數,即見地畝高下,既有冊結可據,即宜具覆豁免。上宣聖主勤民之意,下慰小民望澤之心,中不使猾吏奸胥緣為弊竇,勿循舊例為便。"疏下部議,令嗣後巡撫題報情形後,速分晰高下具題,戶部覆核無舛,即准其蠲免。

又疏言:"督撫之職在察吏,察吏欲令民安,非明於擊斷之為能盡其職也。必先嚴禁令,謹科條,使民遷善遠罪,至於刑清政簡之為能盡其職也。孔子不云乎:'上教之不行,罪不在民也。'故欲使民不犯法而刑辟衰止,莫先於行上之教;欲行上之教,縶惟督撫是問。督撫曰:'是將在羣吏。'夫吏果廉能,無敢有加派、火耗,毋敢鬻貨於詞訟,毋敢朘削夫富民,然後一意行上之教而民不罹於刑。今吏或不能,誠有罪焉;然非盡吏之罪也。上官廉,則吏自不敢為貪;上官貪,則吏雖欲為廉而不可得。凡所為加派、火耗、鬻貨、朘削,日以曲事上官之不暇,而又何有於行上之教,使民不罹於刑? 雖吏勉強行之,而民習見吏之所為多不法也,曰:'是惡能教我,誰其從之?'是教之不行,刑之不止,吏為之也。吏之為之者,督撫使之然也。方今要務,在於督撫得人。為督撫者,不以利欲動其心,然後能正身以董吏;吏不以曲事上官為心,然後能加意於民;民可徐得其養,養立而後教可行。歷代以來,有講讀律令之法,皆《周禮》之遺意,為教民之要務。我皇上《聖諭十六條》頒行已久,而鄉村山谷之民,至今尚有未知者。宜通飭督撫,凡保薦府、州、縣官,必確察其無加派火耗,無鬻貨詞訟,無朘削富民,每月吉集衆講解《上諭》,實心奉行者,為開具事蹟所最先。如保薦不實,加嚴處分。俾知功令之重在此,顧名思義,觸目驚心,以導羣吏。而皇上之考察督撫,則以潔己教吏,吏得一心養民、教民為稱職。使賢者知勉,而否者知懼,洗滌舊染,以幾刑清政簡,仰副聖主惓惓求治之心。"

疏並下部,如所請通飭督撫:嗣後保舉開列實跡,以無加派火耗等事為第一條,實心奉行《上諭》,每月吉聚衆講解為第二條;如保舉不實,督撫降二級調用,司道府降三級調用,定為例。又疏劾雲南巡撫王繼文:"當凱旋大兵在滇之時,動支庫銀採買米石、草束;及凱旋後,以所存米抵給本省官俸,所存草抵給驛站,前後銀數,贏縮相懸。即非侵没入己,而虧損庫銀,幾至百萬,溺職不忠,何以自解?"疏下部嚴察,以抵給官俸驛站銀數,繼文尚未題銷,責令改照採買原數具題。

二十五年閏四月,同學士徐乾學奉旨:"覽卿等奏進《鑑古輯覽》,具見盡心編纂,博採考訂,勸戒昭然,有裨治化。朕心深為嘉悅!書留覽。"時纂輯《三朝聖訓》《政治典訓》《平定三逆方略》《皇輿表》《一統志》《明史》,廷敬並充總裁官。九月,遷工部尚書。二十六年二月,調户部。九月,調吏部。二十七年二月,法司逮問貪黷劾罷之湖廣巡撫張汧,因汧未被劾時曾遣人齎銀赴京。詰其行賄何人?初以分餽甚衆,不能悉數。既而抵出尚書徐乾學、少詹事高士奇及廷敬。會奉諭:"此案若嚴審,牽連人多,就已經審實者,即可完結。"於是置弗問。並詳徐乾學、高士奇《傳》。廷敬疏言:"臣無他才能,惟早夜兢兢,思自淬勵,不徇親黨,不阿友朋。上恐辜聖主殊恩,下欲全微臣小節。乃至積有疑釁,飛語中傷如張汧一案者。汧雖臣戚,涇渭自分,嫌疑之際,尤臣所慎。汧既敗潰,遂疑及臣。積疑成恨,語涉誣染。假使臣稍有私於汧,為之庇護,則汧必深德於臣,豈肯扳連?幸蒙聖明洞照,一付盈庭公論,使臣心迹可白,名節得全。破腦剖心,未足為報。獨念臣備位於朝,宜擇所處,詎可抱疚,猶厠班行?自被謗以來,神志摧沮,事多健忘,奏對失其常度。雖皇上不加譴責,而臣心實難自安。且臣父年八十有一,倚閭懸望,伏乞聖心憐憫,准與回籍。"得旨:"覽卿奏,情詞懇切,准以原官解任。其修書總裁等項,著照舊管理。"

二十九年二月,起為左都御史。四月,疏言:"臣再領臺班,每告誡科道官,凡有建白,不許豫聞於堂官僚友,以滋指使囑託之弊。如中外臣僚,果有奸貪不法,因革事宜,果有紀綱關係者,則當覈實指陳;否則,與其生事以塞責,不若省事而擇言。蓋毛舉細故,剔摘成例,馴至刻薄煩碎,無裨聖朝寬大經久之規。誠能持重養銳,言不輕發而必當,使不肖之徒有所警戒顧忌,不敢恣意為非,此所謂省事而擇言。乞天語申飭科道官,勿以無補之言瑣瀆。臣又念條奏貴乎簡明,近見冗詞多而論事之言反少。我皇上聖學聖治,豐功懿德,日盛月新,史官書之,儒臣紀之,而且萬方謳歌,海外頌禱,亦何待言官於條奏建白之時,綴述數端?既不足以揚盛美之萬一,兼乖辭尚體要之義,致煩乙覽,必厭薄之。特聖度優容,不加詰責耳。祈敕此後勿踵習前弊,多引煩詞,如有不遵,量加處分,庶幾息便僻之風,而作謇諤之氣矣。"疏入,報聞。又諭曰:"科道官所奏之事,是否可行,自有裁定。若必大事方令建言,致進言者少,非所以集衆思、廣忠益也。"

七月,遷工部尚書。三十一年八月,丁父憂,得旨:慰恤如例。三十三年十一月,授户部尚書。三十八年十一月,調吏部尚書。四十二年二月,充會試正考官。四月,授文淵閣大學士,兼吏部尚書。四十四年正月,賜以詩,題云:"覽皇清文淵閣大學士陳廷敬作各體詩,清雅醇厚,非積字累句之初學所能窺也。故作五言近體一律,以表風度。"四月,上南巡,召試舉、貢、生、監於杭州、蘇州、江寧,廷敬與大學士張玉書、掌院學士揆敘奉命閱卷。四十九年十一月,以耳疾乞休,允之。五十年五月,大學士張玉書卒,李光地疾未愈,詔廷敬入直辦事。

五十一年三月,病劇,遣太醫院診視。四月,卒。命皇三子允祉率大臣侍衞奠酒,給銀一千兩治喪。令各部院滿、漢大臣各往弔,御制輓詩云"世傳詩賦重"。又云"國典玉衡平"。諭内閣及禮部曰:"陳廷敬夙侍講幄,簡任綸扉。恪慎清勤,始終一節。學問淹洽,文采優長。予告之後,朕眷注尤殷。留京修書,仍預機務。尚期長享遐齡,以承寵渥。遽爾病逝,深為軫惻!其察例議卹。"賜祭葬如典禮,加祭一次,謚曰文貞。

《四庫全書·午亭文編提要》

臣等謹案:《午亭文編》五十卷,國朝陳廷敬撰。廷敬字子端,號說巖,澤州人。順治戊戌進士,改庶吉士,授檢討。本名敬,以是科有兩陳敬,奉旨增"廷"字。官至大學士,謚文貞。嘗著《尊聞堂集》八十卷,晚年手定為此編,其門人侯官林佶繕寫付雕。午亭為陳氏陽城別業,因《水經注》沁水逕午壁亭而名,所謂午亭山村也。集中詩二十卷,雜著四卷,經解四卷,奏疏序記及各體文共二十卷,杜律詩話二卷。廷敬家故多藏書,少時即能縱觀。喜為詩歌,門徑宗仰少陵,頗不與王士禎相合,而士禎甚奇其詩。所為古文,汪琬見而大異之,遂肆力焉。其生平回翔館閣,遭際昌期,膺受非常之知遇,出入禁闥幾四十年。正值國家文運昌隆之時,而廷敬以淵雅之才,從容簪筆,典司文章,得與海內名流以詠歌鼓吹為職業,故其著述大抵和平深厚,當時咸以大手筆推之。卷首有廷敬自序,謂於汪、王不苟雷同,然其詩文實各自成家,分途競爽,雖就其才力之所及,蹊徑不無稍殊,而要為和聲以鳴盛,則固無異軌也。

《四庫全書總目提要·午亭文編》

　　《午亭文編》五十卷,國朝陳廷敬撰。廷敬字子端,號說巖,澤州人。順治戊戌進士,改庶吉士,授檢討。本名敬,以是科有兩陳敬,因奉旨增"廷"字。官至大學士,諡文貞。嘗著《尊聞堂集》八十卷,晚年手定為此編,其門人林佶繕寫付雕。廷敬有午亭山村,在陽城,因《水經注》載沁水逕午壁亭而名,因以名集。凡詩二十卷,雜著四卷,經解四卷,奏疏序記及各體文共二十卷,杜律詩話二卷。廷敬論詩宗杜甫,不為流連光景之詞,頗不與王士禛相合,而士禛甚奇其詩;所為古文,雖汪琬性好排詆,論文少許可,亦甚重之。生平回翔館閣,遭際昌期,出入禁闥幾四十年。值文運昌隆之日,從容載筆,典司文章,雖不似王士禛籠罩群才,廣於結納,而文章宿老,人望所歸,燕許大手,海內無異詞焉,亦可謂和聲以鳴盛者矣。卷首有廷敬自序,謂於汪、王不苟雷同,然蹊徑雖殊而分途並騖,實能各自成家。其不肯步趨二人者,乃所以能方駕二人歟?此固非依門傍户、假借聲譽者所知也。

《四庫全書簡明目録·午亭文編提要》

　　《午亭文編》五十卷,國朝陳廷敬撰。廷敬初著《尊聞堂集》八十卷,晚年手自刪削,定為此編,以所居午亭山村為名。於時古文推汪琬、詩推王士禎,廷敬自序與汪、王不苟雷同,知其才力學力均有足以自立者,故不肯隨人作計矣。

重印《午亭文編》跋

徐　昆

　　余司鐸濩澤幾兩載，陳君觀化等造廬而言曰："先相國功在國家，文垂寰宇，《午亭》兩編，林吉人先生手録而刻甚工。宗衰，家弗能寶，為人竊以置典肆，不克贖者二十年矣。願先生善計之，置以所。"余曰："嘻！若板而在肆，是棄璣玥於沙泥，委琬瓊於瓦礫，遺盲者鏡，予躄①者履，而授越人以章甫也。文貞公碩德鴻才，遭逢聖世，清廟明堂，雅雅魚魚，賡歌喜起，固其所也。間歸午壁，徜徉於梅莊、黃閣間，興酣揮毫，沾溉藝林，亦固其所。即至②小阮辟青林之圃，公孫種洛陽之花，摩挲舊編，憪慕手澤，什襲遺刻，刷而傳布，登堂者猶惝乎想見其為人。夫鴻雪忽爾，泡影漂兮。鶴圃徑荒，魚亭歸秀。組紱雖弛，衣冠未絕。揆諸消息之理，達以盛衰之論，公靈在天，亦可無恨。獨是一生心血，盡在斯編，乃置非其所，若存若亡，二十年委棄於敝衣垢絮中，岌岌乎寒暑燥濕之不保，公之靈得無有咄喈不寧者乎？況今聖天子館開四庫，博采遺書，巍椷巨帙，首登乙覽。則是刻非獨陳氏子孫所當寶，乃陽邑士大夫所共寶；亦非獨一邑所寶愛，乃天下士大夫所共寶愛也。"因謀於邑侯賓門宋公，公固久慕午壁風流者，清俸周畫，力肩厥事，遂得儲板於學宮。猗歟！數百頁之琳琅，高拱于頖壁櫺星之上；千百年之藻采，交輝於彝尊鐘簴之間。明鏡高懸，周道如砥。夫然後章甫之衣被得所矣。既樂道宋明府之好善而勇為，抑余之典守竹漆，企高向注③，亦如游魚聽瓠巴之鼓瑟，駟馬仰伯牙之拂

---

　　①　躄：馬甫平點校本同。按：躄，磚也，與履無關。躄，當為躄之誤。《禮記·王制》："瘖聾跛躄"。《釋文》："躄，兩足不能行也。"躄，一作躄。《史記·平原君傳》："民家有躄者，槃散行汲。"
　　②　即至：即馬甫平點校本作耶，與上文連讀。按：即字不誤，當與下文連讀。至，當爲知之誤。
　　③　企高向注：馬甫平點校本作企面向往。按：二者俱有誤，當作企高向往。《史記·孔子世家》："太史公曰：《詩》有之：'高山仰止，景行行止。' 雖不能至，然心鄉往之。"企高，仰望高山，向往，即鄉往。企高向往，表達了徐昆對陳廷敬的仰慕之情。

琴也。故序其顛末,跋以言。

乾隆四十三年歲在著雍閹茂重陽前一日
平陽後學徐昆題於諄復草堂

陳廷敬年譜簡編

衛慶懷　李正民

陳廷敬　字子端,別字樊川,號說巖、悅巖、月巖、午亭、半飽居士、午亭山人。原籍澤州。

陳廷敬原名"敬",順治十五年(1658)進士。因同榜有同名同姓者,順治十六年奏請改名,順治帝允准,加"廷"字,遂更名為"廷敬",以與順天通州人陳敬相區別。

"陳廷敬,山西澤州人。順治十五年進士,改庶吉士。初名敬,以是科館選有同姓名者,奏改廷敬。"(《清史列傳》卷9,頁638,中華書局1987年版)。

順治十五年(1658)四月十五日(5月16日)辛巳:"諭內院:朕惟庶常之選,所以儲養人才,允宜慎重,故詳加簡閱,親行考試,茲取馬晉允……山西澤州人陳敬……直隸通州人陳敬三十二人俱為庶吉士,即傳諭吏部遵行。"(《世祖實錄》卷116,頁905,中華書局1980年版)

順治十六年(1659)正月(2月),"允庶吉士陳敬奏請,更名廷敬,以與直隸庶吉士陳敬同名故也。"(《世祖實錄》卷123,頁952)

"吾家山名月巖,太行之枝隴也,余因以為字。(《午亭山人第二集》卷2,頁9,乾隆版本)

《題杜子樊川雲水怡情圖》自注云:"余所居一名樊川,亦曾因以為別字。"(《午亭文編》卷18,頁4—5)

《半飽居士詩》序云:"嘗記陸魯望語,忍饑誦書,率嘗半飽……門人竊呼予半飽居士。"(《午亭文編》卷18,頁21)

"上御書'午亭山村'四字以榮其行,予自是得稱午亭山人。"(《午亭山人第二集》序,山西省文獻委員會校印本,頁5)

　　陳廷敬家族於明宣德四年徙居陽城縣郭峪里中道莊,距清順治、康熙時已有二百餘年,但户籍仍屬澤州,陽城只為寄居地。故陳廷敬考舉人、進士時稱"澤州人"。其父陳昌期,母張氏。弟七人:廷繼、廷藎、廷愫、廷宬、廷統、廷弼、廷翰。

明崇禎十一年戊寅(1638),1 歲

十一月二十七日(12 月 31 日),生於山西陽城縣郭峪里中道莊。

　　"公生於前戊寅(明崇禎十一年)十一月二十七日(12 月 31 日)巳時。"(李光地《說巖陳公墓誌銘》,見雍正《山西通志》卷 200)

　　陳廷敬《食榆關驛有老卒語世父侍御公令樂亭時事》詩云:"戊寅吾以降,老大凜百慮。"(《午亭文編》卷 3,頁 18—19)

崇禎十二年己卯(1639),2 歲

崇禎十三年庚辰至十五年壬午(1640—1642),3 歲至 5 歲

母張氏口授《毛詩》及《四書》。

　　"廷敬尚未就外傅,凡《四子書》《毛詩》皆太夫人口授以誦。"(《百鶴阡表》,《午亭文編》卷 43,頁 13)

崇禎十六年癸未(1643),6 歲

從塾師王先生受句讀,從兄學古文。

　　"吾六七歲從塾師受句讀。吾兄庶常君尤好古文,先太宰公命余從之學。"(《午亭文編自序》,頁 1)

崇禎十七年甲申(清順治元年)(1644),7 歲

讀薛瑄《讀書錄》,心向慕之。

　　"河津薛子起而振理學之傳,繼河汾之業,庶幾乎可進於孔子者也。予童稚之年,即知向慕……"(《困學緒言如干則》,《午亭文編》卷 24,頁 1)

　　"先生平生學術師法河津。河津之學以復性為宗,而文與詩皆雅健絕倫,淵源最正,為紫陽以後一人。先生少刻苦,以正學自命,一以河津為的。其立朝公忠之大節,行己廉慎之清修,言必稱先,詞自己出,所謂貫文與道而一之者,無愧於河津矣。"(林佶《午亭文編後序》,見《清儒學案小傳》卷 2)

順治二年乙酉(1645),8 歲

從師修業。

順治三年丙戌(1646),9 歲

從師修業。作《詠牡丹》詩。

　　《詠牡丹》絕句云:"牡丹後春開,梅花先春坼。要使物皆春,定須春恨釋。"太夫人異

之曰:"此子欲使萬物皆得其所耶!"(《午亭山人年譜》,轉引自劉伯倫著《陳廷敬》,國際炎黃文化出版社 2001 年版)

"予九歲作牡丹詩,母見而異之。"(《陟屺樓詩二十首》自注,《午亭文編》卷 12,頁 23)

順治四年丁亥(1647)10 歲

塾師王先生辭去,從堂兄陳元及父修習。

是年,"塾師王先生……辭光禄魚山公曰:'是兒大異人,非我所能教也。'光禄公乃命從庶常公學。長公實學於光禄公,淵源授受皆稟自庭闈。"(《午亭山人年譜》)

順治五年戊子(1648),11 歲

從父及堂兄修學。

順治六年己丑(1649),12 歲

從父及堂兄修業。姜瓖部將張斗光圍攻寓所。

順治七年庚寅(1650)13 歲

從父及堂兄修業。

順治八年辛卯(1651),14 歲

童子試第一,入潞安府府學。娶妻王氏。

"八年辛卯,十四歲。赴試潞安府,以童子第一入州學。""學使者萊蕪公知山人能詩,獨不試詩,試五經義,立就。"(《午亭山人年譜》)

"應童子試于潞州,光禄公為諸生,父子皆試于學使者。"

十二月,娶夫人王氏為妻。王氏為明吏部尚書王國光玄孫女。(《午亭山人年譜》)

順治九年壬辰(1652)至順治十年癸巳(1653),15 歲至 16 歲

在府學修業。

順治十一年甲午(1654),17 歲

初赴省鄉試,未中。

"順治中,余年十七,省試於太原。"(《午亭文編》卷 38,頁 23)

順治十二年乙未(1655),18 歲

在府學修業。

順治十三年丙申(1656),19 歲

在府學修業。長子謙吉生。

順治十四年丁酉(1657),20 歲

再次參加鄉試,中舉人。

"順治中,余年十七,省試於太原……又三年,余再試於鄉。"(《郭先生逸事記》,《午亭文編》卷 38,頁 23—24)

順治十五年戊戌(**1658**),**21 歲**

參加會試,中三甲進士,選取為庶吉士。

四月初五日(5 月 6 日)辛未,"賜殿試貢士孫承恩等三百四十三人進士及第、出身有差"。(《世祖實錄》卷 116,頁 904)

"十五年戊戌,二十一歲,登孫承恩榜二甲進士,授庶吉士。館試、御試輒取第一。"(《午亭山人年譜》)另據《明清進士題名碑錄》,陳廷敬中三甲進士第一百九十五名,與《午亭山人年譜》所記"二甲進士"有異。

四月二十一日(5 月 22 日),"諭曰:'朕惟庶常之選,所以儲養人才,允宜慎重,故詳加簡閱,親行考試,茲取馬晉允、……山西澤州人陳敬……直隸通州人陳敬等三十二人俱為庶吉士,即傳諭吏部遵行。'"(《世祖實錄》卷 116,頁 905)

順治十六年己亥(**1659**),**22 歲**

在庶吉士館深造,學習滿文。奏請改名,奉旨加"廷"字,以與順天通州陳敬區別。此年前後,與王士禎、汪琬等相聚論詩文。

正月十三日(2 月 4 日)乙巳,"允庶吉士陳敬奏請,更名廷敬,以與直隸庶吉士陳敬同名故也。"(《世祖實錄》卷 123,頁 952)

"順治中,廷敬在翰林。大宗伯端毅龔公以能詩接後進。先生(按指汪琬)與今宰相合肥李公天馥、今户部侍郎新城王公士禎、吏部郎中潁州劉公體仁、監察御史長洲董公文驥及海內名能詩之士,後先來會。顧予亦以詩受知龔公,日與諸子相見於詞場。先生初見予詩,大驚,語新城曰:'此公異人也。'蓋是時,予年逾弱冠矣。先生雖以詩與諸公遊,實已巋然攬古文魁柄,自立標望,抗前行而排後勁,嚙鋒踔堅,騰踔萬夫之上。予既感先生知己之言,又方年少志銳,雅不樂以詩人自命,至是始學為文。先生又語人曰:'我固以為異人也。'龔公既歿,諸子或散去或留。"(《翰林編修汪鈍翁墓誌銘》,《午亭文編》卷 44,頁 10—11)

順治十七年庚子(**1660**),**23 歲**

在庶吉士館深造,學習滿文。

順治十八年辛丑(**1661**),**24 歲**

正月初九(2 月 7 日),參加康熙帝即位大典。三月,充會試同考官。五月,授內祕書院檢討。

"十八年(1661),充會試同考官。"(《清史列傳》卷 9,頁 638)

"十八年,充會試同考官,尋,授祕書院檢討。"(《清史稿,陳廷敬傳》)

陳廷敬任會試同考官的日期,《清史列傳》和《清史稿》均未載。《聖祖實錄》:三月初七(4 月 5 日)"以大學士成克鞏為會試正考官,衛周祚為副考官。"(《聖祖實錄》[一]卷2,頁 53,中華書局 1980 年影印本)故陳廷敬被任命為同考官,也應在三月初七。

康熙元年壬寅(1662),25 歲

因病請假回籍。此年前後,陳廷敬第一部詩集《參野詩選》五卷,刻板刊行。

"康熙元年,以病請假回籍。"(《遵例自陳疏》,《午亭文編》卷 30,頁 9)

"《參野詩選》五卷,清澤州陳廷敬撰,無刻書年月,約康熙間刊。此為編年詩,起戊戌,止壬寅。"(孫殿起《販書偶記續編》卷 14,上海古籍出版社 1980 年版,頁 235)

康熙二年癸卯至三年甲辰(1663—1664),26 歲至 27 歲

在原籍侍養父母。研讀薛瑄理學,遊故鄉山水,赴洛陽等地旅遊。有《午亭詩二十首》等。

"康熙元年……請假回籍,得河津薛文清公之書,專心洛閩之學。"(《午亭山人年譜》)

"七歲,得鄉先賢薛文清公《讀書錄》,遂立志以河津為師。"(《國朝名臣言行錄》卷 6,頁 25)

康熙三年三月,撰《故曾叔祖處士忠齋公墓碑》,另有《蓍卦賦》、《河圖洛書賦》、《伏羲先天策數本河圖中五解》、《錫土姓說》、《河圖中五生數解》、《伏羲先天卦爻解》等。(《午亭文編》卷 21,頁 2—10)

康熙四年乙巳(1665),28 歲

假滿還京,補授內祕書院檢討原官。

四年,"仍補檢討"。(《午亭文編》卷 30,頁 9)

"四年,補原官。"(《清史稿·陳廷敬傳》)

康熙五年丙午(1666),29 歲

任內祕書院檢討。

康熙六年丁未(1667),30 歲

仍任內祕書院檢討。參與康熙帝親政大禮。任《世祖實錄》纂修官。考察一等稱職。詔授文林郎。與王士禎等結為文社。

七月初七己酉(8 月 25 日),參加康熙帝親政大禮。(《聖祖實錄》[一]卷 23,頁 314)

九月初五(10 月 21 日),"纂修《世祖章皇帝實錄》……檢討李天馥、陳廷敬……為漢纂修官。"(《聖祖實錄》[一]卷 24,頁 328)

有《〈世祖實錄〉預纂修恭記二首》詩。(《午亭文編》卷9,頁1)

"六年,考察一等稱職。"(《午亭文編》卷30,頁9)

十一月二十六日(1668年1月9日)詔曰:"爾內祕書院檢討加一級陳廷敬,……授爾為文林郎。"(《皇城石刻文編》頁31)

"是年,龔芝麓尚書約山人同汪苕文(琬)、程周量(可則)、劉公(體仁)、葉子吉(方藹)、梁曰緝(熙)、董玉虯(文驥)、王子底(士祿)、王貽上(士禎)、李湘北(天馥)海內諸名公為文社。"(《午亭山人年譜》)

康熙七年戊申(1668),31歲

仍任內祕書院檢討,參與纂修《世祖實錄》。為白胤謙《念園存稿》作序。被邀為翟鳳翥《涑水編》評閱人。

康熙八年己酉(1669),32歲

升國子監司業、內弘文院侍讀。內閣中書汪懋麟贊陳廷敬:"制誥還三代,辭華繼兩京。"

"八年,遷國子監司業。"(《清史列傳》卷9,頁638)

本年,汪懋麟《贈陳子端侍讀十六韻》詩中云:"翰林非不達,學古獨尊榮。晉國推才子,清時翊聖明。賦詩陵太液,簪筆冠西清。制誥還三代,辭華繼兩京。孟公書劄重,元禮楷模成。勳業推前輩,蹉跎愧後生。"(《百尺梧桐閣集》卷7,頁18—19)

康熙九年庚戌(1670),33歲

任國子監司業。遷內祕書院侍讀。授奉政大夫。

"誥封奉政大夫、內弘文院侍讀學士。"(《百鶴阡表》,《午亭文編》卷43,頁9)

"九年,升內祕書院侍讀。"(《遵例自陳疏》,《午亭文編》卷30,頁9)

三月初六日(4月25日),康熙旨曰:"爾內弘文院侍讀陳廷敬,……授爾階奉政大夫,錫之誥命。……康熙九年三月初六日。"(《皇城石刻文編》頁32)

康熙十年辛亥(1671),34歲

改翰林院侍講,轉侍讀,升侍講學士。《八家詩選》刊行,收陳廷敬詩214首。《百名家詩選》刊行,收陳廷敬詩69首。

十年,陳廷敬"改翰林院侍講,本年轉侍讀,升侍講學士"。(《遵例自陳疏》,《午亭文編》卷30,頁9)

六月,由王士禎薈萃、吳之振刻印的宋琬、曹爾堪、施閏章、沈荃、王士祿、程可則、陳廷敬、王士禎的《八家詩選》問世。其中陳廷敬《說巖詩選》收詩214首。

是年,魏憲選編魏氏枕江堂刻本《百名家詩選》印行。其中第16卷是《陳說巖詩選》,

選陳廷敬詩 69 首。有 30 首是《午亭文編》、《午亭集》中沒有的。其小引云:"余讀學士陳說巖先生詩,有情矣,而詞敷焉;有力矣,而神存焉。……余向讀白東谷、程昆侖二公詩,非不居然晉風也,而恬淡幽雅,有道容焉;深奧淵實,有古質焉。以學士(陳廷敬)之才之情,與二公賡和一堂,取中原作者角技量力,吾恐此一鹿也不死於二公,而死于學士矣。搴六朝之旗,樹三唐之幟,何多讓焉。"(見《四庫全書存目叢書》集 397,頁 165—166)

康熙十一年壬子(1672),35 歲

任侍講學士、日講起居注官。次子豫朋生。

"十一年,纂修《世祖章皇帝實錄》告成,(廷敬)加一級食俸。"(《午亭文編》卷 30,頁 9)

十月十二日(11 月 30 日)癸丑,"以翰林院侍講學士陳廷敬充日講起居注官"。(《聖祖實錄》[一]卷 40,頁 537)

康熙十二年癸丑(1673),36 歲

轉任翰林院侍讀學士。充武會試副考官、武殿試讀卷官。王士禎輯《感舊集》,收陳廷敬詩 26 首。

正月十四日(3 月 2 日),廷敬為輪值起居注官。作《賜石榴子恭紀時侍宴外藩郡王》:"仙禁雲深簇仗低,午朝簾下報班齊。侍臣早列名王右,使者曾過大夏西。安石種栽紅豆蔻,火珠光迸赤玻璃。風霜歷後含苞實,只有丹心老不迷。"深得康熙讚賞。(《午亭文編》卷 10,頁 15)

"十二年,考察一等稱職,本年轉侍讀學士。"(《清史列傳》卷 9,頁 638)

張英《講筵應制集序》云:"先後同在講筵者,則澤州學士臣陳廷敬、昆山學士臣徐元文、臣葉方藹。接天顏於內殿,蒙顧問于黼席,圖書、翰墨、貂綺之賜,歲數至焉。"(張英《文端集》卷 41,頁 1-3)

康熙十三年甲寅(1674)37 歲

任日講起居注官,翰林院侍讀學士。為李霦《山行雜記詩》作序。

康熙十四年乙卯(1675),38 歲

仍為翰林院侍讀學士、日講起居注官。升詹事府詹事。移居宣武門東街。作《晉國》、《贈孝感相公》、《同湘北送貽上東歸》等詩,撰《祭少師衛公文》。

《晉國》詩云:"晉國強天下,秦關限域中。兵車千乘合,血氣萬方同。紫塞連天險,黃河劃地雄。虎狼休縱逸,父老願從戎。"(《午亭文編》卷 11,頁 9)此詩深得王士禎等讚譽,認為酷肖杜甫之詩。

康熙十四年三月三十日(4 月 24 日),"以翰林院掌院學士熊賜履為武英殿大學士"

(《聖祖實錄》[一]卷 53，頁 695）廷敬作《贈孝感相公》詩云："十有四載春，惟三月日吉。枚卜擇近臣，學士登密勿。搢紳賀於朝，處士慶於室。僉曰帝知人，吾等夙願畢。公無得志容，庭館轉蕭瑟。公誠王者佐，生平學稷契。致君慕堯舜，自此見施設。銅扉半夜開，沙堤帶月出。暮讀書百篇，朝入語移日。勞瘁咫尺地，欲使萬國活。時方事南征，戎馬久未歇。黎元尚瘡痍，原野肯騷屑。晴風卷軍旗，禾稼委未折。況我仁義師，忍此田間物。公為民請命，聞者啼淚落。數日政事堂，絲綸慰饑渴。中朝相司馬，姓字及走卒。身當畫凌烟，名其懸日月。昔時同學人，雲霄歎蹇劣。"（《午亭文編》卷 3，頁 32—33）此詩確有杜詩之遺響。

　　七月二十七日（9 月 16 日），作《移居宣武門東街二首》。（《午亭文編》卷 11，頁 11；《午亭集》卷 19，頁 9）

　　十二月十三日（1676 年 1 月 27 日），"授允礽以冊寶，立為皇太子，正位東宮。……升內閣侍讀學士孔郭岱，翰林院侍讀學士陳廷敬並為詹事府詹事。"（《聖祖實錄》[一]卷 58，頁 758）

　　徐乾學《詹事題名記》云："東宮官屬，置詹事府以統眾務。……比皇上繼統之十有五年，建立皇儲，乃仿舊制，復設是署。澤州陳公來掌詹事，予為贊善，規劃制度，一切草創。陳公命予實經理之。"（徐乾學《儋園集》卷 26，頁 20—21）

　　"十四年，升詹事府詹事，兼翰林院侍讀學士。"（《遵例自陳疏》，《午亭文編》卷 30，頁 9）

康熙十五年丙辰（1676），39 歲

　　正月，授通議大夫。九月，升內閣學士兼禮部侍郎，充經筵講官。奉使祭告北鎮，途中所作詩編為《北鎮集》，李霨、繆彤等作序。

　　正月十二日（2 月 25 日）聖旨："爾日講官起居注、詹事府詹事兼翰林院侍讀學士陳廷敬……特授爾階通議大夫。康熙十五年正月十二日。"（皇城石刻文編》頁 33）

　　"十五年，以冊立東宮，奉使祭告北鎮。"（《遵例自陳疏》，《午亭文編》卷 30，頁 9）

　　有詩《奉命祭告北鎮二首》等。

　　時任首輔李霨撰《北鎮集序》云："宮詹陳君子端之奉命祭告而東也，余贈其行，有'塞外壯游，奚囊得句'之詠。歸而果以一編見示，則往還所得之詩也。余受而讀之，穆如忠孝之思，而颯乎《雅》《頌》之遺音也，何其盛哉！"（《四庫全書存目叢書補編》冊 78，頁 457）

　　繆彤撰《北鎮集序》云："說巖先生奉命祀北鎮，事竣還朝，得詩百餘首。凡所歷塞上名山大川，攢崖峭壁，飛濤怒壑，與夫時序之流連，人物之遺跡，悉舉而發之於詩。故其聲

雄而壯,其詞博而麗,其格高而古。"(《四庫全書存目叢書補編》冊78,頁458)

九月初五(10月11日),"升詹事府詹事陳廷敬為內閣學士兼禮部侍郎。"(《聖祖實錄》[一]卷63,頁810)

九月二十九日(11月4日),"以內閣學士兼禮部侍郎陳廷敬充經筵講官。"(《聖祖實錄》[一]卷63,頁813)

康熙十六年丁巳(1677),40歲

任翰林院掌院學士兼禮部侍郎,教習庶吉士。任經筵講官、日講起居注官。充《太宗文皇帝實錄》副總裁官。歷年給康熙帝進講文史經典,多蒙獎諭賞賜。為李霨《心遠堂詩集》作序。

正月十六日(2月17日)"癸巳,以內閣學士陳廷敬為翰林院掌院學士。"(《聖祖實錄》[一]卷65,頁834)

正月二十三日(2月24日)"庚子,以翰林院掌院學士陳廷敬充日講起居注官。"(《聖祖實錄》[一]卷65,頁835)

正月二十九日(3月2日),"命翰林院掌院學士陳廷敬教習庶吉士。"(《聖祖實錄》[一]卷65,頁836)

四月初六(5月6日),陳廷敬等講畢伊尹以割烹要湯。講章內有"伊尹之在有莘,諸葛亮之在隆中,惟其處而無求,所以出而能任"等語。講畢,上問曰:"諸葛亮可比伊尹否?"廷敬對曰:"此一章書是論人臣出處之正。三代以下,亮之出處最正,所以比之伊尹。"上曰:"伊尹,聖之任者也,以其君為堯舜之君。亮能之否?"廷敬對曰:"先儒謂亮有王佐之才,亮雖不及伊尹,然其學術亦自正大。後世如此等人才誠不易得。但其所遇之時勢不同,所以成就不及伊尹。"上曰:"然。"(《康熙起居注》,頁300)

"本年(十六年),充《太宗文皇帝實錄》副總裁官。"(《遵例自陳疏》,《午亭文編》卷30,頁9)

九月,"庚辰(初六),上御懋勤殿,諭講官喇沙里、陳廷敬、張英曰:'爾等每日進講,啟導朕心,甚有裨益。嗣後天氣漸寒,特賜爾等貂皮各五十張、表裏緞各二匹。'"(《聖祖實錄》[一]卷69,頁881)

十二月十五日(1678年1月7日),陳廷敬上《歲終匯進講義疏》。

康熙十七年戊午(1678),41歲

仍任經筵講官、日講起居注官、翰林院掌院學士兼禮部侍郎,教習庶吉士。又入值南書房。充纂修《皇輿表》總裁官、纂修《太宗實錄》副總裁。薦王士禎、汪琬。母張氏卒。有《入直南書房紀事》等詩文。

"上留意文學,嘗從容問大學士李霨:'今世博學善詩文者孰最? 霨以士禎對。復問馮溥、陳廷敬、張英,皆如霨言。'"(《清史稿·王士禎傳》)

"康熙朝名人文詩集,惟澤州、新城及長洲汪氏之所著,為閩人林佶手寫,書法妍雅,尤可寶貴。考新城、長洲,蓋澤州相國所薦達也。公為學士時,上數問公能文之士,公舉王士禎以對,王遂以户部郎中改翰林院侍講。"(陳康祺《郎潛紀聞》三筆,卷 12,頁 869)

"十七年正月,詔舉博學鴻儒,廷敬薦原任主事汪琬,召試一等,授編修。"(《清史列傳》卷 9,頁 638)

"十七年正月,召學士陳廷敬同户部郎中王士正(禎)見於懋勤殿,命各以所作詩進呈,溫語良久,至誦廷敬《賜石榴子詩》:'風霜歷後含苞實,只有丹心老不迷。'蒙恩褒美。命至南書房撤御膳以賜,内侍齎二題命賦詩,漏下乃退。"(《詞林典故》卷 4,頁 25—26)

七月二十八日(9 月 13 日)丙寅,"召翰林院掌院學士陳廷敬,侍讀學士葉方藹入值南書房。"(《聖祖實錄》[一]卷 75,頁 969)

"十七年,充纂修《皇輿表》總裁官。"(《遵例自陳疏》,《午亭文編》卷 30,頁 9)

八月"吳三桂死,永興解圍"。(《清史稿·聖祖本紀》)九月,陳廷敬作《聞湖南捷音恭和》。(《午亭文編》卷 12,頁 14)

"戊午(康熙十七年)九月,上因順天鄉試科場有弊,特命臣象樞、兵部侍郎孔光祀、翰林院學士陳廷敬會同磨勘試卷。"(《魏敏果公象樞年譜》,頁 40—41,臺灣商務印書館 1978 年版)

十月二十九日(.12 月 12 日),母張氏卒,享年五十九歲。汪琬撰《誥封陳母張淑人墓誌銘》及《祭陳母張太夫人文》。葉方藹撰《張淑人傳》。

十二月初八日(1679 年 1 月 19 日),"兵部尚書王熙丁父憂,翰林院掌院學士陳廷敬丁母憂,吏部奏聞。上諭大學士等曰:'滿大臣有喪,特遣大臣往賜茶酒。滿漢大臣,俱系一體。漢大臣有喪,亦應遣大臣往賜。著大學士明珠、翰林院掌院學士喇沙里等,攜茶酒往賜。'"(《聖祖實錄》[一]卷 78,頁 997)

"部議:廷敬母以詹事任封,例不得與祭葬。上曰:廷敬侍從勤勞,其母准以學士品級賜恤。"(《午亭文編》卷 43,頁 10)

康熙十八年己未(**1679**),**42 歲**

回籍葬母,守制。上《諭祭謝恩疏》。

"康熙十八年……以母憂,于本年正月内回籍守制。"(《午亭文編》卷 30,頁 6)

七月初一(8 月 6 日),上《諭祭謝恩疏》云:"奉旨:'陳廷敬侍從勤勞,其母准照學士品級賜恤。欽此。'臣不勝悲慟,不勝感激,恭設香案,望闕叩頭謝恩訖。"(《午亭文編》卷

30,頁6—8)

康熙十九年庚申(1680),43歲

在籍守制。作《陟屺樓詩》、《陟屺樓記》、《百鶴阡記》悼母。拜會高平學者畢振姬,為其書作序。致書劉提學,主張力革考試陋規。

康熙二十年辛酉(1681),44歲

十月下旬返京師。補原官:經筵日講官,起居注官,翰林院掌院學士兼禮部侍郎。上《遵例自陳疏》。恩封通議大夫。撰《起居注冊後跋》及《與汪鈍庵書》等。

康熙二十年(1681),"十月還京,詣宮門候安。遣張英、高士奇慰問。"(《午亭山人年譜》)

十月二十四日,上《遵例自陳疏》云:"經筵日講官起居注翰林院掌院學士兼禮部侍郎臣陳廷敬奏:伏見吏部題准:康熙十八年京察,例應自陳。官員丁憂在籍,服闋到京,即行自陳。臣丁母憂,今年十月二十一日到京,例當備開履歷事蹟,仰祈睿鑒。竊臣原籍山西澤州人,中順治十五年進士,選庶吉士。十八年,充會試同考官,本年授內祕書院檢討。康熙元年,以病請假回籍。四年,仍補檢討。六年,考察一等稱職。八年,升國子監司業。九年,升內祕書院侍讀。十年,改翰林院侍讀。本年,轉侍讀,升侍講學士。十一年,纂修《世祖章皇帝實錄》告成,加一級食俸。本年,充日講起居注官。十二年,考察一等稱職。本年,轉侍讀學士。充武會試副主考,又充武殿試讀卷官。十四年,升詹事府詹事,兼翰林院侍讀學士。十五年,以冊立東宮,奉使祭告北鎮。本年,升內閣學士兼禮部侍郎,充經筵講官。十六年,轉翰林院掌院學士兼禮部侍郎,教習庶吉士,充日講起居注官。本年充《太宗文皇帝實錄》副總裁官。十七年,充纂修《皇輿表》總裁官。本年十一月,聞母訃,回籍守制,今服闋到京……"(《午亭文編》卷30,頁8—9)

"以原任翰林院掌院學士陳廷敬補原官。"(《聖祖實錄》[一]卷98,頁1239)

十一月十四日癸亥,雲南大捷,全省蕩平。

十二月初八日,"以翰林院掌院學士兼禮部侍郎陳廷敬充日講起居注官。"(《聖祖實錄》[一]卷99,頁1244)

十二月二十日,陳廷敬獻《平滇雅表》。

十二月二十一日,"以翰林院掌院學士兼禮部侍郎陳廷敬充經筵講官。"(《聖祖實錄》[一]卷99,頁1252)

十二月二十四日,"以滇南蕩平,恩封翰林院掌院學士兼禮部侍郎(陳廷敬)通議大夫。"(《午亭文編》卷43,頁9)

是年年末,撰《起居注冊後跋》、《與汪鈍庵書》。(《午亭文編》卷48,頁5—6;《午亭

文編》卷 39,頁 8)

康熙二十一年壬戌(**1682**),**45 歲**

任經筵講官,起居注官,翰林院掌院學士兼禮部侍郎。充會試副考官。受命撰擬朝會燕饗樂章。補任撰修《明史》總裁。任撰修《三朝聖訓》副總裁官。與王士禎等為文酒之會。有《扈從東巡日紀序》等詩文。患肺病。三子壯履生。

"滇南平,更定朝會燕饗樂章,命廷敬撰擬,下所司肄習。"(《清史稿・陳廷敬傳》)

甲申(二月初六),"以吏部尚書黃機、工部尚書朱之弼為會試正考官,翰林院掌院學士陳廷敬、户部左侍郎李天馥為副考官。"(《聖祖實錄》[二]卷 101,頁 11)

五月,為高士奇《扈從東巡日紀》作序。

"甲申(初八日),翰林院請補纂修《明史》總裁葉方藹員缺。得旨:'此缺著補用陳廷敬。'"(《聖祖實錄》[二]卷 103,頁 37)

六月二十九日(8 月 2 日),"學士陳廷敬撰朝會、萬壽、元旦、冬至、郊廟祀導迎、宴饗、諸王百官謝見、外藩謝見樂章,計十四章。……傳旨:'所撰樂章甚佳,翻譯符合漢文,著送部具題。'"(《康熙起居注》,頁 862;《樂章十四章》,全文載於《午亭文編》卷 1)

"康熙壬戌(二十一年)七月,王文簡公士禎、陳文貞公廷敬、徐健庵尚書乾學、王幼華給諫又旦、汪蛟門比部懋麟,集城南山莊,禹慎齋鴻臚之鼎作《五客話舊圖》,蛟門為紀,卷藏澤州陳氏。"(陳康棋《郎潛紀聞》初筆卷 7,頁 158)

辛卯(十八日),"纂修《三朝聖訓》,以大學士勒德洪、明珠、李霨、王熙、黃機、吳正治為總裁官,内閣學士席柱、王守才,翰林院掌院學士陳廷敬為副總裁官。"(《聖祖實錄》[二]卷 105,頁 69)

歲末,陳廷敬有詩《鼻不知臭屺瞻學士頗用嘲謔戲簡》,其中云:"肺病經寒斗更加。"(《午亭文編》卷 13,頁 17)

康熙二十二年癸亥(**1683**),**46 歲**

仍任經筵講官、起居注官、翰林院掌院學士兼禮部侍郎,升禮部右侍郎。

二月社日,陳廷敬、王士禎、徐乾學、朱彝尊、姜宸英作《社日聯句詩》。

四月二十三日(5 月 19 日),"升翰林院掌院學士陳廷敬為禮部右侍郎。"(《聖祖實錄》[二]卷 109,頁 112)

"癸亥,擢禮部右侍郎兼翰林院學士,尋,轉左。太宗、世祖聖訓總裁缺,復以命廷敬。學士遷他官仍典書局,自廷敬始。"(雍正《山西通志》卷 122,頁 63)

康熙二十三年甲子(**1684**),**47 歲**

轉吏部左侍郎,兼管右侍郎事,仍兼經筵講官、翰林院學士。特命督理户部錢法。升都察院左都御史,管京省錢法。誥封資政大夫。呈《幸闕里頌》。

正月二十六日(3月11日),"調禮部左侍郎陳廷敬為吏部左侍郎管右侍郎事。"(《聖祖實錄》[二]卷114,頁117)

三月二十日(5月4日),"上命吏部侍郎陳廷敬、兵部侍郎阿蘭泰、刑部侍郎佛倫、都察院左副都御史馬世濟管理錢法。"(《聖祖實錄》[二]卷114,頁187)

五月十二日(6月24日),陳廷敬上《為清理錢法事疏》。

八月十七日,陳廷敬上《制錢銷毀滋弊疏》。

癸酉(初十日),"升吏部左侍郎陳廷敬為都察院左都御史。"(《聖祖實錄》[二]卷116,頁214)

九月二十四日(11月1日),陳廷敬"以東巡恩誥封資政大夫"。(《午亭文編》卷43,頁9)

十一月二十八日(1865年1月2日),康熙東巡祭孔返京,陳廷敬呈《幸闕里頌》。

康熙二十四年乙丑(1685),48歲

任經筵講官、都察院左都御史,仍管理京省錢法。充纂修《政治典訓》總裁官。為高士奇撰《左國穎序》。

正月二十四日,上《勸廉祛弊詳議定制疏》、《請嚴考親民之官以收吏治實效疏》。

五月十九日(6月20日),"以大學士勒德洪、明珠、王熙、吳正治、宋德宜,户部尚書余國柱,左都御史陳廷敬為《政治典訓》總裁官。"(《聖祖實錄》[二]卷121,頁273)

八月,撰《都察院堂示為嚴飭禁剔病民十弊以靖地方以安民生事》。

九月初六,連上三疏:《請嚴督撫之責成疏》、《請議水旱疏》、《撫臣虧餉負國據實糾參疏》。

康熙二十五年丙寅(1686),49歲

仍為經筵講官、左都御史,遷工部尚書。充《三朝聖訓》、《政治典訓》、《平定三逆方略》、《皇輿表》、《一統志》、《明史》總裁官。與徐乾學專理修書館務。《鑒古輯覽》100卷成書,陳廷敬上表。撰寫《與徐少宗伯論〈一統志〉書》等。

三月初五日(3月28日),"命纂修《一統志》,以大學士勒德洪、明珠、王熙、吳正治、宋德宜,户部尚書余國柱,左都御史陳廷敬為總裁官,……並命陳廷敬、徐乾學專理館務。"(《聖祖實錄》[二]卷125,頁324)

"時纂輯《三朝聖訓》、《政治典訓》、《平定三逆方略》、《皇輿表》、《一統志》、《明史》,廷敬並充總裁官。"(《清史列傳》卷9,頁641)

閏四月十八日(6月8日),"左都御史陳廷敬、內閣學士牛鈕、徐乾學恭捧《鑒古輯

覽》進呈御覽。奏曰：'皇上命編纂《鑒古輯覽》，臣等仰承諭旨，彙集成書，共計一百卷，敬呈御覽。'"（《康熙起居注》，頁 1477）

陳廷敬《進〈鑒古輯覽〉表》（《午亭文編》卷 32，頁 2-4）

九月二十六日（11 月 11 日），"丁未，轉都察院左都御史陳廷敬為工部尚書。"（《聖祖實錄》[二]卷 127，頁 361）

康熙二十六年丁卯（1687），50 歲

調任戶部尚書，又調吏部尚書。仍為經筵講官，侍值南書房，管理修書總裁事務。魏象樞卒，陳廷敬為其撰墓誌銘。親家張汧案發。

二月十一日（3 月 23 日），"調工部尚書陳廷敬為戶部尚書。"（《聖祖實錄》[二]卷 129，頁 384）

九月十三日（10 月 18 日）戊子，"調戶部尚書陳廷敬為吏部尚書。"（《聖祖實錄》[二]卷 131，頁 409）

陳廷敬撰《資政大夫刑部尚書致仕諡敏果魏公墓誌銘》。（《午亭文編》卷 44，頁 1—9）

十一月二十七日（12 月 31 日），陳廷敬五十壽辰。賦《五十初度》："華髮童心老竟真，自驚身埒老人群。新詩翻許推高適，健筆猶誇屬右軍。梅柳眼看過至日，犁耙手把向春雲。青山舉白一浮汝，自此相從已暮曛。"（《午亭文編》卷 14，頁 12—13）

十二月十八日（1688 年 1 月 20 日），"山西道御史陳紫芝參奏：'湖廣巡撫張汧居官貪劣，應敕部嚴處，以為貪官之戒。其保舉張汧之員亦應一併察議。'奏畢，九卿、詹事、科、道遵旨，將色冷格等審來之事看畢入奏。上問曰：'張汧居官何如？'吏部尚書陳廷敬奏曰：'張汧系臣同鄉親戚，性行向來乖戾。'刑部尚書張玉書奏曰：'張汧任事未久，名聲甚是貪劣。'左都御史徐乾學奏曰：'張汧五月到任，中更文武科場，視事未久，穢聲遂以流布，此豈可令久居民上？'……上曰：'似此貪官，當日保舉之人不過希圖貨賄耳，自思亦為大恥，應一併議處，以儆將來。張汧情罪著直隸巡撫于成龍、山西巡撫馬奇、副都御史凱（開）音布馳驛速往，再行嚴審。如果情真，將張汧與莫爾賽同日正法，以為居官貪污之戒。'"（《康熙起居注》，頁 1690—1692）

康熙二十七年戊辰（1688），51 歲

任吏部尚書，管理修書總裁事務。五月，上疏懇請歸養老父，詔許解任，乃命照舊管理修書總裁事務。康熙帝諭：張汧案不得蔓延，以免牽累眾人。撰《于成龍傳》、《杜律詩話》等。澤州旱，父陳昌期發藏粟貸民，悉焚貸卷，震動朝野。

五月初二日（5 月 30 日），陳廷敬上《俯瀝懇誠祈准回籍以安愚分疏》，中云："臣自念

無他材能報塞萬一,惟早夜兢兢,思自淬厲,不徇親党,不阿友朋,上恐負聖主之殊恩,下欲全微臣之小節。乃至積有疑釁,飛語中傷,如前楚撫一案者。汧雖臣戚,涇渭自分,嫌疑之際,尤臣所慎。彼既敗事,遂疑及臣,積疑成恨,語涉連染。今幸我皇上日月中天,無幽不燭,既難逃聖主睿鑒之明,復一付盈廷至公之論。雖臣之心跡即此可白,而臣之自處須適所宜。惟當隱退田間。……又臣父年八十有一,倚閭懸望……伏乞聖心憐憫,准與回籍。"(《午亭文編》卷 31,頁 10—11)

　　"法司逮問湖廣巡撫張汧,汧曾齎銀赴京行賄。獄急,語涉廷敬及尚書徐乾學、詹事高士奇,上置勿問。廷敬乃以父老,疏乞歸養,詔許解任,仍管修書事。"(《清史稿·陳廷敬傳》)

　　編就《御覽詩》一書,並為之序。

　　七月十五日(8 月 10 日),《杜律詩話》二卷撰成。其"自記"云:"予嘗見世所傳諸家解杜詩,意多不合。故其所說多用己意。又嘗妄謂杜詩說之誠難,而律詩尤難。蓋古詩如《哀江頭》、《洗兵馬》等篇,文義事實有可推考;律詩則托興幽微,寓辭單約,說之故尤為難。予既為兒子說杜七言律詩,間錄其別于諸家者,以備遺忘,題曰《詩話》……康熙戊辰七月望日,說翁自記。"(《午亭文編》卷 49,頁 1)

　　《杜律詩話》於康熙五十一年(日本正德三年)"刻於日本,因《午亭文編》傳入扶桑時,日人喜其卷後之《杜律詩話》,遂鋟板焉。……所出議論,頗為精要中的,復著語無多,得簡要之旨。惟非難前人,概出以或曰,使人昧淵源來歷。午亭與鈍吟、阮亭先後同時,必有與二人相互發明者。馮、王之言,垂影響於無窮,而午亭之論議,沉晦未為人知。得此一篇,亦可知其高下矣。"(《清詩話訪佚初編》第 10 冊,臺灣新文豐出版公司 1987 年印行)

　　《杜律詩話》於康熙五十一年(日本正德三年)秋傳入日本,日本皇都書鋪即將《杜律詩話》翻刻。翻刻時日本學者伊藤長胤、松岡口撰有序文。松岡口序曰:"去歲壬辰之秋,南京商舶所齎來新刻書中有《午亭文編》,乃清朝相國陳午亭集,門人林佶所編錄也。卷尾附《杜律詩話》二卷,為其兒誦讀杜詩而設,蓋孫奕《示兒編》之流也。其為說也,不依諸家,而出於獨得。證之以本集諸詩,參之以新舊《唐史》,旁搜廣采當時事蹟,發杜老胸中之蘊,辨注家因襲之誤,大非吞剝綴緝之徒所能彷彿也。所謂簡易明白,有資於幼學者,莫過於此。輒表章校訂之,加以旁訓,授之剞劂,翻刻以弘其傳。惟憾未見其全解也。午亭先生,姓陳名廷敬,字某,以其居近午壁亭為號,山西澤州人,順治十五年進士,康熙中累官經筵講官、刑部尚書,略見集中。刻既成,書肆某請序之,遂書其概以與之。時正德癸巳三月上巳平安後學松岡口達成章甫書于怡顏齋。"(《清詩話訪佚初編》第 10 冊)

　　十月二十三日(11 月 15 日),帝授陳廷敬資政大夫。聖旨云:"爾管理修書總裁事務、

吏部尚書陳廷敬……特授爾階資政大夫。"(《皇城石刻文編》,頁 36)

是歲,澤州旱災,陳廷敬父陳昌期發藏粟貸民,悉焚貸券。百姓感激,震動朝廷。王熙、李振裕、徐元文、徐乾學、趙士麟等撰《惠民碑》記其事。

是年,陳廷敬撰《太子太保兵部尚書總督江南江西諡清端于公傳》。(《午亭文編》卷41,頁 1—31)

康熙二十八年己巳(1689),52 歲

仍管理修書總裁事務。撰《昆山徐相國賀序》等。

五月初七(6 月 23 日)乙巳,以"戶部尚書徐元文為文華殿大學士"。(《聖祖實錄》[二]卷 141,頁 545)陳廷敬撰《昆山徐相國賀序》。(《午亭文編》卷 36,頁 11—14)

康熙二十九年庚午(1690),53 歲

再任都察院左都御史,充經筵講官,兼管修書事。復任工部尚書。充纂修《三朝國史》副總裁。舉陸隴其、邵嗣堯為廉吏。次子豫朋中舉。《皇清詩選》收入陳廷敬詩。

二月二十六日(4 月 5 日),"以原任吏部尚書陳廷敬為都察院左都御史。"(《聖祖實錄》[二]卷 144,頁 593)

二月二十九日(4 月 8 日),"以都察院左都御史陳廷敬充經筵講官。"(《聖祖實錄》[二]卷 144,頁 593)

四月初四日(5 月 12 日),"以大學士王熙為《三朝國史》監修總裁官,……左都御史陳廷敬……為副總裁官。"《聖祖實錄》([二]卷 145,頁 599—600)

"上御門召九卿舉廉吏,諸臣各有所舉。語未竟,上特問廷敬,廷敬奏:'知縣陸隴其、邵嗣堯皆清官,雖治狀不同,其廉則一也。'乃皆擢御史。始廷敬嘗亟稱兩人,或謂曰:'兩人廉而剛,剛易折,且多怨,恐及公。'廷敬曰:'果賢歟,雖折且怨,庸何傷?'"(《清史稿·陳廷敬傳》)

七月初十日(8 月 14 日),"轉左都御史陳廷敬為工部尚書。"(《聖祖實錄》[二]卷 147,頁 623)

孫鋐輯《皇清詩選》,收入陳廷敬"有關風教"之詩。(見《四庫全書存目叢書》集 398)

康熙三十年辛未(1691),54 歲

仍任工部尚書。二月任會試正考官,撰《辛未會試錄序》。六月,調為刑部尚書。讀《漢書》、《後漢書》、《三國志》,評歷史人物,以史為鑒,多有灼見。《尊聞堂集鈔》編就,並為之序。撰《刑部堂諭》、《漢高帝得天下之正論》及《汪琬墓誌銘》等。

二月初六(3 月 5 日),"壬戌,以大學士張玉書,工部尚書陳廷敬為會試正考官,兵部左侍郎李光地、兵部督捕右侍郎王士禛為副考官。"(《聖祖實錄》[二]卷 150,頁 662)

"癸亥(六月九日)調刑部尚書杜臻為兵部尚書,工部尚書陳廷敬為刑部尚書。"(《聖祖實錄》[二]卷152,頁681)

康熙三十一年壬申(1692),55歲

任經筵講官、刑部尚書。八月,父陳昌期卒,回籍守制。特授光祿大夫。弟廷翰卒。

七月二十五日(9月5日),陳廷敬父卒,康熙帝"遣內閣學士兼禮部侍郎臣戴通、內閣學士兼禮部侍郎臣王尹方至臣(廷敬)私寓,恩賜茶酒"。(《午亭文編》卷43,頁10;卷31,頁14)

八月十八日(9月28日),"刑部尚書陳廷敬丁父憂,命回籍守制。"(《聖祖實錄》[二]卷156,頁719)

九月初五日(10月14日),聖旨:"爾經筵講官刑部尚書加二級陳廷敬……茲以克襄公事,特授爾階光祿大夫。"(《皇城石刻文編》,頁37)

康熙三十二年癸酉(1693),56歲

在籍守制。

十一月,大學士熊賜履為陳昌期撰《神道碑》。

十二月初四日(12月30日),合葬父母于樊山百鶴阡。(《午亭文編》卷43,頁10)

康熙三十三年甲戌(1694),57歲

在籍守制。起為戶部尚書。重修《陳氏族譜》。次子豫朋中進士,選為庶吉士。

十一月十四日(12月30日),"以原任刑部尚書陳廷敬為戶部尚書。"(《聖祖實錄》[二]卷165,頁801)

康熙三十四年乙亥(1695),58歲

任戶部尚書。

康熙三十五年丙子(1696),59歲

仍任戶部尚書。撰賀《北征大捷作詩二十首》等。與吳琠互贈詩。

六月初八日(7月6日),"甲午,以蕩平噶爾丹,王以下文武各官,行慶賀禮。"(《聖祖實錄》[二]卷174,頁880)陳廷敬撰《北征大捷作詩二十首》。

八月,子壯履、侄隨貞、觀頤,同舉於鄉。

九月,吳琠入都,履總憲任。陳廷敬賦《贈銅川都憲》詩。吳琠有《和贈大司農陳說巖》。

康熙三十六年丁丑(1697),60歲

仍掌戶部。九月,又充經筵講官。仍任纂修《明史》總裁官。特授光祿大夫。第三子壯履中進士,選庶吉士。《尊聞堂集》成,姜宸英、趙士麟等作序。撰《大駕三臨沙漠親平

僭逆聖武雅三篇》、《合肥李相國詩序》等。《丁丑詩卷》問世。

六月，"上在暢春苑，出畫扇示内直諸臣禮部張英等，命各賦詩。畫作二白鷺一青蓮華，題曰'路路清廉'云。"（王士禎《居易錄》卷28，頁26—27）

六月十一日（7月28日），陳廷敬作《丁丑六月十一日奉命題路路清廉畫扇》："殿閣微涼日，民巖顧念時。畫圖皆善誘，簪紱有良規。飲露心元潔，含香氣未移。年年鳳池畔，聖澤本無私。"（《午亭文編》卷17，頁4—5）

七月十九日（9月4日），"以平定朔漠並太和殿告成上表行慶賀禮"。（《聖祖實錄》[二]卷184，頁971）陳廷敬上《大駕三臨沙漠親平僭逆聖武雅三篇》有序。（《午亭文編》卷1，頁22—23）

七月十九日（9月4日），聖旨云："克副度支之任，宜膺錫命之榮。爾經筵講官户部尚書加四級陳廷敬……特授爾階光禄大夫。康熙三十六年七月十九日。"（《皇城石刻文編》，頁38）

《尊聞堂集》成，陳廷敬撰《尊聞堂銘》云："古人於道，有見而知，有聞而知，有傳聞而知。自孔子歿，七十子散，所見所聞寥寥，千載其誰？其見於書者，所傳聞異辭。博觀而求，約取而思，儼私淑之在兹。吾不幸，不生齊魯及孔子之時。游夏之賢，孰敢等夷？我思其狂，琴張牧皮。俯仰百世，我友我師。既不可得見聞，若傳聞者，是亦曰'聞'。是故尊之。"（《午亭文編》卷40，頁10）

姜宸英為《尊聞堂集》作序稱："公之為文也，其初涵泳於六經、四子之書，排二氏之虛妄，斥儒家之異論，一折衷于新安朱氏。而擇其充粹者，以立之本。于法，則《左》、《國》、先秦、兩漢諸子之書無不取；于體，則唐宋元明之作者參伍焉無不備。猶未敢以自信也。久之，集始出，合詩、文、經解、雜著，共得八十卷。某受而讀之，見其理弸于中而文暴於外，其所言者皆得乎性情之正，而所述者無非仁義道德之旨也，則可謂富哉！信乎其為載道之文歟！……公方以道濟時，其篤於踐履，發於事業，而施澤於生民者，孰非其文之至。其所載於冊者，此是也。"（姜宸英《湛園集》卷1，頁16—17）

王士禎《跋陳說巖太宰〈丁丑詩卷〉》稱："自昔稱詩者，尚雄渾則鮮風調，擅神韻則乏豪健。……惟今太宰說巖先生詩，能去其二短而兼其兩長。"（王士禎《帶經堂集》卷92，頁7）

康熙三十七年戊寅（1698），61歲

任户部尚書，經筵講官。在内廷侍值。仍任纂修《明史》總裁官，又任纂修《平定朔漠方略》總裁。

"康熙三十七年初，始編《親征朔漠方略》，特命纂修。以臣溫達、臣張玉書、臣陳廷敬、

臣李光地為總裁官。"(《平定朔漠方略》,見《四庫全書》冊 354,頁 428)

　　康熙三十八年己卯(1699),62 歲

　　仍任經筵講官、户部尚書,纂修《明史》總裁官、纂修《平定朔漠方略》總裁官。調任吏部尚書。康熙南巡。陳廷敬撰《南巡歌十二章》等。

　　十一月初五日(12 月 25 日),"調陳廷敬為吏部尚書"。(《聖祖實錄》[二]卷 196,頁 1065)

　　康熙三十九年庚辰(1700),63 歲

　　任經筵講官、吏部尚書,侍值南書房。仍為纂修《明史》總裁官、纂修《平定朔漠方略》總裁官。

　　"三十九年庚辰,六十三歲,賜'點翰堂'匾額。"(《午亭山人年譜》)

　　陳廷敬上《恭進御書點翰堂法帖表》。

　　康熙四十年辛巳(1701),64 歲

　　仍任經筵講官、吏部尚書,纂修《明史》、《平定朔漠方略》總裁官。撰《萊撫張先生遺詩序》等。

　　康熙四十一年壬午(1702),65 歲

　　仍為經筵講官、吏部尚書,纂修《明史》及《平定朔漠方略》總裁官,並總督南書房侍值。《午亭集》成書,金德嘉、曹禾、汪懋麟撰序。曹序稱陳廷敬為當代之蘇軾。薦查慎行。

　　"四十一年壬午,六十五歲,張文端公致仕。三月,總理南書房。"(《午亭山人年譜》)

　　"廷敬嘗獲賜御書'點翰堂'額,時又賜'清立堂'額、'博文約禮'四大字。"(雍正《山西通志》卷 122,頁 65)

　　"其後聖祖東巡,以大學士陳廷敬薦,詔詣行在賦詩。又詔隨入都,直南書房。"(《清史稿·查慎行傳》)

　　《午亭集》卷數,金德嘉序稱 80 卷;《四庫全書總目》稱 55 卷;《四庫全書存目叢書補編》稱 30 卷(皆為詩)。

　　康熙四十二年癸未(1703),66 歲

　　仍任經筵講官、吏部尚書、南書房侍值總督,纂修《明史》及《平定朔漠方略》總裁官。充會試正考官,撰《癸未會試錄序》。升任文淵閣大學士。受命祭孔。康熙 50 歲壽辰,上《恭進聖德萬壽詩表》、《聖德萬壽詩》。修葺故里宅第中道莊。

　　二月初六日(3 月 22 日),"以大學士熊賜履、吏部尚書陳廷敬為會試正考官。吏部右侍郎吳涵、禮部右侍郎許汝霖為副考官。"(《聖祖實錄》[三]卷 211,頁 142)會試後,陳廷

敬進呈《癸未會試錄序》。(《午亭文編》卷 35,頁 9—13)

四月二十一日(6月5日)丙申,以"吏部尚書陳廷敬為文淵閣大學士兼吏部尚書"。(《聖祖實錄》[三]卷 212,頁 149)

五月,撰《御書千字文跋》、《御書後跋》。

八月初四日(9月14日),"遣大學士陳廷敬祭先師孔子"。(《聖祖實錄》[三]卷 213,頁 158)

康熙四十三年甲申(1704),67 歲

仍任文淵閣大學士兼吏部尚書、經筵講官、南書房總督,《明史》、《平定朔漠方略》纂修總裁官。參與纂修《佩文韻府》,為匯閱官。受命祭孔。

八月初十日(9月8日),"遣大學士陳廷敬祭先師孔子。"(《聖祖實錄》[三]卷 217,頁 193)

康熙四十四年乙酉(1705),68 歲

任文淵閣大學士兼吏部尚書、經筵講官、南書房侍值總督、纂修《明史》及《平定朔漠方略》總裁官、纂修《佩文韻府》匯閱官。扈從南巡。康熙賜詩,以房玄齡、姚崇、李白、杜甫比擬陳廷敬。

康熙帝:"覽《皇清文穎》內大學士陳廷敬所作各體詩,清雅醇厚,非集字累句之初學所能窺也,故作五言近體一律,以表風度:'橫經召視草,記事翼鴻毛。禮義傳家訓,清新授紫毫。房姚比雅韻,李杜並詩豪。何似升平相,開懷宮錦袍。'"(《聖祖仁皇帝御制文集》第三集,卷 49,頁 1—2)

扈從南巡。康熙諭:"廷敬老臣,遇宮眷車不須避路。"有《西湖八首》等詩。

康熙四十五年丙戌(1706),69 歲

為文淵閣大學士兼吏部尚書、經筵講官、南書房侍值總督、纂修《明史》及《平定朔漠方略》總裁官、《佩文韻府》匯閱官。任纂修《玉牒》副總裁。參與編錄《詠物詩選》,康熙作序。受命祭孔。撰《御定〈全唐詩〉後序》等。

二月初四(3月18日)癸巳,"以多羅安郡王馬爾渾為纂修《玉牒》總裁官,大學士席哈納、陳廷敬、禮部侍郎邵穆布、內閣學士赫壽為副總裁官。"(《聖祖實錄》[三]卷 224,頁 251)

四月,為重修《澤州府志》撰序。(《澤州府志》卷首,山西古籍出版社 2001 年版)

八月初二(9月8日),"遣大學士陳廷敬祭先師孔子。《聖祖實錄》[三]卷 226,頁 268)

康熙四十六年丁亥（1707），70 歲

仍任文淵閣大學士兼吏部尚書、經筵講官、纂修《明史》及《平定朔漠方略》總裁官、纂修《玉牒》副總裁、纂修《佩文韻府》匯閱官、南書房侍值總督。第二次扈從康熙南巡。大學士張玉書、李光地等為陳廷敬寫祝壽詩文。有《祖德》等詩。

正月二十二日至五月二十二日，康熙帝第六次南巡，陳廷敬為扈從大學士之一。其子陳壯履為扈從官員。

二月初六日（3 月 9 日），作《祖德》詩（有序）："余家近堯畿，代有文學。高伯祖容山公，萬曆甲戌進士，歷關陝副憲，詩名尤重於世。嘗有云：'未遂持螯意，空懸擊楫心'，蓋未嘗至江海間也。余小子昔奉使至海上，今扈從視河，有舟航之賜，珍食之飫。追溯祖德，感歎而記以詩。《丁亥二月初六日北河第一闢書》詩云：'祖德斯文在，家傳正始音。歌謠依帝日，分野直辰參。丘壑三生客，雲天萬里心。持螯兼擊楫，佳句獨長吟。'"（《午亭文編》卷 20，頁 12）

十一月，張玉書、李光地、王鴻緒、呂履恒等為陳廷敬祝 70 歲壽辰。

康熙四十七年戊子（1708），71 歲

仍任文淵閣大學士兼吏部尚書、經筵講官、南書房侍值總督、纂修《明史》總裁官、纂修《佩文韻府》匯閱官、纂修《玉牒》副總裁。《平定朔漠方略》成書，陳廷敬等上《進方略表》。奏請致仕，未准。《午亭文編》編就，命門人林佶作序。撰《百鶴阡表》等詩文。

"丁亥（康熙四十六年）十一月，中使轉奏衰老乞歸。戊子（康熙四十七年）正月具折陳情。上曰：'機務重地，良難其人，不必求去。'"（《午亭山人第二集》卷 1，頁 8）

七月十七日（9 月 1 日），《午亭文編》編就。

康熙四十八年己丑（1709），72 歲

仍任文淵閣大學士、兼吏部尚書、經筵講官、南書房侍值總督、纂修《明史》總裁官、纂修《玉牒》副總裁、纂修《佩文韻府》匯閱官。受命祭孔。撰《朱彝尊墓誌銘》及《桐城先生輓詩四十韻》等。

康熙四十九年庚寅（1710），73 歲

仍任文淵閣大學士兼吏部尚書、經筵講官、南書房侍值總督、纂修《明史》總裁官、纂修《玉牒》副總裁、纂修《佩文韻府》匯閱官。奉旨編纂《康熙字典》，任總閱官。十一月，致仕。康熙面諭陳廷敬為"極齊全底人。"仍為《康熙字典》纂修總閱官。受命祭孔。第三子翰林院侍讀學士陳壯履奉差在外，騷擾地方，被處分。有教子詩《示壯履》及《詠梅圖詩》等。吳藹《名家詩選》選陳詩 10 首，劉然《國朝詩乘》選陳詩 29 首。

八月初五日（9 月 27 日），"遣大學士陳廷敬祭先師孔子。"（《聖祖實錄》[三]卷 243，

頁 413)

十一月初十日(12 月 29 日),"大學士陳廷敬以老乞休,溫旨慰諭,命原官致仕。"(《聖祖實錄》[三]卷 244,頁 423)

十一月初十日(12 月 29 日),赴苑中謝准致仕,有詩《苑中謝恩蒙諭卿是老大人是極齊全底人臣感激恭紀二首》。

十二月十一日(1711 年 1 月 29 日),有《吟梅圖詩》,中云:"鐵幹早經霜雪過,冰心應有化工知。"蓋自喻也。(《午亭山人第二集》卷 1,頁 19)

康熙五十年辛卯(1711),74 歲

編輯《皇清文穎》,總閱《康熙字典》。五月,再入閣任大學士。邀王士禎、查慎行等為詩文之會。康熙帝賜書"午亭山村"及匾聯,查慎行、宋犖等題詩。有《閣中即事二首》等詩。

二月二十二日(4 月 9 日),作《辛卯二月二十二日,賜"午亭山村"四字,賜聯云:"春歸喬木濃陰茂,秋到黃花晚節香。"諭云:"朕特書匾聯賜卿,自此不與人寫字矣。"臣感而恭紀二首》(《午亭山人第二集》卷 2,頁 14—15)

五月二十八日丙辰(7 月 13 日),"吏部以大學士張玉書員缺,題請補授。得旨:'……原任大學士陳廷敬,系年老告休,令暫到衙門,辦理事務。'"(《聖祖實錄》[三]卷 246,頁 444)

陳廷敬《閣中即事二首》中云:"舊時直草依稀在,予告新填兩字真。"注云:"中書以事見諮,予曰必填'予告'二字。""莫以頭銜涸大官,萬鍾一介要心安。"注云:"典籍以銜名請俸,止之。"(《午亭山人第二集》卷 3,頁 3)

"大學士陳文貞廷敬,以康熙四十九年致仕。辛卯六月,張文貞玉書薨,命陳復起視事,凡內閣章疏,列名必書'予告'二字。此既予告而復起者。"(吳振棫《養吉齋叢錄》卷 1,頁 7)

康熙五十一年壬辰(1712),75 歲

任大學士、南書房總督、編纂《康熙字典》總閱官。《皇清文穎》書成,陳廷敬上《〈皇清文穎〉告成進呈表》。有《病中作三首》等詩。四月十九日(5 月 23 日)病故。康熙帝有御製祭文及挽詩,並遣皇子代祭。賜治喪銀一千兩及棺木,遣官護靈回籍。

二月二十七日(4 月 2 日),"上御暢春苑澹寧居聽政,問中堂溫達等:'陳大學士為何不見?'溫達回奏:'陳廷敬偶患二便秘結,不曾來,具有摺子。今伊子陳壯履在外啟奏。'上云:'二便不通,服藥難效。坐水坐湯,立刻可愈。'即將坐水坐湯之法向臣陳壯履說知,俾回去如法調治……傳旨:著太醫院右院判劉聲芳速往診視。"(《皇城石刻文編》,頁 23)

三月上旬，撰成《皇清文穎》，陳廷敬上《〈皇清文穎〉告成進呈表》。

陳廷敬《病中作三首》中云："文章圖報國，只此是真詮。"（《午亭山人第二集》卷3，頁21）

四月十二日（5月16日），"膳房官賫糟鹿尾、糟野雞各一盒，關東蜜餞紅果二瓶到寓。傳旨云：'不必煩動老大人，交與伊子陳壯履。'並問：'病體若何？'"

四月十三日（5月17日），"賫瀛臺紅稻米一袋。是日，御醫劉聲芳啟奏：'陳大學士左腮紅腫，中氣甚虛。'隨命聲芳帶外科二人，速看回奏。漏下三鼓，上猶坐淵鑒齋秉燭以待聲芳覆奏。又遣聲芳及外科賫到御製聖藥。時，禁城嚴扃，命內務府總管知會兵部：速啟城門，送往陳大學士家，沿途如有攔阻者，記名回奏。"（《皇城石刻文編》，頁23—24）

四月十九日（5月23日），"鄂倫岱、李玉、勵廷儀、趙熊詔至榻前，傳旨云：'朕日望大學士病體速愈，再佐朕料理機務幾年。若事出意外，大臣中學問人品如大學士、可代理內庭事務者為誰？'臣父伏枕感泣，一一奏對如禮。又諭臣壯履云：'倘老大人身後，汝家中有何難處事否？朕自與汝作主，不必憂懼。'時臣父病已危篤，臣等肝腸寸裂，莫知所云，惟以頭觸地感激涕零而已。是夜，戌時，臣父身故。"（《皇城石刻文編》，頁24）

"康熙五十一年四月十九日晚，皇上軫念臣父病勢危亟，命南書房翰林院侍講學士勵廷儀二十日早至邸寓問臣壯履：'山西有杪板否？杪板用否？'臣壯履伏聞恩旨，感動奏云：'山西杪板不易得，多用柏板。昨晚臣父身歿，現今各處購求材木。蒙皇上念及周身，歿存頂戴。'及廷議面奏時，上已知臣父身故。向左右近侍云：'不意陳大學士遽爾溘逝，尚有不盡之言未得諮詢。'感歎弗置。即遣暢春苑總管頭等精奇尼哈番（滿語總兵官）董殿邦，賫賜紫杪板一具。"（《皇城石刻文編》，頁19）

四月二十日壬申（5月24日），"大學士陳廷敬故。遣皇三子允祉及大臣、侍衛等往奠茶酒，命各部院滿漢大臣往弔。"（《聖祖實錄》[三]卷250，頁475）

四月二十三日（5月27日）乙亥，"御製故致仕大學士陳廷敬輓詩一首，遣乾清門一等侍衛伍格、南書房翰林勵廷儀、張廷玉齎賜，並給治喪銀一千兩。"（《聖祖實錄》[三]卷250，頁476）

康熙輓詩云："世傳詩賦重，名在獨遺榮。去歲傷元輔，連年痛大羹。朝恩葵衷勵，國典玉衡平。儒雅空階歎，長嗟光潤生。"（《皇城石刻文編》，頁10）

五月二十六戊申（6月29日），"予故致仕文淵閣大學士兼吏部尚書陳廷敬祭葬，又加祭一次，謚文貞。"（《聖祖實錄》[三]卷250，頁478）

康熙五十一年七月十六日（8月17日），傳旨："原任大學士陳廷敬靈柩，八月二十四日送還原籍，著照原任大學士張玉書例遣官往送。"（《皇城石刻文編》，頁29）

　　（陳廷敬）"享年七十有五，配王氏，封一品夫人。側室李氏，以子貴，封孺人。子三人：謙吉，監生，江南淮安府同知；豫朋，甲戌進士，選館，調外，今為儀制司員外郎；壯履，丁丑進士，日講起居注官、侍讀學士，今為編修。女三人：長適張璐；次適張檿；次許張國相，皆宦族。孫八人，女孫十三人。"（李光地：《說巖陳公墓誌銘》，雍正《山西通志》卷200，頁52—53）

　　　　　　　　　　　　　　　　　　　　　　　　2015 年 9 月 2 日

責任編輯:宮　共
封面設計:徐　暉

圖書在版編目(CIP)數據

午亭文編/(清)陳廷敬著;王道成點校. -北京:人民出版社,2017.12
(國家清史編纂委員會·文獻叢刊)
ISBN 978-7-01-018714-3

Ⅰ.①午…　Ⅱ.①陳…②王…　Ⅲ.①中國文學-古典文學-作品綜合集-清代
Ⅳ.①I214.92

中國版本圖書館 CIP 數據核字(2017)第 318099 號

午亭文編
WUTING WENBIAN

(清)陳廷敬　著;王道成　點校

人民出版社 出版發行
(100706　北京市東城區隆福寺街 99 號)

常州市金壇古籍印刷廠有限公司印刷　新華書店經銷

2017 年 12 月第 1 版　2017 年 12 月北京第 1 次印刷
開本:787 毫米×1092 毫米 1/16　印張:52.5
字數:1102 千字

ISBN 978-7-01-018714-3　定價:198.00 圓

郵購地址 100706　北京市東城區隆福寺街 99 號
人民東方圖書銷售中心　電話 (010)65250042　65289539